U0145849

总主编　赵宪章　副总主编　许结　沈卫威

中国文学图像关系史　明代卷（上）

本卷主编　周群　本卷副主编　张高元　朱湘铭　赵敬鹏

江苏凤凰教育出版社
Phoenix Education Publishing, Ltd

"十三五"国家重点出版物出版规划项目

2020 年国家出版基金资助项目

南京大学"985"工程重点项目

北京大学人文社会科学研究院支持项目

中国文学图像关系史·先秦卷

中国文学图像关系史·汉代卷

中国文学图像关系史·魏晋南北朝卷

中国文学图像关系史·隋唐五代卷

中国文学图像关系史·宋代卷

中国文学图像关系史·辽金元卷

**中国文学图像关系史·明代卷上**

中国文学图像关系史·明代卷下

中国文学图像关系史·清代卷上

中国文学图像关系史·清代卷下

彩图 1　三顾茅庐图轴,戴进,北京故宫博物院藏

彩图 2　赏菊集群英，选自陈启明校订《水浒全传插图》

彩图 3　宣文君授经图,陈洪绶,克利夫兰艺术博物馆藏

彩图4 花阴唱和图,选自《明闵齐伋绘刻西厢记彩图·明何璧校刻西厢记》

彩图5　历代帝王图(局部),阎立本,美国波士顿美术馆藏

# 目　录

上

绪论 …………………………………………………………………………… 001

第一章　明代图像与前代文学 ……………………………………………… 022

　　第一节　明代绘画与前代文学 ………………………………………… 023

　　第二节　明代小说插图与前代文学 …………………………………… 036

　　第三节　明代戏曲版画与前代文学 …………………………………… 048

第二章　明代图像与明代文学 ……………………………………………… 078

　　第一节　题跋与绘画 …………………………………………………… 079

　　第二节　小说、戏曲与版画 …………………………………………… 082

第三章　明代文学中的图像母题 …………………………………………… 092

　　第一节　《三国演义》母题 …………………………………………… 092

　　第二节　《水浒传》母题 ……………………………………………… 096

　　第三节　《西游记》母题 ……………………………………………… 098

　　第四节　《金瓶梅》母题 ……………………………………………… 102

　　第五节　《牡丹亭》母题 ……………………………………………… 105

第四章　明代花鸟题材的诗文与图像 ……………………………………… 109

　　第一节　祥瑞花鸟作品的文图关系 …………………………………… 110

　　第二节　吴中花鸟作品的文图关系 …………………………………… 124

　　第三节　徐渭花鸟作品的文图关系 …………………………………… 148

第五章　明代雅集题材的诗文与图像 ……………………………………… 166

　　第一节　雅集图式概述 ………………………………………………… 166

　　第二节　翰林雅集图与文学 …………………………………………… 171

　　第三节　山林雅集图与文学 …………………………………………… 179

第四节　送别雅集图与文学 ……………………………………… 197

## 第六章　明代高士文学与图像 …………………………………… 204

第一节　高士及高士图式概述 …………………………………… 204

第二节　庙堂高士与像赞 ………………………………………… 211

第三节　吴中高士图与文学 ……………………………………… 233

第四节　布衣肖像与像赞 ………………………………………… 257

第五节　陈洪绶所绘高士形象与忠孝之情 ……………………… 279

## 第七章　明代园林文学与图像 …………………………………… 293

第一节　园林、园林文学与绘画概况 …………………………… 293

第二节　庙堂山房的文图关系 …………………………………… 296

第三节　吴中草堂的文图关系 …………………………………… 303

第四节　审美化全景园林的文学与图像关系 …………………… 323

## 第八章　《三国演义》及历史演义小说与图像 ………………… 354

第一节　《三国演义》插图及其形式 …………………………… 355

第二节　《三国演义》插图主题分析 …………………………… 368

第三节　《三国演义》人物形象的文图分析 …………………… 382

第四节　清刊本《三国演义》的文图特色 ……………………… 408

第五节　其他历史演义小说及其文图特色 ……………………… 426

## 第九章　《水浒传》与图像 ……………………………………… 444

第一节　现存插图本《水浒传》情况概述 ……………………… 444

第二节　《水浒传》插图形式的演进与特色 …………………… 470

第三节　《水浒传》插图人物与器物形象的变迁 ……………… 477

第四节　《水浒传》插图主题的时代更迭 ……………………… 496

# 下

## 第十章　《西游记》与图像 ……………………………………… 521

第一节　现存插图本《西游记》情况概述 ……………………… 521

第二节　《西游记》插图主题分析 ……………………………… 535

第三节 《西游记》插图中的人物形象分析 …………………… 552

第四节 《西游记》插图的形式演变与艺术特色 …………… 590

第十一章 《金瓶梅》与图像 ……………………………………… 642

第一节 现存插图本《金瓶梅》情况概述 …………………… 642

第二节 《金瓶梅》插图主题分析 …………………………… 656

第三节 《金瓶梅》插图中的人物形象变迁 ………………… 676

第四节 《金瓶梅》插图的形式演变与艺术特色 …………… 705

第十二章 "三言二拍"与图像 ……………………………………… 722

第一节 《喻世明言》文图关系 ……………………………… 723

第二节 《警世通言》文图关系 ……………………………… 734

第三节 《醒世恒言》文图关系 ……………………………… 744

第四节 《初刻拍案惊奇》文图关系 ………………………… 755

第五节 《二刻拍案惊奇》文图关系 ………………………… 764

第六节 "三言二拍"的其他图像表现形式 ………………… 773

第十三章 明代戏曲文图关系的总体风貌 ……………………… 782

第一节 明代曲本插图的发展脉络 …………………………… 782

第二节 明代曲本插图的图文形制 …………………………… 787

第三节 明代曲本插图的艺术功能 …………………………… 794

第十四章 明代传奇与图像 ………………………………………… 802

第一节 明代传奇与图像概述 ………………………………… 802

第二节 《娇红记》文图关系 ………………………………… 815

第三节 《燕子笺》文图关系 ………………………………… 826

第十五章 明代杂剧与图像 ………………………………………… 840

第一节 明代杂剧与图像概述 ………………………………… 840

第二节 《中山狼》文图关系 ………………………………… 846

第三节 《四声猿》文图关系 ………………………………… 852

第四节 《大雅堂乐府》文图关系 …………………………… 862

第十六章 《牡丹亭》与图像 ……………………………………… 868

第一节 明刊插图本《牡丹亭》概述 ………………………… 869

第二节　《牡丹亭》插图的内容及形式 …………………………………… 877

第三节　《牡丹亭》插图的叙事性研究 …………………………………… 881

第十七章　明代文学与图像的关系理论 …………………………………… 890

第一节　明代的"诗画关系"研究 …………………………………… 890

第二节　明代的"书画关系"研究 …………………………………… 896

图像编目 …………………………………………………………………… 899

参考文献 …………………………………………………………………… 918

后记 ………………………………………………………………………… 922

# 绪　论

　　自洪武元年(1368)朱元璋祀告天地,在应天(今南京)即帝位,建立明王朝始,直至崇祯十七年(1644)朱由检自缢于煤山,明王朝经历了二百多年的历史。清代也大致承续了明代的政治与文化体制。康熙于南京明孝陵所题的"治隆唐宋"四个大字,隐然体现了明代文化对于清代的深刻影响。明代文学与图像的关系也基本因循了这一文化大势,以丰富多彩的内容见载于历史,影响着后代。

## 一、明代文图关系的经济、技术背景

　　明王朝建立之初,统治者采取了招诱逃亡百姓、迁徙农民开垦荒地等方法,努力恢复与发展生产。到洪武二十六年(1393)全国税田总额已达 8507623 顷,生产得到了迅速的发展。至弘治末年,社会稳定,经济得到了发展。据谷应泰《明史纪事本末》载:"孝宗之世,明有天下百余年矣。海内乂安,户口繁多,兵革休息,盗贼不作,可谓和乐者乎!"[①]但这一时期土地集中在地主手上的现象日益严重,权贵匿产逃税的风气盛行,到弘治年间,税田下降为 4238058 顷。"自洪武迄弘治百四十年,天下额田已减强半。"[②]弘治年间的户口总额已不及永乐年间的一半,致使明初以"黄册"作为赋役征纳依据的方式无法实行,在籍农户的负担日益加重,乃至农民逋逃以避赋役,官府的财政收入得不到保证。于是,自隆庆六年(1572)至万历十年(1582),张居正领导了一场以整顿吏治和改革财政为目标的革新运动。在赋税改革方面,实行了著名的"一条鞭法"。其内容是把分征的赋、役、杂税合并为一种征收;取消按户丁派役的方法,改为按地丁,也就是按田亩派役;无论田赋徭役,一律折银征收,废除力差;赋役的催征、收纳与解运都由官府承办。一条鞭法实行以后,豪强地主隐产瞒丁、逃避赋役的现象得到了改变,无田的农民得以免除力役,减轻了负担,朝廷的财政收入得到了保证。同时,以银充役的方法削弱了人身依附关系,扩大了货币流通的范围,使商贩和工匠获得了人身自由,促进了商品经济的发展。一条鞭法实施之后,有钱人集资经商的现象增多,重农抑商的传统得到了改变。赋税征银的方法,促使农产品、手工业品被大量投放到市场,以换取银两,使商品交换、货币流通更加频繁。力役折银,使得农民获得了人身自由,有利于劳动力

---

① 谷应泰等撰:《明史纪事本末》卷之四十二《弘治君臣》,中华书局 2015 年版,第 626 页。
② 张廷玉等撰:《明史》卷七十七《食货一》,中华书局 1974 年版,第 1882 页。

市场的形成,于是在晚明时期出现了"生齿日繁,游手日众"①的现象。如,嘉靖年间,江苏吴江盛泽镇在大约十年的时间里,仅拥有一张织绸机的一个机户逐步建成了一个拥有三四十张织绸机的手工作坊。又如万历二十三年(1595),江西吉安府泰和县土民段永等自备资本设场招商开采制陶瓷用的土,官府只征税收。

张居正的一条鞭法改革与商业性的农业和民营手工业的发展有着紧密的联系,从而促进了新型生产关系的萌动。随着商业活动的增加,虽然职业行商的人口不一定已经固化,但商业活动对社会价值观念产生了显著的影响,社会生产方式也发生了一些改变,何良俊《四友斋丛说》载:"昔日逐末之人尚少,今去农而改业为工商者三倍于前矣。昔日原无游手之人,今去农而游手趋食者又十之二三矣。大抵以十分百姓言之,已六七分去农。"②去农改业为工商使城市手工业得到了发展,市民阶层得到了壮大。生产方式的改变成为明代中后期社会转型的重要原动力,进而引起了人们社会观念的改变,诸如,义利之辩、重农轻商的传统受到了动摇。这对明代后期的社会、文化层面产生了深刻的影响。从这个意义上说,张居正改革对于社会文化的转型同样具有重要的意义,也为明代后期包括图书出版业在内的商业活动的繁盛奠定了基础。

在科技方面,明代的造纸业、印刷业得到了很大的发展。造纸作坊主要分布在浙江、福建、安徽、江西、湖南等地。江西信德府地区是明初发展起来的造纸业中心。纸张的种类甚多,其中以竹纸和宣纸最为著名。竹纸主要产于闽浙赣交界地区,其中以福建建宁、浙江衢州和江西广信三府所产最多。宣纸主要产于安徽,以宣城、泾县和宁国等地为主。而书籍印刷所用的连史纸、毛边纸以福建、江西等地的产量最多。当时的造纸工艺已达到很高的水平,利用盐、石灰、草灰、白矾等碱性物质捣制纸浆后,采取蒸煮、抄捞、焙干等工艺,与近现代的造纸方法大致相同。

就印刷业而言,明代前期以官方的抄刻为主,这些书籍颇为精美。对此,谢国桢总结道:"从洪武到正德以前的明代初期,写刻精楷渐变为方整的软体字,刻书的形式主要是墨口本和黑鱼尾,所用印刷的纸张是较粗的白棉纸和黄色有麻性的纸张。"③大约在成化、弘治之后,书籍出版事业得到了迅速的发展,但亦有不足,对此,成化二年(1466)进士陆容有这样的记载:"宣德、正统间,书籍印版尚未广。今所在书版,日增月盛,天下古文之象,愈隆于前已。但今士习浮靡,能刻正大古书以惠后学者少,所刻皆无益,令人可厌。上官多以馈送往来,动辄印至百部,有司所费亦繁。偏州下邑寒素之士,有志占毕而不得一见者多矣。尝爱元人刻书,必经中书省看过下所司,乃许刻印。此法可救今日之弊。"④陆容所记恰恰从侧面反映了成化、弘治年间的书籍刊刻除了"正大古书"之外,还有诸多体现文士"浮靡"之习的作

---

① 顾起元撰:《客座赘语》卷二《户口》,中华书局 1987 年版,第 60 页。
② 何良俊撰:《四友斋丛说》卷之十三,中华书局 1959 年版,第 112 页。
③ 谢国桢:《明清时代版本目录学概述(上)》,载《齐鲁学刊》1981 年第 3 期。
④ 陆容撰:《菽园杂记》卷十,中华书局 1985 年版,第 129 页。

品。陆容少时即"自求通经",长而"素有当世志,其所守官无不竭尽有可益国便计"。① 陆容希慕元代的书籍许可制度,这正说明了此时书籍刊刻内容得到了拓展,新增的内容恰恰正是体现"浮靡"之习的文艺作品。至嘉靖以后的晚明时期,出版业更加繁盛,日本学者大木康曾依杨绳信所编的《中国版刻综录》中收录的自宋至明末的 3094 种书籍为据,得出的结论是:"其中北宋到明正德年间,这 600 年的书有 1075 种;嘉靖到崇祯年间仅仅 120 年,有 2019 种。"② 而缪咏禾在《中国出版通史·明代卷》中,对于《明代版刻综录》中共著录的 7740 种图书进行了分期统计:"其中洪武至弘治时期(1368—1505)137 年间的书,共著录 766 种;正德、嘉靖、隆庆(1506—1572)66 年间的书,共著录 2237 种;万历至崇祯(1573—1644)71 年间的书,著录 4720 种。其比例是 1∶3∶6。"③ 可见,正德、嘉靖之后一百多年中出版的书籍数量大大超过洪武至弘治时期。

正德、嘉靖以后,随着经济的发展,文化民间化、商品化渐成风气,民间的抄、刻书籍也逐渐代替了官方的抄、刻,成为明代书籍的主流,这一时期更是"异书辈出,刿厥无遗,或故家之壁藏,或好事之帐中,或东观之秘,或昭陵之殉,或传记之衰集,或钞录之残剩"④,无所不有。就刊刻主体而言,与官刻、家刻比较,坊刻的数量尤多,并以南京、苏州、建阳、杭州、徽州、北京六地最为集中。据陈昭珍《明代书坊之研究》的统计,这六个地区计有书坊四百零五家,刻书一千一百三十二种,其中闽建书坊一百五十一家,刻书五百六十种;浙江书坊五十家,刻书一百零四种;金陵书坊九十二家,刻书二百四十三种;苏州书坊三十六家,刻书七十四种;北京书坊九家,刻书三十五种;新安(徽州)书坊三家,刻书二十六种。⑤ 其中还出现了一些影响甚大的出版家。

福建建阳地区的刻书事业早在南宋时即已名著海内,与成都、杭州齐名,成为三大刻书中心,所刻的书籍分别被称为"建本""蜀本"与"浙本"。建阳的刻书主要集中在麻沙与崇化两个市镇。明代后期,这两个市镇仍是书籍刊刻的中心。与以毛氏为代表的吴地刻书多以经、史以及集部的文献为主不同,麻沙的熊氏原以刊刻医书为主,至明代后期,熊大木则以编撰和刊刻小说为多。崇化的刻书世家余氏亦以刻印举业之书和通俗小说类书籍而著称。余氏自宋元时期即刻印图书,自明代中叶以后,余氏刻书达到鼎盛时期,家族书坊达到三十余家,其中余象斗是余氏家族刻书史上最为重要的人物。余象斗(约 1561—1637),字文台,号仰止山人,是书坊双峰堂、三台馆的主人。余象斗出生于刻书世家,自万历十九年(1591)时以锓籍为事,最迟至崇祯十年(1637)刻《五刻理气详辩纂要三台便览通书正宗》,前后近半个世纪。余象斗将小说创作、评点、刊刻结合在一起,大大促进了通俗小说的影响

---

① 过庭训:《本朝分省人物考》卷二十一《陆容》,明天启刻本。

② 大木康著:《明末江南的出版文化及其在东亚的影响》,载《文汇报》2015 年 6 月 19 日。

③ 缪咏禾:《中国出版通史·明代卷》,中国书籍出版社 2008 年版,第 10 页。

④ 谢肇淛:《五杂组》卷十三,世纪出版集团、上海书店出版社 2001 年版,第 264 页。

⑤ 陈昭珍:《明代书坊之研究》,见《古典文献研究辑刊》第七编第一册,花木兰文化出版社 2008 年版,第 113 页。

与流传。他共编纂了五部通俗小说,包括公案小说《廉明公案》《诸司公案》、神魔小说《东游记》《南游记》、历史演义小说《列国前编十二朝》。余象斗还对小说进行评点,并将其付梓,如《新刻按鉴全像批评三国志传》《新刊京本校正演义全像三国志传评林》《京本增补校正全像忠义水浒传评林》《新刻京本春秋五霸七雄全像列国志传》等。从此,小说"评点本"的影响力大大超过了"白头本"。更重要的是,余象斗的双峰堂小说刻本还具有图文并茂的特征,诚如郑振铎先生在《西谛书话·列国志传》中所说:"(余象斗)刻的书有一个特点,那就是继承了宋元以来建安版书籍的型式,特别着意于'插图',就像现在印行的'连环画'似的,上层是插图,下层是文字,图、文并茂。"①余象斗的评点本与传统的左图右文、左图右史明显不同,他在《新刊京本校正演义全像三国志传评林》等四种"评林"体中,采用了上栏评语、中栏插图、下栏正文的版式。以这种方式出版小说的仅余象斗一人。其中上栏的评语具有一定的导读作用,对于中下层读者群具有较大的吸引力,对新兴的市民读者具有启示作用。当然,余象斗着力刊刻小说亦有谋利的因素在。据叶盛《水东日记》载:"今书坊相传射利之徒伪为小说杂书,南人喜谈如汉小王(光武)、蔡伯喈(邕)、杨六使(文广),北人喜谈如继母大贤等事甚多。农工商贩,抄写绘画,家蓄而人有之;痴呆女妇,尤所酷好。"②这种市场需求激励了余象斗,他的书籍刊刻更加贴近读者,从评点导读到图文并茂,极大丰富了古代书籍刊刻事业。当然,建阳所刻存在着"徒为射利计,非以传世"的不足,谢肇淛谓之"出书最多,而板纸俱最滥恶"③,这也是建阳的刊刻业在明末衰落的重要原因。杭州的峥霄馆主人陆云龙(1587—1666)则是一位有自己书坊的作家。陆云龙,字雨侯,号蜕庵,堂号为翠娱阁,书肆号峥霄馆。除了刊刻《皇明十六家小品》以及钟惺的作品之外,还刊刻了时事小说《魏忠贤小说斥奸书》《辽海丹忠录》,以及《禅真后史》等。

常熟毛晋的汲古阁在明代图书刊刻史上占据重要地位。毛晋(1599—1659),字子晋,号潜在,世居常熟虞山迎春门外东湖的七星桥。考取秀才后屡试不就,游于钱谦益之门,建汲古阁,以出版为业。毛晋先后刻书600多种,为历代私家刻书最多者。早期刻书以"绿君亭"名之,为数不多,其后以"汲古阁"名大量刊刻,刻有重要的卷帙浩繁的图书,如《十三经》《十七史》《津逮秘书》《汉魏六朝百三家集》《陆状元增节音注资治通鉴》《六十种曲》《列朝诗集》等。其中《十三经》《十七史》花费了毛晋大量的家产与精力,其中还经历了明清鼎革之变,毛晋在《重镌十三经十七史缘起》中自叙道:"甲申春仲,史亦哀然成帙矣,岂料兵兴寇发,危如累卵,分贮板籍于湖边岩畔茆庵草舍中,水火鱼鼠,十伤二三,呼天号地,莫可谁何,犹幸数年以往,村居稍宁,扶病引雏,收其放失,补其遗亡。一十七部连床架屋,仍复旧观。"④除此,毛氏所刻的《津逮秘书》《宋六十家词》《六十种曲》等极富价值。毛晋父子还

---

① 郑振铎:《西谛书话·列国志传》,三联书店1983年版,第669页。

② 叶盛著,魏中平校点:《水东日记》卷二十一,中华书局1980年版,第213—214页。

③ 谢肇淛:《五杂组》卷十三,世纪出版集团、上海书店出版社2001年版,第266页。

④ 转引自叶德辉:《书林清话》七,民国郋园先生全书本。

汇辑了历代名家诗文精品,编次成集,予以刊刻。这些刻本之所以能蜚声书林,以至"毛氏之书走天下"①,这与毛氏广搜善本以作为校刻的底本有关。毛氏以高价购求善本,于是"湖州书舶云集于七星桥毛氏之门矣。邑中为之谚曰'三百六十行生意,不如鬻书于毛氏',前后积至八万四千册,构汲古阁、目耕楼以庋之"②。并延请名士,分设堂阁,校勘书籍,有专职印匠,且兼使僮仆,共约 200 人之多。专购印刷材料,据清朝庞鸿文《常昭合志稿·毛凤苞传》载:"隐湖毛氏所用纸,岁从江西特造之,厚者曰毛边,薄者曰毛太,至今犹沿其名不绝。"这就在很大程度上保证了汲古阁所刻之书良好的品质,以至"天下之购善本书者,必望走隐湖"③。由此亦可见明代末年书坊之盛。

书坊刻书不同于官刻、家刻,它以营利为首要目的,坊主以受众的需求为指归,因此,他们往往十分注重书籍的刊刻形态,其中尤为重要的是插图与评点,这些版本形式有助于受众阅读,让阅读者从中获得更多的审美愉悦。对于插图的作用,凌濛初在《西厢记凡例》中说:"是刻实供博雅之助,当作文章观,不当作戏曲相也。自可不必图画,但世人重脂粉,恐反有嫌无像之为缺事者,故以每本题目正名四句,句绘一幅,亦猎较之意云尔。"④在凌濛初看来,插图本乃是迎合世俗情绪的一种手段。

## 二、明代文图关系的思想背景

明代文学与图像关系史体现出的历时特征是与明代思想的发展分不开的。明初朱子学盛行,据《明史·儒林传》载:"明初诸儒,皆朱子门人之支流余裔,师承有自,矩矱秩然。"这与明代的科举制度有直接的关系。尤其是明永乐十二年(1414),明成祖朱棣命翰林院学士胡广,侍讲杨荣、金幼孜等纂修《五经大全》《四书大全》及《性理大全》,以期统一思想,形成"人皆由于正路,而学不惑于他歧。家孔孟而户程朱"⑤的局面。这一时期的朱子学也渗透到了社会生活的各个方面,如戏曲、小说等通俗艺术也受到了朱子学的显著影响。明代前期理学的兴起实始于曹端,后有理学大家薛瑄、胡居仁。薛瑄论学以复性为宗,强调人伦日用的下学功夫,自警自惕。门徒遍及晋、豫、关陇,衍成"河东之学"。与薛瑄稍有不同,崇仁(今属江西)吴与弼论学尤其重视静思冥悟,在念头上省察,刻苦自立,具有兼容朱陆的特点。其弟子陈献章则成为明代思想学术路向发生变化,上承陆象山,下开王阳明的关键人物。陈献章论学以虚静见心体,即其所谓"静中养出端倪"。与朱子的格物之法明显不同。他主张以心为本,说:"天地我立,万化我出,而宇宙在我矣。"⑥他认为为学的主旨在于悟心,心中求道,这为王阳明的"心即理"思想奠定了基础。

① 钱谦益著,钱仲联标校:《毛子晋墓志铭》,见《牧斋有学集》卷三十一,上海古籍出版社 1996 年版,第 1141 页。
② 冯桂芬撰:(同治)《苏州府志》卷九十九,清光绪九年刊本。
③ 佚名撰:《清史列传》卷七十一《毛晋传》,中华书局 1987 年版,第 5791 页。
④ 蔡毅:《中国古典戏曲序跋汇编》,齐鲁书社 1989 年版,第 678 页。
⑤ 胡广:《进五经四书性理大全表》,见《明文衡》卷之五,《四部丛刊》景明本。
⑥ 陈献章著:《陈献章集》卷二《与林郡博》七,中华书局 1987 年版,第 217 页。

明代影响最大的思想家是王阳明,阳明心学乃至臻于"风行天下"。其主张以心为本,他所谓格物就是格心、求心。他将朱熹格物的认识功能剔除了,而推崇向内的功夫。王阳明在平定宸濠之乱后总结出了"致良知"的学说,认为这是解释诸多学术问题的钥匙,视其为"真圣门正法眼藏"。同时,王阳明还特别强调良知作为"是非之心"的含义,亦即判断是非的标准是良知,而非外在的标准。据于此,阳明学不承认外在的权威,认为:"夫学贵得之心,求之于心而非也,虽其言之出于孔子,不敢以为是也,而况其未及孔子者乎?"①他甚至将儒家经典也释为"吾心之常道""吾心之记籍"。② 这种蔑视权威、经典的思想在泰州学派李贽的"童心说"中得到了充分的发展,并演绎成了晚明个性解放的思潮。同时,良知还具有本体的意义,谓之"良知也者,是所谓天下之大本也"。③ 万物都是良知的派生物。良知是贯注于万物的发用流行。人人皆有良知,一反观而自得,自孟子之后,又一次打通了成圣之路。王阳明的这一思想端倪,对王学左派产生了重要影响。阳明学产生之后,"笃信程、朱,不迁异说者,无复几人矣"。④ 原因在于其改变了被悬为功令的朱子学的思想禁锢与学术呆滞,其简易直接的特征,打破了明初以来思想界的沉闷局面,并为之后的个性解放思潮提供了理论依凭。

阳明学得以广泛传播与阳明弟子分宗衍派,承传阳明学具有直接的关系。对于阳明后学,黄宗羲在《明儒学案》中按流播地域将其分为浙中王门、江右王门、南中王门、楚中王门、北方王门、粤闽王门及泰州学派等。阳明后学中,以王畿与泰州学派的思想最具特点,影响也最大。

王畿认为良知不待修正而现成存在,心中自觉的良知即是尧舜所具的最高境界的良知,认为良知当下具足。王畿主张从先天本心立根,而不从后天动意上立根。他认为如果能使心体本善,则后天所起之意则皆善,世情之恶则无处可容。王畿认为这样的路径简易直截,而从意上立根则比较繁难。泰州学派是王门中唯一一支由下层人士(盐丁)开创的学术流派。对于泰州学派的特点,黄宗羲说:"泰州之后,其人多能以赤手搏龙蛇,传至颜山农、何心隐一派,遂复非名教之所能羁络矣。"⑤泰州学派人数众多,经历了数代传衍,其学派及理论特色也发生了一些变化。前期的盟主王艮讲学通俗易懂,孜孜以求将儒家理论生活化,以普通百姓易接受的语言表达了朴素的道理。后期的学者多具较深的学养,论学的理论色彩更加浓郁,其中尤以罗汝芳最为典型。王艮在淮南会讲时对"格物"进行了新的诠释,说:"身与天下国家一物也,惟一物而有本末之谓。"⑥王艮认为,由身至于天下,是"物"之本末的关系,这样的认识是比较符合《大学》原意的。王艮重视安身,认为安身是齐家治国平天下的根源,说:"身也者,天地万物之本也;天地万物,末也。"王艮

---

① 王守仁:《王阳明全集》卷三十四《年谱》二,上海古籍出版社 2011 年版,第 1404 页。

② 王守仁:《王阳明全集》卷七《稽山书院尊经阁记》,上海古籍出版社 2011 年版,第 284 页。

③ 王守仁:《王阳明全集》卷八《书朱守乾卷》,上海古籍出版社 2011 年版,第 311 页。

④ 张廷玉等撰:《明史·儒林传》一,中华书局 1974 年版,第 7222 页。

⑤ 黄宗羲:《明儒学案》卷三十二《泰州学案》一,中华书局 1985 年版,第 703 页。

⑥ 王艮:《心斋王先生语录》卷上,见黄宗羲:《明儒学案》卷三十二,中华书局 1985 年版,第 712 页。

直接标榜"保身",以"保身"替代"修身",将儒家原有的成德意义变成了重视个体生命的表述。虽然王艮之"身"是生理与心理(道德)的统一,但强调个体、重视生命仍是其最根本的特质。王艮还提出"百姓日用即道"。王艮将王阳明的良知说发展成良知当下即是的自然现成论。与此相联系,王艮还提出了乐学的观念,提出"乐是学,学是乐",乐学观念的起点是心之本体本是乐。这都体现了王艮论学的平民色彩。泰州学派在王艮以后,经过王襞、徐樾、颜钧等人的发挥,至罗汝芳时提出"赤子良心,不学不虑"的宗旨,将良知现成论发挥得更加完备。罗汝芳论学的另一个特点是生生之学,乃至于他直接以"生"来代替"心"。在他看来,心人人殊,因此,"善言心者,不如把个生字来代他"。以生论之,则天与地、我与物贯通联属,不容有二。罗汝芳的生生之学,是与其万物一体之仁相联系的。罗汝芳以诠解程明道的《定性书》《识仁篇》为契机,与王畿交相互证,传承了张载、程颢等人的万物一体之仁的思想,并具有自身的特点。罗汝芳所认识的宇宙是一个生机勃发的世界,而人更是天地之灵,是"一团灵物"。罗汝芳的思想对晚明的文苑产生了重要的影响,李贽、汤显祖、袁宏道等都深受罗汝芳思想的影响。

对明代思想界产生重大影响的还有李贽。他将王艮、王畿、罗汝芳等人演绎与发展的主体精神发挥到了极致,提出的"童心说"书写了中国思想史上独具特色的一页。自由思想的表达是以冲破传统经典为前提的,李贽思想最为卓异之处首先体现在对经典与圣贤的怀疑精神。他认为天生一人,自有一人之用,"不待取给于孔子而后足"①。他要摒除闻见道理,以恢复绝假纯真,最初一念之本心。他认为以《六经》《论语》《孟子》为代表的儒家经典,乃"道学之口实,假人之渊薮也"②,是童心受到遮蔽的根本原因。李贽敢于"颠倒千万世之是非",对经典与圣人提出质疑,提出"尧舜与途人一,圣人与凡人一"的平等思想,具有思想启蒙的意义。李贽的"童心说"因《西厢记》而引出,并对文坛流弊予以批判,认为"古今至文,不可得而时势先后论也"。他主张文学当因时而变,抒写真我,自然为文。同时,李贽还对传统的义利观提出了挑战,说:"夫私者人之心也。人必有私而后其心乃见,若无私则无心矣。"③他认为私欲、私利是人们行为的原动力,也是人们实现社会价值的前提。李贽还继承了泰州学派的学术传统,将百姓日用视为道之所存,人伦所在,他说:"穿衣吃饭,即是人伦物理。除却穿衣吃饭,无伦物矣。"④同样,他还称市井小民们的真情言语为"迩言","唯以迩言为善"。因此,他主张善察迩言,即善察百姓欲、利之所在。李贽具有鲜明个性色彩的思想对明代后期的思想文化界产生了重要的影响,他与高僧真可被时人称为"二大教主"。他所谓绝假纯真的"童心自出之言",是公安派性灵说、汤显祖真情论的重要思想基础。他认为《水浒传》等民间俗文学是"天下之至文",现存诸多署名李贽的小说、戏曲评点文字,虽然真伪间有,但从

---

① 李贽:《焚书》卷一《答耿中丞》,中华书局 1975 年版,第 16 页。
② 李贽:《焚书》卷三《童心说》,中华书局 1975 年版,第 99 页。
③ 李贽:《藏书》卷三二《德业儒臣后论》,中华书局 1959 年版,第 544 页。
④ 李贽:《焚书》卷一《答邓石阳》,中华书局 1975 年版,第 4 页。

一个侧面体现了思想家李贽对于明代后期小说、戏曲流行与传播产生的直接影响。

### 三、明代文图关系的文学艺术背景

明代文图关系史大致体现了明代文学发展的基本轨迹。纵观明代近三百年的文学史，其诗文的演变都是围绕复古与反复古展开的。自洪武元年（1368）朱元璋即位开始相继涌现了宋濂、刘基等经历鼎革之变的文学大家。恢复传统、桃古右文的风气既开，文士们争相继轨传统。其后的文坛呈现出流派纷呈、相互驳难的情形，而元明代变时产生的文化情结使文坛复古色彩尤其明显，直到明代嘉靖以后，随着阳明学的"风行天下"，学风的变化影响了文坛，至万历年间以抒写性灵、抒写真情为特征的文学思潮使明代文坛风气为之一变，涌现出一批个性鲜明、匠心独运的才俊，在文坛鼓荡起了一股新风，写就了中国文学史上别具风采的一页。

与雅文学相比，明代是小说、戏曲等通俗文学取得卓越成就的时代，小说更是被视为明清时期最具代表性的文学样式。其中既有长篇章回体白话小说，如《三国演义》《水浒传》《西游记》《金瓶梅》等；亦有晚明时期大量刊行的短篇小说，如"三言"（《警世通言》《醒世恒言》《喻世明言》）、"二拍"（《初刻拍案惊奇》《二刻拍案惊奇》）等。这里主要就几部著名的长篇章回体小说作一简述。

《三国演义》成书之前，有关三国的故事早已在民间流传。北宋时期，随着"说话"艺术的盛行，三国故事流传更为广泛，为了提高说话现场的感染力，说话艺人对故事进行了适当的虚构夸张，使三国故事更加丰富饱满。元代至治（元英宗年号，1321—1323）时期新刊的《全相三国志平话》，是三国故事由说话艺人的说话逐渐向实体读物演变过程中的产物。元末明初，在宋元讲史话本的基础上，罗贯中综合民间传说、戏曲，又结合陈寿《三国志》及裴松之注的史料，写成了《三国志通俗演义》。如果说《三国志》为《三国演义》提供了丰富的养料，那么宋元话本则更多地影响了小说的体制形式。如《三国演义》分回标目，每回都以诸如"未知此人是谁，且听下文分解""未知胜负如何，请听下回分解"等结尾的体式与话本小说相类似。《三国演义》以魏、蜀、吴三国之间的政治及军事矛盾和斗争为中心，形象地再现了东汉灵帝中平元年（184）到西晋武帝太康元年（280）近一个世纪的历史，展现了这个风云变换时代中的社会矛盾。《三国演义》全书中有名字的人物多达一千二百四十多个，其中给读者留下鲜明印象的也有几十个之多，如曹操、诸葛亮、关羽、张飞、刘备、赵云、周瑜等，这些人物性格鲜明、各具特色，是我国小说史上灿烂的人物画廊中的重要形象。受说话艺术的影响，小说对每个人物的出场尤为重视，对其中每个人物，特别是重要人物的出场，作者都做了独具匠心的设计，以便能以深刻的第一印象吸引读者。作为特定时代中的风云人物，他们或带有王者风范，或尽显英雄风姿、智慧风采，与《三国演义》壮美的叙事风格相适应。同时，《三国演义》刻画人物形象尤其是刻画外貌时，甚少精雕细琢，更多的是进行白描式的粗线条勾勒，往往用极为浓缩简短的语句概括出人物的外貌特征，注重捕捉人物的神态，而非苛求形似，从而达到以形传神的效果。作为历史演义小说的开山之作，《三国演义》在人物塑造方面的重要贡献就是通过艺术描写将从史传中脱胎出来的人物变得更加生动、饱满。尽管该作品还没有消除类型化人物塑造的痕迹,但这对整个文学艺术、通俗小说艺术的发展具有至关重要的意义。

《水浒传》是我国古代文学史上一部长篇白话章回体小说杰作,也是中国第一部以农民起义为题材的英雄传奇小说。全书描写了北宋末年以宋江为首的 108 位好汉聚众起义发生、发展再到失败的全过程。它与《三国志通俗演义》大致同时出现,并且与之有着大致相同的成书过程,都是世代累积创作的结果。《水浒传》是以宋江的故事为核心展开的。宋元之际,宋江等人的故事逐渐进入文人、士大夫的世界,他们以欣赏和歌颂的态度,对之进行丰富和演绎。甚至有著名的大画家把宋江等三十六人的故事画成图画,还有一位名叫龚开的画家兼文学家为画像题写了《宋江三十六人赞》,为宋江队伍的三十六人分别起了绰号,如:浪子燕青、大刀关胜、行者武松、黑旋风李逵、小李广花荣、拼命三郎石秀,等等,这些绰号都很精准地体现了人物的独特个性。其中多数绰号被后来的《大宋宣和遗事》与《水浒传》沿用。《大宋宣和遗事》把"杨志卖刀""晁盖智取生辰纲""宋江私取晁盖,怒杀阎婆惜""宋江得天书,上梁山为首领"等情节叙述得较为完整,而且也将这些单人的故事连缀成一个有系统的多篇组合体。这些梁山泊的英雄故事,是迄今为止能见到的《水浒传》最早的蓝本。此外,元杂剧中有几十种"水浒戏",其中"武松打虎""花荣大闹清风寨""闹江州法场""三打祝家庄"等情节都成为《水浒传》的重要素材。尽管这些情节没有共同的主体,故事也没有定型化,但仍对《水浒传》的成书起着至关重要的作用。《水浒全传》共一百二十回,引子部分为第一回"张天师祈禳瘟疫,洪太尉误走妖魔",此回以宋仁宗嘉祐三年(1058)春天的瘟疫为引,借前去龙虎山祈福的洪信之手,放出了"伏魔之殿"石碑下锁镇的一百单八个妖魔,以此交代了梁山好汉们的神奇来历。主体部分由第二回开始,发迹的高俅迫使王进教头投奔史家庄,九纹龙史进登场,之后陆陆续续引出其他英雄人物,小说进入实质性的叙写阶段。主体叙事以第七十回为分野,前七十回写以呼保义宋江为首的各位英雄的传奇故事及其心路历程,这一部分以每一位英雄为主要叙写对象,以若干回为单位集中写某位英雄的故事,进而凸显英雄的性格特征。每个人物的故事都独立成章,又在机缘巧合中互相关联,各位英雄在同一主题的统摄之下,如百川奔海般汇集到一起。待梁山好汉聚义完成,小说叙事自然从相对独立的人物故事转向相对集中的集体叙写。因此后五十回主要写梁山好汉一致对敌,以及接受招安并被朝廷利用征辽国、打方腊,直至由此招致悲惨结局的全过程。

成功塑造了数十位个性鲜明、令人印象深刻的英雄形象,是《水浒传》的最大成就。宋江、鲁智深、林冲、李逵、武松、燕青……个个呼之欲出,组成了极具理想化和富有传奇色彩的人物群像。金圣叹对《水浒传》刻画人物形象的艺术水平极尽溢美之词,谓其"叙一百八人,人有其性情,人有其性质,人有其形状,人有其声口"①。

---

① 金圣叹:《第五才子书水浒传序三》,见《古本小说集成》编辑委员会编:《第五才子书施耐庵水浒传卷之一·圣叹外书》,上海古籍出版社 1994 年版,第 35 页。

此话不乏溢美的成分，但《水浒传》塑造人物形象的艺术成就确实卓越非凡。主要体现在其塑造的人物都是贴近生活的个性化人物，他们来自不同的阶层，如：中下级武官、刀笔小吏、城镇小业主以及社会上的无业游民等。这些人物各自具有鲜明的个性特点。

《西游记》是以玄奘西域取经的真实历史事件为基础的我国文学史上第一部长篇章回体神魔小说。全书共一百回，八十余万字。整部小说可分为三个部分。第一部分是第一回至第七回，主要写孙悟空的英雄传奇，突出他的反抗意识。第二部分是第八回至第十二回，交代了取经缘由、准备以及玄奘的身世。第三部分是从第十三回到第一百回，主要叙述取经故事，这部分以唐僧师徒取经过程中历经九九八十一难为线索，集中写他们所经受的各种考验以及与妖魔鬼怪斗争的过程。最后，以取经事业功德圆满，师徒四人皆受封赏并返回大唐都城作结。《西游记》是一部宗教与神话、现实与奇幻相结合的著作。它不直接抒写现实生活，却也有现实生活的影子；它不同于史前的原始神话，叙写的是神幻奇异的故事。它用诙谐的笔墨调和宗教的严肃和崇高与世俗的戏谑和荒谬，把宗教信仰融进现实生活，又让其超越生活之上，以求重塑人类的理想秩序，由此给宗教披上一层神话的外衣。它将虚幻神明外化成活灵活现的神性人物，将仙界秩序与社会秩序相互映射，为我们构置了一个亦"真"亦"幻"的非现实的艺术世界。《西游记》塑造了许多神性、物性、人性相结合的人物形象，他们在中国古代小说的艺术长廊中熠熠生辉，闪耀着独特的迷人光彩。孙悟空是全书的中心人物，他既是作者着力塑造的英雄人物，也是人类理想精神人格的代表。《西游记》中塑造的猪八戒形象是最接近人性的形象，他身上呈现出的矛盾性格是人性中最真实的存在。作者既不批判他的缺点，也不极力赞扬他的优点，而是在中立的立场上，借猪八戒形象的塑造展开对人性的分析：贪、懒、自私、自作聪明是掩藏在淡泊、勤劳、无私光环之下的真实存在。作者通过猪八戒的形象，把人性中的美丑揭示给读者看，当读者被其行为、语言逗乐的时候，就已经获得了价值引领。

《金瓶梅》是我国第一部个人独立创作的长篇白话世情章回体小说。在《金瓶梅》现世之前，中国长篇小说主要有三种类型：历史演义、英雄传奇、神魔小说。这些小说始终都没能跳出由史书、话本、俗讲以及民间传说等样式长期积累演变而创作加工成书的"世代累积"的老套路。《金瓶梅》则是作者独力创作完成的一部长篇小说，还是一部现实题材的长篇小说，小说中塑造了八百多个人物，这些人物不是英雄神仙，不是儒家传统道德的典范和化身，他们都来自现实生活，一言一行一思一欲都闪耀着人性特有的魅力，血肉丰满，个性鲜明。无论是西门庆还是他的众多妻妾，以及那些过往官吏、走狗帮闲、奴仆伙计、丫鬟奶子，乃至三姑六婆、和尚道士、流氓光棍、优伶娼妓，都充满了人的七情六欲，他们是真正的人、活生生的人。这八百多个人物绝大多数都是反面人物，而本书的主角更是反面人物之尤，集诸多恶质于一身！这种设计在中国古典长篇小说中，堪称绝无仅有，而这也正是"天下第一奇书"的奇特处之一。《金瓶梅》以生活化的语言，艺术而真实地再现了明朝中后期的市井生活。

在戏曲方面,明代是继元代以后中国古典戏曲史上的又一个黄金时代。与元代剧坛北曲一花独放不同,明代剧坛经历了由杂剧、传奇争胜到传奇称霸的发展过程。元杂剧是元曲的主体,堪称元代最重要的文艺样式,王国维称其为"一代之代表文学"。与元杂剧在文艺史上的显赫地位相比,明杂剧则鲜受学人关注,这并不是因为明杂剧的内容与形式乏善可陈,或数量上微不足道。事实上,据诸目录学著作所载,"明杂剧有姓名可考的作者达一百二十六名,所编剧本总目约七百四十种有余,现存三百一十五种,超过了元杂剧的总和"①。在艺术上,也有受到人们称奇的徐渭的《四声猿》等杰出作品。当然,不可否认的是,明杂剧之所以鲜受学术史家的关注,自然有其原因,一方面与元杂剧鼎盛时期比较,作品的质量已难以比肩,明人沈德符有云:"北杂剧已为金、元大手擅盛场,今人不复能措手。"②另一方面更重要的是,明代的戏曲领域是南曲传奇称盛的时代。

明传奇承宋元南戏而来,经过明代众多戏剧家的努力,汲取了北杂剧的成果,通过以海盐、余姚、弋阳、昆山四大声腔为主的演剧活动使传奇作品流布海内,开创了以南曲为主的传奇时代。明嘉靖(1522—1566)以后佳作迭出。《宝剑记》《浣纱记》《鸣凤记》"临川四梦"《红拂记》《绣花襦记》《义侠记》《玉簪记》《红梅记》《金锁记》《焚香记》等,或以深厚的历史寓意,或以强烈的现实情怀,或以高雅的文人情怀,共同成就了传奇艺术异彩纷呈的春天。

梁辰鱼的《浣纱记》是昆山腔改革后的第一部作品,全剧共四十五出,演绎的是春秋时期吴越代兴的故事,主人公是范蠡与西施。题材原本于《史记·越王勾践世家》《吴越春秋》等历史文献,是中国古代戏曲、小说中的传统题材之一。但不同作家描述、演绎这一历史故事的角度、目的不同,作家虚构与想象的空间也各有区别。有的写范蠡辅助越王后,功成身退,与西施一起泛舟五湖,结局圆满。更多的则描写西施因侍吴王而失去贞操,最终被范蠡沉入湖底,西施成了越国君臣施美人计的牺牲品,以悲剧而告终。而梁辰鱼的《浣纱记》则不同,该剧将范蠡与西施描写成情人关系,并且将范、施的爱情与越国的兴衰结合在一起,并赋予作品鲜明的爱国主题。剧中的范、施虽然情感深笃,但在家亡国破、君系臣囚之时,范蠡置个人的婚恋于不顾,《浣纱记》将传统的范、施题材提高到一定的精神层面,作品的主题远高于相同题材的其他作品。

明代戏剧艺术的高峰是一代戏剧大师汤显祖创作的多部剧作。汤显祖今存的五部传奇有《紫箫记》《紫钗记》《牡丹亭》《南柯记》和《邯郸记》。另外,祁彪佳在《远山堂曲品》中有记载:"向传先生(汤显祖)作《酒》《色》《财》《气》四剧,有所讥刺,是非顿起。"③但汤显祖的这四部"有所讥刺"之作今已不存,今存的仅有以上所列的

---

① 徐朔方:《明杂剧史·绪论》,中华书局 2003 年版,第 1—2 页。
② 沈德符:《万历野获编》卷二十五,中华书局 1959 年版,第 647 页。
③ 祁彪佳著:《远山堂曲品·艳品》,见俞为民、孙蓉蓉编:《历代曲话汇编·明代编》第 3 集,黄山书社 2009 年版,第 546 页。

五部传奇。五部之中的《紫箫记》"仅成半帙而罢"[①]，而《紫钗记》则是据《紫箫记》未成稿改写的。因此，汤显祖完整的剧作实际上只有四部，因四剧都以梦为结构，故被称为"临川四梦"（亦称"玉茗堂四梦"）。对于"四梦"的成就，清人梁廷柟评曰："玉茗四梦，《牡丹亭》最佳，《邯郸》次之，《南柯》又次之，《紫钗》则强弩之末耳。"[②]《牡丹亭》被认为是"上薄《风》《骚》，下夺屈宋，可与实甫《西厢》交胜"[③]，是汤显祖的代表作。作品描写的是杜丽娘与柳梦梅曲折生动的爱情故事，全剧共五十五出，词曲典雅，宾白饶有机趣。杜丽娘成为继崔莺莺之后剧作家塑造的又一位追求爱情自由的艺术形象。"临川四梦"中的《邯郸记》《南柯记》与爱情题材的《紫钗记》《牡丹亭》迥然不同，是两部政治讽刺剧。两剧结构紧凑，语言纯净简练，以丰富的内容、深刻的寓意警醒与启迪了一代代观众与读者。

明末的孟称舜是明代戏曲界鲜见的在杂剧与传奇两个方面都取得卓越成就的戏曲家，尤以传奇《娇红记》与杂剧《桃花人面》影响最大。《娇红记》全称为《节义鸳鸯冢娇红记》，是孟称舜传奇的代表作，故事滥觞于唐代李翊的传奇。元明以来，以此为题的小说、戏曲作品甚多，但以孟称舜的传奇影响最大。故事由多条线索组成，其中的主线是书生申纯科举不第，赴眉州探望舅父王文瑞一家，并寄居于舅父家读书，到王家后与表妹娇娘互相倾慕，互诉衷肠，私订婚约。后被王文瑞侍妾飞红发现，申纯求亲，被舅父拒绝。申纯应试得中后，王文瑞允亲。但西川节度使帅某之子倾慕娇娘姿色，向王家提亲，王文瑞被迫允帅家。娇娘誓死不从，抱恨而终。申纯闻讯后悬梁殉情。该剧与《西厢记》《牡丹亭》一样，是一部令人荡气回肠的爱情戏。但《娇红记》又有自身的特色。就情节而言，《娇红记》最终以双双殉情的悲剧收场，而不是传统的大团圆结局。更重要的是，娇娘的形象已注入了新的时代精神。她不是一个逆来顺受的柔弱女性，她对爱情婚姻有明确的自主意识。《娇红记》全剧以复杂的戏剧冲突，错落有致的关目安排，人物性格的多元展示以及曲、白、科介的巧妙配合，而成为明末传奇剧之翘楚。就内容的丰富性及艺术表现方法而言，该剧堪称是《牡丹亭》和《红楼梦》之间过渡的桥梁。孟称舜的杂剧《桃花人面》的故事梗概是，清明时节，唐代进士崔护在长安候选期间踏青，因口渴到少女叶蓁儿家求饮，两人虽仅一面之雅，但一见钟情。其后蓁儿思情难忍，朝朝凝望，刻刻萦怀。次年清明，崔护再访蓁儿，恰逢蓁儿与父亲扫墓未归，崔护等待半天未果，遂题诗在门上，诗云："去年今日此门中，人面桃花相映红。人面不知何处去，桃花依旧笑春风。"蓁儿归来见诗，痛不欲生，从此一病不起。崔护赶来时，蓁儿已殒命，崔护抱尸痛哭，蓁儿竟然复活。得到蓁儿父亲的许可，崔护与蓁儿缔结了姻缘。就词采、意境言，《桃花人面》可方驾《西厢》、媲美《牡丹》。其情节与《牡丹亭》亦有异曲同工之妙。叶蓁儿如郊原桃花，杜丽娘似园中牡丹，风采各有不同，但她们都在中

---

① 祁彪佳著：《远山堂曲品·艳品》，见俞为民、孙蓉蓉编：《历代曲话汇编·明代编》第 3 集，黄山书社 2009 年版，第 546 页。

② 梁廷柟：《曲话》卷三，清藤花亭十七种本。

③ 张琦：《衡曲麈谭》，见毛效同编：《汤显祖研究资料汇编》，上海古籍出版社 1986 年版，第 862 页。

国古代戏剧史上写下了不朽的一页。当然,汤显祖以传奇演绎,孟称舜则使用已趋于式微的杂剧形式,在杂剧艺术的天空中添上了一道绚丽的晚霞。

与文学同样对文图关系史产生重要影响的另一种艺术形式是绘画。明代绘画艺术发展也呈现出鲜明的阶段性特征。明初在文化专制的背景之下,宫廷院体画都是墨守成规,不敢大胆创新,工谨而无新意,艺术成就远不及宋代。比较而言,因被谗而走出宫廷画院的浙江人戴进(亦作戴琎),较少受宫廷的束缚,其画作铺叙远近,宏深雅淡,人物山水画较前人别具一格,奠定了以遒劲奔放为特征的"浙派"绘画的基础,并经继踵而起的吴伟的进一步发展,形成了与宫廷绘画相匹敌的画风。大致与吴伟同时,在人文荟萃的苏州,涌现出一批吴门画家,改变了明代画坛的风气,其中最为著名的是沈周、文徵明、唐寅、仇英,他们被王世贞称为"吴门四家"。而由沈周、文徵明创立的"吴派"更是代有传人,取代"院体""浙派"而主盟画坛近百年,将明代绘画推向了高峰。吴门画派多为在野文人,如沈周是一位被征聘而不肯就职,以布衣终其一生的隐士,他一生"甘心于山林之下",以耕钓为生、琴书为务。文徵明屡试不第,五十四岁始应荐举以贡生入京,任翰林院待诏,但次年即请辞归里,不久获准,遂筑室于舍东,名为"玉磬山房",沉浸翰墨于其间。一生中在朝仅短短三年,多数画作是其归里后所作。唐寅虽然早年也曾有以功名命世之志,但在会试中,因科场试题案而蒙冤,其后又备尝宦途的险恶,于是形成了"不尚功名惟尚志,绿蓑青笠胜朱衣"[①]的人生态度。这样的人生经历也体现在吴派的画风之中。如,沈周的画作题材丰富,山水、花鸟、人物各科皆精,但尤长于山水画。文徵明画作的闲淡之趣体现了吴派高蹈的人格精神。同时,吴派画家的作品多寄予了作者的人生理想与文人情怀,他们或写于书斋园林,或放笔山林名胜。就"吴门四家"而言,除了仇英因早年失去读书机会之外,沈、文、唐三人都是兼工诗画的文人。文徵明、唐寅更被列入明代中期的"吴中四才子"。因此,"吴门四家"多以表现意趣见长,这些意趣往往通过清润淡雅的墨色表达恬淡平和的情愫,追求神似。当然,"吴门四家"的风格也各有不同,总体而言,沈周、文徵明的山水画成就最为突出,体现了明中叶的文人画风格。唐寅则尤长于人物画,风格与仇英相似,兼有文人画与院体画的特点。晚明画坛则流派纷呈,缤纷多彩。就题材而言,董其昌、蓝瑛、项圣谟等以山水画著称,陈淳、徐渭等人则以水墨写意花卉见长,吴彬、丁云鹏、陈洪绶、崔子忠等以人物画成就最著。就流派而言,有以董其昌为代表的"松江派",以顾正谊为代表的"华亭派",以宋旭、赵左为代表的"苏松派",以沈士充为代表的"云间派",以蓝瑛为代表的"武林派",以项元汴为代表的"嘉兴派",以萧云从为代表的"姑熟派",以邹子麟、恽向为代表的"武进派",以盛时泰为代表的"江宁派"等。但就其传统与变新的关系而言,以董其昌为代表的"松江派"体现了承祧传统、综汇诸家而后自成一格的特点。如,董其昌的山水画出于董源、巨然、米友仁、高克恭、黄公望、吴镇、倪瓒诸家,最终树立了纯正的文人画规范图式。董其昌与李流芳、杨文骢、程嘉燧、张学曾、卞文瑜、邵弥、王时敏、王鉴等人被称为"画中九友",影响并主导了晚明

---

① 唐寅:《唐伯虎先生集·外编续刻》卷三《烟波钓叟歌》,明万历刻本。

画坛的风气。与"松江派"不同,陈淳、徐渭等人开创了水墨大写意画风。吴人陈淳先后受文徵明、沈周的影响,创立了文人水墨写意花卉的基本程式。稍后的徐渭更将这一画风推向极致,体现了强烈的主体色彩与独创精神。他将明代水墨大写意的画风带入了一个新的境界,以恣肆的笔墨抒写了磅礴飞动的激情,以大胆泼辣、苍茫淋漓的画风改变了传统文人画的蕴藉雅逸之风。他以简练的笔触,涂抹出物象形态,概括出物象轮廓,而舍去大量的细节描写。与此相关,他喜用背光状物,这样,就可以将细节让位于整体的神韵与轮廓,徐渭这种"要将狂扫换工描"的画法,与文人画以工笔描画为主的传统大相径庭。徐渭将诗书画完美地结合在一起,如其《墨葡萄图》题诗云:"半生落魄已成翁,独立书斋啸晚风;笔底明珠无处卖,闲抛闲掷野藤中。"①徐渭的绘画以写意为特色,与此相联系,他以草书入画,因为草书的婉转灵妙、变化多端,更易于宣泄恣肆疏狂的情感。徐渭的绘画艺术得益于他深厚的书法功力,书艺与画艺的完美结合使其绘画艺术达到一个常人难以企及的境界,焕发出独特的艺术魅力。明清之际的陈洪绶是另一位具有鲜明艺术特色的大师。陈氏兼工山水、花鸟,而以人物画特色最著。张庚在《国朝画征录》中谓其"画人物,躯干伟岸,衣纹清圆细劲,兼有公麟、子昂之妙;设色学吴生法,其力量气局,超拔磊落,在仇、唐之上,盖明三百年无此笔墨也"②,画作笔法遒劲,设色古雅,高古奇骇,传达出人物的鲜明个性与神韵。除卷轴画之外,陈洪绶一生创作了无数的版画作品,或为书籍插图,或为酒牌叶子,都由新安、杭州的名匠刻版而成。自陈洪绶始,人物版画终于达到了可与工笔人物画相媲美的艺术水平。此后,以陈洪绶作品为范本,以传记类为主要题材的清代人物版画形成体系,并不断发展。

### 四、明代文图关系的总体风貌和基本特点

明代文学和图像的关系得到了进一步发展,这一时期文学与图像的关系主要呈现出以下五个特点:

其一,明代文图关系理论得到了新的发展。就文图关系理论来看,如果说"诗画一律"的提出只是苏轼为了概括王维诗歌与绘画在风格方面的一致,那么,明代的"诗画一律"又有了新的内涵。进而言之,从作品的命题到画面的格局,从境界到文人性,无不体现出绘画与诗歌的"一律"。当然,明代文艺家还注意到对诗画异质的讨论,如何良俊在《四友斋丛说》中讨论了图像的独特作用:"古五经皆有图,余又见有《三礼图考》一书,盖车舆、冠冕、章服、象服、褕狄、笄褵之类,皆朝廷典章所系,后世但照书本言语想象为之,岂得尽是? 若有图本,则仪式具在,按图制造,可无舛错,则知画之所关盖甚大矣。"③何良俊认为后世对于古代礼仪事物,如果仅仅依靠语言文本,那么则只能"想象为之",并不一定能正确还原这些事物的原貌。然而,

---

① 徐渭:《徐渭集》卷十一《葡萄》,中华书局 1983 年版,第 401 页。

② 张庚:《国朝画征录》卷上《陈洪绶》,乾隆四年刻本。

③ 何良俊撰:《四友斋丛说》卷之二十八《画》一,中华书局 1959 年版,第 255 页。

《三礼图考》中的图像却保证了"仪式具在",按照图像中的形象制造仪式,就不会出现错误,由此可以看出绘画的重要价值。同样,杨慎对于苏轼画贵神诗贵韵的观点也提出了异议,认为鄙夷"论画以形似"的做法并不足取,绘画保持物形不改有其合理性。在此基础上,明代孙矿还对于图像表意的局限性有清晰的认识,他认为王维的"山色有无中""果是画家三昧语",但"第不知'江流天地外'若何画?"认为宋徽宗宣和年间以此为画题考试,恐怕考生也不知"当作何经营"。这些关于诗、画异质的讨论深化了对文图关系的认识,为文图互补相生留下了广阔的空间。

明代文图关系的另一个特点是在"书画关系"的研究方面又有新的突破。明代文人强调"书画同源"。如,明初的宋濂认为书法作为书面语言(文字)的载体,能够有效地"济画之不足",因为绘画的主要功能是表彰事物,并敦促人们效仿,"记事"并非它的专长。他说:"非书则无以纪载,非画则无以彰施,斯二者,其亦殊途而同归乎?吾故曰:书与画非异道也,其初一致也。"又说:"书者所以济画之不足者也。使画而可尽,则无事乎书矣。吾故曰:书与画非异道也,其初一致也。"①

明代对于"援书入画"与"书画同法"现象有深刻的认识,体现了有明一代的时代特征。如,唐寅在《六如论画》中曰:"工画如楷书,写意如草圣,不过执笔转腕灵妙耳。世之善书者多善画,由其转腕用笔之不滞也。"②唐寅将工笔画比作楷书,将写意画比作草书,而且还认为书法家大多善于绘画,言外之意则是画家并非一定"善书"。其后的王世贞的论述更为详细,他将竹子各部分的画法与书体相对应,如竹子枝干像篆书,竹枝像草书,竹叶像楷书,竹竿的节像隶书。到了董其昌所在的明末,以书法作画已成为不可反驳的铁律,否则画家便会被视作比"士气"低劣的"画师"。当然,明代关于"书画同法"的讨论,还仅仅停留在"援书入画"的层面。而"书画同法"的观点,即书法借鉴写意画的结构以及造型意趣,直到清代才最终出现。

其二,明代小说、戏曲插图取得了突出的成就。伴随着以小说、戏曲为代表的俗文学创作的巨大成就,以及明代印刷业的快速发展,小说、戏曲配插图成为明代书籍印刷的一个重要特点。诚如何谷理在《章回小说发展中涉及到的经济技术》一文中所总结的那样,从元朝至公元 1500 年左右,"这一百五十年间插图艺术没有太大的进步"③。但是,十六世纪之后的版画与前述元代传统版画,在书籍的物理形制上存在着明显差异,具体来说,因袭元代传统的插图"差不多占了一页的三分之一,地位是相当重要的(这与当时小说的文字部分还比较简单有关);万历以来,插图却移到了书卷的前头。看起来,插图的地位变了,但是插图所具有的美学意义却加深了"。如此一来,受众看图的心理也就有了新变——"元代平话的读者看'图'只是为了了解内容,明代章回小说的文人读者看'画'则是为了加深对小说的欣赏"。从仅占每页三分之一篇幅的版画到卷首的整幅版画,不同的书籍编排形式提

---

① 宋濂:《宋濂全集·銮坡前集》卷十《画原》,浙江古籍出版社 2012 年版,第 683—684 页。
② 唐寅:《六如论画》,见俞建华编著:《中国画论类编》,人民美术出版社 1957 年版,第 107 页。
③ 何谷理:《章回小说发展中涉及到的经济技术》,载《汉学研究》1988 年第 1 期。

供了两种欣赏力——前者是"情感对文字的反应",后者则"纯属视觉""增强了文人的艺术感受"。可见,版画插图艺术的发展也促进了小说艺术化的进程。当然,与明代文学以及书籍印刷史相适应,明代的戏曲、小说与插图的关系也呈现出鲜明的阶段性。这从明代刊刻的《西厢记》版本即可以看出。终明一代的《西厢记》刻本约有三四十种之多,全都有插图。如果说明代早期的《西厢记》版画摹仿文学文本的原则是描绘其中的故事情节,那么明代中后期的版画"叙事性"降低,更多的是注重"写意",即摹仿戏曲的意境以供人玩味①。同时,明代万历以后上图下文式的版画不再流行,而在卷首呈现了以戏曲表演为主的全像版画。这样,图像在戏曲、小说版本之中则是对整个文学文本的点示与呈现,这对读者提出了更高的要求。值得特别指出的是,明代戏曲插图堪称书籍插图艺术中最为引人注目的一朵奇葩。明代戏曲插图内容十分丰富,福建省戏曲研究所在编写地方戏曲志时,曾对万历年间福建地方刊印的戏曲书籍做过调查,仅建阳麻沙书坊就曾辑刻过三百多种戏剧选集,这些戏曲图书中几乎都有插图。②金陵富春堂所刊的传奇共一百几十种,都有精彩的插图。明代一些戏曲集也都有插图,如《元曲选》《顾曲斋元人杂剧选》《大雅堂杂剧》《白雪斋五种曲》《盛明杂剧》《万壑清音》《酹江集》《柳枝集》等。就戏曲与图像的关系而言,既有插图本戏曲书籍,也有叶子等。叶子又称酒牌,万历年间十分流行,如《元明戏曲叶子》,以上文下图的形制呈现。上栏为戏曲曲文,有些曲文已佚,仅有叶子得以保存,这些作品比陈洪绶所绘的《水浒叶子》《博古叶子》更早。

与明代版刻业相联系,明代小说、戏曲插图也呈现出鲜明的地区差异。如,就小说插图而言,明代建阳刻本以全像居多,插图的版式采用传统的上图下文式,每页都有插图,情节简单,连续性强,但画面较小。南京地区的刻本则以讲史小说为主,多为对页双面大图,以便展示众多的人物与复杂的场面,插图中人物形象突出。

其三,文图表现内容空前丰富。明代文图关系的另一个重要特征是文图相辅相成,表现的内容与形式空前丰富。除了传统的题画诗、诗意画、像赞等形式以外,上述小说、戏曲的插图空前繁盛,成就了明代文图关系中最为灿烂的一页。此外,还有多种与文学相关的图像也随着印刷业的发展得到了迅猛的发展,如《诗余画谱》以及《集雅斋画谱》中的《唐诗画谱》等。《诗余画谱》是明万历年间安徽汪氏选词百篇后,以正反面一图一词的形式刻印而成的,绘图者为王馆,书写的则是董其昌、陈继儒等名家。所选的多为富有画意的宋词。其中画面多根据词中的描写而绘就,极富想象力和创造力,与文字相得益彰。《唐诗画谱》由《唐诗五言画谱》《唐诗七言画谱》《唐诗六言画谱》所构成,收录五言五十首、七言五十首、六言四十九首。在《唐诗五言画谱》的五十首诗中,有十九首可见于高棅的《唐诗品汇》,《唐诗七言画谱》的五十首诗中也有十八首见于《唐诗品汇》,其中包含王维的《竹里馆》、孟浩然的《春晓》、李白的《峨眉山月歌》等许多脍炙人口的诗作,是集诗、画、书法为

---

① 马孟晶:《耳目之玩——从〈西厢记〉版画插图论晚明出版文化对视觉性之关注》,载《美术史研究集刊》2002 年第 13 期。

② 徐小蛮、王福康:《中国古代插图史》,上海古籍出版社 2007 年版,第 127 页。

一体的艺术精品。

其四,著名画家、刻工使明代版画艺术达到了新的高度,使文图关系的内涵更加丰富。明代中叶以后,唐寅、仇英、陈洪绶、顾正谊、汪耕、陈询、刘素明、陆武清、程起龙、丁云鹏等当时著名的画家、刻工参与到小说、戏曲的插图创作中来。陈洪绶的诸多画作多与文学作品有关,像《九歌图》《屈子行吟图》《西厢记》《水浒叶子》等。陈洪绶单独完成的插图本即崇祯十二年(1639)刊本《张深之先生正北西厢秘本》,首有"双文小像",并根据全剧的情节作了五幅插图,分别是:目成、解围、窥简、惊梦、报捷。这些插图对张生、莺莺、红娘的形象进行了细致精妙的刻画,张生的儒雅、莺莺的美丽、红娘的伶俐,无不形象生动,栩栩如生。尤其是在"窥简"图中,莺莺在屏风前展阅张生的书信后矜持中难掩的惊喜,红娘在屏风后口含手指、蹑手蹑脚偷看的反应,都生动准确地表现了人物的心理,反映出人物的个性特征。这样一来便使得文学文本与图像之间的联系更加紧密。再如画家刘素明更是画刻兼擅,其《丹桂记》历五年乃成。郑振铎先生赞其"刀刻是十分精致的,尤长于深远的山水、细小的人物。以双版的大幅把浩瀚的山光水色布满全局,而中着一叶扁舟,舟中有几个小小的人,乃是他所擅长的画面,是工丽的,也是无懈可击的"①。这些画家往往兼擅文学,如画家顾正谊还是一位诗人,他于万历二十三年(1595)在边塞赋诗百首,并附图百幅,刊刻成图文并茂的《百咏图谱》一书。更重要的是,一批技法精湛的刻工,使插图本图书精巧工丽,具有很高的审美价值。其中,以徽州的刻工最为著名,乃至当时有"人若有刻,必求歙工"一说。徽州刻工主要集中在歙县与休宁地区,其中以歙县虬村的黄氏家族的刻工声名最著,从黄铤开始,前后历四五百年历史。风格也历经变化,从粗犷豪放,渐而刻镂入微,穷工极妍,婉丽生动。随着徽州版刻的影响逐渐扩大,东南地区的书商往往礼聘徽州刻工,因此,晚明时期东南地区刻书插图的风格逐渐趋于一致,提高了插图本的质量。

其五,题画文学称盛。中国古代以画面题字的传统可以远溯到战国之前。汉代以降,因画而题写的铭、赞等文学样式逐渐流行,唐代以后题画诗渐多,其中,杜甫"始创为画松、画马、画鹰、画山水诸大篇,搜奇抉奥,笔补造化……子美创始之功伟矣",其成就备受推崇。迄至宋代,随着文人画的兴盛,苏轼等人的题画之作"极妍尽态,物无遁形"②。当然,这些一般多不在画上题诗,亦即尚不是真正的诗画一体相融。自元代始,题画诗更重画面的审美效果,达到了真正的和谐统一,诚如明人沈颢所说:"元以前多不用款,款或隐之石隙,恐书不精,有伤画意。后来书绘并工,附丽成观。"③钱选、赵孟頫、黄公望、王冕、倪瓒等人都取得了卓荦的成就。明代文人承元代之绪,文人题画诗的数量远超元代,内容也更加丰富,沈周、文徵明、唐寅、陈淳、徐渭、董其昌等人无不身兼数艺,诗情与画意相融为一,创造了别样的艺术境界。诚如明人胡应麟所说:"宋以前诗文书画,人各自名,即有兼长,不过一

① 郑振铎:《中国古代版画史略》,见《郑振铎艺术考古文集》,文物出版社 1988 年版,第 373 页。
② 凌扬藻:《蠡勺编》卷二十三《题画诗》,《岭南遗书》本。
③ 陈元龙:《格致镜原》卷三十九《画卷》,清文渊阁四库全书本。

二。胜国则文士鲜不能诗,诗流靡不工书,且时旁及绘事,亦前代所无也。"①明代题画文学的兴盛,促进了诗、画艺术的相得益彰,其流风遗韵,直启清代朱耷、石涛、扬州八怪等人。

### 五、明代文学图像的基本类型

明代在经济、技术与文化诸因素的综合影响之下,与文学相关的图像艺术更趋成熟,形制更加完备。就类型而言,大致可分为小说插图、曲本插图、诗意画、叶子、墨谱诸类。

小说插图。明代小说几乎"无书不插图,无图不精工",现存不少小说都是以插图本的形式流传于世。就小说插图的版式特征来看,明代早期的小说插图以上图下文式为主,图文共处一页,联系紧密。除了图文,有的还有评语,这就是"评林本",每页上栏写评语,中栏为插图,两旁加简要说明,下栏为正文,比如福建建阳双峰堂刊本《京本增补校正全像忠义水浒志传评林》就是这样的。这种版式的插图画面不大,构图较为简单,线条质朴笨拙。到了被郑振铎称为中国木刻画发展的"登峰造极,光芒万丈"②的万历时期以后,随着小说插图的发展,上图下文式逐渐被整版式(单面、双面、多页连式)所取代。整版式插图是指插图单独占有一个或多个完整页面的版式,它的出现使得小说插图的版式日益丰富起来。比如杭州容与堂刊本《李卓吾先生批评忠义水浒传》、明崇祯年间刊刻的《新刻绣像批评金瓶梅》的插图就是典型的单面整版式插图。万历十九年(1591)南京万卷楼周曰校刊《新刊校正古本大字音释三国志通俗演义》以及万历二十年(1592)金陵世德堂刻《新刻出像官版大字西游记》就是双面整版式插图的代表。整版式插图有的把图插在各章(回)之前或章(回)之中,有的把图集中起来放在全书卷首。与上图下文式相比较,整版式插图的文图关系紧密程度要差一些。整版式插图以章回为单位,常常是每回一至二图,抑或几回一图,来表现本回或几回的精彩内容。明代小说插图虽然冠有"全相""全像""出像""出相""全图""绣像"等插图术语,但都是故事情节图。整版式插图由于画面扩大,更能表现人物的神情、动作,画面讲究环境描写和景物布局。明末的苏州地区还出现了月光式插图。月光式是明末清初广为流行的一种插图形式,既似满月,又像圆日,因此被称为"月光式"或"日光型",但以"月光式"之名较为常用。其形如镜取影,隽秀而典雅,具有较高的观赏性。崇祯年间金阊叶敬池刊本《石点头》便是月光式插图的代表。小说插图以其直观的形象补充说明了文本内容,同时具有很高的艺术性,图文并茂,相得益彰,深受广大读者的喜爱,从而极大地推动了小说的传播。

曲本插图。明代是戏曲创作和演出的黄金时代,版画创作也取得了光辉成就。有研究指出,"留存至今的明代戏曲刊本超过了 300 本,其插图数量达到了 40000

---

① 胡应麟:《诗薮》外编卷六,上海古籍出版社 1979 年版,第 240 页。
② 郑振铎:《中国古代木刻画史略》,上海书店出版社 2011 年版,第 51 页。

多幅,其囊括了戏剧、杂剧和传奇。从版本上来看,其涵盖了单刻本、选集本、总集本以及别集本"①。明代戏曲版画的发展大致可以分为"明初至隆庆年间,万历年间,明泰昌、天启、崇祯年间"②三个阶段。万历以前的版画主要有宣德十年(1435)金陵积德堂刊刻本《新编金童玉女娇红记》、成化年间(1465—1487)北京永顺堂刊刻的包括《新编全相说唱花关索出身传》在内的十几本说唱词话本、弘治十一年(1498)京师书肆金台岳家刊本《新刊大字魁本全相参增奇妙注释西厢记》、嘉靖三十二年(1553)书林詹氏进贤堂刊刻的戏曲单出选集《新刊耀目冠场撷奇风月锦囊正杂两科全集》及嘉靖四十五年(1566)余氏新安南戏《重刊五色潮泉插科增入诗词北曲勾栏荔镜记》等五种,多沿袭宋、元式样,以上图下文式为主,古朴粗犷、较为单一。万历以后,戏曲版画蓬勃发展,形成了多种流派,其中较为有名的为建安派、金陵派、苏州派和徽州派。建安派的代表作品有刘素明等刻本《丹桂记》《朱墨套印西厢记》插图。金陵派版画较著名的有富春堂(唐富春)、世德堂(唐晟)、继志斋(陈氏)、文林阁(唐锦池)、广庆堂(唐振吾)、环翠堂(汪廷讷)、十竹斋(胡正言)、芥子园等,各有代表性的戏曲版画问世,如富春堂刊本《李十郎紫箫记》《玉钗记》、继志斋刊本《双鱼记》《埋剑记》、世德堂刊本《拜月亭记》、环翠堂刊本《义烈记》《彩舟记》等。其中徽州派在明朝中后期发展最为鼎盛,形成一支拥有几百人的创作队伍,黄德新刻本《牡丹亭》插图、容与堂刊本《琵琶记》《红拂记》《西厢记》插图、黄应光等刻本《元曲选》插图等皆是其杰出代表。

诗意画。所谓诗意画,当然是指受到诗歌影响的画作。明代诗意画的形式非常丰富,比较传统的是以经典诗文或摘句作画的图像,如唐寅就创作了很多诗意画,比较著名的有《落霞孤鹜图》,表现了《滕王阁序》中的名句。明中后期还有更多表现诗句片段的画作,出现了大量的画谱、诗意画册等。这些诗意画受到摘句的影响,对诗意的发挥比较简单。比较新颖的诗意画是文人画家的创作,他们大多是诗人,能够将诗化的意象、诗化的手法、诗化的美感融入其中,创作出具有明显画家特色的诗意画,如沈周的《庐山高图》就利用诗歌意象、诗歌起兴方式,来表现画家对老师的颂扬之情。还有一些诗意画采用诗画结合的形式,或受到哲学思想的影响,或受到文化风尚、政治观念的影响,诗歌和绘画往往是多人合作而成,这是为了阐释或具象化思想而出现的诗画关系。这一部分图像有很多表现形式,如肖像与像赞、花鸟画与题诗、雅集图与题跋文献。在这些形式中,诗画关系的基本点是思想中包含着成像的可能性,诗歌中包含语象,图像中包含相似的形象,结合在一起形成一种可以解读的氛围或期待解读的取向,图像、文学各自的优势形成丰富的互文关系,达到解读的目的。但是这种解读不是定诂,根据不同的人群可能产生不同的解读效果。虽然这一部分图像不是经典诗意画,但是它扩大了图像与文学的内涵,丰富了表现题材。更重要的是结合了思想,让图像、文学不是在内部,而是在外部融合的基础上,形成了特殊的表现模式,恰如宋诗以说理为主,明代图画也有明显

---

① 韩晶:《明代戏曲插图版画的审美性》,载《美与时代》(中)2017年第2期。

② 张青飞:《明刊戏曲插图之演变及其戏曲史意义》,载《文化遗产》2013年第3期。

的理性倾向,但是它们又加上了很多文化性、情调性的内涵,使得说理具有特殊的美学意味。明代的诗意画就是一个五味杂陈的构成,有特殊的形式,更有独特的人生诉求,是明代艺术生活的一面镜子,也是明人不断塑造理想自我的艺术成果。绚烂而平淡,高雅而朴拙,生活与艺术的美感在明人那里是融合的,对生活与艺术的欣赏也是他们面对各种现实的简单超脱。如果生活是一条崎岖不平、风云莫测的路,那艺术就是他们在天空中画出的美丽弧线,风趣中包含着隐隐的辛酸,灵动中闪烁着曾经的稚拙,洒脱中回响着昨日的纠缠。

叶子。叶子是一种既可用于赌博,也可用作宴会上行酒令的工具。据明人钱希言记载:"叶子戏,自唐咸通以来,天下尚之,即今之扯纸牌,亦谓之斗叶子。近又有马钓之名,则以四人为之者,唐格已不可考。今自钱索两门而外,皆《水浒传》中人。"①虽然叶子产生的年代比较久远,但明清两代最为盛行,据明人陆容《菽园杂记》载:"斗叶子之戏,吾昆城上自士夫,下至僮竖皆能之。"陆容记其形制为:"一钱至九钱各一叶,一百至九百各一叶,自万贯以上,皆图人形。"②明代版刻叶子题材多与戏曲、小说有关,如刻于明万历末年的《元明戏曲叶子》即包括二十四个戏曲剧目。但最为流行的则是有关《水浒》题材的叶子,陆容当时所见的叶子图形均为《水浒》故事中的人物。其后潘之恒、徐复祚、钱希言等人对"叶子戏"或"昆山纸牌"的记载,题材都与《水浒》故事有关。可见,《水浒》叶子促进了故事的流行,产生了广泛的社会影响。《水浒》叶子中最著名的则是明清之际陈洪绶所作,张岱评之:"古貌、古服、古兜鍪、古铠胄、古器械,章侯自写其所学所问已耳,而辄呼之曰宋江,曰吴用,而宋江吴用,亦无不应者,以英雄忠义之气,郁郁芊芊,积于笔墨间也。"③其艺术感染力可见一斑。叶子成为《水浒传》在民间传播的重要方式。

墨谱。纸墨笔砚是中国文字书写与书画创作的物质基础,墨之殊异,直接影响书写内容的呈现。唐宋以来徽州即以制墨饮誉海内,明代古徽州(属京畿)的制墨业得到了恢复与发展,据明末麻三衡《墨志》记载,徽州的墨工坊即达一百二十余家。制墨名家为了应对激烈的市场竞争,扩大影响,于是将各种类型的墨锭与雕刻墨模的花纹图样结集起来,以重金礼聘著名刻工精心雕刻印行,这就是流行一时的墨谱。这些墨谱穷极工巧,显示了明代版画艺术的成就。董其昌在《程氏墨苑序》中赞程氏的作品曰:"百年以后无君房④,而有君房之墨;千年以后无君房之墨,而有君房之名。"⑤至晚明时期,书画墨谱的绘印成就达到了极盛,明代"四大墨谱",即《方氏墨谱》《程氏墨苑》《方瑞生墨海》和《潘氏墨谱》,均刊行于万历年间。这些作品随着徽墨的传播而流播于海内外,成为文人雅士赏玩的艺术瑰宝,时人钱允治惊叹《方氏墨谱》精美的艺术感染力,云:"顷于百谷斋中见方于鲁墨谱,不觉大叫,

① 钱希言:《戏瑕》卷二《叶子戏》,见《续修四库全书》子部 1143 册,第 562 页。
② 陆容:《菽园杂记》卷一四,中华书局 1985 年版,第 173 页。
③ 张岱:《陶庵梦忆》卷六《水浒牌》,上海书店 1982 年版,第 51 页。
④ 《程氏墨苑》为明代徽州制墨大师程大约所辑。程氏字幼博,别字君房,号筱野。
⑤ 董其昌:《容台集·文集》卷一《程氏墨苑序》,明崇祯三年董庭刻本。

谓世固有此尤物哉！欲得之心，如饥如渴。"①这些作品多由著名画家丁云鹏、吴廷羽及郑重等人绘图，与徽州著名刻工黄德时、黄应泰、黄德懋等人合作而成，其图案刻绘精美绝伦，使版画艺术达到了登峰造极的境界。这些绘制、刻印精美的墨谱还常附以赞美性的诗文，真可谓"形文毕陈，图咏并载"，是文图相融为一的艺术珍品。

总体来说，明代文学文本的插图艺术堪称中国古代书籍插图鼎盛时期的杰作，艺术家们在明代漫长的历史中形成的文图理论及创造的丰富多彩的作品，成为明代文化史中最为生动、最具综合艺术特征的不朽篇章。

---

① 钱允治：《与汪仲淹索墨谱歌》，引自《方氏墨谱》，山东画报出版社2004年版，第34页。

# 第一章　明代图像与前代文学

　　明代各种文学艺术样式都得到了新的发展,诗词歌赋自不待言,通俗小说、戏曲更成为有明一代文学的代表,绘画艺术也趋于鼎盛。不但如此,文学插图创作也进入"黄金时代",以至于"无书不图"。文学插图直观、实用,不仅能加深读者对文学作品的理解,拉近读者与作品之间的距离,而且能弥补文字之不足,使普通读者更容易产生艺术共鸣。就戏剧和通俗小说中的插图功能而言,明代前中期的小说、戏曲插图,其功能主要是配合文字,增强读者对文字文本的理解,而明代中晚期的文学插图则发展到更注重塑造人物及描绘情节、营造意境。因而研究明代文学,不可忽视对文学插图的形式、功能及其发展演变趋势和规律的分析和把握。

　　众所周知,通俗小说与戏曲插图最早可追溯至唐代,譬如刊印于唐代的《金刚般若波罗蜜经》卷首有"说法图",唐末吉师老《看蜀女转昭君变》诗有"画卷开时塞外云"句,可知变文与变相图相辅而行。这种图文结合演说通俗故事的方式,为明代通俗小说、戏曲作品中插图的大量出现奠定了基础。明代通俗小说、戏曲插图与前代文学及图像关系密切,譬如《三国演义》不仅本事(创作题材)上有历史承续性,而且在插图样式、内容等方面,均与刊刻于元代至治年间(1321—1323)的《全相三国志平话》具有一致性。再如,"西游"故事从宗教史事件发展成一部神魔小说,其间少不了对《大唐大慈恩寺三藏法师传》、《大唐三藏取经诗话》、杂剧《西游记》诸作品的传承与演绎,而"西游"题材的绘画作品更是遍布于壁画、雕塑、瓷器、门窗镂空雕刻等古代遗存之上,特别是玄奘取经图,譬如《唐僧取经图册》,榆林窟、千佛洞、张掖大佛寺、程山青龙寺壁画等,创作年代大多处于小说足本"世德堂本"形成之前,向我们展示了"西游"故事流传过程中的人物形象和情节演变。又如元杂剧《西厢记》在中国古代戏曲史上具有典范意义,曾获"新杂剧,旧传奇,《西厢记》天下夺魁"[1]之誉。及至明代,《西厢记》的刊刻可谓蔚然成风。据寒声、贺新辉等学者统计:明代《西厢记》刊本在一百种以上,其中明代注释校刻版本六十八种、重刻复印明版三十九种、明刻曲谱本三种。[2] 在这些版本中,配有插图的本子当有数十种。因而论及明代戏曲及图像与前代文学的关系,《西厢记》当为最该重点关注的剧目之一。

① 杂剧家贾仲明吊(王实甫)词。见钟嗣成、贾仲明著,浦汉明校:《新校录鬼簿正续编》,巴蜀书社1996年版,第71页。
② 寒声、贺新辉、范彪编:《西厢记新论》,中国戏剧出版社1992年版,第182页。

在绘画领域,明代绘画艺术不仅画风迭变,画派众多,且成就显著,与绘画密切相关的题画文学亦得到了长足发展。总体而言,明代题画文学的发展明显出现了四种倾向:其一,工笔花鸟画的题写者主要为朝廷官员,一般权位较高,其创作粉饰太平的倾向非常明显,产生了与馆阁体文学相应的题画文学。其二,明代中期诞生了以吴郡为中心的创作群,他们大多隐居山林,怡情弄墨是其创作的主要特色,他们在题画文学中表达自己特殊的情怀,闲适恬雅的风格成为此时期花鸟画题画文学的主要特色。其三,明中后期,徐渭将花鸟画带入抒发郁愤之情的境界,其写意花鸟成为明代花鸟画提倡本色、抒发真性情的代表。其四,明末,国家将亡,士大夫热衷于画竹,表达高尚气节,题画文学也形成了新的文化特色。

对文图关系的认识与阐释,明人在综合前人学说的基础上提出"书与画一致"的观点,认为:"古之善绘者,或画《诗》,或图《孝经》,或貌《尔雅》,或像《论语》暨《春秋》,或著《易》象,皆附经而行,犹未失其初也。下逮汉、魏、晋、梁之间,讲学之有图,问礼之有图,列女、仁智之有图,致使图、史并传,助名教而翼彝伦,亦有可观者焉。"①宋濂认为"书"与"画"的功用虽各有侧重,但书与画的本质是相通的,"书"重在"纪载",即叙事;"画"重在"彰施",即描绘形状与点染色彩(亦即后世所谓绘画)。"书"能叙事,"图"能染绘形状与色彩,这完全取决于人的意志和创造性,因而二者可谓殊途同归,都是人之情感、意志驱使的结果。就"图"的功用而言,宋濂认为"图"的创作是"附经而行",并以汉魏六朝为例,认为人们讲学、问礼等行为,甚至彰表列女、仁智等都会使用图像;"图"能与"史"并传,其功能在于"助名教而翼彝伦",即有助于宣传名教,维护常理、常道。这与曹植所谓"观画者见三皇五帝,莫不仰戴;见三季异主,莫不悲惋;见篡臣贼嗣,莫不切齿;见高节妙士,莫不忘食"②的观点具有一致性。

要而言之,明代通俗小说、戏曲的兴盛与前代文学的发展传承密不可分,与文学相关图像的诞生同样是文学艺术继承与发展的结果,其形式与内容既有本时代自身的特色,又可见出深受前代文艺影响的痕迹。下面从"明代绘画与前代文学""明代小说插图与前代文学""明代戏曲版画与前代文学"三个方面来具体分析明代图像与前代文学的关系。

## 第一节 明代绘画与前代文学

明代绘画在中国古代绘画史上占有重要地位,具体表现为:文人画理论及创作实践成就卓著,并成为绘画史(甚至是艺术史)的主流。艺术创作领域中的一些传统命题,诸如"形""神""意""象"等也被赋予了新的时代内涵,对创作中"法"与"理"的疏离和对"意""情""趣"的追求,与思想领域追求个性解放的思潮遥相呼应。清人姜绍书云:"文运莫盛于有明,文心之灵,溢而为画,故气韵生动之迹,每出于胜

---

① 宋濂:《銮坡前集》卷十《画原》,见《宋濂全集》,浙江古籍出版社 1999 年版,第 543 页。

② 张彦远:《历代名记·叙画之源流》引曹植言,见王世贞编:《王氏画苑》,北京大学藏明刻本。

流高士。画者,文之极而彰施于五采者也。"①指出了明代中晚期文学艺术创作领域的新变,即追求"文心之灵""气韵生动",这实际上体现了当时文艺创作的价值追求,那就是倡导创作要体现主体的内心情感和个性。

总体而言,明代绘画在题材、技法、价值追求诸方面均与前代文学艺术有千丝万缕的联系。譬如以花鸟为题材的绘画艺术,明初由于受帝王提倡儒道治国思想的影响,在创作目的和风格上呈现"粉饰太平"的倾向,而画法的总体趋势则取法宋代院体花鸟绘画。这当中,徐渭的创作值得一提。受阳明心学的影响,徐渭思想狂放,崇尚真性情,提倡本色,在创作中主张"舍形取影",超出色相,表达内心郁愤、焦躁等情绪。再如雅集题材,历代文士的雅集活动为中国古代文学史留下了大量的诗文作品,而且也为中国传统绘画创造了巨大财富。明代前中期,成祖永乐曾征辟天下文士编修《性理大全》《永乐大典》《太祖实录》等大型书籍,大量文士应召入翰林院,这些文士经常联袂出游,举行雅集唱和活动。由于身份、地位不同,此时期形成了以吴中、闽中为主导的编修雅集和以曾日章、邹缉开端,"三杨"为主导的翰林雅集。前者直接继承玉山雅集,并与地方保持密切关系,如沈澄的西庄雅集。后者糅合西园雅集和香山洛社耆老精神,观念比较复杂。随着编修书籍的完成,文士们陆续回归田园,于是出现了弘治后期和嘉靖年间文、沈雅集高潮,也将编修雅集转化为山林雅集。

明代绘画除了在技法、价值追求诸方面与前代绘画艺术保持千丝万缕的联系外,在画题方面亦与前代文学关系密切,譬如有些画作直接化用前代文学作品的诗意文情。下文以桃花源、夜游赤壁、浔阳送客、兰亭修禊画题为例,分析明代绘画与前代文学之间的联系。

## 一、桃花源画题

桃花源画题主要取意于陶渊明的《桃花源记》。晋人陶潜的《桃花源记》描绘了一方"土地平旷,屋舍俨然,有良田美池桑竹之属"的与世隔绝之宝地,其间生活的人不管是"黄发"还是"垂髫",都"怡然自乐"。自《桃花源记》问世后,陶潜所营造的那个超越现实社会、颇富有伊甸园色彩的精神家园,对后世文士产生了广泛而持久的影响。尤其是那段经典描述"土地平旷,屋舍俨然,有良田美池桑竹之属。阡陌交通,鸡犬相闻。其中往来种作,男女衣着,悉如外人。黄发垂髫,并怡然自乐"更是引发历代文士的无限遐想。可以说,"桃花源"是中国文士内儒外道精神的延展,是隐逸精神原型的一次集结,这一带有朦胧社会理想的传统历史典故,充满了对理想社会的深情向往,让无数古代文士心神向往。

以桃花源为画题的绘画作品,明前散见于各家诗文作品中。唐人韩愈所作《桃源图》诗已提及时人据《桃花源记》进行的绘画创作:"流水盘回山百转,生绡数幅垂

① 姜绍书辑:《无声诗史·原序》,见于安澜编:《画史丛书》(第三册),上海人民美术出版社 1963 年版,第2 页。

中堂。武陵太守好事者,题封远寄南宫下。南宫先生忻得之,波涛入笔驱文辞。文工画妙各臻极,异境恍惚移于斯。"①明人杨慎《丹铅续录》卷六"桃源图"条云:"唐人画桃源图极为工妙。舒元舆作记云:'烟岚草木,如带香气。熟视详玩,自觉骨夏青玉,身入镜中。'韩退之亦有《桃源图诗》,盖题此画也。予及见元人临本。"②可见,明代之前就已产生过诸多以桃花源为画题的作品。

图 1－1　桃花源图（又名《桃源问津图》）,周臣,苏州博物馆藏

明代绘画艺术中,以桃花源为画题的作品有以下数种。

其一,嘉靖年间传为周臣所作的《桃花源图》(又名《桃源问津图》,见图 1－1)。周臣,字舜卿,号东村,吴(今苏州)人,生活于明成化至嘉靖年间,卒于明世宗嘉靖十四年(1535)。周臣山水师承陈暹,曾刻苦临摹李成、郭熙、李唐、马远等人的作品,其创作主要取法于李唐派系。

《桃花源图》右下款署"嘉靖癸巳岁(1533)夏仲,姑苏周臣写"。画面右上方矗立着一座巨大的山峰,几乎占据了四分之一的画幅面积,形成一道天然的视觉屏障。山峦远处,重峦纵深;画面左上方是一片开阔的原野,其间阡陌纵横,农田井然,一农夫正在耕作,原野尽头层峦叠嶂,林木葱茂。画面正中位置呈现的是一片桃林,枝头花朵繁茂,桃林间茅舍俨然,茅舍近前的山脚下,数名农夫模样的人正聚在一起交谈,他们身后的草庐门口,两名妇人正倚门张望。人群右侧的山石上,三株苍松傲然挺立。画面近处,映入眼帘的是起伏的山坡和潺潺流淌的溪流,数株遒劲的苍松和花朵盛开的桃树分列于山坡、溪流两侧,仿佛是桃花源与俗世的天然屏障;画面右下角的溪流中,一渔舟正泊于洞口岸边,船上蓑衣、箬笠清晰可辨,却未见人影。

整幅画面所描绘的内容与《桃花源记》所叙述的故事大致吻合。画面布局匀称,用笔精细,画法严整工细,山洞、渔舟、良田等均一应俱全。值得一提的是,该图中人物形象所占比例很小,但造型准确生动。相较而言,作者着力凸显的是山石与苍松,二者占据了整幅画作的绝大部分画面,或许这体现的是作者的独到创造性:山石的高大、林木的茂盛,这些地理环境暗示的是桃花源不易被俗世人发现,甚至是与世隔绝;苍松或高大挺拔或遒劲有力,彰显的或许是生活在桃花源中的人遗世独立的精神,抑或与创作《桃花源记》的陶潜之"不为五斗米折腰"的傲世精神暗相吻合。笔法上,以斧劈描摹山石棱角及纹理,增强了真实感。

---

① 钱仲联:《韩昌黎诗系年集释》卷八,上海古籍出版社 1994 年版,第 911 页。

② 杨慎:《丹铅续录》,见《丛书集成新编》(第 13 册)据明《宝颜堂秘笈》本排印,台湾新文丰出版公司 1984 年版,第 142 页。

图1-2　桃源仙境图,仇英,天津博物馆藏

其二,仇英的《桃源仙境图》(立轴,见图1-2)。该作品是仇氏擅长的青绿山水人物画,此图画面右下角的山石上有行楷书小字,款署"仇英实父为怀云先生制"。钤"仇英实父"朱文印一方,有"心赏""灵石杨氏珍藏""杨曾之印""颍川怀云子图画"鉴藏印各一。"怀云先生"即指仇英的好友陈官(号怀云),此图据考为作者晚年受陈官延请至其家中驻馆所作。《桃源仙境图》画面境界恢宏,可以分为上中下三部分:画面上端描绘了远离尘世的仙境,画面中云气缭绕,当中靠左的部位是一座挺立的山峰,衬托出桃花源的与世隔绝。右下角是一片茂密的林子和露出一角的房舍,暗示出"屋舍俨然"的境况。中部画面靠左的部位同样是一座山峰,以及若隐若现的曲折石径;靠右部位的画面中,飞瀑奔流激湍,茂林深处殿宇楼台若隐若现,烘托出祥和清幽而又虚幻缥缈的人间仙境。下部画面中,遒劲的苍松挺立,林间清泉流淌,近处有三位白衣高士(隐士)临流而坐抚琴清谈,其中一人低首聆听,若有所思,一人手枕石岩,另一人则全神贯注地拨弄琴弦;两个书童随侍,其中一个童子捧瓯而来;画面下端是一座横跨溪流的木桥,桥头山石旁有三两株桃树,枝头花朵盛开,与画题"桃源仙境"相吻合。

整幅画凸显了"仙境"这一特征。譬如山间缭绕的云雾营造出幽深神秘的环境,画家以大青绿着色,描绘出了峰峦、树木,色彩对比鲜明,同时也带给观者强烈而深邃幽远的视觉冲击。整体而言,《桃源仙境图》虽取意于《桃花源记》,但并没有按照《桃花源记》所叙的故事创作,而是突出了自己的艺术创造力。从这幅作品的创作缘由看,仇英此作属应景之作,即应好友陈官的邀请为其祝寿而作,因而画面中的"房舍"并非普通的农舍,而是亭台楼阁,画中人物除了石径上行走的渔夫、丛林中的农夫外,还有近景中的三位高士及侍从童子。很显然,仇英着力凸显的也是这三位高士,这是隐士形象,展现了洒脱飘逸的生活状态,有富贵长寿的寓意。从画面的构图来看,以"S"形构筑画面,营造出纵深幽远的场景,层次分明,富有流动感。虽然人物活动是主体,但是山水画面也占有很大的比重,让"桃源仙境"生动地展现在人们面前。从笔法上看,山石以勾斫的笔法,较少皴染,色彩华丽而不艳俗,用笔工致而不呆板。此外,画面设色准确,色彩对比鲜明。譬如,画面中身着白色衣服的高士在金碧辉煌的氛围映衬下,显得格外醒目鲜明。

其三,仇英的另一幅桃花源画题作品——《桃花源图》(手卷),纸本重彩,纵

33 cm,横 472 cm,美国波士顿艺术博物馆藏。该图同属青绿山水人物画,画面自右至左可以分为三部分,描绘的内容与《桃花源记》基本吻合。前段描绘的是武陵渔人沿溪逆流而上发现了进入桃花源的洞口。此段画面中,连绵起伏的峰峦占据了绝大部分画幅,山间林木茂密,云雾缭绕;近景处,溪流蜿蜒曲折,两岸桃林茂密。溪流尽头泊着一艘渔船,身着白色衣服的渔人已钻入峰峦脚下的石洞,提示观者即将揭开桃花源的神秘面纱。接下来观者继续展卷,中段画卷映入眼帘:近景处,山峦之侧苍松挺拔,一名渔夫正在驾船弄棹;远景处,画面豁然开朗,有良田数顷,其间阡陌纵横交错,一二农夫荷锄行走于田间,远处层峦叠嶂,云雾蒸腾,烘托出世外桃源的优美景象。继续展卷,草庐、瓦舍掩映于群山翠叶之间,近处林间小径上,数名长者正与一名身着白衣的持桨者(当为武陵渔人)拱手交谈,从诸位长者的动作和神态来看,即可见其人谦和恭谨,暗示了桃花源中人好客谦和的精神面貌。末段描绘的是武陵渔人进入桃花源后受到热情款待的场景,其中远景十分开阔,呈现的是"良田美池桑竹之属"以及"阡陌交通,鸡犬相闻"等祥和宁静的乡村风情;近景处溪流潺潺,桃林枝繁花茂,三五幼童呼朋引伴正往前(按:指画面左侧)行,又有数名农夫或行走或劳作于林间。画面最末段图景呈现的是数间高大敞亮的瓦舍,当面的一间厅堂内,数人围坐一席正在热情交谈(其中身着白色衣服者当为武陵渔人),堂下竹篱外,三名妇人携带幼童闻讯而至;篱门外,两名长者匆匆赶来,其中一名手拄拐杖,另一名则手牵幼童,与《桃花源记》中所谓"村中闻有此人,咸来问讯"相印证。更近处,一人提壶捧盘行走在横跨溪流的木桥上,此情此景暗示了桃花源中人的热情好客,所谓"余人各复延至其家,皆出酒食"。总体而言,《桃花源图》(手卷)与《桃花源记》构成了非常明显的"语—图"互文关系,亦即图画作品完全展现了《桃花源记》的故事情节,而且运用了连贯的三组画面,将整个故事情节和盘托出。

其四,文徵明的《桃源别境图》(手卷)。纸本设色,纵 28.5 cm,横 700 cm,钤有"乾隆御览之宝""乾隆鉴赏""三希堂精鉴玺""宜子孙""石渠宝笈""戴铨和印""张伯驹父珍藏之印"等印记,台北鸿禧美术馆藏。清人卞永誉《式古堂书画汇考》卷五十八著录有文徵明《桃源别境图》,并录图后文徵明行书王维《桃源行》及题识。据袁行霈先生考证,收藏于台北鸿禧美术馆之《桃源别境图》即为《式古堂书画汇考》所录者。①

该图用四组连贯的画面展示了武陵渔人进入桃花源的传奇经历,与《桃花源记》中的故事情节大体相似。画卷最右端(卷首)描绘的是武陵渔人沿溪讨源,偶然发现掩映在桃林中的山洞入口,画面上群山高耸,画家以"S"形构图法营造出幽深的空间感,蜿蜒的溪流岸边生长着茂密的桃林;近景处,两株苍松遒劲峻拔,溪流平缓处泊着一叶渔舟,而在溪流转折处的山崖下,武陵渔人手持船桨正欲钻入石洞之中;画面左侧,重峦叠嶂,大斧劈皴法描绘的山峰不仅层次分明而且雄伟壮观,山间林木繁茂,为展现即将映入观者眼帘的世外桃源做足了铺垫。画卷第二段中间画面豁然开朗,近景处是一汪碧波,一渔夫正驾船捕鱼,两岸农田井然,其间有农夫扶

---

① 参见袁行霈:《桃花源影像》,载《中华文化画报》2010 年第 5 期,第 64 页。

锄劳作;远景处,山峦云雾缭绕,河流蜿蜒曲折,左侧山崖下数株苍松傲然挺立,树荫下掩映着一间草堂。画卷第三段除了描绘出"屋舍俨然"、有"桑竹之属"外,更多展示的是桃花源中人的生活面貌。其中画面右侧高大的山崖下及茂密的翠竹丛中隐隐露出的茅舍屋顶,即暗示出此间民众的生活状态;近景处的山崖下,数名桃花源中人聚在一起交谈,暗示了武陵渔人的突然闯入,引起了此间人的惊奇。越过茂密的桑竹丛林,画卷进入最后一段,此段画面右侧呈现的是掩映在桑竹丛中的瓦舍和站在篱笆门前探头张望的妇人,左侧是高耸入云的山峰及山间高大繁茂的林木;画面中间描绘了一条河流,河流左岸的瓦舍中,三五人围坐在一起高谈阔论,其中手指右侧(世外)者当为武陵渔人。明堂外、柴门边,三两名妇人领着幼童前来看热闹。值得注意的是,画面最左侧的山石小径上,伫立着一位观瀑的文士,好似正在观看桃花源中的美丽景象。总体而言,《桃源别境图》(手卷)用细致的笔墨描绘了江南景色,抒发了温文尔雅的恬淡情怀。

其五,丁云鹏的《桃源图》(扇页)。洒金笺,设色,纵 16.2 cm,横 50.7 cm,上海博物馆藏。丁云鹏,字南羽,号圣华居士,安徽休宁人,晚明画家詹景凤门人,尝与董其昌交游,董氏曾赠以印章,曰"毫生馆",丁氏一有得意之作,尝一用之。款署"壬午春日为纯吾尊叔写,云鹏",钤"南羽"朱文印一方。画面右端正中是逶迤的群山,远处山坳中桃花点点,山下溪流岸边停泊着一叶渔舟;画面左端是掩映于山峦树木之间的楼阁屋舍和草庐,左侧河流上横跨一座木桥,桥上有三名行人,其中一人在前,肩扛船桨,当为武陵渔人,另两人位于渔人身后,但面部朝向相异,一人面向渔人,似乎在送客,而另一人则背对渔人,似乎与渔人辞别后欲往回走。整幅画面色彩素雅,山石描绘以晕染为主,充分展示了桃花源中的自然环境之神秘幽深,同时,山体轮廓勾勒自然流畅,富有质感;山上的树丛及林木叶片均以中锋攒簇而成,富有层次;人物形态的描摹虽以简笔勾勒,但是栩栩如生。

总体而言,画面因特定形式(扇页)的局限,表达空间不及手卷、立轴大,故而在有限的画幅上描绘的内容不及同类画题的手卷画面内容丰富。但是,整幅画也基本上将《桃花源记》中所叙故事的梗概展现了出来。尤其是画面只通过对一个故事情节的"管中窥豹"式模仿,这种"惜墨如金"式的画面处理,能激发观画者的联想与想象,也恰恰体现了画家的个性化处理与高妙的艺术技巧。

此外,还有传为文嘉所作的《桃源图》。纸本浅着色,纵 79.3 cm,横 31.3 cm,美国旧金山亚洲艺术博物馆(Asian Art Museum of San Francisco)藏。该作品右上端题王安石七言诗《桃源行》云:"望夷宫中鹿为马,秦人半死长城下。避世不独商山翁,亦有桃源种桃者。此来种桃经几世,采花食实枝为薪。儿孙生长与世隔,虽有父子无君臣。渔郎漾舟迷远近,花间相见惊相问。世上那知古有秦,山中岂料今为晋。闻道长安吹战尘,春风回首一沾巾。重华一去宁复得,天下纷纷经几秦。"①下署"丁丑人日茂苑文嘉",钤白文印二,一为"文休承氏"。按:丁丑为公元 1577 年,是年文嘉七十七岁。该图《珊瑚网画录》《佩文斋书画谱》《式古堂书画汇

---

① 王安石著,李壁笺注,高克勤点校:《王荆文公诗笺注》,上海古籍出版社 2010 年版,第 67 页。

考《梦园书画录》《古缘萃录》《江村书画目》《古芬阁书画记》《眼福编》等均有记载。又如宋旭《桃源图》,卷,绢本设色,纵 26.3 cm,横 384 cm,重庆市博物馆藏。画中有宋旭题跋,其云:"吕心文避世长林中,余以此卷归之。万历庚辰春日宋旭识。"下钤"初阳""石门山人""樵李宋旭"三方印。可见,该图将"避世"与《桃源图》题材的绘画相联系。

## 二、苏轼夜游赤壁画题

苏轼夜游赤壁画题主要取材于北宋大文豪苏东坡的传世名作《前赤壁赋》与《后赤壁赋》。"吊古怀今"是中国古代文士文化生活的重要内容,即凭吊古迹,追忆往昔,以抒发对现今状况的感怀。正如宋欧阳修所谓:"凡士之蕴其所有而不得施于世者,多喜自放于山巅水涯。外见虫鱼草木风云鸟兽之状类,往往探其奇怪。内有忧思感愤之郁积,其兴于怨刺,以道羁臣、寡妇之所叹,而写人情之难言。"①自然山水的永恒与人世的沧桑巨变颇能激发文士们的逸兴和壮思,而天籁则能产生"入吾耳而注吾心"的效果,以至"萧然泠然,浣濯肺腑,疏瀹尘垢。洒洒乎忘身世而一死生"②。从传世文学作品来看,历代"吊古怀今"题材的诗词、歌赋层出不穷。在绘画领域,以描绘古代文士"吊古怀今"这一类型文化活动为题材的作品同样数量众多,其中以苏东坡《前赤壁赋》与《后赤壁赋》为画题的作品为数不少。元人张之翰在其《赤壁图》组诗中曾对这样的艺坛盛事深有感慨,其组诗之一云:"一时谪向黄州去,四海传为赤壁图。争得谢墩方罢相,有人曾画半山无?"③该诗揭示了宋元之际各家争相以《赤壁赋》抑或是《念奴娇·赤壁怀古》为题材创作画作的盛况。明代绘画以苏轼夜游赤壁为画题的作品,主要有以下诸家。

其一,仇英的《赤壁图》。据考,明人仇英传世的《赤壁图》目前所见有三幅:一件收藏于辽宁省博物馆,一件收藏于上海博物馆,一件见录于《石渠宝笈初编》。仇英,字实父,号十洲,生年不详,卒于 1559 年前后,祖籍太仓,长年寓居苏州。与沈周、文徵明、唐寅并称"吴门四家",曾于饶州(今江西鄱阳)做过"画磁匠"④(瓷画工,一说曾做过漆工)。关于仇氏的生平事迹,清初吴升《大观录》记云:"初学画即见器于文太史,父子为之延誉。山水、人物、竹树、坡石、舟车、楼阁,深入千里、晞远、松雪诸老之室,而直接大小李将军一派。樵李项子京收藏甲天下,馆饩十余年,历代名迹,资其浸灌,遂与沈、唐、文称四大家。余谓唐、文以诗文震曝,绘事特其绪

① 欧阳修著,李逸安点校:《欧阳修全集》卷四十三《梅圣俞诗集序》,中华书局 2001 年版,第 612 页。
② 袁中道著,钱伯城点校:《珂雪斋集》卷十五《爽籁亭记》,上海古籍出版社 1989 年版,第 655 页。
③ 张之翰:《西岩集》卷十《赤壁图》,见《景印文渊阁四库全书》集部第 1204 册,台湾商务印书馆 1986 年影印本,第 447 页。
④ 事见黄崇惺《草心楼读画集》之"仇实甫宫阁图卷子"条:"吾谓画者,胸中必有一段苍凉盘郁之气,乃可画山水;必有一段缠绵悱恻之致,乃可画士女。何物饶州画磁匠,乃竟得此意乎?宜乎为小李将军后一人已。"参见黄崇惺:《草心楼读画集》,黄宾虹、邓实编:《美术丛书》(初集第一辑),浙江人民美术出版社 2013 年版,第 111 页。

余。若沈与先生当为有明三百年艺林一津。"①明末王穉登将仇氏画作列入"能品",并评其画作云:"画师周臣而格力不逮,特工临摹,粉图黄纸,落笔乱真。至于发翠豪金,丝丹缕素。精丽艳逸,无惭古人。"②就连对其抱有门户偏见的董其昌亦称赞"仇英为近代高手第一,兼有南宋二赵之雅"(《画眼》)。

图1-3　赤壁图(局部),仇英,辽宁省博物馆藏

仇英的《赤壁图》(图1-3)是按北宋词人苏轼的赋作之原意,并仿前人与同代人《赤壁图》所创作。钤有"嘉庆御览之宝""宣统御览之宝""石渠宝笈""宝笈三编""嘉庆鉴赏""三希堂精鉴玺""宜子孙""宣统鉴赏"等印。该作品画面所描绘的图景为苏轼的《前赤壁赋》中所叙之事。

画面右端描绘了陡峭的山崖,崖上草木以石青石绿点染,郁郁葱葱,苍松遒劲;山崖之下是苍茫的江水,一叶扁舟随波荡漾,船上五人分别是艄公、苏东坡、东坡好友二人及童仆一名,其中站立于船尾的艄公敞着胸怀,手扶木桨正在奋力摇橹。船舱中放着一张方形几案,东坡居士端坐于几案左侧,他头戴乌角巾,身着交领长衫,右手微微抬起,凝视江面。几案右侧是东坡居士的二位好友,他们正面对面交心畅谈。船头,一名童仆正弓腰煎茶。画面左端,近景处是苍茫的江水,远景处群山起伏,山梁之上,一轮圆月高悬。

总体来看,仇英《赤壁图》所绘图景与苏轼《前赤壁赋》所叙故事大体吻合。尤其是将《前赤壁赋》中描述的"七月既望,苏子与客泛舟游于赤壁之下。清风徐来,水波不兴……月出于东山之上,徘徊于斗牛之间。白露横江,水光接天。纵一苇之所如,凌万顷之茫然"这些客观语象淋漓尽致地展示了出来。该图敷色淡雅清丽,山石林木则以石青石绿点染,可见其深受赵伯驹、赵伯骕的青绿山水画风之影响,但画面疏朗,蕴含了更多的文人气息。

仇英的《后赤壁图》,绢本,水墨,横39.9 cm,纵24.3 cm,款署"实父仇英",钤葫芦形"十州"朱印,上海博物馆藏。该图以苏轼《后赤壁赋》所叙内容为题材绘制而成,其构图及图绘内容与前述《赤壁图》相仿。画面以斜角取势构图,左端是高耸的山石,石骨峻嶒,用笔峻健方硬,山石间一股激流倾泻而下,山石之巅,一株古松疏枝旁曳,若蛟龙盘空,与《后赤壁赋》所谓"江流有声,断岸千尺;山高月小,水落石

---

① 吴升:《大观录》卷二十,清怡寄轩仿宋活字本。

② 王穉登:《吴郡丹青志·能品》,见陶宗仪等:《说郛三种·说郛续》卷三十五,上海古籍出版社1988年版,第1664页。

出"吻合。画面右端近景处是苍茫落寞的江面，一叶小舟漂荡其上，船中四人分别为摇橹的船夫、东坡居士及二位友人；远景处的天空中一孤鹤掠空而过，与"适有孤鹤，横江东来"相吻合。相较《后赤壁赋》所叙系列故事（事件）而言，《后赤壁图》只描绘了苏轼与两位友人泛舟夜游赤壁的情景，确切说来是描绘了苏轼"摄衣攀巉岩"后返回船上时的情景，这当中省略了夜游赤壁的缘由及夜梦情节。值得一提的是，画家刻意描绘了"孤鹤横江东来"的情景，其意图似在烘托东坡居士彼时孤冷的心境。

其二，蒋乾的《赤壁图》。纸本设色，纵 30.5 cm，横 145.5 cm，北京故宫博物院藏。画卷末端作者自题"癸卯秋日蒋乾为乩峰先生写"。引首钤"皇朝恩荣"等印四方，后钤"虹桥居士""至德里人"白文印各一方，后幅有陈泰来草书《后赤壁赋》。蒋乾，字子健，金陵（今江苏南京）人。该《赤壁图》所描绘的当为苏轼创作的千古名篇《后赤壁赋》中的情景，画面右端远景处山峦连绵起伏，近景处江水浩瀚，江畔丛林中一座草庐掩映于疏影横斜之间。画面中段呈现的是一幅"山高月小，水落石出"的景象：苍茫的江面上云雾升腾，一轮圆月高悬天际，天幕下，一只孤鹤"横江东来""翅如车轮，玄裳缟衣"，掠过停泊在江滩的渔舟，向西而去。画面左端是一片陡峭险峻的山崖，崖间小径蜿蜒曲折盘绕其上，行客三人漫步其间，其中居前者，头着乌角巾，双手反背于身后，神态自然娴静，似乎游兴正盛，此即东坡居士；其身后二人似乎畏惧小径险峻而行动有所迟疑，并未紧跟东坡居士的步伐。

要而言之，整幅《赤壁图》依文演画，意境清幽深远。画面采取俯视角度，营造出恢宏壮阔的景象，而局部画面则以中国传统绘画所惯用的"一角半边"构图法，因而画面疏密错落有致，烘托出空灵的意境，也给观众留下大片艺术想象的空间。从设色来看，画面敷色素雅，并没有点染一丝鲜亮色彩，这也与画面描绘的夜景相吻合。整幅画面笼罩在朦胧缥缈的暮色之中，一切都恬静而幽深，画中人物活动与山水融为一体，达到了情景交融的境界。

其三，文嘉的《赤壁图》。文嘉（1501—1583），字休承，号文水，文徵明次子，自幼亲承庭训，耳濡目染，见闻广博，成年后卓然自成一家。明人王世贞评其"书不能如兄工，而画得待诏（按：指文徵明，曾官至翰林待诏）一体，鉴赏古迹亦相垺"（《吴中往哲传》）。该图开卷有作者自题"前赤壁"三字，画面右段近景处是江畔，近岸处水草丰茂，岸上山石边两棵松树枝叶交错，青藤曼舞，松萝飘垂，枝梢间掩映着一苇扁舟；船上座客四人，其中居中者头戴乌角巾，身着交领长衫，正与二客交谈，此即东坡居士，其身旁二人则为二客，而船尾摇橹者则为船夫。画面中段几乎不着一笔，水天相接，空旷无垠，"清风徐来，水波不兴"，画家以赭色展现了江天一色、苍茫浑然的景象。画面左段石壁高耸，连绵成屏，石壁上草木繁茂，一条小径蜿蜒盘桓于绝壁间，山崖左侧一股激流倾泻而下，激起江面水波荡漾；山崖尽处，一轮明月高悬于江面。卷尾有文嘉行书《前赤壁赋》，笔画酣畅，末尾署"隆庆六年四月十九日书于碧湖斋中"，可见该图卷与赋之为一体。

总体而言，文嘉的《赤壁图》色彩清秀温和，整个画面以赭色调为主，花青与石绿相映，体现了一股沉静幽深的韵味。文嘉绘画的风格，研究者多以"清奇冷涩"评之,不同于其父文徵明画风的整饬。从构图来看,他常以典型的"一角半边"构图法布局画面,充分发挥了艺术留白的功能,营造出苍茫浩淼的境界,与东坡居士在《赤壁赋》中流露出来的谪居黄州时内心的落寞,以及怀古伤今的心境相吻合,正所谓"寄蜉蝣于天地,渺沧海之一粟"。清人方苞曾评《赤壁赋》云:"所见无绝殊者,而文境邈不可攀。良由身闲地旷,胸无杂物,触处流露,斟酌饱满,不知其所以然而然。岂惟他人不能摹效,即使子瞻更为之亦不能如此调适而鬯遂也。"①整幅作品描绘松树盘根虬干,笔力遒劲,扁舟一叶,笔力沉稳,江光月影,精简异常;皴山点苔,笔意粗放;描摹江天汪洋一片,水天相接,浑然一体。

除此之外,明代以东坡居士前后《赤壁赋》为画题的作品,尚有钱榖《赤壁图》、张瑞图《后赤壁图卷》等。值得一提的是,日本京都国立博物馆所藏的明人张路的《观月图》,也是由苏东坡《赤壁赋》演绎出画题的典型例子。

### 三、浔阳送客画题

浔阳送客画题主要取材于唐朝白居易的长篇叙事诗《琵琶行》。众所周知,《琵琶行》所叙故事本为"江岸送别"题材,但诗人所抒发的情感并非与好友的依依惜别之情,而是宣泄了他对自己无辜被贬的愤懑之情。在封建社会,皇权专制、官僚腐败、人才埋没等不合理现象造成了文士们惺惺相惜,因而后世诸丹青名家好以浔阳送客为画题进行创作。明代以"浔阳送客"为画题的作品主要有:曹曦《浔阳送别图》、陈焕《琵琶行图》、董其昌《琵琶行图并书卷》、陆治《浔阳秋色图卷》、仇英《琵琶行图轴》、宋旭《白居易诗意图》、文徵明《琵琶行图》、唐寅《琵琶行图轴》、王建章《琵琶行图》、郭诩《琵琶行图》、吴伟《琵琶美人图》、张翀《琵琶行诗意图》、李士达《浔阳琵琶图》等。下文以文徵明《琵琶行图》、唐寅《琵琶行图轴》为例作具体分析。

文徵明《琵琶行图》,绢本设色,纵 29.2 cm,横 153.8 cm,台北"故宫博物院"藏。画面右段描绘的是如绝壁般挺立的山崖,山崖下翠竹葱茂,篱笆草庐掩映其中,营造了一派"黄芦苦竹绕宅生"的景象;画面中段,江面开阔,水雾迷蒙,远山横亘,树木清晰可辨,近岸处一艘官舫流连忘返,船上主客二人相对而坐,其中一人身着青衫(当为江州司马),旁边一妇人身着交领红长衫,云鬓高耸,手抚琵琶正在弹奏。船尾二人,一人手扶船桨,一人头戴箬笠,他们面向船舱似乎也在倾听琵琶曲。官舫近旁停泊着一艘小船,船小浪高,似青萍浮浪。渡口荻芦丰茂,岸上一人坐于地上,他身旁的马匹卧于地上。画面左段留白为江水,唯于近岸处以简笔勾勒出一片江滩。

总体而言,画作将《琵琶行》诗所描写的物象几乎尽数绘出,画面采用的是"一角半边"式传统构图法;画面削尽烦冗,省略了"东船西舫";勾勒物象简约明了,疏密相间,层次分明。值得注意的是,画面着力描绘了"夜听琵琶"这一核心事件,并没有以局部放大的特写画面予以表现,而是着重渲染,即通过画面所营造的意境来凸显琵

---

① 引自吴孟复、蒋立甫主编:《古文辞类纂评注》(下册),安徽教育出版社 2004 年版,第 2369 页。

琵曲的悠扬婉转、引人入胜,譬如船尾的两名船夫面对船舱,似在倾听曲子;岸上的仆役盘腿坐于地上,一方面暗示了曲子本身悠扬动听,另一方面亦暗示了琵琶曲弹奏的时间较长——尤其是那匹卧于地上的马更是说明了它等待的时间已较长,这与《琵琶行》中所谓"添酒回灯重开宴""莫辞更坐弹一曲"的内容相吻合,人物神态描绘得绘声绘色,极富感染力,展示出作者于人物画创作上形简神足的深厚功底。此外,该图末端的行书《琵琶行》诗在画幅中具有重要意义,展现了绘画之外的书法艺术风采。丰茂的书法墨韵与简逸的绘画笔趣形成和谐呼应,达到了艺术上的完美统一,体现出中国画注重诗书画相结合的艺术特点,增强了整幅作品的艺术感染力。

类似这样书画一体的"浔阳送客"画题作品还有唐寅、文徵明合作的《琵琶行》书画合轴。清人陶樑《红豆树馆书画记》卷八"明唐子畏、文衡山《琵琶行》书画合轴"条载:"绢本。高五尺二寸一分,宽一尺六寸四分,官舫中主客对饮,二女奴侍后。商妇抱琵琶,侧身隅坐,意尚羞涩。鹢首旁泊小舟,仆从于岸上笼烛系马,夜色微茫,约略可辨。九派浔江与枫叶芦花同此萧瑟。画法工整细润,自是桃花庵本色。衡山书《琵琶行》共三十二行,结体瘦劲,与此图允称双绝。正德己卯春正。苏台唐寅。《琵琶行》诗不录。嘉靖壬午修禊日,书于停云馆之南荣。"①《石渠宝笈初编》卷四十载:"明唐寅《琵琶行图》一轴。上等天一。宣德笺本,淡著色,画款署'吴趋唐寅',下有唐伯虎一印,右方下有吴趋一印,左方下有谢湖一印。上幅素笺乌丝阑本。文徵明小楷书《琵琶行》。款识云:'嘉靖二十一年壬寅秋八月五日书于玉兰堂。徵明,时年七十三。'下有徵明连印,前有'晤言室'一印,画幅高二尺三分,广一尺二寸六分,书幅高九寸三分,广同。"②该图尺寸与题款时间与上述《红豆树馆书画记》所记不同,当为别本。

唐寅《琵琶行图轴》(图1-4)属单景人物山水画,描绘的是江州司马浔阳送客时偶遇商妇而夜听琵琶的情景。画面上,远景处的群山、江滩及树木、荻芦笼罩在一片迷茫夜色中;近景处,溢浦渡口停泊着一艘官舫,舱中主客二人依次列坐,一女仆侍后;舱门处,一身着红衫的女子手抚琵琶,侧身面向舱中客人;船首立着一人,侧身面向观者,回首远眺江面。官舫旁停泊着一艘篷船。江岸上,垂柳数株,并无诗歌中所描绘的"枫叶荻花秋瑟瑟"的景象;垂柳荫下,数名仆从举着灯笼,牵着马匹侍立一旁。该图描绘的内容集中,只呈现了《琵琶行》诗记述的核心事件——夜听琵琶,画面色彩淡雅。画作虽以前人诗作为题,但是并没有拘泥于诗作,而是有画家自己的个性化创作,譬如,画中描绘了诗作中并未出现的垂柳,众所周知,在中国古代文学史上,"柳"意象从来都与离别("柳"谐音"留")相关联,画家没有直接移用诗作中出现的"枫叶荻花秋瑟瑟"的场景烘托,而是更明确地以"柳"来暗喻送别,可谓体现了诗情与画意的融通。值得注意的是,画面右上端作者题诗云:"浔阳未

---

① 陶樑:《红豆树馆书画记》卷八,见《续修四库全书·子部》第1082册,上海古籍出版社2002年版,第400—401页。

② 张照等编:《石渠宝笈初编》卷四十,见《景印文渊阁四库全书》第825册,台湾商务印书馆1986年影印本,第542页。

图1-4　琵琶行图轴（局部），唐寅，美国大都会艺术博物馆（The Metropolitan Museum of Art）藏

必是天涯，两岸风清芦荻花。谁是舟中白司马？满江明月听琵琶。"该诗与画相得益彰、相映成趣，其主题意蕴可谓承续了白氏长诗《琵琶行》，但又有翻新，其中"浔阳未必是天涯"句，道出了江州司马与琵琶女之间因"同是天涯沦落人"的同病相怜与惺惺相惜，因而将原诗作末句"座中泣下谁最多？江州司马青衫湿"所体现出的情感加以凸显。

## 四、兰亭修禊画题

兰亭修禊画题主要取材于东晋王羲之的《兰亭集序》。休禊，又名祓禊，本为汉民族的一项古老传统习俗，即每年三月三日（上巳节）前往水边嬉游，以达到消灾祈福的目的。《周礼》《论语》《后汉书·礼仪志》等都曾记载过这项古老民俗。休禊起源于祭祀活动，但后来逐渐淡化了祭祀色彩，演变为民众踏青宴饮等纯娱乐休闲活动。"兰亭休禊"发生于东晋穆帝永和九年（353），时"孙绰、李充、许询、支遁等皆以文义冠世，并筑室东土，与羲之同好。尝与同志宴集于会稽山阴之兰亭，羲之自为之序以申其志"[①]。从历史记载及《兰亭集序》内容来看，此次"休禊"活动当属一次文士雅集，即在水曲山隈处聚会饮酒吟诗。宋元以后，文人士大夫借"休禊"习俗而呼朋引伴集会的雅致依然高涨，许多文士、丹青家借此为题材从事创作，留下了大量相关的作品。

文徵明《兰亭修禊图》，金笺，画面部分纵24.2 cm，横60.1 cm，北京故宫博物院藏。该图无款识，钤"徵明""徵仲父印"白文方印各一；尾纸有文徵明临王羲之

---

① 房玄龄等撰：《晋书》卷八十《王羲之传》，中华书局1974年版，第2098—2099页。

《兰亭序》全文，款署"徵明临"，钤"徵明""停云"白文长方印各一。该图描绘的是王羲之诸人于永和九年（353）在浙江山阴（今浙江绍兴）兰亭溪畔修禊，并作曲水流觞之会的故事。画面上，层峦叠嶂，幽涧中瀑泉涌出，形成"清流激湍"之势，水岸处茂林修竹，环境静谧，春色浓郁醉人；画面中段近景处，八位文士分列于左右两岸，他们临水而坐，神态各异，有的注视着曲水中的"流觞"，有的端坐冥想，有的正与同伴高谈。远景处，一座草亭掩映于茂林修竹之中，亭中三人围坐一起，其中一人手执长卷，似在品评其他诸人即兴创作的诗文。从描绘的内容来看，与《兰亭序》所谓"此地有崇山峻岭，茂林修竹；又有清流激湍，映带左右。引以为流觞曲水，列坐其次"相吻合。

总体而言，文徵明《兰亭修禊图》以兼工带写的技法勾勒了曲水、树木、建筑、人物刻画工整，全图于绚烂精微之中不失淡雅之致。山峦皴擦简练，山石林木先勾后染，工致严谨；至于临流而坐的文士衣纹，皆细致生动，富有装饰趣味。从设色来看，该图以细笔小青绿画法描摹了林木蓊郁、修竹傍水的春日美景。据考证，文徵明晚年的画风有"粗""细"之分，愈晚愈工，号称"细文"，与其师沈周的粗笔山水迥然不同，体现出师法赵孟頫画风的倾向。该图画中环境清新优美，人物闲雅古淡，当为文氏细笔代表作。

许光祚《兰亭图并书序》，卷轴，绫本设色，纵 27 cm，横 136.1 cm，北京故宫博物院藏。款署"辛亥（按：万历三十九年）暮春摹于长水之玉暎堂　关西许光祚"，下钤"许光祚印""灵长氏"朱文印各一方，卷后有许光祚手书《兰亭序》，卷末钤"永安沈氏藏书画印"朱文鉴藏印一方。

许光祚，字灵长，陕西人，举于乡，知太平县，著有《许灵长集》，其生活年代约在明万历年间。《兰亭图并书序》卷轴描绘了王羲之诸人于会稽山阴兰亭修禊之事：画卷开端，崇山峻岭间，一股山泉奔流而下，山脚下二文士携三童子荷箪食携壶浆而来，他们前方的溪流边，山石嶙峋，一座亭台横跨于湍流之上，亭中置一方桌，一文士伏桌抚卷作评点状，一文士陪坐于侧，另一文士倚坐于亭下长凳上倚栏观赏白鹅，此即王右军是也[①]。远处"茂林修竹"与"清流激湍"营造出清幽环境。画面中段，溪流沿山势蜿蜒曲折，左右岸边众多文士及童仆三五成群分组而坐，文士们或凝思或交谈，或观摩或挥毫，或饮酒或品茶，或濯足或踏青……其中，画面正中位置的山崖下，一文士袒胸盘坐，双手高举，似在凝神养气；其左侧近旁，另一文士亦袒露胸怀，盘腿席坐，左手撑地，右手捋髭须，神态怡然自得，画家似在着力表达魏晋士人"放浪形骸之外"的行为举止与理想追求。围绕在文士们身旁的童仆则各司其职，或煎茶或研墨，或奉酒或捧食。溪流淙淙，水面上漂浮着以荷叶托举的酒杯，此即曲水流觞之事也。画面末端青松挺立，翠竹劲拔，杨柳婀娜，桃花盛开，文士们徜徉在醉人的春色中，"游目骋怀，足以极视听之娱，信可乐也"[②]。

---

① 按：据《晋书·王羲之传》载，王右军喜好赏鹅。事见房玄龄等撰：《晋书》卷八十《王羲之传》，中华书局 1974 年版，第 2099 页。

② 杨惠东、许晓俊主编：《王羲之书法类编·兰亭序八种》，天津人民美术出版社 2013 年版，第 2 页。

虽然画面中人物众多,服饰及神态却各不相同,线条简洁严谨,设色淡雅,山石轮廓以侧笔皴擦,工整柔和,展现了画家高超的艺术驾驭能力及细致丰富的笔调。然而该图描绘的图式却未见多少创新,基本沿袭了元明以来"兰亭修褉"画题的创作模式——无外乎"亭中观鹅""岸边赋诗"等图式。从画面所展示的内容来看,与王羲之《兰亭集序》中的"写景""叙事"部分内容吻合,但是王右军所抒发的感怀却是画家疏于表现的,这同时也是难以描摹和表现的。

综上所述,明代绘画既有对前代文学的继承与模仿,又有其自身的创新。譬如明人绘画在创作中讲究对"法"与"理"的疏离和对"意""情""趣"的追求,与思想领域的追求个性解放思潮遥相呼应。就创作题材而言,明代绘画艺术中的诸多题材均与前代文学保持着千丝万缕的联系,除上文列举的画题外,尚有以陶渊明、王维、杜甫、李白、林逋诸多诗词名家的作品为题材的诗意画,这是值得我们关注的文学与图像关系领域的一种现象。

## 第二节　明代小说插图与前代文学

明代小说,尤其是最具代表性的通俗小说作品,如《三国演义》《水浒传》《西游记》《金瓶梅》等,均与前代文学关系密切。近代学者胡适曾以"历史演变法"来研究像《水浒传》这样的历史演义小说,他认为"传说的生长,就同滚雪球一样,越滚越大,最初只有一个简单的故事作个中心的'母题'(Motif),你添一枝,他添一叶,便像个样子了。后来经过众口的传说,经过平话家的敷演,经过戏曲家的剪裁结构,经过小说家的修饰,这个故事便一天一天的改变面目:内容更丰富了,情节更精细圆满了,曲折更多了,人物更有生气了"①。胡适的观点揭示了历史演义小说创作的普遍模式——依史演义,而其中所演之"义"又是历代文人学士"层累地"造成的。这种历史演进的研究方法既将西方"主题学"观念引入中国学术,又以一种符合情理的方式推演古典小说人物、情节的发展变化。《三国演义》《水浒传》《西游记》等小说,皆可见出"层累地"形成和"滚雪球"的结果,说明这些作品的形成乃数百年来演义家的共同创作之功,同时也表明它们与前代文学之间联系紧密。

就明代小说插图②与前代文学间的联系而言,可从两个层面进行具体分析:其一,人物视觉形象与前代文本的"互文性";其二,插图成像机制与文学书写传统相一致。下文通过具体的图像案例分析来加以说明。

### 一、人物视觉形象与前代文本的"互文性"

一般而言,通俗小说、剧本的插图创作大多依"文"绘"图",只不过所依据的文学文本可能为就近的文本(插图所依附的某一版本的小说文本),也有可能是较远

---

① 胡适:《〈三侠五义〉序》,见《胡适学术文集·中国文学史》,中华书局 1998 年版,第 1052 页。
② 本节所谓"插图",包括通俗小说中的情节插图和人物绣像。

的某个文本。就小说插图尤其是重要人物的视觉形象而言，明代通俗小说插图中的诸多人物形象的形成与前代文学书写构成"互文"关系。所谓"互文性"，即如其首创者——法国符号学家朱丽娅·克里斯蒂娃所言："任何一篇文本的写成都如同一幅语录彩图的拼成，任何一篇文本都吸收和转换了别的文本。"①明代诸通俗小说多以"俗近语"演绎历代书史文传兴废争战之事，譬如《新刻按鉴通俗演义列国前编十二朝传》《按鉴演义全像列国志传评林》《京本通俗演义按鉴全汉志传》《京本通俗演义按鉴三国志传》《新刊参采史鉴唐书志传通俗演义》《全像按鉴演义南北两宋志传》《新刊按鉴演义全像大宋中兴岳王传》等，其书名即多由"按鉴""志传""通俗""演义"等关键词组成。② 这种"按鉴"创作的模式，注重敷演"史"之义，即依据历史人物、事件，演绎出形象丰满、可读性强的小说人物、情节和故事。明人陈继儒指出："演义，固喻俗书哉，义意远矣。"（《唐书演义序》）明人钟惺《盘古至唐虞传序》亦云："今依鉴史……事迹可稽者为之演义，总编为一传，虽治甚荒忽，井鱼听通，事无足微，理有固然。"③由此可见，明代历史演义类通俗小说在取材上即与前代文史文本保持"互文性"联系。而明代通俗小说插图中的人物形象，多因其原型本身源自前代文本（主要是文史本）所塑造的形象，因而与前代文学保持着或隐或显的"互文性"。

晚唐李商隐《骄儿诗》有"或谑张飞胡，或笑邓艾吃"句，这两句诗常被当作印证三国故事至晚于晚唐时代即已在民间流传的例证，因而极具史料价值。④ 对该诗句中"胡"字的释读历来存在争议，最具代表性的观点主要有：其一，释"胡"作"髯"，即胡须。如清人朱鹤龄《李义山诗集笺注》，近人刘学锴《唐诗鉴赏辞典·李商隐〈骄儿诗〉》、周振甫《李商隐选集》、叶葱奇《李商隐诗集疏注》、周兆新《三国演义考评》，及俄国学者李福清《三国演义与民间文学传统》等均主此说。其二，释"胡"作"黑"。如清人冯浩《玉溪生诗集笺注》，中国社会科学院文学研究所古代组编选的《唐诗选注》，以及多种辞典、辞源类工具书，如《大辞典》（台北三民书局版）、《汉语大字典》《辞源》《辞海》等均持此说。其三，释"胡"作"下巴肥硕"。如董每戡《〈三国演义〉试论》、郑铁生《三国演义艺术欣赏》等，该说与《三国演义》中所描绘的张飞"燕颔"特征呼应。针对上述三种最具代表性的文本释读观点，学者李胜从训诂学依据、李商隐《骄儿诗》本身的语言环境、史传及小说提供的有力旁证三个层面，分别辨析了前人之说"每有不通，给人未中鹄的之感"，进而论证"胡"当释作"呼

① 朱丽娅·克里斯蒂娃：《符号学：语意分析研究》，见蒂费纳·萨莫瓦约著，邵炜译：《互文性研究》，天津人民出版社2003年版，第4页。

② 纪德君："按鉴"与历史演义小说文体之生成，载《文学遗产》2003年第5期，第111—112页。

③ 钟惺：《盘古至唐虞传序》，见《盘古至唐虞传》卷首，《古本小说集成》第1辑，第003册，上海古籍出版社1991年版，第2页。

④ 前人早已就李商隐《骄儿诗》的史料学价值作了探讨，譬如鲁迅：《中国小说史略》，上海古籍出版社1998年版，第72页；任半塘：《唐戏弄》，上海古籍出版社1984年版，第764、953页；周振甫：《李商隐选集》，上海古籍出版社1986年版，第214页；郭箴一：《中国小说史》，上海书店1984年版，第244页；关四平：《三国演义源流研究》，黑龙江教育出版社2001年版，第180页。

（喝）"，即"大嗓门咋呼"。① 从语词训释的角度来看，李说当然具有其科学合理性。然而从人物的视觉形象角度来说，前述三种释读均不同程度地对明清插图本《三国演义》中张飞形象的直观呈现起到了重要作用。李说对张飞的视觉形象塑造而言，属典型的"可想"而"不可画"情况。一个值得注意的现象是：明、清两代插图本《三国演义》中张飞的视觉形象几乎全为虎须怒张的威猛武将。各本情节插图或绣像的绘刻者都不约而同地力图在张飞形貌的粗豪、威猛上做文章，通过诸如身材粗壮、满脸络腮胡、眉头紧锁、环眼怒睁等视觉特征，以暗示其性格勇猛、粗豪中透着些莽撞。当然，张飞视觉形象的定型与《全相三国志平话》的演绎也是密不可分的。《全相三国志平话》（卷上）叙张飞形貌云："有一人姓张名飞，字翼德，燕邦涿郡范阳人也，生得豹头环眼，燕颔虎须，身长九尺余，声若巨钟。"同卷叙述"十八路诸侯伐董卓"时又云："右手下一将，幽州涿郡人也，姓张名飞，字翼德，豹头环眼，燕颔虎须。"这些"可看"的视觉形象描述，为明、清《三国演义》及其插图，乃至三国戏中张飞的形象都奠定了坚实的基础。

再如关羽形象之发展演绎与定型，也与前代文学，诸如《全相三国志平话》、元杂剧三国戏等密不可分。这些作品从不同角度塑造了一位颇具儒者风范的义勇武安王视觉形象：头系幅巾，重枣脸，长髯飘逸，身披绿锦战袍，手持青龙偃月刀。这些视觉形象要素中除"长髯"外，其他诸要素在《三国志》中均难以找到直接依据，属于典型的文学创作。故此，对于"三国故事"而言，《三分事略》《全相三国志平话》这两部讲史系列通俗文学作品在三国故事传承系统中，被视为连接宋元戏曲与《三国演义》的重要一环。"这部'三国志平话'内容虽多荒诞，白字虽是连篇累牍，人名地名虽是多半谬误，文辞虽甚粗鄙不通，然其结构却是很弘（宏）伟的；其描写虽是粗枝大叶，有时却也十分生动。它虽是原始的《三国志通俗演义》的一个 sketch，然后来之《三国志通俗演义》的骨架却也已完全建立于此了。"② 对三国故事文本来说是如此，其实对于人物的视觉形象乃至情节插图的绘刻，明、清诸插图本《三国演义》中的图像均或隐或显地与《三分事略》、《全相三国志平话》、元杂剧三国戏存在着内在联系。

"水浒"故事最早见载于《大宋宣和遗事》，该书载录的多则故事后来演绎成水浒故事。《大宋宣和遗事》据信可能为当时（南宋）临安艺人说话时所用之底本的汇集。该书记载了包括诸如"杨志等人督运'花石纲'""杨志卖刀""智取生辰纲""宋江通风报信""宋江杀惜"，以及"九天玄女授宋江天书，告诉他们宋江等人上应天象，最后受招安，为国家出力，征讨方腊"等故事。《大宋宣和遗事》中所记故事虽非常粗略，只存故事梗概，且该书又有经元人增补、编辑的痕迹，却成为《水浒传》"依史演义"的雏形。

"水浒"故事所演绎的多为个人英雄传奇，倘若按宋元"说话"的内容分类，这些故事当属于"朴刀杆棒"类。宋末罗烨的《醉翁谈录》中"小说"类目下有"公案"类的"石头孙立"，"朴刀"类有"青面兽"，"杆棒"类有"花和尚""武行者"等故事。虽然故

---

① 李胜：《〈骄儿诗〉"或谑张飞胡"句"胡"字辨义》，载《重庆社会科学》2005 年第 5 期，第 43—47 页。
② 郑振铎：《三国志演义的演化》，载《小说月报》1929 年第二十卷第十号，第 1555 页。

事内容已佚失，但从这些类目便可推知"青面兽"大约是写杨志卖刀杀泼皮（牛二）。此外，《大宋宣和遗事》中还有"僧人鲁智深反叛，亦来投奔宋江"的简单记载，这里的"僧人鲁智深"极有可能就是后来《水浒传》中的"花和尚"。南宋的"水浒"故事已具有鲜明主旨，那就是"忠义"。《大宋宣和遗事》中，九天玄女颁给宋江的"天书"上写道："付天罡院三十六员猛将，使呼保义宋江为帅，广行忠义，珍灭奸邪。"军师吴加亮也曾向宋江道："是哥哥晁盖临终时分道与我：他从政和年间，朝东岳烧香，得一梦，见寨上会中合得三十六数；若果应数，须是助行忠义，卫护国家。"这一情感倾向与思想主旨，直接形成后来《水浒传》所书写的"忠义"题旨。

元代的"水浒戏"，据香港学者刘靖之《元人水浒杂剧研究》统计，共有三十六种，其中存世十种，已散佚的有二十六种。现传世的戏目有：高文秀《黑旋风双献头》、康进之《梁山泊黑旋风负荆》、李文蔚《同乐院燕青博鱼》、无名氏《鲁智深喜赏黄花峪》、无名氏《争报恩三虎下山》、无名氏《都孔目风雨还牢末》（又名《大妇小妻还牢末》）、无名氏《梁山五虎大劫牢》、无名氏《梁山七虎闹铜台》、无名氏《王矮虎大闹东平府》、无名氏《宋公明排九宫八卦阵》。一般而言，研究《水浒传》所受到的影响，主要根据前六种"水浒戏"。①

在"水浒"题材的图像方面，宋人周密在《癸辛杂识》中记载，时人龚开曾创作"水浒"人物像，惜乎图像早已失传，仅存《宋江三十六赞》流传于世。② 不过，这足以说明早在宋代就已有以"水浒"故事为题材的绘画作品问世。从"人物像""像赞"等信息不难看出龚氏的"水浒"人物像及"像赞"对后世通俗小说及曲本插图的影响。总体而言，《水浒传》中的诸位核心人物，因其在小说成书之前就已初具雏形，后世的小说、戏曲插图绘刻者在描画这些人物形象时都会或多或少地受到此前文本的影响。下文以"水浒"人物黑旋风李逵为例，分析其插图视觉形象与前代文学文本间的联系。

李逵是《水浒传》中颇受后世评点家赞赏的人物形象之一，然而李逵其人在《水浒传》成书之前的形象却有差异。譬如康进之《李逵负荆》【醉中天】："俺这里雾锁着青山秀，烟罩定绿杨洲。"（云）"那桃花树上一个黄莺儿，将那桃花瓣儿咱啊咱的咱下来，落在水中是好看也。我曾听的谁说来？我试想咱。哦！想起来了也。俺学究哥哥道来。（唱）正是这轻薄桃花逐水流。（云）我绰起这桃花瓣儿来，我试看咱，好红桃花瓣儿。（做笑科，云）好黑指头也！（唱）恰便是粉衬的这胭脂透。（云）强似可惜了你，趁你那一般的瓣儿去。我与你赶，与你赶，贪赶桃花瓣儿。（唱）早来到这草桥店垂杨的渡口。（云）不中，则怕误了俺哥哥的将令，我索回去待不吃来呵。（唱）又被这酒旗儿将我来相迤逗，他、他、他，舞东风在这曲律杆头。"③这里没有具体描述李逵的形貌特征，只是透露出他肤色焦黑。很明显，从唱词和宾白来看，李逵被塑造成外表粗黑内心却充满柔情逸致的多情才子形象。与之不同的是，

① 参见王学泰：《宋元"水浒"故事的传承与演变》，原载《文汇报》2012 年 5 月 7 日。
② 周密撰，吴企明点校：《癸辛杂识》，中华书局 1988 年版，第 145—151 页。
③ 孟称舜编选：《新镌古今名剧酹江集》，见《古本戏曲丛刊》（第四集）影印本。

高文秀《黑旋风双献功》叙李逵出场："(孙孔目惊科，云)是人也是鬼！(宋江云)哥哥休惊莫怕，则他是十三个头领山儿李逵，貌恶人善也。【滚绣球】我这里见客人，将我这礼数来迎，把我这两只手插定。哥也，他见我这威凛凛的身似碑亭，他也可惯听我这莽壮声？唬他一个痴挣，唬的他惊急力的胆战心惊。(带云)哥也，他不怕我别。(唱)他见我这风吹眼欠，我这鼻凹里黑。他见我血渍得腌臜，呸，是我这衲袄腥。审问个叮咛……(宋江云)虽然更了名改了姓，你这般茜红巾，腥衲袄，乾红褡膊，腿绷护膝，八答麻鞋，恰便似那烟薰的子路，墨洒的金刚。休道是白日里，夜晚间揣摸着你呵，也不是个恰好的人……(正末云)……哥，你那衣服借与我使一使儿。那厮与我，万事罢论；他但说个不与，我一只手揪住衣服领，一只手揝住脚腕，滴溜扑摔个一字交。阔脚板踏着那厮胸膛，举起我这夹钢板斧来，觑着那厮嘴缝鼻凹恰待砍。"①这段文献不仅详细描述了"黑旋风"的外貌、衣着，而且言谈举止间亦能见出其性格的鲁莽粗豪。依上文的叙述，大致可勾勒出李逵的外貌特征：身材魁梧(似碑亭)，声如洪钟，肤色焦黑，头戴茜红巾，身着腥衲袄，腰系乾红褡膊，腿绑护膝，脚蹬八答麻鞋。这些视觉要素其实已经基本上奠定了《水浒传》中李逵的视觉形象。

《水浒传》第三十八回"及时雨会神行太保，黑旋风斗浪里白跳"述李逵出场时形貌云："黑熊般一身麄肉，铁牛似遍体顽皮，交加一字赤黄眉，双眼赤丝乱系。怒发浑如铁刷，狰狞好似猱猊。天蓬恶杀下云梯。"②这段视觉形象描述侧重于凸显李逵草莽英雄的形体特征，以至于连宋江看见了都"吃一惊"。从对应的插图(图1-5)来看，画面中的李逵虎须怒张，上半身赤裸，露出结实的身板和矫健的肌肉，正挥舞着拳头与浪里白跳张顺打斗，与小说叙述的情节相吻合。单就李逵的相貌体形来看，与小说文本的描述基本吻合。当然，也在一定程度上与前述元杂剧中塑造的李逵形象遥相呼应。

图1-5 《李卓吾批评忠义水浒传》(第三十八回)之"及时雨会神行太保，黑旋风斗浪里白跳"插图

"取经"故事取材于唐贞观年间玄奘法师西行取经史事。玄奘东还后，其弟子辩机辑录而成《大唐西域记》(十二卷)，记录了玄奘口述之西行见闻。其后，又有慧立、彦琮撰写的《大唐大慈恩寺三藏法师传》，其中为玄奘的经历增添了许多神话色彩。宋元时期，尤其是南宋张世南、刘克庄都有关于取经故事的记载。其中张世南所载张僧诗云："无上雄文贝叶鲜，几

---

① 高文秀：《黑旋风双献功》，引自傅惜华等编：《水浒戏曲集》(第一集)，上海古籍出版社1985年版，第2—3页。

② 参见《李卓吾批评忠义水浒传》，《古本小说集成》第2辑，第127册，上海古籍出版社1992年影印本，第1215页。

生三藏往西天。行行字字为珍宝,句句言言是福田。苦海波中猴行复,沉毛江上马驰前。长沙过了金沙难,望岸还知到岸缘。"该诗已将猴精与唐三藏联系在一起,说明张僧当时所讲说的内容为取经故事。刘克庄有诗云:"一笔受楞严义,三书赠大颠衣。取经烦猴行者,吟诗输鹤阿师。"其中"取经烦猴行者"一句,亦将猴行者与取经故事联系在一起。上述两首诗歌可谓迄今为止年代可靠、最早的"猴行者"与取经故事的史料。

宋元时期的《大唐三藏取经诗话》(又名《大唐三藏法师取经记》),为当时的"说经"话本。目前学界多认为该书为宋刊,而鲁迅先生则认为作者或为元人。该书叙述唐玄奘取经故事,并以猴行者为主要人物,他为扶助三藏法师大显神通。但该书情节比较简单,无猪八戒形象,有降伏深沙神的描写(可能为沙僧原型),略具明代小说《西游记》的雏形。金代院本有《唐三藏》《蟠桃会》等,元杂剧有吴昌龄的《唐三藏西天取经》、无名氏的《二郎神锁齐大圣》等,这些都为《西游记》的创作奠定了基础。

另据学者徐晓望考证,朝鲜古籍《朴通事谚解》记载了元明之际有《西游记平话》存世,且载录了《西游记平话》故事梗概:"今按法师往西天时,初到师陀国界,遇猛虎毒蛇之害,次遇黑熊精、黄风怪、地涌夫人、蜘蛛精、狮子怪、多目怪、红孩儿怪,几死仅免。又过棘绚洞、火炎山、薄屎洞、女人国及诸恶山险水,怪害患苦,不知其几? 此所谓刁蹶也。"①

在绘画领域,明代之前以玄奘西行取经故事为画题的作品,多见于佛教经卷、壁画、雕塑等方面,譬如元代碑刻拓片"唐玄奘取经图"、现藏于日本东京国立博物馆的"玄奘画像",描绘的是玄奘"乘危远迈,杖策孤征"的场面,画面呈现的玄奘形象基本上都是写实式形象:玄奘目光坚定,步履从容,负笈而行——展示出人物内心对佛教圣地的向往与皈依。除上述作品外,宋元时期"取经"故事图像目前可考者还有散见于各地佛寺洞窟之中的壁画或石刻。李安纲《从唐僧取经壁画看〈西游记〉故事的演变》一文论及大佛寺榆林窟第二窟中有取经壁画,其中唐僧头上已有光环,其身后是猴行者和白马驮经,壁画上没有猪八戒与沙僧,推测可能创作时间早于《大唐三藏取经诗话》,认为大佛寺《西游记壁画》是元代连环画。② 杨国学《河西走廊三处取经图画与〈西游记〉故事演变的关系》一文认为,敦煌藏经洞发现的大约晚唐时期的行脚僧取经图和"虎伴行脚僧图"、安西榆林窟《唐僧取经图》三幅与张掖大佛寺《西游记连环画》,正好对应取经故事从真人真事到《大唐三藏取经诗话》话本再到文学巨著《西游记》的演变,并认为榆林窟作品要略早于《大唐三藏取经诗话》。③ 学者曹炳建、黄霖《〈唐僧取经图册〉探考》一文,介绍了二十世纪九十

---

① 参见徐晓望:《论〈西游记〉传播源流的南北系统》,载《东南学术》2007 年第 5 期,第 169—170 页。

② 参见李安纲:《从唐僧取经壁画看〈西游记〉故事的演变》,载《第二届全国〈西游记〉文化学术研讨会论文集》,1999 年版。

③ 参见杨国学:《河西走廊三处取经图画与〈西游记〉故事演变的关系》,载《西北师范大学学报(社会科学版)》2000 年第 4 期。

年代发现于日本的《唐僧取经图册》（上下册），该书共有图三十二幅。据信，这些画作可能出自元代画家王振鹏之手，其中所绘制的唐僧取经故事的不少内容过去为学界所未闻。① 另外，"取经"故事图像尚有杭州飞来峰的《高僧取经组雕》。《关于飞来峰高僧取经浮雕几个问题的思考》一文对杭州飞来峰高僧取经组雕进行学术回顾，对"造像样式与断代依据"进行分析，认为组雕的样式、风格与宋代造像相异而与元代相似。②

## 二、插图成像机制与文学的书写传统相一致

中国传统文学尤其是抒情文学的书写注重借景抒情、托物言志，这种"间接"抒写情怀的方式，同样为我国传统的小说、戏曲插图创作所吸收。就明代小说插图"以景寄情"的成像机制来看，也与中国"托物言志"的文学书写传统相一致。

众所周知，中国的传统文学书写非常注重抒情，但在情感抒发过程中又较为含蓄委婉，往往假托某一客观自然物为载体，以该自然物的某一形象或特征及其象征义为契机，来实现主人公内心主观情感与外在自然物的相互沟通，进而达至合二为一，最终实现情感抒发的自然天成。因而，"借景抒情""托物言志"就成为中国传统的抒情文学，尤其是诗、词和散文等文体的常用书写范式。追根溯源，这种书写范式植根于先秦时期人们认识自然、表达自我时遭遇的困境及对其解决方法的总结，即"观物取象"与"立象以尽意"说。

"观物取象"是《周易》中的一个重要命题，《易·系辞下》云："古者包牺氏之王天下也，仰则观象于天，俯则观法于地，观鸟兽之文，与地之宜，近取诸身，远取诸物，于是始作八卦，以通神明之德，以类万物之情。"③《易·系辞上》亦有相类似的说法，"圣人有以见天下之赜，而拟诸其形容，象其物宜，是故谓之象""是故法象莫大乎天地，变通莫大乎四时，县象著明莫大乎日月，崇高莫大乎富贵"④。可见，"观物取象"是上古时期人们认识自然和把握自然的经验总结。宇宙间的自然万物千差万别，唯有仔细观察每一事物的特征，才能将其与其他事物区别开来，并通过分析、比较、归纳、综合诸法，"会通天地万物之神妙明显之性质""区分天地万物之情况"⑤，进而实现了解和掌握自然规律的目的。这里的"象"并非某一事物具体的形象（形式），而是一种抽象的具有高度概括性的形式符号。"象"源自万物（"拟诸其形容"），又能涵括万物之形以及揭示其变化规律（"象其物宜"）。唐代书法家李阳冰曾指出："圣达立卦造书之意，乃复仰观俯察六合之际焉。于天地山川，得方圆流

① 曹炳建、黄霖：《〈唐僧取经图册〉探考》，载《上海师范大学学报（哲学社会科学版）》2008 年第 6 期。

② 赖天兵：《关于飞来峰高僧取经浮雕几个问题的思考》，见《杭州文博》，天津人民美术出版社 2009 年版。

③ 王弼注，孔颖达疏，卢光明等整理：《周易正义》卷八（《十三经注疏》整理本），北京大学出版社 2000 年版，第 350 页。

④ 王弼注，孔颖达疏，卢光明等整理：《周易正义》卷七（《十三经注疏》整理本），北京大学出版社 2000 年版，第 323 页、340 页。

⑤ 高亨：《周易大传今注》，齐鲁书社 1998 年版，第 419 页。

峙之常；于日月星辰，得经纬昭回之度；于云霞草木，得霏布滋蔓之容；于衣冠文物，得揖让周旋之体；于须眉口鼻，得喜怒惨舒之分；于虫鱼禽兽，得屈伸飞动之理；于骨角齿牙，得摆拉咀嚼之势。随手万变，任心所成，可谓通三才之品汇，备万物之情状者矣。"①同样指出了"观物取象"的内在本质。

"立象以尽意"同样出自《周易》。"子曰：'书不尽言，言不尽意。'然则圣人之意，其不可见乎？子曰：'圣人立象以尽意，设卦以尽情伪，系辞焉以尽其言，变而通之以尽利，鼓之舞之以尽神。'"②这则文献最能揭示人们的思想（意）与语言表达（言）间的不对等关系，同时也体现了主观（意）与客观（言）之间的矛盾对立。正因如此，才会导致人们在抒发内心情怀或表达思想时，往往会陷入"言不尽意"或"辞不达意"的窘境。对此，智慧的古圣先贤找到了有效的突破口——"立象"，即借助以语言塑造的某一具体形象，通过对该形象寓含的象征义、隐喻义的阐发，来实现与内心所抒之情的会通。具有客观性和符号特征的"象"何以能沟通主观色彩浓郁的"意"呢？其实二者沟通的渠道就在于"拟"——比拟，将具有某一共通性的二物并置一处，以甲物拟乙物，或以乙物比甲物，从而使原本性质不同的两种事物能在某种契机的作用下实现会通。

上述思想运用于中国传统文学艺术的书写，就诞生了"比""兴"手法和"比德"思想。《诗经》中的"比""兴"即"比喻"与"起兴"。朱熹《诗集传》释"比"云："比者，以彼物比此物也。"释"兴"云："兴者，先言他物以引起所咏之辞也。""由此及彼"是"比""兴"创作手法实现由物及人、由景及情的一般模式。当然，要想能"及"，这取决于"物"与"人"、"景"与"情"能否在某一层面具有相似性或一致性。《文心雕龙》指出："《诗》主言志，诂训同《书》，摛风裁兴，藻辞谲喻，温柔在诵，故最附深衷矣。"③"摛风裁兴""藻辞谲喻"即表明《诗经》创作中的"兴""喻"手法所起到的重要作用，不仅能含蓄婉曲地传情达意，而且能激发诵诗者的无限想象与情感共鸣。故此，中国传统的文学书写与绘画创作都非常注重"象"与"意"之间的交会沟通，并试图尽最大努力去探索能塑造出达"意"之"象"的种种创意构思和表现手法。"象"与"意"的交会沟通一方面取决于"象"的因素——"象"自身的形态特征及其对人之"意"的感召，即所谓"物色之动，心亦摇焉"；另一方面也依赖于人之"意"对"象"的体认与感悟。正如《文心雕龙·物色》所谓："是以诗人感物，联类不穷。流连万象之际，沈吟视听之区；写气图貌，既随物以宛转；属采附声，亦与心而徘徊。故灼灼状桃花之鲜，依依尽杨柳之貌，杲杲为日出之容，瀌瀌拟雨雪之状，喈喈逐黄鸟之声，喓喓学草虫之韵。"④正因为诗人对景物的感触能引起无限的联想，才会"触类而长"，才能赋予创作题材以生命，使之能与主体的情感相联通。

① 李阳冰：《论篆》，引自韩天衡编：《历代印学论文选》（第一编），西泠印社 1985 年版，第 3 页。
② 王弼注，孔颖达疏，卢光明等整理：《周易正义》卷七（《十三经注疏》整理本），北京大学出版社 2000 年版，第 342 页。
③ 刘勰著，范文澜注：《文心雕龙注》，人民文学出版社 1962 年版，第 21 页。
④ 同上，第 693 页。

从中国古代文学史来看,自《诗经》倡"比""兴"始,《离骚》有"香草""美人"之喻,后世更以梅、兰、竹、菊类比君子,引类譬喻便成了历代文人雅士抒怀感兴的惯用手法。在那些题为"咏怀""咏史""感遇""感怀"的作品中,作家不敢或不愿将自己的政治见解明白说出,故常常隐去真意,运用托物言志的方法来实现抒怀的目的。

与中国传统文学创作情况相类似的绘画创作,同样非常注重创作过程中主体情感的表达方式及其效果。众所周知,自中唐王维始,中国山水画不再仅仅是为了再现山光水色,而成了文人雅士抒写"胸中沟壑"的惯用且有效手段。中国传统的绘画用笔不苟求工细,而注重对所摹之物神态的表现和抒发创作者的情趣。元人夏文彦《图绘宝鉴》谓宋代画家僧仲仁"以墨晕作梅,如花影然,别成一家,所谓写意者也"①。僧仲仁画梅时借助墨晕染纸张后形成的天然形态来摹拟梅花,而非着意精心描摹梅花之形,这种不刻意追求形似而注重神似的画法就是"写意"。写意画更倚重于创作者自身的主体条件,诸如个性气质、内心体验、情感思想等,正如五代梁荆浩《笔法记》所谓:"夫画有六要:一曰气,二曰韵,三曰思,四曰景,五曰笔,六曰墨。""气者,心随笔运,取象不惑。韵者,隐迹立形,备仪不俗。思者,删拨大要,凝想形物。景者,制度时因,搜妙创真。笔者,虽依法则,运转变通,不质不形,如飞如动。墨者,高低晕淡,品物浅深,文彩自然,似非因笔。"②这里的"景者,制度时因,搜妙创真",要求描绘出自然景物的状貌神情,而自然景物的状貌神情并非仅仅只是它们的外在形态,应包含经由现象提炼出的事物之内在本质。这正是荆浩所谓的神似和形似兼备。宋人刘道醇提出"识画之诀,在乎明六要而审六长",所谓"六要者:气韵兼力一也,格制俱老二也,变异合理三也,彩绘有泽四也,去来自然五也,师学舍短六也"。观赏绘画作品时"要当澄神静虑,纵目以观之。且观之法,先观其气象,后定其去就,次根其意,终求其理"③。中国传统绘画创作讲究"气韵生动","气韵"源自创作者内心丰富而独特的情感和思想,它是创作者内心情感经由创作实践(作品)而呈现出的灵动生命力和强烈艺术感召力。

作品富有灵动生命力和强烈艺术感召力,首先由其自身的存在形态——点、线、形、光、色等要素建构而成的图像所决定。中国的传统写意画,每一个形象(图形),甚至每一个点、每一条线都在某种程度上蕴蓄了丰富的内涵,都在以其独特的形式刺激着欣赏者的感官,启发和引导他们进入图像所营造出来的丰富审美意义域。譬如中国近代著名画家吕凤子先生曾在论述中国画的"用笔"时指出:"根据我的经验:凡属表示愉快感情的线条,无论其状是方、圆、粗、细,其迹是燥、湿、浓、淡,总是一往流利,不作顿挫,转折也是不露圭角的。凡属表示不愉快感情的线条,就一往停顿,呈现一种艰涩状态,停顿过甚的就显示焦灼和忧郁感。有时纵笔如'风趋电疾',如'兔起鹘落',纵横挥斫,锋芒毕露,就构成表示某种激情或热爱、或

---

① 夏文彦:《图绘宝鉴》(卷三),《津逮秘书》本。
② 荆浩:《笔法记》,见俞剑华编:《中国画论类编》,人民美术出版社 1986 年版,第 605—606 页。
③ 刘道醇:《圣朝名画评》,见俞剑华编:《中国画论类编》,人民美术出版社 1957 年版,第 408 页。

绝怨的线条。"①可见,绘画语言中的点、线、形等均可暗示创作者内心的情绪情感。可以说,每一个形象(或每一种现象)都在试图表达不同的故事,每一个故事又都好似一幅记载着事物之间关系的完整图画。其次,作品的灵动生命力与强烈艺术感召力还与寓含在作品外在形式背后的意义相关。俄国画家康定斯基曾指出:"每一种现象都可能以两种方式进行体验,这两种方式不是随意的,而是与现象相关——它们取自现象的本质,取自同一现象的两种特征:外在的——内在的。"②现象往往以多样化的感官刺激形式呈现,而现象背后的内在本质则取决于人们的感知和领悟。外在的形体并不是一件作品的内容,而活跃在这些形体之中的张力才是其内容。"艺术家在创作作品时,内在因素和外在因素是影响艺术家心理的两个因素,尤其是内在因素,它是艺术家心灵的情感,具有唤起观众情感的能力。"③绘画作品的外在形式与其蕴蓄的情感内容间必定存在某种能够相互启发的可能性,那就是所谓的"异质同构"。如上文所述,先秦时期的古圣先贤"立象以尽意",其实早已"运用了形式和情感的对应关系,产生了'异质同构',使外在对象和内在情感得到统一,即'物我统一'的概念"④。

明代小说插图的成像很显然受到了中国古代绘画艺术的影响。总体来说,明代小说插图的成像机制有二:其一,直接模仿小说文本的情节,将语言叙事的时间线性通过"时—空"转换,以空间并置的图像方式呈现。其二,立足于小说文本,借鉴中国传统文学书写注重借景抒情、托物言志等"间接"抒写情怀的方式,以景寄情,通过图像符号的隐喻、象征等途径来实现。前者不必赘言,大多数小说、戏曲插图(尤其是情节插图)均采用该机制。对于后者,下文将以具体的图像案例加以分析说明。

周曰校本《三国演义》之《司徒王允说貂蝉》故事情节云:"王允归到府中,寻思今日席间之事,坐不安席。策杖步出后园,仰天垂泪,沉吟立于荼蘼架侧。忽闻有人在牡丹亭畔长吁短叹。允潜步窥之,乃府中歌舞美人貂蝉女也。"这段文本叙述了司徒王允施巧施连环计的缘由,其中明确指明的空间方位有"荼蘼架侧""牡丹亭畔",但插图并没有着意刻画这些空间方位,而是将"说貂蝉"的场面描绘了出来(见图1-6)。该图属半叶连图式插图,右半幅是叙事的核心部分:王允手拄拐杖坐在画阁内的屏风前,在他身前,貂蝉拱手跪在地上。插图所描绘的场景与小说文本的故事情节基本一致。左半幅画面看似是对右半幅画面(核心画面)的点缀和景物的自然延伸,其实,此中"真意"尚需进一步探讨,尤其是画面中的"芭蕉湖石"配景值得深入分析。⑤

据考,"芭蕉湖石"配景最早见于唐人孙位《高逸图》,该图绢本设色,纵45.2 cm,

① 吕凤子:《中国画法研究》,上海人民美术出版社1978年版,第4页。
② 康定斯基著,罗世平等译:《康定斯基论点线面》,中国人民大学出版社2003年版,第5页。
③ 康定斯基著,李正子译:《康定斯基艺术全集·关于形式问题》,金城出版社2012年版,第124页。
④ 田自秉:《中国工艺美术史》,重庆大学出版社2010年版,第20页。
⑤ 学者李溪梳理分析了"芭蕉湖石"配景呈现于历代绘画作品中的情况及芭蕉的隐喻。参见李溪:《身如芭蕉——一个画史中女性空间的建构与解构》,载《美苑》2013年第5期,第48—55页。

图 1-6　周曰校万卷楼刊《新刻校正古本大字音释三国志通俗演义》之"司徒王允说貂蝉"插图

横 168.7 cm，现藏于上海博物馆。此画构图采取树石与人物相间隔，次要人物与主要人物相衬的手法，既突出了主要人物，又将各人物的动作情态统一于和谐的环境中。图中的湖石孔窍玲珑，与叶片颀长、形态优美的芭蕉相映成趣。芭蕉与湖石的组合，在宋代及后世的画作中大量出现。芭蕉属草本植物，叶片颀长硕大，植株高挺，常被栽种于园林之中，能起到遮阴、降温防暑及"亏蔽"景深的作用。在园林中，花木是功能最佳的"帘幕"，这种人为营造出的视觉空间上的"阻隔"，有隐显叵测的效果，有助于增强园林造景的视觉层次感。唐人姚合《题金州西园九首》之《芭蕉屏》诗云："芭蕉丛丛生，月照参差影。数叶大如墙，作我门之屏。稍稍闻见稀，耳目得安静。"①丛生的芭蕉可以说是一道天然的绿色屏障，能够营造出"稍稍闻见稀，耳目得安静"的清幽静谧效果。

　　除了在园林造景方面有独特用途外，芭蕉在中国传统文化语境中还有其独特的意涵。芭蕉的文化意涵，首先体现在与竹子等君子象征物一样深受历代文人雅士的喜爱，成为他们幽赏、吟咏和描绘的重要对象。唐宋及后世诗、画作品中的芭蕉题材不胜枚举：唐人刘禹锡《病中一二禅客见问因以谢之》诗有"身是芭蕉喻，行须筇竹扶"②句，这是参悟佛教中芭蕉性空的偈喻。③ 唐人卢纶《题念济寺晕上人

① 姚合：《题金州西园九首·芭蕉屏》，见中华书局编辑部点校：《全唐诗》卷四九九（增订本），中华书局 1999 年版，第 5717 页。

② 刘禹锡：《病中一二禅客见问因以谢之》，见中华书局编辑部点校：《全唐诗》卷三五七（增订本），中华书局 1999 年版，第 4028 页。

③ 在佛教文献中，芭蕉是性空的象征。三国支谦译《维摩诘经》有"是身如芭蕉，中无有坚""又如芭蕉不坚"等句。随着佛教在中土的传播，"空"日渐成为园林中的芭蕉之重要内涵而为文人所称叹。如谢灵运《维摩经十譬颂·芭蕉》诗云："生分本多端，芭蕉知不一。含蕚不结核，敷花何由实。"现代学者陈寅恪《禅宗六祖传法偈之分析》亦云："考印度禅学，其观身之法，往往比人身于芭蕉等易于解剥之植物，以说明阴蕴俱空，肉体可厌之意。"原载《清华大学学报》1932 年第 2 期。

院》诗有"浮生亦无著,况乃是芭蕉"①句,表达了人生世事的无常。宋代理学家张载《芭蕉》诗云:"芭蕉心尽展新枝,新卷新心暗已随。愿学新心养新德,旋随新叶起新知。"②全诗以芭蕉为喻,说明学问的习得与自身的心性、德行关系密切。芭蕉深受古代文人雅士喜爱,个中缘由除了它自身姿态娟秀、与佛教性空譬喻有关之外,还与它能当书写工具相关。唐代书法家怀素"蕉叶学书"③雅事向为文士津津乐道。韦应物《闲居寄诸弟》诗云:"秋草生庭白露时,故园诸弟益相思。尽日高斋无一事,芭蕉叶上独题诗。"④韦应物"蕉叶题诗"的行为,还暗示出他内心的闲愁。清人李渔更是倡扬广植芭蕉,其《闲情偶寄》"种植部·众卉第四"云:"幽斋但有隙地,即宜种蕉。蕉能韵人而免于俗,与竹同功,王子猷偏厚此君,未免挂一漏一。蕉之易栽,十倍于竹,一二月即可成荫。坐其下者,男女皆入画图,且能使台榭轩窗尽染碧色,'绿天'之号,洵不诬也。竹可镂诗,蕉可作字,皆文士近身之简牍。"⑤在李笠翁看来,芭蕉不仅能"韵人而免于俗",而且"使台榭轩窗尽染碧色",还能成为文士"近身之简牍",这里胪列的种种好处,表明芭蕉深受文士们的喜爱。

其次,芭蕉还被视作女子的象征。芭蕉修茎大叶,姿态娟秀,恰似女子袅娜的身姿,中国画中常出现的垂荫芭蕉,即因其身似弱柳拂风的女子,故名"美人蕉"。芭蕉的植株虽高大秀挺,然其叶片易被风雨摧折而残破,所以常被比作女子柔弱的身躯与易逝的青春,以至于在古诗文中,芭蕉与女子常常是互拟互喻的。唐人钱翊《未展芭蕉》诗云:"冷烛无烟绿蜡干,芳心犹卷怯春寒。一缄书札藏何事,会被东风暗拆看。"⑥其中"芳心犹卷怯春寒"句一语双关,既指芭蕉叶片尚未舒展的状态,又象征情窦未开的少女之内心世界。着一"怯"字将怀春少女的忐忑心情表现得淋漓尽致;只有当天气回暖之时,芭蕉叶才会舒展,这正如少女所怀的心事,只有当象征爱情的东风到来时,才会得以一览。唐末五代词人许岷《木兰花》(其二)诗云:"江南日暖芭蕉展,美人折得亲裁剪。书成小简寄情人,临行更把轻轻捻。其中捻破相思字,却恐郎疑踪不似。若还猜妄倩人书,误了平生多少事。"⑦该诗借芭蕉起兴,刻画了一个亲自裁剪芭蕉叶制成书简的江南丽人。

在中国古代绘画史上,芭蕉作为一个常见意象,除了与玲珑通透的太湖石相配外,它还作为配景与仕女图组合在一起,这在明清及后世绘画作品中颇常见。上述周曰校本插图左半幅芭蕉湖石配景即具有象征含义:姿态娟秀的芭蕉象征貂蝉的

① 卢纶:《题念济寺晕上人院》,见中华书局编辑部点校:《全唐诗》卷二七九(增订本),中华书局1999年版,第3161页。

② 张载:《张子全书》卷十三《芭蕉》,见《景印文渊阁四库全书》子部第697册,台湾商务印书馆1986年影印本,第308页。

③ 参见钱毂:《清异录》卷上《芭蕉》:"怀素居零陵,庵之东郊治芭蕉,亘带几数万,取叶代纸而书。号其所曰绿天庵。"见《景印文渊阁四库全书》子部第1047册,台湾商务印书馆1986年影印本,第856页。

④ 韦应物:《闲居寄诸弟》,见中华书局编辑部点校:《全唐诗》卷一八八(增订本),中华书局1999年版,第1925页。

⑤ 李渔著,杜书瀛评点:《闲情偶寄》卷五《种植部·众卉第四》,学苑出版社1998年版,第498页。

⑥ 钱翊:《未展芭蕉》,见中华书局编辑部点校:《全唐诗》卷七一二,中华书局1999年版,第8277页。

⑦ 许岷:《木兰花》,见中华书局编辑部点校:《全唐诗》卷八九九,中华书局1999年版,第10225页。

娇艳可人,芭蕉"亏蔽"景深所形成的"隐"暗示司徒王允的连环计是出于精心布局的惊天计谋。

总而言之,明代通俗小说的题材、图像诸方面均与前代文学艺术具有或隐或显的联系,反映了文学艺术内部传承发展的基本规律。

## 第三节　明代戏曲版画与前代文学

### 一、明前期戏文及其插图

论及明代戏曲图像对前代文学的继承,不得不提到一个概念:明前期戏文。据有的学者研究,严格意义上的明代传奇,始于把魏良辅改革后的昆山腔搬上舞台的《浣纱记》。以此为界,明代戏剧分为"明前期戏文"与"明传奇"前后两个时期。这里所指的"戏文",既不同于宋元南戏,也有别于嘉靖后的明代或清代的传奇,而是特指明代建立(1368)至嘉靖末(1566)这个时期的戏剧存在状况。①

明前期戏文在类别上,可分为根据宋元南戏旧本改编的戏文和新编的戏文两种,而且前者在数量上远远超过了后者。这一时期的南戏作品,可统称为"明人改本戏文",这段戏曲历史称为"改本时期"。②

目前,对明前期戏文的现存数量尚无法作出精确的统计。钱南扬《戏文概论》《宋元戏文辑佚》、庄一拂《古典戏曲存目汇考》、孙崇涛《明人改本戏文通论》等,在明前期戏文的收集、整理、归类、甄别等方面做了大量工作。钱南扬认为,明前期戏文总目应该有六十种之多。③ 庄一拂研究认为,明前期戏文共计一百五十种。孙崇涛则认为,在大约两百种的宋元南戏名目中,有明人改编本(明传奇正式形成之前的改编本)传世者,计有《荆钗记》《琵琶记》等十六种。而明前期新编戏文,在《九宫正始》中录有三十八种,在《南词叙录》中录有三十种。但随着近年来一些海外剧本的回传,如西班牙藏本《风月锦囊》、奥地利维也纳国家图书馆藏本《大明天下春》、英国剑桥大学图书馆藏《满堂春》,明前期戏文的总量还在不断上升。

明前期戏文尽管数量仍在不断增加,但其基本特点还是比较稳定的。

第一,明代戏曲与前代戏曲作品之间存在着明显的传承和流变。不管是根据宋元南戏旧本改编的戏文还是按照宋元南戏体制新创作的剧本,都与宋元南戏有着千丝万缕的联系。

第二,明前期戏文尽管上承宋元南戏,但"其表达的是明代人的思想和心情,演剧形态当然也是明代的。在这个意义上说,改本的性质即是重新创作或再度编写"④,因而体现出有明一代的时代风貌,从而使得这类作品既不完全等同于宋元

---

① 叶长海、张福海:《插图本中国戏剧史》,上海古籍出版社 2004 年版,第 206—207 页。
② 参见孙崇涛:《明人改本戏文通论》,载《文学遗产》1998 年第 5 期。
③ 钱南扬:《戏文概论》,上海古籍出版社 1981 年版,第 111—120 页。
④ 同①,第 208 页。

南戏，也不同于比较成熟和完备的明清传奇。

第三，有明一代，刻书印书方兴未艾，文学版画创作由此进入黄金时代，曲本插图尤为大盛，甚至到了"戏曲无图，便滞不行"的地步。在这样的背景下，我们大抵可以推断，明前期戏文也大都带有插图。现存的明前期戏文刊本便是很好的佐证。这些插图是一种"图像叙事"，它与剧本的"语言叙事"之间保持着若即若离的关系，研究二者之间丰富复杂的内在关系，当是曲本插图研究和当前"语—图"互文研究的重要内容。

第四，宋元南戏起初源于民间，其创作对象和欣赏对象大都为普通民众，因而总体风格是通俗的。《南词叙录》便认为，戏文原本于里巷歌谣："'永嘉杂剧'兴，则又即村坊小曲而为之，本无宫调，亦罕节奏。徒取其畸农、市女顺口可歌而已。"①但进入明代以后，戏曲发展呈现两个方面的特点：一是由于文化上的限制政策，戏曲创作与演出受到极大影响，尤其是新创作品不多。晚明沈宠绥在《度曲须知》中提出，此时期的戏剧状况是"作者渐寡，歌者寥寥"，可见一斑。这种状况导致明前期戏文过分宣扬伦理教化，剧作家的自由和创造精神受到禁锢。丘浚编写《伍伦全备记》的目的十分明确，就是要"搬演出来，使世上为子的看了便孝，为臣的看了便忠"。受到戏曲语言文本的限制，戏曲图像自然亦重在表现那些能够体现伦理教化主旨的情节、细节和瞬间。二是随着文人参与到戏文的改编与创作中来，剧本与插图的创作自然而然地渗透着越来越多的文人趣味。

## （一）根据宋元南戏旧本改编的戏文

根据宋元南戏旧本改编的剧目，有《金印记》《金钗记》《东窗记》《白袍记》《破窑记》《三元记》《孤儿记》《寻亲记》《琵琶记》《荆钗记》《白兔记》《拜月亭记》《杀狗记》等。此处的改编是"改前朝旧本，改本朝新编，文人改民间，民间改文人，南北改西东，西东再去改南北"，不一而足，且"大凡今之所见所谓宋元戏文，严格衡量，十之八九，都属于明人改本戏文，即宋元旧篇经明人重制而供演、窜改而付印者"。② 这些剧目大多有收录，且附有插图。《古本戏曲丛刊》收录了其中的一些版本，有的还收录了刊刻于不同时代的风格迥异的多个版本，具有重要的史料价值。这些版本，尤其是其中的版刻插图，为我们研究明代戏曲图像提供了重要依据。下面不妨以《东窗记》和《金印记》两个剧目为例加以阐述。

《东窗记》，全名《岳飞破虏东窗记》，本事见《宋史本传》、宋洪迈《夷坚志》等，元人话本《游丰都胡母迪吟诗》、元孔文卿杂剧《地藏王证东窗事犯》均演此事。《永乐大典戏文目录》著录《秦太师东窗事犯》，徐渭的《南词叙录》在"宋元旧篇"中著录有《秦桧东窗事犯》，当系宋元旧作。《南词叙录》"本朝"又有《岳飞东窗事犯》一本，当为宋元旧本之改编本。③ 此剧今存明金陵富春堂刊本《新刻出像音注岳飞破虏东

① 徐渭著，李复波、熊澄宇注释：《〈南词叙录〉注释》，中国戏剧出版社1989年版，第15页。
② 孙崇涛：《明人改本戏文通论》，载《文学遗产》1998年第5期。
③ 李修生：《古本戏曲剧目提要》，文化艺术出版社1997年版，第253页。

窗记》,《古本戏曲丛刊》初集据以影印,《中国古代戏曲版画集》辑录插图"岳飞番兵相交战"一幅①,《金陵古版画》收录插图三幅②,分别为"母子殡埋尸首""旨命岳飞征讨""秦桧遇风和尚"。早期刊本是否有图,或者图像到底是如何呈现的,现在已不得而知。从现存的富春堂刊本插图来看,文图关系明显具有三个方面的特点:一是插图带有早期金陵版画粗犷古朴的特点,线条粗实,边框明晰,人物所占画面比例较大,背景往往比较简单。二是大都选择故事情节中最精彩的一个瞬间或最重要的某个片段加以呈现,这从图版上方的题字可以看出,这些题字既是对语言文本的高度提炼,又与图像表现内容相吻合。三是带有早期舞台表演的痕迹,这可以从人物的动作、手势、着装以及位置关系等看出。

《金印记》,《曲品》《南词新谱》均有著录。《古人传奇总目》首题"明苏复之作",后一般认为作者为苏复之。钱南扬先生认为:"《苏秦衣锦还乡》,《南词叙录》入'宋元旧篇',其为宋元戏文无疑。《冻苏秦》、《九宫正史》注'明传奇',且屡云是成化间(1465—1487)的本子……它当是《苏秦衣锦还乡》较早的明改本。《金印记》则又为《冻苏秦》的改本。"③明万历年间刻本《重校金印记》系明人改订本,有《古本戏曲丛刊》影印本,共四十二出,有图;亦有继志斋刻本《重校苏季子金印记》,亦系明人加工改订的本子,共三十八出,亦有图。从傅惜华《中国古典文学版画选集》所收录的"琴剑西游"(图1-7)和"别亲赴试"两幅插图作品④来看,该图具有如下几个鲜明特点:一是虽为金陵书肆,文林阁所刊插图却与众不同,而显得工丽、细致、典雅。二是虽然突出强调人物的造型性和动作的瞬间性、表现性,但已开始注重背景的描

图1-7　琴剑西游,万历间刻本

① 周心慧:《中国古代戏曲版画集》,学苑出版社2008年版,第116页。
② 周芜编著:《金陵古版画》,江苏美术出版社1993年版,第33—35页。
③ 钱南扬:《戏文概论》,上海古籍出版社1981年版,第91—92页。
④ 傅惜华:《中国古典文学版画选集》,上海人民美术出版社1981年版,第83—85页。

绘,其中"琴剑西游"图一半为人(戏文情节的再现),一半为景(既是景物描摹,更是写意表现)。三是插图版式由原来的单面变为合页连式,图像的叙事容量和表现空间明显增大。明末吕天成《曲品》评《金印记》云:"写世态炎凉曲尽,真足令人感喟发愤。近俚处,具见古态。"①由于这些曲本插图是依据剧本内容绘制而成的,其意蕴表达与文字表现自然会有异曲同工之妙。

## (二)明初新编戏文

明前期戏文,除了从宋元南戏旧本改编而来的戏文作品外,还有明人新制之剧。此类戏文作品有两类情况:一是明人按照当时流行的南戏体制纳以新题材之作,如《湘湖》《还带》《西瓜》《回文》《珍珠》《香囊》《荔镜》《宁王》等各记。二是根据宋元旧篇题材新编的戏文,如《南西厢》,"宋元旧篇"《莺莺西厢记》与"本朝(明)"李景云重编《崔莺莺西厢记》等,岳飞戏文,"宋元旧篇"《秦桧东窗事犯》与"本朝(明)"用礼重编《岳飞东窗事犯》,它们在《南词叙录》著目中皆存。②

当然,这里所说的明人新编戏文,由于多数不见传本,无法了解它的"重编"程度如何,所谓"新编",或许依然还是"旧篇"的一种翻版。③ 其中的曲本插图,由于无现成的图像可资借鉴,则完全有可能是一种新创。而受当时刊刻水平的影响,或受绘制者不同理解的限制,甚至受插图地域风格的影响,为这些戏文而作的插图所表现出来的风格往往呈现多样化的特点。下面不妨以沈采的剧作《千金记》为例,对其中的文图关系作简要梳理。

《千金记》,沈采撰,《曲品》著录,徐复祚《曲论》别题《韩信登坛记》,全剧四卷五十折,以韩信及其妻高氏为主线,写楚汉相争的故事。本事出于《史记·淮阴侯列传》和《汉书·韩信传》。元金仁杰有《萧何月下追韩信》杂剧,盖与《千金记》为同一题材。此外尚有元武汉臣《韩信筑坛》留存(收《孤本元明杂剧》中)。《南词叙录》"本朝"中列出《韩信筑坛拜将》曲目,但该剧今佚,作者不详,傅惜华认为与沈采《千金记》或有关系。④ 此剧流传的明代版本有:(1)明万历间金陵富春堂刻本,四卷,书名标作《新刻出像音注花栏韩信千金记》,卷二卷三无花栏二字,版心题《出像千金记》,共有插图二十九幅;(2)明万历间继志斋仇英绘像本,傅惜华藏,二卷,有封面,标曰《仇实父绘像千金记》,卷首书名标作《重校千金记》,版心题《千金记》;(3)明万历间金陵世德堂刻本,四卷,卷首书名标作《新刊重订出相附释标注千金记》;(4)明末汲古阁原刻初印本,二卷,有封面,标作《千金记定本》;(5)汲古阁刻《六十种曲》,戌集所收本。《古本戏曲丛刊》初集据富春堂刻本影印,卷首总目标作《韩信千金记》。

① 吕天成:《曲品》,参见中国戏曲研究院编:《中国古典戏曲论著集成》第六集,中国戏剧出版社1959年版,第225页。
② 孙崇涛:《明人改本戏文通论》,载《文学遗产》1998年第5期。
③ 同上。
④ 傅惜华:《明代传奇全目》,人民文学出版社1959年版,第493页。

《千金记》共五十出。就剧本内容而言，涉及漂母进食、胯下受辱、鸿门宴、萧何月下追韩信、登坛拜将、灭项羽、封齐王等主要情节。就剧本表现而言，剧中的韩信被塑造成一个奋斗者的形象，他胸怀大志，忍辱负重，从一贫如洗、乞食于人、受胯下之辱到倍受重用、登坛拜将、受封齐王、荣归故里，一路走来，付出不断，精神可嘉；另一方面，剧中的韩信又是知恩图报之人，尽管衣锦还乡，仍不忘漂母当年的进食之恩，特赠千金以报，对当年的小人之过亦采取了宽厚包容的态度。剧作者的主旨表达非常清楚明了。

再来看看剧本中的插图。总体而言，图像与文字既有相合的地方，又有不同的侧重和表现。比如，《新刻出像音注花栏韩信千金记》共绘插图二十九幅。这二十九幅图像，除了明显带有金陵富春堂版刻插图线条粗实、风格古拙等一般特点外，还带有明显的舞台表演痕迹，画面上方有标题提示所绘内容。不过，剧中插图具有文图不对应的突出特点。这种不对应体现为以下几点。

第一，并非所有剧本内容都有相应的图像表现。该剧共有五十出，图像却只有二十九幅。有的情节内容具有对应的插图表现，如插图"韩信市中得书剑"对应戏文中的"遇仙"（第二出）、插图"妻劝韩信务生理"对应戏文中的"省女"（第三出）、"子房命军士吹笛"对应戏文中的"楚歌"（第三十五出）等。有的情节内容，如剧本中的"励兵""抱怨""投阃""保奏"等，就没有对应的插图。

第二，插图与剧情内容并非一一对应。也就是说，有插图表现的剧情内容，并非一出对应一幅插图。对于那些最有利于韩信形象刻画与主题表现的剧情内容，插图给予了重点表现。如第二十六出"登拜"，表现的是"筑坛拜将君王命"的内容，就有三幅插图与此内容有关，分别为"汉王筑坛拜将""韩信斩殷盖打樊哙"和"韩信点军修栈道"。与此相反的情况是，对于韩信知恩图报和宽厚包容的表现，剧本先后在两处提及，一处是"推食"（第六出）和"受辱"（第八出），另一处是"释怨"（第四十八出）和"报德"（第四十九出）。但插图并没有与此同步，只是选择了"起点"进行图像表现，即"漂母河边遇韩信"和"韩信受辱胯下"。大概刻图者的原意是欲着力表现韩信所历经的挫折与磨难，以此凸显人物的坚忍不拔与胸怀远志。正如剧中韩信自己所说，当初受胯下之辱时，如果与当事人争气，"不肯宁耐，殒灭其身久矣，安能至于今日"？

第三，有些情节的图像表现采取了非常独特的视角，有的则干脆不用图像表现。《千金记》中，故事的主角虽然是韩信，刘邦和项羽却是无法绕开的两个人物。对于刘邦，剧本给予的是侧面展示，所用笔墨并不多。那么，富春堂刊本《千金记》又是如何处理着墨并不多的刘邦形象的呢？不得不提到的是插图所选择的独特视角。但凡涉及刘邦的故事情节，图像并没有给予正面刻画，而是把刘邦置于幕后，呈现在画面中的或是韩信，或是张良，或是萧何。不能不说，这样的安排是巧妙和意味深长的。那么，对于剧本中着墨相对较多的项羽，富春堂刊本插图又是作何处理的呢？二十九幅插图中，有四幅插图正面刻画了项羽的形象，分别为"曹无伤见项羽""楚汉鸿门大宴""韩信垓下四面埋伏"和"乌江遇渡"。颇有意思的一个现象是，一些重要的关目，如夜宴、解散、别姬、鏖战、问津等，却并未出现在插图里。很显然，在刻图者眼里，项羽的出现只是塑造韩信形象的一个背景而已。换句话说，刻图者只想正面去表现韩信的光辉形象，而对于项羽的功过得失以及项羽与虞姬之间的悲情经历，并不想给予太多的议论，所以入图不多。

与富春堂刊本插图的图像处理策略有所不同，明万历年间继志斋仇英绘像本《重校千金记》则呈现出另一种风貌。一是图幅有的呈单面方式，有的呈双面连式，这与富春堂刊本全部为单面插图不同。二是如果说富春堂刊本插图着力表现"推食"场景（"漂母河边遇韩信"）是为了突出韩信所经历的挫折与磨难，那么继志斋仇英绘像本着力表现"报德"场景（"赠千金报漂母"）则是为了突出韩信的知恩图报，两种插图表现的侧重点并不完全相同。三是与富春堂刊本插图处理项羽形象的方式有所不同，继志斋仇英绘像本选择了"别姬"场面予以表现，刻画出"悲痛者泪水横流，激愤者执剑欲尽"的悲情场面，画面中的项羽和虞姬栩栩如生，如在舞台上表演一般，给人以强烈的视觉冲击和艺术震撼。同样有所不同的是，对于"夜宴"场面，富春堂刊本没有对应的插图，而继志斋仇英绘像本中的一幅插图却大加渲染，场面非常有气势，甚至连乐队（包括乐器、人数、位置）等都得到了较为完整的展示。

## 二、明刻本《西厢记》插图及其与前代文学的关系

元杂剧《西厢记》是中国古代戏曲史上的著名剧作，曾有"新杂剧，旧传奇，《西厢记》天下夺魁"①的说法。明代刊刻《西厢记》蔚然成风，且蔚为大观。因此，论及明代戏曲及图像与前代文学的关系，《西厢记》当是最该重点关注的剧目之一。

《西厢记》是中国著名的民间传奇故事之一，写崔莺莺、张君瑞的恋爱故事。此剧本事最早见于唐代元稹的传奇小说《莺莺传》（又名《会真记》），描写张生对莺莺"始乱终弃"的悲剧故事。唐宋文人有歌咏其事的诗词和说唱鼓子词，但在故事情节上没有新的发展。宋金南戏有《张珙西厢记》，杂剧有《莺莺六么》的剧目，现均已失传。金代董解元《西厢记诸宫调》（简称《董西厢》），将故事改成了团圆结局。到了元代，王实甫在此基础上将其改编为杂剧，成为《西厢记》，全名《崔莺莺待月西厢记》，一作《张君瑞待月西厢记》。

《西厢记》杂剧的剧本内容已无须作更多介绍。下面将着重梳理明代刊刻的《西厢记》诸版本，从其中所附的插图出发，重点分析插图风格的不同呈现，以及戏曲插图文本与戏曲语言文本之间多重而复杂的互文性关系。

### （一）明代刊刻的《西厢记》诸版本

明代到底有多少《西厢记》刻本，又有多少附带插图的刻本，这个问题学术界至今难有定论。据《〈西厢记〉新论》一书的统计，仅明代刊本就在一百种以上，其中明

---

① 钟嗣成、贾仲明著，浦汉明校：《新校录鬼簿正续编》，巴蜀书社 1996 年版，第 71 页。

代注释校刻版本六十八种、重刻复印明版三十九种、明刻曲谱本三种。① 配有插图的本子，当有数十种。有的学者提出："《西厢记》的版本不胜枚举，建安、金陵、新安、杭州、苏州、北京等地争相刊行，插图本多达数十种，仅现存明代出版的插图本就不下十种，而且各具特色，无不精美。"② 有的学者则列出了所能见到的插图版本三十三种（含元末明初一种、清代四种）以及未能亲见的稀有版本六种，并对版本名称、刊刻年代、刊刻者、插图式样等给出了详细的列表，为我们研究明代《西厢记》的版刻插图提供了非常有益的资料储备。③ 分别列表如下：

1.《新刊大字魁本参增奇妙西厢记》：明弘治十一年（1498）京师金台岳氏刻本，插图式样为单面方式及上图下文、多面连式。

2.《西厢记杂录》：明隆庆三年（1569）苏州众芳书斋顾玄纬刻本，卷首像单面方式，曲意图双面连式。

3.《重锲出像音释西厢评林大全》：明万历二十年（1592）建安忠正堂熊龙峰刻本，插图式样为单面方式，图上标目，两旁联句。

4.《重刊元本题评音释西厢记》：明万历年间闽建书林乔山堂刘龙田刻本，插图式样为单面方式，图上标目，两旁联句，与忠正堂版本为同一底稿。

5.《元本出相西厢记》：明万历年间徽州玩虎轩汪光华刻本，插图式样为双面连式。

6.《重校北西厢记》，明万历二十六年（1598）秣陵继志斋陈邦泰刻本，卷首像为单面方式，曲意图为双面连式，插图与玩虎轩本略同。

7.《全像注释重校北西厢记》：明万历年间刻本，插图式样为双面连式，亦称罗懋登注本，造型等与玩虎轩本有相似之处。

8.《北西厢记》：明万历三十年（1602）吴门晔晔斋李梗刻本，插图式样为单面方式。

9.《元本出相西厢记》：明万历年间环翠堂汪廷讷刻本，插图式样为双面连式，别题《环翠堂乐府西厢记》。

10.《元本出相北西厢记》：明万历三十八年（1610）武林起凤馆曹以杜刻本，卷首像为单面方式，曲意图为双面连式。

11.《李卓吾先生批评北西厢记》：明万历三十八年（1610）武林容与堂刻本，插图式样为双面连式。

12.《重刻订正元本批点画意西厢记》：明万历三十九年（1611）武林刻本，卷首像为单面方式，曲意图为双面连式。

13.《西厢记考》：明万历年间刻本，卷首像为单面方式，曲意图为双面连式，与《画意西厢记》所用底本相同。

14.《北西厢记》：明万历年间刻本，插图式样为双面连式。

① 寒声、贺新辉、范彪编：《〈西厢记〉新论》，中国戏剧出版社 1992 年版，第 182 页。
② 薛冰：《中国版本文化丛书·插图本》，江苏古籍出版社 2002 年版，第 137 页。
③ 董捷：《明清刊〈西厢记〉版画考析》，河北美术出版社 2006 年版，第 3—5 页。

15.《新校注古本西厢记》：明万历四十二年(1614)山阴香雪居朱朝鼎刻本,卷首像为单面方式,曲意图为双面连式。

16.《北西厢记》：明万历四十四年(1616)渤海逋客何璧刻本,卷首像为单面方式,曲意图为双面连式。

17.《李卓吾先生批评西厢记》：明万历潭阳刘应袭刻本,插图式样为双面连式,尚存插图八幅。

18.《鼎铸陈眉公先生批评西厢记》：明万历四十六年(1618)师俭堂萧腾鸿刻本,插图式样为双面连式。

19.《词坛清玩西厢记》：明天启元年(1621)金陵刻本,卷首像为单面方式,曲意图为双面连式。

20.《西厢五剧》：明天启年间吴兴凌濛初刻本,插图式样为单面方式。

21.《千秋绝艳图》：明天启年间吴兴闵振声刻本,卷首像为单面方式,曲意图为双面连式,所用底稿与香雪居刻本同,外加杂花纹样为饰。

22.《碟订西厢记》：明天启、崇祯年间金陵刻本,插图式样为单面方式,别题《孙月峰评西厢记》。

23.《徐文长先生批评北西厢》：明崇祯四年(1631)山阴延阁李廷谟刻本,卷首像为单面方式,曲意图及附图为月光型。

24.《三先生合评元本北西厢》：明崇祯年间固陵汇锦堂孔氏刻本,图像呈月光型,插图与延阁本用同一底本。

25.《张深之先生正北西厢秘本》：明崇祯十二年(1639)武林刻本,卷首像为单面方式,曲意图为双面连式。

26.《李卓吾先生批点西厢记真本》：明崇祯十三年(1640)西陵天章阁刻本,卷首像为单面方式,曲意图及附图为双面连式。

27.《闵齐伋绘刻西厢记彩图》：明崇祯十三年(1640)吴兴闵寓(遇)五刻本,插图式样为双面连式,为彩色套印本版画,现藏于德国科隆博物馆。

28.《新刻魏仲雪先生批点西厢记》：明崇祯年间刻本,古吴存诚堂陈长卿刻本,卷首像为单面方式,曲意图为双面连式。有清初重刻本,改为单面方式,绘刻质量差。

此外还有《新刻考正古本大字出像释意北西厢》《重校北西厢记》《李卓吾批评合像北西厢记》《新刊合并王实甫西厢记》《新刊考正全像评释北西厢记》《新镌绣像批评音释王实甫北西厢真本》等刻本。

## (二) 明刊本《西厢记》插图的风格流变

把握明刊本《西厢记》插图的风格流变,可以有多种视角:一是以刊刻地和刊刻风格进行区分,如前所述,可以有金陵、建安、徽派、苏州等不同版刻风格。二是从插图的不同艺术表现进行区分,其中既有古拙粗犷的刘龙田本,又有精美奇特的闵寓五本,既有细致精巧的起凤馆本,又有写意洒脱的容与堂本,既有突出人物的李卓吾评西陵天章阁本,又有以景带情的凌濛初校《西厢五剧》等。下面将从"照扮冠服"的舞台性、"象意相生"的抒情性、"美轮美奂"的装饰性等三个层面,对明刊本

《西厢记》插图的风格流变予以梳理和考察。

1. "照扮冠服"的舞台性

"照扮冠服"强调的是曲本插图对舞台演出的指导作用。明万历三十四年（1606）刊刻的《新镌蓝桥玉杵记》，作者在凡例中曾有"本传逐出绘像，以便照扮冠服"之说。周心慧在《古本戏曲版画图录·序》中也指出："戏曲版画的功用，并不仅仅在于从审美角度来提高图书的艺术欣赏价值，同时也是梨园搬演的图释指南。"[①]也就是说，明初的《西厢记》版刻插图与舞台演出活动有着较为密切的关系，即便不是直接呈现，也会是一种间接呈现。

单从插图外观上看，早期的《西厢记》插图明显地带有舞台表演的痕迹。以福

图1-8　佛殿奇逢，万历间福建乔山堂刘龙田刊本《重刊元本题评音释西厢记》

建乔山堂刘龙田刊本《重刊元本题评音释西厢记》中的一幅插图"佛殿奇逢"（图1-8）为例。这幅插图不仅有标题，还有联语，上面写着"游寺遇娇娥送目千瞧无限意，归庭逢秀士回头一顾许多情"。此种插图版例颇似早期的舞台布景。明嘉靖三十二年（1553）福建书林詹式进贤堂刻本《新刊摘汇奇妙戏式全家锦囊北西厢》（图1-9）中的插图"两情难舍"，线条粗犷，背景简约，却极具舞台效果，犹如演员在舞台上进行现场演出。在《新刊大字魁本全相参增奇妙注释西厢记》版刻插图（图1-10）中，我们处处可以感受到这种舞台化效果，只不过插图中的横幅标题变成了竖幅标题。这些插图极具视觉冲击力，一方面把情节推演和舞台表演中最精彩的瞬间定格在画面中，另一方面也能够让读者产生置身于舞台中间的现场感，艺术效果十分突出。

图1-9　两情难舍，嘉靖三十二年（1553）福建书林詹式进贤堂刻本《新刊摘汇奇妙戏式全家锦囊北西厢》影印

---

① 周心慧：《古本戏曲版画图录》第1册，学苑出版社1997年版，第13页。

图1-10 莺送生分别辞泣,弘治戊午北京金台岳氏刻本《新刊大字魁本全相参增奇妙注释西厢记》

从插图表现来看,早期版刻插图的一个明显特点是人物造型突出,人物身段描摹细腻,舞台表演痕迹较重。最突出的例子莫过于《重刊元本题评音释西厢记》中的一幅"乘夜踰墙"插图(图1-11)。从戏曲文本来看,剧本写的是张生突然搂住红娘,红娘即刻脱口骂出"禽兽""你看得好仔细着!若是夫人怎了",而张生赶紧赔不是"小生害得眼花,搂得慌了些儿,不知是谁。望乞恕罪"。按常理来说,插图本当重点刻画张生与红娘之间的戏剧性冲突,张生与红娘的神情姿态一定是一方紧张惶恐、一方怒斥严肃,画面的表现却恰恰相反。图中的张生左手轻搭在红娘的左肩上,目光跟随着右手看向远方,表情显得泰然自若;而被张生搂在怀里的红娘,身体微屈,左手捏着兰花指,右手自然下垂,目光顺着张生手指方向瞧向远方。插图中,二人不仅表情异常自然,而且身段动作犹如雕塑造型般默契贴合,极

图1-11 乘夜踰墙,万历间福建乔山堂刘龙田刊本《重刊元本题评音释西厢记》

具舞台表演身段的诸般特点。一旁的莺莺无论就其所处位置还是身段表情,也都有很强的舞台效果。

与此相应的是,早期插图中人物活动背景常常作简化、缩小化处理,只是起到场景提示的作用,有时只是寥寥数笔,甚至是背景全无。在明初金陵世德堂、富春堂所刊印的戏曲插图中,常有书桌、案几出现,犹如舞台上的道具;书室、闺房或厅堂,大都不取全景,而作剖图式,处处表现出为"主体让路",把大量的空间留给人物造型。应该说,曲本插图对背景的弱化处理,恰好与戏曲表演中舞台背景的次要性

位置相吻合。

从人物距离与空间深度来看,早期《西厢记》插图在进行艺术表现时常常把人物放得很近,显得十分局促紧密,甚至不成比例,人物的大小不甚符合"近大远小"的视觉规则,空间的深度和层次体现得不够充分。比如图1-11,原文中莺莺所处的位置应是"在湖山下",在插图中却被安排在张生和红娘的边上。如此处理,虽然画面的"生活真实"感有所减弱,但整幅画面看上去像是发生在舞台上一般,因而极具"艺术真实"性和实际化的舞台效果。

2. "象意相生"的抒情性

明万历及以后的《西厢记》诸插图本风格发生了微妙变化,重视对画面意境的着意营造与高雅趣味的不懈追求。

其实,早在弘治本《奇妙注释西厢记》中,画面的精致化和雅化特征就已经初露端倪。比如,"莺送生分别辞泣"共有六幅画面,第一幅画面展现的是莺莺送别张生时依依惜别的场景,已经照应了关键性情节,其余五幅图即便不画,读者也能够明白,画家却追加了五幅画面予以大肆渲染。第二幅画的是一童背包执伞低着头作前导,第三幅画的是两个挑夫频频回头以示莺生道别时间之久,第四幅画的是琴童牵马伫立等候主人的到来,后两幅画的则是郊野景色,有溪流,有飞鸟,有木桥,有老松,有枯草,既画出了张生别去路上必经之处的景观,又隐写伯劳东去之意,较好地渲染了离别的气氛。对于如此别出心裁的艺术安排,有学者把它比作"主题部"之外的"展开部",就"像音乐中的乐章,主旋律之外再有个展开部,令人听了天地辽阔,可以给人以更多的遐想"。①

万历及以后的刻本,插图的文人化趋向则更加突出,追求"象意相生"的抒情性旨趣的作品琳琅满目。这一类型的曲本插图越发重视对活动背景和戏曲场景的精雕细刻式描摹,画幅往往呈现出景大人小的结构布局,插图版式也由原来的上图下文变为单页或连页式插图,图像的表现空间更为开阔。天启年间吴兴凌氏朱墨套印本《西厢五剧》插图"草桥店梦莺莺"(图1-12),画面处理颇具匠心。近景为伫立桥上的莺莺,中景为在客栈中歇息的张生和琴童,远景则是群山点点,"晓星初上,残月犹明",近、中、远景并置,实景与梦境相连,且景大于人,极具抒情性和写意性。同时期刊本《董解元西厢记》插图基本上也都是人没于景,如"横桥流水茅舍映荻花,澹烟潇洒横锁两三家",甚至出现"有景无人"的画面,如"荒凉深院古台榭,丹枫索索阳林红"俨然是一幅风景优美的文人水墨画。再如,《仇文合璧西厢会真记》中"夫人停婚"一图,一改传统插图的式样,不再在席面上打主意,置酒杯、菜肴等于不顾,甚至也没有去考虑老夫人房中的陈设,而画上老夫人房门口的那条小径,由红娘伴送着神情沮丧的张生正在归去,并以树的浓荫、水的微波作为衬托,写意成分较浓,"这样的取景在明刊本形形色色的《夫人停婚》插图中是绝无仅有的一幅"。②

---

① 《明刊西厢记全图·出版说明》,上海人民美术出版社1983年版,第1页。

② 蒋星煜:《〈西厢记〉的文献学研究》,上海古籍出版社1997年版,第346页。

图1-12　草桥店梦莺莺,天启年间吴兴凌氏朱墨套印本《西厢五剧》

图1-13　短长亭斟别酒,天启年间吴兴凌氏朱墨套印本《西厢五剧》

　　曲本插图中这种写意式的场景描摹,却又不是游离于整个作品之外的自然景观的纯粹再现,它既彰显了文人们浓郁高雅的意趣,又能够主动参与人物内心世界的塑造,实现情景契合,达到象意相生,从而内化为整个作品的有机组成部分。明崇祯年间西陵天章阁刊本《李卓吾先生批点西厢记真本》插图塑造的均是莺莺的形象,展现的是莺莺在倦睡、倚楼、园中散步、拈花、调鹦鹉等不同情境之下的情形,再配以匠心独运的场景描绘,极具艺术想象力。如"一个笔下写幽情"插图。图中题字出自第九出中红娘对莺莺的描述,当时她正拿着莺莺的手书,去探望被老夫人婉拒婚事而积郁成疾的张生。插图内容显然是回溯莺莺构思文字的片刻。图中的莺莺托腮沉吟,凝视远方,与周围的景观融为一体,达到写景与抒情一体化。明天启年间吴兴凌氏刊本《西厢五剧》中的一幅插图"短长亭斟别酒"(图1-13),所绘人物较小,以风景为主,景多苍凉萧疏,有力地烘托出"碧云天,黄花地,西风紧,北雁南飞。晓来谁染霜林醉"的离别场景,并且与人物的心情极为契合,"仿佛景为人别离而哭泣,人为景萧瑟而伤心,成功地营造出情景交融、感人至深的画面"①,别具一番意趣。

　　3."美轮美奂"的装饰性

　　明刊曲本插图的"形式化"追求其实在《李卓吾先生批点西厢记真本》等插图本中即有所体现。该刊本插图采用双面合页版式,但并非依各出内容叙事作图,而是以十幅"美人图"与十幅"花鸟图"交错出现,"形式"意味浓郁,这在晚明诸本中体制十分特殊。

---

① 林惠珍:《明刊〈西厢记〉戏曲版刻插图研究》,台湾淡江大学汉语文化暨文献资源研究所硕士论文2008年。

明刊曲本插图的"形式化",首先突出表现在图(插图)与文(曲文)的关系上。早期的曲本插图多为上图下文式,如弘治本《奇妙注释西厢记》。此种版式插图数量较多,图与文的关系尚为紧密,上面之图通常是下方之文所叙情节的对应性图绘。当插图发展至单页版式或缩减为每折一图时,图与文虽然依旧有联系,却由原来的对应性图绘简化为对关键性情节或代表性场景的描摹,而且不同的插画作家往往有其选择的弹性空间。特别是文人参与插图创作后,画面的写意性更是得到了强化,图像与文本的关系日渐疏松,叙事性功能日益降低。自万历晚期开始,除了少数可能为重刊早期本子的刻本之外,插图出现的位置发生了显著变化,既不在文字上方(上图下文),也不在文字中间(每折一图),而是几乎都汇集置于全书之首、戏曲主要文本之前,这样图像与戏曲文本之间的关系就由原来图对文的亦步亦趋、若即若离,而变得渐行渐远,"读者翻开《西厢记》,通常在序文、凡例、目录或部分附录文字之后,便会见到精美的多幅全页大小之独立而完整的插图,宛如预先提示各出内容的连环图画"①,插图的形式意味和装饰意味特别显豁,独立性越来越突出。

明刊曲本插图的"形式化",还表现在插图对图形选择、图案装饰、边框设计等的刻意追求上。"图形选择"指的是曲本插图所使用的版式、式样,如长方形、月光形、方形、扇形等,如山阴延阁李正谟(告辰)刊本《北西厢记》插图采用的便是月光图。"图案装饰"指的是插图注重画面的装饰,追求界面和风格的典雅华丽。如万历三十八年(1610)起凤馆刊本王李合评《元本出相北西厢记》中的"闹斋"插图,画面富丽堂皇,背景繁复,窗格地面都作界画图案,勾勒精细,描摹工致,人犹如活动在一片花团锦簇之中,装饰意味浓重。"边框设计"强调的是对插图边框的形式化追求。有的插图为了增强装饰效果,特意为边栏饰以直线、曲线或花边。如刊印于明末、上海华东师范大学图书馆收藏、徐渭评本《西厢记》之"赴科",该插图的独特之处在于,各页插图均为上文下图,而且除了每页均饰以长方形外框外,方栏之内再分为方形和圆形两种框,圆形自然为月光型,但在圆形框外的四个角落各饰有一折枝花或日常用具,极具装饰性。图形选择、图案装饰、边框设计,表现了明刊曲本插图对形式化、装饰性的艺术追求。

明刊曲本插图"形式化"的一个典型例证莫过于德国科隆博物馆藏木刻彩印本《西厢记》。该本插图的最大特色除了卓越的彩色套印技术以外,就在于追求轻盈游戏的巧趣和华美的装饰意味,而对边框的灵活运用则是成就二者的关键因素。②科隆本《西厢记》巧妙地把描绘故事内容的人物图像框围于各自不同的"边框"形制中,如手卷绘画("佛殿奇逢")、扇面("长亭送别")、屏风("妆台窥简")等;有的则巧妙置于各类器物之上,如瓷缸("僧寮假馆")、铜器("清醮目成")、走马灯("白马解围")、酒器("东阁邀宾")、连环玉璧("倩红问病")、宫灯("堂前巧辩")等;有的是有

① 马孟晶:《耳目之玩——从〈西厢记〉版画插图论晚明出版文化对视觉性之关注》,见颜娟英主编:《美术与考古》,中国大百科全书出版社 2005 年版,第 649 页。
② 同上,第 662—663 页。

意识地配以各类写意图案，如蝴蝶（"花阴唱和"）、鱼雁（"锦字传情"）、扇贝（"草桥惊梦"）；有的则以"傀儡戏"的形式出现，如"诡谋求配"等。如此配置插图，既不远离故事原意，又极富巧趣。比如，"花阴唱和"图（见彩图 4），画面以两只翩翩飞舞的彩蝶象征恋爱中的莺莺、张生，二人唱和的诗句分别以不同的字体书于两片树叶上，再配以协调的着色，十分雅致美观。"白马解围"图则一改传统插图描述孙飞虎包围普救寺的紧张瞬间，而是采用走马灯的形式来表现故事，画中的灯纹饰复杂且富丽华贵，四周的流苏饰品相当精致，垂吊在铁丝上的剪纸人物分别为孙飞虎、杜确将军和惠明和尚，看上去三个人物正在飞骑追逐，整个画面呈现出动态的视觉效果，给人以耳目一新的视觉享受。

### （三）从卷首莺莺画像看明刊《西厢记》插图与前代文学的关系

明代戏曲刊本中，《西厢记》颇具盛名。但是有一个现象非常值得注意，那便是诸多版本的《西厢记》插图除了与曲文相配以反映剧情的"曲意图"外，往往在卷首附上一幅莺莺画像。对于这些画像的真伪，尽管目前学术界多有人涉猎著述，但由于缺乏足够的证据，往往是各执一词，一直争议不断。[①] 但透过莺莺画像大致可以梳理出图像所依凭的几个系统，可以从一个非常独特的角度审视明刊《西厢记》插图与前代文学的关系，以及其中所彰显出来的深层文图关系。

明刊本《西厢记》大多是依据元代王实甫的《西厢记》而进行的注释、点评、改编等，但莺莺画像显然已经超出了王本《西厢》，而有着更为久远而深刻的互文性渊源。[②] 众所周知，王实甫的《西厢记》源自唐代元稹的传奇小说《莺莺传》。元稹笔下的崔张爱情，其最终结局是悲剧性的，即张生对莺莺"始乱终弃"。《西厢记》虽然延续了崔张恋爱故事这一本事，却最终实现了这一爱情故事从悲到喜的转变。王实甫把前人对莺莺的同情、张生的遣责，两人对爱情的期盼，一并化为一个大团圆式的喜剧化结尾。然而，明刊本《西厢记》卷首的莺莺像却并没有对应这一喜剧性结尾，反而凸显了《莺莺传》中"崔氏宛无难词，然而愁怨之容动人矣"（《莺莺传》）的内涵。我们不妨先从元稹的《莺莺传》说起。

《莺莺传》是最早叙述崔张故事的文学作品。鲁迅先生评价认为，"时有情致，固亦可观"（《唐宋传奇集·稗边小缀》），"其事之振撼文林，为力甚大"（《中国小说史略》）。该部作品虽然篇幅不长，却把张生的一见钟情和莺莺的以身相许描绘得

---

① 蒋星煜在《〈西厢记〉的文献学研究》（上海古籍出版社 1997 年版）一书中录有《明刊〈西厢记〉插图与作者杂录》一文；董捷在《明清刊〈西厢记〉版画考析》（河北美术出版社 2006 年版）一书中专门辟出一章《〈西厢记〉莺莺像考》，就莺莺画像的传承、作者、真伪等进行专题研究；台湾学者毛文芳在《文与哲》第 7 期（2005 年12 月）专门撰文《遗照与小像：明清时期莺莺画像的文化意涵》，着力挖掘莺莺画像背后的文化意蕴；台湾大学艺术史研究所许文美撰写的硕士论文《陈洪绶〈张深之正北西厢秘本〉版画研究》，对陈洪绶所绘的莺莺画像予以深层解读。对于画像的真伪问题，这些学者所持观点并不一致。

② 有学者提出，《西厢记》对相关题材作品的继承与超越有远源和近源之说：近源是《莺莺传》，而远源则是那些初步具备才子佳人特点与穿针引线人物的爱情故事，如司马相如琴挑卓文君、《世说新语》所载"韩寿偷香"故事等。参见黄季鸿：《明清〈西厢记〉研究》，东北师范大学出版社 2006 年版，第 219—243 页。

极其细腻深刻。尤其是作品结尾的悲剧性处理,更是引发了后人无数的感慨和反拨,从而形成了一股"反主题"效应。作品中的张生"性温茂,美风容,内秉坚孤,非礼不可入""年二十三,未尝近女色",但自从遇到了莺莺便再也无法控制住自己的情感。不能不说,在当时的特殊情境中,张生的感情是发自内心的,这可以从张生"自失者久之,复逾而出,于是绝望""又十余日,杳不复知"的自责、绝望、痴心中清楚地看出。但好景不长,因为张生毕竟有他自己的追求和事业,于是"将之长安""遂止于京",并"不复自言其情",甚至把后来莺莺的回信在其朋友圈中散布,"发其书于所知,由是时人多闻之",以获取"善补过者"的荣誉和名分。更有甚者,他居然抛出了"尤物论",认为其"不妖其身,必妖于人",声称"予之德不足以胜妖孽,是用忍情"。至此,他和莺莺的这段情缘完全被世俗的厄运所吞没。而对于莺莺而言,她似乎从一开始便已经预感到这段感情的去向,因而即便她后来主动委身于张生,但她的内心世界无疑是复杂的。她一出场便是百般的不情愿,"久之,辞疾",无奈之下只好"以郑之抑而见也",因而表现得"凝睇怨绝,若不胜其体"。当张生于席间"以词导之"时,她的态度是始终置之不理,"终席而罢"。当张生听命于红娘"为喻情诗以乱之"时,她却责备张生是在"致淫逸之词","不义"又"不祥"。当其和红娘"敛衾携枕"至张生住处并两人私自结合后,却"又十余日,杳不复知"。当张生将去长安,她却"宛无难词,然而愁怨之容动人矣""不复可见"。当张生"愁叹于崔氏之侧"时,她早已预感到好景将不会太长,"阴知将诀矣",于是发出了"始乱之,终弃之,固其宜矣,愚不敢恨"的感叹,在抚琴时"哀音怨乱",进而"泣下流连"。张生西去长安,两人仍有书信来往,虽然莺莺内心深处依旧对感情充满了期待和幻想("倘仁人用心,俯遂幽眇,虽死之日,犹生之年"),但不能不说她对未来看得还是比较清楚的:"命也如此,知复何言!""没身永恨,含叹何言!"有学者指出,是莺莺的寒门出身甚至是风尘女子的身份①,最终导致了莺莺的这般表现。不管真正的原因是什么,这段感情的悲剧性过程和结局是没有变的,莺莺从内心深处对这段悲剧性结局的预感是不容置疑的。

张生与莺莺之间的这段感情故事,在后代可谓流传甚广。北宋赵德麟(令畤)说:"至今士大夫极谈幽玄,访奇述异,无不举此以为美话。至于娼优女子,皆能调说大略。"他更是"惜乎不被之以音律,故不能播之声乐,形之管弦",因而制作《商调蝶恋花》,"句句言情,篇篇见意"。② 及至金代章宗时期董解元的《弦索西厢记》(即"董西厢"),其间不知涌现了多少歌咏崔张爱情故事的诗词曲文。但我们更看重的是由崔张恋爱故事所引发的后世文人的诸多同情和不满,因为正是这一流脉中所渗透和流露出的种种悲悯情怀,无形中铸就了后世莺莺画像中的悲苦

① 陈寅恪先生在其所著《读〈莺莺传〉》一文中辨析道,"莺莺所出必非高门,实无可疑也"。他还认为,《莺莺传》又名《会真记》,而所谓"会真"之"真",与"仙"字同义,"'会真'即遇仙或游仙之谓也",而"流传至唐代,仙之一名,遂多用作娇艳妇人,或风流放诞之女道士之代称,亦竟有以之目倡伎者"。参见《陈寅恪集》之《元白诗笺证稿》,生活·读书·新知三联书店 2001 年版,第 110—115 页。

② 赵令畤:《侯鲭录》,见《唐宋史料笔记丛刊》之《侯鲭录·墨客挥犀·续墨客挥犀》,中华书局 2002 年版,第 135 页。

愁容。

　　明刊本《西厢记》卷首莺莺画像中,有一类属于"陈居中系统"①,即署名宋代画院待诏陈居中摹写字样。有的学者认为,这一系统中可见的最早一幅莺莺画像为明隆庆三年(1569)苏州众芳书斋顾玄纬刻本《西厢记杂录》所附。该刻本共有插图三幅,其中一幅(图1-14)题款为"唐崔莺莺真",署"宋画院待诏陈居中写"。该幅插图与另一幅题为"莺莺遗艳"的莺莺画像(图1-15)是"最早见之于刊本"的莺莺像版画,"可谓开风气之先,对后世的影响是十分深远的。明末书贾,或直接借用,或略略加工,使这两幅莺莺像屡屡出现在不同刊本《西厢记》的卷首,成为版画插图史上一道奇特的风景"②。受此影响,万历四十二年(1614)山阴香雪居朱朝鼎刻、王骥德校注《新校注古本西厢记》及天启年间闵振声刻《千秋绝艳图》均摹刻此像,而且画像大同小异。

图1-14　唐崔莺莺真,隆庆三年(1569)
苏州众芳书斋顾玄纬刻本《西
厢记杂录》

图1-15　莺莺遗艳,隆庆三年(1569)苏
州众芳书斋顾玄纬刻本《西厢
记杂录》

　　元代陶宗仪在其《南村辍耕录》卷十七"崔丽人"中记载着"崔娘遗照"的来历:

　　余向在武林日,于一友人处。见陈居中所画唐崔丽人图,其上有题云:"并燕莺为字,联徽氏姓崔。非烟宜采画,秀玉胜江梅。薄命千年恨,芳心一寸灰。西厢旧红树,曾与月徘徊。"余丁卯春三月,御命陕右,道出于蒲东普救之僧舍。所谓西厢者,有唐丽人崔氏女遗照在焉。因命画师陈居中绘模真像,意非登徒子之用心,迫将勉情钟始终之戒。仍拾四十言,使好事者知百芳之歌以记云。泰和丁卯林钟吉

① 有学者指出,莺莺画像在众多刻本中,大致可分为几种系统:一是陈居中系统,二是唐寅系统,三是陈洪绶系统。参见毛文芳:《遗照与小像:明清时期莺莺画像的文化意涵》,载台湾《文与哲》2005年第7期。

② 董捷:《明清刊〈西厢记〉版画考析》,河北美术出版社2006年版,第84页。

日，十洲种玉大志宜之题。①

　　此故事之后，还介绍了璧水见士所发现的《双鹰图》以及陶宗仪在杭州看到此画后特地请盛懋临写一轴之事。姑且不论该则记载的可信度和具体细节如何，其间所流露出的对莺莺的同情还是一目了然的，所谓"非登徒子之用心，迨将勉情钟始终之戒"就是反对用情不专、始乱终弃，希望追求爱情的男女双方能够以此为戒，做到始终如一。陶宗仪的故事虽已成为过去，却将此画像由普救寺的西厢故址带进了流传世界，并引发了后世文人无数的联想，也由此奠定了画像的一脉系统。

　　如果说陶宗仪故事中十洲种玉宜之的题诗"薄命千年恨，芳心一寸灰。西厢旧红树，曾与月徘徊"，明显地上承《莺莺传》的悲剧传统，并且这种悲剧传统深深地烙在了后世的"崔娘遗照"画像中，那么闵振声刻《千秋绝艳图》同样体现了这种传承和接续。该刊本除了附以陈居中摹刻的"崔娘遗照"外，还随上两首题咏崔莺莺的诗："翠钿云髻内家妆，娇怯春风舞袖长。为说画眉人不远，莫将愁绪对儿郎。""修娥粉黛暗生香，泪眼盈盈向海棠。倚到月斜花影散，一番春思断人肠。"其对《莺莺传》悲剧传统的承续清晰可见。

　　其实，不只是陶宗仪的故事与崔张爱情故事的悲剧传统明迎暗合，《莺莺传》之后的诸多文人也都基本上沿袭了这一传统，以不同的方式对莺莺表示同情惋惜并除去其污名，对张生表示不满和谴责，同时对两人爱情已逝、当年普救寺早已物是人非投以万分感慨。唐代的杨巨源写有《崔娘诗》："风流才子多春思，肠断萧娘一纸书。"北宋赵令畤的《商调蝶恋花鼓子词》通篇充满了忧愁、别恨、离怨、断肠等情调，"最恨多才情太浅，等闲不念离人怨""惆怅空回谁共语，只应化作朝云去""正是断肠凝望际，云心捧得嫦娥至""最是动人愁怨处，离情盈抱终无语""幽会未终魂已断，半衾如暖人犹远""地久天长终有尽，绵绵不似无穷恨"。秦观和毛滂各有《调笑转踏》，歌咏八个故事，其中便包括崔莺莺，"西厢待月知谁共，更觉玉人情重""此夜灵犀已暗通，玉环寄恨人何处""薄情年少如飞絮，梦逐玉环西云"。

　　除了"陈居中系统"的莺莺画像体现了崔张爱情故事的悲剧性氛围外，"唐寅系统"的莺莺画像同样如此。冠以唐寅"莺莺遗像"的《西厢记》明刊本有：万历三十八年（1610）武林起凤馆刊王李合评《元本出相北西厢记》、天启间金陵版《盘蔼硕人增改定本西厢记》、明黄嘉惠校刻《董解元西厢记》、明末崇祯年间存诚堂刊印《新刻魏仲雪先生批点西厢记》等。对于目前所存刊本中的莺莺画像是否为唐寅真迹，学界意见并不统一，但唐寅确实画有《莺莺图》。《唐伯虎全集》补辑卷第二有《题崔娘像》诗，内有诗句"九回肠断向谁陈，西厢待月人何在，秋水茫茫愁杀人"；全集正辑卷第四有《过秦楼》词"闻道河东普救，剩得数间荒殿"。徐渭《和唐伯虎题崔氏真》诗曰："彷佛相逢待月身，不知今夕是何辰。行云总作当年散，胡粉空传半面春。嫁后形容难不老，画中临榻也应陈。虎头亦是登徒子，特取妖娇动世人。"史盘《题唐伯虎所画莺莺图次韵》诗曰："自是河中窈窕身，含愁犹带怨参沉。月临镜底应同

① 陶宗仪：《南村辍耕录》，中华书局1959年版，第212页。明刊王骥德《新校注古本西厢记》卷六《古本西厢记考》中，亦录有"元陶九成崔丽人图跋"，对此事予以记载。

美，花到钗头也让春。虢国丹青空有愿，洛神词赋谩夸陈。容光一段浑如昨，岂似羞郎憔悴人。"可以这样认为，即便明刊《西厢记》中的莺莺画像不是唐寅亲手画就，那也不是纯粹的冒名之作，而多少带有唐寅解读和图说《西厢》时所留下的悲情愁绪。

再来看看"陈洪绶系统"中的莺莺画像。明代《西厢记》刊本中莺莺画像归属陈洪绶名下的有三种：一是崇祯十二年（1639）刻本《张深之先生正北西厢秘本》，一是西陵天章阁醉香主人刻本《李卓吾先生批点西厢记真本》，另一是崇祯四年（1631）山阴李氏延阁刻本《北西厢记》。"陈洪绶系统"中的莺莺画像同样体现出对《莺莺传》悲剧性结局的回应。我们不妨以最有代表性的张深之正本卷首像（图1-16）为例加以说明。该幅画像的一个突出标志是莺莺手持玉环，这也是与其他莺莺画像明显不同的地方。而"玉环"却并没有在王本《西厢记》中出现。莺莺托琴童带回的几件东西中，有汗衫一领、裹肚一条、袜儿一双、瑶琴一张、玉簪一枚、斑管一枝，却没有玉环。但在元稹的《莺莺传》中，"玉环"却是莺莺在回复张生信件时附赠的一件信物："玉环一枚，是儿婴年所弄，寄充君子下体所佩。玉取其坚润不渝，环取其终使不绝……意者欲君子如玉之真，弊志如环不解……因物达情，永以为好。"可见，"玉环"象征着对爱情的忠贞不渝，寄托着莺莺对张生感情的执着与永固。与"玉环"符号相对应，莺莺的形象也一改延阁主人李廷谟刻本中的手执团扇、面容丰腴、微露酥胸、豪放性感、大胆泼辣的造型（图1-17），而表现得"眉尾下垂，嘴唇紧抿，肩部紧缩，神情愁怨"①。与其说陈洪绶绘制此图是与王本《西厢》相呼应，倒不

图1-16 双文小像，崇祯十二年（1639）刻本《张深之正北西厢秘本》，陈洪绶绘图，项南洲镌刻

图1-17 莺娘像，崇祯四年（1631）山阴李氏延阁刻本《北西厢记》

---

① 许文美：《论陈洪绶版画〈张深之正北西厢秘本〉中的仕女形象》，见《朵云第68集·陈洪绶研究》，上海书画出版社2008年版，第121页。

如说他在故意回避王本《西厢》所提供的喜剧性结尾，主动回溯《莺莺传》中莺莺"凝睇怨绝，若不胜其体"的愁怨形象。有学者认为，张本《西厢》虽然承袭了之前《西厢记》版画皆绘画《莺莺像》的传统，却独特地表现了莺莺郁闷深情的一面和具有内在思维的形象，而玉环等物则成了回归《莺莺传》的图面符号。①

颇有意思的一个现象是：题名陈居中与唐寅的摹本，右上角皆有"莺莺遗艳""崔娘遗照"的字样。"遗照"指向过去和消逝，对读者具有定向思考的指引作用：一代佳艳的莺莺，以"遗照"面世，意味着斯人已逝，徒留追忆与憾恨。② 这一方面印证了莺莺画像的悲剧性渊源，另一方面也大大加重了画像的这种悲剧性意涵。陈洪绶所绘莺莺像虽然从"遗照"一变而为"双文小像"，但同样是对元稹之情的一种回应："忆得双文笼月下，小楼前后捉迷藏。"有学者更是直截了当地提出："由版面上看，刻者将'莺莺遗照'四字改作'双文小像'，似乎透过图面'遗'字符号的删除，淡去遗恨的阅读空间。然陈洪绶的女像形塑则穿越题字，直接在画面图像上引发憾恨的观想，前述徐渭、史盘二人的'遗照'思维，依然弥漫在张本西厢的莺莺绘像中，画面本身的诉求已越过文字的力道，成为读者注视的焦点。"③此论可谓一语中的。

其实，不只是卷首的"莺莺遗照"，在明刊《西厢记》插图中，有的莺莺像同样体现出前代文学的悲剧性传统对后世图像的潜在影响。如在《张深之先生正北西厢秘本》中，除了卷首的"双文小像"外，还刊刻了五幅插图。这五幅插图均是围绕莺莺的命运展开的，由喜变忧，从忧转喜，最后落到了"报捷"这个大团圆结局上。但该本插图在表现"报捷"时，其着眼点既不在"报捷"之喜悦，也不在最后的衣锦还乡，既不在张生送来的捷报，也不在汗衫、裹肚、袜儿、瑶琴、斑管等信物，而是突出了玉簪和"缄愁"："画家紧紧抓住了'他如今功成名就，则怕他撇人在脑背后'这句台词，由此而组成画面，并且以此作结，唤醒读者的，恰恰是元稹《会真记》被遗弃的结局！"④不能不说，这样的互文关系更为隐蔽、深层和含蓄。

## 三、明刻本《琵琶记》插图及其与前代文学的关系

明代戏曲刊本中附有大量精美的插图，《琵琶记》同样如此，其版本数量"或许仅次于《西厢记》而名列戏曲版画的前茅"⑤。因而，研究明代图像及其与前代文学的关系问题，除了要关注《西厢记》诸刻本外，《琵琶记》插图本同样堪称范本。

### （一）明代《琵琶记》的刊行情况

《琵琶记》是元南戏的辉煌创造，与"荆""刘""拜""杀"齐名，是南戏振兴的标

① 许文美：《论陈洪绶版画〈张深之正北西厢秘本〉中的仕女形象》，见《朵云第 68 集·陈洪绶研究》，上海书画出版社 2008 年版，第 123 页。

② 毛文芳：《遗照与小像：明清时期莺莺画像的文化意涵》，载台湾《文与哲》2005 年第 7 期。

③ 同上。

④ 裘沙编著：《陈洪绶研究：时代、思想与插图创作》，人民美术出版社 2004 年版，第 50—51 页。

⑤ 周亮：《明刊本〈琵琶记〉版画插图风格研究》，载《艺术探索》2009 年第 1 期。

志。剧写蔡伯喈状元及第、爹娘饿死、赵五娘葬埋公婆进京寻夫的故事。《琵琶记》原本不分出,钱南扬校注本为方便读者阅读,将其分为上下卷四十二出。

蔡伯喈与赵五娘的故事早在宋时就广泛流传于温州民间。陆游诗作《小舟游近村舍舟步归》中写道:"斜阳古柳赵家庄,负鼓盲翁正作场。死后是非谁管得,满村听说蔡中郎。"陆游所写的是其听到"负鼓盲翁"用鼓词形式演唱《蔡中郎》的故事。金院本有《蔡伯喈》。徐渭《南词叙录·宋元旧篇》载南戏《赵贞女蔡二郎》:"即旧伯喈弃亲背妇,为暴雷震死,里俗妄作也。实为戏文之首。"元杂剧《铁拐李》等不少剧中,都提到五娘麻裙包土筑坟的故事。高明在此基础上进行加工再创造,因剧中有五娘弹琵琶进京寻夫的情节,故名《琵琶记》。

《琵琶记》现存版本,有全本流传者,约四十二种;选辑折子或曲目的选本,计二十九种。① 此剧存本有四十余种。明刻本主要有:嘉靖苏州坊刻巾箱本、容与堂刻李卓吾评本、天启诸臣刻朱墨套印本、刘次泉刻汤海若评本、金陵唐晟《绣像演剧》本、明书林萧腾鸿刻《六合同春》本、明书林余少江刻本、继志斋刊本、陈继儒评本、汪氏玩虎轩刻本、吴兴凌氏刻朱墨本、汲古阁原刻初印本等。《古本戏曲丛刊》初集据清陆贻典钞本和嘉靖苏州坊刻巾箱本影印。这些刊本均附有插图。虎林容与堂刊本《李卓吾先生批评琵琶记》附图二十幅,画面写意性较强,且画上有题句;新安玩虎轩刊本《重校元本大板释义全像音释琵琶记》附图四十幅,刻图富丽堂皇,极富装饰效果;明书林余少江刻本《新刻魏仲雪先生批评琵琶记》,卷首图现存七幅,图为双面连式,且附有题句;天启诸臣刻朱墨套印本《硃订琵琶记》(日本内阁文库藏),卷首冠图二十二幅;天启年间吴兴凌氏朱墨套印本《琵琶记》,图呈单面方式,图版突出环境渲染,绘写苍凉,对主人公的悲惨际遇和各种不同人物的心态,起到很好的烘托作用;还有西班牙皇家图书馆藏本《全家锦囊伯喈》(全名为《新刊摘汇奇妙戏式全家锦囊伯喈》)②,是现知刻印年代最早的《琵琶记》选本,共收《琵琶记》通行本四十二出中三十四出的内容,采用上图下文的方式编排,图像有标题和联语,舞台化效果非常突出。

(二) 明刊本《琵琶记》的文图关系

1. 明刊本《琵琶记》插图的诙谐性呈现

中国古代戏曲表演性特征非常突出。通常的做法是,安排极具诙谐意味的人物(角色)、情节(事件),以增加剧本或演出的喜剧性效应与戏剧性效果。比如,丑角便是中国戏剧的一种程序化的角色行当,一般扮演插科打诨的滑稽角色。在孔尚任看来,戏曲的"行当"常常寄寓着艺术家颂善惩恶的美学倾向,"凡正色借用丑、净者,如柳、苏、丁、蔡,出场时暂洗去粉墨③"。中国古代戏曲的这种"表演性"特征,在《琵琶记》插图中同样得到了充分体现。

---

① 金英淑:《〈琵琶记〉版本流变研究》,中华书局 2003 年版,第 13—22 页。
② 徐文昭编辑:《风月锦囊》,台湾学生书局 1987 年版。
③ 张庚、郭汉城主编:《中国戏曲通史》(中),中国戏剧出版社 1981 年版,第 345 页。

　　比如，"牛氏规奴"一出剧情与整个剧本的关联度并不是非常高，其主要作用是引出人物（牛丞相和牛小姐），因而戏份不重，主要安排了老院子（末）、老姥姥（净）、惜春（丑）三个角色在庭院中打秋千以及牛小姐（贴）训话等情节，总体基调比较柔和舒缓。与此相类似，一般的《琵琶记》版本插图大都选取贴角与丑角于庭院深处说话，周围景致暗合了曲文中"柳絮帘栊，梨花庭院"的描述。但世德堂刊本《新刊重订出像附释标注琵琶记》插图（图1-18）却戏剧性地超越了文本的限制，把原本并没有同时出场的贴、末、净、丑角安排在一起，描绘了贴角出场的一刹那其他几个角色惊慌失措、避之不及的场面。图中的丑角打完秋千后跌倒在地上，没来得及逃脱，正应和了曲文中丑角被抓住训话的情节；净与末两人对丑角的招手呼喊全然不顾，一个已经躲到了太湖石的后面，一个在全力逃窜。插图选择的是最紧张亦是最笑闹轻松的时刻，属于"最具包孕性的瞬间"，画面极具诙谐喜剧效果，令人忍俊不禁。对于上述情节，戏文中的着墨并不多，仅用"末净走下，丑做不知"作了简要交代。与画面的风格相对应，原戏文中的"牛氏规奴"在此版本中亦成了"牛氏玩春"，喜剧、轻松、诙谐的意味非常明显。

图1-18　牛氏玩春，万历年间金陵世德堂刊本《新刊重订出像附释标注琵琶记》

图1-19　伯喈操琴，万历年间金陵世德堂刊本《新刊重订出像附释标注琵琶记》

　　世德堂刊本中还有一幅"伯喈操琴"的插图（图1-19），人物表演的舞台性、动作的诙谐性等同样非常显豁。这一出曲文主要表现的是伯喈"梦到家山，又被翠竹敲风惊断"以及"今日当此清凉，试操一曲，以舒闷怀"的内容。按理来说，插图的格调应该是沉闷的，但或许是受实际舞台演出的影响，世德堂刊本插图却偏偏选择最富戏剧性的一幕加以展现，并对戏文中的场景作了戏剧化处理。一是把表现的重心前移，即重点不在伯喈以弦传情以及与牛氏之间的对话，却着力描绘牛氏出场前的那段颇具喜剧性的沉闷，即"净困掉扇""丑困灭香""末掉文书"。二是把不同时空中的人物并置，既让掉扇、灭香、掉文书三个原本有时间先后的情节同时出现在一个画面中,增加了画面的喜剧化效果,又让后来出场的牛氏一并出现在画面中,从而较自然地令人联想到此后的情节。如此喜剧化的画面安排方式不同于一般插图对"旧弦"和故园的表现,显得独具匠心,犹如人们观看舞台演出时人物顺次出场却又没来得及离场,而当所有人物汇聚舞台时,戏剧性呈现达到了最高点。

2. 明刊本《琵琶记》插图的蕴藉性呈现

所谓"蕴藉性",指的是戏曲在场景描摹、瞬间抓取或角色的动作呈现、心理刻画等方面的处理上,看似简单或不经意,却极具绵延意味和表现深度,因而"戏味"十足。

首先来看插图场面的安排。所谓戏剧场面,指的是"他(她)或他(她)们在一定时间、一定环境内进行活动构成的特定的生活画面(流动的画面)"[1]。中国古代戏曲非常重视通过戏剧场面的巧妙安排来增加戏剧性效果,如祁彪佳认为"本寻常境界,而能宛然逼真,敷以恰好之词,则虽寻常中亦自超异矣"[2],李渔则提出"戏场关目,全在出奇变相,令人不能悬拟"[3]。

比如,起凤馆刊本"路途劳顿"一图描绘的是赵五娘卖发安葬公婆,身背琵琶离家上京寻夫的情节。从姿态上看,赵五娘应该是从画面的右侧往左侧行进。也就是说,其前方是赴京之路,但画面的大部分空间却在赵五娘的身后,因为那里是其曾经的家,我们分明可以从赵五娘回眸的眼神中深切地感受到她对故园的恋恋不舍以及对无法照管公婆坟茔的无奈。整个画面中只有赵五娘一人,周围的场景空旷而萧索,这样的安排虽然较为简单,却较好地映衬了人物的心境。特别是赵五娘回眸转身的身段表演,极具抒情性意味与戏剧化效果。如果说起凤馆刊本的这幅插图更多地展现赵五娘对离家的不舍之情,那么玩虎轩刊本《元本出相琵琶记》中描绘同一内容的插图(图1-20)则通过赵五娘的位置变换呈现了另一种戏剧性效果。图中赵五娘同样是回眸转身(暗示其对离家的不舍),但回望的视线却被遮挡和切断(暗示其离家的无奈与必然),而大片空间则是前方遥远而空旷的路途(暗示其寻夫之路的艰辛与未卜)。这样的场景安排同样具有不同寻常的意味与戏剧化效果。

容与堂刊本插图"官媒议婚"一图(图1-21)的场景安排同样充满了蕴藉性。画面呈现的是寂静空旷的野外景观,一个渔人悠闲自在地躺在一只孤舟上,颇有"野渡无人舟自横"般的超脱旷达与惬意闲适。画面上的题诗"夜静水寒鱼不饵"较好地暗示了画面的主题,观者自然会由此及彼地联想到伯喈的"拒婚":"是因他原意要在家奉亲、不欲出外求取功名。由诗句联系到戏曲内容时,使此渔隐图呈现了

---

① 谭霈生:《论戏剧性》,北京大学出版社1981年版,第168页。

② 祁彪佳:《远山堂曲品·乔断鬼》,参见《中国古典戏曲论著集成》(六),中国戏剧出版社1959年版,第147页。

③ 李渔:《闲情偶寄·演习部·脱套》,参见《中国古典戏曲论著集成》(七),中国戏剧出版社1959年版,第108页。

图1-20　路途劳顿,万历二十五年(1597)汪氏玩虎轩刊本《元本出相琵琶记》

图1-21　官媒议婚,万历年间容与堂刊本《李卓吾先生批评琵琶记》

除隐居之外的另一层意义：伯喈原要当一条不愿上功名富贵之钩之自由自在的鱼儿。"①不得不说,这样的画面是颇具匠心且极富戏剧化效果的。

再来看插图动作的设计与呈现。众所周知,动作性是"戏剧语言首要的、基本的特性,这是关系到'戏剧性'的首要问题"②。黑格尔就曾说过："能把个人的性格、思想和目的最清楚地表现出来的是动作,人的最深刻方面只有通过动作才见诸

①　萧丽玲：《晚明版画与戏曲和绘画的关系：以〈琵琶记〉为例》,台湾中国文化大学硕士论文1991年。
②　谭霈生：《论戏剧性》,北京大学出版社1981年版,第9页。

现实。"①如果说小说的动作表现依靠的是语言描述，"读者通过这些叙述、描写的文字，通过自己的想象，在眼前浮现出人物的动作"；那么戏剧的动作"指的则是人物自身的动作，是人物动作在舞台上直观再现"②；而曲本插图的动作则依赖于人的视觉直观。如果说小说的动作表现依靠的是强势的语言技巧，戏剧的动作表现依靠的是高超的演员表演，那么曲本插图的动作表现依靠的则是韵味无穷的画面定格。也就是说，曲本插图对人物的表现既要依赖于动作，又要让这种动作极具表现力，这样才能达到以少胜多的戏剧化效果。

图 1－22　强子求官，万历年间金陵世德堂刊本《新刊重订出像附释标注琵琶记》

世德堂刊本《琵琶记》插图"强子求官"（图1－22），画面中呈现了四个人物，分别为蔡公、张太公、蔡母和伯喈，但蔡母与伯喈两人的动作呈现颇具戏剧化。应该说蔡母在"蔡公逼试"这件事上是持反对态度的，因而对于蔡公的"逼"与张太公的"和"，她的情感表达是"怄气"，甚至骂蔡公为"老贼"。曲本插图在表现这一场景时往往会把四人分为三组，一组是一唱一和的蔡公与张太公（力量 A），一组是跪地辩解的伯喈（力量 B），一组是在一旁怄气的蔡母（力量 C）。先来看蔡母。一般性的曲本插图都会把蔡母安排在一边，其形象往往是满脸愁容，内心充满了责怪与怨气。世德堂刊本插图却"有过之而无不及"地极力强化蔡母的这种对立情绪：此时的蔡母躲到了画面最靠里的位置，并且背对着观者。如此戏剧化的处理带来的效果有两个：一是有力地表现了蔡母"气不打一处来""气上加气"的性格；二是原本两股力量（A 和 C）还能够势均力敌，如今一股力量（C）俨然成了弱势（无论就其位置还是就其姿势来看），而另一股力量（A）则成了强势（居于中间主要位置，且抱作一团）。再来看一旁的伯喈。在蔡公与张太公的强势面前，伯喈似乎毫无还手之力。画面中的伯喈跪在地上接受来自力量 A 的轮番训话，其所处位置是偏下的，其姿态是跪地的，从蔡公与张太公的视角看又是俯视的，这种处理方式在极力暗示着双方的力量对比（A 居于强势，B 居于弱势）。更有意味的是，画面中的伯喈原本应该毕恭毕敬地直接面向训话主体，插图却反其道而行之，让其转过身来面朝画面一侧，以"作揖状"的动作与一旁的观众进行交流，似在求得他们的同情和帮助，戏剧化的艺术效果十分突出。

任何剧作都离不开动作，曲本插图同样如此。像图 1－22 中的伯喈和蔡母的动作呈现便具备了戏剧性的构成要件，即揭示内心活动、激发观众情感、推动剧情

① 黑格尔著，朱光潜译：《美学》第一卷，商务印书馆 1979 年版，第 278 页。

② 谭霈生：《论戏剧性》，北京大学出版社 1981 年版，第 10 页。

发展。明代《琵琶记》各刊本插图对戏剧性动作的图像呈现十分常见。比如,"中秋望月"一出,容与堂刊本插图描绘的是"今夜中秋,月色澄清"的赏月场景,图中的牛氏正忙着与奴仆说话并作出各种安排,一旁的伯喈却全然置之不顾,满门心思地把头扭向另一侧,凭栏远眺。观者一看即会明白,他是在触景生情,牵挂和思念远方的亲人。画面中的题诗"今夜好清光,可惜人千里"既是对伯喈此时心情的完美诠释,更是烘托了这种戏剧性的氛围。而明末吴兴凌濛初刻朱墨套印本对同一内容的描述则同中有异。相同的是,该图同样表现伯喈在与牛氏赏月时的心不在焉,他全然不顾牛氏的感受,把目光投向身后的夜空和皓月。这种远眺的寓意与容与堂本并无二致,甚至配合此种寓意的画上题诗也完全相同。有所不同的是,画面中以空中的飞鸟代替了容与堂本中隐约出现的村屋,暗合了曲文中"孤影,南枝乍冷,见乌鹊缥缈惊飞,栖止不定"的描述,表现出伯喈形单影只、心神不定、"身在曹营心在汉"的心境,因而才会有后文"万点苍山,何处是修竹吾庐三径"之慨思。不能不说,这样的画面安排是意味深长的。

3. 明刊本《琵琶记》插图的写意性呈现

明刊本《琵琶记》插图虽说是戏曲文本的图释或梨园表演的指南,却也具有独立的欣赏价值。这种独立的艺术欣赏价值,既体现在插图对艺术形式所作的创新探索上,又体现在插图的写意性传达以及与语言文本的相互唱和上。

比如,万历年间起凤馆刊行的《元本出像琵琶记》插图(以玩虎轩刊本为蓝本),便非常注重对艺术形式的探索,运用独特的"点刻"技巧来镌刻明暗关系,将山石和路基塑造得富有体积感。① 传统中国画的渐变效果和山石皴法在此处被转换成版画效果。这种处理不仅是版画艺术形式的一大创新,同时也使得插图画面极具表现力,人物的内心世界较好地融入了周围的场景,写意意味较为突出。

容与堂刊本《琵琶记》中的插图大都表现出较强的写意性。如"满城桃李属春官",图大、景多、人小,人淹没于景,画中山石采用米氏皴法,与城郭融为一体,虚实相映,层次分明,诗文呼应。图1-21以"夜静水寒鱼不饵"的场景表现,暗合主人公内心世界对"官媒议婚"的抵抗,画面的写实让位给了写意,读者以画面为切入点,可以走进人物的内心世界。到了天启年间的吴兴凌氏朱墨套印本《琵琶记》,插图的写意性更加突出。与容与堂刊本相比,凌氏刻本插图人更是淹没于景,写意性极强,"画面中显现的萧瑟、空旷及略带忧伤的影响是其他地区版画所无法比拟的,如此本《琵琶记》中《彩扇重遮羞蛾轻蹙》《芳草斜阳望断长安路》《曲涧小桥边梅花照眼鲜》等作品中都配上标题,点明画面的主题"②。而朱墨套印本《硃订琵琶记》(日本内阁文库藏)一方面让画面充满了写意和抒情意味,画中题诗更是突出了画面的抒情氛围;另一方面则把所刊附的二十二幅插图集中冠于卷首,让文图分离,使得插图更具独立的欣赏价值。

有学者提出,以《琵琶记》为代表的明代戏曲版画,其风格大致分为三种,即"由

① 周亮:《明刊本〈琵琶记〉版画插图风格研究》,载《艺术探索》2009年第1期。
② 同上。

最初的曲本的图解式亦或舞台式的粗简造型和构图样式向精工、典雅、华丽之风且注重内心世界的刻画转变，再由精工、典雅、华丽等特色向注重诗、书、画相结合的境地推进，最终形成精巧且具有插图的独立性这一特征。这既是明代戏曲版画的演变过程，也是明代我国版画发展的整体趋势"①。如果说绘刻者选取曲本的某一段台词或者某一个舞台造型、某一个瞬间入图，所体现出的是插图的"从属性"特征，那么注重画面的设计、渲染、写意、表现与抒情，指向的则是插图的"独立性"特征，即"不依靠文字也能从它的形象本身，表现一定的主题"②。

4. 明刊本《琵琶记》插图的冲突性呈现

"没有冲突就没有戏剧"，这几乎成为戏剧的通用法则。一流的剧作总是离不开冲突的营构，总是善于表现冲突的精彩进程，以此给观众带来艺术震颤和审美效果。但大凡矛盾冲突都离不开动作："在动作中实现冲突，使各种社会矛盾在舞台上得以直观的体现，这是正确理解'戏剧冲突'这一概念的基本问题。"③中国古代戏曲虽然没有明确使用"矛盾冲突"一词，但许多表述与其如出一辙，如清人毛宗岗所提出的"逆"（"文章但有顺而无逆，便不成文章"）、"作鲠"（《西厢记》"夫人作鲠，便是赖婚"，《琵琶记》"丞相作鲠，便是逼婚"）、"波澜"、"文章之变"等。④古代曲本插图同样离不开对各种矛盾冲突的图像展现，也同样高度重视具有内在冲突性的动作呈现。像图1-22中A、B、C三种力量的对比，既是一种极具戏剧性的动作呈现，又是矛盾各方之间的潜在较量，极具冲突性和戏剧化效果。

万历年间萧腾鸿师俭堂刻本《鼎镌琵琶记》（《六合同春》本）中的一幅插图（图1-23）对应的是曲文中"丹陛陈情"的剧情。画面中的伯喈，踽踽独行于通往圣殿的台阶上，而且时间为"花迎剑佩星初落""柳拂旌旗露未干"的清晨时分。插图为伯喈的戏剧化动作"独行"所作的设计看似简单（只有他一人），却充满了丰厚的韵味："天色刚明"暗指伯喈急于辞官归里侍奉双亲。皇宫的庄严肃穆和台阶的漫长深邃，反衬伯喈力量的渺小。伯喈似走还立，不时仰望的身姿印证了其心情之犹豫与底气之不足。画面中云气缭绕似乎更加剧了"丹陛陈情"的神秘和紧张。此幅插图中伯喈与圣上虽然没有正面交锋，但透过人物的动作、动作所呈现的内心世界、为动作营构的氛围，观者似乎可以预见接下来的对战结局。不得不说，这样的画面处理起到了以少胜多的戏剧性效果。着墨不多，艺术感染力却极强。

插图表现的戏剧性冲突除了集中体现在戏剧动作上外，还体现在图像与语言之间的互文性张力上。曲本插图往往"因文而生图"，插图与曲文之间构成互文关系，相互映照，相互补充，形成叙事或表意的合力。但二者之间又常常存在着缝隙与张力，正是这种张力作用的存在，导致插图戏剧性效果的产生。

---

① 周亮：《明刊本〈琵琶记〉版画插图风格研究》，载《艺术探索》2009年第1期。
② 王朝闻：《适应与征服：论文艺欣赏》，江西人民出版社1983年版，第139页。
③ 谭霈生：《论戏剧性》，北京大学出版社1981年版，第58页。
④ 毛宗岗：《参论》，见《成裕堂绘像第七才子书琵琶记》卷一。

图1-23　丹陛陈情,万历年间萧腾鸿师俭堂刻本《鼎镌琵琶记》

　　容与堂刻本中的"勉食姑嫜"插图(图1-24),图中只有景却无人,俨然是一幅风景画。如果单纯地把这样的一幅画作为插图,观者往往会不得其解,无法产生情感反应和戏剧性效果。但画上题诗"旷野萧疏绝烟火,日色惨淡黯村坞"巧妙地道出了插图者的用意:图上的空无一人及萧疏惨淡,实则与赵五娘现实生活中的糟糠自厌、困顿煎熬、勉强度日形成了呼应关系。如此一来,文字的补充说明便很好地解决了图像所指漂移不定的问题。事实上,图像与文字之间的互文性效果也恰恰得益于二者之间的默契配合与有机搭配。

图1-24　勉食姑嫜,万历年间容与堂刊本《李卓吾先生批评琵琶记》

　　再比如插图1-21,乍看上去,观者会觉得这只是一幅普通的图画,与一般的"渔隐图"并无多少差异,但画上题诗"夜静水寒鱼不饵"巧妙地把图像的意义"锚定"①在了"官媒议婚"的主题表达上。同样是容与堂刊本的另一幅插图（图1-25），如果单从图像的外观表现看，很难与图1-26区分开来，因为这两幅图都表现了凭栏远眺的基本内容，且眺望的模式、视角与景观也都大同小异，读者很容易因此给出几近相同的意义诠释。但随着画面题诗的出现，情况便有所不同了：图1-25题句为"临镜绿云撩乱"，读者自然会想到这是在表现"南浦嘱别"；图1-26题句为"伤心一曲倚栏干"，读者便知这是《幽闺记》中的"请偕伉俪"。这两幅图看上去

图1-25　南浦嘱别，万历年间容与堂刊本《李卓吾先生批评琵琶记》

图1-26　请偕伉俪，万历年间容与堂刊本《李卓吾先生批评幽闺记》

---

① 罗兰·巴特语。他把文字对图像的这种操纵、压制、控制描绘为"锚定"（ancrage）功能："文本引导着读者游走在图像的所指之间，让读者避开某些所指而迎向其他所指。通过巧妙的操纵，它遥控着读者走向事先选定的意义。"参见［法］罗兰·巴特著，方尔平译：《图像修辞学》，北京大学外国语学院外国语言学及应用语言学研究所编：《语言学研究》（第6辑），高等教育出版社2008年版，第265页。

并无多大差别,但正是因为画面题诗的"锚定",才使得原本处于意义漂移状态的图像有了相对确定的"所指"。语言和图像之间的张力得以形成,戏剧性效果因此产生。

插图表现的戏剧性冲突还体现为插图者、曲文作者与评点者三者观点的同中有异上。曲作者高明显然是想通过赵五娘、蔡伯喈等人物的塑造,着力宣扬"全忠全孝"的思想观念,篇首的开场诗"极富极贵牛丞相,施仁施义张广才,有贞有烈赵贞女,全忠全孝蔡伯喈"铿锵有力地点明了曲文的主旨,文中蔡公与张太公等人的观点更是强化了此种道德寓意与教化功能。但是,评点者和插图者的立场观点与曲文作者的观点不尽一致。我们不妨以相关插图评点本对蔡伯喈和牛丞相两个人物的形象塑造为例,对此问题作进一步阐析。

对于蔡伯喈,曲文作者高明显然持赞许和肯定的态度。但评点者的立场态度要复杂得多,既有肯定之处,又颇有微词。比如六合同春本《鼎镌琵琶记》中,评点者在第二出"高堂称庆"中以"伯喈只要养亲,不欲功名矣"、在第十六出"丹陛陈情"中以"举足动念,不忘二亲"和"恳切之至"等评语,对伯喈的孝言孝行予以肯定。但评点者对伯喈的肯定并非始终如一,而是根据伯喈对不同事情的不同表现给予不同的评价。在第三十出"晌问衷情"中,当伯喈对牛丞相作出妥协让步时,评点者在出批中给出的评语是"宁可饿杀爹娘,不可恼了丈人";在第十八出"再报佳期"中,当丑媒婆说过"穷酸秀才直恁乔,老婆与他,故推不要"后,评点者的眉批为"也非不要,只怕人笑";伯喈发出"愁多怨多,俺爹娘知他怎么? 摆不脱功名奈何"的慨叹后,评点者眉批道"要躲也躲得";当伯喈心存犹豫地说出"我去也不妨,只是一心挂两头,如何是好"时,评点者认为"该和牛说明"。通过这些评点不难看出,评点者对伯喈的懦弱、畏上、瞻前顾后、犹豫不决的表现是颇有微词的。这一点与曲文作者形成了比照。由于六合同春本所依凭的是容与堂刊本《李卓吾先生批评琵琶记》,李评本中的相关评点与此大同小异,在对伯喈的态度上也基本一致。到了曲本插图者那里,态度却有了变化。

先来看容与堂本《李卓吾先生批评琵琶记》。该刊本共有二十幅插图,从插图表现来看,全然不像评点者那般对伯喈充满了责怪与微词,而是全力塑造出伯喈的多种形象,即执着形象、愁思形象、超然形象,完全不是一个不守孝道者。如"才俊登程",插图者选取的是"客路空瞻一片云"的画意,渲染了他对前途的淡漠与恋乡之情;在"琴诉荷池""拐儿绐误""中秋望月""晌问衷情"中,画面呈现的尽是他愁闷思乡的内心世界,心思完全不在牛氏和官职,如"梦到家山,又被翠竹敲风惊断""啼痕缄处翠绡斑,梦魂飞绕银屏远""今夜好清光,可惜人千里""梧叶满庭除,争似我闷怀堆积"等;面对眼前的无奈,他又时常表现得超然脱俗,如"官媒议婚"一图传达出的是"夜静水寒鱼不饵"的"无心","书馆悲逢"一图呈现出"滴露研朱点周易"的闲适意趣。在插图者看来伯喈尽孝过程中的重重波折与磨难,都是对他自身的一种考验:"不是一番寒彻骨,怎得梅花扑鼻香"(插图"一门旌奖"中题诗)。结果是令人欣慰的,磨难的过程实在算不了什么。显然,在插图者那里,伯喈不但没有不守孝道,反而体现出对孝道的执着与坚守。插图者甚至用"玉烛调和归圣主"(最后一幅插图)的画意作归结,意在表现伯喈最终实现了忠孝两全。可见,插图者的形象塑造与"全忠全孝蔡伯喈"的主题不谋而合。

再来看六合同春本《鼎镌琵琶记》。该刊本共有十五幅插图。纵观这些插图不难发现,插图者的观点与曲作者和评点者同样存在着较大差异。对于蔡伯喈的所作所为,插图者几乎完全持理解和宽容的态度,没有丝毫责怪之意。在插图者眼里,蔡伯喈很有人情味,既有对父母的孝心(第二出图意"看取花下春酒,共祝眉寿"),又有对新婚妻子的不舍(第五出图意"两下里传言慰别离");面对"官媒议婚",伯喈没有表现出欣喜之情,而是"重门半掩黄昏雨,奈寸肠此际千结",内心充满了苦闷与惆怅;在"琴诉荷池""拐儿绐误"等插图中,伯喈的表现依旧是"梦到家山,又被翠竹敲风惊断"和"书寄乡关,说起故人心痛酸"。更有意思的是,该刊本增加了一幅其他刊本不愿去表现的插图"强就鸾凤"①,并且表现手段上也较特殊。插图者并没有表现"强就鸾凤"剧情中伯喈的不情愿与"嗟怨""叹息""摧挫"以及"有人在高堂孤独"的内心世界,而是呈现了伯喈由于不得已而为之,只好暂时接纳并顺其自然的细腻心理,整个画面突显了琴瑟和鸣(图中"双凤对鸣"造型)的情调与氛围。这一点,我们可以从插图题句"玉箫声里传佳语,锦绣堂中双凤鸣"清晰地感受到。如果说容与堂本诸插图对伯喈的塑造还是以"孝"字来营构和归结的话,那么六合同春本插图对伯喈的塑造则是以"情"字来烛照和贯通。在插图者眼里,伯喈的表现合乎常情也合乎常理,无可责怪。与评点者相比,插图者的心情和口吻显然平和了许多。

还有一个颇有意思的现象,上述两个版本中都有一幅插图,画面中的人物为牛丞相,画上题句为"女萝松柏望相依"。对于牛丞相,评点者谴责得颇多,言辞也甚为激烈,甚至直接称其为"牛":"岂不知乃是牛。""真是牛矣!如何放出牛屁来?"但插图着力呈现的并不是牛丞相的严肃威武、大富大贵、颐指气使,而重在表现其醒悟和反悔。正是因为牛丞相最终的醒悟、宽容和理解,才有后来伯喈"领二妻同归故里,共行孝道"的可能,全忠全孝的主题才能得到完美呈现。无疑,这是一个非常重要的关目。插图者一方面看到了牛丞相在伯喈尽孝之路上的反作用,另一方面对其行为又给予了足够的理解,进而通过插图展示了牛丞相性格的另一面和内心世界的丰富。

---

① 曲文作者高明在曲文中有这样一段描述:"郎才女貌真不俗,占断人间天上福,百岁姻缘万事足。"居于这样的温柔富贵乡中,伯喈的忘我是可能的,哪怕只是片刻。这样的场景无疑会冲淡全忠全孝的主题表达。故而,一般的插图者不愿意选取这一内容入图。

# 第二章　明代图像与明代文学

在绘画作品上题写文字,是中国古代艺术史上的一个历史悠久且意味丰富的文化现象。题跋形式多样,字数不拘,其中不少内容具有较强的文学性,故而有了题画文学之说,日本学者青木正儿指出"中国题画文学自其演变之过程来看,大别可分为画赞、题画诗、题画记、画跋四类"①,个中之杰出代表当属题画诗无疑。有学者指出:

所谓题画诗,即依画而作诗,先有画,后有诗。其有广、狭义之分,广义的题画诗指的是包括"画赞"在内的吟咏之作。"画赞"亦称"咏画诗",滥觞于魏晋时代,同样是因画而写诗,只不过诗与画各自独立,不共享一个文本。而狭义的题画诗,严格意义上说,当为题写在画面之上的诗,诗画一体,依附于同一文本。②

广义的题画诗唐代就已出现,而狭义的题画诗,即文人于画幅上直接题诗,则是到宋代才出现,元明以后,蔚为大观。特别是有明一代,几乎无画不题诗。这一局面的出现,自然与明代文人诗画兼善,或曰诗画兼重相关。另"据彭蕴璨《历代画史汇传》统计,明代诗画兼擅者,计 490 余人"③。

与此同时,版画的发展至明代也达到了鼎盛时期,它的成就远远超过了宋元,也为清代版画所不及。有论者说:"如果说宋朝是中国和世界印刷史上的第一个黄金时代,那么,明朝就可称作中国古代版画发展史上的唯一的黄金时代。"④众所周知,明代是中国古代通俗文艺发展的黄金时代,就小说论,元明之际开始孕育的《三国演义》与《水浒传》是划时代的杰出作品,标志着中国古代长篇小说创作在它的初始阶段就达到了辉煌的高峰,并为后世历史演义小说和英雄传奇小说的创作树立了难以企及的典范。明中期出现的《西游记》是神魔小说创作的标杆,引领了一时的创作风潮。自万历以后,明代小说更是获得了空前发展,除却长篇的历史演义、英雄传奇和神魔小说继续发展以外,还出现了才子佳人小说与时事小说等新类型,而此时期最富特色的作品当属世情小说的发轫之作《金瓶梅》,在中国小说发展史上具有里程碑意义。此外,冯梦龙的"三言"和凌濛初的"二拍"相继出版,标志着白话短篇小说的整理与创作达到了高峰,它们的成功进一步推动了拟话本创作的热潮。就戏曲

---

① ［日］青木正儿著,魏仲佑译:《题画文学及其发展》,载《中国文化月刊》1980 年第 9 期。
② 韩进、朱春峰:《明代题跋录集体美术文献的产生》,载《图书情报工作》2010 年第 19 期。
③ 刘继才:《中国题画诗发展史》,辽宁人民出版社 2010 年版,第 327 页。
④ 白化文:《中国古代版画溯源(下)》,载《中国典籍与文化》1999 年第 1 期。

论,自明中期以来,戏曲创作出现新的转机,唱腔不断革新与发展,传奇的体制逐渐定型,涌现出了以《宝剑记》《浣沙记》《鸣凤记》为代表的三大传奇。汤显祖"因情成梦,因梦成戏",创作出千古佳作"临川四梦"(《牡丹亭》《紫钗记》《邯郸记》《南柯记》),达到了同时代戏剧创作的高峰。这些作品跨越了数百年,依然受到后人的钟爱,被屡屡搬演。徐渭是明代最具独创性的杂剧作家,所作《四声猿》代表了明代杂剧创作的最高成就。此外,被称为明代文学一绝的民歌,也在此时得到了系统的搜集和整理。

版画与小说、戏曲的结合本就渊源有自,历史悠久,如今,伴随着版画与通俗文艺双重的高度繁荣,二者的联系更为紧密,诚如论者所说:

> 戏曲小说兴起,需要扩展版刻插图的园地,而版刻插图园地的扩展,又促使各地书商刻书的发达,刻书一发达,各地刻工便应运而生,并产生各地区的版刻流派。①

版画与小说、戏曲彼此融合、相互促进,其极致正如明末时无瑕道人在《玉茗堂摘评王弇州先生艳异编》卷首识语中所称:"古今传奇行于世者,靡不有图。"就小说而论,众多学者研究指出,明代通俗小说几乎都配有插图,甚至达到了"无书不图"的地步,那些惟妙惟肖的插图附在文本之中,与小说的故事情节相映成趣,成了该时期通俗小说的一大特色。特别是随着明代刻坊书肆的发达,先后形成了多个刻书中心,特点不一,风格各异,其中建阳本的插图粗朴拙稚、苏杭刊刻的插图则精细生动,人物形象惟妙惟肖。就戏曲而论:

> 明代戏曲演出、创作、出版较之元代皆繁盛一时,现存的明刊戏曲剧本大多有插图,这些插图在质和量方面皆大有可观。现今留存下来的明刊戏曲版本约有近300种,插图数量约有40000多幅。从文体看,有戏文、杂剧、传奇;从版本形态看,有单刻本、选集本、总集本、别集本。②

这其中虽有对《西厢记》等前代文学名著的屡屡刊刻,但明朝当代文学无疑占据了极为重要的份额。

## 第一节 题跋与绘画

诗歌与绘画是两种相生相发的不同艺术样式,但中国艺术具有含蓄的审美取向,画中所示,往往以一种氤氲朦胧之美呈现于观者面前,画面的意蕴常常需通过诗的形式点示一二。诚如吴龙翰所云:"画难画之景,以诗凑成;吟难吟之诗,以画补足。"③如苏轼"春江水暖鸭先知"④一句,鸭"知"之水"暖"在画面中无从感知,而诗歌则道出了画中难显之意,使观者对画的理解更为准确、丰富,对画具有了立体

---

① 王伯敏:《中国版画通史》,河北美术出版社 2002 年版,第 60 页。
② 张青飞:《明刊戏曲插图之演变及其戏曲史意义》,载《文化遗产》2013 年第 3 期。
③ 吴龙翰:《野趣有声画·序》,见《景印文渊阁四库全书》第 1193 册,台湾商务印书馆 1986 年版,第 730 页。
④ 苏轼:《惠崇春江晓景二首》其一,见《苏轼诗集》卷二十六,中华书局 1982 年版,第 1401 页。

的认识。题画诗将画诗化,而使诗歌充溢着直观丰富的画意。因此具有独特的审美价值。但是,题画诗对作者的要求比较高:既要对画具有强烈的感悟能力,又要准确生动地见之于诗,由此才造就了诗歌与绘画间的完美融合与复杂关联。

从表现形式看,明代诗画结合分两条线索发展,形成了不同的形式特征。一条是绘画向诗文靠拢的诗意化发展路线。翰林雅集图是品定轩冕之才品格的代表作,通过清玩的金石味、园林活动的清韵恬淡气息充分展示翰林的儒雅气质,隐喻杰出人才的典范形象。唐寅选择诗意化的典故、秋风萧骚的草堂、苍郁葱茏的丛篁烟雨、盘旋虬曲的枯槎顽石,通过黑白辉映的笔墨韵律、奇崛混莽的山川气势、回环往复的空间安排,成功将浙派死板的斧劈山川转化为灵动多样、文秀奇绝的山中龙蛇,隐喻对科场案的愤懑心情,展现不合世俗、凛凛不屈的高士气骨。陈洪绶又通过书法性写笔描绘高士虬逸的衣服、轩昂的气势、古怪的面貌、清越高古的三代鼎彝,颂扬末世高士坚守汉族文化的风骨。诗意化的另一表现是董其昌的草堂图。草堂图多云气、险怪跌宕的山川、玲珑剔透的树木,加上倾斜的地基,图像的稳定性受到挑战。云气自二米开创以来,号为墨戏,是自由的象征,也是心胸的印证,更弥漫着朦胧的韵味,使人遐想不已。山石采用折带皴勾出块面,半干的笔拖出苍痕,显示笔墨韵味,折带皴留白贯穿前后,形成跌宕起伏的韵律。又用题记、诗文点出草堂的主题,如指出云气缭绕的山下清轩是林逋、王维等隐士的草堂,隐士的气韵、人格、画风,再加上画家的敬意、赏识和再造,借助诗意联想,诉说高士的岩穴清雅和浩荡心胸。另一条是注重整体气韵的文、沈高士和吴派再传弟子的晚明官宦园林图。它们直接继承元末画风,精炼高士意象,用合适的笔法和布局创作,表达吴中独特的高士韵味。图像中也配有大量的题画诗,但是诗歌多包含画家的观念,交代事件的起因、过程,点出瞬间的感受和一定的意象,引起观者的情感共鸣。在修辞上,用文体特征阐释复杂的文化观念,又作为修辞手段,设定图像的阅读逻辑,虚化图像的空间,展示多元观念。图像更加侧重意象刻画、空间布局,为实现共同观念提供合适的图式和典型意象。图文一体,又保持各自的特性,充分利用二者的交叉,最大限度完成观念的表达。

从内容上来看,明代前期,画坛盛行宫廷绘画和浙派绘画,而"宫廷绘画以山水、花鸟画为盛,人物画取材较为狭窄,以描写帝后的肖像和行乐生活、皇室的文治武功等为主"[①]。因此,题画诗的内容也不外于此,自朱元璋开始,明代君臣都乐意以花鸟歌咏太平气象,题画人根据不同的境遇来组建花鸟画空间和隐喻空间,形成以空间为主的花鸟画题咏。题画诗依托花鸟画的空间,描绘花鸟的形态、气象,借助花鸟的丰富文化内涵,实现花鸟画政治意义的传达。所以,花鸟画题画诗或以特殊意象为主,表现花鸟的姿态,隐喻人才的风采;或以特殊意象为连接点,发掘意象与政治文化的关联,实现隐喻空间与图画空间的同构,表达特定的政治、文化内涵。为花鸟画题诗又受到画面内容的限制,特别注重对绘画色彩、空间元素的吸收,出现了类似花鸟画的空间和色调,将以情感抒发为主的诗歌转化为融合空间与文化

---

① 刘继才:《中国题画诗发展史》,辽宁人民出版社 2010 年版,第 341 页。

观念的带有一定叙事特征的咏物与议论结合的诗歌。"虽然诗、书、画都受到台阁诗体、书体和宫廷院画的影响,成就不高,但作为特殊的艺术形式题画诗却不乏佳作。"①特别是宋濂、刘基、高棅、"吴中四杰"等人的作品,或抒发沧桑之感,或寄寓讽喻之意,具有突出的特点和相当高的成就。

明代中期以后,诗歌创作与书画艺术均得到了快速发展,二者的结合也日趋紧密与完善,涌现出诸多名家名作。不同于院体花鸟画家大都不能诗,或不能题诗的限制,此期的画家,特别是出自吴中者,多是文人,能文善诗,留下大量歌咏之作。个中翘楚当属沈周、文徵明、徐渭、唐寅等人。沈周"尤喜在画上题诗,几乎每画必题,诗(书)与画搭配得当,字体与画笔十分和谐"②,就诗与画的关系来看,首先是具有一种"图引"的功能,"其功效在于为文字性的诗文卷子作图解性的导引……直观地反映了明代绘画与文学在实用层面上的前所未有的接近与交融"③。与此同时,论者发现其绘画具有"诗化"的艺术表现,"张扬了一种精神层面的意义,与诗歌共同表达着文人的价值寻求"④。据统计,文徵明创作有"题画诗441首,为明代题画诗之冠"⑤,在他的笔下,诗、画融合、相映成趣,形成了"自画自题,诗画互化""自画他题,诗画升华""只画不题,画中有诗"这三种诗画合璧形式⑥。唐寅也是明代非常重要的题画诗人,据统计,"《唐伯虎全集》共收录了235首题画诗。山水画题诗有156首,人物画题诗50首,花鸟画题诗29首""唐寅题诗入画,不仅抬高了他的画作品格,更使其画作呈现出'画上有诗'的美学意义。'画上有诗',将诗歌与书法艺术直接呈现于画幅之上,诗、书、画三位一体,复构了一幅幅布局更为完美、内容更为丰富的优美画卷"⑦。有论者认为,得益于吴中诗人和明四家的共同努力,诗画关系在宋元以来的基础上得到了进一步发展,"诗、画和书印同体共存,更加成为惯常的格式"⑧。至于具体表现,主要体现在以下四个方面,即"一是作为诗画结合活动频繁的结果——题画诗的增多,二是题款诗文内涵的新变化,三是题款诗文'侵占'画位的比例前所未有,四是诗文题字形式的精粹"⑨。徐渭是诗文奇才,其题画诗创作亦是别具一格,成就卓著。一般的题画诗因尺幅所限,多为短制,尤以绝句为多,而徐渭的题画诗则内容十分丰富,有绝句,有律诗,亦有歌行,不一而足。徐渭诗画兼擅,他将诗画两种艺术融汇于一,取得了常人难以企及的成就,诚如其自云:"莫把丹青等闲看,无声诗里颂千秋。"⑩他的大写意之画很易于表现诗性精神,乃至于可以说徐渭的写意画与其诗歌审美取向也有直接的关系。诗画兼擅,诗

① 刘继才:《中国题画诗发展史》,辽宁人民出版社2010年版,第342页。

② 同上,第354页。

③ 陈正宏:《图引考——兼辨沈周〈云水行窝图〉的本事》,载《新美术》1999年第4期。

④ 何丽娜:《沈周的"画中有诗":绘画之诗性审美的确立》,载《文艺评论》2013年第3期。

⑤ 同①,第354页。

⑥ 康健:《文徵明绘画艺术研究》,江西科技师范大学硕士论文2013年。

⑦ 吴兰英:《唐寅题画诗研究》,上海大学硕士论文2008年。

⑧ 程日同、首世帝:《明朝中叶吴中诗歌与绘画关系的新发展》,载《长春师范学院学报》2005年第6期。

⑨ 程日同:《论明中叶吴中诗画同体的发展及影响》,载《苏州大学学报》2006年第2期。

⑩ 徐渭:《徐文长三集》卷十一《独喜萱花到白头图》,见《徐渭集》,中华书局1983年版,第407页。

画兼容,决定了徐渭题画诗的独特魅力。徐渭的题画诗,其实很多是赞画诗,通过他对画家或画作的品鉴,寄寓了他的审美理想。与徐渭擅绘画、具有独特的感悟力与敏锐的观察力有关,他的诗歌中对自然物象的描写也尤为多见,有许多似静物写生般的描写。有些诗作描写细腻,形成了徐渭诗歌的特质之一。徐渭此类状物写事的诗歌,亦与他绘画风格十分相似,虽然间或也有细腻描写,但一般多为纵笔勾勒,泼墨求神,不求细节工似。有些往往寄寓着作者的人生感慨。

明代后期,得益于革新思潮的洗礼,诗文创作面貌焕然一新,文人山水画也迎来了最为发达的时期,无论是诗与画都呈现出丰富多彩的格局,诗与画的融合也达到了新的高度。其中的代表人物有董其昌与李日华。董其昌"长于画山水,所以为山水类绘画题诗也较多""写景绘状,形象生动"①。李日华的题画诗"多为山水、花卉竹石而题",多半是要在"模山范水或在描绘梅兰竹石中抒发自己闲适的情怀和向往隐逸的志趣"②。

## 第二节　小说、戏曲与版画

明代是小说、戏曲艺术臻于鼎盛的时期,同时,印刷术空前繁荣,版画艺术的产量之多、种类之繁复、艺术水平之高都达到了前所未有的地步,其中,以明代万历年间为尤盛。

### 一、明代小说、戏曲版画的发展概况

明代小说版画的发展大致可以分为三个阶段:第一阶段由明初至嘉靖年间,"历史比较简单,其作品也不很多"③。其中大量为宗教及生活日常题材,与文学,特别是明代文学相关者尚少,今可知者有正德六年(1511)所刻《剪灯余话》等,其插图"浑朴可喜"④。福建建阳、崇安地区是这一阶段"全国各地刻印小说最多的地区",就形制而言,多还是宋元旧型,上图下文。但新的形式也在孕育,譬如刘龙田乔山堂开创的"一面文字、一面图版,左右映衬对比的方式",再如余氏萃庆堂刊印的《新镌晋代许旌阳得道擒蛟铁树记》采用的是"画幅更大的双面连式图版"。⑤ 第二阶段为明万历时期,郑振铎先生对此有"光芒万丈"之誉,"差不多无书不插图,无图不精工"⑥;金陵、新安等地逐渐成为新的刊刻中心,金陵地区刊刻的书籍"以大众化的通俗平话、小说、故事、戏曲、传奇等读物为主……此地唐姓书坊数量最多,刻书的数量和品种也最多,但所刊图书以戏曲为著,小说不多见。刻印小说较多的

---

① 刘继才:《中国题画诗发展史》,辽宁人民出版社2010年版,第387页。

② 同上。

③ 郑振铎:《中国木刻画史略》,上海书店出版社2010年版,第31页。

④ 同上,第48页。

⑤ 元鹏飞:《论明清的小说刊本插图》,载《广东技术师范学院学报》2009年第4期。

⑥ 同③,第51页。

是唐姓书坊之外的周曰校万卷楼和周如山大业堂两家",新安地区版画"以戏曲插图为主,小说插图少到只有寥寥几种",从形式上看,"一改建安派的上图下文为主,而易以单面图版以至于双面连式为主",此外还出现了上评、中图、下文的形式,如"万历二十年(1592)开始出现的余氏双峰堂《新刊校正演义全像三国志评林》和《京本增补校正全像忠义水浒志传评林》,万历三十四年(1606)署'书林文台余象斗评梓'的《新刊京本春秋五霸七雄全像列国志传》等书"①。第三阶段为泰昌、天启、崇祯三朝。杭州和苏州两地为此一时期的版画发展做出了更大贡献。杭州地区虽以戏曲版画为主,"天启、崇祯年间的小说版画也出现了难以尽数的佳作。代表之一是黄诚之、刘启先刻本的《忠义水浒传》,计50页100面插图,最典型的成就是构图繁复而手法多变"②。就苏州地区而言,"明代中后期的小说刊印史几乎就是苏州版画的发展史"③。

明代戏曲版画的发展与小说版画的发展大致同步,即"明初至隆庆年间,万历年间,明泰昌、天启、崇祯年间"④。第一阶段较有影响的作品有现今留存最早的明宣德十年(1435)金陵积善堂刊刻的《新编金童玉女娇红记》(《古本戏曲丛刊》初集收入,《古本戏曲丛刊》编辑委员会编辑,商务印书馆1954年版),此本有文字八十六面,配单面方式图八十六幅,每面配图一幅,合左图右史之久远传统。大致看来,此一阶段多为上图下文或左图右文式样,插图内容为连环故事图,插图的数量和密度都很高。第二阶段,即万历年间,同样是戏曲版画创作的黄金时代,戏曲插图本的数量激增。就形制而言,插图多置于出中,内容则主要是选择剧中的重要、关键出目给予配图。从内容看,插图的内容既有故事图与演出图,同时又有一些新的变化。特别明显的一个变化是插图的抒情性更加强烈,插图更加精致,插图的演出痕迹也在逐渐消失。第三阶段为泰昌、天启、崇祯年间,从现今留存的戏曲插图本来看,插图大多置于卷首,要么是集中置于全书卷首,抑或分别置于上、下卷卷首。插图更加注重其内在的意境与趣味,其叙事性虽还存在,但已不占主流了。⑤

伴随着明代版画的蓬勃发展,当代创作的知名戏曲、小说如《水浒传》《琵琶记》《牡丹亭》《拜月亭》《荆钗记》《白兔记》《金瓶梅》《西游记》《燕子笺》《一捧雪》《邯郸梦》及《四声猿》在屡次刊刻的过程中,无不伴随有形制不一的精美木刻插图。以《三国演义》论,目前存世的古代版本数量众多,仅明代存世刻本就达三十余种,清代传世刻本更是达到七十余种。在众多传世版本中,附有插图的版本亦为数不少。譬如孙楷第《中国通俗小说书目》收录版本二十八种,含插图本二十种;柳存仁《伦敦所见中国小说书目提要》收录英国所藏版本四种,均有插图;英国学者魏安《〈三国演义〉版本考》收录的版本达三十五种,其中插图本三十种;日本学者中川谕《〈三

---

① 元鹏飞:《论明清的小说刊本插图》,载《广东技术师范学院学报》2009年第4期。

② 同上。

③ 同上。

④ 张青飞:《明刊戏曲插图之演变及其戏曲史意义》,载《文化遗产》2013年第3期。

⑤ 以上内容系根据张青飞《明刊戏曲插图之演变及其戏曲史意义》(《文化遗产》2013年第3期)一文进行的归纳,特此说明。

国志演义〉版本研究》收录插图本二十六种,版本总计三十二种。除《三国演义》之外,明清历史演义小说数量众多,据孙楷第《中国通俗小说书目·明清讲史部》载录,有明一代创作的历史题材小说计有七十八部,存世刊本多伴有精美插图,且插图形式因刊刻地、刊刻时间不同而呈现出地域性、时代性特征。总体而言,明代金陵刊刻的小说插图多以横贯左右半叶的大幅卷首插图为主,建阳刊刻的插图以上图下文式为主,苏杭刊刻的插图则图幅面阔大,描绘精美细致,堪称艺术精品。

特别值得一提的人物是陈洪绶。陈洪绶,幼名莲子,一名胥岸,号老莲,明末清初著名书画家、诗人。浙江绍兴府诸暨县枫桥陈家村(今浙江省诸暨市枫桥镇陈家村)人。作为一名文人,他直接参与了民间的插图和酒牌创作,并制作成版画,极大地丰富和提高了民间版画艺术的水平。现在可以查到的他的版画作品有:《九歌》《屈子行吟图》《张深之正北西厢》《李卓吾评本西厢》《李告辰本西厢》《鸳鸯冢娇红记》《博古叶子》,其中《九歌》《屈子行吟图》是陈洪绶早年的作品。《水浒叶子》是陈洪绶二十八岁时的版画作品,代表了他转型期的风格特点。《博古叶子》是陈洪绶五十四岁时的作品,代表了他晚年的艺术风格及特点。他的版画作品"创造性地将自己的感受与观察运用到画面之中,特别擅长对于画面的分布,饱含热情,将亲身感受融入形象之中""构思丰富,线条提炼简洁古朴,通过概括和夸张,将自然物象的形态和内在性格表现出来,使作品洋溢着充沛的生命力和艺术感染力",从而构图富于寓意美,形象富有个性表现力[1]。特别值得称道的作品当属《水浒叶子》,这是陈洪绶依据《水浒传》的描写,选取具有典型特点的人物形象而创作的行酒令的叶子,包括宋江、李逵、孙二娘、鲁智深、柴进等四十位英雄人物,每张画中只画一个人,总共有四十叶,每叶独立成幅,每张叶子上都有人物的题名及对他们的赞语,并且标有钱数。从文本与图像的关系角度看,乔光辉认为《水浒叶子》的人物排列顺序改写了文本"梁山英雄排座次"的顺序,从而流露出陈洪绶的价值判断。同时他以像赞的形式与文本唱和,充分展现了水浒人物的个性,足可与文本一争高低。[2]

## 二、版画与小说、戏曲关系概说

有学者认为,明代通俗小说插图具有五大功用,即"有助于加深对小说作品文字与情节的理解,也可以更为直观地展示小说所描写的社会背景,甚至可以补充文字之不足……具备'导读'的功用""有助于直观地展示人物的言行、性格""具备审美的意义""呈现较为明显的广告效应""对通俗小说回目的发展也提供一定的借鉴与启迪"。[3]

其中,最为凸显,也是影响最为深远的自然在于"导读"作用,就读者而言,欣赏插图,除却感官上的愉悦外,最深刻的感受自然在于插图能够辅助文字,对故事情

① 周斌:《论陈洪绶戏曲插图版画的艺术成就》,载《宁夏社会科学》2014 年第 6 期。
② 乔光辉:《陈洪绶〈水浒叶子〉与文本增殖》,载《南京艺术学院学报》2012 年第 5 期。
③ 程国赋:《论明代通俗小说插图的功用》,载《文学评论》2009 年第 3 期。

节及人物形象进行直观的展示,从而"诱引未读者的购读,增加阅读者的兴趣和理解"。因此,张玉勤指出"文学插图的艺术独立性是建立在文学作品这个'原作'基础上的,离开了'原作',插图便失去了本体意义,只能是一幅普通的图画作品",从这一意义上,版画之于小说、戏曲文本具有"从属性"。为了突破图像自身的限制,"尽量提高图像与文本的黏合度,增强图像的文本信息量与叙事表现力",小说插图应用了多种方式,张玉勤概括为四种,(一)"莱辛式的'暗示'",插图意在选择最富于孕育性的瞬间予以展现,从而可以突破视觉局限。这一方式在明清小说插图中运用得最为广泛。明万历年间容与堂刊本《李卓吾先生批评忠义水浒传》共有一百回目、二百幅插图,其中绝大多数插图均体现了与回题的对应,而且往往选取最具典型性的精彩瞬间,像"举拳欲打"(如"武松醉打蒋门神""李逵打死殷天锡")、"举起欲扔"(如"武松斗杀西门庆""花和尚单打二龙山")、"举刀欲杀"("张都监血溅鸳鸯楼""宋江怒杀阎婆惜")等图,为读者想象插上了腾飞的翅膀,令其在欣赏精彩文字的同时还能获得极具冲击力的直观丰富的视觉快感。(二)"图像并置",即在有限空间内展现不同视点的观察对象,从而丰富图像的叙事表现。譬如,明崇祯三多斋刊本《李卓吾评忠义水浒全书》中"怒杀西门庆"图,该插图虽然表现的是"怒杀西门庆"这一关键性情节,但还有三处暗示:一处是楼上阁楼里的背景,桌子上的盏儿碟儿横七竖八,两个唱的行院惊得走不动,此处暗示此前曾进行过一番激烈的对决;一处是西门庆撞落在街心,身边横着一把被武松踢落的刀,此处暗示这场对决以西门庆被杀而告结束;一处是邻街武大家,一楼供着武大的牌位,两个士兵在把守着,楼上四家邻舍聚集在那里,此处暗示着武松"怒杀西门庆"之前的一场特意安排,正是在这样的场所,潘金莲的头被割,也暗示着此后武松欲让四家邻舍从实作证的情节。(三)叙述视角转换,即采用"全知型"的俯视视角,使画面的包容性更大,层次感更强。像前面提及的"怒杀西门庆"插图,采取的便是"俯视"的叙述视角,街景、楼景、桥景,近景、中景、远景,楼上景、楼下景,室内景、室外景等,都无一例外地得到了充分展现。(四)"叙事区隔",即采取多种手段表现不同时间里的情节叙事。如上海点石斋石印本《镜花缘》第三十一回插图"谈字母妙语指迷团,看花灯戏言猜哑谜",图中描画了发生于不同时间的两个场景:左上部分是一艘正在海中航行的帆船,暗示着唐敖等人正乘船离开歧舌国,在船上猜测一张纸上的字母妙语;右下部分是他们已抵达智佳国,在市上看花灯,他们正来到一家学馆门前,该馆门前悬挂着"春社候教"四个字。两幅图景被海岸线和山脉轮廓自然隔开,既各自独立又连为一体。①

但是,插图,亦即版画,毕竟是一种艺术形式,它有其自身的发展逻辑与思路,因而它往往会有溢出"从属性"的举动。从艺术形式上看,插图在发展过程中孕育着日益强烈的美学追求。首先,如同绘画作品中存在着题款、印章、题跋等文字一样,在插图构成过程中也使用了一些文字符号,我们在绘画作品中追求"文字在画面构图中,是一种装饰的美,因此,应从画的风格、笔墨色调、色影的呼应来决定字

---

① 张玉勤:《论明清小说插图中的"语—图"互文现象》,载《明清小说研究》2010 年第 1 期。

体(形)。应从全局来决定排列形式,字形大小,奇正秩序,变化统一"[1],而在插图的设计过程中同样存在着这样的自觉。当然它的效果与程度与绘画相比可能存在一定的差距,但这种意识是确然存在的。比如说,插图在使用文字时的一种比较重要的形式是"图目",用以归纳、交代当幅插图的主要内容。一般来说,图目的位置比较自由,或是位于版缝处,这自然与图画安排没多大关系,但也有不少是置于图中(当然也有一些在版缝和画中都有),这就关涉图的布局问题。位于图中的图目有些展现为版框内左右两侧的联语,一般来说,两边的文字字数相同,内容对等,看起来才会显得对称、有美感,这也是明清小说插图的一个普遍趋势。但特殊情况并非没有,在某些插图中会出现两边字数不等的情况。以明万历刊本《包龙图判百家公案》第三十四回的插图为例,或是右六字、左五字,如"包唤提点大人,供招成了案",或是右四字、左三字,如"锁大王小,儿还魂",等等。但在安排这些字的大小、位置时,设计者是颇为注意的。字多的就把间距留小一点,而字少的那边则把间距安排得大一点,总之要使两边文字在视觉上显得对称、平衡。另外有些插图,为了保持形式上的美感,故意将不可拆分的一句话(或六字或八字)平均排列在两边,仍以上书第三十回为例,某图两边的联语为"包公乘轿自,去看验如何"。在这里,为了形式上美感的需要,设计者人为地将原本明确、完整的意思切断,无形中给阅读造成了一定的障碍,阅读的便利让位给了对美感的追求。上述的图目与插图本身的界限还比较明显,此外尚有不少图目已然被融入插图中,成为插图的一部分。绘者通常会把这些文字安排在图中空白处,但这种安排并非是任意为之,字的填入非但不能破坏原有的美感,还要能够起到"补充空虚,使画面平衡"(潘天寿语)的作用。当然图文结合的最佳方式应该是二者有机结合,实现书画一体,这在插图中也有体现。如《西湖二集》的第三回,其图中场景是某人在墙上写诗,为了表现"写"这样一个动作,在设计插图时应该"画"出一些内容,从而表示"写"这个动作处于进行中。在这样一幅图中,绘者很巧妙地将标题"画"在墙壁上,既实现了图文一体的美学效果,也保证了图目实用功能的实现。此外我们还可以在屏风、对联、书籍等多种物件上看到图目的"嵌入"。

通过上述细节,我们可以发现艺人在绘制插图时的良苦用心。随着小说插图的发展,人们对于插图的艺术性有了更多的自觉追求,如明人瑞堂崇祯四年刊本《隋炀帝艳史·凡例》中称:

坊间绣像,不过略似人形,止供儿童把玩。兹编特恳名笔妙手,传神阿睹,曲尽其妙。一展卷,而奇情艳态勃勃如生,不啻虎头、吴道子之对面,岂非词家韵事、案头珍赏哉!

这已不是对于插图在美学效果上的简单追求,它将追求的目标一下子提到了画坛圣手的高度,其标准不可谓不高。在此追求下,插图在装饰性和艺术性方面越走越远,人们对欣赏性的追求日益增强,而对提示性的效果则不那么重视了。有研

---

① 姜今:《画境——中国画构图研究》,湖南美术出版社 1982 年版,第 76 页。

究指出，"有的书坊主干脆把全部的插图集合起来放到书前，以供人玩赏。启祯间的小说插图多为如此，如《警世阴阳梦》《辽海丹忠录》《七十二朝人物演义》《开辟衍绎通俗志传》《魏忠贤小说斥奸书》《孙庞斗智演义》等"。随着这一趋势而产生的变化就是"人物图"取代了"故事图"，这一变化在清代尤为明显。人物图与故事图的差别在于，故事图是对小说情节的演绎，总要对故事内容有所说明或提示，而人物图"虽然也能引起读者的兴致，但对情节的理解几乎没有什么用处，插图成了摆设"。人物图虽说不能起到提示故事情节的作用，但它到底还与小说有着一定的关系，这些人物毕竟还是小说中的人物。但到了明末清初的时候，又出现了一种新形式的图版，即插图所描绘的是"一些花鸟虫鱼或器物衣饰""除作为点缀之用，与插图应有的功能毫不相干"。①

　　从表现内容的层面上说，插图虽是对故事情节的"再现"，但它并不是简单的"转述"，而是试图通过自己的方式，在描述原有故事情节的同时有所深化和发展。小说插图的最基本任务是辅助文字，对故事情节及人物形象进行直观的展示，它往往是选择故事文本的某一场景予以形象化的表现。但它并不仅仅满足于对故事情节作单纯的图解，如描绘行刑的场面就不仅仅画出罪犯和刽子手，而是想让图画本身就展现出一个相对完整的故事场景。如描绘行刑的场面时，还会画出神态各异的看客，展示出周围的环境，并通过对环境和人物神态的刻画来烘托处决犯人的肃杀氛围。当然，这些补充出来的细节有些是故事本身所具有的，也有一些是画家根据故事发展的需要而虚构的。虽系虚构，却合乎情理，并对故事本身构成了有益的补充。两军交战，自然会有军旗，而城墙、关隘，自然会有标识。由于这些因素，插图的内容不再是一个简单的片段，而展示出一个相对完整、具体、生动的故事情节，从而使得观者的理解更加形象、具体。明末刊本《新列国志》第七十三回"伍员吹箫乞吴市"一图中，伍子胥身处吴国闹市，四周有很多店铺，每一家店铺都挂有招子，上题"神相"等字样。不给每个店铺配上招子固然可以，但给人的印象很普通、单调，可一旦有了"神相""酒铺"等字样，可以让我们感受到这一集市有着各行各业的买卖，原本毫无生气的几栋房子立刻"活"了起来；同时，各种相关场景的补充，使得整个画面的场景与观者生活中的场景更加贴近，让观者可以有身临其境之感，在理解上也会更加深刻。因此，插图纵然是在"转述"故事情节，它也有自己的逻辑，它要按照自己的形式（图画自身表现的方式）来对故事进行生动、细致的呈现。另外，研究发现从"各刊本所选插图中图文相异所占的数量比例来看，图文相符仍然是图文关系的主要形式，图文相异虽然没有形成主体，但是也成为小说刊刻中普遍存在的共性现象"，但在图文不符的各种类型中，"图像与图目相符多于图像与图目不符的情况。虽然图像与图目皆是以文字为基础而产生的，但是图像与图目之间的关联性却胜于图像与文字、图目与文字之间的关联性"。② 图与文不符的情况表明插图作者并非亦步亦趋地直接照搬或模仿故事文本，他总要根据自己的理解和意图

① 元鹏飞：《论明清的戏曲刊本插图》，载《雁北师范学院学校》2007 年第 3 期。
② 颜彦：《上图下文式插图本〈三国志演义〉图文相异现象考论》，载《中国典籍与文化》2011 年第 1 期。

对文本进行创造性的改变。他们试图将"图"从"文"的附庸地位下解救出来,赋予它们一些独特的内涵与作用,而这也在某种意义上更好地实现了图对文的补充与说明。此外,图不仅是对故事情节的说明,某些时候还要表达插图者自己的态度,寓褒贬于其中。如明末刊本《西湖二集》第五回的插图上题"杀人少不得偿命 何苦纵这般淫欲",前半句是对图画内容的说明,而后半句则表达了画者的个人观感。由此可见,"图"虽与"文"有着紧密的联系,但存在着一定程度的"溢出","图"作为与文字不同的表现形式,它有其固有的表达特点和方式,并根据具体情况予以展现。

这里特别要提及的是不同的插图方式对阅读所起到的不同作用。有学者认为一定的文图结合方式造就了特定的阅读方式,分别满足了不同层次读者的需要,如胡小梅说"'全像'《水浒传》的读者群定位于粗通文墨、文化水平和经济能力都较低的下层民众;'出像'《水浒传》则主要面向有中等以上文化水平和较强经济实力的读者;阅读'绣像'《水浒传》的主要是受过晚明思想解放潮流影响且艺术修养很高的一部分文人,及部分明末遗老"①。依照此类看法,"出像"和"绣像"因其自身的观赏性/娱乐性获得了文人的喜好,"全像"则专为下层民众设计,或者说特别适合下层民众(实则专门设计与特别适合二者间存在巨大差别,下文将有详述),因为"这种连环画式对文化层次不高的读者相当有用,边阅读边看图,有助于理解故事情节"。这一观点不论从历史还是从逻辑上看皆有其缺失。就历史而言,将历时发展予以了平面共时的处理,即他们只看到了上图下文模式对于一般民众的吸引力,却没有意识到如果没有其他选择,文人也是必然读者;同样的,正如我们所知道的,插图发展的趋势是故事图被人物图(装饰图)所取代,插图的提示功能也日益让位于欣赏、娱乐功能,不论你是否愿意,都必须接受制作精美却对理解故事并无太大帮助的出像或绣像本,所谓的特定形式针对特定读者在一定时空内或许成立,但就长时段、大范围来看,根本不可能。就逻辑而言,专注于文学与图像间的关系,有只注目于文—图间关系或将一切内容都投射于此的倾向,图像原本具有的多种功能被压缩为单一功能。小说插图有助于理解这一点固然重要,却未必必要,它是作为附加功能而出现的,今日对它的意义未免评估太高。

图像确有补充文字之功,但对这种"补充"的认识必须尊重我们重新确定的立场,并在此基础上予以深化。首先,我们不应该仅仅将这种"补充"功能狭隘地限定为理解文字、了解情节。程国赋在分析插图有助理解的作用时说"插图则具备更为直观的特点,简洁明了,缩短读者与小说人物之间的距离感,同时又可以减少因语言文字而引起的阅读障碍,从而有利于读者的阅读行为,使读者得到更为直接、更为强烈的艺术共鸣",又说"小说插图有助于揭示小说的社会背景"②,应当说,这些都远远超过了文化层次不高者的一般需求,打个不太恰当的比方,文化层次不高者

---

① 胡小梅:《从"全像"、"出像"到"绣像"——论〈水浒传〉版画插图形态的演变》,福建师范大学硕士论文 2009 年,第 70 页。

② 程国赋:《论明代通俗小说插图的功用》,载《文学评论》2009 年第 3 期。

需要的是补充认识、雪中送炭，而插图客观上能够起到（或者说书坊主期待起到的）的作用却是以形象化的方式增进认识，是在对文字有充分理解基础上的锦上添花。诚如明代袁无涯《忠义水浒全书发凡》所云：

> 此书曲尽情状，已为写生，而复益之以绘事，不几赘乎？虽然，于琴见文，于墙见尧，几人哉？是以云台、凌烟之画，《豳风》《流民》之图，能使观者感奋悲思，神情如对，则象固不可以已也。

其次，退一步说，假使我们限定视野，重点考虑文化层次不高者在理解方面的障碍，上图下文、每页配图确实有助于这一问题的解决，却并非唯一的手段，仅仅考虑文与图二端无疑是将问题简单化了。为了能够扩大读者群体，尤其是吸引众多文化层次不高、经济水平较低的下层民众，书坊主做出了不少努力，一是通过技术手段降低成本，另一方面则通过多种手段降低阅读的障碍，诚如金陵书坊周曰校万卷楼万历十九年（1591）所刊《三国志通俗演义》卷首识语所云：

> 是书也，刻已数种，悉皆伪舛，茫昧鱼鲁，观者莫辨，予深憾焉。辄购求古本，敦请名士按鉴参考，再三雠校。俾句读有圈点，难字有音注，地里有释义，典故有考证，缺略有增补，节目有全像；如牖之启明，标之示准。

为了有助理解，综合使用了圈点、音注、释义、考证、增补、全像等六种形式，且各有相应的功能，尤其是音注、释义、考证、增补，笼统地说都可以归为注释，其直接目的正在于消除理解上的障碍，方便读者，虽书坊主称"士君子抚养心目俱融"，但真正方便的只怕还是文化层次不高的下层读者。这一倾向在当时非常明显，尤其是熊大木，陈大康指出"熊大木并非作品完稿后再斟酌何处应作评点，而是编撰时一写到读者可能有疑难处，就立即随手注释。在正常的小说创作过程中，又有哪个作家会屡屡中断思路去考虑何处该加注释，惟有念念不忘扩大销路的书坊主才会采用这种奇特的方式，而读者阅读时产生的疑难确实能得到最及时的解决"[①]。书坊主所做的工作远不止于此，照顾到下层民众的文化层次和审美习惯，书坊主还主动对小说内容进行删改，努力迎合他们的语言习惯和趣味[②]。换言之，为了有利于下层民众的阅读和理解，书坊主已经采取了多种措施，在推动理解、促进理解方面，文字、插图、注释共同服务于一个目的，他们的指向是一致的。假使仍旧聚焦于图如何补充了文，还是处于文—图对立的思维模式中，并不完全符合当日的具体情况，而且插图的功能和意义相较而言并不见得特别突出，当下的某些结论有过度阐释、夸大插图作用之嫌。

再次，再退一步，即使我们认可插图在解决普通民众因识字不多而存在理解障碍的问题上具有突出作用，但也要立足实际，而不能望文生义其而凭空想象。有学人曾如此描述插图的意义：

> "评林本"每半叶一图，共 1243 幅图，情节连贯、一气呵成，很能满足那些识字

---

① 陈大康：《熊大木现象：古代通俗小说传播模式及其意义》，载《文学遗产》2000 年 2 期。

② 详请参蔡亚平：《读者与明清时期通俗小说创作、传播的关系研究》第七章《读者与明清通俗小说语言及章法结构》，暨南大学出版社 2013 年版，第 219 - 238 页。

不多、理解能力有限,而又急于了解故事情节来龙去脉读者的阅读心理。比如"鲁智深大闹五台山"这个故事,就只要翻看"评林本"从"鲁智深山门下坐想"到"智深拜别众长老"这十幅插图,就能知道这一故事的起因是鲁智深在五台山出家之后犯了酒瘾,经过是下山抢酒、喝醉、闹寺、受责、郁闷又喝醉酒、打倒亭子柱、打金刚,结果是被智真长老发落、离开五台山文殊院。①

　　这话看似言之凿凿,却并不符合实际。即使不看图,甚而不读小说,一般读者对"故事情节的来龙去脉"也是非常熟悉的,因为十分风行的说书、演戏等民间曲艺形式早已使上述故事深入人心。笔者曾撰文指出:

　　当我们在讨论插图时,实则已经有了先入之见,我们对"图"的理解是建立在我们对"故事"熟悉的基础上,那些读"图"所获得的信息实则有所依托。但我们往往忘记了这一"前提",把一应认识都归结到了"图"本身。很多时候,我们固然没有阅读文本,但我们对插图的理解从来没有超过文本。②

　　上述断言无疑忽略了这一基础与前提。与此类似,当下不少学者强调了插图的预示性,并竭力寻找插图中展示的顷刻,认为读者即使看不懂文字,通过读图就可以把故事看明白。这一来不太可能,何谷理指出"上图下文式的插图尽管每页有图,但这些插图并没有包含一个连贯的故事或情节,故只能叙述情节之高潮或精彩之处"③;其次也不必,诚如上述,故事早已深入人心。

　　由此,对于插图提示情节、有助于理解的功能需要在一个新的背景下重新予以审视。插图(包括注释、评点)的确有助于理解,但并不是简单的"提示情节"。对于普通民众来说,通过间接途径,他们早已熟悉了故事内容,但由间接到直接,由口头到书本,接受媒介与方式发生了改变,使得他们的"阅读"效果和层次也有了变化。与所有人的阅读习惯一样,包括文化层次较高者,图之于文的意义,一是避免文字阅读本身的枯燥无聊,更重要的是,在间接阅读中,读者对故事的接受是通畅清晰的,如今,他需要自己来"重建"故事,虽然他知道故事内容是什么,但他仍需要通过文字叙述来一步步地重新建构,因此,读不读得懂仍是一个重要问题,当然层次与以前不同,我们对于插图作用的理解绝不能仅停留在初级层次。并且,"从文字到图像,再从图像到文字,如此曲折往还,或许还能撞击出些许有意思的'思想火花'"④。此中尚有无穷奥义,有待进一步细致探究。

　　总体来说,文—图之间是一种松散的联盟,随意放任处理亦时有所见,因此,我们在理解与展示二者关系时,需充分考虑其复杂性与多面性。首先开展大量的个案调查,在进行个案调查时,力求对图像信息的全面描述(包括内容和形式两方面),进而围绕五个方面展开探讨:第一,搜寻图像信息所对应的文本内容,分析其

① 胡小梅:《从"全像"、"出像"到"绣像"——论〈水浒传〉版画插图形态的演变》,福建师范大学硕士论文2009年,第59页。

② 王逊:《论明清小说插图的"从属性"与"独立性"》,载《中南大学学报》(社会科学版)2012年第6期。

③ Reading Illustrated Fiction in Late Imperial China. Stanford Univ. Press, 1998, P172. 转引自:汪燕岗:《古代小说插图方式之演变及意义》,载《学术研究》2007年第10期,第143页。

④ 陈平原:《看图说话》,三联书店2003年版,第11页。

在全文故事发展中的地位（核心情节抑或细枝末节），进而总结作者在选取插图素材时所奉行的是何种原则与宗旨。第二，将插图内容与相应文本进行对照，考察其是否存在冲突，以及造成冲突的原因。第三，插图上多有题图文字，构成了另一文—图结合的形式，同时从整体来看又形成了文（小说文本）—图—文（题图文字）的复杂结构。因此，我们力求同时具备这两重视野，从多个侧面对文—图关系进行研究。第四，插图毕竟是一种不同于文字的艺术表现形式，应着力考察其在传达意义方面的特色与特点：图虽是对"文"的修饰、补充，一旦创制出来，毕竟具备了"独立"意义，除了要照应文本内容外，往往会立足于事件本身和一般逻辑，对有些内容进行创造性的改造，使图像叙事更为系统、完美，更能契合"观"的情意与诉求，有些文图间的差别也往往与此相关。同时，文与图有不同的时、空表现形式，为了能够增强叙事效果，图往往会超出自身限制，充分利用多种可能性，譬如所谓的时空体与顷刻性。第五，力求对同一部书的不同版本进行横向比较，考察不同版本针对同样的文本如何选取图像表现对象，当表现对象相同或接近时，又呈现出何种面貌，进而分析其间因由。

# 第三章　明代文学中的图像母题

文学与图像的关系史表明,即便同一个母题,在不同时代,甚至是在同一时代的不同画家笔下,都不会完全相像。例如《圣经》中的莎乐美,图像除了摹仿她杀死约翰并取后者头颅之外,还平添了两人的爱情;再如《西游记》,图像再三摹仿这一"取经见闻记"的同时,还不断赋予孙悟空以人形直至后来类似京剧脸谱的扮相。有学者将此类现象命名为"语图漩涡",即"图像艺术选取同样的文本母题,却图说着不相同的意义;文本母题也有可能被诗文演绎,演绎出来的图像和诗文又会相互影响,反复的语图互文无穷期",而"语图漩涡"的动能来自文学的"母题要意"与图像"铺张演绎"之间的互动。前者属于"向心力",而后者则是"离心力",其间的张力驱动了语图符号的旋转多姿。"在语言文本和图像艺术的这一互文漩涡中,'离心力'总是试图超越'向心力'的牵引;即便如此,图文的铺张演绎仍会与原作保持联系。"①明代文学在后代图像作品中出现得最多的是明代的戏曲、小说作品,本章仅对影响最大的《三国演义》《水浒传》《西游记》《金瓶梅》和《牡丹亭》母题进行单独讨论。其余较零散的文学作品在后代图像艺术中的表现则分见于单独讨论这些文学作品文图关系的章节之中。

## ▎第一节　《三国演义》母题

《三国演义》对后代文学艺术影响深远:就小说创作而言,清代刊刻了诸多《三国演义》的评点、改编本,又诞生了多部接续、演绎三国故事的续作;在戏曲创作领域,亦产生了诸多本于《三国演义》故事情节的独立作品;在绘画领域,以三国故事为题材的作品种类和数量亦为数不少。及至现当代社会,经由《三国演义》改编而成的影视作品蔚为壮观,这些均可见出《三国演义》对后代文学艺术的影响。具体而言,体现在以下几个方面。

### 一、续书与再版作品

续书是作品对文学艺术创作,尤其是对原作产生之后的文艺创作产生深远影响的表现和结果。一般而言,续书大多接续原著中的人物、情节等要素而继续加以

---

① 赵宪章:《文学成像的起源与可能》,载《文艺研究》2014年第9期,第25页。

发展，最终形成一部新的作品。明清时期，《三国演义》的续书主要有：西阳野史的《三国志后传》、醉月山人编次的《三国因》、珠溪渔隐的《新三国志》、陆士谔的《新三国》。① 其中《新三国志》与《新三国》情况比较特殊，它们借原著中的人物，将其置入完全不同的时代，来表达作者的政治与社会理想，已经成为一种变型的小说形态。其内容接续百回本《三国演义》的结尾，演述了关羽、张飞、赵云等人的后代扶助刘曜恢复蜀汉正统的故事。续书的创作大多是因为受到读者对原著中的人物命运及主题思想诸方面存在持续探讨兴趣的刺激。正如《新刻续编三国志引》云："诸忠良之后杳灭无闻，诚为千载之遗恨。"这表明了读者对《三国演义》的情感反馈刺激了续书的创作，而续书的出现又在一定程度上弥补了原著内容上的缺憾。明可观道人《新列国志叙》云："自罗贯中氏《三国志》一书以国史演为通俗，汪洋百余回，为世所尚。嗣是效颦者日众，因而有《夏书》《商书》《列国》《两汉》《唐书》《残唐》《南北宋》诸刻，其浩瀚几与正史分签并架。"这说明《三国演义》问世后，引起了强烈的社会反响，不仅影响和推动了历史演义小说创作的兴盛，而且其直接后果便是促成了诸如《三国志后传》《后三国志演义》及《后三国石珠演义》等以续写三国之后的历史故事为内容的长篇小说的诞生。

与续书情况不同的是，清代直至现当代均有不同的《三国演义》改编本诞生。众所周知，我们现在所看到的通行本《三国演义》，是经过明末清初小说批评家毛纶、毛宗岗父子评点与删改之后的定本。毛氏父子针对《三国演义》的评点与删改，其间虽有些迂腐之论，但也有很多独到见解，这对清代以后读者的阅读起到了深远影响。诞生于清代晚期的《新三国》是一部值得一提的作品。该书作者陆士谔（1878—1944），名守先，字云翔，号士谔，亦号云间龙、沁梅子等。江苏青浦（今属上海市）人，早年跟随名医唐纯斋学医，后在沪行医，且一边行医一边写小说，一生创作了百余部小说。鲁迅曾评价他的作品"皆不称"（《中国小说史略》）。该书虽以"三国"为名，但实为铺陈晚清之事。此书以吴、魏维新失败为陪衬，而主要叙述"蜀汉改革政体，实行立宪，建立民选议院，丞相亮命将出征，歼吴灭魏，汉室重复一统"。可以说，小说故事情节无任何历史依据，是作者借古人之名来搬演当代时事。民国时期又有周大荒的《反三国志》（六十回）。该书于民国十三年（1924）陆续在《民德报》上连载，次年由该报社出版单行本，又其后五年由上海卿云图书公司出版修订本。该书前有吴佩孚《序》，云此书"因取《三国志演义》而尽反之"。作者自称该书的创作"完全在实行孔明《隆中对》的一篇文章，处处替孔明填愁补恨，吐气扬眉"，将原著《三国演义》的故事情节作了大幅度修改：孔明统帅大军北扫曹魏，平定中原，终于"出师已捷身才死"。可谓弥补了数百年来民众对蜀汉为曹魏所灭，三国纷争终归于晋的心理遗憾。同时也是作者对当时军阀混战社会局面的影射。

---

① 产生于清代的《后三国志演义》和《后三国石珠演义》，在故事情节的接续和原著人物活动的延续上均与原著脱节，因而严格来讲，并不能算作《三国演义》的续书。

## 二、戏曲改编作品

三国故事在其流传过程中,曾以戏曲形式演绎过诸多三国人物和故事。自《三国演义》问世并广为传播后,后世文学创作以各种文体样式来继续演绎三国人物及其故事。尽管"三国戏"曾直接受到《三国演义》诞生之前的宋元戏曲的影响,但自《三国演义》问世后,数量众多的三国人物及其故事成为明清戏曲艺术家创作的题材,三国故事被大量改编成剧本搬上舞台演出。清人顾家相《五余读书廛随笔》云:"盖自《三国演义》盛行,又复演为戏剧,而妇人孺子、牧竖贩夫,无不知曹操之为奸,关、张、孔明之为忠。"晚清觚庵在《觚庵漫笔》中谈及《三国演义》一书普及于社会的原因时,认为这种"袍笏登场,粉墨杂演,描写忠奸"的富有魅力的传播方式"得力于梨园子弟""足使当场数百人同时感触而增记忆"。清代以来,针对三国故事的改编作品有:杂剧传奇《赤壁记》《锦囊记》《西川图》等,皮黄剧《三顾茅庐》《襄阳宴》《单刀赴会》《借东风》等。另据《中国戏曲志》记载,二十世纪以来"三国戏"的演出情况主要以《三国演义》中着力塑造的核心人物,诸如诸葛亮、关羽、赵云、张飞等人居多,其中诸葛亮戏多达六十八种,关羽戏六十种,赵云戏十七种,张飞戏十种,而其他人物如吕布戏三种,曹操戏两种。另外,从戏曲作品诞生(或盛行)的地域看:四川九十九种,湖北十四种,河南七十九种,山西三十种。可见"三国戏"的创作深受地域文化的影响,亦即三国故事发生地最集中的地方,戏曲创作也最繁盛,这也从侧面揭示了三国故事对当地民众的影响深远。

总体而言,清代以降戏曲剧目改编的内容,大多出自《三国演义》中的一回或几回的故事,"剧中情节与演义大致相同,科白亦十有六七本诸演义原句"[1],如《白马坡》即出自第二十五回《救白马曹操解重围》。也有一些与原著不符的情节或干脆依据其他材料生发出的故事,如剧本《借赵云》中张飞不服及战败典韦事,在本传及《三国演义》中都不曾出现。这些被改编的戏剧以其生动形象的演出,受到了从宫廷到民间的极大欢迎。"皮黄剧"中三国戏最多,又最常演出。清道光中叶"三庆班"曾有全部《三国志》演出。自"刘备跃马过檀溪"到"取南郡"共三十六本,皆按照戏曲舞台的要求,进行了精心的安排,在激烈的矛盾冲突中,刻画人物性格。不但结构完整,且人物形象鲜明,成为当时最著名的"轴子戏"。除了以上几种主要的传播方式之外,《三国演义》还通过说书的方式进行传播,富有实践经验的艺人将《三国演义》中的英雄人物形象演绎得更加丰富生动。此外,《三国演义》还被翻译成外文,在其他国家传播。其中日文的翻译本最多。早在清康熙二十八年(1689)以日文刊行的《通俗三国志》,几经翻刻传抄,至今仍在流行。

---

① 参见王大错述考,钝根编次,燧初校订:《戏考》,见《戏考大全》(第 2 册),上海书店出版社 1990 年版,第 397 页。

### 三、影视作品

影视作品在文学艺术中的影响力,是伴随着二十世纪以来电影、电视等传播媒介的发展而逐渐兴起壮大的。总体而言,二十世纪以来有关"三国戏"的电影作品主要以改编戏剧作品而成的戏曲电影居多。据《中国电影年鉴》和《中国艺术影片编目》所载录的文献可以考知"三国"电影的特点是:从影片种类看,故事片比较少,仅有《华佗与曹操》《关公》《火烧赤壁》三部,其余皆为戏剧片。从剧种来看,三国戏曲电影以改编京剧作品的京剧影片居多。1905年,中国人尝试拍摄的第一部影片就是将京剧《定军山》片段搬上银幕。虽然此时的电影因技术原因尚处于无声阶段,但该剧因故事情节曲折,矛盾冲突集中,人物动作丰富,从而具有较好的观赏性。继《定军山》之后,同年还拍摄了由京剧艺术大师谭鑫培表演的《长坂坡》片段。1935年新华影业公司出品了《周瑜归天》,影片演绎了《三国演义》中"孔明三气周瑜"而致使周公瑾命丧黄泉的故事。1941年民华公司拍摄了一部京剧戏曲集《古中国之歌》,其中包括"三国戏"《水淹七军》。新中国成立后,1957年拍摄了两部"三国戏"京剧影片,即叶盛兰、马连良主演的《群英会》和《借东风》。1976年为保存传统剧目的表演技巧和唱腔,赶拍了五十三部传统折子戏,其中包括《汉津口》《长坂坡》《空城计》《柴桑口》《让徐州》《借东风》《古城会》《连营寨》。改革开放以后,又有《诸葛亮吊孝》《智收姜维》《吕布与貂蝉》《空城计》等影片。2008年上映的根据三国故事改编的电影《赤壁》可谓当年国内最受瞩目的电影。该片借鉴好莱坞的先进制作方法和技术手段,以浓郁凝重的色调和滚滚烽烟为背景,画面中血珠飞溅、战马嘶鸣,在远近交错的镜头前和电影特效的运用下渲染出壮观的活动背景,既惨烈又悲壮,既血腥又恢宏,令人荡气回肠,为观众提供了一道丰盛的视觉大餐。

中国电视作品中以三国人物及其故事为题材的有:1986年拍摄的十四集电视连续剧《诸葛亮》和1994年拍摄的大型历史题材电视连续剧《三国演义》,上述第一个作品在中央电视台和湖北电视台播出,第二个作品在中央电视台播出,引起了全国电视观众的关注。[①]

### 四、绘画作品

1899年上海益文书局用石印的方式出版了朱芝轩编绘的"回回图"《三国志》,有图二百多幅,是早期较有名的石印连环画。1927年上海世界书局出版了《连环图画三国志》,线装6册,横32开,总计七百六十八幅图。这是我国第一次把这种形式的书命名为连环画。正如鲁迅先生所说:"'连环图'的这名目,现在已经有些用熟了,无须更改;但其实应该称为'连续图画'的,因为它并非'如环无端',而是有

---

① 关于中国影视创作领域三国题材影视作品的情况,参考了当代学者王平先生《明清小说传播研究》。见王平主编:《明清小说传播研究》,山东大学出版社2006年版,第61—63页。

起有讫的画本。"①1933 年朱润斋、周云舫编绘的《三国志演义》,采用上图下文的形式,已接近连环画的形式。新中国成立后,1958 年上海人民美术出版社出版了《三国演义连环画》(一套 60 册),1963 年该社又出版了第二版。1994 年山东美术出版社出版了《三国演义画本》。当代的作品还有:《汪国新新绘全本三国演义》(上海古籍出版社 2004 年版),该书为当代中国画家汪国新的新作,以回首插图的形式展示,即按原著每回绘两幅图,共计二百四十帧彩墨丹青。

总而言之,《三国演义》问世以后,对当时以及后世文学艺术创作产生了广泛而深远的影响,小说、戏曲领域自不必言,数量众多的续作、改编本层出不穷,而且在影视艺术创作领域也涌现出诸多深受《三国演义》影响的作品,其中有些人物形象以及影视场景、镜头的设计带有受明清《三国演义》插图影响的痕迹。

## 第二节 《水浒传》母题

《水浒传》蕴含着无数重要的文学母题,诸如"忠""义"等儒家传统意识形态,"风雪山神庙""雪夜上梁山""拳打镇关西""武松打虎""智取生辰纲"等故事情节,以及"梁山好汉"等"英雄"人物形象。② 而摹仿这些母题的图像形成了相对完整的系列,鲜明表征了"语图漩涡"这一文艺现象:就图像的类型而言,从绘画到连环画,再到影视剧与网络游戏;就图像的载体而言,从纸质媒介到光影胶片,再到数字矩阵;就图像的场域而言,从文人雅趣到民间美术与大众文化。

### 一、续书与评点本

《水浒传》问世之后,出现了大量的续书,较为著名的有《水浒后传》《荡寇志》等,这些续书或者围绕"忠义"继续撰文,或者以"水浒"为母题进一步演绎,例如刘廷玑就肯定了《后水浒传》的忠义思想。《水浒传》的评点本也有很多,如李贽、金圣叹等人曾做出了精彩的文本细读与形式分析,特别是金圣叹,赢得了李渔"此等惊人语"的赞扬。以上是语言文本对"水浒"母题的延续,图像文本则以"无言"而"可见"的方式再现"水浒"母题。

### 二、小说及曲本插图

"水浒"小说插图大部分存于书籍之中,另一种形式则是以单独册页出现,前者的形制经历了从"偏像""全像"到"全图""绣像"的更迭,而在明代开始流行的"水浒戏",早已以表演图像的形式再现"水浒"母题,这些曲本也保留了一些插图。我们不妨以"风雪山神庙"和"雪夜上梁山"为例,简单阐发后代图像是如何再现文学母

① 鲁迅:《〈一个人的受难〉序》,见《鲁迅全集》(第四卷),人民文学出版社 2005 年版,第 572 页。
② 详见本书第九章第三节的论述。

题的。首先，明人李开先的《宝剑记》将林冲的故事搬上戏曲舞台，傅惜华先生编著的《水浒戏曲集》曾影印了林冲"投山"的剧本插图。图像中的林冲冒着风雪前进，向后飘动的衣褶和巾带、坚定前进的身姿，反映出他奔上梁山的决心。[①] 在清代异军突起的京剧，围绕"雪夜上梁山"这一母题创造了经典剧目《夜奔》，无论后人如何演绎，都非常强调演员通过动作表演展示林冲的被逼无奈，以及走向梁山的一路艰辛。

## 三、连环画

清末出现的连环画也对林冲以及围绕这一人物的母题作了大量的摹写，由于后文将大量涉及"水浒"连环画的图像文献，所以此处仅论述"水浒"连环画之后诞生的漫画。例如，张光宇为孟超《水泊梁山英雄谱》所绘制的漫画，其中"豹子头林冲"一节专门配置了林冲在风雪中行走的插图。图像以林冲的花枪为中界线，由左上角斜向下的线条再现了猛烈的风雪，林冲头戴斗笠、身披蓑衣，正在顶着风雪前进。虽然图像没有修饰性的背景，但是林冲毅然决然前进的姿态仍是显而易见，特别是林冲脸部的胡须，凌乱而略显冗长，画家似乎旨在突出林冲的落魄与无奈。

## 四、影视图像

现代以来的电视、电影等图像，自然也没有错过《水浒传》的经典母题，例如"央视版"（1998年版）与"新版"（2011年版）电视剧《水浒传》都展现了林冲的"雪夜上梁山"，只不过没有出现林冲本人，而是专门运用了仅有风雪环境的空镜头。前者只是在"风雪山神庙"这一集结束时，出现了一秒钟左右的空镜头。林冲走出画面后，图像中只剩下银装素裹的大地，以及仍在飞雪的天空。相较而言，"新版"《水浒传》在这一叙事停顿的处理上更为成功。电视剧先是特写孤孑一人的林冲扛着花枪、酒葫芦行走在雪地里，待林冲走出画面之后，便是七秒钟的空镜头。此时的图像只显现了被大雪覆盖的地表植被、正在下雪的天空。与"央视版"电视剧的不同之处在于，"新版"《水浒传》空镜头中的雪花几乎是由右及左地横向飞动，可见风速很高；又因为林冲是从左向右运动，并最终在图像右侧出画，观众可以直观地看到他在逆风中艰难前行。对于"那雪越下得猛"所建构的"语象画"，读者需要在这种叙事停顿中去耐心想象。但是对于"水浒"图像的叙事停顿而言，"语象画"尽管是不透明的、不可见的，它却被投射在图像中，观众无须想象，只凭借观看就达到了其"存在之所是"[②]，即林冲被逼迫至极所做出的反应和行动，当然也包含他悲愤却无处诉说的情感。

通过对同一文学母题图像的梳理与研究，我们不难看出图像再现文学的"继承

---

① 傅惜华编：《水浒戏曲集》（第二集），上海古籍出版社1985年版，卷首册页第六。

② 莫里斯·梅洛-庞蒂著，罗国祥译：《可见的与不可见的》，商务印书馆2008年版，第31页。

性"。这一方面是因为图像的"相似性"生成机制,即图像符号与其摹仿原型之间的相似,决定了"风雪山神庙"和"雪夜上梁山"母题中的林冲人物造型不会存在太大差别,毕竟无论哪一种类型的图像,或者哪一位画家制作,都必须首先保证图像与林冲人物造型本身的相似。另一方面原因在于,"图式"的相对稳定性意味着图像取意于文学母题的向度较为集中,即历来图像都着重再现林冲奔上梁山的被逼无奈。然而,这并不等于说图式的固定僵死,再现上述母题的版画、连环画、漫画等"静态图像",与电影、电视剧等"动态图像"之间存在不小的差异,这需要我们进一步开展理论分析。

## 第三节 《西游记》母题

《西游记》对后代文学艺术影响深远:就小说创作而言,清代出现了诸多《西游记》的评点本,又诞生了多部接续、演绎西游故事的续作,其插图仍然呈现出永不停息的演变状态;在戏曲创作领域,亦产生了诸多本于《西游记》故事情节的独立作品和宫廷大戏;在绘画领域,以西游故事为题材的作品种类和数量亦为数不少;及至现当代社会,经由《西游记》改编而成的影视作品蔚为壮观。这些均可见出《西游记》对后代文学艺术的影响。具体而言,体现在以下几个方面。

### 一、评点本与续书

在评点本上,由明转清后,《西游记》出现了以"金丹大道"作为主旨评说的各类评点本。最具影响力的是《西游证道书》,一百回,不分卷。因该刊本首次在百回足本中加入"江流儿"的故事,补入"陈光蕊赴任逢灾,江流僧复仇报本"一回,完整地叙述了唐僧的身世,因而在版本上具有重要的价值。该本附图十六幅,为胡念翊原创。影响较大的插图本还有清乾隆四十五年庚子(1780)刊本《西游真诠》,初刻于嘉庆十三年(1808)的《西游原旨》,初刻于道光十九年(1839)的《通易西游正旨》等。此三本插图皆为人物绣像后附相应赞语,四至十六幅不等,插于回目之后,但在艺术手法上并不出色。此外,还有以儒家学说解读西游主旨的《新说西游记》,一百回,初刊于乾隆十三年(1748),评说者为张书绅,该本正文前有人物绣像十九幅,正文有情节性插图一百幅。这部书皆请名工圣手,刻印异常精美。清末王韬为《新说西游记图像》所作的序中说:"此书旧有刊本而少图像,不能动阅者之目。今余友味潜主人嗜古好奇,谓必使此书别开生面,花样一新。特请名手为之绘图,计书百回为图百幅,更益以像二十幅,意态生动,须眉跃然见纸上,固足以尽丹青之能事矣。此书一出,宜乎不胫而走,洛阳为之纸贵。"①

在续书方面,明清时期《西游记》重要的续书有三本,即《西游补》《续西游记》和《后西游记》,清末民初又有《也是西游记》《西游新记》等。《西游补》十六回,明末董

---

① 张书绅:《新说西游记图像》,中国书店 1985 年影印本,王韬序。

说著。书中故事从《西游记》的"三调芭蕉扇"之后切入，而又自成创作的结构，是一部具有独特思想性和艺术性的神魔小说。名曰补西游，实为西游记之一小插曲，该书突破时空局限，纵横驰骋，已远离了取经主题。插叙了一段唐僧师徒误入青鱼精世界的故事，其中行者穿越时空，时而化身楚霸王，与虞姬相会，又时而化身阎罗，了断秦桧的风波亭罪行，故事由唐初到秦末，又至南宋，时空穿越，线索多重，最后在虚空主人的呼唤下始醒悟过来。鲁迅在《中国小说史略》中，说此书主旨"实于讥弹明季世风之意多"，而"其造事遣辞，则丰赡多姿，恍忽善幻，奇突之处，时足惊人，间似俳谐，亦常俊绝，殊非同时作手所敢望也"①。《续西游记》一百回，明代兰茂所著，留世最早刊本为清代嘉庆十年（1805）金鉴堂刊本，贞复居士评点。该本续写唐僧师徒第一次取经见如来佛后，在漫长的返回东土过程中发生的故事。主人公仍为唐僧与孙悟空、猪八戒、沙和尚。原书所叙妖魔大多以要吃唐僧肉为目的，给唐僧造成八十一难；本书之妖魔则是要抢夺经卷，因为经卷能消灾祛病，增福延寿。唐僧三个徒弟在兵器被如来佛祖收缴的情况下，依托优婆塞灵虚子和比丘僧净心驱魅、战胜妖魔。《后西游记》，明刊本，作者不详，四十回，现存版本仅标明"天花才子评点"字样。描写的是唐僧师徒原先所取真经，因无真解，被愚僧胡乱解释，哄骗百姓。故由该书主要人物小行者、猪一戒、小沙弥，保护唐半偈重赴灵山，费时五年，行程十万八千里，途中经过了不满山、解脱山、十恶山、截腰坑、阴阳二气山等处，克服重重磨难，求取真解。《新西游记》，陈景韩著，五回，清宣统元年（1909）《小说林》铅印本。本书是一部荒诞讽刺小说，其构思是让唐僧师徒来到处于晚清社会窗口地位的上海来游历一番，亲见了许多怪异的半封建半殖民地世相和风俗，用笔诙谐滑稽。

## 二、戏曲改编作品

在小说《西游记》成书之前，民间有关"西游"的戏曲就已经粉墨登场，演绎相关神话和人物。从宋元戏文《鬼子母揭钵记》《陈光蕊江流和尚》，到元杂剧《唐三藏西天取经》《西游记杂剧》，乃至《二郎神锁齐天大圣》等，都成为小说《西游记》创作取之不竭的源泉。可以说，在小说《西游记》形成过程中，这些戏曲功不可没。而当小说《西游记》问世以后，"西游记戏曲"又成为其传播流布的主要渠道之一。《西游记》以其特殊的艺术魅力获得了上至帝王将相，下至平头百姓超乎寻常的青睐。其接受群体之广，受众狂热程度之高，令人惊诧。"西游戏曲"的大量搬演，堪称锦上添花。从宫廷到民间，明传奇、清传奇，花部、雅部，层出不穷，花样翻新。据学者统计，从宋元至清，有关西游戏曲达十五种之多。除了以上五本，还有《猛烈哪吒三变化》《灌口二郎斩健蛟》《二郎神射锁魔镜杂剧》《观音菩萨鱼篮记杂剧》《唐三藏西天取经》《进瓜记》《后西游记》，至清代则有《钓鱼船》《江流记》，特别是宫廷大戏《升平

---

① 鲁迅：《中国小说史略》（插图本），上海古籍出版社2004年版，第156页。

宝筏》等。[1]《升平宝筏》之所以声势浩大、影响深远，主要在于统治阶层的推崇和下层百姓的喜爱。清代初年，康熙皇帝曾发布旨令重新编写唐僧西行取经题材的戏："《西游记》原有两三本，甚是俗气。近日海清，觅人收拾，已有八本，皆系各旧本内套的曲子，也不甚好。尔都改去，共成十本，赶九月内全进呈。"[2] 赵翼《檐曝杂记》"大戏"条记述了乾隆年间他在热河行宫所见到的《升平宝筏》演出情形："中秋前二日，为万寿圣节。是以月之六日，即演大戏。至十五日止，所演戏率用《西游记》《封神传》等小说中神仙鬼怪之类。取其荒诞不经，无所触忌，且可凭空点缀，排引多人，离奇变诡作大观也。戏台阔九筵，凡三层。所扮妖魅，有自上而下者，自下突出者，甚至两厢楼亦作化人居。而跨驼舞马，则庭中亦满焉。有时神鬼毕集，面具千百，无一相肖者。神仙将出，先有道童十二三岁者作队出场，继以十五六岁、十七八岁者，每队各数十人，长短一律，无分寸参差，举此则其他可知也。又按六十甲子，扮寿星六十人，后增至一百二十人。又有八仙来庆贺，携带道童不计其数。至唐玄奘僧雷音寺取经之日，如来上殿，迦叶、罗汉、辟支声闻。高下分九层，列坐几千人，而台仍绰有余地。"[3] 可见场面之宏大，人物之复杂。据记载，道光年间，《升平宝筏》有过一次完整的演出，从道光十九年（1839）正月十九日开始，至道光二十一年（1841）三月初一结束，历时两年多。

### 三、影视作品

由于西游故事深受人们喜爱，西游题材成为影视界反复拍摄的对象。新中国成立之前，上海作为《西游记》电影制作重镇，自 1927 年至 1929 年，一共拍摄了二十四部"西游记"电影。其中，1927 年十部，包括《猪八戒招亲》《孙悟空大闹天宫》《盘丝洞》《孙行者大战金钱豹》《铁扇公主》等。1928 年十部，包括《孙行者大闹黑山》《无底洞》《莲花洞》《真假孙行者》等。1929 年四部，包括《续盘丝洞》《通天河》《大破青龙洞》《铁扇公主》。[4] 可见当时市场对"西游"电影的需求和人们对"西游"故事的热爱。即便在抗战"孤岛"时期，上海依旧产生了两部"西游"影片：《新盘丝洞》《铁扇公主》。新中国成立后，据统计"自 1958 年至 1989 年，上海美术电影制片厂共制作了七部'西游记'美术片"[5]。于 1958 年拍摄完成的《火焰山》为木偶片、《猪八戒吃西瓜》为剪纸片，主要用于儿童启蒙教育，影响不大。真正具有时代气息并影响几代人的动画片为《大闹天宫》，上集于 1961 年完成，50 分钟；下集于 1964年完成，70 分钟。在没有电脑制作的年代里，绘图都凭借手中的一支画笔。10 分钟的动画要画七千到一万张原动画，《大闹天宫》50 分钟的上集和 70 分钟的下集，

---

① 参见胡胜、赵毓龙著：《西游记戏曲集》，辽海出版社 2009 年版，前言。
② 懋勤殿旧藏"圣祖谕旨"，见故宫博物院掌故部编：《掌故丛编》，中华书局 1990 年版，第 51 页。
③ 赵翼：《檐曝杂记》，中华书局 1982 年版，第 11 页。
④ 参见周莹盈：《中国"西游记"电影：1927—2007》，北京大学硕士论文 2007 年。
⑤ 同上。

仅绘制就投入近两年的时间①。影片中"人物形象的造型设计，富有民间绘画和民间木刻艺术的特点，线条洗练，色彩浓重，它以原来民间艺术对这些人物的想象为基础，从形体上赋予人性特征"②，《大闹天宫》中孙悟空穿着鹅黄色上衣，腰束虎皮短裙，穿着大红的裤子，足下一双黑靴，脖子上还围着一条翠绿的围巾，导演万籁鸣用八个字称赞他"神采奕奕，勇猛矫健"③。这种造型一直影响着《西游记》动画片的制作，如1992年央视五十二集动画片《西游记》和2009年国产大型五十二集动画片《美猴王》中的孙悟空造型。1960年六龄童主演的绍剧《孙悟空三打白骨精》是珍贵的戏曲类西游片。1982年由杨洁导演的二十五集电视连续剧《西游记》在中央电视台陆续播放，成为老少皆宜的节目，同时，也奠定了其在人们心目中的经典地位。1990年陕西电视台三十集电视连续剧《西游记后传》、1992年央视五十二集动画片《西游记》、2000年三十八集电视连续剧《春光灿烂猪八戒》、2010年五十二集浙版《西游记》电视剧的播放再次使《西游记》题材的影视剧成为人们关注的热点。1995年周星驰主演的电影《大话西游》成为艺术经典，2013年周星驰导演的《西游降魔篇》、2015年田晓鹏导演的动画片《大圣归来》、2016年郑保瑞导演的《三打白骨精》、刘镇伟导演的《大话西游3》等都以"西游"故事作为"底本"进行艺术化加工，呈现给观众一场场艺术盛宴。"西游"题材给影视创作者以无限灵感，广大观众对"西游"故事热情不减，无论是忠实于"西游"故事的影视创作，还是借助"西游"光环的"大话式"创作，都没有终结，依旧与时代并行。

## 四、绘画作品

在美术创作上，创作者不再完全依靠小说文本而创作图像。独立于小说文本之外的美术创作层出不穷，并产生了一些经典美术作品。例如，《清彩绘全本西游记》，将共计三百幅图像全部画在绵纸上。由于该本画面没有署名款式，也没有图章印记，作者姓名和创作年代无从考证。孟庆江认为"从绘画的创作规模来看，是与晚清提倡做大量的名著插图不无内在的联系。画中人和神的表现生动活泼，色彩（尤其是青绿石色的应用和结构的描金勾画）都有明显的清代庙堂建筑壁画的痕迹，应该出自于高水平的民间画工之手"④。新中国成立后，"西游"题材的绘画创作更是异彩纷呈。例如，刘继卣创作的《闹天宫》⑤，用中国画工笔重彩的技法对八组经典故事情节进行形象化再现，人物形象个性鲜明，图像构图合理，画风典雅瑰丽。《韩伍新绘西游记》⑥将《西游记》人物形象分成十组进行创作，共描绘了一百一十位人物形象。与《韩伍新绘西游记》将创作重点放在人物形象的塑造上相比，

① 陈红：《〈大闹天宫〉问世40年主创人员追忆台前幕后》，载《财经时报》2004年1月19日。

② 万籁鸣口述，万国魂执笔：《我与孙悟空》，北岳文艺出版社1986年版，第142页。

③ 同①。

④ 见孟庆江主编：《清彩绘全本西游记》，中国书店2008年版，前言。

⑤ 刘继卣绘：《闹天宫》，天津人民美术出版社2007年版。

⑥ 韩伍绘图，季永桂配文：《韩伍新绘西游记》，上海辞书出版社2004年版。

项维仁、窦世槐的《新绘〈西游记〉插图精选》①则将重点放在故事情节的创作上,人物空间关系的处理符合人物特点,人物举止与人物心理相吻合,在《西游记》题材的图像创作上是难得的艺术精品。

在连环画方面,以 1982 年河北美术出版社和 1996 年上海人民美术出版社出版的连环画《西游记》为代表,形成了《西游记》连环画系列的插图创作热潮。河北美术出版社出版的《西游记》连环画一套三十六本,由钱笑呆、张鹿山、刘汉宗等众多连环画能手创作,精彩纷呈。创作者注重以线描的手法勾勒人物形象,线条婉转流畅,人物衣带飘举,有"吴带当风"之韵味。上海人民美术出版社最早于 1956 年就曾出版过一本《大闹天宫》的连环画,创作者以美猴王大闹天宫作为题材,以人物形象作为表现重点,创造出图文密切结合的连环画经典作品。1996 年出版的《西游记》一套二十本,插图由郁芷芳、夏书玉、张令涛等连环画名手创作,创作注重以背景环境烘托人物形象,与河北美术出版社出版的连环画形成了鲜明的对比。如果说河北美术出版社的《西游记》连环画以线条见长,上海人民美术出版社的连环画则是以景物取胜。

总而言之,明代足本《西游记》问世以后,对当时以及后世文学艺术创作产生了广泛而深远的影响。自明清以来,"西游"经典的续书、评点本不断面世,特别是清代插图本中的人物绣像,塑造了经典的西游人物"肖像"。清代由《西游记》改编而来的戏曲作品《升平宝筏》,演出规模之大、时间之长,为后世所不达。在影视艺术创作领域诸多深受《西游记》影响的作品不断涌现,美术、动画、文艺片层出不穷,受到了不同年龄段人们的喜爱。在绘画作品上,不同于小说插图的"依文构图",独立于文本之外的图像创作凸显西游题材的丰富和多彩,连环画《西游记》一度成为青少年爱不释手的课外读物,影响深远。

## 第四节　《金瓶梅》母题

《金瓶梅》对后世文学艺术产生了深远的影响:就小说创作而言,清代刊刻诸多《金瓶梅》的评点本,又诞生了多部续作;在戏曲创作领域,亦产生了诸多本于《金瓶梅》故事情节的独立作品;在绘画领域,以金瓶梅故事为题材的作品种类和数量亦为数不少;及至现当代社会,经由《金瓶梅》改编而成的影视作品也不在少数,这些均可见出《金瓶梅》对后代文学艺术的影响。具体说来,表现在以下几个方面。

### 一、续书与评点本

《金瓶梅》在明清之际的影响力很大,其后的世情小说创作一度兴盛,如万历时

---

① 项维仁、窦世槐绘:《新绘〈西游记〉插图精选》,天津杨柳青画社 2007 年版。

期的《玉娇李》。袁宏道曾闻大略,谓"与前书各设报应因果,武大后世化为淫夫,上蒸下报;潘金莲亦作河间妇,终以极刑;西门庆则一呆憨男子,坐视妻妾外遇,以见轮回不爽"。后沈德符见首卷,以为"秽黩百端,背伦蔑理……其帝则称完颜大定,而贵溪(夏言)分宜(严嵩)相构,亦暗寓焉。至嘉靖辛丑庶常诸公,则直书姓名,尤可骇怪。……然笔锋恣横酣畅,似尤胜《金瓶梅》"(皆见《万历野获编》卷二十五)。此外,还有清初丁耀亢所著的《续金瓶梅》(前后集共六十四回),虽然它是《金瓶梅》的续作,但是主题发生了较大的变化。作者有言"只有夫妇一伦,变故极多……造出许多冤业,世世偿还,真是爱河自溺,欲火自煎,一部《金瓶梅》说了个色字,一部《续金瓶梅》说了个空字,从色还空,即空是色,乃自果报,转入佛法"(四十三回),由此可见一斑。鲁迅在《中国小说史略》"明之人情小说"中还提到了《隔帘花影》(四十八回),他认为该书"实乃改易《续金瓶梅》中人名(如以西门庆为南宫吉之类)及回目,并删略其絮说因果语而成,书末不完,盖将续作,然未出"①。除了续书,《金瓶梅》在清代还出现了评点本。最具影响力的当属清康熙三十四年(1695)由张竹坡评点的《皋鹤堂批评第一奇书金瓶梅》,也就是今天为我们所熟知的"张评本"。张竹坡在明崇祯年间无名氏对《金瓶梅》评点的基础上提出了很多独到的见解,比如系统提出"第一奇书非淫书论""寓意说""苦孝说"等观点,在《金瓶梅》的传播过程中有着极其重要的意义。此外,还有晚清文龙对《金瓶梅》的评点,文龙的评点并没有正式刊刻出版。文龙是在张评本的基础上重新加以评点的,反映了他自己对《金瓶梅》的感悟和体会,同时也为我们提供了晚清《金瓶梅》接受研究的个案范本。

## 二、戏曲改编作品

在清代,《金瓶梅》被改编成戏曲、曲艺等形式,据学者研究统计,今存清代《金瓶梅》戏曲共有十四种。主要有根据《金瓶梅》第五十六回"常峙节得钞傲妻儿"改编而成的杂剧《傲妻儿》,传奇改编本《奇酸记》和《金瓶梅》,还有多种传奇抄本残本。这些戏曲改编本可分为三类:"第一类:《金瓶梅》西门庆妻妾故事 +《水浒传》宋江、张清、琼英故事,第二类:'世情'故事类,第三类:'艳情'+'斗杀'故事类。"②现在还不确定这些剧本是否被搬上舞台演出过。到了现当代,《金瓶梅》还被改编成话剧这种新的艺术形式,主要有欧阳予倩于1927年创作的三幕话剧《潘金莲》。该话剧意在为潘金莲翻案,将她塑造为一个正派的形象。1986年魏明伦创作了荒诞川剧《潘金莲——一个女人的沉沦史》,它更是将潘金莲塑造成一个令人同情且带有一定正面意义的形象,这在当时引起了不小的社会轰动。其他的还有京剧《金瓶二莲》、豫剧《金瓶梅》以及江苏梆子戏《李瓶儿》等。

---

① 鲁迅:《中国小说史略》,人民文学出版社1975年版,第159页。
② 见陈维昭:《清代〈金瓶梅〉戏曲的版本及作者问题考辨》,载《文学遗产》2017年第2期。

## 三、影视作品

《金瓶梅》还被多次搬上银幕，这些电影几乎全由港台地区的影视公司拍摄上映。《金瓶梅》电影的每一次拍摄都引起了极大的轰动和强烈的争议，这些作品多聚焦原著中的情色描写文字，而将之改编拍成三级艳情片或情欲片，讲述的也多是西门庆、潘金莲、李瓶儿、花子虚、春梅等人之间的爱恨纠葛。由《金瓶梅》改编而成的影视作品主要有：1955 年上映的由王引导演、香港邵氏兄弟公司出品的电影《金瓶梅》，1974 年上映的由李翰祥导演、香港邵氏电影公司出品的电影《金瓶双艳》，1996 年上映的由李柏翰导演的电影《金瓶梅》。李柏翰导演的《金瓶梅》是一部台湾古装艳情片，电影对原著作了很大的改动：潘金莲之所以答应西门庆的要求纳为五娘是为求武松免于死罪。潘金莲入住西门府中，加入到西门庆家众女子间明争暗斗的队伍之中，忍辱偷生只为再见武松一面。可见，电影中的潘金莲是一个有情有义的女子，她对武松是一往情深，嫁西门庆实属无奈之举。2009 年由香港导演钱文琦导演、王晶监制的电影《金瓶梅Ⅱ：爱的奴隶》，分上下两部，影片海报上打着"大开色戒"的宣传语，并号称是"香港二十年来最劲爆情欲片"。此外，2012年拍摄的《新金瓶梅》是一部 3D 静态电影，这部电影是第一次完全从潘金莲的视角去解读整个《金瓶梅》的故事，其中潘金莲一改原著中的淫荡、嫉妒、狠毒的形象，转而成了一个封建制度下命运坎坷的无奈女子。潘金莲在从小说文本走向银幕的过程中，导演对她报以极大的同情之心，使她的形象发生了很大的变化。这些电影画面充满了诱惑感，很容易吸引观众的眼球。

## 四、绘画作品

据沈津的研究，台北文经出版社于 1991 年出版的《千年绮梦》中曾列举了作者所见到的《金瓶梅》八种插画：明崇祯刻本《金瓶梅》、清人绢画《金瓶梅全图》、清初张竹坡评本《金瓶梅》、民初曹涵美绘《金瓶梅》、民初张光宇绘《金瓶梅画传》、民初关山美绘《金瓶梅全图》、民国胡也佛设色绢画《金瓶梅》、日人原田维夫木刻版画《金瓶梅》。此外，还有清光绪三十一年（1905）石印的《新镌绘图第一奇书钟情传》（藏于哈佛燕京图书馆）、光绪三十二年（1906）香港书局石印的《改良绘图劝善第一奇书》（残本，藏于俄罗斯科学院汉学图书馆），两书所绘图像已没有明代、清初的模样，而演变成另一种古典章回小说的回目前先绘制书中人物肖像，通常是站立的人物，然后每回或每卷或每册前刻有插图，但图都不精致①。

给《金瓶梅》绘图，需要极大的勇气和胆量。当代有不少职业画家参与到为《金瓶梅》作图的队伍中来，也有越来越多的作品问世。如《戴敦邦彩绘金瓶梅》，多用

---

① 本部分参考了沈津《〈金瓶梅〉的绘图——兼说胡也佛》的观点，见沈津：《〈金瓶梅〉的绘图——兼说胡也佛》，《收藏》2011 年第 3 期。

线描,大胆用色,人物的着装与人物的身份相符合,人物的神情与人物的心理相吻合。其他的主要是连环画。1988 年,丛仁改编、临华绘画的 32 开本连环画《金瓶梅故事》(配图本)由四川美术出版社出版。每页上图下文。聂秀公绘画创作的 32 开大精装彩色版《金瓶梅》连环画由中国文苑出版社出版,出版年份不详。2008 年,白鹭绘制的 50 开小精装《绘画全本金瓶梅》(全套二十本)由香港民众出版社出版。全书为 162 个人物造了像,有三千余幅图画,这是画幅最多的《金瓶梅》连环画,而且是全部由一个人独立完成的大套书,也是目前为止世界上唯一的一部全本绘画《金瓶梅》。这套书也是世界上最小的绘画《金瓶梅》版本,采用中国古老的"铁线描"技法绘制。在文图上,作者采用了一文多图形式,"一文中保留了中国连环画传统,多图则吸收了欧美 COMICS—漫画中分格艺术与电影分镜头艺术"。(作者自序)据介绍,本套连环画重视对人物心理性格的描写,更重视特写,注重对世情和性爱的描绘。每一集的封面都重点突出,画风大胆,能够瞬间吸引读者的目光,勾起读者强烈的阅读兴趣。2013 年,李德福改编、欧阳然绘画的 50 开本《金瓶梅全传》(六十集)由中国文艺出版社出版。目前已出版的有《西门庆寻欢》《茶坊戏金莲》《潘金莲越轨》《说娶孟玉楼》《梳笼李桂香》《暗算花子虚》《许嫁蒋竹山》《情感西门庆》《偷情藏春坞》《设计捉来旺》《宋蕙莲自缢》《醉闹葡萄架》《冰鉴定终身》《太师擅赐恩》《藏壶惹祸端》《韩道国纵妇》《屈打平安儿》《包占王六儿》《官哥穿道袍》《豪门放烟火》《醉拶夏花儿》《含怒骂玳安》《贪财害主人》《色诱蔡御史》《嬉戏蝴蝶巷》《藏身西门宅》《山洞戏春娇》《垂帐诊瓶儿》《东京庆寿诞》《摆酒谢亲朋》《怒摔雪狮子》《缎铺庆开张》《医病驱邪魔》《观戏动深悲》《痛哭李瓶儿》等。由书名可知,这套连环画是在忠实于原著的基础上加以创作的。由古善出版社出版的 50 开本《金瓶梅》(全九册),出版年份不详,选取小说中的重要情节进行创作,注重图文密切结合,包括《潘金莲热盼西门庆》《王六儿舍身得恩宠》《大官人欢喜迎钦差》《西门庆越墙会瓶儿》《西门庆枉法受贿赂》《林太太逢甘雨》《宋蕙莲偷期蒙厚爱》《陈敬济斗胆戏金莲》《西门庆京城谒徽宗》等。

总而言之,自从《金瓶梅》问世以来,它对当时以及后世文学艺术产生了广泛的影响。在小说领域,清初的张评本在《金瓶梅》的传播史上具有举足轻重的地位和意义。在进行戏曲改编、电影拍摄时,虽说仍存在很大的争议,但是创作者们很多时候以一种更加现代的方式重塑潘金莲这一形象。在绘画领域,也有越来越多的作品问世。诸多形式帮助我们更好地了解《金瓶梅》这一奇书。

## 第五节 《牡丹亭》母题

《牡丹亭》作为中国戏曲史上的一朵奇葩,对后代文学艺术影响深远:就戏曲版本而言,明清两代出现了诸多《牡丹亭》版本,白文本、评本、改编本众多,甚至诞生了其续书与改作;在绘画领域,《牡丹亭》插图本的种类和数量亦为数不少,其中插图的样式、结构、内容、风格独具匠心;在戏曲演出领域,明清两代及至现当代社会,关于《牡丹亭》的演出不胜枚举,改编而成的影视作品亦是蔚为壮观。这些均可见出《牡丹亭》对后代文学艺术的影响。具体而言，体现在以下几个方面。

## 一、刊本与续书

在《牡丹亭》的接受史链条中，版本之多是其突出特征，众版本大多是后世的阅读者经过校勘、筛选、订制，最终刊刻而成。明清两代繁多的刻本，民国后陆续出现的影印本和标点本，无不显示出《牡丹亭》这一经典戏曲对后世影响之大。从《牡丹亭》的白文本看，明代刻本有万历石林居士序本、万历间刻本、万历金陵唐氏文林阁刊本、朱元镇校本、天启五年词坛双艳本、明末刻《玉茗堂四种》本，等等；清代刻本有《玉茗堂四种》本、清乾隆间怡府印本、三妇本、芥子园刊本、清刻巾箱本、暖红室汇刻传剧本，等等；民国后的各种校注本众多，在此不一一列举。各刊本都有所差异，不论是目录、分卷，还是正文前的题词、字体，都呈现出仁者见仁，智者见智的一面。而《牡丹亭》的评本、改本同样浩如烟海，评点本明代有朱墨本、袁宏道批点本、柳浪馆评本等，清代有三妇评本、杨葆光手批本、省悟子手批本等。各种形式的评改本在内容上多作了不同程度的增减与重排，回目、曲文、宾白皆有所出入，出场角色与科介使用亦有所不同。林林总总的《牡丹亭》版本传递出的接受信息丰富而珍贵，从刊刻地与流传地域来看，几乎所有刻书中心都刊过《牡丹亭》，或者有版本流传的信息，说明牡丹亭接受范围之广①。

《牡丹亭》版本的多样化与流传的广泛化表明《牡丹亭》对当代与后代人影响之大，同时其作为积极浪漫主义的戏曲杰作无疑也为后世作家的创作提供了新契机。不少研究者发现，陈轼的《续牡丹亭》在当时值得一提，"又国朝传奇中有《续牡丹亭》一种，作者姓名失考，是又继临川《还魂记》而作者"②。该续书分上下两卷，共四十二出，剧中人物形象与原作有较大不同，不仅对原有人物性格加以调整，甚至增加了新的人物，剧作的续写主要为传达作者的政治与社会理想。此外，中国古典小说巅峰之作《红楼梦》的写作中亦有《牡丹亭》的曲文痕迹，第二十三回中引"则为你如花美眷，似水流年"等曲文以营造黛玉感慨缠绵之意境，凸显了《牡丹亭》对后代文学艺术影响之深远。

## 二、插图艺术

郑振铎曾言："明刊剧本，几于无曲不图。"《牡丹亭》的诸多明清刻本都收录插图，其不仅本身乃一种绘画艺术，而且也是一种诠释戏曲文本内容的特殊媒介。《牡丹亭》带插图的版本有明万历金陵文林阁刻本、明泰昌元年吴兴闵氏朱墨套印本、明万历朱氏玉海堂刊本、明天启《玉茗堂牡丹亭还魂记》、臧懋循改本《还魂记》等。插图变化多样，从形式上看有单面式，有双面连式；从功能上看有叙事，有言

---

① 刘淑丽：《〈牡丹亭〉接受史研究》，齐鲁书社 2013 年版，第 45 页。
② 俞樾撰，贞凡、顾馨、徐敏霞点校：《茶香室丛钞》卷十七，中华书局 1995 年版，第 371 页。

情;从构图上看有绘景,有摹人;从风格上看有婉约,有刚劲,等等。

首先,插图本身并不粗糙,并非简笔勾勒,其图版绘刻俱佳,极具欣赏性。虽然不同版本中插图质量优劣不等,但大多数插图对情节、场面刻画鲜明,人物神态展现得尤为真切。《牡丹亭》插图本呈现出一种雅致的情理意趣,有论者云:"幅幅皆精丽,重视对环境氛围的描写,无论老树枯枝,殿阁楼台,碧波舟楫,冷月清风,皆精致可观,是一部情景交融、景与情合的戏曲版画名作。"①可见,不少具有写意性的插图能与图中人物的思想感情相呼应,图像文本与语言文本之间能够形成内在的抒情合力。其次,多个插图本中的图像能使读者快速联想到对应的剧本内容,图与文形成叙事合力,这也使插图本具备一定的叙事性,方便后人理解剧情。就如明万历朱氏玉海堂刊本,若单看插图,则颇有欣赏连环画的感觉。画面既非常写实,可读性强,同时具有写意抒情明显、可看性强的突出特点。此外,插图所反映的时代精神亦对后世文学艺术有一定影响。诸多插图本摹刻出当时亭台楼阁等建筑,勾勒出主人公的服饰、家具,呈现出节日风俗与社会等级,甚至想象出人鬼幽会的场景。

### 三、戏曲演出与影视作品

演出作为《牡丹亭》别样的传播方式,集视觉、听觉、感觉于一体,将文学作品所描述的人物形象、情节发展及故事场景直观呈现在观众面前。《牡丹亭》成书于明末,清代宫廷演出、厅堂演出、公共剧场演出大多选取其中精华片段,虽然不同阶层接受的《牡丹亭》折子戏的雅俗程度有所差异,但将《牡丹亭》具体情节搬上戏曲演出舞台的场次不胜枚举。近代以来,《牡丹亭》的演出同样密集,吴新雷主编的《中国昆剧大辞典》附录三"昆曲唱片目录"(朱复辑录)收录清末民初十个唱片公司的《牡丹亭》唱片二十六部②,在此不一一罗列。在将《牡丹亭》搬上舞台的过程中,不少文人发现其中的一些缺漏,或是剧情烦琐,情节拖沓,或是曲子、旁白过于雅化。《牡丹亭》也常被改编演出,近代以来这一现象仍很常见。就昆曲改本而言,有1959年北京昆曲研习社华粹深改编本,凡十一场;歌剧方面,1998年维也纳首演了以伯奇的译文为基础,由谭盾作曲,彼得导演,华文漪、黄鹰等主演的歌剧《牡丹亭》。

《牡丹亭》还数度被搬上银幕,1959年12月,梅兰芳、俞振飞联袂演出的《游园惊梦》被拍成彩色戏曲片,1961年石凌鹤将其改编成赣剧《牡丹亭》,1920年梅兰芳主演的《春香闹学》被拍成电影,1986年方荧执导了戏曲电影《牡丹亭》,2009年北京中视精彩影视文化中心出品由彭景泉等人执导的电视剧《牡丹亭》,2011年关锦鹏导演了电影《牡丹亭》,等等。关于《牡丹亭》的影视作品引起了大众的关注。

---

① 首都图书馆:《古本戏曲十大名著版画全编》(下册),线装书局1996年版,第301页。
② 参见吴新雷主编:《中国昆剧大辞典》,南京大学出版社2002版,第959—965页。

　　总而言之,《牡丹亭》问世以后,对当时以及后世文学艺术创作产生了广泛而深远的影响,戏曲领域自不必言,插图本、改编本层出不穷,而且在影视艺术创作领域也涌现出诸多深受《牡丹亭》影响的作品,即便是迎合大众审美趣味的改编之作,依旧摆脱不了《牡丹亭》文本所提供的唱词、动作、对白的痕迹。

# 第四章　明代花鸟题材的诗文与图像

在中国,花鸟画是非常重要的抒情达意手段,很多文人喜欢歌咏或图绘花鸟,也留下了丰富的花鸟图文资料。明代是花鸟图文结合的鼎盛时代,展示了丰富的图文关系。

明代花鸟画基本上有两大分支:工笔与写意。工笔花鸟画主要出自前期院体画家。明初宣德、弘治等帝王喜好翰墨,对花鸟画比较喜爱,当时出现了不少院体花鸟名家,如边景昭、林良、吕纪、孙隆等。他们的花鸟画比较突出的特色是采用马夏画风,笔墨纵横放肆,气势猛烈激荡,少了一些文雅气质。这也正适合明代帝王推崇宋画的艺术政策。明初花鸟画题材比较多元,既有象征吉祥如意的珍禽异兽,又有普通的日常花鸟,既有工笔,又有写意,风格也是精工细谨和潇洒野逸并存。明代晚期又出现了比较精致的工笔花鸟画,重要代表人物是陈洪绶。陈洪绶的作品有文人画的气质,又受到浙派影响,将文人的笔墨韵味与浙派方硬的线条相结合,产生了非常独特的花鸟画。因为目前没有见到陈洪绶花鸟画的题画情况,所以,暂时不能对他的花鸟画进行文图关系的研究。

明代水墨花鸟画以王绂、夏昶的墨竹为开端,中期出现了写意花鸟画大家沈周。沈周绘画主张"漫兴",提倡"意到情适",尤其在花鸟画上多漫兴之笔,从题材上突破了君子花卉主题,将日常所见各种蔬果纳入图像,创立勾花点叶法,得到周之冕的发挥,成为重要的写意花卉技法。在审美风格上,沈周将平淡天真的风格注入吴门花鸟画中,奠定了吴门花鸟画的总体基调。他开创的纵横凝练的笔墨造型也是青藤白阳的先驱。文徵明的花卉题材集中在四君子,多以比德手法象征君子品格,法度森严,更注重风神,笔墨秀润,实景实境,追求"意趣天然"的效果。文徵明还画一些枯木竹篁,骨节方刚、俊健虬逸,显示了他不屈服的个性。唐寅的水墨花鸟画也继承了沈周的笔法,但综合院体与文人画技法,别开生面。沈周的第二代弟子通过文徵明上溯到沈周,其中陈淳是明代写意花卉领域的重要画家。他的祖父、父亲与文、沈交往密切,他早年即受到文、沈的影响,而在花鸟画上他更主要继承了沈周的花鸟笔墨。他的花鸟画被评为"淡墨散逸",主要表现为构图上一段接一段,或间以题跋,结构上花卉平铺,笔墨散淡,善于留白,制造韵味,其本质是创作心态的自然闲散。明代另一位写意花鸟画大家是徐渭。他一生命运坎坷,所受精神创伤很大,所画花鸟是其情感的宣泄。徐渭受到阳明心学的影响,思想狂放,鼓吹真性情,提倡本色,在花卉创作中主张"舍形取影",超出色相,表达内心的郁愤、焦躁等情绪。虽然他也很赞同吴中画家"雅中藏老""由腴而造平淡"的闲适典雅风韵,但是他总是迅笔急书、用墨挥洒、纵横无法、率性无形,呈现"用墨颇奢,笔力劲健"的狂纵风格。他将大写意花鸟画推向顶峰。陈淳和徐渭号称"青藤白阳",他们特殊的个性气质为他们的写意花鸟画注入了狂放的气质,明末写意花鸟画虽然受到"青藤白阳"的影响,但在笔法上更多回到了秀润文雅的道路,直到清初期才出现更加狂放、个性的写意花鸟画大家。

花鸟画的发展也与题画花鸟文学的发展同步,就工笔花鸟画来说,它的主要目的在初期就显示了出来,即粉饰太平、宣扬教化,相应的,文学家也创作了很多宣传国家意识形态的题画花鸟文学。水墨花鸟画一直是文人抒发情感的重要手段,极大地丰富和影响了题画文学。但是到了明代,题画花鸟文学的发展出现了明显的三种倾向。第一,工笔花鸟画的题写者主要是朝廷官员,他们一般权位很高,粉饰太平的倾向非常明显,产生了与馆阁体文学相应的题画文学。第二,明代中期,由于吴郡成为花鸟画的中心,这些画家大部分时间都隐居在山林,怡情弄墨是他们的主要活动,他们在题画文学中表达自己特殊的情怀,闲适恬雅的风格成为此时期花鸟画题画文学的主要特色。第三,明中后期,徐渭的出现将花鸟画带入抒发郁愤之情的境界,他的写意花鸟画成为明代花鸟画提倡本色、抒发真性情的代表。他的题画文学更加真率,情感激荡浓烈。本章分三节论述花鸟题材作品的图文关系。

## 第一节 祥瑞花鸟作品的文图关系

明代大多数帝王提倡以儒道治国,花鸟画也受到这种风气的影响,主要目的在于粉饰太平、宣扬教化。花鸟画的总体发展趋向是取法宋代院体花鸟绘画。在将近百年的时间中,明代院体花鸟画的发展也经历了不同的阶段。若以辅助政教的功能为主要线索,明代花鸟画的发展早期出现了表示祥瑞的奇兽(如麒麟、驺虞、玄兔)和自然界的特异现象(如嘉禾、瑞麦),中期重点关注表现盛世气象的珍禽异兽和名贵花卉,后期突出具有野逸趣味的一般动物。同时,花鸟题画的发展也伴随着明初花鸟画的发展而展开。翻开明初文人的文集会发现,他们留下了大量描绘明代花鸟画的诗歌、文章,以描述他们的感受,阐述他们的思想。本节就围绕明初花鸟画与题画文学的特殊关系展开。

### 一、明初祥瑞花鸟图式

朱元璋建立明朝后,虽然没有恢复宋代画院,但征召了画师,以备御用。明代宫廷花鸟画的发展,正是在这种情境下展开的。朝廷也推崇宋代画院粉饰太平的举措,要求画家描绘珍禽异兽、歌咏盛世熙和太平的气象。自朱元璋到成化的百年间,宫廷花鸟画主要有描绘具有神话色彩、象征祥瑞的珍禽异兽、五谷,皇家园囿中的珍禽异卉和日常的花鸟。

## （一）具有神话色彩的珍禽异卉

明成祖通过杀戮取得帝位，为了显示帝位的合法性和统治的清明，地方进献了很多珍禽异卉以显示"时和岁登，四夷安顺"之象，大臣也应时颂贺，形成了一次以花鸟粉饰大化的高潮。这些贡品是一些驯化的、带有特殊含义的动植物。目前笔者所见的绘制珍禽异兽的图像有两卷：《明内府驺虞图》和《明人画驺虞图》（图4-1）。两卷大致相似，描绘一白色黑斑纹异兽行走于山间，扬尾定睛，似有所见。背景中一条橙黄色河流奔向画外，前景有老松，对岸有茂树，两只鸟在高空飞翔，正向下鸣叫，似乎正在歌颂大好时光。此图虽是青绿设色，却格调淡雅，颇有生机。此图后附姚广孝为首的多位大臣的颂贺诗文，显示大臣对此事的重视。还有一些单幅图像，如明《瑞应图》直接描绘瑞应的动植物，如《嘉禾图》和《瑞应图》（图4-2），其后也有大臣所作赋文，以歌咏瑞应。

图4-1　明人画驺虞图，佚名，台北"故宫博物院"藏

图4-2　瑞应图（局部），佚名，台北
"故宫博物院"藏

## （二）皇家园囿中的珍禽异卉

图4-3　三友百禽图，边景昭，台北"故宫博物院"藏

除了这些明显粉饰太平的花鸟，明代还有很多宫廷画家绘制皇家园囿中的珍禽异卉以表现盛世气象。其中，最早绘制这类图像的画家是边景昭。边景昭，字文进，福建延平府沙县人，祖籍陇西，生卒年不详。永乐年间任武英殿待诏，至宣德时仍供奉内廷。后为翰林待诏，常陪宣宗朱瞻基作画。他是明代工笔花鸟画的代表画家，其作品"工整清丽，笔法细谨，赋色浓艳，高雅富贵"。其代表作《三友百禽图》（图4-3）是集中各种传统意象而创作的图像，以百鸟翔集粉饰太平。图中百禽或跳踯，或鼓噪，或饮啄，或顾盼，悉尽其态，气氛热闹欢快；又画岁寒三友（松竹梅），以彰君子之德。图像以全景构图，山石采用马夏侧锋斧劈皴，刚柔并济，展示皇家园囿生机勃勃的风采和君子坚贞的品性。

继边景昭后，宫廷花鸟画家吕纪也是粉饰太平、歌咏圣化的大家。吕纪，字廷振，号乐愚。鄞（今浙江宁波）人。弘治年间以画被召入宫，值仁智殿，授锦衣卫指挥使。先后学习边景昭的工笔花鸟和林良的写意花鸟技法，其代表作品有《新春双雉图》《桂花山禽图》《残荷鹰鹭图》《秋鹭芙蓉图》《狮头鹅图》等。吕纪的工笔重彩，精工富丽，多绘仙鹤、孔雀、鸳鸯之类，辅以树木坡石、滩渚流泉等背景，既具法度，又富生气。如《牡丹锦鸡图》（图4-4）描绘一对白鹇嬉戏于湖石牡丹边，石后富贵华丽的牡丹争芳竞艳，白色轻盈，红色古艳，与画面上端的杏花斗艳。杏树盘旋而上，枝条横斜于画幅上方，杏花如绮，春意益然，牡丹盛开，喜鹊、白头翁歌喉婉转，将皇家园囿繁花似锦的春天表现出来。又如《桂菊山禽图》（图4-5）描绘三只红嘴蓝鹊（传说中的青鸟，是沟通仙界的使者），一只含着草虫呼唤同伴共享，一只栖息在桂花树上向地面鸣叫，与两只八哥唱和相对。第三只藏于枝叶后方，机警可爱。粗壮的桂花树和玲珑的太湖石均用浓墨勾勒，然后以粗笔渲染，水墨淋漓，笔力坚实。石边秋菊勾勒精细，呈红、白、黄、粉色，灿烂若天际五彩云霞。密如细雨的桂花皎洁如月，堪称天香。

图4-4 牡丹锦鸡图,吕纪,中国美术馆藏

图4-5 桂菊山禽图,吕纪,北京故宫博物院藏

## (三) 日常花鸟

日常花鸟是很多画家创作的题材,但多用于抒发闲适自由的情怀,明代画家将它们带入宫廷,表现盛世中杰出人才的风姿和气韵,也是体现盛世气象的一个侧面。这些作品风格写意,境界清苍,以林良和孙隆的画为代表。林良(约1416—1480),字以善,南海(今广州)人。弘治间拜工部营缮所丞,值仁智殿改锦衣卫百户,与吕纪先后供奉内廷。其水墨禽鸟、树石,继承了南宋院体放纵简括笔法,遒劲飞动,有类草书,墨色灵活,为明代院体花鸟画变格的代表作家,也是明代水墨写意画派的开创者。林良的《双鹰图》(图4-6)表现两只苍鹰伫立在山石上,一只昂首远眺,凝神不动,似乎已经锁定目标。一只回首巡视,似乎在等待机会,互相配合,舒朗自然。山石嶙峋,以大笔作斧劈皴,一挥而就。杂木丛生,丛条舞动,大有草书笔意。充分展现了苍鹰卓然不群、老辣肃杀的态势。上方有一只熟睡的喜鹊。鹰劲力刚猛,威而不怒,与其他禽鸟处于和谐之中。林良的《芦雁图》(图4-7)表现两只大雁向水面俯冲、激起水波的场景。此图用长线条勾勒两只大雁的身体轮廓,用短线条直接画大雁的翎毛,笔法肯定,留白精致,虽是水墨画,却分外雅致。水面上的芦苇、波纹则逸笔草草,呈圆弧形由底部向左上方旋转,既填补了两只大雁间的空白,增加图像的连贯性,又显示了画家的笔墨意趣,更增潇洒韵味。

图4-6　双鹰图,林良,广东省博物馆藏

图4-7　芦雁图,林良,北京故宫博物院藏

此外,鱼藻在中国文化中有特殊的象征含义,明代不少画家用鱼藻来表现政治清明,它也是人才得以重用的象征,或赋予早日高升的愿望。这里不再一一叙述。

## 二、以宣教为导向的花鸟颂歌

花鸟画虽然比较简单,但直接担负着粉饰太平的重任,官员对它们的关注使其成为明廷宣教治化的手段。随着明廷文化政策的变化,花鸟画的内涵也发生了很多变化。主要有以下几个方面:一、歌咏瑞兽,象征太平。二、借花鸟清泠之境说明朝臣消闲清雅之乐,渲染盛世雍容气象。三、以珍禽之性象征持画人之德,说明盛世人才之杰出。四、结合持画人的身份、境遇,或赞赏持画人的才华,或祝愿早日高升,或期望早日回归山林,逍遥林下。

明永乐到宣德年间都有珍禽异兽供奉给朝廷,永乐年间的进献尤其频繁,大臣的歌咏尤多。其中《明人画驺虞图》后附录了以姚广孝为首的多位大臣的颂贺诗文,参与的大臣涵盖了五部尚书、翰林院、钦天监、国子监、御史等国家中央机构的重要大臣,共27人。此驺虞是永乐二年(1404)周王献给永乐帝的瑞兽。虽然永乐帝对之前的很多瑞应现象都未加关注,对此次周王的进献却非常重视,亲自着弁服迎接,并举行庆典,太子太师丘福率领百官进贺表。这些文字正是此情境下产生的。永乐夺取帝位时的血腥残杀,给明代社会带来了很大的负面效应,但承继大统既成事实,所以,帝位的合法性论证不是是否有资格(嫡系出生)继承大统,而是继承大统后,国家会发生怎样的变化。这次歌咏给经历过血雨腥风的臣民一个富贵安康的承诺,以抚慰他们内心的伤痛。所以,我们发现在27人的颂歌中,有以下几点非常关键:第一,瑞兽出现的时机。大臣们都将美言集中在"人君有至信之德,亲亲仁民,和洽海寓"(姚广孝),才能出现驺虞,这正是"彰君有至仁""皇帝万亿年太平之征"(寨义)的表现。而这个太平盛世更是了不起,直可上攀成周之治。可见,在大臣的助推下,成祖的帝业就是黄金之治。第二,皇帝德行高尚,以仁孝治国的能力。郁新的说法最全面,也最具代表性:"皇帝嗣兴,率由旧章,德侔尧舜,道合禹汤。外抚华夷,内笃宗亲。"①遵从祖治,外抚怀柔,内扬孝悌,德行与尧舜禹汤同高,是保证国家太平的根源。第三,驺虞的合理性根据。明代大臣认为驺虞曾出现在歌咏文王德行的诗歌中,千百年来并未再现。驺虞合理性的根据是文献记载。所以,当周王发现驺虞时并不认识,而是"集鸿儒、披灵篇、按瑞图、搜山海之密录,穷竹帛之遗书"②才确定是驺虞。显然,大臣将驺虞的合理性归结为权威文献。而权威文献的价值在于肯定具有神话色彩的三代君王统治中的"敦厚兄弟"的"仁孝"特色、重整中华的大义③和文治武功的能力④。驺虞是象征德行的符号,这些德行又是儒家统治思想的体现,所以,驺虞变成了美好品德的象征,彰显了儒家人格气象。姚广孝描述驺虞为:"玄文光射墨,素质色欺银,刚克威无猛,柔居性本纯。"⑤玄文代表驺虞外在刚威,素质说明驺虞内在仁柔,二者合一正是太平帝王的素养和本色,也将驺虞和帝王同构。

除了瑞应图这种集体创作外,明廷还有很多官员也乐意为宫廷画家绘制的作品题诗,阐发其中的文化含义,借以说明自我的消闲生活理想,为太平气象造势。边文进、吕纪、谢环绘制的大量珍禽花木被很多明代官员题诗。其中,胡广《题边文进画松鹤》颇有代表性。诗云:"边生埽素写孤鹤,傍着长松倚云壑。天风吹坠银河流,挂在丹崖九霄落。松声鹤唳水潺潺,恍聆仙乐鸣空山。高秋爽籁度窈窕,初疑蓬岛非人间。古称善画谁第一,毕宏薛稷皆名笔。想应对此融心神,毛发飕飕也森栗。高堂见之若可招,竦身逸气凌沉寥。卷帘只恐天上去,长松洒瀑空潇潇。"⑥诗歌着重描写鹤松清冷闲适的生活环境,这种环境又是玉堂人渴望的消闲空间,其创造者是著名的画家。实际上,观画人描摹了明初朝堂之上流行的朝隐生活情态,以及实现的物质条件,将书画世界和朝臣的消闲理想结合,营构了一种理想环境。但是,这种理想环境经历一个转换,并不与国家意识形态相矛盾,正是国家太平盛世的象征。这一点,我们可以从胡俨⑦题谢环的珍禽中看到。《题孔雀图》:

有鸟有鸟名孔雀,文彩光华动挥霍。修颈昂昂翠羽翘,大尾斑斑金错落。由来

① 郁新题,台北"故宫博物院"编:《台北故宫书画录》第二十册,台北"故宫博物院"出版社2001年版,第70页。

② 寨义题,台北"故宫博物院"编:《台北故宫书画录》第二十册,台北"故宫博物院"出版社2001年版,第68页。

③ 根据五帝本纪可知,帝喾崩后立尧兄挚为帝,挚不善,尧代之。尧时四凶作乱,舜罪三苗以化俗,放四凶以平天下。舜重孝道,隆礼乐,百姓柔善,百工兴,可谓重整中华。

④ 同②,第69页。

⑤ 姚广孝题,台北"故宫博物院"编:《台北故宫书画录》第二十册,台北"故宫博物院"出版社2001年版,第68页。

⑥ 陈邦彦选编:《康熙御定历代题画诗》(下卷),北京古籍出版社1996年版,第416页。

⑦ 胡俨(1361—1443),字若思,号颐庵,工书画。

丽质产南方,丹山碧水多翱翔。芭蕉花开风正软,桄榔叶暗日初长。忽闻都护啼一声,山中百禽皆不鸣。松篁引韵笙竽奏,顾影徘徊舞翅轻。炎荒暑热时多雨,尾重低垂飞不举。一朝笼养近帘帏,可怜犹妒美人衣。

这些孔雀本来生活在南方山林中,因漂亮华贵,被献给朝廷,圈养在后花园。历来皇家园囿是圈养蓬莱珍禽的地方,所以这些珍禽正生活于"蓬莱仙岛",是皇家富贵和太平的象征。《白鹇图》恰好说明这些珍禽从山林瑶池走入朝堂的过程,以及作为瑞物,象征太平的目的。诗云:"白鹤缟衣而炫裳,白鹇身玄羽如霜。……瑶池水暖蟠桃熟,阿母红颜双鬓绿。阆风台榭月高低,夜深曾伴青鸾宿。高帝昔坐未央宫,南越走献双雕笼。圣明四海皆宁一,嘉祥迭应无虚日。"①宣德帝继位后,迎来盛世,也有很多歌咏盛世的书画,其题"御前画史"孙隆的没骨画《梅花寒雀图》云"雪蕊冰梢一两枝,幽禽聚语亦怡怡。乾坤初放春消息,已被人间画史知"②。这种温和恬雅的气息和对大地复苏的敏感,恰是承平日久的表现。

除了消闲环境的营造,珍禽还是人物品德的象征,用以歌颂盛世人才的杰出。明代从洪武到宣德,社会发展较快。三杨经历永乐至宣德年间,具有很高的德行,是敦朴有德的耆硕高官居于朝的代表,正好点缀升平。其中王绂与边景昭合绘的、名公相继题跋的《竹鹤双清图》(图4-8)(杨士奇藏品)颇说明了这一点。杨士奇品德高尚,每次退值后,坐小轩,看书画,以涤心胸③,题画人也特别将画与杨氏的品格结合。如杨荣题云:"修竹琅玕直,仙禽迥立清。扶疏三径色,嘹唳九皋声。劲节风霜老,贞姿玉雪明。朝回宾客静,吟对独含情。"④直、贞、劲、迥是杨士奇性格中刚健的一面,清、明、静是杨氏柔和清净的一面,显然符合"文贞"的谥号。

成弘年间,人才济济,以画彰显君子风采和德行的风尚也比较流行。同时,宦官权力增大,士大夫不依附者不得重用,孤介之士更勒令致仕,所以,刚介之人开始退居林下。如彭华为尹嗣昭所作的《题柳鸶》云:"岂如此鸟独凝寂,不与众禽上下相追随,周公称大圣,振鹭载颂诗。君子敛德容,雅与物色宜。尹侯家住大江西,翛然自负冰霜姿,洁白岂不与之齐?"⑤指出鸟的凝寂是持画人尹侯君子德容的象征,花鸟幽远闲适的意态也是尹侯贞洁冰霜之表现。萧镃《题林良九思图》谈到"九思各专其一,如视听貌言之类各有所思诚君子所急"⑥,彭华也为林良的绘画题诗,可知思想相通,"鸶"即"思",要求君子于宦官当道之际,坚持操守,有所反思。其实,以善谏著称的吕纪也画过鸶,如《花鸟图》《三鸶图》(图4-9),将"鸶"表现为沉浸冥思的样子,以号召君子反思。景泰、天顺间,明廷经历"土木""夺门"之变,兄弟孝悌

① 《白鹇图》,转引自 http://sou-yun.com/Query.aspx? type=poem1 & id=467661。
② 转自孔六庆著:《继往开来——明代院体花鸟画研究》,东南大学出版社2008年版,第151页。
③ 参看杨士奇:《五清诗序》,见刘伯涵、朱海点校:《东里文集》,中华书局1998年版,第70—71页。
④ 杨荣:《竹鹤双清图为西杨学士题》,见《文敏集》卷三,《景印文渊阁四库全书》第1240册,台湾商务印书馆1986年版,第57页。
⑤ 陈邦彦选编:《康熙御定历代题画诗》(下),北京古籍出版社1996年版,第447页。
⑥ 萧镃:《题林良九思图》,见《中国书画全书》第七册,上海书画出版社1994年版,第714页。

图4-8 竹鹤双清图,边景昭、王绂合绘,北京故宫博物院藏

图4-9 三鹭图,吕纪,山东郓城文管所藏

考量士人德行的重要内涵。卞荣题《林良双雁图》赞叹王氏兄弟同心同德的孝悌美德,或许是其反映。诗云:"槐堂兄弟今二难,同德同心本同气。芳名岂但动一时,胜事终当传百世。丹青我已重林君,手足谁能似王氏。宣王有道美鸿雁,周公多才赋常棣。"①

　　成、弘、正三朝是明廷走向宦官专权,皇帝游戏怠政的时期,也是李东阳当政和茶陵派的兴盛时期,李东阳以文坛泰斗身份,聚合一批人才,但宦官势力逐渐增强,他只得委屈其间,补救过失,保全善类。此时人才或沉沦或崛起,与李东阳有很大关系。林良的花鸟画以鹰、熊、雁、凤等大型动物为表现对象,其中的勇猛气势正与当时人才秉性相符合,所以,李东阳及其茶陵派成员题写林良花鸟画,均侧重表现人才的风姿和境遇,并寄托了美好的祝愿。同时,受到宦官专权的影响,很多正直之人被迫致仕,也将题画诗的笔触延伸到山林,突出他们独立不屈的风采。具体来说,当在高官宴席赏画时,题画人主要描绘宴上赏画的欢快气氛,用花鸟营造春风和鸣的欢快气氛,恰如宴会上的音乐。如李东阳为通政程公题《林良双鹊图》云:"华堂绣幕双雕槐,树间灵鹊穿玲珑。当春解识芳菲意,镇日相呼楼阁风。疏枝密叶闹复歇,曲槛丛台西忽东。共爱羽毛争洗濯,由来律吕自谐同。此时闭户填青葱,昨日天书下紫宫。已喜西州金印大,何如南海画图工。开筵置酒宾燕喜,爱画

───────────────

① 陈邦彦选编:《康熙御定历代题画诗》(下),北京古籍出版社1996年版,第442页。

索诗公意浓。却愧当年赋鹦鹉，意酣捉笔如飞鸿。"①在御史宴席上，题画人顺势预祝主人早日高升，如程敏政《题蔡挥使所藏林良双鹊》"鹊兮鹊兮不可求，愿君身共张梁州。不须椎石取金印，看尔生封忠孝侯"②。甚至到了嘉靖年间，陆深在题《林良苍鹰图》时还赞扬周锦衣意气与鹰同，"林生五岭太平人，何事落笔心先嗔。忠贞立朝奸佞惧，貔虎负辇山林春。锦衣周君人中杰，意气要与图争烈。封侯万里看下韝，一洒平芜遍毛血"③，有封侯气势。当持画人是书生、世家子弟的时候，题画人一般都将花鸟的美丽作为歌咏对象，以比喻他们的才华。如李东阳为琼山岑生题《牡丹孔雀图》云："海南风日暄且妍，牡丹花开如火然。花间孔雀双旖旎，似与植物相矜怜。奇毛昼炫日五色，下照清潭影千尺。栖息应劳择地心，盘旋似惜冲霄力。江花涧草秋复春，风翎露翼空缤纷……衣锦先凭戏彩身，射屏正得穿云手……上林剩有梧桐树，拭目看随紫凤来。"④诗人结合花卉的绚丽色彩和孔雀的冲云身手，赞扬岑生是优秀之才，栖息"上林"，"衣锦"富贵，指日可待。对世家子弟也高赞其才华，寄托殷切希望，如李东阳题《王世赏所藏林良双凤图》云："圣朝至治登虞唐，手持玉烛调阴阳。贤人在位吉士出，岂以异物充正祥。王君矫矫人中凤，端合置之白玉堂。超宗奇毛本异种，吾见先公居庙廊。君当奋飞隘八极，我已避路看翱翔。太平有象须黼黻，不独文字净辉光。"⑤当持画人是触犯当局而被罢归的失意官员时，如当送别触犯刘瑾被罢归的罗鉴⑥时，李东阳规劝他"人间狐兔自有地，慎勿反击伤鹓鸿"，特别赞叹他的义气，认为他们罢归，依然是"云霄得意人"⑦。由于鱼可以跃龙门，被认为是人中龙，题画人也多将鱼作为祝愿跃龙门、洒霖雨的象征。如李东阳《题程亚卿所藏刘进画鱼》云："知公自是人中龙，会向人间作霖雨。"⑧其为《鱼藻图》（图4-10）作的《题鱼》亦云："中书令祖风骨殊，鳌头望重冠蓬壶。散作霖雨苏焦枯，鲸飞天上游帝都。瞬

图4-10　鱼藻图，缪辅，北京故宫博物院藏

① 李东阳撰，周寅宾、钱振民校点：《李东阳集》（一），岳麓书社1984年版，第182页。

② 陈邦彦选编：《康熙御定历代题画诗》（下），北京古籍出版社1996年版，第466页。

③ 同上，第422页。

④ 同①，第227页。

⑤ 李东阳：《王世赏所藏林良双凤图》，见李东阳撰，周寅宾、钱振民校点：《李东阳集》，岳麓书社1984年版，第191页。

⑥ 罗鉴，字缉熙，茶陵人，成化戊戌进士，授南京刑科给事中。起复补户科。后任河南、四川布政使。

⑦ 同①，第196页。

⑧ 李东阳：《题程亚卿所藏刘进画鱼》，见李东阳撰，周寅宾、钱振民校点：《李东阳集》（一），岳麓书社1984年版，第120页。

息岁月同朝晡,鳞宗介族多簪裾。中书亦是瀛洲居,焖如骊龙生掌珠。如麟有角凤有雏,共为周瑞环郊郛。"①既赞扬中书祖父施霖雨于社会,又颂扬中书是簪裾世家的雏凤。

总之,明代院体花鸟画是服务于宫廷的画种。随着时代的变化,它们表现的内容、气象也发生了相应的变化。总体来看,经历了集体鸣盛,服务于国家意识形态宣传,对庙堂人才品德给予象征性歌咏,关注人才境遇,祝愿他们早日进入朝廷,为国服务的三个阶段。由于它们整体上都与政治有密切的关系,所以基本上属于同一文化圈,表达的内涵也是统一的。

## 三、明代花鸟作品的文图关系

明代花鸟画家虽然能够创造诗歌,也曾经在自己的花鸟画上题写诗歌,但从目前留下的图像来看,他们大多只在画上题款。② 题画诗主要是大臣创作的。自朱元璋开始,明代君臣都乐意以花鸟歌咏太平气象,此处主要讨论明代大臣如何利用花鸟画题诗表达国家意识形态。所以,这里的文图关系依然是间接的,建立在对思的展现上。总体来看,明代花鸟画题诗的前提是花鸟画,题画人可以根据不同的境遇来组建花鸟画空间和隐喻空间,形成以空间为主的花鸟画题咏。但从明初到正德朝,时代气象的变化又使得花鸟画题诗呈现特殊的写作模式。

永乐帝朱棣登基后,为了证明太平盛世的来临,大臣们合奏了一曲歌咏瑞兽驺虞的盛歌,将瑞兽的出现诠释为君主仁德、致太平的象征,形成了大臣歌咏的第一种模式,即在图像的引发下,探寻瑞物的来历,建构合理性并诠释深层内涵。又以明确的公文制度暗示这种论证的政治修辞,脱离真实的拷问。据现存资料可知,参与这次进贺表的官员远不止 27 人,其中翰林院的杨荣、曾棨也写了颂诗,却没有出现在这一卷轴中,因为这一卷轴是姚广孝代表东宫进贺的卷轴,包含的主要是有实际权力的重要官员,而杨荣等翰林院官员目前还是备顾问阶段,不具有实权,所以暂时没有列入。姚广孝本精通绘事,明白书画结合在明代宫廷所具有的政治效应。如果颂诗一篇篇上奏,那仅是一个个奏折。可是卷轴的意义就大大不同,它图文并茂,集中了众人的颂诗,形成一个庞大的文本,发挥着重要的集体效应,皇帝可以反复观看,时时感受到东宫的孝顺之心、继承父志的诚心,打消他对东宫的猜忌,又成全他重视皇储、以仁孝为本,将朱元璋的基业发扬光大的美德。这无疑为国家的长

---

① 李东阳撰,周寅宾、钱振民校点:《李东阳集》(一),岳麓书社 1984 年版,第 229 页。

② 关于题诗的问题我一直没有找到合适的解释方式,暂且理解如下:明代院体花鸟画基本上是尺幅较大的立轴,一般都是挂在家里的艺术品,虽然有一些在宴会上可以请人题咏,但毕竟空间有限,尤其当画面结构比较完整时,如果像后来的册页、卷轴一样大量题咏,可能就会破坏图像的审美效果。题画人的书法水准不一定很高,可能就没有直接题在上面。画经过多次装裱,估计也改变了原图的样子。还有一个可能的解释是图像的内涵大多与传统文化赋予的象征意义一致,很容易理解。而这些图像的社会环境却赋予了它更多新内涵,这也是花鸟画宣传意义更加迫切的层面,所以我们可以看到这是一个二次意义生成的结果。这与一般的诗意花鸟画有很大的不同,也更能说明文图的新关系,值得区分。

治久安做了一个清晰的承诺。所以,如果我们忽略图像与颂歌产生的时间顺序,而从它们的终极目的出发,就会发现二者在政治话语的操纵下,发生着非常奇特的作用。图像内容是一个单一的象征符号,其内涵就是大臣歌咏的内容。但成祖刚刚即位,书画作品中用驺虞象征太平盛世的到来,显然图像是盛世的设想,而不是盛世本身的呈现。再结合大臣对盛世的理解就会发现这个设想的目的是为了加强盛世的合法性。而大臣将盛世追溯到三皇五帝,反而将之虚化为不可兑现的承诺,所以,成祖的承诺是一个政治游戏,对瑞兽的描述是用文字游戏达到政治目的,不能期待它的真实性。并且,大臣对这一点有明显的自觉。这主要表现在他们使用的语言上。他们反复说自己忝职某官,有责任颂咏嘉瑞。还有人指出这是一个特殊的歌颂文本,开脱自己的言语责任。所以,书画一体的文本为姚广孝等大臣提供了一次集中颂扬太平的机会,加强了图像的宣传力量,保证成祖太平盛世的承诺,共同缔造了政治话语的真实性。但大臣又通过文本结构为自己的言语开脱,使图像与成祖帝业的象征关系更加天衣无缝,使书画一体的文本成为无颂赞主体的官方制作,以国家的名义发挥作用。如果图像是单面的,它以形态表达统一的一组含义,那么颂赞就是多面而矛盾的,它们既可以附和图像完成意义的传达,又可以暗示图像意义的不确定性,使之虚化为文字游戏,免于真实的拷问。或许这就是明代大臣的颂赞逻辑,也是他们热衷利用图像的一个特殊原因。图像对于颂赞还有特殊的作用,因为颂赞是未实现的存在,图像设置了一个想象的空间,让颂赞的书写效力得以发挥,使之存在。从这些意义上来说,图像是起源性的、不完善的,颂赞依附于图像,并完善之;颂赞是终极性的、虚无的,图像是其存在的空间,它又背叛图像,与现实形成暧昧关系。

　　国家太平的另一个特征是斯文重整,官闲行雅,所以,禽鸟风采和秉性也成为耆俊闲适的象征。明初大臣很多喜欢在书画中娱乐,说明自己的志向。不同于朱瞻基将莺歌燕啼解释为大地回春、乾元初发的上林气象,大臣多侧重秉性偏冷的松鹤,突出清泠的氛围。胡广的《题边文进画松鹤》是其中的代表。[①] 胡广是永乐朝的大臣,首倡歌咏北京八景,对明廷的歌颂体制很熟悉,但在观看松鹤之际,并未突出松鹤啸唳九天的风姿,更没有追捧朱瞻基强调的勇猛刚劲气势,而是充分利用画面的空间和声音来描绘松鹤的居住环境。题花鸟画时,一般都是对着图像,所以,画面内容限定了题画的范围,也提供了一个修辞空间。具体到这首诗歌,首先映入眼帘的是孤鹤伴长松依云壑,长松秀颀参天,云壑烟云缭绕,突出幽静深渺的环境。接着,天上银河被天风吹落,挂在丹崖,极摹瀑布奔腾飞落的气势。一静一动,一默一声,将松鹤放在渺远恒定的空间,点明高远之境。然后,在空旷的山谷中,听到松鹤与水的合奏,在秋高气爽之际,恍如蓬莱仙乐,加强音乐的强健之感。然后指出画者与观画人似乎正听这曲合奏,不禁有森栗之感,起凌云之气。"爽籁/窈窕""蓬岛/玉堂"透漏了"音乐"的双重指向。蓬岛、爽籁是为了愉悦玉堂窈窕君子,鹤的清

---

① 诗歌上文引用过,为了简便,不再引用。参看陈邦彦选编:《康熙御定历代题画诗》(下),北京古籍出版社1996年版,第416页。

健气质和玉堂人的儒雅温润结合,说明玉堂观画的清健明快氛围恰是玉堂人内在特质的表现。最后,用俗套语言①暗示鹤之传神,在想象中将松鹤分离,营造余音缭绕的空漠假象。而"卷帘"又将松鹤强制放在一起,加强持画人内在饱满的强健之气。如果将时空做一个整合,会发现这段题画诗暗含着隐喻结构。在明人的思维中,玉堂是翰林院的别称,翰林院备顾问,最接近帝王,玉堂实际是"天上"的代名词。玉堂人/花鸟正是帝国人才风采的象征。花鸟/人才来自永恒之境(蓬莱仙岛),是上天涵育、乾元发抒的结果,得阳刚之正,又涵以温润之音,最终能得雅健之性。整个时空结构没有脱离"天"这个政治语境。所以,图像恰好将诗歌带入"天境",图像所画恰好是帝王园囿的上林气象,而诗歌所写正是帝王玉堂公署之人与境。上林莺歌鸟语本在于鸣盛,词臣玉堂歌咏也在于鸣盛②,若花鸟之歌咏在于悦耳目,人之歌咏在于定乾坤。二者合看,真乃入乐邦,观治化,太平气象尽入眼底。从这个角度来说,图像渗入诗歌之声,成为和鸣的音乐,题诗是渗入图像之思,深入解读和鸣的内涵,所以,诗情画意在错位中融合,画通过像之通感,传声之愉悦,诗通过思之虚渺,传像之气韵和疆域,实现了对太平气象文质两面的恰当传达。如果说,从玉堂花鸟可观中原之治化,那么四夷来贡,更是化俗天下,得英豪以用的盛世姿态。胡广等题画,表达锦鸡、孔雀等边远名贵花鸟来到上林,并辅以它们补衮天宇的文章和闲适林苑的风采,形象地展示了帝国雨露的感化力量。

宣德帝秉承祖训,谨慎律己,任用忠厚老成之才,三杨组阁,政务条贯,出现仁宣之治。朝中人才济济,以三杨为首的耆硕个个品德高尚,为国家树立典范。由于宣德帝和三杨一起经历过永乐朝的艰难崛起,深谙永乐朝的歌咏逻辑,在他的统治下,明朝基本走向承平,他特别重视人才,愿与人才共治天下,所以,此时他和大臣的歌咏开始偏离永乐时期完全服务国家统治的目的,渐渐转入歌咏个人的具体品德,大臣的自我人格得到彰显,形成了明廷题花鸟画的新模式。此时期,朱瞻基除了讴歌具有婉转歌喉的黄莺,渲染上林"万象维新,二气和合"的太平气象外,还更加细腻体味鸣音,如"绵蛮其音,既宛转如鼓簧,亦清泠如奏琴,畅兮乍如歌,幽兮复如吟","清泠""绵蛮""畅""幽"既是莺鸣的特色,也是观者推崇的审美体验,所以,朱瞻基认为"春和景丽"时,听莺鸣,能够"适趣"。但"莺鸣适趣"的根本还在于"求友"之义,"禀中央之正色,孕土德之纯粹"。③ 可见,朱瞻基推崇偏阴的感觉,将永乐时期阳刚劲健的气势转化为阴柔儒雅的气韵,推进朝堂上更加个人化体验的发展。他在咏鹤诗中也不渲染丹鹤朝阳等金碧辉煌的气势,而是突出鹤戾九天、清光满环宇的清刚韵味。他对白色禽鸟特别钟爱,多将其羽毛比为"霜雪""玉衣",如描绘白鹦鹉"况是奇姿照雪清,色晃雕笼星眼活,影临丹砌玉衣轻"④,白雉"清标独与

---

① 画史认为传神之物可以化去,这里表现为孤鹤飞天。

② 明廷帝王多次要求翰林歌咏祥瑞,鸣盛太平。所以,花鸟与词臣的政治作用是一致的。

③ 朱瞻基:《大明宣宗皇帝御制集》,见《四库存目丛书》集部第24册,齐鲁书社1997年版,第146页。

④ 同上,第237页。

雪霜宜"①,突出白色禽鸟清素皎洁的特征。总体而言,朱瞻基对禽鸟的理解侧重清素、雅洁、刚健的特性,这既适合"适趣"观,也与人的品德相宜。

这一点,也被辅佐他的大臣反复使用。杨荣的《竹鹤双清图》颇能说明这一点。这首诗中除了"玉雪"之白,竹鹤的青白二色,就没有其他颜色,"清迥""风霜"等给人清冷的感受,视觉和感觉充分融合,形成清冷的韵味。"宾客静"恰如静谧的"三径",说明此地乃隐逸之地。"吟对独含情"是退朝之后对竹鹤歌咏的闲适之情。此外,如果说朱瞻基听禽鸟"畅幽之鸣",产生"适趣",更多包含清明闲适之感,也受到帝王身份的影响,有泛化的抽象之义,那么杨士奇高堂对竹鹤,引起清冷之兴,品性与禽鸟融合,内心与清物一体,达到忘我之境②。退朝在心理意义上,离开了喧闹的政治场所,进入更加私人化空间,所以,禽鸟的象征意义更与个人修养相关,更加自觉与独立,充分说明他迥立天地的独立人格。

成化、弘治年间,宦官乱政,群小党附,禽鸟的象征意义更加清晰简单,如上文引用的彭华为尹嗣昭作的《题柳鸳》,以鸟的静态风姿对比众禽上下跳跃的动态,比附君子的雅静气象,又将雅静与洁白的"冰霜姿"相连,更加突出人物的气骨,是传统意义上的象征手法。景泰、天顺年间的"夺门之变",兄弟反目,"悌"又成为人们关注的焦点,大雁代表的兄弟之义被多次描绘,又如上文下荣题林良《双雁图》中,诗人抓住双雁、槐堂、二难、棠棣等象征孝悌的物象,肯定了与持画人的友谊。所以,随着皇权对士人心态控制能力的减弱,持画人多从传统文化意象的角度来理解禽鸟画,并直接强调个人具体德行,将浑然一体的气象、境界、感受转化为对物象姿态的比较、文化意象的罗列,直指品德,成为比德说在花鸟画中的突出表现。如果要总结一下这一时期图像与文学的关系,花鸟画无疑为题画诗提供了一个再现视觉、表达观感、肯定德行的空间。并且,直接影响了题画诗的意象,纳入更多文化观念,显示了花鸟画从服务于整体国家气象的表达转入对个人德行的肯定与象征,也让士人回归到儒家道德中,给予他们更大的心性发展空间,显示了道统的持久影响力。花鸟画的用色和空间安排也影响了题画诗的写法。题画诗大多注重空间的高下、左右,物象色彩的强烈对比、排列,并将大量的神话纳入诗中,丰富了题画诗的空间层次,也带来了想象力的飞扬和诗人描摹能力的提升,尤其是对绚烂高华色调的表现。实际上,花鸟画作为一个珍贵的玩物,组成了一种文化娱乐形态,这不仅丰富了诗歌表达的题材,也建构了文人的休闲空间和生活观念,锻炼了文人通过文化意象自觉表达自我、组织意义的能力。所以,从创作实践和心胸两个方面,花鸟画带给题画人特殊的体验和丰富的积累(知识和感觉两方面)。

成、弘、正年间,以李东阳为首的大臣,笼络了一批人才,但后来受到宦官的影

---

① 朱瞻基:《大明宣宗皇帝御制集》,见《四库存目丛书》集部第24册,齐鲁书社1997年版,第241页。

② 杨士奇颇受庄子影响。他在《次韵答胡若思宾客》中云:"案有庄生论,门临孺子坊。游心邈千载,尘虑已都忘。"《题凌士昌所藏张子厚山水》云:"世外不知尧舜理,超然放喜似庄周。"(转引自方勇:《庄子学史》第二册,人民出版社2008年版,第337页。)杨士奇《五清诗序》亦云:"明窗永昼,午困之际,阅而诵之,则不必引茗盌,聆弦奏,而胸次可以洒然也。"参见《东里集》卷五,《景印文渊阁四库全书》第1238册,台湾商务印书馆1986年版,第60页。

响,出现了人才沦落的现象。此时是林良花鸟作品兴盛的时期,因为赏玩花鸟画是非常流行的活动,能够快速组成特定的空间,充分表达特殊的意义,题画人可以根据具体情境来题写花鸟画。比如在宴会上,李东阳为通政程公题《林良双鹊图》,结合宴会空间展示花鸟和鸣的热烈氛围。题画人用雕窗、曲栏、树间、楼阁将鸟放在一定的空间中,又突出鸟的鸣奏,气氛热烈。画上花鸟似乎正位于程公庭院一角,突出了程家的蓬勃生机,也为庆祝带来欢快的气氛。另一《王世赏席上题林良鹰熊图》描绘鹰熊出没之际,"金眸耀日开苍烟,健尾捎风起平陆……侧睨翻疑批亢来,迅步直欲空壁逐。乾坤苍茫色惨淡,落木萧飕满空谷。群犲敛迹百鸟停,万里长空齐注目"①的迅疾风采,山野弱兽的恐惧之状,渲染凶猛禽兽的动态气势和山谷的肃杀气氛。再如罗鉴因受刘瑾排挤,李东阳题《双鹰图》(图4-11)送其南归。诗云:"大鹰狰

图4-11 双鹰图,林良,台北"故宫博物院"藏

狞爪决石,侧目高堂睨秋碧。小鹰倔伏俯且窥,威而不扬岂其雌……独立羞将众羽群,高飞怕有浮云碍。山寒木落天始风,日色惨淡川原空。人间狐兔自有地,慎勿反击伤鸬鸿。画图彷佛是谁作,宛似悬鞲臂间落。高堂匹练长风生,万里炎荒尽幽朔。我生奇气空嶙峋,挥毫对此不无神。送渠羽翼朝天去,亦是云霄得意人。"②诗歌借助禽鸟建立隐喻空间。首先描绘两只鹰姿态不同,却义气相同,出尘埃之外,突出两鸟的骨气。这大概是意气相投之人(李东阳、罗鉴等)的象征。然后点出浮云碍目,暗语巨珰当道,不可高飞。再云川空木落之际,狐兔自会落网,尽力保全自己。最后指出鸟在高堂引起寒风,悲愤"万里炎荒尽幽朔",肯定归人的嶙峋奇气,高赞其是云霄得意人。为后生题诗时,李东阳极力展示花鸟的风姿,也将花鸟比作后生,肯定他们具有施展宏图的意识和能为国所用的才能。如《牡丹孔雀图为琼山岑生作》诗可以分为三段解读。第一段姑且说成是花鸟(人才)出场。"风日牡丹"在清空的环境中展示牡丹动人的生长态势(如火然),具有很强的感染力。孔雀本来很鲜亮,置于花间,受到绿叶的衬托,色彩更加绚亮。诗人采用一清一暗的色调展示了牡丹与孔雀的绚丽生机,将它们放在充满生机的自然中,实际上也暗示了人才受孕于天地雨露,为万物之杰的风姿。第二段,花鸟(人才)的自觉。花鸟通过清潭倒影认知自己的绚丽色彩,正是对补衮天朝能力的确认。岑生能够请文坛泰斗(李东阳)题画,也说明了他力图在前辈面前展示才华,"清潭照影"正是此种意图的表现。第三段,对才能的肯定以及祝愿。孔雀"择地栖息""空中盘旋"是"戏彩

① 《王世赏席上题林良鹰熊图》,见李东阳撰:《东阳文集》(一),岳麓书社1984年版,第191页。

② 《题画鹰送罗缉熙南归》,见李东阳撰:《东阳文集》(一),岳麓书社1984年版,第195—196页。

身""穿云手"的表现,也是栖息梧桐,随紫凤翩然上林的条件。这些行动恰是人才通过考试展示才华,进入朝廷的必然过程。所以,题画充满了希望花鸟(人才)成为国鸟(国才)的祝愿,李东阳既是观画人,也是预言家,可能还是预言实现的关键人物。对于世家子弟,他除了描述鸟的绚烂光辉外,还追溯画的来历,说明持画人先辈的风采,希望后生能够奋起,充满期待。

总之,明代早期花鸟画创造了辉煌的成就,也促进了题画诗的快速发展。题画诗依托花鸟画的空间,描绘花鸟的形态、气象,借助花鸟的丰富文化内涵,实现花鸟画政治意义的传达。所以,花鸟画题画诗或以特殊意象为主,隐喻人才的风采;或以特殊意象为连接点,发掘意象与政治文化的关联,实现隐喻空间与图画空间的同构,表达特定的政治、文化内涵。花鸟画题诗又受到画面内容的限制,特别注重对绘画色彩、空间元素的吸收,出现了类似花鸟画的空间和色调,将以情感抒发为主的诗歌转化为融合空间与文化观念的带有一定叙事特征的咏物与议论结合的诗歌。

## 第二节　吴中花鸟作品的文图关系

花鸟画和花鸟诗是文人抒情达意的重要工具。在长期的文化积淀中,画家和诗人都能够按照一定的题材创作图像和题写诗歌,形成了大致稳定的类型。明代吴中花鸟画与诗也是这种传统的结果。当然吴中花鸟画既不具有官场花鸟画颂赞大化的特征,也不同于徐渭等人因人生极度不顺,借花抒发激愤之情,而是抒发隐士恬淡闲适的情感。这种特色显示了明代花鸟画与诗独特的一面,我们有必要梳理一下它们的文图关系。本节按照这一逻辑对花鸟画进行大致分类,简单介绍典型图式,以探讨吴中花鸟画与诗的文图关系。

### 一、吴中花鸟画的图式

从风格上来讲,吴中花鸟画主要受画家个人创作的影响,展示了不同的特色。从花鸟承载的内涵来看,既有传统的基于文化象征的内涵,也有明代的新内涵。本节主要基于内涵的不同来介绍吴中花鸟画的图式。

#### (一) 表达美好祝愿的花鸟画

在古人心中,花鸟往往具有一定的象征含义,如桂花象征折桂,竹子表平安,慈乌代表孝悌等。慈乌反哺是孝道的重要表现,尤其是朱元璋写过《思亲歌》,更是对慈乌赞叹不已。画慈乌成为明代的特殊题材。沈周的《双乌在树图》《乔木慈乌图》等都是描绘慈乌的图像,后者描绘一只慈乌栖息枝头的形态,画家用淡墨湿笔描绘冬季的老枯枝,用浓墨干笔描绘栖息在枯枝上的羽毛瑟缩的慈乌。在重要时刻表达祝愿也是花鸟画特有的类型。沈周《荔柿图》的谐音是"利是",表达新春祝愿。图绘折枝荔枝和柿子倒垂于画下方,荔枝叶子茂密,果实团簇在一处。柿子叶子疏阔,果实一上一下,与荔枝果实同处一条斜线上。整个图像疏落有致,韵味十足。《杏花图》(图4-12)是为了鼓励刘珏曾孙考中科第而作。表现细瘦梅枝,一横衍,一上擎。红花盛开,枝干刚劲,而苔痕斑斑,分支空间开阔,宛然如生。沈周《古松图》[①](图4-13)是为祝寿而作。描绘一松偃枝而下,枝下垂松果,玲珑可爱。松干细枝用粗笔勾勒,时出飞白。粗干淡笔刷扫,盘藤方折勾墨线,干上点苔和圆皴突出树的苍老。松针浓淡相间,纷披其间,颇为刚劲。

图4-12 杏花图,沈周,北京故宫博物院藏

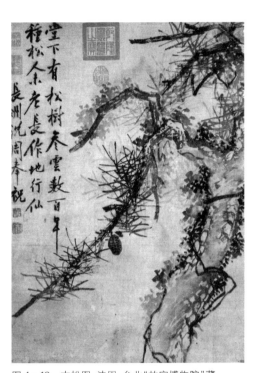

图4-13 古松图,沈周,台北"故宫博物院"藏

## (二) 抒发闲适之情的花鸟画

表现画家的闲适之情是吴中花鸟画的重要内容。不同于闲适生活,闲适在花鸟画中更多表现为情趣、韵味,与画家的风格有密切关系。但由于各位画家的性格不同,各家闲情略有不同。沈周提倡闲适自由的生活,在花鸟画中提倡"意到情适"的趣味。如《卧游图册·枇杷》(图4-14)画一枝向上,绿叶簇拥着数颗枇杷,一枝下垂,既护着枇杷,又将枯枝伸向右侧,使得两支交缠,颇有风致。《牡丹图》(图4-15)是沈周在东禅寺赏牡丹时而作。画幅上部方正茂密的题款与下部斜向右方的疏落折枝牡丹对比,灵活与规矩统一。花枝笔墨浓淡交替,浓墨湿笔画叶脉,淡墨画叶子,花瓣重叠多层,颇为丰满。工细中有疏落空灵之感。沈周《辛夷花》(图

---

① 《古松图》题云:"堂下有松树,参云数百年。种松人未老,长作地行仙。"见张修龄、韩星婴点校:《沈周集》,上海古籍出版社2013年版,第1126页。

4-16)叶子用不同绿色染,花卉用紫色,花萼用暖黄,整体色调统一,但细部变化多样,给人细腻工致的感觉。沈周的《蔬菜图》《蔬笋写生图》中笋用笔干而疏简,突出笋的焦黄质感,萝卜简单勾写,但叶子用浓点和淡点写成,特别是淡点注重墨的晕化效果,看起来栩栩如生,也暗含简约淡雅的自适情怀。

图4-14　卧游图册·枇杷,沈周,藏地不详

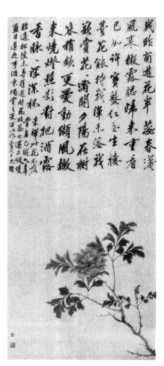

图4-15　牡丹图,沈周,北京故宫博物院藏

图4-16　辛夷花,沈周,北京故宫博物院藏

　　文徵明是沈周的弟子,他的创作题材集中在竹兰菊梅①,他将花的贞洁品性与晚香余韵结合,营造特殊的情境。如《三友图》(图4-17)分别画兰竹菊。写竹子生枯两枝,一淡墨一浓墨,一虚一实,颇有韵味。菊花傍着苍石,石下兰草了了,菊墨色统一而呼应,颇有东篱晚韵之感。兰配竹,卧石大量飞白,墨色淡,行笔快,与竹子的浓墨相映成趣。兰草纷披,中开几朵墨花,与竹子的劲挺形成对比,显得秀润灵动。文徵明的另一卷《漪兰竹石图》突出兰花的纷披之态。文徵明将兰花放在坡石、悬崖、流水侧,兰花很茂密,叶子被拖得很长,墨色很淡,突出兰花飞动缭绕的生机感。梅花也是文徵明喜爱的主题。他的《冰姿倩影图》表现梅花初放,脱去铅华的风姿。图中梅花用勾圈,淡点花蕊。梅干和梅枝曲折旋转,虽转折很多,却不尖锐,细枝上多淡墨,甚至飞白,弱化梅枝的瘦弱之感。主干用墨浓淡相加,尤其浓

---

① 值得一提的是,吴中画家的花鸟画有些不直接题诗,但是受到诗歌影响很大,比如文徵明很多花鸟形象都是诗歌描绘的再现,与诗歌有高度的一致,所以,虽然有些图像没有题诗,也是与诗歌相通的。故此,也作为文图关系来谈论。

墨处,墨色很重,形态不规则,很自然,与淡墨融合,形成非常浑融的枝干。所以,图中的梅花虽然曲折多姿,但并不突出其风骨,恰恰给人梅花的柔性之美,曲折的枝干更增加梅花的冰洁之感。玉兰花香气迷人,洗尽铅华,也是文徵明喜爱的题材。其《玉兰花》即表现玉兰花花开时节的韵味。图中玉兰花或含苞待放,或已经盛开。文徵明用细腻的笔触勾线,突出玉兰花开放的形态,花瓣略湿染白粉,与纸的颜色形成区分,突出玉兰花粉白莹玉之感。树干墨色淡,可能加赭黄,与花萼颜色相应,并多复笔,色调较暗,衬托玉兰花的光辉。

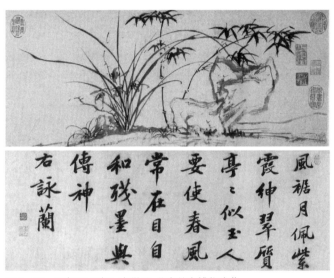

图4-17 三友图(局部),文徵明,北京故宫博物院藏

吴门另一才子唐寅也画过不少花卉以表达闲适之情。如《桃花图》表现一桃枝从左下向左上盘绕而上。枝干以中锋勾线,笔墨或浓或淡,笔断处辅以点苔,枝干中间用赭墨或淡墨染,树干浑融一体,衔接自然。花朵染胭脂红,细丝出花蕊。叶子用很淡的石绿色写出,渲染了桃花初开,"灼灼其华"的风姿。整个画面温润闲适,没有沈周的老辣和文徵明的刚健。又如《岁寒三友图》(图4-18)中一枝老松从左上端偃垂而下,松针细劲。枝干勾线后,中有线条状皴线,显得颇为浑融。一枝梅花从松下往上延伸,花朵用墨很浓,与背景的淡竹形成对比。淡墨竹子中出一枝浓墨竹枝,如凤尾稍夭,打破了画面用线坚劲的格局,增添一股灵动的韧性。在表达其他花卉时,唐寅也表现出非常温和柔润的气韵。如《临水芙蓉图》表现一枝芙蓉从左中端斜出,花朵一勾一写,局部墨染,花萼或花瓣用细笔开丝。叶子既分墨色浓淡,又分光线阴阳,叶脉用浓墨细线勾写。中间穿插几根长撇草,用细劲长线画叶脉。花下石头,也是一浓一淡,勾线硬朗,转角模糊,石面皴擦注重墨色变化。花卉的风姿与光彩表现在墨色的韵味中。另一幅《墨菊图》(图4-19)借着东篱晚韵,层层勾写菊花,微微点染。叶子写后再勾叶脉,形态与墨色变化丰富,杂草与菊干用浓墨中锋写出,细劲沉着。石头用墨渲染,注重墨对纸的渗透带来的朦胧感,点苔富有生气,似乎也飘动在石头上。整个图像给人一种东篱秋影的梦幻感。

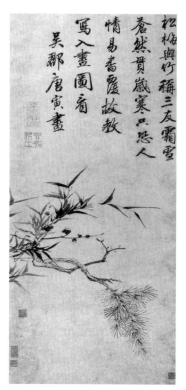

图4-18　岁寒三友图,唐寅,藏地不详

图4-19　墨菊图,唐寅,天津博物馆藏

　　陈淳也是明代以大写意花鸟表达闲适之情的重要代表画家,但他更多宗法沈周,用笔速度更快,草书笔意非常突出。如《洛阳春色图》画湖石之后的牡丹花。石头用淡墨擦出形态,随后率性勾线,注重行笔顿挫,显出石头的动态生机。叶子用花青写,然后用劲健的笔勾叶脉,铺展开来,为花朵动态造势。花用胭脂红阔笔铺写,速度很快,盛开的花朵呈现向心力,花苞用浓胭脂点醒花苞顶端,突出含羞之态。整件作品横向取势,含苞者向两边伸展,盛开者如螺旋一般在中部开放,整体居于S形中央,错落有致。陈淳也擅绘花卉长卷,他一般画多种花卉,一段一题,非常有韵味。如《花卉图卷》写八种花卉,基本上是勾花点叶,花卉形态丰富,行笔顿挫有致。每一花卉旁边一题,随意安插,似乎为花卉写判词,非常有韵味。

　　除了花卉,动物也是文人赏玩的对象,富有含义的鹤、鹅、牛是画家乐意表现闲适之情的对象。如沈周的《花下睡鹅图》和《蕉鹤图》,前者与羲之换鹅有关,后者与王维雪里芭蕉相关。《蕉鹤图》是为表达见到雪地蕉鹤的喜悦心情而作。用线条勾芭蕉,山石勾轮廓,点苔后大量留白,丹顶鹤以细劲的线条勾头、颈、腹、腿脚、毛羽,或点、或圈、或浓墨铺写,头顶一点丹,显得秀劲清癯。沈周《卧游图·牛》描绘一只牛毛茸茸的,昂头似乎在鸣叫,缰绳自然垂在地上,显得非常自然。文徵明也画过不少动物,如《斗鸡图》表现两只鸡在竹石菊下搏斗。为了突出羽毛的姿态,他将两只鸡的尾巴拖得很长,随风飘扬,身上的羽毛一层层竖起来,显得精神抖擞。

## （三）高赞风骨的花鸟画

吴中画家都是道德修养较高的人，坚守气节是他们人格的重要方面。枯藤老树骨节突出、枝干虬健，正是文人气骨的象征。沈周是颇有气骨之人，喜欢刻画老松、桧树的刚健骨力，以突出心中的刚健豪气。如藏于首都博物馆的《墨松图》（图4-20）绘制20余株松树。图像截取松树的一部分，突出松的苍浑气韵和虬健风骨。画老松注重画树干，用饱笔长线写树干斑纹，注重树干留白和飞白，点苔茂密。中间石头也用类似阔笔横披，均有一种浑厚的浩气。小松除了枝干浑融外，枝叶浓淡相间，多呈圆球状，充满生机。而部分枝干有一些紫色调和花青色，显出老嫩的不同气韵。细枝都盘曲缠绕，远看正如群龙舞空，分外灵动。七星桧是虞山名胜，也是沈周表现树木风骨的佳作。沈周的《七星桧图》（图4-21）侧重表现树木枝干的遒曲多变和叶子的茂密生机。桧树是梁时树木，顶部大概枯死，只有新叶，所以，沈周用茂密的点画叶，突出新生之感。而桧的枝干形态非常丰富，嫩枝略加赭黄，老枝留白，枝干盘曲偃仰，交叠而过渡自然，如玲珑之玉，交缠于空，充分显示了老树的风骨虬健与润洁温雅之气韵。文徵明是非常重视描绘花木风骨的画家。他也创作了《虞山七星桧图》，叶子全部用点，密密排在枝干上，生机感明显减弱。老桧枝干连绵一体，枯槎交错，整体呈横向排列，枝干多尖角，枝干转折之处更加硬朗方折，节眼更加突出，更加突出树的苍老风骨和凛凛气质。他的《古木寒泉图》（图4-22）表现一道瀑布从麟松枯槎后一泻而下，树干卷曲，或上或下，盘旋扭曲，又棱角分明，整体来看，风骨凛凛。即使是庭院里的精致花草，文徵明也将秀石的尖锐棱角与枯槎的扭曲刚健相结合，突出庭院一角的惊天风雷和秀润精致。如文徵明的《古松卷》画一节枯干上缠绕莹玉般的盘藤，玲珑剔透中多了一股灵动感。一节偃枝一部分向上盘旋，绕过白藤，一枝向下倒垂，松针仅仅呈圆球形，密密点缀。枯枝的气势感非常强烈。在表现气骨上，唐寅也有独特的作品。如《古木幽篁图》（图4-23）表现墨竹与两棵枯树生长于山石间。树根暴露，树上节眼非常多，树枝用线勾勒，但不断圆转，各分支基本不交叉，或横衍，或上擎，枝干颇细，有蛰龙游天的感觉。墨竹沉浑苍郁，似乎受到雨水滋养，与从浓雾中奔流而来的泉水相映成趣。

图4-20 墨松图（局部），沈周，首都博物馆藏

图4-21　七星桧图,沈周,南京博物院藏

　　总体而言,吴中花鸟画除了基于传统文
化表达祝愿的目的外,还受到画家性格和道
德修养的制约,呈现出以彰显德性为主的图
像和以抒发闲适情绪为主的图像。但由于个
人性情和时代境遇的细微变化,不同画家对
闲适的理解有不同的侧重,所以,具体的形态
和表达的内涵也是同中有异,显示了不同的
文图特色。

图4-22　古木寒泉图,文徵明,台北
"故宫博物院"藏

图4-23　古木幽篁图,唐寅,南京博物院藏

## 二、吴中花鸟画的新内涵

花鸟画内涵的获得主要有四个源头:一是深植于中国文化,尤其是从比德文化中获得的象征意义,看图即知;一是依附于某些诗句,图绘某种韵味,尤其是诗意画比较多,比如徽宗领导的画院作品大部分都有此特征;一是颂赞花鸟画,历史上很多提倡文教的皇帝对这些颂赞体花鸟画非常感兴趣,比如徽宗亲自组织描绘瑞鹤图歌咏盛化,在历代官场上文人都多少承担了文教颂赞的任务,明代前期官员与院体花鸟画家的合作也充分显示了这种形式的存在,这也催生了特殊的诗画关系;一是随着文人画的兴起,花鸟画领域也有很多画家或兼善诗画,或与文人交往,赋予花鸟画更多抒发个人情感、愉悦性情的内涵。吴中花鸟画主要以诗画结合的形式融合其他形式,显出综合的趋势。随着吴中经济的复苏,文人大量隐居,非常流行利用花鸟怡悦性情。他们也开始大规模题画,甚至诗画一体,互相启发,达到了不分轩轾的地步,诗画更主要成了他们表达内心情趣、阐释闲适生活观念的手段,成了表现新人格精神和培养新审美感觉的必然载体。

用于表达祝愿的花鸟画的内涵主要是说明原因,向主人表示祝贺。如慈乌代表孝亲，沈周赞叹陆郎见慈乌垂泪号哭，令人扼腕，不亚于世家大族对孝道的弘扬①。唐寅题晓林慈乌，也强调反哺，诗云："慈乌鸣鸣闹晓林，羽毛单薄雪霜深；世间人子非枭獍，闻得谁无反哺心。"②杏花代表高中进士，若是对姻亲挚友的后生，更表达真挚的祝愿，如沈周祝贺刘珏之孙即云："与尔近居亲亦近，今年喜尔掇科名。杏花旧是完庵种，又见春风属后生。"③松、萱都可祝人长寿，沈周《题萱寿毛贞甫母六帙》云："毛母六十百不忧，儿子有名乡榜收。母因儿贵可立待，翠翟飞荣冠白头。都房种萱颜色好，绿带金苞春不老。为母唤作忘忧花，为儿品作宜男草。"④结合萱花双重含义，祝愿儿子早日高中进士，母亲荣封爵位。被祝寿之人若是非常有性情的高人密友，多有特别的风貌，祝寿诗也会特别强调人物的精神风貌。如沈周《题唐寅椿树白头》祝愿主人长寿如千年老椿，诗云："寿到八千还健在，人间又见一庄周。"⑤又如沈周《双松图》云："种松人未老，常作地行仙。"仙人、老庄都是对闲适高人的精练概括，足以说明他们的潇洒风姿。新春佳节，他们也互相祝愿"年年天肯赊强健，老为朝廷补一民"⑥，安享太平的喜悦之情不言而喻。

文、沈等人长期闲居林下，对时光短暂颇有感怀，但多转化为乐观的态度。如沈周赏牡丹云："明朝只恐都零落，为转长生托纸胎。"⑦沈周在庆云庵月下观杏花时也流露出希望锁住风华的心愿，赏完花后，马上作图，云："老僧看惯不为意，却爱小纸燕脂紫。高斋素壁可长有，不由零落愁人情。"⑧文徵明题画亦云："要使春风常在目，自和残墨与传神。"⑨陈淳惋惜牡丹凋落后的凄凉，题云："独怜凋落易，为尔贮丰神。"⑩这些感触还表现为追求一定的理趣，如沈周看见蕉叶，发出感慨："惯见闲庭碧玉丛，春风吹过即秋风。老夫老把荣枯事，却寄萧萧数叶中。"⑪岁月被简化为一枯一荣，恰与人生的经历相通，颇有况味。沈周《卧游图·牛》也赞赏儿童得心应手的放牧心态，诗云，"童儿放手无拘束，调牧于今已得心"⑫，流露出沈周曾被

---

① 沈周《双乌在树图》云："陆郎无母不怀橘，见画慈乌双泪滴。枣林夜寒霜色白，有乌哺母方垂翼。鸣声哑哑故巢侧，孝子在下乌在树。触目触心当不得，何须古木世动人，陆郎为乌悲所亲。"见张修龄、韩星婴点校：《沈周集》，上海古籍出版社 2013 年版，第 911 页。

② 唐寅：《晓林慈乌图》，见《唐伯虎全集》，中国美术学院出版社 2001 年版，第 430 页。

③ 沈周：《红杏图》，见张修龄、韩星婴点校：《沈周集》，上海古籍出版社 2013 年版，第 911 页。

④ 沈周：《题萱寿毛贞甫母六帙》，见沈周著，汤志波校：《沈周集》，浙江人民美术出版社 2013 年版，第 416 页。

⑤ 沈周：《题唐寅椿树白头》，见陈履生注：《明清花鸟画题画诗选注》，四川美术出版社 1988 年版，第 22 页。

⑥ 沈周：《新春荔柿图》，见赵苏娜编：《故宫博物院藏历代绘画题诗存》，山西教育出版社 1998 年版，第 138 页。

⑦ 沈周：《赏牡丹席上作折枝赠刘德成》，见沈周著，汤志波校：《沈周集》，浙江人民美术出版社 2013 年版，第 436 页。

⑧ 沈周著，汤志波校：《沈周集》，浙江人民美术出版社 2013 年版，第 359—360 页。

⑨ 文徵明：《补画幽兰竹石于赵松雪书幽兰赋卷》，见周道振辑校：《文徵明集》增定本（下），上海古籍出版社 2014 年版，第 1641 页。

⑩ 陈淳：《自题花卉图册》八首，见赵苏娜编：《故宫博物院藏历代绘画题诗存》，山西教育出版社 1998 年版，第 213 页。

⑪ 沈周：《题蕉》，见沈周著，汤志波校：《沈周集》，浙江人民美术出版社 2013 年版，第 451 页。

⑫ 金运昌主编：《故宫书画馆·第 7 编》，紫禁城出版社 2010 年版，第 62 页。

人欺负,现今在画作中转化为苦趣的况味。这些人还追求自由无拘束的感觉,如沈周端午节寓东禅寺《沈石田蜀葵百合图》云:"浮生所寓谁拘我,着处为欢也自仙。"①陈淳一生仰慕沈周,花鸟画意境也与石田类似,如《松石萱花图》云:"乔松巨敷阴,宜男亦多花,光华发草木,知是地仙家。"②

　　吴中画家闲居林下,注重观察生体物,得到很多闲趣。如沈周《蕉鹤图》是见到蕉叶下的丹顶鹤,突然很兴奋而作。沈周还注意到花朵的鲜活生机,立即把它们移到纸上,夺得造化。其《花果图》题云:"老子心无事,随芳学化工。满园红与白,多在墨痕中。"③《题杂花卷子》亦云:"老夫观物逍遥地,小笔分春窃弄私。"④花鸟有特殊的性情,历史上被赋予特定的美德。吴中画家将花鸟美德与特定赏玩情境结合,借助花卉呈现传统文化风采,营造特殊的当下韵味,塑造娴雅的生活趣味,即闲趣。如沈周《栀子花诗》云:"雪魄冰花凉气清,曲栏深处艳精神。一钩新月风牵影,暗送娇香入画庭。"⑤又如沈周《白牡丹》云:"酷怜道骨更仙风,玩世聊依富贵丛。素德固无颜色取,瑶华难望寒修通。三分婀娜微风里,一倍婵娟淡月中。我有新诗与新酒,春来相慰石阑东。"⑥赞叹白牡丹素德无华颇具道骨,光彩难通宛如仙人,却可以在诗酒欢会中,借微风明月而彰显。文徵明注重歌咏花鸟的品德,有些题诗还延续对品德的颂扬,如《古石乔柯》云:"古石埋苍藓,乔柯舞翠阴。不教霜雪损,自负岁寒心。"⑦文徵明还利用花鸟形态,借助花鸟独特的文化内涵,突出不同情境下花鸟的特殊风姿。如写玉兰花:"奕叶璃葩别种芳,似舒还敛玉房房。仙翘映月瑶台迥,素腕披风缟袂长。拭面何郎疑傅粉,前身韩寿有余香。夜深香雾空濛处,仿佛群姬解佩珰。"⑧文徵明还将赏玩场景与静谧的体验联系在一起,突出体验的丰盈,达到"身境两相忘"的境界。如题《枯木疏篁图》云"过雨疏篁绿,惊风古木疏。幽人初睡起,秋色满精庐"。用雨、风触及枯木竹篁的色彩和质感,引起观者对季节的体认,"满"既是观者的感觉,也是情景融合的忘我表现。唐寅的题画诗比较简单,或流露出写花情境,或直接置身于客观环境中,如《梅花图》云:"黄金布地梵王家,白玉成林腊后花。对酒不妨还弄墨,一枝清影写横斜。"唐寅还表现赏玩题画诗时有些余音未了之感,如《春林双鸟图》云"草覆虚亭隐者居,日长能办一餐鱼。山空寂静人声绝,栖鸟数声春雨余"⑨,仿佛空山静谧,主人出门打鱼,观者见此景此境,颇有山空人静的感触,而无赏玩的欢愉。陈淳性情放荡,题写花卉显示出欢歌醉酒的情态,如"东风飘飘不绝吟,游蜂舞蝶相追随。名花嫣然媚晴昼,深红浅白纷

① 陆时化辑,徐德明校:《吴越所见书画录》,上海古籍出版社 2015 年版,第 280 页。
② 《全景博物馆丛书》编辑委员会编纂:《中国传世名画・明代名画・清代名画1》,海燕出版社 2002 年版,第 243 页。
③ 沈周著,张修龄、韩星婴点校:《沈周集》,上海古籍出版社 2013 年版,第 910 页。
④ 沈周:《题杂花卷子》,见沈周著,汤志波校:《沈周集》,浙江人民美术出版社 2013 年版,第 826 页。
⑤ 沈周:《栀子花诗》,见徐庆宜编:《历代绝句精华三百首》,花城出版社 1998 年版,第 393 页。
⑥ 沈周:《白牡丹》,见沈周著,汤志波校:《沈周集》,浙江人民美术出版社 2013 年版,第 514 页。
⑦ 文徵明:《古石乔柯》,见周道振辑校:《文徵明集》增订本(中),上海古籍出版社 2014 年版,第 1041 页。
⑧ 周道振、张月尊纂:《文徵明年谱》,百家出版社 1998 年版,第 599—600 页。
⑨ 唐寅:《唐伯虎全集》,中国美术学院出版社 2001 年版,第 441 页。

差池。高堂列宴散罗绮，珠帘掩映春无比。歌声贯耳酒如渑，醉向花前睡花里。人生行乐须及时，光阴有限无淹期。花开花谢寻常事，宁使花神笑依醉"①。

松柏生命力旺盛，历时久远，是风骨的象征。吴中画家虽是闲中所作，也极力突出它们的风骨。如沈周《画松》云："青云轧天见高盖，苍鳞裹烟呈古身。我亦不知松在纸，松亦不知吾戏耳。吹灯照影蛟起舞，直欲排空掉长尾。"②苍茫矫健的气势跃然纸上。其另一《题松》云："徂徕合抱三百株，生捉龙蛇眠纸上。培之以墨土何功，根叶不惊神亦王。傍人为我夺造化，毕宏韦偃仍相诳。一舒一卷风雨生，满堂错愕空相向。还疑秋子打窗扉，亦觉春花扑屏幛。久无采录我何嗔，自倚胸中意为匠。"③虞山七星桧是梁代古物，至明已经死去一半，但存活部分依然焕发生机。沈周描绘了它经历风霜的凛然风姿后，重申它"生死付冥然，造物反被玩。君子重贞固，顽丑小人谰"，坚守贞节，不被造物玩弄的本性，以及自己愿意与之为伴的愿望，"缘高坐吹箫，我欲呼鹤鹳。从根觅理丹，浇泉觊红灿。长生就其荫，永作婆娑伴"④。文徵明也特别注意古木的象征含义，如题《双柏图》云："邓尉有古柏，实为群木冠。挺生岩壑间，雨露为之灌。植从何代人？传语亦滋谩。历劫数百载，圆顶已成缴。巍然似四皓，霜雪几曾算？我来恣遨游，相识古庙畔。徘徊不能去，归来写柔翰。约略记清标，摩挲得其半。尺幅势有尽，笔意势忽判。二老耸寒肩，杂沓不容缓。翠薜摹古文，剥蚀如鼎篆。图以结社盟，青青无改换。立节贵如此，卓尔昭云汉。"⑤但文徵明被古木霜雪之态感动，注重它们的节气，又将这种精神作为动力，希望结社君子传承下去，言志意图较重。唐寅也有不少描绘古木的画作，注重古木苍涩之态，如题《崇柯修竹图》云"万木号风疑虎吼，乱泉经雨挟龙飞"⑥，也是崇尚风骨的延续。

总之，吴中花鸟画不仅延续明初注重花鸟象征含义的传统，还赋予了新的内涵。花鸟名家都栖息林下，闲适的文艺生活是他们花鸟画创作的主要背景。闲趣也是花鸟画的总体内涵，成为表达画家内心情境的形式。但闲趣融入很多新的内涵，如沈周将创作情境、画者性格融入题画中，文徵明将历史典故与观画感觉融入题画中，唐寅将身世之感放入花鸟画中，形成闲趣的不同侧面，扩展明代吴中花鸟画闲适之内涵。

## 三、吴中花鸟画中的文图关系

吴中画家都是文人，能文善诗，留下大量歌咏之作，相应的花鸟画也是他们非常成功的作品，二者都寄托了很多审美思想、人生观念。又受到作画具体目的的影响，他们的诗歌和绘画，或对图题写，或先有诗歌再绘图，很难截然分清二者

---

① 陆时化著，徐德明校：《吴越所见书画录》，上海古籍出版社 2015 年版，第 105 页。
② 沈周：《画松》，见沈周著，汤志波校：《沈周集》，浙江人民美术出版社 2013 年版，第 638 页。
③ 陈邦彦选编：《康熙御定历代题画诗》(下)，北京古籍出版社 1996 年版，第 124 页。
④ 沈周：《七星桧》，见张修龄、韩星婴校：《沈周集》，上海古籍出版社 2013 年版，第 67 页。
⑤ 文徵明著，周道振辑校：《文徵明集》增定本(中)，上海古籍出版社 2014 年版，第 765 页。
⑥ 唐寅：《唐伯虎题画诗·唐伯虎年谱》，见《苏州文史资料》第 25 辑，1998 年版，第 40 页。

的主次关系。本节以具体目的为区分点,从诗画服务于象征观念,诗画服务于文艺活动,诗画服务于意趣,诗画象征风骨四个方面,具体分析二者的文图关系。

### (一) 诗画服务于象征观念

诗画服务于象征观念主要指花鸟代表某种特定的象征含义。在长期的文艺表现中,艺术史上积淀了丰富的意义和意象,吴中画家也受到这个传统的影响,丰富了象征意象体系,也展示了丰富的文图关系。吴门画家中沈周为翘楚,他的诗画观念最丰富,对文艺创作的影响也最深刻。此处以《吟窗小会》为例,说明这种影响和相应带来的新文图关系。他在《吟窗小会》中摘录很多警句,并加以评点。纵观此书,沈周多评为"皆触目见索而得景与像融会,出自然之妙"①"从性情并有历而能言"②"熟知世故而有达致"③"虽眼前景物,词直而意圆"④"幽雅超妙""此眼前事信口言也,妙而雅"⑤"理到辞达"⑥。可见就景物描写来说,沈周认为既要景在眼前,还要能条畅达意。就景中意味来说,沈周认为要有理、有历(即况味)。就性情、审美来说,他认为要超雅。从沈周的诗歌来看,他的作品大多简约通俗,真切感人,真率自然,又寓含哲理,婉约文雅。而他的绘画继承元代文人画风,追求高雅超逸的审美境界。就表意关系来说,二者合力丰富了象征的内涵。他的题画诗和花鸟画正是这种复杂关系的具体呈现。

主要有两方面表现:

一是以诗写凄情,以图造雅境。

慈乌是孝义的象征,沈周和唐寅均题写过慈乌,但他们并不是简单阐明慈乌的内涵,而是将慈乌放在凄冷的环境中,点出反哺的瞬间,力图以情境感染人。如沈周《双乌在树图》(图4-24)题诗借用陆郎怀橘的故事,陆郎怀橘即陆绩在袁绍家做客怀橘遗母的故事,历来被认为是孝亲的表现。题画诗则将慈乌的意义编入一个正反逻辑中。首

图4-24　双乌在树图,沈周,台北"故宫博物院"藏

---

① 沈周著,汤志波校:《沈周集》,浙江人民美术出版社2013年版,第1461页。
② 同上,第1462页。
③ 同上,第1466页。
④ 同上,第1467—1468页。
⑤ 同上,第1470页。
⑥ 同上,第1471页。

先从陆绩怀橘到陆郎失母不能再怀橘,一正一反,荡人心曲。再转入见画后,陆萱流泪,情绪渐渐升高。"枣林"四句一写寒林哺乳,一写观看情境,非常有力,将画面推到眼前,最后"触目触心"与"风木动人"对比,说明慈乌对人的感动已深入人心,而不是依靠坟前古树感动一代代人。应该说沈周引出了一个问题,表达孝义是否仅需要作抽象宣传,或许"触目触心"的当下之景更能引起人们的行动。其实这个场景在唐寅那里转为叩问:"慈乌呜呜闹晓林,羽毛单薄雪霜深;世间人子非枭獍,闻淂谁无反哺心?"这也是吴门画派注重当下起兴,"情兴所到,或形为歌诗,题诸卷端,互以相发"①的创作观念的体现。若从渲染情绪来说,"枣林"四句本身是一幅声情并茂的画,而这幅画被镶嵌在一个正反议论中,达到了传情的高潮,而诗人的反问,将情绪转入反思,是更加婉转传达意义的表现。

再看图像。此图为安慰陆萱失母而作。沈周将两只慈乌置于枯槎老干上,正在睡觉,可能是晚景。树干自右向左弯曲而上,浓墨勾干,中留白,树皮上点叶,细枝用浓墨写出,非常沉稳,整体来看,慈乌很安详,几乎没有哀戚。若再扩大范围,从沈周其他几幅表现慈乌的图像来看,慈乌或安稳栖息于树上,或有些警觉,却没有直接表现哺乳场景的图像,尤其是枝干都用浓墨,显得非常稳重沉静。一般来说,画家有摹写物形的能力,表现动态场景也不在话下,沈周却没有采用这些手法。我想除了诗歌以虚写实的能力,逐渐将感情推向高潮,使情绪在内心酝酿而不爆发,转而回来反思如何孝顺父母外,还有一个非常重要的因素是沈周在艺术中提倡"超雅"的审美观念。还从题画诗说起,此诗符合景在眼前,但又包含理,显然是辞理条畅的自然之作。但因为诗歌采用虚像,不会引起人的视觉过度冲动。理就可以深入人心,这是沈周很多哲理意味很强的题画诗所采用的方式。但是,"超雅"如何体现呢? 其实,这正是绘画传递给我们的东西。沈周的慈乌多在冰寒雪地中②,氛围很凄惨,如果再画上反哺的场景,显然过于情绪化,而画成栖息,会增加亲情、母爱的温度。同时树干很坚实,也给人安全稳定的力量,就将慈乌雅静的一面体现出来,而"超"既是对冰雪环境的超越,也是对浅显宣道方式的超越,显然非常巧妙。所以从这个角度来说,题画诗和图像是互相融合的,但是它们在"意"的层面上,各司其职,又能水乳交融。并且都能保持艺术自身的发展趋势:诗歌朝着自然率真的方向发展,这是吴中诗歌发展的方向,画朝着雅健浑厚的方向转化,淡化了浙派的躁气,迎来吴中文人画文雅超逸发展的新局面。显然诗画关系暗含在意义传达中,成为一种手段。

二是以图传神,以诗补意。

志同道合的朋友节日相互祝愿,本是很好的人物画题材,但古人也喜欢用花鸟象征来传达这种祝愿。花鸟无人物,更难见人物风采。所以,一般利用诗歌意象为图像补足意义,通过图像元素强调人物风貌。如沈周的《荔柿图》(图 4 - 25)是

---

① 李东阳:《书沈石田诗稿后》,见周寅宾点校:《李东阳集》卷三,岳麓书社 1984 年版,第 203 页。
② 又如沈周《慈乌》云:"风劲月满地,林虚叶亦枯;君家有孝义,树树著慈乌。"见陈履生注:《明清花鸟画题诗选注》,四川美术出版社 1988 年版,第 14 页。

1480年沈周送给好友宿田①，祝贺新春的图像，并题诗云：
"起问梅花整角巾，忻然草木已知春。白头无恙人惟旧，黄
历多情岁又新。行酒不妨从小子，耦耕还喜约比邻。年年
天肯赊强健，老为朝廷补一民。"②此年沈周53岁，正是半百
之年。诗歌仅仅用"角巾""白头"点出人物外貌，人物矫健
的精神通过一些事件传达，诗歌节奏铿锵，用近乎白描之笔
勾勒出一个强健老者的新春生活剪影，也为《荔柿图》补充
了一个行为主角，使图像的画外意更加丰富。

　　图像表现一折枝柿杆上结了两个大柿子，叶子和柿子
用墨淡雅浑融，位置一上一下，互为顾盼，与舒朗的折枝相
映，似乎正是两个恬淡自乐老人友谊和矍铄精神的象征。
柿子上面的荔枝用清晰的点和淡墨分出颜色和形态，叶子
更小，叶脉细嫩，用笔更快，营造新春向上的活力。两个柿
子一正面下坠，一轻轻上仰，似乎处于忘我的交谈中。荔枝
却个个沉甸甸，有一种下坠感，虽然左右呼应，却以重力为
中心，显然突出了个体的独立特性。二者结合，或许正可以
说明沈周既强调浑然一体、自然闲适的田园精神，又说明这
种精神依托于个体价值。而两种果子的枝干都用很淡的墨
写出，上下浑然一体，似乎也是为了突出果子的重量感和价
值性。所以，虽然画家并没有写人物精神，但是笔墨、结构
的关系，正暗示了画家胸臆所在。

　　另外，沈周的《松卷》也是如此。诗歌仅仅点出"地行
仙"，画家用笔展示了地行仙的丰富内涵。树干用中锋浓墨行笔，中间淡墨阔笔刷，
比较浑厚，无痕迹。浑融中时时提醒，恰是老松参天沐雨气势的表现。细枝用稍粗
中锋行笔，时有飞白，松针或浓或淡，既突出苍松的新生之力，又显示浑融天地的气
韵，充分表达了"地行仙"的深厚气韵与外在警秀。

　　关于祝愿还有一些其他的方式，如沈周的《折桂图》《杏花图》以诗歌记事，祝贺
完庵孙子高中。图像描绘秀枝上繁花盛开的样子，折桂全用水墨，枝叶饱满，点花
用浓墨，脱秀杰于浑融之境，衬托完庵孙子的才华。杏花用淡色胭脂点染，枝干浓
墨勾点结合，突出几分骨力。分支曲折多样，似乎说明繁花开放是完庵孙子坚持努
力的结果，寓繁华于刚健。

　　所以，如果要明晰一下诗画关系，那么明显可以看到这一时期画家充分利用了
绘画才能，将特殊的精神内涵通过稳健的笔墨形态展示出来，诗歌主要是为了说

图4-25　荔柿图，沈
周，北京故
宫博物院藏

---

① 宿田即韩襄。韩襄，字克缵，明苏州人，名医韩奕从子。幼孤，精先世业，议论无诡，随老益恬淡无干，平生
以医术泽人甚众，与名士祝允明友善。沈周为其创作很多图像。
② 沈周：《荔柿图》诗，见田洪、田琳编著：《沈周绘画作品编年图录》上，天津人民美术出版社2012年版，第
95页。

明、补足现实意义,充当时间性的叙述主体,建构叙事框架。这种分工也使绘画更加接近吴中的审美理念,塑造了新颖的审美形式。

### (二) 诗画服务于文艺活动

诗画服务于文艺活动也是诗画关系的重要形式。赏花是吴中文人闲适生活的重要组成部分,除了画赏花活动,画家也用花卉表现这种生活方式的内在精神,并通过诗画一体来完成。一般来说,遵从诗起花兴,画写花韵,诗空花境的模式。吴人爱花,总是迫不及待赏花,如《沈石田水墨梅》描绘了初春赏梅的欢快场面,"小桥初春带浅水,青鞋布袜从此始。看花嚼蕊冰雪中,清洌肺肝香沁齿"[①]。如《牡丹图》云:"我昨南游花半蕊,春浅风寒微露腮。归来重看已如许,宝盘红玉生楼台。花能待我浑未落,我欲赏花花满开。夕阳在树容稍敛,更爱动缬风微来。烧灯照眼对把酒,露香脉脉浮深杯。"这个去而复来、由动到静的过程正说明沈周对牡丹的喜爱,也点出牡丹不同的开放状态,以时间叙述展示开花的过程。最后当画家细致观看满盘牡丹时,举杯饮酒,香气浮杯,花与人融为一体,牡丹成为"自我心生的活物"[②],正是提笔作图之时。从这个意义上来看,可以说诗歌描绘了画之"起兴"的过程。

图4-26　牡丹图,沈周,南京博物院藏

对照《牡丹图》(图4-26)可见,画家画了一折枝淡墨牡丹,叶子墨色浓淡相间,叶脉用浓墨,非常清晰,花瓣注重墨色的晕化效果,质感丰腴,说明花正在"红玉满盘"之时。但牡丹用水墨画成,微泛灰蓝的光彩,洗去了牡丹红玉灼灼的铅华,留下一个充满韵味的墨花。所以,诗人所体悟的韵味,通过画的色彩和质感表达出来,实现了月下花韵的传达。可见画家心中之韵被分解为图、诗两个单元:诗歌通过赏画过程的叙说提供了赏花的大环境和花韵产生的特殊时节,图像通过逐步淡化色调,加强质感,完成了韵味的图式。这还不是画家的最终目的,我们可以看到画面的构图。牡丹和题诗各占一半,牡丹花头对着小字题款,似乎正在解释见到"红玉"的时机。然后视觉自然跳到右端去看翰墨淋漓的牡丹诗。相对于牡丹图的内敛沉静,题诗用笔老辣,似乎赏花人的强劲气势都

---

① 沈周:《戏作梅梢王理之为补竹枝》,见沈周著,汤志波校:《沈周集》,浙江人民美术出版社2013年版,第632—633页。

② 沈周弘治七年作《花果杂品二十种》题:"老夫弄墨墨不知,随物造形何不宜。山林终日无所作,流观品汇开大奇。明窗雨过眼如月,自我心生物皆活。傍人谓是造化迹,我笑其言大迂阔。"见田洪、田林编著:《沈周绘画作品编年图录》上,天津人民美术出版社2012年版,第326页。

集中在诗歌中。表面看来因赏花诗而写画，实际上，画家却通过位置的经营使得画又回到诗歌，回到画家的气与韵，更根本地指向赏玩精神。所以在看完"晴艳"之花，他还要看"清妍"之花，甚至要看花影，最后到味花香①，逐渐由视觉过渡到感觉，"老僧却在色界住，静笑山花恼客情。靓妆倚露粉汗湿，醉肉隔花红晕明"②，这更是一个空掉色相，走进无言，"来不追，去不留"的彻悟之境。所以，有学者说沈周画生命体验，其实他对勃然的生命既欢喜参与，又洒然离开，真乃"无执无滞"。值得再补充一下，沈周这种侵占画位的做法在后期的牡丹花卉中有不少表现，如《玉楼牡丹图》也是从诗歌到绘画，最后达到色味融合的审美境界。

除了花韵，花品也是画家关注的重点，吴门画家都是品行高尚之人，他们也在观赏花鸟中发掘画品与人品的关系，具体到文图关系，表现为两种情况。

一是境与德的统一。沈周在一些花卉题诗中造境，实现境与德的统一。如沈周在《白牡丹》中，采用吕洞宾借玉簪，白牡丹被罚下凡的传说③说明白牡丹来自瑶台，但因为思凡，犯下天规，流落人间。但白牡丹具有素德，只是玩世才偶然依托富贵，非常幽默地说明白牡丹的前世今生，也给画家赏玩白牡丹奠定了德性品质和现实环境。画家还可以携酒过石栏赏玩。为了赏玩到韵味，他们还制造具体的情境，如"微风淡月"下，既有姿态，又含素雅的气质。又如《梅花》："莫嫌踪迹发寒穷，南国生涯论首功。道体不彰存白贲，心仁有造属黄中。隔烟如梦微微月，临水无言脉脉风。高尚难招我难远，为君频过小桥东。"④梅花花瓣色白，蕊心黄，正是白贲之贞与黄中之运的结合，虽发山野，也能有功。今归于林下，颇有无言之风致，令人回想起曾经的风华，真乃无言之妙。

二是花品即人品，花态即风姿。文徵明为人谨慎，素来以高德要求自己，他多将花卉的品德与花卉的形态结合，似乎自身已经化入花卉。如《咏玉兰》题云："绰约新妆玉有辉，素娥千队雪成围。我知姑射真仙子，欣见霓裳试羽衣。影落空阶初月冷，香生别院晚风微。玉环飞燕元相敌，笑比江梅不恨肥。"又云："奕叶灵葩别种芳，似舒还敛玉房房。仙翘映月瑶台迥，素腕披风缟袂长。拭面何郎疑傅粉，前身韩寿有余香。夜深香雾空濛处，仿佛群姬解佩珰。"⑤与沈周将玉兰花比作"韵友"⑥，以欣赏的姿态观看玉兰花不同，文徵明沉醉其中，甚至化作玉兰花。

---

① 参看沈周对赏花的分析。沈周《雨晴月下庆云庵观杏花》云："杏花初开红满城，我眠僧房闻雨声。侵朝急起看晴艳，对房两株怜眼明。还宜夜坐了余兴，禽免蜂蝶来纷争。嫣然红粉本富贵，更借月露添妍清。青蘋流水未足拟，金莲影度双娉婷。庭空月悄花不语，但觉风过微香生。老僧看惯不为意，却爱小纸燕脂萦。高斋素壁可长有，不由零落愁人情。"见沈周著，汤志波校：《沈周集》，浙江人民美术出版社2013年版，第360页。

② 沈周：《庆云牡丹》，见陈邦彦选编：《康熙御定历代题画诗》（下），北京古籍出版社1996年版，第347页。

③ 民间传说吕洞宾见桐柏山百姓受到穿山甲危害，通过王母娘娘侍女白牡丹偷得玉簪，拯救了百姓，白牡丹也因为犯下天规，被罚下凡间。此故事流传于江苏一带。

④ 沈周著，汤志波校：《沈周集》，浙江人民美术出版社2013年版，第744页。

⑤ 周道振、张月尊纂：《文徵明年谱》，百家出版社1998年版，第599—600页。

⑥ 沈周的《玉兰写生》诗中赞美玉兰花："翠条多力引风长，点破银花玉雪香。韵友自知人意好，隔帘轻解白霓裳。"见崔沧日编：《中国画题咏辞林》，西泠出版社1999年版，第253页。

纵观他对玉兰花的关注,可知他将玉兰花视为女神,注重她特有的风姿,如描绘玉兰花瓣"玉房开放"的过程,选取"仙翘映月""素腕披风缟袂长""群姬解佩珰"等特有阴性风姿的语言,如玉的光辉和冰雪肌肤,突出玉兰姑射仙子般冰清玉洁的品质。他也将玉兰花放在"空阶初月冷""夜深香雾空濛处"中,但看到的是玉兰花的情影,似乎正在舞霓裳曲,同时,他还将玉兰花放在"别院晚风"的幽微处,突出她的微香。中国古代有悠久的"美人香草"传统,文徵明的描绘也是这种思维的表现。他将玉兰花的风姿幽韵与贞洁的品性结合,通过对素华的玉兰花细致的描绘,展示了玉兰花/文人的特有贞洁风采,洗尽铅华的霜雪之姿,歌咏了高洁的文人品性。

对照《玉兰花图》可知,文徵明画了三枝玉兰花,两枝向上,或层层开放,或含苞待放,花瓣边缘勾线,中间胭脂红与白粉对接,粉白相应,非常娇嫩,花萼用赭色或绿色,与纸色、树干融为一体,正好衬托花卉的娇艳。花卉正在开放中,具有动态感,似乎正在一点点静静绽放,突出了静谧的生机感。或许正是这种感觉,让文徵明沉醉于"素娥千对"中,恍然看到"霓裳起舞""群姬解佩珰"。文徵明尽力想在雪白的"大"中表达娟秀的气质,甚至渴望让这种气质分明,所以他加入姿态、动作,让人从沉醉中找回清晰的形态。与沈周喜欢浑融朦胧不同,他更喜欢展示浩大之中的涓流,混芒中的清新,似乎这些才可以证明他的存在。沈周的《玉兰花》(图4-27)中有一枝伸向左方,婀娜呈S形,枝干很细,颇为娟秀,似乎正为别院输送微香。花卉非常清素,他特意用细致的工笔缓缓表达静谧开放的瞬间,与他在诗中提示的观看情境合一。

图4-27 玉兰花,沈周,藏地不详

此外,文徵明还画了大量兰、竹来展示花卉的高洁气质和内在风采,如在《兰竹图》中撇兰极力向风中舒展叶子,叶子的高下偃仰、疏密、浓淡、粗细均有丰富的表现,塑造兰花素华的风姿。一枝瘦劲的墨竹曲折而上,树干用线刚劲,为兰叶的柔韧输入刚健的力量,浓墨写介字竹叶,与淡墨兰花形成对比,更增兰花隔烟绰约的风韵。题诗云,"风裙月珮紫霞绅,秀质亭亭似玉人",点出兰叶的秀颀、修长,兰花洁白如月下之佩,紫茎如霞绅,在风中招展。显然,文徵明也将兰花看作美人,花的各个元素如美人之配饰,整体之花如月下玉人随风而立,风姿无限。又如《漪兰竹石图》(图4-28)将兰花放在山间、水边、悬崖下、竹间、石下,兰叶纷披无限,兰花带着露水,花蕊多以浓墨隔空点写,自有空灵之妙。

图4-28　漪兰竹石图(局部),文徵明,辽宁省博物馆藏

　　就诗歌与图像的关系来说,诗歌显然为绘画提供了丰富的想象空间和形态提示,而画则尽力勾摹花卉的素华气质,让这些想象获得质感,完成素华的塑造。所以,当诗歌和绘画都有摹写形态的能力时,诗歌更长于动态的、空间的营造,绘画则可以将无法传达的气质用笔墨传达,让想象充实。从这个角度来看,绘画由实入虚,诗歌由虚入实,将花卉包含的特殊境界和根本素质展示出来。二者之间虽然有少量的重合(花的素白、开放姿态、伸展的方向),但更多是精简的语言、合二为一的力量,在不同的艺术形式中实现意义完整的表达。因为,这个时候花卉不再仅仅是一枝可爱的花,而包含太多文化的、哲学的内涵,艺术家的目的是形象的传达,所以,我们发现画家—诗人型艺术家实际上是在探索语言的边界,在做加法的情况

下,拓展艺术的内涵。如果再来比较一下文徵明与沈周对待花卉的不同描绘可知,沈周在过程中赏玩花卉,花卉是他心胸的一种表现,是个人修养的外化,他取人与物的合一。这个合一通过写意的花卉表现,通过意态自然融入境界,再返回赏玩过程。而文徵明对花卉的赏玩倾向花卉本身,花卉包含着丰富的历史境遇,他要将这些境遇提升为高尚的志向,成为个人品德的外化,他通过作品把境遇中的气质展示出来,让人们肯定这种志向。

如果还要从整体上强调一下这段时期的诗画关系,那么诗歌既发挥了叙述功能,也在最后升华了画境,达到对哲理的领悟。画以更加直接的形式塑造了花卉的特殊韵味,为空花境做了充分的准备。就整体来说,还是借助赏玩活动,言说内在精神,显然也是超越性审美追求的表现。

### (三) 诗画服务于意趣

吴中画家也用天真的眼睛,以对象为本,直接表现花鸟闲趣。在此种形式中,诗画都围绕着表现对象,尤其是意象展开,达到浑融的境界。三位大家的具体展示方式各有不同。

沈周注重观物之趣。沈周对小动物有特别的观趣。如《卧游图·鸡雏》(图4-29)表现毛绒绒的小鸡站立在地上,眼睛炯炯有神。嘴喙用浓墨细线勾写,身上绒毛用淡墨写,发挥了水墨的晕化作用,尾部老翅用中锋勾成椭圆状,使其身体鼓起,显得非常可爱。腿、腹用疏朗的淡干墨以擦代勾,与尾部下端、腹腿交接处连为一体,形成虚化的边缘,与背部形成对比,更加突出小鸡毛绒绒的感觉。足用浓墨写,非常沉稳,显示小鸡的健壮身姿。毛绒绒的小鸡虽然还带着奶黄色的胎毛,但是腿脚瘦硬,羽毛蓬松,显得个头较大,力量较足,独立于地,似乎真有催晓的气势。题诗更幽默风趣点出此意:"茸茸毛色半含黄,何独啾啾去母傍。白日千年万年事,待渠催晓日应长。"如果说,画面集中表现小鸡的整体气质,是画家心中之物,那么题诗中,画家似乎邀来观众,共同品味这种乐趣,体味生物之妙。

图4-29　卧游图·鸡雏,沈周,藏地不详

　　文徵明也有一些细致品味花鸟的诗图，注重体花之韵。如《古木竹石》图轴题云："四月江南尘满城，即看新暑坐来生。最怜竹树多情思，合作小窗风雨声。"①新暑来临，坐小窗下，细听竹树声，非常清泠。又如《兰竹图卷》之二云："碧云萧飒漏新晴，仿佛湘江一段情。夜静天风响林杪，满空飘下凤鸾声。"②因萧飒而泄露清光，仿佛有情，因林静而风响，如凤鸾之鸣，文徵明处处将所看所感融入诗画中，给人亲切具体的闲适韵味，非常朴实恬淡。

　　唐寅也有不少表现闲适趣味的诗画，注重赏花之影。如《墨菊图》表现一块梦幻般的湖石斜卧在庭院一角，石前黄菊正开放，受到石头表现手法的影响，墨菊也罩上一层淡淡的雾气。花叶用浓墨点写，墨块较小，与卧石的墨色同色调，但又深浅不同，动静相对，又照应菊花的动静关系。沉甸甸的叶子护持娇嫩的花朵，又将光影洒落在湖石上。湖石浑厚丰润，似乎正将菊影浑涵于胸，锻炼于腹。题诗云："彭泽先生懒折腰，葛巾归去意萧萧。东篱多少南山影，挹取荷花入酒瓢。"陶渊明的经历与唐寅有几分相似，唐寅选取饮花酒的瞬间来丰富墨菊的内涵，是他"花酒闲缘"③观的表现。诗歌通过"意萧萧""影"点出东篱晚韵，花影在湖石上婆娑荡漾，自有一种潇洒清泠，恰好与画面的浑涵效果合一。

　　唐寅在《桃花图》《杏花图》中也注重"影"的浑涵效果。桃花枝干用墨线勾写，比较粗，桃花之骨颇清秀。叶子用很淡的花青写出，如清影，花瓣用淡胭脂点写，盛开的花蕊用浓墨点，花萼用浓墨写，花如淡雾一般，如梦如幻，突出花的远韵。他笔下的梅花也是浓杆，墨花与淡胭脂红花苞并开枝头，清骨中的韵味扑面而来。正如他所言，人生如雾、如电、如幻、如梦，他的花卉在幻化中娇艳，在清刚中浑沦，正是他达观生活情态的表现。也是这种观念使得他的画中有一种空境，如《枯槎鸲鹆图》题云："山空寂静人声绝，栖鸟数声春雨余。"经过雨水的洗刷，一切都沉入空中，唯有数声鸟鸣叫破山林，周围显得越发空寂。画家又用率意笔法点枯藤老苔，栖鸟张大嘴巴鸣叫的瞬间，弥漫着悲怆。不同于文、沈的热烈，唐寅可以从空悲之境中抽离，观其生灭。所以，他没有特写花卉的形态，而是远观其影。

　　总之，沈周是观生物之趣，得生物之理，文徵明观花鸟之态，融入我之感，唐寅是观花鸟之影，得空寂之韵。这大概也是三大家最接近意象本身的诗画结合方式，也是人们通常公认的诗画融合的例子。

### （四）诗画象征风骨

　　风骨是古代文人非常推崇的气质，他们在诗歌中提倡风骨，其实风骨有很具体

---

① 文徵明著，周道振辑校：《文徵明集》（增订本），上海古籍出版社 2014 年版，第 1596 页。

② 同上，第 1141 页。

③ 唐寅《桃花庵歌》中提到花酒闲缘的观念。诗云："桃花坞里桃花庵，桃花庵里桃花仙；桃花仙人种桃树，又摘桃花换酒钱。酒醒只来花前坐，酒醉还来花下眠；半醒半醉日复日，花落花开年复年。但愿老死花酒间，不愿鞠躬车马前。车尘马足贵者趣，酒盏花枝贫贱缘。若将富贵比贫者，一在平地一在天。若将花酒比车马，他得驱驰我得闲。别人笑我忒风骚，我笑他人看不穿。不见五陵豪杰墓，无花无酒锄做田。"见周道振、张月尊辑校：《唐伯虎全集》，中国美术学院出版社 2001 年版，第 25 页。

的对应物,比如古木枯藤经历风霜的洗涤,自然打上岁月的痕迹,恰好是风骨最自然的象征。吴中画家选择柏树、老桧、松树、竹篁等自然物来传递他们心中的风骨,也是非常重要的书画传达意义的方式,只是此处的传达更加依赖于意象本身的特质,可以简单称为以画达意。

沈周喜欢画老松,他的《墨松图》长度将近八米,画二十余棵松树耸立于石壁间。沈周采用截取的方式将群松的各种姿态展示出来。起手老松复苏,枝干稍夭。接着树干交缠,枝干盘衍,在中空地带秀枝盘旋交叠,真如蛰龙戏林。再接着细枝交映于苍石上,如龙戏石,姿态婆娑,风影无限。再接着细枝横衍于树干之前,苍老与清秀并存。然后视角再低,松枝绕磐石,茂密中制造空透感。最后石塞松干,枝偃松根,苍石中老树屹立。从沈周的几段图式来看,他似乎将这些松树做了情节安排,力图通过每一段展示一种松的姿态和韵味,恰如一段段小品纷纷登场。而松的整体风姿却随着视角的高下迁移,得以完整展示。远看此卷,蛰龙舞天,突出缠绵的秀韵。近观此卷,树干密密排列,指点岁月流淌。尤其是树干的截取别出心裁,通过一段段特写,描述了稍夭嫩枝到扎根岩石的全过程。如果说,稍夭代表当下的风姿,那么树干一段段走向大地的过程恰是凝聚着不同岁月的痕迹,真乃将绵长的时间融入一棵松树的生长之中,倍增韵味。沈周曾经说过,他的山水画是一段段点出来的,其实这松卷也是这种创作思路的表现。并且,在这卷近乎抒情的松卷中,他也没有忽视当下的体验空间,而是以类似小品的形式增加其内涵和韵味。"嫩枝稍夭"代表着参天之势,注入画家对苍穹的想象,"枝干交缠"或为屏障的边缘,"蛰龙戏石"更是浓荫下的光影之戏,"密枝抱石"之外或是陂陀逶迤,与风水合奏,更增一阔境,"秀枝偃根"正指生命之渊。总之,从这卷松树图中可以看出沈周融合时间(当下与历史)、空间(当时)为一体,既注重松当下的姿态,又兼顾松的整体生命力,还将具体空间转化为一种文化品位,增加松树的文化内涵,制造更加高雅的观赏趣味,将当时的时空感凝定为特殊的文化趣味,近乎达到了时空一体,确实非常高妙。

再看沈周在诗中对松的描写:"老夫惯与松传神,夹山倚涧将逼真。青云轧天见高盖,苍鳞裹烟呈古身。我亦不知松在纸,松亦不知吾戏耳。吹灯照影蛟起舞,直欲排空掉长尾。待松千丈岁须千,老夫何寿与作缘。不如笔栽墨培出,一笑何问人间大小年。"①诗歌除了强调起兴而画松外,对松的形态的描绘集中在高("青云轧天")、矫("蛟起舞")、势("排空掉长尾")、苍("苍鳞裹烟"),与画面的描绘一致,简练概括了松的姿态。这些因素都在笔墨间传递,前三者上文已经谈到,但"苍"还值得再讨论一下。沈周除了用中锋勾干,浓墨点苔以浑化笔迹,显示树干的"苍"外,还用浓墨写细枝、松针,突出苍郁,还结合藏锋长笔皴树干,又淡墨染、留白突出树干的洁白与鳞纹交织的效果,还用一些留白的枯干、遒曲的老干显示苍古。应该说,在表达以气骨为主的题材时,画占据主导地位,诗歌起辅助点化作用。

---

① 沈周:《画松》,见沈周著,汤志波校:《沈周集》,浙江人民美术出版社 2013 年版,第 638 页。

沈周另一幅体现骨力的图像是《三桧图》。三桧历时久远，老干槎牙，颇有风骨。三株老桧除了顶部、旁枝有少许老死的枯枝外，整个树盖均用茂密的点叶组成，形成擎天之势。三桧的枝干是沈周表现的重点。起手第一枝有三个分支，散得比较开，给人张开双臂托天之感。左侧枝注重曲折的姿态，枝干有仰有偃，但整体向左上擎起，树干中锋行笔，笔画较短，但注重墨色浓淡和行笔节奏，颇有韵律感，呈现以折取势，但不尖锐的浑厚效果，树干中间或留白，或用淡墨长线皴擦，渲染树干的洁白光辉。中间枝干重在展现盘旋之势，留白更多，整体向下盘旋缠绕，体现老干的遒曲之势。右侧一枝直干独秀，如解索一般，将左、中曲折盘旋之态解散，突出老树的沉稳气象。整体来看，如秀玉舞空，方圆结合，有九曲连环之妙。中间一枝枝干增粗，点叶紧紧围绕细枝，非常茂密，结体也非常紧凑，梢头似乎有不少小枝，大概正在发叶。相对于第一枝的重叠稍天，第二枝侧重细枝的卷曲，整体画面如许多小龙在游动，注重横向的绵延气象。第三枝除了空间伸展上的旁枝外，中间是一段老槎，枝干皴线加长加重，行笔顿挫明显，搭接之处露出一定棱角，这一枝整体走向下偃、舒朗，似乎为了说明老树破裂斑驳的表皮和衰退的生机。

沈周也留下了《七星桧》诗，除了介绍树的来历和自己愿意婆娑其下的高蹈之举外，最重要的是对三株树的描绘："三株实聊存，难执岁月算。各各具其异，形容匪词翰。西体裂多槁，豁然敞三判。东体活亦裂，筋骸互续断。北者蜷而秃，袖破舞脱腕。叶亦不暇叶，干亦不暇干。左文皮索绚，孤葩顶留伞。槎折象齿跷，瘿决鬼目烂。疏越复丛穴，骸骺仍轩岸。蛟挐及猊跋，努力不得窜。矛长及剑短，接战惊楚汉。"沈周强调老树裂、脱、断，说明它们在几经风雷、战火后，依然顽强地生活着。树皮如绳索，但依然擎天如盖，说明苍老的生命力。突出老树丑陋硬朗、轩昂果敢的气势，虽枯枝折却如骨般硬（"槎折"），老眼怪异，不堪入目（"瘿决"），舒朗又交缠（"疏越"），弯曲却能轩昂高举（"骸骺"），如丑妇跛脚，如老蛟痉挛（蛟挐及猊跋），却能合为一体，方硬战栗，如打仗一般（"矛长及剑短，接战惊楚汉"）。

对比图像，我们发现，沈周在诗画中作了相应的分工。画中突出老干的生机、光辉、气象等偏向有生命力的方面，而老干的苍老、丑陋、惊颤之势，却没有过于突出。诗歌运用大量庄子对苍老、骨力的描绘，将老树刚硬战栗的姿态描绘出来，也获得强烈的节奏感和形象感。原因是，庄子对怪树的描绘已经深入人心，自然有一种形象感，而如果用图像描绘这种形象感，就会暴露丑秽，不堪入目，反而使古树丧失古雅的气质，也会干扰人们对古树向上生机的感受，实际上，庄子描绘的老树可能没有人见过，通过想象更能增加古拙的趣味。从这一点来说，沈周深谙人们对精神之美的欣赏规律，真正做到了传神之妙。

文徵明也画过《虞山七星桧图》（图4-30），并特别注重描绘老树的苍老与骨力。他笔下的三株老树连绵一体，节眼很多，枝干弯曲多变，虽然是中锋行笔居多，但转折处颇为明显，突出了老树扭曲的姿态。树干上有较少小枝叶的支撑，树干的造型突出古健，给人铮铮铁骨的感觉。点叶非常细密，但都依附树干，或为老苔，给人衰亡之际的回光返照感。枯槎老干以丰富的节眼和尖锐的转角说明它们内蕴的生命力量,似乎生机勃勃的生长力量能够通过骨头直接展示。它们在高空扭转奔驰,诉说着岁月烙下的痕迹和对它们的塑造,可以说,极尽丑怪,却又包含着顽强的力量和对生命的颂赞。将之与沈周的图像对比可知,沈周表达了老树复苏后旺盛的生命力,以及秀雅浑健的气象,给人的整体感受还是优美,文徵明表达了衰亡之际的老树回光返照的瞬间,更侧重老树被岁月锻造的痕迹和顽强的生命力,给人的整体感受是壮美。也可以说,文徵明将沈周在图像中刻意回避的老、裂给予集中呈现,原因可能在于"图以结社盟,青青无改换。立节贵如此,卓尔昭云汉"①。当沈周渴望婆娑其间,以老树为友,在它身下烧丹炼药之时,文徵明认为老树就是人格精神的象征,是自我顽强气骨的呈现,这与他的人生境遇也密切相关,也是他提倡道德修养的表现。

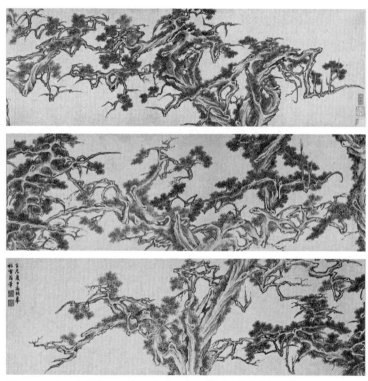

图4-30　虞山七星桧图(局部),文徵明,美国檀香山艺术博物馆藏

　　文徵明的这种思路在柏树、松树中也有表现。如在《画松》中,将松的老干枯裂描绘得非常传神,题云:"变化势难缚,虬髯似戟森。"②变化体现在枝干转折枯苍处,非常有力度。他的《古木寒泉图》(图4-22)表现枯槎老干时也是用转折笔触,特别以长线皴擦阴面,突出树皮绳索般的皴裂感,视觉震撼力很强。《古柏图》也是

① 文徵明著,周道振辑校:《文徵明集》(增订本),上海古籍出版社2014年版,第765页。
② 文徵明:《画松》,见《石渠宝笈》卷十五,《景印文渊阁四库全书》第824册,台湾商务印书馆1986年版,第449—450页。

以长线皴干,转折取势,突出柏树扭动的苍劲,石头用干笔皴擦,突出暗处,注重向背,体积感明显。此图送给张伯起(名凤翼),诗云:"雪厉霜凌岁月更,枝虬盖偃势峥嵘。老夫记得杜陵语,未露文章世已惊。"①此年张凤翼卧病石湖僧舍,文徵明与彭年谈话,得知病情后写寄,勉励他早日康复。张凤翼与文徵明是忘年交,又非常有文采,所以,文徵明勉励他要有凌霜之姿,峥嵘之势,做到"语不惊人死不休"。文徵明将《古木寒泉图》赠给王宠。王宠是文徵明弟子,少有雅才,气节高古。三图合观,正说明文徵明在草木中寄托气节。

除了文、沈,唐寅也是非常注重骨力的画家。他在《题立石丛卉》中题:"杂卉烂春色,孤峰积雨痕。譬若古贞士,终身伴菜根。"②图绘孤石耸立于杂卉之后,石头边缘用浓墨,中间用粗笔淡墨刷,淡墨层次不断变化,行笔走势或横或左上,突出石棱,适当留出受光面,前排花卉的光影恰好落在淡墨上,石头兀立在清苍的光影下,更增贞寒气骨。对照诗歌,唐寅用简练的笔墨补充了花草的身份。他用"杂卉""孤峰""雨痕"说明花草存在的空间是贫寒之地,用"贞士""菜根"点出花草的身份,可知唐寅主要表现贫寒高士的气骨。

唐寅还画过寒林枯木竹篁,如《灌木丛篁图》《古木幽篁图》,侧重表现竹篁、灌木的苍老风姿。唐寅表现古木时,多将老树的节眼和枝干作为重点,节眼画得非常真实,突出斑驳老相,树根暴露在外,似乎无土培养,颇为孤寒。树枝不点叶,以茂密的蟹爪或鹿角写,苍茂老辣。树下配风竹流泉,制造松水合奏的韵味。唐寅将老树生瘤的丑态刻画得非常真实,没有刻意表达扭曲之态,复苏的生机却非常清晰。相对来说,他用写实技法传达了山野茂才的气骨。其《古柏疏篁》题云:"灌木寒气集,丛篁静色深。冰霜岁历暮,方昭君子心。射干蔽豫章,慨惜自古今。嶰谷失黄钟,大雅变正音。"③寒静的环境是唐寅图像的特点,竹无黄钟,大音不正,木下骚人,徒自慨叹。唐寅用客观的眼睛直面山野茂才的冰霜贞寒之心,将峥嵘之势放在自然阴沉的山野间,更渲染图像的氛围,也点出图像隐喻君子不得志的内涵。相对于文、沈,唐寅对孤寒的描写非常朴实,虽然寄托了他的身世之悲,却能宕开笔墨,突出人物不得志的整体环境,似乎正是隐喻社会的悲凉。唐寅生活的时代是明代开始转衰的时代,他内心如此寒冷,足以说明他对社会大环境有深刻的体悟。如果说,文、沈都是在晴空之下展示自我的风姿,那么他就是在阴郁之中彰显窘困的傲骨。所以,他的图像有一股寒傲不平之气。还值得注意的是,唐寅的图式或是流行的园林景象,或是宋代寒林题材的继承,图像的界限模糊,意义多元,他的题画诗多有意对图像作解释,类似观感,这与文沈的互补或化入非常不同。因为这个观感将自然物象还原为情绪的发端,以情(尤其是苦情)为主,是受到诗歌创作方式影响的表现,而不同于文、沈诗画之情混一的方式,这也是唐寅绘画创作受到诗歌影响,好作诗意画的原因。

---

① 周道振、张月尊纂:《文徵明年谱》,百家出版社1998年版,第595页。
② 《唐伯虎题画诗·唐伯虎年谱》,见《苏州文史资料》第25辑,1998年版,第14页。
③ 李日华:《味水轩日记》,上海远东出版社1996年版,第97页。

如果我们要整体来理解吴中花鸟作品的诗画关系,首先要说明这一关系直接隶属于诗人/画家的意义传达和审美境界的追求。在这一批画家的心中,为了集中传达自我的存在精神,他们自觉利用诗画来实现目的。而就功能来说,诗歌主要是时间性的,它大量补充绘画的现实意义,包括说明创作的环境,解释意象的特殊内涵,表达某种观念,抒发某些人生感悟。花鸟画主要是空间的,它塑造了新的视觉形态,更注重无形精神的传达,更具有力量,直接诠释了艺术家的审美追求,展示了审美本身的内涵。所以如果将花鸟作品看作一个大叙事,那么诗歌依然是叙述者,发挥着建构叙事框架的功能,而绘画则是标志,它完成了最富有韵味的呈现,让艺术进入丰富的审美维度。

## 第三节　徐渭花鸟作品的文图关系

明代是诗画一体艺术发展的高峰,画家多喜欢用画寄托一定的感情,徐渭也是以画寄情的大家。徐渭是画史上大写意花鸟的完成者,也是明代最重要的花鸟画大家。他一生遭遇坎坷,胸中常常积压着一股不可抑制的怨气,表达的情绪非常激烈,也因为技法上的重大突破,他的画具有特殊的风格,是"诗可以怨"传统在绘画中的突出表现,所以,我们单列一节来展示他花鸟作品的文图关系。

徐渭(1521—1593),初字文清,后改文长,号天池,又号青藤、田水月、天池漱生、天池山人、青藤道士等。徐渭生于官宦之家,但父亲早亡,先后由嫡母和兄(淮)抚养。伯兄性情散宕,性嗜丹术,喜好游玩,家道中落,徐渭的生母被卖,最后家产被侵夺,徐渭也由富家公子变成贫寒之士。

徐渭自幼聪明过人,九岁能作干禄文,致力于古文辞,又好弹琴击剑,好功名,但八次科考均不第。徐渭二十八岁求学季本(王阳明弟子),与王畿相切磋,追随唐顺之,与玉芝禅师一起参佛法,学术思想注重三教会通。在艺术方面师陈鹤、谢时臣等浙地名家。在性格上,受到乡贤沈炼俊杰人格的影响,承续了沈炼"眼空千古,独立一时"[1]的高傲性格。徐渭一生境遇奇绝,坎坷不断。除了父亲早亡,母亲被卖,科考不中,最大的伤害是受到胡宗宪案牵连,多次自杀未遂,进而疯癫,杀死继妻,受牢狱之困。他晚年非常贫困,以卖画为生,死时极度凄惨,"有书数千卷,后斥卖殆尽。帱莞破弊,不能再易"[2],带着最后一点孤愤,离开了人世。

徐渭多才多艺,创作了很多文艺作品,自诩"渭于行草书尤精奇伟杰,尝言吾书第一,诗二,文三,画四。识者许之"[3]。徐渭书画艺术受哲学思想影响很深,他早年求学季本,倾慕阳明心学,出入二氏,汇通三教,以求"中"为指归,提倡"惕亦自然"的工夫论,师法王畿,折中自然与警惕。阳明学以心为本,在文艺中多表现为提倡真心自然,如李贽的"童心说"。徐渭在文艺创作中提倡"真我",本于真情,正是

---

[1] 袁宏道:《徐文长传》,见《徐渭集》,中华书局1983年版,第1343页。
[2] 陶望龄:《徐文长传》,见《徐渭集》,中华书局1983年版,第1341页。
[3] 同上。

这种思想的表现，也是晚明文艺的先声。徐渭书法出名较早，中年受到牢狱之灾后，才开始大规模创作绘画。徐渭书法远宗晋人，近学宋明，用笔跌宕、奇险，章法错落浑成，呈现纵横天成的特色，是追求真我、表现胸臆的典范。徐渭的花鸟画受到书法[①]、文学影响很深，不仅表现在用笔上，更表现在章法上、气势上。其花鸟画崇尚本色，力求生韵，善用比兴，长于造惊险之境，抒不平之气。他往往将诗书画融为一体，发挥多种才能，以表达复杂的悲愤之情。

## 一、徐渭花鸟画的图式

徐渭的花鸟画既有传统四君子题材，又包括很多日常蔬果、花卉、动物。作品以抒发真情为主要特征，同一题材随着他情绪的变化，会表现出不同的情感。为了更加清晰地说明问题，我们不以画题为依据，而以情感表现为依据作详细介绍。

徐渭怀才不遇，八次科第皆不中，对科第黑暗充满讽刺。他在画蟹中，集中讽刺了脑满肠肥的进士。徐渭描绘螃蟹的图像很多，其中《花卉图册之五·螃蟹》（图4-31）、《黄甲图》、《鱼蟹图》、《墨花图册之二·螃蟹》（图4-32）具有代表性。这些图像中螃蟹或与荷花相配，或被芦草缠缚，或与大鱼对比，显示了螃蟹肥胖无肠的丑态。如《黄甲图》用淡墨纵横擦出荷叶，用细劲的笔墨勾叶脉。一只螃蟹挥舞着钳子，好像在原地打转，身体和钳子颇为粗大，显得特别肥胖。荷花叶子铺展得很开，颇为清透，荷叶的秀逸风姿与螃蟹的浑莽无能形成对比，正好讽刺了无肠公子

图4-31 花卉图册之五·螃蟹，徐渭，北京故宫博物院藏

---

[①] 张岱评徐渭书画关系云："今见青藤诸画，离奇超脱，苍劲中姿媚跃出，与其书法奇崛略同……昔人谓'摩诘之诗，诗中有画，摩诘之画，画中有诗'，余亦谓青藤之书，书中有画，青藤之画，画中有书。"颇能说明这种关系。见张岱：《跋徐青藤小品画》，栾保群点校：《琅嬛文集》，浙江古籍出版社2013年版，第166页。

图4-32　墨花图册之二·螃蟹,徐渭,北京故宫博物院藏

的无能。《花卉图册之五·螃蟹》表现一只墨螃蟹被芦苇缠绕,动弹不得。螃蟹的身子和钳子用浓墨点横写,钳子向一侧偏斜,有点束手就擒的味道。腿用细笔拖写,整体形成一个圈。芦苇整体枝叶疏淡,但缠住螃蟹的地方非常浓。芦穗用点,非常茂密,茎向上翘起,似乎有拴住螃蟹向前拖行的喜悦感。《鱼蟹图》描画惊涛骇浪中一条墨鱼游在浪头,似乎正在斩浪披波,英姿勃发。对面一只螃蟹,正挥舞钳子,脚撑地,身体用墨点组成,前面一枝芦苇倒垂,似乎正要束住挣扎的螃蟹。大鱼的劈风斩浪与螃蟹的竭力挣扎形成对比,颇有效果。

徐渭多通过画花鸟寄托孤愤之情。其中葡萄、石榴是徐渭寄托孤愤之情最多的作品。如藏于北京的《墨葡萄图》表现三枝葡萄在风中倒垂而下,随着藤的下垂,枝干越来越细,若无若有。葡萄掩映在叶隙中,用水笔笔尖稍微蘸墨写成,突出葡萄的晶莹剔透,它的蒂色彩加浓也增加葡萄成熟之际沉甸甸的感觉。葡萄叶加胶水,只写大致轮廓,纷披如幻,浓淡相间,顿增萧瑟凄凉之感。《杂花卷·葡萄》(图4-33)淡墨写葡萄藤,转折顿挫,用笔劲健。叶子用蘸墨法,变化多样,或用淡墨,突出萧瑟枯索之感。采用仰视笔法,用淡墨点葡萄体形,用浓墨突出葡萄下垂的部分,摇曳多姿中给人沉甸甸的感觉。徐渭以深山石榴比喻自己怀才不遇的重要作品有《榴实图》,图中表现一折枝石榴炸开,露出晶莹剔透的果实。老枝用干墨写,时有飞白。行笔干脆,又突出枝干的韧性,正好可以衬托沉甸甸的石榴。石榴皮用浓墨勾边,中间墨色淡,墨色晕化,颇有效果。石榴籽用加胶淡墨滴,边缘形成硬边,整体向右上方排列,另一边的石榴皮用淡笔简率勾写,衬托出石榴籽的生机感。竹子是徐渭非常爱好的题材,用来表现画家的萧骚之气。如《竹石图》表现两根竹子从石边稍天,左侧枝叶纷披而下,包围石头。稍天的顶端枝叶在空中画过一个五字波折,直贯而下,深入地下,正是内心风波的形象外化。牡丹本是富贵花,徐渭屡屡

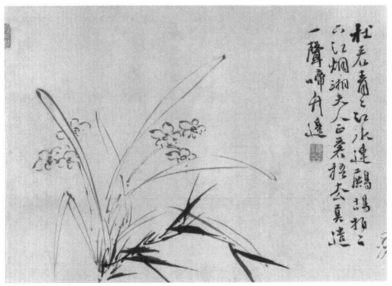

图 4-33　杂花卷之葡萄和水仙,徐渭,中国历史博物馆藏

把它画成墨花,如《花卉图之二·牡丹》(图 4-34)描绘一朵墨牡丹,浓叶淡花,全部用点写成,横向折枝,呈八字展开,恰好指向题诗。显示画家要将富贵花改装为墨花[1]的决心,以及将鲜艳的富贵花定位为丑陋而富有担当的"无盐"[2]形象。

---

[1]　此图题云:"四十九年贫贱身,何尝妄忆洛阳春！不然岂少胭脂在,富贵花将墨写神。"参见李德仁:《徐渭》,吉林美术出版社 1997 年版,第 173 页。

[2]　徐渭曾题《墨牡丹》云:"牡丹为富贵花,主光彩夺目,故昔人多以钩染烘托见长,今以泼墨为之,虽有生意,多不是此花真面目。盖余本婆人,性与梅竹宜,至荣华富丽,风若马牛,弗相似也。"(转引自朱万章:《画林新语》,上海书店出版社 2017 年版,第 247 页。)表达了他对牡丹的新看法。其实,徐渭对牡丹的理解基于佛教的空色相,曾题《墨牡丹》云:"墨中游戏老婆禅,长被参人打一拳。涕下胭支不解染,真无学画牡丹缘。"空色相又可以转化为对花卉天趣的理解。见徐建融主编:《徐渭书画全集》绘画卷,天津人民美术出版社 2014 年版,第 18 页。

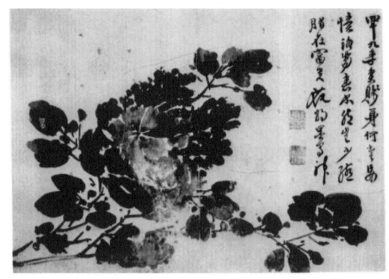

图4-34　花卉图之二·牡丹,徐渭,北京故宫博物院藏

图4-35　五月莲花图,徐渭,上海博物馆藏

徐渭自称疏懒,但涉及义,必然计较,曾经画荷花、雪竹、雪梅控诉不公,表达愤怒之情。如《五月莲花图》(图4-35)对压抑人才的做法表示极度愤怒,发出了深深的叩问。图中莲花空勾,非常清淡。荷叶用破笔,或点写,或浓或淡,非常狂逸。水面落下几滴墨点,难以辨识,或许是激愤之泪。梅花本非常清雅,徐渭的一幅水浸梅花,通过叩问的方式,讽刺了迫害人才的权贵。《泼墨十二段·浸水梅花》表现一枝淡墨梅花掩映水上,墨圈勾花,非常好看。一瓣落入水中,正被一条游鱼盯上,情境惊险。《雪竹图》为控诉徐相国迫害胡宗宪而作。图中画三根墨竹,或用水笔两边蘸墨写,或用浓墨写,细枝用劲挺的墨线勾写,叶子上压着积雪,墨色或浓或淡,积雪留在叶子和枝干上,淡墨渲染,烘托阴霾天气。整幅画寒苍刚劲,正是人才被权势压榨的不屈表现。徐渭的《四时花卉图》也对天道不公进行了控诉。其中梅花和竹子都被大雪覆盖,天空被染得阴沉沉,竹叶用浓墨刷写,与雪光相应,分外精神。老干梅花行笔更粗豪,白花花的雪将梅花冰雕而成。梅枝用线转折瘦硬,好像在与白雪争夺空间,花瓣用勾笔,仅见草草花边,似乎在大雪掩映下,还要挤出姿容,

分外坚贞。又如《花卉杂画之二·石榴芭蕉》(图4-36)借用朱亥袖椎的故事表现愤恨之情。图中蕉叶截取中部,用方笔纵扫,表现蕉叶纷乱破败之像,一枝石

图 4-36　花卉杂画之二·石榴芭蕉(局部)，徐渭，日本东京国立博物馆藏

榴破口垂于蕉叶旁，是怀才不遇之像。结合题诗①，画家表达了非常强烈的愤怒之情。

　　徐渭胸中素有清贞之气，多用清淡的花卉表现内心清贞之气节。如《瓶花图》(图 4-37)将牡丹和梅花组合在一起。徐渭自称窭人，曾画墨牡丹自嘲很难表现"行家"的富贵花②，这里将牡丹与梅花并置，形成对比，更加突出梅花清贞淡雅之气。图中，画家用简笔勾裂纹瓶子，中插一枝墨牡丹，用水笔蘸墨铺写花瓣，浓淡相宜，极尽雍容花态。瓶后一枝淡墨梅花，对比之下，梅花的清贞气质非常突出。徐渭也善于将多种花卉放在一起，用浓墨、淡笔勾花的形式突出群体花卉的清贞之气。如《三清图》(图 4-38)表现一枝寒梅斜依瘦石，呈 S 形弯曲而上。文竹空勾，掩映于石后。梅枝弯曲而下，梅花影子落在石头上。石头边缘和阴处，散锋斜刷，突出石头的页层，用淡墨渲染石头正面，为花照镜，梅花之清气逼人。又如《三友图》描绘一只老松从石根往上生长，枝叶偃垂，几杆翠竹从松侧依石而生，横穿松枝与松针交缠。瘦梅从石后生出三枝，一枝向左上与岩松相交，一枝向左下，指向地面或水面，一枝从石后露出圈花，与偃松下端融为一体。再如《芭蕉梅花图》表现两片芭蕉叶呈 S 形交披于石头上。白石和蕉叶空中挤出梅枝，圈点小花更增清妍。整幅图像用较浓的墨色渲染天空，芭蕉、梅花的边缘留白，象征雪，给人更加清寒的感觉。白花花的流动感在此环境中更加灵动顽强，清寒之气沁人肺腑。

① 《花卉杂花之二·石榴芭蕉》，题"蕉叶屠埋短后衣，石榴铁锈虎斑皮。老夫貌此堪谁比，朱亥椎临袖口时"，见《徐渭书画集》上，北京工艺美术出版社 2005 年版，第 198 页。

② 徐渭在《芭蕉墨牡丹》中题云："知道行家学不来，烂涂蕉叶倒莓苔。冯伊遮盖无盐墨，免倩胭脂抹瘦腮。"见《徐渭集》，中华书局 1983 年版，第 405 页。

图4-37　瓶花图,徐渭,广东省博物馆藏　　　　图4-38　三清图,徐渭,南京博物院藏

　　徐渭多在绘画中参佛法,寻求天趣,部分画作有特别的幽默、闲适趣味。如《蕉石图轴》用墨刷写湖石,突出石头的清苍与浑厚。底部石缝空勾文竹,石后劲笔勾写芭蕉,瘦梅圈花掩映于空隙间。又如《花卉图之水仙》阔笔浓墨绘石头,伴着勾花长叶水仙,浑厚中透着虚劲,颇有凌波风姿。又如《水仙》画水仙与竹子。水仙用淡笔勾写叶子,蘸墨勾花瓣。竹叶用墨笔写出,围护在水仙周围,竹梢带着露水,大有泹露迎风、洗尽铅华之寓意。整体图像透露着清渺婉约的韵味。

　　总体而言,徐渭怀才不遇,花卉成为他表达情感的重要手段。他受到三教学养的孳乳,以儒家"致中"为指归,调和谨慎与自然两端,特别重视自然、真心、天趣等人文内涵在花卉中的表现,所以,不管是表达哀怨,寓含讽刺,讴歌清贞之气,还是营造小境,表达虬逸劲爽的杰特之才,都可以看到徐渭将刚劲虬逸的人格形象与荫翳逼仄的社会氛围融入绘画中,显示了强烈的控诉情绪,又能以佛眼空诸色相,还物象以天趣闲适之韵。

## 二、以花鸟寄托激愤萧骚的情怀

　　徐渭自称畸人,经历的奇特坎坷实属少见。著名的墨葡萄题诗代表了他一生的哀叹与啸吟。袁宏道在他去世后，夜读奇文，或叫或啸，恨不能起之，共谈奇文。在为徐渭作的墓志铭中，集中总结了他愤恨窘迫、以文发之的一生，云："文长既已不得志于有司，遂乃放浪曲蘖，恣情山水……其所见山奔海立，沙起云行，风鸣树偃，幽谷大都，人物鱼鸟，一切可惊可愕之状——皆达之于诗。其胸中又有一段不可磨灭之气，英雄失路、托足无门之悲，故其为诗，如嗔如笑，如水鸣峡，如种出土，如寡妇之夜哭，羁人之寒起。当其放意，平畴千里，偶尔幽峭，鬼语秋坟……文长喜作书，笔意奔放如其诗，苍劲中姿媚跃出。予不能书，而谬谓文长书决当在王雅宜、文徵仲之上，不论书法而论书神，先生者诚八法之散圣，字林之侠客也。间以其余旁溢为花草竹石，皆超逸有致。"①实际上，晚年的徐渭更多以画抒发情感，曾经有人请书，他以画应之，可见一斑。徐文长一生的重大转机是害怕受到胡宗宪案的牵连，由装疯变成真疯，击杀继室，受牢狱之灾，整日"抱梏就挛，与鼠争残炙，虮虱瑟瑟然，宫吾巅，馆吾破絮"②，备尝人生窘迫。隆庆三年（1569）在朋友的斡旋下，徐渭身上的枷栲才得以解除，以布袋装枷栲挂壁上。为纪念此事徐渭作了《前破械赋》《后破械赋》，赋中云："多其高义，随我四年，我分殉之，何心弃损。"③此种况味大概只有彻悟之人才可以诙谐出之。出狱后，他大规模作画以抒发自己内心的不平之气。从徐渭的留存画作和题诗来看，他抒发的情绪主要有以下几个方面。

第一，对科场黑暗的讽刺。徐渭一生致力于功名，但八试不第，中年生华发，最后彻底放弃科考。他每引古代贤者自比，称自己与杜甫是"异世同轨"④。也用绘画对科场尽取无能之士进行了辛辣的讽刺。螃蟹是徐渭借以讽刺的主要对象，徐渭题画诗中有大量讽刺螃蟹的诗歌，如《题画蟹二首》云："稻熟江村蟹正肥，双螯如戟挺青泥。若教纸上翻身看，应见团团董卓脐。谁将画蟹托题诗，正是秋深稻熟时。饱却黄云归穴去，付君甲胄欲何为？"⑤诗中讽刺它们脑满肠肥，身披甲胄，却昏庸无能。徐渭还喜欢把明珠与螃蟹相对，讽刺螃蟹兀傲无能，如《黄甲图》题云："兀然有物气豪粗，莫问年来有珠无，养就孤标人不识，时来黄甲独传胪。"⑥明代进士及第，第二三名称"传胪"。这里讽刺了徒有粗豪之气的庸人可以高中进士，而明珠却无人识。虽然窘迫不得志，徐渭还是在书画中自诩海中龙神，多与螃蟹对比，显示自己的气势和雄健力量，强化了对无能举子的讽刺。如《鱼蟹图》（图4-39）云："满纸寒鲲吹鬣风，素鳞飞出墨池空。生憎浮世多肉眼，谁解凡妆是白龙。"⑦《画跃鲤送人》云："昔人画龙破壁去，余今画鲤亦龙俦。"⑧甚至还向螃蟹呐喊挑战，

① 袁宏道：《徐文长传》，见《徐渭集》，中华书局1983年版，第1342页。

② 《送沈君叔成序》，见《徐渭集》，中华书局1983年版，第560页。

③ 徐渭：《后破械赋》，见《徐渭集》，中华书局1983年版，第44页。

④ 徐渭：《题自书杜拾遗诗后》，见《徐渭集》，中华书局1983年版，第1098页。

⑤ 徐渭：《题画蟹二首》，见《徐渭集》，中华书局1983年版，第408页。

⑥ 徐渭：《黄甲图》题诗，见徐建融主编：《徐渭书画全集》绘画卷，天津人民美术出版社2014年版，第5页。

⑦ 徐渭：《鱼蟹图》，见徐建融主编：《徐渭书画全集》绘画卷，天津人民美术出版社2014年，第160页。

⑧ 徐渭：《画跃鲤送人》，见《徐渭集》，中华书局1983年版，第408页。

"钳芦何处去,输与海中神。"①既有戏剧性的幽默,又包含不得志的辛酸。偶尔也有一些幻想,希望可以不设"龙门石",让凡鱼也能高中,如《画跃鲤送人》:"鳞鬣不殊点额归,丰神却觉有风威。不添一片龙门石,方便凡鱼作队飞。"②甚至将脑满肠肥、横行无能的将领比作螃蟹,发出了怒吼,"一片黄沙如此阔,横行那得到匈奴"③。

图4-39 鱼蟹图,徐渭,天津博物馆藏

第二,徐渭出狱之后更加窘困,怀才不遇的愤怒更加强烈,多在花鸟画中寄托孤愤。其中葡萄、石榴成为徐渭才华的代名词。这些植物都是圆形,成熟后如颗颗明珠,却生长在枯藤深山中,无人采摘,非常悲凉。《墨葡萄图》题诗最直观说明了他的愤恨之情:"半生落魄已成翁,独立书斋啸晚风,笔底明珠无处卖,闲抛闲掷野藤中。"《石榴》云:"秋深熟石榴,向日笑开口。深山少人行,颗颗明珠走。"明珠无处卖,只能自零落。《石榴》又云:"只少胭脂染一堆,蛟潭锦蚌挂人眉。山深秋老霜皮划,自进明珠打雀儿。"蛟潭明珠只因无艳丽姿容,只能老于深山,自己崩落打雀儿。满腹才华不能一用的悲哀真难以言传。因不被重用,所以更加孤傲不屈。《雪竹》其三云"画成雪竹太萧骚,掩节埋清折好梢。独有一般差似我,积高千丈恨难消"④。不被雪压垮,力图高蹈的气节真乃徐渭本色。窘困使徐渭性格更加疏狂,他多以古代名士自居。元末王冕是孤高之士,画梅花很有名,徐渭多以其自比。⑤《王元章倒枝梅画》云:"皓态孤芳压俗姿,不堪复写拂云枝,从来万事嫌高格,莫怪梅花着地垂。"⑥孤愤高傲之气节流露纸上。由于生活无着落,非常凄惨,他发出"近日野香成秉束,一篮不值五文钱"的慨叹,另一幅《墨葡萄》云:"砚田禾黍苦阑珊,何物朝昏给范丹?⑦ 虽有明珠生笔底,谁知一颗不堪餐。"《水墨花卉卷之四·菊花》云:"身世浑如泊海舟,关门累月不梳头。东篱蝴蝶闲来往,看写黄花过一秋。"⑧凄惨孤傲之情真乃翁已老,骨愈硬。但是,徐渭又是非常自信的,甚至要将

① 徐渭:《鱼蟹图》,见徐建融主编:《徐渭书画全集》绘画卷,天津人民美术出版社2014年版,第160页。

② 徐渭:《画跃鲤送人》,见《徐渭集》,中华书局1983年版,第408页。

③ 徐渭:《题画蟹二首》,见《徐渭集》,中华书局1983年版,第409页。

④ 徐渭:《雪竹》之三,见《徐渭集》,中华书局1983年版,第844页。

⑤ 徐渭题:"曾闻饿倒王元章,米换梅花照缣量。花手虽低贫遇尔,缣量今到老文长。"说明他的生活窘迫困顿。见赵苏娜编:《故宫博物院藏历代绘画题诗序》,山西教育出版社1988年版,第249页。

⑥ 徐渭:《王元章倒枝梅画》,见《徐渭集》,中华书局1983年版,第386页。

⑦ 范丹,汉代廉吏,家贫志高洁。

⑧ 徐渭:《水墨花卉卷之四·菊花》,见《徐渭集》,中华书局1983年版,第396页。

富贵花王转化为墨花，以表达自我的雍容气质。他在《墨牡丹》中题诗云："知道行家学不来，烂涂蕉叶倒莓苔。凭伊遮盖无盐墨，免倩胭脂抹癭腮。"虽然谦虚说自己不能染彩色牡丹，但也正是不愿意染牡丹，而要用丑而有国才的"无盐"①来改造牡丹，打消色相，使其显露丑而有德的本性。

　　第三，激于义，抨击社会不公。徐渭本有气节，科场不顺，又经历重大冤案，气郁结于心，时时发之。徐渭喜欢将四时花卉杂呈在一起，对此他的解释是"近来天道够差池"②。四时不齐是天命，但徐渭反其意用之，比为天道不公，以墨戏求公，可谓善于达意。为了追求清白之气，徐渭还将芭蕉与梅花配在一起，自云："芭蕉雪中尽，那得配梅花？吾取青和白，霜毫染素麻。"③花卉在他手里，成为自由表达思想的元素，而不仅仅是形态。雪中荷花真乃奇景，也是画家控诉天道不公的表现，"六月初三大雪飞，碧翁却为窦娥奇。近来天道也私曲，莫怪笔底有差池"④。六月飞雪，唤起他对窦娥冤案的义愤。笔底出错，正是对天道不公的警醒。受到胡宗宪案牵连，徐渭也画雪竹极力讽刺徐阁老，"万丈云间老桧姜，下藏鹰犬在塘西。快心猎尽梅林雀，野竹空空雪一枝"⑤。野竹在寒雪中非常精健，正是不畏权势的表现。徐渭又是习武弄剑之人，在极为激愤的情况下，也恨不得动手击杀坏人。如在《花卉杂花之二·榴芭蕉》中，他把蕉叶比作朱亥的短衣，石榴比作铁椎，似乎铁椎正拿出击杀坏人之际，可谓愤怒至极。

　　第四，除了愤怒，徐渭还极力标榜清贞之气。这在梅花、芭蕉、牡丹、竹子、湖石等主题中表现得非常多。牡丹与梅花，一富贵，一清淡，徐渭很喜欢把他们放在一起，对比中，形象地刻画出清气。如《题牡丹梅花》云："松烟烧得汝窑黄，墨沈闲涂花里王。更配一梢清似水，俨如光武对严光。"⑥浓墨点牡丹，配上淡笔勾梅花，感觉非常复杂，又将富贵与清逸用光武帝与隐士严光作比，清气与贵气糅合，形成特殊的张力，更加形象。其《三友图》(图4-40)题"罗浮仙子喷香风，万壑惊涛舞玉龙。君子同心坚岁晚，不随来日逐春融"⑦，图像表现松、竹、石融为一体，苍雅清劲，纷披老辣，非常有坚贞气韵。对清贞之气的坚守是对自我才能的确信，其《三清图》将梅、石、竹放在一起，除了石头的浑厚苍劲外，竹叶与梅花之清劲非常惊人。图上题诗云："从来不见梅花谱，信手拈来自有神。不信试看千万树，东风吹着便成春。"⑧当大家都照着梅谱作画时，他提出了"信手涂抹，即能传神"的主张，正是自信的表现。清贞之后，是内心汹涌的骚气，如《风竹》即《竹石图》(图4-41)上题云："画里濡毫

① 战国时期齐国女子，因奇丑未嫁，但心有国家，好武艺。她觐见齐王，要求他罢淫乐，被封为皇后。

② 《四时花卉图》题云："老夫游戏墨淋漓，花草都将杂四时。莫怪画图差两笔，近来天道够差池。"见徐建融主编：《徐渭书画全集》绘画卷，天津人民美术出版社2014年版，第22页。

③ 徐渭：《蔷薇芭蕉梅花》，见《徐渭集》，中华书局1983年版，第1306页。

④ 徐渭：《雪里荷花》题诗，引自李德仁：《徐渭》，吉林美术出版社1996年版，第182页。

⑤ 徐渭：《雪竹》竹枝词之二，见《徐渭集》，中华书局1983年版，第844页。

⑥ 徐渭：《瓶花图》，见徐建融主编：《徐渭书画全集》绘画卷，天津人民美术出版社2014年版，第207页。

⑦ 徐渭：《三友图》，见徐渭：《瓶花图》，徐建融主编：《徐渭书画全集》绘画卷，天津人民美术出版社2014年版，第159页。

⑧ 徐渭：《题画梅二首》其二，见《徐渭集》，中华书局1983年版，第387页。

不敢浓,窗间欲肖碧玲珑,两竿梢上无多叶,何事风波满太空。"①碧玉清脆的竹子劲挺上天,嘎嘎作响,正是骚气不平的表现。清贞之本是醋畅淋漓的劲逸之姿,如《雪牡丹》二首之二,中有《夹竹》题云:"绛帻笼头五尺长,吹箫弄玉别成妆。不知何事妆如此,一道瑶天白凤凰。"②又如《雨竹》题诗云:"斋中一夜雨成河,午榻无缘遣睡魔。急捣元霜扫寒叶,湿淋淋地墨龙拖。"③夹竹的清劲如凤凰,可谓风姿奕奕,警醒逼人。墨龙淋漓正是呼风唤雨的气势。所以,徐渭的清气不是简单的窘困寒酸之气,而是涵养深厚的雄健之气,给人一种悲愤而更加高昂阳刚的气势,非常振奋人心。

图4-40　三友图,徐渭,南京博物院藏

图4-41　竹石图,徐渭,广东省博物馆藏

　　第五,徐渭汇通三教的学术旨趣使得他多在绘画中参佛法,求天趣,为画作添加了一份幽默率真趣味,同时展示了画家内心的清雅逸致和很高的理论素养。徐渭在创作中提倡生韵,否定安排。这些理论都题在画作上。如《画百花卷与史甥》题云:"世间无事无三昧,老来戏谑涂花卉。藤长刺阔臂几枯,三合茅柴不成醉。葫芦依样不胜揩,能如造化绝安排,不求形似求生韵,根拨皆吾五指栽。胡为乎,区区

① 徐渭:《风竹》,见《徐渭集》,中华书局1983年版,第844页。
② 徐渭:《雪牡丹》,见《徐渭集》,中华书局1983年版,第397页。
③ 徐渭:《雨竹》题诗,引自谢双成、洪亮主编:《历代咏竹诗选》,百家出版社2001年版,第417—418页。

枝剪而叶裁？君莫猜，墨色淋漓雨拨开。"①徐渭阐释酣畅淋漓的创作状态是为了追求生韵。生动也来自墨彩的运用，要求"动静如生，悦性弄情，工而入逸"②。他注重取影，屡屡要求画家能够取影，如"观夏圭此画，苍洁旷迥，令人舍形而悦影"③，又如"万物贵取影，写竹更宜然"④。这些观念与佛教思想有一定关系，导致徐渭作品中有特殊的禅味和韵致。如《枯木石竹》题云："道人写竹并枯丛，却与禅家气味同。大抵绝无花叶相，一团苍老莫烟中。"⑤突出枯木石竹空诸色相，苍老冥漠之感。徐渭还在看花中，特别表达幽默之感，如《蕉石图轴》题云："冬烂芭蕉春一芽，隔墙似笑老梅花。世间好事谁兼得，吃厌鱼儿又拣虾。"⑥两种清劲花卉互相打趣，别有风姿。澄净寂寞中的警醒也是徐渭玩味花韵的方式，如《杂花图水仙》题云："杜若青青江水连，鹧鸪拍拍下江烟。湘夫人正苍梧去，莫遣一声啼竹边。"⑦抓住最警醒的鹧鸪和竹子，顿时历史场景再现，风味盎然。《花卉图水仙》题云："海国名花说水仙，画中颜貌更婵娟。若非洒竹来湘浦，定是凌波出洛川。"⑧似乎正在猜测水仙的行踪，拟想起美妙的风姿，颇有情趣。又如《水仙》题："閶阖前头第一班，绝无烟火上朱颜。问渠何事长如此，不语行拖双玉环。"⑨婉婉道来，如对美人谈家常细语，氛围亲切，又韵致无限。

　　徐渭是豪爽超逸之人，他的艺术理论与创作密切结合，形成了自己独特的风格。但为了更加清晰展示徐渭图像的多种内涵，姑且分别论述。其实，徐渭绘画创作期较晚，但一出道，就非常老辣。他的画作融合一体，风格上比较统一。题诗成为一种补充，更加全面地展示了画作的具体情绪。徐渭作为一个坎坷之人，他的情绪特别浓烈与真率，又受到学术环境的孳乳，理性与感性融为一体，融情入景，融景于理，接近形象思维的特性，这也是他的作品与其他画家作品文图关系非常不同的地方。

### 三、以"孤愤"为本的骚情宣泄：诗书画一体

　　徐渭是多才多艺的艺术家，其创作本于表达真情，分别表露在诗书画中。由于书法在构图和笔墨特色上与绘画相通，本节将绘画与书法看成一体，主要从章法、笔墨上研究。徐渭的题画诗也大量位于图上，但主要发挥特殊作用，为图像增加戏剧感，所以将它与画作为两种艺术来分别对待，比较它们的作用，分析它们之间的关系。

① 徐渭：《画百花卷与史甥，题曰漱老谑墨》，见《徐渭集》，中华书局1983年版，第154页。

② 徐渭：《与两画史》，见《徐渭集》，中华书局1983年版，第487页。

③ 徐渭：《书夏圭山林图卷》，见《徐渭集》，中华书局1983年版，第572页。

④ 徐渭：《画竹》，见《徐渭集》，中华书局1983年版，第201页。

⑤ 徐渭：《枯木石竹》，见《徐渭集》，中华书局1983年版，第406页。

⑥ 徐建融主编：《徐渭书画全集》绘画卷，天津人民美术出版社2014年版，第198页。

⑦ 徐渭：《杂花图水仙》，见《徐渭集》，中华书局1983年版，第399页。

⑧ 徐渭：《花卉图水仙》，见陈邦彦选编：《康熙御定历代题画诗》(下)，北京古籍出版社1996年版，第334页。

⑨ 徐渭：《水仙》，见徐建融主编：《徐渭书画全集》绘画卷，天津人民美术出版社2014年版，第50页。

### （一）诗歌传情表意，绘画显韵写照

徐渭的花鸟画是文人花鸟画抒情表意的继续，但他对所画的花鸟赋予很多独特的人生见解，需要有一定的释义和说明。而他的题诗，或简单几个词，或一首诗恰好说明了这些内涵，并赋予了特殊的情感。比如螃蟹在明代绘画中出现的比较多，徐渭与众不同，他用螃蟹来讽刺科举。徐渭大量的鱼蟹图都有此意。从画面来看，螃蟹大多被芦草束缚，有的抢着钳子，显得懵懂可爱，但是诗歌点出其特殊含义。例如，在《黄甲图》中，黄甲是指进士及第后用黄纸书写名单。彭大翼《山堂肆考》云："黄甲由省中降下，唱名毕，以此升甲之人，附于卷末，用黄纸书之，故曰黄甲。是日贡院设香案于庭下，状元引五甲内士人拜香案，礼部亦遣官来赞导，置黄甲于案中，而望阙引拜。"[①]黄甲也是一种肥美的大蟹，"黄甲紫鳞，出没于繁藻"[②]。传胪是指殿试后，宣读皇帝诏命唱名。徐渭利用黄甲的双层含义讽刺新科进士都是气粗豪，脑满肠肥，将进士傲慢无才刻画得非常形象。而自己有一种孤标不被赏识之感，只能吃着大蟹，以为传胪，真乃可悲。

徐渭的画作非常注重生韵，注重化工，写实性不强，但配合他的文字，依然可以为花鸟写照显韵。在《黄甲图》中，徐渭将荷花与螃蟹对比，一清高孤标，一浑噩肥胖，正是黄甲与才人的代表。图中，画家信笔写出螃蟹，蟹壳留白使人感到光泽亮度，突出螃蟹的肥胖。螃蟹的身体用一浓一淡墨色铺写，呈圆形，也不见螃蟹面目，钳子围绕在身体周围，呈旋转状态，既与荷叶的铺展形成对比，又突出螃蟹的懵懂浑噩。螃蟹后面挡着一枝芦苇，将螃蟹怕被束，连连往后退的神态刻画得非常逼真。荷叶的描绘暗示着艺术家的孤标风致和勇猛力量。上端荷叶茎秆勾线很劲健，叶子仅仅用墨点排写，将荷叶向上擎起的立体感表达得很完整。下端芦苇纷披，只有一些杆子，线条劲健多变，参以密点。一枯一荣，既有向上的生命力，又展示肃杀之气，颇值得玩味。中间一枝荷叶用或浓或淡的笔墨铺写，将荷叶擎起的面铺展得透明秀逸，中间用更加虚淡的线条勾写叶脉，与荷芦形成强烈的对比。似乎荷芦正经历由秀拔劲挺到铺展雍容到枯萎萧瑟的过程，这大概也是艺术家凄凉心境的反映。此图的构图也非常精彩。荷叶与芦苇呈S形，横贯图像上下两端，荷杆整体呈S形，中间荷叶交搭而来，打破了S形的单一性。如果从荷叶、芦苇与螃蟹的走向来看，S形荷叶像天平的两端，受到中间圆荷的下压，既有向上伸展的秀逸之力，又有向左摆动的稳健之力，其落脚点放在正在爬行的螃蟹上，张力与气势蓄积，可谓千钧一发。就墨色的重量来看，中间部分荷叶、螃蟹一浓一淡交替出现，最后焦点落在螃蟹头部的浓墨上，恰到好处点出螃蟹晃动钳子，无能逃逸的姿态。如果说，言为心声，那么抬头看到上面的题诗，书法劲逸潇洒，位置恰好与顶端荷叶相

---

① 彭大翼：《山堂肆考·科第》卷八十四，见《景印文渊阁四库全书》第975册，台湾商务印书馆1986年版，第572页。

② 杨衒之：《洛阳伽蓝记·景明寺选注》，见程国政编注：《中国古代建筑文献辑要·先秦五代》，同济大学出版社2013年，第238页。

接,压住画面的气势,达到一致对敌的效果。诗歌乃有声之画,螃蟹落荒而逃的气势更加形象。徐渭在《花卉杂花·螃蟹》中也表现一只螃蟹被芦苇缠绕,动弹不得,芦穗下端是楷体写的"传芦"二字,下面落款"渭"。中锋行笔,法度严明,似乎正在判定螃蟹的罪责。也遵循了同一表现逻辑。

徐渭《鱼蟹图》表现鱼跃龙门,蟹与芦苇鏖战的瞬间,一正一反,惊心动魄。图中海水用淡干墨色刷写,整体向下倾斜,翻滚的气势很强烈,一条墨鱼正乘风破浪,浮在浪头,头部上昂,鬃毛飞动。题词为跃龙门的大鱼摇旗呐喊,气势恢宏。对面一只螃蟹正挥舞钳子与芦苇鏖战,身体用点表现为大致的圆形,似乎皮肉裂开。如果说,大鱼是神,那么螃蟹就是落荒而逃的手下败将。真是大快人心。也许徐渭受到戏剧思想的影响,在画中故意制造戏剧性效果,非常有阵势,感染力很强。

从这一段来看,徐渭的诗歌以表现情感胜,制造效果,同时还赋予图像新的含义,所以,主要是抒情和议论。绘画主要刻画形象,以特殊的图像展示戏剧化的场景,主要是描绘和表现,而它们共同服务于画家想要表达的观念和情绪。从这个角度来说,在通感的基础上,诗画是融合的,真正达到了无声诗、有声画合一的效果。

(二)诗歌制造情境,图像塑造"自我"形象

徐渭的部分花鸟画是没有环境的,但是诗歌总是能够给出情境,让图像尽力塑造"物化"的自我形象,使得情感更加丰满有力。徐渭表现不得志的方式就是形象化处理的结果。他采用深山明珠来说明自我的形象,既是非常新颖的刻画,也给予自我的处境以触目惊心的表达,效果极其明显。经过牢狱之灾后,徐渭游历名山大川,归来在房前栽种葡萄,自称"南腔北调人",除了与朋友唱和切磋,大部分时间在孤独中度过。徐渭的书画作品中怀才不遇的感觉非常浓烈,他屡屡自比明珠,设想自己处于深山老林自我破裂的情境中,甚是悲叹。所以,他在晚风中独立书斋的啸傲,是他内心的血泪控诉。结合图像,这种控诉直逼眼帘。徐渭画过很多葡萄,整体来看以劲健为主,或以点,或以面为主,突出葡萄的萧瑟荒凉之感。他最具有代表性的画作是《墨葡萄图》。《墨葡萄图》描绘三枝葡萄在风中倒垂而下,枝干用淡墨写就,随着藤的下垂枝干越来越细,若无若有。葡萄掩映在叶空隙中,用水笔笔尖稍微蘸墨写成,突出葡萄的晶莹剔透。葡萄蒂色彩加浓也增加葡萄成熟之际沉甸甸的感觉。此图非常注重叶子浓淡的变化,加了胶,边缘凝固浓墨,多余墨向有水的中间渗化,中部用极淡的水墨,反而形成一种灰色调子,既形成对比,又分出叶子的明暗关系,使得叶子的幻化质感更加丰满。徐渭作画的章法也比较奇特。右侧有几笔飞起的枝干,使得顺时针旋转的图像呈现逆时针向上转的趋势,与右侧沉甸甸下沉的藤条形成张力,有一种拉扯的韧性,同时又受到上部题款的压制,向上飞动之处正如轮之中枢,以虚控实。这个点也是将图像二分的关键点,与顶点和左侧另一点形成三角形稳定构图,又将两个虚藤连成两个三角形,成为图像力量的转折点。也因为处于图像最边缘,保证斜下的藤枝有足够的空间展示成熟的婀娜感。

图4-42　雪竹图，徐渭，北京故宫博物院藏

题字笔画向左倾斜，整体向右转，似乎与葡萄藤摆向一致，非常优美。字体之间呈S形摆动，中轴指向地心，与垂下的葡萄相当。墨葡萄几乎在纷乱萧骚中不断抗争，展示自我俊逸矫健的风姿，在秋风幻灭中诉说自我消隐、淹没的凄凉。如果说诗歌是情绪的酝酿，那么绘画就是一场戏，它将画家内心的骚气，自我的气质和处境，用极富个性化的笔墨，以非常精致的结构成功渲染出来，所以，我们发现徐渭诗画结合的根本是戏剧性。戏剧的像与情在徐渭的图像中得到了完美呈现，而目的是控诉，是警醒世人。

### （三）诗歌抒发愤怒之情，图像塑造激愤之境

徐渭在画竹子、梅花等清寒高洁的植物时，经常将它们动态、触目惊心的抗争进行形象化的描述，这是因为徐渭赋予这些图像特殊的情境，这些情境往往并不与图像的主导形象融合在一起，而是形成强烈的抗争。徐渭生来讲义气，少年击剑打马，中年出入幕府，运筹帷幄，可谓意气风发，但受到党争的影响，最后惧祸而疯。他将内心对天道不公的控诉和抗衡转化为竹子、梅花与雪的抗争，气势恢宏，宛如悲剧。《雪竹图》（图4-42）是徐渭有感于徐阶惩治胡宗宪而作。图中表现三根墨竹时，或用水笔两边蘸墨写，或用浓墨写，细枝用劲挺的墨线勾写，叶子上压着积雪，墨色或浓或淡，积雪留在叶子和枝干上。最后淡墨渲染天空，烘托阴霾天气，给人寒苍刚劲的气韵。此图中竹子的作画章法也妙，竹分三枝，右侧向斜上方布叶，底部浓，上部淡，呈环弧形。中间一枝顺势向左侧布叶，左侧一枝向右布叶。整体来看，根据布叶的位置，图像分五大块，但均靠左向右上方呈环弧形，底部交叉于右下角，呈半椭圆之趋势，将竹子受雪压后，劲健弯曲之态展示出来。题诗字体都是右上取势，行款的底端、中部、顶端与图像呼应一致，既可以托起墨竹下垂之气，形成制衡力量，如一根柱子撑起将倒玉竹，又化圆为方，增加图像的空间确定感和真实性，似乎竹子就在眼前一隅。稍天之雪纷纷坠落，如心中之墨泻入人间，真是既潇洒又恢宏，细劲的苍竹支撑起粗干，题诗如雨霁，真有一两拨千斤之力量和悲壮。

《四时花卉图》（图4-43）也是徐渭控诉天道不公的重要作品。图中竹和梅上压着积雪，天空被染得阴沉沉，竹叶用浓墨刷写，与雪光相应，分外精神。竹叶用笔有飞白，行笔趋势呈连续波浪，如彩带在空中飘荡。叶子整体分布呈大S形，左侧叶子以曲线分布为主，如当空舞动的彩带，非常虬逸。行笔速度也很快。右边叶子多纵向分布，顿增凝重之感。左右均有一株叶子向上挑起，与三支竹竿排布阵势一

致,指向苍天,真有仰天叩问的气魄。竹竿也是边缘蘸墨,中心水,笔比较干,有飞白,在白雪的衬托下显得更加苍老。老干梅花行笔更粗豪,白花花的雪将梅花盖住。梅枝用线转折瘦硬,好像在与白雪争夺空间,花瓣用勾笔,仅见草草花边,似乎被大雪覆压下,还要挤出姿容,分外坚贞。题诗:"老夫游戏墨淋漓,花草都将杂四时。莫怪画图差两笔,近来天道够差池。"原来图像的狂魔乱舞实际上是作者心中不平的宣泄。在这一组作品中,诗歌侧重议论,而图像则用最典型的意象,表现抗争的过程,依然采取戏剧性的策略,只是这里达到了戏剧的高潮,直接呈现冲突的双方,或许《花卉杂花之二·石榴芭蕉》借用朱亥袖椎的故事,可以直接说明徐渭的心曲。图中蕉叶截取中部,用方笔纵扫,表现蕉叶纷乱破败之像,正如贫士的"短后衣",一枝石榴破口垂于蕉叶旁,是怀才不遇之像。

(四) 清贞之气很难塑造,一般都用诗歌点出

徐渭借用笔墨变化、图像布局,将清贞之气作了更加形象化的阐释,可谓非常特别。并且这种气韵也是徐渭高傲气质的根源,他用诗画说明自我的高蹈来自通天塞地的清气。如《三清图》(图4-38)表现一枝寒梅斜依瘦石,呈S形弯曲而上。文竹空勾,掩映于石后。梅枝弯曲而下,清影落在石头上。梅花用线条空勾,微微点缀一些花蕊,尤其是倒映在瘦石上的梅枝,留白后用淡墨圈花写干,显得分外清寒高洁,真如姑射仙子、出水芙蓉。石头边缘和阴处,散锋斜刷,突出石头的页层,用淡墨渲染石头正面,恰似为花照镜。梅枝下接地,上塞空,瘦硬的石头封住右侧图像的气势,呈现通天贯地、气势雄伟之象。中间草书题写"从来不见梅花谱,信手拈来自有神。不信试看千万树,东风吹来便成春"。豪情逸致用一股极寒的青梅点出,真乃骨气凛凛,涵养浑厚,出为俊逸琼花,分外高蹈。

《三友图》描绘一只老松从石根处往上生长，枝叶偃垂，几杆翠竹从松侧依石而生，横穿松枝与松针交缠。瘦梅从石后生出三枝，一枝向左上与岩松相交，一枝向左下，指向地面或水面，一枝从石后露出圈花，与偃松下端融为一体。此图的气脉贯通之处颇有可道：除了石头是沉厚的浓墨，作为三友的依托，其他地方用浓墨形成了图像的经脉。从老松往上，松干边线用浓墨勾写，或断或连，直到松梢都用同样质感的墨线写出，整个松树如一条挂起的龙蛇从右中起，落入左下。从石后发出的两只梅干也用同样的浓淡墨色写成，从左向右散发成八字形，一接天一接地，将空中龙蛇连入天地之中。从石上方垂下一段浓墨松干和松针，与向上的松干相接，再往左侧有几只瘦竹，勾线劲挺直，插于天地间，与石上方垂下的松干呼应。纵横两条线将图像构成一个网络，在同样性质的墨色中勾连，形成笔断意连的整体气势，又与天地相通。如果说三友是人，那真是三才图。松针组成一个倒垂锥形椭圆环，带清劲入袅娜，增加梅松竹的韵味感，好像在迎风起舞，与底部梅花照水呼应，真乃妙韵无穷，任君驰骋。题云："罗浮仙子喷香风，万壑惊涛舞玉龙。君子同心坚岁晚，不随来日逐春融。"向观者展示，在岁末之际，三友仍坚持清寒。《竹石图》表现两杆竹从石边稍天，左侧枝叶纷披而下，形成对石头的包围状态，枝叶的细部排列既是三角形，增加构图的内在节奏和力量感，又是 S 形，突出竹子的妩媚姿态。左侧石头与竹子相交很近，枝叶白勾，行笔除了浓淡，更制造纷乱拥挤感，为玲珑石的墨色变化造势，至石头又以淡墨染，以浓墨点醒边缘，将枝叶的动态转化为澄净的融化感，让满空骚乱平静下来。字体向左上倾斜，留住空间，又封住墨竹的气。稍天的顶端枝叶在空中画过一个五字波折，直贯而下，深入地下。足以见到骚情满腹的嘶吼。所以，徐渭在表达抽象气韵的时候，也非常注重形象化，力图通过各种语言说明这种感觉。他似乎是一个导演，通过独特的构建，使各种元素发挥一致的效应。

徐渭追求真率，除了表达愤怒之情，窈窕风雅的韵致也是他表现的一方面。他一般通过诗歌给出一个情境，再通过画面尽显风韵。如他在《水仙》中画水仙与竹子。水仙用淡笔勾写叶子，蘸墨勾花瓣，颇清渺婉约。竹叶用墨笔写出，围护在水仙身边，增加形式与墨色的变化，非常清雅。竹梢带着露水，大有浥露迎风、洗尽铅华之寓意。水仙的茎虚劲韧性十足，格外有弹性。竹叶之墨色更增水仙之厚重。题"阆阖前头第一班，绝无烟火上朱颜。问渠何事长如此，不语行拖双玉环"，如与水仙细谈，清劲淡雅，风韵无穷。

总之，徐渭是一个外表豪放内心儒雅之人，经受过非人的折磨，内心郁结不得出，发于书画。因为他涵养深厚，又骨力刚健，他选择的表现方式非常极端，但是他将深厚的哲学思想（变化、天趣、韵味）融入创作中，所以，他的诗书画是情感、视觉、内在气势融合一体的结果。同时，他又是一个颇有造诣的戏剧家，他的融合更具有戏剧性，将声、像、情、意融合在诗画中，又通过不同的情绪展示不同的融合侧面，显示了丰富的融合关系。总体来说，他以图像为中心，既能够吸取书法的势和安排章法，又能够再现诗歌的部分意象，并借助诗歌的情感力度，点燃图像，达到情绪的高潮，奏响诗书画一体的乐章。所以，观者往往会发现他的图像中有模糊的诗歌之像，图像中有书法的结体和布局安排，同时具有相似的用笔特征，以及狂乱的节奏和摒弃形似的宣言，他的图像具有丰富的形象内涵，也摆脱了一定的束缚，他的图像以诗歌为辅助，随心所欲地表达自己的情绪，即心象。所以，徐渭的诗歌、书法、绘画是内外一体的融合，正如一个"家族相似"结构，只有并呈才可以感知其无穷的魅力。但他的绘画方式奇特，超出一般的理解，需要用诗歌来解释。所以，若以图像为本，诗歌首先起到解释的作用，通常表现为赋予新含义，多含讽刺性、控诉性内涵。其次，徐渭的图像都包含情绪，诗歌将情绪点出，也为图像造势，起到化虚为实的作用。

# 第五章　明代雅集题材的诗文与图像

　　雅集是古代文人交游和娱乐的重要方式,自三国时期文人雅集活动就开始流行,兰亭雅集、金谷园雅集一时成诵。唐宋以来雅集分外频繁,如李白宴桃李园、香山九老会、南唐文会、琉璃堂人物雅集、洛社耆英会、西园雅集、顾瑛玉山雅集、铁崖西湖雅集、明代翰林雅集与山林雅集等。随着雅集参与人才艺能力和时代风尚的变化,雅集呈现三种主要形态:诗人主导型、清玩主导型与艺术主导型。诗人主导型是指雅集活动以诗歌创作为主,兰亭雅集、金谷园雅集、香山九老会、洛社耆英会、顾瑛玉山雅集、铁崖西湖雅集是典型代表。其艺术形式主要是诗歌。[①] 清玩主导型内容丰富,包含鉴赏、清谈、歌舞和酒会,文人写诗,请宫廷画家创作雅集图等,高克恭的《文会图》就是奉命而作的代表图像。明代的官场雅集进一步将鉴赏与公职休闲联系起来,文人创作诗歌、清谈、鉴赏,宫廷画家绘制图像,《杏园雅集图》《甲申同年会》和《五同会》就是这种雅集形式的代表。其艺术形式是诗文和绘画。艺术主导型以艺术家创作为主,是吸收了诗歌雅集和清玩雅集的部分内容而发展起来的。如西园雅集有书法创作与鉴赏、绘画表演、弹琴、题壁、谈禅。明代山林雅集内容更加丰富,赏菊、品茶、鉴赏法帖、送行均举行雅集,图式脱离套路,因境而成,艺术形式也是吟诗和作画,但画家作为诗人,主导绘画内容。

## 第一节　雅集图式概述

### 一、历史上的雅集图式

　　历史上的雅集图很多,到了明代,主要有兰亭雅集图、西园雅集图和耆老图[②]三种图式流传,分为传本与当代创作本。其中最具代表性的图式是西园雅集图和耆老图,根据题材与风格大致可分为两种:士夫宴游与隐士闲居。

### (一) 士夫宴游图式

　　西园雅集早期图像是士夫宴游图,侧重表现青壮年士夫的雅集风貌。主要有

---

① 兰亭雅集的客观结果是产生了第一行书——《兰亭序》。兰亭的双重身份为后代雅集提供了丰富的资源:书法创作和鉴赏成为雅集的主要内容,也是雅集艺术的基本母题。

② 包含九老图、五老图与洛社耆英图。

李公麟本、刘松年本（传）、陈以诚本、杜琼本。[①] 李公麟本为浅设色手卷，构图简单，描绘东坡挥毫、姬妾环立、龙眠湖石下写图、米芾题壁、竹林中圆通大师与刘泾谈无生论、秦观与陈景元弹阮，景物布置简单，风格质朴清简，正式确立了西园雅集的五段图式。刘松年本（传）（图5-1）富丽精致，格调高雅。除了表现典型的场景外，画家加入很多支点物，比如方桌上摆满器物、板桥上童子抬着器物、桌子过桥，童子捧佛经，山石间的棋盘，丛篁下的圆凳。画上已经出现题写的痕迹。前景由五组水组成，中景是人物活动，场景呈S形分布。童子的行动不仅使事件的叙述更加完整，主次更加分明，而且起到了活跃画面的作用，将相对静态的主要场景与童子活跃的辅助行动串联起来，时间和空间交替呈现，增强了画面的动感。陈以诚本对湖石、麋鹿、松鹤等刻画精细，画面尖细锐利。杜琼本以人物风仪见长，所绘人物衣冠楚楚，颇为儒雅。

图5-1　西园雅集图，刘松年，台北"故宫博物院"藏

香山九老的宴游图有唐本（传李公麟）、刘松年本。唐本与刘松年本主要表现庙堂君子的风貌。唐本画浓阴水榭、敞堂方亭、池岸舣舟，松篁湖石杂陈，榭中三人坐着品茗，舟中二人对弈，堂中四人观画鉴古，人物位于中景。刘松年本画两老观卷，一老插花起舞，三老同行，三老对弈，人物活动夹在山石与松篁间。屋宇隐去，采用前景构图。

### （二）隐士闲居图式

隐士闲居是雅集的基本趋向，即使士夫宴游也有隐士闲居的内在诉求，但是由于图像的侧重点不同，还需要进一步区分，以显示雅集图式的变化。

西园雅集的发展本是隐士闲居，有马远本（传）（图5-2）、唐寅本（传）、李士达本。马远本图式变化比较大，主要刻画龙眠写画，大部分人物围绕在松树下观看写画。左端一人策杖而来，右端一人临流，一人持羽扇步行，一人策杖前来。右端童

---

① 还有很多立轴，如王诜本、赵孟頫本、仇英本。变化很小，定位在园林游赏上，图像多为职业画师所作，意义更新不多，暂略。

子正在侍弄古器。松泉青苍，环境颇为清旷。

图5-2　西园雅集图，马远，美国纳尔逊·艾京斯艺术博物馆藏

　　唐寅《西园雅集图》在刘松年本的基础上变化格调，精简构图而成。通过拉伸水域的长度，精细刻画中景的栅栏、板桥，模糊器物，缩小童子尺寸，抽象童子行动，将刘松年眼中的现场活动转化为有一定距离的观看之景。大量采用李成皴染手法，更显得高古，似乎画家在展演一场古代雅集。李士达本表达得更加怪诞，人物活动摆在近乎圆形的空间，衣服轮廓近乎变形之圆，流动感十足，西园文人似乎都在跟着圆形的山石狂舞，讽刺意味浓厚。

　　香山九老图的发展本有勾龙爽本、谢环本、周臣本、唐寅本。勾龙爽本、谢环本与周臣本风格野逸，接近高士图。勾龙爽本表现"三老倚树石观书，一老起取饮，二老席地对弈，一老旁观，一老坐石抚琴，一老衲藉蒲团而听，童子五、鹤二，长松翠竹，流水潺湲"[①]。

　　谢环本是勾龙爽本与周臣本的过渡，体现了明人自创《香山九老图》（图5-3）的尝试。谢环本表现二老老树下观卷，四老屋中题写，二老亭中观梅，一老携琴款步而来。鹤啸清梅，湖石丛篁，裂纹凳颇雅致。庭院宽敞，营造精致。人物处于中景，风仪清雅，没有唐本的典正严肃，也没有刘松年本的平易和蔼。周臣本的最大变化是将雅集场景全部搬入山林，一人从山边远来，二人山崖观眺，二人崖下徐徐闲谈，四人崖下听琴。前景水波粼粼，云绕山巅与山谷，松树陡立。人物衣带翩翩，闲适温和，形成斜四边形，人物位置在中景，更侧重表现野外清静之境。

图5-3　香山九老图，谢环，美国克利夫兰美术馆藏

---

① 胡敬：《勾龙爽香山九老图》，见刘英校：《胡氏书画考三种》，浙江人民美术出版社2015年版，第433页。

总之,雅集图像虽然有定型图式,画家对图像的定位却徘徊在士夫宴游和乡居隐逸之间,代表了山林隐士和庙堂君子两种趋向,并成为明代画家的传统资源,为明代雅集的进一步二分奠定了基础。经过宫廷画家与吴中画家的努力,明代自创的雅集图沿着官场与山林两大传统演变出新样式。

## 二、明代自创的雅集图式

永乐登基后,为了编修《性理大全》《永乐大典》等文献,征辟了大量人才入翰林院,其中以吴中、闽中的人才居多,同时宠遇杨士奇、杨荣、杨溥等儒臣,并多次恩赐翰林、编修游皇家园林。这两股人也经常联袂出游,举行雅集唱和。由于身份、地位不同,此时期形成了以吴中、闽中为主导的编修雅集和以曾日章、邹缉为开端,三杨为主导的翰林雅集。前者直接继承玉山雅集,并与地方保持密切关系,如沈澄的西庄雅集。后者糅合西园雅集和香山洛社耆老精神,观念比较复杂。随着编修书籍的完成,大量人才回到田园,其子孙也相继隐居田园,出现了弘治后期和嘉靖年间文、沈雅集高潮,也将编修雅集转化为山林雅集。随着三杨退出政治舞台,新一代馆阁大臣李东阳、吴宽等形成了翰林雅集的第二次高峰。相应的,雅集图也循着官场和山林,形成独特的形式与内涵。不过,值得注意的是,明代知识分子大多徘徊在仕隐之间,往往在出仕与归隐之时,他们也举行雅集,留下一部分送别雅集图。

### (一)翰林雅集图式

笔者见到明代最早的翰林雅集图资料是王绂[①] 1404 年的《斋宿听琴图》和1405 年的《山亭文会图》。前者是永乐三年陪祀南郊前夕,曾日章、邹缉、王绂等斋宿翰林院,听琴、分韵赋诗而作[②]。后者是中秋文会,由于王绂崇尚元四家笔法,因此雅集图式也是山林面貌,《山亭文会图》也属于山林雅集图式。正式官场雅集图式来自西园雅集图,是宫廷画家根据翰林雅集绘制的图像,图式程序化明显,由固定图式和新创图式两部分组成。《杏园雅集图》(图 5 - 4)是第一幅重要图像,主要画面有徐步前来、石屏闲谈、品玩古画、谢庭训携带礼物前来。《五同会图》描绘石屏下吴宽与李杰交谈,陈璚、王鏊、吴洪徐徐前来,仆人抬着礼物紧随其后。《竹园寿集图》[③]变化比较大,由两组意象构成,一是题竹、写诗;一是舞鹤娱亲、行酒祝寿

图 5 - 4　杏园雅集图,谢环,镇江市博物馆藏

---

① 王绂是一个过渡性人物,他的图像形式上继承元四家风格,但是他所表达的观念却与翰林一致。
② 参见卞永誉:《式古堂书画录》卷五十六,浙江人民美术出版社 2012 年版,第 2097 页。
③ 《竹园寿集图》刊于《院体浙派绘画》,见单国强主编:《故宫博物院藏文物珍品大系》,上海科学技术出版社2007 年版,第 59—63 页,图 38。

以及描绘麒麟等瑞兽。《甲申十同年图》是人物肖像图,人物分三曹,穿着官服,面对前方,眼睛炯炯有神。

## (二) 山林雅集图式

山林雅集图广泛吸收各家图式,发展迅速,较早的雅集图式有王绂 1405 年的《山亭文会图》。图像以亭子为中心,再现濯足、携琴、策杖、临流等主题。表现手法更加文人化,人物尺寸很小,类似点景人物,山峰、水面、云气、房屋的比例、布置与吴中山庄雅集图景物布置类似,预示了山庄雅集图的发展方向。

明中期吴派的山林雅集发展迅速,大致分为两种:第一,聚集在某家山庄赏玩古董、花卉,品茶,唱和诗歌,简称为山庄雅集图。第二,联袂出游名胜,寻访古迹,简称为览胜雅集图。不同的雅集图在内容和观念上不同。

山庄雅集有为事而燕集,如沈周的《盆菊幽赏图》为赏菊而作,吴宽和周臣合作的《匏庵雪咏图》为雪中观刻本东坡清虚堂帖而作,刘珏的《清白轩图》是西田上人载酒过清白轩时的作品,沈周的《魏园雅集图》是沈周等人过访魏昌园林时的作品。文徵明的《人日小集图》是为感悟时光,暗喻人生遭遇而作。这些图以简单的场景和山水景物来表现雅集,格调清雅,是吴中雅集图的新样式。

览胜雅集图主要是文派画家创作的雅集图式,一般情况下,参与者选择到著名风景区寻访文化事件,或依照名人故事来从事某种雅致的活动,如文徵明的《惠山茶会图》《泛石湖图》等,兴致高雅,格调谨严,雅集诗文不一定是一次创作的,可能是多年、多人创作的集合,目的在于唤起不同时空下反复出现的相同事件所具有的情感价值,所以雅集图中人物已经消失,山水成了主角。总之,明代山林雅集图式的变化随雅集地点的变化而变化,从多人参与的览胜集会渐渐转入山斋闲谈的私人集会,图像的程序化降低,文人的生活元素逐渐成为表现的主角,隐喻性逐步增强。诗歌也从表达志向、勉励功勋转入私人情感的表达和文化事件的重演,体验性和抒情性增强,基本上从叙事转入抒情。

## (三) 送别雅集图式

送别雅集图自宋以来模式已经定型,明人的送别雅集图既有继承,又有创新。明代较早的送别雅集图有 1404 年王绂《为密斋写山水图》和《凤城饯咏图》,王谔《送源永春还国诗画卷》和《送策彦周良还国诗卷图》。集大成的送别雅集图以吴中画家的作品为主,沈周在 1472 到 1499 年创作了《春江送别图》(补图)、《京江送远图》、《秋江送别图》、《虎丘饯别图》、《京口送别图》等雅集图,唐寅创作了《垂虹别意》《南游图卷》《金阊别意图》《金阊送别图》。这些送行活动大多选择在名胜风景区进行,采用游览加送行的模式,参与人有官员和隐士。图式经历由表现送行场景到淡化送行场景,以风景名胜来刻画人物品格、抒发诗人情感的新形式,与其他图式之间的界限模糊。明代还有一卷表现诗人送别的雅集图,即 1505 年吴伟创作的《词林雅集图》,此图是龙霓与友人在金陵雅集饯别的图像,该图兼取了送行图、雅集图、宴乐图的创作手法,创造了雅集的新形式。

总之,纵观雅集图式的变化可知,明代雅集图式是非固定图式,题材更加简单,形式技巧丰富,图像的变化随着文化生活的变化而变化,具有很强的观念。更准确地说,观念胜于形象,文化表征成为重要的目的,由此,图像与文学共处于一个文化系统中,成为互相作用的整体。

## 第二节　翰林雅集图与文学

明代翰林雅集以两京地区为主,分休假雅集、祝寿雅集、聚散雅集。代表作品有《杏园雅集图》《竹园寿集图》《甲申十同年会图》和《五同会图》。① 雅集的基本形式是京官们聚集在某官员的私家园林里饮酒歌咏、丝竹清谈、品玩古器,画家绘制图像,以资纪念。官员们创作诗歌、序文以说明此次雅集的目的、内容以及意义。

### 一、翰林雅集图的内容

《杏园雅集图》是明代第一幅翰林雅集图,既开启了明代雅集的先河,也在内容、目的和图绘形式上确立了有明一代翰林雅集的典范。此图创作于1437年,时值三月初,百花开放,公职之余,以三杨为代表的馆阁大臣们在杨荣的府邸杏园举行了这次雅集活动。据《杏园雅集图后序》记载:

> 倚石屏而坐者三人,其左,少傅庐陵杨公,其右为荣,左之次少詹事泰和王公。傍杏花而坐者三人,其中大宗伯南郡杨公,左少詹事临川王公,右侍读学士文江钱公。徐行后至者四人,前左庶子吉水周公,次侍读学士安成李公,又次侍讲学士泰和陈公,最后至者谢君,其官锦衣卫千户。②

这次雅集活动的参与者有杨荣、杨溥、杨士奇、王直、王英、钱习礼、李时勉、周述、陈循、谢庭训。后序还交代了雅集的内容,“觞酌序行,琴咏间作……谢君精绘事,遂用着色写同会诸公及当时景物”③。可知,此次雅集的具体内容包括饮酒、闲谈、作画留影、文艺唱和。

《杏园雅集图》一经绘制便成为翰林雅集观摩和雅集图模仿的典范。四十年后,李东阳参加倪岳组织的翰林同年会时,这幅图就被翰林们再次观摩。此次雅集的图像已经失传,根据倪岳的《翰林同年会图记》可以得知,此图表现的内容有执笔

---

① 据倪岳《翰林同年会图记》记载,甲申科进士定期举行集会,其中雅集并绘图的两次是《翰林同年会图》和《甲申十同年会图》。据吴宽《五同会图》序言可知,五同会成员经常集会,《五同会图》是最后为陈璚壮行的集会。(分别见倪岳:《青溪漫稿》,见《景印文渊阁四库全书》第1251册,台湾商务印书馆1986年版,第204—205页和吴宽:《家藏集》卷四十四,见《景印文渊阁四库全书》第1255册,台湾商务印书馆1986年版,第391页。)

② 本章节引用《杏园雅集图》所附诗文均来自李若晴:《玉堂遗英:〈杏园雅集图〉卷考析》后附跋文和诗歌,载《美术学报》2010年第4期。为节省篇幅,下文不注。《杏园雅集图》刊于镇江博物馆编:《镇江博物馆藏明清书画精粹》图23,文物出版社2011年版,第66—75页。

③ 杨荣:《杏园雅集图后序》,见李若晴:《玉堂遗英:〈杏园雅集图〉卷考析》后附跋文和诗歌,载《美术学报》2010年第4期。

书写、鼓琴与听琴、展卷联观、徐徐而来者。不同之处在于此图表达的内容更加轻松，于画中鼓琴的李东阳是当时的文坛泰斗，其文化意味当然要更加浓厚。

《翰林同年会图记》云：

据案执笔而书者罗璟明仲，坐而观者二人，左则谢铎鸣治，右则陈音师召也。其左坐而鼓琴者李东阳宾之，坐而听者三人，右则傅瀚曰川、次右则吴希贤汝贤，则为予也。步而前来者三人，其一为张泰亨父，次则焦芳孟阳，又次则刘淳尚质也。其后联坐展卷以观者二人，左则彭教敷五，右则陆钺鼎仪也。童子侍侧者十人，亦当时所尝执事者，所谓得其彷佛而已者耳。①

1499 年吴宽倡导主持了竹园寿集，目的在于庆祝吏部尚书屠滽、户部尚书周经、右御史侣钟三人六十大寿。据吴宽记载，此次聚会也在"援宣德初馆阁诸老杏园雅集故事"的背景下创作了《竹园寿集图》(图 5－5)。

图 5－5　竹园寿集图，吕纪、吕文英，北京故宫博物院藏

《竹园寿集图序》云：

其始并湖石坐者，左为侣公，右为许公。一童子拍手导鹤舞以娱之为周公。坐稍远使其二子共具，伯曰太学生孟捧杯前行，仲曰刑部主事曾方拱立听命。并立竹间者，左为李公，右为顾公，皆凝然有思，若索句状。屠公则章已成。一童子捧砚，从竹下书，据石案而题卷者为予。共案坐而持笔者为王公，执尘尾者为闵公，亦若有所思者。独坐而握卷则为秦公，其集句已就。之时，钕若二君，左为纪，右为文英，展画并观而图终焉。园中草木非一种，而竹多且茂，故以《竹园寿集》题卷首。②

另一幅吴中在京文人的聚会图是《五同会图》(图 5－6)，参与人有吴宽、李杰、王鏊、陈璚、吴洪。五人聚会理由是"同时也，同乡也，同朝也，而又同志也，同道也，

---

① 倪岳：《翰林同年会图记》，见《青溪漫稿》卷三，《景印文渊阁四库全书》第 1251 册，台湾商务印书馆 1986年版，第 204—205 页。

② 吴宽：《竹园寿集图序》，见《家藏集》卷四十五，《景印文渊阁四库全书》第 1255 册，台湾商务印书馆 1986年版，第 406 页。

因名之曰五同会,亦曰同会者五人耳"。画面内容以闲谈为主,反映了同乡同僚道义相勉的交流场景。

图5-6　五同会图,丁彩,中国历史博物馆藏

明代天顺甲申年(1464)是一个特别的年份,这一年的进士成为明代政府的各级高官,他们也经常举行雅集,流传的一幅图像与其他图像明显不同,以肖像为主,人物位于长条形墙垣下,突出人物的正面形象,更多彰显个人的社会地位,这就是1503年的《甲申十同年会图》(图5-7)。

图5-7　甲申十同年会图,佚名,北京故宫博物院藏

此次集会在闵珪家举行,图分三曹,分别表现闵珪、王轼、谢铎、焦芳、曾鉴、张达、戴珊、陈清、李东阳、刘大夏等人的精神风貌。根据李东阳序言可知,此会也是诗歌唱和会。

总之,翰林雅集图的内容集中在唱和诗歌、品玩字画、石屏清谈、折柬来客。但随着文人政治形象的淡化,图像的内容越来越清雅,更偏重对耆老在朝闲适氛围的营造。雅集表达的情感也逐渐私人化,整体趋势从叙事场面描写转向抒发内心情感。

## 二、翰林雅集的观念

雅集是文化活动,是一种生活方式的展现,除了审美愉悦,还包括价值观、人生观等内涵。明代的这些官员雅集是他们处理政治与娱乐关系的反映,具有一定的文化传统依据,也是他们在新时代继续诠释这个传统的结果。雅集的序、记集中交代了雅集的文化观念。其中《杏园雅集图》的前序和后序集中说明了明代翰林雅集的总体观念。前序云:

若劳息张弛之宜,则虽古之人有所不废焉……嗟夫一日之乐也,情与境会,而于冠衣之聚,皆羔羊之大夫,备菁莪之仪,治台莱之意,又皆不忘乎卫武自警之心,可谓庶几古之人者,题曰雅集。①

① 李若晴:《玉堂遗英:〈杏园雅集图〉卷考析》后附跋文和诗歌,载《美术学报》2010年第4期,第67—69页。

杨士奇指出国家太平之际,可通过一张一弛调节身心,更好为国家服务。翰林们还要具备"菁莪"的仪范,展示自己作为人才培养者和领导者应该具有的典范形象,进退有节,彬彬有礼,并在娱乐中自警、互勉,以免因闲适而产生骄奢荒怠的心理。

杨荣《杏园雅集图后序》云:

今圣天子嗣位,海内宴安,民物康阜,而近职朔望,休沐聿循旧章,我数人者,得遂其所适,是皆皇上之赐,图其事以纪太平之盛,盖亦宜也……今予辈年望虽未敢拟昔人,而膺密勿之寄,同官禁署,意气相孚,追视昔人,殆不让矣。后人安知不又有羡于今日者哉!虽然,感上恩而图报称,因宴乐而戒怠荒,予虽老,愿从诸公之后而加勉焉。①

杨荣指出翰林受到国家恩遇,应该为国效劳,并用图像将太平气象记录下来。作为一代功臣,他也表达了翰林们渴望流芳后世的愿望。

杏园雅集中表达的主要观念在其他雅集中得到回应,倪岳在翰林同年会雅集中就赞叹三杨"文章臻道妙,勋烈应时须"②。李东阳也在甲申同年会中呼吁"摅志效力,各执其事,以赞扬政化,期弼天下于熙平之域"③。《竹园寿集图》对三位高官的自我奋斗给予了肯定,并且颂扬了他们鞠躬尽瘁为国效力的精神。吴宽说:

然三公所以致此者亦岂易哉。当其蚤岁刻厉学业,始登甲科,及既入官朝廷历试以事,累建劳绩,始列大僚。然位益高则责益重,故夙夜在公,鞠躬尽瘁,惴惴然以恐抡择人才以任庶事。恐□厥官剂量储蓄以资国用。恐厉厥民振扬风纪以率群吏。恐斁厥法,仰思未得,真有古人终夜不安寝之意。④

五同会申说同僚道义相勉,"坐以齿定,谈以音谐,以正道相责望,以疑义相辨析。兴之所至,即形于咏歌;事之所感,每发于议论,庶几古所谓莫逆者也"⑤。

但是随着环境的变化,翰林雅集文化的具体观念与侧重点也发生了变化。杏园雅集的官员希望通过危服形象树立官员之羔羊菁莪之仪,娱乐是一种文化表征,力图肯定"香山洛社之耆俊不在野而在朝"⑥的社会地位,颂扬功德卓著的社会荣誉。所以,他们一方面援引古人⑦来为雅集寻找合法性;另一方面又根据自己的特定身份,突出活动的表演性,传达更加典雅肃穆的社会性情感。竹园寿集侧重描绘三公成为人杰的经历,强调其位高责重的个人贡献和敬业精神,又在诗歌中,

---

① 杨荣:《杏园雅集图后序》,见李若晴:《玉堂遗英:〈杏园雅集图〉卷考析》后附跋文和诗歌,载《美术学报》2010 年第 4 期。

② 倪岳:《腊月二日诸同年会饮予家因作图以纪终会云》,见《青溪漫稿》卷三,《景印文渊阁四库全书》第 1251 册,台湾商务印书馆 1986 年版,第 32 页。

③ 薛熙编:《中华传世文选·明文在》,吉林人民出版社 1998 年版,第 294 页。

④ 吴宽:《竹园寿集图序》,见《家藏集》卷四十五,《景印文渊阁四库全书》第 1255 册,台湾商务印书馆 1986 年版,第 405 页。

⑤ 吴宽:《家藏集》卷四十四,见《景印文渊阁四库全书》第 1255 册,台湾商务印书馆 1986 年版,第 391 页。

⑥ 王世贞:《弇山四部稿》一百二十九卷,见《景印文渊阁四库全书》第 1281 册,台湾商务印书馆 1986 年版,第 158 页。

⑦ 对照香山洛社雅集。

通过隐喻来表达他们朝隐的态度和为国谋略的担当意识,并且纳历时奋斗的时间段入祝寿的时间点,极盛于时,并开启新纪元。翰林同年会抒发了离合交错的人事感慨,表达暮年的人生心愿。甲申十同年会则从人才客观的年岁、身份、时空不齐与各执其事、赞政化、辅弼太平之齐的角度肯定人才之杰出,其中诗歌发挥了寄情寓意的功能。五同会则从客观的同时、同乡、同朝、同志、同道的角度来疑义相析、正道相望,表达的核心是东吴人物的道义相笃。总之,翰林雅集从对正面宏大的社会性情感的宣扬转入对内心离合聚散的私人性情感的抒发,但核心都与政治有密切的关系。

## 三、翰林雅集的图像叙事功能

雅集作为一种文化事件,参与人创作的文学作品与绘制的雅集图像均是对雅集事件的表现,而不是图像对文学的转译,但是,图像本身具有虚指性,当雅集事件脱离历史环境之后,需要文字说明才能帮助观者理解图像。而参与人的解释性和说明性文字成为理解雅集图像的重要内容,也最直接解释了图像的思想,这些文字在雅集中主要是序、记。同时,参与人的雅集观念也在序、记中说明,并且,参与人是雅集观念的主要表达者,从这个意义上说,雅集文学与雅集图像是统一的,而且以文学为本位。根据目前学术界的研究,图像与文学的关系属于图说(ekphrasis)的范畴,不仅限于文学对图像的解说,更是不同媒介之间的言说,甚至典故也可以图说,这样,文学、图像对观念的图说,均是研究的内容。[①] 并且,中国雅集由于观点的主导性,文学与图像之间由于媒介特性表现出来的差异建立在图像绘制者与文学创作者对共同文化的解释与再现上,所以,是第二位的,也是不自觉的。由于他们都生活在一个文化圈,基本上有一定的共同语言来表现某些观念,图像与文学不仅仅是对照补充的关系,也可能是无意识的相交关系,所以在文学与图像解释思想的基础上,研究者应兼顾图像与文学的关系,而不是拿图像与文学进行对比。

图像是空间艺术,但雅集图像又是某些叙事场景的再现,图像多借用文学叙述的手段来组织画面,表现意象。图像最明显的特点是直观性,善于表达固定的场景。雅集图不仅将固定场景表达出来,而且力图将活动转化为完整事件,所以,雅集图实际上是叙事图像,通过特定的叙事手法表现雅集盛况。《杏园雅集图》就是通过直叙手法表现杨士奇等坐石屏下清谈、谢环等徐徐前来、杨荣等太湖石下观画。《竹园寿集图》(图5-5)中祝寿(倪许并坐湖石,童子拍手导鹤娱周,仲拱立听命,伯捧杯前行)、屠公题竹、石案题句、秦公独吟、二吕写画都属于直叙。《五同会图》(图5-6)中吴宽、李杰石屏下坐谈再现了兴会议论的场景。直叙的好处在于将

---

① 参看 Laura M. Sager Eidt, Writing and Filming the Painting: Ekphrasis in Literature and Film, Chapter 1 Toward a Definition of Ekphrasis in Literature and Film 对图说的发展与研究情况的介绍。(Amsterdam-New York, NY 2008. pp9 - 20.)

雅集的情况直观呈现在时间进程中。雅集图具有一定的讽谏作用,特别强调"戒荒怠"的作用,而在雅集过程中必然有一些娱乐活动,画家采用意叙①的手法,点到为止,如《杏园雅集图》中画家用童子携琴、古玩、棋盘来暗示琴瑟歌咏、品玩古画和对弈。《竹园寿集图》和《五同会图》则用抬礼的仆人暗示来客。雅集通常在太平盛世举行,自然要反映盛世气象,适当地铺叙物质生活的高雅也是画家着墨之点。如《杏园雅集图》中古瓶、珊瑚枝和瘦硬的玲珑石就刻画得非常细致,《五同会图》中榻面积很大,条屏式梅花踏板,三面环屏彩色雕花,坐垫是精美织物,近乎奢华。榻的周围罗列了芭蕉、灵芝、麋鹿、仙鹤等表征吉祥高寿的意象,可谓琳琅满目。《甲申十同年会图》(图 5-7)中不仅逼真地再现了甲申同年们的慈祥和蔼面貌,而且官员们的常服描绘得非常细致,颜色分为红、蓝、绿,"补服"图案精致,有仙鹤、锦鸡、孔雀、麋鹿等,极力渲染了位至三品、安乐朝堂的耆英风貌。

翰林雅集文学代表官方的意识形态,是客观的群体娱乐宣言,而参与人之间的阶层与身份却被掩盖了。谢环作为雅集活动的绘制者,恰恰通过构图向我们展示了雅集更加内在的阶层性,也使得图像成为文学的一面镜子,展示了文学的"无意识"领域。翰林雅集图主要呈现的是"缀段式"场景,采用散点透视聚焦典型,突出重点。在《杏园雅集图》中散点透视表现为三组人物占据画幅中间,杨士奇组置于画幅的正中,其他两组人物均有奔向中间组的趋势。三组人物内部各有中心,略呈钝角三角形,钝角顶点恰好是官职最高的人物,有俯视倾向。三组人物都不同程度地将目光延伸到画外,其姿态似乎意识到了画家的眼睛,却又有一种炫耀的心理。童子和其他景物虽然交错其间,但是大部分还是位于人物侧后,留出空白,主要人物处在有一定深度的空间里,制造严肃感。《甲申十同年会图》是肖像图,重点刻画了人物面对画家时眼中的惊喜和精致衣饰所象征的显贵身份,显示了他们对自我功业的肯定。

文学是叙事或抒情的,没有空间关系,尤其是当文学仅仅是一些比较乏味的诗词颂歌的时候,无法展示事件的情境,图像恰可以利用一些环境描写补充这个不足,增加图像的审美感。图像上人物位置的不同,以及相应支点②的配置,可以达到营造一定氛围的目的。如《竹园寿集图》中分为三组中心人物、一个过渡人物(周公)和收尾人物(二吕作画)。五组人物基本上处在三角形的边上,三角的顶点处分布着玲珑石、竹林、石屏、小路,营造由远景到前景的深度空间,人物既联系着园林景物,又动感十足;既展现了作诗的有机体,又呈现了不同的作诗情境。前后景有机联系,人物似乎在向画外移动,而不像《杏园雅集图》中那样向深处缩进,暗示了兴会吟哦的明快气氛。《五同会图》大致采用梯形构图,闲谈者与徐行者处于梯形的平行线上,画面平稳,空间由人物和梯形两腰上的花草分割,显得空旷闲适,正是兴会议论的好场所。

---

① 意叙:略睹事迹度其必然以意叙之。见陈绎曾:《文筌》,《续修四库全书》集部 1713 册,上海古籍出版社 2002 年版,第 479 页。

② 参见姜今:《画境:中国画构图研究》,湖南美术出版社 1982 年版,第 84、111 页。

图像除了展示人物之间以及人物与环境之间的空间,还通过丰富的支点反映雅集的空间,进而暗示一定的社会环境,这些正是文学很难直观表达的内容。《杏园雅集图》有丰富的支点,如桥坊、松柏、泉、棋盘、杏花、仙鹤、屋宇构成了一个封闭的系统,把画面时间定位在来客到开宴之前这段时间,用最含蓄的笔墨表达了太平盛世的安康气息。三组人物背后分别为石屏、玲珑石和茂树,分别点出了清谈的严肃氛围、玩古的文人雅趣和杨家的世家气象。《竹园寿集图》和《五同会图》的支点中"抬礼物的仆人"、麋鹿、栅栏、荷花、盆栽、蕉石、屋宇营造了开放的空间,似乎渗透了江南的明丽风光和主人内心对福禄的赞美,这种环境也是他们思恋江南、渴望隐居的心理表露,呼应了他们诗歌中的率真淳厚、和光同尘和对东吴人杰的肯定。

### 四、翰林雅集的文学叙事功能

翰林雅集图像以意会为主,侧重环境的营造和对事件的指点,勾画雅集的整体面貌,暗示雅集的社会意义。翰林雅集文学除了记、序外,诗歌受到馆阁文学的影响,采用了很多抽象意象,代表一定的文化内涵和价值判断。诗歌又集中文化意象,突出雅集活动的特殊方面,使雅集的一些具体观念得到强化。由于杏园雅集的典范作用和共通内涵,在杏园雅集中出现的现象,在其他文学中,如果不是有特别意义,就省略不谈。

首先,分析杏园雅集中的诗歌。雅集中诗歌虽多,但大多采用抽象名词表达意象,描绘性低。如"雅咏""图轶""华觞""逍遥化育"分别对应着丝竹清谈、观画题跋、酒宴和雅集之感慨,但是"雅咏"本身是抽象名词,并含有价值判断,"图轶"是集合名词,"华觞"也是概括性名词,"逍遥化育"更是哲学名词,它们没有展现具体的形象,意义的传达一方面来自图像的引导,另一方面依靠已经具有的文化传统。其实,这些抽象语言的指涉性很强,代表了作者的价值观,其目的在于叙写事件、表达自我和传播教化。抽象名词还直接指向参与人的社会身份,与参与人的服饰一起强化他们的职位,如杨士奇云:"主宾相和敬,济济圭璋粲。清言发至义,连续如珠贯。雅韵含宫商,高怀薄云汉。合欢情所洽,辅仁道攸赞。""圭璋""雅韵"和"攸赞"都是与公职、国家相关的词汇,暗示了参与人的公职身份和为国尽职的愿望。图像仅仅能勾勒雅集的内部阶层性,而诗歌通过对礼的重视,使阶层关系更加具体化。王英云,"为欢情所孚,既醉礼尤肃",点出官员休假也需要保持礼节。周述云,"酬觞屡献酬,雍容相爱敬",描写了行酒的场景,也突出礼的重要。可见三杨创作诗歌的目的在于建立文学、图像和雅集观念之间的象征关系,塑造为国尽职和恪守礼法的象征形象。

其次,分析竹园寿集中的诗歌。竹园寿集的诗歌语言①分为三组,两组唱和,一组集句。吴宽首倡的一组诗歌押韵为辰、人、尘、真。具体语汇分为四组:"诞辰"

---

① 参见《竹园寿集图》题跋,刊于《院体浙派绘画》,见单国强主编:《故宫博物院藏文物珍品大系》,上海科学技术出版社2007年版,第59—67页,图38。

"际良辰";"南北人""杏园人""老成人";"清谈迥绝尘""息房尘""洗红尘""东海尘";"对竹意清真""颂高勋道吾真"。第一组词汇以太平盛世和夏五前夕交代了祝寿的时间。第二组词汇说明了朝中和在野耆英的身份和认同的人格,即耆英在朝,洛真存心。第三组词汇和第四组词汇表面看来是矛盾关系,其实却相辅相成,表达了真与尘的两面。红尘(世俗生活)与期望高寿的意愿直接对应,边尘(边疆战乱)与颂扬高勋的真意构成因果关系,清尘、绝尘(玄远的清谈)、东海尘(神仙玄想)与真性情、清虚之真组成比喻关系。此段文字正是采用多重意象,从三公的功勋、人品、性情三方面勾勒朝堂中的"洛中人"形象,反复吟唱他们绝尘保真的高贵品质。

第二组唱和由周经发起,语汇焦点定位在韵脚"神"和"垠"。具体词汇:"画图潇洒莹风神""开谈惊鬼神""诗思捷似神","筑春台遍九垠""安九垠"。通过雨竹精神与三公风神面貌的相通,赞美他们的惊世言论,敏捷才思;安边报国,勋名远传;身当暮年,壮心不已。第一组词汇内敛朝堂,力图确立自我的朝隐形象;第二组词汇外扩八荒,力图张扬他们的杰出品性。两组词汇以真、神、垠为核心,将朝堂君子的形象描绘得活灵活现,并且暗合追求风神的理想和开放构图所暗示的人物内心宏阔的气度。

集句由秦悦民发起,基调转入典雅庙堂气氛,集句韵脚有:筵、渊、年、笙、平、光、裳、簧、邦。具体词汇有:"凯风初筵""嘉宾式燕""鼓瑟吹笙""松涛丝簧""清思如渊""寿考万年""和且平""四方平""传家邦""威仪绣裳"等。这组集句采用《诗经》《楚辞》中的宴乐诗句,庄重肃穆,其重要性不是祝寿,而是象征某种意识形态。竹园寿集的参与者由尚书、都御史和各部左右侍郎组成,秦悦民是吏部右侍郎,由他发起集句具有特别的含义。集句中使用的高华庄重的抽象名词适合于严肃的场面,与竹园雅集图像表现的氛围并不合拍。如果说,在唱和诗歌中三公与同僚是知音关系,作为抒情的"我"与他们共同祈愿良辰和寿考,那么在集句中,秦悦民等人与三公是上官下属关系,他们毕恭毕敬地仰视长官,并心向往之,所以秦悦民、许进、李孟昶关注的焦点是式燕、衣服、笙鼓和德行,如"嘉宾式燕""威仪绣裳""玄晃丹裳""式序在位""论道经邦"。

总之,就语言内容来说,诗人采用统一韵脚反复吟唱祝寿主题,勾勒朝堂耆英的风神面貌,通过隐喻将人品、形象和时辰的多层含义和盘托出,刻画了丰满而完整的祝寿实景。就结构和视角说,两组唱和诗歌与集句以上下等级关系形成不同表现重点和视角,形成上宽下严的结构,符合中国古代言传身教的尊卑礼仪。前者明显采用"我"或"我们"的视角来抒发心中的快乐,后者以"他们"为聚焦,以观看人的视角,描绘"我"眼中的他们,表达敬仰之情。

最后,聚散雅集。聚散雅集有甲申十同年会、五同会和翰林同年会。虽然杏园雅集和竹园寿集内部有高低贵贱,但主体并没有分裂,可以归结为"我们"。聚散雅集中透露出强烈的分裂意识,参与人总是从不同到同,力图建构一个统一体,这暗示雅集主体的个体意识增强,从"我们"变成"我"。比如"异产关河",表明不同地区的人,"宾主二难,见闻三益""芝兰美德、药石箴言",表明有不同见解、切磋琢磨的人,"艺苑联珂、经纬佩趋""束发同游""朝班鸳行",表明不同个体和职守的人。不同的人形成互补关系,其共同的基础是"同升雨露",①即同登科第、共盟皇恩、各执其事、期弼熙平。个体形态却非常明显,以分揆为标志。李东阳诗歌中郁结的情感和谨慎虚心的态度说明破裂的痛苦和苟安的渴望。如"我怀久屈郁,如以结就纆,如鹰掣絛旋,如骥辞衔羁。又若万里冰,流飙荡空澌",表达郁结心情,感慨时光流逝,"君生在单阏,我处一纪差",主张"初心抱虚警",渴望"不如且饮酒,我饮不满卮"②的田园生活。相对于其他雅集参与者老当益壮的豪情,李东阳近乎无可奈何,聊表淡薄,显得特别凄凉。对情感和异的侧重,说明雅集参与者开始脱离叙事结构,走向抒发性灵。翰林同年会即甲申同年定期举行的集会之一,倪岳通过《翰林同年会图记》追溯集会活动,展现不同情况下的离合境遇。并感慨:"南北之悬隔,或公私之倥偬,求如昔日之笑歌为乐,又岂可得哉!"③甲申同年的分裂现象在《甲申十同年会图》(1503)中表现出来。虽然闵珪的诗文还在描写玉堂仙的风采和青云素志,但是《甲申十同年会图》打破了以场景为主的雅集图式,以肖像刻画为主的构图已经说明他们内心的分离。这幅肖像图刻画精致,重点突出了人物服饰的差异,人物正襟危坐,惊喜地盯着画外,相互之间却没有交流,个个面貌慈祥,展示自我成就的意味浓烈,与其说这是雅集,不如说是"集体照"。可见,雅集群体从整体分裂为个体,其标志是私人情感的增多,通过对偶和对比手法的运用,不仅展示了丰富多样的同年形象,也彰显了同年们内心情谊逐渐冷淡和表现自我意识的增强。

　　总之,文学与图像在发挥各自媒介特性的基础上,尽力赋予雅集活动特别的文化意义。文学通过一些抒情性、判断性语汇,特殊的组织结构(如语言的对偶、排比,特殊的语序)和手段来说明相对抽象的内涵。图像通过场景、精细的局部描写补足了文学的叙事贫乏,也增强了图像的现实感,还通过它的特殊手段将包含在雅集中的文化内涵更加直观地展示出来,使得文图存在明显的互补关系,丰富文化意义的同时,也拓宽或改变了人们获得信息的方式,所以,文图结合是在文化自觉基础上的合作,不仅为了获得知识,还增强了文化认同感。这种文图结合表意的思维方式被明代很多艺术家采用,充分发挥了艺术的社会作用。

## 第三节　山林雅集图与文学

　　山林雅集是处于林下的隐士、官员举办的雅集,参与者往往多才多艺。雅集集合各种身份的人,创作了大量的图像与文学,反映了他们的观念和图文结合艺术的新形式。

---

① 分别引自倪岳:《腊月二日诸同年会饮予家因作图以纪终会云》,《青溪漫稿》卷三,见《景印文渊阁四库全书》第1251册,台湾商务印书馆1986年版,第32—33页。吴宽:《新岁与玉汝世贤禹畴济之为五同会玉汝以诗邀饮因次韵初治楚狱还》,《家藏集》卷二十九,见《景印文渊阁四库全书》第1255册,台湾商务印书馆1986年版,第223—224页。

② 李东阳:《李东阳集》(一),岳麓书社1984年版,第140—141页。

③ 倪岳:《翰林同年会图记》,《青溪漫稿》卷十六,见《景印文渊阁四库全书》第1251册,台湾商务印书馆1986年版,第204—205页。

## 一、山林雅集的图式

### （一）山庄雅集图式

图5-8　魏园雅集图，沈周，
辽宁省博物馆藏

正式的山庄雅集图在沈氏家族的努力下重新兴盛起来。明朝初期，沈澄（沈周祖父）在西庄举行过很多雅集，沈遇画过《西庄雅集图》（佚）以追想雅好之士，杜琼画过《西园雅集图》表达儒雅之士"伟然衣冠，揖逊余仪"的形象。继沈澄之后，沈周在有竹居举行过多次雅集，有很多诗、文、图流传①，但是沈周有竹居雅集图没有流传下来，无法展示其面貌。沈周留下的雅集图有《盆菊幽赏图》、《魏园雅集图》（图5-8）、《秋林小集图》和《雪夜燕集图》，同类型的雅集图还有吴宽和周臣合作的《匏翁雪咏图》（图5-9）、刘珏的《清白轩图》（图5-10）、文徵明的《人日小集图》（图5-11）。

《魏园雅集图》和《清白轩图》从山居环境和主人人格定位上奠定了山庄雅集图的总基调。刘珏《清白轩图》（1458）描绘水上亭榭中两人对谈，一人看山，亭后高峰陡立，亭前隔岸绘坡陆、小桥、树石，亭下系小舟。以纵横为主正面分割画面，感觉平稳。沈周《魏园雅集图》（1469）表现一人策杖前来，四人亭中聚会，亭前后皆有水，上部冈阜连绵，高峰隆起。上方题跋占据三分之一，画幅占据三分之二，以纵横为主，侧面分割画面，有意拉远距离，彰显清旷而绵密的景致。

图5-9　匏庵雪咏图（画心），周臣，藏地不详

---

① 如《石田有竹居小幅》题诗，见郁逢庆《书画题跋记》卷十，《景印文渊阁四库全书》第818册，台湾商务印书馆1986年版，第720页。

《盆菊幽赏图》《匏庵雪咏图》和《雪夜燕集图》再现了闲适生活的某个典型片段。《盆菊幽赏图》①描绘三人在草亭下赋催菊诗,童子在旁侍候。曲水绕亭,亭外盆菊盛开,对岸烟树葱茏。《匏翁雪咏图》画面笼罩在雪景中,一板桥暗示与外界的联系,松柏虬立,门庐敞开,屋内一童子在煮茶,三人坐在桌前,桌上有纸卷展开,三人可能是在赏帖或题诗。《雪夜燕集图》是杨君谦、沈周、赵立夫三人的集会,图绘三人在屋中闲谈,一桥横过,枯树笼罩在雪中,颇有玲珑姿态。沈周将画面定位于较为空旷的山亭或屋宇中,显得闲逸悠远,周臣将画面定位于围有篱笆的屋宇中,平添了热烈的气氛。

山庄雅集中还有夜话雅集,以抒发情感为主,如《秋林小集图》和《人日停云馆小集图》。《秋林小集图》是沈周 1505 年与狄天章、孙艾夜坐,"感夫世态之数更,人情之不古"而作。图绘茅屋下,几人围坐,坡石枯槎,孤峰耸立。《人日停云馆小集图》是文徵明 1505 年人日约朱性甫、陈淳等人小集停云馆而创作的。画三人屋中集会吟诗,屋外松竹环绕,一人撑伞过板桥,水流急促,更平添几分不安。画面选择前景布图,屋后篱笆丛竹阻断了人们的视线。与沈周、刘珏将园林与山林同时植入画面的理想情节不同,文徵明似乎更愿意将雅集的真实场景直接呈现出来。文嘉的《停云馆小集》和陆治的《元日小集图》将园林雅集推进了一步,直接表现门楼内几个聚会场景,屋后

图 5-10　清白轩图,刘珏,台北"故宫博物院"藏

图 5-11　人日小集图,文徵明,上海博物馆藏

① 创作年代不详,但根据倪钟、张升与傅瀚的题跋以及生卒年判断,不晚于 1502 年。

枯树虬松,人物尺寸加大。上端题跋占据画幅四分之一,以补足画面空缺,显得较为谨严。构图上将沈周的纵横后推构图变成了平远后推构图,力图展现更多雅集内容。

山庄雅集图的不同类型反映了雅集的不同倾向,以沈周和刘珏为代表的雅集图,将山庄与山野结合起来,多采用亭榭、水岸坡陆、山峰冈阜等意象,将主要活动置于中景,采用以一隅观天地的开合构图,人物活动多采用策杖、闲谈等虚化的场面,是写意中的理想图绘。周臣和文氏家族的雅集图,直接表现屋内雅集,多采用屋宇、篱笆、竹篁虬松等意象,主要活动放在前景,焦点定于合处,人物活动围绕雅集展开,更容易把握,是写意中的现实图绘。

### (二)览胜雅集图式

除了山庄雅集,文徵明及其弟子也喜欢观看吴中自然与人文风光,绘制了大量的览胜雅集图。他们通常以寻访名胜的形式进行雅集,图绘雅集地点以及雅集活动,如煎茶系列、文氏家族的石湖集会。文徵明不仅酷爱品茶,还有多幅品茶图流传,以《惠山茶会图》(图 5-12)为代表。

图 5-12　惠山茶会图,文徵明,北京故宫博物院藏

《惠山茶会图》是文徵明与王宠、王履、蔡羽等人清明节在惠山煎茶时所作。图绘丛竹茂松间煎茶的场景。一人绕过丛篁走向茅亭,茅亭下一人执卷对茶经,一人观看鼎中沸茶,茅亭外方桌上陈列着古器,一人拱手,童子侍立。地上鲜花盛开,春意盎然。此图人物位于中景,风仪颇佳,松树采用截枝法,远景基本被茂松遮断。山路和茅亭边缘将图像大致分为三块,左右人物处于分界线上,视线都指向煎茶,中间人物专心煎茶,彼此没有关联,虚实交错,有"超出象外,得其环中"的效果。此图叙事方式和其他雅集图也有所不同:其他雅集图通过较长的手卷、人物之间的顾盼和位置指向实际事件,比如《碧山吟社图》《杏园雅集图》,也就是说,再现事件是图像构图的终点,并且区分主要图像与次要图像,力图达到手卷物理中心和图像中心重合;《惠山茶会图》手卷比较短,人物位置和行动服务于煎茶,三组人物之间却没有关联,煎茶的中心是鼎中沸水,人物的实际动作指向虚空,似乎要从煎茶中蒸发出去,煎茶图从喝茶场景转向茶韵,这是图像升华的表现。此图暗喻手法使用非常明显:人物尺寸非常大,人物构图承袭杜琼《西园雅集图》,是

"于于雍雍"君子聚会理想的图像再现，但是松枝截断则暗示君子不遇，颇含讽谏。所以，此图回响吴中树立人才典范的号召，又流露出对吴中人才隐沦山林的担忧。①

文徵明酷爱石湖，经常在石湖上游览，雅集绘制了不少石湖游览图。这些图像主要表现空阔明净的石湖美景，游览场景包含其中，也是览胜雅集比较特别的一类。《石湖清胜图》(图 5－13)侧重表现辽阔清旷的石湖，前景是高松下行人消暑，越城桥和行春桥上行人赏景。江心一人垂钓，征帆阵阵。远处为东西两洞庭。《石湖闲泛图》描绘山林稠密，瓦屋数间，一人坐树下平眺石湖。湖内一人泛艇垂钓，对岸众峰重叠，山居联络，近通长桥，远矗孤塔。外湖帆影点点，空阔无边。文徵明的览胜雅集图中虽然也有策杖、江钓、征帆等可以辨认的图式，但是这些图像处在煎茶或石湖这样的背景下，叙事功能减弱，变成了名词，意义依附于对空灵文化的营造。所以，其图式多为空阔明净的湖面和沸腾的茶水，为虚静的心灵提供了升华的通道。

图 5－13　石湖清胜图，文徵明，上海博物馆藏

宴饮唱和是官员比较喜欢的集会方式，早在宋代就有《文会图》《华灯侍宴图》等表现宴饮场景的图像。明代的退居官员也有一些文酒唱和的图像，如《文字饮诗书画》(图 5－14)是姚绶成化归家后，与乡间友人饮酒时所作。图绘三人围坐饮酒，对岸草亭，中夹流泉。当然，与王绂一样，明代早期官员都学习元四家技法，但在表达观念上有些不同于隐士的山林雅集，这也体现了这些画家的过渡性。

---

① 《西庄雅集图》是沈澄有感于玉山雅集不可复得，沈遇主动请缨，追想当年雅集人物风采而创作的。杜琼《西庄雅集图记》云："佳景良辰则招邀于其地，觞酒赋诗、嘲风咏月以适其适，而衣冠伟如，佩玦锵如，于于而趋，雍雍而居，主宾揖逊之有余仪，陪台趋侍之谨谨，人望见之若丹台紫府仙人之列也。"杜琼：《西庄雅集图记》，《吴都文粹续集》，见《景印文渊阁四库全书》第 1385 册，台湾商务印书馆 1986 年版，第 47 页。《玉山雅集图》(佚)是"张渥用李龙眠白描体之所作"，其参与者是杨维桢、于立等吴中人向往的人格典范。沈遇和沈澄等雅集参与人也是画家、诗人、书法家、编修，可见，其树立吴中典范人格的隐意颇多。(参看石守谦：《风格与世变：〈雨余春树〉与明代中期苏州之送别图的文化史分析》，北京大学出版社 2008 年版，第 225—256 页。)杜琼也画过《西园雅集图》，着力表现园林儒雅之士的伟然衣冠，揖逊余仪，可以说是这幅图的一个注解。对于人才的关怀是吴中雅集的一个特色，比如沈周和唐寅关注杰出的青年人才和隐居山林的高士，文徵明则关注隐沦山林的人才，力图再现他们儒雅的文化风貌，以及不得志而悠游山林的生存境遇。

图 5-14　文字饮诗书画,姚绶,美国大都会艺术博物馆藏

## 二、山林雅集的观念

山林雅集也是一定文化生活的反映,集中关注隐居生活,说明山林居处的合理性,实际上是对人才境遇的思考。他们推举的高洁之士在不同时期所指不同,前期主要指自愿隐居山林的隐士,后期主要指科场不利,退隐山林的读书人。

### (一) 城市幽居的雅集观念

大隐隐于市是出仕文人的理想,明代官吏和隐士之间往来密切,形成了新的处世观,称为城市幽居。城市幽居是追慕古人,并根据时代特征改造古人生活观念的体现。鉴于张士诚定都过苏州,朱元璋一直对吴中采取压制政策,但到明中叶,大量吴中文人进入朝廷,并联合吴中望族,自觉恢复吴中文化,使之一跃成为商业基地和文化大郡,大量来自吴中的官吏也自觉与地方高行之人结交,活动频繁,新的城居观念孕育而生。城市幽居改造了陶渊明的"结庐在人境,心远地自偏",并将书画创造与赏玩作为主要活动。

吴中文人主要从以下两个方面定义城市幽居。

第一,参与人具有双重身份,既分属于不同的社会群体,如官员、隐士、僧人,又是文艺家,如画家、书法家、诗人、鉴赏家,并且文艺身份是主导。

清白轩雅集是吴中较早的雅集活动,其参与人是吴中先驱。刘珏云:"戊辰(1448)孟夏朔日,西田上人持酒肴过余清白轩中,相与燕乐,恍若致身埃壒之外,酒阑上人乞诗、画为别,遂援笔成此以归之。先得诗者,座客薛君时用也。"[①]可知,参与人有上人、地方官薛英(字时用)。根据题诗可知,还有沈孟渊、沈恒吉和冯簏。《正德姑苏志》云:"沈澄字孟渊,长洲人。洪武中以人才应荐至京,寻引疾归,周文襄公巡抚吴中,尝就澄访时政,多所施行。澄雅善诗,尤好客,海内知名之士无不造之,所居曰西庄,日与治具燕宾客,诗酒为乐,人以顾仲瑛拟之……年八十有八而终,子二贞吉、恒吉,隐迹尚义,有父风,俱能诗,恒吉尤善画。"[②]《沈周年谱》云:"父恒,字恒吉,号同斋,澄之次子。少师翰林检讨陈继。长而尝任粮长。工于诗,体裁

---

① 刘珏:《清白轩跋文》,见《中国绘画全集》第 11 册,浙江人民美术出版社 2000 年版,第 9 页,图 12、13。
② 林世达、王鏊等纂修:《正德姑苏志》卷五十五,《北京图书馆古籍珍本丛刊》第 27 册,书目文献出版社,第874 页。

清丽。善绘事,山水师杜琼,劲骨老思,绝类王蒙一派。平生好客,又善饮酒,绰有父风。"①可见,这次集会的参与人有沈周的祖父与父亲,沈周的老师刘珏。三人画风上接元末四家,下开文沈吴派。

魏园雅集是以沈周为代表的吴中雅集。吴宽叙述魏园主人云:"(魏昌)质朴可重,家当市廛中,辟其屋后,种树、凿池、奇石间列,宛有佳致,作成趣之轩以自乐,故武功徐公、参政祝公、金宪刘公,时即其居为雅集,屡有题咏。"②魏昌还善于鉴赏,"君素博古,凡三代以来至于宋元器物、书、画多能辨识,曰此出某时、某人,无差者,喜为诗,则得于其舅氏东原先生之所指授为多"。东原即杜琼,是吴派的先驱之一,也是文、沈的老师。魏昌的身份是隐士、鉴赏家,家有园林,足够为集会提供合适的文化和自然环境。武功徐公即徐有贞,金宪是刘珏。根据魏昌介绍,"石田沈启南遇了,适偫轩祝公(祝颢)、静轩陈公(陈述)二参政,嘉禾周疑舫(周鼎)继至"③,此次参与人员由沈周、刘珏两位画家及其他高官、隐士组成。这是以沈周为主导的典型的吴中雅集阵容。

人日小集是以文徵明为代表的雅集,反映了吴派后期的雅集情况,参与者多是科场不利的退隐人。1505年,文徵明在停云馆召集自己的弟子和隐士举行了一次雅集。文徵明记云:"乙丑人日,友人朱君性甫、吴君次明、钱君孔周、门生陈淳、淳弟津,集余停云馆,谈燕甚欢。辄赋小诗乐客。是日,期不至者,邢君丽文,朱君守中,塾宾阎采兰。"④朱性甫是吴中收藏家,《江南通志》云:"朱存理,字性甫,长洲人。少从杜琼游,汲古不倦。闻人有异书,必欲访求,手自钞录,其所纂辑有《铁网珊瑚》等书。元季明初中吴南园何氏、笠泽虞氏、庐山陈氏,书籍金石之富,甲于国内。继其后者,则存理与朱凯其尤也时称两朱先生。"⑤《铁网珊瑚》辑录宋元到明初文人画题跋,是检视吴中文、沈画学脉络的重要书目。钱同爱是诸生和书法家,《明分省人物考》云:"钱同爱,字孔周,长洲人,邑诸生……为文奇崛深奥,读之不能句,然思玄语丽,足自成家,尺牍尤入佳境。"⑥邢参是隐士,《姑苏名贤小记》云:"邢参,字丽文。……为人沉静有酣籍,固而不陋,嘉遁城市,贫无恒业,唯教授乡里,以著述自娱。"⑦陈淳是其弟子,师文徵明,注重写生,生动自然,多用淡墨,清隽疏爽。⑧这次集会是文徵明、隐士和弟子之间的聚会,格调稍有变化。

除了典型的吴中隐士聚会,还有吴人在官场休衙时举行的聚会,其身份依然可

---

① 陈正宏:《沈周年谱》,复旦大学出版社 1993 年版,第 4 页。

② 吴宽:《耻斋魏府君墓表》,《家藏集》卷七十四,见《景印文渊阁四库全书》第 1255 册,台湾商务印书馆 1986 年版,第 724 页。

③ 参见《魏园雅集图》画面题诗,中国古代书画鉴定组编:《中国绘画全集》第 11 册,浙江人民美术出版社 2000 年版,第 74 页。为节约篇幅,下此图题诗也引自题跋,不再注明。

④ 周道振、张月尊纂:《文徵明年谱》,百家出版社 1998 年版,第 149 页。

⑤ 赵宏恩:《江南通志》卷一百六十五,见朱存理纂辑,王允亮点校:《珊瑚木难》,浙江人民美术出版社 2012 年版,第 700—701 页。

⑥ 过庭训:《明分省人物考》卷二十二,见《明代传记丛刊》第 131 册,台湾明文书局 1991 年版,第 50 页。

⑦ 文震孟:《姑苏名贤小记》,见《明代传记丛刊》第 148 册,台湾明文书局 1991 年版,第 29 页。

⑧ 蒋义海主编:《中国画知识大辞典》,东南大学出版社 2015 年版,第 188 页。

以类化为文艺家,也是吴中隐士的认同与渴慕者,还是吴中文人与官场联系的纽带,其中吴宽在吴中隐士与翰林交流之间扮演了重要角色。其聚会图像都是以山林为背景,也归入此类。吴宽和周臣合作的《匏庵雪咏图》即是代表。根据吴宽《家藏集》卷十《雪中李世贤招观东坡清虚堂诗真迹》《是日往观果刻本,盖世贤招饮,恐客不至,故给尔,乃复次韵》可知,此次集会发生在李杰家。《明分省人物考》云:"李杰,字世贤,常熟县人。成化丙戌进士,改翰林院庶吉士,授编修,升侍讲。二十二年(1486)充东宫讲读官,秩满升侍读学士。弘治初以宫僚恩升左春坊左庶子兼侍读学士。"①又《御定佩文斋书画谱》云:"李杰字画遒逸得黄、米法。"②可见,李杰是吴人、翰林、师法黄米的书法家。吴宽是沈周的密友,也是翰林、书法家,《式古堂书画汇考》云:"吴文定公体度俱效苏文忠,而神致全本二王。"③所以,他们与李杰可谓意气相投。

第二,参与人的人格定位是结庐在都市的"新陶渊明",休衙官场的新"东坡居士",忧而不仕的草堂君子。

吴中前期雅集的主导人格是新"陶渊明"。他们对陶渊明人格既有继承,又有改造。兹摘录雅集诗歌,分析这种人格。

扰扰城中地,何妨自结庐。安居三世远,开圃百弓余。僧授煎茶法,儿抄种树书。寻幽知小出,遇市即巾车。(沈周《魏园雅集图》)

抗俗宁忘世,容身且弊庐。声名出吴下,风物似秦余。画壁东林赠,铭堂太史书。雅怀能解榻,缓步即安车。(祝颢《魏园雅集图》)

水阁焚香对远公,万缘都向酒边空。清溪日暮遥相望,一片闲云碧树东。(刘珏《清白轩图》)

一片闲云出岫来,袈裟不染世间埃。独怜陶令门前柳,青眼偏逢惠远开。(冯簠《清白轩图》)

城中结庐、安居心远是陶渊明的生活观,抗世违俗也是他的人格特征,开圃、饮酒也是陶渊明的爱好,可见他们对陶渊明的渴慕与附会。同样,他们对陶渊明的改造颇多,煎茶是陆羽和苏、黄的爱好、种树是归隐的表现、寻幽是文人的专长、解榻只为高人、画壁与铭堂是苏、黄艺术韵事的回响,也是吴中盛行艺术的表现,其实铭堂正是李应祯为魏昌书写的室铭,以铭记祖宗教训,教养子弟。④ 对陶渊明的改造还表现在园居观念上:祝颢呼吁出处遵循四勿法则,功业借助祖宗余庆,即"行藏

① 过庭训:《明分省人物考》卷二十一,见《明代传记丛刊》第 130 册,台湾明文书局 1991 年版,第 815 页。

② 孙岳颁:《御定佩文斋书画谱》卷四十二,见《景印文渊阁四库全书》第 820 册,台湾商务印书馆 1986 年版,第 662 页。

③ 卞永誉:《式古堂书画汇考》卷二十四,见《景印文渊阁四库全书》第 828 册,台湾商务印书馆 1986 年版,第 46 页。

④ 吴宽《耻斋魏府君墓表》题云:"初其祖有遗言百余字,皆所以训戒其子孙者,君能遵行之,仍作堂名宝训以示不忘。予尝为文以记,而故李少卿贞伯特为书之壁间,又可见其孝也。"(《家藏集》,见《景印文渊阁四库全书》第 1255 册,台湾商务印书馆 1986 年版,第 724 页。)

循四勿,事业藉三余"①,对菊花的看法也不再是"采菊东篱下,悠然见南山"的理趣和傲霜风姿,而是自比"调元人"正在催菊开放,见证天地间万物化育的欣然乐趣。雅集的场景设置糅合白莲社、陈蕃下榻和王羲之山阴聚会而成,薛英云,"浮杯直到南溪上,嬴得文房下榻留",极力增加历史积淀,营造高士集会的文化氛围。

翰林吴宽从艺术鉴赏入手,与东坡取得共鸣。《匏庵雪咏图》是苏轼写诗和赏帖的明代重演。《清虚堂诗》写苏轼放衙后在王定国清虚堂观五言诗和宴乐的场景。吴宽也是在放衙后应李杰邀请在翰林署观刻帖。吴宽的诗歌模仿了东坡描绘的出门场景,但是将宴乐歌舞改成了品茶,将论诗改成了论书法,将苏轼的十年慨叹转化成黄山谷写茶赋的轶事,整个场景笼罩在艺术鉴赏的神灵气息中。

文徵明是草堂隐君子,一腔惆怅述于知己。《人日停云馆小集图》表彰不为世俗认可的高洁品格,抒写耿介寂寞的幽怀以及渴望回到白莲社,不理睬世事的避世理想。人日②是古代重要的节日。人是天地主宰,对年节和自身命运的关心更增加了深刻的感怀气氛。人日也是墨客赋诗的节日,文徵明此次集会正是效仿杜甫人日赋诗而举办。杜甫《人日草堂诗》使得隔代布衣找到知音,感怀情绪浓烈。其实,人日小集是涉及文氏父子和弟子的历时颇长的集会,并且他们还把集会搬到石湖上,但是主旋律依然是感伤情怀,可称为"人日情结"。

吴人通过对雅集参与人人格的定位,以及对雅集生活内容的描述和雅集观念的表达,形成了新的山居雅集形象,同时融合了时代气息,这与官场雅集的直接展示功业有所区别。

还值得一提的是,官员退居林下后举行的雅集,重申洛社雅集的"任真"精神,提倡陶渊明、刘伶等人饮酒保持酒德的美好品格。姚绶的《文字饮诗并序》即是一例。其题诗云:

山林有真乐,任真可得之……酒中有至趣,醒者安得知。③

## (二)隐逸君子的养德情怀

如果说由于成、弘年间社会太平,吴中人才得到了广泛重用,那么到了嘉靖年间,老一辈吴中领袖相继谢世,吴中士人科场大多不利,逐渐退居吴中,其中以文徵明为代表,开辟了吴中士子的新精神家园。他们通过游览构建了自己的君子身份,重申了雅集之道,讴歌恬适平淡的生活,吟唱不得志的幽愤,使雅集面貌从高昂、喧闹的唐宋盛会转入知音相赏、各标情怀的魏晋啸歌。

君子身份的重建主要体现在以下几个方面。

其一,自我定位为不得志的"稷禹"之才,暂且适意山水间。在《惠山茶会图》

---

① 余庆在明代园居图中表达很多,也是出处的一个凭据。

② 东方朔《占书》曰:"岁正月一日占鸡,二日占狗,三日占猪,四日占羊,五日占牛,六日占马,七日占人,八日占谷。皆晴明温和,为蕃息安泰之候,阴寒惨烈,为疾病衰耗。"

③ 姚绶:《文字饮诗并序》,见翁万戈编:《美国顾洛阜藏中国历代书画名迹精选》,上海人民美术出版社2010年版,第183—187页。

中，蔡羽云："诸君子稷禹器也，为大朝和九鼎而未偶，姑适意于泉石，以陆羽为归，将以羞时之乐红粉、奔权悻、角锱铢者耳。"①他们还是朝堂隐君子，胸富才藻，暂且吟唱山间，彭年云："群公英情天逸，尽为绂冕之巢由；藻思霞腾，俱是薜萝之颜谢。或悬车在告，或秉节周行，聚天上之德星，修山中之故事。"②他们倾慕的对象是曾点、王羲之、白居易等，"喜共白公修洛社，何如逸少在山阴"③。他们的生活是盟鸥鸟，游山林，袁袠云："既咏舞雩什，载奏山阴章"④"春来花鸟闲情在，老去山林乐事多"⑤。但是，他们依然怀抱着"济川志"，只是"击楫使人哀"，而表现为啸傲山林的高士，以王宠最突出。他云，"数松磊落千尺强，恰如天际群龙翔。吟风啸雨中琴瑟，大泽深山藏栋梁"⑥，即他们是虬立的大松，是藏在民间的栋梁之材，虽然不能处于庙堂之上，也要"明时弃岩谷，聊得葆天倪"，卓然耸立于天际。但是，王宠⑦杂糅仙人、道士、名士和隐士为一体，自比王乔，要"腾踏五云车，采芝昆山里"，还要携"元夫"啸游，更要如名士王恭一般飘渺冰雪间，像隐士范蠡那样游弋江海上。王宠还将自己与嵇康、郦生等古来圣贤相等同，描绘了"气酣风急月正午，便须一饮倾千觞。白鱼出水如人长，鸾刀飞割犹倔强。三三五五坐松下，翛然落雪阴山凉"⑧的雅集盛况，提出"何必山林减朝市"，追求自适的山林生活，高呼"人生有身贵自适，枉向侯门蹑珠履"⑨，其高亢啸冷的性格非同一般。不过，就此时期文徵明在吴中的主导地位和文派的总体倾向来说，不仕君子的养德润身形象是吴中雅集人的典范。王宠的人格定位一方面说明了吴中隐士风貌的多样性，另一方面也证明了文徵明恢复儒家君子身份的重要性和针对性，因为从王宠的诗歌和吴中《兰亭修禊图》中可以看到狂傲风气的蔓延，文徵明的自觉表率，应是有意为之。⑩

其二，游览山水的目的是"清志虑、开聪明"，希慕曾点之乐，养德讲艺。袁袠在上巳修禊集会中云，"羡羲之之山阴，希点也之沂水"，蔡羽云："矧诸君屋漏则养德，

① 参见《惠山茶会图》蔡羽引首，见故宫博物院公布图像，网址：www.dpm.org.cn/collection/paint/228278.html.
② 《文衡山石湖图彭隆池楷书诗序》，见郁逢庆：《书画题跋记续》卷十二，《景印文渊阁四库全书》第 816 册，台湾商务印书馆 1986 年版，第 950 页。
③ 文徵明：《文太史石湖图并题》，见卞永誉：《式古堂书画汇考》画卷二十八，浙江人民美术出版社 2012 年版，第 2142 页。
④ 袁袠：《修禊石湖作》，见钱谷：《吴都文粹续集》卷二十三，《景印文渊阁四库全书》第 1385 册，台湾商务印书馆 1986 年版，第 601 页。
⑤ 文徵明：《上巳日石湖小集》，见文徵明著，周道振辑校：《文徵明集》卷三十，上海古籍出版社 1987 年版，第 338 页。
⑥ 王宠：《湖上八绝》，见邓富华校：《王宠集》，浙江人民美术出版社 2017 年版，第 234 页。
⑦ 王宠是文徵明钟爱的弟子，也是石湖雅集的主要参与人，但是他的风格与文徵明等人确实有出入，表露了不得志文人的激愤情绪，是蔡羽一脉吴中文人的代表，也暗示了吴中文人学脉中的道家成分。
⑧ 王宠：《月夜卧湖梁之上咏苏长公赤壁赋》，见邓富华校：《王宠集》，浙江人民美术出版社 2017 年版，第 8 页。
⑨ 同上，第 88 页。
⑩ 比较文徵明和尤求、仇英的兰亭修禊图，可以看到文徵明的图式相对严整、温雅，后者的图式有些狂放不羁。

群居则讲艺,清志虑,开聪明则涤之以茗,游于丘、息于池,用全吾神而高起于物,兹岂陆子所能至哉,固曾点之趣也。"①文徵明等当倭寇泛滥,又不得为国效力之时,他将湖水比喻为"玉浮天""开玉府",空阔的石湖使他感到"万象沉""尘界卑"。他认为进入超然物外的玄冥境界,正是养德润身的体现。不过,养德润身还来自他对王羲之的仰慕。文徵明书法宗二王,性情、遭遇与王羲之相似,雅集宴乐观念也受到王羲之兰亭修禊启发颇多,其游弋山水,杂二家,目的在于消除忧愁,澄澈心灵。②

总之,虽然这一时期的雅集以树立吴中典范为主调,但是人格定位有了明显的变化。就隐居来说,前期侧重于对陶渊明闲适形象的认同,强调与世俗的对立,并加入新的山居内容,组构以鉴赏家、画家、文学家为一体的新文艺群体,改换格调,通过典故和视觉化想象共同诠释其高洁的人格。后期回归儒家品格,不仅自觉建构养德润身的儒雅形象,还针对士风给予批评,其境界是春服既成,游于川上,其目的是净化心灵的尘滓,其对品格的强调通过虚实结合的风景起兴而成。

## 三、山林雅集的文学之像

纵观山林雅集的历程,可知吴中士子的理想是典范人格的建构。此时期有大型地方志、贤才传记和地方掌故集出现,如王鏊主编的《正德姑苏志》、袁袠《吴中先贤记》、阎秀卿《吴郡二科志》、文震孟《姑苏名贤小记》。阎秀卿《吴郡二科志》讲述编撰目的云:"思郡之为文苑者颉颃相高,流美天下,是生有荣而没有传,不可几矣。郡之为狂简者,磊落不羁,怨愁悉屏,是任其真而全其神。"③文徵明、唐寅和祝允明等文苑君子和桑悦等狂简之人均被列入《吴郡二科志》中。王鏊《正德姑苏志》辟人物卷,也云:"隐之于贞淑,微之于一艺,外之于异教,咸系之。"④文震孟在《姑苏名贤小记》中还重申:"大要以刚劲为主,即过中者必记,一破软美之消也;清修苦节虽散必记,不清苦即不能刚且劲也,诗书翰墨之士必详记其生平原所由重也。逍遥作达,间一记焉,喜其中无俗韵也。"⑤可见,其选择标准偏重正直刚健、不阿权贵、气韵高雅的隐君子,编写目的在于表彰先贤、振兴吴中士气、传承文化和保存吴中文献以垂范后世。其实,这些志传的主要编撰人正是吴中隐君子和文艺家,如《姑苏志》是祝允明、蔡羽、文徵明等人主导编写的,并且志传的一手资料大多来自编撰人

---

① 《惠山茶会图》蔡羽引首,见故宫博物院公布图像,网址:www.dpm.org.cn/collection/paint/228278.html.

② 上巳修禊有几种情况,曾点与孔子的修禊包含君子不得于时,出而为民祷雨,养身润德也。王羲之也身当乱世,在山阴多有避世之意,行觞之间寓人生感慨颇多。杜甫《丽人行》与白居易的上巳诸篇都关注朝廷宴乐,闲适不羁。吴中的上巳修禊显然更多共鸣于王羲之与曾点。嘉靖年间倭寇不断侵扰江南,苏淞地区颇受其苦。通过文徵明《南楼》可见一斑,诗云:"狂搔白发倚南楼,落日边声入暮愁。万里长风谁破浪?一时沧海遂横流。敢言多垒非吾耻,空复崩天负杞忧。安得甘霖洗兵马?浮云明灭思悠悠。"(文徵明著,周道振辑校:《文徵明集》卷十四,上海古籍出版社1987年版,第354页。)

③ 阎秀卿:《吴郡二科志叙》,见《吴郡二科志》,中华书局1985年影印本,第1—2页。

④ 王鏊:《正德姑苏志》卷四十三,《北京图书馆古籍珍本丛刊》第27册,书目文献出版社1999年版,第657页。

⑤ 文震孟:《姑苏名贤小记》,见周骏富辑:《明代传记丛刊》第148册,台湾明文书局1991年版,第4页。

所作的墓志铭，志传的形成是他们在切磋文艺、品论世事过程中形成的基本看法。雅集图像和文学集中谈论出处和山居问题，正是这些现象的反映。可见，吴中文艺家是人格建构的自觉策划者与执行人。

吴中文艺家是诗、文、书、画俱佳的士子，他们的图像整体思维倾向更加自觉和明显。艺术家不仅要题诗、作画，更要将诗、画同时作为思想的表意元素来使用，所以，他们所追求的艺术就是米歇尔意义上的形象文本。形象文本是艺术—文学家创作的多媒介艺术，其艺术文本是与图像相关的文学，比如诗人—画家创作的文本。文学借用图像话语来建构其地位，游离于图像与心像之间。其图像不在于再现完整的事件，而是建构思想，所以图像与观念之间是对等关系。米歇尔认为，形象文本即视觉再现之语言再现（ekphrasis），即语言描述的内容通过听众的想象建构成心理图像，称为"形象的形象"或"超图像"，不具有直义性，不是视觉客体，而是比喻上的视觉。他认为语言的图像特性使得这种游离成为可能，并将"视觉再现之语言再现"分为三个阶段——冷淡、希望和恐惧。其中希望阶段是想象或隐喻将克服视觉再现之语言再现的不可能性，我们发现语言再现也有一种"感觉"。中国古典题画诗也是画家—文学家创作的服务于图像的文本，并且题画诗对各种感觉的调用非常符合视觉再现之语言再现的希望阶段，所以，笔者使用形象文本来说明题画文学与图像的关系。但是，必须看到，米歇尔对语言、图像媒介他性的区分性固守，使得他没有冲破图像与文学结合的最后障碍，反而认为视觉再现之语言再现最后出现了恐惧阶段，"严肃边界规范把感官、再现模式和每一种模式的客体严格区分开来"[1]，这导致了身份的再次出现；中国古典艺术在这里与米歇尔分道扬镳，艺术的非再现本性和言象意的超越性让它们轻易超越了这道障碍。从图像与文学的媒介特性来说，图像与文学在颠倒中实现了意义的缝合：图像的意境创造使得图像的视觉期待丧失，威胁到了图像艺术的本性，文学描摹已经存在的事件，通过想象还原形象，弥补了视觉缺失，但文学图像的虚幻本性无法落实到视觉客体。正是文学的虚与实保证了图像视觉的心理存在，图像的意境追求又给出了文学超脱的另一种镜像。

### （一）诗歌之图像建构：典故

山居雅集的诗歌篇幅都很短小，其中的图像呈现主要是通过典故、诗歌的形象特性来唤起人们的想象。

山居雅集不是直接将典故嵌入文学中，而是结合艺术实践，重新诠释典故，表达新的含义，这有些类似陈寅恪的今典与古典混用。[2] 吴中文艺家认为，引用典故

---

① W.J.T. 米歇尔著，陈永国、胡文征译：《图像理论》，北京大学出版社 2006 年版，第 142 页。

② 陈寅恪："所谓今典者，即作者当日之时事也。故须先考知此事发生必在作此文之前，始可引之，以为解释……又须推得作者有闻见之可能。"（见陈寅恪：《读哀江南赋》，《金明馆丛稿初编》，生活·读书·新知三联书店 2011 年版，第 234 页。）陈寅恪《柳如是别传》云："自来诂释诗章，可别为二：一为考证本事，一为解释辞句。质言之，前者乃考今典，即当时之事实，后者乃释古典，即旧籍之出处。"合而言之，陈寅恪的"今典"还是指引用已经发生的事件，如倪岳等人的"（杏园雅集）故事"来开展雅集活动。他更主张今典与古典共同使用来阐释典故的丰富意义，而不仅仅是文法修辞。对阐释吴中典故使用有启发意义。

即重演、改变已经发生的旧典,从而获得当下的意义。如刘珏在《清白轩图》中引用陶渊明赴慧远的白莲社会、陈蕃下榻的故事,但将慧远与陶渊明的主客关系颠倒,场景变成了慧远来访陶渊明,地点设在清白轩,丛林之会变成了园居之会,玄味少,风流余韵反而增加。陈蕃下榻的含义变成薛英来访"十载宦游"归来的刘珏,似乎将刘珏比为陈蕃,而自比徐稺,其重点已经不是高士相会,而是倾慕高士而赴会,突出主人的高洁。同样,《匏庵雪咏图》对典故的改用也比较大。吴宽与李杰雪夜在翰林东署欣赏东坡的《清虚堂帖》刻本,《清虚堂诗》是东坡写给王定国的诗歌,内容大概是雪夜小饮定国官署、听歌舞、品茶、论诗等,并感慨十年离散,一朝相聚,以共看红霞结尾,暗示了希望一展宏图的愿望。① 吴宽通过次韵与清虚堂联系,承接了雪夜出行的思路,但省略欢宴歌舞,把品诗之妙笔天成改换为品书法的笔法,所谓"浓书铁把纯绵里,深刻蟹上潮泥爬",十年感慨变成了对神物光辉的沉醉,即"夜久屋壁飞晴霞"。身份由诗人变成了鉴赏家,格调从清冷变成了温暖,突出了山林之思。其实,变化格调是展现自我风貌的手段。《盆菊幽赏》和《人日停云馆小集》均采用了典故,变换了环境,或自比调元人,突出主宰地位;或感慨千载寂寞时,抒发知音相赏的脉脉情怀。

对典故的改变不仅营造了新的意义格调,还通过相似场景和空间的营造为植入新的元素和内涵提供了可能。比如,《清虚堂诗》通过想象将雪、说法与诗歌相连,融合为对清虚居士高妙修行和诗歌天成之造诣的赞美。休沐放衙、踏雪来访、十年感慨和明朝看霞,将聚会安排在线性时间框架中,时空的融合通过抒情来实现,并指向未来,其主导的脉络是叙述完整的集会事件。《匏庵雪咏图》中雪花除了东坡使用的意义外,还构成了另一个图景——雪中过访的意义元素。东坡将雪中过访用踏冰、叩门来表述,显然不是着墨的重点,吴宽则将过访本身演绎成一次寻幽,他用吴江水、谷口、朱鹭、白鸦等田园意象和挂杖雅事将环境与行动联系起来,将模糊的想象之境转化为清晰的可视之境,逸趣横生。诗歌不再是叙述过访,而是游历过访之境,情感深厚,力图将时间艺术展示为空间审美,是典型的吴中寻幽图。"霞"本指朝霞,吴宽将它与雪光、艺术神光调和,将翰林东署的雪景和屋中观帖转化为雪光、墨光浸染下的艺术神境。涤荡心胸是进入艺术境界的必要条件,吴宽艺术境界的出现必然在山居处,"茫茫巨海流银沙,光分民舍并官衙",大雪将光辉笼罩在官衙和民舍上,顿时模糊了官舍与民舍的界限,"而我目眩梁园花",则进入了光惚的游赏境界。"试开泥尊香泼蚁,却笑石本光翻鸦。"泥尊是名酒,石本即清虚堂帖刻本。"光翻鸦"是典故,翻鸦本身与光联系,多指或朝阳之上或夕阳之下鸦背上的光环。但从宋代以来的部分诗歌中可以看到人们把挥毫看作墨翻鸦,如"落纸

---

① 清虚堂诗云:"天风渐渐飞玉沙,诏恩归沐休早衙。遥知清虚堂里雪,正似薝卜林中花。出门自笑无所诣,呼酒持劝惟君家。踏冰凌兢战疲马,叩门剥啄惊寒鸦。羡君五字入诗律,欲与六出争天葩。头风已情檄手愈,背痒恰得仙爪爬。银瓶泻油浮蚁酒,紫碗铺粟盘龙茶。幅巾起作鹳鹅舞,叠鼓谁掺渔阳挝。九衢灯火杂梦寐,十年聚散空咨嗟。明朝握手殿门外,共看银阙瞰朝霞。"(苏轼著,王文浩辑注:《苏轼诗集》卷三十,中华书局1982年版,第1612—1613页。)

一帘风雨疾，不知斜墨阵翻鸦"①，这里用了一个非常形象的比喻，一般来说，墨色要浓于纸、绢之类材料，不管是创作还是欣赏，白纸黑字在灯光下会营造出光辉和韵味，"石本光翻鸦"正是这种情境的再现，墨翻鸦还与诰词、耆老②等意象联系，这些情境正与吴宽、李杰的身份相类似，或许共鸣也在他们心中响起。"光翻鸦"还转化为通灵的神光，如晴霞弥漫于现场，即"夜久屋壁飞晴霞"③。至此，艺术欣赏终于达到高潮，形成了由内向外的玄冥之境，艺术空间全部创造出来，诗歌的时间性基本消失。东坡与吴宽对典故的处理，可以看到时空艺术转化的可能性。典故是将当下拉回到一个过往而类似的空间，营造情感氛围，如果艺术家内心的时间线索没有去除，典故所唤起的空间会很快消失，回到当下空间，形成叙述。如果艺术家留恋典故空间，这个空间就会超越时间，停滞下来，召唤新的元素，组构新空间，增加意义的当下性，形成暧昧的文本空间，减弱诗歌的叙事性，所以，吴宽的观帖似乎没有时间的流动，而是纯空间的沉醉。

典故与名物结合也起到了很好的介绍作用，以最大信息说明园居生活的概况。名物本身指事物的名称，或给事物命名，所谓"多识虫鱼鸟兽之名"，其实，名物本身就是对某种行动的命名，特别对某些具有特别文化含义，可以重复的动作来说，典故凝固行动，并转化为名物，可以移动到其他合适的场景。当典故空间展开时，名物的动词特性复活，还原为行动，山居雅集即在这样的逻辑中得到诠释。以《魏园雅集图》表现得最明显。单看《魏园雅集图》，除了亭子下几个人闲谈，一个人从画角走来，几乎没法确认这是雅集图，但是画面上魏昌和其他几个人物的题词，不仅说明了这是集会，还详细介绍了集会和园林的情况。雅集的大环境依然是陶渊明"安居心远"的所在，雅集的内容是看山、饮酒、赏园林。但是此次雅集的背后有很多支撑雅集开展的内容：开圃、煎茶、抄种树书、寻幽、铭堂、画壁、酿酒。开圃、酿酒是陶渊明的化身，煎茶是陆羽、黄庭坚的专项，种树书是归隐的标志，寻幽则是隐士的乐趣，画壁、铭堂、读书则又与艺术紧密相连。铭堂就是李应祯为魏昌宝训斋写的斋记，画壁即斋中挂画或屏风，以表达主人的气质，客人也会对这些画作或屏风题咏④。这八项内容既有出处，又是隐士的基本功课，集书、画、酒、园为一体，可以开展一个相当高雅的集会。所以，正是通过对典故的凝练，诗歌将丰富的行动转化为名物；又通过典故引发的空间幻象，诗歌诱发了行动的再次发生。典故如一个

---

① 洪咨夔著，侯体健校：《洪咨夔集》上，浙江古籍出版社 2015 年版，第 223 页。

② 王迈《贺陈侍郎该宗祀告成，加封清源郡侯二首，告词有缅怀耆德，养老乞言等语，再和二首之一》云："笔飞鸾凤墨翻鸦，白玉堂中懒草麻。得句批风仍抹月，怡神饮露更餐霞。公于轩冕浮名薄，帝念耆英宠礼加。丕衍修龄全晚节，洋洋一札圣言嘉。"（《臞轩集》卷十四，见《景印文渊阁四库全书》第 1178 册，台湾商务印书馆 1986 年版，第 652—653 页。）

③ 石守谦指出"通灵感应说"在很多画家内心回荡，他们称艺术作品为神物，如果艺术作品流落不明，他们就称之化去。（参看石守谦：《"干惟画肉不画骨"别解——兼论感神通灵观在中国画史上的没落》，见《风格与世变：中国绘画十论》，北京大学出版社 2009 年版，第 51—84 页。）

④ 京师盛行节日拜访留题于白纸簿上，刘珏请刘溥为自己收藏的《钟馗图》题写，然后挂在堂中，官僚们过访就将这首诗抄录回去传诵，以致簿纸用完。（陈田：《明诗纪事》乙签卷二十，上海古籍出版社 1993 年版，第 893 页。）

总谱,名物是乐符,参与人拨动琴弦,则万山皆响。在某种程度上说,雅集是操作性艺术、活文本,期待创造、鉴赏、生活一体化。

### (二) 诗图互涵及其机制:诗歌图像特性、比德、起兴

如果说沈周自愿隐居,只要能展示隐士生活的艺术性存在,就可以自得其乐;那么文氏及其弟子是被迫隐居,他们闲适生活的背后是暗流涌动的焦灼灵魂和重建身份的使命,他们必须给出鲜明的姿态,再次证明山水的价值,以及游弋其间的意义。览胜雅集涉及文氏及其弟子两代人,生存处境、时间和时局变化使得雅集参与者的人格塑造在统一中呈现出变化。统一主要是指文徵明和袁袠倡导的"曾点之乐",他们主张重塑儒雅君子形象,回归正统。变化表现为怨愤、动荡的情绪,以及对道家、隐士生活的偏爱。

儒雅君子的品格有内外两个方面,二者密切交融在一起。文徵明通过两步将之呈现出来。首先,采用比德手法,将君子品格定位为玉。"玉"的品格通过明净的石湖表现,精神内涵又通过诗歌来传达,完成了内修部分。其次,君子品格的外在气象是曾点气象,石湖的境界掩盖了具体气象,诗歌的图像特征具有视觉特性,将曾点气象在想象中表达出来,又保持了曾点气象体用结合的两面性。

蔡羽将其团体定位为不得志的"稷禹"之才,游弋山水间是为了讲艺论道,但将"舞雩之乐"引入山林的是袁袠与文徵明。袁袠云:"既咏舞雩什,载奏山阴章。"文徵明则说:"喜共白公修洛社,何如逸少在山阴。"袁袠的集会诗云"大化陶天地,令节届春阳。澄湖包广皋,翠岭连崇冈。嘉鯈跃以嬉,冥禽翩高翔。微云霭远宵,冷风吟修篁。虽无丝与竹,散怀藉壶觞。神怡理自足,心畅忧可忘"[1]。此诗既模仿王羲之《兰亭序》的格调,也与三杨的口吻颇类似,质朴而庄重,更多山阴之兴。文徵明秉承了"如切如磋,如琢如磨"的修己精神,为人"端懿自持"[2],其眼中的石湖品格如玉。玉温润而仁,缜密而智,气如白虹,精神见于山川,是君子的象征,石湖又是文徵明人格的象征与寄托。石湖性格温泠而净,即"寒玉净";性情婉转深情,即"碧玉流""微澜压玉"。净与镜相通,他又把石湖看成"天镜阔""南湖一镜开""平湖竟天净",镜是心灵之鉴,镜与净共同象征心灵洁净。天镜纳万物,观造化,或"澄湖霁景明",或"星河颠倒碧空浮",或"秀色千岩竞",或"千峰隐",其色泽则是璀粲辉煌,"珪璧罗缤纷",其气象是"玉浮天""皓无垠",其结果是万象俱沉,心无纤尘,彻底空明。这些品格与文徵明的生活几乎一一对应,狎鸥鹭、泛春舟、白蘋香、青烟、晴霏,是他温婉与留恋山水的表现;镜与净是他忘却京城之痛、功名之恨,磨砺心境的表现,而观造化,冥心万物是他精神见于山川的表现。所以,正是通过石湖、玉与君子之间的比喻关系,他构建了以玉为本,由诗歌心象与石湖图像共同指称的人格,并超越具体物象进入精神世界。

---

① 袁袠:《修禊石湖作》,见钱谷:《吴都文粹续集》卷二十三,《景印文渊阁四库全书》第 1385 册,台湾商务印书馆 1986 年版,第 601 页。

② 周道振、张月尊纂:《文徵明年谱》,百家出版社 1998 年版,第 88 页。

　　石湖和心象的自我指涉性模糊了图像的视觉，与"曾点气象"的视觉要求有差距，无法完整传达意义。文徵明首先设置艺术场景，化身其中，作为"远公、赵孟頫、白香山、孟嘉"直接出没于石湖中，并亲自数点"越来溪、采莲径、吴宫荒台"等名胜和"赤阑桥、横塘、行春桥"等地方风景，更陶醉于"沧浪曲、竹枝歌"中。化身还原事件的现场，还心象于形象，增图式之意义。具体来说，诗歌通过图像特性①来呈现石湖的具体内容，如"日暮白蘋风乍起，陂南黄叶水交流。美人齐唱沧浪曲，彩鹢斜穿窈窕洲"，这四组景色形象地说明了石湖的具体存在，将生动的图像"嵌入"空阔的石湖，将超越之境转化为可视之景，弥补了意义断层，恢复了图像的"丰富视觉"。但诗歌的心象在石湖图像上表现为不可见或隐喻为图像边缘景物，强化了石湖的虚幻性。所以，视觉只是想象的形象，没有落实到客体，既保证了石湖与现实再现的联系，为意义的解读提供了线索，又与真实图像的实指拉开距离，超越图像的相似层面，完成气象的表达。

　　诗歌还通过起兴手法创设情境，拨开石湖的迷雾，展现其丰富的意义层面，创造意境。"石湖烟水望中迷，湖上花深鸟乱啼。芳草自生茶磨岭，画桥横注越来溪。凉风袅袅青蘋末，往事悠悠白日西。依旧江波秋月堕，伤心莫唱夜乌栖。"②空迷的石湖象征情感的迷失，是消极的观望。鸟声唤起了听觉，人们产生了积极观望，芳草、越来溪、青蘋共同绘制了石湖的视像。凉风与青蘋又引发情感，秋月江心将情感视觉化，情感与乌夜啼相联系，终于将石湖情景交融的形象和盘托出。但是诗歌的情感线索并没有彻底将石湖转化为游子的哀思。石湖的固有意象成了永恒空间。"自生""横注"脱离人的情感，与石湖同在，为超越留下了通道。所以，正是诗歌图像特性有无之间的通灵让石湖可以既是湖水，又是境界。

　　诗可以兴，也可以怨。随着时局的改变，文徵明之兴转为王宠等人之怨，怨与啸傲、仙道结合，显得有些激荡不安。但是就修辞来说，还是以用典和比喻为主。因为王宠没有图像流传，这种修辞只能从心象角度略视一二。王宠将自己比为"炼形仙"，心中的意象也仙气逼人，"赤城眇何在，标出海云端。宝气三天涌，金沙五内餐。腾光冲白兔，散影逐青鸾。更忆蓬莱殿，仙人掌上盘"③。怨而啸逸，则不失尔雅，也完成对文徵明从内到外的超越。

　　总之，典故空间混同新的风貌开辟了可能的空间，在此艺术家各取所需，或全面、或具体而微地表达观念，图像依赖于诗歌阐释，但是二者还可以保持独立的意义空间。比德与起兴手法通过联想与超越将心象、图像组织为丰富的意义结晶体，诗之意通过图之境来传达，图之境借助诗之象才能够理解，充分显示了二者仅仅只是观念的元素和功能特性，只有互相超越才可以互相解答。

---

① 中国诗歌的图像特性早有人论及，但是言象意传统很容易忽视视象的重要性，为了强调其重要性，笔者采用了米歇尔"视觉再现之语言再现"层面上的图像性质。因为西方视觉再现系统，更强调象的重要性，而此处的诗歌图像也是要强调象。

② 文徵明：《石湖》，见《文徵明集》卷六，上海古籍出版社 1987 年版，第 264 页。

③ 王宠：《湖上观晚霞》，见邓富华校：《王宠集》，浙江人民美术出版社 2017 年版，第 149 页。

## 四、山林雅集图像的表现手法：时空虚化、心灵图式、比喻、起兴

诗歌发挥想象作用，使图像具有丰富的"形象"，避免了图像视觉缺失。相应的，图像自身的积极转化也非常明确，内容转变为文人雅事，目标在于营造境界或诠释观念，形式变化更加多样，手法丰富，比如采用时空虚化、心灵图式、比喻、起兴等手法。

时间隐喻和空间虚化在明代山林雅集图中表现得非常明显，《匏庵雪咏图》的叙事性表现最清晰，但是场景的设置也抹去了翰林东署的特征，而代之以大片的池塘雪景和松杉。《盆菊幽赏图》将活动空间设置在草亭中，直接面对自然，空间没有痕迹。时空虚化的复杂化表现是同构于心灵。

雅集一直徘徊在两种空间中，王绂采用在园林中观看山景的空间模式，园林与山景之间采用虚幻的云气，掩盖界限的同时，也引入山林之境。杏园雅集则直接采用了园林之境，山林只在他们的行动和话语中反复吟唱。竹园寿集折中山林与园林，在园林中力图传达山林趣味，比如飘渺的烟波、苍翠的竹林。山居雅集的空间实际上徘徊在山林、园林之间。山林是理想的象征，园林则是雅集的真实空间。沈周的处理是摒弃园林中的实际场景，塑造虚化空间。文徵明部分恢复了园林的实际场景，虚实两种空间并存。

刘珏的《清白轩图》和沈周《魏园雅集图》均以山林空间为主导。刘珏用一条木桥连接水榭，水榭中人们或对谈或倚栏远眺，背后是阳光照射的高山。空间的性质非常模糊，从远眺和较规整的房屋可以看出他们的位置在山麓，但是高耸而坚实的主峰和山麓处的空白布置似乎暗示了山峰与人居的环境很近，可是吴中画家笔下的山脉一般比较单薄矮小，高山由多层云气隔出，营造飘渺之境，此山似乎与范宽的《溪山行旅图》有些相似，可能是画家有意挪移的结果。主峰与侧峰、房屋之间的空间位置应该是垂直前推，没点在主峰山脚，给人一种后推的效果，类似焦点透视，房屋位置前移并变小。就远眺人物的位置来说，他大概看不见这座山的整体面貌，尤其是盘旋而上的山路。可以想象，这座山不是用来观看的，而是想象出的山脉，从画面形式来说，可能是为了营造隐居的氛围。从刘珏其他表现山居的画作，依然看不到这种构图法，所以，刘珏画作中所展示的空间是在园林的基础上，将想象的山峰带入画面，目的在于将理想与现实相结合。

沈周画作的空间非常清晰，他完全摒弃了园居环境，其空间开始于典故。图像中的典故除了指根据历史上发生的故事创作新图像外，还指图像本身的形式典故。形式典故也称为母题，除了具有一般的构图意义，还有倾向地传达画家的观念。《魏园雅集图》中的亭子即是此类。空亭是倪瓒图像的特有形式，承载了倪瓒或欢欣或惨淡的情绪①，空亭被明代画家不断诠释。早期王绂在亭中举行雅集，借用亭

---

① 比如倪瓒题《溪山亭子》云："戏墨重看十七年，阊阖城外荡飞烟。闲村兰若风波外，坐对湖山一怅然。"（见汪珂玉：《珊瑚网》卷三十四，《景印文渊阁四库全书》第818册，台湾商务印书馆1986年版，第639页。）

子的脱俗气息,力图表露朝堂之上的山林逸气。[1] 刘珏对空亭的使用延续了情感模式,但是清绝气息消失,感觉云林亭如一个智者,在萧萧风雨中看风云变幻,甚至有几分狂欢的诡谲。[2] 沈周也非常爱好云林亭。他笔下的很多雅集活动都发生在亭中,《盆菊幽赏图》是亭下赏菊,《虎丘饯别图》是在亭边话别,《魏园雅集图》是亭中的闲谈。不过,与前辈比较,沈周笔下的亭子实用价值与情感价值并存,亭子作为活动场所,替换了屋宇,稳重感增加,空漠或轻快的情感消失。亭子的空间性质也发生了变化,云林的空亭是诗意空间,作为据点,目的是便于眺望隔岸山水。刘珏画中的空亭完全是符号,点缀在山水间,象征意味大于抒情价值。沈周笔下的亭子却是一种心理空间,它用稳重的格调回响现实的园林,又将心灵之思置于图画的上部。亭后是留白水潭,盘旋而伸向远方的矶石,秀峰横迤而上,顶部也是矶石。披麻皴以虚为主,点苔浓密,绾结在皴线起点处,恰好固定清虚的线条。光线从正面照射,分外光洁。参照《庐山高图》来看,光洁而透迤的矶石是高洁人格的象征,披麻与点苔恰好用山骨表现人物稳重如山的性格。吴宽对魏昌的描绘"长身古貌,寡笑与言,布袍曳地,质朴可重"[3],看此图,庶几可见一二。亭子背后的风景与其说是空间,不如说是形式象征,它将人物性格用山水图式表现出来。空间没有实际指涉物,也不是山林的冥想,而是纯形式元素结合的结果。[4] 沈周引用形式典故,展示了隐喻空间,亭子是象征意义的集散地,形式空间趋向它,自然空间从这里逃逸。

文徵明又回到了现实的园林。他在《人日停云馆小集图》中明确表现了竹绕篱笆、屋中闲谈的场景,屋后的空间全部省略。陆治《元夜燕集图》中蕉石、烟树、屋宇并存,也没有留下山林气息。从图像的侧重点来看,他们有意恢复雅集事件,在现实空间中创建虚化之韵。

在《惠山茶会图》中,文徵明主要采用比喻的手法表现煎茶的场景。茅亭与人物的尺寸较大,案上古鼎森列,继承了杜琼西园雅集图表现于于君子形象的立意。虬松采用了截枝法,暗示了"稷禹之才在野"的意义。三组人物分属三个叙事空间,之间没有交流,其空间整合来自人物面向和画面高低布置,在核心空间中人物专注,鼎内留白,打断视觉期待,升华为茶韵缭绕的境界。《石湖图》的空间采用了比兴法,他将重墨放在石湖本身的空阔与辽远的气势上,湖周围的活动极其渺小,似乎要从边缘荡出,时间和叙事痕迹被隐没,更专注于抒情。可见,文徵明采用比喻、起兴、折断手法既保留了画面的物理存在,部分弥补了视觉缺失的弊病,也创造了新的起兴空间,画面超越视觉进入心灵,较好诠释了"游于艺"的艺术哲理。

---

① 参见王绂:《山亭文会图》,表现亭下聚会场景。

② 参看刘珏:《夏山欲雨图》,见许忠陵:《吴门绘画》,单国强主编:《故宫博物院藏文物珍品大系》,上海科学技术出版社2007年版,第9页,图5。

③ 吴宽:《耻斋魏府君墓表》,见《家藏集》卷七十三,《景印文渊阁四库全书》第1255册,台湾商务印书馆1986年版,第724页。

④ 这种表现手法也可以在《庐山高图》和《虎丘送客图》中找到,两图中的松、盘曲的山路、扭动的山石是符号象征的表现。

吴中山林雅集图实现了雅集图像的彻底更新,改变了雅集图像的绘画特性,将以叙事为主的图像转变为以境界营造为主的图像。其手法也从叙事、象征、隐喻等叙事学手法转入时空虚化、比兴、心灵图式等图像学手法。吴中雅集中的诗歌立足于图像的抒情性,对雅集叙事、图像视觉作了复杂的转化,其主要方式是用诗歌典故和比兴来说明雅集的情况和背景,创造想象的视觉;用图式典故展开异质空间,用心灵图式隐喻人物品格,用比兴手法来创造诗性境界。

## 第四节 送别雅集图与文学

中国古代文人多喜欢集会,并以创作助兴,送别也为这样的活动提供了必要的环境,历史上的送别雅集比较多,甚至还有人根据诗歌创作了送别诗意图,如李公麟的《阳关图》就是根据王维的诗而作的。送别雅集通过文艺创作增进友谊,表达留别情绪,这些文艺作品使得出行之人可以反复观看,并成为今后交往的特殊媒介。可能由于时代久远,现存的雅集图并不多,但文学作品很多,抒情记事,形成送别雅集传统。明代送别雅集不仅有文,还有图,并且受到文发展趋向的影响,这些图像都包含明显的观念,是送别雅集发展的新样式,也具有丰富的文图关系。

### 一、明代送别雅集图式

历史上的送别雅集非常多,一般情况下,送别以赋诗为主,但是明代出现了送别图,展示送别之际的场景。饯别图也有两类参与人,目前见到的早期饯别图是官员送官员的图像,中期出现了吴中地区隐逸文人送别上任官员的图像。

笔者所见明代最早官员之间的饯别图有王绂送别彦如的《凤城饯别图》(图5-15),图像表现一舟停在岸边,三人亭中饮酒,亭外磐石高树,亭后两叠山峦。另一幅官员之间的饯别图是吴伟的《词林雅集图》,此图展示的是送别龙霓上任浙江的场景。在图像中画家截取园林一角,分三组表现雅集场景,右边两人斗棋,一人观看;中间一人观书,一人观画;左边三人,两人大概在写诗,一人似乎在抚琴,桌上放着饮用器具或果茶。最后一个童子捧书函侍立。园中配置玲珑石、梧桐,一只小鸟正在啄食。

明代中期的送别雅集图主要是吴中文人创作的,以沈周、唐寅为代表。地点多在虎丘和金阊,大多表现水岸离别场景,如沈周的《京江送远图》、唐

图5-15 凤城饯别图,王绂,台北"故宫博物院"藏

寅的《垂虹别意图》《金阊别意图》《金阊送别图》均采用这种形式。其特色在于人物多在边角,景物比重增加,风格更加清旷。在《京江送远图》(图5-16)中,人物处于画末三分之一处,对岸山峰和送别地的桃柳却刻画得非常精细,生机勃勃。《垂虹别意图》表现人物在舟中叙谈,长桥精致,树和远山浓淡相称,逸笔草草。《金阊别意图》(图5-17)画面明显分为两部分,左端山峰邈远,中间是空阔的水面,童子升帆,送行人拱手而别,右端岸上枯木枝桠繁密,分外精神,似乎夏天的生机还没有完全退去。桥上行人和桥下渔舟均非常忙碌,树下屋宇鳞次,远处山峰秀丽,似乎根本没有意识到送别的忧伤。

图5-16　京江送远图,沈周,北京故宫博物院藏

图5-17　金阊别意图(局部),唐寅,台北"故宫博物院"藏

　　明代中期还有陆地送别图。如《虎丘饯别图》(图5-18)表现友人于虎丘饯别文林出任温州知府,图中表现门楼、乔松,千人石上人物或对谈,或独坐临流,策杖,亭下话别等场景。

图5-18　虎丘饯别图(局部),沈周,藏地不详

## 二、送别雅集的观念

明代早期的送别雅集中,王绂、王达、李至刚等人送别赵友同①的诗歌侧重对归家的闲适生活展开想象。这也是他们提倡的洛社精神在送别雅集中的表现。但是,送别雅集注重将闲适精神与个人体验密切结合,较少有对公共身份与形象的强调。词林雅集是送中央政府官员龙霓到地方任职的雅集,罗玘《文会赠言》指出,"豪杰之才得其地与权,真可以有为"②,期望龙霓持宪节,在浙江做出大事业。参与文会的送行人也将龙霓要经由之地的历史名胜融入创作,期望龙霓与古代名臣一样,造福地方,做出业绩。吴中地区送别频繁,但基本上不是显赫的荣升两京,而是出任边远小郡的官员,并且包含某种不公平。《吴郡名贤图传赞》云,"大臣荐公(吴愈)心术端正,才行超卓,堪任台宪"③,却被调任叙州。"(文林)乙巳以绩召还朝,众咸拟公必为御史",却被调往温州④。沈周《京江送远图》《虎丘饯别图》正是饯别二位时的作品,集中表达吴人的出仕观念:沈周指出丈夫志向远大,小郡正可以试牛刀,"丈夫志远大,才气负英雄。一温等小试,四海稔斯胸"⑤。边远小郡正如竹笋,虽然味苦,却是友人迎难而上的好时机,"苦而有味可喻大,历难作事惟其时"⑥。偏远郡县做事艰难,正是检验友人能力的利器,更可证明自己远出同辈之上,"退僻以自树也欤,署斯守者真能别惟谦之为利器矣,盖可以见惟谦之贤于流辈也远矣"⑦。历史同样证明,二人没有辜负送行人的期望,文徵明《明故嘉议大夫河南布政司右参政吴公墓志铭》云:"(吴愈)在郡九年劝农振业,兴学教民,民靖化洽,岁亦比登。乃平繇更赋,勾考边储之侵于民者,得四十余万,输将转调,亦数十万。廪庾既充,以时赈发流庸来归,户口增羡,郡以大治。"⑧文林也政绩斐然,"永嘉多讼多盗,俗尚鬼,好溺女,悉为科条处分,莫不备善,郡狱屡空。境之暴无一敢肆民,生女皆育,而前后所毁淫祠殆尽。又作俗范训其民,而导以化本"⑨。卓越的政绩说明了他们殷殷为民的士子情怀。

---

① 赵友同,字彦如,长洲人。彦如沉实温雅,有行义,自其少笃志学问。有言其知水事者,诏从夏原吉治水浙西(1403—1405)。大臣数荐其文学,修《永乐大典》遂用为副总裁,又与修《五经》《四书》《性理大全》。见杨士奇:《御医赵彦如墓志铭》,刘伯涵、朱海点校:《东里文集》卷十八,中华书局 1998 年版,第 264 页。

② 单国强:《吴伟〈词林雅集图〉卷考析》,载《故宫博物院院刊》2009 年第 4 期,第 81—94 页。

③ 转引自周道振、张月尊纂:《文徵明年谱》,百家出版社 1998 年版,第 52 页。

④ 杨循吉:《明故中顺大夫温州府知府文公墓志铭》,见钱谷:《吴都文粹续集》卷四十一,《景印文渊阁四库全书》第 1386 册,台湾商务印书馆 1986 年版,第 317 页。

⑤ 《虎丘饯别图》刊于《美术生活》第 37 期,见《吴中文献特辑》。事迹见周道振、张月尊纂:《文徵明年谱》,百家出版社 1998 年版,第 87—88 页。

⑥ 沈周:《京江送别图》跋,藏于北京故宫博物院。刊于许忠陵:《吴门绘画》,见单国强:《故宫博物院藏文物珍品大系》,上海科学技术出版社 2007 年版,第 20—23 页,图 12。

⑦ 同⑥。

⑧ 文徵明:《明故嘉议大夫河南布政司右参政吴公墓志铭》,见周道振辑校:《文徵明集》卷三十,上海古籍出版社 1987 年版,第 697 页。

⑨ 同④,第 318 页。

对考满离开吴中的杰出官吏，他们也给予了高度的赞扬。唐寅《金阊别意图》是奉饯郑储矛先生朝觐而作，表达人民的留恋情感与期望早日归来的愿望。对学成的子弟，吴人鼓励其成才，其中最著名的是为戴昭送行的《垂虹别意图》。戴昭是徽州人，"为人言动谦密，亲贤好士"，来吴中访学名师，"初从唐子畏治诗，又恐不知一言以蔽之之义，乃去，从薛世奇治易，世奇仕去，继从雷东以卒业"。戴冠从修身明理，言信行谨等角度肯定了戴昭的学行，云："人幼而能进于学，以明其理，以修其身，故能入孝出弟，行谨言信，穷则善家厚俗，出则忠君泽民。"祝允明赞扬他才华可以辅助天子，云："胸中故有长虹在，吐作天家补衮文。"①

### 三、送别雅集文学的两端：想象与议论

莱辛认为造型艺术的根本特性是美，为了美，艺术家往往抓住最具包孕性的顷刻，这就为后代诗人的解读留下很大空间。送别雅集图受到题材的限制，也专注表现最具包孕性的顷刻，而送别诗传统悠久，具有丰富的文化意象，正好弥补送别图的单一性，为送别图插上想象的翅膀。在此，诗人与艺术家分别采用不同的媒介展示丰富的内涵，又突出诗歌与图像和谐统一的关系。

### （一）"包孕"前后的文学想象

永乐初，夏原吉以尚书出治松江水患，凤城饯别是送别赵友同协同夏原吉治理浙西大水的集会。共有十二人题咏，内容有：对归家任务的叙述、对归家生活的设想、送别后的思恋。如杨士奇云："由来君命重，非为爱鲈鱼。"高得旸云，"三江五湖口，此际水痕收。使节询源委，童时记钓游……昼锦荣殊甚，归承宠渥优"，点出吴淞地区水患严重，也指出赵友同在升任太医院御医后，因出佐尚书治理水患而归乡，正是衣锦还乡。李至刚则急切盼望赵友同早日归来，云："皇都春色早，迟子促来归。"

图像描述送别瞬间，送别诗将送别过程中的各种细节想象出来。送别人集中渲染萧瑟空阔的送别地点秋江，王偁云，"积水渺无际"，姚广孝云："官河水满正秋霜，鸿雁南来熟稻粱。"送别诗还通过一定的江南文化意象，在送别的瞬间，设想到家后闲适快乐的生活，如王汝玉云，"梦落沧浪旧钓游"，通过自己的旧经历，说明到家生活的潇洒闲适。王偁也通过旧业、老菱花、鸥鹭、故人等意象设想归家后的快乐生活，诗云："旧业菱花老，秋风鸥鹭闲。故人能问讯，相见一开颜。"将断断续续的江南生活用勾连过去与将来的时间词汇串联起来，突出经过时间沉淀后家乡所具有的亲切感和重新获得乡居生活的珍贵感。杨斌也通过望江南、紫蟹银鱼、野桥篱落②等勾画赵友同日后的生活。但是，送行人又透露出官场客居的惆怅，如王绂

---

① 戴冠：《诸名贤垂虹别意诗并叙》，见《景印文渊阁四库全书》第 818 册，台湾商务印书馆 1986 年版，第214—215 页。

② 鹤城杨斌《玉壶秋水》云："宦游才赋望江南，紫蟹银鱼入梦甘。想得到家吟乐处，野桥篱落晚枫酣。"

强调"客里送君"，杨斌感慨自己"宦游"，由此，归家人的生活就成为整个送行队伍的共同愿望，正是宦海思恋山林的表现，又暗指赵友同的另一种性情。杨士奇曾经与赵友同是邻居，并在诗中提到他们过从密切，经常"书阁淹留""斋房夜谈"。杨士奇在赵友同墓志铭中还谈到"他沉实温雅，有行义，自其少笃志学问"①，求学宋濂，具文学才能，屡次被荐举，并担任《永乐大典》副总裁，与修《五经》《四书》《性理大全》等书，因母丧归家，卒于家，最终没有升任翰林。王绂送行诗云，"扁舟一个轻如叶，半是诗囊半药囊"，既刻画赵友同潇洒离去的背影，也指出他的御医身份，杨士奇挽诗云，"潇洒清风满素襟，况兼文采映儒林。圣朝贤达皆推毂，晚岁京华始盍簪"，正说明他清风素雅，受到朋友推崇的情形。

送别后的思恋通过吴淞的采菱歌声传递到送行人的心中，别具一格，李至刚诗云："汀洲杜蘅歇，南浦西风生。美人鼓兰楫，路指江南行。南行向何许，东望吴淞去。吴淞秋水多，绿遍芙蓉渚。渚外九龙山，山边三泖湾。人家临水住，日暮采菱还。采菱歌易断，送子愁零乱。愁来可奈何，思满江南岸。江南不可思，动子情依依。"诗人利用舟行，通过视觉的不断更新，点出江浦发舟，路经吴淞所见芙蓉渚、九龙山、三泖湾等地风光，形成自然的视觉节奏，到日暮时分，视觉节奏又被江南采菱的音乐韵律替换，而音乐声断恰恰阻止了韵律的延展，赵友同从归家的沉醉中惊醒，与送行人的离别之苦结合，回到送别场景，自然流畅，构思巧妙。诗人既利用视觉与听觉的共同性，又巧妙地抓住了声音的逆转，将归家的喜悦与离别的伤心结合，在诗歌中实现视觉与听觉的和谐。

## （二）包孕瞬间的"情与景"

垂虹别意是送别戴昭归休宁的图像，吴中名士沈周、文徵明、唐寅、祝允明、朱存理等三十六人题诗送别，集中表达了众人留恋惜别之情。图像中树木与远山均以水墨表现，树叶纷披，给人朦胧的秋江摇落之感，舟中人物采用龙眠体，姿态文雅。如果说唐寅用无声的笔墨传达留别深情，非常含蓄，那么诗人就抓住秋季的色彩、流水等意象来渲染离别之情。

沈周首先交代了饯别环境和饯别宴的情景，诗云："西望太湖山阁日，东连沧海地通潮。酒波汩汩翻荷叶，别思茫茫在柳条。更欲传杯迟判袂，月明倚柱唤吹箫。"垂虹桥位于太湖与东海之间，红日映山，潮水汹涌，荷叶杯一杯杯传递深情，柳树上的思恋茫然如潮水，最后，明月下箫声响起，离别在即。沈周将整个别思情绪与潮水、夕阳、柳树、美酒等具有流动特性的意象紧密结合，制造混融的情绪。

其他的送别诗部分集中在对送别环境的渲染，如"树声撼地天将雨""吹雨冷江枫""半江寒送蘋花雪""秋风振乔柯"，可知此次送别在秋雨中，诗人抓住对秋雨冷、寒的感触，将秋季江枫的红艳与蘋花的雪白进行对比，突出满江风雨，红残绿退，草木摇落的秋景，增强送别的依依不舍之情。部分诗歌集中利用流水、光、酒和色彩等意象的流动感、空阔感、绵延性来说明别意。如"垂虹桥下有流水，别意与之同此

---

① 杨士奇：《御医赵彦如墓志铭》，见刘伯涵、朱海点校：《东里文集》卷十八，中华书局 1998 年版，第 264 页。

深",寓意别意深;"情似三忠桥下水,远随君梦过钱塘",寓意别意长;"顾此垂虹影,种愁谁短长",寓意别愁长;"此日送君无限意,萧萧黄叶与丹枫",寓意别意之触目惊心;"酒拍拍兮满兕觥,君再饮兮延我情",寓意别意之浓。诗歌正好利用比喻的特性,将离别的无形情感多层次渲染为可以触及的景色,勾画出离愁别绪的"形象"。

### (三) 说理中送行叙事

沈周的送行图集中再现送别场景,送别的原因、结果、人物品格与观点都集中在诗文中。此类送别雅集的诗文言志倾向最明显,以议论为主,以抒情、象征为辅。典故作为事件被代入,服务于观念的表达。如在虎丘饯别中,沈周诗云,"况蒙宰执举,驰牒起告中",交代了文林受到荐举,被朝廷征召的情况。针对文林不愿出发,杨循吉劝云:"待铨京师者,羸骖往往是……况公有大才。其忍怀弗试。"还指出催饯是朋友的心愿,并用大鹰、鹏等意象象征文林的心胸和志向,用黄庭坚的政绩和烧笋故事鼓励他看淡功名,为民效力,等待升迁,所谓"暂屈非久淹,乔迁立堪俟"。送别之人的品格也用文字来补足,如"在集皆鸾鹄"。

### (四) 送行中的文化谱写与致政讽谏

吴伟的《词林雅集图》用白描的手法表现送别之际的集会和文人的高雅仪态,是古典图像的当代挪用,恰似诗引,将雅集的内容表现出来。《文会赠言》也比较特别,显然,罗玘无心交代图像表现的内容,而是将诗人注重历史文化名胜的游览与官员出佐名郡的行动结合,既为即将到来的游览生活增添历史色彩和风流意趣,又在游览中寓含讽谏,期望出佐官员做出业绩,流芳百世,可谓一举两得。如吴越在春秋是兵家必争之地,而今是"东南孔道",一定要防范贼夫利用要道,为乱作非。西湖上苏堤、岳飞墓、表忠碑都是激励臣节的榜样,一定要效仿。桐江的泰伯祠、明月泉在于诫贪官,倡廉洁。浙西是泽国,虽有鹅湖、剡溪、葛洪川等名胜,也要注重疏导,以利于民生。可谓步步比德,时时讽谏。诗人的歌咏也非常侧重将人格、气节、事功、娱乐结合在一起,突出宏大的气势和俊杰的人格。如李梦阳《钱塘》诗云:"钱塘八月潮水来,万弩射潮潮不回。使君临江看潮戏,越人行潮似行地。捷我鼓、旌我旗,君不乐兮君何为。投尔旗,辍尔鼓,射者何人尔停弩。涛雷殷殷蛟龙怒,中有烈魂元姓伍。"射潮是吴越最有特色的集体娱乐活动,使君的参与显然是与民同乐的表现,诗人又将气势汹涌的大潮比作蛟龙震怒,是伍子胥的烈魂,暗指使君的俊杰人格,非常贴切。又如陈沂《鉴湖》词云:"水荡成湖,湖开如鉴,因将鉴字名湖……使君来此地,老不相如,要使浇风净洗,封疆内,一点尘无。须知道,湖如堤姓,千载尚随苏。"鉴湖虽以形得名,但鉴即镜,如能浇风净洗,使得地方政治如明镜无尘,也可以如苏东坡筑苏堤,被千载传颂。浙西名胜颇多,诗人也追想流风余韵,如李熙《兰亭》、何景明《剡溪》分别引用王羲之兰亭修禊和王献之夜访戴逵的典故。《剡溪》诗云:"溪之水兮幽幽,谁与子兮同舟。舟行暮入山阴道,月濛濛兮雪皓皓。千载重寻戴逵宅,溪堂无人夜归早。乘兴而来,兴尽休,君不见,王子猷。"这几乎是戴逵故事的重写,仰慕之情溢于言表。当然,这次送别也流露出离别之悲,主要表现在王阳明的《西湖诗》中,云:"西湖我所思兮,山之阿;下连浩荡兮,湖之波。层峦复巘,周遭而环合。云木际天兮拥十峰之嵯峨,送君之迈兮我心。盘桂之楫兮兰之舟,萧鼓谢兮哀中流。湖水春兮山月秋。湖云漠漠兮山风飔扬。苏之堤兮逋之宅,复有岳魂兮山之侧。桂树团团兮空山夕,猿冥冥兮啸青壁。旷怀人兮水涯甘,倘恍兮新秋魄。君之游兮双旗奕奕,水鹤翩翩兮鸥凫泽泽。君来何暮兮去毋急,我心则恍兮毋使我吒。送君之迈兮我欲往。无翼鹰流声而南去兮,渺春江之豚豚。"王阳明此诗描写空阔浩荡的湖水、参天云木和回环闭合的山峦,营造空漠无主的环境,将送别情感推入不可把握的境界,暗含无可奈何的悲痛。萧鼓、兰舟、山风、山夕、猿啸、青壁、岳魂、秋魄,通过时令、历史人物直指离别的悲痛,表达欲往不能的悲哀。

## 四、送别雅集图的空间叙事

送别雅集图主要表现送别一瞬间的情境,图式相对固定,如《垂虹别意图》和《凤城饯别图》分别表现舟中叙别和亭中饯别的场景,作者依依不舍之情非常强烈。但艺术家还将送别看作连续的事件,试图兼顾多个空间。他们采用多空间并置、事件比例缩小的艺术手法来传达空间的变化。如沈周的《京江送远图》和唐寅的《金阊别意图》都表现送别场景,时间与空间关系却发生了变化,图像的物质载体卷轴和图中的物象共同诠释时空关系。从时间来说,随着卷轴的展开和画面中树木、桥梁等意象的推进,视点直抵雅集的顶点——送别。空阔、辽远的水域与角落中的人群也从空间上隐喻过去、现在与未来。从空间上来说,多个空间并存。在《金阊别意图》中,两个空间非常清晰,并逆转了时间顺序。按照正常逻辑,送别空间应该是当下,唐寅却刻意将其推远一步,与山脉和远水相连,似乎送别要被淹没,而金阊的繁华却采用近景渲染。根据题词,金阊繁华是离别人的政绩象征,送别实在不足悲伤。

时空关系的虚化为解构图像叙事性准备了条件。送别之人,尤其是在吴中送别雅集中,被送之人都是佐郡边远小镇的高洁士人,其人格也是画家颂扬的重点,往往用典型的意象和文化活动来表现。如沈周的《虎丘饯别图》重点表现四组人物结伴游览风景区,将临流、送别等文人意趣作为图像中心,葱郁的松树和盘旋而上的石板路既暗示了他们是杰出的人才,又祝愿文林步步高升。

在送别雅集图中图像与文学的关系也是既独立又融合的,文学一般通过特别的意象和以往的体验来抒发情感,诗歌通过超越时空的流动性和共通性,最大限度地触发参与人的情绪,表达留别之感,丰富了送别的文化韵味。参与人还发表议论,将不可明示的道理用简洁的语言表达出来,鼓励同伴奋发向上。图像恰恰抓住了可视的瞬间,极力渲染离别的情感,又通过空间的变化来呈现情绪的高潮点并强调人物品格的高洁。所以,不同语言形式,虽然不能完全对等,但正是侧重点的不同,呈现了更加丰富的送别雅集的图文关系。

# 第六章　明代高士文学与图像

中国的高士传统非常悠久，早在春秋时期，孔子就在《论语·微子》中云："逸民：伯夷、叔齐、虞仲、夷逸、朱张、柳下惠、少连。子曰：不降其志，不辱其身，伯夷、叔齐与！谓：柳下惠、少连，降志辱身矣，言中伦，行中虑，其斯而已矣。谓：虞仲、夷逸，隐居放言，身中清，废中权。我则异于是，无可无不可。"①孔子从行为特征的角度将逸民分为三类：坚守志向（道）、不仕二朝的隐士，以伯夷、叔齐为典型；清高绝尘，不言世务的捐狂之士，以虞仲、夷逸为典型；仕于朝廷，辱志却言合伦道、行中思虑的恬淡之士，以柳下惠、少连为典型。最后，孔子指出自己是"无可无不可"之士，即以义决定出处行藏。其实，基于出处，历史上主要有两类高士：隐逸高士（不介入朝政的隐士和对朝政有批判的捐狂之士）、庙堂高士（隐于朝堂和急流勇退的恬淡之士）。这两类高士都进行文艺创作（绘画、文学、书法等），形成以闲适为主的官场恬淡之仪和以清逸为主的林下萧散之韵。其中人物画和题画诗是直接展示两类高士风仪的作品，也发展了文图关系的类型，值得深入研究。

## 第一节　高士及高士图式概述

### 一、两类高士的发展概况

隐逸高士言语放诞，行为绝俗，是高士的主体，历来受到关注。除了伯夷、叔齐，汉光武时太原周党也是非常有名的高士。他受到征召，仅行跪拜礼，不行君臣礼，光武帝昭示天下，"自古明王圣主必有不宾之士。伯夷叔齐，不食周粟；太原周党，不受朕禄，亦各有志焉"，确定了隐居的合法性。② 魏晋时期社会混乱，很多士人守道保身，心迹超逸，迎来在野高士发展的高峰期。此时高士崇尚清谈，以批判的姿态对抗统治者的残酷暴行。竹林七贤的批判最为尖锐，如阮籍指斥司马氏"假廉而成贪，内险而外仁"③，嵇康针对司马氏假借仁义，提出"越名教而

---

① 程树德著，程俊英、蒋见元点校：《论语集释》，中华书局 2013 年版，第 1465—1472 页。

② 陈致平著：《中华通史》修订本第 2 册第 2 编《中古史》（上）《秦汉三国史》，黎明文化事业股份有限公司 1987 年版，第 270 页。

③ 嵇康：《大人传》，转引自郭预衡主编：《中国古代文学史长编 2》，上海古籍出版社 2007 年版，第 138 页。

任自然""薄汤武而非孔周"的口号,揭示了司马氏的罪恶行径。陶渊明也不为五斗米折腰,挂印归田,表达坚守道德的决心,其《咏贫士·袁安困积雪》云:"乌藟有常温,采莒足朝餐;岂不实辛苦? 所惧非饥寒。贫富常交战,道胜无戚颜。至德冠邦间,清节映西关。"①这批高士形成了一定的群体特征,刘义庆对谢鲲的描绘,"通简有识,不修威仪。好迹逸而心整,形浊而言清。居身若秽,动不累高"②,正说明林下之士注重才识、品德、清玄雅辩、放浪山林、不修边幅的特色。唐代高士多隐居终南山,力图通过隐居获得功名,最著名的是李白和卢鸿。李白先隐居终南山,后受到皇帝征召,但不满官场丑恶,对李唐王朝的糜烂腐败进行了无情的批判,最后高呼:"且放白鹿青崖间,须行即骑访名山。安能摧眉折腰事权贵,使我不得开心颜。"卢鸿不接受谏议大夫之位,朝廷筑草堂以全其志。宋元高士更多关注个人的生活体验,追求林下韵味,如林逋隐居孤山,终身不娶不仕,过着梅妻鹤子的生活。元代受异族统治,高士多居林下,其中倪瓒更广散钱财,标榜清逸,成为元高士的代表。明初朱元璋惩治隐居高士,高士大部分进入朝堂,但明代对士人的严酷打击,依然促使大部分士人留在林下。不过,明代高士一般都参与地方事务,宣扬道德,为地方做表率,其中以沈周和陈继儒最著名。沈周出生书画世家,受到元四家影响很大,但他积极参与地方事务,表彰地方有德之人,为地方文教做出了杰出贡献。陈继儒虽早年致力举业,但后来归隐山中,编撰地方志、组织赈灾、编撰大型类书,全活很多贫寒书生,为地方做出很大贡献,被称为山中宰相。明末清初也有一批高士,如傅山、黄宗羲等捍卫明政权,提出很多具有民主思想的新观念,为近代中国变革提供了一些理论支撑。总之,在野高士或批判社会,或积极参与地方事务,是古代社会发展的反向动力,也是古代知识分子追求精神自由和人格独立的独特表现方式。

退隐山林和在朝做官是盘桓于古代士人心中的两种对立的政治立场,对应着自由与奴役两种生存状态。一般来说,立场决定了生存境遇,但有一部分士人进入官场后,依然追求精神自由,于是就出现了庙堂高士。严格来说,庙堂高士是林下高士的延伸,但特殊的环境也滋生出特别的高士形态,值得疏解以窥概况。最早提倡隐于朝堂的高士是东方朔。东方朔以滑稽排忧取悦于汉武帝,深得汉武帝的宠信,提出"陆沉于俗,避世金马门。宫殿中可以避世全身,何必深山之中蒿庐之下"③的观点。魏晋时期,谢安借助高卧以待时机,为后世失势官员暂时隐居林下树立榜样。谢朓出任宣城太守,一方面敦本均业,充实地方仓廪,一方面终隐南山,看谷口闲云,高唱"既欢怀禄情,复协沧州趣"④,为后世外出为官,以闲适为乐树立了榜样。隋唐时,王维筑辋川别业,冥会玄旨。白居易受权贵排挤,提倡中隐。他认为中隐隐在留司官,既免于饥寒,又清闲自在,可自由赴宴、登山、游园、高卧,尽

---

① 何怀远、贾韵等主编:《陶渊明诗集》39,远方出版社 2006 年版,第 262 页。
② 刘义庆编:《世说新语》,岳麓书社 2016 年版,第 189 页。
③ 东方朔:《避世歌》,见周秉高编:《全先秦两汉诗·两汉卷》,内蒙古大学出版社 2011 年版,第 531 页。
④ 谢朓:《之宣城出新林浦向版桥》,见萧统:《昭明文选》,吉林人民出版社 1998 年版,第 518 页。

享闲适之乐,又兼具出处二端①。苏东坡是庙堂高士的集大成者。他深慕白居易、陶渊明的田园乐趣和闲适精神,追求王维清新自然的文艺风格,积极与门徒、官员唱和,品鉴古玩,形成雅集群体,使自娱自乐转化为群体之乐,苏轼参与的西园雅集更是官场文人雅集的典范,被不断模仿。元代高房山、赵孟頫继承苏、白恬适精神,并精于画艺,《云林论画》云:"房山高尚书,以清介绝俗之标,而和同光尘之内,盖千载人也。僦居余杭,暇日策杖携酒壶诗册,坐钱塘江滨,望越中诸山,冈峦之起伏,云烟之出没,若有得于中也。其政事文章之余,用以作画,亦以写其胸次之磊磊者欤!"②明代社会稳定后,三杨、李东阳均以苏、白为榜样,提倡闲适的官场生活,图写当朝太平气象,树立官场文人的新仪范,是明代特有的朝隐现象。晚明朝廷屡次被奸臣、宦官把持,有志之士大多退隐林下,庙堂高士也游离在山林与朝廷之间,提倡陶弘景③的闲适之乐,又追求倪云林的清逸,出现了一批在审美境界上推崇清泠之境,在生活趣味上提倡闲适安乐的新高士。总之,庙堂高士是一批安于朝堂,享受闲适之乐,又胸怀抱负的高士。他们尽力实现为国为民的抱负,又提倡恬淡的文化生活以解脱政治的烦劳,宽慰失意的人生。

高士类型的发展伴随大量文艺活动,也催生了大量作品。其中典型的文化活动如宴会、抚琴、品茗、游春、歌吟、听泉、看瀑、骑驴等为艺术家积累了大量素材,也代表了高士的形象,寄托了高士的志意,象征高士的社会身份,被历代文士传承和更新。随着人物画(包含肖像)的发展,还出现了大量画像和题画文学,展示高士风仪,言说高士志向。我们将简单梳理此类图像的发展情况。

## 二、历代高士图

历史上留下了大量的高士图,一般可以分为人物画和肖像画④。两者主要是描绘人物风仪的图像。但人物画的发展比较复杂,描绘高士的图像早期以传神为主,后期渐渐发展为用特定的意象暗示高士的胸怀、志向,高士也成了点景人物,所以,高士图的发展介于山水画和人物画之间,出现了特殊的高士图。肖像画的发展

---

① 白居易:《中隐》:大隐住朝市,小隐入丘樊;丘樊太冷落,朝市太嚣喧。不如作中隐,隐在留司官。似出复似处,非忙亦非闲。不劳心与力,又免饥与寒。终岁无公事,随月有俸钱。君若好登临,城南有秋山。君若爱游荡,城东有春园。君若欲一醉,时出赴宾筵。洛中多君子,可以恣欢言。君若欲高卧,但自深掩关。亦无车马客,造次到门前。人生处一世,其道难两全;贱即苦冻馁,贵则多忧患。唯此中隐士,致身吉且安;穷通与丰约,正在四者间。(中华书局编辑部点校:《白居易集》,中华书局 1979 年版,第 490 页。)

② 俞剑华编:《中国画论类编》,人民美术出版社 1986 年版,第 702 页。

③ 陶弘景既渴望山中自由,又愿意为朝廷出谋划策,当梁武帝屡次征召他时,他画二牛明志,号为山中宰相。画二牛,一以金笼头牵之,一则逶迤就水草,武帝知其意,不以官爵逼之。朝廷有事多就而询之,号山中宰相。

④ 在中国古代,肖像画包含在人物画中,但是肖像画一般是针对某些真实存在的人物创作的,但一些想象性的人物也可以归入某些肖像画中,特别是历代帝王的画像,很多都是想象性图像。并且,中国肖像画很多也不是写实的图像,在技法上白描、写意兼而有之,相似程度远低于西方,所以肖像画也是人物画之一。更加准确的理解是,人物画和肖像画在中国古代均是对有一定地位、名誉的人物的描绘,更加侧重表达人物的精神世界。所以,下文也按照后一角度论述这些图像。

历史悠久,早期主要用于国家表彰功臣,后期发展出很多私人创作,展示高士风采。就审美思想来说,两类高士是以下两种意识的反映:一是表彰高士德行,图画麒麟阁,表达对流芳百世的不朽诉求;一是不受约束,坚守出处志意,追求自由精神的超脱梦想。高士图也由此分出两类:一类侧重表现彬彬君子的风采,一类侧重表现闲适官员的高迈情怀。下文分两类简单梳理。

### (一)隐逸高士

隐逸高士是高士图的重要类型,历来成为研究者关注的焦点。魏晋时期,人物品藻盛行,在野高士的外在气象成为品藻的重点,也是高蹈人格的象征,如嵇康"为人也,岩岩若孤松之独立;其醉也,傀俄若玉山之将崩"①。同时,画家(如顾恺之)注重画中人物眼睛的传神和姿态的高雅,将谢幼舆画在山水间,塑造了早期高士的形态。顾恺之还绘制《斫琴图》,再现高士制琴的场景,反映了文人高雅生活的一个侧面。画像砖《竹林七贤与荣启期》也选取了七贤的典型特征,展示他们的林下风采。

唐宋时期高士的轶事很多,如孟浩然骑驴行吟、李白庐山观瀑、陆羽煎茶、张志和垂钓、林逋戏鹤等,画家也将这些高士的活动作为母题,反复表现闲居林下的高士风采。宋代苏轼提倡包含常理的士气画,追求"笔简形具,得之自然"的淡逸②。宋徽宗受到士夫画影响,召米芾指导画院画家,为院画融入诗意境界。李唐、马远、夏圭、刘松年创作的大量高士图正是这种思想影响的结果。代表作品有李唐《清溪渔隐图》《竹阁宴宾图》《坐看云山图》、马远《山径出行图》《松下闲吟图》、夏圭《临流抚琴图》。这些作品大多内容单一,如李唐《策杖探梅图》表现拖枝梅花初发,一人策杖过板桥去寻梅;在马远《松下闲吟图》中,拖枝高松下,一人倚阑看远方。这些图像多采用比喻手法,配有拖枝植物(如虬松、梅花、柳条),树干弯曲,根节爆出,以显示人物的遒健品格,环境清雅,是诗意画的重要类型。

元代高士图形态丰富,既继承了传统,也开创了新形态。新形态主要受到高逸思想的影响,其中最著名的是倪瓒和黄公望提倡的高逸之隐。倪瓒云:"余之竹,聊写胸中逸气耳,岂复较其似与非,叶之繁与疏,枝之斜与直哉?或涂抹久之,它人视以为麻、为芦,仆亦不能强辨为竹。真没奈览者何?但不知以中视为何物耳。"③黄公望《写山水诀》亦云:"画一窠一石,当逸墨撒脱,有士人家风,才多便入画工之流矣。"④逸是士家风气的代名词,代表一定的文化教养和社会阶层。由此,新形态主要表现为三类:第一,以山水表现为主,将高士形象融入山水中,力图营造生活格调与韵味。如钱选《幽居图》中的空阔水面、远山云霭,渲染了烟

① 刘义庆编:《世说新语》,岳麓书社2016年版,第241页。

② 参见苏轼《净因院画记》中相关论述。孔凡礼点校:《苏轼文集》,中华书局1986年版,第367页。

③ 倪瓒:《跋画竹》,见江兴祐校:《清闷阁集》,西泠印社2010年版,第302页。

④ 黄公望:《写山水诀》,见俞剑华编:《中国画论类编》,人民美术出版社1986年版,第698页。

江浩渺之感。王蒙《春山读书图》采用勾皴结合的手法展示了鳞松的苍老,细密的点苔和疏朗的皴线展示了山脉的明朗、阳光和水岸的幽隐气息。徐贲《峰下醉吟图》采用干笔和淡皴既回顾了云林传统,又展示了水榭闲谈、云绕秀峰的疏朗秀丽环境。这些图像趋向于在笔墨趣味中生成空间,更加形式化和平面化,力图用一些约定的空间标记来重组空间,是形式与想象力结合的产物。但是画家采用走向山林的人物,制造空间假象。第二,通过相关景物象征高士品格。画家大多描绘渔舟、芦苇、鸥鹭、丛篁、松石、云霭。如高克恭《春云晓霭图》描绘横桥坡陆下渔船待发,古树下山菌生长。背后流泉、寺庙,云绕山峰。倪瓒高士图物象更加简化,空亭、板桥、坡石、丛篁、枯树、流泉是其主要表现对象。在空间上,高克恭力图将真实与幻觉结合,营造高士的生活环境,如积墨皴面,山上小矾石稍染赭黄,充分再现光线的阴阳向背和山石毛茸茸的生机。倪瓒通过折带皴、干笔,展示悠远空灵的隐士空间。画家们大量题诗于画上,其图像的意义更多来自对诗文的阐释和表现对象的文化意涵,是心灵空间。第三,将高士雅趣与乡人生活放在一起,写山川渔乐之盛。如赵孟頫《鹊华秋色图》表现济南郊外鹊山、华不注山的乡居风貌。徐贲《山水长卷》主要通过文化象征来创造空间,开卷即用云林亭、芦苇人家、流泉、归来行人组构近景山居空间,然后是渔舟、策杖访友、流泉、归人、云山将空间拉向远方,再往后是平地、征帆、云林亭、水榭、桥梁、寺庙,创造渡口空间,最后是寺庙与云山,空间被推向仙境。画家在拉远、推进、仰观、俯察中展示乡居群落,力图创造应接不暇的"山阴道",又通过留白与淡皴在变化中统一形式空间,所以,任何一个物象都力图作为一种观念而存在。总之,元代是高士图重要的转型期,高士风仪不是画家关注的焦点,高士品格成为画家关注的焦点,品格的表达又通过形式创新(皴法、笔墨、色彩、空间)再现文化象征符号来实现。所以,元代高士图是绘画语言革新的产物,其表意系统也走入符号化进程,摒弃形似,追求品位与格调。

　　明代高士内涵的确立通过检视元四家艺术,品定其文化价值来引导当朝士人圈的建立。其中对倪瓒的评价贯穿始终,可见明代士人的人格理想。沈周《仿倪瓒画》云:"云林在胜国时,人品高逸,书法王子敬,诗有陶韦风致,画步骤关仝,笔简思清,至今传者,一纸百金。后虽有王舍人孟端学为之,力不能就简而致繁劲,亦自可爱……性甫谓为云林亦得,谓为沈周亦得,皆不必较,在寄兴云尔。"[①]高逸是倪瓒人格的主要特色,简略而清苍的笔法正是高逸精神的表现。但是,沈周并没有对高逸作清晰的价值判断,而是说自己的模仿是为了寄兴,将逸转化为抒发情感的寄兴过程,显然有意回避倪瓒的清泠傲气。董其昌认为倪瓒之逸品恰是超出规矩之外、古淡天然的杰作:

　　迂翁画在胜国时可称逸品,昔人以逸品置神品之上,历代惟张志和可无愧色,宋人中米襄阳在蹊径之外,余皆从陶铸而来。元之能者虽多,然禀承宋法,稍加萧

① 沈周:《仿倪瓒画》,见张照:《石渠宝笈》卷六,《景印文渊阁四库全书》第824册,台湾商务印书馆1986年版,第182页。

散耳。吴仲圭大有神气，独云林古淡天然，米痴后一人也。①

虽然各家有一些不同，但清、雅、简、古、淡、天然是明代士人对倪瓒作品的基本认识，并成为明人标榜清雅生活的标志，一直被明人追捧。明代前期，鉴赏家大量收罗倪瓒的作品，如朱性甫、吴宽、沈周均收有仿倪瓒的作品，或说明吴中隐士保持志意的清高，或反映翰林的庙堂清气。明末，董其昌又反吴派甜俗，再推崇平淡古雅的倪瓒之清，以保持翰林的清雅气韵。明代新的高士图也是在模仿倪瓒图像风格的基础上发展而成，但明代画家的清雅中更强调士气，将气势和矫健的力量融合于文雅的形式，使得艺术情感转向阳刚坚韧，显出新的时代气象。

明代高士图的类型多样，主要有吴中隐逸高士图、山人高士图、亡国高士图。吴中高士图以表现人物隐逸生活为主，整体趋向刚健，但受到画家性情的影响，各有特色。明代后期曾鲸创立了波臣派，以渊雅质朴的山人为表现对象，再现了山人高士的风貌。陈洪绶于动乱、亡国之际，创作了大量坚守中华文化的闲赏高士图，抒发亡国之恨，捍卫士人精神，争取民族自由。这三种高士图是明代高士图的主导，或继承元末画风，将高士展示在山水风景中，如沈周的《庐山高图》，画家将陈宽放在想象的庐山风景中，表现陈宽胸中蕴含宇宙生机，昂藏老健的气势。或以描绘人物林下风采为主，展示他们典型的文化活动和文化观念，如曾鲸的《沛然图》表现沛然执卷坐在榻上，面前的荷叶盏中盛着汤，背后镶嵌云山石屏的凳子上放着珊瑚枝，湖石上放着茶盏，显出人物独特的文化气质。或以高古奇骇的形象表现人物内心巍峨伟岸的风姿和捍卫华夏正统的抖擞精神，如陈洪绶的《品茶图》表现两高士着大袖衫和襦裙坐在石凳上赏荷花、品茗，几案上荷花盛开，茶壶下火心袅袅，营造静中显动的品茗环境，人物衣服硬挺，身躯高大，形象古怪，伟岸奇骇中透露出人物的高古刚毅气质。这三种图像也是明代画家放弃元代高士图清泠闲适的林下气韵，突出士人内心气势和矫健力量的表现，显示了明代高士更加强烈的责任意识、坚定的文化趋向和明确的文化人格。

## (二) 庙堂高士

庙堂高士图起源很早，秦汉时期朝廷就邀请画师为功臣画像，欲使之流芳百世。官史也在墓葬中绘制壁画，其中和林格尔汉墓壁画反映了官员的一生宦迹，展现了官员日常生活的场景，相应的榜题介绍了画面中的场景。汉画像中也有很多描绘高士的图像，如武梁祠中表现孔门弟子的画像，展示了孔门弟子的彬彬风采，并将名字写在人物的上方以便识别。这种将人物与题榜结合的方式在庙堂高士图中非常流行，也是展示在朝高士风采的主要途径。

隋唐之际山水画兴起，出现了在山水中展示高士情怀的高士图。如隋代展子虔的《游春图》，图中人物或骑马，或临水，房屋敞开，树木开花，春水融融，正是游春的大好时节，有力衬托了高士的闲情。唐代崇尚武功，画家绘制十八学士图，将图

---

① 董其昌：《容台别集》，见邵海清校：《容台集》，西泠印社出版社 2012 年版，第 687 页。

画麒麟阁的功名宿梦和十八学士登瀛洲的闲适之乐结合,是上流社会典型宴乐形式的表现。白居易追求平淡闲雅的知足之乐,晚年结社林下,歌颂太平光景,被后代不断模仿,留下了大量香山九老图。宋代苏轼、王诜、米芾也集聚西园,赏鉴古器、写字、作画、谈禅、吟诗,将官场的富丽之乐转化为园中的清雅之乐,园中清赏成为新的娱乐式样,流行于上层社会。苏轼强调士气,清雅中有几分阳刚精神。历代西园雅集图清雅中有阳刚,正是苏轼将士气与韵味结合的表现,如刘松年的西园雅集图。宋代马远受到诗意化绘画风格的影响,创作了《华灯侍宴图》表现杨家兄弟伺宴宋宁宗的场景,将夜间雨过后宫廷外朦胧的云气与华堂内谨严的宴乐结合,说明君臣同乐的太平气象。总体而言,这类高士图以展示群体风采见长,娱乐活动包含文艺观念,表现为文会图或雅集图,此类内容已经在雅集图中探析,这里只是简要介绍以说明图像之间的复杂交叉关系。

明代是高士图的繁盛期,其中庙堂高士图形式变化较多,主要有朝服像和野服行乐图。朝服像以像赞明志,野服像多表达清雅的文艺生活观念。早期庙堂高士借助元四家笔法来表现山林思绪,王绂①是最重要的代表人物,创作了一批高士图,如《秋亭远岫图》由王绂、王达②、韩奕、梁用行、王汝玉③五人题写,均感慨归去不能,只能在庙堂看山水,以解乡思。王绂云:"相看未遂还山约,宜复年来写画图。"王汝玉云:"天恩倘赐悬车日,拟向溪头泊钓船。"宣德、正统年间雅集盛行,写影也成为官员热爱的活动,出现了一批雅集图像,兼具一定的肖像性,其中《甲申十同年会图》是一幅肖像图,再现了翰林风貌,也是早期官场高士的代表作。成化、嘉靖年间,还出现了一些官员画像,如王鏊的蟒袍像、顾璘的朝服像等代表了这一时期官员高士图的面貌。万历以后,波臣派兴起,创作了不少官员的肖像图,如董其昌、陆树声、侯峒曾的肖像具有代表性,但受到清玩风气的影响,此时期官员采用野服图像的比较多。官员也热衷以野服像表现自我的精神面貌,如王锡爵、董其昌、陆深就有多幅野服像,并写像赞说明自己的人格内涵。

高士图的形式一直在变化中,但炫耀功名、鼓吹闲适的乐趣一致。明代庙堂高士形象是集合历史元素、逐步整合的结果。明人将形式与内容的关系适度调整,显示更加明确的象征意味。这种象征意味主要通过写真图与像赞来实现。明代庙堂高士有丰富的像赞,既能对自我形象进行想象性描绘,又能说明自我的人格观念。高士写真图除了相貌描绘准确,更多渲染人物的衣饰风采,尽量纳入更加丰富的文化内涵,实现了高士形象的观念化和观念的视觉化表征密切结合。

---

① 王绂,字孟端,无锡人。永乐初以善书荐,供事文渊阁,拜中书舍人。王绂的画风过渡性明显,与谢缙、徐贲、沈贞、杜琼等吴派先驱的画风相似,也是吴派绘画的先驱之一。(孙岳颁:《御定佩文斋书画谱》卷四十,见《景印文渊阁四库全书》第820册,台湾商务印书馆1986年版,第588页。)

② 王达,字达善,无锡人,翰林编修。参见孙岳颁:《御定佩文斋书画谱》卷四十,见《景印文渊阁四库全书》第820册,台湾商务印书馆1986年版,第587页。

③ 王璲,字汝玉,以字行,号青城山人。官翰林检讨,直内阁,能书。参见孙岳颁:《御定佩文斋书画谱》卷四十,《景印文渊阁四库全书》第820册,台湾商务印书馆1986年版,第590页。

## 第二节　庙堂高士与像赞

我国有非常发达的衣冠文化,其根据是礼,其表现是纹饰,主要通过具体的服饰和面貌说明人物的内在追求。礼本身也是纹,其内涵还通过经文加以说明与规定,所以,礼有两个表现媒介:一是图像,一是文或说赞等。如果说图像是虚指,那么赞就是实指,但是赞的抽象实指无法将礼的内涵清楚表达出来,所以图像辅助赞成为第二媒介。由于时代变迁和思想文化意识的变化,礼与服饰都变得模糊了,需要我们再次说明这些现象。下面我们先介绍明代的像赞图式。

明代画坛肖像技术更加成熟,画家奔走于官场,创作了大量的官员肖像图。从流传资料可知,写像的目的在于表彰像主的德行、功业,表达其志向。如杨士奇生前有多幅肖像图,《东里集》记载有《自题小像寄乡邑亲故》《自题东皋小像》《自题朝服像赞》《自题待漏像》《自题侍教像》,杨士奇还为同僚、朋友题写像赞,如《杨学士像赞》(像主杨荣)、《李君时勉像赞》(像主李时勉)和《谢廷循像赞》(像主谢环)。虽然这些肖像图内容多样,但可以归结为朝服像和行乐图两大类。朝服像表现官员穿戴朝服的瞬间形象,有全身像、胸像等。行乐图是将官员绘制在山川或庭院中,从事比较清雅的文艺活动,如弹琴、品茗等。下面以朝服像和行乐图为线索勾勒明代官员肖像图的图式发展过程。

### 一、庙堂高士图式

朝服像是严肃的肖像形式,像主一般穿朝服,或立,或坐,展示某一瞬间的形象。目前见到表现明代初期官员风仪的朝服像中比较著名的是《全思诚像》(图 6-1)。全思诚洪武十六年(1383)以耆儒身份被征为文华殿大学士,年九十余,是文人仕途显赫的表现。图像表现全思诚戴着展角幞头,着盘领宽袖紫袍,蓝色补子下系腰带,垂牙牌和牌穗。面着神灼,手执牙笏,脚穿蓝色鞋子,略作仰视,俨然是授官面圣的场景。幞头、补子、盘领袍和玉带是明代朝服的主要形式,这幅图像以三物入图,展示了明代官员上朝的典型风貌,也是朝服像的主要图式,被很多画家采用,成为明代朝服像的典型代表。

沈度是明初重要的书法家,台阁体的代表人物,受到皇帝宠爱,他的朝服像《沈度像》(图 6-2)表现沈度头戴黑幞头,身穿圆领红色大袍,胸前绣仙鹤绕祥云的补子,一手扶着膝盖,一手按着鞓带垂下的坨绳,端坐在高椅子上。他胡须花白,虽面容丰满,但有老年人的皱纹。显然将沈度表现为和蔼慈祥的明代高官。

明代吴中地区人才辈出,官员肖像也多有流传。其中吴宽和王鏊两位高官的朝服像可为代表。《吴宽像》(图 6-3)表现吴宽着圆领红袍,坐在圆凳上,笼手而

图6-1　全思诚像,徐璋,南京博物院藏

图6-2　沈度像,佚名,南京博物院藏

图6-3　吴宽像,佚名,南京博物院藏

坐,胡须花白。王鏊朝服像颇多,现存一卷(图6-4)表现他担任编修、少詹、少宰、太傅时期的白描肖像。图中王鏊戴着幞头,着红色盘领袍,胸前绣麒麟补子,腰胯革带。面部丰腴,胡须花白,或袖手而立,或手执牙板。显得文质彬彬。王鏊还因受到皇帝的特别褒奖,留下《蟒服像》(图6-5)。图像表现王鏊戴展角幞头,丰面浓须,身穿花蟒纹圆领袍子,袍子上祥云缭绕,手执玉带,坐在椅子上。身形高大,庄严华贵。

明后期松江地区经济文化发展很快,出现了多位宗伯、首辅像。其中徐阶、王锡爵和董其昌是代表。徐阶留下多幅图像,其中徐璋的《松江邦彦图·徐阶像》描绘徐阶着交领红色青缘长袍,腰间垂带,头戴七梁冠,手执牙板,胸前垂蔽膝,腰侧佩珠串组玉,内穿浅绿色长袍,脚穿绿底红花文履。面带笑容,款款而来,宗伯燕居风采跃然纸上。董其昌是明后期非常重要的艺术家,位列尚书,倡导清雅的高士生活,其肖像图(图6-6)留下了当时官场高士

图6-4　王鏊朝服像,佚名,藏地不详

图6-5　王鏊像,佚名,南京博物院藏

图6-6　董其昌像,徐璋,南京博物院藏

的风采和文化韵味。从服饰上看,董其昌头戴梁冠,手执牙板,身着交领宽袍,腰胯玉带,是官员着宴居常服的形象。而他的交领大袍,黑色青缘,蓝色垂带非常飘逸,显然受到名士风气的熏染。总体而言,明后期图像风格由严肃趋向潇洒,显示了官场肖像图的新变化。

行乐图是官员追求恬适隐逸生活的表现,是流行的官员肖像图。由于人物身份和从事的活动不同,行乐图表现内容丰富多样,高雅趣味浓厚。现存较早的有一定行乐性质的图是姚广孝的僧像图。姚广孝(1335—1418)以高僧身份辅助朱棣立下基业,但不愿还俗,出入朝堂和寺庙间,《姚广孝像》(图6-7)是御赐真容像,表彰目的很明显。明代将僧人分为禅、讲、教三类,并规定僧人的舆服形制。其中禅僧的舆服为:

图6-7　姚广孝像,佚名,清宫旧藏

茶褐常服，青绦，玉色袈裟。《姚广孝像》中姚广孝身穿茶褐色常服，披玉色袈裟，系青绿色绦带，所佩大玉环上镶嵌金饰，袈裟边缘为云纹图案，似是金线绣成。显然符合舆服规定。但姚广孝的动作举止更具僧人特色，图中他盘膝坐在交椅上，一手执尘尾，一手结说法印，直视前方。交椅上绘制大量宝相花，显示佛教的清净庄严，也是文人清雅闲适的表现。受到朝隐思想的影响，官员还愿意着朝服活动于山川中。如《沈度像》（图6-8）中，沈度身穿盘领红色大袍，胸前绣仙鹤绕祥云的补子，手执玉带，缓步行走于松下，一只仙鹤对着沈度鸣叫，非常闲适。当朝大臣归家后，也乐意表现宴居风貌。如《王鏊像》（图6-9）表现王鏊头戴东坡巾，外罩青缘绿色背子，内着白色交领长袍，拱手而立，身体微胖，胡须花白，荣休闲适意味浓厚。明后期名士风气兴盛，荣休官员也乐意追随名士风流。王锡爵归家后就展示了这种名士风流。《王锡爵像》（图6-10）表现在竹林和桐树组成的阴凉窝棚下，王锡爵侧坐在蓝底粉花毯上，背靠红色几，侧身看着池塘中的荷花，身着浅黄色青缘短袍，内着交领白袍，一手执鹅毛扇，前面红色几上放着书、盏、瓷器、铜壶。童子于一旁煮茶、携琴。显然王锡爵正在从事流行的林下清课。明末社会混乱，官员大多隐居山间。董其昌和李日华留下了这种肖像。曾鲸为董其昌创作的肖像中，董其昌着布袍缓缓行走在松树下，陈裸《李日华像》则将李日华置于鹤飞禅境中，表现李日华着交领大袖宽袍，手持尘尾，步行走过松间，童子荷锄负斗笠跟随，横桥下水流潺潺，远处坡岸下白鹤掠过水面，闲适滋味浓厚。

图6-8　沈度像，佚名，南京博物院藏

　　此外，明代雅集非常盛行，宴会中也请画家绘制图像，具有肖像特色的图像有《杏园雅集图》《甲申十同年会图》和《五同会图》。三图在雅集图中被使用过，此处仅仅截取人物形象说明翰林的面貌。《甲申十同年会图》是画家专门面对人物摹写的肖像图①，重点刻画高官的面貌与仪态，是明中期重要高官的形象代表。根据李

① 焦芳因为出差不能来，还特意留下旧照，以备画家采用。参见李东阳：《甲申十同年会图记》，见《中华传世文选·明文在》，吉林人民出版社1998年版，第293页。

图 6-9　王鏊像,佚名,藏地　　　　图 6-10　王锡爵像,佚名,藏地
　　　　　不详　　　　　　　　　　　　　　不详

东阳《甲申十同年会图记》记载,图像分为三组,可以进一步认清像主及其面貌:

> 图分为三曹,自卷首而观,其高颧多髯,髯强半白,袖手右向而侧坐者,为南京户部尚书公安王公用敬;微须鬓斑白,耸肩高耸,背若有负而中坐者,为吏部左侍郎泌阳焦公孟阳;微须多鬓白氄氄不受栉,面骨棱层起,左向坐,右手持一册,册半启闭者,为礼部右侍郎掌国子祭酒事黄岩谢公鸣治。又一曹,微须颀面,笑齿欲露,左手握带,左向而坐者,工部尚书郴州曾公克明;虎头方面大目丰准,须髯微白而长,左手携牙牌,右握带,中左坐者,闵公也;白须黎面,面老皱,两手握带,中右坐者,工部右侍郎泰和张公时达;无须颀面耸肩袖手而危坐,且左顾者,都察院左都御史浮梁戴公廷珍。又一曹,为户部右侍郎益都陈公廉夫者,面微长且颀,眉浓,须半白,稍右向而坐;为兵部尚书华容刘公时雍者,面微方而长,须鬓皓白,左手握带,右手按膝而中坐;予则面微长而臞,髭数星白,且尽中若有隐忧,右手持一卷,若授简状,坐而向左,居卷最后者是也。[①]

李东阳特别关注人物的面貌,如胡须、面色、皱纹,突出人物的老态。为了区别,还将人物位置(中坐、左坐、右向)和姿态(执卷、袖手、危坐、执牙板)细致描绘出来,显然在于塑造高官的耆俊面貌。细对图可知,画家还特别突出了人物的衣饰、姿态。人物均着盘领常服方补子袍,戴幞头,束玉带,端坐在椅子上,显得非常庄重。如王轼着蓝色圆领大袍,配鞓带垂蓝白相间坨尾于腰侧,前胸方补子绘锦鸡,

---

① 李东阳:《甲申十同年会图记》,见《中华传世文选·明文在》,吉林人民出版社1998年版,第293页。

脚蹬粉底黑履,神情简淡。闵珪着红色大袍,手执腰带,胸前配妆花兽纹补子,目光前视,专注而威严。刘大夏红袍中用妆花仙鹤补子,手执腰带,胡须花白,面带笑容,非常慈祥。谢鸣治着蓝色圆领大袍,胸间绣妆花孔雀补子,一手执书,一手扶着膝盖,眼睛平视,俨然读书人。李东阳眉头紧锁,执卷扶膝,蓝袍加身,似乎有些忧虑。整体来看,这卷图像刻画了三类人:饱读诗书的高官(谢鸣治、李东阳),慈善和蔼的长者(刘大夏、王用敬),威严伟岸的执法官(闵珪)。

总之,明代官员肖像图主要选取常服、特定动作展示明代官场高士的风采。随着文化风气的变化,前后略有不同。前期以常服为主,侧重表现官员高大庄严的正面形象,后期以燕居服为主,侧重表现官员逍遥林下的名士风采,昭示晚明文化新风。

## 二、文官人格的意识形态内涵

庙堂高士承载着国家大计,是国家仪范的直接表现,他们的服饰是某种观念的象征,所以这里主要存在图像与文学发展意义上的先后关系,在逻辑上二者都服务于图像与文学的"思"。这些思在图像理论中解释得更加成熟,涵盖面更广,下面采用图像理论加以说明。图像理论认为图像包含了复杂的信息,一方面是图像的外延,另一方面是图像的内涵。图像的外延是借助"自然之眼"(潘洛夫斯基语)得以识别的图像形式。图像的内涵深深植根于文化传统中,形成特定的场,在特定的人群中激起丰富的想象力,产生丰富的内涵。[①] 接收者面对图像,不仅分辨图像符号的语义,还将符号加起来形成总的语义。[②] 这种总的语义就是罗兰·巴特所说的特定的意识形态。由于图像的接收总是特定个人的行为,表现为独特的语型,所以意识形态又以个人反应为前提,引导着、控制着个体语型的发展。[③] 中国肖像图也是在特定意识形态与个体语型的关系中发展起来的。中国思想界主要存在儒释道三种思想,每种都有特定的人才理想。肖像图的意识形态正是三种人才观念的表现。总体而言,儒家确立的人之品德是历来官方规定的理想人才标准,这也是肖像图意识形态的主要特征。但当统治阶级思想开始松懈,或者文官归隐、致仕后,朝廷的限制放松,他们受到其他思想的影响,出现人才观念融合的局面,与此相应,肖像图的观念也出现融合的趋势,如魏晋南北朝、明末三教汇合时期,文人更加崇尚自由的精神境界,推崇仙佛儒结合的新人格。

儒家人格的根本目的是成就功名,修养德行。相应的,儒家在绘画中强调"成教化、助人伦"的社会功能。《孔子家语·观周》记载孔子观明堂,看到门墙上"尧舜之容,桀纣之象,而各有善恶之状,兴废之诫",还指出"周公有大勋劳于天下,乃绘

---

① 艾柯著,刘儒庭译:《开放的作品》,新星出版社 2005 版,第 38 页。

② 同上,第 43 页。

③ 同上,第 46 页。

象于明堂"①。可知,圣贤肖像在春秋已经成为褒善诫恶、表彰功勋的重要手段,发挥着特殊的社会作用。西汉宣帝更派人将霍光、张安世、苏武等十一位功臣的肖像图绘在麒麟阁。东汉明帝在云台绘制开国二十八将,《论衡·须颂篇》云:"宣帝之时,画图汉列士。或不在于画上者,子孙耻之。何则?父祖不贤,故不画图也。"②可见,朝廷借助功臣形象表彰勋业,并在士人心中形成评价"贤与不贤"的标准,树立以"功名为贤能"的意识形态观念。功臣像成为身份、地位的象征,并深入士大夫心灵,成为历代士人塑造自我人格的典范。宋代也在显灵宫、显谟阁绘制功臣像、辅臣像配享帝王,并提出"元勋重望,始终全德之人"③才可配享宗庙的标准。明代远宗汉唐,近续宋元。开国后朝廷建立功臣庙,配享功臣,组织绘制了帝王图、贤臣图,为明代肖像图成为意识形态表征奠定了基础,也确立了明代典型的肖像图式。由于明代配享制度重视武臣,终明代仅有姚广孝和刘基二位以武功著称的文臣获得配享的殊荣。但配享"表彰功臣,名义永不磨灭"的宗旨还是在文臣中引起了共鸣。大量文人为广孝像题赞,丘濬和夏言均为文臣争取配享,正说明他们内心的渴望。或许正是守成之明良不能入太庙,才促使大量文臣举行雅集、绘制肖像,表达他们内心对自我风采的肯定、功勋的颂扬,进而塑造特殊的群体人格。官员肖像画在图式和内涵上继承了官方图绘的相应部分,又显示了不同的特征,正说明明代官员肖像的发展是明代绘制肖像功臣、表现国家意识形态的继续,也显示他们努力塑造不同群体人格的特殊信念。

如果说,人格塑造是文臣像的主要目的,遵循类似的话语逻辑,那么不同身份决定话语的特殊内涵。根据他们的身份和时段,可以将之分为再造功臣,守成明良,馆阁贤臣和后期首辅、宗伯等文臣。

目前所见唯一一幅再造功臣像是姚广孝像。此图是一幅配享像,上书"敕封荣国恭靖公赠少师姚广孝真容",后有真可等人题诗。朝廷对其评价恰好说明明代官方所需人才的标准,永乐帝《御制姚广孝神道碑铭》云:

广孝器宇恢弘,性怀冲澹。初学佛,名道衍……潜心内典,得其阃奥。发挥激昂,广博敷畅,波澜老成;大振宗风,旁通于儒。至诸子百家之言,无不贯穿,故其文章宏丽,诗律高简,皆超绝尘俗。虽文人魁士,心服其能,每以为不及……广孝德备始终,行通神明,功存社稷,泽被生民……若斯人者,使其栖栖于草野之中,不遇其时,以辅佐兴王之运,则亦安能播声光于宇宙,垂功名于竹帛哉。④

永乐帝从广孝性情、学识、文采角度说明文臣的才略和胸怀,又指出这种才略只有作用于社稷,才会"播光宇宙,垂名后世"。这既规定了文臣应具有的主要素质,也建立了从功业到名义的内在结构,形成了特殊的逻辑意义。

---

① 王应麟撰,武秀成、赵庶洋校正:《玉海艺文校证》中册,凤凰出版社2013年版,第1044页。

② 北京大学历史系《论衡》注释小组注释:《论衡注释》,中华书局1979年版,第1153页。

③ 苏轼:《论周穜擅议配享自劾剳子二首》,见孔凡礼点校:《苏轼文集》卷二十九,中华书局1986年版,第831页。

① 《御制姚广孝神道碑铭》,见乐贵明编:《姚广孝集》附录,商务印书馆2016年版,第2588—2589页。

继姚广孝之后的守成大臣杨荣、杨士奇继承了赞扬文章和功业的特点，更将永乐帝所说的"性情"具体化为儒家标准的贤臣品格，杨士奇和杨荣的像赞正说明了这一点。

杨士奇《自题朝服像赞》云：

尔簪尔缨，尔琚尔珩，煌煌在躬，肃肃在庭。尔直尔清，尔忠尔贞，夙夜惟钦，无忝所生。

杨士奇题《杨学士（杨荣）像赞》云：

濯濯其容色，肃肃其仪度。闿爽而缜密，刚直而公恕。缊洁静精微之学，发瑰玮奇赡之文。奋骞鶱于贤科，振芳华于词垣。当泰和亨嘉之运，崇论思宥密之地，隆九重之眷宠。极千载之遭际，玉堂金马，人瞻其荣，忠君爱人，我识其诚。国之贵重，清庙瑚琏，士之光华，斯文冠冕。

杨荣题《少傅东里公（杨士奇）像赞》云：

春和玉粹，俨乎其貌之温。冰洁霜清，莹乎其心之存。赞皇猷而黼黻，辅圣治以经纶。文章师表于今世，事业辉映于古人。所谓国之柱石，朝之元老，而冠冕乎缙绅者也。

守成大臣主动选取温、节、清、直、贞、肃、忠等儒家人格，顺应明代培养适合儒家伦理的新人格。儒家要求士人在家以孝为本，入朝以忠为本，杨荣和杨士奇功勋显赫，晚年位愈崇，忠于朝廷自然不待言。他们还将自己的功业归为祖宗的德行，并要求自己小心修持，"无忝所生"（杨士奇语），不要辜负祖宗的德行。这种将家国合为一体，建立忠孝两全士人人格的行为是理想的儒家人才标准。所以杨荣自诩："先世积德之厚，叨列圣眷遇之隆。"①

自成化始，李东阳以文采著称，甲申同年中刘大夏、谢铎也成为他的至交，吴中文人吴宽、王鏊与之唱和，一时间馆阁中人才济济，文人也多次受到宠遇。至正德朝，明代由盛转衰，武宗尚武游嬉，刘瑾横行，忠良被逐。李东阳忍辱负重，救护忠良，保全善类，刘大夏、王鏊坚持气节，先后离开馆阁，高卧林下。李东阳等词林臣由负有盛名，享有荣誉到与奸人抗衡，保持气节，进而反躬自省，由此，他们的人格内涵也发生了变化。谢铎自赞云："误有壮心，嫁以虚誉。尔位之浮，尔德之愧。丹青者谁，貌以为戏。盍返尔初，以究厥志。"②修德返初是滤去虚誉、保持志向、不为名利所动的人格追求。王鏊也申说自己位在公孤，却不能致君泽民，不愿阿附宦官，只能超然而去，保持气节。他还自嘲云："遇事直前，不知顾忌；见利思后，不知规画；归卧空山，家徒四壁，晏然居之，以忘其贫者乎？斯人也，其量则隘，其才则庸，曾无裨补于世，所幸自洁其躬。迹其所至，盖知慕首阳之拙，而不知柱下之工；知希止足之疏传，而不能为应变之姚崇者乎？"③直、自洁、知足是归卧山林、高洁其

---

① 杨荣：《七十岁自赞》，转引自左东岭：《王学与中晚明士人心态》，商务印书馆2014年版，第20页。

② 谢铎：《自赞》，见《四库存目丛书》集部38册，上海古籍出版社2007年版，第155页。

③ 王鏊：《自赞》，见《王鏊集》，王卫平主编，吴建华点校：《苏州文献丛书》第二辑，上海古籍出版社2013年版，第452页。

志的有志之士具有的品格。吴宽赞刘大夏,"正而不迁,和而有辨……自信不疑,孤立无援者……惟引去之勇决,见晚节之愈高"①,也突出其高洁而独立的人格。总之,此时的馆阁大臣都是贞洁之人,具有高尚的节操和独立的人格,将人格的中心由温厚守成转入激励尚义的一端。

嘉靖朝,嘉靖帝借助议礼一事,残酷打击异己势力,否定仁宗正统,提升兴献王地位,使之成为正统。推行"进思尽忠,退思补过"的思想,显然是在告诫不服从朝廷制度的官员。嘉靖后期,权相、宦官把持朝政,正直的官员多数家居,对自我的认识转入内心的反省和德行的修养。首辅徐阶是王阳明的再传弟子,在自赞中要求自己以善为乐,以复本心,克己澄心,修德著述②,显然是他对周旋于高拱、严嵩之间内心矛盾的反思。王锡爵因忠直受到排挤,燕居在家,依然以"忠孝"和"明德"③为准则。

总体而言,明代文官坚守儒家人格,只是随着政治环境的变化,其人格内涵有明显的侧重。晚明文官开始追求田园闲适乐趣,甚至逃入禅林,是受到政治排挤,避免身陷囹圄的被迫之举,所以,晚明文官以仁为本,通过复归本心来反思自我德行,依然没有脱离儒家人才的标准,并显示文官人格的变化是受到复杂意识形态作用的结果。

## 三、题赞的话语结构

从文图关系的角度来看,文学与图像实际上在共融于政治话语圈的基础上,既有对照诠释的关系,又有补充延展的关系。对照主要是将某些服饰或其他人格专有思想用语言点出,诠释发挥了元语言的作用,对图像进行解释,即转化图像的虚指为实指。补充主要是因为图像的主次关系,导致某些意义的弱化,或相对丧失。人们的观察总有一定的中心,如果人们带着某些思想去观察,会出现偏差,这里的问题是人们主要去观看像主功勋荣耀,而可能忽视人物的另一面,文学家通过文字点出了这种取向,并做了交代,就弥补了图像因观看带来的弱化,也显示了诗歌具有发挥想象力、延展时空、交代历史事件和激发自我心理意识的能力,是文学通感发挥作用的表现。但是,这里更深的层面是图像、文学与思的关系,并且随着各种亚语言的定型,出现了一大批话语,这些话语又是根据语言结构来增强表达力度的,下面还是以图像为参考,先讨论题赞的结构。

像赞虽是依附于肖像图的文学,但中国人物像讲究传神写照,画像不仅要形似

---

① 吴宽:《刘户部时雍像赞》,见《家藏集》卷四十七,《景印文渊阁四库全书》第 1255 册,台湾商务印书馆 1986 年版,第 434 页。

② 徐阶师从王阳明门人学习心学,自赞:"昔我大父,以善为乐,暨于先公,以复为学。嗟,小子之固昧,奉遗训之赫若。澄心克己,欲趾美而未能。辅德代言,念旷职而多怍。惟乾乾持不敢怠肆之心,庶几乎,少答眷知而无忝于述作。"(参看徐阶:《世经堂集》,见《四库存目丛书》集部 80 册,齐鲁书社 1997 年版,第 46 页。)

③ 转引自澳门艺术博物馆编:《像应神全·明清人物肖像画学术研讨会论文集》,故宫出版社 2015 年版。

像主,还要得像主之神。从这个角度说,像赞首先是对图像的模仿。中国古代文人特别注重品德和功勋,在肖像图中表现为关注人物的气质和象征标志(如服饰、脸面、道具等),像赞多集中描绘这些意象,如"赐麒麟袍""朱衣玉带"等。再次是对思的形象化或语象化,将语言可视化、情景化,增强和丰富像的语境。从上文可知,古代文人的人格内含于儒释道三家思想中,是各家伦理价值的显现,像赞是表现理想人格的宣言,深植于某一个别政治社会中,实际上是作者的一种社会性场景(更确切说,阶层场景)的选择,既流行于阶级内的口传中,也是一种编码严格的话语系统。这些话语超越风格之外,通过特定语汇的一致性意指内涵,形成稳定的结构。像赞致力于描述气质和评价事功,在字词中事实(功勋)和价值(伦理)统一,既呈现为描述,又呈现为判断①,进而形成稳定的结构形态。

在明代文官中,姚广孝以僧人身份辅助朱棣成就帝业,最能展示其形象的语汇是官场上的荣耀和退隐后的清净。在留下的像赞中,姚广孝自云:"不厌山林空寂,不忻钟鼎尊荣。随缘而住,任运而行。犹孤蟾之印沧海,若片云之浮太清。"②"不厌……不忻"结构否定了山林和钟鼎这两种境遇,"随缘、任运"又肯定了自己的行为,显然是矛盾的,也是他遭非议的地方③,但姚广孝自诩"了无他说,即此便是",因为他认为内心清净无为,不为所动,即是佛境。姚广孝"内心清净,两边否定"的结构是调和佛儒两种思想的结果。其他人在题赞中,从观者的角度,采用更加明晰的词汇加强了这种语象结构。

谢缙云:

名在三孤第一人,乌纱白发照青春。平生诗格刘公干,晚岁风流贺季真。袍赐麒麟红锦丽,诰颁鸾雀紫泥新。身闲燕坐清如水,始觉灵台绝点尘。④

吴宽云:

城里僧庐揭仰山,姚公于此昔投闲。顾瞻图画长廊外,拂拭尘埃破壁间。困虎封侯头可相,真龙识主手亲攀。朱衣玉带官师贵,最爱跏趺静掩关。⑤

王鏊云:

独留满月龛中像,便是凌烟阁上姿。颊隐三毛还可识,功高六出本无奇。一朝社稷归真主,还是瞿然老衲师。⑥

"三孤、宫师"指广孝辅助太子,被封为少师。"乌纱"是指明代官员的乌纱帽,"紫泥"是皇家印泥,"诰"是被封官爵的文书,都直指尊贵的地位。"凌烟阁上姿"是图绘肖像于凌烟阁,"袍赐麒麟红锦丽"是朝廷赏赐给文官华服以显示恩宠,这些事件即

① 此段话的论述是本人根据艾柯理论,结合明代图像特征作的阐释,原理论参看艾柯著,刘儒庭译:《开放的作品》,新星出版社 2005 年版,第 10—12 页。

② 姚广孝:《逃虚子诗集补遗》,见《四库存目丛书》集部 28 册,上海古籍出版社 2007 年版,第 168 页。

③ 真可题像中有"染衣而官,绳点冰颜"的表述,显然是对广孝事功行为的否定。参见胡敬撰,刘英点校:《南薰殿图像考》,浙江人民美术出版社 2015 年版,第 69 页。

④ 谢缙:《文毅集》卷五,见《景印文渊阁四库全书》第 1236 册,台湾商务印书馆 1986 年版,第 659 页。

⑤ 吴宽:《家藏集》卷十九,见《景印文渊阁四库全书》第 1255 册,台湾商务印书馆 1986 年版,第 139 页。

⑥ 王鏊:《姚少师像》,见《王鏊集》,上海古籍出版社 2013 年版,第 21 页。

将恩宠推至顶点,又表明姚广孝实现了名垂不朽的夙愿。而三人均将结尾收于清净的燕坐场景,还原广孝的僧人身份,肯定他功成身退的恬淡心境。如果类似词汇的使用说明三人对广孝功名的认同,是客观的颂扬,也受制于儒家意识形态的士人对功名的态度,那么在转折处就加入了不同人物的特殊境遇,松动了广孝的"清净—否定"的结构。谢缙是姚广孝的朋友,看到广孝春风得意,似乎有些担忧,在热烈的颂扬后,笔锋一转,使之突然觉悟,显然与广孝自诩的任运随缘有差距。吴宽老于馆阁,虽无广孝功业,也渴望退朝后过上静谧的生活。实际上,吴宽也是在跌坐参禅中度过业余生活的。王鏊由于过于正直,被阁臣排挤,愤然而归,"一朝社稷归真主,还是曜然老衲师"显然是双关语,既是对广孝遇到明主的赞扬,也为自己遇到昏聩的武宗而惋惜,坚持气节的姿态很清晰。由此也可以看出,文对图的解读是再解读,二者整体上呈现互文关系,但因互文点的不同呈现丰富的内容,出现语象与图像的丛生交融,形成亚语言群。

随着明代社会的持续发展,杨士奇、杨荣等阁臣推崇的人格结构逐步发展起来。杨士奇和杨荣肖像赞[①]颇有代表性,总体来说,二杨以儒家人格结构为本。

簪缨琚珩是杨士奇的配饰,蕴含两种相辅相成的内涵。对观者(杨荣或杨士奇)而言,它们是阁臣杨士奇温和冰清的气质,也引向对象主地位(事功和文章)的平定。气质、事功和价值结合为一体,塑造了杨士奇直清忠贞的人格。这恰是儒家立功、立德到不朽的逻辑推演。对像主而言,外在气质是勤勉于公务的表现,目的在于不忘所生,始终如一。杨士奇曾经困顿汉口,过着抱瓮灌园的隐居生活,一旦召书来招,他便兴致勃勃去为官。[②]可见他的"所生"除了父母,还有皇恩,他勤勉工作正是为了表示忠诚。杨荣将"所生"概括为"先世积德"和"恰逢盛世",前对应孝,后对应忠。为了满足忠孝,他在晚年更加惶恐,担心位置高,不能胜任,只能更加勤勉,求一致于始终。始终是衡量忠的最高标准,始终一贯才是真忠诚,才可以流芳百世,为家族争光,延续孝道。所以,勤勉与惶恐都在于经由朝廷的荣耀而实现孝道。这也算是阁臣对儒家人格结构的理解。这一组文字与图像的关系就是以需学化术语将图像的隐含意义点出,同时受到儒家比德思维方式的影响,人物的特性都被具体化,在丰富的同时也将图像的内涵抽象化,整体上有些乏味。还有一点就是文字以解释的形式说明了历史情境与人物的心态,加入了自述的情感因素,使得焦点式的人物画像有一个更加合理的存在空间和评判依据,以隐含叙事的方式弥补了人物画意义单一的缺陷。

正德年间,刘瑾当道,群小依附,正直官员不能立朝,以李东阳、刘大夏为首的甲申同年或周旋其中,或愤然隐居。朝廷失道,士人只能以维护人格尊严捍卫道统,以检验自己的修养。维护人格尊严的途径一般是退隐,反思最初的志向,保持

---

① 赞文见本书第 215 页。

② 杨士奇《自题东皋小像》云:"玉华之东鸥渚浔,柴门潇潇松竹阴。平生自乏经济略,抱瓮已忘荣禄心。一日天书照云谷,十年蓬鬓戴朝簪。文章无补治世用,矫首南山烟树深。"转引自周伟民:《明清诗歌史论》,吉林教育出版社 1995 年版,第 96 页。

高尚的气节。谢铎面对自己的肖像感慨空有虚誉，要返回初志。初志是"志于道"，其根本在于信善学，守善道。《论语·泰伯》云："笃信好学，死守善道。危邦不入，乱邦不居。天下有道则见，无道则隐。"①正说明出处都本于善道能否实行。刘大夏、王鏊等大臣面对刘瑾的横行，不同流合污，愤然归山，保持气节，正是以人格尊严坚守善道的表现。刘大夏在仁宗朝，多次与仁宗定国大计，建立显赫事功，但一直生活简朴，归筑东山草堂，觞咏其间，淡泊名利，李东阳评云："与物无竞，临事有为。"②赞其是事功与修为合一的典型。在道统中，这种人格被赋予更多情感价值和声誉价值，归隐成为这些价值的最后承载者，所以，归隐作为象征符号具有特别的实践力和号召力，"自洁其躬"也成为更高的人格理想。如果说，杨士奇等人在服务朝廷的勤勉工作中坚持始终一贯的道德，是由知到行的过程，那么王鏊等人在归隐中坚守道之本初，则是求放心，保守道德的过程。人才由君臣遇合的忠孝型转入捍卫正义的独立型，激于义成为这个时期人格形态的典型标志。此时图文关系出现了主客体在情景上暂时分离的局面，图像被当作人物主体思考自我存在价值的对象，精神之人成为审判图像之人的法官，虽然二者合一，但在操作层面思与像分离，在逻辑层面，二者发挥着各自的结构功能以阐明思。

嘉靖以来，皇帝怠政，权相增多，宦官乱政，徐阶、王锡爵等首辅逶迤其中，虽能竭尽力量挽救时弊，关心国是，但最终都退居林下，通过与师生、僚友的通信和对朝廷各种赏赐、大功、灾异的谢恩、庆贺、劝谏等方式与朝廷保持着复杂的关系，基本上既坚守思不出位的原则，又发挥建言朝政的作用。明代首辅主要关注国家大计如除奸臣、改吏治、防党争、定皇储、豫教太子、稳定朝廷、培养合格接班人等，其根据是政本于道，治道合一，所以，在朝廷被权势占据的时候，首辅必须反击权势，维护道统，保持朝廷的根本大义。如徐阶推翻严嵩后，提出"以威福还主上，以政务还诸司，以用舍刑赏还诸公论"的行政纲领，主张割除吏治弊端，还权力于皇帝，以公论任用人才。他还在嘉靖帝驾崩后拟遗诏、登基诏，为在议礼中受到迫害的大臣平反，实现了政权的和平过渡，并成功推举学生张居正辅佐幼帝，进一步改革，实现"不必身亲为之，而其道自行于天下，其泽自被于苍生"③的为政理想。徐阶面对的主要问题是权相擅权，吏治腐败，所以，他注重从善、复、澄心克己、坚持不懈等方面培养德性。徐阶的祖父徐礼，号乐善处士，慈惠乐易，重然诺，贵义让，人称长者。父亲徐黼，号思复，为人为政，恭勤端亮，不为势力所夺，坚持吾心是非，并训诫子孙要做好人。这种家学氛围影响了徐阶的一生，面对士气浮躁，奔竞于利，徐阶澄心克己，不受党派限制，虽危难重重，依然本着乾乾之心，坚持不懈，其落脚点依然是忠孝两全，正所谓"少答眷知而无忝于述作"。前文已知，三杨作为阁臣，都将感谢天恩放

---

① 《论语·泰伯》(下)，见程树德著，程俊英、蒋见元点校：《论语集释》卷十五，中华书局 2013 年版，第 622-623 页。

② 见刘大夏著，刘传贵校：《刘大夏集》，岳麓书社 2009 年版，第 4 页。

③ 张居正：《少师徐存斋相公八十寿序》，见张舜徽、吴量恺主编：《张居正集》第三册，《文集》卷三十五，湖北人民出版社 1994 年版，第 420 页。

在首位,坚守具体德行也是感谢天恩的必然,遵行德行服务于治统的逻辑,但是,其心性的独立程度弱,表现在言辞间就成了颂词。徐阶虽是阁臣,但皇权依赖于阁臣的辅助,阁臣统领大局的才能和以德为本的品行才是保持朝廷正义,坚守道统不衰的根本,他们注重德性修养,追求独立人格。德性修养在于立本,人之本在于善,人只有复本心,才能达到善。徐阶的祖父乐善,父亲思复,正是行道与复道的表现。善是仁,仁者亲亲,继亲之道为孝。徐阶澄心克己继承父辈之道,本在于孝。孝又是天下之大本,立国之基。徐阶为宰辅,推孝为忠,实现了忠孝两全。孝忠的最后根据是善,其本天,出于己心的修养。所以,忠孝是天道,超越个体,这样,徐阶所持之道是顺天承运的天道,其话语权来自儒家的道统说,其中修身养德精神是士人精神之髓,历来为道学家捍卫,也是坚持国是的政治家最关注的问题,在不同时代有不同的内涵。徐阶采用由孝及忠的自赞结构,以道统自任,持天下公是,正是宋儒"致君行道"的延续,彰显了庙堂高士特殊的人格价值。王锡爵晚于徐阶,深感天下事很难措置,但一直坚持"至公至虚"之心,尤其在立储君、豫教太子的问题上,坚持不懈,呕心沥血,终于在归隐后得到落实,朝廷也赞他"建储分藩,独持大体"。从首辅的行为来看,王锡爵与徐阶归卧林下,虽遂了林泉之志,但也是司马君实之乐,不失时机劝谏皇帝,望"得君行道"。

在这类像赞中图像与诗文形成了一个具有张力的距离空间,思需要像辅助认知,像增加思的情感因素,融合思的虚无性,让思成为一个审美和认知合为一体的惑性对象。首先,我们看到首辅的自赞都是人物的哲学思想陈述,不具有形象性,却独立成体,但是当遭遇图像的时候,图像强迫文字与自己发生关联,此时哲学表述也改变了自己的语义环境,急待进一步的解释。但是如何以图解文,根据又是什么?再次回到文图的根本点思,可以发现,此处文的性质发生了变化,变成哲学的工具,不具有形象性,但是,在文学的框架下,文具有形象性,临近的或暗含的图像也强迫文具有形象性,否则二者难以融为一体。文再次放弃思的工具地位,寻找与思的融合点——认知与感性结合的美。哲思具体到人物德性陈述的时候,暗含了人物形象的审美性存在。因为德性是虚化的,只能通过气象展示出来,文的形象一旦弱化,图像就是展示这种气韵的最佳方式。所以,当文主要是思的工具时,当思在特殊的语境下被迫改变意义焦点时,图像以无言的方式发挥了审美阐释的功效,让思成为理念的感性显现,文作为工具为像的隐形存在提供场域①。

万历后期到明朝灭亡,朝中宦官当道,士人多逃离官场,过着半官半隐的生活,董其昌即是其中之一。董其昌早年得高第,雄心勃勃,但为了避豪势,还是选择退隐。②

---

① 这里还需要强化一下:如果文是说明性表述,比如礼记对重要场合服饰的说明,意义一目了然,像也就成了一般认知性解释,没有审美存在的隐义,但当文是哲学表述的时候,要求像的存在,尤其是人物气韵的审美存在,缺乏文学化转译,图像刚好发挥了这种功能。所以,文是双重的,既是哲学工具,又给出了哲学得到理解的审美性存在场域。

② 董其昌万历十七年(1589)中第,授编修,为皇长子朱常洛日讲官,后因立储忤执政意,出湖广按察副使,儒生受到豪势唆使闹事,辞官归隐。熹宗时期,兼翰林院侍读学士,编撰《泰昌实录》《神宗实录》,崇祯四年(1631)拜为礼部尚书,崇祯七年(1634)加太子太保致仕。(参看董其昌:《容台集》附录,见陈继儒:《思白董公暨原配龚氏合葬行状》,西泠印社出版社 2012 年版,第 720—724 页。)

他虽自诩"结念泉石，薄于宦情"，其实并未完全离开明代官场所限定的儒学规范，而是以儒学为本，吸收佛、道思想，形成独特的亦仙亦佛亦道人格。他在自赞中云："平子思玄赋，香山池上篇，壮心俱误汝，愚貌亦悠然。僻学屠龙似，忘机狎鸟来。维摩非病病，壮叟不才才。"①此赞以历史名人名事象征性说明自己的仕宦经历与人生态度，代表了晚明士大夫独特的生活风尚和自我认定的方式。《思玄赋》是张衡有感于东汉顺帝时期宦官专权，"思图身之事，以为吉凶倚伏，幽微难明"而作。当时张衡虽然随侍皇帝左右，但惧于宦官佞臣流言，只能"回志揭来从玄谋，获我所求夫何思"②。董其昌虽然贵为帝王师，但万历年间党争激烈，宦官弄权，他也受到排挤，被外调提督地方教育，并因为性格耿直，得罪豪势，只好隐居。他对张衡明哲保身、坚持儒家正义的思想很赞同，这也是他宦海遭遇的心境反应。但董其昌依然热衷功名，新帝登基后，他欣然荣登尚书，还在文集中告诫滇人唐大来要"吟咏之间，不废公车言"，并将二者比为"如车双轮，如鸟双翼"，认为只有发挥才情，才可以"收名定价"③。但仕宦风险大，他为了平衡壮心与保持自由心性，模仿东方朔、白居易隐居"金门"④"池上"⑤，利用公务之暇，饱览地方山川、名画（僻学屠龙⑥，忘机狎鸥），创作了大量隐居图，提倡闲适。他结交方采山、张达泉等以气节文章相标榜，追求恬淡⑦的纯德大臣，并称他们是"内恬外愉"⑧"恬修雅尚"⑨之人，显然这也是他提倡闲适的真实内涵，但是达到恬淡还需要特殊的修为。佛道两家主张忘我、无身，不过，佛教居士的修为门径恰可以排除董其昌的身心烦恼。实际上，董其昌号香光居士，以维摩诘自任，好参曹洞禅，批阅《宗镜录》一百卷⑩，禅悟颇多，自诩很高。维摩诘"以默然为不二法门"⑪，即超越言说造作性，以悟为本，也是"自性天真，不缘修证，但尽凡情，别无圣解"⑫。董其昌将"尽凡情"看作"渐进自然"，可知他所悟最高境界是老庄无事无为的自然境界。所以，董其昌还以庄叟自诩，自称

---

① 董其昌：《自赞小像》，见严文儒、尹军主编：《董其昌全集》，上海书画出版社2013年版，第769页。

② 张衡：《思玄赋》，见张震泽校注：《张衡诗文集校注》，上海古籍出版社1986年版，第195—196页。

③ 董其昌：《唐大来诗引》，见邵海清校：《容台集》，西泠印社出版社2012年版，第316页。

④ 董其昌：《墨禅轩说寄吴周生》，见邵海清校：《容台集》，西泠印社出版社2012年版，第337页。

⑤ 白居易在苏州作《池上篇》以明志，提倡中隐在留司官的闲适思想。

⑥ "屠龙"出自《庄子·列御寇》，比喻技虽巧妙，苟不当机，虽巧无益。参看郭庆藩：《庄子集释》下，中华书局2004年版，第1046页。董其昌好金石、书画，却偏狭技巧，不为世用。黄庭坚《林为之送笔戏赠》中也用"屠龙"代替临池："早年学屠龙，适用固疏阔。"（见郑永晓整理：《黄庭坚全集辑校编年上》，江西人民出版社2008年版，第201页。）另外，此文主旨也要求守住大宁，不为技巧所动，不以小才兼济大道，显然符合董其昌要求恬淡无为的思想。

⑦ 董其昌：《少司徒方采山公九十寿序》，见邵海清校：《容台集》，西泠印社出版社2012年版，第201—202页。

⑧ 董其昌：《封御史左太公寿序》，见邵海清校：《容台集》，西泠印社出版社2012年版，第216页。

⑨ 董其昌：《楚魏碧山太公暨胡恭人七十阶寿序》，见邵海清校：《容台集》，西泠印社出版社2012年版，第216—217页。

⑩ 陈继儒：《容台集叙》，见邵海清点校：《容台集》附录，西泠印社出版社2012年版，第725页。

⑪ 董其昌著，邵海清点校：《容台集》，西泠印社出版社2012年版，第582页。

⑫ 同上，第564页。

'不才才"。庄子自言身处乎"材与不材之间",这种才虽然无用,但如果"树之于无何有之乡,广莫之野,彷徨乎无为其侧,逍遥乎寝卧其下,不夭斤斧,物无害者,无所可用,安所困苦哉"①,不仅没有伤害和烦劳,还可以"乘道德而浮游""与时俱化""以和为量"②。其实,从他评价颜真卿书法"以劲利取势,以虚和取韵"③来看,如用笔、结体"以奇为正"④"豪逸有气"⑤"以藏锋为纲骨"⑥,墨色虚和简淡、率真天然。如果将这些思想放在他融合易之阴阳与孟子养气的学术思想中来看,前者为阴阳互动,"刚健中正……包四德以施化,运而不息,健而有藏",后者为复初之象,"卒然而相融,无心而自动",生恻隐善端之际⑦。至此可知,董其昌受到政治打压,力图在释、道两家中寻找合适的榜样,塑造顺应自然的得道形象,但又将儒家中正刚健的骨力带入自我塑造,既实现了追求解脱,进入至道的境界,又蕴含刚健不息的动力,实现日新月异的变化之道。这也是晚明士大夫既可以退隐山林,又能够积极承担的重要思想根源。在这种背景下文图关系表现为文字是对图像或历史形象的论断式模仿,历史形象既是原型,也塑造了人格坐标,让这些士大夫有了人格定位。但是,这种模仿是对历史事件的想象,类似于文学创作的"师意型"模仿,所以,表面看来图像与文字之间没有太多的相似性。相似性来自人们对历史形象的图像性认知和传播。因为中国古代特别重视杰出人物的示范作用,往往将他们图绘在人们可以接触的环境中,教育民众。这个传统也形成了丰富的图像形象,化为原型,深入人心。同时,中国也是衣冠大国,很多礼仪制度都是通过图像来诠释的,也使得图像起到了认知的作用。二者结合形成了独特的认知环境,文字与图像在认知原型与认知方式上一致,就形成了无语象但有心像的独特语图关系。

## 四、图的具象化与国家意识形态的生成

上一部分已经说明写题赞的理由,这一部分着重讨论图像对思的成像性呈现。总体来说,图像对文字是一种描绘性呈现,但是因为图像描述的人物形象具有特殊的风采,所以带有抒情性。

在中国古代,图像不仅要展示形象,还要发挥教化作用。这在故事图或肖像图中表现最为明显。画家往往受到国家聘用,绘制帝王像、功臣像,宣传特定的统治思想,表彰卓越的功勋。这类图像以特定的文化符号组成特殊图式,具有一套意义儿制和意义逻辑。这种逻辑首先出现在帝王图中,然后扩展到功臣图、符合国家标准的大臣图像上。根据留存的历代帝王像可知,宋以前的帝王多穿冕服,张开双

---

① 《庄子内篇·逍遥游》,见郭庆藩撰,王孝鱼点校:《庄子集释》,中华书局 2004 年版,第 40 页。

② 《庄子外篇·山木》,见郭庆藩撰,王孝鱼点校:《庄子集释》,中华书局 2004 年版,第 668 页。

③ 董其昌著,邵海清点校:《容台集》,西泠印社出版社 2012 年版,第 618 页。

④ 同上,第 600 页。

⑤ 同上,第 601 页。

⑥ 同上,第 616 页。

⑦ 董其昌:《夜气浩然之气》,见邵海清点校:《容台集》,西泠印社出版社 2012 年版,第 327—328 页。

臂,似乎正在拥抱江山,眼睛放远环宇,显得器宇轩昂,如《历代帝王图·曹丕像》(图6-11)。宋代君主大多袖手而坐,衣服素净,陈设也很简单,整体文雅拘谨,如《宋太祖像》(图6-12)。明代帝王图发生了很多明显的变化。明代开国后,朱元璋招人绘制御容。这些御容继承了宋代坐像,但都穿精细织造的龙袍,手执玉带或放在膝盖上,尺寸很大,有意突出皇帝庄严肃穆的气象。以坐姿显示了太祖"居安虑危,处治思乱"①的宏伟气魄,是汉唐大帝雄才大略气象的延续。但明代画家还刻意描绘了帝王的服饰和坐像周围的特殊环境,突出明代帝王图的新变化,朱元璋、朱棣和朱由检朝服像正说明明代帝王图变化的三个阶段。

图6-11　历代帝王图·曹丕像(局部),佚名,
　　　　美国波士顿美术馆藏

图6-12　宋太祖像,佚名,台北"故宫博物院"藏

图6-13　朱元璋像,佚名,中国国家博物
　　　　馆藏

三帝王图中,帝王均穿着朝服。在图6-13中,朱元璋穿浅黄色四团龙常服,坐在龙椅上,腰束镶玉红带,脚下的地毯是云雷纹加小花图案。他坐的龙椅最小,显得清俭庄严,是明代早期推崇节俭、树立国家仪范的代表。在图6-14中朱棣的龙椅上镶嵌着很多珠翠,龙袍改为橙红色,地毯上遍布大团花图案,色泽极其明艳,显然是强调身份、崇尚奢侈富丽的象征。在图6-15中朱由检穿团龙及十二章衮服笼手而坐,宝座变成蓝色与绿色相间的花纹,地毯上更是青花缠枝;宝座背后是红漆大案,上陈列青花瓷、书函、鼎、花觚等青铜器,瓶中插着花卉,显然是当时流行的清供风尚的

①　林岩编:《中国古代廉政文化集粹》,中国方正出版社2014年版,第37页。

图像再现,代表了晚明清雅闲适文化生活在宫廷的流行。这些形象是明代崇尚"衣冠之治",以"奇服文章,以等上下而差贵贱"的表现。

图 6-14　明成祖像,佚名,台北"故宫博物院"藏

图 6-15　明熹宗朱由校朝服像,佚名,清宫旧藏

　　明代官员肖像的主流图式(穿朝服、模仿帝王动作或执牙板、以园亭或山水背景为主)模仿帝王图,并与帝王图有类似的绘制标准,遵行相似的舆服制度。这是明代肖像图总体意识形态的体现,但官员受到不同政治气候、国家用人标准、个人人才理想的影响,显示了同中有异的肖像内涵。下文从三个方面探讨各种图像的深层内涵与图文关系。

### (一) 图对赞(或思)的具象化生成

　　一般来说,享受国家绘图殊荣的大臣都是开国元勋。姚广孝自称任运随缘,助成祖继承大统后,"常居僧寺,冠带而朝,退仍缁衣"①。《姚广孝像》是一幅僧人的官服像。画家将广孝表现为穿茶褐色交领常服,披玉色袈裟,系青绿色绦带,佩镶嵌金饰大玉环,袈裟边缘为云纹图案,椅子下放着"粉底皂靴"②的形象。这些恰符合明代僧录司官员的服饰规定,显示了姚广孝是受到政府管理的僧人,也表明了他的官员身份。其实,这幅图还显示了广孝认同朝廷的定位。广孝面部丰腴,目光直视,似乎陷入沉思,而一手执尘尾,一手结说法印,显得不是入禅定,而是正在筹划某军机要务,明显突出了姚广孝助成祖得天下的某一典型瞬间。最后,交椅座垫上绘制了大量宝相花,交椅高大,雕饰繁复,可能是官方规定的样式,整个环境虽然有佛教庄严清净的暗示,但像主面部缺乏慈悲之情态,服装过于正式,不禁使人联想到像主正在接纳皇族,或处理政务,而不是退朝之后安静地修持。所以,他的成功

---

① 《姚广孝传》,见张廷玉编:《明史》卷一四五,中华书局 1974 年版,第 4081 页。
② 所谓"粉底皂靴"参见《中国明代文官服饰研究》,山东大学硕士论文 2008 年,第 22 页。

形象正是朝廷借助佛教"阴翊王度"①"暗助朝纲"的象征,朝廷自然成为"护法使者"②。朝廷与佛教的结合实现着"真乘之教与王化并行,治心缮性,远恶而趋善"③的"导民为善"④方略,从而将宗教转变为政治符号。如果与其他图像相比,此图色调偏冷,人物神情动作偏安静,还是实现了随缘任运的人格理想,尤其是将茶褐色袍子与精致的袈裟进行对比,似乎不断在强化内外二重性。如果将面部作为服饰的精神之体,似乎服饰以及所代表的荣耀是虚化的身外之物。图像上的不和谐反衬了精神的和谐,思超越了肉身。图像精细的描绘也是对赞的解读,图像与赞的对比关系诠释了赞追求的境界与过程。

### (二)图与赞的合谋:对思的虚化

明成祖定都北京后,社会承平,朝廷形成内阁辅政的模式,三杨和甲申同年是成祖到宣德年间活跃于政坛的重要大臣。肖像显示此一时期大臣的特殊风采。三杨、甲申同年都是文臣出身,以耆老身份点缀升平是他们以群体肖像出现的重要理由。所以,在描绘他们文艺生活的雅集图中,耆老们都排列在园林空阔之地,尽显恬淡的风采。

从大都会本《杏园雅集图》(图6-16)可知,聚会人均坐在椅子上,石屏主要是分割空间的屏障,人物周围均堆满书画、笔墨,童子正忙碌地围绕着主人,随时送上一些珍品,显然正是品玩酣畅之时。人物虽在折线上,但之间并没有太多顾盼,而是嵌入斜向折形空间。人物衣服也较为宽大艳丽。湖石玲珑剔透,颇有疏漏之趣,石屏苍老浑厚,更增朴实质感。如果将图像与其他十八学士图、文会图比较可知,画家赋予了《杏园雅集图》更多的正统观念。石屏的挪动显然是要突出像主的尊贵地位,而主人的坐具从太师椅换成榻,又突出宽松恬淡的环境。伸展的珊瑚、大面积的湖石、棕榈树都被压缩,突出他们不好奇货,不为荒淫之乐。窄小暗淡的服装说明他们节俭。这些图像恰好说明了三杨统领群雄的能力,也暗示他们肃穆贞朴的群体人格特征,成为国家树立士人仪范的重要举措。如果从图像的安排来看,图像将文虚化的概念转为可视的图像,起到了辅助认知的作用。图像通过虚实关系抓住了文所颂扬的整体风韵,也淡化了赞文枯燥乏味的陈词滥调。图像还呈现了大臣的活动环境,诠释了他们的娱乐观念。整体来说,图像虽然基于文,但是内容非常丰富,既能够抒情、说理,又能细致说明、描绘,所以,表面是图对文的模仿,深层是图生成了文,让文成为实指的意象。图文的共同之处在于务虚,图像与文字都侧重虚化的意象,而对人物本身的实指性内涵采取了省略或虚化的处理,所以,图文似乎是一场合谋的幻影,似有似无。恰是寓教于乐的典范。

---

① 朱元璋:《宦释论》,见《全明文》第一册,上海古籍出版社1992年版,第153页。

② 朱元璋对佛教采取保护政策,主要目的在于将佛教管理纳入国家管理之中,他还设置了佛教官职,提倡国家大臣作为佛教护法人。

③ 宋濂:《新刻楞伽经序》,见石峻等:《中国佛教思想资料选编》第3册,中华书局1989年版,第210页。

④ 宋濂:《重刻护法论题辞》,见许明主编:《中国佛教经论序跋记集》明卷,上海辞书出版社2002年版,第1248页。

图6-16 杏园雅集图，谢环，美国大都会艺术博物馆藏

《甲申十同年会图》表现的侧重点从群体气氛转入个体风采。同年们都坐在大椅子上，手中拿着简单的道具，衣服分为红色、绿色和蓝色，颇宽大，非常正式。人物个个精神矍铄，突出"拖朱拽紫"的喜悦之情。甲申一科人才济济，虽受到宦官压制，却都能以大义持身，图中人物正气凛然，显示了正直勇敢之臣的本色。此一时期，受到较高荣宠的大臣是王鏊。王鏊被赏赐蟒服，从蟒服像上来看，王鏊高坐在椅子上，着大红底蟒服，蟒服上祥云缭绕、游龙戏珠，头戴展角幞头，表情严肃，非常威武。王鏊1509年归田后，以家居服示人。在《王鏊像》中，他头戴东坡巾，身穿白色交领衣服，束带，外罩浅黄色镶边袍子，拱手而立，效仿宋代家居高官形象（参见《睢阳五老》中的形象）。合观蟒服与家居便服可知，王鏊始终将自己定位为朝廷正直大臣，又坚守士人正义，维护明中期大臣的集体精神。这种突出自我性格特征的形象塑造显示了大臣以经学为本、培植道德、坚持独立人格的趋向。在此类图文关系中，文是抒情赞颂，图像给出具体的环境和细致的表现，尤其是对相貌与服饰的刻画，突出人物的风貌，不同之处在于人物精细刻画与环境的清淡雅逸翻转了图文的虚实关系。图是焦点阐释，文成为虚化的点缀。图像凝定了丰富的内涵，也发挥着颂扬人物品德、精神风貌的作用。文似乎就是一些闲花野草，不具有实指意义，只发挥陪衬作用。图像由强烈明晰的意义到虚化丰富的内涵形成一个独立体系，文只能附属于它，进行补充性阐释。

（三）赞对思之像的蕴含，图对思之像的审美生成

嘉靖以藩王入继大统，受到大议礼的干扰，出现了群臣与皇帝对抗的局面。在议礼过程中，世宗对礼法有不少改动，其中一项就是根据古玄端定燕居服饰。玄端是先秦通用朝服，正幅正裁，玄色，无纹饰，士大夫与天子均可穿戴。嘉靖明谕"幽独思过"①之寓，显然是警告在议礼过程中反对他的大臣，也显示了他要求建立新正统的努力。玄端的客观价值更在于让士大夫从庄严的国家政治形象中挣脱出来，显示士人本身的儒雅风采。从留下的徐阶、董其昌的燕居服像，可以感知嘉靖以来士大夫的玄妙儒雅气质。如在《徐阶像》中，徐阶手执玉白朝笏，头戴金丝七梁忠靖冠，眉目清秀，目光温和，脸色赭红，面带笑意，显然是注重修养、崇尚恬雅的表现。身着赭红镶嵌黑边长袍，内着淡绿色中单，腰系蓝带，侧佩玉白组玉，中挂蓝色

---

① 世宗七年既定燕居法服之制，阁臣张璁因言："品官燕居之服未有明制，诡异之徒，竞为奇服以乱典章。乞更法古玄端，别为简易之制，昭布天下，使贵贱有等。"帝因复制《忠静冠服图》颁礼部，敕谕之曰："祖宗稽古定制，品官朝祭之服，各有等差。第常人之情，多谨于明显，怠于幽独。古圣王慎之，制玄端以为燕居之服。比来衣服诡异，上下无辨，民志何由定。朕因酌古玄端之制，更名'忠静'，庶几乎进思尽忠，退思补过焉。"参见张廷玉编：《明史》卷六十七，中华书局1974年版，第1639页。

绶带,脚踏红色绣花云履,行走之际,环佩叮当,显出于君子之风。

徐阶当政时,功勋卓著,门生张居正评其一生功绩云:"尊主庇民,定经制,安社稷,有自以其身致之者,有不必身亲为之,而其道自行于天下,其泽自被于苍生者。窃以为此两者,惟吾师兼焉。"①徐阶曾经在自评人生功业时涉及品格:"中以诚正服宦戚,内以谦虚接九卿、台谏,外以恩礼怀边帅。"②他还认为君子相天下必本于惟精惟一之学③,学即是学为道德④,所以相业也是德业。诚正、谦虚、仁厚怀恩正是他将学与德,相业与道统联系起来,在为政中逐渐磨炼出来的优良品德。他晚年家居,自称"以义自安,以命自遣"⑤,对照其燕居服像的儒雅恬淡气质,可知徐阶的形象正是他一生修养的直观呈现。董其昌曾经高赞方采山"崇德恬雅"的美好气质,其实这也是晚明坚守正义大臣的共同品格。这里的文图关系还是要强化一下,当文是思的说明时,图像抓住了义理内在的像,即气象。徐阶本是学道之人,又将道用于事功,自然气象非凡。所以,如果要用一个名词说明这种关系,那么图就是思的具体化生成。就如道生一,一生二,二生三,三生万物一样。但是具体化是文学化的过程,以至于借鉴了文的抒情性表现手法。

王锡爵在万历朝为首辅,因万历帝反对沽名卖直的言官激沮,延缓册立,王锡爵谦和虚谨,一直劝谏,直到皇长子以东宫礼出阁读书⑥,才安定国本。万历帝也非常佩服他,在御屏百官图王锡爵下亲笔书写"清正"⑦,终万历朝备受尊崇,多次获封赏。当闻讣告时,万历帝更是钦点谥号"文肃",盛赞他"矢志忠清,秉心介直,宏文博学早□翰苑之声,峻节姱修雅系中朝之望"⑧,可谓良臣益友。《王锡爵像》表现王锡爵艺花临帖的闲适生活。图中王锡爵"貌古神清,双颧插鬓,修眉覆目,须髯飘然"⑨,斜依红色小几,坐于蓝色花卉茵褥上,头戴裹角巾,手拿鹅毛扇,身上内着白衣,外穿浅黄色缘边交领袍子,几上横陈卷轴、古器,竹幄外童子煮茶、携琴而来,池塘中流水涓涓,新荷初绽,王锡爵手释卷轴,正对荷塘,似乎在听荷。这幅图中值得注意的是竹幄和鹅毛扇。王锡爵处于"天下事正难支撑,主德雍而政体乖,士好乱而民思乱"⑩之际,只能凭借个人德性魅力去开导、感化万历帝顺民心、固国

① 张居正:《少师徐存斋相公八十寿序》,见张舜徽、吴量恺主编:《张居正集》第三册,《文集》卷三十五,湖北人民出版社1994年版,第420页。

② 徐阶:《与瑛儿》,见姜德成:《徐阶与嘉隆政治》,天津古籍出版社2002年版,第258页。

③ 参看徐阶:《严州三先生祠记》,见《世经堂集》卷十四,《四库存目丛书》集部79册,齐鲁书社1997年版,第664页。

④ 参看徐阶:《读书台记》,见《世经堂集》卷十四,《四库存目丛书》集部79册,齐鲁书社1997年版,第640—641页。

⑤ 徐阶:《复姜凤阿》,见姜德成:《徐阶与嘉隆政治》,天津古籍出版社2002年版,第373页。

⑥ 李维桢:《王文肃公传》附录,见《四库存目丛书》集部136册,齐鲁书社1997年版,第478页。

⑦ 冯时可:《王文肃公传》附录,见《四库存目丛书》集部136册,齐鲁书社1997年版,第484页。

⑧ 王锡爵:《王文肃公文集》卷十二,见《王文肃公全集》五十五卷,《四库存目丛书》集部136册,齐鲁书社1997年版,第459页。

⑨ 焦竑:《荆石王先生行状》,见《四库存目丛书》集部136册,齐鲁书社1997年版,第495页。

⑩ 王锡爵:《陆五台尚书》,见《王文肃公全集》五十五卷,《四库存目丛书》集部136册,齐鲁书社1997年版,第25页。

本,运用谦虚谨慎的行政能力调和大臣与万历帝之间的矛盾,凭着清介方刚的性格决断廷臣横议,所以,他自称"矢志武侯",以"至虚至公"之心支撑天下①。手执鹅毛扇流露出他以武侯自诩的风采。其实,宣宗皇帝曾经赠平江伯陈瑄《武侯高卧图》,肯定陈瑄②的功绩。宣宗开创的"仁宣之治"恰是晚明几届首辅努力的方向,所以,对熟悉国朝典故的王锡爵来说,他应该对武侯高卧心有戚戚。对照两图可见,王图继承了《武侯高卧图》(图6-17)中的竹林、小儿、书函,将图中方硬灵动的线条变为虚淡简远的线条,隐隐透露出王锡爵清介而恬淡的个性。王锡爵因江陵夺情,拒绝在提前诏回江陵的奏疏上署名,避祸而归,时论比为"洛中司马"③。

图6-17　武侯高卧图,朱瞻基,北京故宫博物院藏

宋神宗熙宁年间,司马光反对王安石新法,被贬为西京(洛阳)御史台,熙宁六年(1073),司马光购地二十亩,筑独乐园。自言不求"王公大人之乐""圣贤之乐",独尽分而安,得迂叟之乐。其园中有"种竹斋""读书台""浇花亭""采药圃""见山台"等景,司马光于其中读书,"上师圣人,下友群贤,窥仁义之原,探礼乐之绪……志倦体疲,则投竿取鱼,执衽采药,决渠灌花,操斧剖竹,濯热盥手,临高纵目,逍遥相羊,唯意所适"④。这幅逍遥自在的图画为历代大臣津津乐道,明代造园风气很盛,很多大臣均在归田后,筑园自适。王锡爵归来后,修葺南园,日种菊临帖其中,逢节就乘"小舆

---

① 王锡爵:《林锦峰布政》,见《王文肃公全集》五十五卷,《四库存目丛书》集部136册,齐鲁书社1997年版,第24页。

② 陈瑄,字彦纯,合肥人。燕兵至浦口,瑄以舟师迎降,成祖遂渡江。既即位,封平江伯。永乐元年命瑄充总兵官,总督海运,输粟四十九万余石,饷北京及辽东。筑堤开漕运,改民运为兑运。督漕运,理漕河三十年。谥恭襄,正统间诏有司春秋致祭。参见张廷玉编:《明史》,中华书局1980年版,第4206—4209页。

③ 申时行:《王文肃公墓志铭》,见《四库存目丛书》集部136册,齐鲁书社1997年版,第464页。

④ 司马光:《独乐园记》,见陈植选编,陈从周校:《中国历代名园记选注》,安徽科学技术出版社1983年版,第26页。

蒙帷微行山水间"，口不谈时事①。画家采用当时流行的《独乐园图》图式，将王锡爵置于竹幄中，颇有认同深意。在《王锡爵像》中，他双瞳漆黑，若不能视②，面目静谧慈祥，肤色呈暖红，衣色浅赭，透露着文质彬彬的儒雅气质，虽心力焦瘁，却恬淡如水。呈现出安老林泉又心怀天下的阁臣气象。比较徐阶与王锡爵的像可知，王锡爵像以更加抒情的方式描绘人物风韵，掩盖了归田宰辅的气势，更接近田园诗般的抒情性描绘，文图关系依赖于特殊的文化传统来阐释。文隐图显，抒情性很强。

　　总之，从嘉靖朝开始，皇帝对朝政的掌控能力下降，他们本身的性格缺陷也使得他们与大臣，尤其是阁臣的关系发生了很多微妙的变化。虽然最终裁决权都在皇帝手上，但是由于历任皇帝有意荒殆朝政、激怒外廷的情况很多，人为引发了各种弊端，阁臣夹在皇帝与大臣之间，小心抚平朝中怨气，维护大臣尊严，果断决策边疆大计，保证明代基业在支撑中的稳定前行。相对宋儒力争国是，希求三代之治，屡屡受到党争的干扰，不得志来说，明代几届阁臣虽然没有宋儒的雄心高论，但均于平实中小心调护，保持国本，可算"得君行道"。所以，这一批阁臣有很高的社会地位，很强的担当意识，能够将学、德、政结合起来，为帝国的承续鞠躬尽瘁，不管他们以武侯自拟，还是以司马为友，都是力护国家正统、以道为国的帝王师。

图6-18　董其昌像，曾鲸、项圣谟合作，上海博物馆藏

万历末期到明代灭亡，朝中宦官当政，大臣激于党争，国家处于风雨飘摇之中。此时部分大臣选择退隐，受到三教融合思想影响明显，出现新的闲居面貌。董其昌、李日华是其中的代表。董其昌和李日华均少有林泉之志，朝政不稳时，归隐学艺，成为明末赫赫有名的鉴赏大家。现在流传的董其昌画像（图6-18）和李日华画像（图6-19）均显示他们信奉佛教。在曾鲸、项圣谟合作的《董其昌像》中，董其昌穿淡绿色交领长袍，着红履，行走于松树红叶间，面带笑容，非常和蔼。《李日华像》（图6-19）表现李日华在山水间，拿着拂尘，面向观众。他穿着白色儒衣，中系绳子，衣袖宽大，随风飘荡，望之如道人。这些新装束的出现，实际上是晚明高官为簪裾树立标杆的表现。这些图像与嘉靖时期相似，此处不再具体说明。

　　肖像图与题赞文学是评定人物一生的重

① 李维桢：《王文肃公传》，见《四库存目丛书》集部136册，齐鲁书社1997年版，第480页。
② 王锡爵因劳累过度，双目盲。

图6-19 李日华像,陈裸,北京故宫博物院藏

要文献,明代庙堂高士都是非常有作为的大臣。他们的形象是国家仪范的象征,气韵是个人修养的结果,衣饰又是国家意识形态的表现,所以,图像和文学都围绕着国之大计展开,具有非常重要的政治含义。图像主要以符号的形式表现人物的风仪,暗示社会阶层,表达他们的志向,文学以史赞的形式评定他们的主要功业,说明他们的杰出品德。图文关系在思的基础上呈现细微的差别,但艺术家都能够抓住思的内在意象性,让图文沟通思,具象化思,发挥解释说明、抒情颂赞的双重作用。

## 第三节 吴中高士图与文学

吴中高士图主要是吴中画家创作的反映人格观念的图像,这也是吴中画家继承宋元高士图的结果。由于明初张士诚在吴中招徕元末名士,并与朱元璋对抗,朱元璋定国后对吴中地区采取压制政策。到明代中期,吴中经济复苏,人才辈出,但受元代世家文化风气的影响,大多人才还是隐居吴中。随着吴中经济的繁荣,吴中世家的文化活动开始活跃,艺术家受到良好的地区文化熏陶,积极创作了大量反映文化生活的图像,但他们以写意为主,侧重从笔墨角度表现高士的生活环境,抒发情怀。所以,从传统意义上来说,他们创作的图像继承了历史上的山水图的画法,从特色来说,他们选取特定的意象,将历史上的山水图与人物图结合,整合图像的空间结构和意象内涵,形成高雅脱俗的图像形式,为更加清晰的文艺生活观念的传达找到了理性化的图像形态。

此一时期,塑造吴中高士风范的艺术家主要有谢缙、刘珏、杜琼、沈周、文徵明、唐寅,但大量将图像与文学结合的画家,主要是文、沈、唐三家。沈周是吴中高士图[①]的先驱,文徵明和唐寅均拜他为师,从主导画坛的时间来看,沈周主要活跃于

---

① 吴中画家留下了不少肖像图,并题赞说明像主的人格观念,这一部分图像放在布衣像中解析。值得说明的是,吴中画家创作的高士图与肖像画所表达的观念是一致的。但肖像图更加关注风仪,高士图更加依托环境渲染,其实,两者共同传达了吴中画家理想的人格,也更加丰富了吴中高士的面貌。所以,根据图像的类别,将两种图像分开来讨论,可见全貌。其实,添加环境也是波臣派、以陈洪绶等为代表的明代肖像图的写法,只是这些图像的中心是人物风神,环境主要用于辅助说明人格观念。

1460—1509 年，唐寅主要活跃于十六世纪前二十年，文徵明则在翰林归家后，潜心画道，主导画坛近四十年，弟子满天下，使得吴中画派的造诣达到顶峰。在横跨一个世纪的岁月中，三位画家处于不同的人生境遇中，所创作的图像有各自鲜明的时代特色和性格特征。下文按照他们的图像特色，分类描述吴中高士图的面貌，解析图像的内涵，分析文图关系。

## 一、吴中高士图式

沈周生于吴中世家，虽然历代不仕，但他生活的时期明代社会处于仁宣盛世，又受到元末江南文化风气的影响，他的高士图具有醇和稳健的高士气韵，显示了世家高士特有的文化风采。沈周又是吴派高士图的第一大家，清晰表达了高士的林下生活观念，塑造了林下高士的风采，奠定了吴派高士图的刚健基调，显示了明代吴中高士图的特殊气象。文徵明也是吴中仕宦之家的子孙，但身处嘉靖时期，久因场屋，行事严谨，心态平淡，多与弟子切磋，更多表现游艺养德的文质雅秀风采。唐寅起于商人之家，以才气自负，但科场案改变了他的命运，使得他内心多郁愤之气，虽不断平复，还是将这种气韵转化在图像中。又因商人之家文化底蕴薄弱，早年学习画匠技法，图像更加侧重表现贫寒之士的凛然风采。

### （一）沈周：清雅醇正与骨力刚健的高士图式

沈周的高士图主要有长卷与小幅（立轴、册页、扇面）两种形式。小幅是沈周高士图的基础，文徵明曾指出沈周先画小幅，四十以后才变为大幅[1]，而沈周也多次坦言自己的山水是一段一段点出来的。这些图像的共同特征是应用一定形式元素来创作新图式，显示了沈周创作的符号化趋向。本章节主要研究沈周的小幅图像。这些图像内容主要有静坐、江钓、策杖、行吟、读书、清话、访友、抚琴等。如《夜坐图》表现一人深夜在茅屋中于灯下盘坐，屋外流水潺潺，屋后青山秀丽，云气升腾。《庐山高图》表现一老者在崖石间行吟，高瀑飞流直下，中部冈峦林立，右侧屋宇掩映于茂树间，后部五老峰缠绕云间。《长松高士图》表现长松下，两人坡陆对谈，对面高山耸立。

在形式表现上，沈周的高士图有疏密[2]两体。在疏体中，笔墨是塑造意象、表达精神的重要方式。在《松阴高士图》（图 6 - 20）中，前景中的高松采用焦墨写针叶，与矮树红叶交缠，挺拔老辣。简洁的平台上高士危坐，须髯飘飘，正昂头看山。陂陀和山脉布满流动性很强的点苔或皴擦笔触，显出高士的意气昂藏。《苍崖高话图》（图 6 - 21）在笔墨对比中塑造形象。前景中的平台、水面和远景中的山石均勾

---

[1] 文徵明《题沈石田临王叔明小景》云："石田先生风神玄朗，识趣甚高，自其少时作画，已脱去家习，上师古人，有所模临，辄乱真迹。然所为率盈尺小景。至四十外，始拓为大幅。粗株大叶，草草而成。虽天真烂发，而规度点染，不复向时精工矣。"（文徵明：《文徵明集》卷二十一，上海古籍出版社 1987 年版，第 52? 页。）

[2] 此分法便于归纳图像图式，图像观念不受其限制。

浅色轮廓,中间微微皴擦,干净明朗。前景中的二棵虬松用焦墨严谨勾写针叶,鳞皮疏朗清晰,后一棵树用淡墨勾写针叶,树干上布满淡淡的点苔。左侧直树和右侧山崖上弯曲小树用笔粗放,枝叶淡刷浓点,错落中呼应三棵松树,疏秀中见茂密。前后山石上先淡墨,后焦墨点苔,用笔坚定,突出生生之意。前景中的石头上侧刷用笔和河中平刷又营造朦胧静谧的月色时分。在《夜坐图》中,前面陂陀干皴和焦墨点苔,陂陀上两棵歪树用淡笔勾干后墨染树叶。宽敞的庭院和错落的茅屋被山石、秀松、柏树和竹篁围住,树石多用淡墨,蒙上一层夜气。屋后白气绕在秀山间,颇为清逸。

图6-20 松阴高士图,
沈周,藏地不详

图6-21 苍崖高话图,沈周,台北
"故宫博物院"藏

　　构图是沈周布置空间的方式。在疏体中,沈周在倪瓒的陂陀—水—远山三段式、黄公望屋宇—云气—远山三段式构图的基础上,或调整倪瓒的正面三叠空间,增加形式关联,或简化黄公望险怪而猎奇的繁复空间,发展为疏朗秀润的新图式。沈周首先采用斜平行的方式分布大空间,又用特定意象加强空间之间的联系,最后将主要人物置于关键位置,以"得其环中"。如《松阴高士图》和《苍崖高话图》均采用对角线构图。前图陂陀占据左下角,山脉占据右上角,中间是斜形河流。松巅接近左侧中景水平横坡,横坡与右边山下陂陀平行,逐渐推向远方,拉远空间。后图景物分布在四边形的顶点。三棵松树前后排列指出远近,枝叶交叉,映带两侧,又点出左右。高松、小亭和山顶,指引高低。水际阴影向后扩展和淡淡山峦一起指出深远。两图的中心均在树下空地。前图中人物背靠秀松,面向山峦,美景尽收眼底。后图中两棵松树、茅亭、人物和平台清晰简练,点出高谈现场,三组树从左到右平行排列,前后错落,恰好突出两虬松的秀逸挺拔,隐喻人物的风姿。

斜平行也是分割小空间的主要形式,《夜坐图》从前到后由四个小空间组成。陂陀与横桥为前景斜空间,茅屋自成中景小空间,房屋周围的树木成为外空间,山峦与树木组成远景空间。左右摇摆,错落有致,增强了图像的内部韵律。《夜坐图》还采用了地理方位空间。茅屋空间与其他三个空间并不处于同一水平线,而是位于较低的深度空间,类似于地理坐标图。并与前景陂陀上的树连接为最短直线,这样,观者从陂陀直达人物,而不被左右的韵律紊乱。此图调和两种空间正是作者处理心物关系的特意安排。

密体以塑造形象、表达情感为主,笔墨是图像意义的根基。一般来说,先勾画雄伟的高山从远方蜿蜒而来,突出巍峨亘古、不可分割的整体气势。再表现中部陡起的平冈山崖,两侧或瀑布、云气、方塘,完成图像大体。然后,用披麻皴、解索皴,反复皴擦点染,调节墨色的干湿浓淡,力求再现物象本身之美和气韵。最后用疏朗的空地人物来统领山水,强调动态的宁静。如《庐山高》(彩图)空间更加依赖笔墨,情感更加浑融。右侧底部用短披麻皴、解索皴,层层皴染,再以浓墨点苔逐层醒破,以突出山阴的苍润。中间淡干笔皴出岩石纹理,用焦墨点醒,突出山石的青苍。顶端水口密匝的点苔、短皴、敷染,突出茂密葱茏的水源。顶端矾石,淡墨小皴山体,淡笔小点山阳,巍峨温雅。左侧长线勾石,干擦湿染,增加石头的光泽,甩墨点苔,制造蓬勃升起的气势。红藤苍松直接中部,矫健昂藏。中部洁白的山岗和右侧山脉融为一体,夹住飞瀑。一桥横亘,山岗壁立,层岩扭动,伸向前方。山岗光洁如白昼,阴面长线勾山石轮廓,干笔略微皴擦以显示向背。岗上点叶红树和玲珑的松枝既呼应前景茂松红枫,又与岗后更为率意磅礴的点景小树相应。山岗左边房屋掩映在高山巨石中,山石以短披麻皴表现,和茂密的个字草丛、树木的干墨点叶形成呼应关系,似乎整个屋宇均在秋风摇荡之中,颇有乾坤气象。屋后五老峰采用披麻皴、解索皴,线条曲折旋绕,秀妍奇俏,被云雾缠绕。云气淡染椭圆形轮廓,强调云层的厚度与立体感,与飞泉的水口相回应,营造了渊源处的磅礴气象,可谓元气淋漓,浩荡无穷。前景流泉如玉,水纹绵渺疏宕,一人笼手行吟,背后松和红叶树均细致勾线,历历分明,与磅礴朦胧的气势形成对比。

### (二) 文徵明:茂密谨严、遒健古雅的高士图式

文徵明的高士图主要表现策杖、吟诗、听泉、品茶、闲话、远眺等林下活动。但是,活动地点更加具体,如园中茅屋或在野外高山巨壑中。

园中活动主要是小型聚会,大多以茂树、烟峦、秀山营造云气笼罩的集会氛围,如《品茶图》(图 6 - 22)表现一红衣高士过板桥,两人茅屋中闲谈。门外一高桐,一偃枝秀松,几缕翠色松针,几棵杂树,分外茂密。屋右一湾流水,绕过门前。庭院洁净,芳草微露新芽。屋后云气外有两重秀山。

野外活动多在封闭的山崖、水潭一角,或在林中空地举行,用笔放逸,突出谷中幽趣。如《绝壑高闲图》(图 6 - 23)表现一人策杖过桥,一人高台趺坐看飞泉。人物尺寸颇大,风度翩翩。五道飞泉如玉,飞奔而下,撞击卵石,形成形态丰富的墨花。瀑布激荡悬崖,激起回环的水纹,流过横桥。《松壑飞泉图》(图 6 - 24)表现两

山相接于最高处，飞泉如玉带挂在石壁上，一人面对飞泉。飞瀑直泻而下，绕过茂松中的空地，蜿蜒流出画外。松下高士濯足、听泉、徘徊、对谈。

将高山巨壑与高士活动相结合，还可以表现更为广阔和多层的空间。如《绿荫清话图》表现茂树下平台上，一人执卷，一人危坐端听。泉水从台底流过，前面枯树藤萝，倒映在奔泉上。背后水塘，水塘右岸两棵虬松掩映飞瀑，隔岸茅屋背靠杂树。中间一童子携琴过横桥，向水榭茅屋而去。屋后是长带形小路，通向飞檐华栋，云绕松巅，背后俊山，山上点缀着直立的小树，可以于此处眺望远山。

就形式而言，空间深度是文徵明关注的重点，循理而动，省略很小，是其空间构图的特色。他主要采用四种深度处理的方式。一种是以深度为主的单一空间，多以树木、流泉围合，空间相对封闭。如《茂松清泉图》创造了高而平的疏旷空间。树干很高，枝叶茂密，既遮住背后的峻山，又围成疏朗的林中空地。左侧山石上枯枝红藤与平台上高松一起暗示谷底流泉的源头。右侧山巅与左侧泉石均生机勃勃，暗示上下一体的空间环境。如《绝壑高闲图》刻画了封闭的水潭洞壑、横桥、平台组成的疏朗平地。山崖、飞泉、石壁、茂树形成洞中天地。山崖又向上撑住洞壑，密密匝匝，不见天日。一种是庭院空间，前景与中景侧重描绘茅屋环境，将远景简化为秀山轮廓，间以云气。如《品茶图》前景是人过横桥，绕庭院到茅屋。屋右侧一流泉，绕到前景，组成圆形的空间。园中高松、碧梧、杂树高挺，似乎与远处两叠横山齐

图 6 - 22 品茶图，文徵明，台北"故宫博物院"藏

高，中间弥漫云气，暗示屋宇位于山下。一种是将深远和平远结合，前景与中景一贯，组成低地空间。再通过高树、盘山小路伸向高远，组成开阔的高处空间。比如《仿古山水图》前景是一高士、两白鹭、茅屋、一小桥和河岸上排列的高树，组成水平线极低的空间。远景分为左右两部分，左侧山路、华栋和排树，组成另一个较高而平阔的山坳空间。右侧小桥、水岸和平台，组成开阔的眺望空间，最后以晴朗的横山收住空间。《绿荫清话图》前景中的茂树、平台是高处，泉水从台底流过，反衬水塘之低。枯树藤萝，倒映其上，与平台上的高树互相呼应，营造高低互动的闲谈空间。中景中水塘右岸的两棵虬松掩映飞瀑，隔岸有茅屋，童子携琴过横桥，向水榭茅屋而去，组成水榭听松瀑空间。屋后长带形小路通到飞檐华栋，云绕松巅，背后峻山，山上点缀着直立的小树，组成远眺空间。还有一种是依据相同意象，将高远与深远结合，采用遮断法完成空间营造。如《松壑飞泉图》用一条飞瀑贯穿山巅观瀑与林下活动。山巅石壁上挂飞练，山峰向右侧扭动，层岩嵯峨，非常高峻。谷底

图6-23 绝壑高闲图,文徵明,台北"故宫博物院"藏

图6-24 松壑飞泉图,文徵明,台北"故宫博物院"藏

九松成林,虬立而上,遮住瀑布在中景的流向,人物徘徊其下。远景与前景弥合为一。

意象刻画也是文徵明高士图的重要形式。高士图的意象集中在茂树、虬松、枯槎、飞泉、水潭和山岚上。这些景物除了组织空间,还是图像气韵的重要塑造者。泉水一般与树木、云气合写以创造意境,但是有几处单写也具有特别的意义。如《绝壑高闲图》中五柱飞瀑直泻而下,中气十足,水花激荡潭石和悬崖,形成朦胧的墨花,回荡出一圈圈波纹,观画人似乎可以听到洞壑轰鸣的巨响。《松壑飞泉图》中白色飞练挂在青苍的石壁上,如镶嵌的白玉。如将苍壁比为石墨,飞练恰如篆烟,苍古秀逸的金石味弥漫而来。

文徵明画有叶杂树时一般先勾高枝干,再填色,树叶以点为主,如胡椒点、介子点、菊花点、桐叶点等。松树一般采用鳞皮、直干,细致茂密的松针,微微施加墨清或藤黄。枯槎先勾树干,再皴擦,枝节极尽扭曲之态,枝则用茂密的小枯枝填塞,突出树木的秀挺茂密。如《绝壑高闲图》中树木均勾虬曲的枝干,左侧松树用细笔写针叶,又用藤黄染过,色泽清晰。两棵墨树先淡淡点叶,然后浓墨大点,类似鼠足点攒聚而成,制造云气感。一棵倒垂小树,用介子钩叶,与飞泉相配,温润古雅。右边树墨点大而模糊,受到水汽的浸润而不失苍老本色。《松壑飞泉图》中九松根节暴露,树干虬立,布满鳞节,再染赭黄。枝干虬曲如蛰龙,松针用石青墨淡皴,颇为青苍。《茂松清泉图》中的直松上缠绕着白藤红叶,另一鳞松与之俯仰。右侧杂树点胡椒叶、菊花叶,茂不透风,颇显老密阳春。《绿荫清话图》中虬松秀丽参天,枝干偃而松针擎举,以示潜龙在天的矫健骨力。

### (三)唐寅:风骨凛然、文秀古雅的高士图式

唐寅的高士图非常多,图像内容基本上一题一图,山水风貌是其表现的重点。表现内容有弹琴、观瀑、闲坐、赏菊、清吟、试茗、骑驴等。唐寅受到科考案影响,以骨气为高,他的高士图多表现风骨凛然的贫士。《西州话旧图》表现两人在茅屋中席地闲谈。地上卮、盘、书籍横陈,窗棂骨节突出。门外高槐、枯树曲折方刚,含苞待放,或飞花烂漫。茅屋左侧湖石青苍,布满苔痕,铁杉斑驳,似乎经历风霜摧打。文竹疏秀,掩映其间。《骑驴归思图》(图6-25)表现一横山纵贯而下,山谷中一条瀑布奔向横桥,泄入深潭。潭上顽石茂树,左侧一人骑驴归向山下茅屋,屋后一道飞瀑沿山崖而下,山上小树红花,烂漫霞蔚。当然唐寅也有不少表现闲和平淡高士生活的图像,如《事茗图》(图6-26)表现一人策杖过桥,童子携琴。一人屋中坐候,童子煎茶。屋前高松虬立,丛篁青青,小桥精致,屋宇错落。水塘外两尊巨石,类似怪兽,守护门厅。左侧一棵松叶树,虬曲掩映在山石间,分外妍丽。屋后卷云山中,水脉微分,瀑布泄入山底,横迤绕过坡渚,流向屋前。境界疏旷,氤氲磅礴。

图6-25 骑驴归思图,唐寅,上海博物馆藏

图6-26 事茗图,唐寅,北京故宫博物院藏

唐寅的高士图有两种：一种师法董巨、元四家，文秀清雅。侧重描绘竹篁、松、老树等园庭景色，以突出人物风骨。主要有《对竹图》《事茗图》《悟养性子图》《琴士图》和《西州话旧图》。这些图像喜用竹篁、古器、茂密的钩叶表达高士的文秀，如《对竹图》和《事茗图》均用云雾般丛篁、裂纹石、宽敞精致的茅屋，突出文人的秀雅。《琴士图》和《西州话旧图》则将古玩搬入画中，衬托高士的书卷气。又用多节的原木窗棂、龙蛰高松象征高士独立天地的不屈骨力。《对竹图》《悟养性子图》中松枝如蛰、松叶如针，树枝统一向一方倾斜，显得风骨凛然。另一种图像是师法李成、郭熙、范宽、南宋院体、周臣，又能融合各家，自成一体，图像面貌介于南北宋之间，力图在骨力中塑造形式。图像形态险峻曲妍，却又风骨凛然，气势雄浑。主要图像有《骑驴归思图》《山路松声图》《春山伴侣图》。这是唐寅最有特色的图像，也是改造、雅化宋代巨川大山图式，创立有别于文、沈的高士图。北派山水主要采用斧劈皴，刚硬、死板，墨色也单一，细谨琐碎。唐寅将笔、墨与留白密切结合，改造斧劈皴，呈现三者交融的局面，创造刚劲奇绝的境界。比如《骑驴归思图》用细劲的线条勾山石轮廓，用斧劈皴刷石面，用焦墨染山石背光处，中部山石留白以创造光洁的效果，整个画面不仅黑白交相辉映，而且线条遒健虚灵，颇有龙象韵味。《春山伴侣图》利用虚淡曲妍的线条，简率的山石皴法，大量留白来制造回环动荡的气势。《山路松声图》利用 U 形巨山的拖泥带水皴制造苍茫气势，又以松、瀑映衬平潭人家，平衡图像的气韵。《骑驴归思图》中勾与皴结合，方折浑圆的线条与披麻皴紧密结合，高山横衍刚硬，山花烂漫如春。下部山石密皴，局部劈砍，线条长，下笔快，与骑驴、流泉构成互动生机。

　　总之，吴中三大家受到各自家世背景、人生遭遇、图式选择的影响，创立了别具一格的高士图式。苍郁浑厚，图像观念化是沈周高士图的本色，也奠定了明代高士图的清雅醇正与骨力刚健的双重基调。文徵明的高士图追求茂密谨严、遒健不息的高士气韵。唐寅胸中郁愤，大胆采用巨山大川表现风骨凛然的贫寒高士，展示他们拥有知识、坚守骨气的特殊风采，这些寒士是中下层贫士的典型写照。

## 二、吴中高士气象

　　文图关系本应紧扣文与图的关系来写，但明代诗文与图像的关系并不像现代影视改编具有底本与模本的关系，而是文图都服务于艺术家的思，因为这些艺术家都具有深厚的哲学背景，又处于在野状态，专注于人格修养。人格修养的最终呈现是气象，既可以通过诗文，也可以通过图像来实现。在诗文与图像结合的情况下，二者均有像有思，又互相交叉，具有丰富的互动关系。吴中高士气象百年之内经历了很大的变化。当沈周之世，世家传统还在江南流行，大部分隐士坚守纯正儒雅的文化，又由于经济繁荣，相对独立，他们所思考的问题是心灵的独立，在与物相接中出现的矛盾，更能促发他们去思考本体的意志，高士还具有刚健不息的豪迈气象。当唐寅之世，商人出生使得他更加渴望功名，而文化背景相对薄弱，仅仅依靠才气难免走向偏激，受挫之后，他力图抓住内心的骨力，同时又通过鉴赏古玩、书画等高雅的活动极力证明自己拥有文化正统的意愿,他笔下的高士有一种不断言说自我尊贵气质的努力,高士气象刚健中有凛然戾气。文徵明在嘉靖一朝,处于明代社会的重大转折时期,中层士人要通过科考进入官场分外艰难。为了证明自己的学问道德,他们开始坚持朱子学,提倡养德游艺,文徵明笔下的高士多展示君子群体彬彬儒雅的风采。

### (一)沈周:静中得志、浩荡不息的君子气象

沈周十一岁代父为粮长,有司试《凤凰台歌》,援笔立就,被赞为"王子安才"。好读书,"自群经而下,若诸史、子、集,若释老,若稗官小说,莫不贯总淹浃"①。汪浒云"欲以贤良举之,以书敦遣。先生筮易得遁之九五,曰嘉遁贞吉"②,遂隐居不仕。然"每闻时政得失,辄忧喜形于色"③,可见他隐在城市,志意不减。粮长的主要任务是征收与解运粮食。苏州是明朝粮食重征地,课税极多。粮食的征收和运输,本有是非之争,加上水旱灾害④、朝廷乱征,工作更难展开。沈周《初度日归自吴门》云:"吴中鸿方割,饥民负官粮。朝廷多外顾,私家亦遑遑。鸟雀喧落景,猩猱啼我傍。"⑤当沈周将粮长交给继南(沈召)时,云:"官里诛求数,民间给用贫。余情不堪道,相对但沾巾。"⑥个中滋味,恐怕只有当事人才明白。粮长还拟定田赋科则,编制鱼鳞图册,申报灾荒蠲免成数,检举逃避赋役人户,劝导农民努力耕种,甚至处理地方纷争。⑦ 文徵明总结其性格云:"先生为人,修谨谦下,虽内蕴精明,而不少外暴。与人处,曾无乖忤,而中实介辨不可犯。"⑧沈周对人格的反思主要表现在两个方面。

#### 1. 因困生思,静坐得中

不可抗拒的灾害和人事处理的艰难使得沈周时时总结教训,如"一味耽农百不便,门前湖水涨低田。饥来读书不当饭,静里安心惟信天。风茅雨壁溪堂破,贫贱生成今老大"⑨。静心是他抗拒灾害痛苦的一般方式。随着名气的增加,索画者越

---

① 文徵明:《沈先生行状》,见文徵明著,周道振辑校:《文徵明集》卷二十五,上海古籍出版社1987年版,第594页。

② 同上,第595页。

③ 同上,第595页。

④ 沈周有不少诗歌写到农田受灾的情况,如《悯禾》云:"五月风雨大,潢潦卑莫受。田稗俯就没,浊浪扼其首。排灉滃荡间,性命存亦苟。天日赫赫出,水热烹群丑。二日色已变,三日蘖在日。我时往捞观,觊活从中剖。心存根已拨,欲弃难懈手。欲拯卒何及,怆食内若疗。掘土室渗塍,倩车仰邻佑。督庤靡日夜,救死岂容久。并力役老少,足级筋亦纠。水面青锇芒,稍出九死后。气力与生意,委顿类产妇。——补伤烂,行行十八九。时时强经营,安望如常茂。事多于悔祸,始畴终变偶。七月寻遗风,弱本被拗揉。折处气当沮,虚房但含潲。间或见成穗,秃秸卧败帚。何能毕公租,亦莫毂饥口。"(汤志波校:《沈周集》,浙江人民美术出版社2013年版,第613—614页。)

⑤ 沈周:《初度日归自吴门》,见张修龄、韩星婴点校:《沈周集》,上海古籍出版社2013年版,第316页。

⑥ 沈周:《继南执役》,见汤志波校:《沈周集》,浙江人民美术出版社2013年版,第108页。

⑦ 参见梁方仲:《明代粮长制度研究》序言,上海人民出版社2001年版,第1—7页相关概说。

⑧ 同①,第596页。

⑨ 沈周:《王理之写六十小像》,见汤志波校:《沈周集》,浙江人民美术出版社2013年版,第918页。

来越多，"每黎明门未辟，舟已塞乎其港矣"，所以，沈周五十多岁已白发萧萧，靠医药、养生书来安养心胸①，以忍为主，"是非非是都休辩"②。结窝山林，以求"时修静观心斋里，应物虚明自觉灵"。深夜或黎明是焦虑之人的清醒时分，也是天地最安静的瞬间，此时修道最能在内定外静的情况下体悟动静相生的关系。《夜坐记》完整记录了他得道的情境：

> 闻风声撼竹木，号号鸣，使人起特立不回之志；闻犬声狺狺而苦，使人起闲邪御寇之志；闻大小鼓声，小者薄而远者渊渊不绝，起幽忧不平之思。官鼓甚近，由三挝以至四至五，渐急以趋晓。俄东北声钟，钟得雨霁，音极清越，闻之又有待旦兴作之思，不能已焉。③

显然，平时沈周受到外扰而形成潜意识的焦虑。内定外静的环境促使其内心升起奋发向上的积极力量，从而将对抗焦虑转化为正面的心物和谐，即"今之声色不异于彼，而一触耳目，犁然与我妙合，则其为铿訇文华者，未始不为吾进修之资，而物不足以役人也已"④。志意作为心体之力在稳定中上升，可以感知为心灵主宰，"声绝色泯而吾之志冲然特存"。心灵主宰因辨而明，"则所谓志者果内乎，外乎，其有于物乎，得因物以发乎，是必有以辨矣"⑤，使体悟上升为理，也为再次达到此一境界提供范例，所以，"嗣当斋心孤坐于更长明烛之下，因以求事物之理，心体之妙，以为修己应物之地，将必有所得也"⑥。如果时时用功，长保此境，则是得道之人。可见，外物的触发迫使沈周修炼自足的心体，内在的阳刚志意一旦成为主宰，就将对立的物我转化为心物融洽的和谐，从而游刃有余地应对官民矛盾，成为以儒为本、德高望重的明世高士。

现实的困惑和磨难使得沈周步入中年便开始撰写生日感言、病怀、夜坐，自慰，反思自我。

> 天地假我，有其躯也；丹青假我，有是图也。我尚假农，有禾一尘，有豆一区；我尚假儒，有此衣冠，有此步趋。方用力于二者之秋，自恃壮夫；然一臞如此，蚤白其髭。谅非凌寒之松柏，无乃望秋之柳蒲。保天地之气，必至无物；信丹青之像，终非故吾。活一年，耕一年田，以为亲养；存一日，读一日书，以为自娱也欤。⑦

> 惟其怀空，以瓠壶自如；惟其不割，以铅刀自居。寓形天地，寝迹里间。无亦不觉其少，有亦不见其余。服勤于南亩之间，榾榾把锄；息劳于北窗之下，蘧蘧枕书。此外何骛，志静心舒。四十有二，齿发向疏。感往者之多矣，知来者之几欤？委泥

---

① 沈周《除夜》云："五十三回送岁除，世情初熟鬓应疏。事能容忍终无悔，心绝安排便自如。立券每赊扶病药，作缄因借养生书。"见张修龄、韩星婴点校：《沈周集》，上海古籍出版社 2013 年版，第 118 页。

② 沈周：《王理之写六十小像》，见汤志波校：《沈周集》，浙江人民美术出版社 2013 年版，第 918 页。

③ 《沈周夜坐图》，见张照：《石渠宝笈》卷三十八，《景印文渊阁四库全书》第 825 册，上海古籍出版社 1991 年版，第 488 页。

④ 同上。

⑤ 同上。

⑥ 同上。

⑦ 沈周：《四十二岁像赞》，见汤志波校：《沈周集》，浙江人民美术出版社 2013 年版，第 64—65 页。

泯于浮休,又何假丹青之寿予也哉![1]

沈周认为心是"怀空"而"不割"的整体,具有"含灵参天地,息存还自强"的生生不息精神,它化育天地,无形而刚健。心假借物而成"自然"之形——"我"。"我"因生于社会,而成为现实之人,无形之力成为有形制之体,天地因"我"而得形体,丹青以我为本。但"我"因气质之性的蒙蔽,只有静观物性,才能体悟动静相能之理,所以,沈周虽感慨"物化虫嬴",人生逆旅,"纸间坐上两游尘",但并不悲观,而是高呼"我与石火争,寄活真螟蝶""有万卷书贫富贵,仗三杯酒老精神。山花笑我头俱白,头白簪花也当春"[2],显示了他生生不息、昂藏老健的气象。

沈周刚健不息的气象通过《庐山高》体现出来。《庐山高》直陈胸臆,将他硕儒耆德的浩荡心胸展现出来:

> 庐山高,高乎哉。郁然二百五十里之盘踞,岌乎二千三百丈之龙挞。谓即敷浅原,峙嵘何敢争其雄。西来天堑濯其足,云霞日夕吞吐乎其胸。回崖沓嶂鬼手擘,涧道千丈开鸿濛。瀑流淙淙泻不极,雷霆殷地闻者耳欲聋。时有落叶于其间,直下彭蠡流霜红。金膏水碧不可觅,石林幽黑号绿熊。其阳诸峰五老人,或疑纬星之精堕自空。[3]

庐山纵横盘踞,天堑濯足以洗尘,云霞吞吐以涵养心胸,巍然屹立在天地间,恰是仁者乐山的仰止气象。鬼斧神工,开辟洪荒,石林黝黑,霜叶飞瀑,蕴天地精气,彰时序更替,象征着永恒而常新的变易精神。"著作揖揖,白发如秋蓬。文能合坟诗合雅,自得乐地于其中。荣名利禄云过眼,上不作书自荐,下不为公相通。公乎浩荡在物表,黄鹄高举凌天风。"[4]陈宽受到庐灵的钟养,坚守儒雅,善养浩荡之气,视富贵如云烟,与五老为朋,超迈高举,凌风物表,是心中充实,独立不依的彬彬君子。

### 2. 静逸高旷的清虚境界

除了自我内心的修养,沈周还在很多高士图中营造老健清虚的文化韵味。他自言每处于高松绿水间,便有清虚宁谧之感。如"高松阴下清于水,远嶂青边淡映秋"[5]令人感觉清凉朗淡。"十亩松阴匝地铺,坐来尘虑觉全无。长安二月春如海,自信闲人不受呼"[6],抒发了冷逸疏狂之情。"琴罢清谈犹丰饶,不妨新月印溪明"[7],显得空灵清泠。"山静似太古,人情亦澹如。逍遥遣世虑,泉石是安居"[8],表

---

① 沈周:《自题小像》,见汤志波校:《沈周集》,浙江人民美术出版社 2013 年版,第 169 页。

② 沈周:《六旬自咏》,见汤志波校:《沈周集》,浙江人民美术出版社 2013 年版,第 923—924 页。

③ 《沈石田庐山高图》,见吴升:《大观录》卷二十,全国图书馆文献缩微复制中心 2001 年版,第 595 页。

④ 同上。

⑤ 《沈石田长松高士图》,见李日华:《味水轩日记》卷五,上海远东出版社 1996 年版,第 356 页。

⑥ 《松阴高士图》,见田洪:《沈周绘画作品编年目录》(下卷),天津人民美术出版社 2012 年版,第 519 页。

⑦ 《苍崖高话图》,见《景印文渊阁四库全书》第 825 册,台湾商务印书馆 1986 年版,第 513 页。

⑧ 《沈周策杖图》,见张照:《石渠宝笈》卷三十九,《景印文渊阁四库全书》第 825 册,台湾商务印书馆 1986 年版,第 513 页。

达了雅静闲适之感。沈周自诩"老抱拙静",焚香以助萧斋沉心悦性[1],自云:"取足一生内,泛观千古前。风疏黄叶径,露发夕阳天。物理终消歇,幽居觉自妍。"[2]又云:"满地夕阳谈不倦,疏髯风动雪飔飔。"[3]夕阳红妍、白发飘萧、黄叶小径,暖色加于老境,颇有老健阳刚气象。立足一身,泛观千古,超越物理消长见自我妍丽,又显示他独立天地间的自信与魄力,可谓得道之人。

### (二) 文徵明:养德游艺、仁德谦健的气象

文徵明的家族以明经著称,祖父文洪精通易学,门生弟子多"掇巍科、阶肤仕",所为诗"尚风韵,有节制"[4],文辞寓道,朴简而不巧泛。文徵明的父亲文林深于术数,文徵明虽然没有继承父亲的术数之学[5],但"读书甚精博""尤精于律例,及国朝典故"[6],而易学的简静、持恒的精神却贯穿始终。[7] 文徵明结束翰林待诏任职后归家,以讲德养艺为业,心情淡泊,以古人为友,赢得了很高的清誉,成为林下高士的代表。

#### 1. 以古相期、养德游艺

文徵明1495年开始参加科举考试,直到1519年九试依然未中,1523年通过荐举,授翰林待诏,三年后结束仕途。文徵明内心鄙视举业,但志向高远,每以功名为念,以奋龙为寓,如云:"坐阅岁时成老大,天教贫病养疏慵。曾参际会无裨补,羞更从人说卧龙。"[8]但文徵明更以古人相期,"惟应慎厥躬,古人以为期"[9],认为只有向古人学习,回归古人,才可以锤炼道德,保持令名。文徵明早年"随父往滁,读书务稽古人之德,能自得师"[10]。文林也借为官之便,主动将文徵明推荐给同僚好友[11],以期成就大业。当文林及海内先达相继过世后,文徵明以追忆先友的形式,写下《先友诗》八首,指出先友坚守的道德。八友分别为李应祯、陆容、庄昶、吴宽、谢铎、沈周、王徽、吕㦂。八人均是矫矫飞鸿,翘翘麟角,均有突出的德行。如李应祯、陆容"耿挺清真",与逆珰相抗;庄昶学道希贤,尚古违时;吴宽道义周身,文章华国;谢

---

① 《沈启南春云迭嶂图》,见高士奇:《江村销夏录》卷二,《景印文渊阁四库全书》第826册,台湾商务印书馆1986年版,第540页。

② 沈周:《幽居秋意图》,见汪珂玉:《珊瑚网》卷三十七,《景印文渊阁四库全书》第818册,台湾商务印书馆1986年版,第714页。

③ 《沈石田长松高士图》,见李日华:《味水轩日记》卷五,上海远东出版社1996年版,第356页。

④ 李东阳:《括囊稿序》,见钱振民校点:《李东阳续集》,岳麓书社1997年版,第182页。

⑤ 文彭《先君行略》云:"惟阳阴、方技等书,一不经览。温州公善数学,尝欲授公,公谢不能。乃曰:'汝既不能学,吾死可焚之。'"见文徵明:《文徵明集》附录,上海古籍出版社1987年版,第1622页。

⑥ 同上。

⑦ 唐寅中解元,文林还书诫公曰:"子畏之才宜发解,然其人轻浮,恐终无成,吾儿他日远到,非所及也。"参见文徵明:《文徵明集》,上海古籍出版社1987年版,第1620页。

⑧ 文徵明:《秋夜》,见《文徵明集》增定本,上海古籍出版社2014年版,第374页。

⑨ 文徵明:《寂夜》,见《文徵明集》,上海古籍出版社1987年版,第5页。

⑩ 黄佐:《将仕佐郎翰林院待诏衡山文公墓志》,见黄宗羲:《明文海》卷四百三十二,中华书局1987年影印本,第4534页。

⑪ 吴文定与李应祯均倾力传授文徵明古文法,玉局书,他还求学庄昶,并与之成为忘年友。

铎、沈周幽贞处士,东南玦珠;王徽、吕蕙银台纠弹,效职宣秉。文徵明正是在向这些先友的学习中努力完善自我德行的。

在学习先友具体德行的基础上,文徵明建立了自己养德游艺的人生目标。他学以务实为本,对于"浮谈上达,互相标榜,其势甚炽"①的道学风气一向反感,所以,"绝口不谈道学"②。但文徵明对性命之学有明确的看法,曾经训子云:"道德性命宋儒讲之详矣。而孝悌忠信礼义廉耻则人之所当行者也。今人孰不知之,一关利害便不能践。汝等于日用彝伦但不安于心者易为之,是即孝悌忠信也。便宜于己者勿为之,是即礼义廉耻也。循是而行,虽不至于圣贤亦可以寡过矣。"③他还曾撰写格言,从"乐易、虚己、恭己、自检、自反、容忍、警悟、奋发、逊言、静定、从容、游艺、直道、洞彻、量力"④等方面说明立身之本,希望做到行无弊端,心存圣贤。文徵明对当时学者动辄"以明道为事,以体用知行为要。切谓摅词发藻,足为道病。苟事乎此,凡持身出政,悉皆错冗猥俚,而吾道日以不竞"⑤的过于卫道之人表示反对,指出"事理无穷,学奚砥极?理或不明,固不足以穷性命之蕴;而辞有不达,道何从见?是故博学详说,圣训攸先,修辞立诚,蓄德之源也"⑥。文徵明将辞达看作明理的途径,他认为只有博学详说才能够辞达,说明道理。只有坚持将道理解释清楚,才可显示求道的诚心,而将所有道理说清,自然可以诚明,所以,修辞立诚是养德之源,这也是他践行朱子由问学到明德的为学途径。他还充分肯定了语言文字养德润身的作用,云:"不知语言文字,固道之所在,有不可偏废者。是故文章之华,足以润身;政事之良,可以及物。古之文人学士,以吏著称者不少;而名世大儒,亦未尝不留意于声音风雅之间也。"⑦语言文字本身包含讽谏,寓含风雅。为文作画正是养德润身的功夫,道包含其中。文徵明坚持通过可靠的知识来领会道,他认为语言文字的作用是文以载道思想的延续,也显示了他坚持游艺养德的途径,由此,他敢于以艺术为不弃之本,为自己的画作辩护,并得意自己忙中清闲⑧,正体现了游艺之乐。

2. 博学审辨、以古开新

不同于沈周在文字中详细阐明人生志向,文徵明更以学者姿态考辨学问,如在文物鉴赏中,文徵明经常与鉴赏家切磋,审定名迹真伪。文徵明的题跋详尽介绍珍玩的物理形态,考辨作者的生平事迹,辨析图像的源流、风格、掌故,推动鉴赏的专

---

① 黄佐:《将仕佐郎翰林院待诏衡山文公墓志》,见黄宗羲:《明文海》卷四百三十二,中华书局 1987 年影印本,第 4534 页。

② 文彭:《先君行略》,见文徵明:《文徵明集》附录,上海古籍出版社 1987 年版,第 1623 页。

③ 同①,第 4535 页。

④ 《文衡山格言立轴》,见陆时化辑,徐德明校:《吴越所见书画录》卷三,上海古籍出版社 2015 年版,第 255页。

⑤ 上海图书馆藏《明文徵明诗文稿》第一册《东潭集序》,转引自周道振、张月尊纂:《文徵明年谱》,百家出版社 1998 年版,第 503 页。

⑥ 文徵明:《何氏语林叙》,见《文徵明集》,上海古籍出版社 1987 年版,第 473 页。

⑦ 同⑤。

⑧ 黄佐戏赠,参见周道振、张月尊纂:《文徵明年谱》,百家出版社 1998 年版,第 395—396 页。

业化。在题画诗中表现为推敲妥帖,处处有来历,何良俊批评当时人们讽咏无来历,不见首尾,反以盛唐、中唐自诩,不如先生"题咏妥帖稳顺"①"谨严处一字不苟"②。妥帖即因景而感,因境而言。文徵明诗歌的总体格调是恬淡闲适,多与长安车马对举,强调"绝尘埃",但总能细致状出闲适的感受,如"树如沐""山欲浮""鸣风""草香""绿荫""白日长""山敛青""烟含暝"等,这又与他的图像非常合拍,真乃诗意画。在绘画中,他细致解析古画,并变古为新。文徵明早年与唐寅一起学习李晞古的绘画,认为"其丘壑布置虽唐人亦未有过之者",指出"布置为画体之大规矩,苟无布置何以成章,而益知晞古为后进之准"③,又云"作画须六朝为师。然古画不可见,古法亦不存。漫浪为之,设色行墨。必以闲淡为贵"④,更重要的是文徵明将这些学问用于艺术创作,为艺坛塑造"仁、智、谦、健"⑤的高士形象。这些品格通过特殊意象传达在具体文艺作品中,为避免重复,在下文解析。

### (三) 唐寅:仁德古雅、逍遥旷达的安贫风骨

唐寅非常聪慧,是纨绔少年⑥,因得到文林的教导⑦,听取祝允明的规劝,日夜苦读,一举中解元。进京准备会试,又得程敏政、吴宽引荐公卿间,蒸蒸日上之际正是祸患来临之时,因科场案被罚为浙吏。被黜后,他心情恶劣,性格狂放,眠花宿柳,写画吟诗⑧,虽不任驱驰,得花酒闲缘,笔砚生涯却分外艰难。他曾向孙育哭诉:"青山白发老痴顽,笔砚生涯苦食艰。湖上水田人不要,谁来买我画中山。"又云:"荒村风雨杂鸣鸡,燎釜朝厨愧老妻。谋写一枝新竹卖,市中笋价贱如泥。"甚至"一餐随分欲依僧"⑨。人生困境促使唐寅自觉反思世态与自我生存境遇。

唐寅通过慨叹世情的诗歌来认识社会。如《怡古歌》感慨人心不古,"大雅久不作"⑩。《席上答王履吉》感慨古昔英雄气概不存,今人口是心非,难以"与人成大

---

① 何良俊:《四友斋丛说》卷二十六,中华书局 1959 年版,第 237 页。

② 文彭:《先君行略》,见文徵明:《文徵明集》附录,上海古籍出版社 1987 年版,第 1622 页。

③ 厉鹗:《南宋院画录》卷二,见《景印文渊阁四库全书》第 829 册,台湾商务印书馆 1986 年版,第 554—555 页。

④ 周道振、张月尊纂:《文徵明年谱》,百家出版社 1998 年版,第 72 页。

⑤ 《文衡山格言立轴》,见陆时化辑,徐德明校:《吴越所见书画录》卷三,上海古籍出版社 2015 年版,第 255 页。

⑥ 唐寅《与文徵明书》自述"居身屠酤,鼓刀涤血",唐寅在《答文徵明书》中自述"穿土击革,缠鸡握雉",分别见唐寅:《唐伯虎全集》,中国美术学院出版社 2001 年版,第 220、223 页。

⑦ 唐寅《送文温州序》云:"家昆太仆先生,时以过勤居乡,一闻寅纵失,辄痛切督训,不为少假;寅故戒栗强恕,日请益隅坐,幸得远不齿之流。然后先生复赞拔誉扬,略不置口;先后于邦间者老、于有司无不极为若引跛鳖,策驽喻然。是先生于后进也,尽心焉耳矣。"见《唐伯虎全集》,中国美术学院出版社 2001 年版第 227—228 页。

⑧ 如《春来》云:"春来踪迹转飘蓬,多在莺花野寺中。昨日醉连今日醉,小瓶空到大瓶空。漫吟险韵邀僧和,暖簇熏笼与妓烘。"见陆时化撰,徐德明校:《吴越所见书画录》卷三,上海古籍出版社 2015 年版,第 311 页。

⑨ 唐寅:《漫兴十首》,见《唐伯虎全集》,中国美术学院出版社 2001 年版,第 86 页。

⑩ 唐寅:《怡古歌》,见《唐伯虎全集》,中国美术学院出版社 2001 年版,第 38 页。

功"①。《默坐自省歌》痛恨心口不一，灭尽天理的今人。② 唐寅自诩龙驹、鲸鲵③，怀有大鹏之负，却"黄金谁买长门赋""满腹有文难骂鬼"，并因科场案，是非腾腾，难以辩白，只落得"前程两袖黄金泪，公案三生白骨禅"。④

除了感怀世情，他还有很多感伤之歌，如"内园歌舞黄金尽，南国飘零白发长。满榻乱书尘漠漠，数声羌笛月苍苍；不才赢得腰堪把，病对绯桃检药方"⑤。他还对人生有更加豁达的认知。如"昨朝青鬓今朝雪，方始黄金又始泥"⑥，富贵最终也要消失，人最终要散场，化为北邙山下的尘埃⑦。身后功名、兴亡得失不过是"半张纸"⑧，几句慨叹诗。甚至地府也与人间相似，死亡仅仅是"漂流在异乡"⑨。这种豁达在自赞中表现为超然生死的旷达，《伯虎自赞》云："我问你是谁？你原来是我；我本不认你，你却要认我。噫！我少不得你，你却少得我；你我百年后，有你没了我。"⑩看似戏谑，却更增一种人生幻灭。

过去的五十多个春秋对于唐寅来说，是非常痛苦的，除了在花酒中醉眠，得到暂时的快乐和清闲，他还积极从德行修养中寻找终极快乐。《解惑歌》云："神仙福地是蓬莱，释迦天宫号兜率；不在西天与东海，只在人心方咫尺。"佛道两家追求的终极快乐只在人心方寸之间。人只有在心上做功夫，才可以保持天性（德性）。在心上做功夫始于孝悌，《解惑歌》云："学仙学佛要心术，心术多从忠孝立。惟孝可以感天地，惟忠可以贯金石；天地感动金石开，证佛登仙如芥拾。"⑪他还在《警世》八首中说明做功夫的具体内容：安天命，容忍是非，辨凶恶之几，谨慎行事，以公平为本，不违仁心，知福祸相生，防微杜渐，珍惜时光，坚持不懈⑫。其实，这些反思和修养规则都建立在崇尚古人的德行上。但是古人不可得，只能读古书、爱古物。⑬

① 唐寅：《席上答王履吉》，见《唐伯虎全集》，中国美术学院出版社 2001 年版，第 39 页。

② 唐寅云："食色性也古人言，今人乃以之为耻。及至心中与口中，多少欺人灭天理。"《默坐自省歌》，见《唐伯虎全集》，中国美术学院出版社 2001 年版，第 27—28 页。

③ 王宠《九日过唐伯虎饮赠歌》云："唐君磊落天下无，高才自与常人殊。腾骧万里真龙驹，黄金如山不敢沽。"《赠唐伯虎》也云："举世皆罗网，怜君独羽毛。百年浑醉舞，万象总风骚。长袖娇红烛，飞花洒白袍。英雄未可料，腰下吕虔刀。"可见他志业之大，气象之豪。见邓富华点校：《王宠集》，浙江人民美术出版社 2017 年版，第 71、123 页。

④ 唐寅：《漫兴十首》，见《唐伯虎全集》，中国美术学院出版社 2001 年版，第 81—82 页。

⑤ 同上，第 81 页。

⑥ 唐寅：《叹世六首》，见《唐伯虎全集》，中国美术学院出版社 2001 年版，第 94 页。

⑦ 唐寅云："嗟东南之原，嗟西北之阡，废田为邱，废邱为田；翻兮覆兮，倏焉忽焉……不见楼上楼，屋上屋；置黄金，藏白玉；紫标身，红腐粟；锦帐五十里，胡椒八百斛；贵为万户侯，富食千钟禄。英雄富贵安在哉？北邙山下尽尘埃！"《嗟歌行》，见《唐伯虎全集》，中国美术学院出版社 2001 年版，第 32 页。

⑧ 唐寅：《闲中歌》，见《唐伯虎全集》，中国美术学院出版社 2001 年版，第 34 页。

⑨ 唐寅：《伯虎绝笔》，见《唐伯虎全集》，中国美术学院出版社 2001 年版，第 159 页。

⑩ 唐寅：《伯虎自赞》，见《唐伯虎全集》，中国美术学院出版社 2001 年版，第 271 页。

⑪ 唐寅：《解惑歌》，见《唐伯虎全集》，中国美术学院出版社 2001 年版，第 30 页。

⑫ 唐寅：《警世》八首，见《唐伯虎全集》，中国美术学院出版社 2001 年版，第 95—96 页。

⑬ 唐寅收藏宋刻善本，涉及经、史、子、集、仙道，详细信息参见杨继辉：《唐寅年谱新编》，苏州大学硕士学位论文 2007 年，第 13 页。

《效白太傅自咏》之二云:"无所不知方是富,有衣典酒未为贫。"①《怡古歌》云:"好尚独与时俗异,神游直出羲农前。三王制作列鼎鼐,四壁图画飞云烟;汗牛充栋不可计,怡然尊倨于其间。君之此志无人识,我将管蠡聊窥测;心期欲见古之人,不见古人爱古物。汉唐萧曹与房杜,夏商伊周并契稷;上下三千六百年,与君同心复同德。"②祝允明也在《唐子畏墓志铭》中指出:"其学务穷研造化,玄蕴象数,寻究律历,求扬、马玄虚。邵氏声音之理而赞订之,旁及凤鸟五遁太乙,出入人天之间,未及成章而没。"③所以,虽然唐寅没有给出具体的人格标准,但还是显示了他以古人为友的人格取向。通过他的一些题画诗,可以感知他追求的人格境界,如"箪瓢不厌久沉沦,投着虚怀好主人"④"逶迤十里平溪路,滴沥三重下漱泉。为底时来策黎杖,春衣要试浴沂天"⑤。这种以仁德为本、尚古期贤的人格理想恰是唐寅的人生写照。

总之,三位艺术家的高士气象都是他们人生境遇的反应,虽然他们没有明确表示自己的高士品格,但是他们不断反思和以古贤德为尚的努力方向还是非常明显的,他们通过图像和诗歌结合将这些特殊的气象传达出来,显示了明中期吴中高士的特殊魅力。

## 三、吴中高士的文—图表现

上文所述三位吴中画家都是诗书画兼通的艺术家,他们的诗歌和图像有着共同的审美追求,也采用相似的法则发挥图像和诗歌的特色,准确传达他们的高士气韵。总体来说,他们的诗歌与图像同处一个文本,既有相似的意象,又相互补充,但就个体特色来说,侧重点各有不同:沈周的合一主要表现在对气韵的渲染和空间的建构上,文徵明则主要借助诗画共通的传统意象表现高士的儒雅气质,唐寅更利用金石趣味、自然抒情意象表现高士的骨气。

### (一) 沈周文图互动机制之一:兴的运用

沈周是集文学、绘画于一体的艺术家,兴在其艺术创作中具有重要的作用。就文学来说,表现为"随物赋形,缘情叙事"⑥。就绘画来说,表现为创作灵感,如沈周《石田自题画》云:"山水之胜,得之目,寓诸心,而形于笔墨之间者,无非兴而

---

① 唐寅:《效白太傅自咏》之二,见《唐伯虎全集》,中国美术学院出版社2001年版,第108页。

② 唐寅:《怡古歌》,见《唐伯虎全集》,中国美术学院出版社2001年版,第38页。

③ 祝允明:《唐子畏墓志铭》,见《唐伯虎全集》附录,中国美术学院出版社2001年版,第536页。

④《唐寅画对竹图》,见张照等:《石渠宝笈》卷三十四,《景印文渊阁四库全书》第825册,台湾商务印书馆1986年版,第403页。

⑤《明唐寅春游图》,见张照等:《石渠宝笈》卷八,《景印文渊阁四库全书》第824册,台湾商务印书馆1986年版,第236页。

⑥ 吴宽:《沈石田稿序》,见《家藏集》卷四十三,《景印文渊阁四库全书》第1255册,台湾商务印书馆1986年版,第385页。

已矣。"①沈周之兴多种多样。遇奇境之兴,"弘治壬戌(1502)春三月二日,偶过西山僧楼,信宿。时雨初霁,见雾山吞吐若有房山笔意……遂泼墨信手图此,以纪兴云耳"②。见奇物之兴,"弘治甲子(1504)冬日,偶过玉汝斋中,见庭蕉带雪尚有嫩色。玉汝蓄一鹤几十年,而顶红如泥丹,真奇貌也,遂作此图并系一绝,聊纪一时之兴"③。消闲之兴,"成化壬寅(1482),以兴至则信手挥染,用消闲居饱饭而已"④。以兴为本,诗歌可以补充画意,如"清哦兼漫笔,日日应酬同。忙出闲情里,画存诗意中"。兴可以触发画意,如"余之绘事,无定期也。或在诗兴中,遇意而成也,或酒豪兴起成也"⑤。《题杜琼溪山佳趣图》云,"水村山坞,人家竹木,溪鱼野艇,萦回映带,若桃源然。观之便有移家之想,似此世未必无之,岂在笔楮间幻迹以娱人之目邪? 尝读柳子厚先生愚溪之文可见也。文与画无二致。得此卷者,毋直以画视之"⑥,也表现了同样的境界。所以,兴寄是灵感来临的表现,也是状自然气象,表吾心志意的手段。但兴更关键的作用是实现由文之兴到图之兴的链接,在图像空间中加入阅读的逻辑,以使读者准确理解艺术家的创作之意。

1. 以文叙事,以图造意

当艺术家要表达具有丰富层次的意义时,单一象征意象无法完成,必须借用图记、诗等包含的秩序感说明图像的意义。诗歌是时间性艺术,画家可以利用其阅读的线性方向组织一个阅读空间,规定图像意义传达的秩序。《庐山高》诗即发挥了这样的作用。诗歌从横(盘踞)、纵(巃嵷)、高(云霞吞吐其胸)、下(天堑濯足)等各个视角,以拟人手法表现了庐山的雄伟气势,使之可感可知,以回崖迭障、石林、五老峰、霜红强调庐山的时空更迭和永恒,让庐山带着历史沧桑走入当下,想象之景如在眉睫。诗眼瀑布一面勾连庐山,一面成为起兴之物。陈宽呼之欲出,于水边行吟,自然天成。接着颂扬陈宽"文能合坟诗合雅",视利禄如云烟,"浩荡在物表,黄鸿高举凌天风",又将视觉带回到五老峰、飞瀑、高山上。仁者乐山,逍遥自在的自由精神,云霞浩荡的心胸,草木繁茂的生生气息,都在行吟人的胸中,真"能使在远者近,抟虚作实,则心自旁灵,形自当位"⑦。

有了秩序,图像就可以将诗之意象转化为气象,气韵让形象更加可视化,更加包满。图像首先按照诗文的顺序由上到下排列意象。从中景到远景,山峦逐渐升高,并塞满画面,营造高耸而横亘的气势。五老峰缠绕在苍茫的云气间,水口融融如玉浆,飞瀑穿过石崖和栅栏,直泻潭底,庐山之高,置于目前。水潭澄澈不波,水

①沈周:《石田自题画》,见汪砢玉:《珊瑚网》卷三十八,《景印文渊阁四库全书》第818册,台湾商务印书馆1986年版,第724页。

②沈周:《题春山雨霁图》,见田洪:《沈周绘画编年图录》,天津人民美术出版社2012年版,第431页,图238。

③沈周:《沈周自题蕉鹤图》,见《朵云集珍》,上海书画出版社2007年版,第6页,图3。

④转引自阮荣春:《沈周》,吉林美术出版社1996年版,第229页。

⑤《沈周跋画》,见《故宫历代法书全集》第二十八卷收《明人翰墨》,台北"故宫博物院"出版社1973—1979年版,第88—89、172页。

⑥李日华:《味水轩日记》卷八"正月四日",上海远东出版社1996年版,第510页。

⑦见王夫子:《唐诗评选》,《中国历代美学文库(清代)》上卷,高等教育出版社2003年版,第358页。

花晶莹灵动,水纹绵渺淡宕。中景横崖洁白回环,与五老峰上淡白色云团相应和,代表了行吟人澄澈的心灵和浩荡的气魄。前景中的翠松红叶,与山峦上点树交相辉映,表达老健阳刚的暮年气象。乘鹤高举,不待言诠。其次,意象刻画更能传递陈宽的精神气韵。笼手行吟,神情专注,似乎在听飞瀑,彬彬风度以安静内敛的形式表现,避免一般高士疏狂啸傲的躁气。水波采用游丝描,虬逸淡宕,瀑布温润如玉,水口光洁如珠,给人君子如玉的遐想。五老峰之云气用淡墨界出,浑化在山峦的干墨淡皴中,又显出简约的形态,以见云层的厚度,真乃"惚兮恍兮,其中有象……窈兮冥兮,其中有精,其精甚真,其中有信"。(老子)此象此精乃"维星之精",真乃信,真即朴,盖"返本还元之意"①。山石采用解索皴、披麻皴法,先以淡墨层层皴染,再施以浓墨,逐层醒破,青苍稳健。草木简单勾干,朱砂染色,点叶茂密浑化,红枫细致勾写,夹叶染朱色,翠松先染后写,针叶分明,秀杰明朗,又浩荡混莽,得天地之灵,显阳刚之象。所以,《庐山高》在腾挪跌宕中见醇儒本色,在视觉上起到了一唱三叹、回环往复的效果,达到兴之极品。

老、病、死、社会焦虑一直困扰着沈周,躁动之情时时与之遭遇,调养心性,以静观动,不被外物所役,是他夜坐用功的内容。沈周夜坐大多由烦忧而生,颇多感慨,《夜坐图》(图6-27)在外静内定的情况下,展示了冥心得道的境界。《夜坐记》也假设了一个理想的阅读顺序。《夜坐图》与《夜坐记》是一个大隐喻。图是一个境,记则展示一种意识自显的过程,二者通过"心物合一"的视觉统一起来。《夜坐记》的阅读顺序表面看来与图无关,但主要展示由"不明"到"明",再到"化"的心理过程,恰与图像的内在目的合一。而图像设置动静合一,趺坐于轩,清明初来的场景正是"记"中"心理"的隐喻,同时庄子朝彻思想也在此得到视觉化呈现,整体形成"心物合一"的境界,在心理上,二者具有同样的力之节奏。首先,"寝甚甘,夜分而寤,神度爽然,弗能复寐"显示沈周睡眠充足,心中虚空无物,神志清醒。"久雨新霁,月色淡淡映窗户,四听阒然,盖觉清耿之久"说明月色清朗,静谧无声,正是"动静戛摩而成声,声与耳又能相入",因声得象之时,只是此晚所得乃心中志意之象,颇为激昂。② 其次,所起志意如下:"闻风声撼竹木,号号鸣,使人起特立不回之志;闻犬声猘猘而苦,使人起闲邪御寇之志;闻大小鼓声,小者薄而远者渊渊不绝,起幽忧不平之思。官鼓甚近,由三挝以至四至五,渐急以趋晓。俄东北声钟钟得雨霁,音极清越,闻之又有待旦兴作之思,不能已焉。"特立不回、幽忧不平、待旦兴作、闲邪御寇,均是正直学士毕生谨守的志向。又云今夜声色"一触耳目,犁然与我妙合则其为铿訇文华者,未始不为吾进修之资""声绝色泯而吾之志冲然特存,则所谓志者果内乎外乎?其有于物乎?得因物以发乎?是必有以辨矣",沈周此刻内心静定,专一的志意爆发为浩然之气,气配义与德,完养而成,不逐于外物,独立特

---

① 《沈石田桃熟花开图》,见吴升:《大观录》卷二十,全国图书馆文献缩微复制中心2001年版,第596页。

② 沈周《听蕉记》:"迨若匝匝,潬潬,剥剥,滂滂,索索,渐渐,床床、浪浪,如僧讽堂,如渔鸣榔,如珠倾,如骧,得而象之,又属听者之妙矣。"参见沈周著,汤志波点校:《沈周集》,浙江人民美术出版社2013年版,第1092页。

存,充塞于天地之间,正与《庐山高》歌咏的醇儒之浩荡气魄同。

《夜坐图》也按照《夜坐记》的叙述来安排图像,但声音之象颇为复杂,《夜坐图》仅仅采用流水、树木和山间清气点出内定外静的得道氛围。一般而言,立轴或由前到后,或由后到前,逐步展示景物,大多与观者视线重合,实现视觉的条理化。此图为了强调夜坐场景,直接将视线拉到中景,人物冥思而坐,暗含门外之景是心灵的外射。并且,中景房屋采用东西朝向(绝对地理坐标)说明沈周超越了图像使用的相对方向(上北下南左西右东),突出中景的核心地位。东西朝向也暗示房屋是真景①,拒绝观者意识对图像的解析,意味着不可通约的客观性,正是志意冲然、独存天地间的象征。山间清气具有丰富内涵。可以是太虚之气,朝彻之明,与记形成丰富互文性与隐喻,让人沉醉在境界中。屋外树木,勾干颇粗,中填淡赭,树叶或晕染,或淡笔点叶,通过墨色对比,朦胧缭绕,泉水哗哗,似乎枕戈待旦之思,清气弥漫,秀松肃穆,又将运动推入清泠中,动中显静。或许正是"犁然妙合"的表现。外物之形是人物体验的外化,心眼成为统摄空间的内视觉,达到了"广摄四旁,环中自显"的效果。② 总之,《庐山高》由外而内象征儒者气魄,《夜坐记》从内而外反思和体验之,气象与本本同一,真乃得道之象。

图 6-27　夜坐图,沈周,台北"故宫博物院"藏

2. 以诗造境,以图融时

除了诗文一体的空间营造外,在营造清虚境界的图像中,诗歌还引出其他空间,增加了图像时空的多维性。如山林与尘世对立的空间,《石矶渔艇》云:"石矶渔艇江湖有,要自闲人管领之。钓月哦风一般趣,黄尘没马不同时。"《松阴高士图》云:"十亩松阴匝地铺,坐来尘虑觉全无。长安二月春如海,自信闲人不受呼。"石矶、松阴、闲人都代表山林,黄尘、长安、尘虑却指向仕途,时空对举,为清泠空静带来一股疏狂高亢的气息,是高士独立天地间的反映。诗歌延长山间时空,加强对清泠境界的营造。如《苍崖高话图》云:"长松落落不知暑,高坐两翁无俗情。琴罢清谈犹半饷,不妨新月印溪明。"诗歌还促进了新旧空间的融合与转化,《策杖图》云:"山静似太古,人情亦淡如。逍遥遣世虑,泉石是安居。云

① 沈周家有东广即东西朝向的房屋。参看《东广记》:"古者因厓作屋为广,余以全庆堂之左垂附蓁蓁橼,顺一边为屋二间,不立觚棱,其盖亦顺堂瓦披而下,望之一堂,然不知别为屋也。承其檐止,建三柱二扉八窗,甚明彻。况东向宾于阳而易曙,俾学士三四人肄业于此,警其眠,豁其视,畅其读,举宜焉,乃扁之曰东广。"沈周著,汤志波校:《沈周集》,浙江人民美术出版社 2013 年版,第 1091 页。

② 王夫子:《唐诗评选》,见《中国历代美学文库(清代)》上卷,高等教育出版社 2003 年版,第 358 页。

白媚崖容，风清筼木虚。笠屐不限我，所适随邱墟。独行固无伴，微吟韵徐徐。"山静太古，人情淡如，经唐庚①拈出，一直传为山居佳韵，尤其是日长午静，给人一种藏而恒、寂而远的时空感，历来被艺术家传写。沈周此诗显然来自倪瓒。倪瓒对山静的描写以疏见称，直呈情境，其《雨后空林图》题："雨后空林生白烟，山中处处有流泉。因寻陆羽幽栖处，独听钟声思惘然。"②三叠秀山横迤，山头遍布浅赭小矾石，枯树敞屋，横桥流水，真乃雨后空明之境。层层陂陀转折伸入后方，点出寻找的焦虑，钟声又带来无望的空寂，状难言之情于空虚之境，图也？情也！沈周的"山静太古""人情淡如""世虑安居"都是对倪瓒处境的回应③，"白烟""风清""筼虚"又是倪瓒的重要意象，沈周拈出，正说明自己正处于此境，也是对图像空间情境的解释。但是，倪瓒不可达到陆羽之境，沈周却用图式徜徉在倪瓒的世界，策杖行吟，徘徊丘壑，空寂怅惋变成空灵闲适，倪瓒之主体丧失处正是沈周主体的回归处，对照图像可以看清这种回归的脉络。《策杖图》采用长而疏的线条皴山，矾石布在山窝，山峦逶迤向前，以舒缓山岩高耸的气势。溪流汇为方塘，流向横桥。前端陂陀连桥，伸向右方，组成前后封闭的环境，显然沈周意在给出现实可感的空间，而塑造空间的线条却处处暗示倪瓒的笔法，引起空间幻觉。行吟人恰好正通向左方，成为勾连图像古今关系的主体，将面对历史的行吟身份和立足当下的统领身份在笔墨与空间的游离中表现出来，既突出了主人的仿古倾向，又说明了主人在统领山水中的自我确认，显示了明代仿古与创新的新逻辑。

### （二）文徵明文图合一机制：意象象征、空间与诗意的循环整合

文徵明甘居林下，博学审辨，推崇古人德行，他所创立的高士世界在"碧山深处"——"远离车马尘嚣"之外。他在题画诗中多处使用"纤尘""尘土"等词汇，如"碧山深处绝纤埃"（《品茶图》），"长安车马尘吹面"（《绿荫清话图》），"城中尘土"（《松泉高逸图》），"尘梦"（《烹茶图》），表达希望远离尘世的强烈愿望。在图像中，他将远山简化为轮廓，微微用云气隔开，屏山与草堂的空间关系并不是远近关系，而是"有意识地遮挡"屏山之外喧嚣的尘世，所以，屏山仅仅是界定山中空间的象征，图像的真实中心是人物的活动。

由于高士图的内容不同，文徵明也设置了一些特殊的空间。如利用诗歌与图像的特色创立空间与事件的融合。一般先用诗歌介绍图像的远景，再点出活动的关键点，以统合时空。图像描绘空间环境，加强对氛围的营造。如《品茶图》中，诗④出谷雨茶事，点出汤沸时刻，引出即将开始的饮茶高潮。图像将诗歌具象化，比

---

① 唐庚《醉眠》云："山静似太古，日长如小年。余花犹可醉，好鸟不妨眠。世味门常掩，时光簟已便。梦中频得句，拈笔又忘筌。"见《眉山唐先生文集》卷四，《四部丛刊三编》影旧钞本第 64 册，第 1 页。

② 倪瓒：《雨后空林图》，见安歧：《墨缘汇观录》卷三名画上，《丛书集成初编》，中华书局 2010 年版，第 157—158 页。

③ 倪瓒也抱怨世情难堪，被逼迫按照世人的要求作图。

④ 《品茶图》诗云："碧山深处绝纤埃，面面轩窗对水开。谷雨乍过茶事好，鼎汤初沸有朋来。"见《文徵明年谱》1531 条，百家出版社 1998 年版，第 435 页。

如谷雨即春水融融,茂松、杂树枝叶都染上青色,一派雨后生机。图像将"碧山深处""有朋来"放在直角的两边,"汤沸"对应茅屋,正是活动的中心,将氛围推到高潮。《曲港归舟图》①前两句对应远山飞瀑,后两句对应亭中人被归舟惊动的场景。归舟是雨、树的空间延伸,亭中人的观感与归舟之人的观感重合。前后空间虽然被雨气在形式上隔断,却又在"意"上合为一体。因为在前景中,文徵明采用湿写,由远及近描绘浸润在雨气中的茂树酣畅淋漓的瞬间,陂陀上茂密点苔正状出滂沱大雨之后,万物在静谧中恢复生机的瞬间。此中真意,只有观看人才可以冥想。

文徵明还利用图像有意识地将一些活动转化为环境描写,突出空间的真实合理。又通过特殊的画眼点醒图像,将环境变为行动的痕迹,带入过往事件,形成完整的行动,以展示高士行动的特殊韵味。如《仿古山水图》表现陆天随②晚渡归家,茶烟和归舟惊起白鹭的瞬间。图像的远景左右两侧都是远眺空间,中部右侧是飞詹华栋,或许是刚过访的山寺,人物处在中景低谷中,春水融融,兰舟逶迤,可能正游玩归来,而右侧柴门洞开,鸥鹭飞起,显然是为了打破静谧的低谷,唤起游玩的余韵。

除了对环境的刻画,文徵明还通过特殊意象象征高士的品格。文徵明很少明言要做何种人,根据他的立身格言,可以概括为仁、智、谦、健。在图像中,他利用象征意象反复说明这些品格。他将高士大多放在低地河谷中,正是谦恭的表现。如在《仿古山水图》中高士处于春水融融的河谷,在《曲港归舟图》《松壑飞泉图》中人物处在生机勃勃的林中曲水旁,在《茂松清泉图》(图6-28)中高士正盯着虬曲绵密的溪水。他还在高士图中配以茂松高山,以状仁、健。《仿古山水图》右侧两叠高山平地而起,山棱犬牙交错,茂树仅仅立于山足,以示高山仰止。在《绝壑高闲图》中山崖层层叠叠,在瀑布两侧排开,山足接水处线条平缓,音喻敦实雄浑。在《茂松清泉图》中高山、泉石布满辉索皴,红藤沿枯槎而上,鳞松仅顶端有墨色针叶,右侧树木全点叶,高士梳高髻,面部微红,显然是老逸气象。在《松壑飞泉图》中,九株松树枝柯交缠,连绵如盖,松针用细小笔触微点,用墨加水敷染,枝节顶似倒垂鹿角,玲珑圆润,树干颀长,根节暴露,高士徜徉其下,足见秀逸遒健。

图6-28 茂松清泉图,文徵明,台北"故宫博物院"藏

---

① 《曲港归舟图》诗云:"雨浥树如沐,云空山欲浮。草分波动处,曲港有归舟。"
② 陆天随即陆龟蒙,吴县人,隐士。有《晚渡》《江湖散人》等诗歌描绘林下生活。

### （三）唐寅文图合一机制：清玩象征、金石蕴韵、山川蓄势

唐寅受到人生遭遇、绘画学习对象的影响，其高士图像和诗文都着力颂扬贫寒高士的风骨，他的图像中情感颇为激荡，自然的意象、特殊的古物都成为他表达的有力工具。他的诗歌多取自别人，或应景抒发，起到补助和阐释的作用。同时，唐寅图中之文更多是山川自然之文或鼎彝等代表高雅的文字，基本上都以图像的形式展示出来，所以，文也是广义之文。

唐寅以古人相期，以笔砚为生，其笔下的高士虽贫困却风骨凛然，文秀儒雅。贫困是唐寅笔下高士的身份基点，风骨是高士的特殊气韵。如《对竹图》《西洲话旧图》《悟阳子养性图》中茅屋上压几片破瓦，窗棂用小原木，骨节突出，说明高士之贫，但具体韵味又不同。在《对竹图》中，裂纹石墙基、青竹烟峦、蛰龙松枝、黄茅草阁，高士策手跌坐，既突出清雅的环境，又说明高士的铮铮铁骨。《事茗图》中狮子形和麒麟形的山石如门神，颇有阳刚气象。两棵高松秀挺，枝干如蛰龙，仅有毛毛的针叶。裂纹石基，青青翠竹。一人坐，一人策杖来。清秀中颇有刚毅之气。在《西洲话旧图》中阁外树木枝干盘曲方刚，用半干笔皴擦，留出树节，颇为温和古雅。枝叶或如鹿角，或破点，既含苞待放，又春意盎然。勾叶槐树，青苍茂密，显出郁郁生机。一块页岩状滩石，以荷叶皴、乱柴皴、小斧劈皴层层皴擦，微微渲染。《悟阳子养性图》（图6-29）更将铮铮铁骨放在萧骚秋风中，意气昂藏。右边树枝全是蛰龙，枝叶或如鹿角，或如蟹爪。古槐枝叶繁茂，杂树随意点叶，大致向左倾斜。人物昂首跌坐蒲团上，桌上放着三足鼎、笔砚。秋风萧瑟，骚气十足。院落、茅屋中大量留白，山石简单皴擦，与零落树叶应和，疏简中见骨力。金石趣味是唐寅高士的文化身份，显示高士文秀儒雅的文化坚守。自金石学兴盛以来，士大夫喜欢玩赏古器，明代吴中地区也有很多士大夫参与其间，但将图画、鼎彝、琴瑟作为高士日常所居的必要伴侣展示在图像中的画家是唐寅[1]。唐寅《怡古歌》云："三王制作列鼎彝，四壁图画飞云烟；汗牛充栋不可计，怡然尊俨于其间。君之此志无人识，我将管蠡聊窥测；心期欲见古之人，不见古人爱古物。"[2]他图中的古器不仅是清雅的表现，还是志向和气象的象征。如《对竹图》中桌上的三足鼎，《西州话旧图》中地上放着的古式罐、盘，他在《琴士图》（图6-30）中描绘超过二十种古玩，如琴、壶、盘、卮等，象征高士拥有丰富的知识和古雅的气质。

图6-29　悟阳子养性图，唐寅，辽宁省博物馆藏

---

① 虽然沈周、文徵明、唐寅均好古，但唐寅将古器作为一种文化元素纳入图像。
② 唐寅：《怡古歌》，见《唐伯虎全集》，中国美术学院出版社2001年版，第38页。

图6-30 琴士图,唐寅,台北"故宫博物院"藏

　　除了金石古器、松树、原木等自然意象可以直接象征唐寅笔下高士的风骨外,唐寅还在图式上进一步雅化高士的活动空间,增强其古雅的文化韵味。巨山大川是荆、关、范、郭等北宋全景山水的特色,被明中期浙派与院体画家马轼、李在、周文青、周臣、戴进等继承,但他们的线条方硬细碎,以小斧劈皴为主,墨色缺少变化。高士杂处于一般村民中,缺乏特殊的文化韵味和身份认同。唐寅曾向周臣学画,也采用小斧劈勾轮廓,但尽量模糊轮廓线,使之与山脉融为一体。线条以书法性笔触写出,用笔干练,并利用斧劈的尖峭线条表现山石的险峻错落,将僵硬的线条转化为充满生机的形体。他的墨色纯正,皴擦多样,留白增多,注重图像的整体韵味,淡化浙派的草率躁气,将单一细谨的山脉转化为文雅灵动的胸中山川。

　　唐寅通过方硬线条、焦墨、金石味增强图像的文化韵味。如《抱琴归去图》前景与中景坡石很小,至茅屋突然变大,盘旋而上,突出高山的险峻之势。尖峭的线条将石、山整合为一体,在左右扭动中贯穿着险峻逼人的气势,避免了斧劈的呆板琐碎。前景与中景坡石都用浓墨,间纵向飞白,利用墨色的黝黑醇厚营造古雅的韵味。浓墨点出石头的肌理,分出向背空间,包含丰富的韵味。山巅用短斧劈皴,间以横向飞白,墨色惨淡,似乎摩崖刮痕,极尽苍茫。《骑驴归思图》更是焦墨与留白的交响曲。醇厚的焦墨用在山阴,以示郁愤。山上用拖泥带水皴,显得荒古浑莽。山脉用线短小刚硬,显得凛凛不可犯。前景茂树菊花勾叶,颇谨细文秀,使险峻之气归为平淡。《高山奇树图》山顶用线尖峭,金怪扭动,突出险峻的山势。茅屋周围的巨石山崖用线长,显得单调生猛。唐寅采用披麻皴、解索皴、雨点皴、钉头皴表现山石、草木的生机。《春山伴侣图》(图6-31)中的树几乎都是小而豆的枯枝,与山脉长线条形成对比,在尖峭方硬中加入灵动曲妍。右侧一条溪泉,曲折虹逸,似乎山中龙蛇,左侧玉柱用笔温雅,水口澄净,点星静谧的山林。

　　险峻的大山巨川暴露唐寅内心的郁愤之情,也是唐寅笔下高士内心气韵的外化。唐寅笔下的山川多采用高低取势,回环往复的多线布局实现了对高士气韵的外化。如《山路松声

图6-31 春山伴侣图,唐寅,上海博物馆藏

图》中 U 形巨山如屏障拔地而起，又辅助平远水塘，高低错落，气势雄浑。《春山伴侣图》中的山脉线条交叉，依靠相似性取得韵律，但图像依然被回环往复的三条线分割。左侧枯树陂陀，到泉边平石，再上到三块巨石大致平行，向后推移的砥石为一组，将观者的视线从前端带到远方。中间茅屋下的茂树，再到伸向远方的枯树为一组，划分大山与坡石，暗示山谷的位置。最后一组是从左端斜向右方，山脉逐次降低，引出流泉。流泉绕过栅栏，到达画中人身旁。整个布局纵横交错，又变化多样，形成视觉韵律的变化，颇耐人寻味。在《骑驴归思图》中山峦体量很大，从左端绕到中景，如一道屏障纵放在大地上。下接顽石与水潭，气势雄壮。右侧一条山泉经过河谷的涵养，流向前景，黝黑的谷底流淌着清泉，如珠玉从深山而来。左侧一人骑驴绕向房屋，屋后是山巅飞瀑，云气磅礴，山巅小红花笼罩着水汽，生气勃勃，一纵一横，一往一还，似乎暗示出养浩气的高士心胸。在《高山奇树图》中，从陡起的山崖到水阁周围的巨石、横桥、茅屋、水阁，高低层次极有序，类似自然、流动的气势贯穿前后。云霭、瀑布给山峦蒙上一层雾气，拉大山峦、房屋之间的距离，处于云雾缭绕的邈远时空。前景山崖上树木用橘黄的品字叶和点叶显示繁茂，芦苇随风飘荡，秋色浓郁。位于水阁中之人意态闲适，颇为静谧，恰好说明了高士的内在气势与外在气韵。

值得一提的是，唐寅的题画诗在营造韵味上，有别于描绘贫士的正面刚健气韵，透出特别的幽隐哀思之味。如《事茗图》云："日长何所事，茗碗自赏持。料得南窗下，清风满鬓丝。"图像清雅、雄浑，而"清风鬓丝"恰带入了一丝清冷的苦涩，引人遐思。在《抱琴归去图》中归人走向房屋，诗歌点出了空、琴、归去，制造太古遗音的沧桑感。诗歌推动图像韵味也说明唐寅内心的孤寂，他似乎感到自己前途的渺茫，刻意将精神反射在山川上，又恰如引导者，呼唤同游，渴望知己，正是"俯看流泉仰听风，泉声风韵合笙镛。如何不把瑶琴写，为是无人姓是钟"①，唐寅一生之凄凉尽体现在此诗中。

总之，三人在利用诗文表达气象的时候，各有特色。沈周用兴寄将文和图结合为整体，充分利用文的线性阅读顺序，为图像搭好理解的框架，又调动语言的想象力，超越图像时空的具象制约，表达丰富的空间内涵。图像一方面以丰富的笔墨意象和空间安排来强调思的中心地位；另一方面又利用虚实关系，打通图文内部的关联，在统一的风格中开创了时代的新气息，展示了高士的新风貌。文徵明务实的个性、高洁的品格使其图像修辞也非常具体，主要为抽象、象征。又由于叙事倾向突出，他化事为景，又以事触景，实现了时空的连续，以及意义的完整。图像在虚实之间饱含着清晰的常理常情。唐寅在北派巨山大川走向程序化的时候，通过突出风骨、浩气、文秀等特色雅化巨山大川，使之成为高士心胸的反映，探索了另一种文化空间，是非常成功的。他将古玩引入图像的方式在陈洪绶的高士图中得到继承，也成为明末高士保持精神独立、传承中华文明、以古为尚的重要标志，具有深远的意义。

---

① 《看泉听风图》跋，见全景博物馆丛书编委会编：《中国山水画博物馆3·明代·彩图版》，海燕出版社200X
年版，第245页。

最后,我们还是要强调一下吴中高士作品的整体文图关系。总体来说,三者均是诗人,诗化的意象往往出现在图像中,成为重要的图像元素,但对诗化意象的强调点各有不同:沈周对诗化意象的处理以整体布局为依据,以气韵连贯图像,变化、层次很丰富,更加注重诗化意象的对比和贯气效应,达到浑然一体的艺术效果。文徵明总是用高雅的颜色和遒劲的笔法呈现意象刚毅的气韵。唐寅喜欢对之做突出强调,尤其是贫寒而高雅的意象都如画眼摆在适当的位置,让人一望而知,激越的情绪喷薄而出。三位艺术家对思的呈现主要以抒情的立场来完成,颇为自然,尤其是文字所占面积较小,往往有画龙点睛之妙,更能让读者在美的境界中体悟意境。

## 第四节 布衣肖像与像赞

明代通过科举取士,为国家储备了大量人才,但是由于科场的腐败,人口的增加,很多读书人多次参加科考却名落孙山,大多过着游食诸侯、幕府,以艺维生的生活,这成为明代文化的一道独特风景。明代参加科考的文人很多专攻时文,不会古文,并不能满足社会对文艺的需求。明代达官贵人好古尚雅,在很多场合都使用古文,如祝寿文、送行文、奏章等,甚至皇帝也喜欢清淡古雅的青词,这为很多读书人打开了以艺维生的窗口。其实,明人尚古文辞的风气一直很盛,很多文人因为推崇古文辞而名落孙山,有人宁愿坚守古文,也不愿意为时文,王鏊就劝过多次落第的文徵明学习时文,却被拒绝。还有一些人学习范围广泛,误入古文歧途,如徐渭就是听了启蒙老师的话,广泛博览,与当道文风不合,一再落第。科考与实用脱节,大量文人具有独特的能力,共同催生了明代布衣群体。

明代留下多种肖像,如祖宗图、遗容、小像、云身等。从留存文献可知,明人非常喜欢绘制肖像,不仅官方为了表彰文人绘制了大量肖像,各级官员也积极绘制官服像,其他读书人都乐意绘制类似的肖像,明末大量生员也穿着蓝袍展示风采,隐士沈周一生淡薄功名,隐居吴中,他也曾与夫人一起留下了袍服像(图6-32)。明代的布衣像①非常多,有文人绘制的高士像,也有肖像画家绘制的肖像,明末波臣派异军突起,创作了大量"如镜取影"的肖像。这些共同反映了明代布衣的精神面貌。明代像主也积极请名流题赞,阐释他们的人生观念、主要特长、功业等。如沈周一生有很多幅肖像与生日相关,并且也将生日感言作为题画诗写上肖像图(图6-33)上。陈继儒也创作了大量肖像题赞诗歌,有些布衣还多次邀请名流题赞,如葛一龙像上就有董其昌、范景文等的题赞,而严用晦的像上几乎网罗了当时所有名流的图赞。图像配合着像赞展示了明代特殊群体的精神风貌、文艺活动,也展示了明代衣冠制度、文化风尚的变迁,是明代肖像艺术中图文关系的重要组成部分,值得进一步研究。

① 历来将不出仕而有德行的人称为隐士,将那些奔走权门的人称为僚属或山人,画家也就这类人创作了不少图像。但总体来说,他们都是无功名的读书人,通称为"布衣"。明代布衣像涵盖的范围更加广泛,也能全面包含这一群体,并准确反映这一群体的精神面貌。故用之。

图 6-32　沈周暨夫人袍服像,藏地不详

图 6-33　沈周像,佚名,北京故宫博物院藏

## 一、明代布衣肖像图式

在近三百年的历史中,明代布衣始终活跃在历史舞台上,他们大多身怀绝技,在诗、书、画、琴、医等领域有独特的造诣,但随着时代的变化,这一群体也深深烙上了时代的印痕。简而言之,早期布衣传承元末的清雅文化,特别注重人品与艺术韵味的相通,坚守高雅的艺术品性。中期布衣因地位低下,没有田产,或不善营生,大多各怀绝技,奔走于幕府、大宦之间,帮助他们处理文书,卖弄技艺,多被称为山人,他们大多命运悲惨,展示了中下层文人特殊的生存境遇和精神风貌。晚期布衣大量投入文艺、出版事业,与商业结合,推销自己的产品,提倡新的文化生活,反而又一次独立起来,引领新的文化风尚,甚至影响到王公贵族,形成了名士、布衣、隐士合一的新人格形态。

明代的布衣大多是知识广博、精通多绝的文人,他们或者能够绘制图像,或者请人绘图,或者因获表彰,后人为其绘制肖像,留下了丰富的肖像。从留存文集中像赞的数量来看,明人喜欢在人生的重要时期、重要场合绘制肖像,留下风仪,如寿像、行乐图、尚友图[①]等。这些肖像既有一般的形式,也有特殊的变化。由于此群体数量很大,我们仅选取各个时段具有代表性的图像[②]作介绍。

---

① 关于肖像的分类研究很多,比较重要的有单国强:《肖像画类型刍议》,见《古书画史论集》,紫禁城出版社2001 年版,第 343—354 页,吴卫鸣:《民间祖容像的承传》,见上海师范大学美术学院编:《艺术史与艺术理论》,中国美术学院出版社 2004 年版,第 143—144 页。

② 由于图像的流传受到很多因素的限制,笔者收集到的图像不一定能够代表所有的图像形态,也带有某种程度的偶然性。还请方家补充指正。

## （一）吴中隐士

朱元璋建朝后，对吴中地区采取压制政策，但是元末文化和隐士精神依然在吴中持续发展。其中沈、陈、杜都是地方有名的家族，沈家三代（沈渊、沈贞吉、沈周）都是隐士，陈家（陈汝渊、陈宽、陈继、陈淳）也是地方有名的博学之家，陈继还被征召为五经博士，杜琼师从中书舍人刘孟功，通《孝经》《论》《孟》，又继陈继授徒乡里，占为儒籍①。经过酝酿，吴中地区迅速崛起，形成元末之后的另一个高峰，陆粲《仙华集后序》总结了吴中文艺之盛，云："吴自昔以文学擅天下，盖不独名卿材大夫之述作烜赫流著，而布衣韦带之徒，笃学修辞者，亦累世未尝乏绝。其在本朝宪、孝之间，世运熙洽，海内日兴于艺文，而是邦尤称多士。于时若杜用嘉、陈孟贤二公以高年为诸儒倡率最先有名，继则先生与贺美之、都维明、楼仲彝、沈启南、史明古辈接踵而至，数君子者虽其造诣或殊，然大抵博雅有文，行义修洁，出入则古衣冠，人望而起敬，部使者若郡县大夫侧行撤席将迎恐后。缙绅东西行过郡中者，辄造其庐而礼焉。高标远韵，照映一时。"②这些人物中最能代表吴中隐士风采的是沈周。

沈周一生留下了很多肖像，有学生、晚辈为他绘制的肖像图，也有他自己绘制的高士肖像图。北京故宫博物院藏无名氏所作《沈周像》③是一幅半身画像，沈周头戴庄子巾，身体微侧，双手笼于袖内，仅露出半个拇指。眉、胡须、鬓角都花白，目光沉稳，显然是一位德高望重的长者。沈周也想象过自己是一位高士，并绘制了一幅自寿高士图（图6-34）。图中他束发着赭红色交领袍子坐在安乐椅上，背后蕉叶青葱，前景为水潭，一童子侍立一旁。所画地点虽是园中空地，却非常空旷，恰好应和他对时光的思考。

吴中还有一位杨姓琴士，游于吴门大家，很受欢迎。文徵明、文伯仁、唐寅多次为他绘像，留下了很多幅肖像，代表了吴中艺人的风采，也是早期吴中山人④形象的代表。该琴士就是杨凌，字季静。目前见到的杨季静像有四幅，其中唐寅绘制了《南游图》和《琴士图》，前者是杨季静游南京前的饯别图，后者将杨季静放在山水中，身边伴有大量的古器，营造高山流水、抚琴品古的典雅环境。文徵明和文伯仁都绘制过杨季静的肖像。文徵明59岁时为杨季静作《蕉石鸣琴图》（图6-35），当时杨季静51岁，并书嵇康《琴赋》于图上。图中杨季静坐在蕉石下抚琴，头戴巾帕，广额修眉，穿着交领深衣，腰间系着带子，盘坐在筵席上，神情专注，似乎被自己的琴声愉悦，颇为陶醉。背后蕉叶舒展，石头呈方形，前景为几株小草和石头，整体感

---

① 参看沈周：《杜东原先生年谱》，见汤志波点校：《沈周集》，浙江人民美术出版社2012年版，第1487—1489页。

② 陆粲：《陆子馀集》，见《景印文渊阁四库全书》第1274册，台湾商务印书馆1986年版，第588页。

③ 《过云楼续书画记》著录《白石翁小影轴》是沈周自画像，表现沈周戴着乌巾，袖手襄立，道气盎然。题跋也一致。笔者未见。

④ 山人作为一个特殊的群体在明中后期非常多，但此时比较少见，一般不特别称为山人。关于山人的论述参考张德建《明代山人文学研究》第一章对山人源流的考订，湖南人民文学出版社2005年版，第3—24页。

图6-34　沈周自寿图,沈周,台北　　　　图6-35　蕉石鸣琴图,文徵明,无锡博物
侯彧华藏　　　　　　　　　　　　　院藏

觉温和。文伯仁笔下的杨季静(图6-36)更加简单。画中杨季静包着头发,坐在椅上弹琴,身着青缘白袍,神情依然很专注,似乎也在听曲。杨季静广额丰颐,眉清目秀,隆鼻,八字胡须,沉静文雅,流露出浓厚的雅士风范。

图6-36　杨季静小像,文伯仁,台北"故宫博物院"藏

## (二) 浙地山人

继吴中布衣文人之后,明代另一类布衣文人兴起于浙地。他们主要活跃于明代倭寇和边患非常严重的隆、万之际,生于没落地主家庭,既没有强大的经济基础可以悠游林下,也没有能力活跃于高雅的上层文人社会,大多奔走于幕府、大僚之

间。这一时期,社会虽然出现了短暂的改良、中兴,但是皇帝非常专权,吏治腐败,朝廷内外矛盾很大,士人受到议礼、写青词、立储的影响,养就了一股对上唯唯诺诺,对下专权结党的风气。同时,受到阳明心学的影响,崇尚性灵的思想开始流行,士人一方面不为朝廷所用,一方面心性发疏,开始张扬个性,显示了特殊的精神风貌。这种性情在明代布衣中表现突出。此时的布衣文人大都是饱学之士,浸淫于三教、文艺之间,不安于讨好大僚与当事者,往往失败于科举。其中最具代表性的是徐渭和屠隆。两人活跃时期恰好分属于隆、万前后时期,遭遇相似,具有一定的典型性。二人对自我形象也有清晰体认,并留下了精致的肖像图。从画风来说,这些画像受到波臣派影响明显。目前所见徐渭的肖像图有两卷,一是南京博物院藏的明代肖像图(图 6-37),一是

图6-37　徐渭像,佚名,南京博物院藏

2015 年展于上海博物馆的徐渭《春雨帖》前附《肖像图》[1](图 6-38)。前图中徐渭着交领青缘大袍,申字脸,颧骨高耸,双颊凹陷,蒜头鼻,须发寥寥,双目炯炯,眼珠周围各有两个白点,头戴瓦楞巾,中镶嵌玉雕龙,双唇乌红,脸部赭红。后图是康熙年间绘制的作品,头被简单包裹,身穿褐红色青缘交领大袍。胡须疏朗,脸部色彩比较淡,眼神黯淡,脸部似乎有些浮肿,面相更加温和,或许是画家想象中的徐渭晚年之境。目前所见屠隆的《肖像图》[2](图 6-39)表现屠隆戴着乌纱帽,着圆领朝服,面部丰腴,但下巴很尖,大概是甲字脸。

图6-38　徐渭像,佚名,藏地不详

图6-39　屠隆像,佚名,藏地不详

① 《吴湖帆书画鉴藏特展》2015 年 12 月 9 日在上海博物馆隆重开幕,展出相关古书画文物 97 组(113 件),此图与明代相册中徐渭像一致,也是能够反映徐渭精神面貌的图像。据吴湖帆题识是乾隆年间的作品。
② 原则上说应该展示屠隆的布衣像,但没有找到。这一图像也题写了屠隆的像赞,姑且用之。

## (三) 松江名士

万历后期至明末,性灵思潮蔓延,文人推崇苏白人格,提倡闲适的生活。商业迅速发展,很多文人开始选择科举之外的谋生之路。吴淞地区是明代商业文化率先发展的地区,也是名宦大贾的集聚地,文化产业非常发达,很多布衣依靠技艺可以生存。他们中很多人放弃了功名,投入商业,刊刻书籍,赏玩古董,出卖书画,形成一股鉴赏清玩的风气。这股风气在松江、新安、嘉兴、吴中等地收藏家①的推动下,达到高潮,展示了晚明士人的另一种生存境况。代表性的人物有莫是龙、王穉登、陈继儒、李醉鸥、严用晦等。历来学者将这一人群称为山人。这些山人多与波臣派画家(曾鲸及其弟子)来往,波臣派画家为他们绘制了大量的肖像,记录了他们的雅士风采。其中非常著名的有曾鲸的《葛一龙像》、《李醉鸥像》、《沛然像》、《严用晦像》、《吴允兆像》(胡宗信补景)、《顾梦游像》,徐璋的《松江邦彦册》中有《莫是龙像》《陈继儒像》,士中的《李流芳像》等。这些图像总体来说,可以分为两类。

一类以线条为主,着力刻画人物的面貌。如曾鲸的《葛一龙像》(图6-40)描绘葛一龙戴着万字巾笼手斜靠在书函上,神情渊默,衣袍仅用淡墨虚线勾出,留白颇多,以显示其优雅绵长的身躯。如《顾梦游像》(图6-41)描绘顾梦游坐在山岩间,神情喜悦,衣袍采用劲健的粗线条勾勒,以突出身躯的硬朗健硕。《吴允兆像》(图6-42)描绘吴允兆戴着披巾执卷坐在林间石头上,眼睛正视前方,面带微笑,平易清和。一湾奔泉流向前方。此类图像还有一些设色的,如曾鲸的《李醉鸥像》《赵士锷像》和徐璋的《陈继儒像》。《李醉鸥像》(图6-43)表现李醉鸥戴着飘飘巾,穿着红履,着白袍蓝缘的交领大袍。一手微微抬起,一手往后下垂于衣摆之侧,眉清目秀,玉手纤纤,目光斜视前方,姿态非常优雅。《陈继儒像》(图6-44)表现陈继儒戴着方巾,穿着绿色大袍子,胡须花白,笼手而立。

图6-40　葛一龙像,曾鲸、黄仕元,北京故宫博物院藏

---

① 吴中文人雅士风范在文徵明离世后,文氏弟子各领风骚,吴中文柄掌握在王穉登的手中。王穉登是吴中有名的山人,出生商人之家。吴中受到商业影响很大,逐步发展出以清供为主导的新文化风尚。吴淞地区形成了以莫是龙、陈继儒为中心的赏玩圈,嘉兴在李日华父子的推动下,也达到了高潮。

图6-41 顾梦游像(局部),曾鲸,南京博物院藏

图6-42 吴允兆像(局部),曾鲸,胡宗信补景,
北京故宫博物院藏

图6-43 李醉鸥像(局部),曾鲸,上海博物
馆藏

图6-44　陈继儒像,徐璋,南京博物院藏

另一类将人物放在娴雅的生活环境中,配有一定的古玩,主要是各种金石用品,注重
文化环境的塑造和对人物清雅品位的渲染。如曾鲸的《沛然像》《胡尔恺像》《侯峒

图6-45　沛然像(局部),曾鲸,上海博物馆藏

曾像》《严用晦像》。《沛然像》(图 6－45)表现像主执书坐在篾榻上，背靠天然几，榻上书函、卷轴横呈，前面小几上放着荷叶盏，背后方桌上镶嵌云山屏，上面放着白杯、珊瑚等，右边放着铜绿色的石块状物，上放白杯。显然是充满金石味道的读书氛围。《严用晦像》(图 6－46)表现严用晦戴着万字巾，着红履，交手坐在短榻上。旁边天然几上放着鼎和熏香。严用晦浓眉大眼，自有一番英气。《侯峒曾像》描绘主人抱膝坐在榻上，前面童子正在搬弄古器，似乎正在咨询主人的意见。庭院中荷花盛开，芭蕉葱茏，松柏擎举，瘦石间白色花朵怒放，正是夏季的清凉瞬间。徐璋的《莫是龙像》表现莫是龙着背子襦裙，手执如意，半卧地上，闲适自然，尽显名士风采。《李流芳像》(图 6－47)表现李流芳头戴飘飘巾，身穿白色交领长袍，外罩蓝色背子，手持如意，倚靠石案而坐。童子打开琴套，石案上放着灵芝、香炉。石几上置茶壶、茶炉、茶杯，前景中一只仙鹤游戏于石旁，背景中湖石松篁掩映。李流芳目如点漆，面带笑意，似乎正陶醉于庭院消闲的赏玩氛围中。

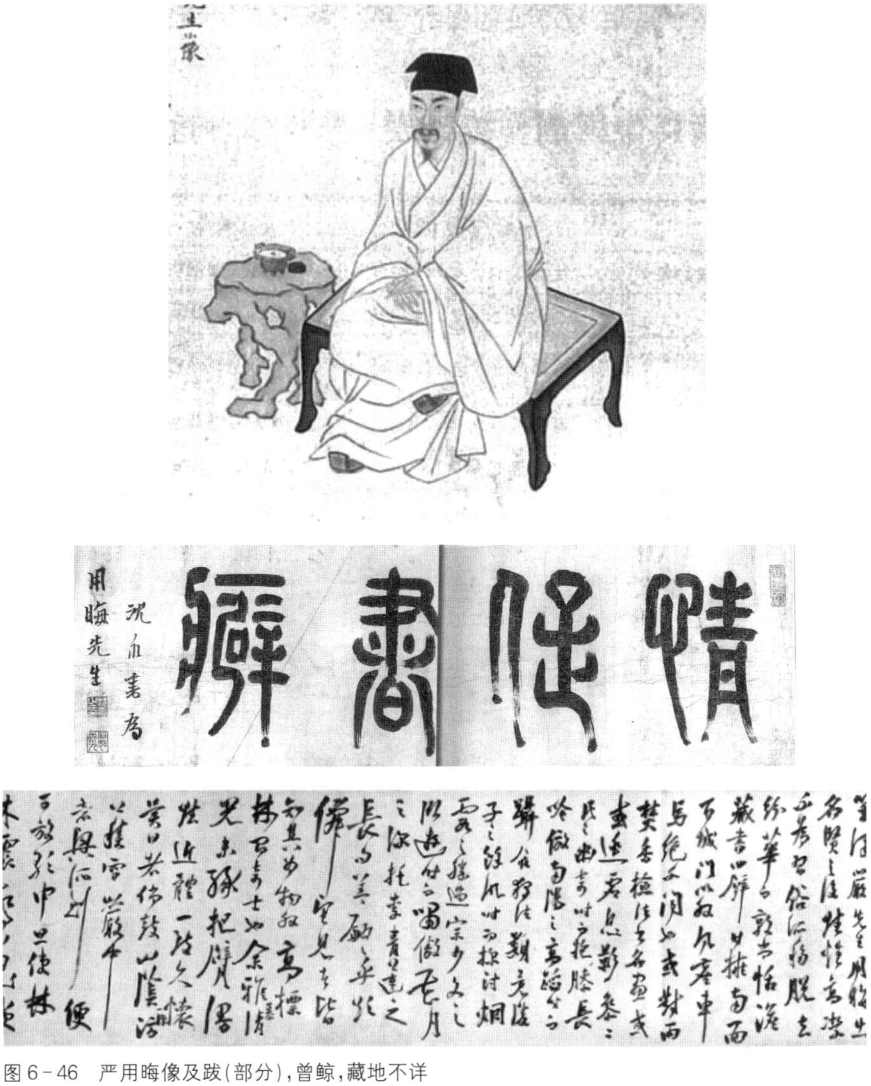

图 6－46　严用晦像及跋(部分)，曾鲸，藏地不详

图6-47　李流芳像,士中,藏地不详

明代布衣的地位一直在下降,但是独立意识逐渐增强。随着文化需求的扩大,他们的生存能力逐渐增强,成为一个独特的经济群体。他们的人格观念也随之改变,逐渐从得道高士,到抒情怨士,到推动新文化风尚的名士①。明代布衣肖像的整体面貌一直以真实相貌为主,但是从关注德行之我像走向关注文化之我像。正是这些同异的互补,展示了明代布衣独特的风采。

## 二、布衣人格观念

明代布衣不属于官场之人,也很难受到国家荣赐肖像的殊荣,他们的肖像更多是师弟子、朋友创作的表现像主个性风貌的图像。不同于国家绘像的那种自上而下的宣传教化的模式,他们的肖像以私人化的形式在像主与朋友间流传展玩,通过各种题赞,表彰人物的德行,描绘人物的特殊风貌,记述人物的重要履历,作用相当于传记。同时,出于各种原因,明代布衣的很多肖像上是没有题赞的,但是考察他们的文集,我们发现了很多像赞,本章节以讨论有题赞的肖像为主,但也兼顾一部分无赞的图像,来分析他们的人格观念。

明代中期的吴中地区集中了一批高士,他们日日游山玩水,赏玩古画,其中沈周是翘楚。大量的艺术人才与沈周交流切磋,其中有不少是为沈周绘像的画家。显然沈周比较重视肖像,因为流传下来的肖像上有沈周的亲笔像赞。沈周虽然不出仕,但是关心民瘼,并且对生日、年纪有特别的感触,很多生日都留下了自赞,形

---

① 虽然历来有很多学者批评山人的无耻行径,但是有一定名气的山人确实有足够的才华,游走于公卿间,为他们提供娱乐,尤其在晚期很多山人参与出版事业,经济比较独立。所以,历史上比较著名的山人都是社会名士。

成了一个特殊的文本。我们可以通过综合考察这一组像赞，来分析吴中布衣所推崇的人格风范。

从文献来看，沈周大概在四十二岁到八十岁之间写了不少像赞、生日感言。基于庄子学，他对个体生成、社会身份、人生态度进行了全面的阐释。主要内涵有以下几点：第一，从本体生成的角度确定本体存在。沈周对自我的认识开始于庄子的假借说，他认为人生如寄，自称是"草木之徒"①，但自身完满自足，是"怀空"而"不割"的实体②，进而提倡超越寄托，追求永恒生存的本体存在。所以，他多次提倡修心，致死而已③，赞赏"老健阳春精神"，并提出基本的人格典范是仙人（如陶渊明和李白）④，达到的境界是"时修静观心斋里，应物虚明颇涉灵"⑤。从本体的角度来说，沈周致力于庄子虚静无为之道⑥，歌颂本体独立自主的刚健精神。第二，从社会存在的角度确定自我"以儒为衣冠"，耕读养亲⑦的社会身份。沈周未出仕，以薄田自养，受到庄子物化思想的影响，他常常惊心于岁月的流逝，但是他能够超越真假之我，保持刚健不息的君子精神。其七十四岁自赞借助讨论肖像真假，道出了他这一思想和人生态度，云："以真生假，唐临橘颗。以假即真，物化虫蠃。真假杂揉，奚较琐琐。但感白须，长者半坠。颧卢麤层，颐瘦摺貏。呜呼老矣，岁月既夥。茂松清泉，行歌笑坐。逍遥天地，一拙自荷。"⑧像之真真假假都会随着时光流逝，只是外在的表象，只有抱拙守真，追求逍遥，才是存在之本。从这里也可以看出沈周融合儒道⑨的人生取向，他抓住二者的不息精神，冠儒服而本逍遥。第三，从人生态度的角度，追求自娱的生活。在沈周的人生境遇中，他不息的精神表现为闲适的生活及其对境遇的体悟。他自称柳蒲，无补于世，满足于自娱。四十二岁像赞云："谅非凌寒之松柏，无乃望秋之柳蒲……活一年，耕一年田，以为亲养；存一日，读一日书，以为自娱也欤！"⑩又云："学舞固无长袖子，出游还有小车儿。绿阴如水微吟处，紫袛含风半暖时。"⑪满足于耕读、游山玩水、行吟避暑等自适生活。充分展示了自己的林下风采和独特体悟。作为沈周的书画小友，唐寅为沈周的肖像题了一首颇有风味的小诗，诗云："我问你是谁？你原来是我；我本不认你，你却要认

---

① 参看沈周：《五十八自赞画像》，见汤志波点校：《沈周集》，浙江人民美术出版社2012年版，第1127页。
② 参看沈周：《自题小像》，见汤志波点校：《沈周集》，浙江人民美术出版社2012年版，第169页。
③ 同①。
④ 沈周《白石翁小影轴》云："陶潜之孤，李白之三杯酒，旷达犹仙。"转引自吴荣光等编：《过云楼续书画记》第2册，西泠印社出版社2007年版，第2067页。
⑤ 转引自阮荣春：《沈周》，吉林美术出版社1996年版，第85页。
⑥ 沈周《四十二岁像赞》云："保天地之气，必至无物。"见汤志波点校：《沈周集》，浙江人民美术出版社2012年版，第64页。
⑦ 参看沈周：《四十二岁像赞》，汤志波点校：《沈周集》，浙江人民美术出版社2012年版，第64—65页。
⑧ 同②，第725页。
⑨ 沈周曾经多次夜坐修道，但《夜坐记》所修更多是志意之儒道，最后归于物我合一，从整体人生态度来说，他更偏向道家之道，但在最高境界上显然也是合一的。
⑩ 同⑦。
⑪ 沈周：《孙世节貌陋容请题》，见汤志波点校：《沈周集》，浙江人民美术出版社2012年版，第846页。

我。噫！我少不得你，你却少得我；你我百年后，有你没了我。"①这种类似禅语的问答，显示了唐寅对生死的认识，对寄托于书画传递名义的揶揄。其实沈周也反对以书画寄托寿考，《白石翁小影轴》云："茫茫悠悠，寿夭偶焉。尔形于纸，我命于天。"②他认为其命运本于天，寿考与天地同，显得自信而高亢。唐寅则给出了更加疏狂的解释，"生在阳间有散场，死归地府又何妨？阳间地府俱相似，只当漂流在异乡"③，饱含对境遇的无奈和看透人生的豁达。

除了完善对自我人格的塑造，吴中艺人也展示了特殊的人格风采。杨季静是游学于吴门的琴士，受到吴门大家的礼遇。唐寅、文徵明、文伯仁都为他画过像。其中文徵明在画像上书《琴赋》、文伯仁为其作的画像上有多家题赞，可以反映杨季静代表的艺人人格风范。文伯仁画像后面附录的大量赞中除了唐寅的有感于身世，有些悲伤，其他人均能从德性的角度肯定杨季静安于素履、追求高义的风范。如祝允明赞他"吴有杨子，学儒工琴。以素为履，行符其心"。都穆赞他安于贫贱，坚守大义，有儒家风范，"贫不变其素守，义不迁乎时态。高山流水，一曲丝桐，箪食瓢饮，奕世儒风"④。其实，在1506年唐寅所作的《南游图》中，吴中大家都为他写过诗歌，其中文徵明的诗歌追溯了他父亲雅素翁的风采，肯定了杨季静得到父亲真传及美德，诗云："吾识雅素翁，鞾笑闲举止。平生七尺琴，泠然写流水。简静讵尔浮，颇识声寄指。翁新传诸妙，季也心独契。古调得真传，余巧发天思。岂独艺云精，检修仍肖似。"⑤琴声是天籁之音，雅和天地，玄通鸿蒙，需要弹奏和聆听人有很高的素养。嵇康在《琴赋》中讲述了琴材生长于峻岳崇冈之间，含天地醇和之气，吸收日月的休光，具有纷纭独茂、英蕤昊苍的独特风姿，并说明琴的品性是"性洁静以端理，含至德之和平"。品琴之人则是"非夫旷远者不能与之嬉游，非夫渊静者不能与之闲止，非夫放达者不能与之无悋，非夫至精者不能与之析理也"⑥，说明琴是塑造人之德性的重要手段，也是人之修养的至高境界。文徵明为杨季静所作的肖像也书写《琴赋》明志。琴士本身是以技艺为生的人，杨琴士却能够体悟琴之大义，进而转化为对自我人格的塑造，追求简静玄远的境界，这种境界本身也是吴中隐士，尤其是文徵明等人非常推崇的人格境界。所以，琴人合一正是吴中艺人的典型人格⑦。

如果说吴中地区的布衣都在汲汲追求人格的完善，以静态的修养为主，整体而言非常高雅清闲，那么嘉靖、万历年间的布衣们，以他们一生的坎坷与卓越的

---

① 唐寅：《伯虎自赞》，见周道振、张月尊辑校：《唐伯虎全集》，中国美术学院出版社2002年版，第271页。

② 沈周：《白石翁小影轴》，转引自吴荣光等编：《过云楼续书画记》第2册，西泠印社出版社2007年版，第2067页。

③ 唐寅：《伯虎绝笔》，见周道振、张月尊辑校：《唐伯虎全集》，中国美术学院出版社2002年版，第159页。

④ 祝允明赞和都穆的赞均来自台北"故宫博物院"编：《台北"故宫"书画图录》第19册，台北"故宫博物院"出版社1990年版，第162页。

⑤ 此图著录在吴升《大观录》，见全国图书馆文献缩微复制中心2001年版，第784—788页。

⑥ 嵇康著，殷翔、郭全芝注：《嵇康集注》，黄山书社1986年版，第111页。

⑦ 其实吴中士人特别关注琴士，王宠也曾经写过琴士传，如《张琴师传》，盛赞琴士"独得于中而与世抹杀，其穷而死也则宜"的气节。见邓富华点校：《王宠集》，浙江人民美术出版社2017年版，第306页。

才情向我们展示了另一种跌宕的人生境遇和俊杰的人格风采。同时受到阳明学影响,思想界发生了巨大变化,三教合流成为主导的人生哲学,社会经济更加繁荣,多元的身份与生存方式既是社会新貌,也使士人的生存面临了很多新的挑战,矛盾与快适成为他们关注的焦点。徐渭和屠隆广泛汲取儒释道思想,不仅以真率的性情表达自我,还能够阶段性地反思自我,我们虽然不能明确地把他们的思想归于哪家哪派,但是深厚的学养,使得他们的真情流露雅致而深沉,诙谐而玩世。

徐渭虽然是一个骚情满腹的人,但面对自己的肖像仍保持诙谐幽默的态度。自赞云:

> 吾生而肥,弱冠而羸不胜衣,既立而复渐以肥,乃至于若斯图之痴痴也。盖年以历于知非,然则今日之痴痴,安知其不复羸羸,以庶几于山泽之癯耶?而人又安得执斯图以刻舟而守株?噫,龙耶猪耶?鹤耶凫耶?蝶栩栩耶?周蘧蘧耶?畴知其初耶?

> 以千工手,铸一佛貌,泥范出冶,竞夸已肖,付万目观,目有殊照,评亦随之,与工同调。貌予多矣,历知非年,工者目者,评淆如前。偶儿在侧,令师貌之,貌儿颇肖,父肖可知,今肥昔癯,人谓癯胜,冶氏增铜,器敢不听。①

徐渭三十二岁落第东归,感潘岳处富贵姑言寂寞之造作,作《涉江赋》以明异志。此时,他鬓有"二毛","忧理道无闻而毛发就衰",认为人处宇宙等微尘,但能觉灵,即为真我,真我超越形体,发之内心,包孕天地,无得无失。至于形体之衰,是禀完就衰的自然表现,不曾为之忧虑。② 可见,徐渭对自然形体的认识非常豁达,目的在于完善自我。从这一点出发,再来看他的自赞。第一首对比今昔,超越时空,把形象的变化解释为物化,不执一局,通脱自如。第二首似乎把自己比为佛像,任凭工匠塑造,肥瘦自然受到工匠的制约,甚至幽默地说"冶氏增铜,器敢不听",并通过与儿子的画像进行对比,亲自评定自己肖像的相似程度,可谓真率至极。合观两诗,不管是蝶化还是造佛,他内心都将身体与灵觉分开,以物化的形式赏玩形体,超越现实的悲哀,所以,虽然他本是侠烈慷慨之人,却能诙谐谑浪③,颇有玩世风采。同时,我们看到他的自我关照与沈周不同,因为他关注修德证悟的过程,而不是具体的品德,所以,他不会每一次都提醒自己要修德,而是以观物的态度去验证自我的德行,可以说是以行为知的阳明学的表现。

再看屠隆的自赞:

> 我笑这个汉子,半世聪明妄作。既道文苑艺坛,又说云台麟阁。五寸斑管风雷,七尺湛露沙漠。常为名利差排,日被尘劳束缚。性灵化作精魂,法身隐在行壳。邯郸枕上荣枯,傀儡场中苦乐。饶他七伶八俐,直是千差万错。自家失却宝树,只向外头寻索。眼中法镜一昏,海底金针难摸。忽然云尽天空,便见霜高木落。猢狲

---

① 徐渭:《自书小像》二首,见《徐渭集》,中华书局 1983 年版,第 585 页。
② 徐渭:《涉江赋》,见《徐渭集》第一册,中华书局 1983 年版,第 35—36 页。
③ 张汝霖:《刻徐文长书序》,见《徐渭集》附录,中华书局 1983 年版,第 1348—1349 页。

爬进布袋,老鼠走入牛角。原来就是这些,一向寻他不着。长安只在脚边,入户何曾启钥。立断从前葛藤,一任纵横落拓。①

屠隆对着自己的画像,通过自述的形式,将一生的目标、坎坷境遇、悟道的过程和悟道后的性情一并陈述,简直就是一个小传。落魄疏拓、看透人生、悟得正道的轨迹如一长卷,以反思的形式一一展开。此种意味大概只有知心人可喻。梅鼎祚赞云:"若濯濯桐上露,若谡谡松下风。若昂昂野鹤,若冥冥飞鸿。若瑞瑞文豹,若矫矫云虹。斯人也,吾不能一名其仿佛,而强名之曰'老子犹龙'。"②借着梅氏的描绘,可知屠隆是清泠昂藏、矫健高亢、玄冥灵动,如得道之龙,深不可测、形不可捉。

通过这些像赞可知,此时像主以物化的形式观看自我,提倡追求真我、以道为高的人生,他们对自我的认识恰是与社会接触后,在苦难人生中的自我救赎,其目的在于寻求独立的自我。他们虽然没有具体的形象,但追求真我的姿态,给人一种豁达放旷的印象,或许这正是他们人生外在的气象。

经过万历前期的社会发展,明代末期的山人与商业结合,利用自己的才华,独立于权贵,形成一个新群体。虽然历来学者对山人群体的恶劣行为进行了尖锐的批判,但是总体来说,山人代表了特殊的士人阶层,展示了自觉存在于商业社会中的新士人风貌,有一定的社会价值。他们不是像徐渭那样被抛入社会,受到磨难,开始反思,而是经过权衡后,自觉放弃功名,选择另一些道路开始新生活的尝试。所以,整体来看,他们没有徐渭式的焦虑与愤恨,更多的是闲适与潇洒,但是他们过于在意人世的安适,所以,他们很忙碌,但不深刻;很前卫,引导文化风尚的转变,却难免遭受各种诟病,甚至四库阁臣都认为他们是社会风气之败坏者。我们今天可以站在更加公正的立场,通过他们的像赞分析这一群体的人格观念。晚明虽然是性灵思潮泛滥的时期,也是通俗文化兴盛的时期,但追求性灵的成果并不是非常突出,即使具有代表性的三袁兄弟也免不了俚俗的诟病,而山人更是将性灵思想转化为以追求苏白闲适生活为主导的新文化品位。不同于官宦暂时处于林下,暂时扮演特殊身份混迹于名士、僧道间,山人是真实的名士,他们也依靠名士身份区别于社会其他人群,这也表现在他们对自我多元身份经营的像赞中。

目前所留下的图像中,像赞比较丰富的像主有葛震甫、陈继儒、沛然、严用晦。我们以他们为例,试析之。

陈继儒被称为山中宰相③,他的自赞代表了晚明名士的生活理想:"读古人书,识古人字。淡然无营,屣脱名利。不出户庭,短褐茹粝。为圣人氓,如此而已。"④陈继儒还把葛震甫比喻为葛天、葛玄。葛天是远古君王,罗泌《路史·禅通记》云:

---

① 屠隆:《自赞》,见《屠隆集》第 12 册,汪超宏主编:《浙江文丛》,浙江古籍出版社 2012 年版,第 84 页。

② 梅鼎祚:《屠长卿像赞》,见《屠隆集》第 12 册附录,浙江古籍出版社 2012 年版,第 257 页。

③ 陈继儒《顽仙庐》题云:"懒向山中称宰相,偶与陆地作顽仙。"转引自李斌:《明清文化视野中的陈眉公》,香港国际学术文化资讯出版公司 2007 年版,第 272 页。

④ 转引自周榆华:《晚明文人以文治生研究》,广东高等教育出版社 2010 年版,第 242 页。

"其为治也,不言而自信,不化而自行,荡荡乎无能名之。"①应该与推崇无为而治的老子一脉相承,陈继儒又将他比为"老聃",说明这些名士也是得道之古贤,尤其是得老庄玄道。萧士玮赞他"徐徐然卧,于于然觉,嗒焉丧偶,其几之南郭",显然是隐几南郭的道家高士。据周之纲赞,他还能够"禅玄双悟",显然还是修炼禅学之士。受到范景文提拔,葛震甫还短暂为官云南,非常清廉,甚至称要"进君以止贪之爵"②,可见,他虽出为官宦,依然以民为本。

另一位集中了多人题跋的像主是严用晦。根据各家题赞可知,严用晦好交友,好读书③。他也是圣世遗隐,融合佛、玄的烟霞清客④。葛一龙赞他是"有情有心""才情并茂"⑤的诗人。他还是富而惠施的义士,既是藏书家也是非常注重孝友谈玄论道之高士⑥。这些名士非常讲义气,他们出入地方,内心都有一股豪侠之气,正如王思任赞葛一龙为"游侠人"⑦。葛震甫也非常推崇侠义之人,曾云"侠骨侠肠幽冶色,寒香寒影艳阳魂"⑧,赞扬他既有幽冷高洁的气质,又有艳阳刚健的灵魂。他们甚至推崇诗侠,陈继儒就认为"笔挟风霜,字带剑戟"⑨的诗人是诗侠。对侠有清晰认识的陈继儒在《与钱受之太史》中谈道:"国轴之变幻,家乡之纷筝,且端坐冷眼观之。侠客之不如英雄者,侠客动而英雄静也。英雄之不如圣贤者,英雄险而圣贤稳也。若置身静稳中即鬼神造化奈何不得,况目前余子哉。"⑩可见,他们要求的侠是静稳之贤侠,有沉稳的贤者气质,也能为政⑪于地方,最典型的就是陈继儒。他带领松江百姓度过灾荒⑫,召集有学问的地方人才编辑宝颜堂秘笈,保存了珍贵的文献,在荒乱的年代为贫寒士子提供了基本的生活保证,真是圣贤之流。总之,这些像赞透露出晚明山人是汇通三教的得道高人,也是为政地方的贤侠,还是注重深情孝义的高士、谈玄论道的烟霞清客。

---

① 转引自周博琪主编:《永乐大典》第 1 册,中国戏剧出版社 2008 年版,第 37 页。

② 题跋均来自月雅书画网,曾鲸:《葛一龙像》,http://img1.yueyaa.com/show.php? file = 364A8554 A6585BA3。

③ 如黄应蛟赞:"天下无读得尽之书,而若欲拨祖龙之烬,海内无交得尽之友,而若欲空绣虎之群。视其左右,则半乘之图书;搜其奚囊,则交游之珠玉。"引自方小壮:《曾鲸严用晦像长卷考评》,河北教育出版社 2005 年版,第 89 页。

④ 归昌世题跋,引自方小壮:《曾鲸严用晦像长卷考评》,河北教育出版社 2005 年版,第 91 页。

⑤ 葛一龙题跋,引自方小壮:《曾鲸严用晦像长卷考评》,河北教育出版社 2005 年版,第 92—93 页。

⑥ 参看《沛然像》各家题赞,引自方小壮:《曾鲸严用晦像长卷考评》,河北教育出版社 2005 年版,第 7 页。

⑦ 王思任题,来自月雅书画网,曾鲸:《葛一龙像》,http://img1.yueyaa.com/show.php? file = 364A8554 A6585BA3。

⑧ 葛一龙:《葛震甫诗集》,见《四库禁毁书丛刊》集部 123 册,北京出版社 1997 年版,第 546 页。

⑨ 陈继儒:《晚香堂集》,见《四库禁毁书丛刊》集部 66 册,北京出版社 1997 年版,第 555 页。

⑩ 沈佳胤:《翰海》,见《四库禁毁书丛刊》集部 20 册,北京出版社 1997 年版,第 361 页。

⑪ 陈继儒等人虽然没有官爵,但能够发挥士子的作用,帮助地方解决问题,显然是为政的表现,其实他也自称"山中宰相"。

⑫ 晚明松江地区灾荒频繁,陈继儒主动出马,有条不紊地解决了灾难,提出《救荒煮粥事宜》(17 条),对煮粥时间、地点、用具、分粥的次序和筹集米粥等事宜作了非常缜密的安排,既保证老幼妇童渡过难关,又充分利用青壮年灾民的劳动力解决问题,避免无谓的暴乱。在《赈荒议》(12 条)中,他根据实践经验,记录踏荒、勘荒、尽荒、禁乱、禁张皇,请改漕折、禁遏籴、籴米、禁抑价、平籴、散赈、田主赈佃户的全过程。

### 三、像赞中的观念与图像的文化呈现

像赞是对像主一生的总结，一般选取比较关键的几件大事评定人物的一生，但大多数布衣的一生基本上没有太多可歌可泣的功业，偶有一些义举，多以哲学化的语言展示，比附某种品德和修养。明代布衣的特色在于他们受到三教文化的影响，都有强烈的反思意识，肖像往往是他们面对另一个自我进行反思总结的载体，所以，整体来说，肖像是一个物化的形象，前期是将图像等同于肉体，物化之，即图像即物化，后期用一些道具物化思想，就是将他们的各种生活观念和态度都依附于某种物品来表达，包括衣饰、用具，甚至面貌。所以，明代的布衣像赞前期以反思为主，后期以物化意象呈现观念。前期图像以写实的面貌出现，突出精神气象，力图与想象的层面融合，后期在写实中加入很多文化意象，带有一定抒情性，将赞物化为形象。总体来说，像赞抽象，图像具体，二者结合是立志与绘志的过程，也是说明与塑造的过程。

#### （一）文与像的精神融通

沈周对自我人格的内涵有自觉的意识。虽然他请人画像，但是像赞不是对画面的描绘，即使典型场景的提示也主要是为了营造境界。如"待月露生秋袷紫，仰天风卸暑巾青"，是为静观修心而营造的情境。沈周大部分像赞基于年岁的变化，生发对自我存在的思考，如四十二岁像赞云："天地假我，有其躯也；丹青假我，有是图也。我尚假农，有禾一尘，有豆一区；我尚假儒，有此衣冠，有此步趋……保天地之气，必至无物；信丹青之像，终非故吾。"除了白鬓说明与图像的关系，其余均是以存在为本，说明肉体形象是人生假存的外形，只有保天地之气，归于无物，即归于无形，才是生命之本，所以丹青不是我的面目，而自娱自适的精神才是存于世界之本。

正是对丹青的否定，才引发和强化了人格本体的独立精神，像赞又云："惟其怀空，以瓠壶自如；惟其不割，以铅刀自居。寓形天地，寝迹里间。无亦不觉其少，有亦不见其余。"怀空、不割，看起来是矛盾的，但实际上是对沈周完美人格的阐释。怀空即本身无体，寓形宇宙，无内无外。不割即本身是完整的，但又是具体的，寝迹间里，虽小而大。这种赞与图表面的否定关系，实际上是沈周阐释抽象内涵的特殊手段。因为在沈周的语境中，可见之图是形体、物质的表征，是生命的暂时假形，它是变动的，而通俗的意识又认为图像代表了生命的延续，可以帮助像主流芳百世，所以，沈周云，"何假丹青之寿予也"，显然在质疑中否定了图像的话语力量和树立典范的能力，为彰显主体的精神腾出空间。此时，文字成为强势语言，沈周使用铅刀、瓠壶等植根于人心的哲学意象，成功为人之精神赋予丰富的形象感。这样，他在否定图像的同时，也建立了自己的语象体系。不过，从根本上来说，这是由意的对立引起的，沈周用玄理否定世俗套语，其实是文化修辞发挥否定力量的结果，也是用一种话语去钳制另一种话语的表现。从意义的机制角度，二者是同一层次的，但是从两种语言（文、图）的关系来看，图被文否定了。这种意义上对图的否定是画

史传统长期删选的结果,图在这里的核心意义指向真实肉体,应该被超越。

但是,我们必须承认图像是传神的重要手段,它以异样的语言与文字相通,共同服务于至高精神的表现。沈周在像赞中多次描述精神状态,如"服勤于南亩之间,榾榾把锄;息劳于北窗之下,蓬蓬枕书""有万卷书贫富贵,仗三杯酒老精神。山花笑我头俱白,头白簪花也当春"①。这些描绘都没有出现在图像中,但是像主老健自适的情态跃然纸上。从沈周留下的画像中,可以看到他头戴庄子巾,双手笼于袖内,仅露出半个拇指。脸上的皱纹和老人斑非常清晰,鬓角胡须苍白,但下垂的胡须有一点苍凉的调子,眼睛清澈沉稳,似看非看,有几分冥漠感。颧骨高,但两腮丰腴。从这些特征可知,沈周气象苍劲丰腴,鹤发童颜,正是阳刚向上自得精神的体现。身上的线条除了肩部是自然曲线,其余部分用力均匀沉稳,没有其他文人画家的飘逸性情,衣纹用方折沉稳的同类线条勾写,简练中节奏感很强,加剧了苍健的感觉。

至此,我们可以说,文学营造了一个想象的意境,朦胧而诗意,是一个大空间;图像给出人物特写,是进入空间的资本和门径。观者既可以从文字入手,去诗意地旅行,也可以从肖像入手,去发掘人的特殊气象。气象即韵致,包含形,也包含意,还包含境。三者是文化知识融合的结果,作用于"养人"。沈周最后云:"陶潜之孤,李白之三杯酒,旷达犹仙。千载而下,我希二贤。"此诗正将意与境融合在想象的"形"中,留出空白,让图像施展技能,把三者融合在"诗图"的合奏中。这种思维打破了魏晋言象意的层次和超越关系,把各种意融合为一个整体,诗画发挥自己的作用,让抽象的、难传的冥漠之意进入常态,将活泼泼的生命视觉化、情感化,这大概是沈周面对多种元素,对变化的言象意做的特殊思考,也反映了明代布衣对自适情态的艺术追求。这一点与晚明的自适感很不同。

不过,当像主是一般文人,并没有完善的人格思想,像主与题赞人分离时,文字与图像形成一个图文互动的阐释瞬间。杨季静是一个琴士,他的画像集中表现像主专心弹琴的瞬间。杨季静"业儒工琴"的身份通过他的服饰表现出来,简单的头巾、文履和交领袍子是儒生的典型服饰,钉头鼠尾描展示身体轮廓和局部褶纹,用笔非常劲健,正是业儒的象征。他身上的配饰很简单,脸部祥和安静,广额秀目,有八字胡和高耸的鼻子,非常清秀,显示了安于贫贱的书生傲骨。这里值得提醒一下,虽然杨季静的肖像反映了杨氏的基本特征,但是画法上非常文人化,不能真实传达杨季静的面貌。画家所使用的元素是提炼化的文化意象,更多发挥了象征的作用。所以,题赞人大多不能细致分析人物特性,而是从文化传统中汲取语言,完成像赞。图文关系更多是抽象的阐释关系。沈周等人的肖像高度传神,等同于真人形象,题赞人还有自己的生活实践,形成一个意义饱满的单元。生活之真与艺术之真相通。杨季静的真实生活没有展示出来,艺术之真更多是文化之真的精神。所以,赞与图之间隔了一层。

文徵明所创作的肖像更加注重人物的人格内涵,为了渲染氛围,他加上了文人

---

① 沈周:《六旬自咏》,见张修龄、韩星婴点校:《沈周集》,上海古籍出版社 2013 年版,第 136 页。

喜欢的空间环境。图中,杨季静头戴巾帕,光额头,修眉,趺坐在筼席上。背后蕉叶舒展,石头方形,石头用墨注重变化,浑厚略带清苍,石头边缘柔和,蕉叶边缘以曲线为主,偶有方折,叶脉线条短,但颇为舒朗。前景中有几株小草和石头,整体感觉温和,恰如琴以和为主的韵味,成功烘托出人物的精神气质。而题文却是著名的《琴赋》,图文对看,近乎进入一个文化语境中,像主独特的气韵完全被诗意的想象综合。但是,像主还有一些性格特征很难找到对应的语言,题赞人就直接写出,显然文字是对图像的深度阐释。如祝允明直接赞杨季静"足也日驰乎井陌而不紫其屦,服也安于韦布而莫锱其襟",显然是安贫乐道的表现。将画赞与画像对照看,就会发现题画人采用从画面到文字,再由文字到画面的方式逐层阐释过程,发挥了图像与文学的合力,既是图释文,也是文释图。

### (二) 文与像的分化:戏谑放达之文,真挚婉约之像

嘉靖万历之间的布衣对自我人格修养的理解很深,对自我肖像进行了较为新颖的阐释。徐渭自称畸人,一生坎坷,但受到三教汇通和阳明学说的影响,他对自我肖像的认识很哲学化,并与他的艺术思想有密切关系。不同于沈周直接从哲理的角度解释人生如寄、归于空无的思想,徐渭从看画入手,对比自己不同时段肥瘦的情况,说明人之外形是物化的结果,龙与猪,鹤与凫都是一定阶段的形态,没有绝对是非。那么,徐渭到底对画像是怎么看的呢?他在《自书小像》中的解说形象风趣,对铸造的佛像,大家评论一致,他自己不知道是否像,就用了间接推理法,从儿子的肖像画入手,断定画得很像。至于肥瘦也是按照当时阶段外形特征来判断,他戏称为"冶氏增铜,器敢不听"。所以,就肖像的相似程度来看,徐渭肯定了肖像是合意的。但是对于不同肖像代表的好坏标准,徐渭表示反对,认为是"刻舟守株"。目前见到的徐渭两幅像刚好一肥一瘦,基本神态不变,似乎正是"知其初"的表现。结合他对肉体与觉灵的看法,可理解他"知其初"的具体内涵。他的《涉江赋》云:

天地视人,如人视蚁,蚁视微尘,如蚁与人,尘与邻虚,亦人蚁形。小以及小,互为等伦,则所称蚁,又为甚大,小大如斯,胡有定界? 物体纷立,伯仲无怪,目观空华,起灭天外。爰有一物,无罣无碍,在小匪细,在大匪泥,来不知始,往不知驰,得之者成,失之者败,得亦无携,失亦不脱,在方寸间,周天地所。勿谓觉灵,是为真我,觉有变迁,其体安处? 体无不含,觉亦从出,觉固不离,觉亦不即。立万物基,收古今域,失亦易失,得亦易得。控则马止,纵则马逸,控纵二义,助忘之对。①

在徐渭看来,形、大小都是物化现象,没有分别。只有内心觉灵,才是真我,无形无体,永存于天地之间。所以,徐渭等论自然形体变化,也就是追求永恒不变的本体。人处于社会,秉气而存,受自然习气遮蔽,"知其初"是返回真我,任自然真情流露,回到本于天然的人性。徐渭还在《跋张东海草书千字文卷后》中从天成的角度解释了"真我"的内涵,云:"夫不学而天成者尚矣,其次则始于学,终于天成,天成

---

① 徐渭:《徐文长三集》卷一,见《徐渭集》,中华书局 1983 年版,第 36 页。

者非成于天也,出乎己而不由于人也。"①天成是顺己之天性而成,是成就自我,而自我又与天合一,显然是与天地为一体的结果。所以,他用"控纵"解释"助忘",就是要冲破束缚,走向自然。

对照徐渭的图像可以看出,两图一带笑意,一显苦辛,虽然经历很多磨难,却都有和善醇厚的气质,这大概是徐渭涵养自身的结果。老、庄都描绘过得道高人的形象,老子云:"古之善为士者,微妙玄通,深不可识。夫唯不可识,故强为之容。豫兮若冬涉川,犹兮若畏四邻,俨兮其若客,涣兮若冰之将释,敦兮其若朴,旷兮其若谷,浑兮其若浊,孰能浊以静之徐清,孰能安以久动之徐生,保此道者不欲盈。夫唯不盈,故能敝不新成。"②庄子云:"其心忘,其容寂,其颡頯。凄然似秋,煖然似春,喜怒通四时,与物有宜而莫知其极。"③虽然,徐渭可能还没有达到这种境界,但是他好老庄学,备受坎坷,而面容还如此安详和善,似笑非笑,似吐非吐,高颧丰颐,目冥须渺,申脸蒜鼻,英俊中有些雅致,恬淡中富含冲融,可谓面相极好,是近道之人。

如果从徐渭的多重身份和绘画理论来看,他从形的角度肯定了图像的相似,又从人之本体的角度否定了图像所代表的形,显然涉及表象、语言和意义的关系。肖像是表象,语言是对表象的确定,但是语言恰恰否定表象,追求本体,打破语言、视觉中心,再次确定新的真实。这里我们可以说,徐渭和画家共同肯定庄子的"象罔",追求惟精惟微的真相。大概这也是徐渭与沈周的不同,徐渭肯定像的逼真性,但否定形体的价值,走向冥漠的心境,沈周忽略像的真实,否定形体,走向内在精神的张扬,两者在最高价值上可能是相通的,却是一内敛,一外放。

我们再来看看屠隆对自我形象的看法。屠隆虽然做过小官,但生性豪放,也早早退出官场,过着艰辛的日子。他的自赞描述了自己一生的艰辛岁月,悟道的结果。从赞中可知,屠隆才情横溢,在文苑艺坛都能得心应手,甚至认为自己可以荣登国家麒麟阁,却被名利束缚,日日奔波,失去了自我的性灵和德性,直到将荣枯才把苦乐看透,直到褪尽繁华才找回自我,到了佛国。如果说徐渭从一己之像参人生之本体,屠隆就从一生的实践看人生之幻灭,可谓异曲同工。他们最后获得解脱都是"纵横落拓",逍遥自在。结合图像看,屠隆面部清秀,眉目很小,眼神迷离,被生活压出不少痕迹,正印证了他的自赞。若从图文的关系看,图像反映的是某一瞬间的真实屠隆,诗为图像增添了很多背景,让图像更加丰满。这种丰满以叙述加议论的方式展开,增加了图像的情绪,引起人们的反思。也像一个悟道的门径,可以为人们指点迷津。所以,图是一个例证,文如一卷经,共同去诠释人生。

（三）文与像的合体：物像化的思,抒情化的像

晚明布衣建构人格的方式更加多元,总体来看,受到新文化风尚的影响,他们

① 徐渭:《跋张东海草书千字文卷后》,见《徐渭集》,中华书局 1983 年版,第 1091 页。
② 焦竑:《老子翼》卷二,民国《金陵丛书》本,中华书局 1985 年版,第 32 页。
③ 陈鼓应注译:《庄子今注今译》,商务印书馆 2007 年版,第 200 页。

以更加物化的方式展示自我的人格。晚明文人非常喜欢长物,总是用特定的文化长物表达自我的身份和阶层品位。对于著名布衣的描绘,画家注重人物的精神气韵,对于群体中的一员,画家注重对文化品位的营造。我们对此也分两部分加以分析。

在画作中注重表达精神气韵的代表是陈继儒和葛一龙。陈继儒云:"读古人书,识古人字。淡然无营。履脱名利。不出户庭,短褐茹粝。为圣人氓,如此而已。"如果说做圣世之民在很多文人看来比较造作,有故作清高之嫌,那么在晚明山人的心中,却是真实的体验与认同。因为,晚明山人心目中的圣世并不是对三皇五代的幻想,而是对现实生活的自适。这一时期,"天下物力盛,文网疏,风俗美。士大夫闲居无事,相与轻衣缓带,留连文酒。而其子弟之佳者,往往荫藉高华,寄托旷达。居处则园林池馆,泉石花药;鉴赏则法书名画,钟鼎彝器。又以其间征歌选伎,博簺蹴鞠,无朝非花,靡夕不月。太史公所谓游闲公子,饰冠剑,连车骑,为富贵容者,用以点缀太平,敷演风物,亦盛世之美谭也"①。同时,他们也开始更关注现实的生活安适,高濂作《遵生八笺》,宗旨在于遵生,"无问穷通,贵在自得,所重知足,以生为尊",所关注的问题不再是内在心性的修养,更多是四时调养、起居、却病、服食、丹药,并每事证古,期望在安逸中成就善行,做个"出尘罗汉,住世神仙"②,可谓简单方便。而其中清赏一编,更是"端身心"的良药,所谓"器玩娱志,心有所寄,庶不外驰,亦清净之本也"③。在这种环境下,我们再看陈继儒的兴趣爱好,他在《妮古录》序言中说:"予寡嗜,顾性独嗜法书名画,及三代秦汉彝器瑗璧之属,以为极乐国在是。然得之于目而贮之心,每或废寝食,不去思,则又翻成清净苦海矣。夫癖于古者,发肤箧,椎冢墓,帝王而巧赚僧藏,文士而佹夺人好。及其究也,至化为飘风冷烟。而不可得也。则收藏家缄局封闭,传之后世,可谓古人之巧臣。赏鉴家批驳其真伪丑好,穷秋毫之遁情,振夏虫之积瞆,可谓古人之直臣。余无长能,见而辄记之,此虽托之空言,亦不可谓非古人之史臣也。杨用修云:'六书中有妮字,软缠之谓。'乃笑以'妮古'名录。"④可见他对古玩、书画的爱好,并且自觉肯定清赏记载历史文献、辨别真伪、收藏历史文献的价值,赋予清赏活动崇高的史学意义。这自然将自己比附为有功于社会的大臣,肯定了自我的社会价值,也树立了特殊的人格气象。

对照他的肖像,陈继儒戴着方巾,穿着青布大袍,拱手而立,申字脸、隆鼻、花白胡须,迈着缓缓的步伐,显得非常严肃沉稳。他身上的衣纹只以长线条勾勒,钉头鼠尾描形成自然节奏,方中寓圆,虚淡简约,整个衣服细劲灵动,颇有韵味,结合他的肩部、头部的比例,可知陈继儒本身比较清秀,但虚淡灵动的气韵和稳健质朴的骨力依然清晰可见,所以,他虽然没有王家玉树临风之俊,但也有江南骁骥的劲健

---

① 钱谦益:《瞿少潜哀辞》,见《牧斋初学集》卷七十八,上海古籍出版社 1985 年版,第 1690 页。
② 参看高濂:《遵生八笺》序三,山西科学技术出版社 2014 年版,第 1 页。
③ 屠隆序,参看高濂:《遵生八笺》序,山西科学技术出版社 2014 年版,第 2 页。
④ 陈继儒:《妮古录序》,见印晓峰点校:《妮古录》卷首,中华书局 1985 年版,第 1 页。

之美。

再来看葛一龙。葛一龙被赞为："名满天下而地文不萌,言妙今古而龙雷不惊,渊珠其心,明霞其襟,云谲荡宇三万六千顷而探秘灵威丈人之逸文,而为右丞襄阳之合身。"不管是"灵威丈人之逸文"还是"右丞襄阳之合身"都说明葛一龙以文学著称。"地文"是一个非常有意义的词汇。《庄子·帝王师》谈到至人无感时就用到地文不萌,形同枯木,安于寂魄。至人动为天,静为地,行为水流,止为渊默。葛一龙名、言都是动,为天下人知,内心却安静,渊默不语,显然也是得道高人的表现。范景文在《葛震甫诗叙》中也说:"然则震甫匪惟才胜,即其识度去人何止万里,譬之高会群贤辩难迭送,中有真人安坐无言,静气所摄,众义皆堕。"①我们再来看《葛一龙像》,葛一龙斜靠书函,眼神深邃,似乎正在冥神遐思。衣纹线条虚淡如游丝,流畅缥缈,给人清淡玄远之感,与一函古书相依偎,背景清空,正是"读书好古"的表现。值得注意的是,圣贤得道都有一定的时代含义,因为他们虽然也在学习经典,理解经典,按照经典修行,但他们并没有完全达到经义所规定的高度。又受到像赞褒奖的影响,难免有些不合实际,但是对照肖像,我们大致可以把握山人的气象。从这个意义上说,文图是一种规定和印证的关系。

另一类代表是施沛然与严用晦。他们二人均不出名,笔者目前也没有找到大量可考的资料,只能作简单分析。施沛然是上海藏书家施大经之子,他和父亲一起,收藏了大量图书,建"有获阁",成为万历间上海四大藏书家之一。②严用晦是葛一龙的朋友,少年风流倜傥,隐居莫釐峰,以布衣交天下友,与葛震甫同里,相唱和。葛一龙认为严用晦是"才情并茂,肤神双清。并茂伊何?谷永花明,鼓春风之骀荡。双清伊何?瑶林琼树,映秋水之澄泓。脉脉静中,矫矫霞外。制彼芰荷,餐惟沆瀣。座焚一缕,以为朋邻"③。顾起元赞沛然"峙姿如玉,奋词如云,有学有艺,乃质乃文"。从图像来看,二者是中青年像,朗润渊深气象确实给人特殊的美感。就肖像本身来说,画家用长而疏淡的线条勾写衣纹,将绸缎绵密轻柔之感细腻传达出来,像主神情淡漠,似乎正在凝神,沛然通易学(经师梁丘氏④)和医学(术解殷中军⑤),可能正进入虚淡缥缈之境。严用晦穿着布袍,两手交搭,申字脸,眉目清秀,似看非看地睁着眼睛,身体微微前倾。衣纹线条以方为主,层次分明,沉稳有力,给人劲健爽朗的感觉。总体来看,内安静,外明媚,清茂澄泓,内朗外润,正是两位像主的共同特征。

对照像赞可知,赞中之像(清、明、澄泓、霞外等)非常具体,却不可落实,反而成为抽象的感觉,而图像恰恰把抽象的感觉转化为人之气象。图中或行云流水或刚健有力的衣纹、渊深的眼睛、类似的申字脸,把内外/动静、明丽/深邃等抽象感觉转

---

① 范景文:《范文忠集》,见《景印文渊阁四库全书》集部第 1295 册,台湾商务印书馆 1986 年版,第 516 页。
② 范凤书编:《中国著名藏书家与藏书楼》,大象出版社 2013 年版,第 90—91 页。
③ 参看葛一龙题赞,引自方小壮:《曾鲸严用晦像长卷考评》,河北教育出版社 2005 年版,第 92—93 页。
④ 梁丘氏即梁丘贺,西汉大臣,今文易学的开创者。
⑤ 殷中军即殷浩,据《世说新语·术解》记载,他通医术。

化为可以感知的形象，将文化意象转化为人文化的相貌，所以，虽然沈周也是通过精神相通来完成图与文的链接，但是没有依靠文化意象来完成，而是采取自然的、可以把握的真实相貌来实现，这里的布衣却紧密依赖文化意象，通过历史排位的方式来实现自我的人格塑造，显然是复古思潮的反应。当然，他们在寻求历史位置的时候，也是一种自失与区别。对于古人，对于自我的心性来说，他们是自失的，对于社会其他阶层来说，他们是独立的。这种矛盾心理我们还可以在他们的像赞和图像中找到更加物化的证据。卢伦赞严用晦云："云钟鼎，尘簪缨；拾瑶草，食金茎；搜宛委，得灵文。博山烟袅，嘿然会心。其韬光也，室剑帷灯，徐而按之。瑶台之月，玉壶之冰，是谓用晦而明子。"云尘、功名、富贵，本身就表现急于离开世俗世界，瑶草、金茎均是信奉道教的表现，宛委①灵文即珍贵难得之文，博山烟袅即用博山炉烧香，同志读书其间，袅袅会心之际，宝剑帷灯表明胸中不平，借助长夜发之，瑶台月、玉壶冰，清新贞洁更增高冷气息。所以，所有的物化产品都有文化根据，都是可以重来的文艺活动，都能够制造远离尘世的虚幻境界，给人一种私下、低语、会心的自适与共赏，而这些物化的境界都可以在图像中呈现。在《沛然像》中，坐具是镶有花边的禅床，上面有书画卷轴、线装书函，像主背靠天然隐几，前排小几上是荷叶盏和沸汤，几下放文履，背后是云山屏方凳，上面瓶插珊瑚，放着白色彝，人物右侧可能是湖石，其上可能放着白瓷盏。《严用晦像》中像主也是坐在短榻上，天然几上放着香炉，大概正处于香气缭绕之际。对照《长物志》可知，这些全部是当时清雅文人的斋房用品，也是幽人追求"雅洁清靓"②的结果。正是这样一种物化的空间，让历史与现实情境融合，不断酝酿氛围，必然引起人们反观生活在其中的人的精神面貌。这是晚明布衣的聪明之处，他们设定了一个历史空间，用历史之物来区别他人，给自己营造一个高雅的环境，高雅本身就是一道屏障，演绎高雅也就是完成自我人格的塑造。我们可以说，这是一个方便的法门，但也不得不承认这是放弃世俗喧扰的途径。中期布衣以自信的姿态展示自我的精神，后期布衣以彻悟的心情低诉自己的解脱，那么晚明布衣剩下的只有物化的世界，他们是简单敦朴、浅显无主的，只有去建构一个历史情境，才可以保持他们的人格魅力，维护他们的社会形象所以，像赞和图像虽然是可以对等的，却都是精神的隐喻，正如屠隆所说"及至豁然具解，跃然超脱，生平寄万之物，并划一空，名为舍筏，名为甩手……抱朴子、陶都水得道至人，咸究心古今名物，阴阳术数，医卜方药，一事不知，以为深耻，不闻障心累道，何疑于深甫乎！"③这既是为高濂辩护，也是为所有晚明崇尚清雅的山人辩护，可谓有心人。

　　总之，明代的布衣一直在不断地调试自己的人格，随着时代的不同，他们所关注的问题不同，呈现的精神面貌也不同，但有一点是共通的，就是作为一个群体，如何存在于社会，如何完善自我的人格，这些反映在肖像与像赞中，就是不断解释自

---

① 传说禹登宛委山，得金简玉字之书，因以借喻书文之珍贵难得。
② 文震亨著，李瑞豪编著：《长物志》，中华书局 2012 年版，第 5 页。
③ 屠隆序，参看高濂：《遵生八笺》卷首序，山西科学技术出版社 2014 年版，第 2 页。

我的人格,不断展示自我的风采。当内心自足的时候,他们在诗画中找到与精神相通的内涵,力图以赞反思肉体,以图展示内心的气象;当他们满身疮痍后,一面絮叨自身的不幸,给出旷达的情怀,一面揶揄自我的面貌,玩味内在的真率;当他们退一步另谋新生时,他们用赞到历史中寻找同志,用画去营造历史空间,把自己堆积在物化的历史中,宣称这是一个自适的空间,只有清雅的人物才可以游弋其间。他们身处边缘,却又是读书人,三不朽的思想在他们的内心如幽灵,但是在现实中,他们用另一种姿态诠释自我的社会形象,既是对世俗的回应,又是对世俗的超脱。历史也非常钟爱他们,给予他们一片特殊的天空,用诗画活灵活现地记录着他们的人生。

## 第五节 陈洪绶所绘高士形象与忠孝之情

明清鼎革之际,坚持民族气节的明代士人很多,其中著名的艺术家有陈洪绶[①]、倪元璐、黄道周、李日华、杨文骢、项圣谟等。他们多通过一定的象征意象表现民族气节,如项圣谟以红色、无叶枯树象征衰亡境遇下的明代士人对故国的怀恋(参看《大树风号图》)。陈洪绶虽然求学过浙派殿军蓝瑛,但主要身份是文人,具有很高的素养,时刻将自己的风格特征赋予特殊的时代、文化内涵。这些内涵可以概括为忠孝,表现为对前明矢志不移的孝忠,并认为这本于真情至性。陈洪绶作品中图像与文学的关系主要表现为图像与情感的关系。他指出图像来自“文章”,本于文章的真情至性。陈洪绶的图像与文章的主要连接点是情。实际上,二者的文图关系以情为基础,表现出新的特色。真情至性主要表现为亡国之骚情、颂扬之喜情、痴癖之高情、闲赏之忠情。这也决定了陈洪绶笔下高士的重要类型:骚情之高士、相关功名之高士、古代有痴癖之高士和捍卫华夏文化之闲赏高士。下文还是从图式、内涵和文图关系的角度介绍陈洪绶所绘高士图像与文学的关系。

### 一、陈洪绶所绘高士图式

陈洪绶所绘高士图的整体风格是面貌奇骇、情境高古,但是从具体表现内容来说,还是可以细分为骚情之高士、相关功名之高士、有痴癖之高士和闲赏之高士。

第一,屈骚高士。屈骚高士主要是指在重大问题面前坚持正义的一类高士,涉及以下语境:出处抉择,卫法捍情和亡国。陈洪绶身处乱世,出处抉择非常重要,屈原的境遇正与他有几分相似,是他可以效仿的第一位坚持忠孝的人。屈原被谗

---

① 陈洪绶(1598—1652),字章侯,号老莲。喜绘画,崇祯壬午入资为国子监生,奉命临摹历代帝王像,得观内府所藏古今名画,技艺益精,名扬京华,与崔子忠齐名,世称“南陈北崔”。值魏忠贤柄权,党祸不测,群小喧嚣,扫兴南归。洪绶生性怪僻,愤世嫉俗,身历忧患之时,求学来斯行,刘宗周、黄道周和方以智、王崇简等复社名士文酒往还。其绘画题材广泛,尤以人物画著称于世。其人物大多为凛禀有节的高士,高古奇骇,被誉为“三百年无此笔墨也”。(引自张庚:《国朝画征录》卷上,见于安澜编:《画史丛书》第3册,上海人民美术出版社1963年版,第3—4页。)

图6-48　屈子行吟图，陈洪绶，上海图书馆藏

去国，怒沉汨罗的气节是陈洪绶非常敬仰的行为。1616年，陈洪绶与来风季学骚于松石居，拟李长吉体作《问天》，绘《屈子行吟图》①（图6-48），立志作"人间画工"②。图中屈子戴冠携剑，小步快速行走，双眉紧蹙，脸色忧郁，衣袍宽大，内敛而紧张。此图既是少年陈洪绶对屈原的理解，也是他认可屈原的早期表现，暗示了他日后将因朝政混乱、亡国而流离，但仍然坚持志向的类似抉择。

陶渊明身处乱世，与屈原有共同的心声，他不事二主，坚守志意，愤而读骚的高士形象，正与陈洪绶的处境相符。陈洪绶1650年作《陶渊明故事图》（图6-49），既是劝谏周亮工不作贰臣，也是自己不与清廷合作、保持忠孝坚定意志的流露。其中，第四段《归去》表现陶渊明策杖披巾，衣服飞扬，神色镇定，眼中流露出一丝蔑视的神情。第六段《解印》表现陶渊明披云巾，着道袍，穿红履，持印给人，扭头欲去，眼中流露出不屑和愤怒。在二图中陶渊明均丰颐高额，头颅高昂，突出其凛凛气节。第九段《却馈》表现渊明赤脚执卷坐在席子上，皱眉蹙额，一冠者持猪头进，渊明挥手却肉。地上放着裂纹酒瓶、碗、杖，其贫而傲的骨气力透纸背。

图6-49　陶渊明故事图（局部），陈洪绶，美国檀香山美术学院藏

---

① 来钦之：《楚辞述注》1639年刻，并加入陈洪绶的《九歌图》。
② 陈洪绶：《问天》，见陈传席点校：《陈洪绶集》，中华书局2017年版，第319页。

杨慎因大礼议之争，被谪戍云贵，一生未出川，也算是不仕新朝之人。作为宰相之子，当朝进士，他的故事可谓家喻户晓，并被写入剧本。陈洪绶约于1636年绘制的《杨升庵簪花图》(图6-50)也是本于剧本形象。图中枯槎黄叶，升庵披着宽大的长袍，双眉紧蹙，簪菊花前进，两个侍女随行，一执羽扇，一执酒盆。前景是枯石青蕨、车前草。[①] 萧瑟疏狂之情令人扼腕。

明代还出现了不少因捍卫情感而违反教条礼法的戏剧女子，她们也是陈洪绶着力表现的对象。崔莺莺和娇娘为爱情而违背礼法，因忠贞而魂归西天的感人形象是陈洪绶笔下新独立女性的代表。在四幅娇娘图中，娇娘愁容满面，或捧镜，或执扇，颔首低头，大多着背子，佩绶带，手多交叉于胸前，小步行走，为情所困，却又谨严端庄，显示了明末女性的尊严。

可见，对屈骚高士陈洪绶主要关注其忠，力图从历史形象中塑造忠贞的典型人物。这些人物在他心中产生了极大的共鸣，也是他树立自我理想形象的手段。

第二，相关功名之高士。陈洪绶科场不顺，但对于取得功名、为国效力的亲朋好友给予了充分的肯定。1616年他为岳父樊翁作《祝寿图》，表现一老人策杖，迈着八字步，眼睛望着远方，头戴玉冠，右手抬起，抚着腰带，衣带临风飘荡，威风凛凛，展示岳父意气风发的精神面貌。一童子挑着红布包裹的礼物，昂着头紧随其后。橘红的衣袍，大红色的礼物，显得喜气洋洋。1635年作《乔松仙寿图》(图6-51)

图6-50 杨升庵簪花图，陈洪绶，北京故宫博物院藏

图6-51 乔松仙寿图，陈洪绶，台北"故宫博物院"藏

） 杨慎(1488—1559)，明代著名学者，正德六年殿试第一名，授翰林修撰。因抗疏切谏，移疾归；后起充经筵讲官。嘉靖三年，大礼议起，他跪门哭谏，又遭贬斥下狱，被流放到云南。《杨升庵簪花图》题识："杨升庵先生放滇时，又髻簪花，数女子持尊，踏歌行道中。"见沈子云著：《簪花记》，将升庵写成女装。

281

劝谏子弟读书,进德修业,光大家族。图中表现一人穿紫袍朱履拱手立于松下,面对画外。鳞松老枝,配以红枫。一年轻人簪花携花篮仰望。1638年作《宣文君授经图》(彩图3)为姑母祝寿,以宣文君比拟姑母,希望子弟可以传承家学,成名一方。画中虚堂高敞,宣文君戴冠披巾,戴圭形绶带坐椅中,一手正指向捧书函的仕女,一手扶红椅。背后屏风中松下高士停舟回望,一轮红日挂在山腰。九位侍女均着圆领背子襦裙趋侍,提壶、捧书,络绎不绝。堂中大案,绘云气、凤凰,桌布上绘菊花、灵芝、竹、萱,案上放金鼎、书卷、红琴和橘红彝,铜站中插灵芝。阶下弟子左右三行共九人,着交领大袖褕裙,戴高冠,坐而授经,气势恢宏。堂前蕉石,堂后白云缭绕。这些图像充分显示了陈洪绶对功名的高度礼赞与真挚渴望。

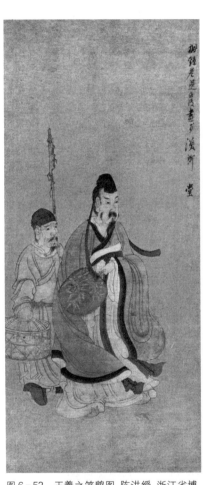

图6-52　王羲之笼鹅图,陈洪绶,浙江省博物馆藏

第三,有痴癖之高士。对古代名人某种痴癖的欣赏也是晚明流行的风气,被认为是文人有独立精神和气节的表现。陈洪绶也选取这类古代高士作为表现对象。一般以某个名人的特殊事迹为内容,以展现人物风采见长,侧重表现中青年外放伟岸的精神气质。如在《王羲之笼鹅图》(图6-52)中,王羲之丰颐广额,穿橘红交领道服和襦裙红履,戴飘飘巾,手执蓝底泥金文竹圆扇。仆人提着鹅笼,拿着细长藤杖,蹙眉踮脚,似乎不胜风寒,与王羲之道服飘荡、迎风自若的镇定神情形成对比。线条圆劲绵长,一气呵成,立体感很强,塑造了伟岸庄严的王羲之形象。他1639年所作《阮修沽酒图》(图6-53)表现阮修丰颐曼视,持杖,提铜壶,穿草鞋,簪白花,着无袖长袍,微醺,飘飘欲仙的形象。杖头上挂着红果、铜钱①。衣服用方折强韧的长线条勾勒,折角突出,衬托了阮修的傲然风骨及逍遥酒中的情怀。

第四,闲赏之高士。晚明闲赏风气更加流行,拥有三代古鼎、秦汉衣冠是坚守文化正统的表现。陈洪绶创作了一些群体高士的形象,他们被秦汉衣冠、三代鼎彝、瓷器、文房用具、石案包围,活动凝定在某些瞬间,共同建

---

① 费枢《廉吏传》卷上"阮修"云:"尝步行以百钱挂杖头至酒店,便独酣畅。"见《景印文渊阁四库全书》第444册,台湾商务印书馆1986年版,第308页。

构了空旷闲逸的清赏氛围。如写于青藤书屋的《品茶图》(图6-54)表现一人戴冠执杯坐在石凳上凝思,石案上放着素琴,另一石凳上放着卷轴,瓶中插着荷花。对面一人披巾坐在蕉叶上,执杯欣赏荷花,后面石凳上放着茶壶,火炉上温着酒,红色火星依稀可见。二人均着大袖衫和襦裙,铁线描方折有力,一正八字敞开,端庄严肃,一侧八字展开,突出大袖的硬挺刚毅。人物视线从上到下呈三角形,创造凝视空间。作于1649年的《饮酒祝寿图》表现三人石案边饮酒,庆祝茂才四十寿辰的情景。一人坐蕉叶上,一人坐石凳上,一人执汤匙盛酒,三人或执琴、执盆、执龙杖,石案上放着盆、爵、杯。约作于1646年的《华山五老图》表现诸老石案对弈,左端石凳上是覆盖铜绿的三角鼎,右端石凳上放着红腿三足鼎和盘。约作于1651年的《参禅图》表现一高士执卷,一和尚拿如意,正听水声的场景。石案上放着瓶梅。《吟梅图》(图6-55)表现一男一女正在作吟梅诗歌,仆人捧着梅花进场,女士回头观看的瞬间。石案上放着精致的文房用具。除了表现男性高士,陈洪绶还有一些描绘女性高士的图像,表现女士的欢快生活,如1650年作的《斗草仕女图》(图6-56)绘四个妇人,一个小姑斗草。小姑举手,一妇人举花,另一妇人正在布袋中摸花,后面一妇人也在花囊中摸花,眼睛注视着前方,左侧一妇人看着她。妇人的衣服也显示明代女性着装的特色,如比甲、襦裙、背子、霞帔、绶带、宫绦,充分展示了女性快乐的生活。

图6-53 阮修沽酒图,陈洪绶,上海博物馆藏

图6-54 品茶图,陈洪绶,朵云轩藏

图6-55　吟梅图，陈洪绶，南京博物院藏　　图6-56　斗草仕女图，陈洪绶，辽宁省博物馆藏

　　总之，陈洪绶受到社会鼎革的影响，塑造了具有高士气节、坚守文化传统的高士形象，并以古人为榜样，寻找异代知音，显示了明末士人特殊的精神风貌。

## 二、图—文的链接机制：真情至性

　　陈洪绶的图—文链接机制体现为真情至性。当蓝瑛赞叹他的画有"古人风"时，他自称其画不是"临摹金碧"，而是发自文章[①]。他在文章中发现了古人的真性情，然后"师其意思，示现于笔楮间"[②]，即用绘画语言表现出来。这种真性情具有极高的价值，他在与戏剧家孟称舜谈戏剧情感时还指出，"情见于文中，情之至处可以并驾古人"，并且认为"无论说性说情，但到极至，便是第一义诗"[③]。从这个意义上，陈洪绶发现了至情，这种情感在社会承平之时，显得极端，在民族危亡之际恰能彰显士人的气节。所以，我们发现陈洪绶所选择的人物均表现出颇为极端的情感，塑造了"渊雅静穆，浑然有太古之风"[④]的高士形象。其实，陈洪绶还认为"情之所至，礼亦宜之，况礼由情生"，即极端情感也是合乎礼的，礼生于至情。

①　参见陈洪绶：《寄蓝田叔》，见陈传席点校：《陈洪绶集》，中华书局2017年版，第404页。

②　陈洪绶：《王叔明画记》，见陈传席点校：《陈洪绶集》，中华书局2017年版，第33页。

③　祁彪佳：《里中尺牍·与孟子塞》，转引自赵素文：《祁彪佳研究》，中国社会科学出版社2011年版，第22页。

④　《桐阴论画》，转引自黄涌泉编：《陈洪绶年谱》，人民美术出版社1960年版，第156页。

那么,在陈洪绶的内心至情又有哪些表现呢?

第一,抒写性灵,表达真情①,尤其是亡国之情刻骨铭心。易代之际,陈洪绶表现出强烈的亡国之痛。他本打算踏花游帝京,却"泣食下山东"②。鲁王监国,他痛恨无忠义之军,只能如屈子,写诗抒发哀痛之情③。易代之后,他悔恨不堪,多次梦见先帝,泣诉孤忠④。流亡异乡,经故土,念及君臣,故国之悲不能已,哀叹"异乡虽不成安土,故国如何作客游。臣子一伦今世绝,首丘片念几时休"⑤。易代之后,身分定位关乎忠孝之本。陈洪绶仿效陶渊明,"痛饮读《离骚》"⑥以遣骚情。逃禅世外,还"忠孝当身归研田……敬书乙酉甲申年"⑦,以表不仕二君。课子孙谨守忠孝,不谈功名⑧。甚至梦中也不忘先帝恩情,以"簪笔臣"自傲。还劝谏贰臣周亮工坚持气节,不为米俸求人,如"糊口而来,折腰则去,乱世之出处"。总之,忠孝为本、不仕二君的君子风骨是陈洪绶反复强调的主题。

第二,考真知、守大义。随着博古业的发展,很多史书增加了大量的赏鉴考订内容,如来斯行的《槎翁小乘》加入考订类、经史类、冠冕类、格物类,并序称"独于经史考订二事言之有据,议之甚悉"⑨,对于经史和考订的价值,来斯行在《经史典奥》中析"典奥"云:"经史独录其微词奥义耳。其典奥之处惟注疏是考,辞非微渺则不录,而义非奥窈则不录……典之为训、为常、为彝、为宪、为则,以至历之千古而如新,传之百王而莫易,皆典之类也。奥之为训、为深、为阃、为秘、为邃、为累,辞之所莫解,为肤浅之所难通,皆奥之类也。故易称采赜索隐,诗称远犹辰告,此典奥之所取舆矣。"⑩可见,经史与考订关乎国家大义。陈洪绶自幼跟随槎翁学习,特别留意考订,曾云:"读书日十篇,考订五六字。"⑪他还明确指出考订中包含至理。如为李廷谟本《西厢记》作《题辞》云:"古人读书,必有传授,至于笺注疏释,考订句读,殚毕生之力而读之。经子以降,虽稗官歌曲皆然也……此无他,古人视道无巨细,皆有至理,不敢苟且尝之。"⑫他还认为古鼎彝器是国家的象征,对之考订攸关政治立

陈洪绶《送十五叔读书骆庄》云:"文章写性灵,修辞崇典雅……为人固要真,为文最忌假。"见陈传席点校:《陈洪绶集》,中华书局2017年版,第88页。

转引自黄涌泉编:《陈洪绶年谱》,人民美术出版社1960年版,第75页。

《春雪六首》之二云:"可怜先帝恨,乃属腐儒何。痛哭书空上,神昏呼渡河。逢人示诗句,谁与我行歌。"见陈传席点校:《陈洪绶集》,中华书局2017年版,第131页。

陈洪绶《梦先帝泣赋》:"衣钵多时寄病身,也宜忘却是孤臣。禅心梦里身难管,白玉墀头拜圣人。"见陈传席点校:《陈洪绶集》,中华书局2017年版,第331页。

陈洪绶:《鹫峰寺驻足》,见《宝纶堂集》,《清代诗文集汇编》,上海古籍出版社2011年版,第767页。

陈洪绶:《须弥限剧索题》,见《宝纶堂集》,《清代诗文集汇编》,上海古籍出版社2011年版,第749页。

陈洪绶:《偶感之五》,见《宝纶堂集》,《清代诗文集汇编》,上海古籍出版社2011年版,第786页。

陈洪绶云:"惭负君亲老博士,且逃山麓课诸儿。教其忠孝而可矣,念及功名则已之。"见陈传席点校:《陈洪绶集》,中华书局2017年版,第286页。

《槎翁小乘》序言,见《四库禁毁书丛刊》子部10册,北京出版社1997年版,第3页。

《经史典奥》收集六经与四史,参见《四库全书存目丛书》子部137册序言介绍,齐鲁书社1995年版,第629—630页。

陈洪绶:《寄来季》,见《宝纶堂集》,《清代诗文集汇编》,上海古籍出版社2011年版,第705页。

翁万戈:《陈洪绶》下册,上海人民美术出版社1997年版,第49—50页。

场。1645年王毓蓍投柳桥河死,殉难明宗社,陈洪绶作挽诗云:"达官虽甚富,博士亦非贫。汉篆秦碑列,商彝周鼎陈。"①汉篆、秦碑、商彝、周鼎是国家礼教和政权的象征,陈洪绶肯定友人拥有古器,实则赞扬他坚守道统,捍卫明廷,保持节义。所以,高士图中大量古器的呈现包含着坚守华夏正统的微义。

第三,颂扬功名,生当不朽。颂扬功勋,将祝寿阐释为对生命价值的铭记与彰显,切合陈洪绶将生命等同于忠孝为国的担当精神。他在《寿楼夫子五十序》中认为寿即道,道存人存,道有继承不忘,才为寿②。他还在《寿槎翁先生六秩序》中从道、学、绩三个方面介绍岳父谨守孝悌、著述立言、平定叛乱的功勋,说明先生享大年,生当与道之不朽的内涵。他还指出祝寿的目的在于传之史册,颂之后世,如云:"若君侯则寿之史册,寿之钟鼎,寿之歌颂,斯为大年。"③祝寿是非常庄严的时刻,近乎史家之列传,其《宣文君授经图》表彰宣文君乱世守家学、传递绝学的功勋,并将姑母比为宣文君,勉励弟弟彰显姑母之德行。他还对晚辈、亲友寄予厚望,肯定他们的文章、功业。又如《勉侄》劝诫侄子"进德而修业……荣亲而继祖,致君而泽民"④。

第四,表现为至情礼宜。女性德行是人伦一端,也是忠孝之要义。陈洪绶以情为本,表彰德行兼至情的真女子。在明代,《娇红记》被视为淫书,陈洪绶认为相较于"凡衣冠而鸟兽行"的道学家貌礼义以欺世盗名,败坏人伦,娇娘与申生具有"性情之至"。并且指出"性情者,理义之根柢也",出于真性情,礼义才会"本于道德"而不是"如萍梗之相值于江湖中尔"。二人虽然违背礼法追求爱情,但以节义为规"于儿女婉变中立节义之标范",又"伶人献俳,喜欢悲啼,使人之性情顿易,善者不劝而不善者无不怒",更有助于"广励教化"。⑤ 所以,相较于遵守礼法、蔑视真情之人,二人"使人思慕感悦反逾于尊礼夺情者"⑥。

第五,痴癖中含真性情。晚明文人将古人风流故事、林下闲赏都归结为癖好,如"谢安之屐也,嵇康之琴也,陶潜之菊也"⑦。这些癖好又是高士寄托"磊傀俊逸之气"⑧的地方,所以癖好中有真气节。张岱甚至认为人无癖好不可以交,因为无深情,无真气。⑨ 其实,有癖好之人正是狷狂之士⑩,"能进取不忘其初",有赤子之心。陈洪绶的图像也抓住古人癖好,刻画他们的独特性情。如在《阮修沽酒图》中

---

① 陈洪绶:《挽王正义先生》,见陈传席点校:《陈洪绶集》,中华书局2017年版,第204页。
② 参看陈洪绶:《寿楼夫子五十序》:"寿也者,道也。道存与存,道亡与亡者也。生有益于人,没世无害于人,生无害于人,没世有益于人,有功而后人法之,志不遂功,功不充志,而后人继之,永不能忘,谓之寿。"见陈传席点校:《陈洪绶集》,中华书局2017年版,第6页。
③ 陈洪绶:《为刘侯寿序》,见陈传席点校:《陈洪绶集》,中华书局2017年版,第7页。
④ 陈洪绶:《勉侄》卷四,见陈传席点校:《陈洪绶集》,中华书局2017年版,第93页。
⑤ 陈洪绶序:《娇红记》附录,见孟称舜著,欧阳光注:《娇红记》,上海古籍出版社1988年版,第269—271页。
⑥ 陈洪绶:《褅庙碑记》,见陈传席点校:《陈洪绶集》,中华书局2017年版,第37页。
⑦ 《悦容编·招隐》,见虫天子编,董乃斌等点校:《中国香艳全书》第一册,团结出版社2005年版,第32页。
⑧ 袁宏道:《瓶史》,见《袁中郎随笔》,世界书局1935年版,第21页。
⑨ 张岱著,夏咸淳、程淮荣校:《陶庵梦忆》,"祁止祥癖",上海古籍出版社2001年版,第73页。
⑩ 华淑《癖颠小史》自跋:"癖有至性,不受人损,颠有真色,不被世法,颠其古之狂欤!癖其古之狷矣!"转自《图成行乐》,台湾学生书局2008年版,第249页。

阮修的衣服用线刚硬自信,排列繁复,圭角分明,衣角随风层层飘起,头颅侧昂,既突出简任、不合尘俗的气质,又有大鹏高举、扶摇直上的气势①。在《王羲之笼鹅图》中王羲之目如点漆,手执团扇,大袖采用游丝描,绵长虬曲,飘荡厚重,望若神仙,又雅驯合宜。这些形象恰是明末高士坚守道德、保持独立的真实写照。

第六,骇貌至清虚,空寂蕴真境。陈洪绶高士图奇骇的面貌与佛家有关。他画过很多佛像,自云:"吟诗皎然为友,写像贯休是师。"②贯休以擅绘佛像闻名,《宣和画谱》云:"罗汉状貌古野,殊不类世间所传。丰颐蹙额,深目大鼻,或巨额槁项,黝然若夷獠异类,见者莫不骇瞩。"③陈洪绶笔下的人物也以奇骇著称,但不是夷獠异类,而是至情真人。陈洪绶自言:"书缮老庄子。"④"悟道彻始终。"其笔下得道之人是"其心忘,其容寂,其颡頯;凄然似秋,煖然似春,喜怒通四时,与物有宜而莫知其极"⑤的至人。庄子曾云:至人是"才全而德不形者"。陈洪绶笔下的人物虽不是庄子笔下的畸人,但是奇骇不同于常人,庶几"德不形者"。陈洪绶又将这些至人放在空寂的环境中,似乎在营造东坡式真境。他酷爱苏轼,对东坡的文章敬佩不已,甚至对像请正,可谓痴也⑥。甚至以东坡为前身,"金马门前第一人,东坡曾说梦中身。明朝逐梦寻身去,待诏依稀月一轮"⑦,指东坡以待诏回朝,也暗指自己的待诏身份。苏公的"欲令诗语妙,无厌空且静。静故了群动,空故纳万境"可能也给予陈共绶很多启发。实际上,陈洪绶总是将高人放在由金石器物营造的寂寂环境中,又用一些微微响动打破这种环境,并用湖石、石案的苍古与清越制造天籁之音的隐俞,似乎回到了永恒自由的太初境界,正是对空寂之境的绘画诠释。《品茶图》《华山五老图》都是展现这种空间境的代表作品。

总之,真情至性是陈洪绶笔下高士图文相连的关键,左右着图像内容的选择与表现。但真情至性是隐性的动力和根据,不同类型高士图的侧重点恰是这一动力的不同展示侧面。陈洪绶高士图奇骇的总体风貌,普遍的闲赏韵味是其图像的一股风格,而此章节特别结合内涵来谈,有些交叉,但侧重点不同。

## 三、图—文结合的另一方式:纳文入图

表面上看,陈洪绶所绘高士图大多仅仅题款,似乎与文学没有关系,实际上,这

---

① 史载阮修"善清言,好易老。性简任,不修人事,绝不喜见俗人"。参见《廉吏传》卷上,《景印文渊阁四库全书》第448册,台湾商务印书馆1986年版,第308页。并自比大鹏,曰"翕然层举,背负太清。志存天地,不屑雷霆。莺鸠仰笑,尺鷃所轻。超世高逝,莫知其情。"参看徐元太:《喻林》卷十九"阮修"条,《景印文渊阁四库全书》第958册,台湾商务印书馆1986年版,第267页。

② 陈洪绶:《绝句三首》之二,见《宝纶堂集》,《清代诗文集汇编》,上海古籍出版社2011年版,第753页。

③ 《宣和画谱》,见《景印文渊阁四库全书》第813册,台湾商务印书馆1986年版,第87页。

④ 陈洪绶:《阳谷县遇赏祁之问林上庵却寄》,见《宝纶堂集》,《清代诗文集汇编》,上海古籍出版社2011年版,第702页。

⑤ 陈鼓应注译:《庄子今注今译》,商务印书馆2007年版,第200页。

⑥ 陈洪绶:《游高丽寺记》,见陈传席点校:《陈洪绶集》,中华书局2017年版,第31页。

⑦ 陈洪绶:《除夕》,见陈传席点校:《陈洪绶集》,中华书局2017年版,第353页。

是文图关系在晚明发生变化的表现。这主要体现在以下几个方面：首先，陈洪绶受到浙派的影响，一般不在画上题写大量的诗歌，而是将著名的文人故事再现出来，其中文（诗、文）不言自明，这就给画家留下了大量余地去诠释人物的风采，所以，陈洪绶的人物画着力传递风神，是对文学的想象性描绘。其次，陈洪绶所绘图像受到文章的影响很深，多将奇特的意象赋予真情至性的内涵，形成了独特的诠释情与像的文图方式。再次，陈洪绶赋予秦汉衣冠、古器象征性内涵，着力渲染人物的忠孝深情。最后，受到晚明闲赏文化风尚的影响，陈洪绶将典型的文化空间引入绘画，并模仿戏剧，引入一定画外音，制造瞬间的惊诧感，产生一定的戏剧效果。

### （一）以文为境，骇貌呈情

陈洪绶所绘高士图选取熟悉的文人故事，以一两句题辞说明内容，图像侧重以面部表情、衣服渲染人物的内心情绪。其中屈骚高士和有癖好高士是主要代表。屈骚高士主要表现高士骚情。就文图关系来说，屈骚之情经过几千年的流衍，成为概念化的情感，艺术家经过特殊的体悟创造出独特的情感意象，丰富了屈骚的形象，所以，虽然文学意象屈骚隐含简约的文化记忆，但作为参照物依然与画像形成互文关系。并且图对文的再阐释糅合了画家自身特殊的境遇和丰富的情感，尤其是画家以屈骚自诩正是寻找文化认同的表现，具有深刻的文化价值。值得注意的是，屈骚作为概念，与画像不是诗情画意的补充关系或以图释文的说明关系，而是再创作的关系，因为人们对历史上屈骚式人物的刻画是通过典型环境和典型符号再现的，由于没有肖像资料留存，只能依赖文字想象，这为画家创立图式提供了空间。陈洪绶的特别之处是情感形象的再创作。在一般情况下，对古典故事的刻画都喜欢渲染环境，以达到情景交融的效果，人物本身的情感却被虚化，但是陈洪绶恰恰相反，简单交代环境后，很注重对人物形象的刻画，并且环境也不仅仅具有诗意，而是呈现客观的物理环境。从这个角度说，陈洪绶将文作为语境纳入绘画，然后创作了环境的主角。

叙事学将对人物形象的刻画称为标志，其作用是丰富细节，使人物形象更加丰满。关于陈洪绶人物图的主要标志，翁方纲在题《读骚图》中说得很清楚，"今此读骚者，貌即其人焉。丰颐目曼视，意与万古言"①。这种特征还可以在《醉愁图》和《归去来兮辞图》《杨慎簪花图》等中见到②。在这些图中，陈洪绶以夸张的形象展示了高士受困的独特风神。在《屈子行吟图》中，屈子高冠携剑，广额上两道深痕细眉细眼，眼睛下有一圈皱纹，颧骨突出，突出憔悴的神情。身躯细瘦，侧身快步行吟，官袍收拢在胸前，似乎指示胸中郁愤之气。《醉愁图》的面部特写更加突出，面

① 翁方纲：《复初斋诗集》，见《续修四库全书》第 1455 册，齐鲁书社 2002 年版，第 116 页。
② 有学者认为，《醉愁图》是陈洪绶的自画像，其实对照一幅陈洪绶年轻时的画像和《玉管照神局》古代贤
　人物像的标准可以发现，《醉愁图》是陈洪绶根据自己对高士面貌的理解加工而成的理想图像。其中受到
　庄子真人影响较大，下文详述。参见《玉管照神局》中卷，《景印文渊阁四库全书》第 810 册，台湾商务印书
　馆 1986 年版，第 727—729 页。

中人八字浓眉,中间三道深深的皱纹,眸中眼珠黝黑,几乎占满眼眶,鼻子抽动带出一道长痕,伸向脸后,胡须浓密,嘴巴紧闭,丰颐上微微红晕,愤怒到了欲哭的境地。画中人坐在两片蕉叶上,倚着精致的线装书函,以斜放的酒杯支撑手臂,衣衫松垮,前胸袒露,两腿交叉,俨然玉山将颓。酒坛半开,蟹螯般高举双拳,呈八字形,还暗示郁勃而上的愤怒。在《陶渊明故事图》中"归去"和"解印"段,陶渊明眼睛直视前方,衣角飞动,愤怒中透着镇定。《杨慎簪花图》中的人物也是丰颐,高昂着头,眼睛圆睁,头簪鲜花,衣服用长线勾勒,黑色边缘突出,前襟缩结,突出身躯的伟岸和肃穆的神情。在《娇红记》中,娇娘①眉眼紧蹙,颔首独行,孤独幽怨的情感直接写在脸上,既端庄秀丽,又刚烈坚毅,陈洪绶也言"此曲之妙,彻首彻尾,一缕空描,而幽峻绣艳,使读者无不移情"②。合观戏文,这种表情又是娇娘行事果断,乱之以情,婚事遭父母反对,谨守礼法,两地相思的必然结果。

有癖好之高士采用衣饰与表情渲染情感,再塑人物的风度。对这类高士,文直接简化为记号,点明图像的内涵。如《王羲之笼鹅图》采用鹅点明故事的内涵,《阮修沽酒图》采用杖头铜钱点明故事的内涵。在两图中,画家或用细劲方折的长线,或用绵密的长线展示人物独立风中的姿态。王羲之眼睛前视,衣服被风卷起,形如椭圆,线条虚淡绵长,恰如行云流水,给人柔韧的感觉。仆人的眼睛也盯着前方,鹅的眼睛看着后方,紧张之感,欲透纸背。阮修头侧昂,迎风而上,衣角翻飞,尤其是外层衣服的衣角,转折处特意用加重的线条勾画,充分展示衣服的内在空间,颇具雕塑感,也是人物外刚气质的显示。内层衣服用稍淡的线条勾写,赋予人物内在温闲的气质,正与脸部丰颐曼视的柔和特性相映衬。两图用线特色、情绪表达,一正一反,代表了陈洪绶对有癖好高士的想象性刻画,也充满了颂扬气息。一般来说,文情画意,但文变为记号后,画面就要承担营造情感的任务。陈洪绶对笔下的人物赋予了特殊的价值,除了传统的美学依据外,必然要给惊骇的面貌附加可以感知的情绪,画家着重刻画衣服、表情,正是借鉴文的方式探索人物画的抒情表现力,显然是对抒情写意创作观念的延续。

### (二) 秦汉衣冠,忠孝深情

陈洪绶认为礼由情生,情为礼本,情主要是忠孝至情,礼的表现是仪式,通过古器、衣冠展示。由于陈洪绶颂扬的情是儒道之至情,古器、衣冠又是道的展示工具,所以,这里我们把情与礼看作质与文的关系。具体到图像,就是情与饰的关系,即以衣冠、古器为饰,以坚守忠孝为情。饰转化为图像,成为情感的表达者,发挥着解兑与塑造的双重作用。纵观陈洪绶的人物图,有四类图像用来表达忠孝观念:出

---

① 历史上有很多仕女图,侧重表现女性某种孤立的姿态,对女性的面部表情多做朦胧处理,观者很难猜测女性的真实情感,如周昉《簪花仕女图》、唐寅《班姬团扇图》,笼罩着幽怨氛围,却无法断定女性的情感。陈洪绶直接从事件出发,清晰摹写人物情态,让她们自我解说,表达观念,感染他人,即"侬若画时呼欲下,海棠花下拓陈琼"。见陈洪绶著,吴敢点校:《陈洪绶集》,浙江古籍出版社1994年版,第347页。
② 《新携节义鸳鸯冢娇红记》二卷,明崇祯刻本陈洪绶点评,《古本戏曲丛刊》第一出第1a—b页。

仕、教育、受到教化的仕女、赏玩高士。出仕是陈洪绶表彰忠孝的重要内容,其中人物的风采也特具士人魅力。如《槎翁祝寿图》表现槎翁戴白玉冠,穿橘红交领袍子,一只袖子甩出很远,突出巨臂的力量。手执龙杖,头颅高昂,意气风发。此种表现正能展现槎翁功德圆满、意气风发之相。此图参用《历代帝王图》的用线方式,线条粗色泽淡,呈集束状,收放自如,颇有气势。图中槎翁正大步前行,眼睛前视,似有着流芳百世的期许。对传承文化的女性长辈,陈洪绶也给予了高度的赞扬。在《宣文君授经图》中,陈洪绶将姑姑比作宣文君,寄望于姑姑能够教导子弟成就大业。图中子弟们分两行危坐,戴冠,着襦裙,大袖极力铺展,衣角飞扬,手执经书,尽显恢宏的气势。宣文君穿襦裙,佩绶带,一手微抬,指向前方,气氛肃穆。这种气势恰好说明授经的崇高感,显然是陈洪绶对文化传承的肯定。图像史上仕女图大多表现女性失宠的哀怨气质,陈洪绶将女性放在日常事件中,塑造静娴端庄的女士形象,展示受到教化的女性特有的文雅风姿,实现了表彰女性真性情、德行的目的。如在《斗草仕女图》中,女士的衣饰正是明代女性服饰的展示(如背子、素裙、绶带、云肩、胸针等),女性使用的坐具也是明代赏玩文化中的重要道具,如席、兽皮、蕉叶、饰有玉器纹样的蒲团。从器具与衣饰来看,女性摆脱了教养子弟、顾影自怜的从属地位,开始赏玩古典文化,显示了教化的力量。女性处于斗草中,姿态自然,颇有性情,即孟称舜所言"妙在叙事中绘出情景来"。这也符合陈洪绶在日常事件中追求自然本色,情显身忘的艺术要求。这些情感经过文化的陶冶(精致的服饰、用具、文化活动)印在女性的言谈举止中,表现为自信和沉稳的仪态,诠释了女性的德行之美。陈洪绶在作画过程中还通过大量古器的使用,祝寿高士,捍卫文化正统。《饮酒祝寿图》即是一例,画面场景停留在一高士盛酒,两高士对看的瞬间。石案上的盆、爵、洗、觚,形制古雅素朴(或蝉纹,或花式),色泽温润(或铜绿,或赭色)。对于明末文人来说,使用古玩是捍卫正统文化的需要。《饮酒祝寿图》以一组酒器祝贺谢茂才四十岁生日,也是颂扬茂才坚守文化的佳作。

## (三) 图事与声转,场景与细节

陈洪绶还有一些高士图专门描绘闲赏事件,人物多被安排在中景,甚至远景,淡化面部表情,突出活动空间。这些空间都是由石案、隐几、酒器、茶具、火炉、文房用具等组成的闲赏环境。图中高士着古衣冠,玩弄器物,俨然太古之境,暗示着不同的时空,艺术家对二者的调和涉及图像叙事与声音逆转,表明了不同的文图关系。在一般情况下,人物画表现一定的故事,画家往往选取特别重要的场景来表现,不存在叙事空间的问题,但陈洪绶表现的仅是闲赏高士的一些简单的赏玩活动,没有惊心动魄的场景,文化空间很突出,却不确定,出现了叙事的时空迷雾。他采用某些细节来逆转时空关系,解决这种矛盾。陈洪绶设置的时空迷雾主要有闲赏文化空间与园林物理空间的迷雾和古今空间的迷雾两种。

对于第一种情况,陈洪绶用声音的"打扰"来消除空间迷雾。闲赏大多发生在园林中,画面中人物的高古气质拉大了形式与现实场景之间的距离,取消了园林的物理属性和辨识标志,使得图像呈现安静的氛围和模糊的空间。陈洪绶吸收了东坡"静故了群动,空故纳万境"的动静对比思想,通过意外的"打扰"或画内的视线来打破氛围,组织图像的内部空间,使其明朗化。但是,陈洪绶舍去东坡空静思想的虚无倾向,赋予其时代气息,调和了图像与现实之间的距离。如《参禅图》中倚案高士的目光直达前景中噼剥的炉火,显示以声音悟道的契机,中间和尚微闭的眼睛与炉火处于同一垂直线上,耳朵警觉地竖起,显然脑中也有灵光。炉火通过"打扰"抓住了人物的视觉,突出前后距离。高士的目光还指向梅花和和尚,形成上空三角形,与石案的平行四边形一角构成上下关系,向画外延伸,左右空间也被定位。由此,文化空间获得真实的物理属性,又传达了声闻悟道的玄理。《吟梅图》也是通过进入画面的捧梅花侍女和仕女的回头来点出内外空间,又通过高士皱眉深思和石案上的文房古器来营造静谧古典的闲赏氛围。侍女的进入带动一股声波直达仕女和湖石,或许正透过湖石清越的回音扰乱"隔岸"[①]的高士。

另一种情况是古今空间的迷雾。陈洪绶好用古衣、古器、典故来隐喻观念,但他的图像又非常实用,避免优孟衣冠之嫌成为他解决古代与当代时空交错的关键。如《华山五老图》以林下赏玩定位仙逸自由。在此图中五老着古代衣冠,形貌奇骇高古,专心对弈,周围伴有古器(兽环盘、卮、三足鼎),石案、湖石俨然永恒的时空。人物围绕石案,交谈、下棋、观看,古器都发挥作用(兽环盘盛酒,卮装棋子,三足鼎点香),并制造艺术效果,如棋子敲击石案的清冷声,袅袅升起的青烟,若有若无的茶香和拙朴无棱的苍石,处处透露着人间气息,尤其是古器上的铜绿和漆黑不仅是明代高士断定出土铜器时代的重要特征,也显示了明代高士对古器使用和把玩的风尚。所以,明代高士正是通过使用古器赋予古器当代价值,隐喻永恒时空的转型。又如《品茶图》将林下静谧转化为虚静的永恒时空。图中一高士执杯看荷花,一高士执杯沉思,炉中木炭烧成浅红色火条,已到夜阑人静的时候,时间和空间似乎定格于瞬间。两高士着上古衣冠,盛开的荷花,赭色和石绿色石头朴拙无棱,玉壶的光泽和火炉的温度,都突显至虚至静的永恒之境。《宣文君授经图》的古今时空以显隐的方式存在。一为宣文君授经的显时空,一为祝寿的隐空间。显时空由宣文君和子弟的严肃着装、手中经书来表现。图中宣文君一手微抬,指向前方,气氛肃穆,子弟交手危坐,大袖全力铺展在席子上,尽显恢宏的气势。隐时空是由中间方案上铜瓶灵芝,园中和屏风上茂密的松树暗示的。屏风上一高士正坐在船上,似乎布置了方案,正回首瞻拜,山腰上恰是仙云托红日,不禁令人神往寿高南山、蒸蒸日上的祝寿场景。从表面上看,授经空间与祝寿空间没有关联,但是方案的设定发挥了双重作用。它既是明人室内赏玩空间的再现,也借摆设内容传递着特殊意义,此处用灵芝、凤凰、祥云等寓含祝寿的美好愿望。若顺着祝愿的思路,那么宣文君授经的主题也变成祝寿的核心意愿,既是赞扬,又是期望,显然随着物的解读,古今境遇逐步融合。

总之,以真情至性为本的情感结构是陈洪绶图文关系的内在根据,左右着图像与文字的关联方式。陈洪绶理解的文是多样的,既可以是历史故事,也可以是文

---

① 石案与湖石平行,高士与仕女相望。

化，还可以是特殊的情感载体，但从表现来说，图是主导，文或化为语境，或化为符号，或化为纹饰，或化为特殊的细节，制造效果。若进一步分析图像的表现可知，图文关系是分别体现在图态和图事中。图态主要在于刻画形象，文就是语境，或者符号。但在坚守文化正统的一类图像中，文成为纹饰，以图像的形式出现，是文（所指）图（能指）合体的符号。在图事中，文是一些点睛的细节，或通过声音打破静默的环境，给图像带来时间的流动感，从而带来戏剧效果，起到区分、糅合空间的作用，共同阐释图像的内涵。

# 第七章　明代园林文学与图像

园林是中国非常重要的建筑艺术，也是大量文艺活动的首选场所。文人不仅在园林中宴乐，还积极营造园林，图绘园林风光，歌咏园林美景，形成诗画结合的园林艺术，也展示了比较特殊的图文关系。

## 第一节　园林、园林文学与绘画概况

### 一、园林概况

园林是中国文人重要的文化活动场所之一，也是中国士人文化身份的代表，在不同的群体中有不同的文化内涵，大致可以分为官方园林和私家园林。官方园林形成于秦汉时期，秦皇汉武大力营造官方园林，如上林苑可谓皇家园林的典范。私家园林在汉代出现，史载汉代富民袁广汉的园林云："东西四里，南北五里，激流水注其中。构石为山，高十余丈，连延数里。养白鹦鹉、紫鸳鸯、牦牛、青兕，奇兽珍禽，委积其间。积沙为洲屿，激水为波涛，致江鸥海鹤孕雏产鷇，延漫林池；奇树异草，靡不培植。屋皆徘徊连属，重阁修廊，行之移晷不能遍也。"①富贵中颇含野趣。南北朝的文人雅士开始营建更加私人化的园林，园林成为清心寡欲、远离人世生活的象征。如庾信《小园赋》云："余有数亩敝庐，寂寞人外，聊以拟伏腊，聊以避风霜。"②卫恒书壁萧长懋在玄圃园云："清贫寡欲，终日长蔬食，虽有妻子，独处山舍。"③仲长统勾画了典型的私人园林布局，云："使居有良田广宅，背山临流，沟池环匝，竹木周布，场圃筑前，果园树后。"总之，"穷居野处，宛若自然"是魏晋园林的新标准。

隋唐时期文人更加积极营建园林，特别是中晚唐以来，融入园林的思想内涵越来越丰富，主题园林逐渐形成，如王维的辋川别业，白居易的虚白亭、白莲池，司空图的休休亭，米芾的宝晋斋，欧阳修的醉翁亭，苏舜钦的沧浪亭，司马光的独乐园，黄庭坚的拙轩。文人的园居观念更明确，如辋川别业浸润了大量禅理，白居易在池上表达了中隐隐于留司官的官场山林合一的梦想，卢鸿的草堂是隐士们高标自我和获得礼遇的凭证。此时，主题园林实现了从宏观哲学思想的体现到具体文化观

---

① 李合群：《中国古代建筑文献选读》，华中科技大学出版社 2008 年版，第 72 页。
② 庾信著，倪璠注，许逸民校：《庾子山集注》，中华书局 1980 年版，第 20 页。
③ 萧子显著，陈苏镇等校：《南齐书》十一"周颙"，吉林人民出版社 1995 年版，第 403 页。

念的表征,也是元明清园林观念与形态的主要来源。

　　明清园林的形态更加丰富,园居观念也更多元,主要随着文化风尚的变化和园居主人的身份而改变,大致也可以分为官方园林和私家园林两大系统。明代早期的高官们都积极在府邸营造园林,如杏园、竹园等。甚至为了表征朝隐的园居生活,官员还以山林清思的名义描绘想象中的园林,如《洪崖山房图》。明代中期一部分官员成名后,在家建造园林,歌颂父辈德行、功绩,如吴宽的东庄、王恕的西园都是歌颂父亲德行和田园乐趣的园林。明代后期,一部分官员因官场失利,回家营造园林,表达出处观念,如拙政园、寄畅园、止园分别是王献臣、秦金、吴亮受到陷害,归家避难的园林。

　　明代私家园林多是隐士营造的草堂,主要集中在吴中地区。如沈周的有竹居因胜而筑,与山川融为一体,目的在于抒发感怀,愉悦心性。唐寅友人的双鉴行窝是"以道养高"的处所,华夏的真赏斋在收藏中建立孝悌传统,王宠的石湖草堂是不得志文人涵养心胸、寄托志意的空间。明代隐士还喜欢以号名室,赋予草堂人格化的品格,如杜琼的东园、唐寅的毅庵、文徵明的存菊堂等。

　　明代还有一种园林是官员在家乡营造的,以王世贞为代表,注重园林的图画美感,并融入大量的文化典故,追求观赏园林的耳目愉悦,更是主人精神内涵的表征,是审美化的园林,如弇山园、西林等。受到这股审美化风气的影响,明代附庸风雅的商人官员也建造园林,如汪廷讷的坐隐园即是其中的代表,他利用园林中的名景和名士题跋成功塑造了自己的名士身份。总之,明代的园林不是单一的风景园林,而是包含了丰富的文化观念、服务于主人目的的新园林。

## 二、文中园林与画中园林

　　中国园林主要是自然景观与木建筑,由于时代久远,大多早都灰飞烟灭,园林风貌多留在文人歌咏中。早在魏晋时期,文人就创作园林赋歌咏园林风貌,上文提到仲长统勾画的私人园林布局即是一例。唐宋文人也用诗歌说明园林寓含的道理,如王维的辋川别业诗是将歌咏园林景物与阐述玄虚禅理结合的佳例,白居易的《虚白亭》和《忘筌亭》说明自己好虚静的特色,玄味十足。宋人好理,文人多采用园记的形式说明建造园林的目的,表达主人旨趣,如米芾的宝晋斋是因为得到晋代法帖而作,以说明自己的书法追求。元明文人采用更加丰富的形式,尤其是以图像为中心的艺术化园林逐渐成为文人把玩的对象。最典型的形式是诗(包括文)画结合的形式。著名园林专家陈植在《中国历代名园记选注序》中云:"园与记不可分也,园所以兴游,文所以记事,两者相得益彰……余尝谓造园故难,而记尤不易,盖以辞绘园,首在情景,情景交融,境界自出,故究造园之学,必通园记。园记者,有史、有法、有述、有论,其重要可知矣。"①其实,"以辞绘图"是明代各种艺术家都乐意采用

① 陈植选注,陈从周校阅:《中国历代名园记选注》序,见《中国历代名园记选注》,安徽科学技术出版社 198
　年版,卷首序。

的形式。这些艺术形式既是园林形象的想象性表达,也是园林文化的主要建构者与阐释者。下面还是分官方园林与私家园林两部分简单介绍一下明代园林图像与诗歌结合的形式。

官方园林艺术随着时间变化显示不同的特征。永乐以来,很多稳重老成的人才因帮助整理国家典籍获重用,历仕多朝,年岁偏高,多有山林思绪,请归不允,于是仿香山故事,提倡朝隐。明建朝以来招揽大批书法、绘画人才,以备文书之用。这些书画家大多继承元末画风,为馆阁大臣创作了很多寄托山林之思的山房图,颇能表现高官的山林意趣。如陈宗渊《洪崖山房图》,洪崖山房是胡俨想象的隐居山房,其后附有当时重要大臣的诗、记说明他们的山林思绪。其他大臣也乐于题写,比如中书王绂《题中条旧业图卷为王士烈大尹》渲染中条山的磅礴气势,孕育灵秀人才,"中条之山何雄哉,层峰叠嶂高崔巍。太行嵩少与之相脉络,禹门凿断迥向中天开。下有黄河水,奋激声如雷。波涛万里接银汉,到此曲折其势相萦回。佳气日磅礴,孕秀多奇材。宝藏百物不足贵,往往间出人中魁",呼吁主人像司马光、裴中立一样,出山"大施霖雨""随时陈嘉谟"[①],显然道出了馆阁大臣的共同心声。

成化、弘治年间,吴中画家沈周与朝中大臣交往密切,创作了几幅表现官宦园林的图像。这些图像采用一景一图的形式表现官员的林下生活,或歌咏官员父亲的德行,如《韩锦衣园林六景》《西园八咏图赋》和《东庄图》。主人也请画家或其他文人创作大量诗文解释园林布局,描绘园林景物,如吴宽请大文豪李东阳撰写《东庄记》,介绍东庄游览线路,以增加园林名声。沈周自作《西园八咏赋》歌咏王恕的杰出功勋和高尚人格。

隆庆之后,随着私家园林的兴盛,王世贞提倡审美化园林[②],写了《弇山园记》《西林记》等介绍审美化园林的风貌。并扶持一大批吴中再传弟子,将吴派的绘画风格运用到园林图中,创作了大量册页和长卷。其中,宋懋晋创作的《寄畅园图册》和张宏的《止园图》就受到这种风气的影响。由图像可知,园林景物有假山、亭阁、花木、池塘、长廊。园林空间被分割为组景,成为一幅册页的重要组成部分,园林的全景也被勾画出来。园林中的人也变得非常模糊,往往点缀在山水间,恰如点景人物。同时,园主也组织创作了大量园景歌咏诗表达自己的出处旨趣。此种园林景物都是特别选择的,可将文化典故视觉化,比如"池上"、鸥波亭等,诗歌均请名流创作。有意识服务于园林景观的图解诗显示了主人追随文化风尚,提升自我地位的特别用意,例如钱贡将高士风流与田园风光、乡绅居室结合创作了《环翠堂园景图》。

明代私家园林以闽中为开端,高棅、朱泽民创作了一些表现闽中别墅的图像,

---

① 王绂:《王舍人诗集》,见《景印文渊阁四库全书》第 1237 册,台湾商务印书馆 1986 年版,第 106 页。

② 柯勒律治认为后期园林是以消费为主的审美化园林。基于园林的成分,假山、珍稀植物、奢侈品,以及假山、植物获得方式通过市场迅速转手,认为园林的运作是交易。但是,园林的主要功能是游览与赏玩,并且留下了大量艺术品,说明文人的园林观念和审美追求,所以,从园林本体与主题的角度,我认为还是称为审美化园林比较好。园林的关注点也是道德人格、耳目愉悦等视觉性,这符合美的形式之标准。

写意淋漓,以气韵取胜。如高启《题朱泽民荆南旧业图》云:"大阴垂雨尚淋漓,哀螫回风更萧瑟。枫林思入烟雾清,湖水愁翻浪波白……虎迹时留暮苔紫,蛟气或化秋云黑。"[1]王恭作《书高漫士为陈拙修绘沧州别墅》,羡慕主人闲鹤野云般的闲适生活,"金堤沙北镜湖东,前窥筹岭士炉峰。沧州老人年七十,朝朝宴坐于其中。葛巾竹杖何萧散,卧爱清晖不知晚……如何白发沧州上,野鹤闲云一片心"[2]。可惜,这些图像现在大多不见。目前所见明代私家园林图大多继承元末草堂图形式,以描绘园林主人的高雅生活为主,展示私人宅邸的大环境,象征志意,抒发情感,如谢缙《潭北草堂图》、沈贞《竹炉山房图》、杜琼《天香深处》和《南村别墅册页》等。《潭北草堂图》表现一人策杖前来,两人榻上闲谈,门前茂松细缝中,露出断续的墙垣屋顶,屋后卷云中高山腾起,陡增气势。《竹炉山房图》表现门户洞开,门内亭榭临清潭,竹坞中轩室宽敞,两人据长几闲谈,屋后秀山枯枝,环境疏朗明秀。不仅继承了元末的山水画风,还出现了疏朗明快的吴中新调。明代中后期,吴中画家的草堂图创作更为丰富,发展为写号图、草堂图、园林图。主题更加鲜明,或表现闲适的林下生活,如《有竹邻居图》《石湖草堂图》,或阐释重大的道理,如表彰孝道的《洛原草堂图》《浒溪草堂图》《可菊堂图》,提倡真知的《真赏斋图》,号召以道养高的《双鉴行窝图》《毅庵图》《青园图》。图式或表现个人独居,或展示群体雅集,房屋多以篱笆围合,丛篁、茂松、湖石、山峦是着笔重点。这些图像上也附有大量诗文抒情达意。

虽然园林文学与图像都因实际园林而生,但是园林图与文都装成册页、卷轴等,成为把玩的艺术品,也算是纸上园林,但纸上园林也是空间艺术的展示,存在明显安排布景的特色,对空间的体验与赏玩是纸上园林非常重要的特色,也是文图关系比较集中的地方。下文我们还是分类说明这些特色。

## 第二节　庙堂山房的文图关系

明代官方园林历史悠久,园林风格受到不同时期文化风尚的影响,有不同的变化,本节重点介绍有代表性的庙堂山房作品的文图关系。

### 一、庙堂山房的图式

庙堂山房的早期代表是洪崖山房。永乐年间,祭酒胡俨[3]渴望回归洪崖山读书不能如愿,于是请陈宗渊绘制《洪崖山房图》以慰相思。《洪崖山房图》(图 7 - 1)承续元代画风,以平远为主,山峦间清气横衍,逐层后推,境界辽阔宏远。中景展示

① 高启著,金檀辑注,徐澄宇、沈北宗校:《青丘集》(上),上海古籍出版社 2013 年版,第 425—426 页。

② 王恭:《白云樵唱集》卷一,见《景印文渊阁四库全书》第 1231 册,台湾商务印书馆 1986 年版,第 110 页。

③ 胡俨(1361—1443),字若思,号颐庵。任《永乐大典》的总撰官,主持重修《明太祖实录》《永乐大典》《天下图志》,皆充总裁官。以翰林检讨佐文渊阁,迁侍讲。永乐年间累拜国子监祭酒。洪熙时进太子宾客,仍兼祭酒,以太子宾客致仕。(参看过庭训:《明分省人物考》卷五十七,周骏富辑:《明代传记丛刊》第 135 册,台湾明文书局 1991 年版,第 163—168 页。)

策杖人在横桥上，左侧园门洞开，一人松窗下读书。背后横山体块颇大，增强厚重感。展示了洪崖山孕育杰出人才的宏大气势。

图7-1　洪崖山房图(画心)，陈宗渊，北京故宫博物院藏

明代中期大型园林与轩室并存。园主多是朝廷高官，大多与吴派画家有密切交往，互动频繁。沈周尤其活跃，与吴宽、王恕、王鏊、李东阳有密切关系，并主动作画赠送给他们。官员又积极题写园林景物，形成了馆阁与山林互动的文艺交游圈，再现了明代中期园林的风貌。比较著名的园林有王恕的西园、韩雍的园林和吴宽的东庄。

《韩锦衣园林六景图》是表现朝廷功臣韩雍园景的图。韩雍，字永熙，长洲人，正统辛酉中乡试，壬戌登进士第。因擒拿瑶酋侯大狗立下大功，被封襄毅公①。据文彭《韩锦衣园林六景图》跋可知，韩襄毅平定峡贼，其弟睦封为锦衣②，六景图主要表现韩雍园居的面貌，并为每幅图配有一诗，以说明图像的含义。主要内容有槐亭纳凉、花圃闲谈、葵阳独坐、荷亭垂钓等。

《东庄图》(图7-2)是吴宽成名后请沈周绘制的园林图，目的在于表彰父亲的德行。吴宽，字原博，号匏庵，长洲人。成化八年(1472)会试、廷试皆第一，授修撰，进礼部尚书。工诗文，善书法。吴宽与吴中文人画家交往密切，当归省、丁忧之际，与吴中文人游山玩水，唱和诗歌，品鉴古玩。《东庄图》(未纪年)是明代中期的重要册页全景园林，保存了官宦园林的风貌，并直接影响了册页园林绘画的发展。《东庄图》以水为主，依照地形布置景点，主要表现水乡物产和隐居生活，自然素朴。全册画面二十四开，现存二十一开，分别为：北港、南港、东城、西溪、曲池、艇子浜、菱豪、竹田、朱樱径、麦山、果林、稻畦、桑州、耕息轩、拙修庵、折桂桥、续古堂、全真馆、振衣冈、鹤洞、知乐亭。涵盖园中水路、生产园地和娱乐建筑。在生产园地中，画家着力刻画欣欣向荣的面貌。如《桑州》中，坡岸上桑树繁茂，颜色深浅相配，先勾再染，营造繁茂气象。《果林》中果实累累，一泉穿过，非常诱人。园中水路，皆江南风光。《菱濠》中，弯曲的水面上采菱人正在忙碌，溪水横桥通向竹篁人家。《曲池》中，荷花水塘，红紫相间。《朱樱径》中，一人策杖走过石径，步伐矫健，芦苇水草繁茂。娱乐建筑因需而建，自然天成。《耕息轩》中，在丛篁水边，一人坐屋中短榻上，

① 过庭训：《明分省人物志》卷十九，见周骏富辑：《明代传记资料丛刊》130册，台湾明文书局1991年版，第697—705页。

② 据《先考行实》，见韩雍：《襄毅文集》，《景印文渊阁四库全书》第1245册，台湾商务印书馆1986年版，第780页。

图7-2　东庄图(局部)，沈周，南京博物院藏

书籍满架，桌案上摆满器物。《知乐亭》里一人于水榭观看游鱼，游鱼灵动，红树夹叶《拙修庵》里一人屋中捧书，两边开窗，可以看见外面景物。门外挂着蓑衣，院中有一个树墩，院落墙上长满茅草和爬墙植物。《鹤洞》中，山坳间一只仙鹤在栅栏外，其上是《振衣冈》，图中一人眺望横山，显出耕读闲情。《东庄图》虽然以册页形式再现主要景点和人物活动，但是图像的秩序和方位大致清晰，园林中的景点实用和雅逸兼具。

　　西园是王恕归家后营造的园林。王恕，字宗贯，三原县人。正统壬戌登进士选为庶吉士，后升兵部尚书兼都察院左副都御史，赠太师，谥端毅。王恕生而魁伟高岸，音吐如钟；操履刚正，人不敢干以私；磊落洞达，遇事敢为。他一生功业不断建树颇多①。王恕致仕后,筑西园和后乐亭,日与宾客遨游其间,不知老之将至。沈周作《西园八景图并赋》,详述王恕的生平伟绩,讴歌他的不朽功业和杰出人品,盛赞王恕直气贞心,参天柱国的气势堪比温公名利如烟的淡泊胸怀。沈周并没有到过王恕的西园,是根据想象创作的《西园八景图并赋》。西园八景图今未见,根据西园八景诗可知,与韩锦衣园林六景颇为相似。

## 二、庙堂山房的内涵

自古以来建筑都包含着丰富的礼制,实用与象征并存,尤其是比较大型的公共建筑,更是各种思想的直接体现。士大夫的居室建筑也是这样,但是他们的别业包含更加艺术化的倾向和主导礼制之外的思想内涵,相对自由,是他们艺术生活观念的体现。如果我们仅仅在文学与图像的两种艺术类别上比较图与文的关系,显然不能抓住这些别业包含的独特精髓。所以,我们还是先梳理它们代表的特殊意义。庙堂山房图上保存了很多大臣的题诗、序文,说明图像的内涵。

《洪崖山房图》绘成后,胡俨作记、赋诗三首,请馆阁同僚唱和。梁潜作《洪崖山房诗序》,建安杨荣,安成李时勉,临川王英,泰和王直、陈敬宗,范阳邹缉,临江金幼孜等题诗,卷首陈登篆“洪崖山房”四字。这些人中大部分是馆阁要人,诗文恰是明代馆阁大臣歌咏太平盛世的直接表达,更重要的是建构了洪崖山蕴含灵气、培育杰出人才的气势,构成了胡俨从出生到归来的人生业绩三部曲,完成了一个德高望重大臣形象的田园塑造。《洪崖山房图》以虚为主,既暗示了山房的虚幻特性,又以平远和朦胧的格调说明中华大地生气勃勃的雍容气象。用笔疏简,暗喻洪崖山秀润洪朗、孕育人杰的气象。

《西林八景图》和《韩锦衣园林六景图》突出了沈周对平贼英雄和刚毅果敢大臣的敬仰,以讴歌他们的优良品格。在《韩锦衣园林六景图》中,沈周通过简单的物象讴歌将军忠诚如向日葵,胸富韬略,威严粼粼,勇猛无比。通过一定的情境表现将军的闲适气质,如亭上醉黄花,波心观游鱼。《西林八景图》意义更加丰富。沈周先赋后诗,高赞王恕“宏正而亮镇,简约而静渊,以之柱石则明堂底定,以之调元则庶徵罔愆”,指出主人“通幽明,谨法戒,导性情以之正,行以之和”的心性行谊。铺叙雍地势雄壮,韫玉含灵是三辅遗治。人民以孝忠为本,内心充仁,具有行事准义的刚正质朴民风。修园的目的是“存诚而乐道,观物而玩化”。园景是主人德行的象征,如太史铭呈祥瑞,藏书屋满经纶,以方池涤荡心胸。松轩则保贞不渝,受寒却腆。陇头云卷舒无常,难测其几。绣衣记则抉深理窟,牢笼众美。②

《东庄图》是表彰父亲德行、彰显孝道的重要图像。由贤德而泽被子孙,由显贵

---

① 参见过庭训:《明分省人物志》卷一百零三,见周骏富辑:《明代传记丛刊》139 册,台湾明文书局 1991 年版,第 415—422 页。

② 《沈石田西林八咏图并赋卷》,见卞永誉:《式古堂书画汇考》卷二十五,浙江人民美术出版社 2012 年版,第 2081—2084 页。

而荣封老亲，是明代的重要孝亲观，也是士子科举高中荣归故里的隐喻。所以，家邦荣耀和仕途显达是一体两面的关系，早期表现为对轩室边槐树、老松等年岁经久的奇异之物的歌颂，中期发展为对园林景物和主人的歌颂。《东庄图》也是这类图像之一。吴宽请李东阳和同僚题写诗文赞颂父亲的德行。李东阳《东庄记》追述园林主人吴融艰辛创业以守先君之志，遵纪守法，富贵简淡，类同布衣，更"积而能散，衣寒食饿，汲汲若不暇"，以求兼济乡里，可谓达人。吴宽"科甲重朝廷，文章望天下，爱民忧国恒存乎心而见乎眉睫，则推翁之心以达之天下"①。刘大夏称赞吴融家有余庆，"流水应通世泽长"②，栽培儿郎，又传至天下的贤德才能。沈周赞叹吴融因吴宽夺魁而荣升，"恩封早晚着朝衣"③。

## 三、庙堂山房的文学修辞

庙堂山房作为文化象征，有丰富的文本性，或以修辞塑造人格，或以修辞生产文化观念。在明代社会，精英人士的文化生产并不是通过一定规模的工厂制作完成的，而是通过艺术家对具有象征意义材料的使用，以类似"蒙太奇"的方式重组文化符号，建立新图文语法，生产意义④。庙堂山房的文化生产主要是通过图像与文学实现的。

洪崖山房是翰林们歌咏圣化、鸣盛太平的文化象征。永乐帝号召文臣编辑《永乐大典》《天下郡邑志》《性理大全》《高皇帝实录》等，是为了制造太平气象。文臣们也纷纷歌咏风物以邀宠，如胡广《北京八景图诗序》云："昔之八景，偏居一隅，犹且见于歌咏，吾辈幸生太平之世，当大一统文明之运，为圣天子侍从之臣，以所业而从游于此，纵观神京，郁葱佳丽，山川草木，衣被云汉昭回之光。"⑤大臣也将对归田生活的想象建构为帝国太平的象征，"是作也，实以志斯文遭遇之盛。他时归老南方，悠游于江村林屋之下，击壤鼓腹咏歌圣化时展而观之，岂无欧阳子所谓：玉堂天上之思，与夫平生交游出处之感"⑥。洪崖山房恰利用这种文化逻辑展示了一个图文结合的新文化生产过程。《洪崖山房图》形成后，胡俨作记分三个层次：述说山川之胜、人才之灵、归老之乐。山川是人才之奥。他从高、深、广、气象等角度来渲染山之秀朗，地之厚润，峦光交映，确立西山的位置，点出山川的外在气势。云："西山在章水西，洪崖又在西山之西，峰峦秀拔，林壑深睿，岚光染空，高二千丈，属连三百

---

① 李东阳：《东庄记》，见钱谷编：《吴都文粹续集》卷十七，《景印文渊阁四库全书》第 1385 册，台湾商务印书馆 1986 年版，第 440 页。

② 刘大夏：《东庄诗》，见钱谷编：《吴都文粹续集》卷十七，《景印文渊阁四库全书》第 1385 册，台湾商务印书馆 1986 年版，第 440 页。

③ 沈周：《东庄诗》，见钱谷编：《吴都文粹续集》卷十七，《景印文渊阁四库全书》第 1385 册，台湾商务印书馆 1986 年版，第 441 页。

④ ［英］乔纳森·哈里斯著，徐建译：《新艺术史批评导论》，江苏美术出版社 2010 年版，第 120 页。

⑤ 胡广：《胡文穆公文集》卷十二，见《四库全书存目丛书》集部 29 册，齐鲁书社 1997 年版，第 54 页。

⑥ 转引自李若晴：《玉堂遗音：明初翰苑绘画的修辞策略》，中国美术学院出版社 2012 年版，第 150 页。

余里,西山所以专豫章之胜也。"又从洪崖山中卷舒漫延的云霞、泉石相激的动态效果,丹霞之流光,树木之苍老,糅合古今,动荡浑健,以显示洪崖山底蕴丰厚、日新月异的生机。云:"岩岫四出,云霞卷舒,幽泉怪石,流峙涧谷。丹碧照耀,树林阴森,奇伟琼绝,洪崖又专西山之胜也。"读书于此的人才出为国士,"年二十有四领乡荐,自是宦游南北者十有五年,圣天子即位始得仕于朝,侍从两京。又十有四年于兹徒以窃禄自厚,无分寸报称"。人老荣归故里,游戏山水,以鸣国家之胜,象太平之世。"他日苟得归老故乡,买田筑室于山间,益励余齿课子孙,耕桑读书为太平之民。日从乡人父老击壤于山林以咏歌圣天子德化于无穷,不亦美哉。"①所以,山川是圣化的象征。大臣的题诗也采用叙事手法,历数园主的荣耀与志愿。杨荣《洪崖山房为胡祭酒题》最具有代表性,云:"自从领乡荐,振衣遂弹冠。鸣琴宰花县,载笔登金銮。英才乐教育,讨论孔与颜。竭来寄遐想,缅彼洪崖间。"②胡俨又引用白居易的故事,追想林下乐趣,云:"当时洞口逢张氲,何处人间有傅颠。阴瀑倚风寒作雨,晴岚飞翠暖生烟。""天边拔宅神游远,树杪骑驴笑欲颠。风动鹤惊苍竹露,月明猿啸绿萝烟。"骑驴山巅、乘鹤凉夜、猿啸、绿萝、瀑布、晴峦既是白居易鼓吹的自由自在的林下之乐,也是胡俨等人寻找历史认同感的策略,其目的在于树立权威,将"洪崖山房"归入历史意象,成为文化坐标,达到流传久远的目的,所以,他接着说:"求田问舍非吾事,欲托诗书使后传。"③

比德是赞颂人物的主要修辞手法,当人物性格突出,并积淀为某些固定意象时,图文结合真正实现了由象到意的综合传达。《韩锦衣园林六景图》表达将军威严、忠诚、勇武时充分利用了这种手法。《槐影》表现九棵槐树浓荫茂密,一官人翩翩而来,草亭虚敞,泉水叮咚,二童子携琴书而来。简笔勾勒出槐亭抚琴的场景。题诗强调威严而冷峻的氛围。再用将军读韬略引出"气如秋"的真实感受。步步转译,充分发挥了文字与图像的互补互诠关系。《葵阳》表现高树下一人亭中独坐,门外葵花奕奕。题诗云,"大将心忠赤""彼此共恩光",将沐浴天朝恩露的情境置于眼帘。《荷池》表现一人茅亭下钓鱼,池中荷花灼灼、荷叶田田、池边杨柳依依。题诗云:"还知掣鳌地,东海始为宽。"④由河池钓鱼联想到东海掣鳌,暗喻将军的勇武和洒脱,由近及远,神来意到。所以,比喻的功效在图文结合的艺术中,近乎天成。

《西园八咏图赋》采用宏大叙事的手法塑造王恕的人格。赋体开篇,语境宏大。叹秦汉皇家苑囿之荒芜不存,追同调于仁里、青门,述志于山水园林。又因关中历史邈远,无法勾勒园林实景,只能稽之传闻,托以梦语,从而增加园林的无常性。又

① 胡俨:《洪崖山房记》,见黄宗羲编《明文海》第 330 卷,中华书局 1987 年影印本,第 3394 页。
② 杨荣:《题洪崖山房图》,见《文敏集》卷二,题为《洪崖山房为胡祭酒题》,《景印文渊阁四库全书》第 1240 册,台湾商务印书馆 1986 年版,第 33 页。
③ 胡俨:《题洪崖山房图》诗页,见曾君主编,傅红展等编:《故宫书画馆》第六编,紫禁城出版社 2009 年版,第 64—65 页。
④ 《沈石翁写韩锦衣园林六景图》,见卞永誉:《式古堂书画汇考》卷五,浙江人民美术出版社 2012 年版,第 1435 页。

推知园林之根本在于人杰。江山变异，人杰常出，三原（古地名）之园林依然会兴盛，续三辅之治。第二段，铺叙三原山川灵秀，比德量喻，指出园林之根本在于存养道德，"臕臕而裔衍，诸陵蠢蠢而足峙，荆辉而玉韫，中灵而雾萃，巇崞突秀而近拱，漆沮流润而暗汇"。赞誉王公园林"屏八垠旷荡之风，郁大块块圠之气"，得乾坤气势，"宜贤者之胥宇"。指出园林建设以孝忠为本，内仁外义，存养道德，观化万物。第三段，模仿"池上篇"有 X 有 X 结构，气格转为阳刚，分述太史铭、藏书楼、洗砚池、绣衣记、陇头云等景点。太史铭"考世德，发幽光"，庇护子孙，文气呈祥，传递给后代；藏书楼"标牙刻玉"，储藏群经，"籖轴晶荧其前"；洗砚池涤垢洁尘，日新月异；牡丹圃"殿众而尊，开多而富"；陇头云"或卷或舒，乍合乍分，莫茹其机，曷察其神"；绣衣记"润学海，抉深理窟"。突出西园之景的动态、光辉，气势浩荡，日新月异，生生不已的阴阳精神，这恰与王恕研究易学的体验相当[①]，也是王恕人格的核心内涵。第四段，因"粗有得乎物之情状"，证之以心性行谊。首云老成朔望，性正行和。再历数公之德政，总结为"公宏正而亮镇，简约而静渊，以之柱石则明堂底定，以之调元则庶微罔愆"[②]。总之，全文以一线单传开篇，追述园道之根本，以有 X 有 X 结构统景，比德量喻模形，得园景之粗貌，以传记证之，文质彬彬。文体杂糅，以赋之庄严定乾坤大义，以散文之闲适统八景之光辉，耀而不乱，雄而不莽，正和儒之雅驯清刚，以传之实证形之虚，体用兼备，内外完养，一个完整的儒家人格就诞生了。

《东庄图》采用回环空间隐喻"先考德行，余庆子孙；科举高中，荣封故里"的文化建设过程。一是先农艺再游息。根据《东庄记》和黄晓《东庄平面图》[③]可知有四条路可以进入东庄，其中北港过橙桥一路和艇子浜入麦山一路为两条主路，此两路以园艺为主，分别有麦山、稻畦、果林、桑州、菜圃等农作物。图像也非常侧重描绘植物的丰茂气势，以增加富饶的视觉效果，是对主人勤劳质朴品德的歌颂。另两路可由西溪、南港进入，此两路以安养休息为主，荷花池、知乐亭、振衣冈、鹤洞集中于此。画面多展现人物活动，或观鱼（知乐亭）、或读书（耕息轩）、或玩古（拙修庵），疏朗洁净，自由闲适，颇得耕读之乐。二是文化空间。《东庄图》的轩亭化用典故，如曲池、知乐亭、拙修庵皆是一定文化风尚的再现。曲池即白傅池上乐趣的再现，其中又种荷花，眼前景物包含言外意趣。知乐亭是濠上之想和安居田园的暗喻。拙来自潘岳的拙政，即对不能为官，躬耕田园的自嘲，可谓妙哉。振衣冈和鹤洞进一步将恬淡的情绪升华为阳刚气质。图像也逐渐采用浓密的披麻皴增加景物的感染力，突出主人的内在精气。东庄的园亭建筑皆临水，船只可达，是文化活动的中心。

---

① 王恕善易学，以易经登科，自述学易体验云："盖易寓吉凶消长之理，进退存亡之道，吾居官时亦尝竭驽钝之力于颠危之际，陈逆耳之言于负扆之前，未尝有一事之失，获多言之罪，盖窃取乎易之道而保全之，以至于斯也。"参见王恕：《玩易轩记》，《四库全书存目丛书》集部第 36 册，齐鲁书社 1997 年版，第 178 页。

② 西园八景的文字皆引自《沈石田西园八咏图并赋卷》，见卞永誉：《式古堂书画汇考》卷二十五，浙江人民美术出版社 2012 年版，第 2081—2084 页。

③ 高居翰、黄晓、刘珊珊：《不朽的林泉：中国古代园林绘画》，北京生活·读书·新知三联书店 2012 年版，第 158 页，图 2.80。

如拙修庵中的古器、书籍,全真馆之远山芦苇,竹田之远山毛竹,均可以从南港或西溪,过折桂桥经续古堂直接到达,透露出园林营造文化空间的另一趋向。折桂桥即渴望子孙折桂,续古堂挂着吴融的官像,说明他已经被荣封,暗示了文化娱乐还是科举高中、荣归故里的表现。轩亭的双重连接作用将农桑与科举融为一体,将家族之德行传至天下,正是道所推行的方式。所以水路和方形园池有非常特别的意指,循序和直达并存,为循环意义提供了很好的诠释策略。而水之圆润与方之规矩也暗喻了"方之象行,圆之比智"的人格标准。东庄诗歌,多关注小的景点,动静结合,以观者的心态表达一定的意趣,为园林环境增添了丰富的韵致,如《菱濠》通过简单细腻的体验,如"菱角渐有刺"说明园林生活的乐趣。北港"下桥声骨骨,凄然苇风至。儿童觅惊鱼,动处荷花是"体现了鱼戏莲花之乐。果林"种果东庄头,年多不知数。林深少人迹,子落又成树"①,渲染了园林幽深久远、自然丰茂的环境。

总之,庙堂山房作为一种文化符号,通过连接山林与庙堂空间完成了特别的文化生产过程,是文图在文化中的结合。由于图像比较直观,诗文有丰富的内涵,所以我们主要谈了文的作用,而将图的作用直接穿插其间。

## 第三节 吴中草堂的文图关系

吴中园林多是隐士的草堂,主人大多是品德高尚的隐士。他们身份并不显赫,自身也没有留下太多文字,沈周、文徵明、唐寅以画彰显他们的德行,创作了大量象征品德的草堂图。沈周所绘制的大量草堂图中的草堂多是亲友的或自己的房屋,如有竹居是沈周的别业,湾东草堂是其堂弟沈璞的别业。唐寅绘制的图像,大多是意气相投的朋友的居所,比如毅庵是朱秉忠的居室,双鉴行窝是为富溪汪晴翠、号实轩者绘制的。文徵明绘制的草堂图,有意识通过保存主人的传记资料,说明主人的孝行。如真赏斋的主人华夏,字中甫,号东沙,国学生,师事阳明先生,有声南雍,因疾辍业,建真赏斋以藏三代鼎彝、魏晋法书。他通过收藏鉴赏建构华氏家族世代好忠义、传孝悌的美德。

### 一、吴中草堂图式

明代草堂图是在元代山水图的基础上发展而来的,不同在于元代山水图更加侧重园居生活的再现和整体环境的渲染,在明代山水图中人是山水的主导,山水空间层次清晰、理性、抒情,图像的意义明确,文化氛围浓厚,似乎预设了观众,召唤交流。这些图像大致可以分为三类:草堂图、写号图、全景园林图。沈周、文徵明和唐寅以不同的方式理解草堂,呈现了不同的时空体验与精神风貌。下面分别介绍他们的代表作。

---

① 石珤:《题吴匏庵东庄诸景二十首》,见《熊峰集》卷九,《景印文渊阁四库全书》第 1259 册,台湾商务印书馆 1986 年版,第 647—648 页。

### （一）草堂图

沈周的草堂图主要以展现启发心性的亭榭楼阁为主。沈周笔下的亭榭、轩楼、舟船，因胜而筑，与山川融为一体，互相感发，愉悦心性。如在《保儒堂图》中，枯槎老树下有栅栏，厅堂敞开，中有书、榻。疏林板桥外两人在行走，一鹤独立。前半部分树木老健茂密，墨色苍润，以显示严谨的读书空间。后半部分枯枝疏朗，墨色枯润，大有鹤唳九天的啸冷气息。最具代表性的是《有竹居图》，表现一人高楼远眺，门前方田、垂柳，一人撑舟芦苇间，一人行舟，一人江钓，远处有江帆鸥鹭。人工与自然完全合一，隐喻诗性格调。

唐寅、文徵明的草堂图与沈周的不同在于草堂多因某种活动而具有一定的作用。人物均安排在草堂中，活动多在室内。门外的风景既是背景，确立草堂的空间特性，又成为客观的风景，渲染草堂的整体环境，可谓人在画中。由于草堂主人的经济水平和画家风格的不同，草堂面貌也不同，唐寅多作苍莽的山间草堂，文徵明多绘古雅的林中清馆。

唐寅笔下的草堂虽然因胜而建，但是房屋整饬宽敞，并夹在体块巨大的山石间，增加立体感和写实性，人物也多在屋中眺望山水，草堂的名称渐渐淡化诗意，因景而名。如《双鉴行窝》（图7-3）表现门前水波粼粼，石根没在水中，石面体积大，上面红叶斑斓。山房夹在大石间，一人独坐远眺，一童子捧着梅花而去。《梦仙图》也是表现大石下，一草屋中一人伏案沉睡，门外流水潺潺，屋后乱石累累。《杏花茅屋》表现屏山下、大石间，茅草屋铺盖整齐，横桥支撑木圆润，有实体感，两人门外看花。

图7-3　双鉴行窝，唐寅，北京故宫博物院藏

文徵明将草堂搬入家园，多描绘园林景物，如芭蕉、湖石、茂松、秋桐，房屋洁净轩敞，设色古雅，用笔精准，再现了理性高雅的居住环境。如在《吉祥庵》中一高士袒胸倚枕于榻上，与僧人闲谈。门外蕉石透漏，松柏参天，春水阑干。在《真赏斋图》（图7-4）中，两人对卷，童子煮茶。书案上卷轴林立，木榻朴拙。门外高桐茂松，竹篁碧树。湖石玲珑多姿，叠山透露峥嵘。浅赭黄、石青、石绿并用，古雅苍健。在《猗兰室图》中，竹篱外红花烂漫，松柏茂密，一人屋中展卷，童子侍立，远处呈现水池横峦。

图7-4 真赏斋图,文徵明,上海博物馆藏

文徵明还有一些纸上草堂图①,侧重表现雅集草堂周围的风光,人物均趋向草堂,力图展示雅集空间,清新整饬,明雅净洁。《洛原草堂图》(图7-5)表现两个友人来访,门前青松林立,流水潺潺,过桥一轩敞开,轩内木榻横几。左侧篱笆围住屋宇,一人在楼上。再向左三楹屋宇错落。轩的右侧水榭中有两人,背后有流泉。在《浒溪草堂图》(图7-6)中,两人屋中闲谈,门外一人策杖。横桥水榭,茂树茅屋,溪上捕鱼,农人荷锄,石矶泊舟。小青绿设色,整饬有节,清朗安宁,俨然人烟繁盛的江南水乡。

图7-5 洛原草堂图,文徵明,北京故宫博物院藏

图7-6 浒溪草堂图,文徵明,辽宁省博物馆藏

明代草堂图还有一些长卷,人物散入山水中,形成相对独立的线性空间,但文献资料少,暂时无法解读。在文伯仁的《石湖草堂图》中,亭下一人,篱笆松屋中一人,岸边一人撑舟。文嘉的《曲水园图》也表现了丛篁、茅屋、高松。侧重表现门外征帆江钓,对岸横坡人家,水边高柳依依。但与这些图像相关的诗文暂时未找到,不能详细讨论。

---

① 这些草堂图并不是依据真实草堂绘制的,而是为了表彰画主的孝悌而绘制的纪念性图像。

### （二）写号图

写号图①是明代的特殊图像，以某人名号为题，用特有的意象阐释名号的含义。明人多喜欢以号名宅，写号图大多将人物置于草堂间，象征性和观念性更加突出。现存最早的写号图是杜琼②的《友松图》（图7-7），为其姐夫魏友松创作，采用雅集图式。图像的重点放在两端。右侧是在茂松下篱笆环绕的屋宇中，两人执卷对谈，隔间笔砚摆在桌上。童子司门。门外两人对谈，童子携琴。一人石案上书写。园中有湖石芭蕉盆栽。左侧小路蜿蜒而上，飞泉从山间汇入深潭，上跨横桥，山坳中有寺庙。

图7-7　友松图，杜琼，北京故宫博物院藏

沈周写号图中的环境大多清远开阔，远离人居，人物不再照看山水，而是自娱自乐。如《青园图》（图7-8）表现一人在屋内，背对远山阔水，专心读书。在《东原图》的丛篁茅亭中，一老人独坐，旁列书籍。篱笆外有横桥，一老人策杖来访。远山横亘，烟波飘渺，与人物之间的关系稍嫌疏远。或许画家正是为了将读者的视觉引向人物。

图7-8　青园图，沈周，旅顺博物馆藏

文徵明的写号图多表彰人物孝思。在《存菊堂》（图7-9）中，林屋疏旷，篱三四丛，门前童子携琴过板桥。菊花盛开，松柏虬立，背后有烟江远山。主人凭栏注视，凄然有风木之感。在《慕庵图》中，高士于屋中，屋外是空阔江岸，但云山封谷口，似

---

① 写号图的分类参看刘九庵：《吴门画家之别号图及鉴别举例》，载《故宫博物院院刊》1990年第3期，第54—61页。

② 杜琼，字用嘉，吴县人，号鹿冠道人。能通《孝经》《论孟》大义。以讲读《大诰》，率生徒朝于北京。修《太宗文皇帝实录》，修《宣宗章皇帝实录》，延先生为七县总裁。修辑郡中事迹以助修舆地志。以母夫人老，辞荐举，朝廷遂诏旌表门。参看沈周：《杜东原先生年谱》，汤志波点校：《沈周集》，浙江人民美术出版社2013年版，第1487—1492页。

乎视线又被反弹回来。在《参竹斋图》中，丛竹遍布平台，一人趺坐抚琴，流泉注入水塘，横山呈封闭趋势，人物也盯着草堂。

图7-9　存菊堂（局部）（仿本），文徵明，北京故宫博物院藏

唐寅的写号图环境更加抒情，阐释组合名号的倾向突出，侧重表达人物的风骨。《毅庵图》（图7-10）表现一人在茅屋中执拂尘。房屋上铺茅草，尺寸不一的几片瓦铺在屋脊上。鳞松虬立，节眼突出，门窗仅用原木搭建框架，似乎透风。门外老树枯枝，高松蕉石，骨力刚健中又寓含清新雅润。在《守耕图》中房屋整洁，用笔工细，麦垛堆积，营造富足丰收的气象。一人水榭中看平畴，松树交荫，背景中横峦陂陀逶迤。

图7-10　毅庵图（局部），唐寅，北京故宫博物院藏

## （三）全景园林图

以册页或卷轴的形式全面表现园林景点的图像，即全景园林图像。

早期的园林不是画地筑园，而是直接将房屋建在山川间，借自然以成美景。早期吴派册页园林图中有代表性的是杜琼的《南村别墅》,描绘元末明初隐士陶宗仪的私家别墅,分为十开。画家将园林环境与处士活动联系起来,侧重表现富有诗意的景物。又将园林的名称与一定的故事结合起来,增强其文化内涵。如《竹主居》表现在丛篁篱笆下老人对谈。《罗姑洞》表现一人坐洞门口。《鹤台》表现高山虬松,两鹤立于板桥。风格清泠,内容涵盖诗词典故、仙家典故、渔隐典故、园亭典故,可谓文化味十足。这种园林绘画思路在晚明得到发扬,成为审美化园林的重要表现方式,其中的重要景点也被晚明园林画集采用。

明代中期,园林册页以表现家族园林为主,规模扩大,地点明确,园林生活和人文景观成为表现的重点,主要有沈周的《东庄图》和文徵明的《拙政园图》。前者表现官宦之父的园林之乐,后者表现官宦退隐林下的隐居面貌。[①] 文徵明先后画过两册拙政园图,景物简单独立,注重展现文化空间,淡化客观园林空间的痕迹,人物活动清雅,笔法精纯。1533 年画三十一开册页(图 7 - 11),展示全貌。主要有高士

图 7 - 11　拙政园三十一景图册(局部),文徵明,藏地不详

---

① 为了突出园林图像的深层文化含义,姑且将《东庄图》放在官宦园林中表现,将《拙政园图》放在吴中隐士园林中讨论,而相对忽视园林图像风格的传承关系。

活动图和景物描绘图,前者如策杖中庭(《若墅堂》)、松亭看竹(《倚玉轩》)、桥上策杖(《小飞虹》)、水榭闲谈(《小沧浪》《净深亭》)、松下听劲风(《听松风处》)。基本上是一人一景,颇为简练。后者多描绘建筑、花木、荷塘、蕉石等韵味丰厚的景物。如《梦隐楼》表现楼阁对山,颇有借景意味。《得真亭》表现篱笆高松、水和屋宇。《拙政园图册》是文徵明精心创作的园林图,注重文化空间的营造,格调清雅,流露出脉脉深情。

总之,吴中草堂图是表现明代文人园居生活的重要图像,总体上侧重借用草堂环境象征主人的品德。从表现上来说,吴中隐士笔下的草堂更加成熟,多放在前景或中景,以横轴形式出现,将人物品德转化为自然意象,使得自然风光与林下生活合而为一,闲适自然,具有特殊的韵味。

## 二、空间即观念

吴中草堂是非常简约的诗性空间,隐士通过一定的活动展示草堂的空间,这些空间又是他们人格、生活观念的表征,包含了独特的意义。分析空间结构就是分析他们的观念。

### (一) 诗性的文化操作空间

沈周一生隐居,创作了大量的诗文和图像,意象丰富,韵味隽永,勾勒了理想的草堂环境和文艺生活。米歇尔·德·赛托曾经区分 place 和 space,认为 place 暗示着稳定,在其中两物不能在同一地方,它管理着共存元素的分配。相反,当考虑方向的矢量、速度和时间有效性时,空间才存在。[①] 也就是说只有地方被使用,具有动态属性时,空间才能实现。赛托还将空间扩展到文本阅读中,认为阅读也是空间,是由符号组成的特殊文本[②],其结果是文化空间的诞生,而其过程即"创造性的文化行为"[③]。沈周笔下的草堂经营也是利用特殊的文化符号,紧密依赖时间,将静态的 place 变成可以反复体味、使用的文化空间的"书写实践"。

沈周笔下草堂的文化空间分三步建立,大空间的指示、小空间布置、文化活动再现情境空间。草堂选址以幽静为本,位置或"附郭居"[④],或在"有桥通市却无邻"[⑤]的幽静市区。最理想的位置是"沧州野水"边、"云谷"中。天然景物与人工吻合,多茂树、菊松、梧桐、区苣、鱼塘、石泉、凫渚、荒菰、青山、鸥鹭、清芝、书画。色调取自然本色,甚至转化为感觉,淡化色调,形成知性的体验,如"绿荫日薄""白发风凉"均是将颜色化为感受,用体验代替视觉,突出空间的清雅天然。草堂

① 转引自 Clunas, Craig: Fruitful Sites: Garden Culture in Ming Dynasty China, Reaktion Books Ltd, 1996, p. 87.
② 同上。
③ 同上,第89页。
④《黄尚节静逸堂》,见张修龄、韩星婴点校:《沈周集》,上海古籍出版社 2013 年版,第 151 页。
⑤ 沈周:《宿刘邦彦竹东别墅》,见汤志波点校:《沈周集》,浙江人民美术出版社 2013 年版,第 742 页。

景物布置也从人为到天然，"三匝菊松迂引径，两交梧竹暗通门"①"兰甘幽约宜阶下，竹助清虚要水边"②。草堂人采用文化活动调动草堂的情绪空间。如"山穷借看堂中画，花尽来寻竹主人。烂漫笺麻发新兴，留连樱笋送残春"③"读书接叶下，小酌亦可具。徘徊弄华月，凉影乱瑶璐。疏繁来冷风，拂亚湿清露"④。看画、访客、吟诗、烧笋、读书、弄月，随遇而发，既包含经验，又合乎天然，其存在就如风水相遭而成纹。这种人与天的合一是主人修养的结果，内在根据是顺应天意、完善天道，《保儒堂记》云："天之意在福善，著作之意在保儒，保儒为善意也。天自循其意，而著作之念符之，则著作之得完其念也。"⑤天意有善，人顺天意而完善之，即得天道。在草堂中，天意即人之独立自主的闲适精神，完善之，即远离城市，游艺山林，涵养独立的人格。

### （二）孝、真为本的道德空间

宣扬孝道是草堂图的重要内容，如沈周的《湾东草堂图》礼赞"力田养亲殊有道"⑥的孝行。唐寅的《贞寿堂图》即表彰孝子，并组织歌咏孝道。孝亲的系统观念在写号图中表现明显。沈周将孝道作为个人德行的一部分，强调通过孝顺来树立乡邦的道德标准。如青园先生谦恭、以德修身，孝亲、慎交、安贫，名闻乡里。⑦ 杜琼德、孝、学、艺皆优，是地方道德楷模，"学不在于为文而已，行修家庭而伦理蔼然以厚。教不止于授徒而已，化及乡间而风旨超然以高。色清而夷，凡贤愚不齐之人，皆可与语"⑧。文徵明的草堂以表彰孝亲为主，但是他从鉴赏斋室、想象的草堂入手，直接提出孝、真等道理，主题突出，思想鲜明，诗文也以说理为主，文化空间以象征为主，是用草堂建构道德谱系的主要代表。

在《真赏斋图》中，文徵明定义真赏为笃好古代金石文化、辨析真伪、钩沉掌故、创建金石学问的专业人士。自觉以传统文化建构个人知识体系，专一探求，得金石之艺道。又以学识培养心性，情有所寄，以道悦心，超脱物之外⑨。总体给出真赏之人所应达到的修养境界。

---

① 沈周：《成趣亭》，见汤志波点校：《沈周集》，浙江人民美术出版社 2013 年版，第 847 页。

② 沈周：《奉和陶庵世父留题有竹别业韵六首》之四，见张修龄、韩星婴点校：《沈周集》，上海古籍出版社 2013 年版，第 103 页。

③ 沈周：《宿刘邦彦竹东别墅》，见汤志波点校：《沈周集》，浙江人民美术出版社 2013 年版，第 742 页。

④ 沈周：《碧梧苍梧之轩》，见张修龄、韩星婴点校：《沈周集》，上海古籍出版社 2013 年版，第 36 页。

⑤ 《明沈石田保儒堂图卷》，见孔广陶著，柳向春校：《岳雪楼书画录》，上海古籍出版社 2011 年版，第 437 页。

⑥ 卞永誉：《式古堂书画汇考》卷五十五，见《景印文渊阁四库全书》第 829 册，台湾商务印书馆 1986 年版，第 391 页。

⑦ 参见《青园图》跋，见上海人民美术出版社编：《艺苑掇英》第 35 期，上海人民美术出版社 1987 年版，第 2 页。

⑧ 吴宽：《杜东原先生墓表》，见《家藏集》卷七十二，《景印文渊阁四库全书》第 1255 册，台湾商务印书馆 198 年版，第 700 页。

⑨ 《文徵明真赏斋铭》原文，见郁逢庆：《书画题跋记》卷五，《景印文渊阁四库全书》第 816 册，台湾商务印书馆 1986 年版，第 656—657 页。

丰坊将法帖书写人和保存人的品德等同，建构华氏家族的道德人格。如"忠穆挺大节而辞扎更雅（《岳鹏举与奉使郎中劄子》）"，并将华夏纳入其中，成为高尚道德链条之一环。最后推出华夏家族的孝子、贤者、烈妇、处士、学者谱系，并引墓志铭为证，说明华夏家族"高文巨册""当传无穷，以为衡鉴"①的根基是华氏家族的坚守孝悌，以身践行。所以，华氏家族的收藏具有高度的道德价值，为传承中华孝道做出了贡献，显然模仿了中国道统传递与文献之隐喻关系，塑造了华氏家族的正统形象。

孝悌不仅是真赏的根据，也是明代中期重要的议题。白洛原②移居江南，不忘先祖迁徙之自，沈天民"城居而不忘桑梓之旧"③，均是孝亲的佳例。文徵明认为这种行为是返本归于礼，并为他们作图写诗表彰其德行。

白洛原的先祖徙自洛阳，为了不忘本，自号为洛原，并将斋室命名为洛原。文徵明《洛原记》云：

礼曰：乐，乐其所自生，礼不忘其本，是故太公封于营邱。比及五世，皆反葬于周。夫反葬不忘本也。止于五世者，亲尽也。白氏之去洛，非特五世而已。其山川之秀，土地人物之美，贞夫盖不能举也。乃晋陵则所习焉。生息于斯，宦学于斯，亲戚坟墓于斯，至于衣服食饮语言习尚，有不类于斯者盖鲜也。弃其所习而从事于不可举而知之之境，夫岂其情哉？亦求所以行乎礼而已。礼之所寓，志无不达，心诚适焉。其无违愿已。④

礼即乐，乐即不忘本，贞夫不忘祖先即知礼。但是，礼的性质已经发生了根本变化，并不是回到洛阳，习洛阳风土人情，完成祖先未尽的志意，而是行礼乐之仪，所以，更类似祭祀之礼仪，是名义和形式上的行礼。志意也是无内质的愿望，与礼合一，只要行礼即志愿完成。由此可知，礼与志并不是文与质的关系，而是文即意，文意同一。所以，孝亲的形式根本还是人格自立。记住洛原的主要途径不是每一次的行礼过程，而是地因人重，因人而流长。"人苟有以自立，则一言一事皆足以名世，而所谓地与物皆将假吾而重于世也。"⑤礼的根本目标还是造就今人名义，表彰当下德行，让礼仪服务于文化的书写和权威的塑造。实现形式之礼，不违背己愿，心中安适，是形式之礼的情感体验。

在《浒溪草堂图》中陆粲主要阐释孝不忘本和仁爱其族的观念，将孝亲虚化为

① 丰坊：《真赏斋赋并序》，见郁逢庆：《书画题跋记》卷五，《景印文渊阁四库全书》第816册，台湾商务印书馆1986年版，第658页。

② 白悦，字贞夫，武进人，号洛原，康敏公之孙，少从阳明王先生学。嘉靖壬辰进士。（过庭训：《明分省人物志》卷二十八，见周骏富辑：《明代传记资料丛刊》第131册，台湾明文书局1991年版，第613—615页。）脱贵胄习气，游戏文苑，声价腾起。《白洛原遗稿序》云："今览集中，调畅朗而思沉，语婉丽而致远，音和平而易感，旨隽永而难斁，文足阐道，图徽所得于古人者多矣。"（皇甫汸：《白洛原遗稿序》，见《皇甫司勋集》卷三十七，《景印文渊阁四库全书》第1275册，台湾商务印书馆1986年版，第753页。）

③ 张照：《石渠宝笈》卷三十三，见《景印文渊阁四库全书》第825册，台湾商务印书馆1986年版，第374页。

④ 文徵明：《洛原记》，见故宫博物院编：《石渠宝笈三编》，《故宫珍本丛刊》，海南出版社2001年版，第2806页。

⑤ 同④。

纸上文献。沈天民家本浒溪,因习儒子业,徙居城市四十年,不能忘先人之居,又不能夺兄弟之产,于是绘图寓志。"夫不忘其本,孝也。不私其有,仁也。孝能笃于亲,仁能厚于族,斯二者,古之人则行之……顾子贱,且言不足信,不能彰之以励夫薄俗也,姑为书之以示其子孙,惮无忘焉,作浒溪草堂记。"①沈天民借助图像和诗文实现仁孝两全,不仅通过图文的实践力建立话语权威,还生成了一个虚拟的文化空间,超越当下,进入历史,成为重要的文化事件,发挥象征的作用。

### (三) 以道养高的气骨空间

唐寅将个人遭遇投射到草堂观念上,草堂主人多穷困,耿介高亢,风骨凛凛,又勤学苦读,以道自任,贫困而自适。《双鉴行窝》讨论鉴、心与道的关系,提出"以道养高""以理养心"。认为"会理于心以为鉴,可以知事理,察古今"。恰如明镜可以照万物,理照万物以光,心光即平静自反,"身与德修,道与天合"②。以理养心的观点是在极度艰苦的环境中产生的,唐寅为丁君潜德赋并画《西山草堂图》,云:"厚苴芒葛柱棕榈,欲比南阳旧草庐,颊壁破凭笋自补,乳梁低与燕分居。乌皮净拭窗中几,朱版齐装架上书;笑杀汗衣车马客,劳劳奔走欲何如!"③苦、葛、棕榈、破壁说明经济上困窘,笋、低梁燕、朱版书说明主人高雅的文化取向和安贫乐适的生活体验。唐寅将贫贱与高雅转化为具体的意象,并置在同一个空间,赋予空间特有的骨力和气韵,正是安贫乐道高士的象征。唐寅《毅庵图》表现朱秉忠穷困而以道自任的刚毅弘道气象,突出他独立自主的人格。吴中文人纷纷赞扬主人的高行。王宠强调主人贞一刚劲的气骨"冲冲抱贞一,过目徒纷然。至老而不化,劲气充两间"。文徵明云,"岂徒采誉,要以心传。义当勇为,疾如奔川。苟不顺适,百璧可捐。终始有常,吉哉无愆",颂扬学有所得,以心传道,见义勇为,高亢不羁,顺心适意。王守认为大道渺远,望久经磨炼,得古道于操持中。④ 所以,唐寅以可见的象征意象创造了充满骨力的空间,给人强烈的感染力。

### (四) 雍容与清雅并存的拙政园空间

王献臣受到中伤,"甫及强仕即解官家处",享有田园之乐二十年。文徵明称王献臣以潘岳自比,只是"宣其不达之志",其志意则在"未杀斯世而优游余年"⑤。所以,拙政园以独乐园的空间修辞和陆龟蒙的人格节操为双纬,营造了退居城市的山

---

① 张照:《石渠宝笈》卷三十三,见《景印文渊阁四库全书本》第 825 册,台湾商务印书馆 1986 年版,第 37 页。

② 唐寅:《双鉴行窝图册》,刊于许忠陵:《吴门绘画》图 42,《故宫博物院藏文物珍品大系》,上海科学技术出版社 2007 年版,第 82—85 页。

③ 《西山草堂图》题跋,见周道振、张月尊辑:《唐伯虎全集》,中国美术出版社 2002 年版,第 385 页。

④ 《明唐寅毅庵小照》一卷,见张照:《石渠宝笈》卷十五,《景印文渊阁四库全书》第 824 册,台湾商务印书馆 1986 年版,第 445 页。

⑤ 《衡山书拙政园记并诗长卷》,见汪砢玉:《珊瑚网》卷十五,《景印文渊阁四库全书》第 818 册,台湾商务印书馆 1986 年版,第 229—230 页。

林佳构。

明代园林多处于城市，一般通过流水和林木的结合创造城市中幽静的环境。拙政园也选在"积水亘其中"、林木环绕的地方。园内引入流水、断桥、春草、槿篱、茅屋、鸡声等田园意象，营造"山林深寂"的趣味。拙政园集合名士之清和官宦之雅，既有清幽的自然环境，如志清处、意远台、斜阳、庭柯、竹影，烘托主人的高雅，又有玉泉、瑶圃、名花、假山等着意经营，说明主人之贵。既有霜梅、虹霓、苍山等象征主人清贞啸远的气节，又有淑气、熏香、紫蕤丹艳象征主人儒雅雍容的气象。

（五）以隐为志的养身涵德空间

文徵明及其友人均勤力功名，多次应试，或久困科场，或短暂作官，即隐居。所以，文徵明扩大了隐的范围，认为只有坚守志向才是隐。文徵明还说明处在城市，简约自持，保持独立人格，不为世俗利益所动即是潜隐①。潜的目的是自适，过自由自在的生活，种花育木，不受拘束。基于这种思想，他的学生王宠落第后，也筑草堂明志。

《新筑石湖草堂二首》：

山枕五湖水，堂开千树林。栋梁天下任，鸾鹤野人心。独插南峰秀，平临北斗侵。吾生严邴慕，洒洒一披襟。

萝带还初服，山樽落草堂。献书长不达，招隐得相将。勒字芙蓉壁，翻经紫翠房。百年何自苦，裘剑欲摧藏。②

王宠自诩是出类拔萃的秀峰，与魁星接近，理应高中进士，成为国家的栋梁之材。一旦献书不售，则堂开千树林，像严君平与邴汉一样隐居，与鸾鹤为伍，保持恬淡的心态，翻经勒字。其实，石湖草堂是吴派弟子寄托志意的重要场所，文嘉兄弟、张凤翼兄弟均读书于此。四年后，蔡羽舟过石湖，撰写《石湖草堂记》和《石湖草堂后记》，认为身居山林，要以"经纶献纳，周孔之实用"③为志，指出他们正处于"人龙未逢时，林卧观元化"之际④，一定要统领山水，"人与地相遭"，利用山中自然环境，养德润身，淘洗性情，览天地气象，观乾坤造化⑤。可见石湖草堂是年轻人涵养身心，修德养性的成长之地。

---

① 文徵明《顾春潜先生传》对潜、隐与出处的关系作了详细说明。参见周道振辑校：《文徵明集》卷二十七，上海古籍出版社 1987 年版，第 654—655 页。

② 王宠：《新筑石湖草堂二首》，见邓富华点校：《王宠集》，浙江人民美术出版社 2017 年版，第 156—157 页。注：《汉书》：谷口有郑子真，蜀有严君平，皆修身自保。嵇康幽愤诗仰慕严郑，乐道闲居。《汉书》：邴汉以清，行征用，兄子曼容亦养志自修。

③ 蔡羽：《石湖草堂后记》，见钱谷：《吴都文粹续集》卷三十一，《景印文渊阁四库全书》第 1386 册，台湾商务印书馆 1986 年版，第 72 页。

④ 卞永誉：《式古堂书画汇考》卷二十六，《景印文渊阁四库全书》第 828 册，台湾商务印书馆 1986 年版，第 127 页。

⑤ 同③，第 71 页。

### 三、吴中草堂的图文修辞

草堂是特殊的文化空间,其经营是文化行为,其空间形态也需要用一定的图文来解说。根据草堂与观念之间转化的程度来看,沈周的有竹居、唐寅的贫士草堂和王献臣的拙政园都侧重展示风景韵味,大致与观念对应,艺术家采用的手段主要以描绘草堂为主,如抓住草堂的经营体验、色调布局、空间意象来说明草堂的视觉感受和意义生产。文徵明的《真赏斋图》等图用来宣扬孝道,图像与观念的可转化程度低,文徵明的图像主要是用来渲染主人的儒雅气质和表现主人的特色,文则借助文体、语体和文超越时空的特性建构纸上道德空间。王宠的石湖草堂是养身润德之地,其空间是自然山水,但无法直接向涵养道理转化,艺术家抓住自然意象与心性二者具有的虚淡特色,以象明理,逐步虚化,将难传之理用简化的形式表达出来,实现草堂与志意的合一。

### (一) 有竹居的双重时空

沈周是明代中期重要的文化人物,有竹居也是一个重要的文艺空间,其中接纳了非常多的文化人。根据留下的与有竹居相关的诗文可知,其文艺空间明显分为两种类型,沈周的经营体验空间和观看人的视觉空间。前者以草堂主人的身份讲述经营过程与对园居生活的细腻体验,色调清淡,突出水墨幽韵。后者以观看人的视角将有竹居定位为文化名园,关注有竹居精致的布局、绚丽的色调,传达明丽清雅的视觉感受。

沈周对有竹居的描绘侧重展现空间关系,如"百里重湖""凫渚菰荒""迷云门户"都是远景。"种树傍家""鱼塘花落"[①]近在眼前。"鹤毛鹿迹长交路,荇叶蘋花亦满川",一远一近,来回循环。"一区绿草半区豆,屋上青山屋下泉"[②],高下错落颇有层次。沈周以快速的笔触,简笔勾勒有竹居的面貌,不留蹊径。在《有竹居图》中,画家将有竹居放在很高的位置,作为画内视角,楼居环境一览无遗。一般而言颜色是重要兴奋点,以助起兴,而沈周几乎没有提到景物的颜色,这暗示了他对有竹居环境的感知是体验的结果。

沈周对有竹居的经营是体验和感知逐步丰满的过程:"买竹十数栽,初种未过墙。把酒时对之,疏阴度微凉。"[③]"赁地旋添栽秋垄,凿池新蓄沤麻泉。北窗最爱虞山色,也似香炉生紫烟。""兰甘幽约宜阶下,竹助清虚要水边。只好荫茅同背郭何须蓄石慕平泉。"[④]"初种"、"未过墙"、"十数"、"沤麻"、赁地、添、凿、甘、宜、助

---

① 参见沈周:《有竹邻居长卷》,见田洪编:《沈周绘画作品编年图录》(上),天津人民出版社2012年版,第16—17页。

② 沈周:《奉和陶庵世父留题有竹别业韵六首》,见张修龄、韩星婴点校:《沈周集》,上海古籍出版社2013年版,第103—104页。

③ 沈周:《葺竹居》,见张修龄、韩星婴点校:《沈周集》,上海古籍出版社2013年版,第13页。

④ 同②。

"生紫烟"、"度微凉",既包含经营的时间历程,又包含布置的审美标准,既有等待的新奇,又有怡人的视觉、触觉体验。有竹居就像一个新生事物,在缓慢的抚育过程中形成一个熟悉而具韵味的空间。

沈周对有竹居空间的调用是体验空间的完成:"炙背每临簷日底,曲肱时卧树阴边。""散发休休依灌木,洗心默默对清川。一春富贵山花里,终日笙歌野鸟边。""老妻课佛清斋里,幼女鸣机夜火边。几树凉云散高叶,一溪明月泻寒泉。寂寥草座无人伴,自起添香看篆烟。"①各种空间,何种用处,如数家珍;景致、格调,宛然可指,不绘而绘,"无色而五色具",出蹊径在蹊径之中。所以,沈周以自己真切的体验,将有竹居的诗性空间编织出来,在日常生活中孕风韵,真乃尽显生活之美学。

诗人的唱和诗歌以及类似组诗,克服诗歌内容狭小的局限,勾勒有竹居的整体风貌:

> 东林移得闲风月,来学王维住辋川。
>
> 紫陌桃花红雨外,沧州野水白鸥边。(沈吉贞)
>
> 啼鸟落花春色里,断猿古木夕阳边。(刘昌)
>
> 新居僻住城东地,高竹千竿水一川。
>
> 山色送春来望里,花香吹雨落吟边。(黎扩)
>
> 沈郎爱竹如爱玉,家住阳湖似渭川。(吴宽)
>
> 南风赤枣垂墙角,细雨清芝布石边。(王越)
>
> 爱汝石田茅屋好,依然风物似斜川。
>
> 白苹洲渚沧江外,红树园林夕照边。
>
> 艇子打鱼偏趁月,山童洗药每临泉。
>
> 老夫欲问东家住,分取瓜畴数亩烟。(张渊)
>
> 江南隐者人不识,沈东林胜杜樊川。
>
> 雪深树老空山里,日暮舟横野渡边。
>
> 绕屋苧长迷曲径,当门花落就流泉。
>
> 一藤来果敲诗约,做断炉头楉柚烟。(善佑)②

诗人采用"辋川""杜樊川""城东""渭川""斜川""沧州野水"将有竹居比拟为清雅的文化名园,定位其审美格调。

白、绿、红对比使用,如"紫陌桃红"对"沧州白鸥","南风赤枣"对"细雨清芝","沧江白蘋"对"园林红树",调制有竹居的色调。

诗人在搭配具有特殊韵味的景物时,采用方位名词,调动触觉等虚化手法淡化明色调的扩张性,增加悠远的韵味,制造审美境界。"墙角""石边""野水边""野渡边""夕阳边""空山里""雨外""春色里""吟边",空间由近到远,由显到晦,由实入虚,韵味从有入无,得言外之意于眼前之景。"断猿古木""日暮横舟",长时段的恒

---

① 沈周:《奉和陶庵世父留题有竹别业韵六首》,见张修龄、韩星婴点校:《沈周集》,上海古籍出版社 2013 年版,第 103—104 页。

② 转引自吴刚毅:《沈周山水绘画的风格与题材之研究》,中央美术学院博士论文 2002 年,第 138 页。

久亘古与短时间的倏忽即逝,都了无人迹,空灵冥默。"南风赤枣""细雨清芝""花香吹雨",调动触觉,催化思绪,意会情婉。

如果说组诗是无声的画,那么画中人正是观者与主人的合一。在《有竹居图》中沈周采用写意手法,左密右疏,高阁、篱笆、田垄、芦苇、渔舟,点到为止,突出开阔舒朗的环境。人物在高阁上,恰好可以远近、上下观看有竹居的景物。文图恰好成为一个整体,在隐喻中实现了图像的操作特性,更强化了主人的闲适情态。

### (二) 穷困昂藏的高士风骨

唐寅的遭遇造就了他激愤的性格,这也反映在他对园居环境的营造中。前文已经介绍了他笔下的高士草堂,这里结合《毅庵图》《双鉴行窝》和他的"漫兴"诗来分析图文合一表达贫士风骨的手法。《双鉴行窝》提出"以道养高""以理养心",图像中门前两个巨石边缘尖峭灵动,阴处长披麻皴、方折砍笔、淡墨渲染结合,既增添秩序又中和石头尖锐的气息。石上小树曲折多骨,橙红夹叶,突出君子绚烂刚毅的气象和风骨。可知,高士虽心中有郁积的愤怒,但依然可以转化为刚健而理性的弘道精神。

唐寅的《漫兴》十首细腻刻画了高士的生活环境,简单摘句如下:

> 不才赢得腰堪把,病对绯桃检药方。
> 此生甘分老吴阊,万卷图书一草堂。
> 自怨迂疏更自怜,焚香扫榻枕书眠。
> 一身憔悴挂衣袗,半壁藤萝覆釜鬲。
> 短梦风烟千里蝶,多情弦索一床尘。
> 老后思量应不悔,衲衣乞食院门前。
> 二顷未谋田负郭,一餐随分欲依僧。
> 尽尝世味犹存舌,茶荈随缘敢爱憎?
> 香灯不起维摩病,樱笋难消谷雨春。①

他笔下的高士生活环境非常清简。草堂虽不避风尘,却有"万卷图书"。主人"焚香扫榻枕书眠",坚持弘道。尽尝世味,依然爱憎分明,垂老不悔。老病憔悴,却琴瑟情多,颇清俊雅逸。田亩不耕,无衣无食,却随分倚僧,非常乐观。这些生活状况也反映在《毅庵图》中。图中人物执拂尘危坐,窗棂上原木骨节清晰,或曲折或笔直,屋顶上几片瓦,或大或小,排列在屋脊上,似乎编钟在奏乐。门外古松老鳞斑驳,松针袅袅,均有飞动气势。处处隐喻主人清贫好道、安乐浩瀚的胸襟。

### (三) 外拙内清的双重空间

结合拙政园的平面图(图7-12)可知,拙政园是从西北向东南顺水延伸的园林空间。园中主体建筑是若墅堂和梦隐楼。二楼以小飞虹为分界形成以为政为主和以清远林下为主的两重空间。但王献臣已经退居林下,其为政空间仅仅是一些个人抱负和朝堂气象。相应的,在园林的景物布置上也采用繁花、佳果、小飞虹说明

---

① 参见《唐伯虎全集》,中国美术学院出版社2002年版,第81—83页。

自我抱负和为国效力的气象。清净静远的林下空间是拙政园的主导空间,画家利用清景隔离城市的喧嚣,利用水景制造清远的效果。

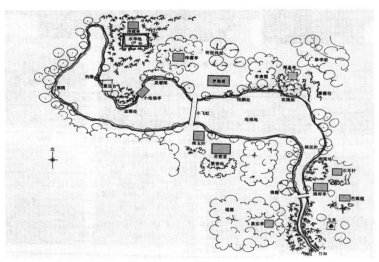

图 7-12　拙政园平面图,顾凯

　　王献臣从朝廷退到林下,在园林中有其为政气象的痕迹,若墅堂正是这种气象的代表。若墅堂是唐朝隐士陆鲁望的旧居,虽在城市,却旷若郊野,有深寂之趣。根据平面图、园景图和题诗可知,若墅堂在园林的入口处,前有繁香坞,后有倚玉轩。若墅堂的选择既是对朝堂的否定,也是主人走向山林的第一步。在《若墅堂》题诗中,文徵明提出了"城市山林"的梦想,也设想了王献臣课童躬耕的田园生活,并宣称回归山林的条件是近圃。在堂前的繁香坞中杂植牡丹、芍药、丹桂、海棠、紫薇等花卉。这些名贵花卉大多娇艳芬芳,代表了雍容富贵的气象。繁香坞题诗云:"杂植名花傍草堂,紫薇丹艳漫成行。春光烂漫千机锦,淑气熏蒸百和香。"这种繁华烂漫的香气既是朝堂富贵的象征,也因生在近圃,染上了主人的高华洒脱之气:"自爱芳菲满怀袖,不教风露湿衣裳。高情已在繁华外,静看游蜂上下狂。"若墅堂后的倚玉轩也是春风一片,琳琅满目,适合若墅堂的富贵气息。连接若墅堂与梦隐楼的小飞虹也别有意味。根据题记,小飞虹在梦隐楼之前,若墅堂北,横绝沧浪池中,暗含王献臣心中气象与抱负。《小飞虹》诗云:

　　雌蜺连蜷饮洪河,落日倒影翻晴波。江山沉沉时未霁,何事青龙忽腾骞。知君小试济川才,横绝寒流引飞渡。朱栏光炯摇碧落,杰阁参差隐层雾。我来仿佛踏金鳌,愿挥尘世从琴高。月明悠悠天万里,手把芙蕖照秋水。

　　文徵明将王献臣比作雌蜺、青龙,说明他在国家不稳时,小试才能就退隐的情况。但其内心并不平静,而是如雌蜺饮洪河,倒影翻晴波,心中饱含腾跃而起的气象。朱栏摇荡河水,杰阁隐约云端,又从高下和光韵角度渲染王献臣心中之气象。于是,文徵明笔锋一转,借自己来访,说明主人愿意从琴高逍遥林下,读庄子秋水,将主人的气象看作过往云烟,将主人隐居林下的意愿推进一步。

　　如果顺着园林的营造线索,那么跨过小飞虹,园林空间转为林下空间。但实际上，王献臣在园林的东南出口处还配有一大片与出仕相关的空间，其中有嘉实亭、瑶圃、芭蕉兰、玉泉、槐雨亭、槐幄、尔耳轩、桃花沜等组景。从这些景物的题诗和题记可知，有主人对京城生活的怀恋，如玉泉即因京师香山玉泉甘洌宜茗而得名。瑶圃遍植梅花，暗指其主人是玉皇仙子下凡，却遭不幸，"当年挥手谢京国，手握寒英香沁骨。万里归来抱雪霜，岁寒心事存贞白。呜呼，岁寒心事存贞白"。谢京国，空留寒香，凌霜傲雪，以存贞白。嘉实亭在瑶圃中，即梅实亭。梅子本是鼎中实，却不受重用，只能脱冠尚志，暗暗伤神："高人夙尚志，脱冠谢名场。中心秉明洁，皎然秋月光。有如江梅花，枝槁心独香。人生贵适志，何必身岩廊。不见山木灾，牺樽渡青黄。所以鼎中实，不爱时世尝。曾不如苦李，贪生衢路旁。恻恻不忍置，悠悠心有伤。"实际上，古人若仕途受挫，其功名还可以寄托于子孙。槐树在古人心中是荫庇子孙、考取功名的象征。拙政园的槐幄和槐雨亭正是这种思想的流露。《槐雨亭》诗云："亭下高槐欲覆墙，气蒸寒雾湿衣裳。疏花靡靡流芳远，清荫垂垂世泽长。八月文场怀往事，三公勋业付诸郎。老来不作南柯梦，独自移床卧晚凉。"王献臣就如槐树一样，生长成参天大树，他的福泽流长，庇护子孙，保佑子孙科场高中，取得好功名，自己就可以安然放下南柯梦，享受清凉。《槐幄》诗云："庭种宫槐已十围，密阴径亩翠成帷。梦回玄蚁争穿穴，春虫青虫对吐丝。"庭中宫槐已经成荫，往日的争夺已经归于平淡，而青蚕吐丝透出收获的气息。显然是对自己的总结，也是对自己新生的欣慰。所以，从两组景物的安排可知，王献臣虽身居林下，还是以缅怀的形式道出自己的为政抱负，表达愿意为国效力的决心。这在某种程度上也是文征明心境的写照。

除了缅怀昔日的业绩，王献臣还营造了以梦隐楼为中心的林下空间。明人多乞灵九鲤湖，希望占卜未来，决定出处。王献臣也乞灵于此湖，得梦"隐隐"字，又因得唐朝隐士陆鲁望故宅，因名以识。梦隐楼位置颇高，登临此处可以眺望郭外山川，令人起茫茫之意，悟功名之幻，所以，梦隐楼也是从高处俯瞰天地的空间。《梦隐楼》诗云："鲁望五湖原有宅，渊明三径未全荒。枕中已悟功名幻，壶里谁知日月长。回首帝京何处是，倚栏惟见暮山苍。"王献臣一方面告别帝京苍山，一方面俯瞰林下苍山，既是远离往昔，也是开拓新境。梦隐楼前后都安排了清深静远的景物，如《听松风处》："疏松漱寒泉，山风满清厅。空谷度飘云，悠然落虚影。红尘不到眼，白日相与永。彼美松间人，何似陶弘景。"《怡颜处》诗云："斜光下乔木，眷此白日迟。微人不可即，暮景聊自怡。青春在玄鬓，莫待秋风吹。"疏林寒泉、山风虚影、白云昼永、玄鬓暮景，营造空清静默的氛围。出梦隐楼，沿着沧浪池，园林中又安排了一组高下俯仰、开豁心目的景物，包括芙蓉隈、小沧浪亭、志清处、意远台、钓碧净深亭、水华池。这组景物以清为主，但主人的活动更加具体化。从对整体园林氛围的营造进入个人化的体验感知。如《志清处》①取意于临深志清，主人临深渊，思

---

① 这些空间集中了以"处"命名的小景点，被鲁安东归为第三类景点，是精神交流的场所。参见 Andong Lu *Deciphering the reclusive landscape：a study of Wen Zheng-Ming's* 1533 *album of the Garden of the Unsuccessful Politician*，的相关论述。（Wolfson College，Cambridge，pp.293－294.）

寒玉,突出青翠寒冷的感触:"爱此曲池清,时来弄寒玉。俯窥鉴须眉,脱屦濯双足。落日下回塘,倒影写修竹。微风一以摇,青天散渌渌。"《钓碧》诗云:"白石净无尘,平临野水津。坐看丝袅袅,静爱玉粼粼。"既突出主人心灵清净无尘,又表现君子温润如玉的气质。《意远台》取意于登高意远,诗云:"闲登万里台,旷然心目清。木落秋更远,长江天际明。白云渡水去,日暮山纵横。"登高望远,心目开豁,更增清秋旷宕之感。《深净亭》面向水花池,修竹环匝,境极幽,诗云:"绿云荷万柄,翠雨竹千头。清景堪消夏,凉声独占秋。不闻车马过,时有野人留。睡起龙团熟,青烟一缕浮。"竹亭清茗,韵味无穷。柳陂在水花池南,春深柳烟,恰如帷幕,遮住离别,带来晓莺清脆的歌声。[①] 芙蓉隈在坤隅临水,芙蓉娇艳,经水涵洗,更如水中玉人[②],清妍惊人。

从空静到清泠,主人的感受越来越具体,其实这种细腻的感觉也孕育着丰硕的成果。王献臣和文徵明都是好艺之人,他们都出仕京城,归于林下,以艺扬名也是他们的新选择。其园林空间的布置也流露出这种趣味。在梦隐楼的周围还安排了待霜亭、来禽囿、得真亭等景物。来禽囿是果园,待霜亭是柑橘林中的亭子,二者均与右军帖子相关,《来禽囿》诗云:"清阴十亩夏扶疏,正是长林果熟初。尔重筠笼分赠处,小窗拓得右军书。"《待霜亭》诗云:"倚亭嘉树玉离离,照眼黄金子满枝。千里勤王苞贡后,一年好景雨霜时。向来屈传曾留颂,老去韦郎更有诗。珍重主人偏赏识,风情原许右军知。"王右军是书圣,他通过水果表达对亲朋挚友的关切,并通过帖子传达,而王献臣和文徵明也是通过帖子和水果传递着深情,与古人同调,为古人所为,在效仿中体验艺术风韵。这种文化生活又恰是他们求真的性情流露:"手植苍官结小茨,得真聊咏左冲诗。支离虽枉明堂用,常得青青保四时。"所以,他们回归田园实际上是为了过诗性的生活,追求恬淡玄远的真性情。

至此,再回到园林的整体布局可知,若墅堂和梦隐楼处于园林的中心:前者有为政气象的痕迹,后者是林下之梦的开启。从地理位置来看,沧浪池既是分界点,也串联东西园林景物。西边以小飞虹为出发点,以梦隐楼为归宿,意远台、钓碧、净深亭等清景形成一个大致方形的文化景观。东边以来禽囿为出发点,以得真亭为中心,形成东北空间,以瑶圃为中心,形成东南空间。园之西南(待霜亭)、东南(瑶圃)、东北(得真亭)又以八卦方位[③]指明景物。从外围看,园林突出主人急流勇退、孤贞高洁的风骨,从内部看,园林营造主人清深洁净、恬淡玄远的闲适气韵。而内外空间的连接点则是多义意象的重复布置,既相互呼应,又在对照中完成意义的专变。

清景以身体感受瞬间场景为主,意义模糊,参以图像和书法,可以捕捉其气骨。

---

① 《柳陂》诗云:"春深高柳翠烟迷,风约柔条拂水齐。不向长安管离别,绿阴都付晓莺啼。"

② 《芙蓉隈》诗云:"林塘秋晚思寥寥,雨捲红渠淡玉标。出水最怜新句好,涉江无奈美人何。"

③ 关于园林方位空间的解析参看鲁安东 Andong Lu, *Deciphering the reclusive landscape:a study of Wen Zheng-Ming's* 1533 *album of the Garden of the Unsuccessful Politician*, Wolfson College, Cambridge.

拙政园三十一景，"诗文雄健，画兼南北宗；书备行、楷、隶、篆各体，而皆不相袭。徵明诸长，毕萃于此"①。其中深净亭采用行书，轻峭灵动，图中两人袒腹闲谈，大有魏晋风度。荷花盛开，竹篁茂密，水流潺潺，有煮茶的清烟，给人生气勃勃的感觉。在《小飞虹》图中长桥横跨沧浪池，高台敞屋，树木苍茂，真有金鳌治浪的效果。《意远台》采用清秀的篆体，图像中高台厚实，远山一抹，一人望远而立，传达出主人的稳健气韵。在《钓碧》《听松风处》中，画家将人物放在远方，端庄危坐的风仪依然传达出主人的儒雅气质。结合图文诗，可以看出山林清景是适兴林泉的自由表现，严肃谨健和高尚气节是园主的根本精神，正体现了独乐园之忧乐统一的儒家情怀。

### （四）弘扬孝悌的宅园自传

弘扬孝悌也是文徵明宅园图的重要内容。真赏斋道—学二重身份的建构采用文体修辞来完成。文徵明采用铭来褒扬华夏的学养气象，铭与礼密切相关，用于称颂先祖美德，传之后代，《礼记·祭统》曰："夫鼎有铭。铭者，自名也。自名以称其先祖之美，而明著之后世者也。"②刘勰总括铭之要义云："铭兼褒赞，故体贵弘润。其取事也必核以辨，其摛文也必简而深。"③弘润即体格宏大温润。真赏斋储藏大量名贵书法，如"钟太傅荐季直表、王右军袁生帖、虞永兴汝南公主墓铭起草、王方庆通天进帖、颜鲁公刘中使帖"，以玉为轴、泥金题写（金题玉躞），象牙书签（牙籤），锦缎包裹（锦标），"煊璧琳璆"，堪比"石渠阁"。还藏有很多名画，如"右丞辋川图、恕先雪江卷""阎次平积雪图""松年九老""马麟四梅""元镇惠山春霁"，都是"笃古嗜文，隽味道腴"的佳作。对待金石学问，华夏也是本着"取事核以辨"的态度，征引事例谨严，辨析详明。如"钟元常季直表，贞观之所珍藏也。王右军袁生帖，佑陵之所眷题也"，流传有序，名人经手，是真迹。还描述藏品面貌，征引历史，案查文献，考辨人物的生卒年，用印规则以及变更原因，以确定藏品的归属，辑录异文，以候博雅君子。

这些佳作都是品德高尚之人所为，包含了主人愿意跻身其列的用心。丰坊赋序铺陈华夏家族德行，传记个人行谊，正是以德行史建构家族文献史的举措。在序中，以名人撰写的墓志铭为依据，历数华夏先祖德行，将行谊转化为文献，其格式为先姓字行谊，再传者，终旌表。如华之先晋孝子，国史有传，齐建元中表其闾。将仕公克振其家，赵文敏表墓，为乡闻人。铉，黄志，昭表其门。幼武，俞贞木为墓铭，有《黄杨集》。惊鞾，有《虑得集》《赵友同传》。烈妇邹氏得程敏政、赵友同等表彰，孝子得李文正、乔宇、吕泾野、邹东郭等名公表彰，文徵明三为志铭，以表先人之德。华夏游学王阳明、乔宇，友于邵宝、文待诏、邹东郭等名流，总之，德行因文献而表彰，文献由德行而蕴道。

① 周道振、张月尊纂：《文徵明年谱》，百家出版社1998年版，第455页。
② 周殿富选编：《礼记新编六十篇白文版》，北京时代华文书局2016年版，第119页。
③ 黄霖编：《文心雕龙汇评》卷二，上海古籍出版社2005年版，第46页。

当远离家乡、宅园不存时,以宅园弘扬孝悌则表现为纸上园林。孝悌也转化为纸上颂扬,宣扬美好情感。《白洛原草堂图》和《浒溪草堂图》均是这样的图像。

《白洛原草堂图》中的诗赋以叙事为主,历叙白家迁徙发达的历史。其中《洛原之什》采用四言诗,模仿国风,格调庄重恢宏。河洛"有嵩有邙,有洛有河,有图有书",正是孕育人才的圣地。"山则有木,展维根矣。川则有水,展维源矣。维根孔坚,维源孔渊。载衍厥庆,载发厥祥。"[①]木有坚根,水有渊深,暗示河洛有深厚的根基,可以渊深流远。河洛是中国文明的发源地,伊洛是中国道学的重镇,既有乡邦文献,又有道学先贤,当然可以泽被后世。"瞻彼""维""徂""续""载""昌""尔冶""嗣"等模仿国风《生民》中的词汇将后稷创业的洪荒语调引入白氏家族的重建,既强调河洛与晋陵的亲缘关系,又突出光大先业的艰巨性,起到了很好的颂扬效果。

沈天民是布衣,家世不显,他的《浒溪草堂图》题跋多采用江南水乡意象,以回忆的语调、碎片的体验,缅怀消失的家园。

虎嘤溪上旧吾乡。百年鱼鸟常关念,一曲风烟似自藏。南望帆樯依树转,西来虚落带山长。最怜出郭红尘远,春水还堪着野航。(文徵明)

城居虽已费经营,水木难□故里名。陇树遥瞻连井邑,关河常念绕柴荆。荒烟野店帘飞影,落日渔舟笛弄声。一展画图欣自慰,宛然丰沛独留情。(顾兰)

忆昔攸芋旧草堂,尘踪遥寄水云乡。渺茫泽国闻渔唱,萧索轮囷蕿隐藏。赢得闲身随地寓,独遗遐思与天长。烟波回首终千古,漫自扶衰上野航。(张裕)

"旧吾乡""故里名""旧草堂""百年鱼鸟",尽力拉长时间,说明吾家已经逝去,奠定回忆的基调。"南望""西来""遥瞻""常念",所见所想是整体的故乡风貌,暗示诗人与故乡的距离。"似自藏""最怜""独留情""萧索轮囷""烟波回首""荒烟野店",将诗人从客观的观看拉回到瞬间的体验,将缅怀之情与消失之感融合,隽永深长。

消逝、距离、身临,三重体验都是诗意的、虚化的,均是表彰德行的助推力。正是特别的情感价值和不复存在的现实遗憾将孝亲志意转化为纸上记忆,储存着丰享而弥远的情感力量,激励着子孙践行孝亲的高尚道德。

与此同时,《浒溪草堂图》起点处主人正与客人交谈,门外访客,树木点叶,并淡淡渲染,线条柔和曲折,再现高雅的交流瞬间。背后褐黄陂陀、淡淡绿意、渔人撒网、农人荷锄、桥上行旅、水边高阁,一派江南气息。表面上,两个空间井然有序,互不干扰。实际上,主人的视线辐射到远近的角落,向前伸向来访者,对岸水阁、渔舟,向后伸向桥上行人。渔舟又是荷锄、捕鱼等农耕小空间的归宿点。主次分明,将主人读书在城市,怀念浒溪乡下生活的意义充分传达出来。

### (五) 润德养身的志意草堂

王宠等人功名不顺,喜读书于草堂。其草堂多选择佳境,陶冶心性,草堂诗也

---

① 许宗鲁题,故宫博物院编:《石渠宝笈三编》,见《故宫珍本丛刊》,海南出版社 2001 年版,第 2806 页。

成为他们直抒胸臆的方式。如王宠在新建成草堂后,即写诗明志,其老师蔡羽来草堂,也自称是"南极客星浮禹穴,中霄海日见徂徕。山林钟鼎浑何碍,白石长歌空自哀"[1],对袁表的草堂也着眼于个人不得志的境遇:"江湖已识风云器,壁上龙光看佩钩。"[2]对园居生活的描绘也非常正式,"还初服、招隐、勒字、翻经、云卧、问字、锦轴",看不出隐居田园的闲适。何良俊云:"雅宜不喜作乡语,每发口必官话。所谈皆前辈旧事,历历如贯珠,议论英发,音吐如钟,仪状标举,神候鲜令。"[3]可见,王宠时时以读书立业的士子标准要求自己,以功名为本位,定位主人的身份和人格。

草堂也包含了王宠等人的学道体验,是涵养心性的重要场所。蔡羽是王宠等人的老师,主张在景中悟道,将个人的山川体验转化为草堂景观,使之成为志意的表现。蔡羽采用方位聚焦来说明石湖草堂的位置,"左带平湖,右绕群峦,负以茶蘼,拱以楞伽,前荫修竹,后拥泉石,映以嘉木,络以薜萝,翛然群翠之表,于是文先生徵仲题曰石湖草堂"。石湖草堂因自然而布局,不假安排,领则湖山有归:"平湖之上环以群峰之阴,崖谷之间斸以数亩之竹,于其所宜得而有之草堂泉石之位置,造物者必有待也,使无是堂,则游焉者不知其所领,倦焉者不知其所休,是湖与山终无归也。"领即人与地相遭,"今也林不加辟,地不加深,而湖山在函丈,禽鸟在尊俎,游于是,息于是,暝观霁览集于是,人与地不亦皆遭乎"。得山水之趣,观乾坤造化。但是,由于身份特别(蔡羽是王宠、文彭等人的老师),他以道理提醒诸子要管领山水,体悟景与志合。他的《碧筠精舍记》体现了悟道的过程。

> 天王寺之南洲为精舍,竹二亩,池倍之,阁十寻,轩五,竹之。一客之造南洲,先于轩,次竹,次池,次阁,还休于轩。古器像充焉。暑之月池于濯,竹于巾,窗于书席于琴,于奕,阁于风,酒食之会则于轩。其霁也,池明,竹明,窗明,席明,轩明,而阁又极明。城中之台榭,城外之云山,皆在阁前。其晦也,池暝,竹暝,窗暝,而阁亦暝。闻萍藻之声,竹之韵而已。[4]

草堂与志意的合一经过了两个步骤。一是将草堂与自然合一。蔡羽采用白描手法介绍精舍的布置,竹、池、阁、轩,均是自然景物,简练明了。其总括的叙述语言回响着池上篇的格调,草堂与山川的天然合一,营造了人在山川的独特环境。一是将草堂之物与事件结合,创造心灵空间,实现事与心的合一。将竹、窗与巾、书等相联系,变成了具有意义的事件,如窗前读书、席上弹琴,形成特定的诗意空间,从而涤荡心胸,所谓"洞心澄览则得之池焉,洒襟飏毛发则得之竹焉"。但是,"当壬午六月""弥月居得已多,使终身居之得又何如也? 书以为碧筠

---

① 王宠:《蔡师西山草堂》卷六,见邓富华点校:《王宠集》,浙江人民美术出版社 2017 年版,第 189 页。

② 王宠:《寄题袁邦正白莲草堂》,《雅宜山人集》卷六,见邓富华点校:《王宠集》,浙江人民美术出版社 201□年版,第 200 页。

③ 何良俊著,李剑雄校:《四友斋丛说》卷十五,上海古籍出版社 2012 年版,第 96 页。

④ 蔡羽:《碧筠精舍记》,见钱谷:《吴都文粹续集》卷三十,《景印文渊阁四库全书》第 1386 册,台湾商务印书馆 1986 年版,第 50 页。

精舍记",点明这是回忆性的反思,第三人称当场叙述转化为第一人称回忆性言说,层层提点,再申志意的主体是心灵,志意的感发在草堂事件,草堂表志的主客二维在发展中彰显。

## 第四节 审美化全景园林的文学与图像关系

隆庆之后,各种文人均加入造园中,园林开始脱离自然,成为营造的精品。此时期园主的身份多元,并提出不同的园居观念。根据园林资料可知,主要有名士园林,如张凤翼的求志园、米万钟的勺园、王世贞的弇山;不得志官员的高卧园林,如吴亮的止园、秦金的寄畅园;官商汪廷讷的坐隐园。这些园主也请画家为园林绘图,请名人题咏园林,形成了丰富的图像与文学结合的园林艺术,也展示了特殊的文图关系。

### 一、园林图式

隆庆年间,吴门画派宗师文徵明已经谢世十多年,画坛上他的弟子和再传弟子依然活跃。他们继续将吴派画风用于创作园林图像,展示吴派画风与世俗结合的风采。

园林主人的身份和园居观念影响到园林画的主题和布局。主要表现在嫡传吴派与受到官宦思想影响的吴派再传弟子的作品中。文徵明及其嫡传弟子绘制的图像大多直接表现园林景物,图像要么是吴中草堂,要么是市区的简单家园,如《求志园图》。园中景物安排都是眼前的景象,如草堂、树木、花卉、小池等。园林的风光更多与自然同体,甚至纳自然风光为园林景象。王世贞等官宦建造的园林则不同,他们对园林有一个去自然和文化化的过程。园林均放置在依山面水的环境中,园林景点多敷衍文化典故,园林主旨也非常清晰,大多为了表现主人的志向。园林风光更是人造的产物,如假山、湖石、大型长廊、楼阁、鱼矶、洞天等破费财力的物象。园林布局也力图拓展文化空间,借助寺庙、稻田、长河等意象,不出门即可纳山川于壶底。园林内部空间起伏跌宕,高下对比,收放自如,目的在于获得观赏效果。画家大多采用吴派技法,刻意追求视觉愉悦,如止园的繁茂昌盛,寄畅园的古雅秀丽,小祇园的整饬壮丽。这是王世贞的耳目之娱观念在园林图像色彩运用和布局上的表现。当然,随着时代风尚的发展,吴派弟子开始综合吴中风格与官宦园林的理想,创立综合的图像,如《长林石几图》既截取自然风光,也特写方池长林,《环翠堂园景图》则以高士清课展示园林风光,反映了盐商士大夫的乡居风貌,颇有新意。

园林画内涵非常丰富,大型册页和长卷都有作品流传。册页以《西林图》《寄畅园图》《止园图》为主,长卷有钱谷的《求志园图》《小祇园图》《长林石几图》《环翠堂园景图》《勺园祓禊图》。

## （一）册页

现存的册页园林画多残缺不全，无法让观者了解全貌。但是根据园林人文景观的特性和"循题构局"①的原则，由保存完好的园林景物诗歌、图记和一定的文化意象可以推想图像的全局。人文景观大多通过文化事件凝固为简单的意象，比如卧雪，其文化意象基本上固定为雪、茅屋、高士，画家的创新主要体现在笔法和构图上。所以，一个具有文化素养的人对园林景观的阐释可以依赖文化事件②。而大量题写园林的诗歌也有图解性，可以帮助理解图像的内涵。

目前留下的比较著名的园林册页有张复③为安绍芳创作的《西林园景图》。安绍芳，字茂卿，《西林集叙》云："先生诗典而不缛，整丽安雅，不役于辞，以没其意。"④西林始创于安国，安绍芳万历初年开始改建，并"厘而为景者三十又二。景各有诗，茂长⑤之为体九，而懋卿之为体仅一"⑥，请张复绘《西林三十二景》（图7-13）。王世贞《安氏西林记》将西林分为丽于山、丽于水和兼丽者三部分，现仅存十六开，据王世贞的园记和西园三十二景诗可知园中有潇潇泉、兰岩、石道、遁谷、晨光坞、层磬、花津、寒星漱、鹤径、凫屿、一苇渡、上岛、中州、深渚、息矶、素波亭、虚籁阁、景榭、空香阁、夕霁亭、萧阁、回梁、爽台、荣木轩、雪舫、风弦障、松步、椒庭、沃丘、镜潭、疏峰馆、醉石。王世贞将图像分为山景、水景、山水并丽之景，可以窥探园林胜况。山景即园林借山林景色而增胜，如《遁谷》描绘云山缭绕，谷中逸民可以仰视山云。《石道》描绘淙淙泉水，两人趺坐石道听泉，山顶一亭，可以远眺。《层磬》表现一人策杖绕过秀松，走向高亭。《风弦障》表现茂松云间，仙鹤孤鸣，对岸有一水阁。山景色调浓重青苍，诗意朦胧，颇能摇荡性情。水景主要是因水而成的风景，如《雪舫》表现行舟在镜潭，中间曲桂通向松屋，寒气泠泠。《花津》《深渚》表现繁茂的花开时节，或依山，或对柳亭，色调明快，格局典雅，给人温婉的青春气息。《息矶》《素波亭》《爽台》，色调更加清淡，有小青绿山水遗意，展示了清朗而闲适的文人生活。兼丽者，如《椒庭》表现横峦下，房屋轩敞，门前三碧桐林立，仙鹤戏弄童子。《鹤径》上三鹤交鸣，玲珑石横卧。在《荣木轩》里，一人走向轩，门前柏树和桃树鳞节突出，枝绕祥云，门侧蕉石玲珑。三幅图或面对横山，或背靠横山，于一隅中展示主人的肃穆冷静，隐寓智者如山。

---

① 《张元春安氏西林图册》，见顾文彬著，柳向春校：《过云楼书画记》卷五，上海古籍出版社2011年版，第15页。

② 这种故事性文化事件中西皆有丰富的内容，这一点，贡布里希也将它称为"传统知识"。一般流行于一个特定的圈子，有一定的程式，也是排斥其他圈子的手段。

③ 张复，字符春，太仓人。山水初以石田为宗，钱谷高足，补足《钱叔宝纪行图》，《小祇园图》是其中第一帧图，广陵到神都段二十幅由张复绘制。

④ 魏禧著，胡守仁等校：《魏叔子文集》，中华书局2003年版，第405页。

⑤ 叶之芳，字茂长，无锡人，著有《雪樵集》。

⑥ 王世贞：《安氏西林记》，见陈植选注，陈从周校：《中国历代名园记选注》，安徽科学技术出版社1983年版，第124页。

图 7 - 13　西林三十二景（局部），张复，无锡市博物院藏

　　《寄畅园图》是宋懋晋[①]为秦耀创作的大型园林图册。秦耀（1544—1604），字道明，号舜峰，隆庆辛未进士。历任太常寺少卿、太仆寺卿、都察院右佥都御史，辛卯解职归无锡。寄畅园是世代经营的园林，早在正德年间，秦金筑凤谷行窝，《无锡县志·寄畅园》云："寄畅园在惠山寺左，初本僧居，曰南隐，曰沤寓。正德中，秦端敏公金并其地为园，名凤谷行窝。其中乔松古木合围者以数百计，后依一墩，周文

襄公忱尝至山寺,以形势左豁,命聚土筑之。"①秦耀罢官后心中郁闷,以草堂寄托志意②。于是改建园林,名为寄畅园。建成后,请名人题咏作记,将陶渊明隐居和白居易池上乐趣作为园林的主题,并请宋懋晋绘图。

《寄畅园图》规模非常大,图绘五十个景点。根据王百谷的记和黄晓的复原图,可知园中有石丈、环翠楼、悬淙、曲涧、飞泉、涵碧亭、先月榭、霞蔚、锦汇漪、蔷薇幕、凌虚阁、卧云堂、含贞斋、栖玄堂、临梵阁、箕踞室,鹤巢、盘桓、爽台等。寄畅园将楼阁镶嵌在自然山川中,园林重点在房屋,园林亮点在借山川之胜,有离离三尺、不离环中的效果。总体来看,寄畅园图像包含诗性典故空间、佛性山林空间,戏拟陶渊明的空间。前半段由长廊轩室组合,主要展示观看水中景物的处所,后半段由寺庙、庄子、陶渊明、仙鹤、云气、飞泉等意象组成贞逸主题的游览景点。最后呈现环翠楼等远景,正是回顾的一瞬,有几分饱览山川的洒脱与自足。

寄畅园空间多借景,糅合声音、色彩元素,蕴含丰富的视听感受。如《霞蔚》描绘长廊尽头的书斋,前面平台临水,池边种桃花,屋中有碧绿的玲珑石,对着白云缠绕、高松围抱的山中寺庙。观者不仅眼睛享受着红、蓝、白三色的美丽韵味,耳边还有钟声送来,可谓视听共鸣。寄畅园还借助内外景致的位置关系制造高下错落、远近往还的视觉体验。如《花源》描绘长廊上一人隔着竹林远眺山上的双塔,廊下桃花繁茂。《鹤巢》描绘松亭下两人谈话,墙外是云山中两叠楼阁,一在平地,一在半山腰。小憩亭面对青绿山石和枯槎枝桠,墙外一脉横阜伸向墙角。桂丛、梅花坞依山而建,飘渺台、深翠面对山脉,夕佳、蔷薇幕借助山上双塔制造意境。

寄畅园图景以简约的诗意取胜,其景物大多疏朗简单,既注重景物的空间组合,又特写以起兴。如《石丈》表现长石和长松并立。《藤萝石》表现月下秀藤绕石旁边云烟遮住树顶。《盘桓》表现一低矮石头与一长松并立,一人抚松而立。鱼矶上秀石花树并存,《云岫》表现云绕玲珑石。这些景物多采用青绿色,疏秀高古,打破黄色调的谨严稳重。

寄畅园单幅册页中有很多人物,大多结合典故敷衍成一定类型的图像,突出人物的活动。如高士轩中闲谈看柳(《清籁》),长廊看雁(《雁渚》),水中看月(《先月榭》),轩中看高松(《箕踞室》),两人屋中闲谈,门外松石映雪(《含贞斋》),徜徉流水间(《曲涧》)。此一组高士活动先于天然外景,颇多阳春气息,再刻画室内漠漠静处,突出高士静穆品格,最后模仿桃花源,制造出游览桃花源的整体错觉。这一线索依循园林的主题布局,点出了园林的主旨。由此反观园林借景和特写景物,可知作者将陶渊明的品格作为立身根据,将无锡山川作为南山,时时眺望,以悟玄义画家又将清秀古雅的藤萝秀石和飘渺的海上云岫搬入园林,制造官宦士大夫的园居氛围,或许可以将之比为王诜的西园。

---

① 秦志豪主编:《锡山秦氏寄畅园文献资料长编》,上海辞书出版社2009年版,第99页。
② 秦耀《感兴》云:"罢官处城市,恒苦百虑关。兹辰草堂上,一笑心自闲。"参见秦志豪主编:《锡山秦氏寄畅园文献资料长编》,上海辞书出版社2009年版,第30页。

另一大型册页园林画是张宏①为吴亮的止园绘制的图。吴亮（1562—1624），字采于，号严所，万历二十九年（1601）进士，官大理寺少卿。由于党争剧烈，吴亮归隐，于 1610 年在武进青门山外建造止园。《止园图》是张宏 1627 年创作的，共二十一开，第一开是园林全貌，其他分段表现园林景物，改变了一景一图、人物活动独领风骚的表现方式，目的在于表现园林的整体空间。

张宏《止园图》（图 7-14）描绘了完整的园林全景，景物之间映带关系明晰，侧重园林整体空间的再现，这与现代意义上的园林颇为相似。画笔也侧重表现园中繁茂的景物，甚至冬景也采用碎小茂密的笔触表现树木，显出园林生机勃勃的气息。《止园图》分东中西三区描绘景点。东区主要是由轩室、楼阁、水潭、假山和厅堂组成的人文环境，表达主人归来向佛的文化素养。从第三开开始，进门竹丛中有一茅屋，穿过鹤梁和宛在桥来到水波粼粼的怀归别墅，别墅前有鸭滩，后有飞云峰假山，飞云峰之后即水周堂，堂前有莲池，堂后有鸿磬轩，一高士坐其中。鸿磬轩后是大悲阁，轩前是青羊石。大悲阁前有狮子座山台，一人策杖过桥前往。中区分为南北两部分，主要由梅花、芍药、凌波亭、桃花坞、梨云楼组成。第十一开：飞英东、来青门。第十二开：北池、清浅廊、水榭楼阁。第十三开：南池、碧浪榜、凌波亭。第十五开：南池西岸。第十六开：梨云楼。中区花树繁茂，或红或白，青竹淋漓，或鲜或苍，水波淡淡，视觉效果极其震撼。西区既是生活空间，也是主人人格的正式表述。第十六开：华滋馆。第十七开：真止堂。第十八开：坐止堂、清止堂。游览的终点点出了悟人生当止。最后是游玩的回眸一瞥。第十九开：止园北门。

图 7-14 《止园图》第一开，张宏，柏林东方美术馆藏

① 张宏，字君度，号鹤涧，吴县人。写山水笔力峭拔，位置渊深，画品在能妙间。参见姜绍书：《无声诗史》卷四，于安澜：《画史丛书》第 3 册，上海人民美术出版社 1963 年版，第 76 页。

第二十开:园外东望华滋馆、竹香庵。《止园图》三部分的主题非常清晰,第一部分是回归田园的序幕,第二部分是在田园的行吟自适生活,第三部分是静思空间,点出了主人的人格理想。

### (二) 长卷

在早期长卷中私家园林图不多见,嘉靖以来,长卷园林图增多。园林的主要功用是为文人雅集酬唱提供场所,园林图像也出现了第一个类型,即表现文人园林雅集的类型。如文徵明的《金闾名园图》和《东原图》,文嘉、陆治等合作的《药草山房图》,吴彬的《勺园祓禊图》(图 7-15)。勺园是米万钟的园林。米万钟,字仲诏,关中人,万历乙未进士,除永宁知县,累升至太仆少卿。《静志居诗话》云:"为水曹郎,筑园海淀之北,中有色空天、太一叶、松垞、翠葆榭、林于滋,总名之曰勺园,又曰风烟里。自念园在郊关,不能日涉,因绘园中景为灯。丘壑亭台,纤悉具备,都人争尚之,号曰'米家灯'"。[①] 米万钟是清玩文化的倡导者,曾将自己所藏奇石交给吴文仲绘图,也亲自在石壁上添加皴法:"最奇一灵璧石,高四寸余,延衺陂陀势如大山,四面皆画家皴法。"[②]现存的《勺园祓禊图》充分再现了园林景物和修禊雅集的盛况,代表了明末的园林品格。吴彬[③]着重刻画了风烟里、雀榜、樱云桥、牌坊、海桴、文水坡、定舫、泉亭、松风水月、勺海堂、茅亭水榭、松垞、翠葆楼、石台楼阁、半圆石台、娄兜桥等园林景物。采用俯视全景法,用笔工稳细腻,水榭楼阁整饬,假山林立,显示了主人的癖好。勺园图摒弃了文人园林敷衍典故、借用山川的思路,全倚水而建,自然天成。房屋更加精工,颇得界画风采。有寄畅园的自然气息,而没有主题限制,天然与人工合一,将王世贞的化人工为天然说发展为人工天然相辅相成的合作说。

图 7-15　勺园祓禊图,吴彬,北京大学图书馆藏

长卷也有表现全景园林风光的,以描绘小祇园和求志园的风光为典型。求志园是吴中名士张凤翼的园林。张凤翼,字伯起,吴郡人,中乡试,不上公车。行谊仿

① 朱彝尊著,姚祖恩编,黄君坦校:《静志居诗话》卷十六,人民文学出版社 1990 年版,第 485 页。

② 王士禛:《香祖笔记》卷三,上海古籍出版社 1982 年版,第 60 页。

③ 吴彬,字文中,又字文仲,号质先,又号枝隐、枝隐庵头陀、枝庵发僧,又自称"金粟如来后身",负有气节,不屈从阉党。《无声诗史》述其画风云:"画法宋唐规格,布景穰密,傅采炳丽,虽棘猴玉楮,不足喻其工也。曾绘《月令图》十二幅,如上元、清明、端午、中秋、重九之类,每月各设一景,结构精微,细入丝发。"参见姜绍书:《无声诗史》卷四,于安澜:《画史丛书》第 3 册,上海人民美术出版社 1963 年版,第 67—68 页。

陈公甫,风流蕴藉掩映一时。又以豪侠之气寄诸传奇。行草纯用偏锋,严整古淡,自为一体。<sup>①</sup> 有《处实堂集》数十卷。张凤翼和张献翼曾求学于文徵明,经常与文派传人诗酒酬唱,王世贞云:"待诏时犹老寿无恙,每伯起一造门,辄倒屣出迓,把臂促膝,尽尔汝之分,且复自叹以得尚伯起晚。"<sup>②</sup>家有求志园,钱谷为图,张献翼作赋,王世贞作序。<sup>③</sup> 求志园是典型的吴派园林,既包含孝感、梅德的儒家精神,又有文人尚古、乐游的山林乐趣。《求志园图》表现门厅内高松柏树竹篁,三间正房用蔷薇径围住,两人徘徊在径下。屋后石砌水池,池中游鸦,沿池垂柳枯槎,空地上分出花圃,一童子正在灌园。最后绘高阁,尽收园景,也可览门外风光。图像采用文徵明的部分意象,简化图像中反复转折的空间,恢复了园林营造的文化氛围,更清朗朴实。

小祇园是王世贞弇山园的一部分,因朋友送给王世贞一批佛经而修建。王世贞,字元美,号凤洲,又号弇山山人,南直隶苏州府太仓人。明代大文学家,后七子的领袖,提倡格调。王世贞著述颇丰,有《弇山四部稿》和续稿。陈继儒晚游门墙,熟悉元美事迹,为作墓志铭,评价王世贞:"然天下但知公为文章大家,而不知精于吏事;但知触祸严氏,而不知与新郑、江陵实相左;但知正位六卿,而不知老卧闲曹,有经世之才,而不竟其用;但知少年跌宕,晚托化人为逍遥游,而不知公之言动务依邹、鲁家法;但知公气笼百代,意若无可一世,而不知公之奖护后进,衣食寒士,惓惓如若己出。"<sup>④</sup>王世贞也是明代园林的积极营造者。他的第一个园林离薋园,地处闾井,不能远尘嚣。最后筑弇山园,"始有山水观"<sup>⑤</sup>。弇山园前面是小祇园和弇山堂,中间是水,东西中有三山,名胜镶嵌其中,因胜建阁。王世贞还在《弇山园记》中详细介绍了这些名胜以及观感心得,成功留下纸上园林。

小祇园虽然是册页之一,却将园林的整体面貌反映出来,类似长卷。大致可以分为小祇园和弇山堂两区。进门即小祇园之竹垣、蔓红、白蔷薇、荼蘼、月季,名为惹香径。垣之左种橘名楚颂,右养鹤名清音栅。竹林中建一阁,曰小祇林。后面过梵生桥,有清凉界石碑立于桥头,后有藏经阁,壁上尤求画佛境宗风。开窗中弇和西弇可见。阁下左边会心处,右边鹿室。后有波光粼粼的水池,最后是宽敞的轩室,丛篁茂树围绕。弇山堂区也是从门口进入,到知津桥向西,篱笆绕弇山堂,前为含桃坞,后为芙蓉池。后有琼瑶岛,桃李梅花植其上,其下磬折沟,对岸是饱山亭,西山风景了然入目。萃胜桥通向西弇山。西弇山上有大观台,飘渺楼上可尽览中弇山与小祇园之盛。小祇园的主导思想是佛教圣地。景物基本上围绕佛教典故布置(如生公说法、清凉界),西弇山假山怪石更与佛教有密切关系,如狮子、虬龙。小

① 朱谋垔:《续书史会要》,见《中国书画全书》第4册,上海书画出版社1992年版,第490页。

② 王世贞:《张伯起集序》,见《弇州山人四部续稿》卷四十五,《景印文渊阁四库全书》第1282册,台湾商务印书馆1986年版,第594页。

③ 《求志园图》藏于北京故宫博物院。刊于许忠陵编:《吴门绘画》,见《故宫博物院藏文物珍品大系》,上海科学技术出版社2007年版,第174—175页,图87。

④ 转引自王利华:《王世贞研究》,学林出版社2002年版,第221页。

⑤ 王世贞:《山园杂著小序》,见《弇州山人四部续稿》卷五十,《景印文渊阁四库全书》第1282册,台湾商务印书馆1986年版,第653页。

祇园的另一个不同在于,图像仅仅描绘了园林的大致轮廓,以体现它的壮丽气势,而不是如其他园林——一介绍景点,以传达主人的观念。这或许是佛教园林不立文字的一个隐喻,只给出了一个园林骨架,而审美的内容却需要有心人——填充。另外,孙克弘①为吕炯创作了《长林石几图》,根据莫是龙的长林杂咏,此园林大概有二十多个景点。图像重点刻画了园林的两个片段。一是方池长林,湖石仙鹤芭蕉,俨然池上篇。一是丛篁高桐下高士倚栏干看童子浇花。坡石后一高士策杖出北门,或许去看更远的山景。园处城郭下,夹在坡石冈阜间,颇有山林气息,取得恬淡悠然的韵味。

　　长卷还刻画了展示林下清课的图像。清课图以表现园主的林下乐事为内容,一般一图一事,展示某种流行的林下活动。明中期,文徵明、唐寅和仇英均绘制过司马光的独乐园,分段表现园林乐事,突出人物的清雅气质。万历年间的园林清课图出现了不同的内涵,清课被放在山水中,人物的每一活动都依靠园林的风光,或者说,清课都物化为景物,人物到这里即展演这一清课,如万历年间钱贡②为汪廷讷创作的《环翠堂园景图》(图7-16)。汪廷讷,字去泰,又字昌朝,号无如、坐隐先生、全一真人、清痴叟,徽州(今黄山市)休宁人。好诗词散曲,善戏曲,与当时文士颇有交往。《自序》云:"倚徙去住,有以天地为屋宇而川岳为枕席者,大抵巨壑之纵鳞,空冥之矫翼,惟意所适,人不得以世法绳之。"③曹学佺将其比为东方朔,赞他"通达放旷之儒立闲适圆融之论""仙风飘飘乎,云升霞举之间"④。坐隐先生还是徽州版刻出版名家,曾在南京开设环翠堂石坊,其所刻书籍均由名家操笔,画家钱贡、汪耕等为之绘稿,镌版高手黄应祖为之雕刻成型,比较著名的有《文坛列俎》《人镜阳秋》。坐隐园是汪廷讷的园林,环翠堂是正堂。钱贡创作的《环翠堂园景图》纸致刻画了坐隐先生的林下清课和坐隐园周围的田园生活,是吴门画派笔下高士形象与世俗乡绅生活相结合的反映,别开生面,颇有趣味。

　　此图规模颇大,其中大部分图景以客观的画工之笔描绘当时文人生活的一般现状。图像分为五个空间。第一个空间交代居住的外部环境,白岳在水中,云气缠绕,恰似海上仙山。近处山脉连绵横亘,山路通向亭榭寺庙。山前亭榭池塘牌坊行旅,高士徜徉其间,或看碑文,或至寺庙访山僧。第二个空间表现亭榭高台上高士策杖,官家行旅逐渐来到大夫第,开始隐居生活。登台看山,拜客,行吟策杖,沧浪濯足,赏荷。海上钓鱼,与鸥鹭游戏,水榭雅会。第三个空间展示园林环境。环翠堂中两人笼手坐,大门右边楼阁,左边仙鹤、湖石、芭蕉、蔷薇径。堂外有盆栽。进

---

① 孙克弘,字允执,号雪居,官汉阳太守,正书仿宋仲温逼真,尤精篆隶,花鸟仿徐熙、赵昌。参见姜绍书:《无声诗史》卷四,于安澜:《画史丛书》第3册,上海人民美术出版社1963年版,第54—55页。

② 钱贡,字禹方,号沧州,善画山水,而人物尤其所长。余尝见其仿唐伯虎大幅,咄咄逼真,而他画亦往往出入文徵仲太史。参见姜绍书:《无声诗史》卷三,于安澜:《画史丛书》第3册,上海人民美术出版社1963年版,第56页。

③ 汪廷讷:《坐隐先生全集》,见《四库全书存目丛书》集部第188册,齐鲁书社1997年版,第697页。

④ 曹学佺:《坐隐先生集序》,见汪廷讷:《坐隐先生全集》,《四库全书存目丛书》集部第188册,齐鲁书社1997年版,第695页。

门后园内几人在曲水流觞，兰台上有兰花，外面高松盘纡。楼阁外鱼嘴喷泉。两人穿梭于假山湖石间。第四个空间是清虚世界。主人在寺庙执拂尘观鹅，翻看经书，品茗，门外高阁远山，童子洗砚。第五个空间呼应开头，横山连绵，宛如仙境。

图 7-16　环翠堂园景图(局部)，钱贡绘，黄应组刻，藏地不详

　　总之，审美化园林图实际上是明中后期文学家充分介入绘画和园林营造后，出现的以文学意象为基础而创作的大型园林图册。这些图像寄托了主人的志意，将主人向往的文化意象用空间环境组织起来，形成一个特殊的意义空间。

## 二、园林观念

　　上文提及的这些园林目前留存不多，即使留存下来的也几经易主，无法展示明代园林的风貌,目前人们主要通过园林文献(文学与图像)理解当时的园居观念。园居观念与主人身份有密切关系,不管是吴派隐士,还是归来的官宦,园居都代表了其在野身份,承载主人的政治立场。寄托志意是园林的一个重要功能,这在抒情性私家园林中表现得最为明显,但是隐士与官僚所抒发的志意是不同的。尤其是经过王世贞的提倡,园林成为审美愉悦的对象,注重园林美学成为新的动向。简单总结,大致有以下几个方面的特点。

### (一) 吴派隐士的志意之托

张凤翼虽然与文徵明相交,但是他们的园林志意有一些不同。张凤翼不仅仅保持着独立人格,涵养身心,观化自然,还将山林意象转化为庙堂气象,人格也更加多样,仙、释、隐融合趋向明显。

王世贞《求志园记》转述张凤翼的言志:"至于旦而旭,夕而月,风于春,雪于冬,诸甲第名圃所不能独擅而长秘,而吾得窃其余,吾它无所求,求之吾志而已。且不见夫都将相贵重用事于长安东者耶? 彼其于志,若无所不之,然往往人得挟其遇以屈吾志,吾外若伸,而中则屈,甚或发其次且慨叹于所见,而辐辏沃丽之地,等之于荆榛鸟雀之区,闻歌以为哭,见乐以为忧,而不悟其所自,吾无所求伸于外,然吾求之千百禩之前而若吾俟,求之八荒之际而若吾应,求之千百禩之下而若吾为之符节者,此岂可与豪举迹赏者道哉?"①求志园只有朝阳、夕月、风雪等自然界存在的物象,名贵的花木泉石一无所有,而他却不因贵贱而放弃志意,不因羁旅而咏于归。保持自我的独立,求知己于千载之上,万世之下,八荒之表,可见他的志意是不为物役,与天地相通的独立精神。这既延续了吴派的独立人格,也与吴派因自适而安贫乐道的独立精神有别。他在《题公瑕城南别业》中云:"亦知尘境有林泉,重见吴中葛稚川。鱼鸟自亲莲社客,熊罴已卜渭滨年。招缘桂燕元同隐,人好楼居亦是仙。更喜赤城鸾树近,不须遥羡鹿门烟。"②公瑕即周天球,文徵明弟子,书法得文徵明赏识,与王世贞、张凤翼兄弟友善,经常出游唱和。张凤翼的出发点是山林与城市之别,却将地点与人格调和起来,赞扬城南别业有林泉之高致。隐士也因参与宴会而相聚,神仙也乐意住在楼阁,赤城之松就在门前,不必羡慕遥远的鹿门烟霞。总之,隐士也要过世俗生活。宴会、住楼阁、饮酒既是世俗的行为,也是隐士的行为,关键看是否有高隐之心。隐士也可以和大夫一起穿着野服用漉巾来酿酒,官员只要宽解朝服,依然可以享受山林的天真乐趣。"素封何必千头橘,已是人间万户侯"③,隐士即使自封也是人间万户侯,而不用像屈原那样背井离乡,作橘颂明心

---

① 王世贞:《求志园记》,见陈从周、蒋启霆选编,赵厚均校:《园综》,同济大学出版社 2011 年版,第 253—254 页。

② 张凤翼:《题公瑕城南别业》,见《处实堂集》续集卷七庚辛稿,《四库全书存目丛书》集部第 137 册,齐鲁书社 1997 年版,第 549 页。

③ 张凤翼:《园居漫兴》,见《处实堂集》卷四,《四库全书存目丛书》集部 137 册,齐鲁书社 1997 年版,第 331 页。

迹。所谓"尘境有山林"也。《和赵少宰赋灵洞山房十二景》[①]是张凤翼为赵少宰所作,进一步调和世俗与山林的关系。山房十二景有道教的古洞、天池、三山,隐士的渔樵、陶柳、松泉、云石,释家的寺庙,可见主人三教合一的旨趣。张凤翼将山林意象与庙廊意象对比组合,使山林物象转化为庙廊气象。如紫宸/烟霞,彩笔/翠微,红日/白云,琳琅/石床,洗耳/含香,朔辅/弘景,彭泽柳/上林鸟,素净清幽中包含绚丽高华气象。所以,在张凤翼的园林思想中,保持独立人格的表征意象已经发生了很大变化,文徵明时代安贫乐道、自适田园的隐士意象已经转化为宴饮、楼居、琳琅、朔辅等高华的上层社会活动,参与人可以是官吏,也可以是居住在城南的布衣,其共同的旨趣是他们都推崇隐逸的品格,王世贞的自白,"市居不胜嚣,而墅居不胜寂,则莫若托于园"[②],清晰表达了他们的旨趣。

## (二)宦海的山林之慰

官宦建造的私家园林也以抒发志意为主,主要表达在宦海中急流勇退,获得快乐和自由。

寄畅园经过三代人的经营,恰好反映了官场与山林对园林的不同看法,也呈现出园林旨趣因身份不同而发生的转变。秦瀚[③]建凤山书屋,邵宝喻之"儒者之宫",将秦瀚比为潜龙在渊,施远迹博,惠及后代:"凤之德,犹龙之德,然龙以潜为隐,以飞为显,而凤也则异于是,隐也以翔,见也以下,其为用不同,而系乎时者一也,故君子施远而博迹,近而光辉,其为泽如龙,为瑞如凤,而龙德大矣。"赞扬秦瀚的后代多是凤凰出山,发扬龙德之大者,"翔于千仞者,览德而下,鸣冈栖梧则付之其子,且将有群雏出焉,殊形而一德,随时而为用,诚无愧于凤矣"[④]。邵宝受秦金所托作记,延续了言志传统,代表了官员对居室的看法。其实,秦瀚自赋《广池上篇》,过着自适的高士生活。

《池上篇》:

十亩之宅,五亩之园。有水一池,有竹千竿。勿谓土狭,勿谓地偏;足以容膝,足以息肩。有堂有亭,有桥有船;有书有酒,有歌有弦。有叟在中,白须飘然;识分知足,外无求焉。如鸟择木,姑务巢安;如龟居坎,不知海宽。灵鹤怪石,紫菱白莲。皆吾所好,尽在吾前。时饮一杯,或吟一篇。妻孥熙熙,鸡犬闲闲。优哉游哉!吾将终老乎其间。[⑤]

① 张凤翼:《和赵少宰赋灵洞山房十二景》,见《处实堂集》续集卷五戊己稿,《四库全书存目丛书》集部 137 册,齐鲁书社 1997 年版,第 510—511 页。

② 王世贞:《古今名园墅编序》,见《弇州山人四部续稿》卷四十六,《景印文渊阁四库全书》第 1282 册,台湾商务印书馆 1986 年版,第 602 页。

③ 秦瀚,字叔度,号从川,邑廪生。转引自《锡山秦氏寄畅园文献资料长编》,上海辞书出版社 2009 年版,第 21 页。

④ 邵宝:《凤山书屋记》,见《容春堂别集》卷六,《景印文渊阁四库全书》第 1258 册,台湾商务印书馆 1986 年版,第 752 页。

⑤ 白居易:《池上篇》,见《白居易集》,中华书局 1979 年版,第 1451 页

《广池上篇》：

百仞之山，数亩之园。有泉有池，有竹千竿。有繁古木，青阴盘旋。勿谓土狭，勿谓地偏。足以容膝，足以息肩。有堂有室，有桥有船。有阁焕若，有亭翼然。菜畦花径，曲洞平川。有书有酒，有歌有弦。有叟在中，白发飘然。识分知足，外无求焉。如鸟择木，姑取巢安。如鱼居坎，不知海宽。动与物游，矫若飞仙。静与道契，寂如枯禅。灵鹤怪石，紫菱白莲。皆我所好，尽在目前。携筐摘果，举网得鲜。约我生计，斯亦足焉。时饮一杯，或吟一篇。老怀熙熙，鸡犬闲闲。天地一瞬，吾忘吾年。日居月诸，莫如其然。优哉游哉，吾将终老乎其间。①

对比二文，白居易过着简朴的田园生活。秦瀚显然是乡间绅士，园林规模扩大，园林经营自足，园林主人动静居处带有玄味，园林环境与主人品格同质，颇具文化特色。这种合二为一的自适既是对白居易的效仿，也是将白居易文化化的产物，这是明代园林仿效前人，又加入自我意识的表现。

秦耀将山庄改为寄畅园，意义深刻。"寄畅"取自王羲之《答许掾》："取欢仁智乐，寄畅山水阴。清泠涧下濑，历落松竹林。"②王羲之少于癫痫中得之，醒来自诧"癫何预盛德事"③。羲之负有将才，不被重用，寄畅山林，得仁智之乐。秦耀此时年富春秋，暂时归隐，车大任云："师自壮入朝，扬历中外，而富贵一毫不以芥蒂于其心。今兹返初服矣，虽扫轨绝客，而时事关心，春秋又甚富也。且东山安石，洛社司马，深系夫四海苍生之望。四海皆以其出处卜安危，公固今之安石、司马哉。而遽能忍然斯世乎，行且睹安车蒲轮之诏，贲相望于锡山之滨，兹园信不得久留公矣。则虽谓之寄也，非真也，亦奚不宜。"④秦耀将山庄改为寄畅园，与王羲之有同感，与谢傅归卧东山、司马光建筑独乐园同调。屠隆云："夫豪杰心灵必有所寄，进而龙骧则寄之于民社经营，退而豹隐则寄之于山林位置。"⑤道出了秦耀的真实心灵。寄畅园建成后，秦耀赋诗二十二景，并请宋懋晋绘《寄畅园五十景》。宋懋晋⑥侧重表现主人对陶渊明人格的模仿，诗歌则关注耳目所见，心灵所感，如《嘉树堂》中描绘的倒影："嘉木围清流，草堂置其上。周遭林樾深，倒影池中漾。"《锦汇漪》中描绘桃红和日光制造的色彩交响曲："灼灼夭桃花，涟漪互相向。水底烂朱霞，林端日初上。"⑦这说明秦耀的园林是官场劳碌的暂时休憩地，主人渴望在此获得更多的视听愉悦。所以，他描绘园景时多借寺庙钟声、山峦浮气，正如屠隆云："园在惠麓下，

① 秦瀚：《广池上篇》，见秦志豪编：《锡山秦氏寄畅园文献资料长编》，上海辞书出版社2009年版，第22页。

② 王羲之：《答许掾》，转引自秦志豪：《锡山秦氏寄畅园文献资料长编》，上海辞书出版社2009年版，第30页。

③ 李贽：《初潭集》卷十三，见张建业：《李贽文集》第五卷，社会科学文献出版社2000年版，第103页。

④ 车大任：《寄畅园咏序》，见秦志豪编：《锡山秦氏寄畅园文献资料长编》，上海辞书出版社2009年版，第40页。

⑤ 屠隆：《秦大中丞寄畅园记》，见秦志豪编：《锡山秦氏寄畅园文献资料长编》，上海辞书出版社2009年版，第37页。

⑥ 秦耀受到陶渊明、王维思想影响颇深，但是青绿山水的清绚格调依然可以满足他的要求。宋懋晋作为他者，展示了秦耀的地位和人格。秦耀作为主人渴望实现山林之思，二者的错位恰好塑造了一个社会的官员形象，这与馆阁高人的园林雅集有异曲同工之妙。

⑦ 秦耀：《寄畅园二十咏》，见秦志豪编：《锡山秦氏寄畅园文献资料长编》，上海辞书出版社2009年版，第30—31页。

山之晴光雨景,朝霞夕霭,时时呈奇献态于窗楹前。每烹茶煮酿,行庖炊烟与翠微之岚气往往和合成景。"①

吴亮感慨宦官当道,修理旧居,名之止园,以当市隐。并引孔子出处说与陶渊明的淡宕之美为自己的隐居立论:"大道无停辙,宣尼岂不仕。当其适去时,可以止则止。陶公澹荡人,亦觉止为美。"②其实,他似乎对宦官的迫害心有余悸,害怕卷入其中,失去自由,《由鹤梁之曲径》云:"乘轩岂不荣,但忧天网张。何如华池边,照影双翻翔。"③《怀归别墅》之一亦云:"岂谓波相及,应知陆渐沉。"④最终他以清议为重,认识到"千秋清议重,一夕主恩虚"⑤,毅然离开了官场。《真止堂》诗再现了他从迷茫到达观的退隐过程:

行止千万端,哀荣无定在。大象转四时,达人解其会。误落尘网中,荏苒经十载。山泽久见招,瞻望藐难逮。怀此颇有年,闻君当先迈。深谷久应芜,良辰讵可待。谓人最灵智,鼎鼎百年内。雷同共誉毁,诗书复何罪。静念园林好,高莽眇无界。茅茨已就治,紫芝谁复采。从此一止去,今日复何悔。⑥

少无适俗韵,我实幽居士。暂与田园疏,久在樊笼里。禀气寡所谐,志意多所耻。心念山泽居,竟此岁月驶。即日弃其官,行行至斯里。欲留不得住,一往便当已。聊为陇亩民,且当从黄绮。寝迹衡门下,素心正如此。吾生行归休,今朝真止矣。⑦

归隐之后,吴亮以魏晋名流为同调,模仿他们的行为,"时而安神闺房,寓目图史,味老氏之止足,希庄叟之逍遥,而闲居如潘岳则慈颜和,独步如袁粲则幽情畅,昌言如仲长统则凌霄汉,高卧如陶靖节则傲羲皇"⑧。显然与陶渊明朴素的园居絮说有差距,回到了吴中隐士的自适:"定省之暇,水泛陆涉,郊坰之外,朝出暮还,抚孤松而浩歌,聆众籁以舒啸,荆扉常掩,俗轨不至,良朋间集,浊醪自倾,而又摘紫房,挂赤鲤以佐之。"⑨

---

① 屠隆:《秦大中丞寄畅园记》,见秦志豪编:《锡山秦氏寄畅园文献资料长编》,上海辞书出版社 2009 年版,第 37 页。

② 因止园诗和文均藏国家图书馆,作者不可考,引文出自《不朽的林泉》的附录《止园记》。吴亮:《题止园》,见高居翰、黄晓、刘珊珊:《不朽的林泉:中国古代园林绘画》,北京生活·读书·新知三联书店 2012 年版,第 52 页。

③ 吴亮:《由鹤梁之曲径》,见高居翰、黄晓、刘珊珊:《不朽的林泉:中国古代园林绘画》,北京生活·读书·新知三联书店 2012 年版,第 52 页。

④ 吴亮:《怀归别墅》之一,见高居翰、黄晓、刘珊珊:《不朽的林泉:中国古代园林绘画》,北京生活·读书·新知三联书店 2012 年版,第 52 页。

⑤ 吴亮:《怀归别墅》之二,见高居翰、黄晓、刘珊珊:《不朽的林泉:中国古代园林绘画》,北京生活·读书·新知三联书店 2012 年版,第 52 页。

⑥ 吴亮:《真止堂》之一,见高居翰、黄晓、刘珊珊:《不朽的林泉:中国古代园林绘画》,北京生活·读书·新知三联书店 2012 年版,第 55 页。

⑦ 吴亮:《真止堂》之二,见高居翰、黄晓、刘珊珊:《不朽的林泉:中国古代园林绘画》,北京生活·读书·新知三联书店 2012 年版,第 56 页。

⑧ 吴亮:《止园记》,见高居翰、黄晓、刘珊珊:《不朽的林泉:中国古代园林绘画》,北京生活·读书·新知三联书店 2012 年版,第 51 页。

⑨ 同⑧。

所以,秦耀和吴亮表达的园居观念分为显隐两面。秦耀是暂时的隐居,目的在于开豁心目,更是东山高卧、待时而飞的象征;吴亮追逐名士生活,关注内心的自由,其深层原因是惧怕政治迫害,以隐保全自我人格。然而,相对于吴人对隐居生活的真切体验和关注,官员似乎只带着五官回到了园林,那种娓娓道来的闲适却慢慢消失了。相对于吴人自律地保持自我人格,官员的操守则是他律的结果。所以,他们与自然的融合程度也有别,吴人以山川为屋宇,自然与人合一。官员纳山林为景观,明显走向人工,有主客对立、我造山川的倾向。

### (三) 提倡耳目愉悦的新园林

王世贞虽官场不顺,但他的园林脱去了"归去来"与"卧东山"的政治隐喻,提出新的园林观念,追求士大夫的审美韵味。王世贞是明代园林审美的重要提倡者。他首先从自然与人工的角度比较园林的优劣,认为山水胜于人工。又将园林分为三大类,概括了当时流行的三种园林文化。第一种是吴中园林的晚期代表,借自然而建,素朴与自然融合,如王玄静的石湖草堂。第二种是官家园林,朱阁飞栋,以庙廊胜。第三种是士大夫的园林,山水人工兼胜,"峻陟淹徒御,卧游藉人工"①,其集大成者乃弇山园。弇山园分为东中西三部分,各有特色:"大抵'中弇'以石胜,而'东弇'以目境胜。'东弇'之石,不能当'中弇'十二,而目境乃莚之。'中弇'尽人巧,而'东弇'时见天趣,人巧皆中抶,而天趣多外拓。"②

王世贞不喜欢隐士爱好的古木寒流、柴门归鸦,直接呼吁:"何如只向人间住,与客携壶踏落花。"③他认为只要心地清虚,即使"门外轩车若水流",也能"要地结清幽"④"宛转天疑隔,栖迟境自玄"⑤。最典型的清虚要地是小祇园。小祇园本是奉佛经的地方,后又贮藏道书,布置道场,绘制佛道人物,弇山人曰:"余栖止余园者数载,日涉而得其概,以为市居不胜嚣,而壑居不胜寂,则莫若托于园。"⑥可见,园林介于城市与山林之间,是士大夫的精神家园。这种园林荟萃珍奇异玩于一区,张凤翼对吴中园林材料的概括可见一斑:"诸材求之蜀、楚,石求之洞庭、武康,英灵璧、卉木求之百粤、日南、安石、交州,鸟求之陇若闽、广。"⑦园林恰如"城市山林",

---

① 王世贞:《春日于西园望云门山有述》,见《弇州山人四部续稿》卷十一,《景印文渊阁四库全书》第 1279 册,台湾商务印书馆 1986 年版,第 137 页。

② 王世贞:《弇山园记》,见陈植选注,陈从周校:《中国历代名园记选注》,安徽科学技术出版社 1983 年版,第148 页。

③ 王世贞:《题溪山深隐画》,见《弇州山人四部续稿》卷二十二,《景印文渊阁四库全书》第 1282 册,台湾商务印书馆 1986 年版,第 293 页。

④ 王世贞:《过吴太学新园赏菊卜夜作》,见《弇州山人四部续稿》卷十八,《景印文渊阁四库全书》第 1282 册,台湾商务印书馆 1986 年版,第 229 页。

⑤ 王世贞:《题项子曲池草堂用原韵》,见《弇州山人四部续稿》卷二十八,《景印文渊阁四库全书》第 1279 册,台湾商务印书馆 1986 年版,第 349 页。

⑥ 王世贞:《古今名园墅编序》,见《弇州山人四部续稿》卷四十六,《景印文渊阁四库全书》第 1282 册,台湾商务印书馆 1986 年版,第 602 页。

⑦ 陈从周、蒋启霆选编,赵厚均校:《园综》上册,同济大学出版社 2011 年版,第 253 页。

走入其中即可开豁心目，浏览美景。

园林的作用也随之改变，“畅目而怡性”成为主要功能。王世贞好园林，认为“居第足以适吾体，而不能适吾耳目”，所以“计必先园而后居第”①。当然，适要因真，“无营”即“水石有真色，桑榆信所植。好雨东南来，百卉欣自媚。时禽宛宛鸣，鲦鱼悠然逝……有待终愧烦，无营乃为贵”②。园林风景对耳目的愉悦非常具体，大多用自然界存在的景物展示园林的声色效果如“蹯履向闲除，移床就繁条。景风徐将拂，池荷乍与交。绿竹吐新劲，黄鸟展余骄。诗书安其所，尊酒自为招”③。但王世贞的适与吴人的自适区别很大，吴人的自适是自然与人文相因相生，王世贞的适是因景而成人之愉悦。后者更接近审美愉悦，前者是闲适之乐。

适的根据是三教合一，无情，坐忘。小祇园修建的目的最能反映王世贞三教合一的思想。《题弇山园》云：

惟古弇州西，国以君子称。其人皆胡者，少者亦锓铿。中有五色鸟，仰吭向天鸣。金母饯周满，琬琰镌令名。海上吐三山，俨若芙蓉城。云根秀特出，风岩类削成。游者诧天工，焉知人所营。转徙一亩宫，其宽不容肱。徇情岂不怡，余适乃忘情。长生岂不佳，余学在无生。④

王世贞把自己想象为五色鸟，遨游在君子国、琬琰乡。又把三弇山比作海上三山，营造仙气缭绕的境界，最后指出这一切都是人造的环境，自己的目的并不是长生，而是在于忘情无生。弇山园似乎是王世贞一生的隐喻，以儒者进入道教，归于佛教。《藏金阁》中又将老释互访的根据归结为悟空，去文字，“会得参同两渐和，庄生昨夜访维摩。若教更会真空意，万卷函经一字多”⑤。王世贞还通过描写园林中的佛教氛围和青苍色相解释舍弃言诠的悟空思想：“苍松云弥滃，修竹风琮琤。层阁临广除，回流激清泠。闼婆陈天乐，龙藏郁飞腾。中有慈悲相，恍发妙音声。玉笈启缃缥，流纨染翰青。彷佛贝叶端，自然莲花生。如日悬中天，万象借光明。稽首两足尊，发此希有诚。破除诸疑网，摧伏群魔兵。前因获心通，后果希胜增。愿以一切智，回施一切情……执离文字间，犹为道所憎。曹溪倘吾许，筌蹄讵堪徵。”⑥王世贞的园林超脱思想包含绚丽的声色、淡雅的冥悟、合一的境界。

王世贞的园林是士大夫的精神家园，以愉悦耳目为表象，以回归无生为根据。

---

① 王世贞：《太仓诸园小记》，见《弇州山人四部续稿》卷六十，《景印文渊阁四库全书》第 1282 册，台湾商务印书馆 1986 年版，第 784—785 页。

② 王世贞：《凌大夫且适园》，见《弇州山人四部续稿》卷五，《景印文渊阁四库全书》第 1282 册，台湾商务印书馆 1986 年版，第 60 页。

③ 王世贞：《初夏西园偶成》，见《弇州山人四部稿》卷十一，《景印文渊阁四库全书》第 1279 册，台湾商务印书馆 1986 年版，第 137 页。

④ 王世贞：《题弇山园》，见《弇州山人四部续稿》卷五，《景印文渊阁四库全书》第 1282 册，台湾商务印书馆 1986 年版，第 61 页。

⑤ 王世贞：《藏金阁》，见《弇州山人四部续稿》卷二十四，《景印文渊阁四库全书》第 1282 册，台湾商务印书馆 1986 年版，第 320 页。

⑥ 王世贞：《奉释典诸部经于小祇园藏金阁中有述》，见《弇州山人四部续稿》卷十一，《景印文渊阁四库全书》第 1279 册，台湾商务印书馆 1986 年版，第 144 页。

他对园林的感受绚烂且细腻,不为声色所掩。耳目愉悦毕竟是一个方便法门,依附于他的画家均力图再现园林的风景,客观推动了园林画风格的变化,不能不说是王世贞努力的结果。

### (四) 园中的名士风流

明代后期雅集多发生在名园,参与人大多受到主人的邀请,他们不仅要表达自我的园林观感,还要围绕园林景物与主人品格来表现园林风貌,赞颂主人的品格。文嘉、陆治等合作的《药草山房图》是应蔡品叔邀请,文彭、文嘉、朱朗、彭年、钱谷、陆治、周天球、沈禹文、石民望等参与了园林雅集图绘。蔡品叔生平不详,兹录几条唱和诗歌以勾勒其精神面貌:

> 对酒检缃题,烟云过眼迷。朝暾名蔺艳,夜月药苗齐。举世悲泥醉,谁人得马蹄。可怜修竹里,白日听莺啼。(彭记)
>
> 壶里长房宅,岩前玉女窗。药苗分五岳,茅脊贡三江。(彭年)
>
> 窗阁诗人笔,门停长者车。(文嘉)
>
> 菊种南山近,杯深北海同。月临玄圃外,人在玉壶中。烂醉吟名药,天台忆阮公。(沈大谟)①

蔡品叔好仙道,与艺苑有广泛交游,多与德高望重的耆老游。也颇有魏晋风度,以陶渊明和孔融为伍,饮酒、种菊、服药以自遣。这次集会的主要活动是品鉴。缃题即卷轴,应该是当时的场景。文彭还重笔描绘了药圃生机勃勃的气势。

汪廷讷的坐隐园也是新都名园。汪廷讷对园林的阐释非常系统,由人及园,由自我到友朋建构主人的人格,展示园居风貌。就自我建构来说,汪廷讷通过自传、自序、自解、自嘲、自勉文、自赞、坐隐诗、坐隐志、坐隐记等多篇文字来解释自己的性格。自我描绘为恬淡沉默,恂恂不能言,混迹人间,却又心隐金门,"超然有出世之想"。身在官场,却不受桎梏,所谓"大抵巨壑之纵鳞,空冥之矫翼,惟意所适,人不得以世法绳之"②。做人磊磊落落,寐寐惺惺。坐隐于棋,百念尽屏,万事皆捐。认为仙佛与儒相通,力要"溯流穷源,会教为宗"③。结交的人物也是"山林野叟,艺苑贤豪"④。陆云卿赞曰:"智窥性命,学究天人,心中了然无一物,而无物不具。触世则为经济,鸣籁则为词章。举而措之,无所不可,真博学而无所成名者哉。"⑤

汪廷讷强调清泠脱俗的山林环境,将坐隐园拟作桃花源。"余家松萝之阳,回溪之侧,泉甘土沃,俨竹木之周回,路曲原平,快山川之映带。云霞为幄,风露净尘。

---

① 王世贞:《朱朗止钱叔宝陆叔平药草山房图卷》,见陆心源:《穰梨馆过眼录》卷二十一,《中国书画全书》第13册,上海书画出版社 1992 年版,第 124—125 页。

② 汪廷讷:《自序》,见《坐隐先生全集》,《四库全书存目丛书》集部第 188 册,齐鲁书社 1997 年版,第 698 页。

③ 汪廷讷:《自赞》,见《坐隐先生全集》,《四库全书存目丛书》集部第 188 册,齐鲁书社 1997 年版,第 698 页。

④ 同②。

⑤ 陆云卿:《书坐隐图后》,见《坐隐先生全集》,《四库全书存目丛书》集部第 188 册,齐鲁书社 1997 年版,第524 页。

有园一区,聊从幽僻。乱石成垣而田犬吠其窦,绿阴覆屋而海鹤巢其枝。疏坨草阁,时纳行云,碣石茅茨,夜邀凉月。岩岚细飞于几席,松曦早照于轩楹。春夏之交,灌木繁而清荫生凉,秋冬之际,松叶赤而空山增色。湖暖而文舫跃浪,林晴而娇鸟啼花,糜几谷口之可耕,敢拟桃源之足隐。"①《书事》中又记录了历代仙人对弈的故事以制造烂柯桑田的时空交错感,渲染对弈的神秘性。还收集历代关于对弈的名言小品来增强运筹帷幄的名士风度。更通过《卧游杂记》介绍部分坐隐园的典故、位置、观感。如"小阁面松萝朝岚暮霭,顷刻万状,其聚散疏密处如棋局之变态。古松周匝凡三十里皆虬枝龙干。山岩回合,梯蹬逶迤,高卧凭萝,如在蓬莱仙境。山顶产茶,其色味清异香沁口吻,盖地灵所致也""高帝幸此山,卜得第一签,敕官春秋血食着为功,令改为万岁山。山有鹅石,神皋,棋盘石,古洞诸胜"②。杂记是保存地方文献的重要资料,地方志多取材于此,汪廷讷此举增加了园林的历史感和文化氛围。

主人的园林生活也清旷质朴,不染一丝尘埃。"或扶筇行吟泽畔,或曳履长啸山椒,倦来则拥衲趺坐,兴到则伏剑起舞。时或展局弈棋,信手应心,不较胜负。举动若旷而自处尚朴。不爱丝竹,喜听松声鸟韵。不近姬妾,恒携溪月江风。"③汪廷讷还列举园内的清景、清例、清课、清福,以说明清雅生活。如"清景"中:"惠风和畅""柴门犬吠""残雪在床""碧水丹山","清例"中:异香、如意、琉璃灯、木榻、轻舟、高枕、拂尘、法帖、奇石,"清课"中:焚香、抚琴、校古、探梅、临流、拂石、拭竹、佩玉、采茶、博古。坐隐园的核心主题是对弈,大多数诗歌与园中对弈有关,强调对弈可以消除机心,渲染仙山对弈的清泠韵味:"一局未残双袂冷,人间胜概即蓬瀛。"④"玉磬数声清梵杳,楸枰一局绿阴移。秋仙欲动濠梁兴,为报山灵鹤鹿知。"⑤

从友朋建构来看,汪廷讷追求闲适,庶几名士。坐隐园建成后,汪廷讷请大量名士歌咏坐隐园,包括张凤翼、王百谷、顾起元、陈所闻、屠隆等,以增强园林的名声。歌咏形式丰富,有诗歌、散曲、词。

朱之蕃:家在松萝第几峰,山光回合秀芙蓉。开轩玉振棋声响,绕径金拖柳影重。细帙朝看藏二酉,青藜夜可照三冬。年来已有雄文荐,一壑何能久卧龙。⑥

张凤翼:园开面面足风烟,选胜云岩得地偏。四顾芙蓉天外荡,八窗螺黛镜中悬。消闲数着忘机局,习静长参清静篇。莫谩此中淹坐隐,东山应起济时贤。⑦

---

① 汪廷讷:《坐隐志》,见《坐隐先生全集》,《四库全书存目丛书》集部第 188 册,齐鲁书社 1997 年版,第 698 页。

② 汪廷讷:《卧游杂记》,见《坐隐先生全集》,《四库全书存目丛书》集部第 188 册,齐鲁书社 1997 年版,第 788 页。

③ 汪廷讷:《自传》,见《坐隐先生全集》,《四库全书存目丛书》集部第 188 册,齐鲁书社 1997 年版,第 698 页。

④ 汪廷讷:《昌湖同诸君子泛舟》,见《坐隐先生全集》,《四库存目丛书》集部第 188 册,齐鲁书社 1997 年版,第 733 页。

⑤ 丁云鹏题:《坐隐先生全集》,见《四库全书存目丛书》集部第 188 册,齐鲁书社 1997 年版,第 656 页。

⑥ 朱之蕃题:《坐隐先生全集》,见《四库全书存目丛书》集部第 188 册,齐鲁书社 1997 年版,第 635 页。

⑦ 张凤翼题:《坐隐先生全集》,《四库全书存目丛书》集部第 188 册,齐鲁书社 1997 年版,第 654 页。

陈所闻作南北曲,兹录三条:

南吕[梁州贺新郎·汪去泰开园范罗山下题赠]

林藏丘壑,天开蓬岛,卜筑堪供奇讨。范罗山下,风光独占东皋。宛是辟疆深竹,习郁方池,石垒平泉巧。华堂星影动,聚贤豪,结客人瞻北海标。(合)园日涉,尘难到,会心林水闲舒啸。希放达,任逍遥。

南吕[梁州贺新郎·题赠新安无无居士昌公湖,湖在松萝山下以昌朝得名]

天开图画,地形独占新都。你最怕是市朝喧杂,陆海浮沉,因此上选胜把菟裘筑。门前车马谢,一尘无,雅称陶潜赋卜居。

(又)飞虹峻岭,撑云嘉树,西爽邀来堂庑。峰峦突兀,九仙五老形殊。任你向茂林修竹,怪石长萝,做个烟霞主。凭宏无障碍,接天衢,庄叟逍遥乐有余。[①]

诗人描绘园林的重点在山光、秀峰、绿柳、明镜,将厚望寄托在出山济时苍生上,代表正统的出处观,典雅稳重。散曲和词的描写侧重逍遥林下、名士风流的一面。深竹、方池、平泉、华堂、怪石、长萝均是园林清课,希放达,任逍遥,一尘无,陶潜赋卜居,接天衢,庄叟逍遥乐有余,做个烟霞主,勾画出主人清逸的庄叟生活。当然,汪廷讷的园居生活并不是一味高雅,这一点在他的园林清课选择中表现清晰,如"清福"中"海内升平""官私无负""骨肉无故""田赋"。一般来说官私、田赋属于日常事务,清雅之人多将这些杂事委于妻子。汪廷讷将之作为清雅的活动,说明他的山林之乐更加通俗化,接近白居易池上篇的格调。其实,汪廷讷也写过一个"有X有X"结构的四言诗,概括园林景物与生活,与池上篇颇类似。总之,从自我与友朋的角度,汪廷讷将自己塑造为林下风流名士。

## 三、园林的文学修辞

园林是人为建造的文化景观,由自然转化而来,其标准"虽由人造,宛如天工"说明了园林与自然的源流关系。人文景观是文化符号,在传承中形成大致稳定的形象,如梅花坞、知鱼栏、先月榭等,组成园林的一般符号。符号经过组织形成一定的空间。一般而言,园林文献(图像和文学)解释园林空间及其文化含义,使之成为一个可感知的艺术整体。园林文学主要通过园记介绍景点位置,完成园林的空间叙述和景点命名,用诗歌塑造意象,引用典故发掘文化含义,从而表达志意。

### (一)吴中后期园林的文学修辞

张凤翼的求志园是吴派后期园林的代表,继承了草堂言志的传统,但随着园林规模的扩大,园林的文学修辞呈现多样化。

首先,景点命名是重要而简练地表达志意的手段。王世贞的《求志园记》云,

---

① 陈所闻辑:《新镌古今大雅南宫词纪》,见《续修四库丛书》第1741册,上海古籍出版社2002年版,第710—711页。

"名其轩曰怡旷,示所游目""名之曰风木堂,示感也……示有尊""名之曰尚友,友古""名其廊曰香雪,言梅德"①。可知,游目即卧游骋怀,怡旷轩比较高,便于主人观看园内外的景色。主人好读书,笃孝父母,高隐山林,有梅花的品德。

其次,引古言志。张凤翼的志意更重要的是隐居。他的《徐氏园亭图记》云:"踰梁有小亭命之曰天香桂藁在焉,望素而芬,宛乎淮南招隐之境也。"②点出了招隐的意味。他也自比高士,以古人自拟,引用事迹以表达志向。

> 四时对酒群峰入,三径邀宾二仲来。
>
> 最喜北窗堪寄傲,不妨幽梦到羲皇。
>
> 从知五亩投闲足,何必都门十上书。
>
> 鱼鸟自亲莲社客,熊罴已卜渭滨年。

三径和二仲是蒋诩陪同求仲、羊仲游舍中三径,北窗寄傲是陶渊明的高卧,五亩闲田即白居易的池上,莲社客即慧远邀请陶渊明等名流访白莲社,渭滨即姜尚钓鱼渭滨的典故。这些人都是隐士,张凤翼与他们为伍,以隐士自居。

隐士生活发展到明末,成为专门的清课。小品文中多有记载,如陈继儒《岩栖幽事》,高濂《遵生八笺》,袁宏道《瓶史》等,其中费元禄《清课》两卷,详细列举了一年清课的内容,阐明了清课与人格的关系:"余谓学卿疏懒似嵇中散,恬澹似陶栗里,雄放似苏子瞻,多感慨似白香山,口不臧否人物似阮嗣宗,而恂恂孝友,被服道德,求之古人其闵冉之俦钦。"③其实,清课大多化用典故,又切合眼前事实,是人格化的"行为艺术"。张凤翼的园林清课比较多,"濯缨吾已得沧浪,散发长歌云水乡。习气未除书学好,闲心欲与钓竿忘。药苗次第供新病,花事差池减旧狂"④。沧浪濯缨、散发长歌、种药艺花,均是有来历的清课,又是文人高雅生活的体现。园林主人将园林转化为一定的文化空间,成为精神的寄托。

最后是多重视角造景。园林是人文景观,观看线索非常重要。Barbara Tversky 在《叙述:空间、时间和生活》中,从参观公寓得出灵感,以游客参观一定空间为例,提出了三种观看视角:路径视角(route perspective)、外参照固定视角(survey perspective)、凝视视角(gaze)。一般而言,路径视角大多采用第一人称叙述视角,以行踪介绍公寓内容,以游览者左右前后为空间参照。外参照固定视角是指游客在一个固定的方位描述景物,以外在的参照系统(如东西南北)来确定地标。凝视视角是指从一个固定的视角观看景物,既有路径视角的身体移动性,又包含固定视角的方位稳定性,是杂交视角。⑤ 吴中后期的园林是一个有组织的空间,通过

① 王世贞:《求志园记》,见陈从周、蒋启霆选编,赵厚均校:《园综》新版(上),同济大学出版社 2011 年版,第 253 页。

② 张凤翼:《徐氏园亭图记》,见《处实堂集》卷六,《四库全书存目丛书》集部第 137 册,齐鲁书社 1997 年版,第 382 页。

③ 费元禄:《甍采馆清课》,见《四库全书存目丛书》子部第 118 册,齐鲁书社 1997 年版,第 108 页。

④ 张凤翼:《池上作》,见《处实堂集》卷三,《四库全书存目丛书》集部第 137 册,齐鲁书社 1997 年版,第 305 页。

⑤ Barbara Tversky, Narratives of Space, Time, and Life, Mind & Language, Vol. 19 No. 4 September 2004, Blackwell Publishing Ltd. 2004, pp. 380 - 392.

游览来完成空间的叙事,游览空间也包含复杂的视角,可以借鉴这个空间理论来解说。吴中园林空间很大,大多以典故敷衍为主,用长廊、房廊[①]等依次表现为一系列连续静止的场景,为了观看全景必然设定观看路线。相应的,园记为了叙述所见空间,主要采用路径视角。通常作者虚拟一个观者,借助"观者"的眼睛,以游览动作为标志,如求志园"入门而香发,则杂荼藤、玫瑰屏焉"[②];徐氏园"入门花屏透迤,中围小山,山嶙峋多奇石杂树,松桧森焉若真"[③],来完成线性大空间的叙事。园中还有一些空间联系颇为密切,需要采用外参照固定视角中方位名词的转化来介绍,如徐氏的禅房:"堂西有小斋,斋外有桥,桥西复有斋,斋后植蕉,咸可憩焉、谈焉、藏焉、修焉,委乎禅房之奥也。"[④]凝视视角带有总结性,是借景手法在园记中的表现。根据位置的不同,作用不一样,如在众多景点中,"自桥北望,重屋耸矗,飞甍入池,俨如倒景"[⑤],这就是仰借的功效。在园林的全景处,就可以整合园林空间,给出园林的具体位置:"登斯楼也,左城右山,应接不暇,而虎丘当北窗,秀色可摘,若登献花岩,顾瞻牛首山。然俯而视之则平畴水村,疏林远浦,风帆渔火,荒原樵牧,日夕异状,名之曰寰胜。"[⑥]

当然,相对于经典叙事来说,园记的叙事是"弱叙述",即"在时间顺序中表征两个以上的物件,并在持续的、普遍的多模式感知弹幕中保持对时空细节的意识"[⑦]。景物歌咏诗正是糅合时空为一体的文学形式,注重园林的局部特写,发掘其风韵,如"洞云深护邺侯书"表现云烟飘渺的氛围,"翠微寒涧激琳琅,笙簧隔水奏松风"表现寒涧松水相激的韵味,"当庭玉树照人妍,日照丛林白凤毛"表现日光照耀树木的光辉。诗歌篇幅短小,容量有限,对全景表现也多用点睛之笔,如"曲水通池延倒景,短墙栽树护幽居",点出曲池倒影的迷幻色彩,园门外树木与墙壁高低错落的韵味,吸引观者举足畅游。

### (二) 愉悦耳目之园林的文学修辞

王世贞酷爱园林,撰写、整理了大量游园记,前文已经论述。又以八篇园记和大量诗歌记述了弇山园愉悦耳目的环境。王世贞在《题弇山园》中自拟五色鸟拜访海上仙宫,最后转入清泠冷寂的佛龛,说明志意在无生。在《园记一》中详细解释了弇山的出处和命名的巧合机缘,恰是其精神变化的写照。但是,王世贞不再仅仅依

① 计成《园冶》云:"廊基未立,地局先留,或余屋之前后,渐通林许。蹑山腰,落水面,任高低曲折,自然断续蜿蜒,园林中不可少斯一断境界。"参看张家骥:《园冶全释》,山西古籍出版社1993年版,第210页。

② 王世贞:《求志园记》,见陈从周、蒋启霆选编,赵厚均校:《园综》新版(上),同济大学出版社2011年版,第253页。

③ 张凤翼:《徐氏园亭图记》,见《处实堂集》卷六,《四库全书存目丛书》集部第137册,齐鲁书社1997年版,第382页。

④ 同上。

⑤ 同上。

⑥ 同上。

⑦ Barbara Tversky, Narratives of Space, Time, and Life, Mind & Language, Vol. 19 No. 4 September 2004 Blackwell Publishing Ltd. 2004, pp. 380-392.

赖固定的文化联系来解说志意,而是采用华丽的词章铺叙园林的声色之美:"中有五色鸟,仰吭向天鸣……海上吐三山,俨若芙蓉城。云根秀特出,风岩类削成。"五色鸟高亢的鸣叫将绚丽的色彩与啸冷的声音结合,颇为萧爽。海上三山如芙蓉城一样金碧辉煌,云气缠绕。风蚀的岩石秀润尖峭,秀逸飘渺。一冷一温,一实一虚,韵味无穷。

### 1. 以辞命形

园林景点的命名也是表达志意的主要手段。王世贞对园林景点的命名以实景为基础,手法多样。或以形命名,"全引成辞",又是当下景物,如"惹香径"取陈嘉州语,也是实景,即径旁全栽花木。"楚颂"即桔园,苏子瞻语。"此君"即竹林,取王子猷语。"知还桥"取陶彭泽语。

弇山园中石头和峰峦很多,先模拟物象,制造比喻,再引成辞以点醒,如"点头石",即一峰与藏经阁相对,似乎俯首听经,因取支公传语而得名。"蟹螯峰"取自晋毕吏部掌故,"一峰最崇而两尖相向",形似蟹螯。

或直接象形而名,如簪云、伏狮、侍儿、射的:"一峰独尊,突兀云表,名之曰簪云,其首类狮,微俯,又曰伏狮,右一峰稍亚,若从者曰侍儿。又右一峰更壮,而领中穿若的,曰射的。"[1]碧皱峰即"一峰斜睨若贫姥颊",百衲峰是"一高峰文理皱皱若裂"[2]。壶公楼前"饶峰石",姿态纷呈,稍出水则甚奇,有若双举肘者曰"拥袖";若昂首而饮者曰"渴猊",有若尾渴猊而小者曰"猊儿",有若飘举者曰"凌波",若憔悴将溺者曰"悯湘",余故不办枚举也。率然洞前"俨然两阍人,左高而瘦,右卑而古,总名之曰司阍石"[3]。

园林是物质化的山水诗,山石花木即活生生的意象,名称如诗题,需修辞点意。"知津桥"横跨小祇园,是通往园林的桥,也是通往佛国的桥梁。"萃胜度"合溪水,览众山,取佛阁花竹,得文漪堂之胜。"指迷峰"是指山洞门口之峰峦,正在指点迷津。"清音栏"是养鹤之地,以"清音"得鹤性,理含词中,不待赘言。

### 2. 多视角造景

从声音、色彩、形态上描摹园林景物,使耳目感知更加具体是审美化园林景观的特色。但是,要将纷繁的景物组织起来需要遵循一定的理论。叙述审美空间是园林文学的必要功能。王世贞的园林规模太大,往往将多个景物组合成一个景观空间,多维多元是其主要特色,单一路径无法展示空间的三维效果,凝视视角和外部固定视角则可以充分说明园林的空间布局。

外部固定视角有八个方位,预设了多维空间结构。以景物为节点,以多维空间为归宿,就可以画出三维空间。弇山园中有很多回环往复的空间,纵横跌宕。园记

---

① 王世贞:《弇山园记》四,见陈植选注,陈从周校:《中国历代名园记选注》,安徽科学技术出版社1983年版,第139页。

② 王世贞:《弇山园记》六,见陈植选注,陈从周校:《中国历代名园记选注》,安徽科学技术出版社1983年版,第147页。

③ 王世贞:《弇山园记》五,见陈植选注,陈从周校:《中国历代名园记选注》,安徽科学技术出版社1983年版,第143—144页。

特别注重空间布局,追求图画效果。比如嘉树亭和九龙岭,"亭北枕树而南临涧,又借树荫,虽小,致足恋耳! 旁一峰,遥望之若莲花,近不尽然,故名之曰似莲。自嘉树亭折而东,一石梁正碧色,曰玢碧梁。东上三级,复西北转,迤逦而上,得一岭,若案;稍北,一岭若驼脊,前后九樕子松环之,最茂,每日出如膏沐,青荧玲珑,往往扑人眉睫,松实香美可咀,曰九龙岭"①。以嘉树亭为参照,南北东西四个方位分别安置涧、池、梁、脊,松从低到高,空间层次婉转而丰富,松涧同奏,可饱耳福;松日同绚,可娱目力。俨然一幅嘉树亭观松图。

比如流杯处和娱晖滩:"其台,凿石为芙蓉屏,石西而修可五尺余,广倍之,曰云根嶂。得水则杯汎汎由嶂下窦,穿芙蓉度,客争取之,至湿衣屡不顾也。石芙蓉之水,东注一峰,下泻于池,怒激狂舞,俨然小栖贤也,名之曰飞练峡……流觞所十余级而下始为大滩,回顾一峰北向,若首肯滩景状,曰抱青峰。滩势直下,往往不能收足。第最宽广,狼石四列,垂柳绯梅蜀棠交荫,憩之,则与南荣画栋,两崦岚壑,昏旦晦明之趣尽入阿堵。读康乐清晖娱人语,真足忘归也,因目之曰娱晖滩。左望一石甚丽,曰锦云屏。已从东南探径窦侧足而上,为云根障之背。双井肩并有辘轳,盖汲水以流杯处,俯瞰沉沉,若虎丘剑池。"②从南北方向来看,流杯处为高处横平面,娱晖滩是低处横平面,中间以飞练峡为链接,抱清峰承前启后,海棠花造小镜,层次恰如写意画布景,处处映带,笔笔传神。又逆笔写取水处苍健深沉,回环往复,颇得七言收尾之妙,"奔腾汹涌,驱突而来者,须一截便住,勿留有余"③。再从内部空间的风格看,流杯处由芙蓉屏、云根嶂、窦、芙蓉度组成。芙蓉屏即粉红石屏,色如芙蓉花。云根是五岳之云触石出者,极高渺。水流过嶂汇入芙蓉度,又从山峰喷出,仙云缭绕,流泉淙淙,宛然仙境,庶几宋代仙画。④ 娱晖滩更是色彩盛宴,绿柳、红梅、海棠交相辉映。垂柳婆娑,海棠娇艳,红梅傲骨,既饶色相,又含风骨,真实美哉! 二者合看,或桃源门径,或海上瑶岛,倚情而拟,言诠不尽。王世贞自谦不能如张复⑤一般貌山水之神,而此景此境,大概石田也要兴寄不已。不过,王世贞又宕开一笔,点出流杯取水处沉沉深碧,如虎丘剑池,老健沧桑,真乃空空色也。

凝视视角是杂交视角,既依赖外部固定视角的联系性来延伸空间,又带入线路视角,以某物为中心,总收空间,在园林中表现为借景空间。弇山园的佛教净地多借峥嵘山势突出龙象境界,安佛教人物以谕闲适人生。

---

① 王世贞:《弇山园记》六,见陈植选注,陈从周校:《中国历代名园记选注》,安徽科学技术出版社 1983 年版,第 147—148 页。

② 同①,第 147 页。

③ 王世贞著,罗仲鼎点校:《艺苑卮言》一,齐鲁书社 1992 年版,第 26 页

④ 粉晶(蔷薇水晶),石英石的一种,又叫芙蓉石或玫瑰水晶,颜色如芙蓉花。参百度百科张协《杂诗》之十:"云根临八极,雨足洒四溟。"杜甫《题忠州龙兴寺所居院壁》诗:"忠州三峡内,井邑聚云根。"仇兆鳌注:"张协诗'云根临八极'注:五岳之云触石出者,云之根也。"

⑤ 张复元春者,于荆关范郭马夏黄倪无所不有,而能自运其生趣于蹊径之外……复画貌山水得其神,余诗貌复画仅得其肖似中更输一等也。参见王世贞:《题张复画二十景》,《弇州山人四部续稿》,《景印文渊阁四库全书》第 1284 册,台湾商务印书馆 1986 年版,第 457 页。

启北窗（藏经阁），则中岛及西山，峦色峰势，森然竞出，飞舞挐攫，远者穷目径，迩者扑眉睫。阁之下亦宽敞，四壁令尤老以水墨貌佛境宗风，列榻其间，随意偃息。轩后植数碧梧。①

循青虹复西而下，入洞，屋其上，则缥缈楼也。南壁皆巧石堆拥，绝类飞来峰。下有小悬崖，适得旧刻米元章所题布袋和尚像，岩其中，名之曰契此岩，契此，和尚名也。②

堂（文漪堂）俯清流，湘帘朱栏倒景相媚，微飔徐来，縠文烫皱。正值中岛之壶公楼。夜分灯火相映带，小语犹闻，何但丝竹，吾不知于西湖景何如？彼或以远胜耳。堂有三壁，间取《文选》诗句稍畅丽者，乞周公瑕擘窠书是生平得意笔。左壁平湖，右壁雪岭，则皆钱叔宝为之，而雪岭尤壮。③

可见，藏经阁、契此岩均借助峥嵘山势，变幻云气。文漪堂借助擘窠大书，平湖雪岭以拟山川气势，正能调动耳目。契此和尚偃卧碧桐，夜观灯火，真乃闲适人生，恰成壮美体验。

### 3. 以绚丽见声色，澄澈淘岁月

凡三楹，其前则为石壁。壁色苍黑，最古，似英，又似灵璧，谽谺搏攫，饶种种变态，而不露堆叠迹。钱塘紫阳庵一二处，彷佛近之，曰紫阳壁……壁之顶，皆栽栝子松，高不过六尺，而大可把，翠色殷红殊丽。启北窗呀然，忽一人间世矣。涟漪泆潊与天下上，朱拱鳞比，文窗绮楼，极目无际。东弇、西崦，以朝夕斗胜，颜之曰壶公，谓所入狭而得境广也。④

青苍的紫阳壁和殷红的栝子松，色彩相对，分外绚丽。涟漪荡朱楼，醒目而澄澈，似乎正洗石壁／红松之峥嵘岁月。朝阳晚霭，朦胧温润，得天地之清，吾人何言哉！

此楼（缥缈楼）是三弇最高处，毋论收一园镜中，启东户，则万井鳞次，碧瓦雕甍，纤悉莫遁；启西户，更上三级得台，下木上石，环以朱栏，西望娄水如练，马鞍山三十里而遥，木落自露；北望虞山百里而近，天日晴美，一抹弄碧，名之曰大观台。⑤

缥缈楼总括艺苑外景，意笔闲勾，定弇山之位置，画寰宇之风云。

### 4. 注重诗中的章法与音响

空间和色彩并用是审美化园林追求耳目之娱的结果。实际上，王世贞的园林

---

① 王世贞：《弇山园记》二，见陈植选注，陈从周校：《中国历代名园记选注》，安徽科学技术出版社 1983 年版，第 135 页。

② 王世贞：《弇山园记》四，见陈植选注，陈从周校：《中国历代名园记选注》，安徽科学技术出版社 1983 年版，第 140 页。

③ 王世贞：《弇山园记》七，见陈植选注，陈从周校：《中国历代名园记选注》，安徽科学技术出版社 1983 年版，第 150—151 页。

④ 王世贞：《弇山园记》五，见陈植选注，陈从周校：《中国历代名园记选注》，安徽科学技术出版社 1983 年版，第 144 页。

⑤ 同②，第 140—141 页。

理论与七言歌行理论类似。他在歌行中非常注重章法、音响，而在园林诗歌中一一表现出来，如《十五夜于小祇园坐月作》云："感此牟尼珠，扬光濯清泠。梵天白银桥，恍若焰摩升。清溪相环带，空水互晶荧。飞舫无遗憩，流霞湛然盈。顺风奏丝桐，袅袅发奇声。"①珠光、白银桥、清溪、流霞、丝桐，绘声绘色，极尽耳目之娱。《度萃胜桥入山沿涧岭至缥缈楼》："兹桥绾群流，并割三山半。举头一峰尊，翼者亦簪汉。下有突星濑，怪石鸟兽窜。宵行或见怵，燕坐出深玩。窈窕径复通，蜿蜒势中断。白石纡清流，信意可枕盥。稍南穴其背，忽得天地观。却顾所入山，依依在几案。念此回环机，欣然一笑粲。"②"绾群流""穴其背""顾"指示观看角度，说明布景的玄机，回环往复，深情款款。山峰似"簪汉"、怪石如"鸟兽"，描摹形象，动态横生，气势奔涌。山径"窈窕"而"婉转"，"白石纡清流"，韵味无穷。"见怵、深玩、信意、依依、欣然"，表达感受，会心处不待言诠。王世贞的歌行理论是对诗歌形式的总结，对美的形式有一定的自觉意识。园林也是诗歌理论的物质化，园林诗歌又是理论的语言表现，王世贞借用诗歌的形式理论来探索园林的形式之美。

### （三）官宦园林的文学修辞

官宦园林中的景物大多敷衍典故，是文化的物质化。其目的是塑造人格，其重点是根据典故选择景物，组合文化单元，多采用长廊串联，形成旅游路线。如寄畅园的长廊上排列着先月榭、知鱼槛、清籞等景物。虽然手法与王世贞类似，但由于强调的重点不同，还是简单地加以解说。

寄畅园中的景点大多选择合适的诗文来命名，抒感言事却正合当下景色。如"清响"即门内全种篔筜，根据孟襄阳诗"竹露滴清响"而命名。"锦汇漪"因惠泉支流所注形成十亩大池，"青雀之舫，蜻蛉之舸，载酒捕鱼，往来柳烟桃雨间，烂若绣缋"③而得名。先月榭因"得月最早"而得名。

秦耀虽然中谗而归，但是他在寄畅园的生活以闲适为主，美景尽收眼底，尤其注重对景物的体验，颇得山林之乐。寄畅园内涵惠泉，背倚九龙，山水交融，清丽可玩。嘉树堂清幽澄澈，"嘉木围清流，草堂置其上。周遭林樾深，倒影池中漾"。锦汇漪绚烂如燃："灼灼夭桃花，涟漪互相向。水底烂朱霞，林端日初上。"清籞则幽冷清脆："竹光冷到地，幔卷湘云绿。隔坞清风来，声声夏寒玉。"④

吴亮惧谗而归，日徘徊于园林中，勾勒景物的形态特征，如《度石梁陟飞云峰》云："小山何盘陀，逶迤不盈步。侧身度青霭，介然得微路。疏峰抗高云，云阴莽回

---

① 王世贞：《十五夜于小祇园坐月作》卷十一，《景印文渊阁四库全书》第 1279 册，台湾商务印书馆 1986 年版，第 144—145 页。

② 王世贞：《度萃胜桥入山沿涧岭至缥缈楼》，见《弇州山人四部续稿》卷五，《景印文渊阁四库全书》第 128 册，台湾商务印书馆 1986 年版，第 62 页。

③ 王穉登：《寄畅园记》，见秦志豪编：《锡山秦氏寄畅园文献资料长编》，上海辞书出版社 2009 年版，第 3 页。

④ 秦耀：《寄畅园图二十咏》"清籞"，见秦志豪编：《锡山秦氏寄畅园文献资料长编》，上海辞书出版社 200 年版，第 31 页。

互。徘徊抚孤松,恍惚生烟雾。樛枝结菁葱,群葩借丹腴。回屐窅如迷,一步一回顾。"[1]但是,园林诗歌的主要作用是表达志意、塑造人格,多引用典故、成辞以征义。如"宁作阶下禽,三径犹徜徉"是引用三径典故,表达隐居志向。引用成辞以表隐居闲适之意,如:

味老氏之止足,希庄叟之逍遥。

行止千万端,衰荣无定在。大象转四时,达人解其会。(真止堂)

无事此静坐,一止止众止。乃有坐驰者,山林亦朝市。(坐止堂)

负郭茅堂一水周,亦知吾道在沧州。避人只合亲鱼鸟,对客何妨应马牛。满地江湖堪寄傲,连天滟滪不关愁。倘逢渔夫遥相问,肯作湘累泽畔游。(水周堂)

老子止足、庄子逍遥、马牛,是知足常乐、与世无争的人生态度。达人,坐驰即与造化同游,心远地自偏。沧州、鱼鸟、渔夫、寄傲均是隐居山林、逍遥江湖的闲适生活,无滟滪风波,无湘江幽愤,自由自在。

总之,官宦园林文学用简单的修辞描绘园林明丽的风光,以表达作者的隐居志意。

### (四) 名士园林[2]的文学修辞

关于名士园林的文学修辞,兹以坐隐园为例,坐隐园建成后,汪廷讷请汪耕绘《坐隐园图》,大量名士歌咏坐隐园,包括袁黄、张凤翼等,以增强园林的名声。但多以道理宣之,修辞不明显。坐隐先生人格塑造的修辞体现在《坐隐先生全集》的形成过程中,其中与坐隐园相关的创作与文献可以说明主人的文本修辞。

其一,名人赋诗以提升园林的文化品位。1607 年朱之蕃为庆祝坐隐园落成,赋诗 100 首咏坐隐园景物,顾起元和朱氏韵,并增加两景,成 112 咏。112 咏并不是游览坐隐园后即兴创作的诗歌,而是根据朱之蕃的园景诗和坐隐园图[3]坐雨杏村书屋一日半得之。[4] 112 咏是五言绝句,篇幅短小,大多根据景点名称、依托典故敷衍而成,类似图解。如:

蕊珠泉:栏外有飞泉,琤琮昼常滴。荡漾蕊宫圆,疑是鲛人泣。

君子林:青林洒晴雪,翠袖暮堪倚。留连河内游,作者七人耳。

① 吴亮:《度石梁陟飞云峰》,见《止园诗》,转引自高居翰、黄晓、刘珊珊:《不朽的林泉:中国古代园林绘画》,北京生活·读书·新知三联书店 2012 年版,第 53 页。

② 名士园林是那些没有通过考试的商人或其他官宦子弟,通过修建园林,并请名人题咏与图绘,以提高声名而建造的园林。这些园林基本上也是审美化园林的一种,但是内涵比较特殊,就分开来论述。

③ 汪无如先生定谱成而镌《坐隐图》于中。参见汪廷讷:《坐隐先生全集》,《四库全书存目丛书》集部 188 册,齐鲁书社 1997 年版,第 521—522 页。

④《坐隐园杂咏一百十二首序》:"朱元介宫谕赋坐隐园,三日尽其胜,得百一十首,六月六日,坐雨杏村书屋中,偶拈韵次焉,一日有半,尽之,复益悬珠,泉印书局二题,元介诗词意彬美,犹自谓'虽多亦奚以为',如余芜秽,益不足当兼覃之倚,聊记吾曾云耳。"见顾起元:《题坐隐园景》,汪廷讷:《坐隐先生全集》,《四库全书存目丛书》集部 188 册,齐鲁书社 1997 年版,第 677 页。大约于此年,汪廷讷赠《坐隐园订谱》一书,起元作诗回赠。《昌朝词丈赋诗见治,兼示坐隐订谱,次韵答寄》:"名字将从玉局藏,巨源未许荐秘康。苍生久郁东山望,朱线新分北阀光。清覃赚藻消永日,垣梧埠竹满朝阳。更传仙谱标真诀,坐想烟园橘袖芳。"

棋盘石：欲觅围棋局，山深明月空。松阴迷石路，仙径若为通。[①]

蕊珠宫是道教经典中的仙宫，君子即竹林七贤，棋盘仙径即仙山观弈。三诗是鲛人泣珠、竹林游园、烂柯仙山的化用。文人清课在晚明融入了很多个人体验，颇有境界。顾起元写过清课，意象玲珑，感觉细腻，颇为可观。如：

饲鱼：月镜疏征沼，寒漪碧荇长。赪鳞缘饵集，江海意相忘。

试灯：色缀星珠丽，光摇月镜空。传柑香馈雾，移烛影含风。

玩月：把酒招明月，苍茫十二楼。惟应三五夕，云净绛河秋。[②]

红鱼、长荇、镜月、橘香、烛影、澄河，或观象于声色之内，或得意于牝牡骊黄之外。若非体悟精微，何来此种境界。对比之下，112咏敷衍之嫌难免。实际上，根据景点名称而赋诗的现象在晚明颇多，王穉登《友芳园杂咏》26首，欧大任《友芳园杂咏为吕心文作》25首，黎民表《吕氏文心友芳园亭杂咏》12首也是此类著作。两位园主都是商人兼好施者，可见名人赋诗是提升名义的一种途径。

其二，园林歌咏的终极目的是颂扬主人的志向和高雅品格。前引文已经显示出园主有济时苍生的儒者之怀，根据汪廷讷的《自传》等可知园主既有济世之志，又有逍遥天地的旷达胸怀。其实，汪廷讷仿白社，结环翠堂社，并定盟约，"各疏萦进之怀，共笃真率之意，无生会上，闲人同还，清净常寂，心中净土，共契真如。日如小岁，地是深山，有几可凭，有局可对，胜负无心，宛然石室之游戏，攻守不着，共适橘中之徜徉。或终日不厌，或丙夜不休，总之各成其趣也"[③]。真率之趣、深山对弈正是香山乐趣的明代阐释，与流传的香山九老图颇合，可见汪廷讷对白居易仰慕之深。

合观名人题咏、汪廷讷自述，可知，汪廷讷的园林生活将高隐待诏林下疏狂、香山真率合为一体，是山林隐逸与官员真率结合的产物，也实现了汪廷讷"假曼倩之玩世为市朝之大隐"[④]的市隐理想，可谓名士风流的典型。

## 四、园林绘画的修辞

明代园林画的画家大多来自吴门画派，利用文人画笔法客观再现景物，又受到审美园林的影响，整体风格相对统一。综合两者，图像呈现以下面貌：关于求志园和小祇园的画作风格清丽；关于寄畅园的画作以借景为主，融合吴派和宋画表现园林的手法，雅丽精工；关于西林的画作受文人写意影响大，抒情性明显；关于止园的画作力图表现繁茂的园林景象；关于环翠堂的园景图虽然是版画，有浙派的影子但是表现内容则是吴派清课。园林绘画的修辞多与造园理论相通，下面选择突出

① 顾起元：《题坐隐园景》，见汪廷讷：《坐隐先生全集》，《四库全书存目丛书》集部第188册，齐鲁书社199□年版，第677—678页。

② 顾起元：《懒真草堂集》，见《四库禁毁书丛刊补编》集部第68册，北京出版社2005年版，第302页。

③ 汪廷讷：《坐隐环翠社》，见《坐隐先生全集》，《四库全书存目丛书》集部第188册，齐鲁书社1997年版，第707页。

④ 汪廷讷：《坐隐先生全集》，见《四库全书存目丛书》集部第188册，齐鲁书社1997年版，第516页。

的特点予以解析。

## （一）文化空间

### 1. 内外合一的人文景观

渲染园林的大环境是不同园林绘画作品的共同点，目的在于确立并凸显一定的空间，是表现主人志向的重要修辞手段。求志园图采用吴派的园林绘画法布局，开门见山直接导入园林，力求表现园林的整体面貌。前半段以描绘房屋为主，采用持续后推的空间布局，大有界画遗意，突出吴中文人古雅严谨的人格。后半段采用写意手法展示方池篱笆、古梅高柳，逸笔草草，颇有生意。最后高楼引人入胜，推入园外风光。表面看起来，求志园图没有对园林外围环境的渲染，但是钱谷虚实结合的手法，恰恰定位了求志园的文化空间。房屋采用界画笔法，而屋前的桐阴、茂松则相当写意，文鱼馆所面对的大池也是乐天遗意，与后半段的古梅高柳结合为一个整体空间，直接将不加修饰的自然景象置于园林，这与石湖草堂山水间安置茅屋属于同一思路，只是求志园图将它们围在园林中，制造"城市山林"，这正合张凤翼自羽的园林得清风明月为志，与自然相辅相成而自适。黄姬水云："吴市栖仙地，迷居幅世喧。人标顾彦望，兴寄仲长园。"①既点出园林的位置，又说明主人的山林意志，可谓善志园林也。

在后期的园林图像中，园林外部空间也清晰反映在画面上（图 7-17，图 7-18），以表现园门周围的环境为主。画家通常通过一个据点，眼观八方，了解自己在寰宇中的位置，定义园林的社会空间。外围空间的基本格调是背山临水，如寄畅园"大要兹园之胜，在背山临流"②。弇山园"前横清溪甚狭，而夹岸皆植垂柳，荫枝樛互如一本"③。在寄畅园全景图中，门外的柳树、背后的双塔，将寄畅园夹在山水间。在《止园图》第一开中，长柳夹堤，芦苇茂盛，园门洞开，突出了临水的效果。《环翠堂园景图》采用重沓往复的手法表现了白岳、松萝、广莫山，以营造与世隔绝的境界。《长林石几图》则用连绵的陂陀冈阜和城郭将园林镶嵌在自然山川间。外围空间还包括寺庙、田畴、古迹。王世贞云："弄穷，稍折而南，复西，不及弄之半，为隆福寺，其前有方池，延袤二十亩，左右旧圃夹之，池渺渺受烟月，令人有苕、雪间想……溪南张氏腴田数亩，至麦寒禾暖之日，黄云铺野，时时作饼饵香，令人有炊宜成饭想。园之西，为宗氏墓，古松柏十余株，其又西，则汉寿亭侯庙，碧瓦雕甍，嶻嶭云表。"④《环翠堂园景图》首尾均为抒情空间，起手云水缠绕白岳山，松萝山下寺庙亭塔，引出坐隐园之位置。结尾处广莫山和飞怖山飘荡在云水间，横亘万里，一开一合，营造了理想园林。图像虽然极力营造五柳庄、仲长统的隐居面貌，却正说明

---

① 黄姬水题：《求志园图》，见赵苏娜：《故宫博物院藏历代绘画题诗存》，山西教育出版社 1988 年版，第 236 页。

② 王穉登：《寄畅园记》，见秦志豪编：《锡山秦氏寄畅园文献资料长编》，上海辞书出版社 2009 年版，第 35 页。

③ 王世贞：《弇山园记》一，见陈植选注，陈从周校：《中国历代名园记选注》，安徽科学技术出版社 1983 年版，第 131 页。

④ 同上。

园林环境设定的文化取向。因为寺庙、古迹、历史名人名事直接联系到园林清课,代表了富饶而高雅的园居生活,象征园主的在野地位。

图 7-17　《止园图》第二开,张宏,柏林东方美术馆藏

图 7-18　寄畅园外景,宋懋晋,华仲厚藏

## 2. 借文化典故明志

在各种园林中均有表达志意的建筑物或景点,在图像中表现为图绘某个典故。如《止园图》中的坐止堂、清止堂、真止堂,取陶渊明知止而乐的恬淡人格。寄畅园的含贞斋取陶渊明孤贞高洁的气质,箕踞室拟庄子放荡不羁的情怀。求志园之文

鱼馆,西林之知鱼栏、息矶均有濠上之想。

3. 题材的意识形态

园林中的意识形态主要通过文学表意来实现,而《环翠堂园景图》却通过官宦归家和林下生活将其展示在图像里。

《环翠堂园景图》是园林叙事图,分三条线索,分别表现官宦的林下清课,展示园林景物、乡间风貌。画家采用官舆、策马迎接、高士里、大夫第、鞍马拴在高阳馆外、轿子停在大夫第门口、仆童门外等候,或布置厅堂(名天下堂、坐隐园)来展示主人归家的一系列行动,交代主人的士夫身份。林下清课从游览园林开始,烟道、云区、独立泉、水月廊、沧州趣、六桥、洞灵庙、天花坛一一摄入眼帘。饮酒作乐是重点,主人乘坐画舫饮酒江海上,万顷波涛,海鸥长啸,钓竿闲放,颇有蓬莱神仙之感。归来后,兰亭流觞,竹林宴饮,颇得地主之义。最后进入清虚世界,或徘徊五老峰下,或趺坐朗悟台上,或琼蕊房中遇神仙,或大慈室里礼观音,或玄津桥上赏荷花,或无无居里写黄庭,或沧浪亭中看黄鹂。画家着意刻画园林环境,楼阁层次分明,飞檐雕饰一一表出,盆栽异卉,五老奇峰,均栩栩如生。假山面如芙蓉仙屏,云根蜿蜒缭绕,如九连环抱,下开洞府,真乃海上奇境。芭蕉抚石,牡丹围栏,清虚境里散天花。辅以文字说明景物,凭萝阁、嘉树堂、环翠阁上蝌蚪雄文,鸟篆奕奕。乡间面貌也非常生动。屋宇轩敞,鸡黍闲庭,乡人捣衣、耕种、荷锄、负薪,俨然世外桃源。高士或徜徉在碑亭、寺庙间,或策杖、过访清虚世界,安乐无穷。

三条线索透露了图像叙事的意识形态。中国古代的主导意识形态是帝王意识形态,与之相对的是隐士意识形态。这两种形态在绘画中通过特定的意象完成,也显示出独特的区域特征。所以,区域性文化区分是中国园林图意识形态的特点,隐士与朝臣是区域意识形态的主角,在园林图像中有清晰的表现,如在《杏园雅集图》中园林采用仙鹤、石屏等权力象征型景物传达肃穆的环境,代表园林的官方趣味。《魏园雅集图》采用云林亭和矶石高冈表现清雅的环境,人物则便服策杖、趺坐闲谈,山林的面貌活脱而出。《环翠堂园景图》中的人物形象有两种面貌,官服用于归家、游宴,野服用于谈玄论道。画家以官服面貌来统筹园林生活的主要叙事,定位了园林图像的乡绅立场,图中的归家和游宴更多是衣锦还乡的表征。高士策杖、闲谈、徘徊寺庙外等画面反衬了主人的真实身份。主人的林下生活也倾向于展示园林环境,人物仅仅是路过长林石几,背靠龙伯祠,看见砥柱垂钓,缺乏与景物的亲和力,也没有勃勃诗性的冲动,似乎一个富有的主人——检点着风雅财产,这使人想起了博古图。野服表达了主人崇尚佛老的精神世界。达生台、白鹤楼轩敞明朗,九山峰、斜谷、剑门、五老峰仙气淋漓,清虚境、半偈庵妍丽阳刚,无无居写经换鹅更添风流雅韵。佛道杂糅,格调明朗,玄而不玄。所以,一方面,主人以官员的立场"看"高士生活,成为隐士的他者;另一方面,主人扮演高士,模糊士隐的边界,反映了晚明园林市隐的梦想,说明了士商融合的发展趋势。

（二）串联整体之池上变奏

穿池是明末园林空间的重要形式。绘画表现穿池的灵感来源于白居易的《池上篇》。《长林石几图》最突出体现了池上乐趣。丛竹、方池、闲鹤、湖石，一草亭管领，简直就是《池上诗意图》。池在明代园林绘画中更多用于组织空间，增强园林的美学韵味。《求志园图》中也有方池，红鳞斑斑，鸳鸯戏水，池上秋桐红树，氛围更加静谧雅致。《小祇园》的池上更是波光粼粼，涵三弇云峦，送佛海朝音，更多玄意。《环翠堂园景图》中池上宴乐，称以中流砥柱和鳌头闲钓，虽在人间，近乎海上神境。池与长廊结合组成游览线索是寄畅园、止园和西林的特色。寄畅园依靠长廊将先月榭、知鱼栏、清响、霞慰连接起来，各景点依次排列。止园中的怀归别墅、水周堂、碧浪榜、凌波亭、霞慰栏均因池塘而建，借池水收山川秀色。西园的上岛、花津、空香阁、沃丘、风弦障均通过长廊将景点设置在山水尽头，将难到之景送入观者眼帘，再现笔断意连的视觉效果。

### （三）借景之局部神韵

借景是园林布局的重要手法，可归纳为"远借、邻借、仰借、俯借，应时而借"[1]。借景空间是园林艺术的综合"舞台"，其神韵只有徘徊其中才可以全然领略。园林画为了充分传达园林的神韵，也侧重借景表现。其中《寄畅园图》和《止园图》借景丰富。止园的借景主要是内部景物之间的邻借、仰借。如水周堂仰借飞云峰和大慈悲阁，于繁茂苍翠中见飞云峰峥嵘气势，听大慈悲阁朗朗清音，声色既现又冥，可谓悟道良机。如来青门是中砥第一门，湖光山色扑面而来，也是邻借的佳例。内景互借也是组织园林空间，再现园林整体的一种方法。止园的布局也是通过景物之间的互见实现的，《止园图》在册页中是再现园林整体的特例。寄畅园背靠无锡山脉，大多借助寺庙、双塔和坡峦等外景，再现园林外围空间的景色，制造局部境界。如花源在长廊一角借助岭上双塔，霞蔚在书斋借寺庙之势，二者均以竹篁、云气相隔，塔铃、寺钟穿透朦胧的云气，点醒桃花的灼灼气势。鹤巢透过云气仰借山寺，以增清旷。小憩背靠横峦，如龙脉横亘，分外精神。

### （四）诗意空间

园林图像的目的在于展示园林的声色效果，与诗歌抒情起兴相通。图像也借鉴不少诗歌意象与手段来展示园林风采。图像着意刻画意象的动态，形成情感式样，然后采用高空俯视视角，将形象收归眼底，唤起观画者共鸣。

云、松、鹤在诗歌和绘画中都充满诗意。图像利用意象的多义性和情感的丰富性再现情感。如《西林遁谷》描绘狭长的遁谷里人家错落，山崖上白云缠绕，真为此诗传神。云、松、鹤结合也可以制造清旷高亢的韵味。在《西林风弦障》里乔松排列形成屏障，虬枝拂云，风动则浩荡不已，仙鹤水边啸戾更助清旷。在《西林鹤径》《西林荣木轩》中老槐与游丝般的仙云配合，以乔松、仙鹤与湖石为先导，风木之思宛如婴儿，高华之祝恰似南山。石丈、藤萝、秀松、云气也是非常美的意象群。在《寄畅园图》中石丈和虬松并立而起，袅娜的弧线勾勒松石秀逸挺立的丰姿。藤萝缠绕瘦

---

[1] 张家骥：《园冶全释》，山西古籍出版社 1993 年版，第 326 页。

石,云气遮断丛木,月光泻在河干一角,疏、漏、透的赏石神韵尽在笔端。鱼矶直立,石脉婉转,花树倚侧,不辨桃源。绿蕉迎风袅袅,瘦石质陋骨劲,虚实相彰,刚柔并济。

《西林图》和《寄畅园图》的意象色彩浓重,以青绿为主,精致雅丽,有富贵气质。在《止园图》和《长林石几图》中意象和色调更加自然、朦胧,尽显水乡清雅。《止园图》之《园门》表现长堤柳岸,芦苇袅袅,一舟泊岸,园门居上。浅赭黄配青苍绿,柳树用笔细密,制造朦胧的烟峦浮动感。混合芦苇、柳树的文化底蕴,以高空俯视定焦,悠远恬淡。《止园·怀归别墅》以怀归别墅为中心,前方远处是数鸭滩,左侧鹤梁,背后假山,右侧碧浪榜。数鸭滩知春江冷暖,鹤梁添雪地清峭,碧浪榜春情袅袅,飞云峰卷舒自如,水池既开豁心胸,又涵融色相,正是一幅春兴图。《长林石几图》中的"池上"也是声、形、情融合的文化空间。水竹迭奏,鹤戾青天,疏雨芭蕉,桃源洞天,天然逸兴。

总之,审美化园林受到造园风尚的影响,图像一致地呈现为追求声色愉悦。文学修辞手段一方面援古以说明志意,另一方面利用文化意象制造丰富的韵味。但是由于身份的不同,园林主人的具体志意也不同,文学修辞表达的内涵显出不同面向,如同为引成辞为景点命名,张凤翼在于宣扬高洁的品德,王世贞侧重表现景点的形态特征,汪廷讷则在于炫耀贡献。同为多角度造景,张凤翼注重介绍园林空间,王世贞则力图用语言图绘错落的园林层次和充满色彩与声音的美感效果。同为运用绚丽的色彩,《寄畅园图》在于表达主人归隐田园的闲适之乐,王世贞则澄汰声色,走向无声的佛教境地。图像风格虽大致相似,但受到不同园林观念的影响,则重点有些不同。张凤翼的园林图更多将人工融入自然的韵味,王世贞的园林观念受到诗歌注重声色效果的影响,更加注重绚丽的色彩和愉悦的效果,展现的是人工与自然并盛的园林景观。同样是追求声色愉悦,王世贞和安绍芳更多侧重表达文学家的诗性感受,秦金和吴亮更多侧重表达官宦欣赏的闲适之景,汪廷讷则利用园林完成了官员身份和闲适高士双重形象的塑造。

# 第八章　《三国演义》及历史演义小说与图像

　　历史演义是中国古典小说中颇具特殊文体规范的小说类型。这种类型的小说直接来源于宋元时期的讲史平话，如《武王伐纣平话》《秦并六国平话》《吴越春秋连像平话》《续前汉书平话》《三国志平话》《新编五代史平话》等，其创作遵循"据史演义"的创作模式，从前代（有时也包括本朝）历史的兴衰中，梳理社会发展的总体趋势和基本规律，达到"资于治道"的现实目的。明清历史演义小说除了吸收宋元讲史平话的创作成就外，往往又冠以"按鉴"等名称，这其实揭示了这类小说的创作采用了"通鉴"式——效仿《资治通鉴》或《通鉴纲目》及其续书的编年体叙述方式，以浅近通俗的语言来演绎历代兴废争战之事，从而揭示朝代兴亡更迭之理。① 当然，历史演义小说的编创者虽然刻意标榜其作品是"按鉴"演绎书史文传，在创作过程中却并未唯正史列传马首是瞻，而是吸收和改造了讲史平话、民间传说等于史无稽的内容，这也是不争的事实。这种创作路径反映了当时通俗小说创作者走的是一条将"严肃""雅正"的史籍逐步通俗化、普及化的道路。正如修髯子在《三国志通俗演义引》中所言，"史氏所志，事详而文古，义微而旨深"，为使"闾巷颛蒙皆得窥古人一斑"，就有必要"敷衍其义，显浅其词"（佚名《新刊续编三国志序》）。明人杨尔曾在《东西晋演义序》中云："以通俗谕人，名曰演义。"陈继儒在《唐书演义序》中亦云："演义，固喻俗书哉，义意远矣。"又，甄伟在《西汉通俗演义序》中云："俗不可通，则义不必演矣。"袁宏道在《东西汉通俗演义序》中亦云："文不能通，而俗可通，则又通俗演义之所由名也。"这些序文可谓一针见血地指出了历史演义小说创作的初衷和价值追求。这里需要指出，历史演义小说所谓的"演义"，是"敷衍其义"，亦即依据历史人物、事件演绎出更为丰满的、可读性强的小说情节和故事。明人蒋大器尝言，"史之文，理微义奥""不通乎众人"（《三国志通俗演义序》），故而罗贯中才"据正史，采小说，证文辞，通好尚，非俗非虚，易观易入，非史氏苍古之文，去瞽传诙谐之气"（《百川书志》卷六"史部·野史"）。历史演义小说的正文叙事，基本采用了"通鉴"式的叙事结构：以时间为经，以史实为纬，以时间的自然延续和空间的转换来编织纵横于时空中的历史人物和事件，力求把握"人"与"事"之间的内在联系，以全

---

① 按：学者徐朔方、何满子、欧阳健、齐裕焜等认为：历史演义小说题名中所冠之"按鉴"，只是小说家的假套，并不足信。对此，学者纪德君予以辨正，并通过数据比对得出结论："历史演义所说的'按鉴'，有的所按之'鉴'是《资治通鉴》或《通鉴纲目》，有的所按之'鉴'则是它们的续书。"笔者赞同纪氏的观点。参见纪德君：《"按鉴"与历史演义小说文体之生成》，载《文学遗产》2003 年第 5 期，第 111—112 页。

面反映历史的总体面貌。

历史演义小说既以历史为题材,又以小说家的路数进行创作,这当中必然会涉及内容的"虚""实"比例问题,亦即文学虚构与史实叙述的数量关系。清人章学诚曾对《三国演义》下过"七实三虚"的断语,这揭示了历史演义小说创作中"实"与"虚"的比例关系。尽管后世学者时常对此论有异议,但传统意义上的历史演义小说要求立足于历史事实——"羽翼信史"(修髯子《三国志通俗演义引》),既要有足够的"实"的成分,又要以小说的形式实现教化与娱乐相结合的现实功能。清人蔡元放对《东周列国志》有如下评论,"若说是正经书,却毕竟是小说样子""但要说他是小说,他却件件都从经传上来"①,就强调了历史演义小说兼具文学创作与历史纪实双重性质,这一表述无疑同样适用于概括包括《三国演义》在内的诸多历史演义小说的性质。

历史演义小说兴盛于明代的原因,除了文学自身的发展传承,如宋元讲史话本的发展繁荣之外,尚与明中叶以后的社会发展密切相关。明中叶以后,商品经济得到了长足发展,以商品生产、贸易、文化交流为主要特征的大城市遍布南北,北京、南京、苏州、杭州以及"临清、淮安、扬州等运河城市,九江、芜湖、沙市等长江城市,各布政司省会城市,宣府、大同等沿边城市,广州、泉州、温州等海港城市,景德镇、佛山镇、松江等手工业城市"②中聚居着数量庞大的市民阶层,他们当中既有富商巨贾、官宦显贵,也有手工业经营者和雇佣工人、贩夫皂隶、科场失意的下层知识分子。市民阶层的兴起壮大,为通俗小说的畅销和商业出版的繁荣提供了有利条件。

商品经济的发展导致社会思想观念发生了深刻变化,譬如商贾的社会地位得到提高,商贾与士人之间的文化身份趋同,尚利好货的价值观导致人们生活方式发生变化——文化娱乐等服务业繁荣,消费观念转变,加之社会财富的增长和市民文化水平的提高,市民阶层对文化娱乐消费的需求也日益增强。有明一代,通俗小说、戏剧得到长足发展,与之相应的是,适应市民阶层阅读好尚的插图本戏剧、小说获得繁荣。为吸引市民读者,通俗小说、戏剧几乎"无书不图""无图不精"。书坊主不惜工本,花样翻新,以至插图内容丰富,形式多样。明代通俗小说、戏剧的插图按表现内容的不同,可划分为人物绣像、情节插图和装饰性图案。在形象刻画方面,明代通俗小说、戏剧插图人物的刻画大多细腻精到,颇重视对人物心理的描绘,想象丰富,格调浪漫,能真实表现出人物不同的个性和神态,生活气息浓郁,并以景物烘托氛围;就插图构图而言,也巧妙灵活,既有舞台式的场面,也有突破时空之局限,将不同情景有机组合在一起的画面。

# 第一节 《三国演义》插图及其形式

《三国演义》目前存世的古代版本数量众多。据统计,仅明代存世刻本就达三

① 蔡元放:《东周列国志读法》,见冯梦龙编,蔡元放评:《东周列国志》,岳麓书社2002年版,第4页。
② 齐涛主编:《中国古代经济史》,山东大学出版社1999年版,第340页。

十余种,清代传世刻本更是达到七十余种。在众多传世版本中,附有插图的版本亦为数不少。国内外学者对《三国演义》版本的著录及其流传系统的梳理与考辨,以中国学者孙楷第《中国通俗小说书目》(以下简称孙《目》)、《日本东京所见中国小说书目》(以下简称《东京目》),澳大利亚籍华人学者柳存仁《伦敦所见中国小说书目提要》(以下简称柳《提要》),英国学者魏安《〈三国演义〉版本考》(以下简称《版本考》),日本学者中川谕《〈三国志演义〉版本研究》(以下简称《版本研究》)等所做的文献搜集与版本考辨最为详赡。其中孙《目》收录版本二十八种,含插图本二十种;柳《提要》收录英国所藏版本四种,均有插图;《版本考》收录的版本达三十五种,其中插图本三十种,对诸版本信息著录十分详尽;《版本研究》收录插图本二十六种,版本总计三十二种。另外,石昌渝主编《中国古代小说总目》(白话卷)对《三国演义》版本的考订亦颇细致。这些研究成果为梳理插图本《三国演义》提供了便利。本部分信息的梳理亦参考了上述著作的相关内容。

## 一、存世明代插图本概述

综合学界前贤的研究成果,并参以国家图书馆、上海图书馆、南京图书馆以及国内各大高校图书馆藏古籍目录,现对插图本《三国演义》作梳理如下。

### (一) 明代建阳刻本

明代建阳是当时刻书业的重镇,这里书坊林立、书贾云集,“号为图书之府”①刻印的书籍因价格低廉、适合普通民众阅读口味而畅销全国各地。在建阳书坊刊刻的书籍中,通俗小说是重要的一个品类。据统计,目前可考的建阳书坊刊刻的通俗小说已逾九十种,建阳刻书之盛可见一斑。现存诸《三国演义》版本出自建阳书坊的刻本占相当大的比重,最具代表性的刻本主要有:

1. 新刊通俗演义三国志史传　十卷　[叶逢春本]

明叶逢春刊。正文十卷(每卷二十四则),正文半叶十六行,行二十字,上图下文,插图左右记有小题。西班牙爱斯高里亚尔修道院藏。

2. 新刻按鉴全像批评三国志传　二十卷二百四十则　[余象斗双峰堂本]

明万历壬辰(二十年,1592)余氏双峰堂刊。扉页题“桂云馆余文台新绣”“按鉴批点演义全像三国评林”,有余象斗所作宣传文。正文半叶十六行,行二十七字。上评,中图,下文。日本京都建仁寺两足院(存卷一至八)、剑桥大学图书馆(存卷七、八)、德国符腾堡州立图书馆(存卷九、十)、牛津大学图书馆(存卷十一、十二)、英国国家图书馆(存卷十九、二十)藏。收入《古本小说丛刊》第23辑第2册。

3. 新刊京本校正演义全像三国志传评林　二十卷　[余象斗评林本]

明万历二十年(1592)余象斗刊。现存卷一至八、卷十三至十八。正文半叶十

---

① 黄仲昭修纂:弘治《八闽通志》卷二十五《食货·建宁府》,福建省地方志编纂委员会旧志整理组、福建省图书馆特藏部整理:《八闽通志》,福建人民出版社1990年版,第534页。

五行,行二十二字。上注(地名、音释等),中图,下文。其中卷一、三、五、七、九、十三、十五前有半叶图各一幅。日本早稻田大学图书馆藏(卷一至八、卷十三至十八)。收入《古本小说丛刊》第23辑第2册。

4. 新刻京本补遗通俗演义三国全传 二十卷 [熊清波诚德堂本]

明万历丙申(二十四年,1596)书林熊清波刊。正文半叶十四行,长行二十八字(无图页),短行十九字(有图页)。序后有"桃园结义"半叶图一幅,正文上面偶尔有刘次泉式偏像图(前半叶无图,而后半叶正文上面有图像一幅,图像两边竖写标题),大多数正文书叶没有全像图。① 台北"故宫博物院"、日本御茶之水图书馆成簣堂文库藏。

5. 新镌京本校正通俗演义按鉴三国志 二十卷 [郑少垣联辉堂/三垣馆本]

明万历乙巳(三十三年,1605)闽建郑少垣联辉堂三垣馆刊。扉页题"联辉堂""刻三国志赤帝余编""三垣馆郑氏少垣刊行"。正文半叶十五行,行二十七字。上图下文,图像为刘次泉式全像图。日本内阁文库、蓬左文库、尊经阁文库、御茶之水图书馆成簣堂文库、京都大学图书馆藏。收入《古本小说丛刊》第22辑第1—3册。

6. 新镌校正京本大字音释圈点三国志演义 十二卷二百四十则 [郑以祯宝善堂本]

明郑以祯刊。据孙《目》所记:有图,正文下有注。评在栏外。《版本研究》所记该书的版本信息与孙《目》略同,唯标明"似毁于战中"。《版本考》又记其行款及图像情况:半页十四行,行三十字;卷端书名"新镌校正京本大字音释圈点三国志演义"(卷一);每卷末记录该卷的年代起讫。每卷前或有半叶图一幅,卷一图("桃园结义")与周曰校本第一则图颇相似而略简。②

7. 新锓全像大字通俗演义三国志传 二十卷 [刘龙田乔山堂本]

明闽书林刘龙田刊。扉页有"桃园结义"图一幅,书内正文均上图下文,框廓上端有七字标题,正文半叶十五行,短行二十五字,图两侧各有一长行,行三十二字。牛津大学图书馆、英国国家图书馆、德国国立图书馆、日本日光轮王寺常行堂宝物殿(旧藏慈眼堂)、日本天理图书馆(旧盐谷温藏本,缺卷四至卷七)藏。收入《古本小说丛刊》第21辑第1—3册。

8. 新锓音释译本演义合相三国志史传 二十卷 [熊东涧忠正堂本]

熊东涧忠正堂刊。此书仅存于日本。据《版本研究》考订:封面缺失,图像一叶,图后有题"癸卯夏月穀旦邓以诚题"的《题三国志弁言》。上图下文,卷首有每一叶背面和下一叶表面的图合在一起才构成一幅完整的图。正文半叶十四行,图像旁边七行,行三十字,图像下面七行,行二十九字。正文和插图上有评语。叡山文库藏。③《版本考》据《长泽规矩也著作集》增补"(日本水户)彰考馆藏(缺两卷)"另

---

① 参见魏安:《〈三国演义〉版本考》,上海古籍出版社1996年版,第47页。

② 同上,第20页。

③ 参见中川谕著,林妙燕译:《〈三国志演义〉版本研究》,上海古籍出版社2010年版,第22页。

一处馆藏地。①

9. 重刻京本通俗演义按鉴三国志传  二十卷二百四十则  ［杨春元闽斋本］

明万历庚戌（三十八年，1610）闽建杨春元闽斋刻。正文半叶十五行，行二十八字。上图下文，图为刘次泉式全像图，末叶图题"次泉刻"。卷二十末有"万历庚戌岁孟秋月闽建书林杨闽斋梓"牌记。日本内阁文库、京都大学图书馆藏。

10. 新锲全像大字通俗演义三国志传  二十卷  ［笈邮斋本］

孙《目》载：明万历间笈邮斋刊本。上图下文。封面题"全像英雄三国志传""笈邮斋藏版"。扉页题"全像英雄三国志传笈邮斋藏版"，正文行款、题署与乔山堂刘龙田本同，卷二十末有"闽书林笈邮斋梓行"。图像有刘次泉式嵌像图，末叶图题"三泉刻像"②。

11. 新刻音释旁训评林演义三国志传  二十卷二百四十则  ［王泗源补朱鼎臣本］

亦题"新锲官板全像音释旁训演义三国志传"。明刊本。书肆名被挖空，只留下"书林□□（此处脱两个字，下同）梓"。是书原版为扁体字，补版为软体字，卷内书题不一律，如卷二、三、四作"新锲官板全像音释旁训演义三国志传"，卷六、七作"新锲全像演义三国志传"，卷五作"新刻傍训三国志传"。美国哈佛燕京学社图书馆、英国国家图书馆藏。收入陈翔华主编《三国志演义古版丛刊五种》（中华全国图书馆文献缩微复制中心1994年版）。

12. 新刻汤学士校正按鉴演义全像通俗三国志传  二十卷  ［汤宾尹校正本］

明建阳刊本。卷一首题"平阳陈寿史传""东原罗贯中编次""江夏汤宾尹校正"。卷十一第五、六叶版心下有"形□精舍"。正文半叶十五行，行二十五字，上图下文。中国国家图书馆藏。收入《古本小说集成》第5辑第43—44册。

13. 新刻按鉴演义全像三国英雄志传  二十卷二百四十则  ［杨美生本］

明闽书林杨美生刊。扉页题"新镌全像三国演义""书林杨美生梓"。各卷端书名题"新刻按鉴（演义全像）三国英雄志传"。上图下文，图上栏外有八字标题。图两旁各三行，行三十六字；图下十行，行二十九字。马隅卿先生藏杨美生本抄本，清嘉庆间翻刻杨美生本。③ 日本京都大谷大学附属图书馆藏。

15. 新刻京本按鉴考订通俗演义全像三国志传  二十卷二百四十则  ［黄正甫本］

明天启间闽芝城潭邑黄正甫刊。各卷端书名题"新刻考订按鉴通俗演义全像三国志传"（卷一至二、卷七），"新刻京本按鉴考订通俗演义全像三国志传"（卷八）。

---

① 参见魏安：《〈三国演义〉版本考》，上海古籍出版社1996年版，第48页。

② 英国学者魏安认为"三泉"盖"次泉"在翻刻时候的讹误。笔者按：此论似较武断，不能令人信服。"次"与"三"二字形体差异较大，因而产生讹误的可能性不大，且"次泉"为明代知名刻工，将其姓名弄错的可能性亦不大。反倒可能真有"三泉"此人，其或为"次泉"之弟。理由是：按照兄弟间长幼起名的规律"次泉"之下有"三泉"是可能的。但目前并无确凿证据证明之，因而只能是一种猜测。参见魏安：《〈三国演义〉版本考》，上海古籍出版社1996年版，第47页。

③ 孙楷第：《中国通俗小说书目》，作家出版社1957年版，第35页。

正文半叶十五行,长行三十四字,短行二十六字。上图下文,图上有横标题。卷一第一幅图标题为"伏羲神农皇帝治世",与叶逢春本第一幅图相同。[①] 卷二十末有"闽芝城潭邑艺林黄正甫刊行"牌记。中国国家图书馆藏。收入陈翔华主编《三国志演义古版汇集》。

16. 李卓吾先生批评三国志  一百二十回不分卷  [吴观明本]

明建阳吴观明刊。扉页题"三国志演义评",有识语云"此刻图绘精工,批评游戏,较《水浒》《西游》更为出色,亦与先刻《批评三国志》本一字不同,览者辨之"。卷首有秃子(李贽)序、缪尊素序、庸愚子序、《读三国史答问》《宗寮姓氏》、目录。正文半叶十行,行二十二字。精图一百二十叶(二百四十幅),第二叶版心题"书林刘素明全刻像"。北京大学图书馆、日本蓬左文库藏。

17. 二刻按鉴演义全像三国英雄志传  二十卷  [魏氏本]

明建阳魏氏刊。该书破损严重,现只存有卷一至三。版心书名题"二刻三国英雄志传",卷端书名题"二刻按鉴演义全像三国英雄志传"。卷一首题"晋平阳陈□(此处脱一个字,下同)志传","元东原罗贯□□□","□□林魏□□□□"。卷三首记卷三至四的年代起讫。正文半叶十五行,每半叶两边各三行,行三十五字,中间九行,行二十八字。上图下文,框廓上部横书小标题。中国国家图书馆藏。

18. 三国志  二十卷二百四十回  [雄飞馆本](英雄谱本)

明崇祯间雄飞馆合刻《英雄谱》本。上栏(页面高度的三分之一)为《水浒传》,下栏为《三国志》。正文上栏半叶十六行,行十三字;下栏半叶十四行,行二十二字。图一百叶,绘刻相当精致,前六十二叶为《三国》图,后三十八叶为《水浒传》图。图后半叶为题咏,句旁有圈点及评,皆用朱墨,署名张圣瑞、张采等。中国国家图书馆、日本内阁文库、日本尊经阁文库、日本京都大学图书馆藏。收入《古本小说集成》第1辑第8—11册。

19. 新刻全像演义三国志传  二十卷  [国家图书馆藏本]

明建阳刊本。现只存卷五至七。封面至卷一缺失,所以书肆、出版者不详。版心书名题"原本三国志传",各卷端书名题"新刻全像演义三国志传"。正文半叶十五行,每半叶两边各三行,行三十六字,中间九行,行二十九字。上图下文,框廓上部横书小标题。中国国家图书馆藏。

以上所列十九种明建阳书坊刊刻本,具有浓厚的商业化气息,不仅"节缩纸版",纸张粗糙,而且文字繁密,字迹潦草,插图大多绘制粗陋。出于盈利目的,建阳书坊刊刻的通俗小说,普遍以低廉的价格诱惑、新颖的文本内容及形式,如以增删文字,加入插图、周静轩诗及评语等策略,来吸引文化水平较低的大众读者。就上文列举的诸建阳本《三国演义》,其文本内容及形式都具有以下特征:其一,加入插图。上文所列叶逢春本是目前我们所能考知的《三国演义》最早的插图本,这一版本采用上图下文的插图方式,即于每半叶上端三分之一或四分之一或更小的版面为,插入一张或半张图。其后建阳诸书坊纷纷效仿,几乎所有建阳本《三国演义》都

---

① 参见魏安:《〈三国演义〉版本考》,上海古籍出版社1996年版,第45页。

配有插图,而且均采用了上图下文式。明万历二十年(1592)余象斗双峰堂本卷首《三国辨》云:"坊间所梓三国何止数十家矣,全像者止刘、郑、熊、黄四姓,宗文堂人物丑陋,字亦差讹,久不行矣。种德堂其书板欠陋,字亦不好,仁和堂纸板虽新,内则人名诗词去其一分,惟爱日堂其板虽无差讹,士子观之乐然,今板已朦,不便其览矣。本堂以诸名公批评圈点校证无差,人物字画各无省陋,以便海内士子览之,下顾者可认双峰堂为记。"可见,加入插图已成为建阳书坊刊刻《三国演义》的通例。其二,增加或删减文字。文字的增删是建阳书坊为标榜自身特色以与其他刊本相区别,进而吸引读者的另一手段。与插入图像的目的相同,增加的释义、音释、地名注解、文人诗歌(如周静轩诗)及评点等,严格来讲,对小说情节的影响不大,却给读者的阅读欣赏,尤其是文化水平不高的普通大众打开了方便之门。然而"坊贾射利"之弊诚如明末周亮工所言:"予见建阳书坊中所刻诸书,节缩纸板,求其易售,诸书多被刊落……六十年前,白下、吴门、虎林三地书未盛行,世所传者,独建阳本耳。即今童子所习经书,亦尚是彼地本子,其中错讹颇多。近已亥闱中麟经题讹,至形之白简……故予谓建阳诸书,尽可焚也。"①这样的评论可谓尖刻,但是也不可否认建阳书坊刻印的书籍的确存在粗制滥造的致命缺陷。其三,加入花关索(关索)的故事。长期以来,学者们以是否插增花关索的故事作为判断《三国演义》版本的重要依据。除叶逢春本外,明代建阳其他书坊刊刻的诸本均有花关索的故事,这也成为建阳本的一个特征。

## (二)明代金陵刻本

南京是明代全国政治经济和文化中心之一,刻书业非常发达,是当时全国最为重要的刻书中心之一。明初的半个多世纪,南京作为全国的政治经济中心,汇聚了众多的经济和文化资源,譬如洪武时期,政府将元都北京的文献运往南京,又调集旧存于杭州的南宋文献和从全国各地征集来的文献,使南京成为首屈一指的文献集散地。不惟如此,明廷还采取了诸如诏免书籍税以及笔、墨等出版物资课税的措施。这些让利措施鼓励和刺激了出版业的发展。明永乐十八年(1420)帝都北迁,虽然带走了一些重要典籍和板片,但南京作为留都的地位依然显赫,国子监、六部等机构依然保留,仍旧继续刊刻书籍。②据张秀民《中国印刷史》统计,明代南京有书坊九十四家,多于建阳九家,更远远超过北京。金陵书坊声名及实力均较显赫者如唐姓富春堂、世德堂、文林阁、大业堂等十五家,周姓嘉宾堂、万卷楼等十四家。③若再加上官刻机构、私家刻书坊及书坊中名称湮灭不闻者,其总数量一定非常可观。南京书坊刻印的书籍品类繁多,除经史、时文、医书、文集、尺牍等外,戏曲和小说是其中的重要品类。譬如金陵唐对溪富春堂刊刻的戏曲、小说有四十余种,其中

---

① 周亮工:《因树屋书影》卷一,见《书影》,上海古籍出版社1981年版,第8页。

② 据统计,明代南京的官刻机构有14个,刻书较多者以内府、国子监为最。见江澄波、杜信孚、杜永康:《江苏刻书》,江苏人民出版社1993年版,第53—59页。

③ 张秀民著,韩琦增订:《中国印刷史》(上册),浙江古籍出版社2006年版,第243—247页。

如《新刊出像增补搜神记》《新刊出像音注密飞东窗记》等均有单面大幅插图。①

与建阳书坊不同的是,金陵书坊的纸张、雕印(行款及字体)、插图(见图8-1)等都相对精良,插图版面阔大,线条描绘虽略嫌粗放,但饶有古趣。而建阳本插图不仅画幅窄小,且人物刻画拙劣,场景多有雷同,两相对照,优劣立显。

图8-1 周曰校万卷楼刊《新刻校正古本大字音释三国志通俗演义》书影

目前存世的金陵刊刻之插图本《三国演义》,仅有周曰校万卷楼刻印的《新刻校正古本大字音释三国志通俗演义》。该本共十二卷二百四十则,明万历辛卯(十九年,1591)周曰校刊。卷首有嘉靖壬子(三十一年,1552)关中修髯子《全像三国志通俗演义引》、弘治甲寅(七年,1494)庸愚子《全像三国志通俗演义叙》及《三国志宗寮》。正文半叶十三行,行二十六字。卷一首题"晋平阳侯陈寿史传""后学罗本贯中编次""明书林周曰校刊行"。各则开头有横跨左右页面的精绘插图一幅,插图左右两侧各有十一字(前四后七)题句。右侧题句之左往往有与该则题名相对应的榜题。所记绘刻人姓名曰"上元泉水王希尧写""白下魏少峰刻"。日本村口书店、日本内阁文库、日本蓬左文库、日本宫城县图书馆伊达文库(存卷九至十二)、耶鲁大学图书馆、中国国家图书馆(残存卷三至六、卷九至十)、北京大学图书馆、中国社会科学院文学研究所(残)、台北"故宫博物院"藏。后收入《古本小说集成》第4辑第121—124册。

除周曰校本之外,明建阳书坊郑以祯宝善堂刊《新镌校正京本大字音释圈点三国志演义》(十二卷二百四十则)值得一提。该本孙《目》据郑振铎所记:"此本封面题'李卓吾先生评释圈点三国志,金陵国学原板,宝善堂梓'。卷一首题'晋平阳侯陈寿史传','明卓吾李贽评注','闽瑞我郑以祯绣梓'。所附诗词多采自万历壬辰余氏双峰堂刊本,亦有周静轩诗。"②可见,该本是郑以祯的改编本,即综采金陵国

① 江澄波、杜信孚、杜永康:《江苏刻书》,江苏人民出版社1993年版,第93—96页。

② 孙楷第:《中国通俗小说书目》,作家出版社1957年版,第32页。

学原板及建阳本的若干特色而成一书①，其插图据魏安《〈三国演义〉版本考》所记：每卷前或有半叶图一幅，卷一图（"桃园结义"）与周曰校本第一则图颇相似而略简。② 刘世德先生则称："郑以祯自称'闽'人。他刊刻的《三国志演义》刊本也采用了叶逢春刊本、余象斗刊本等等一系列建阳刊本所惯用的上图下文的形式。"③据此，该本的插图形制是比较特殊的，既有半叶整版大图，亦有上图下文式的小幅插图。可惜此本毁于日军侵华战火，我们目前已不得见。

周曰校万卷楼所刊刻的通俗小说除《新刻校正古本大字音释三国志通俗演义》外，还有《新刊大宋中兴通俗演义》（八卷）、《新镌全像包孝肃公百家公案演义》（六卷）、《新刊京板批评百将传》（十卷）、《续百将传》（四卷）、《新镌全像海刚峰先生居官公案》（四卷）等。从《新刻校正古本大字音释三国志通俗演义》及《新镌全像海刚峰先生居官公案》的插图来看，其共同特征为：插图幅面较大，一般都分左右两个半幅，合成一个整叶版面；人物形象刻画较精细，背景图案真实且富有生活气息。

受到周边地区刻书业的影响，南京周边地区，包括苏州、扬州、常州以及徽州的刻书业均较发达，地区之间的商贸往来频繁，尤其是江南水路交通的便捷更是为各地的交流提供了便利。苏州刻书以质量上乘著称，徽州版画艺术更是堪称精良。万历年间，曾有歙县众多雕工、画工和书手等技工为开辟新的工作领域，逐步移向金陵，为金陵书坊的发展提供了技术和人力上的有利条件。④

### （三）明代苏杭刻本

明代的苏州、杭州既是工商业发达城市，又是书籍刊刻重镇。胡应麟《少室山房笔丛》卷四"经籍会通四"云："今海内书，凡聚之地有四，燕市也，金陵也，阊阖也，临安也。"明代苏州的书肆"多在阊门内外及吴县前"。⑤ 据明人周弘祖《古今书刻》记载，明万历前苏州府（官刻）刻书达一百七十余种。⑥ 除官刻外，私人（家刻）及书坊刻书的数量也都很大。据缪咏禾统计，苏州私人刻书达二百一十家，而书坊的数量目前可考知的达六十七家。其中，冠以"金阊""阊门"字样的书坊有三十九家，冠以"东吴""吴门""吴郡""姑苏"等字样的十四家，冠以"吴县""长洲"字样的十一家。⑦ 苏州书坊刊刻的书籍以科举、医药、童蒙等通俗读物居多，戏曲、小说刊刻的

---

① 刘世德先生据《小说月报》（二十卷十号）所刊登的该本卷一第一叶书影，与嘉靖壬午本、叶逢春本、余象斗本、周曰校本相关内容的对比，认为"从异文看，郑以祯刊本的文字全同于周曰校刊本；近于嘉靖壬午本——只有'年'、'界'二字不同；而大异于叶逢春刊本、余象斗刊本——半叶之内，异文竟有十三处之多"。见刘世德：《〈三国志演义〉作者与版本考论》，中华书局 2010 年版，第 184 页。

② 参见魏安：《〈三国演义〉版本考》，上海古籍出版社 1996 年版，第 20 页。

③ 刘世德：《〈三国志演义〉作者与版本考论》，中华书局 2010 年版，第 184 页。

④ 江澄波、杜信孚、杜永康：《江苏刻书》，江苏人民出版社 1993 年版，第 50 页。

⑤ 胡应麟：《少室山房笔丛》卷四《甲部·经籍会通四》，中华书局 1958 年版，第 55 页。

⑥ 周弘祖：《古今书刻》（上编），光绪丙午年（三十二年，1906）刊本。

⑦ 缪咏禾指出："苏州有大量的坊刻图书。书坊的数字，各种文献上记录多少不等。《中国印刷史》认为有 37 家……经查《江苏刻书》可补充 19 家；又查《苏州市志》可补充 11 家。"见缪咏禾：《明代出版史稿》，江苏人民出版社 2000 年版，第 77—78 页。

数量亦不在少数,其中以"三言二拍"最为著名。苏州刻书的质量,总体而言属上乘品,诚如胡应麟所言,"余所见当今刻本,苏常为上,金陵次之""其精吴为最"。①

杭州是南宋都城,"其地适东南之会,文献之衷,三吴七闽,典籍萃焉"②,早在宋元时期就是刻书重镇。明代的杭州依然是当时的刻书重镇之一。胡应麟《少室山房笔丛》卷四"经籍会通四"云:"凡刻之地有三,吴也,越也,闽也……燕、粤、秦、楚,今皆有刻,类自可观,而不若三方之盛。其精,吴为最;其多,闽为最,越皆次之。其值重,吴为最;其值轻,闽为最,越皆次之。"杭州书肆"多在镇海楼之外,及涌金门之内,及弼教坊、清河坊,皆四达衢也。省试则间徙于贡院前;花朝后数日,则徙于天竺,大士诞辰也;上巳后月余,则徙于岳坟,游人渐众也。梵书多鬻于昭庆寺,书贾皆僧也。自余委巷之中,奇书秘简,往往遇之,然不常有也"。③ 据统计杭州的书坊有三十六家,其中较著名者如容与堂刊有《李卓吾先生批评水浒传》(一百回)、《幽闺记》、《红拂记》、《琵琶记》、《西厢记》、《金印记》等戏曲、小说,这些作品都有精美插图。④ 明代杭州书坊刻书比较著名的是容与堂,其刻印的戏曲、小说很多,如《李卓吾先生批评幽闺记》,有图二十幅,甚是精美。目前所能考知的明代苏杭书坊刊刻的《三国演义》主要有如下三种。

1. 李卓吾先生评新刊三国志 一百二十回不分卷 [吴郡宝翰楼本]

明吴郡宝翰楼刊。扉页题"李卓吾先生评新刊三国志"。卷首有缪尊素序(作"卓吾李贽题")及目录,无宗寮。卷一第一回卷端书名题"李卓吾先生批评三国志真本"。正文半叶十行,行二十二字。有半叶图一百二十叶二百四十幅(每回两幅),同李卓吾评本。⑤ 有眉批总评。耶鲁大学图书馆、北京师范大学图书馆藏。

2. 绣像古本李卓吾先生批评三国志 [苏州藜光楼本]

明苏州藜光楼/植槐堂刊。扉页题"绣像古本李卓吾原评三国志""吴郡藜光楼植槐堂藏板"。卷首有缪尊素序(作"卓吾李贽题")、目录、人物表。版心书名题"三国志",各卷端书名题"李卓吾先生批评三国志"、"李卓吾先生批评三国志传"(第七十一回)。正文半叶十行,行二十二字。有半叶图一百二十叶二百四十幅(每回两幅)。中国国家图书馆、北京大学图书馆、日本天理图书馆、日本都立中央图书馆(不全)、俄国科学院东方研究所藏。⑥

3. 新镌通俗三国演义便览 [杭州夷白堂本]

明杭州书坊刊刻,巾箱本。夷白堂为晚明小说家、刻书家杨尔曾(雉衡山人)的堂名。卷二十一书名后有"徽郡原板"四个小字,故知有徽州原刊本。正文二十四卷(卷二十四以第二百三十二则"姜维大战剑门关"开始,所以每卷似乎不一定分为十则)。正文半叶九行,行十七字。版心书名题"三国志"。各卷端书名题"新镌通

① 胡应麟:《少室山房笔丛》卷四《甲部·经籍会通四》,中华书局1958年版,第59页。

② 同上,第55页。

③ 同上,第56—57页。

④ 缪咏禾:《明代出版史稿》,江苏人民出版社2000年版,第92页。

⑤ 马廉:《旧本〈三国演义〉版本的调查》,载《北平北海图书馆月刊》1929年第2卷第5号,第400页。

⑥ 参见魏安:《〈三国演义〉版本考》,上海古籍出版社1996年版,第25页。

俗三国演义便览"（卷二十一、二十四）。卷二十四首题"晋平阳侯陈寿史传""后学罗本编次""武林夷白堂刊"。日本庆应大学图书馆藏。①

明建阳书坊叶逢春刊《新刊通俗演义三国志史传》为现存最早的插图本《三国演义》。该本的插图为上图下文式，且正文每页上都有插图，这是《三国演义》文本与插图形式的最初呈现。由上图下文式插图衍生而来，建阳书坊刊刻的另外一些版本的《三国演义》插图形式又有一些新的变化，如嵌像式、偏像式、合像式等。这些新变大体遵依插图在上，文字文本在下的原则，只不过插图在一页书版上所占面积愈来愈小，以至于插图两端及上端空出的空间都被穿插进文字文本，这反映了书坊主为节缩版面、省减工料的射利意图。与建阳书坊的上图下文式插图不同的是，金陵书坊将插图放大至一个版面，分左右两个半叶。金陵周曰校万卷楼刊刻之《新刻校正古本大字音释三国志通俗演义》，其插图就是半叶连图式。严格来说，这种样式也属于合像式插图。此外，清代诸刻本《三国演义》又普遍于卷首或回首增加人物绣像，有的版本则出现了"卷首/回首图"，即在每一卷或每一回的开端增插若干幅与该卷、回内容相关的插图。

## 二、插图与文本的结合形式

中国古代图书的插图形式多种多样，总体而言可大致分类如下：其一，按插图出现在书中的位置可分为扉页插图、封面插图、目录插图、正文插图（卷首插图／文中插图／卷尾或书末插图），其二，按插图与文字文本的结合方式可分为单面插图（上图下文／上文下图／上下两图／左图右文或前文后图／右图左文或前图后文／方格插图／不规则插图）、合页连式插图、主图和副图，其三，按插图的图形可分为长方形、圆月形、方形、扇形和其他类型。②

对《三国演义》而言，自叶逢春本加入插图以后，明代建阳书坊刊刻的《三国演义》几乎都效仿叶氏的做法，纷纷加入了插图③，而且插图的形制也都大同小异，以至于上图下文式的插图成为人们判断是否为建阳本的一条重要依据。当然，上图下文只是建阳书坊刊刻的戏曲、小说插图的普遍形式之一，其中亦有半叶整版的插图。④ 明代金陵书坊刊刻的《三国演义》采用大幅插图（半叶版面），且插图的绘刻

---

① 参见魏安：《〈三国演义〉版本考》，上海古籍出版社 1996 年版，第 21 页。

② 参见徐小蛮、王福康：《中国古代插图史》，上海古籍出版社 2007 年版，第 321—345 页。

③ 唯钟伯敬批评本是否有插图现无法确定。王长友先生考证云："东洋文化研究所藏本已没有封面、叙言、目录、插图等。孙楷第先生《中国通俗小说书目》著录该书时亦注明'无图'。但是，东洋文化研究所藏本书前有长泽规矩也先生所加的一段按语：钟评《三国志》，禹域佚书，千叶文库曾藏一部，亦少序目。'孙目'云'无图'。规按，原有图像，俱佚耳。"王氏推测"钟评《三国志》已佚的插图可能亦取自初刻《英雄谱》，大约也在六十幅左右"。王长友：《〈钟伯敬先生批评三国志〉探考》，见谭洛非主编：《〈三国演义〉与中国文化》，巴蜀书社 1992 年版，第 147—148 页。

④ 譬如明万历年间刘龙田刊《重刻元本题评音释西厢记》，其插图为半叶整版图，共二十幅，亦有双面连式图两幅，这种插图形式郑振铎先生称之为"宋元版画之革命"。参见郑振铎：《〈中国版画史图录〉自序》，见张蔷编：《郑振铎美术论文集》，人民美术出版社 1985 年版，第 9 页。

亦较之建阳本更为细致生动。明代苏州、杭州书坊的刻书虽然起步较晚,且刊刻的《三国演义》版本数量也不多,但是苏、杭本的插图因受徽派版画的影响而更为细致精美。

## (一) 文图一体式

从现存插图本《三国演义》来看,其插图与小说文本的组合方式是多种多样的,其中最常见的方式是小说文本与插图紧密结合在一起的文图一体式。这种文图一体的插图方式主要表现为上图下文。所谓上图下文,是指插图占据半叶版面的上端近一半或三分之一到四分之一高度的版面。这种插图样式早在元刊《全相平话五种》中就已出现。叶逢春刊《新刊通俗演义三国志史传》插图沿袭了这种上图下文样式,即在正文每页上都添加了一幅与本页小说文本内容相关的插图,是为"全像"。这些插图高度约为该叶版面高度的四分之一,宽度横跨该半叶;插图左右两侧均有揭示该图所绘内容的题榜,字数不等,无对仗叶韵。与此前无插图的版本相比,叶逢春本显然是一个创举,不仅形式新颖,而且文图对照的形式对文化水平较低的读者来说,无疑有助于他们阅读文本。

但是叶逢春本插图幅面窄小,人物及场景所能展示的空间有限——仅仅描绘了该插图所表现故事中的核心人物,全无环境和背景的描刻,而且所刻画的人物均笔法粗略。譬如人物的襟带、冠冕、鞋履,以及山石、树木、马鬃等,多用粗黑线条勾勒,显得古朴粗犷,与木刻年画笔法相似。不仅如此,插图中勾勒人物面容的线条亦较生硬,人物的面容特征并不鲜明,这都体现了通俗小说早期插图创作手法的不成熟。而且插图两侧的题榜亦缺乏锤炼,仅以一句叙述性的语言代之,左右两侧字数并不相等亦不构成对仗,缺乏一种与图像交相辉映、相映成趣的韵味。总体而言,叶逢春本插图风格古朴,人物刻画简略,加之又多用软木雕以粗阳文线条,故而漫漶不清的现象较普遍,这也成为其为人诟病的重要原因。但是叶逢春本插图也有值得肯定之处,那就是每幅插图叙述了一个故事,突出了人物及其行为的核心地位,这是继元代建安虞氏刊本《全相平话五种》之后,以图像进行叙事的又一次尝试。

继叶逢春本之后,建阳书坊纷纷效仿这种新的书籍编纂排版形式,也都加入了插图。其中汤宾尹校正本、郑少垣联辉堂/三垣馆本、郑世容本、杨闽斋本等均与叶逢春本插图形制完全一样。其他书坊则在效仿叶逢春本的同时又在插图形制方面做了各自的改变,或将图像缩小,或将榜题由左右两侧改为横置于图像上端,或于版框上端加注释、评语等。故此,便产生了嵌像式、偏像式与合像式的区别。

### 1. 嵌像图

所谓"嵌像图",是指图像周围均有文字,如榜题、正文、标题或评点等相关内容,共同构成一个"包围圈",图像犹如镶嵌在文字中一样。这种插图方式虽节缩了纸版,降低了印刷成本,但其弊端亦很明显——插图幅面窄小,不利于读者对图像的阅读欣赏,而且也压缩了图像叙事的空间:既使插图中的人物减少,又将环境及背景描绘一再删减,这都不利于以图像来叙事,达到图文并茂的效果。此外,囿于插图幅面有限,插图的描绘刻画更趋简略,削弱了插图的审美价值。嵌像式插图在建阳本《三国演义》中较为普遍,譬如笈邮斋本、朱鼎臣本、刘龙田乔山堂本中的插图两侧各有一行正文;黄正甫本将插图两侧的正文增加到二行;杨美生本、刘荣吾藜光堂本、魏氏刊本及北京图书馆(中国国家图书馆)藏本将插图两侧的正文增加到三行。由此看来,缩小插图的宽度以增插正文,这是节省版面的常见途径之一。另一途径则是将左右两侧的榜题移至插图上端(框廓之外),这既不挤占正文的版面,又达到了节省版面的目的。此外,还有将评点或注释置于插图上端(框廓之外)的做法,这同样也是一石二鸟的好策略。

2. 偏像图

所谓"偏像图",是指一个版面(左右两个半叶)仅有一个半叶上有一幅插图。"偏像"一词见于明万历二十二年(1594)余象斗刊刻的《水浒志传评林》。该书卷首《水浒辩》云:"《水浒》一书,坊间梓者纷纷,偏像者十余副,全像者止一家。"这里余氏将"偏像"与"全像"并提,可见二者是两种不同的插图形制。至于什么是"偏像"图,马幼垣先生曾在介绍一种残本《水浒传》,即《增插乙本》现存的两部分——(德国)德累斯顿本和梵蒂冈本时指出:"这特别之处是半叶上图下文后,随着半叶全是文字,然后又是半叶上图下文。在我接触过的明版小说当中,尚未见到类似的例子……有图的半叶是十四行,行廿二字,无图的半叶是十四行,行三十字。"[1]从马氏的描述来看,这种"偏像"图也采用上图下文样式,但摊开的两个半叶只有一幅插图,因而相对于建阳本的"全像"来说,是隔页有一图。现存古本《三国演义》也有类似形制的插图本——熊清波诚德堂刊《新刻京本补遗通俗演义三国全传》。该本插图的分布却毫无规律可言:既不统一位于卷首、回首,也不位于则首,而且两幅插图间的间隔亦无定数。这种"偏像"很明显是将"全像"插图删减之后的存留,这或许是受到当时建阳书坊肆意删改小说文本之风的影响,而最现实的动机,则可能是为了节省版面而删减插图。

3. 合像图

"合像图"是指插图横跨左右两个半叶,前后相连,共同构成一幅完整的图像。譬如建阳书坊熊佛贵所刊之《新锲音释评林演义合像三国史传》,卷端书名题"新锲音释评林演义合像三国史传",即已指出"合像"的插图形制。这种插图式样同属上图下文式,只不过每页的插图不是完整的一幅,而是与对页图像合而为一,故而这种插图式样又称作对页连式。日本天理图书馆藏本《三国演义》也是这种合像式插图。据英国学者魏安《〈三国演义〉版本考》著录,该本行款为:半叶十五行,其中有图部分占八行,行二十二字;无图部分占七行,行三十二字。[2] 这种合像式插图将"全像"插图数量缩减了一半,既做到每页有图又节省了版面。

综上,无论是嵌像图、偏像图还是合像图,都是上图下文式插图的变体,它们都遵循图像位于文字上方的规则,不存在本质上的区别,其差异只不过是图像的大小

---

① 马幼垣:《现存最早的简本〈水浒传〉：插增本的发现及其概况》,见《中华文史论丛》(1985年第三辑),上海古籍出版社1985年版,第105页。

② 参见魏安:《〈三国演义〉版本考》,上海古籍出版社1996年版,第49页。

和左右位置不同而已。

### (二) 文图分立式

除上文所述之文图一体式之外,有些《三国演义》的插图与小说文本之间结合不甚紧密,如绣像本《三国演义》中的插图就是一系列人物群像(绣像)集中位于卷首目录之后、正文之前,它们既相对独立于小说文本又与之存在联系——人物形象由小说文本归纳而来。又如另一些清代插图本《三国演义》,其插图集中位于每卷之首,以四至六个半叶插图来展示。

#### 1. 卷首/回首图

所谓卷首图,是指在每一卷或每一回的开端增插若干幅与该卷、回内容相关的插图。这样的插图功能有二:一是装饰书籍,引起读者的阅读兴趣;二是对该卷、回的内容起到一定的提示作用。现存的《三国演义》诸版本中,余象斗刊《三国志评林》本、明苏州藜光楼/植槐堂刊《绣像古本李卓吾原评三国志》本等都属于这种卷首半叶插图。余象斗刊《三国志评林》的图像虽属典型的上图下文式插图,但其中卷一、三、五、七、九、十三、十五前均有一幅半叶插图,这使余象斗《三国志评林》本成为明代建阳书坊上图下文式插图中的一个特例,其他诸本均只有上图下文式插图而无半叶大幅插图。藜光楼/植槐堂刊《李卓吾先生批评三国志》本卷首目录之后有半叶插图二百四十幅。吴郡绿荫堂刊《李卓吾先生批评三国志》本为覆明本,故与藜光楼本相同,亦有半叶插图二百四十幅。孙楷第先生认为,这两种版本"均从吴观明本出"[①]。

#### 2. 半叶连图

与建阳书坊的上图下文式插图不同的是,金陵书坊将插图放大至一个版面,然后分左右两个半叶展示出来。金陵周曰校万卷楼刊刻之《新刻校正古本大字音释三国志通俗演义》,其插图就是半叶连图式。严格来说,这种样式也属于合像式插图。但笔者认为,这种半叶连图的主要功能不在于帮助文化水平较低的读者阅读小说文本,而是在于图像本身的审美价值。理由有二:

一是这种半叶连图并非每页都有"全像",而是只在每一则故事的开头部分才有,其总数也不过一百二十叶,与上图下文式的"全像"相比,远远不能满足读者"看图识文"的需求。而且每回仅有一叶的插图,不能按照故事发生发展的逻辑构成一个连贯的图像序列,不利于读者把握故事本身。以叶逢春本为例,该本第一则"祭天地桃园结义"包含"刘备店遇关羽张飞""桃园结义聚众灭寇""张世平献马更助五百金"三个故事,每个故事配一幅插图,图之左右各标榜题。读者仅观图像即能对该回故事了然于胸。而周曰校本第一回的插图仅描摹桃园结义的情景,虽然古朴精美,对读者了解故事本身却助益不大。总而言之,这种每则仅有一叶的半叶连图无法发挥其图像助益于理解文字之功能。

二是半叶连图画幅较大,所能展示的人物故事及环境背景都更为阔大且丰富,无疑可当作一幅幅人物故事画来欣赏。譬如周曰校本第一则"桃园结义"插图描绘

---

① 孙楷第:《中国通俗小说书目》,作家出版社1957年版,第37页。

细致,图分前后两个半叶。前半叶画面上,刘、关、张拱手而立。刘备在前,腰佩宝剑,回首与关、张二人盟誓。关羽长髯飘逸,紧随刘备。张飞虎须怒张,伫立于刘、关二人身后。三人身后是一株桃树,虬枝劲健,枝头桃花盛开;枝叶间还栖息着一对喜鹊。后半叶画面上,摆着一座几案,案上香炉、蜡烛、杯盏、供品等物一应俱全。案旁地上卧着一头青牛和一匹白马,牛马跟前各有一虎头瓦盆。两名持刀仆役分别侍立两侧。整幅插图层次分明,中心突出,人物的动作、姿态、面部表情等都刻画得细致入微,就连无关紧要的背景画面都做了细致描摹,完全可以看作一幅简笔白描画。而建阳书坊的上图下文式插图,重在发挥图像与文字之间互补的阐释作用,尤其是当接受者(读者)的文化水平不高时,插图的图像叙事功能就得以充分发挥,从而帮助接受者顺利完成文化消费的过程。相比之下,半叶连图式插图更重在插图自身的审美价值——让读者在阅读小说故事之余,还能从插图中获得审美愉悦。

由此可见,周曰校万卷楼刊本《三国演义》更注重小说文本自身,插图只是作为一种艺术点缀,以满足读者在阅读之余的艺术欣赏。诚如该本封面周曰校识语云:"是书也,刻已数种,悉皆讹舛,茫昧鱼鲁,观者莫辨,予深憾焉。辄购求古本,敦请名士按鉴参考,再三雠校。俾句读有圈点,难字有音注,地里有释义,典故有考证,缺略有增补,节目有全像;如牖之启明,标之示准。此编此传,士君子抚卷心目俱融,自无留难,诚与诸刻大不侔矣。鉴者顾諟书而求诸,斯为奇货之可居。"这是周氏为推销自己产品而作的商业宣传语,很明显,其宣传的重点在于文本的精细校勘、缺略的增补与通俗化处理,如圈点句读、难字注音、地理释义、典故考证等,而"节目有全像"只是其通俗化处理的手段之一。所以从这里也可看出周曰校刊本是以小说文本为重的。

## 第二节　《三国演义》插图主题分析

作为一部历史演义小说,《三国演义》以小说家的视角和手法将三国历史演绎得扣人心弦,其在文学叙事方面的成功可谓有目共睹。除小说文本之外,明清各地书坊在刊刻小说时为其配画的插图,亦为小说的传播和接受增添了不少亮色。明人夏履先指出,"史中炎凉好丑,辞绘之,辞所不到,图绘之。昔人云:诗中有画。余亦云:画中有诗。俾观者展卷,而人情物理,城市山林,胜败穷通,皇畿野店,无不一览而尽。其间仿景必真,传神必肖,可称写照妙手,奚徒铅椠为工"①。这是针对通俗小说文本与插图关系的一段道白,指出了通俗小说插图的首要作用——以直观形象来展示或补充说明文本的内涵和意义,这实际上揭示了插图本通俗小说中图像与文本的关系:图像是文本(文字)的有益补充,它依附于文本而存在,处于从属地位,是文本的图像化展示。

《三国演义》插图按其描绘(表现)的内容划分,大致可分为人物绣像和情节插

---

① 夏履先:《禅真逸史·凡例》,见丁锡根编:《中国历代小说序跋集》(下),人民文学出版社 1996 年版,第 1532 页。

图两大类。单幅人物绣像在明代诸插图本《三国演义》中极为鲜见,而在清代诸版本中则较常见。明代《三国演义》插图以表现故事情节为务,偏好于通过展示故事情节中最富有孕育性的"顷间"来完成图像叙事,在给读者阅读接受带来便利的同时产生意义的增殖。下文以《三国演义》中最具有经典意味的故事情节为例,简要分析插图在揭示文本主题意旨方面的功能和意义。

从学理层面来看,插图以线条(有些还包括色彩)构成的图案来进行叙事,这是对小说文本以语言文字进行叙事的有益补充。法国学者罗兰·巴特曾指出,"对人类来说,似乎任何材料都适宜于叙事:叙事承载物可以是口头或书面的有声语言、是固定的或活动的画面、是手势,以及所有这些材料的有机混合;叙事遍布于神话、传说、寓言、民间故事、小说、史诗、历史、悲剧、正剧、喜剧、哑剧、绘画(请想一想卡帕齐奥的《圣于絮尔》那幅画)、彩绘玻璃窗、电影、连环画、社会杂闻、会话。而且,以这些几乎无限的形式出现的叙事遍存于一切时代、一切地方、一切社会"①。事实的确如此。插图借助绘画的基本要素,如线条、图形、色彩等构成图案,表达文本所描述的某一特定时刻场景,这其实就是以绘画的手段实现叙事效果。与小说文本的叙事相比,以插图为载体的图像叙事通常被视作对文本叙事的补充,是为了以直观形象弥补文本(语言文字)叙事需要诉诸读者的形象思维来将文本建构的抽象形象还原为直观形象的不足——毕竟这一还原过程对文化水平较低或缺乏相关文学鉴赏素养与训练的读者来说是比较困难的。图像叙事则很好地铺平了文字符号给阅读及审美鉴赏造成的鸿沟。对插图本《三国演义》而言,文本叙事与图像叙事可谓相得益彰,图像或与文本叙事并驾齐驱,或滞后或超前于文本,或以另一种姿态展示文本。下文以"桃园结义""三顾茅庐"为例,具体分析图像叙事的机制及效果。

## 一、桃园结义

"桃园结义"故事在三国故事系统中具有举足轻重的地位,它既是蜀汉集团组建队伍的开端,又是维系刘、关、张君臣间亲如兄弟般情谊的纽带。明人高儒述及《三国演义》的创作来源是"据正史,采小说",则"桃园结义"故事乃作者融会来自史籍、民间传说等鲜活素材加以文人创作而成。从历代史籍记载来看,"桃园结义"本无其事。《三国志》载刘备、关羽、张飞本为君臣关系,但三人情谊深厚:"先主于乡里合徒众,而羽与张飞为之御侮……先主与二人寝则同床,恩若兄弟。而稠人广坐,侍立终日;随先主周旋,不避艰险。""(张飞)少与关羽俱事先主。羽年长数岁,飞兄事之。"②刘、关、张三人表面上虽有明确的君臣等级之序,他们私底下却情谊

---

① [法]罗兰·巴特著,张寅德译:《叙事作品结构分析导论》,见张寅德编:《叙述学研究》,中国社会科学出版社 1989 年版,第 2 页。

② 陈寿撰,裴松之注,卢弼集解,钱剑夫整理:《三国志集解》卷三十六《蜀书六·关张马黄赵传》,上海古籍出版社 2012 年版,第 2507 页、2516 页。按:后文所引《三国志》内容除特别标明外,均引自该书,故只标出卷数及卷名和页码。

笃厚,亲如兄弟。三人间兄弟般的情谊,时人亦有共识。如费诗在劝关羽受前将军之职时云:"王与君侯,譬犹一体,同休等戚,祸福共之。"[1]刘晔在料定刘备必将出兵为关羽复仇时亦云:"关羽与备,义为君臣,恩犹父子;羽死不能为兴军报敌,于终始之分不足。"[2]其他史籍,如《华阳国志》载:"河东关羽云长、同郡张飞益德并以壮烈,为之御侮。先主与二子寝则同床,食则共器,恩若弟兄,然于稠人广众中侍立终日。"[3]《资治通鉴》亦载:"备少与河东关羽、涿郡张飞相友善……备与二人寝则同床,恩若兄弟。而稠人广坐,侍立终日,随备周旋,不避艰险。"[4]这些记载虽与《三国志》多有重复,但他们三人间亲密的兄弟关系是得到史学家们一致认可的。

"桃园结义"故事的形成经历了长期的历史发展和积淀。宋元之际郝经《重建庙记》中有"王(按:指关羽)及车骑将军飞与昭烈为友,约为兄弟,死生一之"[5]之说,与史籍记载一脉相承。元明时期叙写"桃园结义"故事的文学文本有:《全相三国志平话》、《刘关张桃园三结义》杂剧、《花关索传说唱词话》、《三国志通俗演义》、《三国志大全》、《护国佑民伏魔宝卷》、《三国志玉玺传》弹词、《销释万灵护国了意至圣伽蓝宝卷》等。另外,明代戏曲选本《大明春》卷六收《云长训子》一出,题为《结义记》,《群音类选》卷十二收《桃园记》四出。从剧名上看,《桃园记》《结义记》颇似与桃园结义故事相关。[6]

目前所能考知的"桃园结义"故事最早见于《全相三国志平话》,其文云:"当日,因贩履于市,卖讫,也来酒店中买酒吃。关、张二人见德公生得状貌非俗,有千般说不尽底福气。关公遂进酒于德公。公见二人状貌亦非凡,喜甚,也不推辞,接盏便饮。饮罢,张飞把盏,德公又接饮罢。飞邀德公同坐,三杯酒罢,三人同宿,昔交便气合。有张飞言曰:'此处不是咱坐处。二公不弃,就弊宅聊饮一杯。'二公见飞言,便随飞到宅中。后有一桃园,园内有一小亭。飞遂邀二公,亭上置酒,三人欢饮。饮间,三人各序年甲:德公最长,关公为次,飞最小。以此大者为兄,小者为弟。宰白马祭天,杀乌牛祭地。不求同日生,只愿同日死。三人同行同坐同眠,誓为兄弟。"[7]

嘉靖本《三国志通俗演义》中的"桃园结义"故事大体内容与此一致,但描述更为详尽。"玄德遂以己志告之,三人大喜,同到张飞庄上,共论天下之事。关、张年纪皆小如玄德,遂欲拜为兄。飞曰:'我庄后有一桃园,开花茂盛,明日可宰白马祭

① 《三国志集解》卷四十一《蜀书十一·霍王向张杨费传》,第 2665 页。

② 《三国志集解》卷十四《魏书十四·程郭董刘蒋刘传》,第 1313 页。

③ 常璩:《华阳国志》,见《二十五别史·华阳国志》(九家晋书辑本),齐鲁书社 2000 年版,第 72—73 页。

④ 司马光:《资治通鉴》卷六十《汉纪五十二》,中华书局 1976 年版,第 1927 页。

⑤ 郝经:《重建庙记》,转引自朱一玄、刘毓忱编:《〈三国演义〉资料汇编》,南开大学出版社 2012 年版,第 151 页。

⑥ 学者王丽娟梳理了"桃园结义"故事的源流,从"文人""民间"视角考察对比了该故事的两种叙事模式。见王丽娟:《文人之"忠"与民间之"义"——桃园结义故事两种叙事的比较分析》,载《明清小说研究》2007 年第 1 期,第 51 页。

⑦ "桃园结义"故事见录于《三分事略》和《全相三国志平话》,因二者在情节、文字、版式和插图形制上都几乎完全一致,因而学者认为二者实为同一部书的两家刻本。此"桃园结义"故事引自佚名:《全相三国志平话》,见《古本小说集成》编辑委员会:《古本小说集成》第 1 辑,第 001 册,上海古籍出版社 1994 年版,第 148 页。

天,杀乌牛祭地,俺兄弟三人结生死之交,如何?'三人大喜。次日,于桃园中列下金纸银钱,宰杀乌牛白马,列于地上。三人焚香再拜,而说誓曰:'念刘备、关羽、张飞,虽然异姓,结为兄弟,同心协力,救困扶危,上报国家,下安黎庶,不求同年同月同日生,只愿同年同月同日死。皇天后土,实鉴此心。背义忘恩,天人共戮!'誓毕,共拜玄德为兄,关某次之,张飞为弟。"①

### (一) 前代"桃园结义"图像

图8-2、图8-3与图8-4、图8-5分别为《三分事略》《全相三国志平话》"桃园结义"故事插图。从图8-2、图8-3与图8-4、图8-5呈现的画面来看,作画人均抓住了文字文本的核心内容,展示了刘、关、张三人义结金兰时的情景。相较而言,《三分事略》插图画面简略,构图单一,缺乏变化,观者从右至左,依次观览:图8-2右半幅画面有四名仆役(乐工)击鼓奏乐,左上角有一条桌,上面摆着酒壶和杯盏。左半幅画面是插图的核心,呈现了刘备、关羽、张飞三人欢饮议事的场景。图8-3右半幅画面的中心位置描绘了刘、关、张三人拱手而立,面对香案,案上摆着烛台、香炉等物,他们身后两名仆役(武士)手持长枪侍立。图8-3左半幅画面描绘了一匹白马和一头青牛,其中白马被拴在马桩上,青牛则由一名持刀仆役(屠夫)牵引。地上放着一只木盆和两坛酒,暗示即将开始的"义结金兰"这一主要事件。两幅插图刻画的四组人物分别为乐工、武士、屠夫和刘、关、张,他们身份各异,然而人物的形貌区别性特征并不明显,尤其是核心人物刘、关、张三人,读者并不容易识别区分他们,加之刻画人物的线条僵硬呆板,整体风格显得拙朴。

图8-2 《三分事略》"桃园结义"插图(一)

图8-3 《三分事略》"桃园结义"插图(二)

① 罗贯中:《三国志通俗演义》,见《古本小说集成》编辑委员会:《古本小说集成》(第3辑),上海古籍出版社1994年版,第19页。

相较而言,《全相三国志平话》的插图尽管与《三分事略》的插图在表现内容、人物数量、人物动作和姿态等方面几乎一致,但刻画更细致、更生动活泼,也更富有生活气息。从构图上看,图8-4、图8-5的视角并不固定单一。

图8-4　《全相三国志平话》"桃园结义"插图(一)

图8-5　《全相三国志平话》"桃园结义"插图(二)

图8-4左半幅为整幅插图的核心,画面采用对角线构图(从右上角到左下角),位居右上角的武士双手交叉叠放于腹部,位于左下角的武士则双手举持一长柄大刀。位于画面中心位置的是刘、关、张三人,他们神态动作各异,其中刘备坐主席,关羽居左,张飞居右,座次分布即表明三人的年龄(尊卑)之别。从三人的神态来看,似乎正在商议如何实现"救困扶危,上报国家,下安黎庶"之宏愿。刘备身旁左右两侧各有一根柱子,表明宴饮地点是在园中小亭内。画面近处,绘刻者着意用简笔勾勒了一只狗,表面看来似可有可无,但它的存在却将整幅插图的生活化气息和盘托出。另外,图8-5左半幅画面上袒胸露乳的屠夫,其神态亦逼真,且生活气息浓郁。

图8-4右半幅图渲染整幅插图的环境,画面中既有盛开的桃花,又有一株大如车盖的垂柳,这些景物的描绘表明结义地点是在张家庄园的后院——尽管《三分事略》与《全相三国志平话》均未言明张家后院的具体情况,插图绘刻者却适当加入了自己的艺术化想象,在右半幅画面中点缀了桃花与垂柳,这不是画蛇添足,而是恰到好处的艺术渲染。画面近处(右半幅画面的中心位置)是四名正在击鼓奏乐的乐工,他们中三人面向观者,一人侧身面向刘、关、张,画面左上角列一条桌,上有酒壶、杯盏,暗示整幅插图所表现的内容是"祭拜天地,义结金兰",而非朋友间的日常欢饮。从构图上看,右半幅画面中的柳树仅露出下部和少许枝叶,将观者的视线拉远,增强了画面的纵深感,也符合绘画构图中的焦点透视原则。与《三分事略》"桃园结义"插图相比,《全相三国志平话》插图虽只增添了桃树、柳树和松树各一株及

杂草数丛,营造的艺术空间却是开阔立体的,既真实表现了张家后院的客观景象,也增强了画面的层次感,能给观者以较强的现场感。另外,图8-5画面上缭绕的烟雾起到了烘托环境的作用,明显借鉴了中国传统绘画中营造画面纵深感的云烟流水"阻隔"技法。

总体而言,《全相三国志平话》中的"桃园结义"插图,画面描绘更为精细,线条柔和,人物形貌的区别特征明显,如关羽的长髯让读者一眼就能识别出来,其他人物神态各异,面容及衣着均有微小差异。另外,画面核心人物身后均有起提示作用的"人物名牌",这对文化水平较低的读者来说是一种很好的阅读提示。插图右上角的"桃园结义"四字借用了中国传统绘画中题款的布局和形式。

### (二) 明代"桃园结义"插图

叶逢春本是目前所能考知且存世最早的《三国演义》插图本。从插图整体风格来看,人物绘刻古拙,多用粗黑线条勾勒人物的服饰、须发等以及山川轮廓、树木、车马、廊柱等背景图案;而且还因插图本身幅面窄小,人物面部特征不易精确体现,故读者只能依靠人物各自最显著的标志性特征加以区分,如张飞的"虎须"和关羽的长髯是区别刘、关、张三人的依据。其他人物的识别,则需要根据其出现的场合,结合具体的插图来做推断。

叶逢春本"桃园结义"故事插图,从插图样式看,属建阳书坊惯用的上图下文式插图。叶逢春本《三国演义》的插图并不注重人物形象的描摹,而是重在以图像叙事来辅助读者阅读或是吸引读者购买。除此之外,刻意压缩制作成本或许是其中另一重要原因。同样是描绘"桃园结义"故事,叶逢春本插图中只出现了三个人物,即刘备、关羽、张飞,可谓惜墨如金到了极致。画面正中偏远处是一棵挺拔的松树,刘、关、张三人拱手而立,但因图像印刷漫漶不清,我们已难以具体辨别三人的身份,只能通过人物的身材和胡须大致辨认左侧是张飞,居中者为关羽。画面右侧的青牛、白马亦勾勒简略拙陋,与地上的木盆一起暗示插图画面是"宰白马祭天,杀乌牛祭地""兄弟三人结生死之交"。插图两边有一副榜题,内容为"桃园结义,聚众灭贼"。总体而言,叶逢春本"桃园结义"插图画面虽展示了一定的空间结构,有一定的空间变化,但描绘过于简略,人物绘刻古拙,多用粗黑线条,揭示了书坊主刻意节省工本费用的意图。

通过比对金陵周曰校本、熊清波本、熊佛贵本"桃园结义"故事的插图,可以见出插图在表现故事主题方面的异同。

金陵周曰校万卷楼刊刻之《新刻校正古本大字音释三国志通俗演义》,其插图与文字文本的结合方式是半叶连图式。这种大幅插图与建阳书坊盛行的上图下文式插图明显不同,不仅将插图幅面放大至一个版面,分左右两个半叶展示,而且在构图上也存在较大差别:插图以近距离的视角呈现故事情节,亦即观察者(观众)的视点较低,与画面人物几乎成平行视角,拉近了故事人物与观者的距离,从而给观者以身临其境的视觉感受。在"桃园结义"插图中,右半幅画面中的刘、关、张三人拱手而立,其中刘备居前,关羽居左,张飞居右,三人站立的位置暗示了其年序的长幼。三人身后是一株盛开花朵的桃树,枝头栖息着两只喜鹊,画面营造了一派春光明媚的景象。画面采用自右至左的横向平行构图法,引导观者的目光向左转移。左半幅画面揭示了整幅插图的主题——结义,画面采用对角构图法,左下角的一名仆役(武士)手持钢刀侍立,右侧是躺卧于地上的一匹白马和一头青牛,右上角另有一名持刀仆役(屠夫),左上角陈列着香案,案上摆着一对烛台、一尊香炉和一双杯盏等物什,香案旁的旗杆上挂着的令旗随风飘扬。所有场景均描绘细致,人物相貌各异,衣着配饰均各有特色。

明万历间熊清波诚德堂刊本《三国志全传》"桃园结义"插图带有浓郁的木刻版画特征——不仅刻画线条趋于平直,且常以小片墨色涂抹来代替线条的刻画。① 从插图的视角来看,该图的观察点较高,让观者以鸟瞰(俯视)的视角来观察画面中的人物及其故事。画面中环形的围墙为画中人物营造了一个相对独立的私密空间,在此空间中,主人公刘、关、张三人拱手而立,居前者为刘备,关羽居中,张飞居末。画面左侧是仅露出前半截身体的一匹白马和一头青牛,中间是一名呈半蹲姿势的仆役,仆役身前的木盆与烛台暗示出画面活动的内容。值得注意的是,该插图在对"桃园结义"故事的叙述中,敏锐地捕捉到了"桃园结义"行为是一种秘密活动的重要信息,因而利用围墙隔开一个独立空间以及采用鸟瞰式的观察视角,给观者营造出一种神秘感,同时也满足了他们的猎奇(窥探隐私)心理。另外,画面上端缭绕的云朵以及插图修饰性的边框共同构成了一幅帷幕,造成一种观看戏剧舞台表演的视觉效果。此外,画面上结着丰硕果实的桃树,以及画面右下角门框上的"桃园"二字,对图像叙事起到了补充说明的作用。

明万历间熊佛贵忠正堂刊本《三国志史传》"桃园结义"插图采用对角构图法:左上角的院墙与右下角的墙顶相对,左下角的桃花与右上角的桃树呼应,人物沿自左下角至右上角对角线分布。插图的观察视点虽以鸟瞰方式展示人物及故事,但较之熊清波本的视点低,拉近了观者与图中人物的距离。画面中处于中心位置的是刘备、关羽和张飞,三人按长幼次序站立,刘备双手笼于袖中,关羽和张飞则均将右手抬至胸前作交谈状。他们身旁有一高脚圆香案,上面放置一尊香炉和一对净瓶,他们跟前有一匹白马和一头青牛,这些陈设暗示出插图故事的内容。画面近处是两名仆役,其中一名手持尖刀。由观众的视角望去,焦点正好落在刘、关、张三人身上,而近处的仆役则成为整个画面的背景和陪衬,起到辅助叙事的作用。

明末清初遗香堂刊《绘像三国志》"桃园结义"图较少保留明代诸本《三国演义》插图的"版画"痕迹,更接近于简笔勾勒的山水人物图。从构图来看,该图运用了S形律动构图法,如画面右上角的远山及行进中的马队呈"S形",院中桃树、香案、牛马、跪拜的主人公及右下角的数名仆役也构成了一个"S形"。S形律动构图法体现了中国传统绘画美学中"动"与"静"之间的辩证统一,能"在视觉心理上给观众一种

---

① 有些图像(譬如马鬃、人的须发及衣服纹饰等)需要较为细致的线条刻画,而熊清波本插图则径直以成片"墨块"取而代之,这样的笔法实际上是偷工减料,毕竟成片的墨色区域不需要施加任何笔画。

柔和迂回、婉转起伏、柔中有刚、刚柔相济、流畅优雅的节奏感与韵律美感,而且可以通过宏观的序列分布,使其在构成中能虚善藏,虚中见实,实中有虚,贯通得势,浑然一体"①。插图的观察视点较上述诸版本更高,因而画面显现的内容丰富,场面更为开阔。该幅插图应当分成两个部分来解读:其一,画面下半部描绘了"桃园结义"故事。这是本插图所要叙述的核心内容。画面左下角露出瓦房一角,暗示了结义地点是在张家后院而非旷野荒原。左侧"开花茂盛"的桃树,陈列的香案、烛台、香炉、杯盏以及倒伏于地的牛马,共同指向画面所描绘的核心事件——结义。十名仆役分三组分列于主人公刘备、关羽和张飞四周,画面上的刘、关、张三人均头着幅巾、身穿宽袖长袍,同跪于一条毡毯上作拱手拜伏状。其二,画面右上部分描绘了一支马队,暗示了小说下文所谓张世平、苏双"献马助金"一事。画面以山石这道天然屏障"隔"出一个独立的狭小叙事空间,将时间上几乎同时发生的故事情节并置其中,以"画外音"的形式补充说明其他次要或即将发生的故事情节。

从图像叙事角度看,这是属于将不同时空中的事件并置于一个画面中加以叙述的做法。有学者将这种图像叙事方式称作"纲要式叙述"或"综合性叙述"②。这种图像叙事的高明之处就在于:通过将不同时空节点上发生的事件——大多是前后连贯或具有内在逻辑性的事件并置一处,让有限的画幅发挥出更大的叙事功效。读者在"凝视"(前一事件或片段)插图的瞬间能宕开想象,从而将图像叙事的空间性与文字叙事的时间性有机结合起来,达到对情节发展一目了然的观看效果。就"桃园结义"这一核心故事情节而言,遗香堂刊《绘像三国志》"桃园结义"图的下半部分基本上就已将事件描述清楚了,右上部分完全可以采用中国传统绘画中的"留白"方式留下空白。但是插图绘刻者巧妙利用这一有限空间,寥寥数笔,以山石勾勒出另一个叙事空间,以露出马头的马匹和只显出上半身的人物来暗示马队的到来。这部分内容化用了绘画艺术中"虚"与"实"的辩证统一:以"虚"衬"实","虚"中见"实","虚""实"相生。

要而言之,从上述"桃园结义"故事七种版本的插图来看,《三分事略》《全相三国志平话》插图有"依文配图"的倾向,即依据小说文本故事情节来绘制插图。明代书坊刊刻的小说插图,就单位故事的插图数量而言明显减少,而且插图的绘制逐渐显现出主题先行的趋势。譬如明代叶逢春本、周曰校本、熊清波本、熊佛贵本、余象斗评林本与双峰堂本等均依主题而配制插图。从插图描绘的内容与小说叙述的内容对比来看,插图只截取了小说文本叙事中一系列动态化情节中的一个特定时刻,亦即莱辛在《拉奥孔》中所谓"最富于孕育性的顷刻",这富于"孕育性"的一刻能让观者产生丰富的想象与联想——既向前"追溯"又向后"展望",从而达到全面理解和把握小说故事情节的目的。

---

① 韩玮:《中国画构图艺术》,山东美术出版社 2010 年版,第 57 页。

② 参见龙迪勇:《图像叙事:空间的时间化》,载《江西社会科学》2007 年第 9 期,第 48 页。

## 二、三顾茅庐

诸葛亮是《三国演义》竭力塑造的贤相,正如毛宗岗所言:"历稽载籍,贤相林立,而名高万古者莫如孔明。其处而弹琴抱膝,居然隐士风流,出而羽扇纶巾,不改雅人深致。在草庐之中,而识三分天下,则达乎天时,承顾命之重,而至六出祁山,则尽乎人事……是古今来贤相中第一奇人。"[①]"三顾茅庐"故事本于《三国志》,史载:诸葛亮出山前"躬耕陇亩,好为梁父吟。身长八尺,每自比于管仲、乐毅,时人莫之许也。惟博陵崔州平、颍川徐庶元直与亮友善,谓为信然。时先主屯新野。徐庶见先主,先主器之,谓先主曰:'诸葛孔明者,卧龙也,将军岂愿见之乎?'先主曰:'君与俱来。'庶曰:'此人可就见,不可屈致也。将军宜枉驾顾之。'由是先主遂诣亮,凡三往,乃见。"[②]史书记载颇简略,唯以"先主遂诣亮,凡三往"记之,也正因记事简略而给后世文人铺陈敷演故事留下了巨大的空间。

金元时期院本、杂剧中经常敷演诸葛故事,据考证有金院本《襄阳会》,元杂剧剧目有:王晔《卧龙岗》、尚仲贤《诸葛论功》(《录鬼簿》作《武成庙诸葛论功》)、高文秀《刘先主襄阳会》、王仲文《诸葛祭风》及《五丈原》、石君宝《哭周瑜》、赵文宝《烧樊城糜竺收资》、无名氏《博望烧屯》及《隔江斗智》等。[③] 与"三顾茅庐"故事密切相关的剧作唯王晔《卧龙岗》。然《卧龙岗》杂剧现已亡佚,唯其名目为曹本《录鬼簿》和《今乐考证》所录,其剧当演刘备、关羽、张飞前往卧龙岗诚邀诸葛孔明出山襄助匡扶汉室之事。

《全相三国志平话》叙述"三顾茅庐"时,敷演了诸多生动情节。第一次拜访茅庐时:"皇叔引三千军同二弟兄,直至南阳邓州武荡山卧龙冈庵前下马,等候庵中人出来。却说诸葛先生,庵中按膝而坐,面如傅粉,唇似涂朱,年未三旬,每日看书。有道童告曰:'庵前有三千军,为首者言是新野太守汉皇叔刘备。'先生不语……道童出庵,对皇叔言:'俺师父从昨日去江下,有八俊饮会去也。'皇叔不言,自思不得见此人。便令人磨得墨浓,于西墙上写诗一首。"第二次拜访茅庐时:"至八月,玄德又赶茅庐谒诸葛,庵前下马,令人敲门。卧龙又使道童出言:'俺师父去游山玩水未回。'……皇叔带酒闷闷,又于西墙题诗一首……皇叔与众官上马,却还新野。"第三次拜访草庐时:"先主问曰:'师父有无?'道童曰:'师父正看文书。'先主并关、张直入道院,至茅庐前施礼。诸葛贪顾其书。张飞怒曰:'我兄是汉朝十七代中山靖王刘胜之后,今折腰茅庵之前,故慢我兄!'云长镇威而喝之。诸葛举目视之,出庵相见。"[④]在"三顾茅庐"故事中,作者善用铺陈悬念技法,以前两次拜访未果却不恼

---

① 毛宗岗:《读三国志法》,见清乾隆三十四年世德堂本卷首。

② 《三国志集解》卷三五《蜀书五·诸葛亮传》,第 2437、2442 页。

③ 关于金元时期三国故事的流传情况,胡适先生有较详尽的梳理。参见胡适:《〈三国志演义〉序》,见欧阳哲生编:《胡适文集 3·胡适文存二集》,北京大学出版社 1998 年版,第 588 页。

④ 佚名:《全相三国志平话》,见《古本小说集成》编辑委员会:《古本小说集成》第 1 辑,第 001 册,上海古籍出版社 1991 年版,第 436 页。

怒的经历揭示玄德礼贤下士、求贤若渴的仁厚,其间亦烘托了诸葛孔明的超凡才能。

明代有张国筹创作的杂剧《茅庐》,该剧见录于《[道光]章邱县志》《古典戏曲存目汇考》。张国筹,山东章邱(今山东章丘)人,生活年代约在明穆宗隆庆年间,官行唐知县。可惜该剧现已亡佚,题目正名亦无可考,然据题名来看,当敷演刘备、关羽、张飞三顾茅庐的故事。明代另有《草庐记》传奇,该剧作者不详,《远山堂曲品》《古典戏曲存目汇考》著录,现存世的版本有明万历间富春堂刊本,《古本戏曲丛刊》初集据此本影印。该剧题"刘玄德三顾草庐记",版心题"草庐记"。明人祁彪佳《远山堂曲品》录作"草庐",记云:"此剧以卧龙三顾始,以西川称帝终,与《桃园》一记,首尾可续,似出一人手。内《黄鹤楼》二折,本之《碧莲会》剧。"①

嘉靖本《三国志通俗演义》"刘玄德三顾茅庐"叙述诸葛亮登场前做足了铺垫:先是徐庶、司马徽等人对其大加赞赏,其次是刘备亲往拜访途中所见所闻,再次是风雪访孔明遇诸葛均、黄承彦。第三次拜访时,刘备诸人"来到庄前扣柴门。童子开门,玄德曰:'有劳仙童转报刘备专来请见。'童子曰:'虽然师傅在家,草堂上昼寝未醒。'玄德教且休报覆。分付关、张二人:'你二人只在门首等候。'玄德徐步而入,纵目观之,自然幽雅,见先生仰卧于草堂几榻之上。玄德叉手立于阶下。"②不仅文字篇幅上较《全相三国志平话》"三顾茅庐"故事更大,而且叙述的情节也更为完整连贯。

## (一)前代"三顾茅庐"图像

"三顾茅庐"题材的绘画创作向来深受丹青圣手及民间艺人、工匠们的青睐,相关题材的传世视觉艺术作品众多。如元青花"三顾孔明"图大罐造型庄重典雅,是元代青花瓷罐的典型代表作之一。罐高 28.8 cm,腹部最大直径 35 cm,大口圆唇,短颈丰肩,圆腹下敛,宽平圈足,浅底,表面饰宽螺旋纹及辐射状跳刀纹,修底技法粗犷。罐底足无釉,露出细腻光滑的白胎。罐身颈部、肩部、腹部和底部均有花纹或图案。其中腹部自上而下绘青花纹饰五层:颈部绘缠枝花卉纹。肩上部绘卷草纹,下部绘缠枝菊花纹、缠枝莲花纹、缠枝牡丹纹、缠枝牵牛花纹。胫部绘变形莲瓣纹。腹部主题纹饰所绘图案即为刘备"三顾茅庐"的故事:画面上,诸葛亮头裹纶巾坐于松树下,左右各有一名童子,其中居右者手捧书籍,居左者身体微向前倾,作鞠躬状,右手遥指身后,似乎在向诸葛亮禀告客人来访。

据考证,目前所知的存世元青花"三顾茅庐"图大罐仅存四件。内地仅存一件,1994 年香港苏富比拍卖了一件,另外两件流落海外:一件在英国大英博物馆,一件在美国波士顿博物馆,后三件在青花色泽及图纹绘画方面均逊色于吴门典藏传世的这一件。③

相关"三顾茅庐"题材的瓷器画还有元青花"三顾孔明"图圆盖瓶,该瓷瓶据考

① 祁彪佳著,黄裳校录:《远山堂明曲品剧品校录》,古典文学出版社 1957 年版,第 99 页。
② 嘉靖本《三国志通俗演义》,见《古本小说集成》(第 3 辑),上海古籍出版社 1991 年版,第 1209—1210 页。
③ 按:此青花瓷大罐的相关介绍引自"吴门传人"的博客,地址:http://blog.sina.com.cn/woomen86。

为元末制。该圆盖瓶高27.8 cm,小口圆唇,短颈丰肩,圆腹下敛,窄平圈足,现收藏于美国波士顿美术馆。① 该瓶腹部图案分五部分,肩上部为卷草纹,肩部为缠枝牡丹花纹,胫部上端绘方格网纹,下部绘变形莲瓣纹及祥云纹和小圆圈。腹部主体部分绘"三顾孔明"图。画面上,一片片篱和几株松树,烘托了草庐的清幽环境。刘备躬身向竹篱前正在打扫卫生的童仆问话,关羽、张飞站立于刘备身后。山石的描绘运用了皴擦法,显得层次分明、立体感十足。

### (二) 明代"三顾茅庐"图像

"三顾茅庐"故事在明代早中期就已为人们熟知。现存明人戴进《三顾茅庐图》就已描绘了"三顾茅庐"的故事。《三顾茅庐图》(图8-6),明戴进绘。戴进(1388—1462),字文进,号静庵,又号玉泉山人,钱塘(今浙江杭州)人,初为银工,所造钗朵、人物、花鸟,精巧绝伦,后改习绘画,成为明代前期浙派山水画创始人。《三顾茅庐图》款署"静庵",钤"静庵"印,现藏于北京故宫博物院。戴进的绘画"其山水源出郭熙、马远、夏圭,而妙处多自发之,俗所谓行家兼利者也。神像人物杂画无不佳,宣德初征入画院,见谗放归,以穷死。死后人始推为绝艺"②。

图8-6　三顾茅庐图,戴进,北京故宫博物院藏

画面描绘的是刘备与关羽、张飞等人三顾茅庐,邀请诸葛亮出山辅佐之事。画中先以大斧劈皴法勾画出大片山石,营造出一处群山环抱的静谧清幽环境。近景处是一堆山石,石上挺立着两棵遒劲的青松,青松下立着刘备、关羽、张飞及童仆四人。刘备正拱手向童仆问话,身后的关、张二人形态各异:张飞叉手挺胸,侧面而立,似心有不悦;关羽则在一旁摆手制止。童仆背靠柴扉,脚下放着药篓及药锄,似乎正欲出门采药,他半躬身体,左手置于前胸,正在回答刘备的问话。柴扉内修竹数竿,远处山石背后翠竹丛中,隐隐露出草庐一角,其间卧龙先生头戴儒冠,手捧书卷正在阅读。画家对人物身份、性格的把握十分到位,因而描绘出的形象生动而细致:如刘备拱起双手,身体稍向前倾,展现了他弘毅宽厚、知人待士的谦恭神态;张飞的沥色面庞、浓密胡须及武夫样的站姿,与其身份、性格都非常贴合,即便是远处草庐中的

① 陈昌蔚编:《中国陶瓷3·宋·元瓷器》,台湾光复书局股份有限公司1980年版,第138页。
② 徐沁著:《明画录》,见周骏富辑:《明代传记丛刊·艺术类》(第72册),台湾明文书局1991年印行,第4页。

诸葛亮,他的装束和神情都描绘得十分传神。在画法上,该画作以大斧劈皴法画山石,用钉头鼠尾法勾画人物轮廓及衣着,以芝麻皴法画石上苔点,松姿苍劲,翠竹细劲挺秀,明显继承了南宋马远的画风,用笔简劲,构图层次分明,整体画面墨色清雅。

从戴进《三顾茅庐图》所描绘的内容,尤其是诸葛亮的行为动作来看,该图似以《全相三国志平话》为文本依据。又因为戴进所生活的年代在明代前期,似乎可据以推测彼时通俗小说《三国演义》尚未成书,抑或尚未得到广泛传播。当然,绘画艺术自有其自身的某些内在属性,如追求主体艺术思维的自由发挥,不必拘泥于某一现成故事文本的约束。

明青花"三顾茅庐"瓷罐口径 19.5 cm,高 30.5 cm,明天顺年间制作,北京艺术博物馆藏。通体绘五层青花纹饰,颈部绘回纹,肩上部绘如意头纹,肩部绘缠枝牡丹花纹、缠枝莲纹和蕉叶纹,胫部绘变形莲瓣纹。腹部绘两组历史人物故事画,一组是"文王访贤"图,即周文王请姜子牙出山,另一组为"三顾茅庐"图。从外观来看,此青花罐与上文所述元青花"三顾孔明"图大罐造型大体相似,均为鼓腹大口瓷罐,但在具体细节方面又显示出它自身的特色:虽同为大口圆唇,但口唇边缘略向外翻;虽同为鼓腹,但腹部明显更大,且造型更圆润,整个瓷罐的外部形体线条更加流畅。图 8-7、图 8-8 分别为《三分事略》《全相三国志平话》"三顾茅庐"故事插图。[①] 因二图基本一致,且《三分事略》插图漫漶不清又绘刻过于古拙,故此我们仅分析《全相三国志平话》的插图。

图 8-7 《三分事略》"三顾茅庐"插图

图 8-8 《全相三国志平话》"三顾茅庐"插图

图 8-8 中,画面被切分为左右两个半幅,左半幅画面中处于核心位置的是孔

---

① 按:《三分事略》《全相三国志平话》"三顾茅庐"故事插图诞生年代虽早于明代,但这里为了行文方便,尤其是方便与明代诸刻本《三国演义》插图作比较,故将其置于明代"三顾茅庐"图像中进行分析论述。

明，他正"按膝而坐"于草庐内读书，画面左下角有一道柴门，一名童仆正打开柴扉，迎接到访的刘、关、张诸人。画面左上角的柴篱既暗示了诸葛亮"躬耕陇亩"的隐士生活状态，又拉伸了画面的纵深感。画面右侧，刘备正拱手站立，中间一道山梁隔开草庐内外之景，增强了卧龙的神秘感。但是插图绘刻者采用了一个较特殊的视角，将草庐内外之情景完全呈现在读者面前。右半幅画面描绘的是关羽、张飞二人与两名随从武士。从整幅插图来看，刘备诸人占据了画面的三分之二幅度，突出了刘备诸人在整个事件中的主导作用，相比之下，孔明在该事件中是被访对象，处于次要地位，因而所占据的画面也相对较小。从图像叙事与小说文本叙事的对比看，插图并未明确描绘出具体是哪一次拜访草庐时的情景，而只描绘了刘备诸人"顾草庐"时的大体情况，需要读者在观看图像时自己去想象文本中叙述的其他细枝末节。

再看金陵周曰校本《三国志通俗演义》中的"三顾茅庐"故事插图，由于周曰校本将"三顾茅庐"故事敷演成"刘玄德三顾茅庐""玄德风雪请孔明""定三分亮出茅庐"三回，插图也为四个半叶图（合成两幅完整插图）。小说将"三顾茅庐"故事作了充分铺陈，演绎了刘备"风雪请孔明"这一颇能揭示其仁主形象的故事情节，故而图8-9仅能作为"二访草庐"的插图。"刘玄德三顾茅庐"插图采用的观察视点较低，人物与观者的距离也较近。画面巧妙借用山石隔开人物，从而造成一种空间上的距离感和纵深感，扩大了画面的叙事内容。画面中，刘备一马当先走在前列，身后是关羽和张飞，从刘备回首及关羽拱手的动作可以看出三人似乎在交谈。地上呈波浪状起伏的是积雪，与故事主题相吻合。人物背后呈云烟状的"万里彤云"，暗示了"风雪"景象，对整个画面起到了烘托氛围的作用，增强了画面空间的立体感。结合周曰校本该卷下一回"定三分亮出草庐"插图来看，描绘的是诸葛亮在草庐中正对着一幅舆图向刘先主"指点江山"。这一瞬间显然是在"过滤"掉孔明高卧、刘备恭候于堂前、张飞义愤叫嚷等情节之后的定格，可谓与该回标题相吻合。两相比对可以

图8-9　周曰校万卷楼刊《新刻校正古本大字音释三国志通俗演义》之"玄德风雪请孔明"插图

看出,图8-9所描绘的情节在时间节点上明显"偏早",亦即尚未达到故事情节的"高潮"瞬间,该情节的时间节点却是颇具"孕育性"的,因为从刘备回首、关羽拱手的动作中,读者可以揣测出一路上刘、关、张三人之间的言行,而且已经露出一角的草庐也已暗示了接下来可能发生的故事。当然,"定三分亮出草庐"插图定格的画面虽在时间节点上处于故事高潮阶段,但它同样具有"孕育性"。对于图像叙事而言,这样具有"孕育性"的瞬间其实很多,因为小说文本的语言叙事是一个时间性的序列,在这序列当中,在事件开始之后直至结束前的任意一个瞬间(时间节点)都是这个序列环链中的重要一环,都具承前启后的作用。从周曰校本《三国志通俗演义》"刘玄德三顾茅庐""玄德风雪请孔明"插图来看,对这一"瞬间"的捕捉和选取更重要的决定性因素恐怕还是"图题"(多为回目),这对"回首插图"而言更是如此。

余象斗评林本《三国演义》"三顾茅庐"故事插图总计达十九幅,依次为"玄德问天(田)夫卧龙何处""玄德扣门童子出应""玄德见崔州平问孔明事""州平先生指言治乱""玄德兄弟冒雪回县""玄德背听店中歌咏""二隐歌咏玄德进问""玄德谒见诸葛均""诸葛均说孔明游处""诸葛均送刘备出庄""黄承彦吟诗玄德下马""关张阻兄勿往卧龙岗""玄德关张复往卧龙岗""孔明昼寝玄德恭候""诸葛亮迎备入草堂""玄德拜求孔明辅政""孔明指图鼎足三分""玄德唤关张拜见孔明""孔明嘱弟便出茅庐",这些插图将"三顾茅庐"故事中的若干小事件串联起来构成"三顾茅庐"的故事主题。与周曰校本"回首插图"不同的是,余象斗评林本、双峰堂本,包括建阳其他刻本,如叶逢春本、熊佛贵本、汤宾尹本、郑世容本、郑少垣本、朱鼎臣本、刘荣吾本等,每幅插图描绘一个小情节①,这样的小情节插图往往叙事容量非常有限,大多只能描绘一个事件场景。从读者(尤其是文化水平较低的读者)的阅读接受来看,他们可能更倾向于阅读这种小情节插图,毕竟每一幅小情节插图基本可以将该页面的文字文本内容以直观的形象呈现出来,让观者一目了然,无需再沉浸在文字叙事所营构的时间序列当中去想象。再者,倘若将这些小情节插图(含榜题)全部聚集在一起,读者似乎可以丢开文字而"看"懂整个故事情节,至少也能"看"懂故事的大概内容。这与后世的连环画有异曲同工之妙。

总而言之,就表现故事主题而言,插图具有与文字相类似的叙事功能。就文字文本与插图的关系而言,几乎所有的《三国演义》插图均是对文字叙事的模仿,这是一种"依文配图"的创作模式。插图与文字相配达到"文""图"并举,这改变了读者阅读的模式——由单一的"读文"模式转变为"读文"与"读图"相结合的阅读方式。传统的单一"读文"模式是经由对文字符号(及其组合而成的语词、句段等)所指蕴意或语象的解码,进而营构(还原)出一个想象的艺术世界,这是一种边"读"(解码写符)边"想"(想象)的模式。"读文"与"读图"相结合的阅读方式古已有之,譬如古之学者为学有要,置图于左,置书于右,索象于图,索理于书,故人亦易为学,学

---

① 建阳书坊刊刻的上图下文式插图,每幅插图基本上都对应该图所在页面的故事情节,当然也有个别情况例外,插图所对应的文字文本超前或滞后于该图,这可能是书坊增删文字而造成的不同步。

亦易为功"①,认为从"图"中可以"明象",从"书"(文)中可以晓理,因而主张"明象"与"晓理"并驾齐驱,不可偏废。故此,插图本通俗小说以其能助益普通读者(尤其是文化水平较低的读者)阅读理解的优势而颇受其青睐。从上文所列举的诸版本《三国演义》插图对故事主题的模仿来看,虽然插图总体上都是在描绘小说文本的内容,但是不同的插图绘刻者对小说情节的把握有不同理解,而且诉诸图像的表现技巧亦有很大差别,诸如插图的观察视点(视角)乃至插图的构图等都各有不同,从而形成了不同的插图艺术风格。

## 第三节 《三国演义》人物形象的文图分析

人物形象的塑造可谓《三国演义》用力颇深之处,作者综合运用史家笔法与小说家之言塑造了数量众多的人物。作为一部历史演义小说,《三国演义》中的绝大多数人物均有所本,但又绝不拘泥于史传记载,而富含小说创作者的个性化创造。从上文对《三国演义》插图的梳理来看,明代诸本几乎鲜有以单个人物形象出现的绣像图。

清代诸本《三国演义》除情节插图外还多见人物绣像,不过这些简笔素描人物形象的形成却是有其渊源的。下文以《三国演义》中具有代表性的典型人物形象为例,梳理其形象形成的历程,以分析其特色及意义。

### 一、曹操

《三国志》对曹操的形貌只字未提。裴松之注引《曹瞒传》云:"太祖为人,佻易无威重,好音乐,倡优在侧,常以日达旦。被服轻绡,身自佩小鞶囊,以盛手巾细物,时或冠帢帽以见宾客,每与人谈论,戏弄言诵,尽无所隐;及欢悦大笑,至以头没杯案中,肴膳皆沾污巾帻,其轻易如此。"②这是对曹操日常生活的描述:头戴冠帢帽,身穿以质地轻盈的绡制作的衣服,腰间佩挂着小鞶囊以盛放手巾、绥带等物;与人谈笑时畅所欲言,每每兴致所至,竟忘形到将头蹭进面前桌案上的杯盘中。从这里描述看,曹操的形象是较典型的魏晋名士的风流形象:褒衣博带,言谈举止任性自然、不受约束。《世说新语·容止》记载:"魏武将见匈奴使,自以形陋不足雄远国,使崔季珪代,帝自捉刀立床头。既毕,令间谍问曰:'魏王何如?'匈奴使答曰:'魏王雅望非常,然床头捉刀人,此乃英雄也。'魏武闻之,追杀此使。"刘孝标注引《魏氏春秋》曰"武王姿貌短小而神明英发。"又引《魏志》曰:"崔琰,字季珪,清河东武城人,声姿高畅,眉目疏朗,须长四尺,甚有威重。"③据此可推测曹操形貌大致如下:身材并不高

① 郑樵撰,王树民点校:《通志二十略·图谱略·索象》,中华书局 1995 年版,第 1825—1826 页。

② 《三国志集解》卷一《武帝纪》,第 216 页。

③ 刘义庆撰,刘孝标注,朱铸禹汇校集注:《世说新语汇校集注》,上海古籍出版社 2002 年版,第 521 页。该则故事同样见载于殷芸《小说》及裴启《语林》。

大,长相亦不英俊,但是骨子里透出一股英雄气概。另外,《三国志》及《魏书》所载"桥玄器重曹操事"①,亦可说明曹操具有不凡的内在气质,并身怀过人的禀赋。

明万历三十五年(1607)槐荫草堂刊《三才图会》本,以及《历代君臣图鉴》本(清拓本)均载录了曹操的肖像。从两种版本中的曹操肖像来看,曹操的相貌差异不大,而服饰差异较大,其中《历代君臣图鉴》本中的曹操所著首服当为幅巾。据考正,幅巾的样式形制随时代发展而略有变化。《后汉书·郑玄传》载:"玄不受朝服,而以幅巾见。"②《三国志·魏书·武帝本纪》裴松之注引《傅子》曰:"汉末王公多委王服,以幅巾为雅。"《晋书·舆服志》云:"汉仪,立秋日猎,服湘帻。及江左,哀帝从博士曹弘之等议,立秋御读令,改用素白帢。案汉末王公名士多委王服,以幅巾为雅,是以袁绍、崔钧之徒,虽为将帅,皆著缣巾。"③唐刘肃《大唐新语·釐革》中亦有相关记载:"昔袁绍与魏武帝战于官渡,军败,幅巾渡河,递相仿效,因以成俗。"④可见,幅巾原为古代男子束发用的布帛,由长度和门幅各三尺的丝帛制成,汉代士人颇以著幅巾为尚。然而幅巾作为首服,在汉末经曹操改革后,形制发生了变化。《晋书·舆服志》载:"魏武以天下凶荒,资财乏匮,拟古皮弁,裁缣帛以为帢,合乎简易随时之义,以色别其贵贱,本施军饰,非为国容也。"⑤由于幅巾的面积(长度和门幅各三尺)并不小,曹操出于节省资财目的而将其作了改良:依照古代皮弁形制,裁缣帛制成"帢"。"帢"通"帢",为汉末魏晋时期的一种便装首服。我们可以推测出其形制当类似于皮弁,形状应如覆杯,上狭下博,与《历代帝王图卷》中陈文帝、陈废帝等人所著之帽相类。

《历代君臣图鉴》本(清拓本)图中曹操所著首服与明万历三十五年(1607)槐荫草堂刊《三才图会》中所绘"缁冠"相类似。《晋书·舆服志》云:"缁布冠,蔡邕云即委貌冠也。太古冠布,齐则缁之。缁布冠,始冠之冠也。其制有四形,一似武冠,又一似进贤,其一上方,其下如帻颜;其一刺上而方下。行乡射礼则公卿委貌冠,以皂为之。形如覆杯,与皮弁同制,长七寸,高四寸。衣黑而裳素,其中衣以皂缘领袖。其执事之人皮弁,以鹿皮为之。"⑥又《晋书·五行志》云:"初,魏造白帢,横缝其前以别后,名之曰'颜帢'。"⑦从上文所引裴松之注引《曹瞒传》所谓"(魏太祖)被服轻绡,身自佩小鞶囊"以及"时或冠帢帽以见宾客"来看,明万历三十五年(1607)槐荫草堂刊《三才图会》本图中曹操所著首服即为由他亲自改造的"帢帽"。相较而言,《历代君臣图鉴》本(清拓本)图所绘曹操形象当是将其当作汉末士人形象来塑造的。

历史上的曹操可谓"治世之能臣,乱世之奸雄",而在小说《三国演义》中,曹操

《三国志·魏书·武帝本纪》裴松之注引《魏书》曰:"太尉桥玄,世名知人,睹太祖而异之,曰:'吾见天下名士多矣,未有若君者也,君善自持!吾老矣,愿以妻子为托。'由是声名益重。"见《三国志集解》卷一《武帝纪》,第14—15页。

范晔:《后汉书》卷三十五《张鲁郑列传》,中华书局1965年版,第1208页。

房玄龄:《晋书》卷二十五《舆服志》,中华书局1974年版,第771页。

刘肃:《大唐新语》卷十《釐革》,见《唐宋史料笔记丛刊》,中华书局1984年版,第148页。

同③。

同上,第767页。

同上,第825页。

的"奸雄"特征得到了强调。嘉靖本《三国演义》卷一《刘玄德斩寇立功》节叙述曹操出场时云:"为首闪出一个好英雄,身长七尺,细眼长髯,胆量过人,机谋出众……幼时好游猎,喜歌舞,有权谋,多机变。"这与《三国志》所谓"太祖少机警,有权数,而任侠放荡,不治行业"相吻合——强调其多计谋;与上文所引《世说新语》相比,则又突出了其"姿貌短小"①。但是《三国演义》毕竟是一部历史演义小说,在塑造人物尤其是历史人物时,既要有所本又不能拘泥于历史,要有自身的艺术创造,因此说曹操"胆量过人,机谋出众"是本于史传,而说他"身长七尺,细眼长髯"则纯属艺术想象,毕竟曹操的身高和长相史书阙载,这给文学创作提供了一个可以自由发挥想象的艺术空间。

从现存各版本《三国演义》来看,对曹操这一"奸相"的塑造,可谓突出了其奸诈与凶残。从各主要插图本对曹操形象的描绘来看,亦各有特征,体现了插图绘刻者对曹操这一人物形象的褒贬。叶逢春刊《三国志通俗演义史传》在述及曹操残害吕伯奢一家时,插图回避了曹操的凶残和无端猜忌等负面形象。

曹操因自己的无端猜忌而误杀吕伯奢一家,这一事件本身于史无考,但是《三国演义》将其描述得绘声绘色,尤其是那句"宁使我负天下人,休教天下人负我"的话更是引来了后世数百年的骂声。叶逢春本先描述了曹操因听见"何不缚而杀之"这句无头无脑的话而起疑心,并将吕家男女老少八口尽数杀害,然后叙述曹操路遇买酒归来的吕伯奢,又借机将其杀害。然而,这一故事对应的两幅插图并未涉及前后两次屠杀的血腥场面。其中一幅插图描绘了曹操与陈宫到达吕伯奢家门口,受到吕伯奢的热情迎接;另一幅插图描绘了曹操、陈宫二人抵达旅店门前正准备投宿。金陵周曰校本"曹孟德谋杀董卓"一回回首插图刻画了曹操"献七星宝刀"的情节和场景。熊清波本、刘荣吾本无该故事插图。

图8-10、图8-11分别为余象斗评林本和郑少垣本"曹操陈宫见吕伯奢"插图,图8-12、图8-13分别为汤宾尹本"曹操陈宫见吕伯奢""曹操拔剑杀吕伯奢"插图。在明代诸本《三国演义》插图中,熊佛贵本、朱鼎臣本和汤宾尹本着意刻画了曹操杀害吕伯奢这一不仁不义的行径,而叶逢春本、余象斗本、郑少垣本等虽有曹操误杀吕伯奢故事的情节插图,但回避了杀害吕伯奢及其家人的场面描绘。对比熊佛贵本、汤宾尹本插图可以看出,朱鼎臣本插图可谓最符合小说文本叙述的内容,而熊佛贵本插图所描绘的内容与小说文本叙述有较大出入,即与故事发生的地点不合。小说文本叙述曹操误杀了吕伯奢一家后仓皇出走,途中偶遇买酒归来的吕伯奢,很显然杀吕伯奢的地点当在野外,而熊佛贵本描绘的场景则在庭院当中

---

① 在中国古代,"寸、尺、咫、寻、常、仞诸度量,皆以人之体为法"。《说文解字》释"尺"曰:"人手卻十分动脉为寸口,十寸为尺。"段玉裁注引郑注《周礼》曰:"脉之大候,要在阳明寸口。《疏》云:'阳明在大拇指本骨高处与第二指间,寸口者,大拇指本高骨后一寸是也。'按:大拇指本高骨后一寸许,所谓人手卻十分也卻者,序也。序者,拓也。人手竟又开拓十分,得动脉之处,是曰寸口,凡寸之度取象于此。"许慎撰,段玉裁注:《说文解字注·尺部》,上海古籍出版社1981年版,第401页。据此可知,所谓"尺",是指人体上臂屈肘时显露在外可作度量物长的尺骨,其长度约为21—24 cm。若按2002年7月在江苏连云港出土的汉制木尺长度(22.5 cm)计,七尺约合157.5 cm,这样的身高的确不出众。

此场景描绘的故事当为曹操误杀吕伯奢家人一事,但该图榜题却为"操惧(误)杀吕伯奢"。余象斗评林本插图(图8-10)只描绘了曹操与陈宫骑马行走的场景,并未出现吕伯奢(或吕宅),此图之"意"完全依靠榜题揭示才能理解。

图8-10　余象斗评林本"曹操陈宫见吕伯奢"插图

图8-11　郑少垣本"曹操陈宫见伯奢"插图

图8-12　汤宾尹本"曹操陈宫见吕伯奢"插图

图8-13　汤宾尹本"曹操拔剑杀吕伯奢"插图

对于曹操的荒淫行为(与张绣妻邹氏私通),诸本《三国演义》均有描述,然而并非所有插图均细致刻画了曹操淫人妻子的丑恶嘴脸。叶逢春本卷二《曹操兴兵击张绣》叙述了曹、邹之间的奸情,其文云:"操问曰:'夫人姓甚?'妇答曰:'妾乃张济之妻,邹氏也。'操曰:'夫人识我否?'邹氏曰:'久闻丞相之名,今夕幸得瞻拜。'操曰:'吾特为汝故,准张绣之降,若不如此则灭全家矣。'邹氏再拜曰:'实感丞相再生之恩。'操曰:'今日得见夫人,乃天幸也。今宵愿同枕席,随吾还都,必以夫人为宝眷.'邹氏拜谢,是夜同宿帐中。邹氏曰:'若在城中久住,绣必生疑,人知必然议论。'操曰:'吾明日共夫人移于城外寨中安歇。'恐文武官议论,乃令典韦就中军帐外安歇,提调把帐前亲军二百人,非奉呼唤,诸人不许直入,违者斩首。因此内外不通,操每日与邹氏取乐,不想归期。"这段情节生动描述了曹操对邹氏恩威并施使其就范,而邹氏亦非节妇,在曹操的言语攻势下未作丝毫抵抗便乖乖就范。两人的对话表面看来彬彬有礼,其实是假装正经,彼此挑逗,传递淫心。

叶逢春本"曹操与邹氏游赏"插图中,邹氏与曹操并未有亲昵举动,而是并立于庭中树下,邹氏身旁还有一名侍婢,这与小说文本的叙述明显不符。图8-14、图8-15可谓紧紧抓住了小说文本叙述的内容,描绘出曹操与邹氏在军帐中取乐的画面。在汤宾尹本图中,人物动作彬彬有礼,完全看不出"取乐"之意。然而余象斗评林本(图8-14)和郑少垣本(图8-15)活灵活现地抓住了男女间"取乐"之意,可谓将曹操的荒淫嘴脸和盘托出。尤其是在郑少垣本插图中,曹操与邹氏不仅贴身并坐于床前,而且曹操还跷起了二郎腿,其荒淫轻薄的本性可谓暴露无遗,其对曹操的贬损之意亦体现得淋漓尽致。

图8-14　余象斗评林本"操与邹氏取乐帐中"插图

图8-15　郑少垣本"操与邹氏取乐帐中"插图

要而言之,叶逢春本插图对曹操这一形象明显秉持一种维护和美化的态度,仅回避了小说文本中对曹操凶残、无端猜忌等负面性格的描写,有时甚至还不惜违背小说文本的叙述,"曲解"小说文本的叙事内容,以偏离了小说故事内容的情节性插图极力维护曹操这一"帝王"形象。

## 二、刘备

刘备是《三国演义》着力塑造的仁厚之主形象,其人物原型本于史传。《三国志·蜀书·先主传》载:"先主不甚乐读书,喜狗马、音乐、美衣服。身长七尺五寸,垂手下膝,顾自见其耳。少语言,善下人,喜怒不形于色。好交结豪侠,年少争附之。"①这是正史对刘备形貌及性情的描述,其真实性我们现今已无法考知。但是从"垂手下膝"及"顾自见其耳"来看,却明显带有虚构和夸张成分,实乃古代天命史观使然。按照常理,一个人的上肢自然下垂很难长及膝盖,而眼睛能看见自己耳朵者(照镜子除外)则更是少之又少,因而具有这种"异相"的人自不可与常人相提并论。史官如此书写实际上暗含了维护封建正统的使命,因为这些虚诞的传说(天生异相或天降祥瑞),究其实质,其意图无非是为帝王或王朝的兴起找到合法依据,那就是王朝的兴衰更迭是上天安排,作为天之骄子的帝王,其统御万民则完全是"奉天承运"。因而臣民服从帝王的统治就是天经地义,甚至作为一种伦理纲常被固定下来,倘若臣民企图推翻或取代帝王,进而破坏这样的社会秩序就是僭越行为。这也是曹操之所以在历史上遭受众多非议和贬斥的重要原因。对刘备而言,他一出场就刻意标榜自己的皇族血统——中山靖王刘胜之后,其目的无非是为自身成为"一雄"谋求合法性,同时也以此为旗号号召更多追随者以壮大自身的实力。《三国志》虽未给予刘备以帝王"待遇",没有将其"本传"写成"本纪",但在书写中对刘备颇有好感。譬如从陈寿对刘备体型特征的描述来看,这是与普通人迥然不同的异相。

基于这样的文化基因,《全相三国志平话》从"崇刘抑曹"的立场将刘备的"帝王相"作了进一步发挥,其述刘备形貌云:"生得龙准凤目,禹背汤肩,身长七尺五寸,垂手过膝,语言喜怒不形于色。"这里以"龙准凤目""禹背汤肩"作比,意在烘托刘备的非凡身份。元杂剧中没有对刘备的相貌作过多描述。

嘉靖本《三国演义》卷一《祭天地桃园结义》叙刘备出场时,述其形貌云:"那人平生不甚乐读书,喜犬马,爱音乐,美衣服。少言语,礼下于人,喜怒不形于色。好交游天下豪杰,素有大志。生得身长七尺五寸,两耳垂肩,双手过膝,目能自顾其耳,面如冠玉,唇若涂朱。"而叶逢春本的描述则为:"那人平生不好诗书,只喜犬马,爱音乐,美衣服。少言语,礼下于人,喜怒不形于色。好交游天下豪杰,素有大志。生得身长七尺五寸,两耳垂肩,双手过膝,龙目凤准,其面如冠玉,唇若涂硃。"毛评本改定为:"那人不甚好读书,性宽和,寡言语,喜怒不形于色。素有大志,专好结交天下豪杰。生得身长八尺,两耳垂肩,双手过膝,目能自顾其耳,面如冠玉,唇若涂脂。"相比之下,嘉靖本更接近于史传,但又增添了"两耳垂肩"②这一异相;而毛评本则突出了刘备的"性宽和"及高大形象。另外,倘若仔细比对嘉靖本与叶逢春本对刘备的描述可以看出,叶逢春本对刘备这一人物实际上暗含贬损意味。"那人

---

① 《三国志集解》卷三十二《先主传》,第 2328 页。

② 《人伦大统赋》云:"(耳朵)长而耸者禄位,厚而圆者财食。"参见张行简撰,薛延年注:《人伦大统赋》(卷上),商务印书馆《丛书集成初编》本。又《神相全编》"厚大垂肩极贵,天年过八十方终"条云:"《广鉴集》云:'耳大高耸垂肩者主大贵寿长。'蜀先生(主)耳毫垂肩,目顾其耳,宋太祖口方耳大。"这里以刘备、宋太祖为例,极言二者之显贵。参见陈抟撰,袁忠彻订正:《神相全编》(卷二),《故宫珍本丛刊》(第 422 册),海南出版社 2000 年影印本,第 117 页。

平生不好诗书,只喜犬马"与"那人平生不甚乐读书,喜犬马"这两句话,虽字面上相差无几,意思却有较大差异:叶逢春本"平生不好……,只喜……"句,分明刻画的是纨绔轻薄子弟形象,而且著一"只"字,将刘备的不务正业及作者的贬损之情和盘托出;而嘉靖本所谓"平生不甚乐……,喜……"句,程度上明显要轻很多,体现了作者"为尊者讳"的复杂情感。毛评本则明显体现了"尊刘"的情感立场,不仅增添了"性宽和"这一溢美之词,而且还删削了"喜犬马,爱音乐,美衣服"这些史实。

刘备及其故事在后世流传中,被民众以各种方式加以演绎与传播,其间出现了众多图像(画像),然而现今所能考知的存世最早的刘备图像是《历代帝王图》中的"蜀主刘备"像。

《历代帝王图》,又名《列帝图》《十三帝图》《古列帝图卷》等,该图轴现收藏于美国波士顿美术馆。[①] 该图卷本幅未见名款,其年代的判断依据主要是北宋以来富弼等人的题识,以及诸家志目、典籍的著录情况。目前,学界多认定该画卷为唐初阎立本作。《历代帝王图》在流传中递经内府和私家收藏,破损严重,几经修补与装裱,目前仍能见到全貌。《历代帝王图》画面为绢本设色,本幅纵 51.3 cm,横531 cm。画面自右至左依次布列十三组帝王及其随从形象:前汉昭帝刘弗陵、汉光武帝刘秀、魏文帝曹丕、吴主孙权、蜀主刘备、晋武帝司马炎、陈宣帝陈顼、陈文帝陈蒨、陈废帝陈伯宗、陈后主陈叔宝、北周武帝宇文邕、隋文帝杨坚、隋炀帝杨广。各帝王图像上端均有榜题,标其庙号、姓名或在位年数。每位帝王之侧均有随侍,人数不等,形成全画卷相对独立的十三组人物,共计四十六人。据日本学者富田幸次郎考证,《历代帝王图》画卷可分为前段(前六位帝王像)和后段(后七位帝王像)两个部分,进而确认后一段应为公元七世纪作品,而前一段为十一世纪之前对后段图像的摹作。[②]

上文已述先主刘备"身长七尺五寸,垂手下膝,顾自见其耳",又《三国志》评蜀主刘备云:"先主之弘毅宽厚,知人待士,盖有高祖之风,英雄之器焉……机权干略,不逮魏武。"[③]刘备"知人待士"的作风,在《三国志》中多处可见,其中最典型的例子便是刘备听从徐庶的建议,亲自前往隆中,三顾茅庐,邀请当时尚未建立任何功业的青年才俊诸葛亮出山辅佐。其"弘毅宽厚"则如:当刘表病卒,曹操率大军压境之时,"(刘)琮左右及荆州人,多归先主,比到襄阳,众十余万,辎重数千辆,日行十余里……或谓先主曰:'宜速行,保江陵。今虽拥大众,被甲者少,若曹公兵至,何以拒之?'先主曰:'夫济大事,必以人为本;今人归吾,吾何忍弃去!'"[④]

《历代帝王图》(图 8 - 16)中的蜀先主可谓是一位憨厚的长者:头戴冕旒,面目慈祥,胡须稀疏,右手自然下垂,左手稍稍抬起,似欲与他人交谈。不过这样一位长

---

① 见沈伟:《波士顿藏(传)阎立本〈历代帝王图〉研究》,西安美术学院博士学位论文 2012 年,第 1 页。

② 同上,第 2 页。

③《三国志集解》卷三十二《先主传》,第 2390 页。

④ 同上,第 2344 页。

者,双眉却紧锁,似乎心头有无限忧愁。画家在创作蜀主刘备画像时,强调的是他"弘毅宽厚,知人待士"的一面,因而让其形象和蔼可亲。

《历代君臣图鉴》中收录的《汉昭烈》(刘备)像为明万历十二年(1584)益藩刻本,阴刻绣像。画面中,刘备头戴冕旒,该冕前后分别垂有十二道旒,每道旒上串有十二颗玉珠;身着衮服,腰系大带,上衣表面织有十二章纹饰,其中左右肩上分布着日、月纹饰,上臂部位为晨(星辰)、山,而领口部位则分布着"黻"①形纹;人物相貌与《历代帝王图》中蜀主刘备颇相类。明万历三十五年(1607)槐荫草堂刊《三才图会》中著录的《汉昭烈帝像》,从人物衣着装束来看,与《历代君臣图鉴》本一致,同样头戴冕旒,身着织有十二章

图 8-16　历代帝王图(局部),阎立本,美国波士顿美术馆藏

纹的衮服,只是《三才图会》本中刘备的冕旒只有六道旒,每道旒上也只串有十一颗玉珠,有些不符合规制。明成化间刊刻的《历代君臣图像》中绘制的《蜀先主》像,画面中的人物衣着装束与《历代君臣图鉴》《三才图会》中几乎完全一致。

历史上的刘备既有"明君"之誉,亦有"枭雄"之称,可谓兼具"宽厚仁义"与"流氓无赖"双重人格特性。《三国志》中记载了刘备"流氓无赖"的史实:刘备于当阳战败时,"先主弃妻子,与诸葛亮、张飞、赵云等数十骑走",这与其先祖刘邦当年在楚汉战争中的做派相当类似。然而《三国演义》从"崇刘抑曹"这一情感立场出发,着意突出了其明君形象,有意淡化了其枭雄色彩。但是,这样的艺术化处理时常会导致人物形象性格单一呆板,甚至出现"欲显刘备之长厚而似伪""状诸葛之多智而近妖"的状况。

事实上,从《三国演义》对刘备形象的塑造中我们可以发现,小说在对刘备进行极力褒扬的同时,却时常会捉襟见肘:首先是素材缺乏。史传中的刘备本人并无多少值得书写的事迹,相较而言,曹操可书之事更为丰富。② 另外,有学者曾就以三国故事为题材的元人杂剧数量做了统计,结果显示:"在这四十多个剧目中,写关羽为主角的有十二出,写张飞的有八出,写诸葛亮的有七出。其次是刘备、周瑜、曹操、吕布等。"③ 很显然,在蜀汉阵营中,刘备可作为文士们敷演的"亮点"(故事)并不

① 据考,黻形为"亚",一说认为是古"弗"字,取"拂弼"之意;另一说认为,是两"己"或两"弓"相背,取臣民背恶向善之意,亦取君臣离合去就之理。

② 按:从《三国志》中刘备、曹操的本传之篇幅上我们便可一目了然。

③ 丘振声:《三国演义纵横谈》,漓江出版社 1983 年版,第 40 页。

多。其次，在与同时代人物的对比映衬中刘备显得苍白无力。众所周知，《三国演义》将曹操之"奸雄"形象塑造得生动逼真，又将诸葛亮塑造成"古今贤相中第一奇人"，将关羽塑造成"古今名将中第一奇人"，在这些"鲜活典型"人物的映衬下，刘备显得平淡无奇，而且他形象中的最大亮点——仁义，也因作者过于突出强调而显得不可信。譬如《三国演义》中刘备一再坚称自己的皇族血统，但是除了蜀汉阵营中的同仁"确信"之外，魏、吴集团基本都不认同。这诚如司马光所言："昭烈之于汉，虽云中山靖王之后，而族属疏远，不能纪其世数名位，亦犹宋高祖称楚元王后，南唐烈祖称吴王恪后，是非难辨，故不敢以光武及晋元帝为比，使得绍汉氏之遗统也。"[1]小说作者刻意强调刘备的皇族出身，其目的无非是为"拥刘反曹"的情感立场及蜀汉政权的合法性寻找依据。除此之外，小说作者又将诸多原本发生在刘备身上的故事，诸如鞭督邮、杀车胄等"移注"到张飞、关羽身上，从而导致刘备性格因过于"纯净"而略嫌单一残缺。有学者指出，"小说采用在动机和手段的矛盾中描写人物的手法"[2]来塑造刘备的形象，小说通过各种艺术化的处理试图向读者揭示这样一个事实：刘备内心深处怀有强烈的道德信念，一如他的自白那样："今与吾水火相敌者，曹操也。操以急，吾以宽；操以暴，吾以仁；操以谲，吾以忠：每与操相反，事乃可成。若以小利而失信义于天下，吾不忍也。"（《三国演义》第六十回）

　　刘备形象在明代诸本《三国演义》中因插图绘刻者不同而略有差异。《三国演义》在叙述"陶恭祖三让徐州"时，着力刻画了刘备的仁厚。对此情节的处理，汤宾尹本（图 8-17）、刘荣吾本、笈邮斋本（图 8-18）均着力描绘了刘备在陶谦去世后，身着孝服祭奠之事，而周曰校本刻画的场景则是陶谦病重并以徐州城相托。余象斗评林本该情节的插图与笈邮斋本极相似，唯榜题为"陶谦故　玄德事"；郑少垣本、郑世容本插图与余象斗评林本几乎一样，榜题为"陶谦身故　玄德用事"。

图 8-17　汤宾尹本"玄德陈祭品祭陶谦"插图

① 司马光：《资治通鉴》，中华书局 1956 年版，第 2188 页。
② 王同舟：《〈三国演义〉的文体性质与刘备形象塑造》，载《中南民族大学学报》（人文社科版）2010 年第 5 期，第 160 页。

图8-18　笈邮斋本"玄德作文祭陶谦"插图

从诸本插图内容的比较来看,汤宾尹本、刘荣吾本与笈邮斋本尽管刻画的场景及内容有差异:一着力刻画玄德献祭,一着力描绘玄德挂孝,一着力表现玄德作祭文,但三个版本均暗含了插图绘刻者鲜明的情感倾向性及立场——极力表现刘备的仁厚品质。而余象斗评林本、郑世容本、郑少垣本的插图虽与笈邮斋本插图极相似,也同样描绘的是刘备祭奠陶谦的情景,但是榜题未涉及刘备在陶谦死后为其陈设祭品、挂孝、作祭文等具体细节,而是将读者的思维引向了整个事件的结局——刘备接受托付治理徐州。朱鼎臣本插图则直接跳过陶谦临终以徐州相托、玄德献祭陶恭祖等细节,直接以"玄德治徐州"插图括之。从插图的设置(含榜题)来看,汤宾尹本、刘荣吾本、笈邮斋本插图与小说文本的创作思路、作者的情感立场相吻合,均突出了刘备的仁厚品质,而朱鼎臣本、周曰校本、余象斗评林本及郑世容本、郑少垣本等则忽略了这一方面。

《三国演义》虽然对刘备的"枭雄"色彩做了淡化处理,但是我们仍能从其中的一些故事中寻觅到蛛丝马迹。譬如在"白门楼曹操斩吕布"故事中,吕布将最后生还的希望寄托在刘备身上——指望刘备在最后的紧要关头能为其在曹操面前讨个人情。孰料,刘备却答复曹操:"明公不见布之事丁建阳、董卓乎?"这一句话既提醒了曹操,也更坚定了曹操诛杀吕布的决心。因而吕布大骂玄德"无信""大耳儿不记辕门射戟耶",言外之意是在指责刘备言而无信、忘恩负义。郑少垣本、笈邮斋本、郑世容本等插图抓住了这一情节,刻画出吕布怒骂刘备"大耳儿",而刘荣吾本、熊佛贵本、熊清波本插图均无此情节。

刘荣吾本"白门楼曹操斩吕布"图描绘的是曹操意欲斩杀吕布时的情景,榜题内容揭示了插图所描绘的场景,亦与该回(则)目相吻合。图8-19、图8-20、图8-21所描绘的内容基本相同,均展示的是吕布被绑缚押送至曹操、刘备面前等候发落的情景。然而汤宾尹本插图、余象斗评林本插图的榜题分别为"公台下楼引颈就戮"和"押布宫等见曹操",因而读者所能"读"出的插图含义就发生了变化:图8-19的画面要滞后于榜题,亦即画面"定格"的是吕布临死前受审的一幕,而非"引颈就戮";图8-21所展示的是吕布正在接受曹操的审判。而图8-20所描绘的内容却是吕布寄托在刘备身上的最后希望破灭后,怒从心起,大骂刘备"大耳儿"的场

图 8-19　汤宾尹本"公台下楼引颈就戮"插图

图 8-20　笈邮斋本"布骂玄德大耳儿"插图

图 8-21　余象斗评林本"押布宫等见曹操"插图

面。这一场景可谓与小说文本内容相吻合。插图给读者暗示的画外之音就是：刘备这一仁厚君子亦有"落井下石"的卑劣行径。

### 三、关羽

《三国志》记录关羽生平事迹时，转录了诸葛亮为平息关羽意欲与马超比高下之风波的书信，透露出关羽形貌的只言片语："孟起（马超）兼资文武，雄烈过人，一世之杰，黥、彭之徒，当与益德并驱争先，犹未及髯之绝伦逸群也。"这里的"髯"就是指关羽。陈寿在这段引文之后明确指出："羽美须髯，故亮谓之髯。"①因此，关羽"美须髯"的形象就此广为人知。总体而言，《三国志》对关羽的记载太过简略，只是为《三国演义》中的关羽形象奠定了一个模糊的雏形。

关羽形象的定型是经《全相三国志平话》、元杂剧三国戏，以至《三国演义》的塑造才最终完成的。这其中包含了美须髯、重枣脸、偃月刀、绿战袍、赤兔马等形象要素的形成与聚合。②

其一，美须髯。《三国志》记程昱、太史慈均为"美须髯"。《晋书·刘曜传》云："（曜）身长九尺三寸，垂手过膝，生而眉白，目有赤光，须髯不过百余根，而皆长五尺。性拓落高亮，与众不群。"③这与《三国演义》对关羽形貌的描摹极为相似。元杂剧中对关羽形貌的描写，同样突出了他的"美须髯"。如《大都新编关张双赴西蜀梦》第三折【红绣鞋】唱词云："九尺躯阴云里惹大，三缕髯把玉带垂过，正是俺荆州里的二哥哥。"【石榴花】唱词云："往常开怀常是笑呵呵，绛云也似丹脸若频婆，今日卧蚕眉瞅定面没罗。却是为何，雨泪如梭？"④《古杭新刊的本关大王单刀会》第一折【金盏儿】唱词云："上阵处三缕美须飘，将九尺虎躯摇，五百个爪关西簇棒定个活神道。敌军见了，唬得七魄散，五魂销。你每多披取几副甲，剩穿取几层袍。您的呵敢荡翻那千里马，迎住那三停刀！"又云："那汉酒中火性显英豪，吃塔的腰间揩住宝带，项上按着钢刀。"⑤元杂剧对关羽形象刻画的功劳表现在：能根据人物的性格、事迹以及戏剧所要表达的主题思想来塑造（甚至是虚构）人物的面部特征、衣着、配饰，以至人物所使用的兵器、所骑的战马等。这些艺术创造能最大限度地调动观众的审美想象，从而在听与看的过程中实现审美愉悦。

《全相三国志平话》对关羽形象的描绘："话说一人姓关名羽，字云长，乃平阳莆州解良人也。生得神眉凤目，虬髯，面如紫玉，身长九尺二寸。"这段人物出场的旁白以中国古代传记惯用的体式开端——先交代姓名、籍贯，紧接着描述长相，这是套用了史传文学的叙事模式。嘉靖本《三国演义》卷一叙关羽形貌云："身长九尺二寸，髯长一尺八寸，面如重枣，唇若抹朱，丹凤眼，卧蚕眉，相貌堂堂，威风凛凛。"⑥卷五《云长策马刺颜良》节又叙述了一则关公美髯的故事："操问曰：'云长髯有数乎？'公曰：'约数百根。每秋月约退三五根，冬月多以皂纱裹之，恐其断也。如接见宾客，则旋解之。'操取纱锦二匹作囊，赐关公包髯。次日早朝见（汉献）帝。帝见关公一纱锦袋垂于胸次，帝问之。关公奏曰：'臣髯颇长，丞相赐囊贮之。'帝令当殿披拂，过于其腹。帝曰：'真美髯公也！'因此，朝廷呼为'美髯公'也。"这是对关公美髯

① 按：本部分内容已刊发于《明清小说研究》2016年第1期，但在发表时有较大改动。
② 《三国志集解》卷三十六《关张马黄赵传》，第2511页。
③ 房玄龄等：《晋书》卷一百三《载记三》，中华书局1974年版，第2683页。
④ 关汉卿：《大都新编关张双赴西蜀梦》，见徐沁君校点：《新校元刊杂剧三十种》，中华书局1980年版，第9、13页。
⑤ 关汉卿：《古杭新刊的本关大王单刀会》，见徐沁君校点：《新校元刊杂剧三十种》，中华书局1980年版，第61页。
⑥ 值得注意的是，嘉靖本《三国演义》卷一《曹操起兵伐董卓》又叙关羽"身长九尺八寸""声似巨钟"。

的再次详尽描述。

其二，重枣脸。所谓"重枣"，是指深红色的枣子，重枣脸即指红脸，亦称"胭脂脸"。在中国古代传统观念中，红脸（包括抹朱唇）向来被用以指代血性男子，象征着忠烈、刚正和勇猛。譬如《晋书·刘牢之传》云："牢之面紫赤色，须目惊人，而沉毅多计画。太元初，谢玄北镇广陵，时苻坚方盛，玄多募劲勇，牢之与东海何谦……以骁勇应选。"[1]这则史料可当作面色紫赤之人骁勇性格的一个注脚。相似的人物形象在《三国演义》中也可以找到，如张辽、魏延。《三国演义》叙张辽长相时云"面如紫玉，目若朗星"，而魏延的长相则"身长九尺，面如重枣，目似朗星，如关云长模样"。然而作者对此二人所倾注的情感与关羽不同，描写张、魏二人的形象是为了凸显关羽的忠勇刚烈。

其三，青龙偃月刀。嘉靖本《三国演义》并未对青龙偃月刀作细致描述，只是在叙述张世平、苏双资助起兵匡扶汉室时提及此刀："关某造八十二斤青龙偃月刀，又名冷艳锯。"而《三国志》中并未提及关羽征战时使用何种兵器。南朝梁陶弘景《古今刀剑录》载："蜀主刘备以章武元年岁次辛丑，采金牛山铁铸八剑，各长三尺六寸，一备自服……一与诸葛亮，一与关羽，一与张飞，一与赵云。并是亮书，皆作风角处，所有令称元造。刀五万口，皆连环及刃口，列七十二炼，柄中通之，兼有二字。"[2]这里重点叙述的是剑，而五万口刀同样为短兵器。在唐宋诗文中难以考证关羽的兵器。赵宋朝廷对关羽的封赐或许是促进关羽形象走向完备、定型的重要原因。宣和五年（1123），朝廷诏准蜀丞相诸葛亮，吴将军周瑜，以及邓艾、张飞、吕蒙、关羽、陆逊等七十二将入祀武成王庙。[3] 后来南宋朝廷又敕封关羽为"义勇武安王"[4]。在当时南宋面临外族强敌强压境的历史背景下，民众对关公的崇拜热潮极易被点燃，艺术家们便顺应时代潮流，赋予关公——这位义勇双全的英雄以诸多与其身份、性格、功绩相匹配的艺术元素，包括象征刚烈与勇猛的重枣脸、威风凛凛的青龙偃月刀和赤兔马等。

及至元代，关羽用刀（长柄大刀）的说法在不同作品中多次出现。譬如元人郝经在《重建庙记》中提及当时燕赵荆楚间民众祭祀关羽时的情景："夏五月十三日、秋九月十有三日，则大为祈赛，整仗盛仪，旌甲旗鼓，长刀赤骥，俨然王生。"又引诗云："……跃马斩将万众中，侯印赐金还自封。横刀拜书去曹公，千古凛凛国士风……"这里的"长刀""横刀"都说明此时关羽所使用的兵器已由佩刀、剑演变成了长刀。除"长刀"外，还有了"赤骥"，即赤兔马，说明当时的关羽形象已初步定型。

---

① 房玄龄等：《晋书》卷八十四《刘牢之传》，中华书局1974年版，第2188页。

② 陶弘景：《古今刀剑录》，见《景印文渊阁四库全书》第840册，台湾商务印书馆1986年影印本，第4页。

③ 脱脱等：《宋史》卷一百五《礼八》，中华书局1977年版，第2556—2557页。

④ 据《古今图书集成·博物汇编·神异典》载："宋真宗大中祥符□年敕修关圣庙。按：《宋史·真宗本纪》不载。《解州志》云：'关圣庙在城西门外，宋真宗大中祥符年间敕修。'"又云，"哲宗绍圣三年赐玉泉祠额曰'显烈王'"；"徽宗崇宁元年追封'忠惠公'，大观二年加封'武安王'"；"宣和五年敕封'义勇武安王'"。但以上诸条均不见录于正史，其真实性无从考知。参见《古今图书集成·博物汇编·神异典》卷三十七《关圣帝君部》（第四九二册之三〇叶），中华书局影印本。

元杂剧中,关羽使用大刀的形象很普遍,而且其刀还有了具体名称——"青龙刀""偃月刀"。譬如《古杭新刊的本关大王单刀会》第一折【赚煞尾】唱词云:"(云长)高声叫,惊杀许褚、张辽。那神道须勒着追风骑,轻抢动偃月刀。"第二折【叨叨令】又提及"青龙刀"。① 至此,"青龙偃月刀"才最终附着在关羽这一艺术形象之上,成为他常用的兵器,并且构成了关羽形象中不可分割的一部分。

其四,绿锦战袍。《三国志》及《全相三国志平话》中均未提及绿锦战袍,而嘉靖本《三国演义》多次提及关羽的绿锦战袍。譬如在卷一《虎牢关三战吕布》中吕布败退时引诗云:"阵前恼起关云长,青龙宝刀灿霜雪,鹦鹉战袍飞蛱蝶。"这里以诗意化的语言描述了关羽征战沙场时的飒爽英姿,也是绿锦战袍的首次出场。又如卷五《张辽义说关云长》叙述关羽被困许昌,曹操以一领新战袍赠之以试图拉拢他时云:"一日,操见云长所穿绿锦战袍已旧,操度其身品,取异锦做战袍一领赐之,云长受之,穿于衣底,上用旧袍罩之。操笑曰:'云长何故如此之俭?'公曰:'某非俭也。'操曰:'吾为汉相岂无一锦袍与云长,何以旧袍蔽之,不亦俭乎?'公曰:'旧袍乃刘皇叔所赐,常穿上如见兄颜,岂敢以丞相之新赐而忘兄之旧赐乎? 故穿于上。'操叹曰:'真义士也。'"这则故事常被用以说明关羽和刘备之间笃厚的兄弟情谊,以及关羽忠心不二的高尚品格。作者在叙述该故事时不惜笔墨,着力于细节刻画和语言描写,使关羽的忠义尽显。这一件破旧的绿锦战袍,已经超出了其作为战袍的实用价值,已然成了刘备和关羽之间莫逆之交情谊的信物,象征着关羽对刘备矢志不移的忠诚。此外还有卷十四《关云长单刀赴会》、卷十九《孔明大破铁车兵》等处均出现了绿锦战袍。

其五,赤兔马。《三国志》云:"布有良马名曰赤兔。"裴松之注引《曹瞒传》云:"时人语曰:'人中有吕布,马中有赤兔。'"②《全相三国志平话》与《三国演义》均对该马做了描述。《全相三国志平话》云:"董卓问:'这马怎生好马?'其(指丁建阳)家奴再覆:'这马非俗,浑身上下血点也似,鲜红鬃尾如火,名为赤兔马。丞相(指丁建阳)道,不是红为赤兔马,是射兔马,旱地而行如见兔子,不曾走了,不用马关踏住,以此言赤兔马'。又言'这马若遇江河如登平地,涉水而过。若至水中,不食草料食鱼鳖。这马日行一千里,负重八百余斤。此马非凡马也。'"嘉靖本《三国演义》卷一《吕布刺杀丁建阳》节的描述为:"日行千里,渡水登山,若履平地。""浑身上下火炭般赤,无半根杂毛,从头至尾长一丈,从蹄至项鬃高八尺,嘶喊咆哮有腾空入海之壮。"《三国演义》卷五《张辽义说关云长》节又云:"身如火炭,眼似鸾铃……操曰:'……吾未尝敢骑,非公不能乘,连鞍奉之。'"可见,《三国演义》大体承续了《全相三国志平话》的描述,但在具体细节方面又有不同,而且还删削了其中不合理的描述,如"若至水中,不食草料食鱼鳖"等。总而言之,《全相三国志平话》与《三国演义》在陈寿史传及裴注基础上,对赤兔马加以艺术化的描写,并最终将其与关羽联系在了

---

① 关汉卿:《古杭新刊的本关大王单刀会》,见徐沁君校点:《新校元刊杂剧三十种》,中华书局 1980 年版,第 61 页。

② 《三国志集解》卷七《吕布张邈臧洪传》,第 775 页。

一起,成为关羽形象中不可或缺的组成部分。

综上所述,关羽形象的形成乃至定型,经历了长时期的演变与建构过程,其原型脱胎于史传,后经历代民众与文学之士的塑造与重构,以至诸艺术元素逐渐聚合为一体,从而构成了义薄云天、英勇无比的关大王形象。

与史传、文学领域相呼应的是历代关羽图像的创作也很兴盛。然而由于年代久远,我们现今能考知存世的关羽画像要数明人李士达的《关壮缪公立马图》轴和丁云鹏的《蜀汉寿亭侯关壮缪公像》最著名。明李士达《关壮缪公立马图》轴纵133 cm,横58 cm,纸本设色,现收藏于天津博物馆。李士达,号仰槐,吴县(今江苏苏州)人,长于人物,兼写山水,明万历二年(1574)进士。《关壮缪公立马图》轴描绘的是关公横刀立马的威武形象。画面中,关公身着蓝袍,左手紧勒缰绳,端坐于马上,神态威严端庄,身旁的周仓虎须怒张,肩扛青龙偃月刀侍立于马侧。他们身后是峻峭的山峦和高大的松树,左侧是万丈沟壑,潺潺的流水及飘浮于山峦和树梢之巅的云朵更是将画面衬托得更加宏伟壮观。整个画面层次分明,尤其是沟壑中若隐若现的流水及飘浮的云朵,使画面远近层次分明,重点突出。此图轴风格独特而有创意,将文人画与风俗画巧妙结合,人物描绘细致,神态刻画细腻传神。画面左上端作者自题"李士达写"四字,只露左半边而隐去右半边,这是李氏自题画作的一贯作风,体现了其傲岸的性格。

《蜀汉寿亭侯关壮缪公像》(图8-22),明人丁云鹏作。丁云鹏,字南羽,号圣华居士,安徽休宁人。生于明嘉靖二十六年(1547),卒年不详。父瓒,为当世名医。

图8-22　蜀汉寿亭侯关壮缪公像,
丁云鹏,私人收藏

丁云鹏曾师事詹景凤,善画白描人物,山水、佛像无不精妙,是继仇英之后最著名的人物画家,笔法不下仇英,而高古文雅似又过之。该图构图与李士达的《关壮缪公立马图》颇相类,画面左侧为两株挺拔的松树,枝桠遒劲。画面中心处,关公头系青色幅巾,身披铠甲,外罩绿锦战袍,手持长髯,坐于树下岩石上观书。画面近处,周仓虎须怒张,手执青龙偃月刀侍立,与关公相隔数步之遥。整个画面以S形构图拉伸了画面的纵深感,又以高耸入云的青松扩大了画面的上下空间。在画法上,该画作以小斧劈皴法画山石,以芝麻皴法画石上苔点,松姿苍劲。画面左下角题"丙午春月之吉善男丁云鹏敬写",下钤两朱红阳文方印。

除画像外,还有各种塑像及瓷器画中出现过关羽的形象。譬如明代塑造的一尊关羽铜像为坐像,高170 cm,现藏于河南省新乡市博物馆。该铜像塑造的关羽身穿铠甲,头巾带飘垂于双肩之上,鼻与眉弓高突,双目微合,双唇微闭,五绺长髯飘散于胸前;腹部与肩部均有虎头护腹和护肩,腰间系带飘于战裙上；左手五指叉开撑住左腿，右手握拳，似将随时起身参加战斗；下身着战裙，脚穿战靴。整个塑像刻画人物细致入微、栩栩如生。

《三国演义》将关羽塑造成"古今名将中第一奇人"，而且是一名儒将。从现存诸本《三国演义》插图来看，插图绘刻者对关羽这一人物的理解和把握基本趋同，那就是不约而同地彰显了其儒将风范。

图8-23为金陵周曰校本"张辽义说关云长"插图，图中关羽头着幅巾，丹凤眼、卧蚕眉，右手捋长髯，端坐于帐中虎皮座椅上。这与明代刊刻的《历代君臣图鉴》中收录的关寿亭侯像相类似。关羽的儒将形象有其史实依据，《三国志》裴松之注引《江表传》曰："羽好《左氏传》，讽诵略皆上口。"[1]因此，后代小说家竭力渲染突出关羽的儒将形象，如余象斗评林本、刘荣吾本插图均突出了关羽有在夜晚看书的习惯。在图8-24中，关羽正秉烛夜读《春秋》，胡班受王植派遣，带着一千军士持火把意欲围住驿站放火烧死关羽等人，因窥见关羽正在厅堂观书，不禁惊叹"真天人也"，但说话声音过大而被关公察觉，于是入见关公，并将实情说出。插图描绘的就是胡班入见关公，陈说实情时的场景。值得注意的是，小说文本并未言明关羽彼时夜读何书，而插图榜题却是"羽观春秋胡班窥看"，很显然是受到裴注《三国志》"羽好《左氏传》，讽诵略皆

图8-23 周曰校万卷楼刊《新刻校正古本大字音释三国志通俗演义》之"张辽义说关云长"插图（局部）

上口"的影响。再者，榜题言明关羽夜读《春秋》，即可凸显其儒将的身份。相较之下，刘荣吾本的插图就缺乏这一层隐含的意义。刘荣吾本"云长看书胡班窥视"图表现胡班正在窥视关羽的瞬间。该图榜题云"云长看书胡班窥视"，与小说文本内容一致。这样的插图所蕴涵的信息充其量只能说明关羽非常勤勉以及具有临危不

图8-24 余象斗评林本"羽观春秋胡班窥看"插图

① 《三国志集解》卷三六《蜀书六·关张马黄赵传》，第2318页。

惧的大将气质,缺少"羽观春秋"暗示的深刻含义——毕竟《春秋》是一部儒家经典,夜读《春秋》说明其深受儒家思想的熏陶,也间接暗示了关羽的儒将身份。郑世荣本插图与余象斗评林本插图几乎一致,唯榜题作"胡班窥看云长读书";熊佛贵本作"胡班夜视云长",同样只是忠实于小说文本内容而绘制的插图,缺乏一种画外之音。郑少垣本、汤宾尹本、熊清波本均无此情节插图。

关羽被擒以及英勇就义的故事也是《三国演义》着力叙述的内容:(马忠、朱然等)将关平父子捉见孙权,权大喜,聚众将于帐中。马忠等押云长、关平至,权曰:"孤久暮(慕)将军盛德,欲结秦晋之交,何相弃耶? 今日何由被擒? 将军今日服否?"关公昂然不跪,大骂曰:"碧眼小儿,紫髯鼠辈! 吾与皇叔誓同生死,今日误中奸计,但请死而已,何能屈膝耶?"图8-25为笈邮斋本"关云长大骂孙权"插图,图中关羽、关平父子双手被缚,大义凛然,尤其是关羽紧锁的眉头和紧闭的嘴唇揭示了他内心的愤怒。相比之下,汤宾尹本插图中的关羽神情呆滞,缺乏应有的大将风度。而且从两图的榜题来看,一为"关云长大骂孙权",一为"关公父子临沮被擒",两相比照,优劣自见:前者将关羽兵败被俘后的不甘、不屈,以及面对死亡时的大义凛然逼真描绘了出来。而后者仅仅描绘了小说文本的字面义,没能抓住文字背后隐含的"言外之意"。图8-26画面与图8-25差异不大,其榜题亦与小说文本叙述相一致。

图8-25 笈邮斋本"关云长大骂孙权"插图

图8-26 郑世荣本"关公父子被捉"插图

　　熊佛贵本"孙权怒杀云长"插图,从画面描绘的内容看,与笈邮斋本、汤宾尹本相类似,均为关羽父子被绑缚押送至孙权面前听候发落。然而该图榜题却为"孙权怒杀云长",可谓违背了小说文本原意。小说在叙述关羽大骂孙权后,详细描写了孙权的举动:"权回顾众官曰:'云长世之豪杰,孤甚爱之,孤欲以厚礼宥其罪,若何?'主簿左咸曰:'不可!昔日操得此人……今日不除,自取其祸。'孙权低首言曰:'所言是也。'令推出斩之。"很明显,孙权当时亦颇怜惜关羽之雄才,即便是关公以"碧眼小儿,紫髯鼠辈"等恶语骂之,但他依然不恼不怒,仍想留其性命,只不过在属下极力劝阻下才打消了此念头。可以看出,孙权此时并没有被关公之语激怒,即便关羽此前与他为敌,但英雄相惜,孙权仍试图挽救其性命,何怒之有?故此不难想见插图绘刻者的情感立场。刘荣吾本没有关羽父子被擒画面,亦无关公显圣情节插图。

　　综上,《三国演义》对关羽这一人物怀有特殊的情感,不仅将其塑造成"古今名将中第一人",赋予他英武的外表体形,矫健的身姿,还通过艺术化手法刻画其令人瞩目景仰的人格魅力。而插图通过直观的绘画笔触描摹了关羽的身形,又通过场景布局、人物与人物间的关系等辅助手段,达到以形达意的艺术效果。

## 四、诸葛亮

　　诸葛亮的贤相形象广为人知,其事迹也一直被人们深切怀念。《三国志》描述诸葛亮形貌云:"(亮)身长八尺,容貌甚伟,时人异焉。"寥寥十数言,并不能具体勾勒出这位"卧龙"的形象。又引《世语》云:"诸葛武侯与司马宣王治军渭滨,克日交战。宣王戎服莅事,使人视武侯,独乘素舆,葛巾毛扇,指麾三军,随其进止。宣王叹曰:诸葛君可谓名士矣。"[①]诸葛亮以"葛巾毛扇"指挥三军,与司马懿的"戎服莅事"形成鲜明对比,突出了他指挥若定。《全相三国志平话》描述诸葛云:"身长九尺二寸,年始三旬,髯如乌鸦,指甲三寸,美若良夫。"嘉靖本《三国演义》描写诸葛亮形貌者凡二处:其一,卷八《定三分亮出茅庐》云:"(亮)身长八尺,面如冠玉,头戴纶巾,身披鹤氅,眉聚江山之秀,胸藏天地之机,飘飘然当世之神仙也。"笈邮斋本、周曰校本、吴郡绿荫堂本均与此完全相同。刘荣吾本作"身长八尺,面如冠玉,披鹤氅,眉聚江山之秀,胸藏天地之机,飘飘然一神也"。汤宾尹本作"身长八尺,面如冠玉,戴纶巾,披鹤氅,眉聚江山之秀,胸藏天地之机,飘飘然当世之神仙也"。清雍正十二年(1734)闽书林潭西陈以润男芳继志堂刊《鼎镌按鉴演义古本全像三国英雄志传》作"身长八尺,面如冠玉,头戴纶巾,身披鹤氅,眉聚江山之秀,胸藏天地之机,飘飘然一神仙也"。贯华堂"第一才子书"本删削了相貌描写。其余诸本的描述也基本与嘉靖本相同,差别唯见个别字有出入。其二,卷二十四《姜维大战剑门关》节叙钟会梦见武侯显圣时云:"只见一人,纶巾羽扇,深衣鹤氅,素履皂绦,面如冠玉,唇若抹硃,眉聚江山之秀,胸藏天地之机,身长八尺,飘飘然当世之神仙也。"由此,我们可以归纳出《三国演义》中描写诸葛亮形貌的关键词:身长八尺、面如冠玉、头

---

① 《三国志集解》卷三十五《诸葛亮传》,第2487、2480页。

戴纶巾、身披鹤氅。

除身高、衣着和头饰为具体可感之物外,其余如"面如冠玉""眉聚江山之秀,胸藏天地之机"均为意象化的描述,并不能用具体可感的语词清楚表达出来。所谓"面如冠玉",冠玉是指帽子上的美玉,一般为质地精良、纯正无瑕的玉石。用以形容人的相貌时则谓其人面色白皙。《史记·陈丞相世家》云:"绛侯、灌婴等咸谗陈平曰:'平虽美丈夫,如冠玉耳,其中未必有也。'"①这里的"冠玉"即用以代指美丈夫,亦即形容男子容貌英俊如美玉。《三国演义》中被以"面如冠玉"来描述其面容的人物除诸葛亮之外,还有刘备、周瑜和陆逊。以"面如冠玉"形容人之面相时,其用意更多的恐怕是在暗示——其人德行高尚、能力超群,必能成就一番大事业。按照中国古代相术学说,一个人的德行操守及性格、能力等禀赋,均可从其面相上解读出来。古人认为,人体形貌各不相同,与自然万物的某些特征具有相似性,人体各个器官、骨相因其具有不同形状,因而预示着不同的人生命运。所以"面如冠玉"一词与其说是在描述人物的相貌,不如说它是一个文化符号,意在暗示被描述人物的德操以及将要建立的巨大功业。这些都体现了中国传统文化的特色。

唐宋以前的诸葛亮画像,我们现今几乎难以见到。图 8-27《诸葛亮像轴》传为

图 8-27　诸葛亮像轴,佚名,北京故宫博物院藏

赵孟頫所作。该画轴因有赵氏钤印,故而一度被误定为赵氏之作,但后来被认定为元人画。此画轴现藏于北京故宫博物院。图轴为挂轴,设色,首端题张式(栻)赞云:"惟忠武侯,识其大者。仗义履正,卓然不舍。方卧南阳,若将终身。三顾而起,时哉屈伸。难平者事,不昧者几。大纲既得,万目乃随。我奉天讨,不震不竦。唯一其心,而以时动。噫侯此心,万世不泯。遗像有严,瞻者起敬。"②画面上下及左右钤有"乾隆御览之宝""乾隆鉴赏""嘉庆御览之宝""宣统御览之宝""子子孙孙永用印""三希堂精鉴""宜子孙""石渠宝笈""赵氏子口"等二十三印。该画轴构图简单,无背景图案,仅画一坐案及武侯的坐像而已。图中武侯头戴葛巾冠坐于方形几案之上,几案表面有团花纹饰,四只案脚均有精细雕花,显得古朴典雅。武侯赤足坐于几案上,右手托举着一直尺形状的如意,目光平视左前方,神态安详。整个画面构图简约,线条自然流畅,所刻画的人物既有儒者风范,又透出一股浓厚的道家气息,令人不由得对这位

① 司马迁:《史记》卷五十六《陈丞相世家》,中华书局 1959 年版,第 2054 页。

② 此赞见录于张栻《南轩集》,题为《汉丞相诸葛忠武侯画像赞》。参见张栻:《张南轩先生文集》卷七《汉丞相诸葛忠武侯画像赞》,商务印书馆《丛书集成初编》(第 2384 册),第 118 页。

运筹帷幄的贤相产生一种神秘感。

《武侯高卧图》(图8-28),明朱瞻基绘,该图首以篆书题"旌忠"二字,次题"赐进士奉敕提督抚治河南参政臣史敏谨题"。画面左上端款署:"宣德戊申御笔戏写,赐平江伯陈瑄。"钤"广运之宝""嘉庆御览""三希堂精鉴玺""宣统鉴赏""宜子孙""无逸斋精鉴玺"六方印。画面右端钤"嘉庆御览之宝""宣统御览之宝""石渠宝笈""宝笈三编"四印。从题款"宣德戊申"可推知,该图轴作于明宣德三年(1428),是宣德皇帝赐予陈瑄的御作。画轴末端有明景泰五年(1454)陈循跋,其文曰:"是图见之然,惟圣明所以望其臣者如此,其重则子孙之所以绳其祖者,宜何如其至哉! 豫以下其世世勉之。"这其实点明了明宣宗赐画给陈瑄的目的,是想激励他效法前贤为国鞠躬尽瘁。画面中,诸葛亮袒露胸怀,头枕书匣,卧于草地上,左手托腮,右手置于微微弓起的右腿膝盖上,显得十分自在安逸。身旁是竹林,翠竹修长挺拔,枝繁叶茂,衬托出一片幽静闲适的村野风光。整幅画构图饱满,人物衣褶纹路采用"钉头鼠尾"法描绘,线条流畅洗练;背景画竹林一片,笔墨潇洒,显示出相当高的绘画技巧。

图8-28 武侯高卧图,朱瞻基,北京故宫博物院藏

明代刊刻的《历代君臣图鉴》《古先君臣图鉴》中收录了诸葛武侯像(图8-29)。《古先君臣图鉴》为明潘峦编,刊刻于明万历年间,现收藏于美国哈佛燕京图书馆。从二图画面来看,诸葛武侯的相貌衣着基本相同,可以说是一位儒士形象。

然而诸葛亮这一人物形象在《三国演义》中又是复杂的,他既是一位具有济世安民之心、兴国安邦之能的宿儒,又是一位能巧借东风、善摆八阵图的方士(后世亦称道士),在他身上,儒家"修齐治平"的人生理想与道家的奇门道术得到了完美结合。譬如《三国演义》叙述"七星坛诸葛祭风"时云:"孔明沐浴身披道衣,跣足散发来到坛前,吩咐鲁肃曰:'子敬自在军中相助公瑾调兵,不可有误,但看东南风起,任便行事。'鲁肃去了。孔明嘱付(咐)守坛将士:'不许擅离方位。不许交头接耳。不许失口乱言。不许失惊打怪。如违吾令者斩之!'众皆领命。孔明登坛亲瞻方位已定,焚香于炉,注水于盂,仰天暗嘱(祝)。下坛入帐中少歇,令军士更替吃饭。是日上坛三番下坛三次,并不见风起。"郑少垣本、汤宾尹本插图均描绘了孔明跣足

图8-29 诸葛武侯像,明万历年间刊刻《古先君臣图鉴》本,美国哈佛燕京图书馆藏

散发、身穿道袍，登坛祭风时的情景。两幅插图的榜题"孔明登坛祈风破曹""孔明登坛求东南风"均揭示了插图描绘的内容。

　　上述诸葛亮登坛祭风的行为带有道教徒施展法术的浓郁气息。事实上《三国演义》对诸葛亮形象的塑造，更多受到元杂剧的影响。现存元杂剧中的一些三国题材剧就已经将诸葛亮塑造成一名道士。譬如《新刊关目诸葛亮博望烧屯》第二折【牧羊关】唱词云："托赖着日月光天德，山河壮帝居，请我主暂把眉舒。看贫道握雾拿云，看贫道呼风唤雨。我似儿戏般先收了魏，笑谈间并吞了吴。我直交功盖三公位，名成八阵图。"第三折【鸳鸯煞】唱词云："今日坐领三军金顶莲花帐，披七星锦绣云鹤氅。早定了西蜀，贫道却再返南阳。"①剧中诸葛亮以"贫道"自称，而且身披"七星锦绣云鹤氅"，俨然一个道士。

图8-30　周曰校本"孔明智退司马懿"插图（局部）

　　《三国志通俗演义》中描绘孔明身长八尺，面如冠玉，头戴纶巾，身披鹤氅，手执羽扇，飘飘然有神仙之概。在"孔明智退司马懿"（图8-30）中，"孔明乃披鹤氅，戴华阳巾，引二小童携琴一张，于城上敌楼前凭栏而坐，焚香操琴"（周曰校本）。华阳巾，一名乐天巾，"顶有寸帛，襞积如竹简，垂之于后，曰纯阳者以仙名，而乐天则以人名也"②。帽底圆形，顶坡而平，帽顶向后上方高起，帽前上方有九道梁垂下（因"九"为纯阳之数）。《新五代史·卢程传》载："卢程，不知其世家何人也。唐昭宗时，程举进士，为盐铁出使巡官。唐亡，避乱燕赵，变服为道士，游诸侯间……程戴华阳巾，衣鹤氅，据几决事。"③卢程为唐末进士，唐王朝覆亡后，易服为道士。可见，华阳巾为道士服最晚至唐末就已盛行。周曰校本描述的孔明装束与《新五代史》载录的卢程装束一致，不难想见，周曰校本已然将孔明当作道士进行塑造。刘荣吾本、郑世荣本、郑少垣本、余象斗评林本均作"华阳巾"，而笈邮斋本却作"阴冠"。

　　再如"孔明智退司马懿"，周曰校本插图中诸葛亮头戴纶巾，与小说文本中的"华阳巾"不符，刘荣吾本为纶巾。就画面构图与内容来看，郑世荣本、余象斗评林本、刘荣吾本基本一致，均采用对角构图法，左半边为骑着战马的司马懿，右半边为

① 无名氏：《新刊关目诸葛亮博望烧屯》，见徐沁君校点：《新校元刊杂剧三十种》，中华书局1980年版，第737、744页。

② 王圻、黄晟：《三才图会·衣服》，明万历三十五年刻本。

③ 欧阳修：《新五代史》卷二十八《唐臣·卢程》，中华书局1974年版，第304页。

正在城楼上弹琴的孔明。其中在郑世荣本插图中，孔明侧身面对司马懿，左手高指远方，似乎正与来犯者交谈。这其实有违小说文本的叙述：首先，小说文本中并无孔明与仲达对话的情节描述；其次，"空城计"实乃心理战术，无需双方语言交流，甚至还排斥言语的参与，因为语言交流往往容易暴露蛛丝马迹而让对方识破。小说文本在叙述孔明与仲达"对阵"时云："（司马懿）正见孔明笑容可掬，焚香操琴，一童子执宝剑，一童子执麈尾。城门内外有二十余个百姓低头洒扫，旁若无人。懿看毕大疑。"（周曰校本）司马懿生性多疑，他深知孔明行事"平生谨慎不曾弄险"，因而才会有退兵之举。相比之下，余象斗评林本、刘荣吾本、周曰校本插图更符合小说文本叙述的故事情节。当然，刘荣吾本插图（图8-31）省略了城楼上的二童子及城门口洒扫的百姓，从表面看，这只是省略了无关紧要的细枝末节，事实上却造成了画面的不完整，削弱了画面的现实感，个中缘由或许是书坊主出于省减工费而为之。但是值得肯定的是，该插图以升腾的尘雾（虚化手段）将原本不在同一平面（空间位置）上的两个场景合二为一，这较之郑世荣本、余象斗评林本插图将两个场景"生硬并置"的手法更自然、更合理。周曰校本插图可谓完整再现了小说文本的故事情节，但是值得一提的是，孔明右侧的童子手执拂尘，与小说文本中的"麈尾"不合。麈尾原为魏晋时期清谈之士常用的器物，而拂尘则多为佛道教徒所用之物。这里童子手持拂尘似乎暗示了诸葛亮的半儒半道的身份角色。综上所述，《三国演义》将诸葛亮塑造成了半人半仙、亦儒亦道的"智绝"形象，而诸本插图在围绕小说文本叙事绘制图像时，除遵依小说文本内容描述之外，亦有其自身的创造。

图8-31　刘荣吾本"孔明西城退司马懿"插图

## 五、孙夫人

《三国志》中未见孙夫人生平事迹。对此，卢弼注引潘眉曰："陈承祚不为孙夫人立传，夫人还吴，同于大归。"这里的"大归"是说已婚女子回娘家后不再回夫家。潘眉所谓陈承祚不为孙夫人立传的原因也在于此。对孙夫人还吴一事，裴松之注引《汉晋春秋》曰："先主入益州，吴遣迎孙夫人，夫人欲将太子归吴，诸葛亮使赵云勒兵断江留太子,乃得止。"卢弼注引《赵云别传》曰:"孙夫人以权妹骄豪,权闻备西征,大遣舟船迎妹,而夫人内欲将后主还吴。云与张飞勒兵截江,乃得后主还。"又引何焯曰:"《汉晋春秋》所云为妄。先主定益州时,诸葛公与张、赵等泝流至蜀,孙夫人还吴,当在建安二十年争荆州时。"①由此看来,史传中的孙夫人嫁与刘备是对蜀汉有所图谋的,一旦图谋落空则一去不返。

　　元杂剧中的孙夫人则完全是一个大家闺秀,她不谙孙吴与蜀汉之间勾心斗角的政治斗争。如元无名氏《两军师隔江斗智》第一折【混江龙】唱词后(侍女梅香)云:"小姐芙蓉面杨柳腰,这般标致,谁人近得?"(正旦唱):"你道我这面呵还赛过芙蓉艳色,这腰呵不弱似杨柳柔枝。有时节将彩线纂成新样谱,有时节向绿窗酬和古人诗。常则是嫔风作范,女诚为师。慵妆粉黛,净洗胭脂,兀那绣帘前几曾敢偷窥视?"②可见,元杂剧中的孙夫人不仅生得婀娜多姿,并且知书达理,是个十足的大家闺秀。

图8-32　孙夫人像,选自《历代百美图》本

　　小说《三国演义》一反元杂剧中孙夫人的闺秀形象,将其塑造成一位自幼好观武事的女中豪杰。嘉靖本《三国演义》卷十一《刘玄德娶孙夫人》云:"数日之内大排筵会,孙夫人与玄德结亲。至晚客散,两行红炬,接引玄德入房。灯光之下,但见枪刀簇满,侍婢皆佩剑悬刀,立于两旁,吓得玄德魂不附体。"又同卷《锦囊计赵云救主》云:"玄德失色。管家婆进曰:'贵人休得惊惧也。夫人自幼好观武事,居常令侍婢击剑为乐,故房中有之。'玄德曰:'非夫人所观之事,吾甚心寒,可命暂去。'管家婆禀复孙夫人曰:'房中摆列兵器,娇客不安,须且去之。'孙夫人笑曰:'相杀半生,尚惧兵器乎?'尽命去之,令侍婢解剑扶侍。"这足以见出不同的创作者对同一艺术形象的不同理解与创造之差别巨大。

　　值得一提的是,图8-32为明刻本《历代百美图》中收录的孙夫人画像,从画面人物形象来看,孙夫人长相娇美,左手握着一柄宝剑,正呈舞剑姿态。可见,该画像的创作受到了小说《三国演义》对孙夫人形象塑造的影响。

　　刘荣吾本插图(图8-33)、郑世荣本插图(图8-34)均只描绘了玄德与孙夫人步入洞房时的情景,房中陈列着美酒佳肴,婢女数名侍立一旁。笈邮斋本插图(图8-35)除描绘主人公刘备、孙夫人外,尚有刀枪剑戟等兵器——尽管只露出一角,但它们的存在一方面暗示了这场政治婚姻的险恶,另一方面也与小说文本对孙夫

────────────

① 《三国志集解》卷三十四《二主妃子传》,第2429—2433页。

② 无名氏:《两军师隔江斗智》,见王季思主编:《全元戏曲》(第六卷),人民文学出版社1999年版,第446页。

人"自幼好观武事"情节相呼应。周日
校本插图(图8-36)左半幅所描绘的孙
夫人乃大家闺秀,不仅姿容姣美,而且
举止得体。右半幅画面描绘的是手持
长枪的两名侍婢,中间偏左下角的两名
侍婢手执锦绣宫灯在前引路,这四名侍
婢全都女扮男装,可以想见,她们是平
日训练有素的侍婢兼侍卫,正应和了小
说文本中"居常令侍婢击剑为乐"的
文字。

图8-33 刘荣吾本"玄德与孙夫人成亲"插图

图8-34 郑世荣本"苍烛荧煌鸾凤于飞"插图

图8-35 笈邮斋本"侍妾撤房中兵器"插图

图8-36 周日校本"刘玄德娶孙夫人"插图

## 六、貂蝉

　　貂蝉其人未见录于《三国志》及《后汉书》,故而历来被认为是小说家虚构的人
物。貂蝉这一艺术形象的原型,源于史传的两处记载:其一,《三国志·魏书·吕
布传》所载董卓家有一个与吕布私通的"侍婢"。其二,《后汉书·董卓传》所载董卓

之"少妻"。尽管这两个人物在史传中仅被提及,她们对貂蝉形象的塑造却有着启发性的意义。完整的貂蝉形象最早见于《全相三国志平话》,其文云:"王允归宅下马,信步到后花园内,小庭闷坐……忽见一妇人烧香,自言不得归乡,故家长不能见面……王允不免出庭问曰:'你为甚烧香? 对我实说。'唬得貂蝉连忙跪下,不敢抵讳,实诉其由:'贱妾本姓任,小字貂蝉,家长是吕布,自临洮府相失,至今不曾见面,因此烧香。'丞相大喜:'安汉天下,此妇人也!'丞相归堂,叫貂蝉:'吾看你如亲女一般看待。'即将金珠缎疋与貂蝉,谢而去之。"这段文字既交代了貂蝉的来历,又为后来王允设连环计埋下了伏笔。

现存元杂剧中亦有关于貂蝉的剧作。据钱南扬《宋元戏文辑佚》稽考,《九宫正始》中载有"貂蝉女"戏文一种,注明为元传奇,可惜全剧亡佚,仅存残曲二支,无法从中窥测剧作的内容。另一部涉及貂蝉的元杂剧乃元无名氏《锦云堂暗定连环计》,该剧第三折叙述貂蝉出场时,【滚绣毬】唱词云:"油掠的鬓髻儿光,粉搽的脸道儿香。画的来月眉新样,穿的是藕丝嫩新织仙裳。若是这女艳妆,劝玉觞,殷勤的满斟低唱,十指露春笋纤长。我则要削除汉帝心头病,便是你医治奸邪海上方,不索商量。"在该剧中,貂蝉据称是"忻州木耳村人氏,任昂之女,小字红昌。因汉灵帝选入宫中,掌貂蝉冠来,故名'貂蝉'"[①]。在这两部作品中,貂蝉的身份有一点是共同的:貂蝉原本就是吕布的妻子。《全相三国志平话》中貂蝉自称"家长是吕布,自临洮府相失,至今不曾见面"。《锦云堂暗定连环计》中貂蝉对王允说:"灵帝将您孩儿赐与丁建阳,当日吕布为丁建阳养子,丁建阳却将您孩儿配与吕布为妻。后来黄巾贼作乱,俺夫妻二人阵上失散,不知吕布去向。"可见,其情节与《全相三国志平话》一脉相承。

嘉靖本《三国演义》卷二《司徒王允说貂蝉》云:"(王允)策杖步出后园,仰天垂泪,沉吟立于荼蘼架侧。忽闻有人在牡丹亭畔长吁短叹,允潜步窥之,乃府中歌舞美人貂蝉女也。其女自幼选入充乐女,允见其聪明,教以歌舞吹弹,一通百达,九流三教,无所不知。颜色倾城,年当十八,允以亲女待之。"又节末诗曰:"红牙催拍燕飞忙,一片行云到画堂。眉黛促成游子恨,脸容初断故人肠。榆钱不买千金笑,柳带何须百宝妆。舞罢隔帘偷目送,不知谁是楚襄王。"这里所叙貂蝉身世与元杂剧截然不同,而且其主题思想也有巨大变化:将元杂剧中吕布诛董卓使一对患难夫妻的破镜重圆,改成了吕布杀董卓完全是见利见色而忘义。可见,作者对貂蝉故事有再创作之功。

貂蝉这一人物在《三国演义》中只是司徒王允实施连环计离间董卓、吕布关系的一颗棋子。但从小说文本叙述中,我们能见出貂蝉聪明伶俐,善于随机应变,且深明大义,知恩图报。刘荣吾本、笈邮斋本、郑少垣本、周曰校本、余象斗评林本插图均着力描绘了凤仪亭吕布戏貂蝉的情景。

笈邮斋本插图(图8-37)画面描绘的是貂蝉与吕布二人正在凤仪亭诉说相思

---

① 无名氏:《锦云堂暗定连环计》,见王季思主编:《全元戏曲》(第六卷),人民文学出版社1999年版,第582、576页。

之苦。郑世荣本、郑少垣本等的插图与笈邮斋本大致相同,所描绘的画面容量非常有限。熊佛贵本插图并没有呈现吕布"戏"貂蝉的情景。周曰校本插图(图8-38)则画面开阔,既描绘了吕布与貂蝉之间的亲昵,又将董卓撞见二人私情时的惊愕愤怒之情逼真呈现。在该图左半幅画面中,远景为烟雾迷蒙的山峦、盛开的桃花和亭台,近景处,吕布与貂蝉正在互诉衷肠。在右半幅画面中,景观石后,董卓正探出头来窥视吕布与貂蝉二人的私情,他双手扶住幞头,面露惊讶愤怒的表情,暗示了即将发生的董卓驱赶吕布的情节。

图8-37 笈邮斋本"凤仪亭吕布戏蝉"插图

图8-38 周曰校本"凤仪亭布戏貂蝉"插图

相较而言,周曰校本插图所描绘的画面抓住了故事情节发展的具有"孕育性"的瞬间,它既描绘了故事的主要情节,又暗示了情节发展的方向和结局——读者从董卓的神情就已看出,此时董卓内心的愤怒情绪("醋意")已经在快速积聚,接下来必然会去驱赶追逐吕布。而笈邮斋本及其他诸本并未把握住这一情节的内在联系,所描绘的画面只停留于表面。当然,笈邮斋本在"凤仪亭吕布戏蝉"插图之后,又有"吕布与蝉私定计"插图和董卓驱赶吕布的情节插图,换言之,笈邮斋本以三幅插图来叙述"凤仪亭吕布戏貂蝉"这一故事，显得有些拖沓，尤其是"吕布与蝉私定计"插图略显多余，其实读者在观赏"凤仪亭吕布戏貂蝉"插图时，就已经能设想出二人谈话的内容。

## 第四节　清刊本《三国演义》的文图特色

延及清代，插图本《三国演义》的图像形制又有了一些新变化：如突出对人物形象的刻画，将小说中的主要人物以直观的"绣像"置于卷首，让读者对历史人物有更为直观具体的感知；又如废止明代上图下文式的插图形式，改为在各卷卷首/回首增加插图二至三叶。这些插图的形制构成了丰富多彩的《三国演义》的文图形式。

### 一、清刊本《三国演义》插图及其形式演变

清代书肆较集中的城市和地区主要有北京、苏州、广州、南京、佛山、泉州等。在苏州，书籍刻印行业亦很发达，从业者规模较大。早在清康熙十年（1617）就已设立崇德公所对书坊业进行管理，清乾隆四年（1739）刻字行业设立剞劂公所对书坊业进行管理，这在当时全国其他地方的书业管理中是最先进的。在南京，书籍的刻印与售卖已不及明代繁荣。但是南京作为清代江南文化较发达的城市之一，书籍刊刻与销售仍较兴盛。据学者江澄波、杜信孚、杜永康合著的《江苏刻书》统计，金陵官私刻书机构仍多达二十余个，其中较活跃的私营书坊有三山堂、芥子园、李光明书庄、宝仁堂等十数家。① 可见，清代的南京书肆虽不及明代繁多，但依然相当兴盛。

通俗小说的刊刻是清代书坊刻印书籍的一个重要种类。就《三国演义》而言，目前我们所能见到的七十余种清代版本几乎涵盖了清代各个时期，其深受书坊主追捧的程度绝不亚于明代。总体而言，清初的版本较多沿袭明代刻本，或翻刻旧本，或以旧版重印而改易名号，而康熙以后的诸家刻本则以毛评本居多。此外，亦有假托李卓吾、金圣叹、李渔、毛宗岗等名家的评点本，这也是清代书坊常用的促销手法之一，他们或删减或增改批点，又托名出自名家手笔，以此赢得读者的青睐。现将清代《三国演义》的版本简要列举于下。②

#### （一）清代插图本《三国演义》概述

目前我们收集到的清代插图本《三国演义》有三十余种，除题署"李卓吾先生批

---

① 江澄波、杜信孚、杜永康：《江苏刻书》，江苏人民出版社 1993 年版，第 236—239 页。
② 本小节列举的版本多收藏于国外各大图书馆，不易得见，故本部分内容参考了英国学者魏安的论著《〈三国演义〉版本考》，其中《〈三国演义〉现存版本目录》一章对毛宗岗评本系统的诸本著录甚详，其系统分类法均对本文助益很大。

评"本不分回外,其余诸本几乎都分卷,每卷之下分若干回,而且插图的幅面均较大,数量上至少的也有二十四幅,多的则达二百四十幅。

1. 李卓吾先生批评三国志 一百二十回不分卷 ［吴郡绿荫堂覆明本］

清初吴郡绿荫堂覆明本。扉页题"绣像古本李卓吾原评三国志""吴郡绿荫堂藏板"。卷首有署"江上缪尊素漫志"序、宗寮、目录。图一百二十叶二百四十幅,每回两幅,无刻工题名。《版本考》认为"大概第1—60回的图像(前一百二十幅)原来为刘素明所刻,第61—120回的图像(后一百二十幅)原来为刘君裕所刻"。绿荫堂本有康熙丁卯(二十六年,1687)戴易《书富春关侯祠壁文》。[①] 中国首都图书馆、中国社会科学院文学研究所、法国国家图书馆、日本京都大学人文科学研究所阅览室、日本宫内厅书陵部图书馆藏。

2. 李卓吾先生批评三国志 一百二十回不分卷 ［三槐堂/三乐斋/三才堂本］

清雍正三年(1725)苏州三槐堂/三乐斋/三才堂刊。扉页题"雍正乙巳(三年,1725)夏镌""李卓吾先生评""新订绣像三国志""古吴三槐堂/三乐斋/三才堂藏板"。卷首有缪尊素序,署"卓吾李贽题"、人物表及目录。正文一百二十回(每回分两则),版心书名题"三国志";各回首端书名多作"李卓吾先生批评三国志",第三十一回首端书名题"李卓吾先生批评三国志传"。目录之后有半叶图一百二十叶二百四十幅(每回两幅),无刻工题名。美国耶鲁大学图书馆藏。

3. 醉畊堂刊本 六十卷一百二十回

清刊本。卷首有康熙十八年(1679)李渔序,题"康熙岁次己未十有二月李渔笠翁氏题于吴山之层园",次有"湖上笠翁氏李渔之印""白发少年场"两印,又有凡例、读法、目录。版心书名题"四大奇书第一种",卷一首题"茂苑毛宗岗序始氏评""吴门杭永年资能氏评定",卷二、三、四十、六十首叶版心下题"醉畊堂"。正文半叶八行,行二十四字,正文中有毛纶、毛宗岗父子的回前总评和双行小字夹注。目录之后正文之前有绣像四十叶四十幅。中国国家图书馆、日本天理图书馆藏。山东文艺出版社1991年出版有排印本。

4. 广州萃古堂刊本 六十卷一百二十回

清嘉庆十九年(1814)广州萃古堂刊。卷首有顺治元年(1644)金圣叹序,题"顺治岁次甲申嘉平月朔日金人瑞圣叹氏题",次有凡例、读法、目录。版心书名题"第一才子书",各卷端书名题"四大奇书第一种"。版心下端或题"芥子园"(多叶),或题"敦德堂"(卷八第15—16页、卷五十第1—2页、卷五十二第21页),或题"宝华堂"(卷四十三第12页、卷六十第1页),或题"积秀堂"(卷五十第17页)。正文半叶十一行,行二十五字。正文之前有绣像二十叶四十幅,其中绣像1—20页版心下端题"敬业堂"[②]。正文中有毛纶、毛宗岗父子的回前总评和双行小字夹注。英国

---

① 孙楷第:《中国通俗小说书目》,作家出版社1957年版,第37页。

② 笔者按:魏氏《〈三国演义〉版本考》作"图像1—120"版心下端题"敬业堂",当为"图像1—20"之误。理由是:魏氏此前著录该版本图像信息为"绣像20叶40幅",且未见说明正文中亦有插图,这可见出该本图像总数为40幅,何来120幅之多?故知此误。

国家图书馆、荷兰莱顿大学汉学研究所图书馆藏。

5. 福文堂刊本　六十卷一百二十回

清嘉庆十九年(1814)福文堂刊。卷首有顺治元年金圣叹序,题"顺治岁次甲申嘉平月朔日金人瑞圣叹氏题",次有凡例、读法、目录。版心书名题"第一才子书",各卷端书名题"四大奇书第一种"。正文半叶十一行,行二十五字。正文之前有绣像二十叶四十幅。正文中有毛纶、毛宗岗父子的回前总评和双行小字夹注。奥地利国家图书馆、法国国家图书馆藏。

6. 广州永安堂刊本　六十卷一百二十回

清嘉庆二十五年(1820)广州永安堂刊。卷首有顺治元年金圣叹序,题"顺治岁次甲申嘉平月朔日金人瑞圣叹氏题",次有凡例、读法、目录。版心书名题"第一才子书",各卷端书名题"四大奇书第一种"。版心下端或题"芥子园"(多叶),或题"敦德堂"(卷五十第1—2页、卷五十二第21页),或题"宝华堂"(卷六十第1页)。正文半叶十一行,行二十五字。正文之前有绣像二十叶四十幅。正文中有毛纶、毛宗岗父子的回前总评和双行小字夹注。英国国家图书馆、牛津大学图书馆、奥地利国家图书馆、德国慕尼黑巴威略国家图书馆、美国纽约公共图书馆、普林斯顿大学图书馆、耶鲁大学图书馆藏。

7. 文畲堂刊本　六十卷一百二十回

清嘉庆二十五年(1820)文畲堂刊。卷首有顺治元年金圣叹序,题"顺治岁次甲申嘉平月朔日金人瑞圣叹氏题",次有凡例、读法、目录。版心书名题"第一才子书",各卷端书名题"四大奇书第一种"。正文半叶十一行,行二十五字。正文之前有绣像二十叶四十幅。正文中有毛纶、毛宗岗父子的回前总评和双行小字夹注。奥地利国家图书馆藏。

8. 广州会文堂刊本　六十卷一百二十回

清道光四年(1824)广州会文堂刊。卷首有顺治元年(1644)金圣叹序,题"顺治岁次甲申嘉平月朔日金人瑞圣叹氏题",次有凡例、读法、目录。版心书名题"第一才子书",各卷端书名题"四大奇书第一种"。正文半叶十二行,行二十五字。正文之前有绣像二十叶四十幅。正文中有毛纶、毛宗岗父子的回前总评和双行小字夹注。英国国家图书馆藏。

9. 广州永安堂刊本　六十卷一百二十回

清道光二十五年(1845)广州永安堂刊。卷首有顺治元年(1644)金圣叹序,题"顺治岁次甲申嘉平月朔日金人瑞圣叹氏题",次有凡例、读法、目录。版心书名题"第一才子书",各卷端书名题"四大奇书第一种"。版心下端或题"芥子园"(卷十五第4页、卷三十三第8页、卷四十一第1—2页),或题"敦德堂"(卷五十第1—2页),或题"宝华堂"(卷四十三第12页)。正文半叶十一行,行二十五字。正文之前有绣像二十叶四十幅。正文中有毛纶、毛宗岗父子的回前总评和双行小字夹注。英国伦敦大学亚非学院图书馆藏。

10. 维经堂刊本　六十卷一百二十回

清刊本。卷首有顺治元年(1644)金圣叹序,题"顺治岁次甲申嘉平月朔日金人瑞圣叹氏题",次有凡例、读法、目录。版心书名题"第一才子书",各卷端书名题"四大奇书第一种"。正文半叶十一行,行二十五字。正文之前有绣像二十叶四十幅。正文中有毛纶、毛宗岗父子的回前总评和双行小字夹注。美国耶鲁大学图书馆、哈佛大学图书馆、日本大阪府立图书馆、日本东北大学图书馆藏。

11. 振元堂刊本 六十卷一百二十回

清刊本。卷首有顺治元年(1644)金圣叹序,题"顺治岁次甲申嘉平月朔日金人瑞圣叹氏题",次有凡例、读法、目录。版心书名题"第一才子书",各卷端书名题"四大奇书第一种"。正文半叶十一行,行二十五字。正文之前有绣像二十叶四十幅,其中绣像1—4版心下端题"振元堂",绣像6版心下端题"学源堂"。正文中有毛纶、毛宗岗父子的回前总评和双行小字夹注。美国耶鲁大学图书馆藏。

12. 苏州云林楼刊本 六十卷一百二十回

清道光三十年(1850)苏州云林楼刊。卷首有顺治元年(1644)金圣叹序,次有凡例、读法、目录。版心书名题"第一才子书",各卷端书名题"四大奇书第一种"。版心下端题"贯华堂"。正文半叶十行,行二十三字。正文之前有绣像二十叶四十幅,题"羊城冯云龙镌"。正文中有毛纶、毛宗岗父子的回前总评和双行小字夹注。英国国家图书馆藏。

13. 增像全图三国演义 六十卷一百二十回 [光绪十四年上海鸿文书局石印本]

清刊本。卷首有金圣叹《原序》(题"顺治岁次甲申嘉平朔日金人瑞圣叹氏题"),次有飞云馆主《重刊三国志演义序》(题"光绪十四年孟夏勾吴飞云馆主书")、《读三国志法》、凡例、"增像全图三国演义第一卷书目",后题"圣叹外书""茂苑毛宗岗序始氏评""声山别集""吴门杭永年资能氏定"。版心书名题"增像全图三国演义"。各卷端书名题"第一才子书",次有"圣叹外书""茂苑毛宗岗序始氏评"。正文半叶十六行,行三十六字。卷首目录之后有半叶绣像一百四十四幅,各卷卷首有半叶插图各四幅。该书北京市中国书店1985年有影印本。

14. 文林堂刊本 六十卷一百二十回

清刊本。卷首有顺治元年(1644)金圣叹序,次有凡例、读法、目录。版心书名题"第一才子书",各卷端书名题"四大奇书第一种"。正文半叶十行,行二十三字。正文之前有绣像二十叶四十幅。正文中有毛纶、毛宗岗父子的回前总评和双行小字夹注。英国牛津大学图书馆藏。

15. 芥子园刊本 六十卷一百二十回

清刊本。卷首有顺治元年(1644)金圣叹序,次有凡例、读法、目录。版心书名题"第一才子书",各卷端书名题"四大奇书第一种"。正文半叶十行,行二十三字。正文之前有绣像二十叶四十幅。正文中有毛纶、毛宗岗父子的回前总评和双行小字夹注。俄罗斯科学院东方研究所藏。

16. 大魁堂刊本 十九卷一百二十回

清刊本。卷首有顺治元年(1644)金圣叹序,次有凡例、读法、目录。版心书名题"第一才子书",各卷端书名题"四大奇书第一种"。正文半叶十二行,行二十六字。有翻刻李笠翁评本的图像一百二十叶二百四十幅。正文中有毛纶、毛宗岗父子的回前总评和双行小字夹注。北京师范大学图书馆、中国社会科学院文学研究所、美国耶鲁大学图书馆藏。上海古籍出版社1989年出版有排印本。

17. 皆雅楼刊本　十九卷一百二十回

清刊本。卷首有顺治元年(1644)金圣叹序、凡例、读法、目录。版心书名题"第一才子书",各卷端书名题"四大奇书第一种",版心书名题"第一才子书"。正文半叶十二行,行二十六字。正文之前有绣像二十叶四十幅。正文中有毛纶、毛宗岗父子的回前总评和双行小字夹注。英国国家图书馆藏。

18. 第一才子书(《三国志演义》)　十九卷一百二十回　［贯华堂本］

清刊本。扉页上端横题"圣叹原评",右题"毛声山先生批点",左题"贯华堂第一才子书"。卷首有金圣叹序(题"顺治岁次甲申嘉平朔日金人瑞圣叹氏题"),次有《读三国志法》、凡例、"四大奇书第一种书目",后题"圣叹外书""茂苑毛宗岗序始氏评""声山别集""吴门杭永年资能氏定"。版心书名题"第一才子书",各卷端书名题"四大奇书第一种"。正文半叶十二行,行二十六字。正文前有半叶绣像三十八幅。[1]　日本早稻田大学图书馆藏。

19. 南京书业堂刊本　十九卷一百二十回

清刊本。卷首有顺治元年(1644)金圣叹序,次有凡例、读法、目录。版心书名题"第一才子书",各卷端书名题"四大奇书第一种"。正文半叶十二行,行二十六字。正文之前有绣像二十叶四十幅。正文中有毛纶、毛宗岗父子的回前总评和双行小字夹注。英国国家图书馆藏。

20. 苏州善成堂刊本　十九卷一百二十回

清刊本。卷首有顺治元年(1644)金圣叹序,次有凡例、读法、目录。版心书名题"第一才子书",各卷端书名题"四大奇书第一种"。版心下端题"善成堂"。正文半叶十二行,行二十六字。正文之前有绣像二十叶四十幅。正文中有毛纶、毛宗岗父子的回前总评和双行小字夹注。英国牛津大学图书馆、荷兰莱顿大学汉学研究所图书馆藏。

21. 桐石山房刊本　十九卷一百二十回

清刊本。卷首有顺治元年(1644)金圣叹序,次有凡例、读法、目录。版心书名题"第一才子书",各卷端书名题"四大奇书第一种"。正文半叶十二行,行二十六字。正文之前有绣像二十叶四十幅。正文中有毛纶、毛宗岗父子的回前总评和双行小字夹注。美国耶鲁大学图书馆藏。

23. 大酉堂刊本　二十卷一百二十回

清刊本。卷首有熊飞弁言(同明刊英雄谱本,下同),次有凡例、读法、目录(版心下题"留真堂")。版心书名题"汉宋奇书：英雄谱"。各卷端书名题"四大奇书第

---

[1] 按：该本绣像与致远堂刊《官板大字全像批评三国志》绣像完全相同,唯缺少第一叶,即昭烈帝与关夫子二人之像缺失。然而从日本早稻田大学图书馆提供的原书摄影图片来看,又不见有明显的损毁痕迹,故不知是原书装订时漏装了该叶还是根本就没有该叶。姑且存疑。

一种"。正文上端为《水浒传》（半叶十三行，行十字），下端为《三国志》，半叶十二行，行二十字。《水浒传》部分题"东原罗贯中编辑""金陵兴贤堂梓行"。正文之前有绣像四十叶八十幅（《三国志》四十幅、《水浒传》四十幅），其中绣像1—40版心下端题"大酉堂"。正文中有毛纶、毛宗岗父子的回前总评和双行小字夹注。英国国家图书馆藏。

24. 翰异楼刊本　二十卷一百二十回

清刊本。卷首有熊飞弁言，次有凡例、读法、目录。版心书名题"汉宋奇书：英雄谱"。各卷端书名题"四大奇书第一种"。正文上端为《水浒传》（半叶十三行，行十字），下端为《三国志》，半叶十二行，行二十字。《水浒传》部分题"东原罗贯中编辑""金陵兴贤堂梓行"。正文之前有绣像四十叶八十幅（《三国志》四十幅、《水浒传》四十幅）。正文中有毛纶、毛宗岗父子的回前总评和双行小字夹注。奥地利国家图书馆藏。

25. 艺香堂刊本　二十卷一百二十回

清刊本。卷首有熊飞弁言，次有凡例、读法、目录。版心书名题"汉宋奇书：英雄谱"。各卷端书名题"四大奇书第一种"。正文上端为《水浒传》（半叶十三行，行十字），下端为《三国志》，半叶十二行，行二十字。《水浒传》部分题"东原罗贯中编辑""金陵兴贤堂梓行"。正文之前有绣像四十叶八十幅（《三国志》四十幅、《水浒传》四十幅）。正文中有毛纶、毛宗岗父子的回前总评和双行小字夹注。法国国家图书馆藏。

26. 广州老会贤堂刊本　二十卷一百二十回

清刊本。卷首有熊飞弁言，次有凡例、读法、目录。版心书名题"汉宋奇书：英雄谱"。各卷端书名题"四大奇书第一种"。正文上端为《水浒传》（半叶十三行，行十字），下端为《三国志》，半叶十二行，行二十字。《水浒传》部分题"东原罗贯中编辑""金陵兴贤堂梓行"。正文之前有绣像四十叶八十幅（《三国志》四十幅、《水浒传》四十幅）。正文中有毛纶、毛宗岗父子的回前总评和双行小字夹注。日本东京大学图书馆藏。

27. 金玉楼刊本　二十卷一百二十回

清刊本。卷首有熊飞弁言，次有凡例、读法、目录（第7—8页版心下题"留真堂"）。版心书名题"汉宋奇书：英雄谱"。各卷端书名题"四大奇书第一种"。正文上端为《水浒传》（半叶十三行，行十字），下端为《三国志》，半叶十二行，行二十字。《水浒传》部分题"东原罗贯中编辑""金陵兴贤堂梓行"。正文前有绣像四十叶八十幅（《三国志》四十幅、《水浒传》四十幅）。正文中有毛纶、毛宗岗父子的回前总评和双行小字夹注。美国哈佛大学图书馆藏。

28. 官板大字全像批评三国志　二十四卷一百二十回　［致远堂本］

清刊本。卷首有雍正十二年（1734）黄淑瑛序（题"雍正十二年岁次甲寅四月大兴黄淑瑛兆千氏题"），次有凡例、读法、目录（凡例、读法、目录上端有《新增三国志宗寮姓氏》一栏）。版心书名题"三国志"，各卷端书名题"官板大字全像批评三国志"。正文半叶十二行，行二十二字。正文之前有绣像二十叶四十幅（为主要人物），绣像上端有赞语。正文中有毛纶、毛宗岗父子的回前总评和双行小字夹注，但亦有摘自李笠翁评本的眉批。日本东京大学东洋文化研究所藏。

29. 郁郁堂、郁文堂刊本　二十四卷一百二十回

清刊本。卷首有雍正十二年（1734）黄淑瑛序（题"雍正十二年岁次甲寅四月大兴黄淑瑛兆千氏题"），次有凡例、读法、目录（凡例、读法、目录上端有《新增三国志宗寮姓氏》一栏）。版心书名题"三国志"，各卷端书名题"官板大字全像批评三国志"。正文半叶十一行，行二十二字。正文之前有绣像二十叶四十幅。日本东京大学东洋文化研究所藏。正文中有毛纶、毛宗岗父子的回前总评和双行小字夹注，但亦有摘自李笠翁评本的眉批。北京大学图书馆藏。

30. 李笠翁批阅三国志　二十四卷一百二十回　［两衡堂刊本］

清两衡堂刊。扉页题"笠翁评阅绘像三国志第一才子书"。卷首有李渔序（题"湖上笠翁李渔题于吴山之层园"），钤"湖上笠翁氏李渔之印""白发少年场"两印，次有目录及人物表。各卷端书名题"李笠翁批阅三国志"（卷一），"三国志"（卷二至二十四）。正文半叶十行，行二十二字。有半叶图一百二十叶二百四十幅（不同于李卓吾评本的图像）。有眉批，其内容大部分与毛评本的夹批相同，或与清初遗香堂刊本的旁批相同。中国首都图书馆、法国国家图书馆藏。

31. 二酉堂刊本　六卷二百四十则

清二酉堂刊。正文六卷二百四十则，其中卷一、三、四、六各三十六则，卷二、五各四十八则。半叶十五行，行三十二字。正文之前有绣像十二叶二十四幅。中国社会科学院文学研究所藏。

32. 新刻按鉴演义京本三国英雄志传　六卷二百四十则　［三馀堂本］

清三馀堂覆明本。扉页题"李卓吾先生评绣像三国志全传""三馀堂梓行"。卷首有玉屏山人引、目录、绣像。卷一首题"晋平阳侯陈寿志传""元东原罗贯中（误作贯志）演义"。各卷端书名题"新刻按鉴演义京本三国英雄志传"。版心下端题"二酉堂"①（卷三第43—50页、卷五第61—62页）。正文半叶十五行，行三十二字。绣像十二叶二十四幅。马隅卿云："标题内容与杨美生二十卷本同，但字句间有改正之处。"②北京大学图书馆藏。

33. 新刻按鉴演义京本三国英雄志传　六卷　［聚贤山房本］

清聚贤山房刊。封面题有"己丑年新刻毛声山先生原本绣像三国志传""聚贤山房藏板"。正文半叶十五行，行三十二字。正文之前有绣像十二叶，为主要人物图，每半叶一人，共二十四人。因封面题有"毛声山先生原本"，所以应是毛宗岗本刊行后的文本。毛宗岗本成书于康熙五年（1666）以前，故封面中的"己丑年"，最早应为康熙四十八年（1709）。复旦大学图书馆、日本东京大学东洋文化研究所藏。

此外，还有宝华楼翻印二酉堂本，亦为绣像图。

---

① 从该本版心存留的信息来看，此本当为金陵二酉堂刊本的翻印本。清康熙年间毛评本问世后，各地书坊翻印现象较多，下文所列聚贤山房刊本俱为二酉堂本的翻印本。

② 孙楷第：《中国通俗小说书目》，作家出版社1957年版，第36页。

## （二）清代《三国演义》插图的类型

总体而言,清代《三国演义》插图(除少数版本外)幅面均较大,基本上摒弃了明代建阳诸本上图下文式插图,而以单页大幅插图易之。此外,清代插图本《三国演义》增加了人物绣像图,这是与明代诸本插图相比最显著的特色。具体而言,清代《三国演义》插图的类型有以下三种:

### 1. 嵌像图

如前文所述,嵌像图是指插图周围均有文字,如榜题、正文、标题或评点等相关内容,共同构成一个"包围圈",插图犹如镶嵌在文字中一样。如雍正十二年(1734)闽书林潭西陈以润男芳继志堂刊《鼎镌按鉴演义古本全像三国英雄志传》(二十卷)将插图两侧的正文增加到四行,熊东涧忠正堂本又将插图进一步缩小,插图两侧各排七行正文。

### 2. 绣像图

所谓绣像,鲁迅先生指出:"明清以来,有卷头只画书中人物的,称为'绣像'。有画每回故事的,称为'全图'。那目的,大概是在诱引未读者的购读,增加阅读者的兴趣和理解。"[1]这就是说,绣像是指用白描的绘画手法对文学作品中的主要人物加以个性化描绘,一幅一幅地列于正文之前,这种以白描手法绘成的个性化人物图像就叫绣像。"绣"之本义,原为五彩之色。《周礼·冬官考工记》云:"画缋之事,杂五色,东方谓之青,南方谓之赤,西方谓之白,北方谓之黑,天谓之玄,地谓之黄。青与白相次也,赤与黑相次也,玄与黄相次也。青与赤谓之文,赤与白谓之章,白与黑谓之黼,黑与青谓之黻,五采备谓之绣。"对此,郑玄注曰:"此言刺绣采所用,绣以为裳。"唐贾公彦疏曰:"凡绣亦须画,乃刺之,故画、绣二工,共其职也。"[2]

据此看来,"绣"本指刺绣,亦即以五彩丝线来勾勒图案。又因为刺绣亦须依靠会画技艺描摹图案,所以古人认为画工与绣工"共其职",即二者本质相通,只不过所使用的材料、工具、技法等方面有差别而已。清人段玉裁指出:"今人以针缕所绌者谓之绣,与画为二事。如《考工记》则绣亦糸之画绘,同为设色之工也。画绘与文字又为一事,故许以观古人之象说,遵修旧文也。"[3]尽管清人早已将"画"与"绣"当作两种不同的艺术,但二者之间的联系仍然密切,即所谓"绣亦糸之画绘",且"同为设色之工",这就是"绣"为何与"画"具有亲缘关系的缘由。"绣像"一词,据考证出自南朝沈约《绣像题赞并序》。在该文中,沈约叙述了南朝齐永明四年(486)乐林寺主比丘尼释宝造无量寿尊像之事,该佛像是用彩色丝线绣制的。[4] 由此可见,"绣像"的本义是用彩色丝线绣制的人物图像。鉴于"绣"与"画"在中国古人眼中的亲

---

① 鲁迅:《连环画琐谈》,见《鲁迅全集》(第六卷),人民文学出版社2005年版,第28页。

② 郑玄注:贾公彦疏:《周礼注疏》卷四十《冬官考工记·画缋》,北京大学出版社2000年版,第1305—1306页。

③ 许慎撰,段玉裁注:《说文解字注·糸部》,上海古籍出版社1981年版,第649页。

④ 沈约:《绣像题赞并序》,见释道宣:《广弘明集》卷十六,商务印书馆《四部丛刊》本。

缘关系,不难推知,绘画中的人物白描像被称作绣像就自然而然了。

文学书籍中的绣像除了装饰作用外,更重要的功能是助益读者阅读。鲁迅先生曾指出:"书籍的插画,原意是在装饰书籍,增加读者的情趣的,但那力量,能补助文字之所不及,所以也是一种宣传画。这种画的幅数极多的时候,即能只靠图像,悟到文字的内容,和文字一分开,也就成了独立的连环图画。"①所谓"补助文字之所不及",是说插画能弥补文字的不足,即图像能以其直观的形象,通过视觉感知直接在读者大脑中形成鲜明的物象,而文字则需要诉诸感性思维并经由对文字符号的语义选择与组合,进而引发形象思维,才能构建起具体的物象。这个过程显然要比直接的视觉感知要复杂,而且还需要主体具备一系列的知识储备。因此,文学作品中的绣像助益读者阅读的功能具体表现为:使读者对故事中的人物有一个形象化的印象,然后在阅读文学作品时,随着故事情节的发展而加深对人物的理解。

明清时期刊刻的《三国演义》诸本中,配有绣像的版本以清刻本为主,如上文所列举的清代各地刻本绣像图就有二十八种。尤其是毛宗岗评《三国演义》系统诸本,几乎全为绣像图。如致远堂雍正十二年(1734)黄淑瑛序刊本《官板大字全像批评三国志》,其目录之后、正文之前有半叶绣像四十幅,每幅绣像上端有赞语及所绘人物的姓名。这些人物绣像有:昭烈帝、关夫子、张飞、糜夫人、诸葛亮等。综观这四十个人物的绣像,可谓各具特色——既能各依人物身份刻画出不同的衣着服饰、武器道具,又能根据人物的性格特征塑造出不同的神情动作。譬如同为女性人物,糜夫人与孙夫人的形象迥然不同。前者一身裙装,儒巾束发,头微向左倾,双目慈祥地看着左臂弯里抱着的孩童,这是一个贤妻良母的形象;而后者则一身戎装,腰佩宝剑,双目凝视,神情庄重坚定,豪侠之风尽显,可谓是一个女中豪杰的形象。当然,这些绣像中亦有某些模式化痕迹,如程畿、傅彤的形象大致相同,显现出模式化倾向。

3. 卷首/回首图

如清吴郡绿荫堂刊《李卓吾先生批评三国志》本、光绪十四年(1888)上海鸿文书局石印《增像全图三国演义》本都属卷首/回首图。光绪十四年(1888)上海鸿文书局石印《增像全图三国演义》本目录之后有绣像一百四十四幅,各卷卷首另有半叶插图四幅。以清初吴郡绿荫堂刊《李卓吾先生批评三国志》本为例,该本目录之后有"三国志像",其中包含半叶插图二百四十幅(每回两幅)。每幅半叶图均以回目为题创作,内容多展示该回故事的梗概。但也有例外,如第三十七回"刘玄德三顾草庐　玄德风雪请孔明",该回讲述的是妇孺皆知的刘备三顾茅庐的故事,插图却以"刘玄德初顾草庐"与"玄德风雪请孔明"两幅画面予以呈现。这是一种艺术化的概括性处理,毕竟,要在一幅画上同时展现三个不同的场面难度较大,因而画家选择了刘玄德初顾草庐的场面予以概括。值得注意的是,绿荫堂刊本的这二百四十幅半叶插图,前后连贯,每一幅插图所叙述的故事既是独立的,又存在内部的勾连和逻辑线索,可以当作三国故事的连环画来阅读欣赏。

---

① 鲁迅:《"连环画"辩护》,见《鲁迅全集》(第四卷),人民文学出版社2005年版,第458页。

总体而言,清代书坊刊刻的插图本《三国演义》有一个突出的特点,那就是:除极少数情况外,基本取消了上图下文式插图,改成了半叶整版图,而且大多数都增加了绣像。上文所列举的诸清刻本《三国演义》绝大多数都有绣像图,其中有些还有半叶整版图,因而清代《三国演义》的插图成了绣像图与半叶整版图共同主导的文图时代。

## 二、清刊本《三国演义》绣像图分析

以清代前期致远堂雍正十二年(1734)黄淑瑛序刊本《官板大字全像批评三国志》(日本东洋文化研究院图书馆藏)绣像为例,对三国人物图像作具体分析。致远堂本《三国演义》正文之前有半叶绣像四十幅,每幅绣像上端均有赞语及人物姓名。现择其要者分析如下。

汉昭烈帝刘备的绣像。上文已述,刘备形象的构成要素有"垂手下膝,顾自见其耳"(《三国志》),"龙准凤目"(《全相三国志平话》),"面如冠玉,唇若涂朱"(嘉靖本《三国演义》),"无须"(《三国志》)。对比这些要素,绣像刘备的"龙(隆)准凤目""双耳垂肩"特征基本与文字叙述相吻合,"垂手下膝"之体型特征则因衣袖遮挡而不易辨察,"无须"的特征则与史传相悖。从绣像来看,刘备头戴曲翅软幞头①(幞头后双翅上翘),一身圆领长袍,长须及胸,右手拈须作沉思状,左手自然下垂,衣袖线条流畅飘逸——显得儒雅谦恭,完全没有小说所谓的"枭雄"气质。整个绣像明显含有创作者艺术创造的主观想象,换言之,绣像中的刘备是按照绘刻者所理解的昭烈帝形象来刻画的,其服饰衣着、面部形态均显儒雅之气。在绣像创作者看来,刘备以仁德取得三分天下一席之地,其形象就应该是一位敦厚儒雅的长者,与绣像上端的赞语"倡义徐州奸雄控胆敷仁"亦相吻合。再者,从现存诸插图本《三国演义》(甚至包括《历代帝王图》)来看,所描绘的刘备长相均有长须,倘若《三国志》所记刘备与张裕互相取笑的故事非虚,则诸本所绘刘备形象明显脱离了历史真实,带有绘刻者自己的主观想象。

关羽的绣像上文已述,关羽形象主要包括"丹凤眼""卧蚕眉""美须髯""重枣脸""青龙偃月刀""绿战袍"等要素。而绣像关羽的长相基本与之相吻合:丹凤眼、卧蚕眉、长须及胸、美髯飘逸。此外,绣像中的关羽头裹幅巾,一身戎装,外罩锦袍,腰间佩挂宝剑,双手交叉抱于胸前,完全是儒将装束。整个绣像与史传中所记关羽形象更为接近,而与平话、杂剧及小说中的关羽形象存在较大出入,尤其是省略了"青龙偃月刀"这一富含传奇色彩的标志性艺术元素,致使附着在关羽身上的某些

---

) 据《宋史·舆服五》记载:"幞头,一名折上巾,起自后周,然止以软帛垂脚,隋始以桐木为之,唐始以罗代缯。惟帝服则脚上曲,人臣下垂。五代渐变平直。国朝之制,君臣通服平脚,乘舆或服上曲焉。其初以藤织,草巾子为裹,纱为表,而涂以漆。后惟以漆为坚,去其藤里,前为一折,平施两脚,以铁为之。"(《宋史》卷一百五十三《舆服五》,中华书局1977年版,第3564页。)沈从文先生考辨说:"《宋史》志叙舆服沿革,常据引唐或宋初人小说,多相互抵触,不尽信实。"常有情况恰好相反的情形。见沈从文:《中国古代服饰研究》,世纪出版集团、上海书店出版社2002年版,第466—467页。

神性得以剥离。另外，值得一提的是关羽的锦袍——不仅袖口宽大，而且腰束玉带，这种式样与古代戎装普遍通行的窄袖口不合。《酌中志》"罩甲"条云："穿窄袖戎衣之上，加此，束小带，皆戎服也。有织就金甲者，有纯绣、洒绣、透风纱不等。"[1]可见，关羽的锦袍或即为"罩甲"。

张飞的绣像：身披铠甲，双目炯炯如炬，颌下胡须连及双耳发迹，与《三国演义》所述之"豹头环眼""燕颔虎须"特征基本吻合。除此之外，绣像张飞头裹幅巾[2]，两肩披膊有龙头状纹饰，胸前有圆形护镜，腰系龙纹围裳，外加丝带束腰；环眼圆睁，右脚向前侧身而立，左手紧握一柄长矛，矛头有长缨，右手作抓握状，整个形象给人以栩栩如生的动态感。

诸葛亮的绣像：头戴诸葛巾，身着宽大衣衫，脚蹬高墙履；右手执一柄羽扇，左手垂于身体左侧；神态逍遥，身姿飘逸。由于孔明绣像为其直立背影，故其长相除长须及肩外，余皆不可知晓。这样的艺术化处理能给读者以难以窥见孔明之"庐山真面目"的神秘感。较之《全相三国志平话》、元杂剧及《三国演义》对孔明形貌的描摹，绣像中的诸葛亮少了一分仙道色彩，其儒士与谋臣身份得到了强化。

曹操的绣像如下：颌下长须及胸，脸颊两侧至耳际有长髯；头戴方顶展脚幞头（幞头后双翅下垂），身着圆领宽袖长袍，脚蹬云头履；左手呈抓握状，右手平端胸前作捻须势；面部神态似笑非笑，让人难以捉摸。总体而言，绣像曹操脸型方正，身材魁梧，具有刘孝标注引《魏氏春秋》所谓之"神明英发"特征，但"姿貌短小"的特征并不明显。嘉靖本《三国演义》称曹操"细眼长髯"，这一特征在绣像中亦得到一定程度的体现。

孙权的绣像：头戴圆顶曲翅软幞头（幞头后双翅上翘），幞头顶部有分瓣；丹凤眼，长须及胸；身着圆领宽袖长袍，腰间束带，脚蹬高墙履。该形象与《三国志》所谓"方颐大口""目有精光""碧眼紫髯""长上短下"诸特征有一定差别。这里需要指出的是，对比刘备、曹操与孙权绣像所佩戴的幞头可以发现，三人的身份和地位实际上是有差别的。上文已述，《宋史·舆服五》所载"惟帝服（幞头）则脚上曲，人臣下垂"，尽管沈从文先生已辨其"多相互抵触，不尽信实"，但是不可否认，绣像的绘刻者其实还是遵依了《宋史·舆服志》所载之义例。毕竟刘备与孙权有践祚之实，而曹操则终其一生仍为汉丞相，这样的身份差别使得他们的绣像在幞头的式样上截然不同。否则，为何刘备与孙权的幞头双翅上翘，而曹操的幞头双翅下垂呢？较合理的解释是绘刻者有意为之。

赵云的绣像：头裹漆纱笼巾，浓眉大眼，身披铠甲，披膊护肩，胸前有圆形护镜，腰系围裳，玉带束腰。这一形象与《三国志》裴注所谓"姿颜雄伟"之特征，以及嘉靖本《三国演义》所谓"浓眉大眼，阔面重颜，相貌堂堂，威风凛凛"诸特征基本吻

---

[1] 刘若愚：《酌中志》卷十九《内臣服佩纪略》，北京古籍出版社1994年版，第172页。

[2] 据沈从文先生考证：三国时期人们多用巾帻，不仅文人使用巾子表示名士风流，主持军事的将帅，如袁绍崔钧之徒，亦均以幅巾为雅。故此，张飞作为武将头系幅巾不足为奇。见沈从文：《中国古代服饰研究》世纪出版集团、上海书店出版社2002年版，第6页。

合。除此之外,绣像中的赵云左脚前迈,右手紧握一柄蛇矛(矛头有长缨),显得威风凛凛。

黄忠的绣像:头戴兜鍪,兜鍪顶长缨飘逸,额头皱纹凸显,颌下胡须连及双耳发际。身披铠甲,披膊护肩,胸前有圆形护镜,腰系围裳,左手捋须,右手执长柄偃月大刀。这是一员老将的形象,与嘉靖本《三国演义》所述之"须发苍白,使一口大刀"特征基本吻合。

吕布的绣像:头戴束发冠,上插貂尾。眉目清秀,身披柳条铠甲,外罩圆领紧袖战袍,玉带束腰,腰间绶带飘逸,双手执连环作端视状。整个绣像英姿飒爽,与上文所梳理出的吕布形象大体吻合。但与嘉靖本《三国演义》相比,绣像中的吕布并不及小说刻画得细致——小说对吕布每次出场时的着装都不厌其烦地加以描述,而且色彩ι都很艳丽,相较之下,绣像中的吕布所呈现的特征是英武之中略带几分儒雅,与小说塑造的骁勇形象有一定差异。除此之外,绣像中的吕布还省略了方天画戟这一标志性艺术元素,这无疑有违于小说叙事。

典韦的绣像:头戴兜鍪,兜鍪顶长缨飘逸。身披铠甲,披膊护肩,外罩素战袍,玉带束腰,腰间绶带飘逸,双手各执一柄铁戟置于身后,并呈交叉状,右侧腰间斜插一面令旗,左侧腰间则悬挂一柄宝剑。这与嘉靖本《三国演义》所谓"形貌魁梧""好持大双戟"诸特征基本吻合。

周瑜的绣像:长相清秀,无须髯,头戴束发冠,上插貂尾。身着圆领窄袖长袍,玉带束腰,挂鱼袋,脚蹬云头履,左手捧书卷,上身稍向前倾,右手指向书卷作阅读状。这是年轻谋臣的装束,与《三国志》所谓"有姿貌"、嘉靖本《三国演义》所谓"姿质风流、仪容秀丽"诸特征基本吻合。

鲁肃的绣像:头裹幅巾,长须及胸。身着圆领长袍,玉带束腰,脚蹬云头履,双手臂张开,上身微向前倾作沉思状。这与《三国志》裴注所谓"体貌魁奇"并不相合。绣像中的鲁肃身材并不十分魁梧,装束更显儒雅。

黄盖的绣像:头裹幅巾,上插貂尾。身披铠甲,披膊护肩,外罩披肩,腰系围裳,玉带束腰,腰间绶带飘逸,右手执钢鞭,左手将钢鞭一端托起。这与《三国志》中所谓"姿貌严毅"的特征基本吻合。

司马懿的绣像:头裹幅巾,长须及胸,脸颊双侧有长髯。身着圆领对襟长裘比甲,脚蹬云头履,腰间斜挎一把窄口长弯刀,刀柄垂有长缨,右手呈抓握状,头转向右侧。这与史传中所谓之"狼顾之相"及嘉靖本《三国演义》所谓之"鹰视狼顾"之相存在一定差距。鉴于《三国演义》有推尊正统的思想立场,因而它对司马懿形象的刻意贬损就不难理解了。

孙夫人的绣像:表情坚毅,发髻结于脑后。身披鱼鳞铠甲,披膊护肩,外加披肩,腹部加腰袱并以玉带束腰,腰间佩挂宝剑一柄。身姿动作方面:左手抓握腰间绶带,右肢垂于身体之侧。整个形象显得英豪干练,又不失大家闺秀的风范,这与《三国志》所谓"权妹骄豪"及嘉靖本《三国演义》所谓之"好观武事"形象基本吻合。

董卓的绣像:头裹幅巾,颌下胡须连及双耳发际。身着交领长衫,脚蹬歧头履,左手置于后背腰间,头转向右侧。从绣像来看,董卓身材魁梧,体型略显富态,与《全相三国志平话》及嘉靖本《三国演义》所谓之"肌肥肉厚肚大""面阔口方"等体型特征基本吻合。

貂蝉的绣像:身材娇小,面容姣好,发髻绾结于脑后,上插花钿。身着对襟长裙,肩披披帛,襟带飘舞,左手执一如意。

于吉的绣像:发髻结于脑后,身着交领宽袖长袍,脚蹬云头履,双手作拱手状。整个绣像力图展示于吉超凡脱俗的仙道形象,如立于地上的香炉以及其人立于袅袅云雾之上,都带有浓郁的仙道色彩。

综上所述,上述诸人物绣像都或多或少地体现了人物的一面或多面形象、性格特征,与史传、平话及小说所塑造的三国人物形象大致吻合。但是,绣像毕竟是艺术创造的另一种表现形式,其间必定会受到绘刻者基于史传、平话、杂剧以至小说诸文本阅读所产生的审美体验的影响,故而不可避免地带有绘刻者的主观情感及艺术构思影响的痕迹。这就是上述诸绣像之所以与史传、平话、杂剧以及小说《三国演义》的人物塑造存在差异的主要原因。除此之外,诸文本之间亦存在不相协(甚至相左)的情况,这无疑会增加绣像与众说相协的难度。

## 三、清代《三国演义》插图的叙事功能

清代插图本《三国演义》的图像与明代相比,具有特定的式样特征,如增添了人物绣像,插图幅面普遍较明代建阳本上图下文式插图幅面更大,其叙事容量也明显增大。总体而言,清代插图本《三国演义》图像的叙事特色主要表现在以下几个方面。

### (一) 以浓郁的写实性来增强叙事的效果

明代插图本《三国演义》除少数版本外,其他诸本尤其是建阳刻本,大多构图简单,不仅缺少对相关背景的描绘,而且对人物的相貌、动作、神态及服饰等都缺乏相对细致的描绘。清代插图本《三国演义》除了以人物绣像辅助叙事外,在反映故事情节的插图中,也通过浓郁的写实色彩来叙事。

清初遗香堂本"刘玄德娶孙夫人"的插图中人物众多,其画面采用了广角构图,缩小了画面中的人物,但是单幅画面所能容纳的人物数量则明显增多,这样的构图与周曰校本近景特写式的构图方式形成鲜明对比:前者能在单幅画面中容纳十数人,而后者一般只有三五人;前者的场景更为开阔,能描绘出较大范围的自然景观和人文景观,后者所描绘出的场景相对较小,突出的是人物及其活动状态。具体而言,画面描绘了十七个人物①,其中既有主人公刘备与孙夫人,又有弹奏琵琶、吹奏

---

① 按:该图呈现出来的人物虽只有十七个,但是从画面左下角耸立的刀枪矛戟来看,其实还有 6 人在场,只不过因受图画视角的限制而未显现出来。这也是图像叙事的一种策略:通过显露表现对象的"一鳞半爪"而暗示其存在。

笙箫的乐姬,还有执长刀长枪侍立的宫廷女侍卫,以及其他随从仪仗数人。当然,这里着重讨论画面描绘的景象所具有的浓郁写实性。这体现在:其一,场景布置细致逼真。在画面中,前庭门廊檐下、大堂屋檐下都张挂起了长幅帷幔,彰显出一派喜庆气氛。其二,人物各司其职,都有其存在的理由。这十七个人物大致可以分成三组:乐队、仪仗队及宫廷女卫队。这些人物的出现不是随意的点缀,而是根据婚礼现场的需要刻意安排的,他们的仪表神态都刻画得栩栩如生,从而使整幅画面俨然成了一幅真实的宫廷婚礼图。《三国演义》述刘备娶孙夫人事云:"数日之内,大排筵会,孙夫人与玄德结亲。至晚客散,两行红炬,接引玄德入房。灯光之下,但见枪刀簇满,侍婢皆佩剑悬刀,立于两旁,吓得玄德魂不附体。"这样看来,插图中女侍卫的出场也是与小说文本合拍的。

清顺治年间刊刻的"四大奇书第一种"《三国演义》之《董卓议立陈留王》的插图同样具有浓郁的写实性,如诸人物的服饰,包括冠冕、衣袍、铠甲等均依人物各自的身份而各不相同,显示出了绘刻者着意刻画的用心;再者,董卓身后的屏风亦描绘得十分细致,屏风画面上山峰矗立,云雾缭绕,海涛汹涌,俨然一幅素描山水图。严格说来,这座屏风对故事情节的述说及人物的塑造并没有直接联系,完全没必要做细致描绘,但是这座屏风一方面能让读者产生愉悦的审美体验,另一方面这座屏风连同画面中的其他物象,也能让后世读者从图画中窥见当时社会生活的一些风俗。

### (二)以移步换景法构图营造叙事的层次感

清代《三国演义》插图较之明代建阳本和金陵本有较大差异,具体表现为:清代插图在描绘场景时所采用的视点较高,因而呈现出来的画面相对较大,而且纵深感也更强,这样能容纳相对更多的图像信息。

清初吴郡绿荫堂本"桃园结义"插图画面简洁,人物分成两组:近景为刘、关、张,远景为两名仆从和一头青牛、一匹白马。图中的自然景观,如桃树、山石等都以白描绘成,没有太多的点缀。该图的构图很明显体现了移步换景法,两组人物活动在通过中间的山石阻隔出的两片不同的区域中,读者的视线可以由近及远,移步换景,去审视彼时义结金兰的场面。

清光绪间"第一才子书"本"诸葛亮造木牛流马"图的画面依山势呈"V"字形分成了两个部分。近景部分为三名士兵带着一队牛马在搬运粮草,远景部分为峡口处露出的一片营寨。这幅插图就很好地体现了中国传统绘画中移步换景的观景法。从中国山水画绘画传统来看,该插图无论在线条、笔法、点法等技巧的运用上都可以称得上是一幅出色的山水画。画面呈现给读者的视角是俯视的,这样便于读者一目了然地将众多叙事要素尽收眼底,这是明代建阳本插图几乎呈平面化的构图方式所不能比拟的。插图绘刻者以"V"字形构图,其用意在于在有限的画面中尽可能多地呈现更丰富的信息,这样可以让读者的视线不至于局限在一处而觉得画面呆滞。近景部分刻画的是本插图的核心信息——木牛流马搬运来粮草,这是诸葛亮的首创,读者一见便知,但是插图显然不满足于此,还通过一条险壑引导读者的视线,将远景呈现出来,这样,通过峻岭与险壑就将蜀军当时所处的险要地形,以及人力搬运粮草的难度和盘托出,这样的插图绘刻可谓别具匠心。要而言之,运用移步换景的观景法建构的插图能够将画面营造出层次感,从而引导读者在观赏过程中形成视线游移,产生一种类似于文本叙事的时间先后顺序,最终让读者在阅读文本和观赏插图的过程中形成一种很好的审美感受。

### (三) 以鸟瞰式散布法构图增加叙事容量

除了上文所述采用移步换景的观景法构图外,清代《三国演义》的插图普遍采用了鸟瞰式散布法构图。其实,这种鸟瞰式散布法构图与上述移步观景法有诸多相同之处,如视点均较高,都有一种俯瞰的意味,但是鸟瞰式散布法的构图相对而言属于全景式的,画面也更为开阔,容纳的叙事信息也更丰富。

明末清初遗香堂本"张飞鞭督邮"插图的视点较高,构成一种全景式的鸟瞰视角,故事中的人物和事件一览无余。画面中的张飞左手抓住督邮的衣领,右手作挥打状。内堂中,惊慌的侍从都如鸟兽散,这是居于主导地位的人物组和中心点。近处画面呈现的是堂前的门楼和围墙,门前三人正扭头往内堂张望,这是次要人物组和次中心点。这幅插图着力展示的主题是张飞鞭督邮,然而画面中并没有描绘出小说文本所谓的"被张飞用手揪住头发,直扯出馆驿,径揪到县前马桩上缚住"的情节,但是整个画面别有一番情致,令观者无不拍手称快,丝毫没有因画面未刻画出关键情节而有缺憾感。我们对比明代诸本可以发现,就忠实于小说文本而言,周曰校本契合度最高,其插图所绘为:张飞左手揪住双手被缚于马桩之上的督邮的头发,右手高举柳条作抽打状,画面右半部分为刘玄德正在向左右询问馆驿中所发生之事。而笈邮斋本和余象斗评林本的插图均只描绘了最核心的事件——鞭打督邮,画面中均只描绘出两个人物,其他背景均一概省略。相比之下,显然这种鸟瞰式散布法建构的插图所呈现的叙事信息量更大。对比小说文本的情节:"张飞大怒,睁圆环眼,咬碎钢牙,滚鞍下马,径入馆驿。把门人见了,皆远远躲避。直奔后堂,见督邮坐于厅上,将县吏绑倒在地,飞大喝:'害民贼,认得我么!'督邮急起唤左右捉下,被张飞用手揪住头发,直扯出馆驿,径揪到县前马桩上缚住。"显然,小说并未详细描绘督邮的左右仆从及衙役当时的状态,而插图中的描绘却栩栩如生,他们一个个如丧家之犬四散奔逃,哪敢上前制止张飞。另外,对次中心人物群组的描绘也是神来之笔,他们的惊恐暗示了张飞的威猛,而且他们的存在也为下文刘玄德的出场做好了情节铺垫。

在清光绪间第一才子书本"马谡拒谏失街亭"的插图中,马谡站在峭壁之上俯视魏兵,而读者的视点又在马谡之上,这样高的视点将上下两个落差较大的画面空间都尽收眼底。从这幅插图来看,马谡和其随从显然是首要中心点,因为他们所处的位置很容易进入读者的视野,而且马谡也是该插图所要表现的核心人物。画面下方的魏兵(次中心点)几乎没有以完整的形象出现,读者只能通过高举的矛戟、旌帜来感知他们的存在,即便如此,他们却是整幅插图所不可缺少的元素。读者顺着马谡的视线往下移动视点,才能窥见处在深壑之中的魏兵。这样的构图,可以通过人物所处的高低位置不同营造出一种独特的韵味。虽然此插图描绘的画面与"马谡拒谏失街亭"没有太大的契合度,但是它所营造的那种地势险要的情景对小说文本中的相关描述是一个很好的印证。小说中多次强调了街亭一带的地形地貌之状,也正因此,才会有马谡的轻敌和拒谏(当然,马谡拒谏也与他抱守书本的教条思想有关)。毫无疑问,插图绘刻者把握住了这一层蕴意,从而通过上下落差较大的两个场面来呈现小说文本中马谡拒谏进而失守街亭的故事。

### (四) 运用照相石印术印制插图的叙事特色

清代晚期从西方引入的石印术对中国传统的雕版印刷业影响较大,它不仅省去了传统印刷过程中大量耗时费力的工序,而且印刷效果也很精美。因此,我们有必要简要分析一下石印术对《三国演义》插图的影响。

与中国传统的雕版印刷术相比,石印术的优点集中体现在:工艺简单,省去了雕凿镌刻之工;制版便捷,印刷速度大大提高;修改方便,降低了印刷成本;版材经济,且可反复使用。石印术在中国的传播大致经历了如下历程:清道光十二年(1832),英国传教士麦都思(W. H. Medhurst,1796—1857)在广州设立了石印所,用石印术印刷中文书籍。① 同治十三年(1874),上海徐家汇天主教堂附设的土山湾印书馆始设石印印刷部印制教会宣传品。光绪五年(1879),英国商人 E. 美查在上海开设了点石斋石印书局,开始石印图书和期刊。光绪七年(1881),中国人徐裕子、徐润等,先后在上海开设了同文书局和拜石山房,专印古籍,印刷了《二十四史》《古今图书集成》《康熙字典》等大型图书。此后,蜚英馆、鸿文书局等许多石印书局相继出现。

随着石印技术的不断改进,尤其是照相石印技术(Photo-Lithography)②的传入,石印术才最终以绝对优势战胜了传统的雕版印刷术。照相石印术采用了照相转写技术,与传统的雕版印刷术相比,省时省力,而且图形字样不会走样。③ 照相石印术的优势正如点石斋"石印《三国演义全图》出售"广告语所言:

《三国演义》一书,久已脍炙人口。惟坊间通行本字迹模糊,纸张粗劣,绣像只有四十页,阅者病之。本斋现出巨资购得善本,复请工书者照誊,校雠数过,然后用石印照相法印出。故是书格外清晰,一无讹字。为图凡二百有四十,分列于每回之

---

① 张树栋、庞多益、郑如斯等:《中华印刷通史》,台湾财团法人印刷传播兴才文教基金会 2004 年版,第 510 页。

② 照相石印是制版照相术应用于石版印刷之物,为奥司旁(John W. Osborne)于 1859 年发明的。其工艺方法,在 1892 年《格致汇编》刊登的由傅兰雅所著《石印新法》中做了详细介绍并随之传入我国。参见张树栋、庞多益、郑如斯等:《中华印刷通史》,台湾财团法人印刷传播兴才文教基金会 2004 年版,第 512 页。

③ 按:传统的雕版印刷术,其核心工序是"写"(包含插图画样)与"刻"(雕刻),亦即画师或工书法者先书写样张,然后由刻工依样雕凿在版片上。当然,历代均不乏刻工精于书法和绘画者,对于这类刻工而言,两道工序就可合二为一。但是这样的人才毕竟是少数,多数刻工都还是"依样画葫芦",这当中多少会存在雕刻出来的图形走样的风险。

首,其原图四十,仍列卷端,工致绝伦,不特为阅者消闲,兼可为画家取法。①

除去文本的精审校勘外,该则广告语所揭示的信息有二:其一,增加了插图。所谓"绣像只有四十页,阅者病之",其意在暗示旧本《三国演义》的插图数量太少,不能满足读者的需求,后文说"为图二百有四十",插图数量增加的幅度实在不小。其二,石印本的字体和插图都最大限度地保存了原样,而且较传统的雕版印刷精美。照相转写术能够忠实地再现原作的本真模样,这在影印古籍和出版插图本书籍时优势最明显,正如上述广告语所称"格外清晰""工致绝伦",因为它能将画师创作的图像原封不动地"转写"在书版上,这省去了传统雕版印刷"绘刻"(雕凿)之工,毕竟画师的画笔可以细致入微地描绘出诸多精致的细节,而刻工手中的刻刀相之下就会逊色不少。我们可以从明代建阳诸本甚至是以雕刻精美著称的周曰校本插图中看出这些缺憾,譬如人物的衣着服饰大多属简笔素描,而且有些笔画还出现大片的墨色晕染,这些都是囿于当时绘刻技术水平所无法克服的障碍。照相石印术则通过照相转写技术,可以将画师的绘画原封不动地直接转写在书版上,这无疑增强了书籍插图的精美度。从现存点石斋印刷的石印画谱来看,其图像的确非常精美。

下文以光绪十四年(1888)上海鸿文书局石印本《增像全图三国演义》为例,简要分析石印术对插图的影响。清代石印本《三国演义》主要有清光绪八年(1882)点石斋石印本《三国志全图演义》,及光绪十一年(1885)同文书局石印本《增像三国全图演义》等。据统计,点石斋本《三国志全图演义》有插图二百八十幅,同文书局本《增像三国全图演义》的插图则达到三百八十四幅。毫无疑问,这样数量庞大的插图是前代各本所无法比拟的,其中新增的插图基本都出自当时名家的手笔。

上海鸿文书局石印本《增像全图三国演义》(以下简称《增像》)卷首除有顺治甲申金人瑞《原序》外,还有光绪十四年(1888)孟夏勾吴飞云馆主之《重刊三国志演义序》,以及《读三国志法》《凡例》。六十卷一百二十回。正文之前有绣像一百四十四幅,每卷卷首各有情节插图四幅,总计达二百四十幅,倘若再加上绣像,则有三百八十四幅之多。各卷卷首的四幅插图分别对应该卷中的两回(四则)。总体而言,这些插图所具有的共同特征是:描绘更为精细、叙事性更强。

图8-39为鸿文书局石印本甘夫人绣像,此前的插图本,如雍正致远堂本中并没有甘夫人绣像,这显然是后来添加的。画面中甘夫人梳着云鬟,一袭长裙,坐在藤制案几之上,身旁摆放着一尊侍女玉雕。这一物象源于晋王嘉《拾遗记》中所载的故事:河南献玉人,栩栩如生、精美绝伦,先主"乃取玉人置后侧,昼则讲说军谋,夕则拥后而玩玉人"。甘夫人劝诫先主不要玩物丧志,于是先主乃撤玉人。这则故事并不见于《三国志》,当为小说家的创作。但是鸿文书局石印本不仅为甘夫人增添了绣像,而且还将此故事当作重要元素描绘进了其绣像中,这也是一种叙事策略,即将与人物相关的逸闻、传说作为一种元素附着在对应的人物身上,从而使人物形象更为丰满。当然,甘夫人谏先主退玉人之事所蕴含的意义是颂扬后妃之

① 光绪八年(1882)11月4日《申报》所载点石斋"石印《三国演义全图》出售"广告。

图 8-39　甘夫人绣像,清光绪间上海鸿文书局石印本《增像全图三国演义》插图

图 8-40　清光绪间上海鸿文书局石印本《增像全图三国演义》之"曹操大宴铜雀台"插图

德,此绣像的描绘者以玉人入画,或许同样寓含着褒扬之意。

　　图 8-40 为"曹操大宴铜雀台"的插图。该图从构图来看,采用鸟瞰式散布法构图,视点较高,人物分为两组,台上一组台下一组。台下的人物中既有文臣又有武将,台上的人物为曹操及其僚属。值得注意的是,两组人物在画面空间中所占比例并不相等,下面的人物所占空间比例相对较大,处于视觉中心位置的两名正在争抢打斗的武将当为徐晃和许褚。《三国演义》云:"徐晃拈弓搭箭,一箭遥望柳条射之,射断柳条,锦袍坠下,徐晃飞取锦袍,披于身上,往来驰骤一遭,望台上声喏曰:'谢丞相之袍!'众皆大惊。却才勒马要回,猛然台边一将跃马而出,大叫曰:'你将锦袍那里去? 早早留下与我!'众皆视之,乃谯国谯人也,姓许,名褚,字仲康,飞马便来夺袍。两马相近,晃便把弓打许褚,褚一手接住弓,把徐晃一扯,扯离鞍鞽。晃急弃了弓时,翻身下马,褚亦下马,两个揪住,一处厮打。"很显然,插图描绘的就是这一情节,而且将"徐、许夺袍"这一富有戏剧性的激烈情节重点突显了出来,无疑增强了插图的叙事性。总而言之,照相石印术对晚清小说、戏曲插图的影响主要体现在数量与质量的提高这两个方面。此外,该技术的便捷性还促使情节插图重新成为小说、戏曲图像的主体。所有这些都是现代科技带给传统文化传播的积极意义。

　　当然,需要指出的是,照相石印术只是现代印刷业的一种新兴技术手段,它对传统的雕版印刷书籍之插图并没有带来创作方法上的变革,它同样需要画师根据文本内容做出自我解读和艺术再创作,从本质上说,与传统的插图绘制并没有实质性不同。照相石印术带给小说、戏曲出版的变革主要体现在:低廉、便捷、优质的综合效益促使出版商们愿意满足普通受众的需求,增加更多的情节插图,这在客观上促成了晚清以至民国时期小说出版向图像的回归。

除上述这些特色之外,清代《三国演义》的插图其实也不乏明代插图的一些特色,如通过抓取对典型瞬间的描绘来叙事,通过划分出不同的区域,通过特定物象的暗示来叙事,抑或通过在插图中添加文字、将前后相续的事件或将不同方位的场景置于同一水平面来叙事,这些特色在此不一一赘述。

## 第五节　其他历史演义小说及其文图特色

除《三国演义》之外,明清历史演义小说数量众多,据孙楷第《中国通俗小说书目·明清讲史部》载录:明清时期产生的关于上古历史题材的历史演义小说共5部,其中明代4部,清代1部;关于春秋战国历史题材的小说共11部,其中明代5部,清代6部;关于两汉历史题材的小说8部,其中明代5部,清代3部;关于三国历史题材的小说31部,其中明代23部,清代8部;关于两晋历史题材的小说6部,其中明代5部,清代1部;关于南北朝的历史小说2部,均为清代刊本;关于唐代历史题材的小说24部,其中明代9部,清代15部;关于五代历史题材的小说2部,明、清各1部;关于宋代历史题材的小说20部,其中明代8部,清代12部;关于明代历史题材的小说30部,其中明代18部,清代12部。关于诸历史题材的小说共计139部,其中明代78部,清代61部。其他未计入《中国通俗小说书目》及亡佚的历史演义小说数量更不在少数。

在这些历史演义小说中,有较多冠以"按鉴"或"参采史鉴"等名称,这表明历史演义小说的创作遵循"依史演义"的原则。这里的"鉴",即指《资治通鉴》或《通鉴纲目》以及它们的续书。"按鉴"即按照《通鉴》的创作初衷、价值追求和叙事结构进行小说创作,"参采史鉴"即参考采择相关史籍中的人物和事件,以作为历史演义小说的创作素材。下文分门别类地展开具体分析。

### 一、明清历史演义小说概况

概而言之,明清历史演义小说大致可以分为以下系列:其一,上古史系列历史演义小说,如《按鉴演义帝王御世盘古至唐虞传》《按鉴演义帝王御世有夏志传》《按鉴演义帝王御世有商志传》等;其二,春秋战国史系列演义小说,如《新刊京本春秋五霸七雄全像列国志传》《新镌陈眉公先生评点春秋列国志传》等;其三,两汉史系列演义小说,如《京本通俗演义按鉴全汉志传》《京板全像按鉴音释两汉开国中兴传志》《重刻京本增评东汉十二帝通俗演义》等;其四,三国史系列演义小说,如《新刊校正古本大字音释三国志通俗演义》《新镌校正京本大字音释圈点三国志演义》《新刊按鉴全像批评三国志传》等;其五,两晋南北朝史系列演义小说,如《新镌东西晋演义》《新镌全像东西两晋演义志传》《精绣通俗全像梁武帝西来演义》等;其六,唐史系列演义小说,如《新刊参采史鉴唐书志传通俗演义》《新刊出像补订参采史鉴唐书志传通俗演义题评》《新刊按鉴演义全像唐书志传》等;其七,宋史系列演义小说,如《大宋中兴通俗演义》《新刊大宋中兴通俗演义》《新刊按鉴演义全像大宋中兴岳王传》等；其八，明史系列演义小说，如《新刊皇明开运辑略武功名世英烈传》《三宝太监西洋记通俗演义》《大明正德皇游江南传》等。

### （一）上古史系列历史演义小说

上古史系列历史演义小说，主要以盘古、唐虞、夏、商等朝代的历史故事为素材，叙述上古历史的兴衰以及历史英雄人物的命运，尤其是上古帝王的建国历程与治国经验。诚如明人钟惺《盘古至唐虞传序》所言："今依鉴史，自盘古以迄唐虞，事迹可稽者为之演义，总编为一传，以通时目，虽治甚荒忽，井鱼听通，事无足微，理有固然。"①钟氏指出了历史演义小说创作的价值追求就是"通时目""井鱼听通"。所谓"井鱼"，喻指见识狭隘之人。《淮南子·原道训》云："夫井鱼不可与语大，拘于隘也。"郦道元《水经注·赣水》云："聊记奇闻，以广井鱼之听矣。"亦即历史演义小说能够开阔人们的视野，增广识见。

1.《盘古至唐虞传》 二卷 七则

又名《按鉴演义帝王御世盘古至唐虞传》。明钟惺编辑，冯梦龙鉴定。明末余季岳刊本。封面上部（约占整幅版面的三分之一）是插图，两旁各有一列文字："自盘古分天地起""至唐虞交会时止"。下部正中题"盘古志传"，右侧题"钟伯敬先生演义"，左侧下部题"金陵原梓"。版心题"盘古唐虞传"，卷首有钟惺序及《历代统系图》《历代帝王歌》，题"景陵钟惺伯敬父编辑，古吴冯梦龙犹龙父鉴定"。全书分上下二卷，共七则。上卷三则，下卷四则。每则有标题，七言两句。书末有跋语云："是集出自钟、冯二先生著辑，自盘古以迄我朝，悉遵鉴史通纪为之演义，一代编为一传，以通俗谕人，总名之曰《帝王御世志传》。"落款"书林余季岳谨识"。书中遇有"由"字，或讳或不讳。可证此书刊行于天启、崇祯年间。书中插有钟伯敬诗三首、冯犹龙诗二首、余季岳诗二首。上图下文，插图呈圆形。正文半叶十行，行十八字。此书日本藏有两部：一为日本内阁文库藏，另一部藏于日本东京大学东洋文化研究所双红堂文库。国内无藏本。②

2.《有夏志传》 四卷 十九则

又名《按鉴演义帝王御世有夏志传》。明钟惺编辑，冯梦龙鉴定。明末余季岳刊本。封面上部（约占整幅版面的三分之一）是插图，两旁各有一列文字："大禹受命治水起""成汤放桀南巢止"。下部正中题"有夏志传"，右侧题"钟伯敬先生演义"，左侧下部题"金陵原板"。版心题"有夏传"。卷首有钟惺序，题"景陵钟惺敬伯父编辑，古吴冯梦龙犹龙父鉴定"。每则有标题，七言两句。书中插有钟伯敬诗二十六首、冯犹龙诗八首、余季岳诗八首。上图下文，插图呈圆形。正文半叶十行，行十八字。此书现存两部均藏于日本内阁文库。③

---

① 钟惺：《盘古至唐虞传序》，见《盘古至唐虞传》卷首，《古本小说集成》第 1 辑，第 003 册，上海古籍出版社 1991 年版，第 2 页。
② 参见《古本小说丛刊》第 7 辑前言，中华书局 1990 年版，第 4 页。
③ 同上，第 5 页。

3.《夏商合传》　十卷　三十一则

明钟惺编辑，冯梦龙鉴定。清嘉庆十九年（1814）稽古堂刊本。封面题"夏商合传""嘉庆甲戌新刊""稽古堂梓"。卷首有序，署"乙亥岁主人识"。乙亥即嘉庆二十年（1815）。又有禹王、王母、孔甲等人物绣像十幅。《夏商合传》实由《有夏志传》《有商志传》二书组合而成。《有夏志传》，六卷，十九则。每则有标题，双句七言。卷首题"按鉴演义帝王御世有夏志传"，署"景陵钟惺伯敬父编辑，冯梦龙犹龙父鉴定"。目录及版心题"有夏传"。正文半叶九行，行二十一字。卷四原阙第廿一叶的下半叶和第廿二叶的上半叶。《有商志传》，四卷，十二则。每则有标题，双句，七言。卷首题"按鉴演义帝王御世有商志传"，署"景陵钟惺伯敬父编辑，冯梦龙犹龙父鉴定"。目录及版心题"有夏传"。正文半叶九行，行二十一字。《有夏志传》现存明末余季岳刊本，其行款与《盘古至唐虞传》余季岳刊本全同。《有商志传》则未见明刊本流传。但其正文中录有署名余季岳的诗句，可证其底本当为明末余季岳刊本。此书现存于法国国家图书馆。[①]

### （二）春秋战国史系列演义小说

春秋战国史系列历史演义小说主要以春秋战国时期的历史为限，演述春秋五霸、战国七雄，以及孙膑、庞涓、乐毅等历史人物的故事。演述春秋战国历史故事的小说最早可以追溯到宋元讲史平话《七国春秋平话》《秦并六国平话》。明嘉靖、万历年间建阳书坊余邵鱼编《列国志传评林》（又名《春秋五霸七雄列国志传》）刊行，冯梦龙继而编《新列国志传》传世，其后又有古吴德聚堂重刊《新刊出相玉鼎列国志》，清乾隆初年秣陵蔡元放修订增评作《东周列国志》并盛行一时，乾隆中后期丰城杨庸刊行了其删节本《列国志辑要》。

1.《列国志传评林》　八卷　二百三十四则

又名《春秋五霸七雄列国志传》（或增"京本""按鉴演义""全像"等字）、《史纲总会列国志》。明余邵鱼编集，余象斗评。明万历三十四年（1606）三台馆余象斗本。分上下两部。卷一至卷六为上部，演五霸事；卷七、卷八为下部，演七雄事。封面有题记云："《列国》一书，乃先族叔翁余邵鱼按鉴演义纂集。惟板一付，重刊数次，其板蒙旧。象斗校正重刻，全像批断，以便海内君子一览。买者须认双峰堂为记。余文台识。"卷首有《题全像列国志传引》，落款"时大明万历岁次丙午孟春重刊，后学畏斋余邵鱼谨序"；有《题列国序》，落款"时大明万历岁次丙午孟春重刊，后学仰止余象斗再拜序"。丙午即万历三十四年。各卷题署"后学畏斋余邵鱼编集，书林文台余象斗评梓"（卷七仅作"书林余象斗校评"）。上图下文。正文半叶十三行，行二十字。原阙卷四第八十八叶，卷六第七叶，卷七第六十叶、第七十三叶，卷八第十一叶。扉页题"三台馆刻"。《列国并吞凡例》后有木记，但文字已被剜去。此书完整的三台馆万历三十四年（1606）刊本仅藏于日本蓬左文库。国内藏有两部残本：北京图书馆藏本残存卷五、卷六、卷八；大连图书馆藏本残存卷二至卷六。

---

① 参见《古本小说丛刊》第 19 辑前言，中华书局 1990 年版，第 4—5 页。

上海图书馆则藏有万历四十六年(1618)重刊本。[①]

2.《列国志辑要》 八卷 一百九十节

清杨庸辑,杨冈校。乾隆五十年(1785)四知堂刊本。封面题"东周列国志辑要""南昌彭云楣先生鉴定""乾隆乙巳新镌""四知堂藏板"。乙巳即乾隆五十年(1785)。卷端题"列国志辑要",署"丰城杨庸邦怀氏辑,男冈凤鸣校"。版心题"东周列国志辑要",下端有"四知堂"字样。正文半叶九行,行二十一字。正文之前有插图六十六幅。此书现藏于日本京都大学文学部图书馆铃木文库。国内藏有金阊函三堂刊本,载有自序及彭元瑞乾隆三十九年(1774)序。[②]

3.《片璧列国志》 十卷 一百零四回

不题撰人。五雅堂刊本。扉页题"绣像演义""片璧列国志""李卓吾先生评阅""金阊五雅堂梓行"。有《列国志叙》,署"三台山人仰止子撰"。叙云:"小说多琐事,故其节短。自罗贯忠氏《三国志》以国史演为通俗,汪洋百余回,为世所尚。嗣是因而将《列国》一书重加辑演,始乎周,迄乎秦,本诸左史,旁及诸书,考核甚详,搜罗极富,虽敷衍不无增添,形容不无润色,而大要不敢尽违其实……兹编更有功于学者,浸假两汉以下,以次成编,与《三国志》汇成一家言,称历代之全书,为雅俗之巨览。"版心题"列国志"。目录之后正文之前有插图五十幅。正文半叶十行,行二十二字。全书分为十卷。有单句标目二百一十八则。但又分为一百零四回,无回目,每回不止一则。此本不知刊行于何时。杜信孚《明代版刻综录》称之为崇祯十五年(1642)刊本。此书现藏于日本京都大学图书馆。[③]

4.《陈眉公批评列国志传》 十二卷 二百二十三则

不题撰人。明陈继儒重校。万历年间龚绍山刊本。扉页题"陈眉公先生批点列国传""阊门龚绍山梓",并钤有方形印章"每部纹银壹两"。卷首有《叙列国志传》,署"时万历乙卯仲秋,陈继儒书",乙卯即万历四十三年(1615)。又有《列国源流总论》,其云:"然其数百年间,人物臧否,国势强弱,并吞得失,又非浅夫鄙民如邵鱼者所能尽知也。邵鱼是以不揣寡昧,又因左丘明氏之传以衍其义,非敢献奇搜异,盖欲使浅夫鄙民尽知当世之事迹也。"可知此书的作者乃余邵鱼。目录题"新镌陈眉公先生批评列国志传"。卷一至卷九署"云间陈继儒重校",目录、卷十至卷十二署"云间陈继儒校正"。卷四署"古吴朱篁参阅"。卷一、卷二署"姑苏龚绍山梓行"。全书分为十二卷,共二百二十三则。正文半叶十行,行二十字。有眉批,分段、分则夹批,每卷有总批。另有双行小字注释。目录之后正文之前有插图一百二十幅。此书现藏于日本内阁文库浅草文库。[④]

5.《鬼谷四友志》 三卷 六回

又名《孙庞演义七国志全传》。题"东泖杨景淐澹游父评辑""东泖三爻主人评

① 参见《古本小说丛刊》第6辑,中华书局1990年版,第2页。
② 参见《古本小说丛刊》第21辑,中华书局1990年版,第3页。
③ 参见《古本小说丛刊》第38辑,中华书局1990年版,第2—3页。
④ 参见《古本小说丛刊》第40辑,中华书局1990年版,第2—3页。

点"。杨景淐生平无考。孙楷第《中国通俗小说书目》疑其为华亭人,且谓评辑、评点者为一人。该书卷首有《鬼谷四友志序》,署"时乾隆六十年岁次旃蒙单于授衣之月",可知成书于清乾隆六十年(1795)。全书敷演孙膑、庞涓事。孙、庞事最早当推元至治年间建安虞氏新刊《乐毅图齐平话》,明嘉隆间余邵鱼编集《列国志传》,其卷十、卷十一集中铺陈孙、庞故事。明崇祯九年(1636)吴门啸客编述《孙庞斗志演义》二十卷,变全史性演义为人物纪传式演义。杨景淐病坊刻《孙庞斗志》之俚,参考《列国志传》,增饰为《鬼谷四友》。《鬼谷四友志》正文半叶八行,行十六字。目录之后正文之前有像赞五幅。此书有嘉庆八年(1803)博雅堂藏板本。有北京大学图书馆藏本。[①]

6.《后七国乐田演义》 四卷 十八回

题"古吴烟水散人演辑""茂苑游方外客较阅"。扉页题"后七国乐田演义""经国堂藏板"。卷首有"遁世老人"《后七国序》。烟水散人,原名徐震,或字秋涛,浙江秀州(今嘉兴)人,约生活于清代初年,所著小说尚有《美人书》(一名《女才子书》)十二卷,题"鸳湖烟水散人著"等。《后七国乐田演义》正文半叶十一行,行二十八字。《后七国乐田演义》成书于康熙初年,有四卷二十回和四卷十八回两种本子。康熙五年(1666)啸花轩刊《前后七国志》本,乾隆四十五年(1780)璧园藏板本为四卷二十回,聚秀堂、宏德堂和经国堂本则为四卷十八回本。

7.《孙庞斗智演义》 二十卷

又名《前七国孙庞演义》,明吴门啸客述。卷首有署"望古主人漫书"《叙》,又有署"崇祯丙子新秋七月七日戴民主人书于挹珠山房"《叙》。各卷卷端题"吴门啸客述"。演述孙膑与庞涓智斗事。目录之后正文之前有插图四十幅。正文半叶九行,行二十字。此书除崇祯刊本外,尚有岐山园藏板本,题"孙庞演义";啸花轩《前后七国志》合刊本,题"前七国孙庞演义",不题撰人,卷首有康熙丙午(1666)梅士鼎公燮序。合刊本另有文和堂本、致和堂本。

(三) 两汉史系列演义小说

两汉史系列演义小说主要围绕西汉、东汉立国及主要历史人物展开叙述。如敷演东汉史事的小说最早为明万历十六年(1588)杨氏清白堂刊熊钟谷编次的《全汉志传》(十二卷),其中有《东汉》六卷。其后有万历三十三年(1605)詹秀闽刊黄化宇校正《两汉开国中兴传志》(六卷),内容虽较熊本更详细,然而敷演东汉史事篇幅不大,仅为二卷。至万历末,大业堂刊谢诏编集《东汉十二帝通俗演义》(一名《东汉志传》十卷一百四十六回),至此,敷演东汉史事才成独立的历史演义创作领域。

1.《两汉开国中兴传志》 六卷 四十二则

明黄化宇校正。明万历三十三年(1605)西清堂詹秀闽刊本。扉页题"按鉴增补全像两汉志传""西清堂詹秀闽藏板"。版心题"全像两汉传"。各卷所题书名为

① 参见《古本小说集成》第1辑第005册,上海古籍出版社1991年版,第2页。

《京板全像按鉴音释两汉开国中兴传志》。卷一、卷三、卷五题"抚宜黄化宇校正，书林詹秀闽绣梓"。演两汉事，而以刘邦开国、刘秀中兴为主。此书以"增补"号召。卷一有双行小字注释说："按：旧本说此蛇众人看时，其大如山；汉祖视之，小如一带。未知的否？但此亦不必论。"可知此书在编写过程中曾对"旧本"有所参考。书中某些故事情节取材于民间流行的有关传说。无目录。卷一至卷四，自"帝业承传统绪""汉祖斩蛇举义兵"起，至"三王诛吕立文帝"止，共二十八则，演西汉事。卷五、卷六，自"王莽弑平帝立子婴""子陵占卜文叔应试"起，至"光武灭寇兴东汉"止，共十四则，演东汉事。每则有一句标题，六至十字不等。分则不甚整齐。上图下文。正文半叶十一行，行二十三字。有双行小字注释。书末有木记云："万历乙巳冬月，詹氏秀闽梓。"西清堂乃福建建阳詹氏书坊。署名西清堂詹易斋所刻之书，多在嘉靖年间及万历初年。詹秀闽疑是易斋的后人。北京大学藏《许真君净明宗教录》有木记云："万历甲辰仲秋詹氏西清堂梓。"甲辰即万历三十二年（1604）。其书亦当为詹秀闽所刻。此书现藏于日本内阁文库，系海内外仅存的孤本。①

2.《全汉志传》 十二卷 一百十八则

又名《京本通俗演义按鉴全汉志传》（或增"全相"二字，"演义"或作"增演""京本"或作"京板"）。明熊钟谷编次。明万历十六年（1588）克勤斋余世腾刊本。由前集《西汉志传》和后集《东汉志传》组成。《西汉志传》，六卷，六十一则。《东汉志传》，六卷，五十七则。上图下文。正文半叶十四行，行二十二字。原阙《东汉志传》卷一第十二叶、卷四第二十三叶。卷一题"鳌峰后人熊钟谷编次，书林文台余世腾梓行"。卷首有《叙西汉志传首》及《题东汉志传序》，均题"万历十六年秋月，书林余氏克勤斋梓"。据考证：克勤斋乃福建建阳余氏书坊，万历年间刊行了不少书籍，其刊刻者署名有余碧泉、余明台等。此书各卷所署刊刻者亦均有"文台""余世腾""克勤斋""余氏"字样；惟《东汉志传》卷一题为"爱日堂继葵刘世忠梓行"。尾叶图中有木记云："清白堂杨氏梓行。"按：清白堂乃福建建阳杨氏书坊，在万历、天启、崇祯年间刊刻了不少书籍。大约余氏此书板片后为爱日堂或清白堂所得并重印。熊钟谷编次的《全汉志传》的刊行年代早于西清堂詹秀闽刊本《两汉开国中兴传志》。两书有一定的渊源关系。此书现藏于日本蓬左文库。②

3.《东汉演义评》 八卷 三十二回

又名《新刻批评东汉演义》，清远道人重编。卷一题"珊城清远道人重编"。卷首有署"岁在旃蒙大渊献竹秋清远道人书"的《东汉演义序》。"旃蒙""大渊献"为太岁纪年，前者对应"乙"，后者对应"亥"，因而"旃蒙大渊献"即指"乙亥"。据此可知，此书成书于清乾隆二十年乙亥（1755）。有嘉庆十五年（1810）同文堂刊《东西汉演义》本，又有同文堂单刻本。正文半叶十一行，行二十六字。目录之后正文之前，有绣像三十幅。

### （四）两晋南北朝史系列演义小说

两晋南北朝史系列小说，按时代先后顺序，可分为以两晋和南北朝两个历史时段史事为题材的历史演义。这些历史演义小说演述"一代肇兴必有一代之史"，并"以通俗谕人"的创作原则敷演历史事件和人物故事。

1.《东西晋演义》　三十二卷

目录题"新锲重订出像注释通俗演义东西两晋志传题评"，分西晋四卷——一六则，东晋八卷二三一则。正文前署"秣陵陈氏尺蠖斋评释，绣谷周氏大业堂校梓"。卷首有《东西两晋演义序》，其云："一代肇兴必有一代之史，而有信史有野史，好事者丛取而演之，以通俗谕人，名曰'演义'。盖自罗贯中《水浒传》《三国传》始也。罗氏生不逢时，才郁而不得展，始作《水浒传》，以抒其不平之鸣，其间描写人情世态、宦况闺思，种种度越人表，迨其子孙三世皆哑人，以为口业之报，而后之作《金瓶梅》《痴婆子》等传者，天且未尝报之，何罗氏之不幸至此极也，良亦尼父恶作俑者意耳。"此书依时代前后顺序叙述，每卷前标明该卷所述事件起讫年代。基本上依据正史，旁取野史、笔记。各卷卷首有插图一幅（横贯左右两个半叶）。正文半叶十二行，行二十三字。此书版本较复杂，据孙楷第《中国通俗小说书目》著录：明万历四十年（1612）周氏大业堂刊本，北京大学图书馆藏，序署"雉衡山人"，前有《西晋纪元传》《东晋纪元传》及《附五胡僭伪十六国纪元》。书中插图分插于正文之内，记绘工名曰"王少淮写像"。中国艺术研究院戏曲研究所藏（傅惜华所藏）之大业堂本，前有序，插图无绘工名，版心无刊刻堂名，然前两卷插图版心有"世德堂刊"字样。后世又有覆刻、重刊本，如清带月楼、璧梧山房、文光堂、英德堂等刊本。此外还有十二卷五十回本，存世的有明武林刊本，内容有改动。①

2.《南史演义》　三十二卷

清杜纲编次，许宝善批评，谭载华校订。清乾隆六十年（1795）陈景川局刊本。封面题"南史演义""乾隆乙卯年镌""玉山杜纲草亭氏编次，云间许宝善穆堂氏批评，门人谭载华南溪氏校订"。版心、卷首题"南史演义"。有许宝善乾隆六十年（1795）三月序。有凡例十则。目录后题"玉峰陈景川局镌"。此书继《北史演义》而作。演南朝事，自晋迄隋。文中有双行小字夹批，回后另有总批。有像赞十六叶。正文半叶九行，行二十字。原阙卷二十八第五叶的下半叶和第六叶的上半叶。此书许宝善序仅存首叶的前半叶，凡例阙，目录仅存末叶的后半叶。此书现藏于日本京都大学文学部图书馆铃木文库。②

3.《北史演义》　六十四卷

清杜纲编次。卷首有许宝善叙，署"乾隆五十八年岁在癸丑端阳日愚弟许宝善撰"，可知成书于清乾隆五十八年（1793）。此书有乾隆癸丑吴门甘朝士局原刊本。卷首《叙》云："史之言质而奥，人不耐读，读亦罕解，故唯学士大夫或能披览外，此则

---

① 参见《古本小说集成》第 2 辑，第 30 册，上海古籍出版社 1991 年版，第 2 页。
② 参见《古本小说丛刊》第 20 辑，中华书局 1990 年版，第 3 页。

望望然去之矣。假使其书一目了然，智愚共见，人孰不争先睹之为快乎？"又认为"独《三国演义》虽农工商贾、妇人女子无不争相传诵。夫岂演义之转出正史上哉？其所论说易晓耳。然则《北史演义》之书讵可不作耶？虽然又有难焉者。夫《三国演义》一编，著忠孝之谟、大贤奸之辨，立世系之统，而奇文异趣错出其间，演史而不诡于史，斯真善演史者耳。《两晋》《隋唐》皆不能及。至《残唐五代》《南北宋》文义猥杂，更不足观，叙事之文之难如此，况自魏季迄乎隋初，东属齐西属周，其中祸乱相寻，变故百出，较之他史头绪尤多，而欲以一笔写之不更难乎？"①是书起自魏季，终于隋初，凡正史所载无不备录，间采稗史事迹，补缀其阙以广见闻所未及，皆有根据，非随意撰造者可比。《北史演义》正文半叶九行，行二十字。目录之后正文之前有像赞十六叶。

4.《梁武帝西来演义》　十卷　四十回

又名《梁武帝传》《梁武帝演义》。此书传世版本较多，有清康熙癸丑(1673)永庆堂余郁生刊本，又有嘉庆己卯(1819)抱青阁本、咸丰元年(1851)裕国堂本，均属同一系统。扉页上端题"精绘图□(像)"，右端题"梁武帝传"，左侧有著"绍裕堂主人"的识语云："本堂《梁武帝传》一书，绘梓流通，据史立言，我得我失不出因缘果报，引经作传，西来西去无非救度慈悲，英雄打破机关，便能立地成佛，达士跳过爱河，即可豁然悟道，识者自能鉴之。"卷首题"天花藏主人新编"，有天花藏主人《梁武帝西来演义序》，云："其中良师良将应运辅主，惊奇特异，汗马功勋，以及梁武帝事业或载之史鉴，或载之金陵志，或杂于六朝纪事，或出梁武帝诗集中，或杂于藏经语录内，或出稗官野史，皆散漫而无绪。今人虽有知其事，举一二向人敷演陈说，皆属荒唐舛错，以讹传讹，愈失愈远。予深为感叹，欲救其失，故广采群书按鉴编年，汇成演义，以成梁武帝一代全书览于斯诚雅俗欣赏之第一快睹云耳。"正文半叶十行，行二十七字。有卷首插图八十幅。天花藏主人，生平不详，清初著名小说家。该书是借历史题材宣扬佛法与因果报应的小说，情节远离事实，多荒诞不经之言，类似僧释传道在小说中的变种，言其"不出因果报应"却是事实。②

## （五）隋唐史系列演义小说

隋代历史虽不长久，以隋代史事为题材的历史演义却不鲜见。如《隋炀帝艳史》敷陈隋炀帝的各种奢靡生活，其创作"虽云小说，然引用故实悉遵正史，并不巧借一事，妄设一语，以滋世人之惑。故有源有委，可征可据"，虽然"穷极荒淫奢侈之事，而其中微言冷语与夫诗词之类，皆寓讥讽规谏之意，使读者一览知酒色所以丧身"。《隋史遗文》演述秦琼等瓦岗寨诸英雄故事。

1.《隋史遗文》　十二卷　六十回

明袁于令撰、评。明崇祯名山聚刊本。扉页题"新镌绣像批评隋史遗文""名山聚藏板"。各卷所题书名则为《剑啸阁批评秘本出像隋史遗文》。卷首有袁于令自

---

① 参见《古本小说集成》第2辑第035册，上海古籍出版社1991年版，第3—5页。
② 参见《古本小说集成》第1辑第013册，上海古籍出版社1991年版，第3页。

序,落款"崇祯癸酉玄月无射日,吉衣主人题于西湖冶园"。癸酉即崇祯六年(1633)。书中多处讳"检"字,可证刊行于崇祯年间。正文前有图六十幅。正文半叶九行,行十九字。原阙卷三第五十一页,卷十二第五十三页。以秦琼为中心人物,演瓦岗寨诸英雄故事。此书对清代褚人获的《隋唐演义》有重大影响。《隋唐演义》约有三分之一的篇幅直接来源于《隋史遗文》。此书现藏于日本早稻田大学,国内仅有北京图书馆藏本;昔年大连图书馆有一藏本,但已遗失。①

2.《隋炀帝艳史》　八卷　四十回

一名《风流天子传》。明齐东野人编演,不经先生批评。崇祯年间人瑞堂刊本。扉页题"艳史""绣像批评""人瑞堂梓"。卷首有《隋炀帝艳史叙》,署"笑痴子书于咄咄居"。《艳史序》署"崇祯辛未岁清和月,野史主人漫书于虚白堂"。辛未为崇祯四年(1631)。野史主人即作者齐东野人的另一化名。《艳史题辞》,署"时崇祯辛未朱明既望,携李友人委蛇居士识于陶陶馆中",其中说:"余友东方裔也,素饶侠烈,复富才艺,托姓借字,构《艳史》一编,盖即隋代炀帝事而详谱之云。"有《艳史凡例十三则》《隋艳史爵里姓氏》。版心题"艳史"。卷端题"新镌全像通俗演义隋炀帝艳史"。卷一署"齐东野人编演,不经先生批评"。演隋炀帝事。书末云:"不年余,李世民成了帝业,躬行节俭,痛除炀帝之习,重立大唐三百年之天下,别有传记,故不复赘。"图赞八十叶。前图后赞。每回二图,共八十幅。原阙第四十一叶至第五十叶之图赞。正文半叶九行,行二十字。有行侧小字评、卷后总评。阙第三回第一叶前半叶,第六回第一叶前半叶,第三十回第十四叶后半叶、第十五叶前半叶。此书现藏于日本东京大学图书馆。②

3.《隋唐演义》　十卷　一百十四节

明无名氏撰,徐文长批评。扉页左侧题"徐文长先生批评",中部题"增补绣像隋唐演义",右侧题"本衙藏板"。卷首有《点校隋唐演义叙》,署"山阴徐渭文长撰",有"天池"及"徐渭之印"各一。各卷端均标明史事起讫。目录之后正文之前有插图七十九幅,其前后次序与目录对应,但也间有颠倒,如第十五、十六幅插图对应为第二十七、二十八节,而第十七、十八幅插图对应为第廿五、廿六节。卷一署"武林书坊绣梓"。

4.《瓦岗寨演义》　五卷　二十回

全称《绣像大唐瓦岗寨演义全传》。扉页上部题"同治甲戌年新刊",右侧题"秦叔宝烧批结义",左侧题"程咬金大反山东";正中题"绣像大唐瓦岗寨演义全传",书名下题"福禄大街会元楼板"。卷首有署"同治十三年新刻,揽溪梁饮川书"。另有咸丰十一年(1861)富经堂刊本。全书内容相当于乾隆崇德书院《说唐全传》十卷六十八回大字本的第二十三回到第四十回前半。序云"此书前已有作矣",指的就是《说唐全传》。正文半叶十一行,行二十三字,有绣像十四幅。

5.《唐书志传题评》　八卷　八十九节

不著撰人。明陈氏尺蠖斋评释,唐氏世德堂校订。万历年间世德堂刊本。《唐

---

① 参见《古本小说丛刊》第9辑,中华书局1990年版,第3页。
② 参见《古本小说丛刊》第18辑,中华书局1990年版,第7—8页。

书演义序》署"时癸巳阳月,书之尺蠖斋中",其《序》云:"载览演义,亦颇能得意。独其文词时传正史,于流俗或不尽通,其事实时采谪诳,于正史或不尽合。因略掇拾其额为演义题评。"癸巳为万历二十一年(1593)。附有《新刊唐书志传姓氏》。目录题"新刊秦王演义"。版心题"唐史志传",下端或有"世德堂刊"四字。卷端题"新刊出像补订参采史鉴唐书志传通俗演义题评",署"姑孰陈氏尺蠖斋评释,绣谷唐氏世德堂校订"("校订",卷五至卷八作"校梓")。每节有回目,双句七言。插图二十四幅,附于正文之中,每图一叶。正文半叶十二行,行二十四字。有眉批。正文中间有双行小字注释。图中有四处记载画工姓名。卷一第一幅图"诸将佐具陈智略"曰:"上元王少淮写。"卷四第一幅图"敬德大战美良川"曰:"上元王氏少淮写。"卷五第一幅图"小秦王箭射殷狄"曰:"上元王少淮写像。"卷七第一幅图"庆善宫太宗饮宴"曰"王少淮写相""万八刊"。此本与《唐书志传通俗演义》嘉靖三十三年(1554)杨氏清江堂刊本实同,现收藏于日本静嘉堂文库。国内无藏本。[①]

6.《说唐演义后传》 五十五回

一名《说唐后传》,或《后唐全传》。清鸳湖渔叟校订。扉页上部题"乾隆癸卯年重镌",右侧题"鸳湖渔叟校订",正中题"绣像说唐后传",下部题"观文书屋梓行"。此书版本较多,有清乾隆三年(1738)姑苏绿慎堂刊本、乾隆三十三年(1768)鸳湖最乐堂刊本、乾隆四十八年(1783)观文书屋刊本。正文半叶十一行,行二十五字。卷首有《序》。目录之后正文之前有绣像图三十九幅。

7.《残唐五代史演义传》 八卷 六十回

又名《五代残唐》。明罗贯中编辑,李卓吾批点。敷演自黄巢起义至陈桥兵变这一段时期的动荡兴衰历史,主要写唐末和五代时期重大的政治、军事斗争,据新、旧《唐书》和《五代史》及民间传说中的有关故事写成。此书现存最早版本为明刊本,未著刊刻年代。卷首有署"长洲周之标君建甫题于仰苏楼"。

## (六) 宋史系列演义小说

宋史系列演义小说除演述南北宋开国、兴衰等历史过程和史实外,还有较多篇目演述了两宋重要英雄人物,如杨家将、岳武穆等。

1.《南北两宋志传题评》 二十卷 一百回

不题撰人。陈氏尺蠖斋评释。全书分为南宋、北宋两部分。各十卷,五十回。卷数、回数自成起讫。共二十卷,一百回。每卷五回。回目双句七言。南宋部分:有《叙镆南宋传志演义》,云:"光禄既取镆之,而质言鄙人。鄙人故拈其奇一二首简以见一斑,且以为好事者佐谭。时癸巳长至,泛雪斋叙。"癸巳即万历二十一年(1593)。目录题"新刊出像补订参采史鉴南宋志传通俗题评"。版心题"南宋志传",下端或有"世德堂刻"四字。卷端题"新刊出像补订参采史鉴南宋志传通俗演义题评",署"姑孰陈氏尺蠖斋评释,绣谷唐氏世德堂校订"("校订",卷三至卷十作"校梓")。起于后唐明宗天成元年(926),止于宋太祖开宝八年乙亥(975)。北宋部

① 参见《古本小说丛刊》第28辑,中华书局1990年版,第2页。

分：有《叙锲北宋传志演义》，署"癸巳长至日叙"。目录题"新刊出像补订参采史鉴北宋志传通俗演义题评"。版心题"北宋志传"，下端或有"世德堂刻"四字。卷端所题书名与目录同，署"姑孰陈氏尺蠖斋评释，绣谷唐氏世德堂校订"。十卷分为十集，以天干为目。目录以卷一为"甲续集"，卷十为"癸续集"。卷首则以卷一为"续甲集"，以卷十为"续癸集"。自第一回"北汉主屏逐忠臣，呼延赞激烈报仇"至第五十回"杨宗保平定西夏，十二妇得胜回朝"。起于宋太祖开宝八年乙亥(975)，止于宋真宗乾兴元年壬戌(1022)。正文半叶十二行，行二十四字。有眉批。偶有双行小字注释。插图两个半叶合为一幅，共九十五幅。其中南宋五十一幅，北宋四十四幅。南宋、北宋第一幅图各题"上元王少淮写"。北宋开端有按语云："谨按是传前集纪一十卷，起于唐明宗天成元年石敬瑭出身，至宋太祖平定诸国止。今续后集一十卷，起宋太祖再下河东，至仁宗止，收集《杨家府》等传，总成二十卷，取其揭始要终之义。并依原成本参入史鉴年月编定。四方君子览者，幸垂藻鉴。"可知此书以南宋十卷为"前集"，以北宋十卷为"后集"；此书有"原成本"，编纂过程中曾对《杨家府》小说有所参考。日本内阁文库藏。[1]《南北两宋志传》有明建阳余氏三台馆本、明唐氏世德堂本、明叶崑池刊玉茗堂批点本等。

2. 《大宋中兴演义》　八卷　七十四则

明熊大木编辑。附录三则，明李春芳编辑。嘉靖三十一年(1552)清江堂杨涌泉刊本。首载熊大木《序武穆王演义》。其中说："武穆王《精忠录》原有小说，未及于全文。今得浙之刊本，著述王之事实，甚得其悉。然而意寓文墨，纲由大纪，士大夫以下遽尔未明乎理者，或有之矣。近因眷连杨子，索号涌泉者，挟是书谒于愚曰：'敢劳代吾演出辞话，庶使愚夫愚妇亦识其意思之一二。'余自以才不及班、马之万一，顾奚能用广发挥哉？既而恳致再三，义弗能获辞，于是不吝臆见，以王本传行状之实迹，按《通鉴纲目》而取义。至于小说与本传互有同异者，两存之，以备参考……屡易日月，书已告成，锓梓公诸天下，未知览者而以邪说罪予否？"署"嘉靖三十一年，岁在壬子，冬十一月望日，建邑书林熊大木钟谷识"。有《凡例》七条。图四十八幅。卷一题"新刊大宋演义中兴英烈传"，署"鳌峰熊大木编辑，书林清白堂刊行"。卷二至卷八题"新刊大宋中兴通俗演义"。版心题"中兴演义"。"演"或作"衍"。正文半叶十一行，行二十二字。有双行小字注释。正文中有按语；亦有评语，或以"论曰""评曰""断曰""断云"起，或引述为"纲目断云""宋鉴断曰""史评曰""史臣曰""吕东莱先生评曰""琼山丘氏曰"。引刘后村、姚子章、闻益明、姚震、张琳、洪兆、宋元章等人诗及徐应瀌文。日本内阁文库藏。

3. 《北宋金枪全传》　十卷　五十回

全称《绣像北宋金枪全传》。明研石山樵订正，清废闲主人校阅。卷首有《北宋金枪全传序》，署"道光壬午岁鸳湖废闲主人题"。此书即析《南北两宋志传》北宋部分而成。卷首有《北宋金枪全传序》，其云："北宋太祖没，神武遂微，志传所言，则尽杨之事，史鉴俱不载，岂其无关政纪，近于稗官曲说乎？虽然樵叟，然博雅君子，每

---

① 参见《古本小说丛刊》第34辑，中华书局1990年版，第2—3页。

藉以稽考，而王元美先生近考小史、外传，往出于伶官，杨氏尤悉，盖亦为此书一证美，该博玄览，宁尽臆说，彼岂以其稗野之言遗之耶？然《宋史》显者杨业伟绩，至标以无敌之名，当时亦岂曲说，独是其一家兄弟妻妹之事存而弗论，作传者特于此畅言之，则知书有言也，言有志也，志有所寄，言有所托。"各卷端题"江宁研石山樵订正""鸳湖废闲主人校阅"。此序与玉茗堂批点本卷首之序，除署名及个别文字外，几乎完全相同，可推知研石山樵为原书订正者，系明代人；鸳湖废闲主人为改编者。演述杨家将故事。目录之后正文之前有插图十六幅。正文半叶九行，行二十一字。日本内阁文库藏。①

4.《忠烈全传》 六十回

不题撰人。封面及目录题"绣像忠烈全传"，版心题"忠烈全传"。卷首有署"正德元年戏笔主人"，其云："文字无关风教者，虽炳耀艺林、脍炙人口，皆为苟作立说之要道也。凡传志之文，或艰涉猎及，动于齿颊，托于言谈，反令目者闷之，若古来忠臣孝子、贤奸在目，则作者足资劝惩矣。小说原多每限于句繁语赘，节目混牵。若《三国》语句深挚质朴，无有伦比，至《西游》《金瓶梅》专工虚妄，且妖艳靡曼之语聒人耳目，在贤者知探其用意用笔，不肖者只看其妖仙冶荡，是醒世之书反为酣嬉之具矣。然亦何尝无惩创之篇章，但霾没泥涂中者，安能一一在耳目间？故知之者鲜。不遇觐光，莫传姓氏，今见六十首，淋漓透达，报应分明。意则草蛇灰线，文则中矩中规，语则白日青天，声则晨钟暮鼓。吾不知出于仙佛之炎炎皇皇耶？"此书叙述姚梦兰、顾孝威事，集才子佳人、神佛方术于一体。《忠烈全传》正文半叶九行，行二十字。目录之后正文之前有像赞十幅。法国国家图书馆藏清义林堂刊本。

**（七）明史系列演义小说**

以明代开国史事为题材的历史小说，现存《皇明英武传》《皇明英烈传》《云合奇踪》三种。其中《云合奇踪》当为据《皇明英武传》或《皇明英烈传》剪裁改写而成。而《皇明英武传》与《皇明英烈传》节目、内容基本相同，难以考定成书之先后。

1.《皇明中兴圣烈传》 五卷 四十八则

明乐舜日述。明崇祯刊本。日本东京大学东洋文化研究所双红堂文库藏。版心题"圣烈传"。演魏忠贤事。卷首有《皇明中兴圣烈传小言》，落款"野臣乐舜日薰沐叩首题"。其中说："我圣烈传，西湖野臣之所辑也。""逆珰恶迹，罄竹难书。特从邸报中与一二旧闻，演成小传，以通世俗。"卷一题"西湖义士述"。西湖义士、西湖野臣、乐舜日，盖即一人也。有图十幅。其中三幅自《警世通言》取材而改头换面。《皇明中兴圣烈传》正文半叶八行，行二十字。国内无此书明刊本。②

2.《辽海丹忠录》 八卷 四十回

明平原孤愤生草，铁崖热肠人评。明崇祯翠娱阁刊本。版心题"丹忠录"。各卷所题书名为《新镌出像通俗演义辽海丹忠录》。叙明末辽东之役，而于毛文龙事

---

① 参见《古本小说集成》第4辑第134册，上海古籍出版社1991年版，第5页。

② 同上。

独详。记事起自万历四十七年（1619），至崇祯三年（1630）春止。卷首有序，落款"时崇祯之重午，翠娱阁主人题"。下有"翠娱主人"及"雨侯氏"印记。翠娱阁主人即陆云龙。序中说："此予弟丹忠所縷录也。"可知作者实系陆云龙之弟。有图四十幅。正文半叶九行，行十九字。有眉评、回后总评。此书系海内外仅存的孤本。①日本内阁文库藏。

3.《英烈志传》　四卷　六十节（残存一卷、十五节）

不题撰人。明崇祯年间刊本。英国博物院藏。"序一"阙。"序二"残存一叶半，末云："于是纂集当时之事，作《英烈传》以垂不朽。"目录之后，为"皇明开运辑略武功名臣首录"。版心题"皇明英烈传"。卷端题"全像演义皇明英烈志传"。上图下文。半叶一图。图之两侧有标题，四、六、八言不等。正文半叶十四行，行二十四字。正文中有双行小字注释。仅存卷一，卷一以后阙。卷一共十五节。每节不标顺序数字。有"节目"七言或八言双句。但在目录上，"节目"一律改为六言单句。卷一正文十五节，而目录仅列二十八目，漏列二目。从目录可以看出，卷一、卷二、卷三均为二十八目；卷四虽仅存三目，亦必为二十八目无疑。目录每半叶十二行，卷一、卷二、卷三的"节目"各占十行。卷四残存的三目占第二叶前半叶的末行，而第三叶前半叶为"皇明开运辑略武功名臣首录"，可知其间仅阙第二叶后半叶，证明全书仅有四卷。卷一既为十五节，则卷二、卷三、卷四亦必十五节，全书共六十节。书中引录了瞿佑、素斋老人、东鲁素斋等人诗句。此本孙楷第《中国通俗小说书目》失载。②

4.《皇明开运英武传》　八卷　六十节

不题撰人。明万历十九年（1591）杨明峰刊本。日本内阁文库藏。全书分为金、石、丝、竹、匏、土、革、木八集。每集一卷，共八卷。共六十节。每节有节目，双句七言，但不记顺序数。演明太祖平定天下事。自"元顺帝纵欲骄奢，脱脱相正言直谏"至"沐英三战克云南，太祖一统平天下"。叙事起于元顺帝至正元年（1341），止于明洪武十四年（1381）。有《皇明英武传序》，残存一叶，未完。版心题"皇明英武传"。目录及卷一、卷四、卷七题"新镌龙兴名世录皇明开运英武传"。"新镌"，卷二、卷五作"新编"，卷三、卷八作"国朝"。"龙兴"，卷六误作"龙与"。卷一署"原板南京齐府刊行，书林明峰杨氏重梓"。正文半叶十四行，行二十六字。原阙卷三第九、十叶和卷八第十九叶。有插图，共四十二幅。除书末之"天生祥瑞"图外，均插于正文之中，呈上图下文形式。有插图之半叶，仅四十一幅。有的书目以全书为上图下文形式，不确。书末有木记云："皇明万历辛卯年岁次孟夏月吉旦重刻。"辛卯即万历十九年（1591）。此系《英烈传》小说目前所知最早的刊本，国内尚未发现此本藏本。③

5.《三宝太监西洋记通俗演义》　二十卷　一百回

又名《三宝开港西洋记》《三宝太监西洋记通俗演义》，简称《西洋记》。二南里人编次。叙明初郑和下西洋通使三十余国事,并穿插了许多神魔故事和奇事逸闻。卷首有《叙西洋记通俗演义》,署"万历丁酉岁(二十五年,1597)菊秋之吉二南里人罗懋登叙",则该书当为罗氏作。各卷卷首有插图一幅(横贯左右半叶),正文半叶十一行,行二十五字。此书除明万历二十五年(1597)刊本外,还有清以后刻本及石印本、排印本。

## 二、明清历史演义小说插图的形式及叙事功能

明清插图本历史演义小说,其插图形式因刊刻地、刊刻时间不同而呈现出地域性、时代性特征。总体而言,明代金陵刊刻的历史演义小说插图多以横贯左右半叶的大幅卷首插图为主,建阳刊刻的插图以上图下文式为主,苏杭刊刻的插图则画幅阔大,绘刻精美。

### (一) 明清历史演义小说插图的形式

建阳刊刻的历史演义小说,基本上都采用上图下文式插图。学者涂秀虹做过统计:"在现存 131 种建阳刊小说版本中,至少有三分之二是上图下文的版式。上图下文的版式几乎是建阳刊小说的标志性版式,人们往往以此作为判断是否出自建阳书坊的重要标准。"[1]有些小说的插图却在具体形式上又有些变化。如明万历三十四年(1606)三台馆余象斗刊本《列国志传评林》,其插图虽沿袭了建阳书坊上图下文式插图,画面却以月亮形(圆形)展示。图 8-41 为余象斗刊《列国志传评林》本插图。画面描述的内容即榜题"轩辕教民造车运行"所示内容。插图位居叶面上端,约占整幅版面的三分之一,属于典型的建阳书坊上图下文式插图,但是画面以少见的圆形呈现。在画面中,轩辕氏正在木工支架上刨削一块木板,他身旁左侧地上放置着一个篮子,里面装着木工工具,右侧的地上有一个圆形车轮和两根木料。

图 8-41 明万历三十四年三台馆余象斗刊《列国志传评林》插图

---

① 涂秀虹:《论明代建阳刊小说的地域特征及其生成原因》,载《文学遗产》2010 年第 5 期,第 105 页。

从上述建阳书坊所刊刻的诸历史演义小说插图来看,除插图与文字结合的形式——上图下文外,建阳书坊刊刻的小说插图有以下共同特征:缺乏较为细致的背景刻画,插图画面往往只有很简略的人物动作,人物造型也没有太大区别,更没有人物表情等细致的刻画,雕刻也非常粗糙。这也成为建阳书坊所刊刻的书籍向来遭受诟病的重要原因。

明代金陵、苏杭书坊所刊刻的书籍较之建阳书坊刻本,雕刻更为精美,质量较高。虽然金陵、苏杭书坊刻本通俗小说插图的数量不及建阳书坊刻本,但插图幅面阔大,描绘精美细致,堪称艺术精品。以至一些书坊在刊刻书籍时特意剜改书名,冠以"京本""京板"等名号,刻意标榜其刊印书籍的质量。

图8-42为明万历三十三(1605)年西清堂詹秀闽刊本《两汉开国中兴传志》插图,该书于各卷卷端题书名为"京本全像按鉴音释两汉开国中兴传志",即以"京本"相标榜,其实还是典型的建阳书坊刻本样式。图8-43为《全汉志传》(全称《京本通俗演义按鉴全汉志传》)插图,同样采用借"京本"来吸引读者注意的噱头。

图8-42　明万历三十三年西清堂詹秀闽刊本《两汉开国中兴传志》插图

图8-43　《京本通俗演义按鉴全汉志传》插图

图8-44为明崇祯间名山聚刊本《隋史遗文》插图,体现了明代杭州书坊刊刻书籍,尤其是通俗小说插图的绘刻水平。其插图较之明代金陵书坊有些差异:首先,单幅插图幅面仅占半叶书版,而且视点较高,单幅画面所容纳的内容更多;其次,插图榜题置于版心下部,没有类似于周曰校本《三国演义》插图两旁的联句;再次,插图与小说文本的结合方式不似周曰校本置于各则的开头,而是集中置于正文开始之前。这种插图样式后来为清代各地书坊刊刻通俗小说时所普遍采用。譬如明崇祯年间苏州人瑞堂刊本《隋炀帝艳史》插图便具有此特征。与杭州名山聚刊本

《隋史遗文》相比，人瑞堂刊本《隋炀帝艳史》插图同样置于正文之前，但是其插图样式较特殊——有图有赞，前图后赞，每回二图，共八十幅。

清代插图本历史演义小说除极少数个案外，采用的插图样式大多为幅面较大的单幅插图，其中单幅人物绣像的出现可谓清代通俗小说插图区别于明代通俗小说插图的一个显著标志。上文所列举的清雍正十二年(1734)致远堂刊《官板大字全像批评三国志》就是很好的例证。在其他历史演义小说中，明代刊刻的版本亦几乎找不到单幅人物绣像，而清代版本中则较多见人物绣像。

再如清乾隆三年(1738)姑苏绿慎堂刊《说唐演义后传》人物绣像图中人物为鲁国公程咬金的长子，他骁勇善战，学了父亲的家传三板斧。在画面中，程铁牛身穿铠甲，肩扛一把巨斧，威风凛凛。图8-45为清道光间刊刻的《北宋金枪全传》插图，为情节插图。

图8-44　明崇祯间名山聚刊本《隋史遗
　　　　文》插图

图8-45　清道光年间刊本《北宋金枪全传》
　　　　插图

### （二）明清历史演义小说插图的叙事功能

历史演义小说是明清小说中的一大类型，这种类型的小说创作可以追溯至宋元讲史平话，而且较讲史平话有了进一步发展，除了在创作上采用了据史演义外，明清时期的历史演义小说创作又有了某些新发展，如从历史史实、人物中归纳总结出某些资于治道的内容，这类小说虽演绎的是"历代书史文传兴废争战之事"，而左右兴废争战之事的核心人物乃英雄人物(更确切来说是"人君")，所谓"治乱安危存亡之本源，皆在人君之心"(《进修心治国之要札子状》)。因而探索历史人物治乱兴邦，抑或丧权败亡，便成了众多历史演义小说叙事的旨趣之一。举例而言，如《西汉演义》中的刘邦、《东汉演义》中的刘秀、《三国演义》中的刘备、《北史演义》中的高欢、"隋唐"系列演义中的李世民、《英烈传》中的朱元璋等,都是小说家着力刻画和突出的英雄人物。同时,由于明清历史演义小说的创作往往据史演义,因而在创作中,叙事性就得到了小说编创者们的一致重视。而明代通俗小说的插图绘制大多依文画图,亦即插图的创作多以小说文字文本为基础,是对小说文字文本的模仿,因而受其影响便自然而然地以情节性插图居多。另外,在诸通俗小说的插图绘刻中,蹈袭模仿现象严重,譬如建阳诸坊刻通俗小说,其插图不仅绘刻拙劣,而且模式化甚至蹈袭现象严重,如上述《两汉开国中兴传志》插图、《全汉志传》插图与明建阳版《三国演义》插图基本雷同,如画面背景、构图角度,以至于对故事情境的展示等都基本相同。如图8-42与图8-43就显示出惊人的相似性,甚至可以毫不夸张地说地,将图8-42与图8-43的榜题互换亦不会造成实质性的影响。

前文已述,明清《三国演义》插图在图像叙事方面有重要作用。诸如插图以视觉直观性直接展示小说文本的内容,无需读者通过对文字符码的解读与转码(对文字文本语象的解读与重构)来理解小说文本的意蕴,而且多数情节性插图的画面抓住了故事情节发展的"具有孕育性的瞬间",既描绘了故事的主要情节,又暗示了情节发展的方向和结局。这些插图的基本功能在明清其他历史演义小说插图中同样存在。

图8-46　《隋炀帝艳史》插图(之一)

图8-46为《隋炀帝艳史》第九回"文皇死报奸雄,炀帝大穷土木"插图。其对应的文本内容如下:

却说杨素走下殿来,料炀帝不敢加害。正在丹墀里大摇大摆,卖弄奸雄的气概。不料天不凑巧,忽然一阵阴风扑面刮来,吹得他毛骨悚然。忽抬头,只见一人头戴龙冠,身穿衮服,手内拿了一把金钺斧,坐在逍遥车上拦住骂道:"弑君老贼,往哪里去?"杨素定睛看时,不是别人,却是文帝的阴魂。吓得他魂不附体,慌忙要走,却又无处躲避,只在丹墀中乱转。文帝赶将来骂道:"朕欲立吾儿杨勇,你这个老贼,不听吾言,倒转同杨广来弑我,是何残忍!今不杀你,何以报此仇!"举起金钺斧照头斫来。杨素躲避不及,一跤跌在地下,口鼻中鲜血迸流。近侍看见,忙报与炀帝。炀帝大喜,也只说是偶得暴病,竟不知是文帝之报。因对群臣说道:"此可谓权臣欺君之戒。"随命卫士扶出杨素,扶得到家,也不省人事。其子杨玄感忙以汤药救治,半晌稍稍醒来。说道:"谋位之事发矣。今遇文帝,以金斧逐我,我必死矣。汝等可急备后事。"言罢,又昏昏睡去。却说炀帝见杨素得此暴病,心下大喜。又恐其不死,随遣一个御医,假推看病,就打听消息。御医领旨,随即来看。杨玄感见他奉旨前来,慌忙邀入寝房。御医揭帐一看,只见杨素形容脱落,又目直视,哪里还有往日的英雄！睡在帐中,大声狂叫不止。忽叫道:"殿下假诏赐死,皆是晋王之谋,与臣无干。"忽又叫道:"臣虽上疏,独孤娘娘也曾主张。"又忽大叫道:"陛下不要斫,臣愿当罪。"口里吆吆喝喝,就像递脚册的一般,将从前做奸雄的过恶,一一都乱说出来。

在画面中,人物分为两组,其中画面左下角的人物:杨素、文帝及侍从为一组,这是画面所要展示情节的核心人物及故事。该回故事主要讲述:杨素辅佐杨广登上帝位后洋洋得意,甚至有些飞扬跋扈,但是他将杨广推上帝位的行为有违已故先皇杨坚的意愿,尤其是炀帝杨广登基后的荒淫作风不得民心,引发了民愤,更是先皇杨坚不愿看到的局面。因而杨坚(阴魂)便显圣欲以金钺斧将其砍杀。画面所呈现的瞬间即是先皇杨坚显圣,身坐逍遥车,手执金钺斧并高高举起,欲砍杀杨素,而此时的杨素惊慌失措,双手高举,惊吓得魂不附体,慌忙欲走。画面右上部更大的幅面展示的是隋炀帝及文武官员和侍从,这一组人物在该故事中处于从属地位,因为该故事所述内容为杨素做贼心虚后的幻影,并非真实事件,自然其他在场的人物是看不到的,故而他们只能好奇地看着杨素自顾自地在大堂上魂不附体地四处闪躲。在画面中,隋文帝杨坚及其身后的侍从飘浮于云朵之上,暗示出此情景并非现实。从上述故事文本来看,最具"孕育性的瞬间"无疑是先皇杨坚显圣之时,杨素因为惧怕先皇砍杀而魂飞魄散般惊呼闪躲的行为,炀帝杨广及文武官员等人的面面相觑,可谓颇具戏剧性。插图绘刻者抓住这一戏剧性的瞬间,用图像予以展示,可谓恰到好处。

图8-47为上述插图的像赞。内容为苏东坡《前赤壁赋》中的一句经典名句:"固一世之雄也,而今安在哉?"这一句像赞可谓将插图所未能揭示出的深层意蕴揭示了出来。众所周知,苏轼此语是在感叹三国英雄人物虽在当时叱咤风云,建立了丰功伟绩,显赫一时,在历史永恒面前却如昙花一现。同样,隋文帝杨坚在立国之初,亦为叱咤风云的英雄人物,而今却落得被亲信臣僚和不肖子合谋

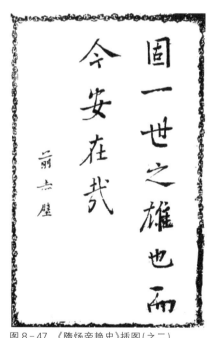

图8-47 《隋炀帝艳史》插图(之二)

杀害的下场。再者,权臣杨素及荒淫君主杨广同样也会像流水一样逝去不见踪影。可见,插图背面的赞语对插图而言是有重要作用的,能够烘托、暗示出插图未能呈现的意蕴。

清代的人物绣像有的附有像赞,有的则没有,但是人物绣像的出现表现了人们对小说人物的重视。总而言之,明清历史演义小说的插图,除了能带给读者形象直观的视觉享受外,还能助益读者加深对小说文本的阅读体验。

# 第九章　《水浒传》与图像

作为英雄传奇小说的代表，《水浒传》的图像形式格外丰富，既有常见的插图和绣像，也有文人画以及剪纸等民间图像形式。特别是小说中的叙事与人物，当属画家所争相摹仿的对象，从而在中国文学与图像关系史上留下了一道亮丽的风景线。

## 第一节　现存插图本《水浒传》情况概述

尽管现代学术意义上的小说研究已经开展了一个多世纪，然而《水浒传》的成书时间、版本流传等基础性的文献信息至今没有进行过清晰的梳理。虽不乏学者对明清插图本《水浒传》进行搜集与汇编，但各版本《水浒传》之间互相抄袭、篡改以及书名混淆等现象增加了研究难度，以至于有关插图本《水浒传》文献方面的各家之说莫衷一是。

本节首先对学界关于插图本《水浒传》作品整理、文献研究的工作成果加以述评，检视其得失，并集中解决其中较大的疑点；其次，我们在尽力全面网罗资料的基础上，以一种更加有效的方法梳理现存插图本《水浒传》的版本及其流变。

### 一、《水浒传》插图本文献研究综述

对插图本《水浒传》的文献进行整理与研究，固然是文学研究者的"分内之事"，但又因为中国古代小说插图多是版画，所以，美术史领域也会涉及"水浒"插图。

我们知道，"中国木刻画发展到明的万历年代，可以说是登峰造极，光芒万丈"[1]，此后，尤其是清代中期以降，木刻版画日渐式微，而国外传入的先进印法，则"彻底扼杀了木刻画复兴的希望"[2]。在二十世纪初的现代美术学校里，版画并没有被纳入"美术"学科之中，如国立北京美术专门学校共有四个系科，分别为"西洋画系""中国画系""雕塑系""图案画系"，在各系的必修课和选修课中，也没有木刻版画课程[3]，这从侧面反映出当时木刻版画的没落地位。

---

① 郑振铎：《中国古代木刻画史略》，上海书店出版社2006年版，第49页。
② 周心慧：《中国古版画通史》，学苑出版社2000年版，第295页。
③ 周寿崧：《国立北京美术专门学校状况纪略》，载《云南旅京学会会刊》1923年第4期。

从二十世纪二十年代开始,国内有学者对古代小说、木刻版画以及连环画展开了专门的整理和研究,《水浒传》在这个阶段得到大范围的校勘和出版,但是插图本《水浒传》并不多见,而在所有的序跋中,也没有谈及插图问题。几位研究《水浒传》的主将(潘力山、胡适、鲁迅、郑振铎、孙楷第等)多集中讨论这部小说的本事、版本流变及主题、思想,等等①,唯有《水浒传的演化》(1929)一文提到了《水浒传》的插图:"余本插画很精美,但刊印则颇不经心。"②尽管对《水浒传》的研究开展得如火如荼,对插图及版画的研究也蔚然成风(1930 年代兴起的"新兴木刻画运动"便能说明这一问题),但这一时期并没有出现整理相关文献的大部头著作,尚处于对插图本《水浒传》的搜集阶段,其中郑振铎在这方面用力颇多。

郑振铎先后编录了多部版画图录,其中《中国版画史图录》《中国古代版画丛刊》最为博大。《中国版画史图录》共 5 册 20 集,由良友图书印刷公司 1940 至 1941年连续出版,中国书店出版社 2012 年再版。其中"汪刘鲍郑诸家所镌版画集"收录了两种《水浒传》版画,分别是"一百回本水浒传插图"(四幅)、"一百二十回本水浒传插图"(八幅)。郑振铎并未标出任何有关于这两种版画的文献信息,但他选录了这两种版本《水浒传》开篇第一回的插图(图 9 - 1、图 9 - 2),为下文我们辨识、对比这两种版本的《水浒传》版画插图提供了方便。

图 9 - 1 一百回本水浒传 插图一　　　图 9 - 2 一百二十回本水浒传 插图一

郑振铎还亲自编校了一百二十回的《水浒全传》(人民文学出版社 1954 年版),也在序言中写道:

---

① 纪德君:《百年来〈水浒传〉成书及版本研究述要》,载《中华文化论坛》2004 年第 3 期。

② 郑振铎:《水浒传的演化》,载《小说月报》1929 年第 9 期。或《郑振铎全集》(第四卷),花山文艺出版社1988 年版,第 89—142 页。

我们手头所有的各种版本的《水浒传》是：

（一）《忠义水浒传》二十卷（一百回，残存第十一卷一卷，即第五十一回到五十五回），明嘉靖间武定侯郭勋刻本。

（二）《忠义水浒传》一百卷（一百回），明万历十七年己丑（一五八九年）天都外臣（汪道昆）序刻本。

（三）李卓吾评本《忠义水浒传》一百卷（一百回），明万历间容与堂刻本（日本内阁文库藏，今用照片本）。

（四）钟伯敬评《忠义水浒传》一百卷（一百回），明末四知馆刻本（法国巴黎国家图书馆藏，今用刘修业先生校录本）。

（五）《忠义水浒传》不分卷（一百回），明末大涤余人序刻本（李玄伯氏藏），李氏排印本。

（六）李卓吾《忠义水浒传》不分卷（一百回），明、清间芥子园刻本。

（七）《忠义水浒全传》不分卷（一百二十回），亦题"李卓吾评"，明末杨定见增编，袁无涯刻本。

（八）《忠义水浒传》不分卷（一百二十回），明、清间郁郁堂翻刻杨定见本。

（九）《第五才子书》七十五卷（七十回），明、清间金圣叹评，贯华堂原刻本，中华书局影印贯华堂本，又其他坊刻本甚多。

除了《古今书刻》著录的明代都察院本和《百川书志》著录的那部一百卷本之外（这两个本子，很可能就是郭勋本），所有已经知道的《水浒传》的各种本子，差不多都已经集中在一起了。①

图9-3　卢俊义涴青石峪

其罗列的版本之丰富，远超于一般"水浒"研究者和版画史家，所以有人慨叹郑振铎"罗列版本，阵容的强劲至今一般学者仍难以超越"②。随后，古典文学出版社及中华书局上海编辑所在1957至1959年间先后出版了共5函18种《中国古代版画丛刊》（上海古籍出版社1988年增订再版）。该书的第2册收录了"明万历刊本"的插图本《水浒传》目录及其全部版画（如图9-3），并在书末"《忠义水浒传插图》跋"中对明清插图本《水浒传》做了介绍，鉴于郑振铎先生身兼版画收藏家、美术史论家，对包括《水浒传》在内的插图本小说文献研究有着巨大影响，所以兹录于下。

《忠义水浒传》的明·嘉靖刊本，想来是没有插图的。《水浒传》之有插图，当自明·万历时代

---

① 郑振铎：《水浒全传·序》，见施耐庵、罗贯中：《水浒全传》，人民文学出版社1954年版，第4—5页。
② 马幼垣：《水浒二论》，生活·读书·新知三联书店2007年版，第100页。

的诸种刻本开始。建安版的简本《水浒传》,是上图下文的。较晚期刻的《英雄谱》本,也是上图下文的。全页大幅的插图,似当始于万历十七年(公元一五八九年)的天都外臣序刻本。这个本子有清初的补刻的页子,不知其插图是否属于原本所有。但那些插图,气势豪放,人物都重点突出,显得有中心,背景比较地不那末细致地表现出来,线条比较地疏朗,可看出不会是万历末期或启、祯二朝的所作,当然更不会是清初的所作了。李卓吾批评的《忠义水浒传》,也有插图,是容与堂刻本,线条也很疏朗,人物形象,简捷有力。还有一种万历刊的一百回本《忠义水浒传》(李氏藏本),也有插图一百幅,幅幅是精工细致的创作,可看得出是万历晚期的作品。后来杨定见刊本的《水浒全传》,添加了"田虎"、"王庆"的二十回,也就添加了插图二十幅;但除了这二十幅插图之外,其余的一百幅是完全袭用了这部万历末年的《忠义水浒传》的插图的,只是把每幅插图的页边上的篆文的四字标题,改为正书的七字回目而已。天启、崇祯之间,有钟伯敬评本《忠义水浒传》,其插图却别开生面,另有作风,也同样地显得虎虎有生气。及崇祯末,陈老莲的《水浒叶子》流传遍天下。绘写水浒英雄的画人们便很难脱出他的畴范之外。故清初金圣叹批刻七十回本《水浒传》,其插图便也成了重要英雄的人物图像了。

在以上那些有插图的百回本《水浒传》里,当然各有所长,但毕竟要以李氏藏的这部万历末年刻本的《忠义水浒传》的插图最为精工。现在就用这个本子重印出来。如有可能,别的本子的插图也将陆续印行,以供比较研究。

在这洋洋洒洒的一百幅的《水浒传》插图里,正和《水浒传》所描写的英雄形象和社会生活相同,它们也详尽地、工致地刻画了封建社会的现实生活的变化,插图作者的现实主义的作风,是不愧成为那绝代大创作的《水浒传》的俪匹的。把它们插附在《水浒传》的卷首,乃是"锦上添花"之举,乃是"相得益彰"之作。这里面当然有不少战争场面,但绘写社会生活的场面却更多。明代和宋代,为时相距不太远,同是封建社会的生活,变动也不会很大,故虽是明代万历晚期的画人们之所写的,却想来和水浒时代的社会生活情况是不会有多大的歧异的。我们把这一百幅的插图,作为封建社会的生活写照,想来是不会有什么错误的。有一小部分神异斗法的故事画,却可以"存而不论",但其实,也便恰好表现了封建时代里的有那末样的迷信和幻想的存在。在王进、史进、鲁智深和林冲的故事里(第二回——第十二回),在"智取生辰纲"的故事里(第十四回——第十六回),在宋江杀阎婆惜的故事里(第十八回——第二十三回),在武松的故事里(第二十三回——第三十二回)以及其他"金戈铁马"的大段讲话里,或正面,或侧面,或一般地绘写,或旁敲侧击地刻画,无不把那个封建社会的黑暗面,人民的如何受官僚地主恶霸们的欺诈、掠夺,被侮辱、被压迫者们的如何告诉无门,不得不铤而走险,造成"官迫民反"的局势,栩栩如生地表现在一百面的尺幅的版画里。这一百幅的大规模的插图,可以说是没有丝毫的败笔,个个人物是生气勃勃地,所有的背景,包括华屋茅亭,长川大山在内,都出之以熟练的手笔。那个大画家(或几个)可惜不曾留名下来!也可能就是出于徽派刻工们之手。他们的一丝不苟的刀法,正体现了插图作者的传神之笔。像这样地大气魄的一百幅的插图,是古来所少有的。作为单独的钜册的版画而存在,完全有其必要。在那里,在多种多样的绘刻之工里,在多种多样的封建社会生活的刻画上,我们的美术家们,特别是版画家们,和历史家们会寻找出很多的有用、有益的资料出来的。

一九五七年九月二十三日郑振铎跋于保加利亚·瓦尔纳市的黑海之滨时正狂风吹过万树之巅,海涛怒号,如万马奔腾。①

这篇序文完成于郑振铎率团访问保加利亚期间,恰如写作时的环境,作者难掩心中对版画的热爱,激动之情溢于纸上。郑振铎有可能为了准备此后 10 月份赴布拉格讲学而携带不少资料②。换言之,我们不能排除这篇序言的写作是"有备而来"。郑氏如数家珍般胪列诸种插图本《水浒传》,语势之强似乎带有不容置疑的信心。但言之凿凿的背后,却另有隐情。

首先,容与堂刻本的《水浒传》插图是两百幅,而天都外臣序的插图本《水浒传》仅有九十六幅插图,前者是每一回前置两幅插图,后者却将插图全部放在卷首,也就是说后者插图是对前者的挑选,"谁抄谁十分明显",此外,还有多处证据表明天都外臣序本的插图是"按容与堂本的插图仿刻出来的"③。这一观点并非仅仅是马幼垣一人所持有,王古鲁同样认定容与堂刻本《水浒传》不仅早于天都外臣序本,更早于郑振铎所执着坚持《水浒传》最早的版本,即郭勋刻本。④ 然而,郑振铎在"《水浒全传》序"以及"《忠义水浒传插图》跋"中,一口咬定所谓的天都外臣序本《水浒传》不仅早于容与堂刻本,而且认为"全页大幅的插图,似当始于万历十七年(公元一五八九年)的天都外臣序刻本"。既然"不知其插图是否属于原本所有",为何肯定"不会是万历末期或启、祯二朝的所作,当然更不会是清初的所作的"? 如此推崇这样一个问题重重的版本,且在其他著述中也未加以充分的证明,其初衷着实令人费解。

与郑振铎大约同辈的学人,比如鲁迅、孙楷第等,对插图本《水浒传》版本的搜集、整理也做出了不可磨灭的贡献。鲁迅所首创《水浒传》"简略""繁缛"的分类方法,至今都被学界沿用,他在《中国小说史略》中列举了六本"现存之《水浒传》则所知者",尽管并未注明是否有插图,但没有郑振铎所说的"天都外臣序"的插图本《水浒传》。而且,鲁迅一再强调"然今所传《水浒》《三国志》等书,皆屡经后人增损,施

---

① 郑振铎编:《中国古代版画丛刊》(二),上海古籍出版社 1988 年版,第 881—884 页。着重号系引者所加。

② 陈福康:《郑振铎的最后一次出国》,载《世纪》1998 年第 6 期。

③ 马幼垣:《从挂名天都外臣序本〈水浒传〉的插图看该本的素质》,见《水浒二论》,生活·读书·新知三联书店 2007 年版,第 411—423 页。需要说明的是,马幼垣误认为"天都外臣序"中的版画是 100 幅,但实则仅有 96 幅。不过,这一不确切的技术性统计瑕不掩瑜,他善于从版画及其与小说语言文本之间的关系发现"天都外臣序"本存在的问题,功不可没。关于这一问题研究方法的效率,也比王古鲁、马蹄疾等人略胜一筹。马幼垣是通过考察小说文本与插图的关系来进行插图本《水浒传》文献研究的首创者,可参见其《嵌图本〈水浒传〉四种简介》(《汉学研究》1988 年第 1 期)一文。在石昌渝主编的《中国古代小说总目·白话卷》中,有孟繁仁撰写的《水浒传》内容提要与版本述略。孟繁仁便注意到了"天都外臣序"本《水浒传》版画"标五十叶,实存四十八叶,计小九十六幅,系万历原刻本所无"这一常人忽视的细节。详见《中国古代小说总目·白话卷》,山西教育出版社 2004 年版,第 342—355 页。

④ 王古鲁:《"读水浒全传郑序"及"谈水浒传"》,载《北京师范大学学报》1957 年第 2 期。或参见《王古鲁小说戏曲论集》,中华书局 2013 年版,第 189—199 页。

罗真面,殆已无从复见矣",并引用周亮工《因树屋书影》对郭勋本《水浒传》的评定,赞同郭勋本为当时所能见到最早的《水浒传》,"原本《水浒传》今不可得"①。鲁迅之所以没有谈及郑振铎所偏爱的"天都外臣序"的插图本《水浒传》,恐怕不仅仅是因为其目力不及郑振铎先生。

孙楷第先后出版了《日本东京所见中国小说书目》(上杂出版社1953年版)、《中国通俗小说书目》(《中国大辞典》编纂处、北平图书馆1933年版),其所见插图本《水浒传》甚多(包括现存与佚失的)。在《中国通俗小说书目》中,孙楷第记录了插图本《水浒传》的版本情况:

**天都外臣序本水浒传一百卷一百回**

存 明翻嘉靖本,有清朝补版。正文半叶十二行,行二十四字。有图。题"施耐庵集撰","罗贯中纂修"。首天都外臣(汪道昆)序。②

孙楷第对一百卷一百回"天都外臣序"本《水浒传》的介绍稍显粗糙,尽管他鉴定这是对嘉靖年间版本的翻刻,而且同样有清朝的"补版",但没有详细说清楚清朝所补充的是书中的版画(图像文本)还是小说(语言文本),这就使得郑振铎"天都外臣序"插图本《水浒传》早于容与堂版的观点更加模棱两可。郑振铎坚称"天都外臣序"插图本早于容与堂版的主要根据是插图的风格,如他所说,"那些插图('天都外臣序'本中的插图——引者注),气势豪放,人物都重点突出,显得有中心,背景比较地不那末细致地表现出来,线条比较地疏朗,可看出不会是万历末期或启、祯二朝的所作,当然更不会是清初的所作的"。从风格角度固然可以大约为艺术断代,但这绝不是最准确的方法,原因很简单:后世艺术家完全可以临摹、仿制前代版画,仿古的水平不难达到以假乱真的效果。至于"天都外臣序"插图本《水浒传》的文献信息,我们稍后将做专门考证,但对郑振铎观点全盘接受的学者大有人在。

比如周心慧就把"天都外臣序"本以及容与堂刻本中的版画,视为"并驾齐驱"的两套系统。他对前者版画的描述非常简单,"图单面方式,上镌图题,画面疏朗醒目,背景不事雕琢,以人物活动为主,绘镌俱工"。这里既没有指出石渠阁补充刊刻了哪些地方,也未对郑振铎的观点有任何疑问:"郑振铎先生《中国古代木刻画选集》收图著称刊于万历十七年,则这个本子就是现今所能看到的刊刻时间最早的《水浒》版画。"相对于仅用了229个字便完成了对"天都外臣序"插图本《水浒传》的介绍,周心慧却用了509个字对容与堂刻本《水浒传》的情况做了详细说明。我们并非对周氏"鸡蛋里挑骨头",而是可以从他对这两个版本文献整理的不同中,发现其中的问题。首先,容与堂刻本的版画上留下了刻工的信息,所以周心慧就此对刻工吴凤台、黄应光的其他镌刻作品做了拓展说明;与此相反,由于他不知道"天都外臣序"本的版画刻者为谁,所以在对后者的简介中,没有类似的拓展说明。其次,周氏在分析容与堂刻本中的版画风格时说,"容与堂本《水浒》版画,画面疏略,背景鲜

① 鲁迅:《鲁迅全集》(第九卷),人民文学出版社2005年版,第147页。

② 孙楷第:《中国通俗小说书目(外二种)》,中华书局2012年版,第132—136页。需要说明的是,一"叶"即两"页",下同。

明，人物突出""黄应光的镌刻，圆润而不失劲挺，古拙中更见秀雅，是各种刀刻技艺浑然一体的完美结合，不仅不失画家墨线之原意，而且通过木刻的韵味有所提升，若论人物形象塑造之生动与多姿多彩，是古本小说版画中最成功的作品之一，是中国古代木刻画技艺达于巅峰的标志性作品"①。看似如此详实的分析，实质上与"天都外臣序"本的版画风格到底有多少出入呢？"天都外臣序"本的版画"绘镌俱工"与容与堂插图的"各种刀刻技艺……不仅不失画家墨线之原意，而且通过木刻的韵味有所提升"、"画面疏朗醒目"与"画面疏略"、"背景不事雕琢"与"背景简明"这两种评价性话语之间未必存在本质性的差异；之所以两种版画风格描述前后有粗略、详细之别，盖因于周氏欲表达前者的"最早"以及后者的"最成功"和"巅峰"的地位而已。再次，按照常理，周心慧不会不知道"天都外臣序"与容与堂刻本中的版画有雷同的部分，但他并未对这两种版画做出对比分析，而且前者绝非完全意义上的"背景不事雕琢"，后者也并不是"背景简明"，如图9-4（"天都外臣序"本版画）、图9-5（容与堂刻本版画）那样，前者的背景竟然比后者还要繁复，而这种情况分别出现在《水浒传》的"一丈青单捉王矮虎，宋公明两打祝家庄""柴进簪花入禁院，李逵元夜闹东京"以及"黑旋风乔捉鬼，梁山泊双献头"等三回的回目图中。实际上，"天都外臣序"本与容与堂刻本中的插图版画，既有画面人物与情节内容上的增删，也有背景上的差异，不可一概而论。②

图9-4　一丈青单捉王矮虎

《水浒传》（天都外臣序本）插图

图9-5　一丈青单捉王矮虎

《水浒传》（容与堂刻本）插图

① 周心慧：《中国版画史丛稿》，学苑出版社2002年版，第137—138页。

② 马幼垣：《从挂名天都外臣序本〈水浒传〉的插图看该本的素质》，见《水浒二论》，生活·读书·新知三联书店2007年版，第411—423页。

周心慧在其 1988 年出版的《中国古代版刻版画史论集》中，曾经提到过"天都外臣序"插图本《水浒传》："《水浒》是我国最著名、拥有最广大读者群的长篇小说之一。该书著藏的最早刻本，为嘉靖间刊徽州汪道昆序《忠义水浒传》。此本是否有图，因笔者未见传本，不敢妄言。郑振铎先生提及此本，说是'想来是没有图的'，亦未见真实。"[①]但是，如此含糊的说明，与他十余年后出版的《中国版画史丛稿》中对"天都外臣序"插图本《水浒传》介绍如出一辙。所以，我们只能有如下的推测：要么周心慧仍旧没有看到这部《水浒传》（或中国国家图书馆所藏的石渠阁补刻本）；要么就是唯郑振铎马首是瞻，以至于这位后学从来都不敢"直言"。

尤为值得注意的是，吴晓铃曾就"天都外臣序"本《水浒传》撒过"弥天大谎"："北京图书馆（即现在的中国国家图书馆——引者注）藏本有字迹漫漶处，余曾见美国芝加哥大学东亚图书馆藏本，版刻较佳。今所知海内外仅此二本。"[②]但事实上，"芝大有的天都外臣序本只是七十年代得自北京图书馆的胶卷，拍摄所据者正是北京图书馆的石渠阁补刊本。北京图书馆所制胶卷，品质向来不高，往往原书字句尚能辨认而胶卷却模糊不清，因此得了胶卷而仍需要复核原书是常有之事。这套胶卷也不例外，漫漶程度较原书变本加厉"，这就等于说吴晓铃"替天都外臣序本发明了一套另本"。[③] 这种不严谨的学术态度固然值得商榷，但如果将吴晓铃的"造假"视为对其师郑振铎所一直重视的"问题重重"的"天都外臣序"本《水浒传》的辩护，也许就不难理解了。总之，这一版本的《水浒传》早于容与堂刻本的证据不足。[④]

即便如此，郑振铎先生在插图本《水浒传》作品整理与文献研究方面执牛耳的地位仍不可撼动，没有他的辛劳工作，今人的研究也不会如此便利。上述诸位学者将注意力投注在搜集国内插图本《水浒传》上，此外，致力于搜集海内外《水浒传》资料的学者也有很多，比如前文提及的郑振铎、孙楷第，以及柳存仁、马幼垣等人。

郑振铎在《巴黎国家图书馆中之中国小说与戏曲》中辑录了他所见的插图本《水浒传》：

> 水浒传　国家图书馆里所藏的《水浒传》凡十部；其中一部为《新刻京本全像插增田虎王庆忠义水浒全传》，一部为文杏堂《评点水浒传》，一部为《钟伯敬先生批评忠义水浒传》，两部为《汉宋奇书》中的一百十五回本《水浒传》，四部为金圣叹批评本的《第五才子书施耐庵水浒传》，再一部为《征四寇传》，乃系取汉宋奇书中的一百十五回本《水浒传》的下半部另行刊印的。所以在这十部的《水浒传》中，总计有五种不同的本子。[⑤]

孙楷第在《中国通俗小说书目》《日本东京所见中国小说书目》中辑录了各种插

① 周心慧：《中国古代版刻版画史论集》，学苑出版社 1998 年版，第 46 页。

② 吴晓铃：《答客三难》，见《吴晓铃集》（第一卷），河北教育出版社 2006 年版，第 27 页。

③ 马幼垣：《所谓天都外臣序本〈水浒传〉尚未发现第二套序本》，见《水浒二论》，生活·读书·新知三联书店 2007 年版，第 409—410 页。

④ 关于郑振铎先生认为"天都外臣序本"与"容与堂"孰先孰后的问题，笔者曾撰文探讨，详见赵敬鹏：《论郑振铎的"水浒"图像之惑》，载《江苏第二师范学院学报》（社会科学版）2016 年第 1 期。

⑤ 郑振铎：《郑振铎全集》（第五卷），花山文艺出版社 1988 年版，第 415—452 页。

图本《水浒传》：

忠义水浒传一百回(不分卷)

存　李玄伯藏明刻本。精图五十叶,板心左右有题(篆书),约回目为之。记刻工姓名曰"新安黄诚之刻"、曰"黄诚之刻"、曰"新安刘启先刻"。正文半叶十行,行二十二字。有眉评,圈点,旁勒。李玄伯排印本。

不题撰人。卷首序,末署"大涤余人序"。此为新安刻本,殆从郭勋本出者。观插图形式与芥子园百回本、袁无涯百二十回本(即杨定见所序者),实是一板,似刻书在昌历之际也。

芥子园本李卓吾评忠义水浒传一百回

存　图五十叶。记刻工姓名曰"黄诚之刻"、"新安刘启先刻",皆同李氏藏本。唯一叶作"白南轩刻"不同。正文半叶十行,行二十二字,亦同李本。板心下有"芥子园藏板"五字。【北京大学图书馆】【日本帝国图书馆】

新刊京本全像插增田虎王庆忠义水浒全传

存　巴黎国家图书馆藏明刊本。上图下文。正文半叶十三行,行二十三字。残存第二十卷全卷及第二十一卷之半。

据郑西谛所记,此本插图甚精,而刊印时颇不经心,所记回数往往前后重复。第二十卷自九十九回起。郑氏断为万历时余氏双峰堂刊本,谓全书当二十四卷一百二十回左右。

京本增补校正全像忠义水浒志传评林二十五卷

存　日本日光晃山慈眼堂藏明余氏双峰堂刊本。上评,中图,下文。半页十四行,行二十一字。标题为骈语,标题二句,不尽对偶。记回数自第一回至三十回止。以下不记回数。日本内阁文库藏本残卷八至二十五,共十八卷。第七卷以上缺。

题"中原贯中罗道本名卿父编辑","后学仰止余宗云登父评校","书林文台余象斗子高父补梓"。

温陵郑大郁序本水浒传一百十五回

佚

书为藜光堂本。首温陵郑大郁序,梁山辕门图。每叶本文中嵌出像(上图下文?),卷端题"清源姚宗镇国藩父编"。大致同评林本。刻书时代,不下万历。见日本斯文杂志十二编三号神山闰次撰文。

明刊巾箱本水浒传一百十五回

佚

文太约,无序。首梁山泊图。见日本斯文杂志神山闰次撰文。

文杏堂批评水浒传三十卷(不分回)

存　宝翰楼刊本。【巴黎国家图书馆】金阊映雪草堂刊本。【日本东京帝大】

首五胡老人序。别题"李卓吾原评忠义水浒传"。其目置于卷首,皆单言。卷中应分段落处乙之。绡像覆容与堂本。文省十之五六。

李卓吾评忠义水浒全传一百二十回不分卷(后来有别题水浒四传全书者)

存　明袁无涯原刊本。引首题"李氏藏本忠义水浒全传"。发凡题"出相评点忠义水浒全传"。精图六十叶。有"刘君裕刻"字样。正文半叶十行,行二十二字。无界。有旁批,眉评。每回后有总评。字加圈点旁勒。【北京大学图书馆】郁郁堂本。板心题"郁郁堂四传"。图行款并同上本。【南京图书馆】【日本内阁文库、静嘉堂文库】宝翰楼本。图六十叶。行款亦同袁无涯本。【日本宫内省图书寮】除原刊初印本外,余皆易得。

金人瑞删定水浒传七十回

存　明崇祯旧刊贯华堂大字本。七十五卷。无图。半叶八行,行十九字。正文自卷五起。中华书局影印本,附杜堇图。光绪十四年上海石印本有王韬序,图精好。①

京本增补校正全像忠义水浒志传评林二十卷残存十八卷(内阁文库)

明余氏双峰堂刊本。第一卷至第七卷缺。重第十卷。不标回数……此双峰堂本水浒志传评林,或即象斗所刊,或其后人刊之,固不可知。然无论如何,其刊书年代,当在万历间,无可疑也。其书分三栏:上栏为评释,中栏为图(图左右有题句),下栏为正文(半叶十四行,行二十一字)。

水浒全传三十卷(东京帝大研究所)

大本。署金阊映雪草堂刊本。图二十叶,半叶十行,行二十字。刻殊不工。卷首序,末署"五胡老人题于莲子峰小曼陀精舍"。书无节目,应讫处乙之。与郑西谛在巴黎所见宝翰楼刊本同。

精镌合刻三国水浒全传(内阁文库)

明雄飞馆刊本。封面题"英雄谱",栏外横题"二刻重订无讹",则尚有初刻。书上层为水浒,下层为三国。前有图百叶,颇精。三国图自第一叶至六十二叶止。水浒图自六十三叶至百叶至。图后半叶为题咏,句旁有圈点及评,皆用朱墨。署名有张瑞图及张采等,则崇祯时刻矣。正文上十七行,行十四字。下十四行,行二十二字。②

**柳存仁在他的《伦敦所见中国小说书目提要》中有如下记录:**

绣像第五才子书(水浒传)

英国博物院藏书,小型本,装订二十册。黄纸封面书题:上端横刻圣叹外书,四字下一横线。正中刻双行,首行为绣像第五才(五字),次行为子书二字。两旁俱隔线条,右方刻施耐庵先生水浒传,左下端仅刻"堂藏板"三字。这是和明末崇祯旧刊贯华堂大字本七十回水浒一个系统的本子,与芥子园袖珍本更是同一型式。

图赞四十叶,每半面一人,背面为赞。自宋江,吴用,卢俊义,呼延灼……至李逵,顾大嫂,萧让,徐宁。③

马幼垣的《水浒论衡》《水浒二论》二书,"花了超过二十年,终集齐了天下所有

① 孙楷第:《中国通俗小说书目》,见《中国通俗小说书目(外二种)》,中华书局 2012 年版,第 132—136 页。

② 孙楷第:《日本东京所见小说书目》,见《中国通俗小说书目(外二种)》,中华书局 2012 年版,第 286—296 页。

③ 柳存仁:《伦敦所见中国小说书目提要》,书目文献出版社 1982 年版,第 165—167 页。

珍本"①,有牛津大学所藏明代简本《水浒》残叶、斯图加特残本、德莱斯顿本、日本日光轮王寺所藏万历二十二年(1594)余象斗所刊《京本增补校正全像水浒志传评林》、各种嵌图本《水浒传》,等等,堪称郑振铎、孙楷第之后掌握海外所藏《水浒传》版本最多的另一位学者。

此外,何心的《水浒研究》、严敦易的《水浒传的演变》、马蹄疾的《水浒书录》等著作,以及聂绀弩、刘世德等当代学人的大量论文,也讨论了插图本《水浒传》的版本问题。正是基于前代学人的积淀,近年来,各种《水浒传》的古籍得以影印出版,影响力较大的丛书有《明清善本小说丛刊》《古本小说丛刊》以及《古本小说集成》,收录了大量的插图本《水浒传》。

关于整个二十世纪《水浒传》的文献研究情况,苗怀明在其《二十世纪中国小说文献学述略》中做了详实的资料汇编。② 但是,或限于现存《水浒传》编目的书名存在混淆,或因为学者们各自掌握的信息相对并不完整,所以至今还没有人对各版本插图本《水浒传》的文献信息做出梳理,我们下面便在实地考察国内各大图书馆、影印古籍以及有关《水浒传》书目的基础上,尝试整理插图本《水浒传》的版本流变。③

## 二、现存插图本《水浒传》的版本

插图本小说大多在书名中标示"像""相""绘""图"等语汇,用来"诱引未读者的购读"。④ 据《小说书坊录》的记载,《水浒传》自明清以来共64个版本,其中28个书目带有上述字样。⑤ 但是,并非所有插图本《水浒传》都会附有前文那样醒目的标示。而且,在缺乏"版权法"保护的古代出版界,盗版者往往通过篡改书名的方式,将旧作、他著重新推向市场。这不但增加了文献研究的难度,同时也提醒研究者,仅仅依靠书目文献不能够准确地梳理出插图本《水浒传》的版本流传情况。所以,秉持拙朴的文本调查与实证精神,是我们进行相关文献研究的理念。

首先,我们以《中国通俗小说总目提要》《中国古代小说总目·白话卷》两本小说目录学著作作为基点,落实其中涉及插图本《水浒传》的馆藏地或者影印出版情况。其次,还要补充那些现存却未被收入上述目录的插图本《水浒传》。最后,在此基础上,本节将以一种更加有效的方法考察插图本《水浒传》的版本流变。《中国通俗小说总目提要》按照繁本(即文繁事简本)与简本(即文简事繁本)两个系统进行版本

① 马幼垣:《我的〈水浒〉研究的前因后果》,见《水浒二论》,生活·读书·新知三联书店2007年版,第4页。
② 苗怀明:《二十世纪中国小说文献学述略》,中华书局2009年版,第195—219页。本节侧重解决"天都外臣序"本《水浒传》的文献信息以及插图本《水浒传》的版本流变,故汇总所有《水浒传》作品整理及文献研究情况并非我们的重点。而苗怀明对二十世纪《水浒传》文献研究的情况非常了解,其中所搜集的"水浒"文献研究著述在目前学界最为齐全,读者不妨一阅。
③ 截至本书出版前,邓雷编著的《〈水浒传〉版本知见录》面世(凤凰出版社2017年版),搜集了80多个《水浒传》版本,但由于时间紧张,只能以后再作参考和比对。
④ 鲁迅:《连环图画琐谈》,见《鲁迅全集》(第六卷),人民文学出版社2005年版,第28页。
⑤ 王清原、牟仁隆、韩锡铎:《小说书坊录》,北京图书馆出版社2002年版。由于编者所"收罗的还是不全",其数据并不是非常精确。

列述,但学界对繁本与简本的关系多有争议①,由于出现时间较早的插图本《水浒传》皆是多于一百回内容,明朝嘉靖以后最流行的版本是"有招安以后事的百回本"②,而清代所流行的版本恰是金圣叹"腰斩"之后的七十回本③,所以我们不妨单纯依照插图本《水浒传》回数的多少进行梳理。然而,无论如何分类,不论书籍版式、插图形制以及小说文本与插图的关系如何,对于插图本《水浒传》版本考察的基本方法不能动摇。

## (一) 一百二十回插图本《水浒传》

1.《新刊京本全像插增田虎王庆忠义水浒传》(万历初,双峰堂刊本)

《中国通俗小说总目提要》的记载为:

《新刊京本全像插增田虎王庆忠义水浒传》(《新刊京本全像插增忠义水浒传》),残本。上图下文,正文半叶十三行,行二十二字,仅残存第二十五卷五回和第二十一卷一回缺半页,所叙为王庆故事。据残本推断全书当为二十四卷或二十五卷共一百十五回到一百二十回,明刊本。【藏巴黎国家图书馆】

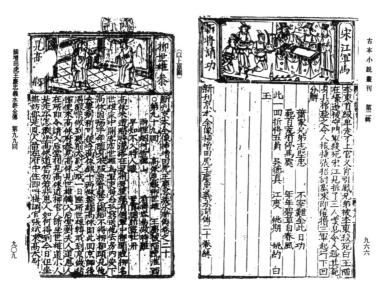

图9-6、图9-7 《新刊京本全像插增田虎王庆忠义水浒传》(万历初,双峰堂刊本)

该版本残存的第二十五卷五回和第二十一卷一回,藏于巴黎国家图书馆,《古本小说丛刊》第2辑有所收录(图9-6、图9-7)。书籍形制属于上图下文式,插图

① 江苏省社会科学院明清小说研究中心:《中国通俗小说总目提要》,中国文联出版公司1990年版,第32—33页;石昌渝:《中国古代小说总目·白话卷》,山西教育出版社2004年版,第343—355页。关于"繁本""简本"问题,《中国通俗小说总目提要》与《中国古代小说总目》就有分歧。

② 胡适:《中国章回小说考证》,安徽教育出版社2006年版,第29页。

③ 金圣叹虽然很早就开始评点《水浒传》,但他是在崇祯十四年(1641)才为《第五才子书》作序,并且,"此际已有'六才子书'的观念"。如此看来,被"腰斩"后的七十回《水浒传》及其插图,并未在明朝大规模出现。详见陆林辑校:《金圣叹全集》(第六卷),凤凰出版社2008年版,第35页。

位于书页的上方、小说文本位于下方；插图面积约占整个版面的四分之一；其中，插图两侧分别竖写四字榜题；而且插图所摹仿的对象是当前页内容最多或者最重要的情节；此外，该书每行实为二十三字，《中国通俗小说总目提要》误写作二十二字。这类书籍插图称之为"全像"，即每页书籍都配有插图，明显区别于"偏像"。

2.《新刊京本全像插增田虎王庆水浒全传》(丹麦藏本)

《中国古代小说总目》的记录为：

《新刊京本全像插增田虎王庆水浒全传》二十四卷一百二十回。

明万历初福建建阳余氏双峰堂刊。框高21公分，宽12.8公分。白口双鱼尾。上图下文：上截占全叶面积的四分之一，为插图，图高5.2公分。下截占全叶面积的四分之三是正文。每叶十三行，行二十三字。

这一版本目前藏于丹麦皇家图书馆，仅存卷十五、卷十六、卷十七、卷十八、卷十九(其中亦有残缺书叶)，《古本小说丛刊》第25辑、《古本小说集成》有所收录。如图9-8、图9-9所示，该版本虽然也是上图下文式的书籍形制、每页一幅插图，插图面积占版面的四分之一，每页十三行，每行二十三字。但插图榜题的文字边框、字体都与上述巴黎国家图书馆藏本有所不同，故不属于同一本书。①

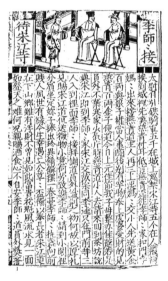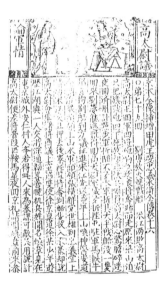

图9-8、图9-9　《新刊京本全像插增田虎王庆水浒全传》(丹麦藏本)

3.《新刊通俗增演忠义出像水浒传》(德国藏本)

《中国通俗小说总目提要》《中国古代小说总目》均未提及这一版本。该版本藏于德国德累斯顿萨克森州立图书馆(图9-10、图9-11)，残存卷十七、卷十八、卷十九、卷二十，但有的回数错误，有的没有回目，如"新刊通俗增演忠义出像水浒传卷十七""新刻京本全像忠义水浒传卷十八""新刊全相忠义水浒传卷十九"；书籍形制为上图

---

① 袁世硕认为巴黎国家图书馆藏本与丹麦皇家图书馆藏本属于同一本书的不同残本部分，这是不确切的，因为两书在书籍的物理形制上有明显的差异。请参见《古本小说集成》中袁世硕的按语。

下文,插图面积约占书页的四分之一,图像两侧竖写榜题;有图的书页每行二十三字,无图的书页每行三十字。这种版本虽然也属于上图下文式的书籍形制,但它每两页才有一幅插图,应当是所谓的"偏像",与此类似的版本还有《新刻全本插增田虎忠义水浒志传》(梵蒂冈教廷图书馆藏)。① 由于该版本残卷最后一回为第九十八回,已经讲到宋江擒获田虎,戴宗赴东京禀报此事,所以全书应总共一百二十回。

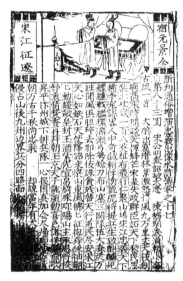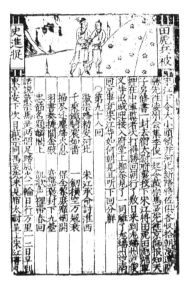

图9-10、图9-11 《新刊通俗增演忠义出像水浒传》(德国藏本)

4.《全像水浒》(牛津藏本)

《中国古代小说总目》的记录为:

《全像水浒》(残叶,存第二十二卷之十四叶"宋江押王庆回京")。

万历中福建建阳余氏双峰堂刊。框高22公分,宽12.5公分,黑口双鱼尾。上图下文,图高5公分,占版面四分之一。正文每叶十三行,行二十三字。版心上口题《全像水浒》。行间有线。文字较其他简本更为简拙,他本"曰"字,此本与插增本均作"道"字。存:英国伦敦牛津大学藏残存卷二十二之第十四叶,内容为"宋江解押王庆回京""徽宗御赏宋江卢俊义"两面。

由于该版本仅剩两页,所以无法确定具体书名,只是根据其版心所提"全像水浒"予以命名。② 残叶显示了该版本上图下文式的书籍形制,每页一图,插图面积

① 在双峰堂刻本《京本增补校正全像忠义水浒志传评林》书首的"评语栏"中,有一则题为《水浒辨》的短评:"《水浒》一书,坊间梓者纷纷,偏象者十余副,全像者止一家。"如果考虑到出版社借机批评他人之不是,以突出自己刊刻"全像"的优势和特点,那么我们有理由相信"半叶一图"的插图本《水浒传》就是所谓的"偏像"。这也就是说,双峰堂所刊刻的《京本增补校正全像忠义水浒志传评林》未必就一定是最早的插图本《水浒传》。马幼垣在考察各插图本之间的语言文本与图像的差异,以及《水浒传》从中国到欧洲传播过程的基础上,推测上述梵蒂冈藏本的原刊本"不能晚过万历二十二年(1594)的下限"。但是,在没有足够多材料证明的情况下,我们暂且持保留看法。请参阅马幼垣:《水浒论衡》,生活·读书·新知三联书店2007年版,第51—89页。

② 插图详见《水浒论衡》,生活·读书·新知三联书店2007年版,插图一。

略多于版面的四分之一,每页十三行,每行二十三字,两幅插图的榜题分别是"宋江解押王庆回京"、"徽宗御赏宋江俊义"(《中国古代小说总目》所录有误)。需要说明的是,榜题文字边框与德国藏本类似。

上述四种一百二十回的插图本《水浒传》皆为上图下文式的书籍形制,与此类似的还有斯图加特藏本。有趣的现象是,这些上图下文式的一百二十回《水浒传》目前都已残缺。马幼垣近年来致力于搜集海外所藏插图本《水浒传》,掌握的材料较之郑振铎等上一辈学人丰富得多,他却表示这种插图本《水浒传》的年代仍有待考证,"不能晚过万历二十二年(1594)"。①

5.《出像评点忠义水浒全书》(1614,袁无涯刊本)

《中国通俗小说总目提要》的记载为:

《新镌李氏藏本忠义水浒传》,一百廿回。明袁无涯刊本。正文半叶十行,行二十二字,图六十页。题"施耐庵集撰","罗贯中纂修"。首李贽序,杨定见小引。有旁批,眉评。在百回基础上,增加据简本改写的征田虎、王庆故事。其所据底本、李贽评语均与容与堂本不同。另有郁郁堂、宝翰楼刊本,内容全同。

《中国古代小说总目》的记录为:

《出像评点忠义水浒全书》(袁无涯本)一百二十回。明万历四十二年(1614)安徽袁无涯刊。封里版记横书"卓吾评阅",直大书"绣像藏本水浒四传全书",下署"本衙藏版"。版框高21.3公分,宽14.5公分。每叶十行,行二十二字。全书三十二册。首李贽《读忠义水浒全传序》,次杨定见《忠义水浒全传小引》曰:……次袁无涯《出像评点忠义水浒全书发凡》:……次《宣和遗事》。次《水浒忠义一百八人籍贯出身》。次《新镌李氏藏本忠义水浒全书引首》,次行分题"施耐庵集撰,罗贯中纂修"。次《忠义水浒传目录》。次插图六十叶,有"刘君裕刻"字样,计全像一百二十幅,其中一百幅系袭用李玄伯藏"大涤余人序"百回本《忠义水浒传》之插图,余二十幅系补增。存:中国国家图书馆藏本。

可以肯定的是,该版本有一百二十幅插图,而非《中国通俗小说总目提要》所说的"六十页"。由陈启明先生校订的《水浒全传插图》(人民美术出版社1955年版),即全部影印此一百二十幅插图。需要说明的是,这类《水浒传》插图占据整个书籍的版面,故称之为"全图",杨定见一方面考虑到出版商规定的"拔其尤,不以多为贵"插图配置原则②,另一方面还要受制于既定的插图数量(一百二十幅),所以其中的图像既有摹仿自回目标题,也有摹仿自文中故事情节。

杨定见重编本中的"全图",属于一百二十回《水浒传》系统中的佼佼者,很多出版商摹仿或者直接取用这些图像作为书籍插图。我们不妨胪述如下:

南京图书馆收藏的《绣像藏板水浒四传全书》(崇祯初,郁郁堂刻本)、日本宫内省图书寮收藏的《李卓吾评忠义水浒全传》(崇祯间,宝翰楼刻本)、上海图书馆收藏的《忠义水浒全传》(崇祯间,三多斋刻本),等等。

---

① 马幼垣:《水浒论衡》,生活·读书·新知三联书店2007年版,第24页。

② 袁无涯:《〈出像评点忠义水浒全书〉发凡》,见马蹄疾编:《水浒资料汇编》,中华书局1977年版,第13页。

## （二）一百一十五回插图本《水浒传》

1.《新刻全像水浒传》（1628，刘兴我刊本）

《中国通俗小说总目提要》的记录为：

万历藜光堂刊行的《鼎镌全像水浒忠义传》，一百十五回，前有温陵郑大郁序，（明崇祯富沙刘兴我刊本即据此本翻刻）。

《中国古代小说总目》的记载为：

《新刻全像忠义水浒志传》（藜光堂刊本）二十五卷、一百十五回。封面上栏为"忠义堂图"，图框高度为总高度的五分之二；下栏为书名"全像忠义水浒"，左右分刻两行；中间刻"藜光堂藏版"五字。书前有《水浒忠义传叙》：……正文卷首署"清源姚宗镇国藩父编，武荣郑国扬文甫全校，书林刘钦恩荣吾父梓行"。

《新刻全像水浒传》（刘兴我刊本）二十五卷，一百十五回。书前有《叙水浒忠义志传》曰：……正文卷首署"钱塘 施耐庵 编辑，富沙 刘兴我 梓行"。版框总高 22.6 公分，框宽 12 公分。上栏插图框高 4.8 公分，宽 8.9 公分。每叶十五行，行三十五字（图下二十七字）。据日本长泽规矩也《家藏中国小说书目》云：此本系"翻刻藜光堂本"。存：日本长泽规矩也"千叶文库"旧藏本，现藏日本"文渊阁"。

孙楷第在《日本东京所见中国小说书目》中表示藜光堂本《水浒传》佚失，上述两种观点也认为"现存一百一十四回的插图本《水浒传》"只有刘兴我刊本。该版本目录为一百一十四回，却有第一百一十五回的内容。然而由于小说正文中没有第九回的回目，将第九回的内容一并放进第八回中；而且第一百一十三回"卢俊义大战昱岭关，宋公明智取清溪洞"并未出现在目录中，所以该版本总共仍是一百一十五回。其目录叶首与叶尾分别是"鼎镌全像水浒忠义志传目录""全像水浒忠义志传目录"，每卷卷首署"新刻全像水浒传"。

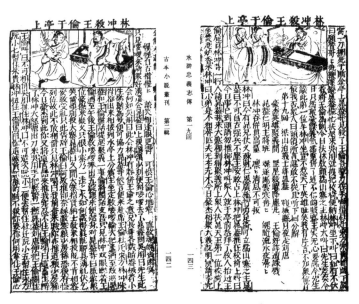

图 9-12、图 9-13 《新刻全像水浒传》（1628，刘兴我刊本）

但是，据马幼垣在海外对插图本《水浒传》的搜集，他见过除刘兴我本之外的其他"嵌图本"《水浒传》：东京大学所藏的藜光堂本《水浒传》、李渔序本《水浒传》（藏于德国柏林国立普鲁士文化遗产图书馆）、慕尼黑藏本《水浒传》（存于巴魏略国家图书馆）。① 这四个版本《水浒传》的书籍形制差异不大，藜光堂本、慕尼黑藏本的插图榜题周围有文字框，而且四者的字体皆不相同，故它们属于同一系统，相互之间存在翻刻的情况。但刘兴我刊本中连续两页出现了相同的"林冲杀王伦于亭上"插图榜题（图9-12、图9-13），藜光堂本却没有出错，"其中一条（林冲尊晁盖为寨主）还有明显挖改之迹"。正因为如此，马幼垣怀疑藜光堂本是对刘兴我本的承袭与改善，应当说是有其可靠依据的。

藜光堂本《水浒传》、刘兴我本《水浒传》以及李渔序本《水浒传》，它们的书籍形制与插图物质特征如下：

《鼎镌全像水浒忠义传》（明末，藜光堂刻本），书籍版式为上图下文，每页一图，每页十五行，每行三十四字；插图跨度位于第四行至第十二行之间，占据七个字的高度。这一类插图面积不到版面的五分之一，简称为"嵌图"（马幼垣语）。《新刻全像水浒传》（1628，刘兴我刻本），书籍版式为上图下文，每页一图，每页十五行，每行三十五字；插图跨度位于第三行至第十三行之间，占据八个字的高度。这一类插图面积不到版面的五分之一。《新刻全像忠义水浒传》（明末清初，出版者不详），书籍版式为上图下文，每页一图，每页十七行，每行三十七字；插图跨度位于第四行至第十四行之间，占据七个字的高度。插图面积不到版面的五分之一。

2. "汉宋奇书"本一百一十五回《水浒传》（清中期，会贤堂刻本）

《中国通俗小说总目提要》提到了这一版本，但非常简单：

《绣像汉宋奇书》本，一百十五回。

该版本扉页写有"金圣叹先生批点""老会贤堂藏板"。与"英雄谱"本的书籍形制类似，为《水浒传》与《三国演义》的"合刻"，书籍的上层为《水浒传》，下层为《三国演义》，可能由于两部小说的本事源于汉、宋两代，故曰"汉宋奇书"。《水浒传》每页十三行，每行十字。该书目录缺第九十九回至一百一十一回，第一百一十二回以后的目录也全部与小说内容不相符，但实质上总共有一百一十五回。该版本小说内容对刘兴我本的承袭非常明显，比如前者正文中漏印了第九回的回目，以至于这一回的内容被包含在第八回中，这一问题被后者注意并加以解决。刘兴我本目录中的错误，也在"汉宋奇书"本中得到了改正，例如前者第一百零二回的目录误写为"李戎智取白牛镇"，实与小说内容不符，应为"李戎败死白牛镇"；再如第一百一十二回目录，应为"乌龙岭"，而不是"马龙岭"。

在"三国读法"之后，"汉宋奇书"本安排了四十幅三国人物像，像赞书于画面之上；此后是四十幅水浒人物像，像赞同样书于画面之上。这些人物绣像与《第五才子书》（1734，芥子园刻本）绣像插图类似，而且像赞完全一致。只是在人物次序上

---

① 马幼垣称这种插图四周全是文字、不同于上图下文式的插图，应为"嵌图本"，详见马幼垣：《水浒论衡》，生活·读书·新知三联书店2007年版，第118—133页。

有所出入,《第五才子书》的朱仝绣像之后是解珍、施恩、时迁、雷横、扈三娘,而"汉宋奇书"本中的朱仝绣像之后却是时迁、雷横、施恩、扈三娘。①

### (三) 一百一十回插图本《水浒传》

一百一十回插图本《水浒传》只有一种,即所谓"英雄谱本",(崇祯末,熊飞雄馆刻本)。《中国通俗小说总目提要》没有收录这个版本,《中国古代小说总目》的记载为:

《全刻三国水浒全传英雄谱》(英雄谱本)二十卷,一百十回(明崇祯末年广东熊飞雄馆二刻本)。②

如上文所述,孙楷第于日本内阁文库见过这个版本。《古本小说集成》收录了此书,书籍形制与孙楷第所说一致,插图及配文却不知去向。在《合刻三国水浒全传英雄谱》的封面(图9-14)上,出版商做出了如下的广告:"回各为图,括画家之妙染;图各为论,搜翰花之大乘。较雠精工,楮墨致洁。诚耳目之奇玩,军国之秘宝也。"这就说明该版本确实有插图,但《古本小说集成》为何不将插图一齐影印,我们就不得而知了。周芜编纂的《中国版画史图录》收录了两幅《英雄谱》中的插图,涉及《水浒传》的一幅是"智深打镇关西"(图9-15),作者称该版本中的《水浒传》是"一百一十五回",为"刘玉明刻"。③《古本小说四大名著版画全编·水浒传卷》也收录了《英雄谱》中的《水浒传》插图,共计三十八幅,也有一幅榜题为"智深打镇关西"的插图(图9-16),在相关的按语中,马文大认为《英雄谱》中的《水浒传》共"一百回""四知馆刊本《钟伯敬先生批评忠义水浒传》,图版与本书同,唯刻绘精粗之间,远为不及"。④但是,周芜与马文大都没有认真对照《英雄谱》中《水浒传》目录与实际回数的差异(该书中《水

图9-14 《合刻三国水浒全传英雄谱》封面

---

① 需要说明的是,自陈洪绶绘制《水浒叶子》之后,人物绣像便成了插图本《水浒传》的新风尚,这里存在两种情况:一种是直接复制或者节选四十幅《水浒叶子》,另一种则是摹仿这些绣像。因此,出现了很多绘图质量不高的人物绣像。清代以降的《水浒传》,无不是援引绣像作为书籍配图,其中,还出现了一种一百二十四回的插图本,配有二十幅绣像,但是质量不高,而且并不是人们所热衷的"七十回本",所以在此不作介绍。详见马蹄疾:《水浒书录》,上海古籍出版社1986年版,第1—48页。

② 需要指出的是,《中国古代小说总目》的这条文献有误,应是《合刻三国水浒全传英雄谱》,而不是《全刻三国水浒全传英雄谱》。

③ 周芜:《中国版画史图录》,上海人民美术出版社1988年版,第533—534页。

④ 首都图书馆编辑:《古本小说四大名著版画全编·水浒传卷》,线装书局1995年版,第329—368页。

图9-15　智深打镇关西　　　　　图9-16　智深打镇关西

收录于《中国版画史图录》　　　收录于《古本小说四大名著版画全
　　　　　　　　　　　　　　　编·水浒传卷》

浒传》实为一百一十回），而且也忽略了对插图抄袭问题的考察。

　　袁世硕在《古本小说集成》中说道："它（《英雄谱》中的《水浒传》——引者注）是
以容与堂及钟伯敬评百回本为底本（回目略有改动），于'双林渡燕青射雁'后，基本
依《水浒志传评林》本，增入征田虎、王庆故事，是为与万历间袁无涯刻一百二十回
之《水浒全传》不同之另一种综合本。"①诚哉斯言，"英雄谱本"《水浒传》是对百回
本《水浒传》的"综合"，比如前者的第九回"柴进门招天下客，林冲棒打洪教头"便是
对百回本第九回"柴进门招天下客，林冲棒打洪教头"和第十回"林教头风雪山神
庙，陆虞侯火烧草料场"的缩写。

　　"英雄谱本"《水浒传》不仅在小说内容、回目上与《钟伯敬先生批评忠义水浒
传》相似，而且在插图方面也有大量雷同之处，简言之，"英雄谱本"《水浒传》的插图
袭自《钟伯敬先生批评忠义水浒传》。原因有三：首先，"英雄谱本"有三十八幅插
图，"钟批本"有三十九幅。"钟批本"所多出的这一幅插图（即第一幅）为"英雄谱
本"所没有的，而且唯独这一幅插图没有榜题。其次，"钟批本"除第一幅外的剩余
三十八幅插图画面、榜题都与"英雄谱本"有些许差异。虽然"钟批本"的插图榜题
并非精确的小说回目，但都能够与回目相对应，然而"英雄谱本"竟然有多处榜题是
回目中所不曾出现的，如"英雄谱本"中第十幅插图（榜题为"梁山泊好汉劫法场"）、
第十四幅插图（榜题为"宋江大破连环马"）等，皆找不到相对应的回目。如果"英雄
谱本"中的插图为其刊刻者之原创，他应该顾及这一问题。再次，也是最为关键的

①《二刻英雄谱·前言》，上海古籍出版社1994年版，第1—2页。

图 9 - 17　洪太尉误走妖魔　　　　　图 9 - 18　智深怒打镇关西

收录于《钟伯敬先生批评忠义水浒传》

一点,那就是"钟批本"插图的榜题均题写在画面的空白处(图 9 - 17、图 9 - 18),"英雄谱本"插图(图 9 - 19、图 9 - 20)的榜题却舍易求难,全部写在画面的左侧,无论是否位于空白处。由于在"英雄谱本"榜题之处的画面没有遭到破坏,所以可以肯定的是,"英雄谱本"的刊刻者为了既能抄袭,又免于为人诟病,就将"钟批本"插图空白处的榜题挖去,在原画面基础上再次刻字;反之,如果是"钟批本"抄袭"英雄谱本",那么它就必须把画面左上角的榜题全部挖掉,然后在空白处刻字,这就必然导致木刻雕版的损坏,但二者画面左上角的差异微乎其微,足见刻版保留了原貌,故"钟批本"不太可能抄袭"英雄谱本"。

图 9 - 19　洪太尉误走妖魔　　　　　图 9 - 20　智深怒打镇关西

收录于"英雄谱本"《水浒传》

### （四）一百零四回插图本《水浒传》

一百零四回插图本《水浒传》只有一种，即《京本增补校正全像忠义水浒志传评林》（万历，双峰堂刊本）。书籍属于上评中图下文式，插图本身面积约占据整个版面的四分之一，只不过在图像上方有一则评语栏，可视为上图下文式的变体。

《中国通俗小说总目提要》没有收录这个版本，《中国古代小说总目》的记载为：

《京本增补校正全像忠义水浒志传评林》（双峰堂刊本）二十五卷、一百零四回。书前无目次。正文有卷数，有回目，三十一回后无回数。书前有"万历（二十二年）甲午（1594）岁腊月吉旦"《题水浒传叙》（未署名）：……

卷首署"中原贯中　罗道本　名卿父　编集，后学　仰止　余宗下　云登父　评校，云林　文台　余象斗　子高父　补梓"。版框总高20.5公分，上栏评释1.7公分，中栏插图5.3公分，下栏正文13.5公分。框宽12.3公分。每叶十四行，行二十一字。存：日本"日光晃山慈眼堂"藏本，《内阁文库》残本（第八卷至第二十五卷）；国内有文学古籍社影印本，中华书局《古今小说丛刊》本，上海古籍出版社《古本小说集成》本。

这个版本的文字粗疏谫陋，故事情节崎乱芜杂，章回划分长短不均，回目命名尚欠规范，甚至正文内容自卷七"三十一回"以后，连回数排列都没有编就，这就说明此版本是作者没有完成编辑工作的"未定稿本"。余氏"双峰堂"在刻印此书时，虽然从方便阅读的角度，把每章"回前诗"移至书叶上端，但并未敢对全书的内容进行改动。否则，他完全可以把上面所列举的几点眼中缺漏之处，弥补、修正过来。过去，人们以此书名为"增补校正"，就以为书中"田、王二传"是出自书商之手，这是未对全书内容及各种版本进行全面比较分析所得出的错误结论。

袁世硕持不同观点，他认为"此书有妄自增补、删略，以及粗制滥造之弊。然而，此书增入田虎、王庆故事，导致嗣后不久出现一百二十回本之《水浒传》，对于研究《水浒传》之源流变迁，有重要的史料价值"[1]。不过，该插图本《水浒传》乃"简本中现今所知刊刻年代最早者"[2]，当是学术界的共识。虽然每卷卷首都会标示书名及卷数，但各卷所显示的具体书名又有所出入。例如，小说结尾以及多数卷首题有"京本增补校正全像忠义水浒志传评林"的字样，但是第十一卷、十二卷、十九卷、二十卷、二十一卷却有别于此，分别是"京本增补全像田虎王庆忠义水浒传""京本全像增补忠义水浒志传评林""京本增补全像忠义水浒志传""京本增补全像演义评林水浒志传""京本增补演义评林水浒志传"[3]。而且，同一卷的卷首与卷尾标示也会有差异，如第十九卷卷首为"京本增补全像演绎评林水浒志传"，卷尾却是"全像增补演义评林水浒志传"；第二十一卷卷首为"京本增补演义评林水浒志传"，卷尾却是"京本增补评林水浒志传"；第二十四卷卷首为"京本增补校正全像忠义水浒志

---

[1] 《水浒志传评林·前言》，上海古籍出版社1994年版，第2页。

[2] 《古本小说丛刊·前言》第12辑，中华书局1991年版，第2页。

[3] 《古本小说丛刊》的编者已经注意到这种情况，详见《古本小说丛刊·前言》第12辑。

传评林",卷尾却是"京本全像忠义水浒志传评林"(图9-21、图9-22),等等。而且普遍存在修改(或删改)版面的情况,如第二十五回卷首第一行"全像"二字,就是将此处原来二字挖去后,手工补写而成的。可以说,该插图本《水浒传》质量粗糙是学界的另一个共识。

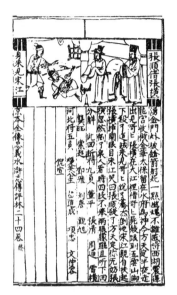

图9-21、图9-22 《京本增补校正全像忠义水浒志传评林》

### (五) 一百回插图本《水浒传》

1. 《李卓吾先生批评忠义水浒传》(1610,容与堂刊本)

《中国通俗小说总目提要》的记录为:

《李卓吾先生批评忠义水浒传》,一百卷,一百回。半叶十一行,行二十二字。明万历三十八年(1610)容与堂刊本。分有序本与无序本两种。北京图书馆藏本,题"施耐庵集撰""罗贯中纂修"。无李贽序,称无序本。正文前有小沙弥怀林的四篇文字,即《批评水浒传述语》《梁山泊一百单八人优劣》《水浒传一百回文字优劣》《又论水浒传文字》。正文中有眉批,行间评语和每回总评;每回前有图二幅,共二百幅。日本内阁文库,中国社会科学院文学研究所藏本,与北京图书馆藏本同属一个版子,但不题撰人,无图,前有李贽序,亦称有序本。

《中国古代小说总目》的记载为:

《李卓吾批评忠义水浒传》(容与堂本)一百卷、一百回。"明万历三十八年(1610)杭州容与堂刻"。此书原日本收藏家收藏"插图本",日本内阁文库藏"无插图本"。据日本薄井恭一《明清插图本图录》说"为百回本中最早出现的版本"。书前有李贽《忠义水浒传序》:……1965年,北京图书馆收入一部与薄井恭一所述版本情况相同的"插图本",署"施耐庵撰,罗贯中纂修"。中缝题"李卓吾批评水浒传"。卷首为小沙弥怀林《批评水浒传述语》《梁山泊一百单八人优劣》《水浒传一百回文字优劣》……再次《又论水浒传文字》。版口鱼尾上题"李卓吾批评水浒传",鱼尾下为卷数、叶码，口底有"容与堂藏版"五字；每回有插图二幅，共二百幅，插图中可见"黄应光"（二回）、"以贞"（六回）、"吴凤台刊"等刻工字样。正文版框高21公分，宽14.5公分。每叶十一行，行二十二字。正文首行题"李卓吾先生批评忠义水浒传卷之X"，每回末题"李卓吾先生批评忠义水浒传卷之X终"字样。每叶上有眉批，行间有评语，回末有总评。现存：日本内阁文库藏本（卷首有"李卓吾序"），中国国家图书馆藏本（无"李卓吾序"），中国社会科学院文学研究所藏本（半部），中华书局上海编辑所据"北图本"影印本（1966年1月），中华书局《古本小说丛刊》本，上海古籍出版社《古本小说集成》本。

为方便起见，我们可以将容与堂版插图本《水浒传》统一称作"《李卓吾先生批评忠义水浒传》"。这是目前保存最为精美、完整的一百回插图本《水浒传》，《古本小说四大名著版画全编·水浒传》一书，将此版本的插图全部收录。[1] 书籍共有插图二百幅，每回两幅，均位于每回小说内容之前。图像面积占据整个版面，属于"全图"类插图，主要摹仿回目绘制而成。

2.《忠义水浒传》（1666，石渠阁重修明刊插图本《水浒传》）

《中国通俗小说总目提要》收录了这个版本：

《忠义水浒传》，一百卷，一百回。题"施耐庵集撰""罗贯中纂修"。正文半叶十二行，行二十四字。有图。首天都外臣（汪道昆）序。明万历十七年己丑（1589）刊本。现存的是清康熙年间石渠阁刊本，并不是原刻本。

《中国古代小说总目》的记载为：

《新安刻天都外臣序忠义水浒传》一百卷，一百回。明万历十七年（1589）天都外臣序、新安刻。据沈德符《万历野获编》云："武定侯郭勋，在世宗朝，号好文多艺，能计数。今新安所刻《水浒传》善本，即其家所传，前有汪太函（道昆）序，托名'天都外臣'。"所说即此本。现原本佚失。有清康熙五年（1666）据新安刻板补修重印之《石渠阁补修忠义水浒传》，首"天都外臣"《水浒传序》。

次《水浒传像》，像末标五十叶，实存四十八叶，计九十六幅，系万历原刻本所无。正文首为"忠义水浒传引首"，分题"李卓吾评阅""施耐庵集撰""罗贯中纂修"。正文鱼尾上为"忠义水浒传卷X"，中间为页码，书口底间或有"康熙五年石渠阁补"等字。版框高19.5公分，宽13.9公分。叶十二行，行二十四字。

该版本《水浒传》现藏于中国国家图书馆，但其书目的确并非"《新安刻天都外臣序忠义水浒传》"，而是"《忠义水浒传》"，共有插图九十六幅，是对容与堂刻本插图的抄袭和精简。

3.《李卓吾评忠义水浒传》（崇祯间，芥子园刊本）

《中国通俗小说总目提要》的记录为：

明芥子园刊本《李卓吾评忠义水浒传》，一百回。正文半叶十行，行二十二字。有图五十叶。记刻工姓名曰"黄诚之刻""新安刘启先刻"，版心下有"芥子园藏版"五字。首有大涤余人序。有旁批，眉批；李玄伯藏明刻本《忠义水浒传》，一百回。

---

① 首都图书馆编辑：《古本小说四大名著版画全编·水浒传》，线装书局1995年版，第229—239页。

正文半叶十二行,行二十二字,有图五十叶,亦记曰"新安黄诚之刻","新安刘启先刻"。首有大涤余人序。有眉批,圈点,与芥子园本同出一版。

《中国古代小说总目》的记载为:

《大涤余人序本忠义水浒传》(新安黄诚之刻本)一百回。明万历间安徽黄诚之、刘启先刻。书前有大涤余人《刻忠义水浒传缘起》:……

序后有精图五十叶、一百幅,版心左右题有篆书回目提要三、四、五字不等,图中偶记刻工姓名,曰"黄诚之刻"。正文有眉评、圈点、旁勒。此本即明沈德符《万历野获编》所说"出郭本之新安刻本"。此本从回目及插图、文字等看,都很古朴而欠工雅,如插图说明文字,有少于三字而多于七字等情况;又回目中第二十六回,"天都外臣序"本、"容与堂"本等均为"郓哥大闹授官亭,武松斗杀西门庆",而此本作"偷骨殖何九叔送丧,供人头武二郎设祭";第七十五回"活阎罗倒舡偷御酒,黑旋风扯诏谤徽宗",而此本作"活阎罗倒船偷御酒,黑旋风招诏骂钦差",可见此本的时间略早于"天都外臣序"本和"容与堂"本。

据颜彦的调查,有一部清朝康熙年间刻印的该版本《水浒传》,藏于北京大学图书馆,其中一百幅插图,即为杨定见重编本《水浒传》前一百回插图,第一百零一回至第一百二十回插图为后者增绘。[1] 这些插图全部被《古本小说四大名著版画全编·水浒传卷》所收录。

4.《钟伯敬先生批评忠义水浒传》(天启,四知馆[亦作四知堂]刻本)

《中国通俗小说总目提要》的记录为:

《钟伯敬先生批评忠义水浒传》,一百卷,一百回。半叶十二行,行二十六字。首有钟伯敬序及《水浒传》人物品评。

《中国古代小说总目》的记载为:

《钟伯敬先生批评忠义水浒传》(积庆堂本)一百卷、一百回。存:日本神山润次藏本。

《钟伯敬先生批评忠义水浒传》(四知堂本)一百卷、一百回。存:法国巴黎图书馆藏本;人民文学出版社藏"刘修业校"本,首为钟伯敬《水浒传序》:……据孙楷第《日本东京所见小说书目》卷五载:"钟伯敬先生《评忠义水浒传》一百卷一百回,神山润次藏,明刊本。半叶十二行,行二十六字……钟序有'世无李逵、吴用,令哈赤猖獗辽东'之语,按:惺以天启(1621—1627)初任福建提学副使,(二年)癸亥(1623)丁忧,为南居益所劾,坐废于家,始选《诗归》及评《左传》、《史记》诸书,盛行于时,不胫而走。此序特言'哈赤',且书以钟评标榜,则书刻当在天启乙丑(1625)、丁卯(1627)间。"

在该版本第二十二回"阎婆大闹郓城县,朱仝义释宋公明"第三叶中缝(图9-23),署"积庆堂藏板"。孙楷第在东京见到积庆堂本《水浒传》,但没有提及插图问题,说明四知馆很有可能在承袭前者基础上,增加了三十九幅插图。

---

[1] 颜彦:《中国古代四大名著插图研究》,社会科学文献出版社 2014 年版,第 279 页。

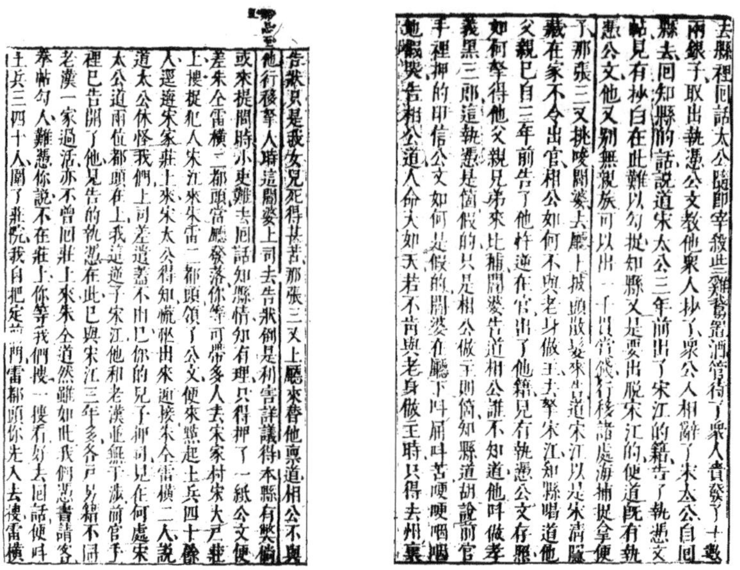
去縣裡回話太公隨即宰殺些雞鵝置酒管待了眾人賫發了十數
兩銀子取出執憑公文教他眾人抄了眾公人相辭了宋太公自回
縣去回知縣的話說道宋太公三年前出了宋江的籍告了執憑文
帖見有抄白在此難以勾捉知縣又是要出脫宋江的便道既有執
憑公文他又別無親族可以出一千貫賞錢行移諸處海捕捉拿便
了那張三又挑唆閻婆去廳上披頭散髮來告道宋江以是宋清隱
藏在家不令出官相公如何不與老身做主去拏宋江知縣喝道他
父親已自三年前告了他忤逆在官出了他籍見有執憑公文存照
如何拏得他父親兄弟來比補閻婆告道相公誰不知道他叫做孝
義黑三郎這執憑是個假的只是相公做主則個知縣道胡說前官
手裡押的印信公文如何是假的閻婆在廳下叫屈叫苦哽哽咽咽
地假哭告相公道人命大如天若不肯與老身做主時只得去州裏

告狀只是我女兒死得甚苦那張三又上廳來替他稟道相公不與
他行移拏人時這閻婆上司去告狀倒是利害詳議得本縣有弊倘
或來提問時小吏難去回話知縣情知有理只得押了一紙公文便
差朱仝雷横二都頭當廳發落你等可帶多人去宋家村宋大戶莊
上搜捉犯人宋江來朱雷二都頭領了公文便來點起土兵四十餘
人逕奔宋家莊上來宋太公得知慌忙出來迎接朱仝雷横二人說
道太公休怪我們上司差遣蓋不由已你的兒子押司見在何處宋
太公道兩位都頭在上我這逆子宋江他和老漢並無干涉前官手
裡已告開了他見告的執憑在此已與宋江三年多各戶另籍不同
老漢一家過活亦不曾回莊上來朱仝道然雖如此我們憑書請客
奉帖勾人難憑你說不在莊上你等我們搜一搜看好去回話便叫
土兵三四十人圍了莊院我自把定前門雷都頭你先入去搜雷横

图 9－23 《钟伯敬先生批评忠义水浒传》(四知馆刻本)

## (六) 七十回插图本《水浒传》

《中国通俗小说总目提要》《中国古代小说总目》记载了一些七十回《水浒传》的版本，但没有详细标明有无插图。

七十回插图本《水浒传》主要是从清代才开始出现，据调查，上海图书馆藏有各类插图本《水浒传》共计 34 种，其中七十回插图本有 30 种，刊刻年代分布于清初至晚清、民国。特别是这些版本类型由清初的“刻本”到后来的“石印本”，反映了刊刻技术的变化。①

七十回插图本《水浒传》的书名或标明“出像”，如顺治十四年(1657)醉畊堂刻本的《评论出像水浒传》；或标明“图像”，如光绪三十三年(1907)石印本《评注图像水浒传》；或标明“绘图”“增像”，如宣统三年(1911)靛琉书局石印本《绘图增像第五才子书水浒全传》。在清代，标明“出像”“图像”“增像”的插图本《水浒传》在书籍编排方式上无甚差别：各种序跋之后是“水浒”人物像(及像赞)，然后是每回两幅情节插图。清代以及民国的插图本《水浒传》的人物像多选自陈洪绶的《水浒叶子》或杜堇的《水浒全图》。每回前的情节插图，依回目而作，与容与堂本、大涤余人序本《水浒传》插图不存在抄袭的现象，但有摹仿的痕迹。

有的以卷为单位，进行情节插图的创作，如 1929 年上海共和书局的石印本《评注图像水浒传》便是如此。该版本《水浒传》分为若干卷，每卷包含若干回，其图像不仅是红绿两色交替出现，而且依一整卷的回目标题作画，将多个“回目图”并置在同一画面之中，汇成“卷目图”。简言之，画有人物的“像”置于书籍的最前端，其次

① 笔者曾赴上海图书馆翻阅古籍部所藏的插图本《水浒传》，此外，这项调查还参考了吴萍的学位论文。请参见吴萍：《〈水浒传〉图像传播研究》，上海师范大学硕士学位论文 2006 年，第 90—92 页。

才是摹仿小说情节的"图"。从这一书籍编排方式也不难看出,清朝书商业已明确区分摹仿人物与故事情节的两类图像,而且,"像"先于"图"的前后次序,说明读者更加关心前者这种专注于呈现人物及其性格的图像。

根据我们赴中国国家图书馆、南京图书馆与上海图书馆的调研,以及颜彦博士《中国古代四大名著插图研究》一书关于插图本《水浒传》的文献附录,对七十回插图本《水浒传》作一简要陈述。根据配图类型,七十回《水浒传》分为两种:一种是单纯在小说正文之前安排若干幅人物绣像,另一种则是在绣像之后,还安排"回目图""卷目图"等摹仿小说情节的图像。

其中,单纯安排人物绣像的插图本《水浒传》有:

1.《第五才子书》(1734,芥子园刻本,收藏于浙江省图书馆)

绣像四十幅,像赞居于图像的背面,尽管这些图像与《水浒叶子》不尽相同,但摹仿后者的痕迹非常明显。重印或者翻刻此版本的插图本《水浒传》还有《绣像第五才子书》(1734,纬文堂刻本,收藏于浙江省图书馆)、《绣像第五才子书》(出版信息不详,收藏于中国国家图书馆)、《第五才子书水浒传》(四勿堂刻本,收藏于浙江省图书馆)、《绣像第五才子书》(右文堂刻本,收藏于浙江省图书馆),等等。

2.《评论出像水浒传》(1657,醉畊堂刻本,收藏于中国国家图书馆)

绣像四十幅,像赞居于图像的背面,仅存三十七幅,复制陈洪绶《水浒叶子》。重印或者翻刻此版本的插图本《水浒传》还有《绣像第五才子书》(1734,光霁堂刻本,收藏于中国科学院图书馆)、《绣像第五才子书》(1781,芥子园刻本,收藏于浙江省图书馆)、《评论出像水浒传》(嘉庆道光年间刻本,收藏于中国国家图书馆),等等。

3.《第五才子书水浒传》(清金玉楼刻本)

绣像二十二幅,像赞与图像居于同一页,绘刻质量较为粗糙,但是赞语与芥子园刻本(1734)相同,只不过人物编排次序略有改动。

另外,"绣像"之后还安排"回目图""卷目图"的插图本《水浒传》有:

1.《评注图像水浒全传》(1886,同文书局石印本,收藏于上海图书馆)

该版本《水浒传》于 1898 年、1907 年多次重印,并更名为《评注图像五才子书》。在"圣叹外书"后,共有二十八幅绣像,依次是:宋江、卢俊义、吴用、公孙胜、关胜、林冲、呼延灼、花容、朱仝、鲁智深、武松、董平、张清、杨志、徐宁、刘唐、李逵、史进、雷横、李俊、张顺、两头蛇、燕青、朱武、扈三娘、施恩、孙二娘、时迁,无像赞,画面上只有人物绰号及姓名。在这些绣像之后,每回前均有两幅全图。该版本《水浒传》扉页背面写有"光绪丁未季秋仿泰西法石印"字样,质量精美。无论是绣像,还是全图,都有较大的创新。例如绣像,时迁一改之前双手抱着一只鸡的形象,而是显现为飞檐走壁的样子。不过,也有传承容与堂刻本插图的痕迹,如"张天师祈禳瘟疫"的全图,同样将牧童与张天师放在图像对角线上。

2.《第五才子书水浒传》(1888,大同书局石印本,收藏于北京师范大学图书馆)

绣像二十四幅,带有简单背景,像赞居于图像背面,人物次序为宋江、吴用、卢俊义、呼延灼、林冲、史进、孙二娘、张顺、李俊、燕青、杨志、朱仝、两头蛇、施恩、时迁、雷横、扈三娘、张清、刘唐、武松、朱武、徐宁、李逵、鲁智深。此后安排"每回一图,每二回二图"的回目图。

3.《绘图五才子奇书水浒全传》(光绪年间石印本)

绣像五十四幅,复制杜堇《水浒全图》,其后是每回两幅回目图,共计一百四十二幅。与此类似的版本还有《绘图增像第五才子书水浒传全传》(清末刻本,收藏于浙江省图书馆)。

4.《绘图第五才子奇书》(1911,上海书局石印本,收藏于上海图书馆)

该版本《水浒传》共四册,每册有八幅绣像,四幅红色图像、四幅绿色图像,面积占据整个书籍版面。绣像之后是全图,即每页分为上下两部分,分别摹仿两回内容。可以说,"绣像+全图"的《水浒传》插图模式,已成为光绪朝之后的风尚。特别是全图的绘制,受到了点石斋画报以及石印技术的影响。而且,人物造型借鉴了戏曲扮相。①

5.《改良第五才子水浒全传》(1916,千顷堂书局石印本,个人收藏)

该版本《水浒传》共八册。第一卷伊始是八幅绣像,每幅绣像中有三个人物,依次是宋江,卢俊义,吴用,呼延灼、林冲、史进,李俊、张顺、孙二娘,武松、施恩、扈三娘,朱仝、解珍、燕青,雷横、花荣、时迁,刘唐、徐宁、朱武,李逵、张清、鲁智深。还有一幅《梁山风景图》,然后是每回两幅全图。该版本的刊刻者是上海千顷堂书局。石印本《水浒传》插图的抒情性更加凸显。相较明刊本《水浒传》而言,此时的图像制作者越发注重对景物的刻绘,力图学习文人画的写意与境界,而且还较多地改变原文本的意涵,如"花和尚单打二龙山"的全图,鲁智深被绑在木板上,这显然与语言文本的描述不相符。人物造型同样借鉴了戏曲扮相。

6.《图绘水浒传》(1925,石印本,收藏于南京图书馆)

这部《水浒传》由"通俗小说社"重编,每回前有两页插图,但每页又分为四幅小的插图,共计八幅插图。例如第二十三回的第二页插图,四幅插图榜题分别是"武大郎县前遇阿弟""潘金莲谋害武大郎""乔郓哥饭店吐真情"以及"狮子楼西门庆丧身"。这种插图形制将原来每回两幅的全图,拆分为两页、八幅,可以说一方面是受到了新闻画报的影响,另一方面也是对连环画的回应。

## 第二节　《水浒传》插图形式的演进与特色

就《水浒传》插图而言,大体经历了从"全像"到"全图",再到"绣像"的演进,其中图像的面积逐渐增大,与小说文本的关系也发生了显著变化。由于宋人龚开的"水浒"人物像早已失传,仅有《宋江三十六人赞》见于周密的《癸辛杂识》②,所以我们对"手绘图像"的考述,就要从明清刊本的《水浒传》插图开始。"水浒"插图大部分存于书籍之中,另一种形式则是以单独册页的形式出现,我们将在下文讨论。不

---

① 关于戏曲如何影响小说插图的问题,本书尚未展开深入的研究,我们将另文探讨。

② 周密撰,吴企明点校:《癸辛杂识》,中华书局1988年版,第145—151页。

过，首先应该明确的是，雕版印刷品取代抄本，进而成为主要文化传播途径这一局面，最晚在明代中期已经形成①，假如没有印刷技术的支持，木刻版画插图在明代万历时期"登峰造极，光芒万丈"的高度②，也就根本不可能实现。

## 一、"全像""全图"与"绣像"

目前学界公认 1594 年的《京本增补校正全像忠义水浒志传评林》（双峰堂刻本）为最早的插图本《水浒传》（图 9 - 24、图 9 - 25），其书籍版框宽度为 12.3 cm，高度为 20.5 cm：最上面的"评语栏"高度为 1.7 cm；评语下方的"插图栏"高度为 5.3 cm，插图两侧附有榜题；插图下方是小说文本，版面高度为 13.5 cm。书籍每页含有十四行，每行二十一字，简言之，插图空间相对狭小，仅占据书籍版式的四分之一左右。③ 这种小说插图的编排方式是每页一图，其书籍形制可以简称作上评中图下文式，其后出现的上图下文式以及嵌图式都属于此类形制的变体。④ 插图两侧的榜题多为偏正结构，是对当前页小说文本中某个情节的提炼和概括。插图则是对榜题的直接图示，画面结构简洁，其中人物最多一般不超过四个，人物服饰以阳刻为主，并运用细线条刻画身材形体及其动态，冠饰皆以较大面积凹凿吸附浓重

---

① 米盖拉：《中国书籍史及阅读史论略——以徽州为例》，见韩琦、米盖拉编：《中国和欧洲：印刷术与书籍史》，商务印书馆 2008 年版，第 63 页。根据周绍明（Joseph P. McDermott）的研究，印本作为书籍形式之于抄本的优势，"只是到了 16 世纪才在整个长江三角洲即江南地区实现"。详见周绍明著，何朝晖译：《书籍的社会史：中华帝国晚期的书籍与士人文化》，北京大学出版社 2009 年版，第 39—46 页。

② 郑振铎：《中国古代木刻画史略》，上海书店出版社 2006 年版，第 49 页。

③ 注重文本的物质性是形式美学的题中之义，因为这是通过形式阐发意义的正途。无论单纯的文学研究、图像学研究，还是我们所进行的文学与图像关系研究，都应对此予以足够的重视。请参见张进：《论物质性诗学》，载《文艺理论研究》2013 年第 4 期；赵敬鹏：《论明代文学成像研究的海外参照》，载《文学评论丛刊》2013 年第 2 期。

④ 上图下文式与上评中图下文式相比，唯一的不同是后者的"评语栏"消失了，如《新刊京本全像插增田虎王庆水浒全传》（双峰堂刻本，丹麦皇家图书馆藏，《古本小说丛刊》第 25 辑有所收录）。嵌图式则是上评中图下文式的又一种变体，后者插图两侧的竖写榜题变成了横书于书籍版框之上，同时也取消了"评语栏"，在插图四周包围着小说文本，仿佛插图嵌入小说文本中，嵌图式以此得名，例如《水浒忠义志传》（藜光堂刻本，东京大学藏）、《新刻全像忠义水浒传》（李渔序本，德国柏林国立普鲁士文化遗产图书馆藏），等等。此外，还有一种"半叶一图"（按：一"叶"即相联的两"页"）的插图本《水浒传》，其形制同样是上图下文式，只是插图数量是双峰堂刻本《京本增补校正全像忠义水浒志传评林》的一半，例如《新刊通俗增演忠义出像水浒传》（德国德累斯顿萨克森州立图书馆藏，但是这份残本每一卷的卷标都不一样，如"新刊通俗增演忠义出像水浒传卷十七""新刻京本全像忠义水浒传卷十八""新刊全相忠义水浒传卷十九"）、《新刻全本插增田虎忠义水浒志传》（梵蒂冈教廷图书馆藏）。在双峰堂刻本《京本增补校正全像忠义水浒志传评林》书首的"评语栏"中，有一则题为《水浒辨》的短评："《水浒》一书，坊间梓者纷纷，偏像者十余副，全像者止一家。"如果考虑到出版社借机批评他人之不是，以突出自己刊刻"全像"的优势和特点，那么我们有理由相信"半叶一图"的插图本《水浒传》就是所谓的"偏像"。这也就是说，双峰堂所刊刻的《京本增补校正全像忠义水浒志传评林》未必就一定是最早的插图本《水浒传》。马幼垣在考察各插图本之间的语言文本与图像的差异，以及《水浒传》从中国到欧洲传播过程的基础上，推测上述梵蒂冈藏本的原刊本"不能晚过万历二十二年（1594）的下限"。但是，在没有足够多材料的情况下，我们暂且持保留看法。请参阅马幼垣：《水浒论衡》，生活·读书·新知三联书店 2007 年版，第 51—89 页。

墨色显示；背景以阳刻为主，疏朗的线条勾勒出山水、树木；建筑物多以阴刻为主，在背景的映衬下明显地突出；时而在建筑物或者旗帜上标记若干字样，以表示该物的名称。上图下文式《水浒传》由于每页都配有插图，所以全书动辄便是上千幅图，此类图像被当时出版者形象地称为"全像"，俨然"水浒"连环画的前身。又因为其接受人群多为经济实力和教育程度较低的社会阶层，故而有着极其广泛的市场。[①]

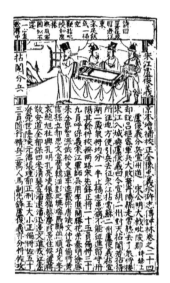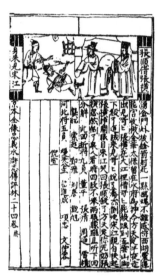

图 9-24、图 9-25　《京本增补校正全像忠义水浒志传评林》(双峰堂刊本)

　　面积约为书籍版面四分之一左右的"全像"之后，出现了占据整个书籍版面的"全图"。容与堂刻本《李卓吾先生批评忠义水浒传》(1610)率先摒弃了每页一图的方式，改为每回两幅全图(图 9-26、图 9-27)，从此开启了插图本《水浒传》的新时代。[②] 这种图像的空间陡增，表现力也大大提高，明代百回本《水浒传》多采用这种插图编排方式。而且，容与堂刻本中的插图常被其他版本抄袭，比如《合刻英雄谱》《钟伯敬批评忠义水浒传》，以及康熙年间的石渠阁修补本《忠义水浒传》，等等。此外，刘启先、黄诚之刻绘的一百幅百回本《水浒传》插图亦是广为流传，它与刘君裕刻绘的另外二十幅插图，一并被收录到杨定见本百二十回《水浒传》中。[③] 鉴于全

---

① Robert E. Hegel. Reading Illustrated Fiction in Late Imperial China, Stanford: Stanford University Press, 1998, pp. 142-149.

② 在我们看来，署名"天都外臣序"的石渠阁修补本(清康熙五年，1666)，其插图袭自容与堂刻本。这一观点可以得到王古鲁、马幼垣等多位学者的佐证。参见马幼垣：《从挂名天都外臣序本〈水浒传〉的插图看该本的素质》，《水浒二论》，生活·读书·新知三联书店 2007 年版，第 411—423 页。

③ 需要说明的是，"全图"包括两种：回目图、情节图。容与堂的全图就属于回目图，因为图像是直接摹仿回目标题。但无论是刘启先、黄诚之刻绘的一百幅插图，还是刘君裕补刻的后二十回插图，皆非严格意义上的回目图。尽管它们都像容与堂回目图那样占据整个版面，但是有的插图取意于小说中的某些具体情节，有的回目甚至一幅图也不配置，只能以"情节图"概括。详见陈启明：《水浒全传插图》，人民美术出版社 1955 年版，第 1 页。

图的空间增大,构图发生了巨变,人物不再像"偏像""全像"那样平行出现,而是被安排在画面的对角线上;其次,人物服饰、动作变得更加繁复和细致,例如在图9-27中宋江等人衣服上的花纹、盔甲雕刻之详尽,在上述全像插图本中是不可能的;再次,全像类的插图大多只是某一特定时空的"停顿",全图却能够并置多个时空中的事件,其叙事能力显然要超过前者,图像所包含的意义也更加丰富。

图9-26、图9-27 "吴学究双掌连环计,宋公明三打祝家庄"回目图

崇祯十四年(1641),陈洪绶所绘刻的四十幅人物图单独以册页的形式问世,即所谓《水浒叶子》,目的是用作"酒牌",这就注定了它与《水浒传》文本的脱离,不像上述两种插图那样与文本同时并置于书籍之中。此后,市面上出现了与《水浒叶子》类似的《水浒全图》。[①] 二者的区别在于,《水浒全图》共有五十四幅图,每一幅图像包含两个人物,并且绘有细致的背景,但《水浒叶子》属于"单人像",而且没有背景描绘。这种有别于一般插图的绣像,在人物特征的刻画上下足功夫,以至于读者无需图像榜题的提示,就能够通过图像的特征来判断人物身份。例如图9-28中的宋江,身穿官服、头戴官帽是其标志性装扮。人物绣像的出现,不仅再一次改变了以后插图本《水浒传》的书籍编排方式,也为民间美术中的"水浒"图像提供了范本。

金圣叹"'腰斩'水浒"虽然颇遭非议,在清代最为流行的却是经他删改之后的七十回本《水浒传》,而且其《读第五才子书法》被奉为经典性的读书法则而列于小说正文之前。与明代单纯以全像或者全图那样配文不同,清代插图本《水浒传》更

---

① 陈洪绶《水浒叶子》自问世以来,摹仿甚至抄袭者甚多,上海图书馆藏有嵩龄所绘的《水浒画谱》(刊刻于1888年,石印本)就是这种例子。《水浒全图》不仅有托名杜堇的嫌疑,而且时间在《水浒叶子》之后(请参见乔光辉:《杜堇〈水浒人物全图〉伪托考》,载《艺苑》2012年第6期)。此类"水浒"图像的后世仿作非常多,例如《丁元公工笔彩绘水浒人物图》《水浒白描人物》,等等,还有很多民间不知名画家都参与了进来。

图9-28　陈洪绶,《水浒叶子》

多的是遵照这样的书籍编排方式：先是在各种序跋之后安排若干幅人物绣像,绣像的背面书页上一般会附有赞语；其次在各回前放置两幅全图。① 上海作为晚近以来迅速成长起来的文化中心,最能反映从雕版印刷术到石印术之间的变化。仅从上海图书馆所藏清刊本以及民国刊本《水浒传》的情况来看,顺治年间的插图本《水浒传》几乎与明刊本无甚差别；但是光绪年间及之后的插图本《水浒传》绝大多数都是石印本,少数为铅印本和影印本。② 因石印术有了新的突破,《水浒传》插图人物绣像以及回目图都是之前雕版印刷的插图本《水浒传》所没有的,该版本具体使用"手写石印"的方法,而非"照相石印"。③ 画家直接在石板上手绘图像,省去了木刻版画中刻工的工作环节,这是与传统技术最大的差别。石印技术确实带来了小说插图的创新,比如时迁第一次以飞檐走壁的形象出现在图像中,画家工笔线描时迁舞动的衣褶以及头巾的两角,并没有像版画那样受到木板纹理的影响,完美地显示了其疾走的速度与良好的平衡感。尽管如此,其中的图像在构图上仍与明刊本非常相似。特别是与容与堂刻本插图相比,该石印本插图中的张天师与骑牛的牧童在画面对角线上相遇,同前者如出一辙,甚至在张天师身背诏书这一细节的处理上都极为相仿。

简言之,石印术给书籍出版带来了巨大的革新④,主要体现在出版速度以及刊行质量上,这不但使《水浒传》的手绘插图在继承中又前进了一步,而且还催生出小说成像的新形态——"水浒"连环画。⑤

---

① 或者在每一卷卷首配有相关人物绣像(这些人物并非单独出现在图像中,而是以并置的形式出现,人物之间似乎没有什么必然联系),但是在具体每一回前则不再出现人物绣像,而是仅仅配有该回的回目图,如《绘图第五才子书》(共和书局1929年版,石印本,上海图书馆藏)便是如此。

② 在上海图书馆古籍部,笔者经眼了清代、民国期间插图本《水浒传》共计25种,其中刻本7种,石印本15种,铅印本5种,影印本3种。由此看来,尽管"石印术传入中国的时间,大约在道光年间",但这种技术在国内的风行,恐怕是光绪朝的事情了。请参阅杨丽颖：《扫叶山房史研究》,复旦大学出版社2013年版,第158—162页。

③ "手写石印"与"照相石印"是石印术的两种基本方法。在我们看来,照相石印技术的广泛运用,使得古籍影印复制成为可能,这对于传统的雕版印刷来说是巨大的冲击,《水浒传》的木刻版画随之式微也就不足为奇了。

④ 关于插图本《水浒传》的文献编目,请见本书图像编目。

⑤ 石印术的普及推动了诸如《点石斋画报》一类"为连环画与新闻相结合开创了先河"读物的风靡一时。请参见姜维朴：《与世纪同行的中国连环画艺术》,《中国现代美术全集》编辑委员会编：《中国现代美术全集·连环画1》,中国连环画出版社1998年版,第3—6页。

## 二、图像叙事结构的更迭

插图形式的演进，势必引发了小说"文—图"关系的变化，这主要表现在图像的叙事结构上。恰如金圣叹所说，《水浒传》的叙事结构也非常清晰，就是"因文生事"。金氏将《史记》与《水浒传》相比较，认为前者是"以文运事"，即"先有事生成如此如此，却要算计出一篇文字来"，后者则是"顺着笔性去，削高补低都由我"。①"水浒"人物的出场、退场以及性格的刻画，看起来都极其偶然和巧合，比如史进去寻找师傅王进，却碰到了鲁达，同时遇到另一位师傅李忠；又如鲁达在菜园中习武，恰好被林冲在墙头缺口处看到；再如林冲之所以最终忍无可忍、狠下心来杀掉陆虞侯等人，就是因为在山神庙里避雪时听到了后者的阴谋，自己一忍再忍的怯懦性格也就走到了尽头，内心就像火山爆发一般势不可挡。换言之，如果说《史记》的叙事好比陆九渊问学语录中的"我注六经"，那么《水浒传》的叙事则无疑是"六经注我"。《水浒传》之所以不像《史记》那样"算计"，就是因为前者的叙事结构需要时刻服务于人物的塑造以及性格的刻画等，所以表面上看起来像是施耐庵的"信手拈来"和"随意安排"。只有这样，才能解释《水浒传》中的上述现象。

《水浒传》小说成像史显示，图像集中摹仿了文学人物与故事情节，即便是后者，也不同程度地围绕人物而展开"图说"。② 尤其是在以影视剧为代表的"机绘图像"阶段，图像绝不是单单以叙说故事取胜，而是充分利用技术优势，例如各种镜头语言、光影效果以及后期剪辑等，刻画了人物的内心活动与性格。不过，明清刊本的"水浒"插图在叙事结构上，完整地反映了从单纯注重故事情节到服务人物及其性格塑造的嬗变。

我们知道，最早的插图本《水浒传》书籍形制是上图下文式，插图面积仅占版面的四分之一左右。除了"形状"之外的其他性格要素——"性情""气质""声口"等，由于属于无形的范畴，所以需要借助大量的修辞才能显现，对于此类物质性空间狭小的插图而言，无疑是有难度的。因此，早期的"水浒"插图多是人物与故事情节的"示意图"，而且总体上更注重对后者的叙说。例如残本《忠义水浒传》，插图在叙说"进攻"这一事件上有着固定的图式，如图"宋江分调引兵征进"所示：一人执长武器，骑于马上，另一人手持写有"令"字的大旗，走在马前；步行的人总是回头望向骑马的人。由于榜题只出现了"宋江""兵"两个指代人物的名词，所以骑马之人即为宋江，步行的单兵是对整个军队的换喻。该书中类似的图像共计五幅，榜题依次是"宋公明领兵征大辽""宋江领兵攻蓟州城""公孙胜作□捉延寿""田彪进兵攻打凌

① 金圣叹：《读第五才子书法》，见陆林辑校：《金圣叹全集》（第三卷），凤凰出版社 2008 年版，第 28—30 页。
② 对于"图说"（Ekphrasis）这一概念的理解，此处应当取其宽泛意义。纵然是单纯显现人物的图像，也是通过物质性的线条、笔墨、色彩去叙说这是一个怎样的人，也就是时间的空间化。因为，受众观看并认识图像的过程，实质上就是在摸索如何理解图像表意的过程。由此可见，人物图像或者绣像的"图说"，其指归就是为了刻画人物及其性格，至于有没有故事情节都无关紧要。

州""宋江分调引兵征进"。使用固定图式叙说同一种故事情节的情况，还出现在榜题为"卢俊分兵攻打关隘"和"兀统军分兵敌宋江"的插图中，卢俊义与兀统军在图像中下达命令时的坐姿、手势、表情完全一致。其中宋江被刻画成有胡须和无胡须两种容貌，在有胡须的插图中，其唇须形如"八"字、额须造型为山羊胡。由于图式相似，如果没有榜题，读者根本无法认清宋江到底是什么样貌，更不能辨别宋江与卢俊义、兀统军等人的区别。这就是说，此时插图的首要目的是叙说故事情节，而不是塑造人物。

　　诚如前文所述，容与堂刻本《李卓吾先生批评忠义水浒传》开启了插图本《水浒传》的新时代，因为插图从物质性形制到构图、线条、立意等，都发生了巨大变化。所以，可以肯定的一点是，图像不再一味拘泥于充当故事的"示意图"，而是在丰富"图说"形式的同时，兼顾到人物的塑造。例如榜题为"一丈青单捉王矮虎"的一页，在扈三娘身后有三名扈家庄的庄客，一人双手执旗，另一人拽住王英散乱的头发，而站在这两者之间身着右衽布衣的男子——其眉梢高翘，眉心紧锁，眼角吊起，嘴巴绷成一条直线，好像正在奋力控制住不断挣扎的王英，几笔简单的线描，就勾勒出这名男子战斗中的状态。但是，这并不等于说图像叙事完全服务于人物塑造与性格刻画，因为读者很难理解扈三娘为何在一边撤退，还一边冲着与她交战的欧鹏微笑；而且，插图中的宋江骑在马上手执令旗，半侧身俯视林冲与扈三娘交战，其眼神温和，一副闲适、无关痛痒的样子，仿佛袖手旁观、置身事外，这就更让人摸不着头脑了。所以说，这一阶段"全图"类插图的图像叙事，只是刚刚开始意识到对人物的注重。

　　"水浒"图像叙事结构完成从故事到人物的重心迁移，应当出现在明末。《水浒传》的成书史最起码有着数百年的时间，这一过程同时也是小说语言通俗化、定型化的过程，因为早期简本系的文本尚有诸多文言词汇，而在万历年间容与堂刊刻的百回本《水浒传》中已经消失殆尽。经胡适考证，明朝嘉靖以后最流行的版本正是"有招安以后事的百回本"[1]，这一方面佐证了《水浒传》漫长的成书过程，另一方面似乎能够说明，读者在相当长的时期内浸润于《水浒传》的阅读，偏爱并熟悉了其中"聚义＋招安"的故事。恰如金圣叹所说，"旧时《水浒传》，子弟读了，便晓得许多闲事"，这些"旧时子弟"读《国策》《史记》也都是出于看"闲事"的目的。[2] 然而，大量关于《水浒传》的评点，特别是李贽、叶昼以及金圣叹的努力，尤其"强调小说的虚构性"[3]，从而带领读者将注意力由故事转移到人物身上。文人评点所引发的读者兴趣转移，在图像叙事那里也得到了回应，明末一则笔记能够为此提供证据："其书（《水浒传》——引者注），上自士大夫，下至斯养隶卒，通都大邑，穷乡小邑，罔不目览耳听，口诵舌翻，与纸牌同行。"[4]可见，大家开始痴迷陈洪绶、杜堇等人所绘的

① 胡适：《中国章回小说考证》，安徽教育出版社2006年版，第29页。
② 金圣叹：《读第五才子书法》，见陆林辑校《金圣叹全集》（第三卷），凤凰出版社2008年版，第36页。
③ 鲁晓鹏著，王玮译：《从史事性到虚构性：中国叙事诗学》，北京大学出版社2012年版，第126—127页。
④ 许自昌：《樗斋漫录·卷六》，见马蹄疾编《水浒资料汇编》，中华书局1977年版，第358—359页。着重号系引者所加。

"水浒"纸牌，而这些图像并没有摹仿故事情节，全部是人物绣像。此后，人物绣像一跃成为插图本《水浒传》的必备选项，无论是清代刻本，还是石印本，基本上都配有人物绣像。

例如宣统三年(1911)的石印本《水浒传》，书首绣像中的史进与施恩、张顺在情节上并没有多少关系，只是被制作者并置在一起而已。且看史进背向读者单脚站立，向左凝视，面庞清秀，目光十分坚毅，其右臂未着衣服，露出三条龙的图案，并手持一根棍棒，俨然认真摆出了习武时的架势。而且他身着梅花点袍子，高古游丝描的画法显现出纹路的均匀，暗示了衣服质地上乘。绣像显现出家境优越却热衷习武的史进，以及他少年任性的性情。简言之，此时的图像叙事服务于"水浒"人物的塑造，因而有着与《水浒传》一致的叙事结构。

## 第三节 《水浒传》插图人物与器物形象的变迁

金圣叹对《水浒传》之热爱超乎常人的想象，"别一部书，看过一遍即休。独有《水浒传》，只是看不厌"这一现象的根本原因在于《水浒传》"把一百八个人性格，都写出来"。[①] 就此而言，施耐庵对人物几近完美的刻画，成就了《水浒传》的文学史地位，而注重对人物(特别是性格方面)的塑造，是以《水浒传》为代表的中国古典小说的整体特征。所以，插图作为对小说文本的顺势摹仿，如何呈现人物当属图像的首要任务。又因为《水浒传》成书过程漫长，其中不少器物名称或者实际形状、用途等都发生了不少变迁，我们有必要对其作出详实的历史考察。

### 一、"水浒"人物图像的变迁

尽管《水浒传》"把一百八个人性格，都写出来"，但实际上，能够给读者留下深刻印象的，只有宋江、李逵、鲁智深、林冲、阮小七，等等；像孟康、马麟、侯健、郑天寿等，则难以勾起读者的回忆。[②] 我们仅以宋江、李逵、吴用这三位深受读者喜爱的人物为例，集中阐述他们的形象在明代"水浒"图像中的变迁。

---

① 金圣叹：《读第五才子书法》，见陆林辑校：《金圣叹全集》(第三卷)，凤凰出版社2008年版，第28—30页。需要说明的是，学术界对于《水浒传》人物性格的研究，都是通过细读文本并分析语象这一范式，例如马幼垣的《水浒人物之最》(生活·读书·新知三联书店2006年版)。而关于金圣叹评点的"性格理论"研究，主要集中在基础研究以及比较研究两个方面，前者如樊宝英的《金圣叹形式批评研究》(南京大学博士学位论文2004年)，后者中较具代表性的是《金圣叹与叙事作品评点》(请参见高小康：《中国古代叙事观念与意识形态》，北京大学出版社2005年版，第201—209页)，《"传神写照"：金圣叹的人物性格理论》亦可一阅(吴子林：《经典再生产：金圣叹小说评点的文化透视》，北京大学出版社2009年版，第127—149页)。

② 比如《水浒人物之最》(马幼垣著，生活·读书·新知三联书店2006年版)一书，仅有25个"水浒"人物出现，一大批性格并不鲜明的人物"落选"。张恨水的《水浒人物论赞》以及孟超撰文、张光宇绘图的《水泊梁山英雄谱》，情况同样如此，后者仅有34个人物"入选"。近年来，南京大学的苗怀明教授也在陆续写作"水浒人物杂谈"，其中所选择的人物也都是性格相对鲜明的。导致这些现象的根本原因在于，大量的"水浒"人物性格并不能给人留下深刻的印象。

## （一）宋江

宋江首次出现在"美髯公智稳插翅虎，宋公明私放晁天王"一回，《水浒传》以何涛的视角展现了他所见到的宋江：

> 眼如丹凤，眉似卧蚕。滴溜溜两耳悬珠，明皎皎双睛点漆。唇口方正，髭须地阁轻盈，额阔顶平，皮肉天仓饱满。坐定时浑如虎相，走动时有若狼形。年及三旬，有养济万人之度量。身躯六尺，怀扫除四海之心机。志气轩昂，胸襟秀丽。刀笔敢欺萧相国，声名不让孟尝君。

除此之外，还有一首赞美宋江的《临江仙》：

> 起自花村刀笔吏，英灵上应天星，疏财仗义更多能。事亲行孝敬，待士有声名。济弱扶贫倾心慷慨，高名水月双清。及时甘雨四方称，山东呼保义，豪杰宋公明。

实际上，《水浒传》以何涛的视角如此叙述宋江着实不妥，原因很简单，何涛发现宋江"怀扫除四海之心机""养济万人之度量"，以及堪比萧何的才能、孟尝君的名声，说明"及时雨"对朝廷政权已然构成了一定的威胁，岂不引起何涛的提防？而且何涛只是看到宋江刚刚走进茶馆，宋江还没有坐下，何涛如何发现后者"坐定时浑如虎相"？可以说，这首词仍然体现了"说书人"的影子，并且独立于小说文本的叙述之外。

我们不妨先来归纳有关宋江相貌的语象：眼睛仿佛红色的凤凰，即俗话说的丹凤眼，眉毛类似于卧着的桑蚕；耳垂体积较大，犹如悬挂的两颗珠子；眼睛皓白明亮，好像点上了漆一样；嘴巴口型方正，长在下颌的髭须轻盈飘拂；额头开阔而且皮肉饱满；从年龄上来看，宋江接近 30 岁；宋江坐定时一副虎相，走起路来宛若狼的样子。无论是"丹凤眼"、耳垂"悬珠"，还是"天仓""地阁"，都是民间相术用于夸奖人的话语，即宋江不但有英雄之相，而且还面善、聪慧、富贵。

双峰堂刻本《水浒传》插图对宋江的摹画较为粗糙（图 9－29），由于何涛看到从县衙里走出"一个吏员"，所以画面右侧戴着短翅官帽之人即为宋江，其伸出右手食

图 9－29　何涛县前叫宋押司

指,并指向另一人。站在图像左侧之人即为何涛,他同样以手指向宋江。较之何涛呈线条状的眉毛,宋江的眉毛粗而短,而宋江的眼睛也显得较小,特别是头部与身体躯干并非平行,而是向前探出,愈发彰显出此人的猥琐。所以,图像中宋江的形象很难让人联想起语象对他的造型描述。

稍后刊行的《新刻全像水浒传》(刘兴我刻本)虽然属于嵌图本,但是插图形制与上图下文式并没有什么本质区别。例如图 9-30 中右侧的宋江,依然头戴官帽,两侧的帽翅依稀可见。虽然何涛与宋江的衣袖都非常宽大,但是画面左侧何涛穿的属于普通的"右衽",而宋江则身着圆领的官服。就人物形象而言,宋江的眉毛、髭须都没有显现。

图 9-30 何涛与宋江说贼情

刊刻于 1610 年的容与堂刻本《水浒传》,其插图面积远远大于上图下文式与嵌图本插图,占据了整个书籍版面,所以客观上有利于对人物形象进行细节刻画。其中"宋公明私放晁天王"一回,小说文本中并没有叙述晁盖如何与宋江告别,宋江与公孙胜、吴用、刘唐三人"略讲一礼"之后"回身便走",然后在庄园前上马离去。然而在该回插图(图 9-31)中,院墙将图像划分为两个空间:图像上方即晁盖的庄园,庄园中一手执蒲扇,另一只手捋髭须,且留有两个发髻的道人为公孙胜,公孙胜身旁伸开双手、正谈笑风生的书生即吴用,此外,背对画面之人则是刘唐,这三个人正在葡萄架下饮酒谈话。在院墙之外的空间中,立于门口的晁盖正在向宋江作揖,而准备踩上马镫离开的宋江

图 9-31 "宋公明私放晁天王"回目图

则是挥手示意告别,或者告诉前者不必客气。需要注意的是,宋江同样着圆领官服,头戴插有帽翅的官帽,其眉根与眉梢粗细程度相对一致,只是眉毛中间存在类

似圆形的凸起弧度,可视为普通的"柳叶眉"或者"新月眉",并非形如"卧蚕"。从宋江、晁盖等人的面部表情来看,整个画面都看不出宋江私自报信的紧张,以及晁盖等人面临东窗事发的害怕。

而在陈洪绶的笔下,宋江俨然一幅官员的做派(图9-28)。除了明显戴着官帽之外,还着有花团锦簇的衣服①,而且肩膀处亦有绣花,宋江左手捋髭须,右手伸出食指和中指,貌似在指点某人或某处。小说文本所描述的"卧蚕眉""丹凤眼""唇口方正,髭须地阁轻盈,额阔顶平,皮肉天仓饱满"等语象,在图像中得以坐实。这一形象逐渐被后人认可,并在清代《水浒传》刊本中得以广泛流传。

## (二) 李逵

李逵的出场非常醒目——"戴宗便起身下去,不多时引着一个黑凛凛大汉上楼来",金圣叹对"黑凛凛大汉"的夹批是"画李逵只五字,已画得出相"②,而且,他还认为"黑凛凛"不但"画"出了李逵的形状,还"画"出了他的性格。百回本《水浒传》"及时雨会神行太保,黑旋风斗浪里白跳"一回,对于李逵的首次出现,有一首类似于曲艺中的"定场诗":

黑熊般一身粗肉,铁牛似遍体顽皮,交加一字赤黄眉,双眼赤丝乱系。怒发浑如铁刷,狰狞好似狻猊,天蓬恶杀下云梯,李逵真勇悍,人号铁牛儿。

一百二十回《水浒传》也插增了一首诗:

家住沂州翠岭东,杀人放火恣行凶。不搽煤墨浑身黑,似着朱砂两眼红。闲向溪边磨巨斧,闷来岩畔斫乔松。力如牛猛坚如铁,撼地摇天黑旋风。

这两首诗富含对李逵形状特征进行描绘的语象,却在七十回的"删改本"中被删除,盖因金圣叹可能认为"黑"代表了李逵的主要形状特征,索性将其从上述两首诗中提炼出来。除了共同描写了李逵形状的"黑色皮肤"与"红色眼睛",这两首诗中还有其他涉及李逵形状的语象。"粗肉""顽皮"意指李逵皮肤粗糙、坚硬,"赤黄眉"即介于红、黄之间颜色的眉毛,"怒发浑如铁刷"是指其头发并非自然弯曲,而是仿佛直挺的铁刷一般,"狻猊"是类似狮子的神兽,意谓李逵面貌狰狞、丑陋,"力如牛猛"与"撼地摇天"形容李逵力气大,同时暗示其身板强壮,"巨斧"则是李逵的武器,其打斗时的动作也就是以双斧砍剁。

从容貌、装束、动作和颜色四个方面对李逵形状予以归纳,我们可以发现:李逵有着粗糙而坚硬的皮肤、强壮的身板,狰狞、丑陋却没有具体所指的长相;其直挺、呈放射状、宛若铁刷一般的头发能够给人清晰的印象,至于穿着什么服饰,则没有任何语象凭据。其动作是舞动双斧进行砍剁,其颜色是黑色的皮肤、红色的眼睛以及介于红、黄之间颜色的眉毛。对于黄皮肤、黑头发、黑眼睛,长期受儒家意识形态熏陶的汉民族来说,李逵俨然是一个异于常人的"怪物",而且还有狰狞的面目与

---

① 从图像并不能判定宋江所穿的衣服即为官服,因为宋代官服胸前并无"补子"图案,这属于明代之后的礼制,而且无论文官还是武官,补子图案均没有花朵。

② 陆林辑校:《金圣叹全集》(第四卷),凤凰出版社2008年版,第680页。

手持斧头砍剁的动作，隐隐透露出其凶残、暴力的性格。

考察《水浒传》小说成像史之后，我们却发现李逵在明代图像中呈现出两种截然不同的形象：一种是迥异于上述语象的“白面书生”式，另一种则是符合其形状的“凶神恶煞”式。按照考据派的研究路数，李逵模样将是无解的历史之谜。然而，就现存资料而言，唯有出现时间最早的《忠义水浒传》“偏像”类插图属于第一种情况。自万历年间的《京本增补校正全像忠义水浒志传评林》以降，书籍插图中的李逵形象都属于“凶神恶煞”式。如下表所示：

**表 9－1　明代“水浒”图像中的李逵**

| 类型 | 出处 | 图像 | |
|---|---|---|---|
| 『白面书生』式 | 《忠义水浒传》（德国德累斯顿萨克森州立图书馆藏本） |  |  |
| 『凶神恶煞』式 | 《京本增补校正全像忠义水浒志传评林》（双峰堂刻本） |  |  |
| | 《新刻京本全像插增田虎王庆忠义水浒全传》（丹麦皇家图书馆藏本） |  |  |
| | 《新刻全像水浒传》（日本东京大学东洋文化研究所双红堂文库藏本） |  |  |
| | 《插增田虎王庆忠义水浒全传》（法国国家图书馆藏本） |  |  |
| | 《新刻全像忠义水浒传》（李渔序本，德国柏林国立普鲁士文化遗产图书馆藏本） |  |  |

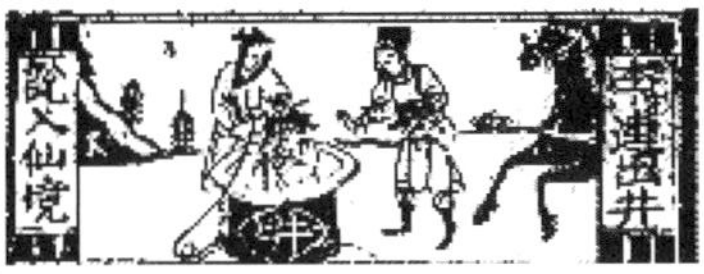

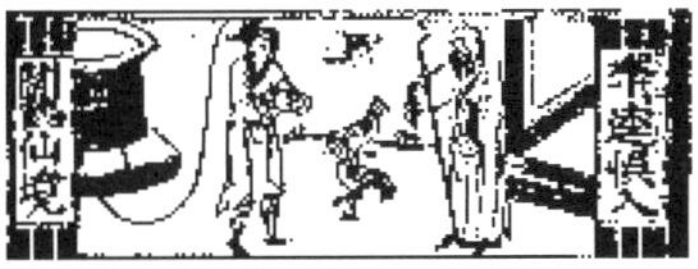

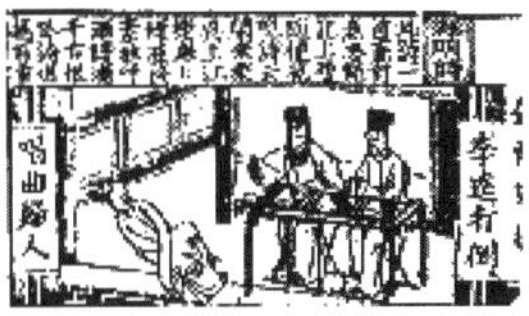

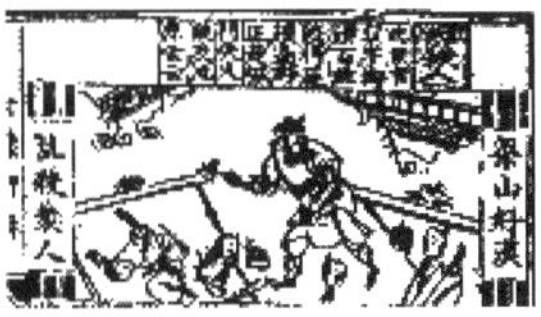

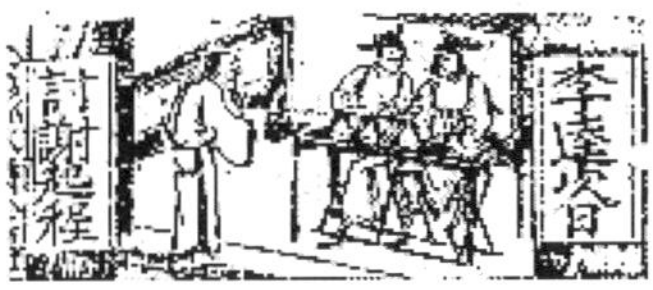

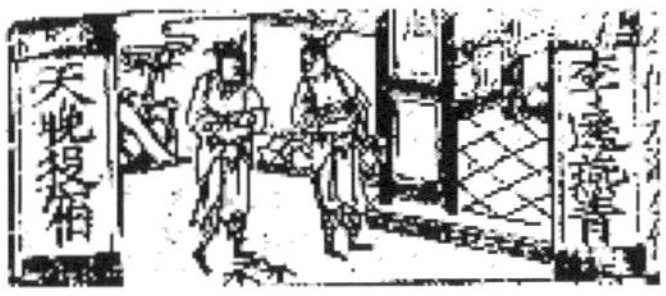

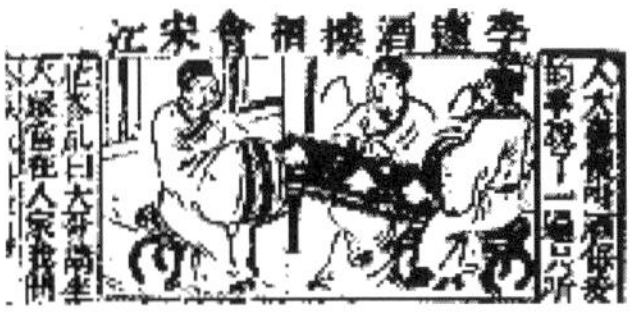

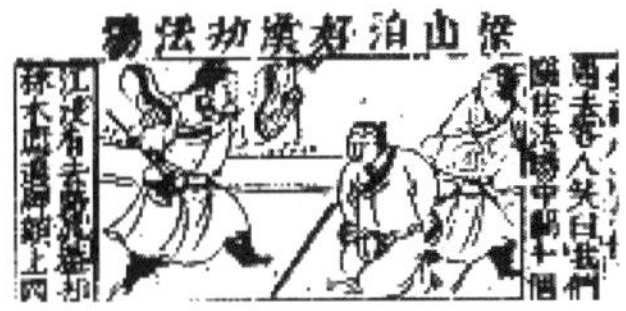

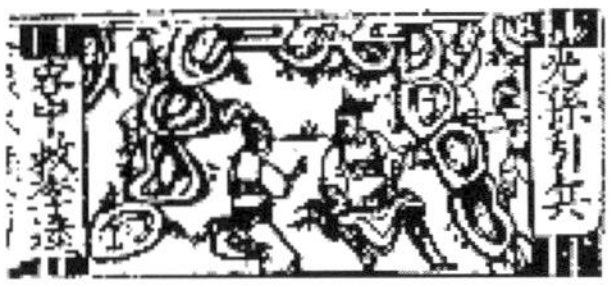

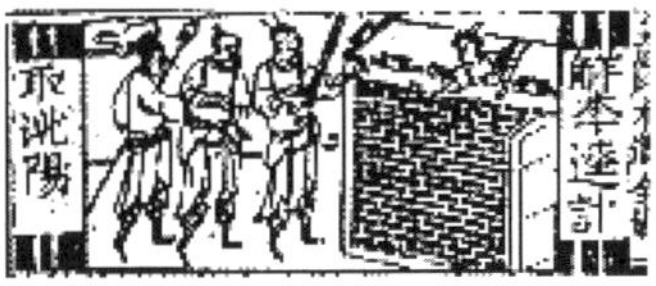

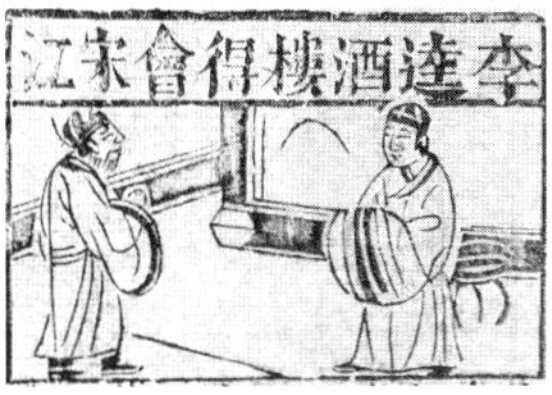

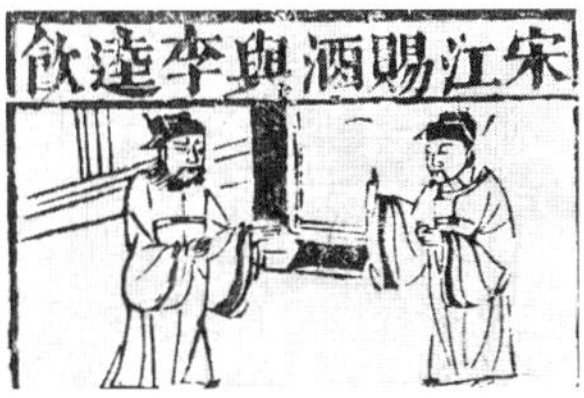

| 类型 | 出处 | 图像 | |
|---|---|---|---|
| 『凶神恶煞』式 | 《李卓吾先生评忠义水浒传》（容与堂刻本，日本内阁文库藏本） | | |
| | 《出像评点忠义水浒全书》（杨定见重编本，中国国家图书馆藏本） | | |
| | 陈洪绶：《水浒叶子》 | | |
| | 杜堇：《水浒全图》 | | |

通过表9-1中的图像，我们可以清晰看出两种李逵形象之间的显著差异。前一种类型的李逵面庞清秀，没有胡须，白白净净，并且身材匀称；后一种类型的李逵却有着呈放射状的胡须，浓眉大眼，或衣衫不整，或袒胸露乳，并展示出粗壮的身板，彩色图像还故意赋之以黝黑的脸色。众所周知，《水浒传》的成书过程非常漫长，故而，我们有理由推断，"白面书生"式的插图在创制之际，《水浒传》还未曾出现详细描写李逵形状的语象，这些语象皆为后人所插增，并且导致"凶神恶煞"式的李逵图像占据了《水浒传》小说成像史的主流。

此外值得注意的是，由于文学的图像化并非语象的一一坐实，而是图像选择性地摹仿语象，所以，哪些语象可以呈现在图像中，以及如何呈现在"凶神恶煞"式图像中，也就成了图像显现人物性格的关键。这需要我们释读图像，并对比语象与图像之间的出入。

表9-2 明代图像中的李逵形象与其语象的对比

| 类型 | 出处 | 图像绘就的语象 | 图像增加的语象 | 图像没有显示的语象 |
|---|---|---|---|---|
| 「凶神恶煞」式 | 《京本增补校正全像忠义水浒志传评林》（双峰堂刻本） | 1. 挥舞双斧的动作。 | 1. 眉心上翘；<br>2. 由细长线刻的直挺、放射状络腮胡以及八字须。 | 1. 红色的眼睛；<br>2. 赤黄色的眉毛；<br>3. 黑色的粗糙皮肤。 |
| | 《新刻京本全像插增田虎王庆忠义水浒全传》（丹麦皇家图书馆藏本） | | 1. 眉心上翘；<br>2. 由粗短线、细长线刻的放射状络腮胡以及八字须；<br>3. 身穿胸前有补子的官服。 | 1. 红色的眼睛；<br>2. 赤黄色的眉毛；<br>3. 黑色的粗糙皮肤。 |
| | 《新刻全像水浒传》（日本东京大学东洋文化研究所双红堂文库藏本） | 1. 挥舞双斧的动作。 | 1. 眉心上翘；<br>2. 由细长线刻的直挺、铁刷般络腮胡以及八字须；<br>3. 身穿衣袖宽大的长衫。 | 1. 红色的眼睛；<br>2. 赤黄色的眉毛；<br>3. 黑色的粗糙皮肤。 |
| | 《插增田虎王庆忠义水浒全传》（法国国家图书馆藏本） | | 1. 眉心上翘；<br>2. 由粗短线刻的放射状络腮胡、八字须，并突出髯部；<br>3. 身穿胸前有补子的官服。 | 1. 红色的眼睛；<br>2. 赤黄色的眉毛；<br>3. 黑色的粗糙皮肤。 |
| | 《新刻全像忠义水浒传》（李渔序本，德国柏林国立普鲁士文化遗产图书馆藏本） | | 1. 眉心上翘；<br>2. 由细短线、细长线刻的直挺、放射状络腮胡以及八字须，并突出髯部；<br>3. 身穿袖口宽大的长衫。 | 1. 红色的眼睛；<br>2. 赤黄色的眉毛；<br>3. 黑色的粗糙皮肤。 |
| | 《李卓吾先生评忠义水浒传》（容与堂刻本，日本内阁文库藏本） | 1. 挥舞双斧的动作；<br>2. 轻微的细线阴刻，勾勒胳膊、后背与腿部的肌肉。 | 1. 眉心上翘；<br>2. 由细短线刻的放射状络腮胡以及八字须；<br>3. 经常赤裸上身，或穿普通布衣。 | 1. 红色的眼睛；<br>2. 赤黄色的眉毛；<br>3. 黑色的粗糙皮肤。 |
| | 《出像评点忠义水浒全书》（杨定见重编本，中国国家图书馆藏本） | 1. 凌乱粗短的点刻，突出强壮的身板；<br>2. 挥舞双斧的动作。 | 1. 微微上翘的眉心；<br>2. 由细短线刻的放射状络腮胡以及八字须；<br>3. 赤裸上身，平时穿普通布衣。 | 1. 红色的眼睛；<br>2. 赤黄色的眉毛；<br>3. 黑色的粗糙皮肤。 |
| | 陈洪绶：《水浒叶子》 | 1. 面颊与脖颈交接处，以阴刻的曲线展示粗糙的皮肤。 | 1. 双眼分别向左上角、右上角倾斜，而且眉心冲向斜下方，眉梢上翘；<br>2. 由细短线刻的山羊胡以及浓密的上唇须；<br>3. 身穿马褂。 | 1. 红色的眼睛；<br>2. 赤黄色的眉毛。 |

| 类型 | 出处 | 图像绘就的语象 | 图像增加的语象 | 图像没有显示的语象 |
|---|---|---|---|---|
| 「凶神恶煞」式 | 杜堇：《水浒全图》 | 1. 整个髻部都是由细密线刻的放射状头发；<br>2. 腰间插有双斧。 | 1. 肚皮上、小腿上有凌乱点刻的体毛；<br>2. 双眼分别向左上角、右上角倾斜，而且眉心冲向斜下方，眉梢上翘；<br>3. 放射状络腮胡以及浓密的八字须；<br>4. 身穿长衫，却露出肚皮。 | 1. 红色的眼睛；<br>2. 赤黄色的眉毛；<br>3. 黑色的粗糙皮肤。 |

由于成书之后的《水浒传》小说语象业已定型，并没有太大变化，所以图像的改动也就显而易见了。表9-2反映出以下三个规律性现象：（一）图像选择并摹仿了"容貌"（粗壮的身板）、"动作"（挥舞双斧进行砍剁）两方面语象；（二）图像中所增加的元素集中在"容貌""装束"方面，主要是李逵眉毛、胡须的形状，以及衣着服饰；（三）只有现代彩色图像才能显示出李逵赤黄色的眉毛、黑色的皮肤，在以黑白为主色的木刻版画中，这些颜色全部没有被摹仿，而红色的眼睛在所有图像中都未得到显现。

这就说明，"黑色皮肤"与"红色眼睛"固然是上述两首诗所共同展示的李逵形状特征，却并没有被图像全部摹仿。尽管金圣叹认为仅凭"黑凛凛"三字便能"画龙点睛"般地指出李逵的性格，但这一观点无法在黑白图像中体现，只有彩色的"水浒"图像才可以对李逵黑色的皮肤予以摹画。原因在于，图像的生成机制是符号能指与所指物之间的相似性，这种相似首先或者主要是"形状"的相似，其次才是"颜色"的相似。而从图像所增加的元素来看，制作者更加倾向于描绘李逵邋遢奔放的装束、凶恶的容貌以及挥舞双斧的砍剁动作，力图以此显现李逵的暴力性格。为了达到这一目的，图像对于描写李逵的语象而言，"有一种作为想象的表现"①，因为诗中没有任何涉及李逵穿着打扮的语象，图像却或以袒胸露乳、或以衣冠不整来"打扮"李逵，特别是将头发呈放射状、铁刷般的特征，移植到李逵的胡须上，愈发突出了其凶猛的性格。

### （三）吴用

在"赤发鬼醉卧灵官殿，晁天王认义东溪村"一回中，刘唐由于记恨雷横拿走晁盖十两银子，于是在路上截住雷横，并与之打斗"五十余回合，不分胜败"，而将此二人隔开的正是吴用。《水浒传》中是这样描述吴用的：

只见侧首篱门开处，一个人掣两条铜链，叫道："你两个好汉且不要斗。我看了时，权且歇一歇。我有话说。"便把铜链就中一隔，两个都收住了朴刀，跳出圈子外来，立住了脚。看那人时，似秀才打扮，戴一顶桶子样抹眉梁头巾，穿一领皂沿边麻

① 德里达著，杜小真译：《声音与现象》，商务印书馆2010年版，第65页。

布宽衫,腰系一条茶褐鸾带,下面丝鞋净袜,生得眉目清秀,面白须长。

首先需要明确的是,吴用虽为一介书生,但是拥有自己称心的武器——铜链,他戴一顶头巾,穿一身黑色沿边的麻布宽衫,腰上系着一条茶褐色腰带,脚上穿的是用丝绸制作的鞋,袜子非常干净。整体看来,吴用"眉目清秀,面白须长"。我们来看明代"水浒"图像是如何呈现吴用这一"军师"形象的。

在一幅上图下文式的双峰堂刻本《水浒传》插图中(图9-32),共有三人居于画面中,其中站在中间的即为吴用,因为这符合他将雷横与刘唐隔开的情节。此外,吴用身穿右衽长衫,以此区别于刘唐、雷横此等平民百姓与武官。还有一处细节可以佐证我们这一判断,那就是吴用所戴的"桶子样抹眉梁头巾",但是上方的头巾折向人的后脑勺,这一般是文人所佩戴的儒巾。不过,吴用所使用的铜链并未出现在图像中。明末杨定见本《忠义水浒传》配有一幅题为"掣两链解斗"的插图,其中吴用以两条铜链将正在打斗的刘唐与雷横分开,虽然如实再现了小说的语象,但是,吴用身穿长衫、手持武器的形象,令人感到反差稍大。

图9-32 雷横教诉晁盖情由

稍后刊行的嵌图本《新刻全像水浒传》(刘兴我刻本),将吴用的书生形象绘刻得愈发浓厚。图9-33、图9-34插图绘刻者并没有呈现吴用将刘唐与雷横隔开的情形,且看图9-33中的两人,图像右侧之人当为晁盖,他坐在一幅山水屏风前,正向吴用施拱手礼。之所以判断面向屏风而坐的人是吴用,主要原因有两点:一是他面容白净,没有胡须,二是其软脚幞头的帽子迥异于晁盖。在图9-34中,吴用前去阮氏兄弟家拜访,图像右侧朝大门方向持拱手礼的人应当是阮小二,意在欢迎吴用来访,而图像左侧之人则是吴用,此图中的吴用同样是面容白净,没有胡须,亦戴有软脚幞头的帽子,而且他的衣服比阮小二稍长,意指吴用是穿长衫的秀才,而阮小二则是布衣农民。但不得不说的是,刘兴我刻本对所有人物的刻画都有"美化"的痕迹,例如,小说文本对阮小二外观衣着的描述是"头戴一顶破头巾,身穿一领旧衣服,赤着双脚,出来见了是吴用",但图像绘刻者笔下的阮小二戴了一顶不错的帽子,穿着一双乌黑的新靴子,而且衣服似乎还不错,只是比秀才的长衫稍短。而且,小说文本还详细说明了阮小二的长相:"眍兜脸两眉竖起,略绰口四面连拳。

胸前一带盖胆黄毛,背上两枝横生板肋。臂膊有千百斤气力,眼睛射几万道寒光。休言村里一渔人,便是人间真太岁。"可以说,阮小二的脸庞中间深凹下去,口型非常宽大,胸前长着一撮黄色毛发,一副丑陋、凶恶的样貌。然而,图像中的阮小二却是文静、知书达理的形象。

图9-33　晁盖吴用二人议事

图9-34　吴用投庄见阮小二

图9-35　《水浒叶子》:"智多星"吴用

不止一位学者指出吴用的"军师"形象与《三国演义》中的诸葛亮的形象非常相似,无论是他们的穿着打扮、性格情怀,甚至是在整个故事中的作用都很接近。明代的普通读者亦有类似的阅读体验,我们可以通过陈洪绶的《水浒叶子》看出些端倪。图9-35中的吴用头戴纶巾,鼻梁直挺、髭须稀疏而悠长,看其步伐,似乎正在大步前进,一副气宇轩昂的书生模样。清代所出现托名杜堇的《水浒全图》,又给吴用这一形象增加了羽扇,愈发与诸葛亮相似了。

冯友兰曾经指出,没有哪一个画家画出来的人物,"是和小说所塑造的形象完全相似的",像《水浒传》一类的小说,"所塑造的人物形象,好像漫画,粗陋勾画几笔,就塑造出来了,其间细微曲折的地方,需要补充,而且很有补充之余地"。实际上,冯友兰在此仍然关注画家制造的图像与小说语象之间的相似问题。<sup>①</sup> 就《水浒传》中宋江、李逵、吴用等人物在图像中的呈现而言，我们认为，图像摹仿文学中的人物，大多只是标示出这个人物的身份，而且注重衣服、装饰等较为明显的元素，意在与同一画面中其他人物区别开来，至于人物的面貌、表情等细微处，却是可以忽略的。

## 二、《水浒传》器物形象的变迁：以"朴刀"为例

诚如明人何良俊指出的那样，"若有图本，则仪式具在，按图制造，可无舛错"<sup>②</sup>，换句话说，图像能够直接保存事物的形状。实际上，现代读者对《水浒传》中的很多器物都闻所未闻，仅凭生活经验与学养，并不一定能准确想象出这些器物的原貌。例如索超与杨志比武时的穿戴，"头戴一顶熟钢狮子盔，脑袋斗后来一颗红缨；身披一副铁叶攒成铠甲；腰系一条金兽面束带，前后两面青铜护心镜；上笼着一领绯红团花袍，上面垂两条绿绒缕领带；下穿一支斜皮气跨靴；左带一张弓，右悬一壶箭；手里横着一柄金蘸斧，坐下李都监那匹惯战能征雪白马"。像"狮子盔""金蘸斧"等器物，《水浒传》中缺乏相应的文本描述，如果在小说插图中予以呈现，现代读者或许阅读起来便不会产生过多的困难。这一节，我们就以《水浒传》中出现频率最高的武器为例，考述小说器物形象的变迁。

由于关涉《水浒传》的成书问题，朴刀曾备受学界的关注，如王学泰、石昌渝、陈松柏等对此都有精彩的论述。各家虽然结论不尽一致，但其所用材料与研究方法无甚差异，大都是在各种付诸文本的文献基础上加以考证。有趣的是，朴刀作为《水浒传》中出现频率最高的武器，其形制以及失传问题却至今没有一个确切的答案，就这一层面来说，《水浒传》中的朴刀值得继续申说；而此前的研究过分倚重语言文献，无视《水浒传》的图像材料，有鉴于此，秉持文学与图像关系的视角去分析朴刀图像，也就有可能为我们进一步探讨提供新的路径。

### （一）《水浒传》中的"朴刀"语象

《水浒传》作为叙述中国古代农民起义的经典小说，战争描写自然不可或缺，在大大小小的战争、打斗中，朴刀这种武器的出现频率最高。"朴刀"一词在七十回、一百回、一百二十回《水浒传》中分别出现了 181 次、203 次和 221 次。<sup>③</sup> 如此之高的"出镜率"佐证了朴刀曾经是多么常用与常见，然而时过境迁，在明清以降的古籍

---

① 冯友兰：《论形象——评〈中国古代著名哲学家评传〉的插图艺术》，载《读书》1981 年第 7 期。

② 何良俊：《四友斋丛说》，中华书局 1959 年版，第 255 页。

③ 本文所调查的《水浒传》皆为校注本，分别是《水浒传会评本》（陈曦钟等辑校，北京大学出版社 1981 年版）、《水浒传》（人民文学出版社 1984 年版）、《水浒全传》（上海古籍出版社 1984 年版）。王学泰先生也有类似的统计数据："它（即朴刀——引者注）在百回本《水浒传》（有'天都外臣序'本）中共出现过 207 次，集中在前七十一回，前七十一回出现 195 次，后二十九回仅 12 次；《水浒全传》（一百二十回本）共出现 222 次，前七十一回出现 188 次，后四十九回出现 34 次。"详见王学泰：《"水浒"识小录》，广西师范大学出版社 2012 年版，第 1 页。

中,"朴刀"总共才出现 102 次。[①] 可见,语词自有一个诞生和消亡的过程,语音和语义也会发生变化与损益,这些事实足以说明语言是一种有生命的存在。如果说"文学是语言的艺术"为学界所共识,那么,正因一代有一代之语言,王国维所说的"一代有一代之文学"在学理上才得以成立。就此而言,文学当属保存语言的"活化石"。

语言不仅能够载录历史长河中某一事物的名称(语音)、概念(语义),而且还记忆着该事物的样貌。实际上,语言不具备为事物摄影的照相术,它所记忆的样貌是事物名称的语音映现在人脑中的、不可见的"音响形象",即语言物理发音的心理印迹,是寓存于人脑中的内视图像。在讨论"音响形象"的学术史上,维特根斯坦的"词语充当图像"以及维姆萨特的"语象",都是对"音响形象"这一内视图像的再演绎。

今天的读者对《水浒传》中的朴刀已经相当陌生了,而且各种汉语词典中对此也语焉不详。[②] 但我们尚且能够依稀感觉到这是一种刀,不过具体的模样仍未可知。幸运的是,《水浒传》这枚"活化石"不单单提到了朴刀,而且还有对朴刀的描述,比如朴刀的安装过程、携带与摆放以及使用方法等,这些语言所含的语象保存了朴刀的若干特征,有助于我们认识它的原貌。

首先,朴刀属于临时组合式器具。卢俊义在听信吴用的算卦之后,率众人"去东南方异地上"躲避血光之灾,其手中拿的武器便是朴刀。《水浒传》第六十一回文本描绘了朴刀的安装过程——"卢俊义取出朴刀,装在杆棒上,三个丫儿扣牢了,赶着车子,奔梁山泊路上来"[③]。可见朴刀的组合需要三个步骤:取朴刀,然后把朴刀安装在杆棒上,再加以类似扣锁的锚固物,防止朴刀和杆棒分离。最后一步的锚固程序至关重要,因为这是临时组合而成的朴刀区别于长刀、长枪的关键所在。[④] 既然是临时组合式器具,朴刀的刀身与杆棒长短比例又是如何呢? 武松逃离孟州城时,"就女墙边望下,先把朴刀虚按一按,刀尖在上,帮梢向下,托地一跳,把棒一拄,立在壕堑边"。武松显然倚仗朴刀杆棒做了一次"撑竿跳高"或者"撑竿跳远",这就意味着朴刀的杆棒至少不能比武松的身高短太多,否则,"撑竿跳"的一系列动作都不可能完成,这种情况下的杆棒最多能当做"拐杖"。而且朴刀的刀身长度也要比杆棒短,不然武松撑竿跳高时将手握刀身,显然有悖常理,故而朴刀的杆棒肯定是长杆,绝非短柄,并且"朴刀柄杆一定比刀身长出许多"[⑤]。

---

① 在"中国基本古籍库"中以"朴刀"为关键词进行检索,总共得到 316 条记录。其中宋代古籍有 10 条记录,元代古籍有 203 条记录(这些记录全部为《水浒传》所有,而且古籍库默认《水浒传》为元代的文本),明代古籍有 36 条记录,清代古籍有 66 条记录,民国古籍中的记录为零。检索日期:2014 年 2 月 21 日。
② 字典对朴刀的解释较为笼统,而且不甚确切,如"窄长有短把的刀",详见《汉语大字典》编辑委员会:《汉语大字典(缩印本)》,湖北辞书出版社、四川辞书出版社 1992 年版,第 485 页。
③ 除非特别说明,本节所引《水浒传》内容皆出自一百二十回本《水浒全传》(上海古籍出版社 1984 年版)。
④ 按照常理,长刀、长枪、长矛等都属于组合式兵器,但是这些兵器制造过程的完成,就意味着刀头、枪头和矛头已经与杆棒合二为一,不存在临时组合的现象。
⑤ 马明达:《说剑丛稿》,中华书局 2007 年版,第 156 页。

其次,接下来的问题是,朴刀这种组合式器具应该怎样携带？以下是几种主要的方式,我们不妨予以胪述。

将了朴刀,各跨口腰刀。(第二回)

跨一口铜钹磐口雁翎刀,背上包裹,提了朴刀。(第三回)

那客人内有一个便拈着朴刀来斗李忠。(第五回)

杨志起身,绰了朴刀,便出店门。(第十七回)

手里倒提着朴刀。(第十七回)

"将""拿"意指普泛意义上的携带,与此相比,其他表示携带的动词能够从侧面展现出朴刀的特殊之处。既然朴刀可以"提"和"倒提",这就说明朴刀是有前后,或者上下之分的。由于朴刀是安装在杆棒之上,所以刀在上、杆棒在下,或者刀朝前、杆棒朝后属于常规的携带姿势;反之,则为"倒提"朴刀。由携带朴刀的动词"拈"和"绰"也可以看出朴刀杆棒的直径不大,只需人的手掌和手指攮住即可,理应与长刀、长枪、长矛等武器的杆棒类似,或者更细一些。《水浒传》只有上述一处提及了朴刀的组合安装过程,除此以外,朴刀都是以整体的形态随时用于战斗,可见朴刀并不一定需要临时组装,完全可以组装好之后的形态提供给携带者。

复次,朴刀应该如何摆放？王学泰先生认为"朴刀与长枪形状相近,把柄细长,所以就能和长枪一样放在长枪架子上",同样也是由于朴刀具有细长的特征,"《水浒传》中写到放置朴刀时,常常用个'倚'字"①。《水浒传》中的"枪架"是摆放兵器的器具,如在第二回中,王进"去枪架上拿了一条棒在手里,来到空地上,使个旗鼓";在第三回中,史进和朱武等三个头领"全身披挂,枪架上各人跨了腰刀,拿了朴刀";在第四十七回中,杨雄和石秀来到李家庄,"入得门,来到厅前,两边有二十余座枪架,明晃晃的都插满军器"。金圣叹在删改《水浒传》时,也没有明确区分"枪架"和"刀架"——"卢俊义心慌,便弃手中折刀,再去刀架上拣时,只见许多刀、枪、剑、戟,也有缺的,也有折的,齐齐都坏,更无一件可以抵敌"(第七十回)。简言之,枪架上不仅存放着枪,也有杆棒、腰刀、朴刀等枪类之外的兵器,并非用来专门归置枪械。在没有刀架可供放置时,朴刀可以"倚"在墙边,或者插在地上。例如朱仝前去抓捕杀人嫌疑犯宋江时,"自进庄里,把朴刀倚在壁边,把门来拴了";武松在血洗鸳鸯楼之前,率先杀了后槽,然后"把朴刀倚在门边,却掣出腰刀在手里";杨志押运生辰纲,以及李逵背母亲前往梁山泊途中休息时,都是把朴刀插在地上。在《水浒传》中,临时放置朴刀、哨棒、禅杖等有长度的兵器时,大多"倚"在墙边或者门旁。所以,枪架上有朴刀不足为奇,并非因为它的细长特征。如果一定要突出朴刀的"细长",也仅指它有着与长枪类似的杆棒,不能以偏概全地概括"上半身"刀身的形状。

再次,朴刀的使用方法。承上文所述,我们可以暂且归纳出朴刀是有着杆棒的长度,不同于普通的长刀、腰刀的临时组合式兵器。但朴刀刀身的形状仍然无法呈

---

① 王学泰:《"水浒"识小录》,广西师范大学出版社2012年版,第4页。

现于我们的脑海，不过，《水浒传》在刻画朴刀的使用方法时提供了一些线索，尽管并不能完全弥补这一缺憾：

　　史进踅入去，掉转朴刀，望下面只顾肐肢肐察的搠。（第六回）

　　武松握着朴刀向玉兰心窝里搠着。两个小的亦被武松搠死。（第三十一回）

　　卢俊义却怎心头之火，展平生之威，只一朴刀，剁方垕于马下。（第一百一十八回）

　　不难发现，在《水浒传》所处的冷兵器时代，朴刀的主要使用方法为"搠""戳"，即刺、扎；"砍"和"剁"只是次要方法。由此引出了我们的疑问：朴刀属于刀具，原则上应与大刀、长刀类似，使用方法以砍剁为主，缘何"水浒"人物反其道而行之，多持以枪、矛之类的戳刺法？这正是学界争论朴刀形状的焦点，也是我们由此推论朴刀失传的关键因素。

### （二）其他非文学作品中的"朴刀"语象

　　既往的研究面临这一难题时，绝大多数学者往往援引《水浒传》之外的文献，试图从中有所发现。首先可以肯定的是，朴刀不仅仅出现在《水浒传》中，它也是其他文学作品中的常客，甚至"朴刀杆棒"成了小说的一大主题。其次，大量非文学作品中也存有关于朴刀的语言描述。

　　此类文献还显示"朴刀"一词最早出现在北宋，然而作为当时最重要的军事著作《武经总要》却没有收录该兵器。不过，南宋时期的《建康志》记载了当时的官方"军器"，其中就有朴刀——"两千一百条朴刀枪"①，这就证明了朴刀确实存在。但是需要注意的是，在时任建康府马光祖所添置的这批武器中，朴刀枪的数量巨大，达到两千多条，与其数量相仿的武器是一千二百零九条"茅叶枪"，可以说二者属于常备武器。

　　宋元以降，明代《惟扬志》记载的"器仗"中有"半丈红朴刀"和"半丈黑朴刀"②；到了清代，朴刀却属于"非民间常用之刀"③。一旦持朴刀故意伤害，或者"误伤"旁人，都会遭到充军的惩罚。但是，以民间常用的镰刀、菜刀或者斧头伤人者，却不适用于这一条法律。换言之，朴刀在清代是"管制刀具"，宋代虽然也禁止私藏、携带器械，但并没有"朴刀"的身影。然而，无论文学作品还是非文学作品都没有详细讲解朴刀刀身的样貌。

　　这些信息之于朴刀形状的考证没有太大帮助，却可以说明《水浒传》中的朴刀与明清时期的朴刀虽然有着密切的关系，但并不是一回事。首先，《水浒传》中的朴刀是"常用之刀"，无论官方还是民间，朝廷正规军、小吏商贩、绿林强盗等，都使用朴刀。而到了清代，朴刀只能见诸兵器谱，寻常百姓并不能私自持有。其次，之所以宋代不像清代那样禁止持有朴刀，很有可能是因为当时的朴刀不仅仅是武器，似

---

① 周应合：《(景定)建康志》(卷三十九)，见《景印文渊阁四库全书》第 489 册，台湾商务印书馆 1986 年版。

② 盛仪：《(嘉靖)惟扬志》(卷十)，见《天一阁藏明代方志选刊》第 14 册，上海书店出版社 1990 年版。

③ 沈家本：《大清现行新律例》，《续修四库全书》第 864 册。

乎有着无法替代的其他功能。①

透过上述文献,我们隐约感到朴刀形状可能发生了变异,或者命运出现了转折,但是起码可以做出如下的判断:在宋元明清长达数百年间,人们对朴刀形状的认识处于不断变化之中。这一点在明清时期的"水浒"图像中可以得到验证。

明清代的"水浒"图像以木刻版画为主,曾经一度达到"万丈光芒"的盛况,由此可以窥知当时文学成像之势是何等浩大。这些摹仿《水浒传》而成的图像,非但不是文学的附庸,而是文学的有机构成,尤其是在文学的传播及其经典化方面功不可没。"水浒"图像灿若星河、气象万千,我们可以通过比勘"水浒"图像同语象之间的对应或矛盾,进而考察朴刀形状在这数百年间的变化及其失传问题。

### (二)"水浒"图像中的朴刀

在建阳地区的插图本《水浒传》中,有几处朴刀的"特写"图像。刘兴我刊本的《新刻全像水浒传》第三回有一幅榜题为"县尉领兵捉拿史进"的插图(图9-36),暂

图9-36 "县尉领兵捉拿史进"及局部图

---

① 由于朴刀并未被当作兵器记载,许多学者将其视为农具:王学泰认为朴刀就是"博刀""拨刀",石昌渝认为朴刀就是"搏刀""铍刀"。但是文献中没有足够多对朴刀形状的描述,也就不具备与之相匹配的语象,故而仅仅通过名称来断定器物是否一致存在一定的风险。王学泰所分析的一则材料出自《宋会要辑稿》:"着裤刀于短枪干、拄杖头,少者谓之'拨刀';安短木柄者,谓之'畲刀'。"这里所说的将刀安装在杆棒之上,与朴刀的安装方法一致,仅以此说明拨刀即为朴刀似乎牵强(详见王学泰:《〈水浒〉识小录》,广西师范大学出版社2012年版,第6—9页)。石昌渝所使用的材料来自《都城纪胜》,原文为"说公案,皆是搏刀赶棒,乃发迹变泰之事",但石先生却是这样分析和论述的——"朴刀",耐得翁《都城纪胜》"瓦舍众伎"又称"搏刀"(详见石昌渝:《从朴刀杆棒到子母炮——〈水浒传〉成书研究之一》,载《文学遗产》1999年第2期)。如此武断的结论,其证据何在?"搏刀""赶棒"都是动宾结构,意指公案小说所讲的内容都是些与打斗有关的故事,"搏"字在此既没有写错,也不是通假字或异体字。但是,为何到了《醉翁谈录》,"搏刀""赶棒"变成了"朴刀""杆棒",并且成为与公案并列的小说主题,尚无人研究。

且不论插图对文本叙事人称和视角的转变,图中两人衣饰有明显差别,靠近大门、右手执兵器者,其衣袖宽大,而且并未将小腿裹起,与图像左侧左手执兵器者形成鲜明对比,可以理解为一官一兵。图像选取了"县尉在马上,引着两个都头,带着三四百土兵,围住庄院"的场景进行摹仿,当时围剿队伍的武器有"钢叉、朴刀、五股叉、留客住"。尽管图像左侧士兵手中的武器没有呈现出全貌,却可以看出它细长的杆棒,杆棒之上还有疑似刀的部件。整幅版画图像以阳刻为主,但是为了在黑白两色间将土兵手中的武器凸显出来,刻工故意对杆棒予以阴刻,否则难以与白墙的背景相区分。疑似刀具的上半部分有一大块凹凿,墨色浓重,意指较厚的刀背;反之,在较薄的刀刃处仅仅以墨线勾勒轮廓。在刀背与刀刃之间以环形连接的地方,应为刀盘。由于这四种武器中,钢叉、五股叉属于叉类武器,留客住属于挠钩,唯有朴刀属于刀类,所以我们推断士兵所持武器便是朴刀。

此本《水浒传》第六回有幅插图呈现了鲁智深在瓦罐寺与崔道成、丘小乙打斗的场面(图9-37)。在《水浒传》中明确写到崔、丘二人所用的武器是朴刀,很显然图像中没有头发的人是和尚崔道成,另外一位脸上挂有髭须、头戴巾冠的即为道士丘小乙。《水浒传》讲丘小乙见崔道成打不过鲁智深,"却从背后拿了条朴刀,大踏步搠将来"。毫无疑问,图像左侧背对二人的便是鲁智深,在背后手执武器刺向他的正是道士丘小乙。图像中丘小乙右手执杆棒上端,左手执杆棒末端,刀尖朝向鲁智深。图像所显示出来的杆棒长度,大约是刀身长度的三倍,由此推断朴刀杆棒与刀身的比例大概在4:1到5:1之间。朴刀的刀身也全部展现在我们面前:图像分别以单条墨线勾勒刀刃和刀背的轮廓,在刀尖处却用了两条墨线,以此为刀身的厚度塑形,也就是说,这种刀身有三个平面,即除了刀刃两个面积较大的刀面之外,刀尖与刀背之间还有一个面积略小的平面。

图9-37　"崔道成大斗鲁智深"及局部图

尽管我们并没有发现图像中有关于朴刀刀身与杆棒通过扣锁组合的细节,但不得不说的是,王学泰先生所谓朴刀刀身"刀头小而尖"的判断不无道理。[1] 也正是因为朴刀刀身短小,砍剁起来较为困难,而且伤害程度较低,所以刀法便以刺扎为主了。这种榜题在版框之上,插图四周全是文字的刘兴我刊本《水浒传》被称作嵌图本。[2] 以上所列举嵌图本中的插图与文本语象对应,最大限度地还原了朴刀的刀身与刀法。然而,刘兴我刊本中的插图只是《水浒传》文学成像的一部分,如果要说明朴刀刀身形状的变化,还需考察《水浒传》在明清时期的整个文学成像史。

上述嵌图本刊刻时间是崇祯元年(1628),但是无论是早于此版本的双峰堂刻本、容与堂刻本,还是稍晚的石渠阁刻本,其中插图所示的朴刀,更多的是与相应文本语象不符。语象与图像之间的这种"不符",与历史学界所谓文本资料与田野调查之间的"矛盾"在学理上有相通之处,"在考古与历史资料的结合上,最有意义的不是能互相印证的考古资料与历史记载,而是两者间的矛盾……透过对这些异例的诠释,我们能对历史上一些现象有更深入的了解"[3]。那么,朴刀的语象与图像,在《水浒传》文学成像过程中存在怎样的矛盾,对于我们认识朴刀形状的变化又有什么益处呢?

双峰堂刻本《京本增补校正全像忠义水浒志传评林》(1594)的书籍格式是上评中图下文,即书页上方为评语,高度约为插图的二分之一;评语下方紧接着插图,插图两侧各有四字榜题,评语与插图的总高度约为书籍版面高度的三分之一;插图下方是《水浒传》文本,文本整体高度约占版面高度的三分之二。之所以详述这一版本的书籍格式,旨在突出插图面积之小,这也是上评中图下文与嵌图本的类似之处。限于狭小的版面,两种版本插图的共同特点非常多:图像背景十分简单,人物面部表情相当模糊,图像中人物一般不会超过四个,图像多是对某一动作(斗、杀、打、拜、见等)的摹仿,而且动作雷同程度很高,比如对"拜"的摹仿,图中人物无论站立还是下跪,多会持以拱手礼,等等。简言之,趋简与类型化在很大程度上是由于受这种插图版面所限。

然而,图像版面狭小及其导致的后果,并不足以成为画工、刻工将语象错误图像化的借口。但事实上,双峰堂刻本所绘朴刀图像却和语象大相径庭。例如在第二卷第六回"九纹龙剪径赤松林,鲁智深火烧瓦罐寺"中,有一幅榜题为"智深斗丘乙崔成二人"的插图(图9-38),其中丘、崔二人单手所持的武器就是文本中所反复出现的朴刀。可是这里的朴刀并没有杆棒,仅仅是可以拿在手上的刀,并且刀尖与刀背之间的小平面也不见了踪影,反而兼有细长的特点。而且丘小乙拿刀来"搠"鲁智深的这一动作,也变成了砍。《水浒传》第六回、第十四回、第十七回、第三十一回、第四十三回、第四十六回、第六十一回中所出现朴刀的次数较多,每一

① 王学泰:《"水浒"识小录》,广西师范大学出版社2012年版,第6页。

② 马幼垣:《水浒论衡》,生活·读书·新知三联书店2007年版,第118—133页。

③ 王明珂:《华夏边缘:历史记忆与族群认同》,允晨文化实业股份有限公司1997年版,第225页。

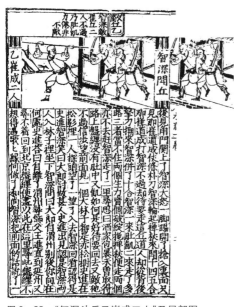

图9-38　"智深斗丘乙崔成二人"及局部图

回都在10次以上，第四十三回的朴刀出现次数竟然达到24次。然而，即便在该回插图中，无论是李逵持朴刀杀老虎，还是李云与李逵的朴刀对决，朴刀在图像中都是呈现出短把、长刀身的特征。

同样是插图版面狭小，同样是趋简与类型化，刊刻时间稍早的双峰堂刻本却不如刘兴我刊本所绘朴刀相对符合文本语象。难道前者的刻工已不识朴刀为何物，反而三十年之后的刻工更熟悉朴刀吗？不过，我们还应看到，尽管刘兴我刊本插图中朴刀符合语象，但全书仍有大量不符之处，如"李云提刀赶杀李逵"等，易言之，语象与图像的矛盾要多于二者的符合。尤其是朴刀在图像中并不以"杆棒加刀身"的组合形态出现，而是呈现为短把、长刀身，这在其他版本中也极为常见，并非个别案例。

容与堂刻本《李卓吾先生批评忠义水浒传》(1610)的刊刻时间介于双峰堂刻本与刘兴我刊本之间，其中有插图二百幅。这一版本中的插图摒弃了每页一图的方式，改为每回一图，即所谓的回目图，从此开启了《水浒传》文学成像的新时代。以出现朴刀次数较多的第四十三回为例，《水浒传》对李逵使用朴刀与李鬼打斗的描写是"李逵挺起手中朴刀，来奔那汉，那汉那里抵当得住，却待要走，早被李逵腿股上一朴刀，搠翻在地，一脚踏住胸脯"。在图9-39中躺在地上、被另一人用脚踏住的便是李鬼，那么身背包袱，右手持斧，左手持刀之人，应为李逵。令人疑惑的是，图像中短把的刀竟然是文本中提到的朴刀，这种刀的刀把约为常人手掌宽度的两倍，最长不过20 cm；刀身约为刀把的2.5倍，也就是50 cm左右；此外，图像所呈现的朴刀刀背比刀刃厚许多，所以依稀可见刀尖至刀背之间那一处面积略小的平面。图9-40显示李逵正持刀杀第四只虎，原因是图像下方的山涧中与右侧的山洞中有三只已经死亡的老虎，又因为李逵的腰刀戳进了"母大虫粪门"，所以李逵手中短把刀就应当是朴刀。刀身与文本语象不符的结果，是使用朴刀的方法也被篡改。《水浒传》对李逵杀第四只虎的描述为"那大虫望李逵势猛一扑，那李逵不慌不忙，趁着那大虫的势力，手起一刀，正中那大虫额下"，也就是说，李逵是持朴刀搠进了老虎的下巴，图像中所呈现李逵劈砍老虎的情形，显然也有悖于语象。

此外，在容与堂本的插图中，朴刀皆是这种短刀把、具备三个平面刀身的特征，无论是林冲为了入伙梁山泊与杨志对战时所用的朴刀，还是石秀、杨雄、时迁从祝家庄酒店里拣的朴刀，都是这种形制。但是，短把的形制与文本语象严重不

图9-39、图9-40　"假李逵剪径劫单人,黑旋风沂岭杀四虎"回目图

符。石秀三人在与祝家庄庄客打斗时,时迁被人用挠钩拖入草丛之际,杨雄用朴刀将另外伸向石秀的挠钩"拨开",同时"将朴刀望草里便戳"。这就是说,朴刀绝不可能是短把的,因为这将会大大缩短朴刀的"作战半径",如是,杨雄不但要吃力地弯腰去拨开挠钩,而且戳向草丛时会更加贴近持挠钩的庄客,反而增加了自身的危险。

朴刀图像与语象矛盾的现象非常普遍,而且还伴随着另一种现象——将朴刀与其他武器混淆。比如石秀为了营救卢俊义而劫法场时所用的"钢刀",以及蔡福行刑时所用的"法刀"在图像中与朴刀无异,无论是双峰堂刻本、刘兴我刊本,还是容与堂刻本,皆是如此。崇祯末年的杨定见本,以及清康熙五年(1666)的石渠阁修补本,也并未对上述两种现象做出实质性的修改。清末嵩裕厚的《水浒画谱》(1888)努力契合文本语象,在林冲与杨志打斗、李逵持朴刀杀虎等回目图中尝试画出朴刀的原貌,但是所绘刀身大而尖,不仅与《水浒传》文本语象所提供"小而尖"的朴刀描述不符,而且刀身与杆棒的比例是 1：2,与语象之间的差距也太大。

要言之,通过比勘、释读朴刀图像与语象之间的矛盾,我们可以发现朴刀的形状发生了许多变化:原来的杆棒消失,朴刀仅以细长短把刀的形式单独出现;朴刀刀身由之前的"小而尖",演变为"大而尖",甚至开始同其他刀相混淆(如钢刀、法刀、大刀等)。

如前所述,朴刀图像与语象的矛盾,不是画工以及刻工能力之不及,也绝非他们的粗心大意所致。即便像刘兴我刊本、嵩裕厚那样尽量符合朴刀语象的刊本,仍然没有绘出卢俊义所演示朴刀的扣锁装置,或者没有掌握好朴刀刀身与杆棒的比例。合理的解释是，画工与刻工们自始至终都没有见过朴刀的实物，仅仅通过《水浒传》文本中相对有限的语象，难以还原朴刀的原初面貌。然而，朴刀大量出现在《水浒传》中，这充分说明《水浒传》流传久远，自宋朝至金圣叹的七十回"删定本"历经了数百年。但明朝人难以完全复现朴刀的真面目，似乎意味着它在明朝已经失传，或者正在失传的过程中。[①]

尽管"图像或至少是大部分图像在被创作的时候并没有想到将来会被历史学家所使用"[②]，"水浒"图像作为艺术图像的创作目的更不是以历史证据为指归，但通过对比图像、语象、原型三者之间的关系，我们仍然可以判断朴刀这种武器确实在明代就已经走向了式微。也许正是由于失传的原因，没有"观物取象""应物相形"的先天便利条件，所以木刻版画中的朴刀必然浸润着画工与刻工的想象。

## 第四节　《水浒传》插图主题的时代更迭

《水浒传》之所以会被冠以"忠义"的名称，盖因"忠"和"义"分属这部小说最重要的两个主题。作为对文学的摹仿与延宕，明代"水浒"图像不但反映了小说的主题，而且还在艺术转译的过程中传播了主题。

### 一、"忠"的图像阐释

"招安"历来是"水浒"学界乃至中国社会的热议话题，其重要性在于，被朝廷招安不但关涉梁山聚义的命运与性质，而且还关涉"忠"这一主题意义。既往研究囿于"思想史"方法的同时[③]，还忽略了文学的延宕与"图说"。但从接受美学的角度讲，文学史就是这部作品的接受史，所以作为摹仿文学的产物，图像当属广泛意义上"水浒"文本的有机构成。由于集中表征"忠"这一主题的，是"招安"的相关情节，因此我们将研究的焦点放在"招安"情节的图像阐释上。

同样是面对招安这一关键情节，如果说金圣叹以"腰斩"《水浒传》表达了明确

---

① 关于朴刀的失传，顾颉刚写有相关的读书笔记："永年归纳《水浒传》中'朴刀'诸条（黄永年后将此文发表在《中国典籍与文化》1996年第4期——引者注），谓系长柄刀。此刀宋后失传，而《水浒》有之，知《水浒》流传之早也。"详见顾颉刚：《顾颉刚读书笔记》（卷三），中华书局2011年版，第185页。

② 彼得·伯克著，杨豫译：《图像证史》，北京大学出版社2008年版，第41页。

③ 中国现代学术意义上的小说研究始于二十世纪初，在过去的百余年间，"水浒"研究中争议最多、价值最大、影响最广的问题之一就是"招安"。这种状况竟然同样出现在文学研究界——受制于"主题先行"以及"文以载道"的范式，文学仅被视为思想的文献和载体。不经研究语言形式，便开始对《水浒传》及其招安问题指手画脚的著述比比皆是，有学者形象地将这种范式归纳为"超越形式直奔主题"。我们知道，任何艺术都具有"意义"和"思想"，但文学作为语言的艺术，对其意义的阐发绝不能超越语言——文学的本体及其存在方式，这就是形式美学所倡导的"通过形式阐发意义"。参见赵宪章：《文体与形式》，（台湾）万卷楼图书股份有限公司2011年版，第281—282页。

态度①,那么"水浒"图像则是一种"隐语"式的阐释:招安是否入画?图像如何绘就招安?怎样理解招安性质乃至整个《水浒传》?这也是图像对文本阐释的普遍命题。本节尝试在图像的参照下,对《水浒传》招安问题做出新解。

## (一)"招安"的行动及其构成

亚里士多德的《诗学》将悲剧定义为"对行动的摹仿",其中所讨论的"诗"与"悲剧"即广义的文学。②就此而言,"招安"是《水浒传》严格遵照"必然律"所摹仿的"行动":"招安"一词首次出现在"武行者醉打孔亮,锦毛虎义释宋江"一回,这是招安动机的萌生,可以看作整个招安行动的第一部分;第二部分是从"忠义堂石碣受天文,梁山泊英雄排座次"到"梁山泊分金大买市,宋公明全伙受招安",因为这部分叙写了梁山好汉们围绕招安的矛盾,及其与朝廷所开展的斗争;由于招安成功,那么举行招安仪式以及梁山好汉此后所履行的使命——"破大辽""征田虎、王庆""擒方腊",属于行动的第三部分;最后一部分则是招安的结局和命运。③由此可见,摹仿"招安"行动的《水浒传》有着律诗般"起承转合"的结构和节奏。

然而,纵观百年来讨论招安的"水浒"学术史,无不是集中在招安矛盾、梁山好汉在履行招安使命过程中的牺牲,以及英雄的最终结局这些方面。这确实切中问题的肯綮,因为招安矛盾涉及梁山好汉对招安理念的理解,而他们履行招安使命所付出的牺牲涉及招安的历史贡献,英雄结局则涉及招安的局限性。所以,这三方面的招安语象最为关键,属于我们考察图像阐释招安情节的重点观照对象。

在《水浒传》的小说成像史上,明代上图下文式插图本小说里出现了最早的"水浒"图像:每两页一图的"偏像"和每页两图的"全像"。在此之后,方才出现每一回小说配置若干幅"全图"的插图本。清中期以降,石印版画逐渐兴起并促使了木刻版画的式微,尽管前者的画材与画法有所演进,但"图式"都是沿袭明人传统。④故而,我们主要以明刊本《水浒传》为研究对象,其谱系大致如下表所示(表9-3)。

---

① 金圣叹解释其"腰斩"《水浒传》是对作者原意的尊重,因为删掉的部分皆是梁山好汉"忠义"之举,故而"削'忠义'而仍'水浒'者,所以存耐庵之书其事小,所以存耐庵之志其事大"。详见金圣叹:《圣叹外书·序二》,陆林辑校:《金圣叹全集》(第三卷),凤凰出版社 2008 年版,第 17—18 页。金圣叹"腰斩"《水浒传》固然有着一定的思想动机和深层的文化原因(请参见樊宝英:《金圣叹"腰斩"〈水浒传〉、〈西厢记〉文本的深层文化分析》,载《文学评论》2008 年第 5 期)。然而,一个不争的事实是,金圣叹伪撰《贯华堂所藏古本〈水浒传〉前自序》以凸显"删改本"之正宗,不但带有为自己辩护的意味,而且还明确表达了他在招安问题上的反对态度。

② 亚里士多德著,罗念生译:《诗学》,人民文学出版社 1962 年版,第 20 页。

③ 除非特别说明,本节所引小说内容均取自一百二十回《水浒全传》(上海古籍出版社 1984 年版),下文不再详注。

④ 纵然石印本中出现了所谓的"卷目图"(即《水浒传》若干回组成一卷,给每卷配置的插图即"卷目图"),它不过是并置一些小说人物,其成像原则并非摹仿情节,主要用于装饰文本,所以不在我们的讨论之列。

表 9-3　明刊插图本《水浒传》①插图类型

| 插图类型 | 代表版本 |
| --- | --- |
| 偏像 | 《忠义水浒传》(残本,藏于德国德累斯顿萨克森州立图书馆) |
| 全像 | 《京本增补校正全像忠义水浒志传评林》(双峰堂刻本,共二十五卷一百零四回,藏于日本日光轮王寺慈眼堂)、《新刻全像水浒传》(刘兴我刻本,共二十五卷一百一十五回,藏于日本东京大学东洋文化研究所双红堂文库)、《新刻全像忠义水浒传》(李渔序本,共二十五卷一百一十五回,藏于德国柏林国立普鲁士文化遗产图书馆) |
| 全图 | 《李卓吾先生批评忠义水浒传》(容与堂刻本,共一百卷一百回,藏于日本内阁文库)、《出像评点忠义水浒全书》(杨定见重编本,共一百二十回,藏于中国国家图书馆) |

　　从整个中国文学与图像关系史来看,插图属于对小说的"顺势"摹仿,二者建构了有机的"互文本"。进而言之,插图类型的多样化,意味着具体的摹仿原则有所差异。然而,作为对《水浒传》的图说,插图却并非"以图像叙述整个故事"②,换句话说,"水浒"插图绝不是全部文学语象的图像化,面对《水浒传》中的招安情节,艺术家选择哪些语象入画,是小说成像活动的首要环节。例如"偏像"类、"全像"类插图本《水浒传》,由于每页最多只能出现一幅插图,故而只有很少部分小说语象入画。其次,图像对哪些语象的着墨较多,对语象之间关系是否有所改变,都隐含着图像制作者的主观意图,简言之,"图像所表现的东西是图像的意义"③,所以考察插图如何绘就语象就是我们探寻图像阐释文学的关键。最后,图像既然是一种阐释招安情节的话语,就会折射出制作者对此的认识,这正是图像基于"入画与否"和"如何绘就"之上所产生的表意效果。

　　以上便是"水浒"插图阐释招安情节的三个命题及其之间的逻辑关系。接下来,我们将从此入手,对图像如何阐释招安矛盾、梁山好汉履行招安使命的牺牲与结局,展开具体的文本调查。

---

① 需要说明的是,在双峰堂刻本《京本增补校正全像忠义水浒志传评林》书首的"评释栏"中,有一则题为《水浒辨》的短评:"《水浒》一书,坊间梓者纷纷,偏象者十余副,全像者止一家。"如果考虑到出版商借机批评他人之不是,以突出自己刊刻"全像"的优势和特点,那么我们有理由相信"半叶一图"形制的插图就是所谓的"偏像"(即每两页才出现一幅插图)。此外,"绣像"自清初以后才变成专门指称"人物插图"的术语,明刊本小说中所出现的"绣像"既包括人物图,也包括依据回目标题所画的"回目图"(汪燕岗:《古代小说插图方式之演变及意义》,载《学术研究》2007 年第 10 期)。学界经常混淆指称插图类型的术语,但鲁迅先生的概括较为精确,比如他将"画每回故事"的"插图叫做"全图",本文所使用的"全图"即取意于此:"全图"指的是依据回目标题所创作的"回目图",以及摹仿每回故事的"情节图",二者都占据书籍的整个版面,而且鲜明地有别于约占版面面积三分之一或四分之一的"偏像"与"全像"。详见鲁迅:《连环图画琐谈》,《鲁迅全集》(第六卷),人民文学出版社 2005 年版,第 28 页。

② Robert E. Hegel. Reading Illustrated Fiction in Late Imperial China, Stanford: Stanford University Press, 1998, p.172.

③ 维特根斯坦著,贺绍甲译:《逻辑哲学论》,商务印书馆 1996 年版,第 31 页。

## （二）图像对招安矛盾的揭示与规避

《水浒传》集中叙述招安矛盾的语象是从英雄"排座次"到全伙"受招安"，但"招安"首次出现在此前"武行者醉打孔亮，锦毛虎义释宋江"一回中。武松与宋江在孔太公家不期而遇，抵掌而谈，武松婉拒宋江一同前往清风寨的建议，提出"天可怜见，异日不死，受了招安，那时却来寻访哥哥未迟"。宋江在与武松分别时再一次勉励道："入伙之后，少戒酒性。如得朝廷招安，你便可撺掇鲁智深投降了，日后但是去边上一枪一刀，博得个封妻荫子，久后青史上留得一个好名，也不枉了为人一世。"然而有意思的是，在梁山泊英雄"受天文""排座次"之后的第一次重要宴席——菊花之会上，宋江以《满江红》一首词公开发表招安理念，曾经主动明确提出愿意招安的武松却第一个跳出来反驳，"乐和唱这个词，正唱到'望天王降诏早招安'，只见武松叫道：'今日也要招安，明日也要招安去，冷了弟兄们的心！'"随即，李逵也叫道："招安，招安，招甚鸟安！"这是梁山泊内部面对招安问题上的第一次矛盾，第二次矛盾则出现在"活阎罗倒船偷御酒，黑旋风扯诏谤徽宗"一回。当萧让宣读完诏书之后，除宋江之外的众头领"皆有怒色"。缘由是诏书不但将梁山泊一伙定性为"啸聚山林，劫掳郡邑"，而且还威胁道："倘或仍昧良心，违戾诏制，天兵一至，龆龀不留"。李逵率先从梁上跳下来，扯破诏书，殴打陈太尉和李虞侯。又因为阮小七将御酒偷换成"村醪白酒"，加剧了众位好汉的不满，甚至是触发大规模矛盾的直接原因。除了第一次反对招安的武松、李逵之外，鲁智深、刘唐、穆弘、史进以及六个水军头领都参与到此次矛盾之中，而且"四下大小头领，一大半闹将起来"。

梁山泊内部关于招安问题的矛盾，在上述两回中得到了充分的展示。如果说菊花之会上的矛盾为是否招安，那么陈太尉亲赴梁山招安时所引发的矛盾则是围绕如何招安，即招安的方针策略问题。面对反映这两种招安矛盾的情节，图像制作者既要考虑摹仿对象的"入画"与否——图像选择抑或是放弃招安矛盾，还要考虑如何绘就招安矛盾。

首先来看菊花之会上关于是否招安的矛盾。与"黑旋风扯诏谤徽宗"一回直接显露招安矛盾不同，由于菊花之会上的矛盾只是为了引出日后的招安，并不是这一回的重点，所以不像前者那样将矛盾凝缩成回目标题，故而以摹仿回目标题为原则的回目图对此皆没有摹仿。可见，图像制作者没有选择招安矛盾入画，是招安矛盾并未显现在回目标题中使然，然而明末杨定见本《忠义水浒全传》却另有隐情。①尽管所有的"水浒"回目图皆是大幅全图，该版本插图却秉持两个摹仿原则——"或特标于目外，或叠采于回中"②，换言之，杨定见本中的图像或取自回目标题，或取自每一回中的精彩片段，并无定法。"忠义堂石碣受天文，梁山泊英雄排座次"一回的配图，就没有摹仿"受天文""排座次"这两个出现在回目标题中的情节，而是以文

① 杨定见本《忠义水浒全传》(一百二十回)，每回一图或者两图，或者有的回目没有插图，共计一百二十幅插图。不过，后二十回的插图系刘君裕所刻，前一百幅插图袭自刘启先、黄诚之的刻图。

② 袁无涯：《〈出像评点忠义水浒全书〉发凡》，见马蹄疾编：《水浒资料汇编》，中华书局1977年版，第13页。

中的菊花之会为入画对象。其画面构图匀称，以右上至左下的对角线为中轴线，中轴线上摆放着两簇菊花；图像的右上角也就是中轴线的顶端，宋江正在手卷上题词，而卢俊义、吴用、公孙胜等人在一旁观赏，颇具文人集会的雅致；在画面的左侧，七位好汉正在饮酒、交谈，可以辨别的人物是鲁智深与李逵；在画面右侧，又有六人聚作一团，呈现一派祥和之气。总之，这幅图丝毫让人看不出招安矛盾的端倪（彩图2）。

《水浒传》中有两大插图类型，除了上述每回一幅或两幅的"全图"之外，还有每两页一幅的"偏像"与每页一幅的"全像"。"全图"类插图最明显的特点是，其面积占据了整个书籍版面，相形之下，"偏像""全像"类插图的面积要小许多。后者在书籍中的形制之所以被称为上图下文式，原因在于图像下方是小说文本，然而图像空间相对狭小，其宽度与书籍版框宽度等同或略小，高度却仅为版框高度的四分之一左右。而且，全图与全像的摹仿原则也大为不同，前者主要根据回目标题来绘制[1]，但后者则是根据当前页小说文本中的情节来绘制，如果当前页不止一个情节出现，此时图像制作者就不得不面临对情节进行选择的问题。

李渔序本的"受天文""排座次"在该书第十四卷第六十六回，回目标题亦为"忠义堂石碣受天文，梁山泊英雄排座次"，但是该版本《水浒传》在叙述完天书内容之后，紧接着是宋江取出金银答谢何道士，"菊花之会"、宋江作词传达盼望招安的理念，以及武松和李逵的公然反对等情节全部被删除，故而自然没有相关插图。与此不同的是，刘兴我刻本以及双峰堂刻本都有完整的文学情节，而且也有插图揭示梁山泊好汉围绕是否同意招安产生的矛盾。

上图下文式《水浒传》图像的入画对象，一般是当前页内容最多，或者最为关键的情节。以刘兴我刻本与双峰堂刻本《水浒传》"忠义堂石碣受天文，梁山泊英雄排座次"一回为例，前者共有九幅插图，后者共有十四幅插图，如果要把所有情节一一入画，十余幅插图的容量显然不够。[2] 如果图像制作者并不遵照上述一般规则，那么一定有其特殊的用意。

首先来看刘兴我刻本《水浒传》，图9-41、图9-42对应文本的主要情节是梁山"排座次"之后的分工，宋江率众人宣誓以及制定"杀富济贫"、只杀贪官的方针政策，仅最后一行提到宋江令宋清准备菊花之会。菊花之会并非当前页的主要情节，也不是关键情节，却被予以图像化。在紧接着的下一页，叙写菊花之会上乐和等人

---

① 杨定见本《水浒传》是插图本中唯一的特例，它的配图全部是大幅绣像，然而，其中的图像既有摹仿自回目标题，也有摹仿自文中情节。

② 刘兴我刻本插图的题榜依次为"宋公明领众人看石碣""何道士指看龙凤文""萧让誊录地煞姓名""宋江取金银谢何道士""宋江分拨头领执事""宋江令众拜天盟誓""宋江会众宴菊花会""宋江斩逵众人劝免""宋公明往东京看灯"；双峰堂刻本插图的榜题依次为"众道士坛上设醮""道士辨认石碣""何道士指明碑中字""宋江领众人看碑""众好汉听何道士言""宋江取金谢何道士""宋江与吴用议设麻所""宋江命立忠义旗""宋江分拨众人执事""众头领听令领印""宋江众兄弟跪下发盟""宋江命斩李逵""喽啰捉解灯人见公明""宋江要往（□□□□）"。在"忠义堂石碣受天文，梁山泊英雄排座次"一回中，双峰堂刻本的最后一处榜题字迹漫漶，据其文意，应为宋江要往"东京看灯"。

演奏乐曲的内容占到了7行,写武松、李逵反对招安的内容占2行,写宋江下达斩杀李逵命令、众人下跪求情的内容占3行,写宋江慨叹自己在江州写反诗遭祸,李逵拼命解救之,今天却又因一首词害得李逵性命,这部分内容占3行。同样不属于当前页主要情节的"宋江斩逵众人劝免"却也被制作者绘成了图像。

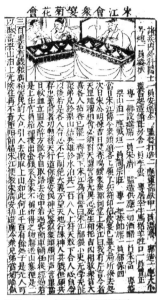

图9-41 宋江会众宴菊花会

图9-42 宋江斩逵众人劝免

双峰堂刻本《京本增补校正全像忠义水浒志传评林》的插图,亦是以当前页主要情节或关键情节为入画对象,如在图9-43中宋江率众人宣誓的内容共7行,占到了整个书籍版面的一半,自然是图像制作者的入画对象。但是在图9-44中,乐和等人的奏乐占到了一多半版面,却没有被选择,入画的反倒是仅占1行的"宋江命斩李逵"。

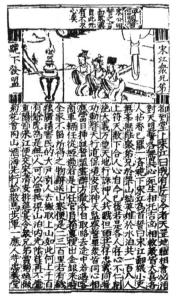

图9-43 宋江众兄弟跪下发盟

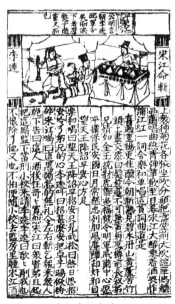

图9-44 宋江命斩李逵

由此可以看出，刘兴我刻本与双峰堂刻本《水浒传》并不回避梁山好汉围绕招安所产生的矛盾，因为它们都将李逵反对招安而遭宋江命令斩首的情节予以图像化，甚至不惜违背"主要情节、关键情节为入画对象"的原则；与此相反，李渔序本《水浒传》在第一种招安矛盾上却存在有意回避的嫌疑。如果继续考察书籍插图是否将第二种招安矛盾作为入画对象，那么，这些图像制作者的态度就更加明显了。

由于容与堂刻本的回目图严格执行每回两图的配置，而且"偷御酒""扯诏谤徽宗"情节以回目标题的形式出现，所以容与堂刻本中的回目图自然展现了围绕"如何招安"的矛盾。但是，在杨定见本《水浒传》中，其配图并非固定的每回两图，也并非一定就是回目图，而是具有很大的随机性。比如"燕青智扑擎天柱，李逵寿张乔坐衙"一回竟然配有三幅插图，榜题分别是"智扑擎天柱""寿张乔坐衙""李逵闹书堂"。需要注意的是，"李逵闹书堂"的情节在小说中总计 58 字，分量极其微小，也未曾出现在回目标题之中。在接下来"偷御酒""谤徽宗"一回中，却只有一幅榜题为"阎罗尝御酒"的回目图，"李逵扯诏谤徽宗"这一主要情节并未入画。

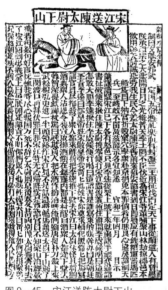

图 9-45　宋江送陈太尉下山

在简本系统中，李渔序本《新刻全像忠义水浒传》的第七十回"小七倒船偷御酒，李逵扯诏谤朝廷"内容，与刘兴我刻本、双峰堂刻本无甚差别，每页一幅的全像插图却有很大的不同。关于陈宗善太尉及两个虞侯从被萧让接待，到乘船前往金沙滩，再到宋江等人下跪接诏、李逵及其他好汉扰闹宣诏、宋江送陈太尉下山，李渔序本的内容总共有两页。相应的全像插图也只有两幅："陈太尉赍诏书招安""宋江送陈太尉下山"（图 9-45）。暂且不论阮小七"偷御酒"有无入画，仅就李逵扯破诏书、殴打陈太尉与李虞侯来说，这部分内容占到了当前页的一半，共 8 行 222 字；萧让宣读诏书的内容为 5 行；宋江亲自护送陈太尉下山的内容仅占 2 行，共计 74 字。由此可见，"李逵扯诏谤朝廷"属于当前页的主要内容，李渔序本的图像制作者显然有意忽视之，而是选择了宋江"礼送"陈太尉下山这一情节入画。

与此形成对比的是，刘兴我刻本与双峰堂刻本的《水浒传》，不但鲜明地揭示了第二种招安矛盾，而且都选择李逵"扯诏书"这一情节入画：图像中的诏书都处于已经被撕破的状态，李逵还稍带有"谤徽宗"的动作——扭头朝向以及用手指着陈太尉，一副骂骂咧咧的样子（图 9-46，图 9-47）。诏书象征着朝廷政权，在宋江与陈太尉看来，李逵撕毁诏书只是代表了梁山好汉对招安的反对，并未发觉"扯诏书"背后隐藏着"如何招安"的矛盾。宽泛地讲，李逵扯破诏书、打人、谤徽宗以及众将士对御酒的不满，都属于"如何招安"矛盾的展现。但是严格来说，撕破诏书属于最大限度地反映对招安的不满，因为这是对徽宗政权（皇权）最直接、最激烈的反抗。

实际上，图像制作者选择招安矛盾入画与否，以及如何入画等，包含着深刻的

"观看之道"。因为"注视是一种选择行为"①,带有很强的主观目的性,所以眼睛只会看到我们注视的事物。很显然,就杨定见本以及李渔序本的插图而言,其焦点并不在招安矛盾上,但刘兴我刻本与双峰堂刻本的图像制作者,却选择了招安矛盾并将其图像化,后者的眼睛"被来自世界的某一特定的影响所感动,并通过手的各种形迹把这种影响恢复成可见者"②。

这"某一特定的影响"其实是人对世界的认识,进而言之,招安矛盾入画与否,以及为何如此刻画,都能够在图像制作者身上找到原因,当然,杨定见本与李渔序本的原因有可能不尽相同。以前者为例,作为李贽的资深弟子,杨定见在恩师那里享有不凡的评价,"若能不恨我,又能亲我者,独有杨定见一人耳"③。纵然并非最直接的图像制作者,但杨定见重编《水浒传》时扮演了举足轻重的"指导员"角色,其撰写的《〈忠义水浒全书〉小引》认为"非卓老不能发《水浒》之精神"④,所谓"《水浒》之精神"主要指李贽在《〈忠义水浒传〉序》中所反复强调的"忠义"。李贽对宋江的忠义之举极为赞赏:"水浒之众,皆大力大贤有忠有义之人可也,然未有忠义如宋公明者也。今观一百单八人,同功同过,同死同生,其忠义之心,犹之乎宋公明也。独宋公明者,身居水浒之中,心在朝廷之上;一意招安,专图报国。"⑤

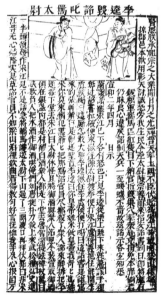

图 9-46　李逵毁诏叱骂太尉

图 9-47　李逵扯破朝廷诏书

总之,通过以上的文本调查,我们可以发现杨定见本以及李渔序本《水浒传》的

① [英]约翰·伯格著,戴行钺译:《观看之道》,广西师范大学出版社2005年版,第5页。
② 莫里斯·梅洛-庞蒂著,杨大春译:《眼与心》,商务印书馆2007年版,第42页。
③ 李贽:《焚书·续焚书》,中华书局1975年版,第107页。
④ 杨定见:《〈忠义水浒全书〉小引》,见马蹄疾编:《水浒资料汇编》,中华书局1977年版,第11页。"卓老",即杨定见对李贽的尊称。
⑤ 同③,第109页。

图像，在面对"是否招安"与"如何招安"的矛盾时，并没有选择将这两种矛盾入画。但是，容与堂刻本、双峰堂刻本与刘兴我刻本《水浒传》，不但鲜明地揭示了招安矛盾，而且还予以了充分的展示。

如是，在宋江以《满江红》传达招安理念之际，武松与李逵"不合时宜"地发表反对意见，甚至做出了"把桌子踢起，攧做粉碎"这般几乎愤怒至极的抗议，显然不是心怀忠义之人所为，也给宋江"一意招安，专图报国"的忠义之举掺入不和谐的元素。所以，杨定见重编《水浒传》时，在"忠义堂石碣受天文，梁山泊英雄排座次"一回的回目图的处理上，有意呈现出一派文人雅士集会的场景，以至于图像中没有任何线索可以表明武松和李逵对招安的不满，此次"是否招安"的矛盾，也就被这幅其乐融融的"菊花之会图"所掩盖。而在面对第二种招安矛盾，即"如何招安"时，杨定见维护"忠义"的意图更加明显。一方面需要考虑到出版商规定的"拔其尤，不以多为贵"插图配置原则①，另一方面还要受制于既定的插图数量（一百二十幅），故而，杨定见宁肯在"活阎罗倒船偷御酒，黑旋风扯诏谤徽宗"的前一回"燕青智扑擎天柱，李逵寿张乔坐衙"设置三幅图像，也要删略李逵扯破诏书、毁谤徽宗这一幅回目图。其目的就是尽量减少图像对招安矛盾的宣传，规避梁山泊内部对招安的质疑与反对，努力打造出《水浒传》整体的"忠义传记"形象。然而，梁山好汉内部对招安的认识如此整齐划一，实在又是值得怀疑的，这需要我们进一步考察。

### （三）图像对梁山好汉牺牲场面的强化与弱化

七十回《水浒传》主要流行于清代，而所有明刊插图本均有梁山好汉履行招安使命的内容。梁山泊队伍在各类大大小小的战斗中，虽然最终获得成功，但也有过挫折，甚至还有逼得宋江拔剑自刎的惨败，流血牺牲更是难以避免的家常便饭。那么，图像是否展示这些语象，以及如何展现这些语象的呢？

以偏像类"水浒"图像为例。藏于德国德累斯顿萨克森州立图书馆的残本《忠义水浒传》，目前仅存四卷（共十八回），其中第十七卷至第十九卷每卷四回、第二十卷内含六回。② 小说卷首的书名与版心题记不一致、回目标题漏刻、插图榜题位置错乱，等等，此类现象说明它的刊刻质量极差。《忠义水浒传》每页十四行、每行三十字（带有插图的一页，每行二十三字），属于上图下文式的书籍形制，插图面积约占当前页书籍版面的三分之一，插图两侧为对称的四字榜题，榜题各占两行宽度，图像本身只占十行宽度。书籍作为小说与插图的物质性载体，通过对其形制的分析，我们不难发现图像空间之狭小与局促。

该版本《水浒传》残存部分较少，开卷便是第八十三回"宋公明奉诏破大辽，陈

---

① 袁无涯：《〈出像评点忠义水浒全书〉发凡》，见马蹄疾编：《水浒资料汇编》，中华书局 1977 年版，第 13 页。

② 最新研究表明，该残本《忠义水浒传》的其他部分藏于梵蒂冈教廷图书馆，请参见马幼垣：《水浒论衡》，生活·读书·新知三联书店 2007 年版，第 82 页。自 1980 年代开始，马幼垣积极奔走于海外各大图书馆，极力搜集、研究简本《水浒传》，其成果的可信度较高。单就《水浒传》版本这一问题，不但郑振铎、孙楷第等诸位前辈，而且当今大陆"水浒"学界都难以望其项背。

桥驿泪滴斩小卒”；末尾一回虽然没有回目标题，但其内容是宋江成功捉拿田虎、田彪，班师回朝之后又听闻河北王庆作乱。所以，招安行动的第一部分、第二部分、第四部分，以及招安的仪式都已无从稽考。残卷共存插图七十三幅，恰好保留了摹仿梁山好汉履行招安使命（“破大辽”“征田虎”）的图像。

我们知道，插图的榜题实质上是小说情节之凝练，其中的语象就是图像直接摹仿的对象，故而，欲考察哪些语象入画，可以从榜题的文本调查开始。结果显示，插图榜题全部是主谓结构的陈述句，并拥有主语、谓语和宾语完整的句子成分。主语多为人物姓名，其中最常见的是宋江和卢俊义，二者分别出现了 21 次和 7 次。谓语多是表示战斗的语象，出现频率较高的如“打”“攻”“取”“杀”等，其中用于梁山泊队伍攻打辽国与田虎的语象比较丰富，用于辽国、田虎攻打梁山泊队伍的语象却有些单调，这种现象是情节安排使然——小说主要叙写的是梁山泊队伍出征并主动攻打辽国、田虎，后者更多时候处于被动防守地位，“戏份”自然超不过前者。宾语中的语象可以分为人名、地名、阵法三类，其中三分之二语象是梁山泊队伍所攻打的人物对象和地理位置。

概言之，榜题中多数语象的组合属于“梁山泊 + 攻打 + 辽国（田虎）”模式，而且鲜明地反映在这七十三幅插图之中：摹仿梁山泊队伍攻打辽国、田虎的图像共计三十二幅，后者攻打前者的图像仅十一幅。相对而言，图像很少选择梁山泊队伍战斗失利的语象，这说明插图的根本意图在于对原文本的表彰，同时也表征了语图叙事立场的一致性。《水浒传》中十余处文本叙写梁山泊队伍损兵折将，甚至是惨败，然而，却只有“辽兵围困玉田县城”“魏州城中十将被陷”“马灵金砖打退宋军”等三处呈现在图像中。

从语象入画的情况来看，图像揭示梁山泊队伍积极履行招安使命的同时，却有着弱化战斗惨烈程度以及自身损失的嫌疑。换言之，图像的制作者只是聚焦于如何表现梁山泊队伍的忠义和英勇，他们在战斗中的惨烈搏杀与失利显然超出了这一范围。接下来，分析图像如何绘就梁山泊队伍履行招安使命，可以给我们的判断提供更为直接的证据。

承上文所述，梁山泊队伍战斗惨烈及其自身失利的语象，大部分没有入画，被绘就成图像的只有“辽兵围困玉田县城”（图 9 - 48）、“魏州城中十将被陷”（图 9 - 49）、“马灵金砖打退宋军”三幅。小说以 19 行文字描写卢俊义败走玉田县，却只用了不到 10 行文字叙述辽兵围困玉田县城以及宋江解围，两部分文字出现在相联的两页上，然而，图像制作者选择了后者中的语象入画。紧闭的城门、高耸的城墙意指玉田县城，两名手执旗帜的士兵，以及只露出部分兵刃换喻“四下围得铁桶一般”的辽国军队。从叙事的角度来看，在图 9 - 49 中找不到图像制作者的情感和态度，仅仅是以客观、平淡的口吻转述了这一情节，没有表现卢俊义兵败如山倒及其被包围的恐慌。

残本《忠义水浒传》第九十回是“魏州城宋江祭诸将，石羊关孙立擒勇士”，讲述了新近投降宋江的十名将领，在攻打魏州的战役中身先士卒，却不幸连人带马跌入守军设置的陷坑之中，并全部被搠死，“两千军马不留得一个回阵”，场面极其惨烈。

在图9-49中,图像左侧阴刻与阳刻交错之处是魏州城墙;图像的主体是一个圆形状物体,四周高、中间低的视觉效果意味着此乃魏州守军所设置的陷坑;陷坑中有十个只显露出上半身的人,即攻打魏州战役中牺牲的十名将领。但是,图像制作者并没有刻画他们被搠死的瞬间,以及陷坑周围所埋伏的枪手。仅从图像中各位将领的面目来看,读者不能确定他们的生死状况,更无法释读出其牺牲的原因,战斗的残忍性也就大大降低。此外,在"马灵金砖打退宋军"一图中,马灵"脚踏风轮"轻松战败梁山好汉,以及后者狼狈逃回本阵的情状都没有被刻绘出来。图像制作者更多的是选取梁山泊队伍积极履行招安使命为入画对象,相较而言,他们在战斗过程中的失败和牺牲却很少入画,即便相关语象入画,也没有如实展示出履行招安使命过程中的惨烈。总之,图像制作者弱化了履行招安使命过程中的挫折、艰难与牺牲。

图9-48　辽兵围困玉田县城

图9-49　魏州城中十将被陷

与此类似,在容与堂刻本《水浒传》的二百幅插图中,只有两幅图像分别摹仿了解珍、解宝兄弟以及张顺的牺牲;而杨定见本《水浒传》一百二十幅插图中,仅一幅图像展现了梁山泊队伍在履行招安使命过程中的牺牲,无数士兵以及59位阵亡的梁山好汉并未入画。以后者为例,榜题为"神归涌金门",图像中的张顺只是身中一箭,并在水中做出逃跑状,城墙上的方腊守军手执弓箭、石头、矛枪等武器,正在攻击张顺。这与文本中"城上踏弩、硬弓、苦竹箭、鹅卵石,一齐都射打下来"的语象基本符合,但是并未凸显出张顺牺牲的壮烈。无独有偶,刘兴我刻本《水浒传》中有八幅插图展现了方腊军队杀死梁山好汉的场景,但这些人物悉数保持了完好的容貌;反之,被梁山好汉所杀的方腊将领,要么是坠地吐血,要么是头颅被砍掉,与躯干分离,场景格外恐怖。相形之下,双峰堂刻本《水浒传》插图强化了张顺阵亡的悲惨。如图9-50所示,图像右侧为城墙,上有手持弓箭的两名守军,图像左侧为宽阔的水域,其中有8支箭飞向张顺。身中4箭的张顺两手摊开、双目紧闭,宛若其牺牲前的定格画面。

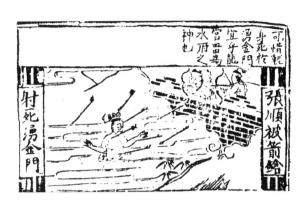

图9-50 张顺被箭枪射死涌金门

整体而言,无论刊刻质量的高低,还是插图空间、表现能力的大小,明刊插图本《水浒传》中的图像大多弱化了梁山队伍在履行招安使命过程中的牺牲,尽管也有强化牺牲场面的版本,却并非主流。虽然小说插图从"偏像""全像"到"全图"的更迭,意味着图像"由配合小说文字阅读、增强对情节的理解发展到注重刻画人物言行、性格、形象"①,但图像阐释文学的功能却一如既往。换言之,明刊本《水浒传》的图像不约而同地弱化梁山泊队伍的牺牲,背后很有可能隐藏着书商、图像制作者,甚至整个明代对《水浒传》的文学接受问题。

双峰堂刻本《水浒传》卷首为《题〈水浒传〉序》,其中讲到梁山好汉"虽未必为仁者博施济众,按其行事之迹,可谓桓文仗义,并轨君子"。这篇序言的作者非常清楚好汉们在接受招安前后的不同,招安之前的梁山集团虽然打出了"替天行道"的旗号,却并没有付诸实践,无论出于何原因攻打祝家庄、东平府、东昌府等,都不能为其盗寇行径作出有效的辩护。接受朝廷招安之后,梁山泊队伍奔赴战场去攻打辽国、田虎、王庆与方腊,即便这是中了奸臣"借刀杀人"的阴谋,但确实解除了国家的外患与内忧。就这一层面而言,梁山好汉们的确"有为国之忠,有为民之义"。刘兴我刻本《水浒传》中的序言,有着与此相类似的表述——"致身王室,力扶宋祚之倾",也就是说,汪子深在此同样认为梁山泊队伍之于朝廷有着巨大贡献。李渔也在《水浒传》的序言中写道,"《水浒》中最奇绝者……在锄奸剔邪,杀恶人如麻,吐世人不平之气于一百单八人",梁山好汉的可贵之处在于"锄奸剔邪""杀恶人",其履行招安使命的价值可见一斑。

这些序言普遍反映了《水浒传》在明代的接受状况,梁山好汉为国为民的忠义形象在人们心中业已形成,尽管在招安之前的"盗寇"身份属于不争的事实,但并没

---

① 程国赋:《论明代通俗小说插图的功用》,载《文学评论》2009年第3期。

有影响读者对他们的尊重和喜爱。对于梁山好汉在南征方腊战斗中的阵亡,文学语象尽管极其惨烈,被刻画在图像中,却平添了许多温婉与体面。

### (四) 图像对招安结局的认同与不满

除了在南征方腊战斗中阵亡的,以及病故的、不愿回京朝觐的梁山泊一百单八将,小说的最后两回集中交代了英雄"受招安"的其他三种结局:接受朝廷的加官晋爵,继续为国家效力者,如呼延灼、凌振等;同样是为官,却最终被奸臣害死于任上者,如宋江、卢俊义等;推辞掉封赏,回乡为民者,如阮小七、柴进等。承上文所述,"水浒"图像很少选择英雄牺牲的语象入画,即便绘刻之,也是非常体面地死去。在所有的英雄结局中,小说着墨最多的部分是宋江等人——接受朝廷任命,却被害死的情况,这正是"招安阴谋论"的主要证据。那么,图像对此又是如何阐释的呢?

在三部"全像"类的明刊插图本《水浒传》中,图像都摹仿了卢俊义之死以及宋江之死,而且有许多共同之处。双峰堂刻本《水浒传》用了三幅图像展现了宋江之死的过程:"宋公误饮药酒""宋江赐药酒与李逵""宋公明灵柩葬于蓼儿洼";刘兴我刻本《水浒传》的相关图像也有三幅:"宋江与李逵饮药酒""李逵别宋江回润州""花荣吴用缢死坟前";李渔序本亦是如此:"上赏鸩酒宋江误饮""宋江赐酒与李逵饮""吴用花荣自缢冢上"。

就上述图像榜题而言,双峰堂刻本的图像制作者将宋江之死归因于"误饮药酒",忽视了奸臣向御酒中下毒这一关键情节;而刘兴我刻本从根本上回避了毒酒的来源;李渔序本则直接认定是皇帝赐给了宋江毒酒,并且后者"误饮"才导致了死亡。读者观看这些插图后的第一个疑问便是毒酒的来源问题,第二个疑问是宋江率梁山队伍为国家南北征战、功劳显赫,缘何会被皇帝赐毒酒? 又为什么会发生"误饮"的小概率事件? 作为文学的图说,图像在重述《水浒传》时具有强烈的在场感,它可以让读者"感到所描述的景象历历在目"[1],然而图说的景象却与文学语象大相径庭。真正害死宋江的肇事者并未出现在图像中,这或许是图像制作者的"留白",读者看到留白,"就意味着在知觉对象中补充了一件本应该在而不在的东西,他不仅强烈地感到'它的不在',并且把这种'不在'视为眼前所见景象的一个'特征'"。[2] 换言之,图像制作者在此故意混淆宋江之死的真正原因,其本意是试图激起读者对肇事者的追寻与问责。由此可见,对于宋江、卢俊义之死,以及对于这种招安的结局,这三个版本的《水浒传》刊刻者是抱有极大不满的,但他们并没有明说,盖因于这种观点"不能说""不便说"或者"说不清"。

与此同时,"全像"类插图却又都认同天帝(玉帝)、皇帝以及乡民对梁山好汉的表彰——它们全部绘就了"靖忠之庙"与宋江祠堂。给予功臣配享的资格以及为功

---

① 鲁斯·威布:《实现图画》,见张宝洲、范白丁选编:《图像与题铭》,中国美术学院出版社 2011 年版,第 29 页;赵宪章:《语图叙事的在场与不在场》,载《中国社会科学》2013 年第 8 期。

② 鲁道夫·阿恩海姆著,滕守尧译:《视觉思维:审美直觉心理学》,四川人民出版社 1998 年版,第 116 页。

臣单独建立庙宇,属于皇帝的表彰,而乡民建立宋江祠堂,当是一种来自民间的褒奖与崇拜。在小说文本中,宋徽宗梦游梁山泊,听完宋江灵魂的诉冤之后询问后者:"卿等已死,当往受生,何故相聚于此?"宋江回答道:"天帝哀怜臣等忠义,蒙玉帝符牒救命,封为梁山泊都土地。"梦醒之后,宋徽宗封宋江为"忠烈义济灵应侯",并亲自书写"靖忠之庙"的牌额。可以说,宋徽宗的这一举动上合天意、下应黎民。而且,所有"全像"类插图对宋江祠堂与靖忠之庙的刻画大多没什么差别,以双峰堂刻本《水浒传》为例,图9-51、图9-52仅有一处不同——后者的窗户上写有"靖忠庙"的字样。此外,容与堂刻本的最后一回,有一幅榜题为"宋公明神聚蓼儿洼"的图像,画面中有三位正在祈福的人,以此神化宋江并突出其死后的"显灵"。杨定见本《水浒传》最后一回也有一幅插图,其榜题是"蓼儿洼显神",图像绘刻的却是宋徽宗梦游梁山泊,榜题与图像显然错误地搭配在了一起。从符号学的角度讲,语言是实指符号,而图像是虚指符号,在意指虚、实上的巨大差异,决定了二者共处同一文本时,语言的实指性会驱逐图像的虚指性,受众也就会相信前者所言,而非后者所绘。鉴于此,我们认为杨定见本《水浒传》刊刻最后一幅图像的原意,也是为了绘就来自皇帝或者乡民的表彰。

图9-51　乡民建立宋江祠堂

图9-52　敕封梁山靖忠之庙

总之，明刊插图本《水浒传》的图像制作者无疑认同这种表彰行为，然而他们又同时不满宋江之死，并将之归因于朝廷中的奸臣。由此不难发现，对招安结局的悖论性认识，自《水浒传》成书之际便已经开始，时至今日亦是如此。

我们围绕招安行动中的三部分关键语象展开文本调查，集中考察了明刊插图本《水浒传》，以此论述图像如何阐释招安情节。有的图像规避掉梁山泊内部关于招安的矛盾，有的图像却勇于揭示之，这就表明图像制作者们在理解招安性质上存在分歧——前者认为招安矛盾有悖于小说整体"忠义传记"的形象，后者却通过对招安矛盾的揭示，完整保留了梁山好汉们思想上的转变。① 然而有趣的是，无论对招安矛盾的揭示还是规避，绝大多数明刊插图本《水浒传》都弱化了梁山好汉在履行招安使命过程中的牺牲场面，盖因他们的忠义形象已经被烙印在广大人民心中，所以在处理牺牲场面时，平添了几分温情。但是，在英雄的招安结局上，明代人的心理又格外矛盾，他们对宋江之死抱有极大的不满，但同时又认同皇帝与民间对宋江的表彰与神化。不过，这里的"不满"仅仅是针对朝廷中的奸臣，却不是对皇帝以及政权本身，恰如鲁迅所言，"一部《水浒》，说得很分明：因为不反对天子，所以大军一到，便受招安，替国家打别的强盗——不'替天行道'的强盗去了。终于是奴才"②。易言之，不仅梁山好汉，绘刻"水浒"图像的明代艺术家也未能认清招安的实质以及梁山聚义的"伪革命"性质。但话又说回来，图像对招安结局的认同，意味着明代读者并不认为招安是一个彻头彻尾的阴谋，而认为这是梁山好汉回归主流社会、重新赢得人们尊重和认可的最佳途径之一。③

## 二、"水浒"主题的图像传播：以"义"为例

尽管《水浒传》以道教的祈禳为楔，以托梦皇帝给宋江建立庙宇为终，同时含有因果轮回等佛教因素，表征了明代"三教混一"的思想现状，但较之道、佛，深刻影响中国读者的仍然是儒家意识形态。也正是因为认识到小说的"忠""义"两大主题属于儒家意识形态的范畴，李贽才会不遗余力地褒扬梁山好汉的"大力大贤"④。如果说李贽之所言精确命名和定位了儒家意识形态中的"义"，因而可以比作"钉子"；那么，摹仿自小说的"水浒"图像则是"视觉锤"，并运用其强势的传播力，将"义"植

---

① 前文引述了双峰堂刻本《水浒传》的序言："虽未必为仁者博施济众，按其行事之迹，可谓桓文仗义，并轨君子。"这一序言表明，刊刻者非常清楚梁山好汉们在接受招安之前的"性质"，他们在面临招安时的态度以及梁山泊内部的招安矛盾，恰恰能够反映出他们在转变自身性质上的考虑。

② 鲁迅：《流氓的变迁》，见《鲁迅全集》（第四卷），人民文学出版社 2005 年版，第 159 页。

③ 王学泰：《〈水浒〉识小录》，广西师范大学出版社 2012 年版，第 276—309 页；《游民文化与中国社会》，学苑出版社 1999 年版，第 281—284 页。

④ 李贽：《焚书·续焚书》，中华书局 1975 年版，第 109—110 页。有学者仅仅从"童心说"出发，狭隘地认为李贽以此反对儒家礼法（许苏民：《李贽评传》，南京大学出版社 2006 年版，第 206—214 页）。事实却并非如此，李贽高度评价以宋江为首的梁山好汉，并冠以《水浒传》"忠义"二字，其对礼法的重视可见一斑。详见周群：《儒释道与晚明文学思潮》，上海书店出版社 2000 年版，第 112—115 页；龚鹏程：《晚明思潮》，商务印书馆 2005 年版，第 20—24 页。

入受众内心深处。① 我们下面着重研究图像如何传播"义"这一文学主题,以及取得了怎样的效果。

## (一)"义"的类型及其文学图像

"义"("義")为会意字,《说文解字》释曰:"己之威仪也,从我羊。""羊"部即祭祀品,引申为人头上的帽饰,"我"部则指武器,所以从词源学的角度讲,"义"的本义是头戴礼帽、手执兵器的仪仗队。② "义"在《论语》中出现了 24 次,大多情况下笼统地指称君子的良好品行,但没有具体外延。《荀子》"正名篇"则明确赋予"义"以正义的意思。③《中庸》云"义者,宜也",孔颖达据此认为"义"乃适宜性。④ 可见,在不同经典中,或者在同一经典的不同语境中,"义"的所指并非完全一致,在《水浒传》中亦是如此。然而,学界对"水浒"这一主题的复杂性认识不足,缺乏全面的分析,更无人关注"义"的图像传播。

既往研究的另一个缺陷在于,抹杀了"忠""义"之间的区别,甚至将"忠义"理解为仅仅表达"忠"的偏义复词。然而,明清时期的读者却十分清楚——无论李贽的"忠于君""义于友",余象斗的"尽心于为国之谓忠,事宜在济民之谓义",还是金圣叹的"忠者,事上之盛节也;义者,使下之大经也"——他们都明确意识到"忠""义"主题之间的差异,尽管对"义"的理解不尽相同。⑤ 资料显示,"忠"的概念自先秦之后便已经固定,特指下对上、臣对君的道德准则。⑥ 虽然"义"在《水浒传》中偶尔也有指代"忠"的情况,但是受众容易把握文本意图而不至于误读,所以我们主要归纳除此之外其他"义"的类型及其文学图像。

在一百二十回《水浒传》中,"义"字总共出现 1076 次,除去毛仲义、王义、卢俊义等人物姓名,由"义"组成的词语及其词频统计如下:

表 9-4 "义"的词频统计表

| 词语 | 义士 | 忠义堂 | 忠义、忠肝义胆 | 义气 | 聚义厅 | 结义、认义、拜义 | 大义 | 聚义 | 仗义 | 呼保义 | 背义、不义、无义、失义 |
|---|---|---|---|---|---|---|---|---|---|---|---|
| 词数 | 1 | 1 | 2 | 1 | 1 | 3 | 1 | 1 | 1 | 1 | 4 |

---

① "名实问题"是语言学的核心命题,因此语言被看作"可名"符号,其基本功能就是为世界命名。基于这一原理,现代营销业将重心放在定位和确定战略目标上,即找到所谓的"语言钉子"。但仅有"语言钉子"还远远不够,图像这种"视觉锤"是帮助"语言钉子"楔入消费者心智"最好、最有效、最有说服力"的途径。详见劳拉·里斯著,王刚译:《视觉锤》,机械工业出版社 2013 年版,第 15—21 页,第 181—182 页。

② 许慎撰,段玉裁注:《说文解字注》,上海古籍出版社 1981 年版,第 633 页。

③ 王先谦:《荀子集解》,中华书局 1988 年版,第 413 页。

④ 郑玄注,孔颖达疏:《礼记正义》,北京大学出版社 2000 年版,第 1683—1684 页。

⑤ 李贽:《焚书·续焚书》,中华书局 1975 年版,第 109—110 页;余象斗:《题〈水浒传〉序》,见马蹄疾编:《水浒资料汇编》,中华书局 1977 年版,第 9 页;金圣叹:《圣叹外书·序二》,见陆林辑校:《金圣叹全集》(第三卷),凤凰出版社 2008 年版,第 17—18 页。

⑥ 霍有明:《由"义"词源的演化略探〈水浒〉的"忠"、"义"》,载《唐都学刊》2001 年第 4 期。

| 词频 | 71 | 65 | 60 | 43 | 41 | 28 | 27 | 26 | 21 | 14 | 14 |
|---|---|---|---|---|---|---|---|---|---|---|---|
| 词语 | 仗义疏财、疏财仗义 | | 仁义 | 恩义 | 孝义 | 义释 | 义勇 | 起义 | 义胆 | 义夫节妇 | 义夺、义友、义弟、义理、有德有义、有仁有义、有义 |
| 词数 | 2 | | 1 | 1 | 1 | 1 | 1 | 1 | 1 | 1 | 7 |
| 词频 | 13 | | 10 | 9 | 4 | 4 | 3 | 3 | 2 | 2 | 1 |

通过上表可知，"义"的衍生词共计 34 个，但它们的词频却有非常大的悬殊：使用频率最高的是"义士"，共计出现 71 次；像"义理"等词的出现频率只有 1 次。并且，词语之间的意义有不少重叠之处。"义士"是社会对好汉们的尊称，高俅、宿元景、闻焕章等朝廷官员对梁山好汉们，金老对鲁达，施恩父子对武松，都是这般称呼，所以，这里的"义"只是笼统意味着仗义的好汉不同于一般贼寇。"忠义堂""忠义""忠肝义胆"以及"义胆"则明确表示了"义"是区别于"忠"的另一种重要品质，即敢于为友人或知己赴汤蹈火，甚至是"士为知己者死"式的自我牺牲，比如阮氏兄弟为晁盖劫取生辰纲、晁盖等人在江州劫法场等。"义气"既指上述为他人奉献的精神，同时还指代一般意义上人与人之间美好的情感，比如梁山好汉在攻打祝家庄、方腊等过程中，总担心争功而坏了义气。"聚义厅"在《水浒传》中极为常见，不唯梁山泊所独有，像李忠、王英等人盘踞的桃花山和清风山，或者说但凡"占山为王"之处，都存在"聚义厅"，其中的"义"与"结义""认义""拜义"相似，即维系人们的一种无关于血缘的亲密关系。通过详实的文本调查，我们不难看出"义"在小说中的多重意指，也可以由此归纳出"义"的若干类型。①

第一种类型的"义"特指正义。金老称呼鲁达"义士"便是对其正义帮扶的钦佩与赞赏，晁盖劫取生辰纲的原因则在于后者的"不义"，即非正义，而且朝廷的部分军队也冠以"忠义"，取自"正义之师"的意思。我们不妨就以鲁达为例，考察"水浒"图像如何反映正义和非正义。

双峰堂刻本《京本增补校正全像忠义水浒志传评林》的插图属于"全像"，图 9-53 除了"鲁达打死郑屠"的榜题之外，图像上方还有一则"评打郑屠"的评语："鲁达打死郑屠，须是气所使，但郑屠四（恃）强勒骗，乃天理昭彰，报应之速。"在画面中央，头戴帽饰，长有络腮胡子的人即为鲁达，他正抬起紧握拳头的右手，准备向躺在地上的人打去。鲁达双脚迈开，呈现出前进的姿势，意味着他并未准备收手，而是打算持续击打。毫无疑问，躺在地上挨打之人便是郑屠，根据头发散乱的方

---

① 对文本进行词频统计，可以更加细致和全面地考察《水浒传》中的"义"，这与形式美学"通过形式阐发意义"的研究理念相契合。但是，长期以来"文以载道"的学术惯性，使学界失去了文本调查的耐心，学术研究也就失去了应有的客观与严谨。比如，《水浒传》仅仅在柴进、朱仝、晁盖、宋江、叶孔目、戴宗等六人出场的时候，才介绍了他们"仗义疏财"，并非像某些学者所臆断的那样——《水浒》英雄个个仗义疏财""都有仗义疏财之德"。详见傅承洲：《〈水浒〉忠义思想的纵向考察》，载《湖北民族学院学报》2006 年第 5 期；刘洪祥：《浅论〈水浒传〉中"义"的价值评判》，见《水浒争鸣》（第十辑），崇文书局 2008 年版，第 114—116 页。

向,我们大致可以判断郑屠是从画面左侧向右被击打在地。版画刻工故意将鲁达的身材绘刻得更魁梧一些,郑屠则相对瘦小,但后者躺下时的双手摆放状态与现实并不相符,左手的大拇指不应像画面中那样朝向身体外侧。不过,这都不影响观者看出郑屠无力反抗鲁达的击打。评语直接传递出对鲁达正义行动的赞赏与认同,图像同样如此,因为画面没有反映郑屠的任何抵抗,纯粹是鲁达正义的个人表演,特别是他持续击打不正义的郑屠,给观者一种淋漓尽致的感觉。说到底,鲁达履行正义的图像之所以能够给人以审美快感,根源在于"义"精准定位了起源于渴望报复和平等的理念。①

图 9-53 鲁达打死郑屠

第二种类型的"义"意味着人与人之间美好的情感,它不仅包括普通的友谊,也包括"交情浑似股肱,义气如同骨肉"的金兰结义;它不但超越阶层之别,又独立在法律之外。例如李逵央求燕青一同前往泰安州,燕青"怕坏了义气"才勉强同意,读者将这里的"义气"理解为和气、友谊或者结义兄弟之情,都无可厚非。又如词频较高的"仗义"——柴进的"仗义疏财",首先是对与他人之间友谊的重视,而且为了帮助他人,甚至不顾对方有无犯罪,也不会考虑自己的行为合法与否,只要帮助了需要帮助的人,柴进就认为他的"仗义"便有了存在的合理性。再如"义释""义夺",像朱仝"义释"宋江和雷横明显属于违法,而武松出于友情以及知遇之恩帮助施恩"义夺"快活林,也很难说是正义的。

但"水浒"图像与文学的叙事立场一致,并不顾及"义"的复杂性,只是一味地表彰"义"这种情感。② 图 9-54 是容与堂刻本《水浒传》的插图,榜题为"朱仝义释宋

① "文明社会的正义由两个来源产生:一方面是在人类的本性中取得自己的来源,另一方面又从建立于私有财产基础上的社会环境中取得自己的起源。"简言之,正义起源于人们对报复和平等的渴望。详见保尔·拉法格著,王子野译:《思想起源论》,生活·读书·新知三联书店 1963 年版,第 67 页。

② 这就涉及图像的基本功能——图像表彰,下文将有详述。如果说语言的创立是为了记录"心灵的经验",那么制作图像的初衷与此无甚差别,或者说就是人类试图抗拒遗忘的另一条途径(亚里士多德著,方书春译:《范畴篇·解释篇》,商务印书馆 2009 年版,第 60 页)。正是在这一意义上,张彦远才将图像的功能推向与六经同样的高度——图像记录并表彰了忠、孝、烈士以及功臣,使观者"见善足以戒恶,见恶足以思贤。留乎形容,式昭盛德之事,具其成败,以传既往之踪",故而可以最终达到"成教化、助人伦"的效果。就此而言,图像再现原型的同时,也是对后者的表彰。详见张彦远:《历代名画记》,上海人民美术出版社 1964 年版,第 1—4 页。

图9-54　朱仝义释宋公明

公明",宋江即画面左侧从地窖中露出半身的人,正俯身向另一人——朱仝行拱手礼,而朱仝则左手指向墙外,面向宋江说话。且看宋江面带微笑,身着长衫,彬彬有礼,朱仝右手准备做出辞让的姿势,这当是宋江感谢朱仝的"义释"。尽管图像右侧及下方点缀着花、草,以及盆栽蜡梅和石头,显示出宋江庭院的文人雅致,但都无法超越宋江对朱仝的拱手称谢这一核心场景。很显然,图像所表彰的"义",指的是为朋友两肋插刀式的无私付出。

第三种类型的"义"则专门用于啸聚山林者。一方面,他们都称自己为"聚义",也会以"共聚大义"的美名邀请他人入伙,而其盘踞之地必有"聚义厅"。《水浒传》之所以被列入"四大奇书",就是因为刻画了这群标榜"忠义"的绿林好汉,叙述了他们的传奇故事,堪称侠义小说的"源流"①:众人聚义于山林之间,建立了一个远离世俗的乌托邦,时常行侠仗义,而杀人越货亦可不被追究,进则以招安为跳板来博取功名,退则隐遁江湖、浪迹天涯。诚如陈平原总结的那样,"要不就是时代过于混乱,秩序没有真正建立;要不就是个人愿望无法得到实现,只能靠心理补偿;要不就是公众的独立人格没有很好健全,存在着过多的依赖心理"②,因此,类似《水浒传》的侠义小说对大众读者有着强烈的吸引力。

如果说上述友谊会因为不顾一切而走向畸形,那么这一类型的"义"则可能更容易走向极端。例如"三打祝家庄",即便晁盖认为梁山泊自从火并王伦之后"以忠义为主,全施仁德于民",但仍会为了山寨"三五年粮食"去攻打祝家庄,况且宋江还辩解道"非是我们生事害他,其实那厮无礼"。换句话说,这种"义"是赤裸裸的强盗逻辑。也正是鉴于此,这部小说才会被金圣叹认为是"已为盗者读之而自豪,未为盗者读之而为盗"③,而自明代至今,《水浒传》一直被视作"诲盗"的教材,以至于民间流传"少不读《水浒》"的说法。

① 鲁迅:《中国小说的历史的变迁》,见《鲁迅全集》(第九卷),人民文学出版社2005年版,第349—350页。鲁迅认为以《三侠五义》为代表的侠义小说,"大概是叙侠义之士,除盗平叛的事情,而中间每以名臣大官,总领一切……其中所叙的侠客,大半粗豪,很像《水浒》中底人物,故其事实虽然来自《龙图公案》,而源流则仍出于《水浒》。不过《水浒》中人物在反抗政府;而这一类书中底人物,则帮助政府,这是作者思想的大不同处,大概也因为社会背景不同之故罢"。而早在明朝万历年间,天都外臣在为《水浒传》所撰写的序言中,就曾明确称宋江等人"有侠客之风,无暴客之恶"。详见《〈水浒传〉序》,马蹄疾编:《水浒资料汇编》,中华书局1977年版,第2页。

② 陈平原:《千古文人侠客梦》,人民文学出版社1992年版,第7—11页。

③ 金圣叹:《圣叹外书·序二》,见陆林辑校:《金圣叹全集》(第三卷),凤凰出版社2008年版,第17—18页。

尽管我们研究明代图像如何传播"义"这一主题，但并不妨碍与近期的图像作对比。确切地说，即便《水浒传》起到了"诲盗"的作用，也是主要通过图像。仅以二十世纪六十年代出版的最后一部"水浒"连环画——《燕青打擂》为例，其中李逵看到任原的徒弟哄抢赏品，由于没有随身携带板斧，"便拔了两条木桩，向那些乱抢东西的家伙打将过去"。李逵非常醒目地位于图像的正中央，双手分别持有两截木棍，其放射状的髭须，率先给人一种凶猛的印象。通过李逵腰带飞舞的方向，及其右腿弯曲左腿伸直的架势，我们断定他当时正在向自己身体的右侧移动，由此，李逵也摆出了一个打斗时的姿势。环视其左前方正在逃散的人群，以及来自右后方胆怯的目光，李逵"路见不平"的性格呼之欲出。"水浒"图像诚然表彰了李逵对任原徒弟哄抢赏品这种"不义"的打击，但并不能就此认为李逵"拔刀相助"式的侠义值得肯定，换言之，图像缺乏对侠义的伤及无辜、尺度问题等做出客观评析。长此以往，图像未加限制地表彰侠义精神，产生"诲盗"的负面影响也就不足为奇了。

事实上，我们人为地区分《水浒传》中"义"的三种类型，只是为了便于分析和论述，而且图像对"义"的反映也从来都不是如此明确。从根本上讲，这一情况是图像符号的虚指性使然。因为图像的生成以原型为参照[①]，即能指与所指物的相似，然而，相似性恰恰导致了图像意指的模糊。较之图像符号，语言符号的表意原理是语音能指和语义所指之间的任意性，纵然能指与所指物不相似甚或相悖，都不影响符号的准确意指。就此而言，语言是一种实指符号，图像则是一种虚指符号。[②]

借助符号的虚指特性，"水浒"图像混淆乃至消弭了"义"的类型界线，而"义"开始聚合成儒家意识形态的"整体形象"，这需要我们进一步探讨。

### （二）图像对类型界线的模糊处理

巫鸿曾断言"惟一能免于为大众所挪用的只有一种文人屏风——没有任何绘画或书法的素屏"[③]，其考察"图像环路"（Iconic circuits）的独特视角固然值得肯定，但这一观点本身并站不住脚。因为在《水浒传》成像过程中，即便画工与刻工认为屏风标志着图像的文人化，也仅仅是在需要时信手拈来，至于屏风的类型，则可能

---

① "图像"和"摹仿"的拉丁语词根有关，即与原型相似，这是符号学、图像学研究中的常识性问题。详见罗兰·巴特著，怀宇译：《显义与晦义》，百花文艺出版社 2005 年版，第 21—22 页；威廉斯著，刘建基译：《关键词：文化与社会的词汇》，生活·读书·新知三联书店 2005 年版，第 224—225 页；鲁道夫·阿恩海姆著，滕守尧译：《视觉思维：审美直觉心理学》，四川人民出版社 1998 年版，第 18—19 页。

② "语言和图像的关系史证明，能指和所指关系的'任意性'造就了语言的实指本性，'相似性'原则决定了图像的隐喻本质和虚指本性"（赵宪章：《语图符号的实指和虚指——文学与图像关系新论》，载《文学评论》2012 年第 2 期）。而关于这一问题的讨论与补充，可参见赵炎秋的《实指与虚指：艺术视野下的文字与图像关系再探》（载《文学评论》2012 年第 6 期），以及赵敬鹏的《再论语图符号的实指与虚指》（载《文艺理论研究》2013 年第 5 期）。

③ ［美］巫鸿著，文丹译：《重屏：中国绘画中的媒材与再现》，上海人民出版社 2009 年版，第 151 页。

图9-55　金老父子拜谢鲁达

无关紧要。① 与此不同的是，"水浒"图像制作者有意识地模糊处理"义"的类型界线，这集中体现为以同样的图式表彰不同类型的"义"。

我们首先来看表彰正义的图式，不妨仍以鲁达为例。金老在雁门县遇到杀人潜逃的鲁达，将后者领进家门之后，对鲁达拜了又拜，双峰堂刻本《水浒传》的插图摹仿了这一语象（图9-55），版画以阳刻为主，图像左侧跪着一男一女，靠近屏风、留有胡须的男性即金老（即插图榜题中的"父"，榜题中将"金老"误写作"老金"），其身旁有发髻翘起的女性为翠莲（即插图榜题中的"子"），二者的双手袖口相联处皆为凹陷的粗墨线，以突显两手相交行作揖礼。屏风正前方站立之人则是鲁达，其身后的椅子增大了画面的空间感，而鲁达同时也向面前的下跪者施拱手礼。简言之，金老与翠莲下跪并作揖以谢鲁达的正义救助，而后者则以拱手礼辞让。

其次来看作为情感之"义"的图示。承上文所述，朱仝义释宋江时，后者持拱手礼感谢前者的义气，前者则单手做出推让的动作。而在容与堂刻本《水浒传》插图中，但凡出现这一类型的"义"，都会出现类似推让或者还礼的图示。如在榜题为"宋公明私放晁天王"的插图中，晁盖朝宋江拱手作揖，宋江右手牵马，左手做出了与朱仝如出一辙的姿势；在题榜为"锦毛虎义释宋江"的插图中，燕顺、郑天寿和王英听说被劫上山的路人乃宋江，立刻跪下"纳头便拜"，宋江则做出与前者相同的动作——下跪并作揖"答礼"；再如展现"混江龙"李俊在太湖金兰结义的图像，李俊率童威、童猛站立于图像的右侧，均弯腰向前做拱手礼，而图像左侧站立的四人——费保、倪云、卜青和狄成同样弯腰向前做拱手礼。而遇到钦慕已久的义士，或者建立了深厚的情感，亦是类似的图式。比如在连环画《黑旋风李逵》中的一幅插图（图9-56），李逵终于见到自己要去投奔的宋江之后，也是"扑翻身躯便拜"，且看李逵右膝支撑跪地，左腿弯曲，其胳膊加以凸起的线条，喻示体格粗壮的同时，也说明他抱拳施礼时的用力，以及激动的心情。在这幅图像中，宋江弯腰、屈膝去扶李逵起身，可视为下跪答礼的变体。

我们再看图像如何表彰专门用于啸聚山林者之间的"义"。以"梁山泊义士尊晁盖"这一情节为例，容与堂刻本《水浒传》插图是这样呈现的：晁盖居中，吴用、公孙胜分坐两列，所有人都是双手相交行礼，以此表明他们聚义于梁山泊。而"央视

---

① 在"水浒"图像中，文人化程度较高的"全图"类插图以及大众化的连环画，都有素屏的身影。仅就容与堂本《水浒传》而言，屏风在总共二百幅插图中出现了33次，其中"山水屏风"十四幅，"素屏"十五幅。这些屏风并没有相关的语象作为摹仿对象，而且"山水屏风"既出现在李师师的闺房之中，也出现在宋江与卢俊义的前线指挥部里；"素屏"不但出现在五台山寺院里，还出现在梁山泊的忠义堂上。我们由屏风出现场合的混乱可以看出，"水浒"插图的制作者并不关心具体的屏风类型，也没有意识到每一类型的屏风具备怎样的特殊意义和风尚。

版"电视剧在叙述众人拥晁盖为梁山泊寨主时,以中景镜头构建了一个层次分明的图像空间——最近的空间是断金亭,交代这一事件的发生地。晁盖位于图像空间远近交汇处,他背朝镜头坐在椅子上,暗示着被众人推举为寨主,再稍远些的空间跪着一群人,皆双手相交于胸前,最远的空间是天空、树木等外部环境,而晁盖与下跪众人所占据的空间也存在"一"对"多"的区分。与此同时,与画面同步的声音是众人异口同声地喊晁盖"大哥"。易言之,众人下跪行礼的动作和语言,一并产生了施行(Performative)效力,由此意味着聚义的完成以及新寨主晁盖地位的确立,梁山泊聚义大业进入了新的时代。而在"英雄排座次"一集,众人下跪推举宋江为山寨新头领,电视剧同样以中景镜头展现宋江目视众位好汉下跪行礼之后,又近景特写了宋江弯腰持拱手礼,由中景到近景镜头的转变,暗示了图像以此突出宋江还礼时的内心活动。而此时伴随画面的声音是众人所发出的"哥哥在上,小弟惟命是从",由此,一百零八位好汉的梁山聚义最终实现。晁盖与宋江都是"被迫"当上梁山泊寨主的,唯一不同的是,前者坐在椅子上没有做出任何动作,默认了林冲等人的推举,而后者则给好汉们行礼。

将表彰这三种类型"义"的图式加以对比,我们便会发现,它们之间并没有实质性的差别,都可以概括为"一方施礼,另一方或默认,或辞让,或同时施礼"。特别是受礼的一方,无论文本中是否有相关语象,图像都可以自由选择上述三种应对方式,并无定法。而如果去除掉插图的榜题、连环画的配文以及电视剧的声音,读者则无法分辨图像展示的是哪一种类型的"义",因为李逵向久违的宋江义士施礼,有理由被释读成前者感谢后者正义帮扶的意义。李俊与费保在太湖金兰结义时互相施礼,也可以被理解为两者互相肯定对方的江湖义气。可见,借助自身虚指性的特点,图像不但混淆了"义"的类型界线,连亚类型的界限也被消弭得无影无踪。进而言之,图像以"打包"的形式,将全部类型"义"的内涵加以聚合。

如此一来,只要出现一幅表彰"义"的"水浒"图像,"视觉锤"都会施力于"语言钉子"①,"义"这种儒家意识形态便会被重复一次,在受众心中的印象也就更深刻一些。比如容与堂刻本《水浒传》,该版本总共一百回内容、两百幅"全图"插图,在插图本书籍中属于图像数量较少的一种。其中含有三十幅类似上述图式的插图,大约每三回便有一幅这种图像,足见"义"的重复频率之高。在连环画、改编自《水浒传》的影视剧中,这一频率有过之而无不及。由于语言和图像是人类使用的基本符号,因此听觉与视觉便成了主要的记忆器官,其中,事物进入心智最好的方法是"依靠视觉"②,纵然借助视觉的记忆属于"短时记忆",但图像的不断重复有效地维持了记忆效果。而上述"水浒"图像高频表彰"义",无疑加大了对儒家意识形态的

---

① 相对而言,图像往往先于语言被受众接受并留下深刻印象,心理学家莱昂内尔·斯坦丁(Lionel Standing)的实验可以为此提供有力的证据:在实验过程中,研究对象能记住之前看到过的70%的图像。详见[美]劳拉·里斯著,王刚译:《视觉锤》,机械工业出版社2013年版,第ⅩⅥ—ⅩⅦ页。

② 借助视觉器官的"图像记忆"属于"短时记忆",而借助听觉器官的"语言记忆"则属于"长时记忆",这涉及认知心理学,详见王甦、汪安圣:《认知心理学》,北京大学出版社1992年版,第113—121页。

宣扬强度。

不过，对"义"的类型界线进行模糊处理，只是图像传播《水浒传》主题的第一步。因为图像表彰两个方面的内含：既正面表彰符合儒家意识形态的"义"，又反面抨击有悖于儒家意识形态的"不义"。所以，图像制作者一方面美化"义"，另一方面还丑化"不义"，使"视觉锤"对比鲜明，图像的传播力度随之进一步加强。

### （三）"义"与"不义"的美化与丑化

儒家意识形态主要关涉人与人之间的关系，因此在某种意义上被视为道德哲学。尽管康德预设"要使一件事情成为善的，只是合乎道德规律还不够，而必须同时也是为了道德而作出的"①，却并不能解释"电车难题"中的悖论，因为即便出于救人的责任，当事人仍然会被指控谋杀。② 可见，现实生活中的道德问题永远都不是一句简单的价值评判，但人们偏偏习惯于善恶、对错的二分，这在《水浒传》"义"的主题及其图像显现上，表现得十分明显。

例如每逢"水浒"好汉出场，小说便胪述这一人物的优点或不同寻常人之处，其中多半会赞扬"义"这一道德规范：朱仝、晁盖的"仗义疏财"、雷横的"仗义"、阮氏兄弟的"义胆包身"，等等。《水浒传》开篇介绍高俅时，奚落他"若论仁、义、礼、智、信、行、忠、良，却是不会"。而当"义"遭遇了"不义"，一定是前者打败后者。此外，在叙述梁山好汉的结局时，小说往往强调这是"忠孝节义"的结果，例如琼英在张清牺牲后独自养育孩子，其子张节屡建功勋、封官晋爵，自己也得以颐养天年。

总之，"义"与"不义"之间形成了鲜明的对比。就此而言，《水浒传》在明末"无恶不归朝廷，无美不归绿林"的接受效果绝非偶然，但这不见得是"流贼大乱"所致。③ 因为以宋江为首的梁山好汉，已经被塑造成"忠"和"义"的化身，与他们相左的对象，都有可能被受众理解成"不忠""不义"。图像"视觉锤"在反映和宣扬儒家意识形态的过程中，其总体策略是美化"义"的同时，还丑化"不义"；其具体着力点则与小说所强调的一样，都在于人物形象、"义"与"不义"的斗争以及最终结局。

首先是图像对人物形象的差异性塑造，以期构建出"义"与"不义"双方之间显而易见的区别。在"水浒"插图中，代表"义"的人物一般比"不义"的人物高大一些，在图像中位置更为醒目。例如前文所分析的图 9-53，鲁达比郑屠的身形要大许多；刘兴我刊本《水浒忠义志传》的插图与此类似，鲁达位于图像的正中央，郑屠则以较小的身材侧躺在地上。而在现代影视剧中，塑造人物形象的手段则更加丰富，

---

① 康德著，苗力田译：《道德形而上学原理》，上海人民出版社 1986 年版，第 38 页、第 49—50 页。

② "电车难题"是道德哲学中的著名思想实验，最早由英国哲学家菲莉帕·富特提出，后经多次补充和演绎，但其基本内容并没有多少变化：电车失控、无法停止，却有五个人卡在轨道上，当事人可以将电车转向另一条轨道，但这条轨道上也有一人——如果继续前进，将会有五人丧命，如果改变轨道，也会撞死一人，应该如何处理？（托马斯·卡思卡特著，朱沉之译：《电车难题》，北京大学出版社 2014 年版，第 3—4 页）。

③ 金圣叹：《圣叹外书·序二》，见陆林辑校：《金圣叹全集》（第三卷），凤凰出版社 2008 年版，第 17—18 页。胡适以"文学进化论"的视角考证《水浒传》，认为明末流贼的大乱导致金圣叹做出上述"迂腐"的论断，详见胡适：《〈水浒传〉考证》，《中国章回小说考证》，安徽教育出版社 2006 年版，第 38—43 页。

观众可以清晰地看出扮演鲁达的演员长相端正、浓眉大眼，一派正气凛然的样子；然而，扮演郑屠的演员不仅身材矮小，而且肥头大耳、眼神猥琐，一幅凶悍市侩的容貌。将正义的鲁达与非正义的郑屠塑造成一对差异显著的形象，这一做法也被"新版"电视剧《水浒传》所沿用。

我们不妨继续来看聚义的情况——虽然都是啸聚山林，王伦却属于迥异于晁盖、宋江的寨主，林冲评价他"心术不定""妒贤嫉能""笑里藏刀，言清行浊"，简言之，鉴于王伦的"不义"，林冲以及晁盖等人难以与其相聚。晁盖与宋江则是"义"的楷模，各方豪杰皆慕名而来。例如连环画《火并王伦》的插图，图中王伦脸庞瘦削，眼睛不但小，而且还经常眯起来，下巴上长有微微上翘的山羊胡，特别是其俯身并双手捧杯的样子，仿佛若有所思，给人一种与友不义、算计他人的感觉。即便是同一人物，其形象塑造也会有重大差异。

其次，在反映"义"与"不义"的斗争过程方面，图像倾向于以后者的狼狈、凶残与狡诈，来反衬前者的英雄气概。前文所述鲁达拳打郑屠，以及武松杀潘金莲、西门庆，都属于这种情况。在"水浒"插图中，西门庆与郑屠一样——都是被动挨打、没有丝毫抵抗能力的形象。例如在容与堂刻本《水浒传》插图中，武松左脚踩在狮子楼二楼的窗台上，右脚蹬着酒桌，左手掐住西门庆的腋下，右手抓着其小腿，正在做出托举和投掷的姿势，准备将后者从二楼扔下。图像制作者在武松的小臂上添加了稀疏的纵向线条，以此突出他因用力而绷紧的肌肉，而西门庆则四肢腾空，只能等待被扔下楼。在杨定见本《水浒传》插图中，西门庆已经被武松扔下，其贴地的双手以及还未贴地的双脚，意味着他刚刚着地。而武松则正从二楼跳下，舞动的衣褶以及稳健的步伐暗示其武功的高强，相形之下，西门庆则狼狈许多。电视剧虽然大大延长了武松与西门庆打斗的过程，给受众以足够的视觉享受，但是都继承了传统插图中的这一幕——武松将西门庆踢下楼或扔下楼，用"不义"的狼狈反衬出"义"的合理性以及英雄气概。

再次，对于遵循"义"这种儒家意识形态的人，图像多以善终结尾，而"不义"之人的结局却注定是悲惨的死亡。《水浒传》格外唾弃和仇恨"不义"，但凡做了"不义"之事，此人便会遭到杀戮，如潘巧云因与裴如海偷情，并挑拨杨雄、石秀之间的结义感情，最终被自己的丈夫大卸八块。① 所有的全像类插图，都摹仿了这一情节——双峰堂刻本与李渔序本《水浒传》插图中均有四人，其中丫鬟迎儿的头颅已被割下，脖颈处正喷射血液；刘兴我刻本除了没有绘就迎儿之外，与前者的图示几乎一致；尤为显著的是，石秀在三幅插图中都是站在杨雄身后用手指指点点，充当了一名唆使杀人的帮凶以及冷酷的看客，而潘巧云在插图中虽然没有被开膛破肚，却是以赤裸的上身被捆绑在树上，这也就预示着她注定在羞辱以及看客的围观中死去。

"不义"必遭惨死，而那些遵循"义"的人却拥有美好的结局，比如浪子燕青。小说仅交代了燕青辞别卢俊义之后，"当夜收拾了一担金珠宝贝挑着，竟不知投何处

---

① 对于《水浒传》中的这种"屠杀快感"，刘再复曾作出比较深刻的阐释，读者不妨一阅。刘再复：《双典批判》，生活·读书·新知三联书店 2010 年版，第 75—83 页。

去了"。不过,对于燕青的功成身退,"央视版""新版"电视剧却给予了他一个光明的前景。"央视版"电视剧先是叙述燕青曾在南征方腊之前向李师师许诺,一旦胜利回京,"不洗征尘"便来看望。燕青如期赴约,却担心自己连累李师师而独自出走,不过李师师随后赶来,主动要求与燕青一起浪迹天涯。燕青被说服之后,同李师师伫立于船头吹箫,此时图像使用了慢拉镜头,随着镜头位置的后移以及小船的前行,取景范围逐渐扩大——远方横亘着一座山丘,树木葱郁,显得生机勃勃,逆向的阳光洒在水面上,明亮却不刺眼,图像极其富有诗意,燕青与李师师就这样开始了浪迹天涯的人生旅途。"新版"电视剧稍加改变,"新版"电视剧画面展示的是燕青独自出走——沐浴在暖色调的阳光下,停下脚步,深深地呼吸,之后流露出轻松和释然的表情,同时回想起此前与李师师相处和结义的场景,这些图像以闪回的形式出现,暗示了他有着携李师师一同浪迹天涯的打算。众所周知,以出卖色相和技艺为生的娼妓,属于社会的最底层,燕青却没有嫌弃或者抛弃李师师,而是做到了对两人之间"义"的遵守,"其言必信,其行必果,已诺必诚"[①],堪称古代侠客的楷模。

综上所述,"水浒"图像作为儒家意识形态的"视觉锤",美化"义"的同时还丑化了"不义",使二者形成鲜明的反差和强烈的对比。以至于达到了只要是"义"的一方便是对的、善的,而"不义"的一方则是错的、恶的接受效果,却不顾图像表彰"义"是否会附有负面力量,例如杨雄杀妻,图像制作者显然没有考虑这种杀害的合法性与残忍程度。可见,图像"视觉锤"对"义"的宣扬与传播,也佐证了中国人在道德问题上的二分习惯,以及狭隘的因果报应观念。[②]

如果回头审视《水浒传》的成像史,我们不难发现电视剧都以非常短的篇幅叙说梁山好汉招安之后的行为——43集的"央视版"电视剧仅有4集相关内容、86集的"新版"电视剧只有7集相关内容,"山东版"电视剧则没有涉及招安问题。这些现代图像之所以对"义"这一主题浓墨重彩,其原因之一是,"义"的多重意指决定了其图像显现必然气象万千,较之关涉梁山好汉招安的另一主题——"忠",后者所指明确并且单一,图像也就容易定型。经本章的分析可知,图像"视觉锤"以其对"义"的高频重复和对比鲜明的表彰,帮助观众迅速发现"语言钉子"并深入人心,这是图像符号相对于语言符号的传播优势,因而对受众有着强大的诱惑力。不过,尽管当代受众更青睐于"水浒"电视剧(电影),更愿意"陷入"其中而乐此不疲,但这并不能说明文学被图像所终结。道理很简单:如果没有"语言钉子","视觉锤"则无的放矢,一旦缺乏文学的语言文本,即便再悦目的图像也不过仅仅是物理意义上的视觉弥留而已。

---

① 司马迁:《史记》(第十册),中华书局2014年版,第3865页。

② 这种二分可以"培育善恶的理性观念和肯定与否定的人性情感",中国传统所讲的"是非之心",就是"理性的善恶观念"与"好恶爱憎的人性情感"交融混合的产物[李泽厚:《关于〈有关伦理学的答问〉的补充说明(2008)》,载《哲学动态》2009年第11期]。尼采认为西方道德也有"对与错""善与恶"的二分,但它们根源于人的对立——不同的社会(政治、经济、文化)地位以及生理(心理)条件。详见尼采著,周红译:《论道德的谱系》,生活·读书·新知三联书店1992年版,第10—37页。

**图书在版编目(CIP)数据**

中国文学图像关系史. 明代卷:上、下/赵宪章主编. —南京:江苏凤凰教育出版社,2020.12(2023.10重印)

ISBN 978 - 7 - 5499 - 9038 - 2

Ⅰ.①中… Ⅱ.①赵… Ⅲ.①中国文学－古代文学史－清代 Ⅳ.①I209

中国版本图书馆 CIP 数据核字(2020)第 231542 号

书　　　名　**中国文学图像关系史·明代卷(上、下)**
主　　　编　赵宪章
本卷主编　周　群
策 划 人　顾华明
责任编辑　王　岚
装帧设计　周　晨
监　　　印　杨赤民
出版发行　江苏凤凰教育出版社(南京市湖南路 1 号 A 楼　邮编 210009)
苏教网址　http://www.1088.com.cn
照　　　排　南京前锦排版服务有限公司
印　　　刷　江苏凤凰通达印刷有限公司(电话:025 - 57572508)
厂　　　址　南京市六合区冶山镇(邮编:211523)
开　　　本　787 毫米×1092 毫米　1/16
印　　　张　58.25
版　　　次　2020 年 12 月第 1 版
印　　　次　2023 年 10 月第 2 次印刷
书　　　号　ISBN 978 - 7 - 5499 - 9038 - 2
定　　　价　256.00 元(上、下卷)
网店地址　http://jsfhjycbs.tmall.com
公 众 号　苏教服务(微信号:jsfhjyfw)
邮购电话　025 - 85406265,025 - 85400774
盗版举报　025 - 83658579

苏教版图书若有印装错误可向承印厂调换
提供盗版线索者给予重奖